E. M. Delafield

Hôtel d'Azur

Roman

Deutsche Erstausgabe

E. M. Delafield

Hôtel d'Azur

Roman

Aus dem Englischen übersetzt mit einem
Nachwort von Meike E. Fritz

*Anglophilia - die besondere
Bibliothek*

Band 7

*Bibliografische Information der Deutschen National-
bibliothek: Die Deutsche Nationalbibliothek verzeichnet
diese Publikation in der Deutschen Nationalbibliografie;
detaillierte bibliografische Daten sind im Internet über
http://dnb.dnb.de abrufbar.*

*Die automatisierte Analyse des Werkes, um daraus
Informationen insbesondere über Muster, Trends und
Korrelationen gemäß §44b UrhG („Text und Data
Mining") zu gewinnen, ist untersagt.*

Die englische Originalausgabe erschien 1933 unter dem
Titel „Gay Life" bei Macmillan and Co. Ltd., London

Umschlaggestaltung unter Verwendung einer Modeillu-
stration von 1932 (Louise Boulanger et al.), NYPL Digital
Collections, Mid-Manhattan Collection

Verlag: BoD · Books on Demand GmbH,
In de Tarpen 42, 22848 Norderstedt, bod@bod.de

Druck: Libri Plureos GmbH, Friedensallee 273,
22763 Hamburg

ISBN: 978-3-7543-7414-6

Kapitel I

(1)

„Maman, j'ai raté l'autobus!"

Der flimmernde Hitzeschleier des Nachmittags schien zu zittern, als die schrille, klagende Mitteilung dieses Missgeschicks in die Stille hereinbrach, die über der verlassenen Hotelterrasse lag.

„Ma-man!"

Es war, als durchzöge ein leichtes Schaudern das Hotel – ein Vorspiel, um das Erwachen zu vervollständigen.

„Maman, j'ai raté l'autobus!"

Die Mitteilung, zum dritten Mal vorgebracht, erinnerte mehr an einen Schrei der Verteidigung als an das Eingeständnis einer Niederlage.

Der kleine Sohn der Hotelbesitzerin kam, gekleidet in einen blassblauen *maillot* und einen großen Strohhut, die letzte der zahlreichen Stufen herunter, die von der staubigen roten Zufahrt zur Terrasse führten, und wischte sich mit dem Handrücken den Schweiß von den Augen.

„Maman – dites donc – j'ai raté l'autobus!"

Der glatte, dunkle Kopf von Madame erschien an einem Erdgeschossfenster, und sie gab ihrem Sohn befehlende Zeichen, hereinzukommen und still zu sein.

Doch es war zu spät.

Mr Bolham von Nummer 16 hatte empört mit einem Knall sein Fenster geschlossen. Das jüngste Kind der Morgans, das vermutlich geschlafen hatte, war aufgewacht, und man konnte es singen hören. Die französische Familie nebenan, vielleicht um das Geräusch zu ersticken, ließ sofort ihre unaufhörliche Grammofonplatte spielen. Im Obergeschoss, über Mr Bolham, wurde ein Fenster mit einer Heftigkeit aufgestoßen, die den Badeanzug und den Umhang, die auf dem Sims lagen, nach unten auf Mr Bolhams kleinen Balkon fallen ließ, von wo sie nur durch eine Bitte an Mr Bolham, der das übel nehmen würde, zurückgeholt werden konnten.

Im offenen Eingang des Hotels am oberen Ende der weißen Treppe erschien plötzlich – wie durch einen Zaubertrick – eine Anzahl von Gestalten. Der *chasseur*, der in einem Sessel hinter dem kleinen Tresen des *concierge* gedöst hatte, sprang in einen Zustand grollender Lebhaftigkeit, der *concierge* selbst – der einen Augenblick zuvor gar nicht zu sehen gewesen war – schnippte mit den Fingern und sagte befehlend *psst* in Richtung des Kellners, bei dem Tee und gekühlte Getränke in Kürze bestellt werden würden – und Madame die ihren Sohn Edouard finster anblickte und gleichzeitig den reichen amerikanischen Gentleman im blauen Einteiler, der durch die Halle lief, anlächelte – nahm ihre nicht enden wollende Arbeit am großen Ordner im Büro auf.

Edouard – Dou-dou – sagte *Pardon, mademoiselle* und *Bonjour, madame* und bahnte sich seinen Weg durch die Hotelgäste zum kleinen Büro seiner Mutter. Jetzt, da es zu spät war, senkte er sorgsam die

Stimme, als er sich über den Tresen lehnte und ihr die Geschichte seines Unglücks mit dem *autobus* erzählte.

Die Gäste, überwiegend noch recht erschlafft von der Nachmittagsruhe, verteilten sich in Grüppchen auf die kleinen Tische, die entlang der Terrasse standen, jeder von einem rot-weiß gestreiften Schirm geschützt.

Die jungen Moons, die erst am Tag zuvor mit dem Blauen Zug angekommen waren und für die es der erste Besuch an der Côte d'Azur war, sahen so befangen aus, wie sie sich fühlten, Angie in einem brandneuen Strandanzug und Hilary in einem schwarzgrünen Schwimmanzug und Bademantel, und ein jeder von ihnen beschämend rosa und weiß, außer dort, wo die Sonne bereits einen kleinen roten Flecken auf Hilarys Nacken hinterlassen hatte.

Die Moons saßen schweigend beisammen. Das Wenige, das sie sich jemals zu sagen gehabt hatten, war im Verlauf elektrisch aufgeladener zwei Wochen gesagt worden, zwei Jahre zuvor, als sie sich hoffnungslos ineinander verliebt hatten. Der Rest war eine Affäre aus tanzen, trinken, küssen und heftigem Liebemachen, Heirat und schneller, vollkommener Sättigung gewesen.

Sie grollten einander nicht für ihren derzeitigen Zustand gegenseitigen Gelangweiltseins, sondern nahmen es auf philosophische Weise für selbstverständlich. Hilary Moon, der von sich selbst und von Freunden für schlau gehalten wurde, überdachte bereits die Perspektive seiner Ehe, die er der nächsten Frau präsentieren würde, in die er sich verliebte.

Angie, mit noch weniger Feingefühl, blickte lediglich jeden Mann in Reichweite genau an in der Hoffnung, beim Anblick ihrer Schönheit einen bestimmten Ausdruck, den sie gut kannte, in seine Augen treten zu sehen.

Angie war in der Tat so schön, wie sie nur sein konnte. Zu einer hübschen Schlankheit gesellte sich jene Länge wohlgeformter Beine, die üblicherweise das Privileg amerikanischer Frauen war. Doch ihre seeblauen Augen, ihr dichtes helles Haar und ihr Pfirsichteint waren gänzlich englisch.

Sie besaß alles, sogar Wimpern, die sich nach oben und nach unten bogen, und ein Grübchen am Winkel ihres Mundes. Mehrere Leute hatten sie bereits ziemlich betont angesehen, doch Angie wusste, ohne aufzuhören, darüber nachzudenken, dass all diese Leute gänzlich vernachlässigbar waren. Entweder waren es Frauen oder ältere Männer, die sie mit vierundzwanzig Jahren nie überhaupt ernsthaft berücksichtigte.

Dann tauchten jedoch zwei junge Männer auf. Einer von ihnen war tatsächlich so jung, dass man ihn als Jungen bezeichnen konnte – vielleicht sogar als Schuljungen. Angies erfahrener Blick tat ihn ab und wanderte weiter zu seinem Begleiter. Dieser war ein dunkelhaariger, recht stämmiger junger Mann von sieben- oder achtundzwanzig, mit braunen, frechen Augen und bemerkenswert schönen Zähnen. Es lag etwas leicht Ungewöhnliches in der Lebhaftigkeit seines Gesichts und Auftretens und der Häufigkeit seines Lächelns.

Angie nahm sofort wahr, dass er sie bemerkte, gleich als er die Terrasse betrat, und dass die Leichtigkeit und die Lebhaftigkeit in seinem Gespräch mit seiner Begleitung gänzlich auf sie gerichtet waren. Mit einem winzigen kleinen Seufzer lehnte sie sich in ihrem Stuhl zurück und entspannte sich völlig.

„Was nimmst du?", fragte Hilary.

„Orangeade. Gekühlt. Frag nach, ob sie Kekse haben."

Hilary machte die Bestellung, wobei er etwas finster blickte. Sein Französisch war besser als Angies, aber es war nicht gut, und es missfiel ihm, etwas zu machen, was er nicht gut konnte. Mit einer natürlichen Überleitung wandten sich seine Gedanken sofort etwas zu, was er gut konnte.

„Wollen wir hinterher runtergehen zum Baden?"

„Ja. Ich wünschte, wir hätten einen Wagen."

„Vielleicht können wir einen mieten, während wir hier sind."

„Oh, wirklich?"

„Ich denke schon", sagte Hilary lässig.

Es gab keinen Grund, warum die Moons nicht einen Wagen mieten sollten, außer dass sie kein Geld hatten. Sie waren allerdings daran gewöhnt, kein Geld zu haben, und sie gestatteten diesem Mangel nicht, ihnen im Weg zu sein, wenn sie Wagen wollten oder Kleidung, Restaurantessen oder Ausflüge nach Südfrankreich. Sie waren natürlich verschuldet, aber das waren auch ihre Freunde und ihre Altersgenossen, und dennoch gaben alle weiterhin Geld aus, das nicht da war. Und entgingen wundersamerweise beständig dem drohenden Zusammenbruch.

„Es gibt eine Garage am Ende der Auffahrt – eine ziemlich große."

„Das bringt nichts. Man müsste nach Cannes oder Nizza oder sonst wo hingehen, um einen anständigen Wagen zu bekommen", sagte Hilary. „Ich werde den *concierge* fragen."

„Wir könnten morgen Vormittag hinfahren, ich möchte ein paar Dinge besorgen", sagte Angie eifrig. „Cannes wäre besser als St. Raphael zum Einkaufen, oder?"

Sie hatte innerhalb der letzten zwei Sekunden beschlossen, dass sie einen neuen Strohhut brauchte, einen glänzenden rotblauen Strohhut, und ein weites Paar Seidenhosen und eines von diesen dreieckigen bunten Tüchern, die man sich um den Kopf band und im Nacken knotete.

Hilary hatte mit gleicher Schnelligkeit beschlossen, dass er irgendwie an einen Wagen kommen müsse – einen schnellen, leistungsstarken Wagen mit Chrombeschlägen. Sie nippten durch Strohhalme an ihren Orangeaden in den hohen Gläsern, vertieft in diese angenehmen Überlegungen.

Angie hörte jedoch nicht auf, sich des dunkelhaarigen jungen Mannes am nächsten Tisch bewusst zu sein, und plötzlich sah sie, wie er halb aufstand, als eine Frau in einem rosafarbenen Tussahstrandanzug ankam und sich zwischen ihn und seine Begleitung setzte. Der Anblick war etwas unerfreulich für Angie, und dies wurde stärker, als sie erkannte, dass die Frau, obwohl nicht jung, gut aussah in einem ganz ähnlichen Stil wie dem ihren – hellhaarig und schlank, mit großen Augen und mit dieser undefinierbaren Art der Selbstsicherheit, die einer Frau eigen ist, die immer für Männer attraktiv gewesen war. Angie lenkte Hilarys Aufmerksamkeit mit einer leichten Bewegung ihres Kopfes auf den Nebentisch.

„Was, glaubst du, sind sie? Mutter und Söhne?"

„Söhne? Sie ist viel zu jung, um die Mutter des Dunkelhaarigen zu sein", sagte Hilary taktlos. „Sie könnte seine Frau sein."

„Also – nein. Vielleicht ist er ihr zweiter Mann."

„Sie würde ihn nicht so anblicken, wenn er es wäre."

Sie blickten zu dem Trio hinüber. Der Junge war still und sah leicht verunsichert aus, doch die anderen beiden unterhielten sich und lachten laut mit dem Anschein großer Vertrautheit.

„Sie sind nicht unbedingt interessant", sagte Hilary schließlich und meinte, dass die Frau nicht der Typ sei, der ihn anzog. Er blickte die Terrasse entlang und sagte dann schaudernd:

„Mein Gott, Kinder. Man würde meinen, Engländer hätten den Verstand, Kinder im August nicht mit nach Südfrankreich zu nehmen."

Hilary hatte jedoch den Verstand seiner Landsleute überschätzt. Sie hatten drei Kinder bei sich im fatalen Alter von acht, zehn und vierzehn Jahren.

Es war für Hilary oder seine Frau nicht von Bedeutung, dass die drei Kinder gut aussahen, in einer wohlgefälligen Weise, mit wundeschön gebräunter Haut und Köpfen mit goldenem Haar, das in der Sonne strahlte.

Die Moons wussten, dass alle Kinder unerwünscht waren. Sie kosteten Geld, sie standen jeder Form erwachsener Vergnügungen im Weg, sie zogen Aufmerksamkeit auf sich, die anderweitig verwendet werden sollte, und sie veranlassten nicht selten zu jener Art Konversation, die den Moons höchst missfiel, da sie weder frivol, zweideutig, amourös noch skandalös war.

„Ich hoffe inständig", sagte Hilary niedergeschlagen, „dass noch ein paar amüsante Leute auftauchen in diesem Loch. Sonst hätte es sich nicht gelohnt, herzukommen."

„Da gibt es die Leute in der Villa", schlug Angie vor – aber lustlos, denn sie wusste, dass die Leute in der Villa, einer von ihnen ein Freund eines Freundes von Hilary, unbegleitete Frauen waren und deshalb für sie uninteressant.

„Wir könnten sie nach dem Dinner aufsuchen."

„Oder vor dem Dinner."

„Etwas zu offensichtlich. Sie müssten uns zum Essen einladen, und es macht keinen Sinn, Dinge zu überstürzen."

„Nun —"

Angies Augen gingen erneut auf Wanderschaft, als eine lärmende Gruppe von Franzosen die Treppe heraufkam, redend und lachend. Die Frauen waren jung, üppig, dunkelhaarig und trugen sehr schicke Badeanzüge und Sandalen. Die Männer waren auch dunkelhaarig und üppig und voller Lebhaftigkeit. Sie alle blickten Angie intensiv an, und nachdem sie vorbeigegangen waren, drehten sie sich noch einmal um. Der Eindruck, den sie wohl erweckt hatte, erfreute sie kaum, aber die Gruppe war zu offensichtlich eine Familie. Es lag wenig Befriedigung darin, die Bewunderung eines Franzosen aus der Mittelschicht hervorzurufen, der mit seiner Ehefrau und – vermutlich – mit seiner Schwägerin Urlaub machte.

Angies Gedanken, gefolgt von ihrem Blick, glitten wieder zu dem dunkelhaarigen jungen Mann zurück, und sie sah, dass sich ihm – oder vermutlich eher seiner Begleitung – zwei weitere Männer angeschlossen hatten, einer von ihnen im Alter zwischen fünfundvierzig und fünfzig Jahren, offensichtlich Amerikaner, und der andere hellhaarig, hager und sehr viel jünger.

Der Ort, entschied Angie, würde doch nicht so hoffnungslos sein.

„Ich werde noch eine Orangeade nehmen", sagte Hilary. „Wie ist es mit dir?"

„Ja."

Sie wollte die Orangeade nicht, aber zu trinken gab einem etwas zu tun, und es lohnte sich, noch ein wenig sitzen zu bleiben, um sich von all diesen Männer anblicken zu lassen, mehr oder weniger heimlich, und ihnen die Möglichkeit zu geben, zu bemerken, dass sie und Hilary im Hôtel d'Azur wohnten und sie ohne Schwierigkeit kennenlernen könnten.

(2)

Mr Bolham, der aus einer äußerst wichtigen Lektüre aufgestört worden war, die seine Art der Entspannung bildete, blickte mit dem üblichen leichten Missfallen auf seine ältliche Gestalt und seinen kahlen Kopf, die im Spiegel zu sehen waren, befand zugleich seine schöne weiße Flanellhose für gut und ging nach unten.

Er bevorzugte zu gehen, statt den Fahrstuhl zu nehmen, der drei Tage zuvor auf halbem Weg nach unten stecken geblieben war und Mr Bolham in einem *tête-à-tête* mit Mrs Romayne gefangen gehalten hatte, der Dame, die nun in einem blassrosa Strandanzug unten auf der Terrasse saß. Dieses Missgeschick hatte, obwohl es nur für einen Zeitraum von sieben Minuten anhielt, dazu geführt, dass Mrs Romayne seitdem eine vertrauliche und besitzergreifende Haltung Mr Bolham gegenüber annahm, und das hatte wiederum in Mr Bolham einen Komplex in Bezug auf die Benutzung des Fahrstuhls hervorgerufen. Er ging die flachen weißen Marmorstufen hinab.

Am Hoteleingang stand er auf der obersten Stufe

eines weiteren Absatzes, der zur Terrasse führte, und blickte hinunter auf die rot-weißen Schirme, die kleinen Tische, die Palmen und die diversen Gruppen von Hotelgästen, die entweder im Schatten oder in der Glut des strahlenden Sonnenlichts, das immer noch herabschien, saßen.

Es war das Unglück Mr Bolhams, gemäßigt oder ganz aufrichtig den Großteil seiner Mitmenschen abzulehnen. Er war sich dieser Eigenart mehr als sonst bewusst, während er unbeobachtet im Eingang des Hotels stand.

Er sah sofort, dass einige neue Leute – die Moons – angekommen waren und dass die junge Frau auffallend hübsch war. Die Schönheit ihres Gesichts ließ ihn vollkommen kalt, denn er erblickte darin weder Intelligenz, Freundlichkeit noch Feinfühligkeit – doch er war leicht bewegt von den schönen Linien ihres Körpers.

(Obwohl, wenn sie 24 Stunden da sein würden und sie richtig akklimatisiert wären, dachte Mr Bolham, ich praktisch alles gesehen habe würde, was es zu sehen gäbe. Sie gehört zu der Sorte, die in kurzer Strandhose und Kopftuch zum Dinner herunterkommt.)

Hilary Moon verwarf er sofort als eben jenen untätigen jungen Mann, der in London lebte und runde Hornbrillen trug. Er hatte sicherlich nie in seinem Leben irgendeine harte Arbeit mit den Händen verrichtet, und Mr Bolham argwöhnte, dass seine geistigen Tätigkeiten nie weiter gereicht hatten als bis zu einer gelegentlichen Konversation zwischen Drinks mit jemandem, der in Kontakt mit jemandem stand, der mit dem Film zu tun hatte, und vielleicht einigen leicht zweifelhaften Transaktionen mit Kraftfahrzeugen.

Seinen Blick von den Moons abwendend erlaubte Mr Bolham, Mrs Romayne zu suchen und zu finden, in der Absicht, es zu vermeiden, in ihrem Gesprächsumfeld zu sitzen.

Sie war, wie üblich, von Männern umgeben. Ihr Junge, Patrick, war da und sah leicht besorgt und unglücklich aus, wie immer, und der Tutor ihres Jungen, Mr Buckland – der gesprächsmäßig auf so viel offenerem und fröhlicherem Fuß mit Mrs Romayne stand, als es Patrick je zu sein schien. Bei ihnen saß der dunkelhaarige, schweigsame amerikanische Financier Muller und ein schmaler junger Mann von blässlichem Aussehen, den Mr Bolham mit akutem Missfallen anblickte. Der junge Mann war sein vorübergehender Sekretär, Denis Waller, und war von Mr Bolham erst vor einem Monat engagiert worden – und dann vor allem, weil Mr Bolham meinte – irrtümlicherweise, wie er jetzt wusste –, dass es zu viel Aufwand wäre, die vielen anderen Bewerber für die Stellung zu befragen.

Am nächsten Tisch saßen Mrs Morgan und ihre drei Kinder. Mr Bolham ähnelte den Moons darin, die Gesellschaft von Kindern nicht zu mögen, wenn auch aus anderen Gründen. Sie gaben ihm ganz einfach ein Gefühl der Unterlegenheit. Von ihrer Mutter war er geneigt wohlwollend zu denken. Sie war zum einen die am wenigsten schicke und zum anderen die einzige vornehm aussehende Frau im Hotel. Zudem machte sie sich immer die Mühe, sich mit ihrem Mann während der Mahlzeiten zu unterhalten.

Wenn die drei Kinder nicht gewesen wären, hätte sich Mr Bolham vielleicht einen Stuhl neben Mary Morgans genommen und sich mit ihr unterhalten. Doch sie hörte dem ernsthaften Geplapper von Olwen, David und Gwennie zu, und wenn sie gleich zu der *plage* hinuntergingen, um zu schwimmen, würde sie vermutlich mit ihnen gehen.

„Mr Bolham, Mr Bolham!"

Sich widerstrebend herumdrehend, fand sich Mr Bolham – wie er es von dem Augenblick wusste, als er hörte, wie man ihm zurief – Dulcie Courteney gegenüber. Sie war die dünne, schrille, blonde Tochter Mr Courteneys vom Hotel, dessen Pflichten zwischen denen eines Unterhalters und eines Botengängers lagen. Sein fürchterliches Kind, wie Mr Bolham sie ausnahmslos in seinen Gedanken bezeichnete – und manchmal sogar in seinen Gesprächen – wohnte dauerhaft im Hotel, und es war vereinbart, dass sie immer bereit wäre, sich mit den englischen oder amerikanischen Kindern anzufreunden, um deren Französisch zu verbessern, und den gleichen Dienst im Englischen für die französischen Kinder zu leisten. Ihre Beherrschung beider Sprachen war unbestreitbar, doch Mr Bolham fand, dass es ihrem Akzent in beiden gänzlich an Differenzierung mangelte. Das Gleiche konnte man auch von ihrer Erscheinung sagen. Sie war irgendwie hübsch in einem dünnen, grünäugigen, blondhaarigen Stil, aber ihre Zähne sahen schon mit sechzehn Jahren brüchig und verfärbt aus, ihre Figur unterentwickelt und kantig, und sie hatte die Angewohnheit, etwas herumzufaxen, wenn sie sprach.

„Mr Bolham, ist Ihre Zimmertür abgeschlossen?"

„Warum sollte meine Zimmertür abgeschlossen sein?", meinte Mr Bolham. „Ich habe nichts zu verheimlichen."

Dulcie gab ein schrilles nervöses Lachen von sich.

„Sie sind wirklich lustig, Mr Bolham. Ich könnte sterben. Ich vermute, es klang komisch, so wie ich es gesagt habe. Was ich meinte, war eigentlich, ob ich wohl kurz hineingehen könnte, nur für eine Sekunde, um etwas zu holen – also, es ist tatsächlich ein Badeumhang – der auf Ihren Balkon gefallen ist."

„Schon wieder?"

Dulcie kicherte unsicher.

„Es ist nicht meine Schuld, Mr Bolham", sagte sie schließlich und wandte ihren Kopf zur Seite.

„Ich weiß, es sind die Duvals."

„Er ist einfach von ihrem Fenstersims gerutscht, wissen Sie."

„Hat Madame Duval dich geschickt, um ihn zu holen?"

Dulcie nickte.

„Ich glaube, sie dachte, Sie wären vielleicht ein klein wenig wütend, weil es so oft passiert ist", behauptete sie. Mr Bolham merkte, wie sie ihn besorgt anblickte, um zu sehen, ob das ein Lachen hervorrufen würde. Er behielt ohne Schwierigkeiten eine stählerne Unempfänglichkeit aufrecht, und Dulcie änderte sofort ihre Methode.

„Es gefällt mir, alles zu tun, worum man mich bittet – mein Papa sagt, dass sei eine der Formen, wie ein kleines Mädchen nette Freunde findet", bemerkte sie in einer plötzlichen Fistelstimme. „Und Marcelle – ich darf sie Marcelle nennen, wissen Sie – ist immer schrecklich lieb zu mir. Deshalb mag ich natürlich gern für sie Dinge erledigen, Mr Bolham."

„Nun, ich hoffe, das hier hat dir Spaß bereitet", sagte Mr Bolham skeptisch. „Ich werde das Handtuch, oder was immer es ist, vom Zimmermädchen nach oben bringen lassen."

„Oh, aber Mr Bolham", jammerte Dulcie, „Marcelle braucht es *jetzt*. Sie wird hinuntergehen zum Baden. Lassen Sie mich einfach hineinrennen und es holen. Ich werde mich nicht umschauen – wirklich, das werde ich nicht."

„Es gibt nichts für dich, was du ansehen könntest – oder nicht ansehen könntest. Sag deiner Freundin, das nächste Mal, wenn sie ihre Kleidung auf meinen Balkon herunterwirft, werde ich mich bei der Hotelleitung beschweren. Nein. Sag ihr, dass sie ihren Mann schicken soll, um sie zurückzuholen, oder selbst kommen soll – und nicht dich schicken soll."

Dulcie stand auf einem Bein, offensichtlich unsicher, wie sie eine Bemerkung aufnehmen sollte, die tatsächlich von einem leichten Gefühl des Mitleids hervorgerufen worden war.

„Aber ich mache es gern, Mr Bolham", sagte sie schließlich. „Es gefällt mir immer, etwas zu tun, worum man mich bittet. Papa meint, dass ich ja immer so ein hilfsbereites kleines Mädchen sei, wo ich doch jetzt älter werde."

Der letzte zarte Rest von Mitleid augenblicklich zerstört, ging Mr Bolham auf der Terrasse davon.

Durch seine Entschlossenheit, Dulcies Gesellschaft zu vermeiden, bewegte er sich schnell und ziemlich sorglos in die Blickrichtung von Mrs Romayne hinein.

Sie rief sofort nach ihm.

„Kommen Sie und setzen Sie sich hierher, Mr Bolham. Wir wollten gerade Drinks bestellen."

Beim Anblick seines Arbeitgebers stand Waller in unsicherer Weise auf, verbeugte sich und setzte sich wieder mit einem leicht entschuldigenden Lächeln. Er trug kurze Hosen und ein Trikothemd und zeigte die knochige Ausdehnung einer haarigen Brust und von Schultern, die zu einem ockerfarbenen Ton gebräunt waren.

„Sie kennen Mr Muller?", sagte Mrs Romayne.

Mr Bolham wechselte mit Mr Muller ein kaum merkliches Nicken. Sie hatten sich bereits dreimal kurz, aber sehr freundschaftlich miteinander unterhalten, und Mr Bolham akzeptierte den großen Financier, weil er nie versucht hatte, die Unterredung weiterzuführen. Er fragte sich nicht, warum Mr

Muller seine Zeit vergeuden musste, indem er Mrs Romayne zuhörte, weil er nur allzu gut wusste, dass man Leuten in diesen Dingen häufig keine andere Möglichkeit ließ.

Mrs Romayne und der Tutor ihres Sohnes, Buckland, neckten einander mit schrillen Lachsalven und dem Austausch vertraulicher Bemerkungen.

„Ich habe mir mein Haar im Ort waschen lassen", erklärte Mrs Romayne. „War das nicht mutig von mir? Natürlich konnte ich es nicht richtig legen lassen, aber schließlich brauche ich das auch nicht, mein Haar wellt sich von Natur aus."

Sie fuhr mit ihren Fingern durch den gewellten Schopf glanzlosen blonden Haars, das zu beiden Seiten ihres Gesichts hinunterfiel und in nicht überzeugenden Locken hinter ihren Ohren.

„Die Wellen sind Natur", wiederholte sie fest, „aber ich muss sagen, sie haben es gar nicht so schlecht gewaschen." Buckland brach in Lachen aus.

„Sie haben es mit Duft vollgesprüht oder so. Es stinkt wie das eines Straßenmädchens."

„Du musst es ja wissen, nicht?", erwiderte Mrs Romayne.

Mr Bolham, auf den die Konversation einen äußerst verletzenden Eindruck machte, bemühte sich, seine Aufmerksamkeit davon wegzulenken, und wandte seinen Blick von den Sprechenden ab. Stattdessen fiel er auf Patrick Romayne.

Die hellhäutige, ratlose Betroffenheit im Gesicht des Jungen, seine kläglichen Versuche, amüsiert zu erscheinen, erfüllten Mr Bolham mit plötzlichem Entsetzen. Was, in aller Welt, ging vor sich hinter der unreifen Oberfläche, der jungen Undeutlichkeit. Mr Bolhams Geist, stets misstrauisch gegenüber persönlichen Beziehungen, protestierte heftig dagegen, eine solche Frage in Betracht zu ziehen. Er hegte nicht den Wunsch, in emotionale Situationen hineingezogen zu werden, am wenigsten in eine, die die Angelegenheiten von Mrs Romayne, ihren unerträglichen jungen Schurken von einem Tutor und ihren sechzehnjährigen Jungen betrafen.

Der Kellner brachte die Drinks, für die Muller die Rechnung gegenzeichnete.

„Haben Sie das neue Paar gesehen? Sie sind gerade gestern angekommen", sagte Mrs Romayne, ohne sich die Mühe zu machen, die Stimme zu senken.

Muller – für gewöhnlich ein schweigsamer Mann – sagte, „Doch", und Buckland rief mit seiner üblichen Aufdringlichkeit:

„Die junge Frau ist klasse. Ungewöhnlich hübsch."

„Ist es dir schon gelungen, mit ihr zu sprechen?", fragte ihn seine Arbeitgeberin spöttisch.

„Noch nicht, aber ich hoffe darauf, auf den Felsen oder so. Sie wollen gleich zum Baden gehen – ich habe gehört, wie sie darüber gesprochen haben."

„Wenn du dich mit ihr einlässt, werde ich wohl sehen, was ich mit ihm anfangen kann. Er sieht so aus, als könne er tauchen."

„Was ist gut daran, wenn du es nicht kannst?"

„Er kann mir das Leben retten", erklärte Mrs Romayne.

Sie trank ihren Martini aus und stand auf. Sie war groß und gut gebaut, erstaunlich schlank für eine Frau, die sicherlich über vierzig war, und mit einem deutlich guten Aussehen und sogar Charme. Sie war gewöhnlich, dachte Mr Bolham, aber wenigstens vermied sie die höchste Gewöhnlichkeit der Affektiertheit.

„Wer kommt mit? Mr Muller?"

„Ich glaube nicht, danke", Muller erhob sich höflich. Waller, der überhaupt nicht geredet hatte, folgte unruhig seinem Beispiel, blickte sich um und sah, dass sich Mr Bolham nicht gerührt hatte, und setzte sich wieder.

„Kommen Sie?", sagte Mrs Romayne leichthin. „Mist, ich glaube, ich habe meine Badeschuhe vergessen. Ich muss sie haben, wenn wir zu dieser scheußlichen *plage* hier unten gehen. Oder wollen wir den Wagen holen und zu den Felsen hochfahren?"

„Ja", sagte Buckland. „Ich werde dir eine weitere Tauchstunde geben."

„Bin mir nicht sicher, ob ich das will."

„Doch, du willst."

Sie zog ihm ein Gesicht.

„Patrick, möchtest du für deine Mutter den Wagen holen?", erkundigte sich Buckland und rührte sich immer noch nicht.

Der Junge blickte seine Mutter an.

„Er darf nicht fahren", sagte sie, während ihre Augen die ganze Zeit auf den Tutor gerichtet waren.

„Doch, darf er, wenn ich es sage. Mach dich auf die Socken, Patrick."

„Darf ich, Mutter?", fragte Patrick unterwürfig.

„Ich denke schon, wenn Buck es sagt."

Der Junge ging davon, mit sichtbarer Befangenheit in jeder Bewegung seiner hohen, übergroßen Gestalt. Das Lachen seiner Mutter und seines Tutors – das grundlose, spontane Gelächter von Leuten, die durch ihre gegenseitige Gesellschaft eher erheitert als unterhalten sind – klang über die Terrasse.

„Nun —", sagte Muller vage. Er bewegte sich wieder in Richtung Hotel.

„Kann ich Ihnen Ihre Schuhe holen, Mrs Romayne", erkundigte sich der blässliche Waller.

„Oh, machen Sie sich keine Mühe, ich meine, warum sollten Sie?"

„Überhaupt keine Mühe", sagte Waller eifrig. „Ein Vergnügen, wirklich."

Er eilte ins Hotel.

„Gott, man würde meinen, er sei hinter dem Ladentisch hervorgekommen", bemerkte Mrs Romayne undankbar. „Komm, Buck. Was für eine lustlose Kreatur du bist"

Sie zog den Tutor vom Stuhl hoch und blieb dann, immer noch seine Hand haltend, lachend stehen.

„Kommen Sie mit uns hinunter, Mr Bolham."

„Vielen Dank, aber ich werde jetzt nicht noch einmal baden."

Aus dem Augenwinkel sah er, wie die Familie Morgan ihre Badeausrüstung zusammensammelte und sich aufmachte zu gehen.

„Wir könnten die Kinder mitnehmen", sagte Mrs Romayne. „Sie haben kein Auto."

Sie drehte sich um und rief zu den Kindern der Morgans rüber.

„Möchtet ihr zu den Felsen? Wir ja, und ihr könnt mit uns mitkommen. Haben jede Menge Platz."

Die Mutter der Kinder war bei ihnen. Sie kam heran.

„Vielen Dank. Das ist sehr nett von Ihnen."

Wie eigenartig, dachte Mr Bolham, den Tonfall einer wohlerzogenen englischen Frau an der Côte d'Azur zu hören – oder, was das betraf, überhaupt irgendwo heutzutage.

Er sah Mrs Morgan an. Sie war groß und schlank mit einem zarten, intelligenten, ungeschminkten Gesicht, sehr schönen tiefblauen Augen und hellen Haaren, die über ihren Ohren zu Schnecken gedreht waren. Es hatte jetzt einen natürlichen Ton, aber er war sich sicher, dass es einmal so golden wie das ihrer Kinder gewesen war. Obwohl sie erschöpft aussah, war sie nicht entkräftet. Ihre Augen und ihr Mund waren ausdrucksstark und rege, und sie hatte eine gute Haltung.

Als ihre Augen denen Mr Bolhams begegneten, lächelte sie offen. Sie hatten bereits einige Unterhaltungen geführt, und Mr Bolham wusste, dass seine eher boshaften Geistesblitze auf Kosten der Mitgäste von Mrs Morgan nicht unbeachtet blieben.

Mrs Romayne blickte, in ihrem blassrosa Strandanzug und immer noch die Hände des Tutors ihres Sohnes haltend, mehr durch als auf andere Frauen, obwohl mit vollkommener Liebenswürdigkeit, und wiederholte ihr Angebot, sie alle zu den Felsen hochzufahren, wo man angenehmer baden könne als an der *plage*. David und Gwennie, die beiden jüngeren Kinder, hüpften bereits begierig herum.

„Bitte, Mami, dürfen wir?"

„Sicher."

Olwen, die älteste, meinte, „Wir *sagten*, Dulcie könne mitkommen und mit uns baden heute Abend."

„Mein Gott", sagte Mrs Romayne. „Nun, ich denke, einer mehr macht keinen Unterschied. Nur beeilt euch, wenn ihr sie holen wollt. Da kommt der Wagen."

Der Wagen, ein riesiger Buick, kam gerade um die Ecke aus der Hotelgarage. Waller kehrte mit Mrs Romaynes Schuhen zurück. Als sie ihm dankte, erwiderte er, „Aber bitte, nicht der Rede wert."

Die Kinder kletterten in den Wagen, Dulcie weitschweifig und nervend dankbar, und Buckland sagte zu Patrick Romayne: „Raus, mein Junge, ich fahre."

„Warum nicht ich?"

„Weil wir an unserem Leben hängen, selbst wenn du es nicht tust", gab sein Tutor gewitzt zurück und blickte sich nach Zustimmung um. Waller, Mrs Romayne und Dulcie Courteney lachten, und der Junge am Lenkrad wurde ziemlich blass.

„Steig aus, Pat", ordnete seine Mutter an. „Geh hinten rein. Buck, ich setze mich neben dich."

Sie nahm ihren Platz neben dem Fahrer ein.

„Sagen Sie mal –", ihr Blick wies auf Denis Waller. „Warum kommen Sie nicht auch mit? Jede Menge Platz."

Waller, der zu Mr Bolham blickte, protestierte unaufrichtigerweise.

„Wenn ich nicht anderweitig gebraucht werde —"

„Gehen Sie nur", sagte Mr Bolham mürrisch.

„Wenn Sie sicher sind – aber wirklich – Wenn ich Mrs Romaynes Freundlichkeit nicht überanstrenge … Ich könnte auch sehr gut zu Fuß —"

„Steigen Sie *ein*!", rief der beherzte Buckland.

Endlich waren sie fort.

Mary Morgan und Mr Bolham blieben zusammen auf der Terrasse zurück und sahen zu, wie der Wagen, schnell kleiner werdend, die s-förmige Kurve der langen Zufahrt hinuntersauste.

„Warum erlauben Sie ihren bezaubernden Kindern, mit dieser gewöhnlichen Frau und ihrem Anhang mitzugehen?", erkundigte sich Mr Bolham, obwohl er sich bewusst war, dass die Frage ziemlich unangemessen war, wenn man das Maß seiner Bekanntschaft mit Mrs Morgan betrachtete.

Doch sie beantwortete sie bereitwillig und ohne ein Anzeichen von Verärgerung.

„Zum Teil weil mir ihr Junge Patrick leidtut. Die Kinder sagen, dass er nett sei. Und zum Teil aus Prinzip."

„Welches Prinzip?"

Mrs Morgans blaue Augen ruhten gedankenvoll auf ihm, als frage sie sich, ob es ihn wirklich interessiere. Mr Bolham, der es tat, bemühte sich, so intelligent auszusehen, wie er sich fühlte.

„Wenn wir uns über Prinzipien unterhalten wollen", sagte Mary Morgan schließlich, „sollten wir uns da nicht hinsetzen?"

Mr Bolham, der nichts mehr wünschte als eine Unterhaltung mit ihr, besorgte zwei Liegestühle, und sie setzten sich, indem sie im gegenseitigen Einverständnis einen Platz in der nun abnehmenden Hitze der Sonne aufsuchten.

„Nun – welches Prinzip treibt Sie dazu, Ihre Kinder der Ansteckung mit einer drittklassigen Abenteurerin auszusetzen?", sagte Mr Bolham freundlich.

„Ich halte nichts davon, Kinder an den Rockzipfel der Mutter anzubinden. Sie werden letztlich allen möglichen Menschen begegnen müssen. Sie können nur lernen zu unterscheiden, wenn sie Erfahrungen machen."

„Sie sind zu jung."

„Nein", sagte Mrs Morgan freundlich, aber mit Entschiedenheit. „Ich versichere Ihnen, das sind sie nicht. Ich finde, dass so viele Mütter diesen Fehler machen. Natürlich wollen sie eigentlich weiter glauben, dass ihre Kinder Babys sind – keine Individuen –, weil sie Angst haben, sie zu verlieren."

„Und wie überwinden Sie das – die Angst, sie zu verlieren, meine ich?"

„Ich denke, indem ich mich ihr stelle. Indem ich sie" – sie lächelte ihn an – „mit drittklassigen Abenteurerinnen zusammenkommen lassen. Obwohl ich, wissen Sie, eigentlich finde, dass Sie ziemlich streng mit Mrs Romayne sind. Sie ist sehr gutmütig."

„Ich frage mich, ob Waller beabsichtigt, mit diesem unverschämten Tutor in Konkurrenz zu treten?"

„Das würde ich nicht denken. Ja – das *ist* schlecht. Der arme Junge Patrick tut mir sehr leid. Ich vermute, sie glaubt, dass er es nicht bemerkt."

„Es ist weitaus wahrscheinlicher, dass sie überhaupt nicht an ihn denkt."

„Er ist ein netter Junge – schrecklich mitleiderregend. Olwen hat sich mit ihm angefreundet, glaube ich."

„Ich wundere mich, dass Sie sie — Ich habe das jedoch schon gesagt."

„Nun", sagte Mary Morgan, „ich gestehe ein, dass ich sie vielleicht nicht jetzt alle hätte mitgehen lassen sollen, wenn ich nicht gewusst hätte, dass mein Mann schon bei den Felsen ist. Sie werden ihn dort treffen."

„Er ist ein sehr guter Schwimmer. Gefällt ihm dieser Ort? Gefällt er Ihnen?"

Mrs Morgan schien zu überlegen. Eines der Dinge, die er an ihr mochte, war, dass sie nie über etwas, das er fragte, überrascht war, und sie überlegte sich ihre Antwort immer genau.

„Sehr gut", sagte sie schließlich. „Ich mag natürlich die Sonne und das Baden und zu sehen, wie die Kinder braun werden. Das Hotel gefällt mir nicht sehr, auch viele der Leute dort nicht."

Ihre Augen wanderten, vielleicht unbewusst, dorthin, wo das neue Paar, die jungen Moons, gerade von seinem Tisch aufstand und sich bereit machte, nach drinnen zu gehen.

„Die junge Frau ist wunderschön", fügte sie irrelevanterweise an.

„Nein", meinte Mr Bolham. „Hübsch, vielleicht, und schöne Beine. Aber ein unmoralischer Tropf. Er auch."

„Wie verantwortungslos Sie mit Ihren Äußerungen sind", bemerkte Mrs Morgan.

Mr Bolham, der einen nicht unbeträchtlichen Ruf als *savant* in seinen Kreisen hatte – die aus Londoner Bibliothekskreisen bestanden – nahm dies mit überraschtem Schweigen auf.

Der junge Mann, Moon, kam auf sie zu.

„Ob ich Sie wohl um Feuer bitten darf, Sir?", sagte er in einem nonchalanten Ton, der seinen Gebrauch des respektvollen Einsilbers vollkommen neutralisierte. „Man hat noch nicht begriffen, dass man keine Taschen an sich hat."

Die gleitende Geste, mit der er auf seinen schicken neuen Badeanzug wies, war für Mrs Morgan gedacht, die als Antwort lächelte.

Mr Bolham, der nicht lächelte, holte Streichhölzer hervor.

„Danke. Meine Frau hat daran gedacht, ihr Zigarettenetui mit hinunterzunehmen, aber die Streichhölzer zu vergessen. Hier, Angie." Seine Frau hatte sich zu ihnen gesellt.

Er zündete ihr eine Zigarette an.

„Danke vielmals", sagte die junge Frau, ohne irgendeinen von ihnen anzusehen.

Es trat einen Augenblick Stille ein.

„Nun – ich denke, wir werden mal gehen und reinhüpfen", sagte Mr Moon. „Es ist langweilig, wenn man kein Auto dabei hat. Wir wussten nicht, dass dieses Hotel so weit vom Meer entfernt ist."

„Es ist ein Nachteil", pflichtete Mary Morgan ihm bei.

Mr Bolham, dessen großer Sunbeam in der Hotelgarage stand, sagte kein Wort, und die Moons gingen, sich leicht in den Hüften wiegend, fort.

(3)

„Die waren reichlich ekelhaft, oder?", bemerkte Hilary.

„Oh, ziemlich. Trotzdem, irgendwo muss man ja anfangen, und der *concierge* sagt, die Morgans sind hier länger als die anderen. Sie kennen sicherlich jeden im Hotel."

„Nun, ich werde heute Abend zu diesen Leuten in der Villa gehen. Ich denke, es könnte nicht schaden zu versuchen, sich zunächst ihre Namen zu merken."

Angie erwiderte nichts. Die Moons unterhielten sich selten ausgiebig miteinander.

Sie verfluchte die Hitze und die unebene Oberfläche der kurvigen Straße und entschied für sich, dass der alte Langweiler – damit war Mr Bolham gemeint – schlimmer als nutzlos sei, obwohl Hilary möglicherweise bei ihm eine Chance hätte, vorausgesetzt er gab nicht an. Sie wusste das aus Instinkt, wie sie auch wusste, dass Mr Bolham ein reicher Mann war, dessen Reichtum ererbt war und nicht erarbeitet.

Mrs Morgan war nicht reich, und sie gehörte eindeutig zu einer Welt, von der die Moons praktisch nichts wussten, und die überhaupt nichts über sie wusste.

Angie blendete sie aus.

Die Frau im rosafarbenen Strandanzug war die Person, zu der man Konakt pflegen sollte – Mrs Romayne. Offensichtlich teilte sie Angies eigene Vorliebe für kostenlose Drinks, die Gesellschaft von Männern und eine Atmosphäre des Plauderns, Gelächters, Lärms und der allgemeinen Lässigkeit.

Die Franzosen waren nutzlos.

Buckland und Waller waren beide jung, mehr oder weniger ungebunden, und jeder von ihnen hatte Angie sicherlich bemerkt. Bei denen wäre es leicht.

Beim Amerikaner Muller würde es sich offensichtlich am meisten lohnen, aber er wäre auch bei

Weitem unempfänglicher für ihre Reize als die jungen und weniger erfahrenen Männer. Angie machte sich keine Illusionen, und sie wusste sehr gut, dass ein reicher und viel gereister Amerikaner ihrem Typ immer wieder begegnet sein müsse.

Kapitel II

(1)

Die Felsen, zu denen Mrs Romaynes neuer und prächtiger Buick die Gesellschaft in halsbrecherischem Tempo brachte, formten eine kleine Bucht, wo ein Teil des Mittelmeers sanft und ohne Geizeiten platschte.

Buckland fuhr den Wagen an den Straßenrand, und alle stiegen aus und begannen den Abstieg, der steil war und Kletterbewegungen notwendig machte.

Die Kinder, bereits in Badeanzügen, bewältigten das leicht. Patrick Romayne blieb zurück und streckte zweifelnd seine Hand aus, um seiner Mutter zu helfen.

„Fass mich nicht an", kreischte sie. „Ich werde das Gleichgewicht verlieren, wenn du es tust."

„Ich werde als Erster gehen", bot Denis Waller an, während er sich in äußerst unsicherer Weise an einem roten Felsvorsprung festhielt, innerlich voller Angst, dass er sich womöglich lächerlich machen könnte, wenn er ausrutschte und das Glas seiner Armbanduhr zerbrach. Es war eine neue Armbanduhr, mit einem breiten Goldband, und sie half, sein mangelndes Selbstbewusstsein zu stärken, denn er meinte insgeheim, dass sie ihm Individualität verlieh.

Mrs Romayne kreischte wieder, dieses Mal vor spöttischem Gelächter.

„Es bliebe nicht viel von Ihnen übrig, wenn ich auf Sie fiele", sagte sie ungehobelt, aber zu Recht.

Waller wimmerte im Stillen. Er war in jeder Hinsicht empfindsam, aber vielleicht vor allem, wenn es seine kleine knochige physische Erscheinung betraf.

Buckland, groß, kräftig und behaart, drängte sich nach vorn.

„Komm schon", ordnete er souverän an, „Ich halte dich."

Er fasste Mrs Romayne am Arm – an der Schulter – am Fußgelenk – überall –, schob und trug sie teilweise hinunter.

Denis Waller knirschte mit den Zähnen. Ihm missfiel Buckland außerordentlich, und er hielt ihn für einen Flegel, dennoch beneidete er ihn.

Warum konnte er nicht einen Teil von Bucklands Selbstsicherheit, seiner lauten Tüchtigkeit und seines leichten Erfolgs haben?

Denis rutschte den Felsen etwas weiter hinunter, blickte verstohlen umher, um zu sehen, ob das jemand bemerkt hatte und ihn verachtete, und schlitterte weiter hinter der Gesellschaft her, langsam und vorsichtig, denn er war ziemlich verängstigt.

Während er lief, tröstete er sich mit einer Reihe von Fantasien, die ihn, über die Jahre kaum variierend, seit seiner frühen Kindheit aufrechterhalten hatten.

Die Annahme, auf der die meisten dieser Fantasien beruhten, war dergestalt, dass Denis Hannaford Waller in einer früheren Existenz einer der berühmtesten Lehrmeister der Welt gewesen war (welcher von ihnen, wollte er kaum für sich selbst entscheiden, obwohl er seine eigenen geheimen Überzeugungen über dieses Thema hatte). Auf die Erde zurückkehrend hatte er bewusst Demütigung, eine unbedeutende Position, eine zarte und unscheinbare Gestalt angenommen. Mittels dieser Nachteile würde er nicht nur eine höhere Spiritualität erlangen, sondern auch seine Mission für die Menschheit weiterführen.

Es war eine große, unklare Mission, die allgemeines Verständnis, Hilfsbereitschaft und Dienstbarkeit umfasste, und gleich nachdem er seinen siebzehnten Geburtstag erreichte, hatte Denis festgestellt, dass all dies Mädchen seines Alters und sogar jünger, deren Intelligenz etwas geringer war als seine, angeboten und von ihnen begrüßt werden könnte. Allzu häufig hatten ihn diese Verbindungen des Geistes in Schwierigkeiten gebracht, doch er glaubte aufrichtig, bei jedem Vorfall, dass die Schwierigkeiten nur durch die Unwürdigkeit, Wankelmütigkeit oder Schwachheit der Menschen verursacht worden seien, denen er versucht hatte zu helfen. Seine eigene Integrität hielt er für intakt, und tatsächlich blieb er moralisch – in der gewöhnlichen Auffassung des Begriffs – ohne Fehl, denn er war sowohl sexuell unterentwickelt als auch einer physischen Pingeligkeit zugeneigt, die er mit Spiritualität verwechselte.

Mrs Romayne, grobsprachig und schrill, stieß ihn eher ab, als ihn anzuziehen, doch es war so wichtig für Denis Waller, anerkannt zu sein und wenn möglich beliebt bei allen, mit denen er in Kontakt geriet, dass er sich immer so verhielt, als bewundere und respektiere er sie sehr. Undeutlich entschuldigte er diese Unaufrichtigkeit für sich, wann immer sie ihm bewusst wurde – was gelegentlich passierte, wenn er plötzlich mitten in der Nacht aufwachte –, dass Mrs Romayne eines Tages vielleicht von ihm beeinflusst werden könnte.

Denis besaß einen mitleiderregenden Glauben an die Kraft der *Beeinflussung*, besonders seine eigene. Er hatte oft davon geträumt, eine Stellung als Tutor in einer Privatfamilie zu erhalten, wo er von seinen Möglichkeiten in einer Weise hätte profitieren können, die ganz anders war als diejenige Bucklands – doch der Traum war ein Traum geblieben, trotz zaghafter Besuche bei verschiedenen Lehrervermittlungen, denn seine erzieherischen Kenntnisse waren nicht viel bedeutender als seine athletischen Fähigkeiten. Nichtsdestoweniger hielt er sich weiter für einen *Einfluss*, und es traf tatsächlich zu, dass er mehrfach vorübergehende seelische Verunsicherung im Leben diverser junger Frauen verursacht hatte, mit denen er lange und persönliche Gespräche führte – in deren Verlauf er regelmäßíg und inkorrekt den Gebrauch des Wortes „psychologisch" gemacht hatte.

Es hätte weit weniger Intelligenz erfordert, als Denis besaß, um nur einen Augenblick zu glauben, dass ihm jemals gestatten sein würde, seinen Arbeitgeber zu beeinflussen. Denis verfiel nicht diesem Trugschluss. Doch er hoffte immer noch, obwohl zunehmend weniger, dass Mr Bolham ihn eines Tages – wenn er ihn vorher nicht entließ –, vielleicht zu mögen lernte. Unglücklicherweise hatte er den Posten als vorübergehender Sekretär von Mr Bolham zum Teil deshalb erhalten, weil er eine Freundin dazu gebracht hatte, ihm ein hervorragendes Zeugnis über seine Fähigkeiten zu schreiben, vorwiegend basierend auf dem, was er ihr selbst von ihnen erzählt hatte, und zum Teil weil er mit der Haltung bescheidener Tüchtigkeit vereinbart hatte, jede Menge Dinge zu machen, zu denen er mehr oder weniger unfähig war. Diese Unfähigkeit war für seinen Arbeitgeber beinahe sofort offensichtlich geworden, und Denis lebte in der täglichen Angst, nach England zurückgeschickt zu werden, ohne Anstellung und ohne Referenzen.

Teilweise aus dem panikerfüllten Wunsch, mehrere Eisen im Feuer zu haben, war er bemüht, sich bei den anderen Gästen im Hotel beliebt zu machen. Man wusste nie, wann und in welcher Weise gesellschaftliche Kontakte von Nutzen sein konnten.

Auf einer überschwänglicheren Ebene lag sein vollkommen aufrichtiger Wunsch, seine eigene Vision von sich zu erfüllen, weniger gebildeten Seelen zu helfen und sie zu beeinflussen.

Während er sich vorsichtig zu dem tieferen felsigen *plateau* hinabbegab, von dem sie alle baden gehen wollten, sann Denis darüber nach, wie furchtbar dringend der Junge Patrick Romayne Hilfe benötige. Vielleicht könnte er sein Vertrauen gewinnen …

„Also sind Sie endlich angekommen", bemerkte Buckland nicht eben freundlich. Er zog sich gerade seine Badesachen an, ohne besonders auf Privatheit zu achten. Denis, etwas züchtiger, suchte eine Felsnadel auf und trat dahinter, als er sich plötzlich Mrs Romayne gegenübersah, die nur halb in einem rückenlosen und fast vorderlosen smaragdgrünen Schwimmanzug steckte.

„Sie können nicht hierherkommen", kreischte sie.

„Es tut mir entsetzlich leid – verzeihen Sie."

Denis war tatsächlich kaum mehr entsetzt oder verstört durch den Anblick einer halb nackten Frau, als es ein Kind gewesen wäre, doch er hielt seinen Schrecken, Mrs Romayne verletzt zu haben, fälschlicherwiese für aufgebrachte männliche Empfänglichkeit und zog sich mit großer Gemütserregung in einen anderen Felsvorsprung zurück, wo er sich so schnell wie möglich auszog. Die Kinder waren bereits im Wasser.

Er beobachtete die beiden jüngeren Morgans, Gwennie und David, mit einem gewissen Neid und mit Bewunderung. Sie waren erst acht und zehn Jahre alt und schwammen gut und furchtlos in Wasser, in dem sie nirgendwo stehen konnten. Er konnte sehen, wie sie sich beständig vorwärtsbewegten, einander in gesprächiger Weise zuriefen, und vermutete, dass sie auf dem Weg zu einem felsigen Inselchen etwa sechzig Yards entfernt waren, wo die Gestalt eines Mannes – die ihres Vaters – zu sehen war.

Das älteste Morgan-Kind war nicht zu sehen, ebenso wenig Patrick Romayne. Als Denis hinter seinem Versteck hervorkam in blauer Badehose ohne Oberteil – denn sein Wunsch, eine mannhafte Sonnenbräune zu bekommen, war stark –, begegnete er Dulcie Courteney, die er völlig vergessen hatte, denn sie besaß nicht viel Persönlichkeit und würde sicherlich niemals für jemanden als gesellschaftlicher Gewinn gelten. Aber er war besonders gut im Umgang mit Kindern, die er aufrichtig mochte, also lächelte er sie an und sagte:

„Hallo."

„Hallo, Mr Waller. Gehen Sie gleich hinein?"

„Nein, ich denke nicht", erwiderte Denis, weil er vermutete, dass es das war, was sie ihn sagen hören wollte.

„Oh, gut. Setzen Sie sich mit mir auf die Felsen zum Sonnenbaden, Mr Waller? Ich meine natürlich nicht *wirklich* Sonnenbaden."

„Ich verstehe schon. Das wäre ein ziemlich guter Platz, oder? Ich habe leider vergessen, mein Öl mitzubringen." Denis hatte wohlweislich vergessen, Öl mitzubringen, seit seine erste, ziemlich teure Flasche zu Ende gegangen war. Andere Leute hatten immer reichlich dabei.

„Ich leihe Ihnen meine Flasche", bot Dulcie eifrig an. „Wissen Sie, ich brauche es eigentlich nicht wirklich, oder? Ich bin hier schon den ganzen Sommer, deshalb bin ich natürlich gebräunt. Obwohl ich nicht denke, dass sehr hellhäutige Menschen wie ich jemals ganz dunkel werden, wenn sie nicht so hell wären, oder? Obwohl Sie selbst sehr hellhäutig sind, Mr Waller."

Sie blickte ihn kritisch an, und Denis warf die Schultern zurück, fand dann aber, dass das eine sehr billige und offensichtliche Geste sei, und tat dann so, als ob er nur beabsichtige, sich flach auf den Felsen zu legen, und tat das auf Kosten schmerzender Schulterblätter und seines Hinterkopfes.

Dulcie plapperte weiter. Es war offensichtlich ihre Vorstellung von gutem Benehmen, zwischenzeitliches Schweigen zuzulassen.

„Es war lieb von Mrs Romayne, mich in ihrem Wagen mitzunehmen, finden Sie nicht, Mr Waller? Sie ist immer schrecklich lieb zu mir. Eigentlich wie alle im Hotel. Mein Papa meint, dass ich so ein Glückskind sei, so viele Freunde zu haben. Natürlich tu ich, was ich kann, Leuten behilflich zu sein – wie Französisch zu sprechen oder ähnliches – ich habe den Morgans sehr viel Französisch beigebracht."

„Sie sind schon lange hier, oder?"

„Einen ganzen Monat, und sie werden noch zehn Tage bleiben. Ich denke, sie müssen ziemlich vermögend sein, wissen Sie. Oh" – sie schlug die Hände vor den Mund – „oh, das hab ich vergessen! Papi sagt, ich soll *niemals* über Sachen anderer Leute im Hotel reden. Sie *werden* nichts sagen, oder?"

„Nein, natürlich nicht. Ich bin zufälligerweise eine ganz ungefährliche Person. Mir werden jede Menge Geheimnisse anvertraut, und es ist so, als ob sie einfach in einen großen Brunnen fielen."

Der Fels schien härter und härter zu werden, und dazu war das Glühen der Sonne immer noch stark genug, um die Augen schließen zu müssen, was reichlich albern aussehen konnte –, darüber hinaus hatte er lange genug auf dem Rücken gelegen, um den Verdacht auszuschließen, dass er die Position nicht mit Absicht gewählt hätte – deshalb rollte sich Denis auf seine Vorderseite und fühlte sich sehr viel wohler.

„Oh, sehen Sie, Mr Waller! Gwennie und David sind ganz zum Felsen gelangt, wo ihr Daddy ist. Sie winken."

Dulcie wedelte mit einem Badeumhang, und Denis, unter dem Vorwand mit der Hand winken zu wollen, war in der Lage, sich wieder aufzusetzen.

„Gwennie schwimmt furchtbar gut, finde ich, für ein kleines achtjähriges Kind, finden Sie nicht, Mr Waller? Sehen Sie, sie will tauchen. Ich wünschte, ich könnte so gut tauchen wie sie. Ich tauche furchtbar schlecht. Papi sagt immer, er wird mir ein paar Stunden geben, aber er hat nie Zeit."

Sie sah Denis wehmütig an, und sein unmittelbarer Impuls war, zu sagen, dass er ihr Tauchunterricht geben würde. Lediglich Vorsicht, gewonnen aus Erfahrung, hielt ihn zurück. Es gab mindestens ein ernsthaftes Hindernis auf dem Weg, Dulcie das Tauchen beizubringen. Schließlich sagte er:

„Ich denke, ich könnte dir ein paar Ratschläge geben."

„Oh, Mr Waller, wirklich? Das finde ich aber lieb von Ihnen. Ich kann es irgendwie, wissen Sie – nur nicht gut –, und wenn Sie es mir nur zeigen könnten – ich bin sicher, Sie tauchen wunderbar."

„Nein, das tu ich nicht."

„Das sagen die Leute immer."

„Ich werde dir die Theorie beibringen", erklärte Denis ernsthaft. „Es ist der vernünftigste Weg zu lernen – weitaus nützlicher, als zuzusehen, wie es ein anderer macht. Tatsächlich hat mir mein Arzt geraten, in diesem Sommer nicht zu tauchen."

„Oh, Mr Waller, wie *schade*, wo Sie doch gerade nach Südfrankreich gekommen sind!"

„Nicht wahr?", sagte Denis mit einem melancholischen Lächeln und fühlte sofort, dass es das sei.

„Sind Sie gebrechlich?"

„Überhaupt nicht. Ich bin zufälligerweise eher außergewöhnlich kräftig. Das heißt von den Muskeln her. Aber seit einem Sturz, bei der Jagd im letzten Jahr – stelle ich fest, dass das Tauchen – oder etwas Derartiges – bei mir heftige Kopfschmerzen verursacht."

„Wie schade."

„Bitte, sprechen wir nicht mehr davon, ja?"

Denis war beständig dazu genötigt, seine Gespräche in dieser Art zu beenden. Das gab ihm ein sichereres Gefühl. In diesem Fall jedoch wusste er wirklich nicht, ob er hoffte, dass Dulcie ihn beim Wort nahm oder nicht. Er war erst seit einer Woche im Hôtel d'Azur, doch er hatte beinahe sofort gesehen, dass es nötig wäre, einen überzeugenden und achtbaren Grund für seine große Abneigung zu finden, das Tauchen zu üben – eine Abneigung, die weniger physischer Feigheit als seiner Furcht, lächerlich bei seinen ersten Versuchen auszusehen, geschuldet war.

„Begeistern Sie sich sehr für die Jagd, Mr Waller?"

„Ja – obwohl ich es noch nicht sehr oft gemacht habe", sagte Denis hastig und wünschte sich, er hätte den Rudersport als *mise en scène* für sein Unglück gewählt.

„Sag mal, Dulcie, ist es nicht Zeit, dass wir reingehen?"

„O ja, Mr Waller", rief Dulcie, die immer allen Vorschlägen von Hotelgästen zustimmte, mit allen Zeichen des Eifers.

Sie bewegten sich zum Felsrand und rutschten mit eher vorsichtiger als eleganter Haltung hinein ins warme, blaue Wasser.

(2)

Auf einem ganz anderen Felsen, getrennt vom *Hauptplateau* durch einen schmalen Strom leicht wogenden Meerwassers, saß Olwen, das älteste Morgan-Kind, mit Patrick Romayne. Sie war ein Kind von ernstblickender, schlanker Schönheit, mit blauen, tiefen, intelligenten Augen, wie die ihrer Mutter, und hellem, dichten Haar, das in einem eckigen goldenen Rahmen zu ihrem schmalen, sonnengebräunten

Gesicht geschnitten war. Sie trug einen sehr ausgeblichenen, knappen blauen Badeanzug, der ihren weichen, kindlichen Nacken und ihre langen schlanken Beine und Arme bloßlegte, alle gleichmäßig in einem ebenen, glänzenden Bronzeton gebräunt.

Patrick, der sehr viel blasser war als sie, hatte nur eine unangenehme Röte erreicht, die sein helles Haar und seine Wimpern fast weiß aussehen ließ.

„Soll ich dich eincremen?", fragte Olwen.

„Ja, bitte. Pass aber bitte auf, wo es blasig ist."

„Ist gut."

Sie tropfte etwas Kokosöl aus einer Flasche, die neben Patrick lag, und trug es vorsichtig auf seine Schultern und seinen Rücken auf.

„Ganz riesigen Dank. Willst du wirklich nicht gehen und mit David und Gwennie schwimmen?"

„Wirklich nicht, danke."

Es gab eine Pause. Dann sagte Patrick:

„Wo ist diese Dulcie?"

„Oh, irgendwo. Es geht ihr gut, denke ich."

„Warum hast du sie gefragt, mitzukommen?"

„Mami sagte es uns. Sie tut ihr irgendwie leid."

„Also, mir tun die Leute mehr leid, die mit ihr zusammen sein müssen", sagte Patrick.

„Ja, mir auch."

„Ich vermute, das armselige Mädchen hat ein ziemlich schäbiges Leben, insgesamt. Ist sie nicht das Kind eines Fachhochschulvertreter oder so etwas in der Art?"

„Ja. Jedenfalls weiß ich nicht genau, was er ist, aber er spricht hervorragend Französisch, Deutsch und Englisch, und wenn er hier ist, arrangiert er im Hotel Tanzveranstaltungen und Exkursionen und solche Sachen, aber einen Teil der Zeit saust er zwischen hier und Paris hin und her, oder zwischen Paris und London. Ich glaube, er bringt Leute mit, die nicht allein reisen möchten – alte Damen und so. Dulcie bleibt einfach die ganze Zeit hier."

„Auch im Winter? So was, ich habe gerade einen Fisch gesehen."

„Sie tauchen manchmal auf. Es gibt Mengen von ihnen am Réserve, gleich vor dem Hotel, wo sie Bouillabaisse anbieten. Nein, im Winter gehen sie zu den Wintersportorten."

„Ziemlich viel Spaß."

„Dulcie hat nicht viel Spaß. Sie darf keine der Sportarten machen oder so, es sei denn, einer der Hotelgäste bietet an, sie mitzunehmen."

„Warum nicht? Die Kosten oder so?"

„Ich vermute. Patrick, magst du Bouillabaisse?"

„Ich habe es noch nicht probiert. Wir gehen morgen ins Réserve. Es reicht für meinen Rücken, denke ich. Ganz vielen Dank, Olwen."

Olwen steckte den Korken wieder in die Flasche, aber sie blieben weiter nebeneinander sitzen auf der warmen Oberfläche des Felsens und hielten ihre Knie umfasst.

Nach deutlichem Zögern sagte Patrick, während er kritisch aufs Wasser blickte:

„Sag mal, könntet ihr nicht alle mitkommen und den Lunch einnehmen in diesem Bouillabaisse-Ding morgen? Ihr geht häufig, oder?"

„O ja, Daddy liebt es, und Gwennie ebenfalls. Jedenfalls tut sie wohl nur so, weil sie glaubt, dass das erwachsen sei. David verabscheut es einfach. Sie servieren ihm für gewöhnlich ein Omelett stattdessen. Mami und ich mögen es nur soso."

„Also, könnt ihr es schaffen, morgen hinzugehen? Weißt du", sagte Patrick trostlos, „es macht einfach viel mehr Spaß, wenn mehr Leute da sind."

„Findest du?", fragte Olwen überrascht. „Ich meine natürlich nicht, dass es nicht lustig wäre, mit deiner Gruppe zu gehen – aber als *grundsätzliche* Regel gefällt es mir besser, wenn nur ein paar Leute da sind, die sich schrecklich gut kennen."

„Also, das wäre dann nicht so, wegen diesem Widerling Buckland."

„Er ist schrecklich mies, oder?", sagte Olwen teilnahmsvoll. „Wir alle verabscheuen ihn einfach. Warum musst du ihn dabei haben?"

Patrick holte tief Luft.

„Nun, weißt du, mein Vater und meine Mutter, sind, ganz unglücklicherweise, getrennt, und ich wurde Mutter zugesprochen – ich war ungefähr elf zu der Zeit, als das alles passierte, und ich vermute, Vater meinte, ein Kind meines Alters wäre ziemlich anstrengend zu beaufsichtigen – und dann reiste sie nach Ägypten, und ich verbrachte die Ferien bei Tanten und so, was die meiste Zeit ungewöhnlich scheußlich war, und als sie dann wieder nach Hause kam, wurde ich nach Sherborne geschickt – wo ich jetzt bin, weißt du –, und zuerst hatte sie eine Wohnung in London, und ich verbrachte die Ferien immer dort; dann mischte sich mein Vater ein und meinte, er würde es gern mal mit mir versuchen, also ging ich ein- oder zweimal zu ihm, und das war gut. Er lebt in Schottland, und er hat mir das Angeln beigebracht. Aber dieses Jahr habe ich die Osterferien bei meiner Mutter verbracht, und sie machte sich ziemliche Sorgen um die Kosten und so und sagte, sie würde die Einrichtung verkaufen und sich von der Wohnung trennen, und sie schien zu glauben, dass es ziemlich lustig wäre, ein bisschen herumzuwandern, und eine Freundin namens Mrs Wolverton-Gush erzählte ihr von diesem Ort und sagte, sie wäre im August hier. Tasächlich ist sie gerade erst angekommen in irgendeiner Villa ganz in der Nähe."

Patrick hielt abrupt inne und schien es schwer zu finden, weiter zu reden. Deshalb sagte Olwen:

„Ja, ich verstehe. Und wie kommt der giftige Buckland ins Spiel?"

„Diese dämliche Frau, diese Wolverton-Gush – nun, eigentlich ist sie wahnsinnig nett, denke ich, aber du weißt schon, was ich meine – es war ihre Idee. Sie hat ihn Mutter vorgestellt und hat es ihr irgendwie in den Kopf gesetzt, dass es eine wahnsinnig gute Idee wäre, ihn als Ferientutor für mich zu engagieren. Wenn du mich fragst, war Buckland ohne Arbeit – und kein Wunder – und mehr oder weniger aufgeschmissen, er hat sich ausgerechnet, was es bringen würde. Mutter ist der einfach großzügigste Mensch, und ich denke, sie gibt ihm eine schöne Summe."

„Ich sehe nicht, was er tut, um sie zu verdienen."

„Absolut gar nichts. Und er isst wie ein Scheunendrescher."

„Ja, nicht wahr? Gwennie war es aufgefallen. Sie ist selbst ziemlich gierig, also bemerkt sie es natürlich bei anderen Leuten."

„Man erwartet von einem achtjährigen Kind, gierig zu sein. Buckland lässt Mutter für seine Drinks zahlen und alles, was extra ist – beispielsweise wenn man nach St. Raphael fährt und Eis isst. Jetzt sage ich immer, ich will kein Eis, um ihn niederzumachen, wenn sie es vorschlagen."

„Das überrascht mich nicht. Klappt das?"

„Nicht immer. Einmal sind sie ohne mich gefahren. Natürlich hat Mutter überhaupt nicht gemurrt. Sie dachte einfach, dass ich *wirklich* kein Eis wollte."

„Na klar."

„Ich glaube, sie merkt noch nicht einmal, wie sehr ich den Kerl hasse."

„Wahrscheinlich tut sie es nicht, sonst würde sie ihn vermutlich loswerden", sagte Olwen und versuchte es wie eine Erklärung klingen zu lassen und nicht wie eine Frage. „Aber du wirst es ihr sagen, oder, Patrick?"

„Oh, ich denke schon, früher oder später." Seine Stimme klang nicht überzeugend. „Ich glaube nicht, dass sie ihn selbst wirklich *mag*, weißt du. Es ist nur, weil sie so schrecklich gutmütig ist."

„Vielleicht will sie ihre Freundin nicht enttäuschen – diese Mrs Dingsbums-Gush, die hier ist –, und wenn du wieder zu Hause bist, ist es egal."

Patrick wandte sich um und blickte sie an, zum ersten Mal während des Gesprächs, und der leichte Zug von Anspannung, der für gewöhnlich um seine Augen und seinen Mund lag, hatte sich für einen Moment gelöst.

„Daran habe ich nie gedacht, weißt du. Natürlich, das wird es sein. Ich weiß, sie würde es hassen, Mrs Wolverton-Gush zu enttäuschen. Und Mutter ist so schrecklich – irgendwie vertrauensselig, und möchte, dass alle fröhlich sind und so –, dass sie einfach nicht begreift, wie sehr man diesen Grobian treten sollte."

„Hallo Olwen!"

Dulcie, die mit schnellen, schwachen kleinen Zügen schwamm, tauchte um die Ecke auf.

„Hallo", antwortete Olwen ohne Begeisterung.

Patrick stand auf.

„Nun ——"

Er tauchte mit dem Kopf zuerst ins Wasser ein.

„Der war gut!", quiekste Dulcie. „Mr Waller, war das nicht ein großartiger Sprung?"

„Wirklich ein sehr guter Stil", erwiderte Denis kritisch, der zu spät um die Spitze gekommen war, um etwas sehen zu können.

Er bemerkte Olwen, die immer noch auf dem Felsen saß, und stemmte sich aus dem Wasser, um zu ihr zu gehen. Er war von Dulcie gelangweilt, obwohl er versuchte, nett zu ihr zu sein, und er war von Olwens Schönheit angezogen und von ihrer Haltung guter Erziehung – zwei Eigenschaften, für die er besonders empfänglich war.

„Warst du noch nicht im Wasser?"

„Noch nicht. Haben Sie David und Gwennie gesehen? Sie sind direkt zur Insel geschwommen."

„Wir haben sie gesehen. Sie klettern dort herum, mit eurem Vater."

„Ich denke, ich werde auch hingehen", sagte Olwen und stand auf.

Denis war enttäuscht. Vielleicht wollte sie von ihm wegkommen. Nun, sie war nur ein Kind – was machte es, ob sie ihn mochte oder nicht? Er stand höflich auf, als Olwen ihrerseits hineinsprang.

„Hallo, Mrs Romayne", sagte Dulcie vom Meer aus. „Oh, hallo, Mr Buckland."

Ihr Gruß blieb unbeantwortet und zweifellos ungehört im lebhaften Lärm, der durch Mrs Romaynes schallendes Gelächter und Bucklands höhnische Erwiderungen gemacht wurde.

Sie bespritzten sich gegenseitig fröhlich, während sie sich um einen roten Gummiball balgten.

Denis stand still lachend auf dem Felsen, um den Eindruck zu erwecken, dass er an dem teilhatte, was auch immer dort ablief. Eine seiner vielen Ängste war, ignoriert oder ausgeschlossen zu werden, weil er sich in einer abhängigen Position befand.

„Buck, ich hasse dich einfach!"

Der Ball, unsicher geworfen von Mrs Romayne, verfehlte weit sein Ziel, und es war ihr Sohn Patrick, der ihn holte und ihn ihr zurückwarf.

Sie warf ihn wieder dem Tutor zu, und dieses Mal traf er ihn am Kopf.

„Na gut, ich werde dich dafür untertauchen!"

„Du Grobian – das wirst du *nicht* tun!"

„Mutter, fang!"

Patrick hatte wieder den Ball und kam zu ihr, doch sie ignorierte ihn, ihre ganze Aufmerksamkeit auf das Herumgealbere mit Buckland gerichtet, als er sie bei den Schultern griff und sie mit ihm rangelte, wobei ihr Badeanzug zur Hälfte herunterglitt.

„Guck dich mal an, du bist noch nicht mal angezogen!"

„Wessen Schuld ist das?"

Denis Wallers Lächeln war sehr fest und unnatürlich geworden. Er war nicht im Geringsten amüsiert, sondern ziemlich angewidert, und der Blick in Patrick Romaynes Gesicht schmerzte ihn.

Doch beinahe sofort wandte sich der Junge um und schwamm fort. Nur Denis bemerkte, dass er weg war.

(3)

Coral Romayne – sie hatte vor langer Zeit entschieden, dass ihr Name Coral sein sollte statt Amy, der Taufname – streifte sich ihren nassen Schwimmanzug ab unter dem Schutz eines sehr schicken Badeumhangs mit grünen und weißen Streifen. Während sie ihre blassrosafarbene Strandanzughose überzog, dachte sie, wie sie es häufig tat, dass ihre Figur einfach herrlich sei.

Das war sie.

Coral war vierundvierzig und so straff und gut gebaut wie ein Mädchen von zwanzig. Nichts hatte sich irgendwo ausgedehnt. Automatisch glitten ihre Hände an der festen, flachen Form ihrer Hüften und ihrer Taille entlang, und sie lächelte leicht mit Genugtuung und streifte dann das Oberteil ihres Anzugs über den Kopf.

Auf dem Felsen neben ihr lag eine aufwendige Strandtasche mit grünen Glasringgriffen. Coral setzte sich und holte aus ihr alles hervor, was sie für den langen und komplizierten Prozess brauchte, um ihr Gesicht zurechtzumachen.

Wenn nur ihr Gesicht so jung geblieben wäre wie ihre Figur!

Sie blickte in ihren kleinen Spiegel, vorsichtig, nicht grüblerisch, denn Grübeln verursachte Falten.

Die weiße Badekappe war unkleidsam, und sie nahm sie hastig ab und schüttelte ihr Haar durch. Jeden Tag schmerzte es sie aufs Neue, dass ihr Haar, das einmal die Farbe Aschblond und eine weiche Textur gehabt hatte, mit kaum merklichen Schritten steif, brüchig und leblos geworden sein konnte.

Es war die Dauerwelle, die das verursacht hatte. Kein Haarschopf konnte dagegen ankommen, Jahr um Jahr. Und als sie es einmal gefärbt hatte, war auch das desaströs gewesen. Auf einer Seite ihres Kopfes war immer noch ein leichter grüner Schimmer zu sehen.

Coral ging mit einem Kamm durch und seufzte.

Dann klopfte sie auf die winzigen Falten um ihre Augen. Sie waren fast nicht zu bemerken – und ihre Augen waren, und würden es immer sein, von einem wunderschönen Graublau zwischen ihren dunkel gefärbten Wimpern. Sie rieb sehr wenig Rouge auf ihre Wangen und puderte sich die Nase, das Kinn und die Stirn mit gelblichem Puder.

Bevor sie ihren Lippenstift auftrug, begutachtete Coral ihre vorderen Zähne sehr genau im Spiegel. Sie waren immer noch gut. Und die paar, die nicht ihre eigenen waren, lagen hinten, dem Himmel sei Dank, und niemand würde das vermuten.

Sie tönte ihren Mund kräftig rot. Es war immer noch ein sehr hübscher und verführerischer Mund, und noch gab es kein Anzeichen eines Doppelkinns unter ihm.

Corals schreckliche Angst vor den voranschreitenden Jahren war bei Weitem das Bedeutendste in ihrem Leben. Sie lebte nur für die Aufregung der Abfolge von Affären mit Männern, und es war für sie fast unerträglich, sich eine Existenz vorzustellen, in der sie aufhören würde, sexuell attraktiv zu sein.

Bislang gab es keine Anzeichen dafür, dass sie ihre Kraft verloren hatte, und tatsächlich schien sie seit ihrer Trennung von Patricks Vater und der daraus folgenden Freiheit noch zugenommen zu haben. Es gab immer jemanden.

Romayne war ein reicher Mann, und er gab ihr eine großzügige Zuwendung, für sie und den Jungen. Er wusste – und Coral wusste, dass er es wusste –, dass er sich leicht von ihr scheiden lassen könnte –, doch Romayne war ein Mann mit religiösen Skrupeln.

Coral machte es nichts aus. Sie hatte nicht den ausdrücklichen Wunsch, wieder zu heiraten. Alles, was sie wollte, war, weiterhin die Zuwendung zu bekommen und frei wählen zu können, wohin sie gehen und was sie machen wollte. Sie war extravagant und nie ohne Schulden, doch sie besaß eine natürliche Leichtherzigkeit, die sie befähigte, jeden Eindruck zu verwerfen, nur nicht den des Augenblicks.

Sie war nach Südfrankreich gekommen zum Teil, um von ihren Gläubigern in London wegzukommen, und zum Teil auf Betreiben einer neuen Freundin, die sie kürzlich in einem Vorort-Bridgeclub kennen-gelernt hatte – eine Mrs Wolverton-Gush.

„Gushie wird von mir erwarten, dass ich komme und sie heute Abend aufsuche, denke ich", überlegte Coral, während sie ihre Badeschuhe zuschnürte. „Ich *kann* mir Gushie hier nicht vorstellen, in einem Badeanzug."

Sie kicherte bei dem Gedanken, denn Mrs Wolverton-Gush war groß, und Coral hatte sie nie etwas anderes tragen sehen als enge, schwarze, pseudoschicke Londoner Kleidung mit weißen und jadegrünen Anklängen. Sie sei, sagte sie, die Witwe eines Bautechnikers und habe keine Kinder. Ein unredlicher Treuhänder, der schließlich Selbstmord begangen habe, wurde von Mrs Wolverton-Gush dafür verantwortlich gemacht, dass sie für ihren Lebensunterhalt arbeiten gehen musste. Sie hatte, zu verschiedenen Zeiten, einen Teeladen geleitet, eine Stellenvermittlung, ein Pflegeheim und eine Pension für berufstätige Frauen. Ein- oder zweimal hatte Mrs Wolverton-Gush in würdevoller Art fünf oder zehn Pfund von Coral geborgt, die freigiebig war und sich dessen gern rühmte. Das Geld war immer zurückgezahlt worden.

Es war Mrs Wolverton-Gush, die Buckland Mrs Romayne vorgestellt hatte auf einer Party, die Coral in London gab. Sie hatte beinahe gleich danach vorgeschlagen, dass „ein großartiger Junge wie Patrick" einen Ferientutor haben sollte, der in der Lage wäre, den Wagen zu fahren, zu schwimmen und mit ihm Spiele zu spielen. Ein Tutor sei unverzichtbar, wenn sie nach Südfrankreich führen.

„Dein Freund Buck sucht Arbeit. Er hat so etwas schon viele Male gemacht", sagte Coral.

„Ich möchte meinen, er würde es machen. Er bewundert dich wahnsinnig. Nicht dass ich dir rate, ihn zu engagieren, wenn du nicht sicher bist, dass es das Beste für Patrick sein würde", hatte Mrs Wolverton-Gush geantwortet.

Coral war amüsiert. Sie wusste sehr gut, dass die ganze Sache vorher arrangiert worden war und dass, wenn eine Anstellung für Buckland dabei herauskäme, Mrs Wolverton-Gush von ihm eine Provision fordern würde.

Coral machte das überhaupt nichts aus. Ihre vierteljährliche Zuwendung war gerade gezahlt worden, sie fühlte sich reich, und die Vorstellung, einen großen, gut aussehenden jungen Mann zu ihrer Verfügung zu haben in einem schicken Hotel an der Côte d'Azur, gefiel ihr.

Und *tête-à-tête* mit Patrick zu sein, den sie unartikuliert und peinlich ahnungslos fand, langweilte sie häufig sehr.

Buckland behandelte sie mit genau der Vertraulichkeit, die ihr am meisten schmeichelte, und Coral vergewisserte sich, dass die Tatsache, dass er beinahe sechzehn Jahre jünger war als sie – ob er es wusste oder nicht – sie davon abhalten würde, eine mögliche Affäre zu ernst zu nehmen. Ihre Interpretation des Wortes „Affäre" war jedoch dehnbar. Im Dunstschleier guter Stimmung, ausgelöst durch unlängst erfolgte Ertüchtigung, durch das Bewusstsein von Bucklands Nähe und die Aussicht auf Drinks, Lärm und Menschen, sobald sie ins Hotel zurückkämen, sang Mrs Romayne vor sich hin, während sie den zweiten Schnürsenkel zuband.

Buckland, der um die Ecke herumkam, lief beinahe in sie hinein.

„Gib mir eine Zigarette", befahl sie.

„Ich habe sie gerade geholt. Hier – halte still. Ich werde sie dir anzünden."

Er hielt ihren Arm fest, als Patrick sich gerade aus dem Wasser stemmte und über den Felsen kam, tropfnass.

„War das Schwimmen schön, Patrick? Wo sind die anderen?", rief Buckland.

„Ich weiß es nicht."

Der Junge verschwand hinter einem Felsen.

„Was ist das doch für ein mürrischer Bursche", raunte Buckland. „Hast du gehört, wie er mit mir gesprochen hat?"

„Was hat ihn verstimmt?"

„Wie soll ich das wissen?"

„Nun, es ist deine Aufgabe, es herauszufinden, oder?", stellte Mrs Romayne ohne Groll fest. „Du bist sein Tutor, oder?"

„Wenn du es sagst", grinste Buckland und blickte ihr direkt in die Augen. „Ich persönlich hätte gemeint, dass es viele Dinge gibt, die ich besser machen könnte, als hinter einem Schuljungen herzujagen, der nicht einmal das Benehmen eines Hottentotten hat."

Coral lachte. Sie schenkte seinen Worten nicht viel Aufmerksamkeit, doch ihr Puls schlug schneller als sonst, als sein warmer Griff sich um ihren Arm verstärkte.

(4)

Mervin Morgan ging nicht ins Wasser, um seinen beiden jüngeren Kindern entgegenzukommen. Er beobachtete sie, wie sie gut und regelmäßig schwammen, der Junge David seiner Schwester leicht voraus.

„Daddy!"

„Hallo."

David kletterte hoch an die Seite seines Vaters. Er war ein schweigsamer kleiner Junge, sehr kräftig und sommersprossig. Mervyn mochte ihn von seinen Kindern am liebsten, weil er ein Junge war und auch, weil er der am wenigsten kritische von den dreien war.

„Ist Mami hier?", fragte Mervyn.

„Nein, sie ist nicht mitgekommen. Patricks Mutter hat uns im Buick mitgenommen."

Danach saßen sie schweigend da, mit Ausnahme gelegentlicher einsilbiger Antworten, die Gwennie zugerufen wurden, die ihnen vom Meer aus eine Predigt hielt. Sie war ein mondgesichtiges, geselliges Kind von unbezähmbarer Vitalität und beträchtlicher Intelligenz.

Als sie auch an Land kam, sagte Mervyn:

„Gut gemacht!", denn Gwennie war ein Mädchen, und er fand, dass Mädchen Ermunterung brauchten, besonders wenn sie Kunststücke physischer Kraft und Ausdauer vollführten.

Gwennie warf sich flach auf den Felsen und redete weiter. Sie war dick, aber stramm – herrlich braun und stämmig, mit Augen wie große blaue Edelsteine gefasst in einer Aprikosenblüte.

„Ich und David sind die Einzigen, die heute Nachmittag wirklich geschwommen sind. Olwen und

Patrick sitzen nur da und unterhalten sich, und Dulcie hat sich noch nicht einmal ausgezogen, als wir aufgebrochen sind. Sie ist in ihrem Strandanzug mitgekommen. Dulcie sagt, dass ihr Daddy sagt, kleine Damen tragen keine kurzen Strandhosen. Deshalb hab ich gesagt, dass ich vermute, er würde Olwen nicht für eine Dame halten, oder mich oder sonst wen."

Gwennie ließ ein kurzes, höhnisches Lachen hören.

Mervyn lächelte, schenkte dem aber keine weitere Beachtung. Es kam ihm selten in den Sinn, den Gesprächen seiner Kinder zuzuhören, wenn nicht eines von ihnen ernsthaft Informationen über Sport oder Maschinen oder Naturkunde suchte. Er überließ es seiner Frau Mary, sie über andere Themen aufzuklären, obwohl er sich zögerlich bewusst war, dass Marys und seine Ansichten in mancher Hinsicht auseinandergingen. Dennoch war es seine optimistische Überzeugung, dass Olwen, David und Gwennie schließlich zu orthodoxen Christen heranwachsen würden und zu guten Konservativen nur mit einer sehr behutsamen und abgewandelten Einhaltung der Prinzipien des Völkerbundes.

„... Und Mr Waller scheint *überhaupt* nicht ins Wasser zu gehen. Er sitzt nur da und bekommt einen Sonnenbrand. Er und ich haben einen Wettstreit um Sonnenbräune."

„Wer gewinnt?", fragte David.

„Ich", sagte Gwennie fest.

Warum war Mary nicht mitgekommen, fragte sich Mervyn. Es war ein Fehler, die Kinder mit Leuten wie Mrs Romayne und diesem gewöhnlichen Kerl, der sich Tutor nannte, herumlaufen zu lassen. Mary hätte es besser wissen müssen.

Es war Captain Morgans Angewohnheit, für gewöhnlich im Stillen, ein Urteil über den Umgang seiner Frau mit den Kindern zu fällen. Er hatte sie sehr gern, doch er hielt sie für unpraktisch, Vorstellungen hegend, die seine Mutter nie gebilligt hätte. Seine Mutter war eigentlich eine tadelsüchtige und engstirnige Waliserin gewesen, von der Sorte, die sich eher bemüht, die Zuneigung der Kinder zu sichern als ihre Entwicklung zu unabhängigen Wesen, doch darüber war sich Mervyn Morgan keineswegs bewusst. Er war erzogen worden zu glauben, dass, was immer die Mütter anderer auch sein mögen, seine eigene heilig sei, und an diesem Glauben – wie an den meisten Dingen, mit denen er groß geworden war – hielt er mit achtundvierzig Jahren immer noch fest.

Mervyn Morgan war in Eton und Oxford gewesen, 1914 war er in die Armee eingetreten, war fast ununterbrochen während des Krieges in Frankreich und Flandern gewesen und hatte den Distinguished Service Order erhalten. Er hatte ein bezauberndes Mädchen geheiratet, das er kannte, seit sie zum ersten Mal bei einer Jagd dabei gewesen war, und dessen Vaters Anwesen an das der Morgans in Südwales angrenzte; und er hatte tapfer und nicht allzu erfolgreich sein eigenes Land bestellt seit dem Tod seines Vaters, zwei Monate nach dem Waffenstillstand. Von seiner persönlichen Erscheinung her war er groß und für sein Alter jung aussehend, hellhaarig wie seine Kinder und ein guter Reiter. Nichts könnte ihm ferner liegen als das Launische, das Boshafte, das Raffinierte. Dennoch könnte man eine Analogie finden zwischen Captain Morgan und der Figur Peter Pan, denn er gehörte grundsätzlich zu denen, die nie erwachsen werden.

„Warum *machen* wir nicht etwas?", fragte Gwennie energisch. „Lasst uns zu den anderen zurückschwimmen. Oder willst du lieber dableiben, David?"

„Was wäre Daddy lieber?"

„Ich denke, es wird Zeit. Wird Mrs Romayne euch zurückfahren?"

„Ich gehe mit dir, Daddy", sagte David.

„Ich auch."

„Dann sollten wir uns besser auf den Weg machen, sonst kommen wir zu spät zum Dinner."

„Ist es nicht herrlich, *jeden Abend* spät zu Abend zu essen?", sagte Gwennie mit andächtiger Stimme. „Ich weiß nicht, wie wir uns jemals wieder zu Hause eingewöhnen werden hiernach. Guck, ich werde springen."

Sie sprang sehr gut hinein. Ihr Vater hatte es ihr beigebracht.

Dieser Ort, dachte er, hatte wenigstens ihre Schwimmfähigkeit verbessert, wenn er auch sonst nichts gebracht hatte.

Es war Marys Idee gewesen, im August nach Südfrankreich zu fahren. Sie hegte eine außergewöhnliche Leidenschaft für die Sonne und richtig glühende Hitze. (Die hatte sie sicherlich bekommen bei einer Temperatur von 38° Grad laut Hotelthermometer.) Eine unerwartete Erbschaft war ihr im Jahr zuvor zugekommen, und sie hatte wohlüberlegt entschieden, ein Drittel zu verwenden, sie alle hierherzubringen.

Mervyn hatte nicht zugestimmt, doch er war ein gutmütiger Mann – und es war Marys Geld, und sie hatten kaum Schulden –, und man konnte vernünftigerweise behaupten, dass es das Französisch der Kinder und ihre Schwimmfähigkeit verbessern würde und Mary vielleicht dabei helfen könnte, im nächsten Winter weniger häufig Bronchitis zu bekommen.

Sie fuhren – aber Mervyn ermahnte seine Frau aus Prinzip weiter, dass es eine Extravaganz sei und dass er persönlich Schottland weitaus mehr genossen hätte. Im Übrigen bedenke man den Wechselkurs!

Es gab einen zweiten Platscher, als David nach Gwennie ins Wasser sprang.

„Nun ——", sagte Mervyn.

Er vollführte einen wunderbaren Schwalbensprung, da ja niemand da war, der ihn sehen konnte, außer seinen Kindern, die nicht hinsahen.

Eigentlich war er allein zu der entfernten Felseninsel gegangen, um sich mit Kunstspringen zu vergnügen, worin er ein Experte war. Es hätte für

Morgan außer Frage gestanden, diese Fähigkeit vor zufälligen Bekannten oder Fremden zu zeigen.

Kapitel III

(1)

Die Cocktails vor dem Dinner in der Halle hatten ihr gewohntes Wunder vollbracht. Unter ihrem magischen Einfluss war eine Entdeckung gemacht worden.

Die Villa – Les Mimosas – ein oder zwei Meilen vom Hôtel d'Azur in Richtung St. Raphael entfernt, wohin die jungen Moons ihr Empfehlungsschreiben zu bringen gedachten, war keine andere als die, in welcher Mrs Romaynes Freundin, Mrs Wolverton-Gush, drei Tage zuvor angekommen war.

„Wie wunderbar!", entfuhr es Angie Moon geistesabwesend.

„Ganz wunderbar!", ergänzte Hilary. „Die Sache ist nur, der Name war nicht Wolverton-Gush. Ich meine, man würde das genau wissen, wenn er es gewesen wäre, oder?"

„Vielleicht führt sie ein Doppelleben", vermutete Buckland scherzhaft.

„Einfach herrlich!"

„Lasst uns nach dem Dinner hingehen und nachsehen, ja?"

„Lasst uns alle hingehen", sagte Mrs Romayne. „Ich jedenfalls könnte noch einen Drink gebrauchen. Buck, ruf diesen *garçong*."

„Ich kenne seinen Namen nicht."

„Idiot! Übrigens, er heißt Emile."

„Wo wir gerade über Namen sprechen, Hilary, kannst du dich möglicherweise erinnern, *wer* das war, in der Mimosas? Wir haben, glaube ich, den Brief verloren", erklärte Angie.

„Es war Chrissie Soundso."

„Oh!", sagte Mrs Romayne. „Das wär's dann. Was bestellen wir? Für mich einen Bronx."

Die Moons, die bemerkten, dass sie in eine Verteilung kostenloser Drinks eingeschlossen waren, traten vorübergehend aus ihrer Trägheit heraus. Buckland gab die Bestellung auf und schloss einen trockenen Martini für seinen eigenen Verzehr mit ein, und Mrs Romayne zeichnete die Rechnung gegen.

„Ich kann euch von Chrissie erzählen, mehr oder weniger. Ihr Name ist Chrissie Challoner, und sie ist eines von diesen Wesen, das schreibt – fragt mich nicht, was, weil ich es nicht weiß."

„Man hat von ihr gehört", sagte Hilary mit einem leichten Zurechtrücken seiner Hornbrille – eine Geste, die er unbewusst einsetzte, wann immer er sich damit hervortat, mit dem Geistesleben vertraut zu sein. (Es war eine Eigenart, die bereits von Mr Bolham bemerkt und getadelt worden war.)

„Man hat von ihr gehört. Ein oder zwei Romane. Natürlich hat man sie nicht gelesen."

„Nun, ich muss sagen, dass ich nie von ihr gehört habe. Aber es scheint, dass ihr irgendwer seine Villa vermietet hat, und sie hatte das Gefühl, sie könne es nicht schaffen, sie zu bewirtschaften. Mit Bediensteten und allem, und diese Freundin von mir, Ruth Wolverton-Gush, macht all diese Dinge für sie."

„Leute, die schreiben, tun immer so, als ob sie nichts anderes machen können. Es ist eine Pose, denke ich", sagte Buckland und blickte dabei Angie Moon an.

„Ich vermute es", stimmte sie zu. „Ich verabscheue Affektiertheit, Sie auch?"

„Absolut."

„Jedenfalls punktet Gushie", erklärte Mrs Romayne. „Sie hat leichtes Spiel, was man so hört. Das Mädchen hat jede Menge Geld und kümmert sich nicht darum, was vor sich geht, solange sie nicht behelligt wird. Sie sitzt und kritzelt den ganzen Morgen, glaube ich, und Gushie spricht mit der Köchin und tippt ein bisschen, und dann am Nachmittag und Abend amüsieren sie sich einfach. Gushie war schon vorher bei ihr, in London. Kommt, lasst uns zu Abend essen."

Der Speisesaal des Hotels war auf einer Hochterrasse eingerichtet, die das Meer überblickte. Drei Seiten waren von Glas eingefasst. Die besten Tische im Raum waren in Übereinstimmung mit einem geheimen und gänzlich willkürlichen Standard des Eigentümers verteilt worden. Sie standen in der Nähe der Fenster und waren an Mr Bolham, die Familie Morgan, die drei lärmenden Franzosen, die mit ihren Frauen und ein paar dicken, dunkelhäutigen Kindern *en famille* reisten, und Mr Muller vergeben worden, der alleine war, aber von dem man sagte, dass er seine Frau und seine Familie erwarte.

Entlang der Mitte des Raumes gab es die anderen, weniger favorisierten Tische – zu denen nicht ein Hauch frischer Luft zur Mittagszeit vordringen konnte –, und ganz am Ende, ganz dicht an der Trennwand, die die Schwingtür zur Küche verbarg, war der ganze untere Rang, der Dulcie Courteney und ihrem Vater zugewiesen worden war. Für gewöhnlich saß Dulcie dort ganz allein und wurde zuletzt bedient – und manchmal mit einem merkwürdig reduzierten Essen, wenn Henri, der Kellner, in gehässiger Stimmung war. Es herrschte eine Fehde zwischen den Angestellten und Courteney, den sie für nichts Besseres hielten als einen von ihnen.

Ganz hinten im Raum – aber nicht so weit hinten wie Dulcie – saß das junge französische Paar, die Duvals. Sie war ein pummeliges, gebräuntes, braunäugiges Geschöpf, kräftig angemalt, und ähnelte auf eigenartige Weise ihrem ebenso pummeligen und braunäugigen Mann.

Sie aßen und tranken heißhungrig, und ihre Konversation bestand vorwiegend aus unendlichen Diskussionen über die Vorzüge und Nachteile von Essen. Manchmal stritten sie.

„*Mais voyons, Marcelle, tu déraisonnes ...*"

„*Au contraire, c'est toi n'as pas le sens commun ...*"

„*Allons, fais l'entêtée, maintenant!*"

„*Espèce d'idiot!*"

68

„Petite sotte que tu es ..."

Für gewöhnlich endeten ihre Streitereien mit einem kräftigen Klaps auf Marcelles nackten Arm oder auf die Schulter ihres Ehemanns. Dann brach sie häufig in Lachen aus, und manchmal küssten sie sich offen über den Tisch.

„Mein Gott, die machen mich krank", sagte Angie Moon, die sie beobachtete.

„Restaurantbesitzer aus Lyons oder Marseille, denke ich", sagte Hilary hochmütig.

„Aber sie haben Geld. Ich habe sie heute Abend in einem großen Wagen gesehen, und sie haben Champagner bestellt – sieh."

„Mein Gott, wozu brauchen Leute wie die Geld?"

Der *sommelier* trat an Hilary heran und fragte, was er trinken wolle.

„Ich denke, der Champagner ist gut hier. Jedenfalls sollte er es sein", sagte Hilary und bestellte eine Flasche.

Das Abendessen war fast beendet, bevor die Moons wieder sprachen. Dann sagte Hilary:

„Nimmt diese Frau ihren Wagen, um die Villa-Mimosa-Leute aufzusuchen?"

„Sie haben ihn nicht in die Garage gebracht, sie haben ihn draußen gelassen."

„Ich denke, sie könnten einen mitnehmen."

„Ja."

Angie wusste, dass es Buckland jedenfalls anbieten würde, sie im Wagen mitzunehmen. Sachte, aber unmissverständlich spürte sie bereits das erste magnetische Beben gegenseitiger Anziehung vibrieren.

Hilary, weniger begünstigt, blickte düster durch den Raum und entschied, dass er nicht eine einzige Frau aufwies, bei der es sich lohnen würde. Er hoffte, ohne ernsthaft zu erwarten, dass sich die Hoffnung erfüllte, dass Chrissie Challoner ihm zusagen könnte. Es sprach für sie – und Hilary begriff vollkommen, wie sehr er sich von gewöhnlichen Männern unterschied, das zu spüren –, dass sie Romanschriftstellerin war.

(2)

Eine peinliche Situation herrschte an dem Tisch vor, zu dem Mr Bolham von Tag zu Tag, und beinahe von Mahlzeit zu Mahlzeit, immer später kam, um seinem Sekretär gegenüberzutreten.

Die Konversation zwischen ihnen wurde, da die Regeln der Zivilisation es untersagten, dass man auf sie gänzlich verzichten sollte, zunehmend schwierig. Es hatte ihr immer an Spontaneität gefehlt, sogar ganz am Anfang ihres Zusammenkommens, denn Denis war zu gehemmt und Mr Bolham zu kritisch für das erfolgreiche Zustandekommen einer Plauderei. Jeder hatte sich angestrengt, vor allem zu Beginn.

Denis hatte kleine und platitüdenhafte Beobachtungen zu Themen angeboten, von denen er meinte, dass sie für Mr Bolhams Arbeit relevant seien, bis ihn seine Intuition gewarnt hatte, dass er eher an

Boden verlor als gewann. Mr Bolham hatte – ganz zu Anfang – Bücher und Autoren erwähnt, und Denis war seiner üblichen Methode gefolgt und hatte strahlend und enthusiastisch behauptet, von fast allen etwas zu kennen. Wieder, und sehr leicht, erfasste ihn eine innere Gewissheit auf unschöne Weise irgendwo am Zwerchfell, und er wusste, dass sein Arbeitgeber seine kleinen Unwahrheiten durchschaut hatte und ihn vermutlich dafür verachtete.

Die erfolgloseste Phase überhaupt war die gewesen, als Mr Bolham versuchte, Interesse für das Leben und die Verhältnisse seines Sekretärs zu zeigen, zu Denis' Entsetzen und Schrecken, dessen Privatleben noch komplizierter war als das der meisten, verborgen durch eine Reihe von kleinen, schäbigen, provisorischen Arrangements, für die er sich außerordentlich schämte, unterbrochen durch die Anstellungen, die er mit privaten Beziehungen erhalten und durch Inkompetenz verloren hatte.

Zudem war sich Denis sicher, dass die verschiedenen Aspekte seines Lebens, die er für gewöhnlich der Welt zeigte, ihn anfällig machten, für Unaufrichtigkeit belangt zu werden, sollten seine Arbeitgeber, Freunde oder Bekanntschaften jemals einander begegnen und Notizen miteinander vergleichen. Er war deshalb in beständiger Sorge, die Identitäten voreinander zu verheimlichen. All diese Ängste – die zu seiner ursprünglichen Angst vor dem durchdringenden und zynischen Blick Mr Bolhams, der täglich stärker wurde, hinzukamen – bündelten

71

sich, um die *tête-à-tête* Mahlzeiten in eine Tortur zu verwandeln, die Denis kaum anders als ein Fegefeuer empfand, noch war es für Mr Bolham erträglicher.

„Ich hoffe, Sie haben heute Abend Arbeit für mich, Sir", sagte Denis unsicher nach einem lang gezogenen Schweigen.

„Nichts heute Abend, danke. Gehen Sie aus – gehen Sie hinüber ins Casino – schwimmen Sie im Mondschein. Was immer Sie wollen."

„Ich denke, ich werde spazieren gehen. Ich bin es gewohnt, mich sehr viel zu bewegen", erwiderte Denis. Er machte solche Bemerkungen gänzlich aufs Geratewohl, kaum innehaltend, um zu überlegen, ob sie stimmten oder nicht, getrieben allein durch das Bemühen, zu beeindrucken, und – in diesem Fall – durch einen nagenden Verdacht, dass Mr Bolham ihn nicht für männlich genug hielt.

„Gehen Sie unbedingt spazieren", antwortete sein Chef. „Nehmen Sie Kaffee?"

„Vielen Dank – wenn Sie welchen nehmen."

„*Un café*", sagte Mr Bolham zum Kellner.

Er wusste, dass Denis wusste, dass er nie Kaffee nahm, und Denis war sich bewusst, dass er es wusste. Dennoch war Denis genötigt, seine kleine bedeutungslose Formel vorbehaltlicher Annahme zu äußern. Er wollte Kaffee, weil er von Natur aus gierig war und weil er oft so arm gewesen war, dass es für ihn beinahe unmöglich war, etwas abzulehnen, für das ein anderer zahlte.

Im Zustand des inneren Konflikts folgte Denis Mr Bolham aus dem Speisesaal. Währenddessen war er darauf bedacht, den Blick eines jeden einzufangen, der ihn möglicherweise ansah. Es gab ihm Selbstvertrauen, wahrgenommen zu werden, und es gab ihm unbewusst auch ein Gefühl der Sicherheit. Wenn er die Leute ansah, an denen er vorbeikam, dann konnten diese ihn nicht unbeobachtet anblicken.

„Waller, haben Sie nach dem Dinner etwas vor?", fragte Buckland, als er vorbeiging.

„Nichts Besonderes. Jedenfalls nicht in der frühen Abendhälfte."

Leute dachten vielleicht, dass er in seinem Job nicht sehr gut sei, wenn er zu viel Freizeit hätte. Er hatte ein oder zwei Mal zuvor angedeutet, dass vieles von seiner Arbeit in der Stille der Nacht erfolge. Und tatsächlich hätte er bereitwillig zu einer so passenden und dramatischen Uhrzeit gearbeitet, wenn es Mr Bolham vorgeschlagen hätte. Aber das tat Mr Bolham nie.

„Kommen Sie mit uns mit und besuchen Sie eine gefeierte Romanschriftstellerin. Wir werden als Gruppe hingehen, oder?" Buckland wandte sich an Mrs Romayne.

„Genau. Die neuen Leute kommen mit – ihr Name ist Moon. Sie haben ein Empfehlungsschreiben oder so was. Wir werden einen tollen Abend haben. Können Sie Mr Bolham nicht dazu bringen, auch mitzukommen, Mr Waller?"

„Ich glaube, er muss etwas durchlesen. Aber ich

würde mich sehr freuen – das heißt, wenn ich mich nicht aufdränge ——"

„Wir fahren mit dem Wagen", sagte Mrs Romayne, während sie sich die Nase puderte.

„Ganz herzlichen Dank, ich werde sehr gerne mitkommen. Danke." Mit einer leichten Verbeugung ging er davon.

„Esel!", sagte Mrs Romayne hörbar.

Denis vermutete, dass sie Buckland meinte. Er hielt sie für eine schreckliche Frau, aber er wollte die junge Mrs Moon kennenlernen, deren Aussehen er auf der Terrasse am Nachmittag sehr bewundert hatte, und er war begeistert von der Idee, einer gefeierten Romanautorin zu begegnen. Er wünschte, er hätte jemals eines ihrer Bücher gelesen.

In der Halle unterhielt sich Mr Bolham mit Mrs Morgan. Er hatte Platz genommen, und der Kaffee – Denis' Kaffee – stand auf einem kleinen Tisch vor ihm.

Denis goss sich nervös etwas in die Tasse. Dann sah er Gwennie Morgan, und instinktiv lächelte er sie an und vergaß einen Augenblick Denis Waller.

„Ich muss leider mitteilen, dass ich schlafen gehen soll", verkündete Gwennie verärgert. „Ich vermute, Sie werden eine herrliche Zeit haben."

„Nicht wirklich, Gwennie. Ich werde von Mrs Romayne zu einem Besuch bei einer Dame mitgenommen, die Bücher schreibt."

„Das ist viel aufregender, als ins Bett zu gehen. Geht Patrick Romayne mit Ihnen?"

„Ich weiß es nicht. Ich hoffe es."

„Warum?"

„Nun, ich finde, dass er ein sehr netter Junge ist, nicht wahr?", erkundigte sich Denis vorsichtig.

Er erinnerte sich mit aufrichtigem Mitgefühl, dass Patrick Hilfe benötigte. Denis hatte beabsichtigt – und tat es immer noch – zu versuchen, Einfluss auf ihn zu nehmen. Dienen, dachte Denis vage und in großartiger Weise … Dienen und Brüderschaft …

„Oh, Mr Waller", sagte die atemlose Stimme von Dulcie Courteney. „Oh, ich muss Ihnen etwas erzählen – was glauben Sie? – Papa kommt morgen! Ist das nicht herrlich?"

„Wie aufregend", sagte Denis verständnisvoll. „Du hast nicht gedacht, dass er so bald kommen würde, oder?"

„Nein, Mr Waller, das habe ich nicht. Es ist herrlich, nicht? Ich muss es Mrs Morgan sagen."

Sie erzählte es Mrs Morgan, die eine passende Antwort gab, und wurde durch ein undeutliches Gemurmel von Mr Bolham bestärkt, und dann blickte sich Dulcie in der ganzen Halle um.

„Ich muss es einfach *jedem* erzählen", verkündete sie in lispelndem Sopran. „Wissen Sie, es ist so wunderbar für mich. Ich habe meinen Papa wirklich lieb. Wissen Sie, ich habe keine Mami, wie Gwennie und Olwen, und deshalb bedeutet mir Papi einfach alles."

Sie huschte davon. Denis, der wirklich sehr berührt war, bemerkte: „Armes kleines Ding."

„Armes kleines Garnichts", rief Mrs Romayne an

seiner Seite heftig und unerwartet aus. „Dieses Kind kotzt mich einfach an mit ihrem Papi hier und Papi da. Kein Wunder, dass sie keine Mutter hat! *Jede* Mutter würde so ein Kind verlassen."

„Wenn Sie so ein Kind hätten, würden Sie es verlassen?", erkundigte sich Gwennie mit vorgeblicher Arglosigkeit.

Ihre Mutter sagte: „Gute Nacht, Gwennie. Geh jetzt", und Mrs Romayne lachte.

„Ich mag Gwennie", sagte sie wohlgelaunt. „Sie ist so direkt. Nun, Leute, wie sieht's aus? Der Wagen steht draußen."

Sie fegte hinaus mit der Haltung eines großen Abgangs.

Denis, der mit Buckland folgte, hörte Mrs Morgans leise, klare Stimme, die sich an Mr Bolham wandte.

„Ich denke nicht, dass ich Gwennie als direkt bezeichnen würde. Sie ist viel zu walisisch."

„Persönlich würde ich sagen, sie war auf grässliche und altkluge Weise feinfühlig", sagte Mr Bolham, und beide lachten.

Denis war ziemlich überrascht, von seinem Chef den Klang eines Lachens zu vernehmen.

Der Buick stand draußen.

„Wer fährt, Coral?", erkundigte sich Buckland, wobei er ziemlich laut sprach. Es war das erste Mal, dass er sie in der Öffentlichkeit Coral nannte.

„Zur Abwechslung werde ich einmal selbst fahren. Alle einsteigen."

„Kommt Patrick nicht mit?", fragte Buckland unruhig.

„Nein, er meint, er habe ein Buch, das er zu Ende lesen will. Steigen Sie ein, Mr Wie-war-der-Name – oh, verflixt, können wir uns nicht alle beim Vornamen nennen, und gut ist's? Ich bin Coral."

„Ich bin Hilary, und sie heißt Angie."

Denis sagte nichts. Er war zerrissen zwischen seiner Bemühung, Leuten zu gefallen, mit denen er sich abgab, und sich in ihrer Gruppe wohlzufühlen, und seiner nervösen, Mittelschicht-Sorge, die Konventionen zu wahren. Er war sich beispielsweise sicher, dass die Morgans mit Hotelbekanntschaften keine Vornamen wechseln würden. Mrs Romayne, sich dieser konfliktvollen Sichtweisen nicht bewusst, regelte die Angelegenheit für ihn.

„Ich weiß, Sie heißen Denis. Sie sind nicht irisch, oder?"

„Nein – nein, bin ich nicht. Tatsächlich war mein Großvater Schotte – der Vater meiner Mutter. Ich glaube, ich bin berechtigt, die Clanfarben der ——"

„Springen Sie rein", sagte Buckland. „Sie können hier keinen Kilt tragen, wenn es das ist, was Sie wollen."

Das Gelächter, das folgte, erschien Denis unnötig. Er war von Mrs Moon ziemlich enttäuscht, aber sie sah wunderschön aus in einem blassen mondlichtblauen Anzugsensemble, sehr tief ausgeschnitten, mit ihren dichten hellen Locken, die hinter die Ohren gestrichen waren.

Beinahe wie Esther Ralston oder jemand in der Art, dachte Denis. Er saß neben Buckland, der, mit seinem üblichen Mangel an Benehmen, zuerst in den Wagen gestiegen war und neben Angie Moon Platz genommen hatte. Der Wagen war breit, doch Denis konnte die harten, schwellenden Muskeln und Sehnen von Bucklands kräftigen Schenkeln gegen seine eigenen spüren, und der Kontakt verärgerte und verletzte ihn.

Er war froh, als der Buick, nachdem er gefährlich um die steilen Kurven der Straße gesaust war, unmittelbar mit kreischenden Bremsen vor dem Eingang einer kleinen weißen Villa hielt, die inmitten von Pinien und Olivenbäumen an der Küste stand.

„Ich habe den Namen auf dem Tor entdeckt, gerade als ich dran vorbeifahren wollte", sagte Mrs Romayne.

Sie stiegen aus. Denis stand höflich an der Tür des Wagens und streckte eine Hand aus, um Angie Moon behilflich zu sein, doch sie schien sie nicht zu sehen, und wieder fühlte sich Denis schroff abgewiesen.

Es war das erste Mal, dass er ein französisches Haus besuchte, das weder ein Geschäft noch ein Hotel war, und er fand den winzigen Garten mit einer kleinen romantischen Fontäne, die in einem Steinbecken plätscherte, sehr hübsch. Eine Frau in einem schwarzen Kleid und mit weißer Schürze kam an die Tür, lächelte sie an und sagte:

„*Par ici, messieurs-dames. Sur la terrasse.*"

Sie folgten ihr im Gänsemarsch durch den kleinen runden Raum, offensichtlich ein Wohnzimmer, und dann durch eine Seitentür zu einer Art Pavillon, ein weiß gepflastertes Rechteck zwischen weißen Säulen, das das Meer überblickte und von dichten, verwachsenen Weinranken überdacht war. Korbstühle mit bunten Cretonnekissen standen herum, und auf einem runden Tisch mit Marmorplatte standen ein Tablett und Kaffeetassen. Davor saß kerzengerade eine recht ausladende Dame in schwarzem Abendkleid, die sich mit einer kleinen Gruppe von Leuten unterhielt. Sie unterbrach sich – ganz zurecht, dachte Denis – beim Anblick von fünf einzeln hereinkommenden Besuchern, und es gab reichlich Gelärme, Gelächter von Mrs Romayne und wenige – aber nicht genügend – Bekanntmachungen.

Eine akute Attacke von Gehemmtheit durchdrang Denis. Er war unter jenen – sie waren in der Überzahl –, die selbst nicht vorgestellt worden waren, noch hatte irgendjemand sonst sie vorgestellt, und das Fehlen dieser Formalien ließ ihn unsicher und mit Angst davor zurück, etwas Falsches zu tun. Hinzu kam, dass es nicht annähernd genug Stühle gab. Darauf wurde von der Dame in Schwarz hingewiesen. Sie sah genau so aus, wie Denis sich vorgestellt hatte, dass eine erfolgreiche Schriftstellerin – denn so bezeichnete er sie in seinen Gedanken – aussehen müsse – dunkel, kräftig und ziemlich autoritär. Sie konnte jeden Alters sein zwischen achtundvierzig und sechzig Jahren. Ihre Stimme war tief und recht dominant.

„Einige von Ihnen müssen sich Kissen nehmen und am Rand des Kliffs sitzen. Fallen Sie nicht hinüber."

Mrs Romayne warf sich in einen der Korbsessel. Denis zögerte, blickte sich nach Angie Moon um und sah mit Missfallen, dass sie und Buckland, Kissen tragend, bereits in den Schatten der Olivenbäume verschwunden waren, die die kleine Terrasse auf den Klippen säumten.

„Es ist viel schöner draußen. Lasst uns gehen", sagte in einer sehr leisen Stimme eines der Mädchen, die aufgestanden waren, als sie anfangs hereingekommen waren und recht wahllos Hände geschüttelt hatten. Sie hob noch weitere bunte Kissen auf.

„Erlauben Sie."

Denis wurde entspannter bei der Äußerung einer seiner Lieblingsformeln. Es ließ ihn sich ritterlich fühlen, dem Mädchen die Kissen abzunehmen und sie hinauszutragen, und sie war so zierlich, dass er unbewusst die Illusion hatte, selbst groß zu sein und stark und beschützend.

Er blickte sie ein- oder zweimal kurz an, als sie sich in einem Winkel zwischen Mauer und Baumstamm einrichteten, sehr nahe am Rand der Felsen, und sie zündete sich eine Zigarette an. Sie war so klein und schmal, dass man sie irrtümlich für ein Kind hätte halten können, und es lag auch etwas Kindliches in ihrem kleinen runden Kopf mit dem feinen glatten dunklen Haar, das in einem Pony fast bis zu ihren Augenbrauen herabhing. Ihr schmales, kleines, olivfarbenes Gesicht war eher ungewöhnlich als hübsch, doch ihre Augen – riesengroß und schimmernd – strahlten wie tanzende Amberflammen über dem Glimmen ihrer Zigarette.

„Möchten Sie rauchen?"

„Danke, gern."

Er nahm eine Zigarette aus dem schwarzen Emailleetui, das sie ihm entgegenhielt, und bemerkte gewohnheitsmäßig, wie es die Notleidenden taten, dass es, wie auch die Zigaretten darin, von teurer Art war. Er bereitete sich darauf vor, die Konversation mit einer Frage zu beginnen: „Kennen Sie Südfrankreich gut?"

Er dachte, das sei eine sehr gute Eröffnung, und hatte von ihr bereits mehrfach Gebrauch gemacht. Das Mädchen sprach jedoch, gerade als er es tun wollte.

„Wie heißen Sie?"

Denis war überrascht.

„Entschuldigen Sie – es tut mir sehr leid. Ich hätte mich natürlich vorstellen sollen. Mein Name ist Waller. Ich bin mit Mrs Romayne mitgekommen, vom Hôtel d'Azur. Ich – ich wohne zufälligerweise dort."

Sie ignorierte den letzten Teil seiner Äußerung.

„Wie noch außer Waller?"

„Wie noch?"

„Ich meine, welchen Namen noch?"

„Oh, Denis. Mein voller Name ist Denis Hannaford Waller."

„Meiner ist Chrissie Challoner."

„Sind Sie ——"

In der äußersten Not seines Erstaunens wandte sich Denis im Mondlicht zu ihr.

„Sie sind nicht die – die Dame, die Bücher schreibt?"

Sie nickte und sah eigenartigerweise wie ein Kind aus, das eine Missetat eingestand.

„Ich hatte keine Ahnung", sagte Denis verwirrt. „Erstens hätte ich nie gedacht, dass Sie so jung sind."

„Ich bin achtundzwanzig, aber ich weiß, ich sehe viel jünger aus. Es ist eher ein Glück für mich, nicht? Wissen Sie, ich schreibe, seit ich neunzehn bin."

„Um Ihnen die Wahrheit zu sagen, ich dachte, die Dame in Schwarz – die große – müsse Miss Challoner sein."

„Das ist Mrs Wolverton-Gush – Gushie. Sie macht derzeit die Sekretärin für mich – nur ist es vor allem Haushaltung."

„Schreiben Sie – schreiben Sie gerade ein Buch?", fragte Denis ehrfürchtig. Er hegte eine ungeheure und unkritische Bewunderung für jede Form kreativer Arbeit.

„Ich korrigiere die Druckfahnen von meinem neuesten. Es wird im Oktober herauskommen."

„Darf ich – ist es mir gestattet zu fragen, wie es heißt?"

Sie lachte. „Sie dürfen alles fragen, was Sie wollen – es macht mir nichts aus. Aber Sie müssen sich nicht verpflichtet fühlen, so zu tun, als wären Sie interessiert, wissen Sie. Es ist nicht so, dass ich eine Berühmtheit bin. Ich vermute, dass

Sie nie von mir gehört haben vor diesem Abend."

„Natürlich habe ich das", sagte Denis schnell. „Tatsächlich kenne ich einige Ihrer Werke." Augenblicklich wünschte er sich, er hätte das nicht gesagt. Er wollte Chrissie Challoner nicht anlügen – er hatte es nur aus Gewohnheit getan.

„Tun Sie das *wirklich*?", sagte sie wehmütig.

Zu Denis' ungläubigem Erstaunen hörte er sich antworten: „Nein, das stimmt nicht. Ich habe eigentlich keines Ihrer Bücher gelesen. Ich weiß nicht, warum ich das gerade gesagt habe, außer, denke ich, weil ich wollte, dass Sie mich mögen. Aber ich kann Ihnen nichts sagen, was nicht stimmt."

Beinahe noch während die Worte seine Lippen verließen, hätte er alles darum gegeben, sie rückgängig machen zu können. Sie würde ihn für verrückt halten – ihn verabscheuen und verachten. Sein ganzer Körper wurde durchdrungen von brennender Hitze und dann von eisiger Kälte.

Er hatte kaum Zeit, sich zu besinnen, als sie mit einem schnellen warmen Wortschwall antwortete:

„Ich finde es großartig von Ihnen, dass Sie mir das sagen. Das größte Kompliment, das mir jemals jemand gemacht hat."

Eine Dankbarkeit, die so intensiv war, dass sie ihn beinahe erstickte, ereilte Denis in der Kehle. Er hatte bislang kaum gewusst, dass es Großzügigkeit geben konnte für eine Schwäche wie die seine.

„Ich wusste nicht —— ich dachte nicht, dass Sie es verstehen würden", stammelte er, während ihn das

Gefühl herrlicher Erleichterung den Tränen gefährlich nahe brachte, die er immer fürchtete, weil sie ihm mit schrecklicher Leichtigkeit kamen.

„Aber natürlich tu ich das", sagte sie sanft. „Ich weiß, warum Sie – flunkern wollten – es ist so leicht, nicht? – und wie Sie sich dann wünschten, Sie hätten es nicht getan. Viele Menschen sind so. Aber nicht einer von Tausend macht jemals das, was Sie hinterher getan haben."

„Oh —", sagte Denis, und zu seinem Schrecken brach seine Stimme leicht. „Ich wusste nicht, dass es jemanden wie Sie geben würde – jemanden, der es verstehen würde."

„Armer Junge!", sagte sie schwer atmend, und ohne Überraschung, nur mit einem anschwellenden Gefühl von unsäglicher Tröstung und Beruhigung, fühlte er, wie ihre Hand die seine suchte und ergriff.

„Sie sind wunderbar", sagte Denis ganz leise.

„Hat Ihnen niemand zuvor Verständnis entgegengebracht?"

Er schüttelte stumm den Kopf.

„Sind Sie immer schrecklich einsam gewesen?"

„Immer. Meine Mutter starb, als ich sechs war. Sie haben mich auf ein Internat geschickt, wo ich nicht glücklich war – ich wurde ziemlich schikaniert —" Er schauderte und fuhr rasch fort, wobei er Erinnerungen abwehrte, denen er jahrelang ausgewichen war. „Ich war nie sehr kräftig, physisch, und ich denke, ich war sensibel. Ich weiß, ich war immer unglücklich."

„Ihr Vater hat Ihnen nicht geholfen?"

„Er hat wieder geheiratet. Meine Stiefmutter mochte mich nicht. Sie sagte, ich sei hinterlistig, und erzählte Lügen. Ich darf wohl sagen, dass es stimmte – tatsächlich weiß ich, dass es stimmte. Sehen Sie, ich hatte Angst."

„Ich weiß."

Das leidenschaftliche Mitleid in ihrer Stimme lullte ihn ein. Er konnte kaum glauben, dass es wirklich ihm galt.

„Sie hatten Angst, weil Sie wussten, dass sie es nicht verstehen würden, und Sie dachten, sie würden Sie auslachen oder Sie verachten", fügte sie leise hinzu. „Und manchmal werden diese Ängste jetzt wieder lebendig und veranlassen Sie, Dinge zu sagen und zu tun, die Sie nicht wirklich beabsichtigen – armer Denis!"

Sie nannte ihn auf so selbstverständliche Weise bei seinem Vornamen, dass er erst hinterher bemerkte, dass sie es getan hatte.

„Hat es jemals jemanden gegeben, bei dem Sie sich getraut haben, wirklich Sie selbst zu sein?"

„Nein. Eigentlich nie. Manchmal, für eine kleine Weile, ab und zu –, aber nicht immer und nicht bei allem – o nein."

Aus der Gruppe um den Tisch kam ein plötzliches lärmendes Gelächter und ein Handgemenge, das einen Korbstuhl umwarf … Denis stand ungewollt halb auf, Chrissies kleine Finger, die sich an sein Handgelenk schoben, zwangen ihn sanft wieder nach unten.

„Es ist gut, mein Lieber – gehen Sie nicht."

Er setzte sich wieder hin, doch der Zauber war gebrochen. Seine schreckliche Gehemmtheit durchlief ihn, er fragte sich mit Höllenqualen, was das alles bedeutete – warum er sich auf diese Art an ein Mädchen verriet, das er nicht kannte, dem er vor einer halben Stunde zum ersten Mal begegnet war?

„Es ist gut", wiederholte Chrissie nachdrücklich. Sie schien augenblicklich seinen Stimmungswechsel erspürt zu haben.

„Denis, hören Sie, ich wusste gleich, als ich Sie sah, dass uns etwas miteinander verbindet. Ich kann Ihnen nicht sagen, warum oder was das genau bedeutet. Ich vermute, nachdem Sie heute Abend gegangen sein werden, werden Sie wieder Angst haben und sich fragen, wie wir jemals so miteinander sprechen konnten – zwei Menschen, die sich gerade erst kennengelernt haben. Aber ich möchte, dass Sie mir vertrauen. Denken Sie, dass Sie das könnten?"

„Chrissie—"

Er wusste nicht, was er sagen sollte, unfähig zu glauben, was ihm widerfahren war, und besorgt darüber, ihre Sympathie entweder durch Worte oder Schweigen zu verprellen.

Die anderen Leute – er dachte an sie in einer Art kollektivem Durcheinander – gingen hin und her, redend und lachend und mit viel Lärm. Jemand stellte ein Grammofon an, und der eingängige Refrain einer neuen Tanzplatte plärrte in die Nacht hinaus.

Sein billiger Reiz wirkte wie eine direkte Stimulanz auf Denis' ohnehin bebende Emotionalität.

„Meinen Sie das wirklich? Wollen Sie wirklich, dass wir Freunde sind?", fragte er immer noch halb ungläubig.

„Wirklich, wirklich Denis. Ich bin auch einsam – nicht so, wie Sie es gewesen sind, aber ausreichend. Ich werde es Ihnen eines Tages erzählen. Ich weiß, es klingt absurd, aber ich denke, Sie und ich haben die ganze Zeit einander gesucht."

„Ich habe immer gedacht, dass es jemanden wie Sie geben müsse auf der Welt und dass wir uns eines Tages begegnen würden", säuselte er. „Aber ich hatte die Hoffnung darauf aufgegeben – selbst jetzt kann ich nicht glauben, dass es wirklich wahr ist."

„Will jemand einen Drink?", rief eine Männerstimme.

„Sie nicht, oder?", flüsterte Chrissie.

Denis schüttelte immer noch verklärt den Kopf.

Die Grammofonplatte ging zu Ende, und der Klang von Stimmen schwoll wieder an, durchbrochen von lautem Gelächter und dem Klirren von Glas.

„Chrissie!", rief jemand.

Sie ergriff Denis' Hand fester und rührte sich nicht.

„Wo ist Chrissie?"

„Über das Kliff gefallen vielleicht. Ich glaube, ich habe ein Aufplatschen gehört."

„Nein, sie hat einen Einfall gehabt und ist fortgeeilt, um ihn zu Papier zu bringen."

„Weg, um im Mondschein zu baden."

„Mit wem?"

„Warum nicht allein? Wir sind nicht alle wie Sie, Coral, und schlendern immer mit einem Liebsten herum."

„Verdammt, ich denke, jemand sollte Chrissie finden", wandte eine Stimme ein – männlich und nicht ganz nüchtern. „Sie ist schließlich unsere Gastgeberin. Was weiß ich, vielleicht ist sie ertrunken."

„Sie war hier, als wir ankamen. Ich habe sie gesehen."

„Ich werde in einer Minute hineingehen müssen", sagte Chrissie, wobei sie leise und schnell sprach. „Sagen Sie mir – wie lange werden Sie im Hôtel d'Azur wohnen?"

„Ich weiß es nicht – etwa zwei bis drei Wochen, denke ich. Ich reise mit Mr Bolham —" Denis schluckte. „Ich – ich bin vorübergehend sein Sekretär, wissen Sie."

Es fiel ihm schwer, das zu sagen. Er hätte gern so getan, als wohne er unabhängig im Hôtel d'Azur in Ferien. Aber Chrissie schien das Eingeständnis seiner unterlegenen Position nicht zu bemerken.

„Haben Sie einen gewissen Raum an freier Zeit – nachmittags zum Beispiel, oder nach dem Dinner?"

„Ich kann für gewöhnlich nachmittags weggehen. Er arbeitet morgens und manchmal zwischen dem Tee und dem Abendessen. Ich könnte das meiste meiner Sachen abends erledigen, wenn ich will."

„Wenn Ihnen die Hitze nichts ausmacht —"

„Ich liebe sie", warf Denis eifrig ein.

„… Dann kommen Sie hierher – nein, Sie haben keinen Wagen. Ich werde Sie am unteren Ende der Zufahrt zum Hôtel d'Azur abholen, morgen um zwei Uhr. Bringen Sie Ihre Badesachen mit. Wir werden zu einem Platz an der Küste gehen, den ich kenne. Es ist nie jemand dort. Wir können reden."

„Chrissie, wie wunderbar! Meinen Sie wirklich, dass Sie sich mit *mir* unterhalten wollen?"

Ihre großen dunklen Augen blickten ihn direkt an, und sie antwortete leise und bedächtig:

„Mehr als alles andere auf der Welt."

Sein Kopf schwirrte. Es konnte einfach nicht wahr sein – gleich würde er aufwachen, und das Leben würde sein wie immer – eine nervenaufreibende, angstvolle, unbefriedigende Angelegenheit, durchzogen von beständigen Wellen der Angst – der vor Armut, vor dem Versagen, der Schande – vor allem der Angst, durchschaut zu werden auf die eine oder andere Weise.

„Denis, sind Sie glücklicher als zu der Zeit, als Sie hierherkamen heute Abend?"

Er atmete tief ein.

„Oh, meine Liebe. Es ist, als wäre man in einer völlig anderen Welt. Alles hat sich geändert." Sie blickten einander mit verzauberten Augen an. In ihren konnte Denis die Spiegelung seiner eigenen neugeborenen Aufrichtigkeit sehen. Eine leuchtende Begeisterung schien ihn zu umhüllen und die ganze ausgelassene Stunde, die folgte, anzuhalten, als er und

Chrissie Challoner in den Strudel des lärmenden Geredes und Gelächters hineingezogen wurden, das in dem kleinen dunklen Garten und in dem steinernen Pavillon an- und abschwoll.

Angie Moon, die träge mit Buckland zu den Klängen des billigen und heiseren Grammofons tanzte, Coral Romayne, die Mrs Wolverton-Gush gynäkologische Vertraulichkeiten zuschrie, Hilary, der sich in schmollender Überheblichkeit hinter die Seiten eines französischen Romans zurückgezogen hatte, andere Leute, die ihm unbekannt waren und unaufhörlich mit Chrissie über literarische Skandale und Gerüchte von Skandalen redeten – Denis sah und hörte sie durch einen Schleier. Zum ersten Mal in seinem Leben war er vollkommen glücklich.

(3)

Es war ein Uhr morgens, als der Buick vor dem Hôtel d'Azur anhielt. Ein einzelnes Licht brannte in der Halle über dem Schreibtisch des *concierge*. Madame, bleichgesichtig und mit vor Erschöpfung verquollenen Augenlidern, saß dort und machte Einträge in ihre Wirtschaftsbücher. Sie hob den Kopf und lächelte über das laute Eintreten Coral Romaynes und der Moons, doch es lag ein Schimmer des Hasses in ihren dunklen Augen.

„*Vous avez passé une bonne soirée, messieurs-dames ?*", sagte sie mit liebenswürdiger Stimme und blickte bedeutungsvoll hinauf zur Uhr.

„*Tout le monde est couché depuis longtemps.*"

Niemand antwortete. Angie sagte: „Ich verstehe nicht, was sie sagt", und ging mit schwankendem Gang zum Fahrstuhl. Buckland folgte ihr, aber Mrs Romayne rief streng aus: „Es passen nicht mehr als zwei hinein. Er bleibt stecken. Du kannst gut zu Fuß gehen, Buck."

Sie stieg in den kleinen Fahrstuhl und knallte das Gitter zu. Er ging langsam und ruckelnd nach oben und trug sie und Angie Moon außer Sichweite.

„Keine Hoffnung auf einen Drink, vermute ich", grummelte Hilary. Er hatte einen enttäuschenden Abend verlebt, niemand hatte ihn besonders beachtet, und Chrissie Challoner war letztlich überhaupt nicht sein Typ. Er unterstellte ihr, lesbisch zu sein, wie er es bei allen intelligenten Frauen tat, auf die seine eigene Maskulinität offensichtlich keinen unmittelbaren Einruck machte. Schmollend ging er hinauf.

Denis fand sich in seinem eigenen Zimmer im dritten Stock wieder ohne die geringste Erinnerung daran, wie er dort hingekommen war. In Trance zog er sich aus und löschte das Licht. Dann kniete er sich am Bett nieder, wie er es an jedem Abend in seinem Leben tat, und verbarg sein Gesicht in den Händen. Glückseligkeit überflutete ihn, bis er sich fühlte, als ob sein Geist in Seligkeit ertrinken müsse. Chrissie … Undeutliche Worte der Dankbarkeit formten sich auf seinen Lippen – er betete halb laut.

Denis' Glaube an einen persönlichen Gott war mit ihm groß geworden. Allzu oft war er sein einziger

Schutz gegen die Verzweiflung, die Selbstver-
dammung und die überwältigende innere Gewissheit
über seine Unfähigkeit gewesen, jemals über die
Lebensverhältnisse hinauszuwachsen. Er hielt leidenschaftlich an der Überzeugung fest, dass Gott ihn
verstand und ihm helfen würde, wenn die Dinge
unerträglich würden, und es nicht zulassen würde,
dass er ewig ohne Freunde, einsam und unbedeutend
bleiben würde. Dieser Glaube an Gott stand auf
gleicher Ebene mit Denis' heimlicher Dramatisierung
seiner Person als wiedergeborene Seele, gesandt, um
anderen zu helfen, die weniger intelligent waren. Er
besaß weder die Mentalität noch das Temperament,
etwas zu analysieren, bevor er es hinnahm, und sein
leidenschaftliches Festhalten an einem Gott, der sich
zutiefst und persönlich um Denis Hannaford Waller
sorgte, stand im direkten Verhältnis zu seinem
obersten Bedürfnis nach Sicherheit, zu seiner ex-
tremen und zersetzenden Angst, irgendwie minder-
wertiger als der Rest der Menschheit zu sein.

Es war immer noch natürlich für Denis, so
natürlich, wie es in der Kindheit gewesen war, seine
Gefühle in Begriffe des Gebets zu übersetzen. Er
kniete eine lange Zeit an seinem Bett, sich der leicht
absurden Verbindung dieser traditionellen Haltung
des Bittens mit seinem adretten blaugestreiften Pyjama, seinem sorgfältig gekämmten, kleinen,
schmalen Kopf, umfasst von seinen langen, knockigen
Fingern, und den hochgerichteten Sohlen seiner pan-
toffellosen Füße nicht bewusst.

Als er schließlich ins Bett stieg, war es himmlisch, in der Stille zu liegen, die Fenster weit geöffnet zur atemlosen, sternenvollen Nacht, und immer wieder jeden Augenblick des Abends, den er bei Chrissie Challoner verbracht hatte, zu durchleben. Er konnte sich an alles erinnern, was sie gesagt hatte, und an was er geantwortet hatte, und an jeden Klang ihrer sanft gesprochenen Sätze. Er konnte noch einmal den innigen, festen Druck ihrer kleinen Hand spüren, als sie einander Gute Nacht sagten.

Er gestattete sich nicht gänzlich, zu begreifen, dass er sich heftig verliebt hatte. Er betrachtete den starken Drang, der Chrissie und ihn zueinander hingezogen hatte, als unwiderstehliche Neigung, als gegenseitiges Erkennen. Und tatsächlich stimmte es, dass physisches Verlangen in Denis beinahe so unterentwickelt war wie bei einem jungen Kind, so tief verklemmt wie er war durch obskure Schrecken, falschen Idealismus und die intensive Schüchternheit des ewig Unsicheren. Seine Tagträume waren noch immer die eines unerweckten Jugendlichen. Bei Weitem zu tief erregt, um schlafen zu können, lag er mit offenen Augen da, bis die Dämmerung den Himmel mit einem exquisiten klaren blassen Grün überzog. Denis drehte sich herum, legte seine Hand unter die Wange wie ein Kind, und seine Augenlider fielen zu. Unmerklich driftete er auf der Woge strahlenden Glücks in den Schlaf.

(4)

Das wackelige Gitter des ruckelnden kleinen Fahrstuhls ließ einen schrillen, ungewissen Ton erklingen, als Coral Romayne ausstieg. Es schepperte erneut, als Angie Moon es zuknallte und den Knopf drückte, der sie ein Stockwerk höher bringen sollte. Coral, gähnend und mit einer Hand Haken öffnend, lehnte sich für einen Moment über das Geländer. Sie konnte Buckland und den jungen Moon sehen, die die Treppe hinaufkamen, ohne zu reden. Hilary ging voran.

„Gute Nacht", rief sie. Sie blickten hoch.

„Gute Nacht", sagte Hilary. Er klang ziemlich mürrisch.

Coral schleppte sich sehr langsam den Gang entlang zur Tür ihres Zimmers ganz am Ende. Sie hörte Hilarys Schritte auf dem Marmor, die weiter nach oben liefen. Dann Bucklands schweren Tritt, der auf der oberen Stufe verharrte. Sie wandte sich nicht um. Im nächsten Augenblick hörte sie, wie er ihr den langen Flur hinauf folgte. Sich sorgfältig zügelnd, gestattete sie ihm, sie einzuholen, gerade als sie ihre Schlafzimmertür erreichte.

„Hast du alles, was du brauchst?", fragte er beiläufig.

„Ich denke schon. Warte morgen früh nicht auf mich. Ich werde das Frühstück hier oben einnehmen."

„Gut."

Sie hatte ihre Tür geöffnet, und er stand halb im Zimmer, halb draußen.

„Das gelbe Ding, das du anhast, sieht wundervoll aus. Es steht dir unverschämt gut." Er fingerte an dem dünnen Stoff herum, der über ihrem Busen lag.

„Halt den Mund, Buck – du wirst das Hotel aufwecken und für einen Skandal sorgen. Gute Nacht."

„Gute Nacht – Coral." Er hielt sie an den Schultern fest.

„Was ist?"

„Nichts. Geh schlafen."

„Willst du mir nicht Gute Nacht sagen?"

„Wie sehr würde es dich stören, wenn ich es nicht täte?"

„Weit mehr, als du denkst."

„Lügnerin!"

Coral machte sich los und stieß ihn mit beiden Händen weg. Er hielt stand, und für einen Augenblick schwankten sie gemeinsam in einem lachenden Kampf. Dann stand Coral abrupt still und sagte: „Still! Was war das?"

Irgendwo war eine Tür leise geschlossen worden.

„Ich habe nichts gehört", sagte Buckland ohne viel Überzeugung.

„Ich schon. Gute Nacht."

Sie schloss die Tür vor seiner Nase, und nach einer Sekunde des Zögerns wandte er sich um und ging hinauf.

Patrick Romayne stand still, dicht an die Tür gepresst, die er so vorsichtig und schnell geschlossen hatte. Er hörte, wie sich Bucklands Schritte den Gang hinunter entfernten und verklangen. Er konnte auch hören, wie sich seine Mutter im Zimmer nebenan bewegte. Einmal ließ sie etwas fallen, und er war sich fast sicher, dass er den Klang eines kurzen Ausrufs hörte. Aber vielleicht war das Einbildung, weil er wusste, dass sie immer fluchte, kurz und ohne wirkliche Wut, wann immer sie Dinge fallen ließ. Es gab eine Verbindungstür zwischen den Zimmern, doch sie würde sie nicht öffnen. Vermutlich glaubte sie, dass er längst eingeschlafen sei, und natürlich war er jetzt viel zu alt dafür, dass sie hereinkam und nachsah, wie er schlief, wie sie es manchmal getan hatte, als er klein war. Höchstwahrscheinlich würde sie noch nicht einmal merken, dass unter der Tür Licht war, wenn er es anmachte und ein Weilchen las. Er konzentrierte seine Gedanken auf die Detektivgeschichte der Tauchnitz-Ausgabe, die ihm Olwen Morgan geliehen hatte. Es war guter Stoff. Patrick legte sich ins Bett und las ununterbrochen, wobei er sich sehr bemühte, mit seinen Gedanken bei der Geschichte zu bleiben.

Kapitel IV

(1)

Fast jeder nahm Kaffee und Brötchen am Morgen auf der Terrasse des Hôtel d'Azur ein. Nur ein Kellner hatte Dienst, und er ging ohne Eile zwischen den kleinen Tischen mit den rot-weißen Schirmen hin und her, die Treppe hinauf, durch die Halle und zum Servicebereich hinter dem Speisesaal, sodass beinahe jeder lange auf sein Frühstück warten musste. Das verärgerte vor allem Mr Muller, den großen Amerikaner. Er hatte jedoch entdeckt – mehr durch Intuition –, dass in dem Hotel noch jemand war, der wie er selbst Schach spielte, in Person von Mr Bolham. Zu ungewöhnlicher Stunde trafen sie sich um acht Uhr morgens auf der Terrasse und spielten schweigend Schach. Es war die kühlste Zeit des Tages, und eine Brise ließ die steifen Blätter der Palmen rascheln und die rot-weiß karierten Tischtücher flattern, die vom Kellner und von Gwennie Morgan auf die Tische gelegt wurden.

Gwennie hatte sich schon mit dem Hotelpersonal angefreundet. Die machten immer viel Gewese um sie und gaben ihr Dinge zu essen und erzählten ihr interessante Geschichten über andere Leute. Die Tatsache, dass sie kaum Französisch konnte, schien nie ein Hindernis bei diesen Annehmlichkeiten zu sein. Sie rannte lebhaft herum in ihrem kleinen blauen Badeanzug und war bei allen beliebt.

Dulcie Courteney, die bei Weitem mehr Bedarf an allgemeinem Wohlwollen hatte als Gwennie, beobachtete sie ziemlich neidisch von der Treppe aus, wo sie ganz alleine saß und die Sonne bereits auf ihren bloßen hellhaarigen Kopf und ihre dünnen nackten Arme, die die Knie umfassten, herabbrannte. Sie saß auf der Treppe, weil sie zum einen beabsichtigte, dort ostentativ den ganzen Morgen zu bleiben „um auf Papi zu warten", der mit dem „Bus von St. Raphael" kommen sollte, und zum anderen weil es ein guter Platz war, um Grüße mit Leuten zu wechseln, die zum Frühstück hinausgingen. Sehr oft, als Erwiderung auf ein freundliches Guten Morgen, erhielt Dulcie eine gutmütige Einladung, sich dem Tagesausflug anzuschließen oder sogar zu kommen und ihren Kaffee und ihre Brötchen in Gesellschaft zu essen, anstatt darauf zu warten, bis alle anderen bedient worden waren. Dulcie war ein Hotelkind, seit sie sich erinnern konnte, und es gab nichts, was sie nicht wusste über die Möglichkeiten, Hotelgäste auszunutzen, besonders die reichen in Ferienlaune.

Marcelle Duval, die immer nett zu ihr war, kam nie vor mittags herunter, und auch ihr Mann nicht. Ein Blick auf die Moons hatte Dulcie all das gezeigt, was sie über sie wissen musste – was dahingehend ausfiel, dass sie ihnen so oft wie möglich aus dem Weg ging. Die Morgans waren recht oft freundlich, obwohl sie und die Morgan-Kinder sich nicht wirklich mochten. Dulcie war auf Olwens gutes Aussehen eifersüchtig und auf Gwennies Beliebtheit und auf die Tatsache, dass alle drei viel besser schwimmen konnten als sie. Sie fürchtete und verabscheute auch im Stillen eine Eigenschaft, die allen Morgans gemein war, für Dulcie bekannt als „Hochnäsigkeit". Sie war sich jedoch sicher, dass Papi sie sofort fragen würde, ob sie sich mit diesen netten Kindern angefreundet hätte, und war gebeten worden, mit ihnen schwimmen zu gehen.

Mrs Romayne, Mr Bolham und Mr Muller waren alle unregelmäßig gutmütig. Dulcie wusste, dass sie sich bei keinem von ihnen darauf verlassen konnte, sich ihrer unbedeutenden Existenz für einen Augenblick zu erinnern, wenn sie sich nicht tatsächlich direkt unter ihren Augen abspielte. Wenn sie zufälligerweise jemanden von ihnen verärgerte, könnte ihr eine Brüskierung oder eine Beschwerde bei der Hotelleitung unmittelbar zuteil werden.

Die große französische Familie der *commerçants* ignorierte sie gänzlich. Sie waren Snobs und konnten die Stellung ihres Vaters peinlich genau abmessen. Der Mensch, den Dulcie bei Weitem am meisten im Hotel mochte, war Denis Waller.

Seine Umgangsformen schienen ihr die Vollkommenheit der Ritterlichkeit zu sein, und sein Repertoire an freundlichen Bemerkungen und Sätzen – „Gestatten Sie", „Pardon", „Nur ein klein wenig mehr Tee – danke vielmals" – stand für sie für eine exquisite Haltung der Höflichkeit.

Er sprach mit ihr meistens mit einem Lächeln, und immer sanft. Er gab ihr das Empfinden, sich genauso wichtig, interessant und der Aufmerksamkeit wert zu fühlen, als ob sie ein wirklicher Hotelgast wäre wie alle anderen.

Es gab bei ihr auch den Hintergedanken von Mitgefühl für Denis, weil er nur geduldeterweise als Angestellter von Mr Bolham im Hotel war. Alle „Extras", dachte Dulcie, indem sie es in ihre eigenen Wertmaßstäbe übersetzte, die Denis vielleicht wünschte, müssten immer von ihm selbst bezahlt werden – doch für seine tägliche Übernachtung und Verpflegung war er von seiner Kraft abhängig, die Ansprüche seines Arbeitgebers zu befriedigen.

Sie war sich sicher, dass Denis nicht wie Mr Buckland war, der bei jeder Gelegenheit seine Position ausnutzte. Dulcie hatte gehört, wie der *concierge* sich über die Freiheiten äußerste, wie *cette espèce de précepteur anglais* sich Drinks bestellte und Taxis nach St. Raphael und sogar Briefmarken und alles auf Rechnung von Mrs Romayne schreiben ließ.

Kein Wunder, dass Patrick ihn hasste und nie mit ihm sprach, wenn er es vermeiden konnte. Mr Buckland tat immer so, dass die Ausgaben, die er tätigte, sämtlichst für Patrick gemacht wurden.

„Guten Morgen, Dulcie", sagte nun hinter ihr die Stimme von Buckland selbst. Er kam die Treppe herunter, während er den Reißverschluss seines hellblauen Trikothemds hochzog und sie kräftig und dynamisch aussehend angrinste.

„Oh, guten Morgen, Mr Buckland. Wissen Sie, dass mein Papa heute kommt?"

„Gute Geschäfte", gab Buckland herzhaft zurück.

„Ich bin unglaublich aufgeregt", sagte Dulcie mädchenhaft und legte den Kopf zur Seite. „Ich weiß einfach nicht, wie ich den Tag überstehen soll, bis er kommt. Ich bin einfach schon seit einer Ewigkeit wach. Aber ich habe noch nicht gefrühstückt", fügte sie nachdenklich hinzu.

„Nun, warte nicht zu lang, sonst werden keine *confitures* mehr übrig sein", riet Mr Buckland und ging weg.

Dulcie seufzte ein wenig. Sie hatte nicht viel vom Tutor erwartet. Er kannte alle Winkelzüge des Spiels, weitaus besser als sie. Dann kam die französische Familie herunter – Dulcie bewegte sich höflich zur Seite, um sie vorbeigehen zu lassen, doch sie nahmen überhaupt keine Notiz von ihr – und dann Gwennies Mutter mit David und Olwen. Sie fragten Dulcie, ob sie mit ihnen kommen und Bouillabaisse zu Mittag essen wolle im Réserve. Sie würden sich mit Mrs Romayne und Patrick zusammenschließen. Dulcie nahm voller Freude an. Papa wäre begeistert von ihr, wenn er sähe, wie sie sich mit Leuten anfreundete und von ihnen tagsüber mitgenommen wurde wie jetzt. Sie beschloss, einen Strauß von diesen grässlichen gelben Blumen zu pflücken, die hinter dem Hotel wuchsen, und sie Mrs Morgan demütig und anrührend zu schenken.

Patrick Romayne kam aus dem Hotel und stand auf der Treppe, seine Augen gegen das grelle Licht zusammenkneifend, als er die Terrasse entlangblickte.

„Guten Morgen", flötete Dulcie. Sie wünschte, sie wüsste, wie sie ihn nennen sollte. Wenn sie „Mr Romayne" sagte, klang das absurd, und doch könnte er es für anmaßend halten, wenn sie ihn Patrick nannte. Obwohl es die Morgans taten, sogar Gwennie.

„Guten Morgen. Sag mal, hast du schon gefrühstückt?"

„Nein", sagte Dulcie hoffnungsvoll.

„Nun, manchmal tust du es in der Halle, oder? Ich meine, wenn nicht genug Tische und Sachen draußen sind. Nun, würde es dir etwas ausmachen, wenn ich mit dir frühstückte? Meine Mutter kommt heute Morgen nicht herunter, und ich hasse es einfach, draußen auf der ekligen Terrasse zu sitzen. Wenn es dir also nichts ausmacht – sag einfach, dass du es einfach hassen würdest, ja?"

„Aber ich würde es gern", sagte Dulcie ernsthaft.

„Ich sage Emile Bescheid." Der diensthabende Kellner, Emile, war der gutmütige. Er war selten grob zu ihr. Im Übrigen müsste er die Sachen nicht annähernd so weit tragen, wenn sie drinnen essen. Sie schob einen Aschenbecher und ein paar sehr alte Magazine vom Tisch, und dann saßen sie und Patrick dort, und sie schenkte Kaffee und heiße Milch ein. Sie sprachen nicht sehr viel, obwohl Dulcie versuchte, mit ein paar schüchternen Bemerkungen über Kricket und Schwimmen gefällig zu sein. Patrick, der ziemlich betrübt aussah, gab gleichgültige Antworten, die zu nichts weiter führten.

Captain Morgan nickte ihnen auf dem Weg nach draußen zu, ohne etwas zu sagen, aber Denis Waller, der als Letzter herunterkam, blieb stehen und sprach mit ihnen. Er sagte zu Dulcie:

„Um welche Zeit erwartest du deinen Vater? Er kommt heute, nicht wahr?"

„Ja, Mr Waller. Ich bin so schrecklich aufgeregt. Wissen Sie, Papa ist alles, was ich habe, deshalb sind wir natürlich einfach alles füreinander. Ich weiß nicht genau, um welche Zeit er hier sein wird, aber irgendwann vormittags, denke ich. Ich werde auf der Treppe ausharren und auf den Bus warten."

„Gut", sagte Denis teilnahmsvoll. Er sah wirklich so aus, als ob er sich darüber freuen würde – um ihretwillen, dachte Dulcie.

„Ich hoffe, er kommt früh, Mr Waller, weil wir zum Réserve rübergehen zum Lunch. Ist das nicht wunderbar? Mrs Morgan hat mich gebeten, mit-zukommen, war das nicht lieb von ihr? Patrick kommt auch mit, und Mrs Romayne natürlich. Ich gehe gern ins Réserve, Sie auch? Man kann dort im Garten zu Mittag essen, beinahe direkt über dem Meer." Sie plapperte weiter, und Denis lächelte sie träumerisch an, als ob er Freude hätte an ihren rührenden Be-geisterungen darüber, an den Ausflügen anderer teilhaben zu dürfen.

„Ich habe noch nie Bouillabaisse probiert", sagte Patrick plötzlich.

„Haben Sie nicht, Patrick? Ich auch nicht", sagte Denis. „Ich wollte es immer. Sie müssen mir erzählen, was Sie davon halten. Ich vermute, du bis schon häufig im Réserve gewesen, Dulcie?"

„O ja, Mr Waller, häufig. Papa nimmt mich ziemlich oft mit, und Leute im Hotel sind immer so nett zu mir. Tatsächlich bin ich mit den Morgans mitgegangen, als sie zum allerersten Mal Bouillabaisse probiert haben. Gwennie war so lustig. Ich finde, Gwennie ist schrecklich lieb und goldig, finden Sie nicht?"

„Sehr."

„Sie ist schlau für ein Kind in ihrem Alter", bemerkte Patrick unerwartet. „Ich meine, sie ist irgendwie originell."

„Sie haben ganz recht", sagte Denis in einem bedächtigen Ton. „Gwennie erscheint mir immer sehr walisisch im Wesen. Definitiv altklug und – feinsinnig. Das habe ich oft gedacht."

„Sie sind ein ziemlich guter Charakterkenner, Mr Waller, nicht?", sagte Dulcie voller Bewunderung. Denis lächelte und sagte:

„Psychologie hat mich immer interessiert", und verließ sie.

„Er ist unglaublich nett, nicht?", sagte Dulcie.

„Ja, das ist er wohl. Obwohl ich nicht verstehe, warum er nie ins Wasser geht, außer von der *plage* aus, wo es flach ist. Ich glaube, er hat Angst, dass sein Haar nass wird."

Dulcie lachte diskret. Sie lachte immer über die Scherze der anderen, doch wenn sie auf Kosten von jemand anderem gemacht wurden, enthielt sie sich einer Bemerkung. Man konnte nie wissen, wann Dinge wiedergegeben wurden.

„Geht er nicht auch mit ins Réserve?", deutete sie an. „Er sagte, dass er noch nie Bouillabaisse probiert hätte."

„Er sollte eigentlich mitkommen. Ich werde Mutter bitten, ihn einzuladen. Ich denke, es wird Mr Bolham nichts ausmachen."

„O nein, er kommt selbst mit."

„Wie lustig! Er unternimmt eigentlich nie Ausflüge. Wir werden eine ziemlich große Gesellschaft sein", sagte Patrick, während er seinen Stuhl vom Tisch zurückschob. Er sah nicht aus, als ob er sich über die Gesellschaft für das Réserve freuen würde. Er sah betrübt und lustlos aus.

Dulcie ging zurück zu ihrem Wachposten auf der Treppe.

(2)

Viertel nach neun kam der Briefträger. Er stapfte die Treppe hinauf zur Terrasse in einem großen Strohhut und einer Uniform aus Halbleinen, sein gebräuntes Gesicht glänzend und schweißtriefend, und leerte seine Tasche am Tresen des *concierge*.

Der *concierge*, mit einer leichten Betonung seines permanent verärgerten Gesichtsausdrucks, sortierte die großen dünnen Briefumschläge aus Kontinentaleuropa, adressiert in violetter Tinte, die breiteren, dickeren und teurer aussehenden, die einen englischen

Poststempel trugen, und die zahlreichen An-
sichtspostkarten. Es gab auch ein paar Zeitungen und
ein unordentliches Paket, adressiert an T. Buckland,
Esq., aus dem an einer Ecke eine gestopfte Socken-
ferse herausschaute. Von der Anzahl her überwogen
die Briefe von Mr Muller alle anderen, doch an
diesem Morgen gab es keine Post aus Amerika.

Mr Bolham bekam, wie üblich, Kataloge und ein
Paket mit Büchern.

Mrs Romayne, ebenfalls wie üblich, bekam einen
Haufen offensichtlicher Rechnungen. Der *concierge*
lächelte zynisch. Er wusste, dass er sie wiedersehen
würde, später am Tag, durchgerissen und überall
verteilt.

Es gab nichts für die Morgans außer einer
Zeitung, nichts für die Moons und eine Postkarte für
Dulcie Courteney. Sie war auf Französisch, und der
concierge las sie mit einem gewissen Interesse, da sie
von einem amerikanischen Mädchen geschrieben
worden war, das unlängst im Hôtel d'Azur gewohnt
hatte. Sie war jetzt also in Toulon, ja? Warum hat sie
dann gesagt, sie würde nach Antibes reisen? Diese
modernen jungen Frauen logen automatisch bei jedem
Atemzug. Der *concierge* zuckte die Achseln.

Er schickte den *chasseur* sofort mit allen Briefen
und Schriftstücken los, die an den *patron* und die
Familie des *patron* gerichtet waren. Er hätte nicht
gewagt, sie einen Augenblick länger zu behalten oder
sie sogar mit mehr als der kursorischen Art zu
betrachten.

Er sortierte den Rest in kleine Haufen, die er auf das Wirtschaftsbuch auf dem Tresen legte. Die Leute würden vorbeikommen und sie abholen. Manchmal wurde Gwennie Morgan geschickt, um *le courrier* zu holen und zu verteilen.

Le petit jeune homme, der Mr Bolhams Sekretär war, kam immer, um sich seine eigenen Briefe abzuholen, wobei er gewöhnlich nervös herumlungerte, bis niemand mehr in der Nähe war, um seine matten *„s'il vous plaît's"* und *„merci's"* mitzubekommen. Er erhielt täglich einen besonderen Brief, adressiert in Frauenhand in einem billigen farbigen Umschlag, leicht parfümiert. Der *concierge*, der einmal sechs Monate in England verbracht hatte, wusste, dass der Poststempel auf diesem Brief aus einer Vorstadt stammte und dass Denis sich besondere Mühe machte, seine Antworten so oft wie möglich woanders aufzugeben als im Briefkasten in der Halle des Hotels. Er schrieb und erhielt beständig Briefe, und seine Korrespondenten waren, wie der *concierge* verächtlich bemerkt hatte, fast immer Frauen mit mittelmäßigen Handschriften und mit Adressen vom Land oder aus Vororten.

An diesem Morgen schien Mr Bolhams Sekretär tatsächlich seinen kostbaren Brief vergessen zu haben. Er kam erst viel später als sonst vorbei und nahm ihn ohne Aufregung an sich. Der *concierge* spürte augenblicklich den Unterschied. Nun, keine Affäre konnte ewig mit einem Briefwechsel weitergehen, noch nicht einmal bei den unteren Schichten

Englands. Der *petit jeune homme* hatte jetzt Interesse an jemand anderem, vermutlich an der jungen und hübschen Frau von Mr Moon. Der *concierge* selbst war an ihr interessiert, soweit das die Beschränkungen seiner Arbeit zuließen.

Er lächelte mokant vor sich hin und schätzte innerlich Denis' Chancen, die geringste Aufmerksamkeit von der exquisiten Mrs Moon zu erhalten, niedriger ein als seine eigenen.

(3)

Die wenigen und oberflächlichen Sätze, die zwischen Hilary und Angie gewechselt wurden, wenn sie allein in ihrem Hotelzimmer waren, waren entweder grob unanständig oder schubweise blasphemisch. Ihnen war keine andere Art, sich auszudrücken, bekannt außer in einem heftigen Streit. An diesem Morgen, zwischen elf und zwölf Uhr, waren sie mitten in einem Streit. Angie lag nackt auf dem Bett und rauchte, Hilary, in einem äußerst teuren dunkelroten Morgenrock, sein dunkles Haar feucht und ungekämmt über der Stirn, lehnte lässig an der grünen Jalousette des offenen Fensters und rauchte ebenfalls.

„Ich werde nicht nach Cap Ferrat gehen", sagte Angie. „Oder sonst wohin."

„Du bist *so gar nicht* hilfsbereit, nicht?"

„Warum sollte ich hilfsbereit sein? Du tust nie etwas für mich, das weiß ich. Du verdienst noch nicht einmal Geld."

„Meine kleine Süße, ich hatte ganz den Eindruck, dass wir mit *meinem* Geld hierhergekommen sind. Oder nicht?"

„Wir sind, um genau zu sein, mit dem Geld hierhergekommen, das den Kaufleuten zu Hause gehört", antwortete Angie kühl.

„Wie schrecklich genau du bist", gab Hilary noch kühler zurück.

Es herrschte Schweigen voller Hass.

„Dieser Ort ist nun einmal gänzlich tückisch und extrem teuer, und es gibt keine Seele, mit der man irgendetwas gemein hätte."

„Cap Ferrat wäre dreimal so teuer, und ich denke nicht, dass dir das Publikum dort besser gefallen würde. Es sei denn, es gäbe eine Schlampe, die zufällig eine Schwäche für dich hätte, wie deine Sonia-Tante auf dieser schmuddeligen Bloomsbury Gesellschaft."

„Bitte, lass Sonia aus dem Spiel."

„Sei nicht ritterlich und hochnäsig, Darling, weil das bei dir einfach zu albern klingt. Das ist überhaupt nicht deine Richtung."

„Ich werde nach Cap Ferrat gehen. Oder Nizza."

„Und ich nicht."

Sie waren wieder am Anfang.

„Sieh dir diesen miesen Haufen an, mit dem wir uns gestern Abend eingelassen haben – Coral, oder wie immer sie sich nennt, und ihr ganz fürchterlicher Liebhaber."

„Sie waren nicht schlimmer als die Leute, mit denen wir in London zusammen waren."

„*Ich* finde, sie waren viel schlimmer. Tatsächlich kann man sie nicht vergleichen. Frauen haben überhaupt kein Urteilsvermögen."

„Ich dachte", meinte Angie aufreizend, „dass du dich rühmst, niemals *clichés* zu benutzen."

Das machte Hilary wütender als alles andere, was sie bislang gesagt hatte, und er fluchte zügellos.

Angie, die davon keine Notiz nahm, stand vom Bett auf und fing an, Kleidungsstücke aus einem Koffer herauszuziehen und herumzuwerfen. Plötzlich, da sie gepunktet hatte, fühlte sie sich wieder liebenswert.

„Lass uns diesen Ort hier trotzdem noch ein paar Tage länger ausprobieren. Wenn wir jetzt gehen, bedeutet das, dass wir das Bargeld für die Rechnung sofort aufbringen müssen. Was ist mit dem Wagen, den du besorgen wolltest?"

„Ich könnte etwas in Cannes finden. Ich dachte, der Kerl, von dem sie immer reden – der Dolmetscher oder so, der heute zurückkommt –, kann mich zu den richtigen Adressen führen. Er wird auch in der Lage sein zu sagen, wie gut die Chancen sind, ihn wieder zu verkaufen."

„Du wirst ihn sicher wieder verkaufen können", sagte Angie. Auf dieser grundsätzlichen Annahme führten die jungen Moons ihre ganze Existenz. Sie zog ein Paar grüne Leinenhosen an und streifte sich ein weißes Oberteil aus Crêpe de Chine über den Kopf. Es ließ ihren Hals und ihre Arme frei und war versehen mit einer riesigen Schleife aus grünem Stoff und einem grünen Gürtel.

„Das ist recht hübsch", gestand Hilary, während er sie anblickte.

„Nicht wahr?" Sie fing an, ihr Gesicht zu schminken.

„Hör mal, wie wäre es, wenn wir ein Taxi nehmen und heute Nachmittag nach Cannes fahren? Vielleicht begegnet man zufällig jemandem, den man kennt, und auf jeden Fall kann man sich die Wagen ansehen."

„Ich brauche einen Hut", sagte Angie, „oder eine Baskenmütze oder so was."

„Ich vermute, das Hotel kann uns ein Taxi besorgen. Ich gehe runter und werde mit dem *concierge* sprechen."

„Nehmen wir jemanden mit?"

„Wen, um alles in der Welt, müssen wir mitnehmen? Ich möchte mich mit keinem von ihnen sehen lassen."

„Es wird entsetzlich langweilig werden, wenn du diese Haltung beibehältst, Hilary. Für beide von uns, möchte ich meinen."

„Danke vielmals", sagte Hilary sarkastisch, als er hinausging.

(4)

Mr Bolham, der sich aus eigenem freien Willen keiner Gruppe angeschlossen hätte, zu der Mrs Romayne gehörte, hatte zugestimmt, mit der Morgan-Gesellschaft ins Réserve zu gehen, einerseits weil er freundschaftlichen Umgang mit ihnen hatte und sie mochte, und andererseits weil er so weit wie möglich die Zeit zu verringern wünschte, die er allein mit seinem Sekretär verbrachte.

Wenn sie im Hotel blieben, würde sich Mr Bolham verpflichtet fühlen, zu arbeiten, was Diktate bedeutete, und das wiederum würde die Anwesenheit von Denis Waller notwendig machen.

Immer deutlicher erkannte der bedauernswerte Mr Bolham, dass seine Ablehnung gegen Denis ein pathologisches Ausmaß annahm. Er meinte, dass er ihn wahrhaftig gern geschlagen hätte oder ihn, mit einem herzhaften Tritt, ins Meer hätte fliegen lassen. Er hielt sich nicht für fähig, diesen primitiven Impulsen jemals nachzugeben, doch es verärgerte ihn, dass sie überhaupt vorhanden waren und ernsthaft seine eigene Vorstellung über sich als hoch-zivilisierten Gelehrten und distanzierten Beobachter der menschlichen Natur störten.

Mit der Absicht, sich ein besseres Gefühl zu geben – während er innerlich die schonungslosesten Urteile über die offensichtlichen Schwächen, wie Eitelkeit, Feigheit und die Unfähigkeit, die Wahrheit zu sagen, durchlief –, zwang er sich, ihn mit augenscheinlicher Höflichkeit und sogar Groß-zügigkeit zu behandeln.

Als er von Dulcie Courteney erfuhr, dass er noch nie die berühmte Bouillabaisse probiert habe und gesagte habe, dass er es gerne täte, bat Mr Bolham sofort um Erlaubnis, ihn in die Gesellschaft mit einzuschließen.

„Wenn Sie sicher sind, dass er für Sie nicht etwas anderes machen muss", sagte Mrs Morgan, „werden wir uns natürlich freuen."

„Natürlich wird er mein Gast sein", bot Mr Bolham großzügig an. Er hoffte, dass die Kosten für den Lunch, der ziemlich teuer sein würde, vielleicht irgendwie unter anderem die Stimmung verächtlichen Missfallens, mit der er am vorhergehenden Abend Denis unterwürfige Behauptung, er würde nach dem Dinner einen Spaziergang machen, entgegengenommen hatte, schmälern könnten.

„Das *Einzige*, was ich nicht ausstehen kann", sagte sich Mr Bolham, „ist Schwindelei."

Er war ungenau. Es gab eine große Anzahl von Dingen, die er nicht ausstehen konnte, und nur allzu viele schienen sich in Denis' Person zu bündeln. Es war nur zum Wohl seines Selbstrespekts und weil er vorschlug, in zwei Wochen nach England zurückzukehren, dass Mr Bolham seinen Sekretär nicht von einem Tag auf den anderen entließ. Doch er meinte, dass, wenn er es täte, sich Vorurteile gegen vernünftige Menschlichkeit durchsetzen würden – (denn Denis' Arbeit war nicht gänzlich schlecht) – und dass ein solcher Sieg Mr Bolham sogar mehr schaden würde als Denis Waller.

„Um zwölf Uhr an der *plage*?", sagte Mary Morgan. „Wir dachten, wir könnten das Boot nehmen. Es dauert etwa eine halbe Stunde."

Um zehn Minuten nach elf informierte Mr Bolham seinen Sekretär, mit einer redlichen Nachahmung von Höflichkeit, über den Ausflug, der ihnen bevorstünde. Er hatte bereits Denis Wallers unbedachten Eifer bemerkt und gnadenlos verurteilt, für sich jede Gelegenheit zu nutzen, gesellschaftliche Kontakte zu knüpfen. Überrascht hörte er seinen Sekretär mit großem Zögern antworten:

„Haben Sie vielen Dank, Sir. Das ist wirklich sehr freundlich von Ihnen. Dürfte ich fragen – zu welcher Zeit – Sie erwarten, zurück zu sein?"

„Ich weiß es wirklich nicht. Drei oder vier Uhr, denke ich. Niemand will herumhetzen bei dieser Hitze."

Denis, der plötzlich kümmerlich aussah, murmelte unartikuliert und wurde blass. Intuition sagte Mr Bolham, dass sein Sekretär aus irgendeinem Grund nicht ins Réserve gehen wollte und Angst hatte, das zu sagen. Mr Bolham gewährte ihm zwei Sekunden – kleine –, in denen er wie ein Mann auftreten konnte, und sagte dann kurzangebunden:

„Wir werden von der *plage* um zwölf Uhr aufbrechen. Finden Sie heraus, ob Captain und Mrs Morgan oder ihre Kinder gern mitgenommen werden möchten, und sagen Sie Anatole, dass er den Wagen zehn vor zwölf vorbeibringen soll. Ich werde Sie bis dahin nicht benötigen."

„Oh, Mr Bolham, das ist wirklich nett von Ihnen. Ich bin so froh, dass Mr Waller auch mitkommt", rief Dulcie, die auf der Treppe saß.

Mr Bolham nahm diesen Tribut schweigend entgegen. Seine Freundlichkeit hatte, obwohl dem

114

Namen nach noch vorhanden, im Geist eine geheimnisvolle Wandlung genommen und konnte ihm nicht länger einen Rest Selbstzufriedenheit zubilligen. Er durchlebte eine tiefe Empörung darüber, dass dies möglich war.

(5)

Denis, in dem die Heimlichtuerei, die den Übersensiblen gemein ist, auf abnorme Weise entwickelt war, war verzweifelt. Wie konnte er Mr Bolham, für den seine bloße Existenz Anlass für Ernüchterung zu sein schien, sagen, dass er für den Nachmittag bereits eine Verabredung hatte? Die Fantasie machte einen wilden Vorstoß und erkundigte sich, in Mr Bolhams abschreckendstem Ton: „Mit wem haben Sie eine Verabredung?"

Denis' Hochgefühl vom vorigen Abend war im Laufe des Vormittags langsam verebbt, und die Reaktion war nun abgeschlossen. Er wusste, dass es unmöglich sein würde, diese Frage zu beantworten oder den Gedanken an die Andeutungen zu ertragen, die die Antwort mit sich bringen würde. Erneut hatte ihn eine zügellose Fantasie im Griff. Mr Bolham würde es mit kurzen, gehässigen Sätzen den anderen mitteilen ... Buckland würde ihn derb und in aller Öffentlichkeit necken ... Mrs Romayne würde den Scherz an ihre Freundin Mrs Wolverton-Gush weitergeben ... Chrissie würde denken, dass er ...

Denis krümmte sich.

Trotz leidenschaftlicher Versuche, der Desillusionierung zuvorzukommen, indem er sich sagte, dass es anders sein würde, wenn sie sich bei Tageslicht wiederbegegneten, befand sich Denis, seit er morgens aufgewacht war, mehr oder weniger in höchster Anspannung und lebte nur für den Zeitpunkt seines nächsten Treffens mit Chrissie Challoner.

Ihm war übel vor Entsetzen und Enttäuschung.

Und wie sollte er sie jetzt wissen lassen, dass er nicht kommen konnte?

Er stand hilflos und bekümmert mitten in der Halle, der Ekel vor dem Gefühl schien ihm jegliche Initiative genommen zu haben.

David Morgan kam, mit einem zitronengelben Badeumhang sorgfältig über seinen Arm gefaltet, die Treppe herunter.

„Wird Ihnen in einem Boot übel?", fragte er unvermittelt.

„Nein, ich denke nicht."

„Das ist gut, denn Dulcie sagt, es gibt ein ziemlich unruhiges Stück zwischen hier und dem Réserve. Mami ist ein sehr schlechter Seemann", meinte David hoffnungsvoll. „Ich gehe zur Garage rum, um Anatole zu helfen, den Wagen von Mr Bolham vorzufahren. Er ist ein sehr netter Mann, nicht?"

„Anatole mag Jungen. Er hat selbst einen."

„Ich meinte Mr Bolham", erklärte David. „Obwohl Anatole auch nett ist. Aber ich meinte Mr Bolham. Er hat Sie auch zum Lunch eingeladen, oder?"

116

„Ja, David, das hat er."

„Sind Sie fertig?", erkundigte sich David höflich.

„Es ist fast zwölf, nicht wahr?"

„Ich denke ja. Ich werde mir einen Hut holen, um ihn auf dem Wasser aufzusetzen, aber ich – ich glaube, ich werde zunächst telefonieren—"

David nickte und schlenderte hinaus in den Sonnenschein.

Denis, der sich hoffnungslos fühlte, trat auf den Tresen des *concierge* zu und versuchte, die Anwesenheit von Mr Muller zu ignorieren, der ernst einen Ständer mit Postkarten begutachtete, die ein kobaltblaues Meer und zinnrote Felsen zeigten, und – noch schlimmer – die des jungen Mr Moon, der an einem kleinen Tisch in der Nähe der Tür Whiskey trank.

„*Téléphone, s'il vous plaît.*"

„*Vous désirez le téléphone?*"

„*Oui*", sagte Denis und fragte sich, ob das französische Telefonsystem anders sei als das englische und viel komplizierter.

Plötzlich wurde ihm bewusst, dass er nicht die geringste Ahnung hatte, welche Nummer er brauchte. Er versuchte unzusammenhängend zu erklären, dass er das Telefonbuch brauche.

„Sprechen Inglisch", schlug der *concierge* ermüdet vor.

„Ich kenne die Nummer nicht. Das Buch …"

„*Vous ne savez pas le numéro? Quel nom, alors?*"

„Miss Challoner. C-H-A- Oh, warten Sie einen Augenblick – Ich denke nicht, dass sie überhaupt unter ihrem Namen steht – Villa Mimosa – *vous savez?*" Der *concierge* zuckte die Schultern.

„*Oui, mais Villa Mimosa – voyons donc*! *Comment voulez-vous* —"

„*Je ne comprends pas.* Könnten Sie langsamer sprechen?", sagte Denis und spürte, wie ihm auf der Stirn der Schweiß ausbrach.

Weit davon entfernt, langsam zu sprechen, gab – oder vielmehr brummelte – der *concierge* mit einer Haltung unaussprechlicher Unverschämtheit eine lange Rede, von der Denis die Absicht verstand, nicht aber die Worte. Heftig gedemütigt blickte er sich wild um, aus Angst vor Zeugen seiner Verunsicherung.

Die Familie Morgan versammelte sich am Fuß der Treppe, und Mrs Romayne trat mit Buckland, der ihren Sonnenschirm trug, aus dem Fahrstuhl. Sie waren fertig zum Aufbruch. Jeden Augenblick würde der Wagen kommen …

„Kann ich Ihnen vielleicht helfen, Mr Waller", sagte unerwartet neben ihm die teilnahmsvolle Stimme des amerikanischen Financiers.

Der *concierge* sprang augenblicklich voll Beflissenheit auf und ließ gleichzeitig seine Zeitung und seinen herablassenden Gesichtsausdruck fallen.

Er bot Mr Muller eine kurze und respektvoll formulierte Erklärung über Denis' Dilemma und fügte hinzu, dass es zweifellos möglich sei, die benötigte Nummer durch eine Nachfrage bei der Vermittlung zu erhalten.

Mr Muller nickte wie Jupiter.

Der *concierge* hüpfte zum Telefon.

„Haben Sie vielen Dank", stammelte Denis. „Ich bin Ihnen wirklich dankbar – das war sehr freundlich von Ihnen. Danke vielmals."

„Aber Mr Waller, das ist nicht der Rede wert. Ganz unnötig. Es ist wirklich schlimm, dass dieser Kerl kein Wort Englisch spricht. Ich denke, Sie werden jetzt in einer Minute verbunden werden."

Mr Muller entfernte sich. Denis dachte, dass alle Angestellten Snobs seien. Sie verstanden nicht, dass ein Mann eine untergeordnete Stellung haben und doch ein *wirklicher* Gentleman sein könnte, sie behandelten einen wie Dreck, weil man arm war …

„*Voilà, m'sieur.*"

Plötzlich zitternd nahm Denis den Hörer.

„Allo-allo", sagte eine fremde Stimme heftig.

„Miss Challoner?"

Die Stimme sagte etwas sehr schnell auf Französisch, und es gab ein Geräusch, als ob der Hörer am anderen Ende wieder aufgelegt wurde. Denis' Herz sank noch tiefer. Er wusste nicht, was er tun sollte.

Eine andere Stimme, streng, aber englisch, sprach gebieterisch in sein Ohr.

„Sind Sie da? Wer spricht da, bitte?"

„Mr Denis Waller. Ist – könnte ich wohl mit Miss Challoner sprechen, bitte?"

„Leider nein. Geben Sie mir doch bitte die Nachricht. Hier spricht Miss Challoners Sekretärin."

„*On vous attend là-bas*", unterbrach der *concierge* plötzlich und kalt und deutete mit dem Kopf Richtung Hoteltreppe.

Denis wedelte mit dem Telefonkabel nach ihm.

„Sagen Sie ihr bitte, es täte mir sehr leid, aber ich kann sie heute Nachmittag nicht treffen, wie sie netterweise vorgeschlagen hatte ... Ich – Es ist so, dass—"

Er brach ab.

„Sie sind nicht in der Lage, sie heute Nachmittag zu treffen", wiederholte die Stimme fröhlich. „Noch etwas?"

„Ich bin ganz furchtbar enttäuscht – wenn Sie ihr das bitte sagen würden – ich werde für etwas anderes benötigt. Von dem Gentleman, mit dem ich reise."

„Sie werden nicht in der Lage sein, sie heute Nachmittag zu treffen, und Sie sind ganz furchtbar enttäuscht, aber der Gentleman, mit dem Sie reisen", sagte die Stimme ganz korrekt, „benötigt Sie. Ich habe verstanden. Goodbye."

„*C'est fini?*", sagte der *concierge*. „*Eh bien, on vous attend.* "

Er hatte einen Ausdruck, als schicke er einen gänzlich lästigen Untergebenen weg, und mit genau der Haltung eines gänzlich lästigen Untergebenen, der weggeschickt wurde, kroch Denis davon.

Eine ganze Menge Leute hatte sich auf der Treppe zusammengefunden.

Mr Bolhams französischer Chauffeur saß am Steuer des Sunbeam mit einem strahlenden David

Morgan neben sich. Morgan lief bereits den gewundenen Weg mit Olwen, Gwennie, Patrick und Buckland entlang. Mr Bolham, mit beträchtlichem Zögern in seinem Verhalten, versicherte Mrs Romayne gerade, dass es für sie reichlich Platz im Wagen gebe – was tatsächlich offensichtlich war. Dulcie Courteney, die wild die Treppe rauf und runter wanderte, bat jeden um Rat.

„Ich dachte wirklich, Papa wäre mittlerweile angekommen aus St. Raphael. Der Bus ist vor ewigen Zeiten abgefahren. Nur weiß man nie genau bei französischen Zügen, nicht? Ich weiß nicht, was ich tun soll."

„Du solltest besser mit uns kommen", sagte Mary Morgan.

„Ich denke, das sollte ich, oder? Aber verstehen Sie, ich habe solche Angst, dass Papa enttäuscht sein wird, wenn ihn sein kleines Mädchen nicht begrüßt. Er sagt immer—"

„Nun, lass Mr Bolham nicht warten. Steig besser ein, wenn du mitkommen willst."

„Ich glaube, ich werde besser eine Nachricht für Papa beim *concierge* hinterlassen. Wissen Sie, ich möchte nicht, dass er denkt—"

Dulcie sauste wieder in die Halle zurück.

Mr Bolham nahm einen Ausdruck ostentativer Resignation an.

Mary stieg in den Wagen neben Mrs Romayne ein, die sagte: „Dieses verdammte blöde Kind! Warum kann sie nicht laufen?"

„Soll ich warten und mit Dulcie hinlaufen, Sir?",
erkundigte sich Denis.

„Das wäre vielleicht das Beste—"

Dulcie kam herausgerannt, den Kopf zur Seite geneigt.

„Es ist alles in Ordnung", quietschte sie atemlos.
„Ich habe für Papa eine Nachricht hinterlassen, um es
zu erklären. Wissen Sie, ich weiß, dass er es hassen
würde, wenn ich Ihre wunderbare Gesellschaft verpasste, Mrs Morgan ..."

Aus einem Fenster vom oberen Stockwerk kam
ein Schrei: „Dal-see! Dal-see!"

Alle blickten nach oben.

Die junge Madame Duval, ein dünnes Hemd aus
geblümter Seide vor sich haltend, hing aus ihrem
Zimmerfenster, bebte vor Lachen und zeigte auf
einen kleinen bunten Kleiderhaufen, der auf Mr
Bolhams Balkon heruntergefallen war.

„On peut envoyer chercher...?"

„Oh, Mr Bolham, es ist Marcelle – ihr Badeanzug ..."

„Sag ihr, sie soll sich einen Haken und eine Leine
kaufen", sagte Mr Bolham verbittert.

„Oh, Mr Bolham, Sie sind immer so lustig, Sie
bringen mich zum Lachen!"

„Mes excuses ...", kreischte Marcelle.

Dulcie schrie Ablehnungen zurück, und der
concierge, der ebenfalls auf die Treppe herausge-
kommen war, sagte, mit einem kurzen und miss-
fälligen Blick nach oben: *„On enverra."*

„Wollen wir nicht abfahren?", sagte David enttäuscht. „Die anderen werden zuerst da sein."

Endlich fuhren sie los.

(6)

„Eine Nachricht ist für Sie abgegeben worden vom Hôtel d'Azur."

„Worum geht's?"

Mrs Wolverton-Gush rückte ihre Lorgnette zurecht – sie fand, dass eine Lorgnette ihrem Stil Distinguiertheit verlieh – und las – mit ganzer Aufmerksamkeit auf Gelerntes aus gewissen Unterrichtsklassen in Vortragskunst, die sie vor vielen Jahren in Kensington besucht hatte – ihre eigene Mitschrift zu Denis Wallers Nachricht laut vor.

„Danke", sagte Chrissie verblüfft. Sie blickte Mrs Wolverton-Gush mit ihren großen dunklen Augen an, offensichtlich ohne sie überhaupt zu sehen.

Es gab eine vollkommen aufrichtige Entrücktheit – eine Art Geistesabwesenheit – an Chrissie Challoner, die ihre vorübergehende Haushälterin verärgerte. Es hätte ihr weitaus weniger missfallen, wenn es Affektiertheit gewesen wäre. Aber Mrs Wolverton-Gush hatte sich in den vergangenen achtundfünfzig Jahren eines Lebens, das bereits weit länger dauerte, als die meisten Leute vermuteten, viel schwerere Lektionen als Vortragstechnik auf vollkommene Weise einverleibt. Allen voran Hinnahme des unnachgiebigen und unveränderlichen Gesetzes, dass eine

123

Frau, die für eine andere Frau arbeitete, es sich nicht leisten könne, dass ihr etwas auf die Nerven geht.

Aufgrund der Erfordernisse des Lebens war Mrs Wolverton-Gush eine heftige Frau, die ruhig blieb, eine übellaunige, die unaufhörliche Selbstkontrolle übte, eine habgierige, die alle Anzeichen von Gier und Neid zügelte und sich seit Jahren nicht den Luxus gestattet hatte, ihren bitteren Groll gegen das Schicksal zu äußern, das ihr nie die einzigen Dinge, nach denen sie sich sehnte, in Reichweite gestellt hatte – Geld und ein behagliches Leben.

„Mr Waller war wirklich sehr enttäuscht. Ich konnte das aus der Art merken, wie er sprach."

„Hat er keine Andeutung gemacht – wann er frei haben würde?", fragte Chrissie ungeduldig.

„Nein, nichts. Nur das, was ich aufgeschrieben habe."

„Würden Sie sich bitte noch einmal mit dem Hotel verbinden lassen, dann werde ich selbst mit ihm sprechen."

„Natürlich, meine Liebe."

Mrs Wolverton-Gush war gesagt worden, beiläufig und mit einem „um Gottes willen" an die Bitte angefügt, ihre junge Arbeitgeberin nicht Miss Challoner zu nennen. Niemand tat das. Da Mrs Wolverton-Gush nicht in der Lage war, „Chrissie" zu sagen, suchte sie den Kompromiss in einem gänzlich förmlichen „meine Liebe".

Ihre zahlreichen Unternehmungen auf verschiedenen Arbeitsgebieten hatten sie bislang noch nie in Kontakt mit der eigenartigen, ungezwungenen Chelsea-cum-Bloomsbury Welt gebracht, zu der Chrissie gehörte. Ihre konventionellen Konventionslosigkeiten schockierten nicht ihr Moralverständnis, das hart war – es störte jedoch häufig ihre extrem sensiblen Feinsinnigkeiten.

Sie lief weg zum Telefon, erhobenen Hauptes, mit deutlich vorgestreckter Brust und einem fest eingezogenen Bauch. Selbst an der mediterranen Küste trug Mrs Wolverton-Gush Mitte August unter einem gestreiften Seidenkleid ein steifes Korsett mit Stäben. Ihr ergrauendes Haar war adrett in Wellen gelegt und kurz geschnitten, und sie war vernünftig genug, es nicht zu färben.

Es fehlte ihr nicht an Attraktivität, trotz einer groben Haut und trotz Beinen, die für ihren schweren Oberkörper zu kurz waren.

Nach ein paar Minuten kam sie zurück ins Wohnzimmer, wo Chrissie auf einem kleinen unbequem aussehenden goldenen Sofa lag und ihren blauen Baumwollstrandanzug zerknitterte.

„Mr Waller ist ausgegangen. Sie sind – mehrere von ihnen – zum Lunch ins Réserve gefahren. Ich erinnere mich jetzt, dass meine Freundin Mrs Romayne gestern Abend sagte, sie würden einen Gruppenausflug machen."

„Ich vermute, er musste gehen. Ich wollte, dass er mit mir zum Baden geht, irgendwo." Chrissie sah trübsinnig und unzufrieden aus. Mrs Wolverton-Gush sah, dass sie reden wollte.

„Lassen Sie mich nachdenken, es war nicht Mr Waller, der von Ihren Freunden aus Hampstead geschickt wurde? Es waren wirklich so viele von ihnen gestern Abend hier, ich konnte kaum erkennen —"

„Nein, das war Moon. Der mit der Ehefrau. Ich fand, er war ein Dummkopf. Denis ist mit Mrs Romayne und dem anderen Mann mitgekommen – diesem lauten."

„Mr Buckland. Er ist wirklich ziemlich ausgelassen, aber ich versichere Ihnen, meine Liebe, dass er in allen wesentlichen Dingen ein richtiger Gentleman ist. Und ich denke ein ansehnlicher junger Mann, meinen Sie nicht?"

„Denis", sagte Chrissie unbeirrt, „kam mit ihnen. Ich weiß nicht, warum. Gleich als er hereinkam, ist er mir aufgefallen." Sie streckte ihre nackten Arme über ihren Kopf.

„Macht es Ihnen etwas aus, wenn ich erzähle?"

„Natürlich nicht, meine Liebe … Wenn Sie mich zunächst für einen Moment entschuldigen, ich werde nur eben mit dem Mädchen über den Lunch sprechen. Sie werden ihn auf der *loggia* einnehmen?"

So nannte Mrs Wolverton-Gush auf elegante Weise die kleine Steinveranda auf der Rückseite der Villa.

Sie ging hinaus und sagte einige Worte in einem erbärmlichen Französisch zu der kräftigen, dunkelhaarigen jungen Frau in der Küche. Mrs Wolverton-Gush hatte nie die geringsten Schwierigkeiten,

Angestellten verständlich zu machen, was sie von ihnen erwartete. Sie wäre ebenso fähig gewesen, sich indischen, chinesischen oder Eskimo-Dienstboten verständlich zu machen. Sie verstanden und sie gehorchten beinahe immer.

Sie kam ins Wohnzimmer zurück.

Die Fensterläden waren geschlossen, und der Raum war voll von sanftem grünem Licht. Doch es war die heißeste Stunde des Tages, und Mrs Wolverton-Gush schnaufte leicht, als sie sich hinsetzte und hoffte, dass es keinen Fleck unter den Ärmeln ihres Kleides gab. Sie spürte die Hitze sehr und hätte gern etwas Kaltes getrunken, aber sie hatte Angst vor Verdauungsproblemen, unter denen sie stark und häufig litt. Manchmal fand sie, dass das Leben beinahe erträglich hätte sein können, wenn sie von dieser beständigen, nagenden physischen Qual befreit werden könnte.

(7)

Jede Erfahrung zu analysieren und jedes Gefühl zu diskutieren schien für Chrissie Challoner vollkommen natürlich zu sein. Seit sie mit siebzehn Jahren von zu Hause weggelaufen war, um mit einer Malerin zusammenzuleben, viel älter als sie selbst, war sie Teil eines engen Kreises gewesen, dessen Mitglieder sich ständig veränderten, aber der sich nie auflöste. Sie suchten nach Selbstdarstellung, zunächst in der Konversation und dann in verschiedenen Kunstformen.

Zurückhaltung war unmodern und wurde nicht praktiziert.

Mit achtundzwanzig war Chrissie immer noch besessen von Empfindsamkeit und Aufrichtigkeit, obwohl beides etwas abgestumpft worden war durch die Angewohnheit, alles in Worte zu fassen – üblicherweise übertriebene.

Sie sprach offen über intime Dinge, weil solche Gespräche für sie zur Gewohnheit geworden waren.

Sie sagte jetzt:

„Denis war der Hellhaarige – sehr schlank und ziemlich klein."

„Oh, ja. Ich habe ihn den ganzen Abend kaum gesehen. Ich vermute", sagte Mrs Wolverton-Gush bedeutungsvoll, „dass er besser beschäftigt war."

„Er saß im Garten mit mir. Gushie, ich glaube, ich habe mich in ihn verguckt – total. Das ist ungewöhnlich, oder?"

Mrs Wolverton-Gush, die in der Tat fand, dass das ungewöhnlich sei, machte missbilligende Geräusche.

„In dem Augenblick, als ich ihn sah – verängstigt aussehend und ziemlich mitleiderregend, und alle anderen das übliche schreckliche Gelärme, Gerede und Geschreie machten –, hat es sich angefühlt, als ob ich ihn irgendwie schon früher gekannt hätte. Ich kann es nicht erklären. Glaubst du an Reinkarnation?"

„Nun, natürlich ist da wohl etwas dran —"

„Ich tat es nie. Was ich sagen will, man hat es nie im Geringsten ernst genommen. Aber irgendwie kam es mir dann in den Sinn ... Ich glaube, ich wusste genau, was er gerade fühlte. Tatsächlich bin ich sicher, dass ich jetzt Dinge über ihn weiß, für die es nicht die Zeit gab, sie auf gewöhnliche Weise herauszufinden."

Es entstand eine Pause.

Mrs Wolverton-Gush polierte die Nägel einer Hand lebhaft an der Innenfläche der anderen, um nicht ihre Zeit zu vergeuden, hielt zugleich aber ihren Blick fest auf Chrissie gerichtet, um so zu zeigen, dass sie ihr immer noch ihre volle Aufmerksamkeit schenkte.

„Ich weiß, dass ich von dir nicht erwarten kann, das zu verstehen – oder sonst wer. Tatsächlich verstehe ich es selbst nicht wirklich. Natürlich habe ich mich früher schon verliebt, hunderte Male, in Männer und Frauen. Aber das hier ist anders."

Chrissie hielt inne, um zu lachen.

„Das sagt man immer, oder? Es bedeutet nichts mehr. Aber dies – zwischen mir und Denis — Es ist nicht körperlich. Das kommt vielleicht später – Ich weiß es nicht, und es ist mir auch nicht wichtig. Aber ich glaube, es ist zum Teil das, was es so ungewöhnlich macht. Es steht auf einer anderen Ebene als die gewöhnliche Art von Affäre, die man so häufig kennt."

„Denken Sie, dass er ——?"

„Ich denke, er fühlte wie ich – aber er hat Angst", sagte Chrissie. „Ich weiß nicht, wie sein Leben gewesen ist, aber ich bin ziemlich sicher, dass er immer Angst gehabt hat – und dass er immer schrecklich einsam war. Ich weiß nicht, ob es insgesamt leicht sein wird, ihm die Angst zu nehmen … aber mein Gott, es wird sich lohnen, es zu versuchen."

„Aber Sie haben doch wohl nicht — Bei so einer kurzen Bekanntschaft meine ich …"

„Ja, also, Gushie. Es ist – es ist, als ob etwas, auf das ich mein Leben lang gewartet hatte, wahr geworden wäre."

Mrs Wolverton-Gush, die vollkommen unfähig war, zu glauben, dass Chrissie nicht ein Fantasiespiel spielte, das Leuten eigen ist, die Romane schreiben, war ziemlich ratlos, was für eine Antwort sie geben sollte, und räusperte sich schließlich.

Chrissie lag auf dem Sofa, traumversunken.

Kapitel V

(1)

„Wir dachten, Sie würden nie kommen! Mr Waller, Sie und Dulcie sind die letzten Mohikaner."

Gwennies Aussprache dieses Wortes, das sie sinnigerweise als „Mo-*hai*-kaner" formulierte, ließ alle lachen.

Mary Morgan verspürte ein Gefühl der Erleichterung. Sie wollte, dass der Ausflug ein Erfolg würde. Mit vierzig kannte sie noch die zweifelnde Traurigkeit der Kindheit, wann immer ein Ausflug fehl ging. Voll Erwartung schien es ihr immer noch, dass Leute, Sonnenschein, ein Ausflug irgendwohin, um etwas zu sehen, und interessantes Essen, das draußen gegessen wurde, Vergnügen bereiten und Freundlichkeit und Fröhlichkeit fördern mussten.

Fünfzehn Jahre Ehe hatten sie gelehrt, dass Männer – denn sie dachte von Mervyn als „Männer" – diese Fähigkeit zum Vergnügen nicht besaßen. Sie legte den Gedanken immer beiseite und meinte, dass es dieses Mal anders sein würde. Sie erinnerte sich nun daran, dass Mervyn Boote mochte. Und sie vergewisserte sich durch besondere Maßnahmen, die eher intuitiv als sichtbar waren, dass Mervyn auf jeden Fall in guter Stimmung aufbrach, weil er sich mit Mr Bolham über Motorboote unterhielt.

Die Kinder waren glücklich, und die leichte Andeutung am Abend zuvor, dass David an seinem linken Auge ein Gerstenkorn bekommen könnte, war verschwunden.

Erleichtert und unbeschwert stieg Mary ins Boot und nahm sofort ihren großen Cretonnehut ab und legte ihn über ihre Knie. Täglich war sie bewusst froh darüber, dass sie sich ihr schönes Haar nie kurz geschnitten hatte, dass es immer noch dicht und weich war, mit kräftigen natürlichen Locken. Beinahe jedes Mal, wenn sie Mrs Romayne ansah, kehrte diese vorübergehende Genugtuung mit zunehmender Stärke wieder.

Als sie Mrs Romayne jetzt ansah, grell in schwarz-orange gestreift, ihre langen nackten Beine präsentierend, dachte Mary, was für eine eigenartige Ansammlung von Leuten das Boot enthielt, und ihr Optimismus erlebte einen augenblicklichen Dämpfer.

Konnte eine Partie wirklich erfolgreich verlaufen, zu der Mrs Romayne mit Patrick und Buckland gehörten – der Junge sah so betrübt aus – und Mr Bolham mit seinem verabscheuten und offensichtlich ziemlich nervösen Sekretär – und Mervyn, die Kinder und sie selbst?

Sie spürte, dass sie jemanden ausließ, und sah sich noch einmal um, realisierte dann – wie üblich –, dass Dulcie Courteney der Außenseiter war. Ein unglückliches und unattraktives Kind, dachte Mary, während ihre Augen instinktiv ihre Olwen suchten, so unbestreitbar schön.

Olwen saß mit Patrick am Bug. Sie unterhielten sich nicht. Olwen blickte hinunter ins Wasser, ihr

Gesicht war ernst. Mary spürte, dass sie Olwens Gedanken nicht mehr deuten konnte. Ihr ältestes Kind war von der durchsichtigen Freimütigkeit der Kindheit in die geheimnisvolle und unberechenbare Zurückhaltung der Jugend hinübergegangen. Sie blickte auf David, der neben ihr saß, und traf auf seine Augen, die sie ansahen. Seine Augenbrauen hochziehend, stellte er pantomimisch eine Frage, die Mary nur allzu gut verstand. Lächelnd schüttelte sie den Kopf mit energischer Zurückweisung auch nur der kleinsten Sorge vor Seekrankheit.

Gwennie saß ihrer Mutter gegenüber und redete lebhaft und mit Entschiedenheit auf Denis Waller ein.

„Mögen Sie Pferde?"

„Sehr."

„Ich auch. Sie sind meine Lieblingstiere. Wenn Sie ein Tier sein müssten, welches würden Sie dann sein wollen?"

„Also – ich weiß nicht, Gwennie. Ich denke vielleicht ein Hund."

„Ich verstehe. Ich möchte meinen, Sie würden einen ziemlich guten Hund abgeben. Ich wäre ein Pony. Mögen Sie reiten?"

„Wird deine Zunge nie müde, Gwennie?", erkundigte sich ihre Mutter aus Pflichtgefühl den anderen gegenüber.

„Nie", sagte Gwennie strahlend.

Mary, leicht lächelnd, blickte entschuldigend zu Denis und dachte, wie gutmütig er mit Kindern sei. Er lächelte zurück, ganz freundlich, und antwortete

Gwennie in einer Art, die Mary natürlicher vorkam als üblich.

„Ich bin nicht viel geritten. Weißt du, ich habe vorwiegend in London gelebt."

„Ja? Dann vermute ich, haben Sie nie gejagt?"

„Leider nicht, Gwennie."

„Oh, Mr Waller", rief Dulcie schrill. „Was ist mit der Zeit, als Sie den Unfall hatten? Als Sie sich Ihren Kopf verletzt haben, wissen Sie?"

Denis errötete. „Das war keine Jagd, Dulcie. Nur ein Ausritt."

„Was ist passiert", verlangte Gwennie zu wissen. „Sind Sie heruntergefallen?"

„So etwas Ähnliches."

„Deshalb taucht er nicht", fügte Dulcie an. „Aber ich bin mir sicher, Sie sagten, dass es passierte, als Sie auf der Jagd waren, weil ich mich erinnere."

„Du musst mich missverstanden haben, Dulcie. Ich bin mir sicher, dass ich das nicht so gesagt habe. Ich bin noch nie auf einer Jagd gewesen."

Mary tat der kleine Sekretär ein wenig leid. Er sah so vollkommen aufgelöst aus, obwohl sie nicht ganz verstand, warum, und sie war froh, als ein Ausruf von Buckland, von keiner wesentlichen Bedeutung, der Konversation eine andere Richtung gab.

Buckland war in seiner gewohnten heiteren Laune.

Kein Wunder, dachte Mary mit bissiger Gering-schätzung, die sie niemanden sonst entgegengebracht hätte. Buckland, vermutete sie, hatte die Zeit seines

Lebens – verfügte frei über Motorboote, Autos, teure Hotels, eine ungewohnte Vorzüglichkeit und Vielseitigkeit von Gerichten und Getränken und die Gesellschaft von gehobeneren Leuten. (In die letzte Kategorie schloss Mary Mrs Romayne nicht wirklich mit ein.)

„Wollen wir nach dem Lunch schwimmen, Mami?", fragte David.

„Nein", sagte Mary streng.

„Nicht nach einer Bouillabaisse; du wirst vermutlich einen Schlaganfall bekommen und auf den Grund sinken", versicherte Mervyn seinem Sohn.

David lächelte gehorsam und blickte dann schnell zu seiner Mutter hinauf.

Sie nickte.

„Es ist schon gut. Ich werde ein Omelett speziell für dich bestellen", flüsterte sie, weil sie sich erinnerte. Davids kleines sensibles Gesicht wurde rot.

„Wird das nicht ziemlich babyhaft wirken?", flüsterte er.

„Das glaube ich nicht. Im Übrigen werde ich auch eines nehmen", flüsterte sie zurück, indem sie sich augenblicklich entschied.

„Oh, aber bist du sicher, dass es dir nichts ausmacht?"

„Ganz sicher."

„Wirklich ganz sicher, Mami?"

„Absolut", sagte Mary mit ernster und kolossaler Überzeugung.

„*Voilà, messieurs-dames*", sagte der Bootsmann und winkte, als wolle er alle vorstellen.

Das Hotel erwartete sie.

Ein langer Tisch war gedeckt worden, dicht aufgestellt an der niedrigen Steinmauer, die das Meer überblickte.

„Sie werden die Bouillabaisse nicht gleich bringen", erklärte Gwennie Denis Waller übereifrig. „Sie machen sie erst, wenn die Leute tatsächlich ankommen, damit sie dann sicher sind, dass sie gegessen wird. Ihre Zubereitung ist sehr teuer."

„Ich möchte ein paar Schnappschüsse machen", sagte Dulcie. „Ich kann sie machen, während wir warten."

Sie holte eine Brownie Kamera hervor und blickte in den Sucher, obwohl die Gesellschaft im Garten zerstreut war, und es war offensichtlich, dass sie niemand besonders ins Visier nahm.

„Ich hätte gern eine Gruppe. Eine Gruppe wäre wunderbar, nicht wahr Mrs Morgan – nicht wahr, Olwen?"

„Warte besser, bis wir uns alle hinsetzen", schlug Mary Morgan vor. „Dann kannst du den ganzen Tisch aufnehmen, nicht?"

Sie entfernte sich und lehnte sich gegen die Mauer, mit dem Rücken zum Wasser. Wie gewöhnlich erfüllten familiäre Überlegungen ihre Gedanken.

Sah Mervyn aus, als hätte er Spaß? Es gab kaum jemanden, der ihn unterhalten konnte. Er rauchte eine

Zigarette und schien ganz zufrieden zu sein. Ihre Augen ruhten eine Weile auf ihm, und ihr Geist registrierte automatisch den Umstand seiner völligen Unempfänglichkeit. Es schmerzte nicht mehr, konnte sie aber immer noch leicht überraschen. Vom Temperament her romantisch, war Mary vom Leben, von der Ehe und dem Mutterdasein immer wieder enttäuscht worden. Und doch blieb sie immer noch romantisch im Herzen, indem sie beständig auf etwas wartete, was nie eintraf. Mervyn bemerkte wie immer nicht, dass ihre Augen und ihre Gedanken auf ihn gerichtet waren, doch als sie ihren Kopf abwandte und ihre Kinder betrachtete, blickte Olwen schnell hinüber und schenkte ihrer Mutter ein hübsches, strahlendes Lächeln.

Marys Herz erglühte, und sie fühlte sich ausnehmend glücklich. Mit einem Ruck des Erstaunens fühlte sie sich durch die leise, betont höfliche Stimme Denis Wallers zurückgerufen, der Konversation machte.

„Leben Sie in Wales, Mrs Morgan?"

„In Monmouthshire", sagte Mary, die geneigt war, zu lachen.

„Es muss hübsch dort sein."

„Sehr."

Sie blickte Denis an und dachte, dass er fahler und angestrengter als sonst erschien. Vermutlich war Mr Bolham sarkastisch und unangenehm zu seinem unglücklichen Sekretär, und Mary war sich sicher, dass Denis all die Empfindsamkeit des Ungebildeten besaß. Sie versuchte so zu sprechen, als sei sie wirklich interessiert.

„Wo sind Sie selbst zu Hause?"

„Ich – ich bin ziemlich häufig in London. Ich habe tatsächlich überhaupt kein Zuhause gerade. Unsere Familie ist ziemlich verstreut. Ursprünglich stammen wir aus East Anglia." Mrs Romayne kam auf sie zu.

„Sagen Sie mal, lassen die einen immer so hier warten?"

„Leider ja. Sie machen die Bouillabaisse erst, wenn die Leute, die sie bestellt haben—"

„Sieh mal, Mami!"

Gwennie hatte eine weiße Katze gefunden und hatte sie in ihren Armen.

„Oh, *alle* stillhalten", kreischte Dulcie. „Ich kann jetzt einen Schnappschuss von Ihnen machen."

Mrs Romayne fluchte – aber ganz kurz und liebenswürdig –, und Denis richtete sich hastig auf und verschränkte die Arme vor der Brust in männlicher Haltung.

„Das ist wunderbar – Oh, Mr Buckland, Sie kommen gerade rechtzeitig. Kommen Sie doch und lassen Sie sich fotografieren."

Buckland postierte sich genau vor Denis und nahm eine burleske Attitüde ein.

Denis trat hinter ihm hervor und nahm seine Pose ganz trotzig wieder auf.

„Olwen! David! Patrick! Kommt doch und lasst euch fotografieren."

Patrick Romayne blickte sich um und rührte sich nicht.

Olwen kam und blieb neben ihrer Mutte stehen, und David kletterte schnell auf einen Baum weit außerhalb des Kamerawinkels.

„Das ist wundervoll … Oh, Mrs Romayne, ich fürchte, Ihr Hut wirft einen Schatten über Ihr Gesicht – könnten Sie ihn wohl vielleicht abnehmen?"

„Verdammt, also … Nein, warum sollte ich?"

„Oh, es macht überhaupt nichts, Mrs Romayne, wirklich gar nichts."

„Beeil dich", rief Buckland.

„Mr Waller, könnten Sie ein winziges Stück näher rücken? Ich fürchte, Sie stehen zu weit außerhalb."

Denis bewegte sich zurück und wurde wieder von dem kräftigen Buckland verdeckt.

„Buckland, es tut mir furchtbar leid – aber wenn Sie vielleicht ——"

Der Tutor grinste, nahm Denis bei den Schultern und zog ihn nach vorne und schob dann seinen Hut über sein Gesicht, gerade als Dulcie den Auslöser drückte.

Denis, sich den Hut herunterreißend, wurde weiß vor Wut.

„Nicht bewegen – ich werde gleich noch eins machen", schrie Dulcie.

„Oh!"

Gwennie sprang der Katze hinterher, die ihr plötzlich aus den Armen entwischt war, und Mrs Romayne, die Katzen nicht mochte, ging weg.

Die Gruppe löste sich auf.

„Ich hoffe, es wird was", sagte Dulcie zweifelnd.

„Ich bin sicher, das tut es nicht", vesicherte ihr Denis Waller in einer Stimme, die vor Zorn und Erniedrigung gequetscht klang.

„Wir haben uns alle bewegt."

Mary Morgan tat er leid. Buckland war wirklich reichlich lästig gewesen. Doch Denis war die Art von Mensch, die beständig die bloße latente Brutalität anderer Leute zu heftiger Aktivität verleitete. Es haftete ihm eine Art bebende Heuchelei an … etwas, das sich duckte und zugleich herausforderte … Und er sah so vollkommen unglücklich aus!

Mary ließ sich mitfühlend auf einen platitüdenhaften Plausch mit ihm ein, bis der Lunch bereit war.

(2)

Die anderen sprachen sehr viel über die Bouillabaisse. Patrick blieb, nachdem er Gwennie einmal versichert hatte, dass er sie wirklich möge, schweigsam.

Er hatte bewusst den Platz zwischen der Mauer und Captain Morgan genommen, weil Captain Morgan von einem nie zu erwarten schien, sich zu unterhalten. Gegenüber saß Dulcie, deren Geplauder sich vorwiegend an den gesamten Tisch wandte. Der fiese Buckland saß – wie üblich – neben Patricks Mutter und aß so schweinisch, wie er war, und sprach mit vollem Mund. Viertklässler würden sich schämen, solche Tischmanieren zu haben wie Buckland. Patrick erfand in Gedanken eigenartige und aufwändige Folterungen für Buckland. Er tat das häufig. Er stellte sich vor, wie sein Tutor öffentlich entblößt und geschlagen wird, bis er laut aufjaulte und um Gnade winselte – er dachte daran zu sehen, wie er unter Wasser gedrückt und dort gehalten wird, ertrinkend, oder wie er gnadenlos mit schweren Stiefeln in die Rippen und in den Hintern getreten wird. Er schämte sich dieser Gedanken schrecklich, konnte ihnen aber nicht immer widerstehen.

„Hast du ausreichend Hummer bekommen, Patrick? Wenn nicht, dann reich deinen Teller herüber."

„Es ist alles recht, danke", sagte der Junge, während er errötete und Mrs Morgan anlächelte. Am anderen Ende der Tafel stellte Gwennie aufgeregt Rätsel, die für niemanden außer für sie und David neu waren.

„Patrick, kennst du Arthur?"

„Arthur wer?", ließ Patrick ihr höflich ihren Willen.

„Unser Thermometer!", kreischte Gwennie und verfiel in schallendes Gelächter.

Fast alle lachten mit ihr, und Patrick wechselte, als er mittat, einen Blick mit Gwennies Vater. Das ließ ihn sich irgendwie weniger verärgert und unglücklich fühlen – mehr auf einer Ebene mit den Erwachsenen.

Die Leute sagten immer, sechzehn sei ein schwieriges Alter, und wahrscheinlich war es das. Man wollte sehr oft ganz kindliche Dinge machen, und dennoch konnte man es nicht – und dann, wenn man versuchte, erwachsen zu sein, war das auch ein absoluter Reinfall. In ein, zwei Jahren würden die Dinge wahrscheinlich viel einfacher sein, und es gäbe nicht dieses scheußliche Gefühl der Verwirrung und allgemeinen Ratlosigkeit, das sehr häufig mit Grobheit und Schmollen ausgedrückt werden musste, worüber sich seine Mutter beklagte.

Patrick blickte reumütig zu ihr hinüber. Er hasste es, seine Mutter zu verärgern, die immer so entsetzlich anständig zu ihm war und ihm praktisch alles gab, worum er bat, und nie länger als zwei Minuten böse wurde, selbst wenn sein Zeugnis ganz übel war.

„Ich möchte gleich noch einen Schnappschuss probieren, jetzt wo alle hier sind. Könnte ich nicht einen machen, während wir auf den Nachtisch warten?"

Dulcie sprang auf und sauste mit der Kamera weg.

„Alle hierherschauen!"

Gehorsam drehten alle die Köpfe herum.

„Mr Bolham, Mr Bolham, ich kann Sie nicht sehen. Ihr Kopf ist genau im Schatten. Oh! Könnten Sie sich alle ein *bisschen* dichter zusammensetzen? Es ist so schwer, Sie alle drauf zu bekommen."

Patrick sah, wie Buckland seinen Arm über die Lehne des Stuhls seiner Mutter legte und nach vorne rückte. Vermutlich wusste sie nicht, dass er das machte. Sie puderte sich gerade die Nase und dachte überhaupt nicht an den Flegel Buckland.

„Nicht bewegen. Ach! Ich habe vergessen, den letzten weiterzuspulen."

Dulcie kurbelte wie besessen, und alle bewegten sich.

Denis Waller, der über den schmalen Tisch schaute und Patricks Blick auffing, sagte mit seinem sanften, ziemlich melancholischen kleinen Lächeln: „Ich sage immer, fotografiert zu werden, ist wie zum Zahnarzt zu gehen. Tatsächlich denke ich, ist es das Üblere von beiden."

„Hassen Sie's?", fragte Patrick gänzlich ohne Interesse, aber bereit, die Freundlichkeit des Lächelns zu erwidern.

„Ich kann es nicht ertragen", antwortete Denis mit Nachdruck und strich gleichzeitig sein recht feines helles Haar zurück, seine Lippen leicht zusammengepresst zu einem Ausdruck der Bestimmtheit.

„Jetzt!", rief Dulcie, und im selben Augenblick rief David Morgan aus: „Seht euch den Nachtisch an!", und instinktiv drehten sich die Köpfe der Gesellschaft zum Kellner hin, der zwei Hälften einer sehr großen Melone trug, die ausgehöhlt und mit Eiscreme gefüllt waren.

„Wieder fehlgeschlagen, fürchte ich", murmelte Davids Vater, und noch einmal wechselten er und Patrick leicht amüsierte Blicke.

Dulcie kam aber optimistisch zum Tisch zurück.

„Ich denke, ein paar von ihnen werden auf jeden Fall gut ausfallen. Das hoffe ich, weil ich nur noch einen Film übrig habe. Ich werde jemanden suchen, der von mir einen Schnappschuss macht nach dem Lunch. Es klingt komisch, von mir selbst einen haben zu wollen, aber er ist für Papa. Ich weiß, er würde gern einen haben, und ich möchte ihn damit überraschen."

Sie blickte sich hoffnungsvoll um, und jeder mied es, ihren Augen zu begegnen.

Schließlich sagte Denis Waller:

„Ich denke, ich könnte das für dich machen, Dulcie", und blickte sich sofort schnell um, als wolle er sehen, ob jemand über ihn lachte. Niemand achtete darauf, und Dulcie dankte ihm überschwänglich.

Das Essen dauerte an.

Man sprach über die Eiscreme, und es gab den Austausch von kleinen Scherzen und Vertraulichkeiten.

Patrick schloss sich an, vor allem bei den Morgans, und fühlte sich plötzlich erheitert und amüsiert. Er dachte, wie nett die Morgans seien, ein jeder von ihnen, und was für eine gut aussehende Familie sie wären – sogar Gwennie, die zu dick war. Aber sie war ein sehr sportliches Kind und wunderbar im Wasser.

Zigaretten wurden angeboten und angenommen. Captain Morgan hielt sein Etui Patrick entgegen, der den Kopf schüttelte. Theoretisch war ihm noch nicht gestattet zu rauchen, obwohl er es sehr häufig tat, allein mit seiner Mutter, der es nichts ausmachte. Natürlich gefiel es ihm, eine Zigarette angeboten zu bekommen.

Es war glühend heißt, und man musste sich nicht betätigen, und die Leute waren alle ziemlich fröhlich und amüsant – plötzlich machte es Spaß.

Patricks Mutter hatte angefangen, sich mit Mr Bolham zu unterhalten, und Buckland hatte sich ganz vom Tisch zurückgezogen und warf Brotstücke zu den Fischen hinunter mit David, Gwennie und ihrer Mutter.

Olwen Morgan sagte:

„Patrick, kannst du den Missionar-und-Menschen-fresser-Trick mit den Streichhölzern?"

„Ich kann einen – ich weiß nicht, ob es derselbe ist wie deiner."

Sie setzte sich zu ihm hinunter, und sie überließen sich ganz dem gegenseitigen Zeigen von Tricks.

Denis Waller gesellte sich zu ihnen. Er kannte einige ziemlich gute Tricks und bewunderte die von Patrick und Olwen.

Dann lösten sich die Gruppen wieder auf, und Patrick bedauerte das sehr.

Er fand sich über die Steinmauer gebeugt mit Denis Waller neben sich wieder und blickte zu den Fischen hinunter.

Die Hitze war intensiv, und Patrick fühlte sich ziemlich schläfrig.

„Um welche Uhrzeit fahren wir zurück, wissen Sie das?", erkundigte er sich.

„Ich glaube, das Motorboot soll uns um drei Uhr abholen. Es ist jetzt" – Denis konsultierte seine Armbanduhr in ihrem breiten, auffälligen Goldband, das Patrick insgeheim ganz schrecklich fand – „es ist jetzt halb drei."

„Wenn ich nicht so viel zum Lunch gegessen hätte, würde ich versuchen, zurückzuschwimmen. Man könnte es."

„O ja, es ist nur etwa eine Meile. *Du* könntest es leicht schaffen", sagte Denis mit einer sehr freundlichen Stimme. „Schwimmst du in der Schule häufig?"

„Ziemlich viel. In der Badeanstalt."

„Das dachte ich mir. Ich wünschte, ich könnte halb so gut schwimmen wie du."

„Oh, nun, es ist einfach Übung, oder?", sagte Patrick. Er hatte sich oft gefragt, ob Waller ein schwaches Herz habe oder so etwas, er schien so viel mehr Zeit auf den Felsen zu verbringen als im Wasser.

„Ich bin in London groß geworden, weißt du, und man bekommt dort nicht dieselben Möglichkeiten."

„Auf welcher Schule waren Sie?", fragte Patrick, nicht wirklich interessiert, aber mit dem Gefühl, dass Waller versuchte, nett zu ihm zu sein, und dass er ein wenig Freundlichkeit zurückgeben sollte.

Mit leichter Verwunderung bemerkte er, dass Denis es vermied, seine sehr einfache Frage zu beantworten.

„Ich hatte in der Tat das Unglück, ein Tagesschüler zu sein, was ich für einen ziemlichen Fehler halte. Man verpasst so viel. Nicht so viel in Form von Arbeit – ich war gar nicht so schlecht, lernmäßig, obwohl ich immer sage, dass meine *wahre* Erziehung anfing, als ich die Schule verließ."

Denis hielt einen Augenblick inne, und Patrick fragte sich, ob es unhöflich wäre, wegzugehen. Er fing an, sich zu langweilen.

„Weißt du, was das Erste war, das ich machte, als ich mein eigener Herr wurde, Patrick?"

„Was?"

„Ich habe einen Kurs in Psychologie besucht."

„Wie macht man das?"

„Es gibt Psychologie-Colleges", antwortete Denis geheimnisvoll. „Es ist ein Fach, für das ich mich äußerst interessiere, und ich war entschlossen, es richtig zu beherrschen."

„Und taten Sie es?", fragte Patrick unschuldig.

„Soweit man es kann. Natürlich lernt man mehr vom Leben selbst er Psychologie gelesen."

„Ich hätte nicht gedacht, dass Sie viel Zeit gehabt hatten", sagte der Junge freundlich.

„Ich habe sie nicht. Ich schaffe sie mir. Siehst du, die menschliche Natur beschäftigt mich mehr als alles andere auf der Welt – ich interessiere mich mehr dafür als für irgendwas anderes. Ich möchte in der Lage sein, Menschen zu helfen, und das kann man nur tun, wenn man sie begreift."

„Ja, ich verstehe. Also, sehen Sie sich mal diesen Fisch an – der ist riesig. Es ist bestimmt nicht die gleiche Art wie die anderen."

„Ich denke schon – nur größer. Ja, seitdem ich überhaupt denken konnte, fand ich Menschen immer ungemein interessant. Ich habe immer gewusst, dass mich nichts bei Menschen schockieren könnte, oder mich dazu veranlassen könnte, sie zu verachten, weil ich wissen würde, dass es immer eine Erklärung gibt. Alles in der menschlichen Natur hat eine Erklärung."

„Nur dass man für gewöhnlich nicht weiß, wie sie lautet."

„Es sei denn, man ist zufällig eine Person, die Psychologie versteht", sagte Denis freundlich. „Ich will damit natürlich nicht sagen, dass man alles versteht, selbst dann – aber es macht viele Dinge klarer."

„Tut es das?", sagte Patrick. Er wünschte sich jetzt sehnlichst, diese peinliche Unterhaltung abzubrechen, aber eine Lähmung schien ihn zu beherrschen und eine dunkle Furcht davor, was Denis sagen könnte, wenn er sähe, dass sein Zuhörer ihn abrupt verließ, während er seine Worte nur halb geäußert hatte.

Im nächsten Moment wurden seine schlimmsten Befürchtungen wahr.

„Der Grund, warum ich dir gern helfen möchte, Patrick", sagte Denis in seiner leisen dünnen Stimme, „ist zum einen, weil ich natürlich ein Interesse an jungen Menschen habe, und zum anderen, weil ich selbst etwas durchgemacht habe, von dem ich glaube, dass du es gerade durchmachst."

„Aber ich bin nicht—", begann Patrick heftig.

„Mein guter Junge, mach dir nicht die Mühe, so mit mir zu sprechen. Du baust einfach eine Abwehrreaktion auf, weil du dich bestimmten Tatsachen nicht stellen willst. Das ist absolut natürlich – es ist eines der gewöhnlichsten Symptome in der ganzen Pychologie. Ich begegne dem immer wieder, und ich kann dir ebenso gut gleich sagen, dass das auf mich keinen Eindruck macht. Ich weiß genau, was das wert ist, versichere ich dir."

Patrick hörte verwirrt und verärgert zu und zugleich halb unsicher, ob er ein Recht darauf hätte, verärgert zu sein. Es war vollkommen offensichtlich, dass Denis wirklich meinte, freundlich zu sein, und vielleicht war es mies, ärgerlich zu sein …

„Hören Sie—", begann Patrick und hielt dann inne. Er sah Denis hilflos an, der seinen Blick voller tiefer und feierlicher Güte erwiderte.

„Ich weiß genau, wie du dich jetzt fühlst. Ich habe das selbst alles durchgemacht. Ich vermute, du denkst jetzt, dass du dir bei Gott wünschst, ich würde den Mund halten und dich in Ruhe lassen, und das werde ich auch in einer Minute", Denis lächelte mit einer Haltung großer Scharfsichtigkeit, doch Patrick machte nicht den Versuch, das Lächeln zu erwidern, „aber ich wollte – ich habe seit einiger Zeit versucht – dir zu sagen, dass, wenn du zu dem Punkt kommst – und ich denke, das wirst du bald –, dass du über deine Probleme sprechen willst mit einem Kameraden, der eher älter ist als du und den nichts – nichts was auch immer – überraschen und schockieren könnte – nun, dann würde ich mich über dein Vertrauen sehr geehrt fühlen. Und ich denke, dass ich dir helfen könnte."

„Riesigen Dank", sagte Patrick. Er schwitzte heftig, und er drehte sich von dem niedrigen Abhang weg und blickte sich wild im Garten um, ohne die geringste Ahnung zu haben, wonach er suchte.

„Dein Tutor, Buckland", sagte Denis in einem eigenartigen Ton, „hat natürlich nicht den geringsten Nutzen für dich. Vor allem weiß er so gar nichts über dich."

„Oh, Buck ist in Ordnung", sagte Patrick plötzlich in einer Lautstärke, die ihn selbst erstaunte, und gleichzeitig fand er die nötige Kraft, wegzugehen.

(3)

Denis blickte ihm nachdenklich hinterher. War es ihm gelungen, zu dem Jungen einen wirklichen Kontakt zu bekommen, oder nicht? Man verwarf natürlich die rasche, nervöse Leugnung von Schwierigkeiten … Das war, sagte sich Denis, genau das, was er erwartet hatte. Patrick hatte einfach bislang nicht den Mut, sich selbst einzugestehen, was es war, wovor er Angst hatte, und deshalb behauptete er, keine Angst zu haben. Aber nun war das Eis gebrochen und er wusste, dass eine Person auf jeden Fall seine Täuschung durchschaut hatte und den Grund dafür verstanden hatte. Wenn sie das nächste Mal miteinander sprächen, würde es leichter sein.

Denis beschloss, dass die Initiative das nächste Mal von Patrick kommen sollte. „In der Zwischenzeit", dachte er, „werde ich daran arbeiten, sein

Vertrauen in mich aufzubauen. Mit ihm über allgemeine Dinge reden und ihn sehen lassen, dass ich Dinge selbstverständlich nehme …"

Im nächsten Augenblick schlug sein Fantasiespiel auf dem Boden auf.

Patrick drehte sich herum und kam direkt auf ihn zu. Der Schweiß schimmerte auf seiner Oberlippe.

„Ich hoffe, Sie denken nicht, dass ich unhöflich sein will oder so", sagte er, „aber ich fürchte, ich habe mich irgendwie ganz dämlich benommen, dass ich Sie denken ließ, es wäre etwas nicht in Ordnung. So ist das absolut nicht. Tatsächlich habe ich ganz außergewöhnlich schöne Ferien. Bitte denken Sie nicht, dass ich undankbar sein will. Es ist schrecklich nett von Ihnen, sich überhaupt über mich Gedanken zu machen, aber ich – ich dachte einfach, dass ich Ihnen besser sagen sollte, dass alles wunderbar ist, soweit es mich betrifft."

Ohne stehen zu bleiben, ging Patrick weg.

Denis spürte eine Qual der Selbsterniedrigung und des Zorns gegen sich.

Er hatte die ganze Zeit gewusst, dass er nur gespielt hatte – versucht hatte, für sich die Enttäuschung zu kompensieren, den Nachmittag nicht mit Chrissie verbringen zu können, und die Erniedrigung, von dem *concierge* verachtet worden zu sein und von Mr Bolham herumkommandiert zu werden.

Er spürte, wie so häufig, dass er sich selbst hasste.

„Da kommt das Boot. Wo, zum Teufel, ist mein Sonnenschirm geblieben?"

„Hier ist er, Mutter", Patrick reichte seiner Mutter den Sonnenschirm.

„Danke, Schatz."

Er begrüßte gierig die liebevolle Bezeichnung von ihr und das gefällige Lächeln, das sie ihm schenkte.

Ganz hinten in seinen Gedanken stieß er auf die Überlegung, dass es doch etwas ganz schrecklich zu fürchten gebe, da er Waller so leidzutun schien.

Kapitel VI

(1)

Denis, völlig erhitzt von der Steigung der steilen und schattenlosen Auffahrt, kam ins Hotel und blickte wehmütig zum *concierge*. Er hatte die schwache Hoffnung, dass es eine telefonische Nachricht für ihn von Chrissie geben könnte oder sogar einen Brief.

Der *concierge* blickte jedoch, wie üblich, durch ihn hindurch.

Denis ging in sein Zimmer hinauf in den dritten Stock, indem er den Fahrstuhl nahm. Er verausgabte sich selten damit, die Treppe zu nehmen, denn die Hitze, obwohl er vorgab, sie zu genießen, erschöpfte ihn häufig.

Gleich, als er die Tür aufmachte, sah er die kleine lange Form eines geschlossenen Umschlags, der auf dem Tisch lag. Er griff schnell danach und vergaß augenblicklich die Demütigung des Nachmittags. Die Handschrift war klein und sehr lesbar. Vor Aufregung zitternd, nahm er den Brief heraus. Er bestand nur aus einigen Zeilen auf einem halben Blatt Papier.

„Lieber Denis,
ich werde heute Abend nach dem Dinner zum Hotel hinunterspazieren. Wollen Sie mich in dem kleinen Café am Wegesrand auf der Meerseite der Straße treffen, so gegen neun, wenn es Ihnen möglich ist? Ich werde dort bis zehn warten.

Alles Liebe

Chrissie"

Sofort sausten Denis' Lebensgeister wild in die Höhe. Er konnte sein eigenes unglaublich gutes Schicksal kaum fassen. Sie wollte ihn wiedersehen, vielleicht so sehr wie er sie!

Er las die Nachricht immer wieder, vor allem die letzten Worte: „Alles Liebe, Chrissie."

Er wünschte, er könne eine Antwort schicken, nur um „Alles Liebe, Denis" am Schluss schreiben zu können. Aber er wusste, dass er es nie wagen würde, dem hochmütigen und beunruhigenden *concierge* vorzuschlagen, eine Nachricht von ihm durch Boten zur Villa Mimosa zu bringen. Im Übrigen würde er sie in weniger als fünf Stunden sehen. Sie würden wieder zusammen sein.

Wie die meisten Romantiker wurde Denis durch Glückseligkeit bis zum höchsten Punkt, zu dem seine Fähigkeiten imstande waren, angeregt. Er erfüllte die Arbeit, die er für Mr Bolham zu erledigen hatte, schnell und leicht und spürte einen Freudenschimmer über seine eigene Tüchtigkeit.

Das Dinner war weniger anstrengend als sonst. Mr Muller war von Mr Bolham eingeladen worden, an ihrem Tisch zu Abend zu essen, und in einer langsamen gedankenvollen Weise sprach er von internationalen Finanzen. Denis, der von einem zum anderen der beiden älteren Männer blickte mit einem, wie er meinte, Ausdruck aufmerksamen und kritischen Verständnisses, sagte wenig.

Er hatte einmal zu Anfang Mr Bolham seine Ansichten über den Fünf-Jahres-Plan mitgeteilt – die dahin gingen, dass die Russen selbst nicht wirklich daran glaubten, dass ein solches Experiment in England niemals toleriert werden würde, dass das Elend der Bauern nun weit größer sei, als es in den Tagen des Zars gewesen war, und dass ein Paar Stiefel in Leningrad mehrere hundert Rubel kosteten. Ein Mann, den Denis gut kenne, hätte einen Freund, der eine sechswöchige Reise durch Russland unternommen und alles gesehen habe.

Die Totenstille – gefolgt von einer höflichen Bitte nach dem Senf –, mit der dies aufgenommen worden war, hatte Denis wirksam von weiteren Beiträgen zur Erhellung der Weltprobleme abgeschreckt.

Heute Abend war es ihm gleichgültig, dass niemand seine Ansichten einforderte. Er *hatte* Ansichten, gewonnen hauptsächlich aus einer extrem konservativen Tageszeitung und aus Bruchstücken von Gesprächen, wie er sie in Dritte-Klasse-Bahnabteilen oder Kleinstadtteerunden gehört hatte. Aber öffentliche Fragen existierten in der Realität überhaupt nicht für Denis. Er bewahrte seine kleinen konventionellen Theorien nur, weil er sie gesprächshalber für nützlich hielt. Solche Katastrophen wie die Bedrohung durch Krieg, zunehmende Arbeitslosigkeit und steigende Besteuerung wurden nur wichtig für ihn, wenn ihre Folgen in den privaten Belangen des Denis Hannaford Waller spürbar wurden.

Nichstdestoweniger hörte er Mr Muller zu und prägte sich beinahe unbewusst die einen oder anderen Sätze des Experten ein. Gelegentlich würde er sie verwenden, als ob sie seine eigenen wären, bei Leuten, die vermutlich von ihnen beeindruckt wären.

Es war fast halb neun, als sie den Esssaal verließen, und Muller schlug vor, dass sie sich für den Kaffee den Morgans anschließen könnten. Denis bat darum, entschuldigt zu werden. Es wäre viel schwerer, ohne Erklärung wegzukommen, wenn er in einer Gruppe von Leuten wäre. Was den Kaffee betraf, so hatte er bereits überdacht, dass, wenn er und Chrissie Challoner in einem Straßencafé zusammen sitzen würden, sie etwas zum Trinken bestellen müssten.

Mr Bolham drängte seinen Sekretär nicht, zu bleiben.

Er sagte: „Gute Nacht, Waller", in einem Ton, der deutlich machte, dass sie, soweit es ihn betraf, einander nicht bis zum nächsten Morgen wiedersehen müssten.

Während er durch die Halle lief, traf Denis Patrick Romayne, und ein leichtes Beben des Unbehagens durchfuhr ihn bei der Erinnerung an den Fehlschlag vom Nachmittag. Patrick allerdings lächelte, als ob er sich mit ihm versöhnen wolle, und sagte schüchtern:

„Wollen Sie nicht mit zur Villa Mimosa kommen, Mr Waller? Wir werden jetzt mit dem Wagen hinfahren. Mama meint, Mrs Wolverton-Gush habe gesagt, sie solle jeden mitbringen, den sie will."

„Nein, danke, Patrick", antwortete Denis erkenntlich, gerührt von dem offensichtlichen Bemühen des Jungen, freundlich zu erscheinen. „Es ist schrecklich nett von dir, aber ich denke, heute Abend werde ich nicht gehen."

„Nein? Also werden es nur Mutter und ich sein. Ich werde sie dazu bewegen, mich fahren zu lassen."

Denis erinnerte sich, dass er Buckland mit den Moons zusammen gesehen hatte, kurz vor dem Dinner. Wahrscheinlich würde er mit ihnen irgendwohin ausgehen.

„Ich hoffe, du wirst einen schönen Abend haben", sagte er und meinte das wirklich.

„Riesen Dank, das werde ich. Schade, dass Sie nicht kommen können."

Der Junge sah beinahe glücklicher aus, wie seit Tagen nicht mehr. Denis war froh, vergaß jedoch Patricks bloße Existenz sofort durch seine eigenen vorherrschenden Gedanken.

Viel zu früh machte er sich auf den Weg die Straße entlang, um sein *rendezvous* wahrzunehmen. Er konnte bereits sein Herz vor Aufregung bis zum Ersticken schlagen hören.

Doch als er aus dem Hotelgelände bog und in die Hauptstraße, bemächtigte sich seiner eine unerträgliche Spannung. Chrissie konnte nicht all das sein, für was er sie gehalten hatte bei ihrer ersten Begegnung. Und selbst wenn sie es, durch ein Wunder, wäre, war es unmöglich, dass sie weiter mit ihm befreundet sein wollte. Früher oder später würde sie ihn durchschauen.

Denis, der von beständiger unbefriedigter Eitelkeit zu eigenartigster Stolziererei und Posiererei getrieben wurde, fehlte es nicht nur an einem normalen Maß von Selbstbewusstsein, sondern auch an grundsätzlichem Selbstrespekt. Er glaubte im innersten Herzen, dass niemand, der alles über ihn wüsste und über seine Lebensumstände, weiter die geringste Achtung für ihn empfinden könne. Und doch sehnte er sich danach, sich so zu zeigen, wie er war, wenigstens einem menschlichen Wesen gegenüber. Nur konnte er es nicht zulassen, dass es Chrissie war. Er wünschte sich ihre Freundschaft zu sehr. Sie war der wunderbarste Mensch, dem er jemals begegnet war.

Er trottete die Straße entlang, die eben war im Vergleich zu der ungeteerten Oberfläche der Hotelauffahrt, und hielt sich dicht an der Seite, da Autos aus beiden Richtungen vorbeiflitzten und ihn mit großen grellen Scheinwerfern blendeten. Ein, zweimal kam er an kleinen Läden vorbei, die Berge von weißen oder bunten *espadrilles* ausgestellt hatten, weit geöffnete Türen präsentierten und ein Gemisch aus Gummibällen, bunten Postkarten, Badeanzügen und Tiegeln mit Sonnenbrandcreme bis ins kleinste Fenster zeigten. Große, fettige Männer saßen schnaubend und rauchend vor diesen Geschäften und üblicherweise eine Ansammlung zerlumpter Kinder, und ein oder zwei verlauste Hunde spielten gellend im Staub. Dann querte Denis die Straße. Er war jetzt auf der Seite der *plage*.

Hinter dem Gewirr aus Dickicht, Kaktusbüschen, Palmen und sandigen Abhängen war ein weißer Rand Meeresschaum zu sehen. Weit die Küste entlang schienen die Lichter von Cannes in kleinen Gruppen.

Es war möglich, die Autos zu vergessen, die reichen Besucher und den Lärm, den sie machten.

Das Floß, das etwa hundert Yards von der *plage* vor Anker lag, mit seiner schmalen Badetreppe, die hochgezogen war wie ein zweidimensionaler Turm, nahm eine stille Schönheit an, während es verlassen im Mondlicht dalag.

Das Café, nach dem Denis auf der Suche war, war das einzige auf dieser Seite der Straße. Die Bar selbst, mit zwei Räumen darüber und einem weiteren dahinter, vermutlich die Bleibe des Besitzers und seiner Familie, lag tatsächlich an der entfernteren Seite. Doch gegenüber gab es eine kleine Laube, sehr niedrig und dunkel, zur Straße geöffnet, mit ein paar aufgebockten Tischen und ein, zwei Bänken drinnen, und hier war es, wo Denis dachte, dass Chrissie ihn treffen wollte.

Er wusste, dass es noch nicht neun Uhr sein konnte, und begann sich nervös zu fragen, ob, wenn er ging und sich hinsetzte, von ihm erwartet wurde, dass er sofort etwas zu trinken bestellte.

Niemand war in der Laube zu sehen, aber auf der anderen Seite der Straße, draußen vor der Bar, waren einige dunkelhäutige plaudernde Männer, die tranken und Karten spielten, während andere zuschauten. Aus dem Inneren hinter der geöffneten Eingangstür klangen die hohen Stimmen und das Gelächter von Frauen, und unvermittelt plärrte ein nicht sichtbares mechanisches Instrument von altmodischer und lauter Art mit abgehackter Heftigkeit eine längst vergessene Melodie aus dem Varietétheater.

Denis ging unschlüssig in die Laube und war sich sicher, dass alle Leute auf der entfernteren Seite der Straße ihn ansahen und sich fragten, was er wolle, und entschied sich dann, wieder hinauszugehen, als ob er nur aus vorübergehender Neugier hineingesehen hätte.

Als er sich umwandte, sah er Chrissie Challoner, schlank und klein in ihrem weißen Abendkleid, die auf ihn zukam. Ohne Zögern gab sie ihm die Hand und sagte dabei:

„Oh, Denis! Bin *ich* froh!"

Er hatte befürchtet, bei ihr verlegen zu werden, aber sie erschien so natürlich und gelassen, dass er vorübergehend seine Ängste vergaß und ihre Hand ergriff.

„Danke, dass Sie gekommen sind", murmelte er.

„Lassen Sie uns hineingehen und uns hinsetzen. War das nicht eine gute Idee? Ich wusste, dass wir hier Ruhe haben würden und ganz allein wären."

„Sind Sie schon einmal hier gewesen?", fragte Denis, nicht weil er es wissen wollte, sondern aus dem drängenden Bedürfnis heraus, die Bedeutsamkeit von Schweigen zu vermeiden, bis das erste Aufwallen der Gefühle, sie wiederzusehen, abgeklungen sein würde.

„Letztes Jahr, ein- oder zweimal. Gushie weiß nichts davon – sie war damals noch nicht bei mir. Ich habe sie in der Villa zurückgelassen mit ihren schrecklichen Freunden."

„Ich weiß, Mrs Romayne."

Der Besitzer des Cafés, ein großer, dickleibiger Mann mit einem kurzen schwarzen Oberlippenbart, kam lächelnd zu ihnen hinüber.

„*Bonsoir, m'sieur et dame. Vous désirez—?*"

„Was möchten Sie", erkundigte sich Denis bei Chrissie. Er war überrascht, beinahe schockiert, als sie um einen kleinen Brandy bat. Er fragte sich, ob sie von ihm erwartete, dass er auch einen nahm, und zögerte.

„Fühlen Sie sich nicht verpflichtet, auch einen zu nehmen", sagte Chrissie ruhig. „Ich nehme immer einen, aber es gibt keinen Grund, warum Sie es sollten. Nehmen Sie Kaffee, wenn Sie es möchten."

„Ich denke, das werde ich wohl." Er machte die Bestellung in holprigem Französisch und fügte unnötigerweise eine charakteristische Unrichtigkeit an.

„Tatsächlich habe ich nach dem Abendessen einen Likörbrandy getrunken, deshalb denke ich, werde ich mir jetzt nicht noch einen zweiten gönnen."

Sie gab keine Antwort, und sie saßen schweigend da, bis ein älterer Kellner herbeigewatschelt kam und ihre Getränke vor sie hinstellte.

Dann sagte Denis:

„Ich war fürchterlich enttäuscht wegen des Nachmittags, Chrissie. Ich konnte es einfach nicht ändern. Ich bin nicht wirklich Herr über meine Zeit, wissen Sie."

„Ich wusste, dass Sie es nicht ändern konnten. Sie sind ins Réserve gegangen, oder?"

„Ja, Mr Bolham schien zu erwarten, dass ich gehe."

„Hat es Spaß gemacht?"

„Grässlich."

Sie lachte ein wenig.

„Armer Denis, wie schade!"

Nach einem ernsten Kampf gegen ein überwältigendes Gefühl der Schüchternheit sagte Denis leise, ohne sie anzublicken: „Sie können sich nicht vorstellen, wie froh ich war, als ich Ihre Nachricht vorfand. Es war so eine wunderbare Überraschung, als ich sie erhielt."

„Ich fand, ich müsse Sie irgendwie sehen", erwiderte sie, ihre Stimme so leise wie seine. „Dies war der beste Plan, der mir einfiel. Hierher zu kommen, meine ich."

Er gab einen unartikulierten Laut der Zustimmung von sich.

Ihm war beinahe übel vor Aufregung, Anspannung und zunehmender Angst, aus Furcht, dass der Abend doch noch ein Misserfolg sein würde. Ihm war elend zumute, weil sie bislang nicht die spontane Atmosphäre ihrer ersten Stunde zusammen im dunklen Garten der Villa Mimosa wiedergewonnen hatten. Er begann nervös und beinahe aufs Geratewohl zu sprechen.

„Mr Moon hatte ein Empfehlungsschreiben für Sie, nicht wahr? Kennt er Freunde von Ihnen?"

„Ja – Leute aus Hampstead – sie sind Journalisten – ziemlich gute."

„Ich vermute, Sie kennen alle möglichen schreibenden Leute?"

„Einige."

„Schreibt Mr Moon auch? Ich dachte, er sieht so aus, als ob er es täte", sagte Denis ernsthaft.

„Ich denke nicht. Wenn er es tut, denke ich nicht, dass er veröffentlicht wird. Es taugt nichts", sagte Chrissie mit Überzeugung.

„Mrs Moon ist hübsch, nicht?"

„Sehr. Ist sie eine Freundin von Ihnen?"

„O nein. Ich habe kaum mit ihnen gesprochen. Und ich schließe nicht leicht Freundschaften, fürchte ich."

Beinahe ohne es zu wissen, war er zu persönlichen Themen zurückgekehrt, indem er schüchtern versuchte, die Vertrautheit zwischen ihnen wiederherzustellen.

„Ich weiß, dass Sie es nicht tun", antwortete Chrissie.

Sie trank ihr Glas aus und lehnte sich zurück gegen die Wand. Er konnte die wärmeren Schattierungen ihres bloßen Halses und ihrer Arme vor ihrem weißen Kleid ausmachen, und das blasse Oval ihres kleinen Gesichts, ihre dunklen, großen Augen, die direkt zu ihm aufblickten.

„Ich weiß bereits ziemlich viele Dinge über Sie",

sagte sie gerade sanft. „Aber es gibt noch viele mehr, von denen ich hören möchte. Glauben Sie, Denis, dass Sie sie mir erzählen können?"

Er war von der neuen Note in ihrer Stimme hingerissen und von dem Gefühl, dass sie in die Verzauberung des vorangegangenen Abends zurückglitten.

„Ich weiß es nicht – ich möchte es. Aber ich habe noch nie mit jemandem gesprochen – nicht wirklich."

„Sind Sie nie verliebt gewesen?"

Die Frage verwirrte ihn. Er wusste nicht, wie er sie beantworten sollte.

„Es gab – Schwärmereien", sagte er schließlich.

„Das denke ich mir. Wie alt sind Sie?"

„Siebenundzwanzig."

„Waren Sie *wirklich* noch nie verliebt?"

Seine Verwirrung nahm zu. Um Zeit zu gewinnen, sagte er: „Es hängt davon ab, was Sie unter verliebt sein verstehen."

Er hoffte, dass sie ihm einen Hinweis in ihrer Antwort geben würde, so dass er die Antwort geben könnte, die sie wollte.

„Warum haben Sie solche Angst, sich anzuvertrauen, Denis?", sagte sie behutsam. „Ich glaube nicht, dass irgendetwas, was Sie erzählen würden, einen Unterschied machen könnte. Und ich möchte nicht, dass Sie mir überhaupt etwas erzählen, wenn Sie es nicht selbst möchten."

„Meinen Sie das wirklich, Chrissie?"

„Ja, wirklich. Hören Sie – ich werde Ihnen zuerst aus meinem Leben erzählen. Ja?"

„Ja, bitte, tun Sie es", sagte Denis eifrig.

Er wollte es sehr gern hören, und er wollte auch den Augenblick hinausschieben, wenn er sich entscheiden müsste, wie weit er es sich leisten könnte, Chrissie Challoner gegenüber aufrichtig zu sein.

(2)

„Ich bin von zu Hause fortgelaufen, als ich siebzehn war", begann sie unvermittelt. „Meine Mutter war tot – sie starb vor meinem Erinnerungsvermögen –, und mein Vater schickte uns beide, meine Schwester und mich, auf eine einfache Schule, wo wir nicht genug zu essen bekamen und überhaupt keine Ausbildung erhielten. Ida – meine Schwester – lief fort, als sie achtzehn war, mit einem Mann, den sie kennengelernt hatte, als sie bei einer Schulfreundin zu Besuch war. Sie hat ihn später verlassen und ging zur Bühne, aber ich glaube, sie war nicht sehr gut. Ich sehe sie manchmal – nicht häufig.

Nun, Vater war empört über Ida und meinte, ich solle besser nach Hause kommen und bei ihm leben, in Wincanton. Er war dort Anwalt. Ich habe es für drei Monate versucht, und ich wusste, ich könnte es nicht aushalten. Ich dachte, vielleicht könnte ich schreiben – das habe ich immer gewollt –, und ich bat Vater, mir Unterhalt zu zahlen und mich nach London gehen zu lassen. Natürlich tat er es nicht. Aber es gab ein Mädchen, das an der Schule gewesen war, in der ich gewesen bin – vor meiner Zeit, aber sie kam manchmal zu Besuchen vorbei, und wir hatten uns angefreundet. Sie malte, allein, in London. Ich schrieb an sie, und sie sagte mir, ich solle kommen. Es war wirklich schrecklich großzügig von ihr, weil sie auch kein Geld hatte, und das bedeutete, dass sie mich auf dem Bettsofa im Studio schlafen ließ und mit ihr zu essen und alles. Es sollte so lange andauern, bis ich irgendeine Tätigkeit gefunden hätte. Sie war wie ein Engel zu mir. Ich werde das nie vergessen. Und ich war keinen Monat dort, als Vater plötzlich starb.

Denis, es war fürchterlich. Nach Hause zu gehen und meine Tanten und Onkel dort anzutreffen und alle sagen zu hören, dass ich ihn wahrscheinlich umgebracht hätte, und wie herzlos es sei, dass es mir nicht viel mehr ausmachen würde. Aber wie konnte es mir etwas ausmachen? Ich habe ihn immer gehasst, und Ida tat es auch. Ida kam zur Beerdigung, und dann hörten wir von dem Testament. Wir hatten immer geglaubt, er sei arm – er hat nie etwas ausgegeben und hat immer schrecklich über Kosten gemurrt –, aber das war er überhaupt nicht. Und all das Geld ging an mich und Ida. Er hatte ein Testament gemacht, nach dem Tod meiner Mutter, in dem alles zwischen uns geteilt wird.

Die Verwandten waren natürlich vollkommen aufgelöst, aber das sagten sie uns nicht. Im Gegenteil. Sie wurden freundlicher und höflicher, als sie es jemals in ihrem Leben gewesen waren. Es reichte, um einen zu nerven.

Wir verkauften alles und teilten das Geld, und ich ging zurück zu Alison und dem Studio. Das Beste von allem war dabei, Dinge für sie besser zu machen. Wir zogen in eine Wohnung am Fitzroy Square und hatten eine Haushälterin, die die Arbeit machte, und fuhren in den Ferien ins Ausland. Damals schrieb ich meinen ersten Roman. Die Dinge waren beinah perfekt für etwa zwei Jahre. Ich dachte, Alison und Freundschaft wären alles, was ich im Leben brauchte – und meine Schriftstellerei. Natürlich dachte ich daran, verliebt zu sein, aber in einer babyhaften, romantischen, idealistischen Weise. Ich denke, ich war sehr jung, sogar mit neunzehn."

Sie hielt inne.

„Kann ich Sie das nachvollziehen lassen? Können Sie das Kind sehen, das ich damals war – eine Mischung aus altkluger Fantasie und vollkommener Unschuldigkeit? Im Kopf wusste ich natürlich alles über die Liebe – man konnte nicht in dem Kreis leben und *nicht* alles wissen, was es zu wissen gab –, aber nichts auf körperliche Art. Und ich war auch nicht besonders neugierig, ich wollte irgendwann Sexerfahrung haben –, aber ich denke vor allem deshalb, weil ich dachte, es wäre gut für meine Arbeit.

Ich muss Ihnen nicht erzählen, dass, als ich mich verliebte, ich es sehr heftig tat. Er war Russe, ein Freund von Alison. Nicht ihr Liebhaber. Obwohl ich nicht glaube, dass es einen Unterschied gemacht hätte, wenn er es gewesen wäre."

Denis machte eine plötzliche Geste neben ihr.

„Macht das Ihnen etwas aus?", fragte sie sanft. „Ich werde nicht fortfahren, wenn es das tut. Aber mir wäre es lieber, Sie wüssten davon."

„Ja. Bitte erzählen Sie es mir."

„Ich gab ihm natürlich alles, was er wollte – beinahe sofort. Er war einfach wunderbar – der wundervollste Liebhaber, den ein unerfahrenes Mädchen überhaupt haben kann, denke ich. Er hat mich alles gelehrt. Am Ende hat er mich verlassen. Zurückblickend weiß ich, dass ich es hätte erwarten müssen. Wie konnte ein Kind von neunzehn Jahren nur hoffen, ihn zu halten? Ich vermute, jeder muss durch die Hölle gehen früher oder später. Das war meine. Was immer passieren wird, nichts wird jemals wieder so schmerzvoll sein wie das."

„Er wollte Sie nicht heiraten?", sagte Denis sehr leise.

„O nein. Ich habe nie –", sie zögerte, weil sie sich fragte, wie sie sich ausdrücken sollte, um ihn nicht zu stark zu schockieren. „Ich gehöre nicht zu der Sorte Welt, wo Leute einander heiraten, nur weil sie sich ineinander verliebt haben. Wenn ich zu Hause geblieben wäre, in Wincanton, selbstverständlich –, aber schließlich hätte ich auch niemanden wie Ivan in Wincanton kennengelernt. Heirat kam überhaupt nicht in Betracht. Natürlich dachte ich, ich würde mir nie wieder etwas aus jemandem machen – und irgendwie stimmte das auch. Niemand sonst wird jemals das von mir bekommen, was Ivan von mir bekam, und niemand sonst hat es jemals gewollt. Er kannte einen Teil von mir, der starb, nachdem er weg war."

„Haben Sie ihn immer noch gern?"

Sie schüttelte den Kopf. „Nicht wirklich. Es ist da, irgendwie – ein Teil von mir. Diese Dinge hören nicht auf, oder? – man nimmt sie auf. Es ist alles in meiner Arbeit, denke ich – was ich von Ivan bekam und was ich ihm gegeben habe. Aber tatsächlich könnte ich ihm jetzt ohne Aufregung begegnen. Er ist vermutlich mittlerweile dick geworden. Ich habe ihn jahrelang nicht gesehen. Er ist jetzt ein anderer Mensch, und ich auch. Verstehen Sie, was ich meine?"

„Ich denke schon. Ich kann verstehen", sagte Denis andächtig, „dass eine – eine emotionale Erfahrung dieser Art eine Frau sehr wohl verbittert und zynisch machen könnte."

Erstaunt brach Chrissie beinahe in Lachen aus.

„Mein Lieber! Sie sind süß. Ich bin überhaupt nicht so – nicht wie eine Frau in einem Buch. Ich falle immer noch herein, jedes Mal wenn ich mich verliebe, und bin allzu bereit zu glauben, dass es endlich das Richtige ist."

„Also meinen Sie es nicht ernst?"

„Doch, das tue ich. Ich bin nur ehrlich – soweit man das sein kann. Ich versuche wirklich, mich so zu sehen, wie ich bin – sehr empfänglich und ziemlich launisch und – leider – schrecklich liebevoll."

„Ich bin sicher, Sie sind liebevoll. Und warmherzig und großzügig."

Feierlichkeit lag immer noch in seiner Stimme, gezügelt durch Erleichterung, und Chrissie vermutete, dass er zutiefst beunruhigt gewesen war durch die Enthüllung eines Ausblicks, der so gänzlich abwich von allem, dem er je begegnet war, und dass er geistig herumtastete, um ihretwillen, zwischen Eigenschaften, die er als ausgleichend betrachten könnte.

„Es ist nicht wirklich schlimm, wissen Sie", sagte sie sanft. „Ich habe Liebhaber gehabt – aber nur, weil ich sie gern hatte. Es gab nur zwei Männer neben Ivan, und in jeden von ihnen war ich verliebt. Es hat niemanden verletzt, dass wir für eine kleine Weile glücklich sein konnten. Und natürlich ist es furchtbar gut für meine Schriftstellerei. Ich frage mich manchmal, ob man wirklich die ganze Zeit, ohne es zu wissen, von etwas geleitet wird, das immer das Beste für die eigene Arbeit anstrebt."

„Das kann nicht recht sein", sagte Denis mit einer Bestimmtheit, die sie erstaunte, so gewöhnt wie sie war an einen Kreis, in dem fast alles experimentell war, jede Meinung zögernd vertreten wurde, weil sie an dem Haken individueller Ansichten baumelte.

„Chrissie, glauben Sie nicht an Richtig und Falsch?"

„Meinen Sie in einer beliebigen übergeordneten Regelung? Wie kann man das? Die moralischen Standards wechseln jeweils mit jeder Generation, oder?"

„Nicht wirklich. Menschen wollen das so sehen, weil es ihnen eine Rechtfertigung gibt", sagte Denis verwirrt. „Aber es gibt so etwas wie – wie Religion, oder?"

„Oh! Aber ich bin nicht religiös. Sind Sie es?"

„Ich gehe nicht unbedingt in die Kirche oder fühle mich dazu verpflichtet, alles – alles zu akzeptieren, aber ich glaube schon an – an die Lehren Christi und versuche, mich an sie zu halten."

Chrissie fühlte sich darüber ernüchterter als über alles, was bisher zwischen ihnen abgelaufen war. Sie war, wie sie aufrichtig gesagt hatte, empfänglich, und etwas an Denis hatte sie auf den ersten Blick angesprochen. Die oberflächliche Klugheit der Halbintellektuellen, unter denen sie die letzten zehn Jahre ihres Lebens verbracht hatte, hatte angefangen, sie zu ermüden, und sie war die gekünstelte Betonung, die von ihnen auf die physischen Werte der Liebe gelegt wurde, leid. Ihre Annäherung an Denis war spontan und aufrichtig gewesen. Sie spürte in ihm einen gewissen zarten Charme, eine mitleiderregende Schwäche und Einsamkeit, die in ihr eine beschützende Zuneigung wachrief. Sie wollte, dass er sich in sie verliebte und sie sich wiederum in ihn. Chrissie war gleichermaßen zu umfangreich erfahren mit Männern und zu intelligent, um von Denis wirkliches Verständnis zu erwarten. Ihre Geständnisse – die tatsächlich überhaupt keine Geständnisse waren, da sie jegliche Form der Zurückhaltung ablehnte und anderen gegenüber selten praktizierte – waren beinahe als Experiment gemacht worden, um seine Reaktion auf sie zu testen

171

und wiederum seine eigenen Geständnisse hervorzurufen.

Seine Erwähnung von Religion – womit er offentsichtlich eine Reihe dogmatischer Behauptungen meinte, die ihm in der Kindheit vorgelegt wurden, von ihm unkritisch akzeptiert und seitdem von ihm eingehalten wurden – gab Chrissie das Maß der Distanz, das sie geistig voneinander trennte.

Für einen Augenblick dachte sie: *Es hat keinen Zweck, damit weiterzumachen.*

Dann sprach Denis, zögernd und doch mit Eifer.

„Chrissie, ich kann Ihnen nicht sagen, wie viel es mir bedeutet, dass Sie mit mir so gesprochen haben. Ich finde, es ist wunderbar von Ihnen. Es ist die größte Ehre, die ich jemals erhalten habe. Halten Sie mich bitte nicht für einen Schnösel, weil ich das gesagt habe, was ich gerade gesagt habe." Die Angst in seiner Stimme rührte sie.

„Es gefällt mir, dass Sie ein Schnösel sind", säuselte sie.

In dem Augenblick traf es zu.

(3)

„Ich glaube", sagte Denis sehnsüchtig und ernsthaft, „dass ich Ihnen vielleicht helfen kann." Er hatte dasselbe in Bezug auf andere junge Frauen zuvor gesagt und gefühlt. Manchmal formulierte er es etwas anders: Ich glaube, ich bin vielleicht gesandt worden, um Ihnen zu helfen.

Immer hatten sie ihm zugestimmt. Aber keine von ihnen war wie Chrissie gewesen, älter, klüger und weitaus gebildeter als er. Viel von Chrissies Charme entsprang für Denis aus seiner tiefen und verständnislosen Bewunderung für ihre kreative Gabe. Im Übrigen war er tief bewegt und geschmeichelt gewesen von ihren Annäherungsversuchen und schnell darin, ihre Überzeugung von einer gegenseitigen Anziehung zu durchdenken. Jetzt war er äußerst bemüht, dass sie ihn nicht für enttäuschend oder unzureichend halten sollte.

„Sie haben gestern gesagt, dass Sie – auch – einsam gewesen seien. Meinen Sie, ich könnte das besser machen? Ich würde es gern, mehr als alles andere auf der Welt, wenn es möglich wäre."

„Ich denke, das können Sie, Denis."

„Es erscheint so unglaublich, dass Sie *mich* zum Freund haben wollen. Schließlich sind Sie klug, viel klüger als ich – und Sie kennen sehr viele Leute. Sie müssen bereits viele Freunde haben."

„Ich habe nie den Freund gefunden, den ich mir immer gewünscht habe", sagte Chrissie.

Er konnte ihre großen, traurigen Augen sehen, die auf ihn gerichtet waren, und köstliche Schauer durchliefen ihn. Er wollte ihre Hand nehmen, traute sich aber nicht. Ein schurrender Schritt war neben ihnen zu hören, und der Kellner erschien.

„*Consommation, m'sieu et dame…?*"

Denis fing an, in der Brusttasche seines Dinnerjackets herumzufingern, doch mit einer

173

schnellen Geste gab ihm Chrissie eine kleine silberfarbene Tasche.

„Es ist Geld drin … bitte nehmen Sie es."

„Aber darf ich nicht—?"

„Wirklich", sagte sie, wobei sie mit Nachdruck sprach.

Denis zahlte ihre bescheidene Rechnung. Er sah, dass drei oder vier Hundert-Franc-Noten in der Tasche lagen neben einer Anzahl kleiner Münzen und einigen Fünf-Franc-Scheinen, und er erinnerte sich, dass Chrissie Challoner im Vergleich zu ihm vermutlich reich war.

Ohne weiteren Einwand schloss er die Tasche und gab sie ihr zurück. Ihre Finger berührten sich. Denis schloss seine Hand um ihre. Es war eine sehr weiche, kleine Hand, und sie gab ihm ein ungewohntes Gefühl, selbst stark und männlich zu sein – ein potenzieller Beschützer.

„Erzählen Sie mir von sich, Denis."

„Das ist nicht interessant, liebste Chrissie. Ich bin eine schrecklich durchschnittliche Person, fürchte ich." Ihre Finger drückten seine leicht und zogen sich zurück, und noch bevor sie sprach, wusste er, dass er den falschen Ton angeschlagen hatte.

„Wir wollen uns gegenseitig nichts vormachen, nicht? Wenn Sie mir nichts erzählen wollen, dann wäre es mir lieber, Sie sagen es."

„Chrissie, es ist nicht … es ist nicht so, dass … Ich würde Ihnen alles auf der Welt erzählen—"

„Wissen Sie", sagte sie in einem verständlichen

Ton, „ich glaube, ich würde alles von Ihnen verstehen. Einfach weil Sie Sie sind und ich ich bin. Empfinden Sie das auch so, ein wenig?"

„Ja."

„Ich weiß, dass es schwer für Sie ist, weil Sie nie viel mit jemandem geredet haben. Aber wäre es nicht eine Erleichterung, wenn Sie es *täten*?"

„Ja", sagte er und dachte, wie wenig sie die Kraft der Gehemmtheit kannte, die ihn, wie er vermutete für immer, von dieser Erleichterung ausschloss.

„Ich weiß bereits, dass, als Sie ein kleiner Junge waren, Sie keine Mutter hatten – wie ich – und Ihre Stiefmutter nicht nett war und Sie unglücklich waren und niemanden hatten. Und Sie waren in der Schule nicht glücklich. Was ist danach passiert?"

„Ich musste mir meinen Lebensunterhalt selbst verdienen. Ich hatte natürlich nie erwartet, dass ich das müsste", sagte Denis hastig. „Mein Vater entstammte einer sehr alten Familie, und er hätte eigentlich ein großes Anwesen erben sollen. Er wurde sehr ungerecht von einem alten Cousin behandelt, von dem er dazu verleitet wurde, viel Geld zu erwarten."

Denis hatte diese nicht sehr originelle Legende so häufig sowohl gehört als auch nacherzählt, dass er mittlerweile beinahe selbst an sie glaubte.

„Wenn mein Vater genug Geld gehabt hätte, wäre er wegen des Testaments vor Gericht gegangen, und jeder sagte, er hätte seinen Fall gewonnen, aber er konnte es sich nicht leisten. Also lebte er einfach mit der gewohnten Arbeit weiter, bis er starb, vor fünf Jahren. Er arbeitete in – in einer Bank."

„Haben Sie zu Hause gelebt?"

„Nein. Es gab eine zweite Familie und nicht wirklich Platz für mich, und meine Stiefmutter wollte mich ohnehin nicht."

„Armer Denis. Was haben Sie gemacht?"

„Ich lernte Stenotypie und nahm eine Stellung bei einer Versicherungsfirma im Handelsviertel an. Oh, Chrissie, ich habe das so gehasst! Die Leute, mit denen ich zusammen sein musste, waren gewöhnlich, und ich hatte eine schreckliche Unterkunft, und es war alles so scheußlich."

Denis schauderte – ohne Getue, denn es stimmte, dass er gelitten hatte. Er war nicht fähig, sein Umfeld zu beherrschen.

„Ich konnte nicht bleiben. Es war verrückt, einen vollkommen vernünftigen Job hinzuwerfen, und ich wusste es –, aber ich hätte so nicht weiter leben können. Ich dachte, ich verhungere lieber. Ich ahnte nicht, wie nahe ich dem kommen sollte. Es hat Zeiten gegeben, Chrissie, in denen ich buchstäblich nicht wusste, wie ich meine nächste Mahlzeit bekommen sollte."

Denis machte eine Pause, doch sie machte keine Bemerkung. Er hatte es nicht geschafft zu begreifen, dass völlige Armut und annähernde Hungersnot bei Weitem weniger ungewöhnlich in ihrer Welt waren als in seiner.

„Ich habe versucht, als Handlungsreisender zu

arbeiten – und einmal habe ich in einer Jungenschule ausgeholfen – das gefiel mir recht gut –, und ich hatte sogar Gelegenheitsarbeiten in einer Zeitungsredaktion. Und dann habe ich plötzlich das bekommen, was ich immer wollte – eine Stellung als Privatsekretär."

„Wie haben Sie sie bekommen?"

„Teils durch Antwort auf eine Stellenanzeige", sagte David ausweichend. „Und ein Freund von mir gab mir ein Schreiben, das weiterhalf. Ich hatte die Arbeit beinahe zwei Jahre, und ich denke, ich hätte sie immer noch, aber der Mann, für den ich arbeitete, ging nach Südamerika." Er hielt inne und fügte dann schnell hinzu: „Er musste jemanden mitnehmen, der Spanisch sprechen konnte."

„Denis, wo haben Sie die ganze Zeit gelebt? Bei dem Mann, für den Sie gearbeitet haben?"

Denis zögerte erneut. „Warum fragen Sie? Nein – tatsächlich machte ich das nicht. Ich wohnte in einem – in einem kleinen privaten Hotel im Norden Londons. Es war viel besser für mich, nach der Arbeit einen völligen Wechsel der Atmosphäre zu haben."

„Was passierte als Nächstes?"

„Ich habe verschiedene Sekretariatsposten angenommen – meistens zeitlich begrenzte –, aber ich hatte nicht sehr viel Glück. Zweimal musste ich wegen Krankheit aufhören. Im letzten Winter hatte ich eine Lungenentzündung und bin beinahe gestorben. Das war wirklich einer der Gründe, warum ich diese Stellung bei Mr Bolham angenommen habe, weil ich dachte, dass ein Klima wie dieses genau das sei, was ich brauchte – richtige Sonne und Wärme."

„Es war ein Glück, sie zu bekommen", sagte Chrissie.

„O ja, das weiß ich", pflichtete Denis schnell bei – obwohl er häufig in den vergangenen zwei Wochen die Zusammenarbeit mit dem distinguierten Mr Bolham für alles andere als Glückssache angesehen hatte.

„Wissen Sie", sagte Chrissie freundlich, „dass Sie mir nur Fakten erzählt haben? In keiner Weise etwas über Ihr Innenleben oder über die Menschen, die wichtig für Sie waren – die Frauen, in die Sie sich verliebt haben—"

„Ich hatte nicht viel Zeit, um mich zu verlieben, nicht? Und außerdem, was hätte das gebracht?"

„Wartet man üblicherweise, dass man Zeit hat oder dass es etwas bringt?" Beide lachten leicht.

„Ich werde Ihnen eines Tages – andere Dinge – erzählen, wenn Sie es möchten, Chrissie. Wenn ich nicht viel über andere Menschen spreche, dann weil ich zum Teil eine gewisse Loyalität üben muss – ich kann es nicht genau erklären— Es gibt vieles, von dem ich Ihnen gern erzählen würde, aber aus Loyalität zu anderen Menschen – *kann* ich es nicht."

Denis hatte diese Wendung zuvor schon benutzt, und sie war immer ohne Fragen aufgenommen worden. Er fühlte, wie seine Handflächen feucht wurden, bevor Chrissie antwortete. Sogar als sie es endlich tat, konnte er sich nicht sicher sein, dass sie

seine Andeutung von geheimnisvollen, unklaren Verpflichtungen akzeptierte.

„Sie müssen mir nichts erzählen, wenn Sie es
lieber nicht tun möchten, Denis, und ich werde nicht
fragen. Nur werden Sie aufrichtig zu mir sein, ja?"

„Immer, Chrissie. Versprechen Sie mir das
Gleiche?"

„Ja, das werde ich. Es ist eine Abmachung. Und
wissen Sie – Sie brauchen wirklich keine Angst zu
haben, mir die Wahrheit über sich zu erzählen. Es
würde keinen Unterschied machen."

„Ich finde, Sie sind wunderbar", sagte Denis.

Er fand wirklich, dass sie wunderbar sei. Aber er
wusste, dass er nie offen zu ihr sein konnte, sie nie
bereitwillig die ganze Wahrheit über sich wissen
lassen könnte oder über die Umstände seines Lebens,
die er als zerstörerisch für sich selbst betrachtete.

Zusammen mit Denis' zunehmender Verliebtheit
nahm eine steigende Angst von ihm Besitz, dass
Chrissies natürliche Fähigkeit des Durchschauens sie
früher oder später zu Schlüssen führen könnte, die nur
allzu richtig sein würden.

Die unfragliche Glückseligkeit des Vortages war
verschwunden: Glückseligkeit war immer noch da,
doch sie war von Angst durchzogen.

(4)

Es war elf Uhr, als Chrissie aufstand und sagte, dass
sie zur Villa zurückgehen müsse.

„Werden sie sich fragen, wo Sie gewesen sind?", fragte Denis ziemlich ängstlich.

„Oh, sicherlich. Gushie ist bestimmt die neugierigste Person auf der Welt, möchte ich meinen."

„Was werden Sie ihnen erzählen?"

„Das ich einen Spaziergang unternommen habe und Sie getroffen habe", sagte Chrissie umgehend. „Sie werden sowieso in ein oder zwei Tagen von uns wissen, wenn wir überhaupt etwas voneinander sehen werden. Und ich schäme mich nicht im Geringsten, mit Ihnen befreundet zu sein, Denis."

Er wusste nicht genau, was er antworten sollte, und er lief schweigend neben ihr her.

„Wann werde ich Sie wiedersehen?", fragte er schließlich demütig. „Morgen?"

„Gushie und ich gehen runter zu den Docks zum Schwimmen, mit den Romaynes. Gegen vier. Können Sie das schaffen?"

„Ich bin nicht sicher, ich versuche es, wenn möglich."

„Wenn Sie nicht da sind, werde ich zum Hotel gehen. Sie sollten mir Ihren Mr Bolham besser vorstellen – es wird die Dinge leichter machen. Um uns häufiger zu treffen, meine ich."

„Ich kann mir nicht vorstellen, warum Sie sich überhaupt etwas aus mir machen sollten!", entfuhr es Denis spontan. Sie hatten das Tor der Villa Mimosa erreicht und standen einander zugewandt im Mondlicht.

„Ich weiß es selbst nicht genau", antwortete Chrissie irritierenderweise. „Aber – irgendwie kann ich nicht anders."

Die plötzliche Zärtlichkeit in ihrer Stimme brachte Denis beinahe in Ekstase.

„Oh, Chrissie!", stammelte er, und er blickte hilflos hinunter in ihr hochgewandtes Gesicht.

„Gute Nacht, mein Lieber", sagte Chrissie,

„*Müssen* Sie sofort hineingehen?"

„Ja, muss ich." Sie stellte sich auf die Zehenspitzen, legte die Arme um seinen Hals und küsste ihn auf die Wange.

„Nur um es Ihnen zu zeigen", raunte sie und rannte schnell durch das kleine geöffnete Tor und den Weg zum Haus entlang.

Denis, benommen und ungläubig, blieb auf der Straße stehen und blickte ihr nach.

Kapitel VII

(1)

In Cannes wurde Hilary Moon Besitzer eines Motorboots. Er und Angie gingen langsam die wichtigsten Straßen entlang, starrten dabei in die Schaufenster, blickten aber auch auf die Leute, denen sie begegneten.

„Ein verfluchtes Pack", sagte Hilary.

„Ja", sagte Angie.

Männer mit Baskenmützen, die draußen vor den Cafés saßen, stierten sie an, und sie blickte gleichgültig zurück. Ihre schönen Augen leuchteten nur gelegentlich auf, wenn sie an einem glatthaarigen jungen Mann vorbeikam, der sich am Lenkrad eines großen Wagens zurücklehnte, und seinem Blick begegnete, der direkt auf sie gerichtet war. Dann wurde die schwingende Bewegung ihrer Hüften eine Spur betonter, ihre Augenlider senkten sich ein wenig, und ihr Mund schien eine vollere Wölbung anzunehmen. Wenn sie allein gewesen wäre, wäre man ihr hinterhergegangen und hätte sie ange-sprochen.

„Es ist zu warm, um weiterzulaufen", sagte sie plötzlich. „Außerdem will ich Hüte ausprobieren. Das hier ist ein guter Laden."

„Wir treffen uns in den englischen Teesalons um fünf Uhr", sagte Hilary.

Sie nickte gleichgültig.

Hilary ging weiter und wünschte sich, sein Nacken würde nicht so verflixt schmerzen, wo er von der Sonne verbrannt worden war.

„Hallo!"

„Hallo!"

Hilary und sein Bekannter blickten sich ohne große Begeisterung an. Wo um alles in der Welt, dachte er, hatten sie sich schon mal getroffen? In einem Hotel, irgendwo im Ausland. Er konnte sich an das Gesicht erinnern – dick und ziemlich düster, mit einem winzigen Klecks von Oberlippenbart – und die flache, monotone Stimme. Aber nicht an den Namen.

„Allein hier?"

„Praktisch schon", sagte Hilary träge. Er hielt es nicht für nötig, auf Angie einzugehen.

„Wie wär's mit einem Drink?"

„Ja, warum nicht?"

„Es gibt was ganz in der Nähe."

Sie gingen etwas trinken. Hilary erklärte, dass er einen Wagen brauche. Er war nicht überrascht, als sein Begleiter seinerseits erklärte, dass er zufälligerweise einen Wagen zu verkaufen hätte. Hilary selbst hatte immer einen Wagen zu verkaufen, wenn er von jemandem hörte, der einen kaufen wollte. Auch alle anderen, nach seiner Erfahrung. Das war ein Teil der Art, wie man lebte.

Eine Verabredung wurde für den nächsten Vormittag getroffen – es ergab sich, dass der Wagen gerade gründlich überholt wurde in der Werkstatt, sonst hätte Hilary gleich einmal eine Probe-fahrt machen können – am Hôtel d'Azur.

„Ich bringe ihn rüber, wann immer du willst. Überhaupt kein Problem."

„Weißt du, wo es ist?"

„Ja. Ich bin nach St. Raphael schon ein dutzend Mal auf dem Seeweg gefahren. Verstehst du was von Schnellbooten?"

„Nicht viel."

„Tatsächlich ist es kein Schnellboot. Aber es ist das schnellste Motorboot, das mir je über den Weg gekommen ist. Na, wie wär's noch mit einem Drink?"

„Dieser geht dann auf mich."

Sie sprachen weiter über das Motorboot. Hilary wurde interessiert. Man würde etwas zu tun haben, und man könnte es vielleicht gelegentlich verkaufen und ein bisschen Geld machen. Er fing an, sich in einem blauen Trikothemd zu sehen, kompetent und ziemlich *blasé* am Steuerrad.

„Komm und sieh es dir doch an, ja? Es ist gleich hier im Hafen."

„Na, dann los."

Mit dem leichten, aber definitiven Gefühl von Höflichkeit, das nur Drinks in ihm auslösen konnten, machte Hilary weiter und ging, um sich das Motorboot anzusehen. Seine hauptsächliche Sorge war, es zu vermeiden, die Tatsache zu verraten, dass er nichts von Motorbooten verstand und wenig natürliche Neigung besaß, Maschinen jeglicher Art zu begreifen. Er dachte, dass er darin recht erfolgreich war, und schon bald kaufte er das Motorboot. Ein Scheckbuch war in seiner Tasche, was ungewöhnlich war aus dem Grund – noch ungewöhnlicher –, dass er etwas Geld auf dem Konto zu Hause hatte. Er hatte, bevor er England verließ, mit ungewöhnlichem Erfolg von einer älteren Frau, mit der er geschlafen hatte, eine Summe geliehen, die groß genug war, die größten ihrer Schulden zu zahlen. Genau genommen hatte er tatsächlich einen Bruchteil eben für diesen Zweck davon benutzt. Doch es war eine Menge übrig.

„Ich sag dir was, ich werde dir von dem Preis des Bootes einen Drink ausgeben", sagte Hilarys Bekannter. Hilary nahm mit einem matten Lächeln an. In der Bar arrangierten sie die Übergabe des Bootes an seinen neuen Besitzer.

„Ich bringe es morgen Vormittag vorbei zur Bucht gegenüber eurem Hotel – nein, verdammt. Ich kann das schwerlich tun, wenn ich den Wagen vorbeibringe, nicht? Hör mal, ich sag dir was, es gibt einen französischen Mechanikertyp, den ich hier kenne, der begeistert sein wird und es für mich rüberbringen wird, wann immer du möchtest. Dann kann er jede Kleinigkeit erklären, die du wissen willst. Wie ist das?"

„Klingt sehr gut. Sagen wir vier Uhr nachmittags? Und wir werden noch einen trinken, um das zu bekräftigen." Eineinviertelstunden zu spät traf Hilary seine Frau in den englischen Teesalons. Als er hereinkam, entließ sie mit einem Kopfnicken einen großen, hellhaarigen jungen Mann, der mit ihr an einem kleinen Tisch saß. Er stand gehorsam auf und kam an Hilary vorbei auf dem Weg zum Kassentresen. Hilary blickte etwas mürrisch.

„Ich habe Tee getrunken", sagte Angie. „Du bist verdammt spät dran. Ich dachte, du hast dem Taxi gesagt, wir würden um halb fünf auf der *place* sein."

„Nun, es wird ihn nicht umbringen zu warten, denke ich. Komm, wenn du fertig bist." Er folgte ihr aus dem Teeladen. Angie ging, ohne etwas am Tresen zu zahlen, und Hilary versuchte weder, es für sie zu tun, noch gab er einen Kommentar ab über das Versäumnis.

(2)

Bei der Rückkehr der Moons ins Hôtel d'Azur wurden sie von Buckland begrüßt, der auf der Treppe herumlungerte. Seine Augen verschlangen Angies Gesicht mit einem unverhohlen gierigen Blick.

„Ich dachte, Sie würden nie zurückkommen", sagte er. „Es war ein höllischer Tag."

„Wie war es im Réserve?", fragte Angie. Sie hatte sich sofort auf den nächstgelegenen Stuhl gesetzt.

„Mies, mit einer Meute von Kindern überall. Sagen Sie, wie wäre es mit einem Drink?"

„Danke, ich hätte nichts dagegen. Hilary hat den ganzen Nachmittag lang getrunken, kann ich Ihnen sagen. Er hat ein Schnellboot oder so was gekauft."

„Ach, wirklich?" Buckland setzte sich dicht neben Angie.

Hilary, der begriff, dass er von keinem der beiden Aufmerksamkeit erhalten würde, ging hochmütig fort. Er hatte nicht genug getrunken, um merklich beeinträchtigt zu sein, doch Drinks und die Hitze miteinander führten dazu, dass er sich träge fühlte. Er vermutete, schwach und gleichgültig, dass Angie es vorziehen würde, Bucklands offensichtlicher Absicht, mit ihr zu schlafen, überlassen zu werden, und es war Teil von Hilarys Code, dass die Ehe die Freiheit des Individuums nicht behindern dürfe. Er verließ sie.

„Gott sei Dank ist er weg", sagte Buckland.

„Warum?"

„Wissen Sie nicht, warum?"

„Nein."

Die Lippen von Angie und Buckland formulierten die vertrauten Sätze dieses Dialogs so genau wie möglich, ohne zu wissen, was es war, das sie sagten. Jeder von ihnen war sich des heißen, heftigen Stroms bewusst, der auf geheimnisvolle und stürmische Weise zwischen ihnen raste. Umgehend legte Buckland seine Hand auf das einzige geschlossene Seidenstück, das Angies Schenkel bedeckte. Ihr Kopf sank nach hinten und sie schloss halb die Augen, ihre Brust hob und senkte sich schnell.

„Sie sollten das nicht tun", säuselte sie.

„Warum nicht?" Bucklands Stimme war schwer und er atmete heftig. „Sie haben keine Angst vor mir, oder?"

„Nicht vor Ihnen — nein."

„Vor was dann?"

Sie öffnete die Augen, ohne sich zu rühren, und blickte ihn an.

„Oh mein Gott, Angie ——"

„Buck ——"

Sein Griff wurde fester.

„Können wir hier nicht weggehen – den Hügel hinauf oder so?", raunte er.

„Wenn du willst."

„Du bist das Hübscheste ——" Er riss seine Hand von ihr los, und Angie stand ruckartig auf, da Stimmen hinter ihnen zu hören waren.

„Komm, lass uns verduften." Sie standen auf.

„Mr Buckland", sagte Dulcie Courteneys schrille Stimme, „mein Papa ist gekommen. Sie haben ihn noch nicht kennengelernt, nicht? Oder Mrs Moon — das ist mein Vater. Papa, das ist Mr Buckland."

Courteney war ein sehr großer Mann mit Adlernase, dunkel attraktiv in einem theaterhaften Stil, und sah zu jung aus, um eine Tochter in Dulcies Alter zu haben.

Er verbeugte sich sehr tief vor Angie und tauschte ein Kopfnicken und einen Handschlag mit Buckland, während seine Augen beide mit einer Haltung scharfer Beobachtung abtasteten, sogar als er lächelte und dabei extrem gute Zähne zeigte.

Seine Stimme war, als er sprach, tief und ziemlich betont kultiviert.

„Ich freue mich so, Sie kennenzulernen, Mrs Moon. Ich habe von all Ihrer Freundlichkeit für dieses Kind gehört." Er legte eine Hand auf Dulcies Schulter.

Sie lächelte ziemlich unglücklich, doch Angie nahm ungerührt diesen gänzlich unverdienten Tribut entgegen.

„Ich hoffe, Sie haben das Leben an der Küste genossen. Ich möchte meinen, Sie kennen es bereits sehr gut?"

„Nicht sonderlich gut", sagte Angie träge.

„Sie müssen mir die Freude machen, ein oder zwei Ausflüge zu arrangieren – Monte Carlo und so weiter. Alles, von dem Sie denken, dass es Sie amüsiert. Dulcie sagte mir, dass die Dinge im Hotel ziemlich lustlos gewesen seien. Es muss natürlich ungewöhnlich heiß gewesen sein.

„Gestern achtunddreißig Grad, Papa."

„Das kann ich mir vorstellen. Das ist natürlich übermäßig, selbst hier. Also, ich versichere Ihnen, dass es vor zwei Tagen in Hyde Park ——"

„Sag mal, wenn du vor dem Dinner spazieren gehen willst, Angie ——" Buckland gab sich nicht die Mühe, seine Ungeduld zu verbergen.

„Es gibt einen bezaubernden Spazierweg hinter dem Hotel – den Hügel hinauf, wenn Ihnen das Klettern nichts ausmacht."

Buckland, der der Hoteltreppe zugewandt stand, grummelte etwas schwer atmend, als Coral Romayne herauskam und direkt auf ihn zuging.

„Hier bist du", sagte sie mit lauter, unfreundlicher Stimme. „Was um alles in der Welt hast du gemacht? Und wo ist Patrick?"

„Patrick geht es gut. Er ist kein Baby. Er braucht

niemanden, der ihm den ganzen Tag hinterhertrottet."

„Es ist verdammt gut, dass er das nicht tut – du bist nie in seiner Nähe, soweit ich es sehen kann. Ich weiß nicht, wofür du glaubst, dass ich dich bezahle."

Courteney entfernte sich mit einer Haltung ostentativer Unaufmerksamkeit, gefolgt von Dulcie. Angie zuckte die Achseln und deutete eine leichte Bewegung in Richtung Hotel an.

„Gehen Sie nicht", sagte Buckland. „Ich wollte Ihnen gerade einen Drink spendieren. Du nimmst einen, oder, Coral?"

„Ich glaube nicht", sagte sie verärgert.

„Doch, tust du. Komm schon, setz dich hier hin. Patrick geht es gut, ich schwöre es. Hör mal, diese Leute haben ein Motorboot gekauft. Ist das nicht fürchterlich unternehmungslustig? Nebenbei, hat Hilary vorher schon einmal eins gehabt?"

„Nie", sagte Angie. „Er wird uns wahrscheinlich beide ertränken. Er versteht auch nichts von Mechanik."

„Also ich schon", sagte Buckland nachdrücklich. „Nehmen Sie mich besser mit."

„Du fragst noch nicht einmal, oder?", sagte Mrs Romayne. „Ich habe noch nie jemanden gekannt, der so schnorrt wie du, Buck."

„Das ist das Leben", sagte Buckland. „Man muss das machen, wenn man überhaupt etwas vom Leben haben will. Hier, *garçon – ici*!"

Sie blieben auf der Terrasse, tranken ihre Cocktails und bekamen dann Gesellschaft von Hilary. Bald danach stand Mrs Romayne auf.

„Kommst du, Buck?"

„Wohin?", fragte er, ohne sich zu rühren.

„Wir gehen zur Villa Mimosa, oder? Zum Dinner."

„Ich hatte nicht daran gedacht." Bucklands Fuß presste sich unter dem Tisch verstohlen gegen Angies.

„Ich dachte, Sie würden mit uns zu Abend essen", sagte sie unschuldsvoll. „Sie meinten, Sie würden es."

„Hör mal, Coral, es tut mir schrecklich leid – ehrlich, ich hatte keine Ahnung, dass man mich in der Villa erwartet. Würde es dir schrecklich viel ausmachen, wenn ich nicht mitgehe?"

„Ich fürchte ja", sagte Mrs Romayne. „Ich möchte, dass du den Wagen fährst."

„Warum lässt du das nicht Patrick machen?"

„Weil du die Person bist, die ich dafür bezahle", sagte Mrs Romayne wütend. „Was für ein Aas du doch bist. Immer bereit, alles zu tun außer Arbeit."

Patrick kam die Treppe hinunter, zögerte, kam dann und stellte sich neben seine Mutter.

„Fertig Mutter?", Seine knabenhafte Stimme klang so, als ob er sie nur mit Willenskraft ruhig halten konnte. „Soll ich den Wagen holen?"

„Ich gehe nicht." Sie warf sich auf einen Stuhl.

„Du bist vollkommen verrückt", sagte Buckland. „Natürlich gehst du."

„Dann kommst du mit mir. *Ich* werde nicht einen Haufen Lügen für dich erzählen und mich von

191

anderen fragen lassen, warum ich überhaupt einen Tutor mit hierhergebracht habe. Glaubst du, du machst hier einfach Ferien auf meine Kosten oder was?"

„Oh mein Gott", sagte Hilary Moon langsam in einer hohen, überlegenen Stimme. Er ging weg.

„Bis später dann", sagte Angie zu Buckland, ohne sich zu rühren.

„Mutter, ich dachte – ich werde dich fahren. Ginge das nicht?", stammelte Patrick.

„Nein, tut es nicht. Wie oft habe ich dir gesagt, ich möchte nicht, dass du hier auf dieser verdammten Straße den Wagen fährst – ein Kind wie du. Im Übrigen ist es Bucks Job." Buckland sprang grollend auf.

„Na gut, na gut! Ich werde kommen. Jeder wird denken, dass ich der verdammte Chauffeur bin. Wir sehen uns, wenn ich zurück bin, Angie", fügte er mit lauter, entschlossener Stimme hinzu. Auch Mrs Romayne stand auf.

„Komm, wir fahren von der Garage aus los." Sie schwenkte den Weg entlang, ihr weiter Gang mit Bucklands schritthaltend. Patrick stand da und starrte ihnen für einen langen Moment nach, und dann ging er hinterher.

(3)

Coral war maßlos wütend. Bucklands offene Abtrünnigkeit hatte sie nicht nur aufgebracht, sie hatte ihr auch Angst gemacht. Sie sah darin klar und endgültig den Beweis, dass sie nicht mehr gegen jüngere Frauen ankam. Proleten wie Buckland waren von ihr nur amüsiert, solange es niemanden sonst gab, mit dem man schlafen konnte – niemand Jüngeren. Ihr Tag war vorbei – erledigt.

Sie warf sich auf den Rücksitz des großen Wagens, als Buckland mürrisch auf den Fahrersitz kletterte. Patrick nahm den Sitz neben ihr. Sie bemerkte ihn noch nicht einmal. Sie biss heftig in ihr Taschentuch und warf sich hin und her. Ihr ganzes Leben lang hatte sie ihre Gefühle durch körperliche Ruhelosigkeit oder tatsächliche Gewalt rausgelassen. Sie machte nicht den Versuch, sie zu kontrollieren oder zu verbergen, als man die Villa Mimosa erreicht hatte. Mrs Wolverton-Gush, die mit kurzen Schritten und leicht wackelndem Hintern näherkam, bot ihre Lieblingsfloskel zur Begrüßung:

„Wie schön Sie zu sehen, meine Liebe. Und Patrick – schon ganz der junge Mann, nicht wahr? Sind Sie heute Morgen nett baden gewesen?"

„Wir sind zu einer idiotischen Lunchgesellschaft gegangen an diesem widerlichen Ort gegenüber der Bucht. Oh, Jesus, ich bin erschöpft. Lässt die Hitze an diesem widerwärtigen Ort jemals nach?"

„Ich werde Ihnen einen kalten Drink bringen", sagte Mrs Wolverton-Gush bestimmt. „Miss Challoner wird sicherlich gleich herunterkommen. Sie ist heute Abend gezwungen auszugehen, aber ich meinte, ich wüsste, dass Sie ihr vergeben werden."

„Es ist mir egal, ob sie geht oder bleibt", sagte Coral. „Das ist für mich ein und dasselbe."

„Nehmen Sie doch Platz, meine Liebe. Buck, bist du so lieb und mixt die Drinks für uns?"

Mrs Wolverton-Gush trug einen Ausdruck, den Coral gut kannte: den einer vollkommenen Frau von Welt. Das veranlasste sie ganz plötzlich, lachen zu wollen.

Die alte Gushie war wirklich zum Brüllen. Sie wusste nicht, wie sie aussah, in diesem schwarz-grünen Ding, das sie einfach zu eng an all den falschen Stellen umklammerte. Instinktiv streckte Coral ihre eigene, immer noch geschmeidige und schmale Figur in einem weichen geblümten Chiffon-kleid, das lose um ihren Körper hing. Unmerklich wurde sie ruhiger. Buck, der ihr einen Cocktail reichte, grinste sie mit einem flehenden Ausdruck in seinen dunklen Augen an. Sie reagierte nicht, aber sie hielt sich nur mit Anstrengung zurück.

Mrs Wolverton-Gush fuhr fort, mit einer resoluten Demonstration bewusster guter Erziehung, Konver-sation zu machen, ihr Mund in ein festes Lächeln gezogen, ihre Augen aufmerksam und wachsam.

Sie entschuldigte sich für Chrissie Challoner:

„Wirklich, diese Bohemiens … Sie ist ein liebes Ding, und ich habe sie recht gern – natürlich bewundere ich literarische Leute sehr und habe es immer getan –, aber ich fürchte, was sie angeht, tut es die Zeit nicht. Ganz einfach. Es mag hier draußen in Ordnung sein, aber englische Bedienstete würden es natürlich nicht aushalten. Die Mühe, die ich mit ihnen hatte, als ich für sie in London gearbeitet habe!"

„Hält sie Angestellte? Ich hätte gedacht, eine tägliche Aufwartefrau schlüge mehr in ihre Richtung", sagte Coral ziemlich grob. Es amüsierte sie, ab und zu gegen die gesellschaftlichen Ansprüche ihrer Freundin zu sticheln.

Obwohl Gushie sich nie als die Schwindlerin vorführen ließ, die sie war – das musste sie schon von dem alten Mädchen sagen.

„Ein festes Dienstmädchen, meine Liebe", sagte Gushie ungerührt. „Es ist ein recht kleiner Haushalt. Natürlich ist es das, nur mit einer Person in der Wohnung – und sie ist sehr viel außer Haus, und häufig weg. Ich muss sagen, diese Leute, die schreiben, haben eine sehr leichte Zeit damit, verglichen mit dem Rest von uns in dieser Arbeitswelt."

„Ich vermute, sie verdient ganz gut mit ihren Büchern, oder?", fragte Buckland neugierig.

„Sie wären überrascht. Es scheint so, als ob einige Leute immer Glück haben."

„Miss Challoner muss schrecklich klug sein", sagte Patrick schüchtern. Mrs Wolverton-Gush schenkte ihm ein ziemlich mitleidiges Lächeln.

„Oh, natürlich. Niemand würde dem für einen Moment widersprechen – natürlich würde man das nicht. Ich mache mir selbst zwar nicht viel aus ihrem Stil, aber schließlich bin ich darin eigen. Aber es besteht kein Zweifel, dass es ihr gelungen ist, den allgemeinen Geschmack zu treffen ein-, zweimal."

„Sag mal, erwartet sie, dass wir mit ihr über ihre Bücher sprechen?"

Mrs Wolverton-Gush ließ ein kultiviertes Brummen hören.

„Buck, du bist wirklich erfrischend. Miss Challoner ist eine ganz gewöhnliche junge Frau, mit Ausnahme ihrer Gabe –, denn Schreiben ist unbestreitbar eine Gabe – und sie wird nicht — Ah, da sind Sie ja, meine Liebe."

Chrissie Challoner schlenderte mit recht vagen Begrüßungen und Entschuldigungen herein. Sie machte den Eindruck, nicht wirklich zu wissen, wer sie waren, und sich zu fragen, warum sie gekommen waren.

(4)

„Also, ich muss schon sagen —!" entfuhr es Coral Romayne.

„Ich weiß, meine Liebe."

Mrs Wolverton-Gush wusste es wirklich. Sie war zutiefst verärgert und doch etwas siegreich. Es lag eine gewisse Genugtuung in dem Wissen, dass andere Leute begriffen – möglicherweise einfach begreifen mussten –, was sie zu erdulden hatte. Das Abendessen war kein Erfolg gewesen trotz ihrer eigenen Anstrengung. Vergeblich hatte sie erst ein Thema eingeführt, dann ein anderes – das Klima, das Hotel, die königliche Familie, und den neuesten Filmstar – jeweils abwechselnd – in dem Bemühen, die allgemeine Konversation voranzubringen. Niemand hatte ihr auch nur die geringste Hilfe gegeben. Es war eine eindeutige Erleichterung, als das Abendessen beendet war und sie alle hinaus auf die Loggia gegangen waren für den Kaffee.

Etwa zwei Minuten danach hatte Chrissie Challoner eine nicht überzeugende Entschuldigung gemurmelt und sie verlassen.

Buckland hatte sie, vielleicht bekümmert über sein vollkommenes Versagen, ihre Aufmerksamkeit während des Abendessens auf sich zu ziehen, zur Pforte begleitet und war nicht zurückgekehrt.

„Was für ein kleines Biest!", sagte Coral. „Ist sie immer so?"

„Bitte, meine Liebe —" Mrs Wolverton-Gush, entrüstet, wies mit einer Geste auf Patrick.

„Patrick, kannst du nicht schwimmen gehen oder so was? Geh und finde Buck", ordnete seine Mutter an. „Ich möchte mit Gushie reden."

Der Junge stand auf.

„Es gibt ein Grammofon im Wohnzimmer, Patrick – oder das Radio, wenn du das lieber magst."

„Vielen Dank."

Er ließ sie allein.

Mrs Wolverton-Gush atmete tief aus. Sie erlebte das schmerzhafte und vertraute Gefühl einer aufkommenden Verdauungsstörung. Es fügte ihrem Geist Gift hinzu, obwohl sie sich niemals überhaupt die Erleichterung gestattete, völlig ungezügelt zu sprechen. Sie hatte vor langer Zeit gelernt, dass ein solcher Luxus nur Arbeitgebern zugedacht war, niemals Angestellten.

„Ja", sagte sie. „Natürlich ist sie in gewisser Weise großzügig, und natürlich steht es außer Frage, dass ich anders behandelt werden sollte als eine vornehme Dame, was mehr ist, als ich über *einige* Leute sagen kann, für die ich arbeiten musste –, aber sie ist verzogen, das ist es wohl. Gänzlich verzogen."

„Ich fand, sie war verdammt unhöflich heute Abend."

„Sie ist so, meine Liebe. Verzogen, wenn du verstehst, was ich meine. Ich vermute, es liegt an dieser Schriftstellerei und dass sie so jung ist. Sie hat diese alberne Angewohnheit, ganz verträumt abwesend zu werden, als ob niemand gut genug wäre, um sich mit ihr zu unterhalten. Ich habe gesehen, wie sie in genau derselben Weise mit ihren eigenen Freunden verfuhr. Genau so."

„Ich wundere mich, dass sie Freunde *hat*."

„Nun, diese Bohemiens – sie bilden Kreise, weißt du. Einfach Kreise. Das ist alles, was sie ausmacht."

„Mögen Männer sie?"

Mrs Wolverton-Gush zuckte leicht mit den Schultern. Sie hätte gern den Eindruck vermittelt, dass Chrissie für Männer gänzlich unattraktiv sei, hatte aber nicht die Absicht, dies in Worte zu fassen, die möglicherweise wiederholt würden.

Coral beantwortete ihre eigene Frage:

„Ich vermute, sie tun es", sagte sie vehement. „Alles unter dreißig kann jederlei Mann fesseln. Ich sage dir, Gushie, die Jungen wissen einfach nicht, was für ein Glück sie haben. Wenn eine Frau erst mal vierzig ist, ist es das Ende. Alles ist vorbei. Es ist abscheulich."

Mrs Wolverton-Gush seufzte erneut – nicht weil der Gedanke an schwindende sexuelle Attraktivität sie beunruhigte, da sie nie fähig gewesen war, ihren Anteil daran profitabel einzubringen –, sondern weil sie begriff, dass Coral dabei war, über ihre eigenen Sorgen zu sprechen.

„Auf jeden Fall, meine Liebe", sagte sie in einem warmherzigen Ton, „brauchst *du* dir sicher keine Sorgen zu machen. Wie alt du auch sein magst, du siehst keinen Tag älter aus als fünfunddreißig. Und wir alle wissen, dass eine Frau so alt ist, wie sie aussieht."

„Das ist ja alles sehr schön …", sagte Mrs Romayne.

Mrs Wolverton-Gush lehnte sich zurück, um über ihre Investitionen nachzudenken. Sie hatte ein wenig Kapital und lebte in der beständigen Angst, dass es schwinden könnte. Sie studierte den Aktienmarkt jeden Tag und lag nachts wach, manchmal schwitzend vor Angst bei dem Gedanken an die Zukunft, sollte sie jemals dieses kleine Bollwerk gegen die Armut verlieren. Angenommen sie wäre krank – nicht in der Lage, noch ihren Lebensunterhalt zu verdienen – angenommen, sie müsste eine Operation vornehmen lassen?

Vor Jahren hatte Ruth Wolverton-Gush mit angesehen, wie erst ihre Mutter und dann ihre

Schwester an Krebs verstorben waren. Eine tiefe Angst lag stets am Grund ihrer Seele.

Während Coral Romaynes klagende, empörte Stimme immer weiter fortfuhr, gab ihre Freundin von Zeit zu Zeit einen schnalzenden Gaumenlaut der Anteilnahme von sich. Sie besaß in Gänze die Fähigkeit – so unentbehrlich für diejenigen, deren Leben von der Bereitwilligkeit anderer Leute abhing, sie anzustellen – dem eine oberflächliche Aufmerksamkeit zu schenken, was immer ihr erzählt wurde, während sie gleichzeitig ihren eigenen Gedankengängen folgte.

Ohne übermäßige Anstrengung schlussfolgerte sie, dass Coral über Buckland wütend war, und das überraschte sie nicht im Geringsten. Sie kannte Buckland seit einigen Jahren.

„Wie kommt er mit Patrick aus, meine Liebe?"

„Ganz gut, vermute ich – ich weiß es nicht. Er scheint nicht viel mit ihm zusammen zu sein. Und jetzt, vermute ich, glaubt er, wird er seine Zeit damit verbringen, absolut nichts zu tun, außer mit dieser Mrs Moon herumzusitzen. Obwohl sie, wenn du mich fragst, nicht aussieht, als ob sie jemand wäre. Ich erkenne eine Hure, wenn ich eine sehe."

„Nun, meine Liebe, das Gegenmittel liegt in deinen Händen. Du bezahlst ihn, nicht wahr, und er ist hier auf deine Kosten. Du musst nichts anderes tun, als ihm zu sagen, dass er dafür bezahlt wird, das zu machen, was du willst. Wenn du ihn bezahlst, ist es die vernünftige Folge, dass er dir zur Verfügung stehen muss."

Zu Mrs Wolverton-Gushs Befremden brach Coral in Gelächter aus.

„Ja, ich kann mich selbst hören, Gushie, du bist wirklich zum Schreien."

„Schließlich ist es ein außergewöhnlich guter Posten. Sieh dir nur an, wie er sich ihn zunutze macht!", entfuhr es Mrs Wolverton-Gush verbittert. „Praktisch kostenlose Ferien hier draußen, und er darf den Wagen fahren, und das ganze Restliche."

„Ich denke, ich bin zu unbekümmert. Ich vermute, er denkt, ich ertrage alles und jeden. Nun, er kann sich auf eine Überraschung gefasst machen, und fertig. Mein Gott, als ob ich nicht jederzeit Hunderte von Ferientutoren kriegen könnte, wenn ich wollte."

„Nun, natürlich, meine Liebe."

„Dieser kleine Esel von Sekretär – vom alten Bolham – würde seine Ohren für den Posten geben. Er versucht sich immer kumpelhaft mit Patrick zu geben. Er verachtet Buck auch einfach. Eifersüchtig, vermute ich."

„Ist das der junge Waller?"

Mrs Wolverton-Gush sprach in einem absichtlich bedeutungsvollen Ton.

„Warum?"

„Ganz unter uns, ich glaube, er will sich bei Miss Challoner lieb Kind machen."

„Dieser kleine Wurm? Sie würde ihn nicht mal ansehen."

„Man kann nie wissen, oder?"

„Gushie, was um aller Welt meinst du?"

„Nun, meine Liebe, ich sollte es sicherlich niemandem gegenüber außer dir erwähnen, und nicht einmal dir gegenüber, wenn sie jemals aus solchen Sachen ein Geheimnis machen würde. Aber das tut sie nie. Sie hat mir praktisch gesagt, dass sie sich von ihm angezogen fühlt, und ich bin mir fast ganz sicher, dass sie heute Abend ausgegangen ist, um sich mit ihm zu treffen."

„Mein Gott, sie muss schlimm dran sein mit Männern."

„Weißt du irgendetwas über ihn, meine Liebe?"

„Nur dass er Angst vor Wasser hat – und vor fast allem anderen auf der Welt, möchte ich meinen, so wie er aussieht. Und ich denke, dass er keine Kohle hat."

„Das würde es erklären", sagte Mrs Wolverton-Gush, die das wirklich glaubte. „Natürlich hat er begriffen, dass *sie* Geld hat und wahrscheinlich leicht noch mehr machen wird."

„Aber sie wäre doch nicht so idiotisch, ihn zu heiraten?"

„Das glaube ich kaum, aber man weiß nie so genau bei diesen sogenannten cleveren Menschen. Sie machen die ungewöhnlichsten Dinge, wenn es um Affären dieser Art geht. Sie sind von ihren Gefühlen abhängig, sage *ich* immer."

„Das ist mehr, als *du* je gewesen bist, Gushie", sagte Mrs Romayne. „Bei Waller stimme ich dir nicht zu. Er ist ein Wurm, wenn du willst, aber er ist kein Abenteurer. Er hat nicht den Mumm, was das angeht."

„Du hast wohl recht, meine Liebe. Du hattest mehr Gelegenheit für Einschätzungen als ich. Trotzdem werde ich den jungen Mann im Auge behalten. Er ist sehr wohl imstande, Geld zu borgen, möchte ich denken."

„Das machen sie alle, wenn man ihnen die Gelegenheit lässt, inklusive deines Buck. Wo, zum Teufel, ist er eigentlich hingegangen?"

Sie wurde ruhelos, und Mrs Wolverton-Gush schlug vor, nach drinnen zu gehen.

Sie trafen auf Patrick, der am Tisch saß, die Hände über den Ohren, und eine alte Ausgabe des *Graphic* las. Er sagte ihnen, dass Buckland festgestellt habe, einer der Reifen sei platt, und zur nächsten Werkstatt gegangen sei, um Hilfe zu kriegen.

„Er konnte ihn selbst wohl nicht wechseln, vermute ich", sagte Mrs Romayne. „*Sag* das nicht alles?"

Mrs Wolverton-Gush nickte bedeutungsschwer.

Patrick blickte sie nacheinander in verwundertem Schweigen an.

(5)

Es war charakteristisch für Buckland, dass, obwohl er regelmäßig zu viel trank, er dies nie ohne Absicht tat.

Während des erfolglosen Abends in der Villa Mimosa hatte er sich streng beschränkt, zum Teil weil er immer sehr vorsichtig war, wenn er ein Auto zu fahren hatte, und zum Teil weil er nichts weiter zu tun wünschte, was Coral Romayne noch mehr verärgerte. Er war sich zugleich auf angenehme Weise bewusst, dass er sie wahrscheinlich ohne große Schwierigkeiten wieder in gute Laune versetzen könnte, und das beabsichtigte er zu tun.

Es lohnte sich nicht, eine leichte Arbeit aufs Spiel zu setzen, selbst nicht für Angie Moons Gefälligkeiten. Im Übrigen – Buckland grinste bei dem Gedanken – sollte es möglich sein, eine Affäre mit Angie weiterzuführen, ohne Coral vermuten zu lassen, dass es mehr sei als ein Flirt. Sein Atem ging schneller bei dem Gedanken an Angies Verführungen, und er wandte sich bewusst davon ab. Dafür würde es später genug Zeit geben.

In den vergangenen zehn Jahren war es Buckland gelungen, auf Kosten anderer Leute zu leben, üblicherweise Frauen, ohne sich an eine besondere Art von Arbeit zu binden. Er besaß tatsächlich weder eine spezielle Ausbildung noch Fähigkeit außer einem starken Interesse an Motoren und einer gewissen Cleverness, mit ihnen umzugehen.

Buckland war der illegitime Sohn eines Kinderfräuleins, das im Alter von neunzehn von ihrem ersten Arbeitgeber verführt worden war. Sie hatte ihr Kind in Angst und im Geheimen auf die Welt gebracht und hatte ohne Einwand der Verfügung ihrer Verwandtschaft zugestimmt, dass man es ihr wegnehmen würde. Wie hätte sie sonst weiter ihren Lebensunterhalt verdienen können? Deshalb wurde das Baby in ein Heim geschickt oder geschmuggelt, und die

Mutter hatte, mithilfe der vereinten Anstrengungen ihrer Familie, eine andere Stellung in einem entlegenen Teil Englands erhalten, wo man ihre Geschichte nicht kannte. Sie sah ihr Baby nie wieder und erfuhr auch nicht, was aus ihm geworden ist.

Der Junge, ein großes, hübsches Kind, wurde mit sechs Jahren von einem kinderlosen Ehepaar adoptiert, angesehene ältere Kaufleute, die in Bristol lebten. Sie behandelten ihn freundlich und gaben ihm ihren eigenen Namen, doch als sie starben, nacheinander innerhalb eines Monats, stellte sich heraus, dass sie ihm keinen Unterhalt hinterlassen hatten. Buckland war damals sechzehn, sah jedoch weitaus älter aus. Die Schauspielerin einer Tourneetruppe, die ihn in ihrer Unterkunft kennenlernte, wo er den Sohn der Wirtin kannte, verliebte sich heftig in ihn. Sie fand für ihn sogar eine kleine Tätigkeit bei der Truppe. Er blieb fast ein Jahr bei ihnen und lernte in dieser Zeit, dass er für Frauen attraktiv war, besonders für die, die älter waren als er. Von diesem Wissen hatte er praktisch seitdem gelebt.

Er besaß Persönlichkeit, großes Selbstbewusstsein und das sichere Auftreten, das damit zusammenhängt, und einen natürlichen Fundus an Lebensgeistern, der ihm sehr zustatten kam. Noch fehlte es ihm an der Art von Intelligenz, die schnell jeden Vorteil für seinen Eigentümer sieht und ergreift.

Anders als Denis Waller hatte Buckland nie eine Anstellung verloren, weil er einfach unfähig war, sie zu behalten. Entweder hatte er absichtlich eine

Stellung hingeworfen, weil er etwas Besseres in Aussicht hatte, oder er sah sich von einem wütenden Ehemann einer Frau hinausgeworfen, mit der er geschlafen hatte.

Frauen waren sein schwächster Punkt. Er war auf heftige Weise sinnlich und praktisch gänzlich ohne Moralempfinden.

Es war Bucklands Absicht, irgendwann eine Frau mit Geld zu heiraten und sesshaft zu werden. Er besaß die Überzeugung, dass er ein Anwesen verwalten könne, und er war durchaus bereit, das zu tun nach dem Besten seiner Fähigkeiten, denn er war von Natur aus energievoll. Er hatte sogar vage an Coral Romayne gedacht – doch er war bei Weitem nicht sicher, ob sie einer Ehe zustimmen würde, und außerdem war er nicht sicher, ob sie eigenes Geld besaß neben der Zuwendung ihres Ehemanns, die natürlich auslaufen würde, wenn sie eine Scheidung erhielt und wieder heiratete. Im Übrigen war ein Altersunterschied von sechzehn Jahren doch etwas heftig ... er sollte Besseres finden können.

Es musste jede Menge junger Frauen geben wie Chrissie Challoner, die ein großes Einkommen verdienten. Jeder sagte, dass Frauen heutzutage so viel Geld machten.

Es war schade, dass Chrissie Challoner derart überheblich und affektiert war. Wohl auch frigide, es sei denn, Buckland würde sich sehr täuschen.

Richtig vermutend, dass eine solche Beobachtung bei Coral Erfolg haben würde, äußerte Buckland sie laut. Coral sagte ihm sofort ihrerseits, was Gushie ihr über die Anziehung zwischen Chrissie und Denis Waller erzählt hatte.

Buckland brüllte vor Lachen.

„Es stimmt wirklich. Ich wette mit dir um alles, was du willst. Gushie glaubt, dass sie sich heute Abend mit ihm trifft."

„Sie ging verträumt in diese Richtung. Ich schlug vor, sie zu fahren, wo immer sie hin wolle – ich wusste, es würde dir nichts ausmachen, Coral –, aber sie wollte das nicht. Glaubst du, wir werden sie Händchen haltend auf der Terrasse des Hôtel d'Azur antreffen?"

Mrs Romaynes Antwort war ausreichend derb, um ihn wieder laut zum Lachen zu bringen und ihm auch zu versichern, dass sie ihre Stimmung wiedergefunden hatte.

Tatsächlich fuhren sie, als der Wagen um die Kurve der Straße herumschwenkte, unter dem Bogen hindurch, der zum steilen Aufweg führte, an Denis vorbei, der mit gebeugtem Kopf ging.

„Biete ihm an, ihn mitzunehmen!", kreischte Coral.

Buckland trat auf die Bremse, und der Wagen kam zum Stillstand.

„Wollen Sie mitfahren, Waller?", rief er.

„Danke vielmals – wie außerordentlich freundlich von Ihnen – ich wäre äußerst dankbar, wenn ich dürfte —" Denis' gestammelte Höflichkeiten wurden, wie üblich, unterbrochen.

„Dann steigen Sie ein – es gibt hinten jede Menge Platz."

Buckland startete wieder den Wagen, beinahe bevor er fertig war mit dem Reden. Denis vollführte einen strauchelnden und ungeschickten Sprung und wurde von Patrick hineingezogen.

„Wo sind Sie hergekommen? Einsames Trinken in der Bierschenke?", rief Buckland über die Schulter.

„Nur ein Spaziergang", rief Denis zurück mit mehr Selbstgewissheit als üblich in seinem Ton.

Buckland johlte vor abfälligem Gelächter.

Als der Buick an der Treppe hielt, überblickte er schnell die Terrasse. Sie war leer bis auf den roten Punkt einer Zigarre, die darauf hinwies, dass Mr Muller einsam sein angereichertes Wasser trank. In der Halle gab es jedoch Licht und Stimmen. Jemand hämmerte auf dem Klavier herum. Buckland stellte eine kurze Berechnung an.

„Ich werde das Auto wegfahren, ja?"

„Ist gut. Ich werde einen Drink nehmen."

„Ich könnte auch einen brauchen."

„Ich werde einen bestellen. Steig aus, Pat – es ist Zeit, dass du schlafen gehst."

Buckland wendete den Wagen und fuhr ihn hinauf zur Garage, drei- oder vierhundert Yards vom Hotel entfernt. Wenn Angie Moon irgendwo in der Nähe des Fensters gewesen war, musste sie gehört haben, wie der Wagen heranfuhr, und Bucklands absichtlich laute Stimme. Er ging sehr langsam zurück. Sie kam nicht heraus. Buckland schlenderte in die Halle. Der *concierge* schüchterte ihn nicht im Geringsten ein, obwohl sich der Mann grundsätzlich nicht von seinem Platz rührte, wenn Buckland hereinkam oder hinausging – denn so kennzeichnete der *concierge* den feinen Unterschied zwischen den regulären Hotelgästen und ihren bezahlten Angestellten.

Die Person am Klavier war Courteney. Er spielte Jazz lebhaft und ohne Noten, eine Zigarette in einem Mundwinkel. Die junge Madame Duval saß da und beobachtete ihn, Dulcie und Olwen Morgen tanzten zusammen Walzer mit sehr ernstem Ausdruck.

„Hier, Buck", sagte Mrs Romaynes Stimme von einem Tisch in der Nähe des Fensters. Er wandte sich herum, um sich ihr anzuschließen.

„Sagen Sie mal", meinte Denis Wallers Stimme von der Seite – „wer ist das?"

„Wer ist wer?"

„Der Kerl am Klavier?"

„Wissen Sie das nicht? Das ist Papa – der lange verlorene Papa von unserem kleinen Mädchen."

„Ist *das* Courteney?" Im selben Augenblick ging die Melodie zu Ende, und Courteney wandte sich herum. Er blickte Denis einen Moment intensiv an und kam dann auf ihn zu.

„Wir sind uns schon einmal begegnet, nicht wahr?", sagte er freundlich.

Denis' Antwort brauchte so lange, um sich zu formulieren, dass Buckland ihn überrascht ansah. Eine grünliche Färbung schien über Denis' für gewöhnlich fahles Gesicht gekommen zu sein. Er trug den

Ausdruck erbärmlichen Schreckens. Buckland, mehr herablassend als neugierig, fühlte sich geneigt, zu lachen. Er wartete, um zu hören, was Denis sagen würde.

„Ich – ich erinnere mich nicht ganz – ich denke nicht, oder?"

Buckland sah, wie Angie Moon die Treppe herunterkam, und hörte nicht mehr zu.

(6)

Denis, entsetzt, sah nichts außer Mr Courteneys adlernasigem, lüsternem Gesicht, das in seines herunterblickte mit einem Ausdruck von unheimlicher Sicherheit, von emotionslosem, unverrückbarem Glauben an seine eigenen Überzeugungen, die Dementis oder Ausflüchte in keiner Weise erschüttern konnten. Sein Mund fühlte sich plötzlich trocken an und seine Kopfhaut begann zu jucken. Courteney lächelte weiter.

„Vielleicht irre ich mich?", legte er höflich nahe.

Denis' Geistesgegenwart, die nie sehr groß gewesen war, hatte ihn vollkommen verlassen. Ihm war extrem übel.

„Ich denke, das müssen Sie wohl", murmelte er schwach.

Courteney schenkte ihm eine kleine Verbeugung, als ob er beipflichtete. „Sie sind hier im Urlaub?", fügte er zuvorkommend an. Er blickte sich um, als ob er jemanden finde wolle, mit dem Denis vielleicht in

Verbindung stand. Denis, der schwer schluckte, fing an zu sprechen.

„Ich bin hier als vorübergehender Sekretär von Mr Bolham. Ich – ich vermute, Sie haben ihn kennengelernt."

„Meine kleine Tochter hat ihn erwähnt als jemand, der extrem freundlich zu ihr gewesen ist. Auch Sie, Mr Waller. Ich bin sehr dankbar."

„Nein – nein – keineswegs. Ich habe gar nichts getan." Ein Kellner ging vorbei.

„*Garçon!*", sagte Mr Courteney. „Sie nehmen doch einen Drink mit mir, nicht?" Er bestellte. „Sie müssen entschuldigen, dass ich eben einen so dummen Fehler gemacht habe. Vielleicht eine oberflächliche Ähnlichkeit, die mich für einen Moment getäuscht hat." Mr Courteneys äußerst aufmerskame Augen begegneten den zu Tode erschrockenen von Denis in einem langen Blick.

(7)

Im Alter von dreiundzwanzig hatte Denis Waller, ohne Mittel oder Stellung, heimlich eine junge Frau geheiratet, zwei oder drei Jahre älter als er, mit der er sich in seiner Pension im Vorort angefreundet hatte.

Dieser Akt impulsiver Schwäche war zugleich aus dem Besten und dem Schlimmsten seiner Natur entsprungen.

Er und Phyllis hatten sich aufrichtig ineinander verliebt im Verlauf eines spirituellen Flirts, der aus Phyllis' Überzeugung herrührte, dass sie eine Agnostikerin sei. Denis war ernst und sentimental gewesen, hatte ihr Bücher geliehen und mit ihr sehr viel gesprochen und hatte sie dazu bewegt, mit ihm ein- oder zweimal zum Abendgottesdienst zu gehen. Er war sich ganz außerordentlich seines Einflusses auf sie bewusst gewesen.

Nach einer kleinen Weile vergaßen beide alles, was mit der Frage nach Phyllis' Haltung zur Religion zusammenhing, und unterhielten sich über andere Dinge. Sie erzählte ihm, dass sie allein auf der Welt sei mit Ausnahme der Geschäftsführerin der Pension, die ihre Tante war. Phyllis lebte bei ihr und führte im Gegenzug die Bücher, erledigte Schreibmaschinen-arbeiten und flickte die Wäsche. Sie hasste das Leben, und ihre Tante war oft unfreundlich zu ihr.

Denis bemitleidete sie leidenschaftlich, und das umso mehr, als auch er die Tante hasste, die ihn dafür verachtete, dass er arm war und beständig ohne Arbeit, und häufig recht unhöflich zu ihm war.

Tatsächlich war es teilweise das dunkle Ver-langen, der Tante eins auszuwischen, das ihn dazu verleitete, Phyllis eine Heirat vorzuschlagen. In der Fantasie war er in sie verliebt. Sie war hübsch auf eine schlanke, anämische, dunkelhaarige Art, die er bewunderte, und er war ihr gerade so weit in Ausbildung und Intelligenz überlegen, um fühlen zu können, dass sie zu ihm aufblickte. Sie war, wie Denis selbst, liebevoll und sogar deutlich, ohne leidenschaftlich zu sein. Sie hatten schüchtern darin übereingestimmt, dass „die ganze Seite der Sache" sehr wenig bedeutete.

Anfangs lehnte es Phyllis ab, überhaupt über eine Heirat nachzudenken. Sie betonte, dass sie alle Chancen für Denis auf eine Karriere verderben würde. (Er hatte ihr mit großer Überzeugung gesagt, dass er ehrgeizig sei und weit kommen wolle.)

Es war Denis, der die Idee hatte, die Heirat geheim zu halten. Es würde, wie er sorgfältig erklärte, für niemanden einen Unterschied machen außer für sie selbst, und es wäre viel leichter für ihn, eine Arbeit zu bekommen, wenn erwartet würde, dass er ungebunden sei. Sobald er es sich leisten könne, würde er ein Heim für Phyllis einrichten, ganz gleich wie bescheiden.

Solange sie ihm weiter widerstand, wollte Denis sie brennend gern heiraten. Als sie endlich zustimmte, warnte ihn ein inneres Sinken des Herzens, dass er dabei war, eine irreparable Dummheit zu begehen.

Sie wurden in einer Freikirche getraut, und niemand, den sie kannten, war anwesend.

Eine Woche später bekam Denis eine Stellung. Er nahm zwei möblierte Zimmer – alles, was er sich leisten konnte – in einem anderen Teil von London, und Phyllis zog zu ihm. Die Wochen, die folgten, waren ein Albtraum für Denis. Er fand die große Nähe eines anderen Menschen in beengten Unterkünften fast unerträglich, und seine Pingeligkeit wehrte sich dagegen, dass seiner Aufmerksamkeit beständig Details häuslichen Lebens aufgezwungen wurden. Der wiederkehrende Prozess, Nahrung zu besorgen, zuzubereiten und zu essen, Betten zu machen und aufzudecken, Eimer mit Schmutzwasser zu tragen und zu leeren, all das erfüllte ihn mit Ekel. Er hasste und verachtete sich für seine Überempfindlichkeit und fürchtete Phyllis zu verletzen, wenn er sie zeigte.

Denis war jedoch nicht aus dem Holz gemacht, Belastungen standzuhalten. Er brach nach einem Monat hoffnungslos zusammen.

„Es ist die ganze Schäbigkeit", hatte er kläglich gejammert, würgend und schluchzend. „Ich – ich kann es einfach nicht ertragen. Ich *kann* so nicht leben."

Und Phyllis hatte verstanden.

Denis erinnerte sich mit Beschämung und leidenschaftlicher Dankbarkeit, wie gut sie zu ihm gewesen war.

Die Zimmer waren aufgegeben worden. Phyllis hatte gesagt, sie würde nicht zu ihrer Tante zurückkehren, sondern irgendwo eine Arbeit als Typistin annehmen. Sie hatte das tatsächlich erfolgreich getan und hatte Denis gebeten, ihr kein Geld zu schicken, sondern für sich selbst sorgen zu lassen. Es sei schließlich wichtig, dass er nicht knapp bei Kasse erscheinen solle.

Denis hatte nachdrücklich protestiert und gesagt, dass sie sich wenigstens von ihm helfen lassen müsse. Doch Phyllis hatte ihre Stellung im Handelsviertel behalten und verdiente weiter drei Pfund in der Woche, und Denis, der häufig ohne Anstellung war, sandte ihr in der Tat niemals Geld, obwohl er ihr regelmäßig kleine Geschenke kaufte.

Er fand eine neue Pension, dann eine Stellung mit Unterkunft und war unaussprechlich erleichtert über seine Rückkehr in das, was er als zivilisiertes Leben betrachtete.

Seine Verliebtheit in Phyllis erstarb beinahe augenblicklich, obwohl er sie weiterhin gern hatte, und sie trafen sich sehr häufig, und manchmal nahm er sie für einige Tage mit in ein Hotel. Schließlich nahm er sich eine winzige Wohnung in der Cicely Road, im Norden Londons, und Phyllis zog ein. Sie hielt sein Zimmer immer bereit für ihn und erzählte den Nachbarn, dass ihr Ehemann Handlungsreisender sei.

Für lange Zeitabschnitte konnte Denis es nun gelingen, völlig zu vergessen, dass er verheiratet war. Er ließ sich frei auf emotionale und sentimentale Beziehungen mit Frauen ein, die er immer als Freundschaften sah, und erstickte gelegentliche Skrupel mit der Erinnerung daran, dass er seiner Frau körperlich nie untreu gewesen sei. Er hatte tatsächlich nicht das Verlangen, es zu sein. Phyllis reichte aus, um seine gelegentlichen fleischlichen Bedürfnisse zu befriedigen.

Er wusste, wenn er darüber nachdachte, dass sie ihn immer noch liebte und es wahrscheinlich immer tun würde. Sie war der unverzichtbare treue Typ. Denis war ihr dankbar, liebevoll zu ihr und gänzlich überzeugt von seiner Überlegenheit ihr gegenüber in Charakter, Intelligenz und Feingefühl. Er fand, dass er sie nie hätte heiraten dürfen.

Seite an Seite mit dieser Überzeugung existierte in Denis' Gedanken der schreckliche Verdacht, dass er im Grunde ein Schuft sei und dass es eines Tages jeder herausfinden würde. Oft probte er für sich lange Reden, in denen er einer imaginierten Zuhörerschaft bewies, dass er niemandem Unrecht tue, wenn er die Tatsache seiner Ehe verheimlichte. Außer ihm ging es niemanden etwas an. Wenn er mit absoluter Gewissheit hätte wissen können, dass niemand jemals etwas darüber herausfinden würde, hätte die Erinnerung daran aufgehört, ihn zu beunruhigen, denn sein einziges wirkliches Kriterium für Benehmen war, was andere Leute denken könnten.

Seit er Chrissie Challoner kennengelernt hatte, war Denis glücklicher als jemals zuvor und zugleich noch intensiver unglücklich. Er hatte Angst davor, sie könnte herausfinden, dass er verheiratet war, nicht so sehr aus Furcht, dass sie ihn aufgeben würde, sondern weil er nicht eingestehen wollte, dass er schon einmal ernsthaft verliebt gewesen war, bevor er sie kannte. Er war auch, in der Tiefe seines Herzens, beschämt darüber, dass er heimlich geheiratet hatte ohne Mittel, um seine Frau zu ernähren, und dass er in der Cicely Road wohnte, und einzugestehen, dass Phyllis sich ihr täglich Brot als Typistin im Handelsviertel verdiente.

Es war das schlimmste Unglück, dass Courteney ins Hôtel d'Azur zur selben Zeit kommen musste wie er. Denis kannte ihn sehr gut vom Sehen. Er hatte eine Unterkunft in dem Haus genau gegenüber von der Erdgeschosswohnung der Wallers, und Denis erinnerte sich, dass Phyllis einmal über die Straße gelaufen war und Courteney gefragt hatte, ob er ihr ein Zweischillingstück wechseln könne für den Münzeinwurfgaszähler.

Courteney schien, wenn er zu Hause war, ziemlich viel Zeit damit zu verbringen, am Vorderzimmefenster zu sitzen und zu rauchen. Natürlich muss er viele Male gesehen haben, wie Denis ankam, mit seiner kleinen Tasche, und an der Tür von Phyllis begrüßt wurde, und am nächsten Morgen wieder fortging oder ein paar Tage später.

Denis hat es immer für Wahnsinn gehalten, dass Phyllis von ihm als ihrem Ehemann sprach, auch wenn sie beide ihren Mädchennahmen benutzten, aber sie hatte erklärt, dass es unmöglich sei, zu vermeiden, gelegentlich Bekanntschaften zu machen, und dass, wenn sie nicht sagte, dass sie verheiratet sei, Leute sie für eine ausgehaltene Frau halten könnten. Denis hatte zögernd nachgegeben. Er war jetzt halb wahnsinnig vor Wut und Beunruhigung bei dem Gedanken, dass dieses Zugeständnis vielleicht zum Verrat seiner wahren Lebensumstände führen könnte.

Er brannte vor Beschämung, als er sich an die unwürdige Panik angesichts seiner Wiedererkennung durch Courteney erinnerte. Er war sich sicher, dass seine erbärmliche Leugnung überhaupt nicht dabei geholfen hatte, Courteney davon zu überzeugen, dass er sich getäuscht habe.

Während er halb ausgezogen auf der Kante seines Bettes im Hôtel d'Azur saß, durchlitt Denis ein ungutes Gefühl tatsächlicher physischer Übelkeit, als er sich hin und her wiegte, seinen Kopf von den Händen umfasst, und immer wieder in seiner Qual jeden möglichen Aspekt seines Dilemmas in Gedanken durchging.

Kapitel VIII

(1)

Die Moons organisierten, mit viel äußerlicher Lässigkeit und innerer Aufregung, einen Ausflug zu Ehren ihres neuen Motorbootes. Ein kurzer Dialog hatte über dieses Thema zwischen den beiden stattgefunden:

„Hast du überhaupt eine Ahnung, wie man mit diesem verfluchten Ding umgeht?"

„Natürlich. Ich habe eine Probefahrt mit dem Bordmechaniker gemacht, der es rübergebracht hat. Man braucht nur ein wenig gesunden Menschenverstand."

„Wen nehmen wir mit?"

„Wenn wir diese Frauen von der Villa Mimosa bitten, erspart uns das, sie auf ein Essen einzuladen. Ich möchte meinen, sie werden nicht kommen."

„Diese Gush-Frau wird das Boot zum Sinken bringen, wenn sie's tut. Und ich vermute, dass Chrissie ihren kleinen Schoßhund auch eingeladen wissen will."

„Nun gut – wir lassen Gush weg und nehmen Waller. Ich vermute, du willst Buckland haben."

„Warum nicht. *Er* versteht was von Motorbooten."

Hilary, der in guter Stimmung war, griff Angie bei den Schultern, schüttelte sie und küsste sie dann heftig auf den Mund.

Die Einladung wurde von Chrissie Challoner abgelehnt und von Buckland angenommen. Denis zögerte und machte jede Menge Wesens darum, seine Arbeit liegen zu lassen. Angie, die entschlossen war, mindestens drei Männer gegen zwei Frauen in der Gesellschaft zu haben, wandte sich direkt an Mr Bolham.

„Er meint: Um Himmels willen, gehen Sie nur", berichtete sie gehässig. „Er kommt ohne Sie viel besser zurecht. Was haben Sie angestellt?"

Denis errötete zutiefst.

„Es ging mir in den letzten ein, zwei Tagen nicht sehr gut", sagte er leise. „Ich leide unter heftigen Kopfschmerzen, wie Mr Bolham weiß."

„Wirklich?", sagte Angie ganz uninteressiert.

„Es wäre mir lieber, wenn Sie das niemanden gegenüber erwähnen, wenn es Ihnen nichts ausmacht. Ich sage sehr selten etwas darüber."

Angie, weit davon entfernt, etwas über die heftigen Kopfschmerzen von Mr Denis Waller zu erwähnen, hatte sie schon völlig vergessen, beinahe bevor er aufgehört hatte, von ihnen zu sprechen.

Sie wählte gerade aus, was sie auf dem Ausflug tragen sollte. Sie hatten vor, zu einer der entfernteren Inseln zu fahren und dort zu schwimmen.

Einen weißen Badeanzug und ihre lange gelbe Hose, beschloss sie, und ein neues weiß-gelbes Tuch um ihren Kopf. Sie empfand stille Freude darüber, dass Chrissie nicht mitkam. Nicht dass das wirklich etwas ausmachte. Chrissie hatte überhaupt keine

Chance – clevere Frauen hatten das nie. Angies wunderschöner Mund bog sich zu einer Form aufrichtiger Amüsiertheit, als sie darüber nachdachte, dass Chrissie, angemessen jung und hübsch, mit Geld und einem bekannten Namen, offensichtlich keinen Erfolg gehabt hatte, die Bewunderung von jemand Besserem zu erregen als Denis Waller. Im letzten Augenblick, einem Impuls folgend, bat sie Courteney, den sie allein auf der Terrasse herumlungernd vorfand, sich ihnen anzuschließen. Er nahm sehr bereitwillig an, verärgerte sie jedoch damit, indem er sie fragte, ob er Dulcie mitbringen dürfe.

Ungnädig willigte sie ein.

Das Boot war an einem kleinen Landungssteg nahe einigen Fischerhütten festgemacht. Hilary, der sich plötzlich mit einer weißen Schirmmütze ausstaffiert hatte, stand oberhalb von ihm und gab affektiert einige Informationen von sich, die er, da war sich Angie vollkommen sicher, gerade erworben hatte und für sich selbst geprobt hatte, bis er sie auswendig konnte.

„Sechs Zylinder", sagte Hilary unter anderem, „… es macht leicht zwanzig Knoten … könnte ein halbes Dutzend Leute aufnehmen … Schmälzen …Kühlung … Benzintank …"

Angie schenkte dem wenig Aufmerksamkeit. Es war zu heiß, um auf dem Steg in der Sonne zu stehen.

„Kommt, lasst uns aufbrechen."

„Warte eine Minute", sagte Hilary verärgert.

„Es ist zu heiß."

„Buckland, Sie können der Ingenieur sein, wenn Sie wollen", sagte Hilary hochmütig. „Ich werde das Ruder übernehmen. Waller, machen Sie die Leine los, wenn ich es sage."

„Ay, ay, Sir", erwiderte Denis angemessen spaßhaft.

Hilary führte das Boot bei halber Kraft aus der Bucht und steuerte es dann ostwärts. Angie war insgeheim beeindruckt. Ihr gefielen die hellen Kissen auf der *Hirondelle* und das Gefühl, Eigner zu sein, und sie hatte nicht wirklich von Hilary erwartet, dass Boot irgendwie beherrschen zu können.

„Volle Kraft voraus", rief Hilary großspurig.

Buckland gab Gas, die *Hirondelle* hüpfte vorwärts und schickte einen plötzlichen Gischtregen von den Bugseiten. Die Geschwindigkeit der Fahrt schenkte ihnen eine köstliche Brise. Angie überlegte mit ruhiger Grausamkeit, dass Denis genau die Art von Mensch sei, die seekrank werden würde, obwohl das Meer totenstill war. Sie blickte zu ihm hinüber, wie er neben Dulcie saß und mit ihr kleine Geprächsplatitüden wechselte. Angie dachte, dass er völlig lächerlich aussehe. Sie stieß mit ihrem Fuß gegen Bucklands und lenkte mit ihren Augen seine Aufmerksamkeit zu dem Schauspiel, das Mr Bolhams Sekretär bot. Buckland grinste boshaft. Es lag ein eigenartiger Ausdruck auf Courteneys Gesicht, als Angie ihrerseits seinen Blick auffing.

„Ach, es ist wunderbar!", rief Hilary am Steuerrad. Er schwenkte die *Hirondelle* westwärts in Richtung der Insel.

„Wir müssten beinahe gut fünfzig machen, möchte ich sagen", bemerkte Denis kritisch. Buckland lachte schallend auf.

„Wohl eher mehr als zwanzig."

„Ich hätte gedacht fünfzig", gab Denis steif zurück.

„Es ist nicht wichtig, was Sie gesagt haben, es wird die Fakten nicht ändern. Was denken Sie, Courteney?"

„Es ist schwierig einzuschätzen, nicht?", antwortete Courteney unverbindlich. „Aber kaum fünfzig, denke ich."

Denis wandte sich um und blickte ihn an.

Es gab einen schleifenden, heftigen Stoß. Angie wurde nach vorne auf die Knie geworfen und begann sofort automatisch zu schreien.

Hilary fing an, Denis zu beschimpfen, weil er nicht richtig Ausschau gehalten hatte.

Buckland sagte, „Mist, wir sind gegen etwas gestoßen."

Gegen was auch immer die *Hirondelle* gestoßen war, das Hindernis lag unter Wasser.

„Ich konnte es unmöglich sehen", sagte Denis kühl, doch niemand achtete auf seine Selbstrechtfertigung.

Während des Vorfalls hatte Buckland umgehend die Geschwindigkeit reduziert. Einen Moment später gab er wieder Gas, und die Geschwindigkeit der *Hirondelle* nahm zu.

Vielleicht war nicht viel passiert.

Mit grimmiger Miene war er sich sicher, dass weder Hilary noch Denis bei einem Notfall von irgendeinem Nutzen wären. Courteney besaß Mumm und wahrscheinlich gesunden Menschenverstand, doch er hatte eingestanden, dass er nichts von Maschinen verstünde.

Die Mädchen kreischten und jammerten natürlich. Sie würden sowieso nichts taugen.

„Hören Sie", sagte Hilary unsicher, „denken Sie, dass viel kaputtgegangen ist? Die Maschine scheint in Ordnung zu sein."

„Ich frag mich, was es war", sagte Angie.

„Ein Fels."

„Ein U-Boot."

„Ein Wal", behauptete Buckland höhnisch. Tatsächlich dachte er angestrengt nach.

Sie befanden sich etwa auf halbem Weg zwischen dem Festland und der Insel. Wenn das Schlimmste einträfe, könnten er oder Hilary an Land schwimmen. Das könnte wahrscheinlich auch Courteney. Dulcie konnte das gewiss nicht schaffen, Denis auch nicht. Bei Angie wusste er es nicht, hielt es aber für zweifelhaft. Seine Augen gegen das gleißende

Sonnenlicht zusammenkneifend, blickte er sich in der glitzernden Weite des Meeres und des Himmels um. Gut – da war ein winziges, felsiges Inselchen zu sehen, reichlich über dem Wasser. Wahrscheinlich nicht viel weiter als eine halbe Meile von wo sie waren, wenn Hilary nur den Verstand haben würde, diesen Weg anzusteuern statt in die entgegengesetzte Richtung.

„Hören Sie mal——", begann er.

„Oh!", jammerte Dulcie. „Das Wasser kommt rein – sehen Sie!" Tatsächlich trat Wasser ein und stieg zwischen den Planken schnell an.

Angie kreischte erneut, obwohl mit Mäßigung – eher als meine sie, dass zu kreischen das Richtige wäre, sagte sich Buckland. Er grinste sie beruhigend an.

„Es ist alles gut. Hören Sie, Moon, wie wäre es, wenn man die Maschine stoppt und man sich die Seite ansieht? Sie könnte ein Loch bekommen haben, als wir aufschlugen."

Hilary, der schwer atmend grummelte und fluchte, stoppte den Motor.

„Sie denken, wir sollten an der Seite nachsehen?", fragte er Buckland mit der Gereiztheit des Unsicheren.

„Soll ich das machen?" Denis Waller bot sich in einem Ton ruhiger Tüchtigkeit an, die Buckland dazu veranlasste, ihn umgehend beim Wort zu nehmen. Er würde den kleinen Pinsel schon lehren, sich wichtig zu machen!

„Na dann los. Rutschen Sie mal schnell über den

Bordrand und schauen Sie nach", kommandierte er lebhaft.

Denis zog mit Bedächtigkeit seine kurze Strandhose aus und stand auf, wobei er dürr und hilflos aussah in einem Paar türkisfarbener Badehosen.

„Wie soll ich – was soll ich ——"

„Machen Sie", brüllte Buckland.

„Hier", sagte Courteney freundlicher und packte die Fangleine in Denis' Hand.

Sich daran festklammernd, ließ er sich ins Wasser hinein. Die anderen sahen ihm schweigend zu, wie er mit einer Hand an der Seite des Bootes herumtastete.

„Ich kann einen tiefen Riss fühlen – hier – an der Seite."

„Verdammt, das dachte ich mir", raunte Buckland. „Wie weit unten ist er?"

„Etwa einen Fuß unter der Oberfläche, denke ich."

Hilary kam zu Buckland herüber. Er nahm plötzlich eine autoritäre Haltung ein.

„Wir müssen das Loch stopfen", verkündete er. „Wir wäre es, wenn wir das mit einem Seil machen?"

„Keine Chance", sagte Buckland. „Hier, warten Sie ne Sekunde." Er sprang über Bord und untersuchte Denis' Endeckung selbst. Es gab einen Riss von etwa fünfzehn Inches Länge an der Seite der *Hirondelle*, durch den das Wasser schnell hereinkam.

„Wir sollten besser anfangen zu schöpfen, oder?", schlug Dulcie Courteney schüchtern vor.

Sie klang verängstigt.

Denis krabbelte mit einigen Schwierigkeiten wieder ins Boot.

„Es gibt nichts, *womit* man abschöpfen könnte", merkte Angie an.

„Schmeißt mir mal das Fangseil rüber – oder die Kissen – irgendwas", sagte Buckland.

Er drückte die Gegenstände, die sie ihm gaben, in den Spalt an der Bootseite, war sich jedoch bewusst, als er das machte, dass er sie weder fest genug hineinrammen konnte, noch dass sie ausreichend groß waren, um von irgendeinem besonderen Nutzen zu sein.

„Wir werden hinschwimmen müssen", dachte er, während er über den Bordrand kletterte.

Die beiden jungen Frauen, Denis und Hilary schöpften vergeblich Wasser mit ihren Händen und mit Hilarys Schirmmütze ab.

Courteney hatte eine sehr kleine Leckpumpe gefunden und versuchte erfolglos, sie in Gang zu bringen.

„Nirgendwo eine Schöpfkelle?", sagte Buckland.

Courteney schüttelte den Kopf und hob gleichzeitig die Augenbrauen als stille Frage, die Buckland vollkommen verstand. Als Antwort grinste er kläglich und zuckte die Achseln.

„Nun?", erkundigte sich Hilary mürrisch. Buckland entschied, dass er stillschweigend seine Bereitschaft ausdrückte, das Kommando über seine unglückliche *Hirondelle* an jeden abzugeben, der die Situation besser verstand als er selbst.

„Nun, ich denke, wir werden alle nass werden – aber alle können schwimmen, vermute ich?"

„Ich bin überhaupt nicht gut darin", sagte Dulcie, deren Stimme plötzlich hoch war.

„Doch bist du – du kannst das", mischte sich ihr Vater streng ein. „Wir sind sehr nahe an einigen Felsen. Ich denke, wir sollten uns besser so schnell wie möglich zu ihnen aufmachen. Vielleicht müssen wir überhaupt nicht schwimmen."

„Aber wenn *doch*?", sagte Dulcie schrill.

„Wenn wir es tun, dann können Mr Moon und ich dich zwischen uns nehmen. Kommen Sie im Wasser zurecht, Mrs Moon?"

„Ja, ganz gut."

Buckland blickte zu Denis, ziemlich amüsiert über die Aussicht, den kleinen Wurm blau vor Schiss zu sehen.

Denis jedoch hatte seine Lippen fest zusammengepresst und saß in seiner Lieblingsposition mit gefalteten Armen da. Er sagte nichts.

Buckland ging zum Motor. Er war nicht überrascht, als er feststellte, dass es unmöglich war, das Boot wieder zu starten.

„Wasser ist an den Magnetzünder gekommen, denke ich", bemerkte er lakonisch. Schweiß floss an ihm herunter.

„Dieses Boot *kann* nicht sinken", sagte Hilary Moon laut und plötzlich. „Mir wurde gesagt, dass es spezielle Luftkammern unter den Sitzen gibt, die es unmöglich machen, dass es sinkt."

Als ob sie nur auf das Wort gewartet hätte, verlor Angie plötzlich die Kontrolle über ihre Wut.

„Ich glaube nicht, dass du auch nur irgendwas davon verstehst. Ich weiß nicht, warum ich so dumm sein konnte, dich jemanden in deinem verflixten Boot mitnehmen zu lassen. Du wirst uns alle ertrinken lassen, bevor du – ich weiß es."

Ihre Stimme schlug um, und sie fing an, ihn in einem schrillen, gebrochenen Ton zu beschimpfen. Hilary schnauzte zurück. Buckland, der von Frauen immer erwartete, sich bei Schwierigkeiten schlecht zu benehmen, nahm von ihnen keine Notiz. Courteney hielt ein sehr kleines Paddel hoch.

„Sehen Sie! Könnten wir die nicht benutzen? Hier ist noch ein zweites."

„Vermutlich, um damit im Hafenbecken herumzu-paddeln. Also dann los."

Buckland ergriff ein Paddel und Courteney das andere. Der Fortschritt, den sie machten, war sehr langsam und ziemlich ungenau in der Richtung. Buckland fragte sich, ob Courteney jemals zuvor im Leben ein Paddel benutzt habe. Das Wasser, das schnell anstieg, erreichte die Sitze.

„Oh Gott", sagte Angie und stand auf.

Denis kletterte im selben Augenblick plötzlich aufs Seitendeck, offensichtlich mit der Idee, dort zu sitzen und die Beine über die Seite hängen zu lassen.

„Gehen Sie zurück, Sie Dummkopf", schnaufte Buckland, der an seinem Paddel zog. Genau da drehte sich die *Hirondelle* ruhig auf die Seite. Buckland hörte, wie das Wasser hereinströmte, und das Zischen der Motoren, als sie überflutet wurden. Er holte kräftig aus, schüttelte sich das Wasser aus den Augen und blickte sich dann um. Die *Hirondelle* sank langsam außer Sicht. Einen Yard entfernt sah Buckland Hilary Moon, der einen eigenartig verstörten Ausdruck trug.

„Was machen wir jetzt?", fragte er.

„Zu den Felsen hin. Sie sind auch weiter entfernt, als ich dachte. Für uns kein Problem, aber bei den Mädels weiß ich nicht recht. Jedenfalls müssen sie es irgendwie schaffen."

Hilary fluchte erschöpft.

Dulcie, die verängstigt aussah und bereits japste, kam auf sie zugeschwommen mit kleinen abrupten Zügen, ihr Köper halb aus dem Wasser ragend. Buckland konnte Angies gelbes Kopftuch sehen, das stetig auf und ab trieb, mit Denis neben sich. Er dachte: Wir schaffen es, wenn die Mädels nicht panisch werden. Aber der verfluchte Felsen ist weiter weg, als ich dachte.

„Nun", sagte Courteney im Gesprächston, „das ist ein rechtes Abenteuer für uns. Es tut mir leid um Ihr Boot, Moon."

„Es ist ein Glück, dass das Wasser warm ist. Stellen Sie sich vor, es wäre die Nordküste von Cornwall! Was werden wir als Nächstes machen?", fragte Angie.

„Es gibt ein paar Felsen ganz in der Nähe, wo wir jetzt sind. Ich plädiere dafür, dass wir alle zusammen

230

bleiben und dorthin schwimmen, und dann können wir Kriegsrat halten", sagte Buckland. „Überhaupt keine Distanz", fügte er hinzu, um Dulcies willen.

„Ich schaffe das nicht", stöhnte sie.

„Du musst es nicht schaffen. Leg eine Hand auf die Schulter deines Vaters und die andere auf meine. Wir bringen dich."

„Und um Gottes willen fang nicht an zu strampeln", ergänzte Courteney streng.

„Es geht dir doch gut, oder?", fragte Buckland Angie.

„Ich denke schon. Also dann, lasst uns aufbrechen."

Für eine kurze Weile blieben sie zusammen, dann zog Hilary an den anderen vorbei, dicht gefolgt von Buckland und Courteney, beide starke Schwimmer trotz des hinderlichen Ballasts von Dulcie. Sie hatte Angst und half ihnen in keiner Weise, doch Buckland sah, dass sie sie leicht in Sicherheit bringen könnten. Aber es war eine verflucht lange Strecke.

„Nur noch ein paar Yards", prustete er ermutigend.

Der Felsen war eine zerklüftete und unbequem aussehende Fläche, die einzige von einer kleinen Gruppe, die über dem Wasser ragte und an der sich die Schwimmer nacheinander schnitten. Courteney, der als Erster anlandete, zog Dulcie hoch an seine Seite, während die anderen beiden Männer sie von unten hochschoben. Sie landete neben ihrem Vater, schluchzend und atemlos, und Blut strömte von ihren aufgerissenen Knien und Fußgelenken. Hilary und Buckland, beide außer Atem, wuchteten sich ihrerseits hoch.

„Gut gemacht", sagte Courteney freundlich zu niemand im Besonderen. Dulcie klammerte sich an ihm fest, und er versuchte etwas zu finden, an das sie sich lehnen könnte.

„Ich vermute, die anderen kommen gleich", sagte Hilary. „Es ist sehr viel weiter, als es ausgesehen hatte. Eine Viertel Meile, denke ich."

Sie konnten Angies gelbes Kopftuch sehen, das langsam vorankam, und neben ihr den Kopf von Denis.

„Warum, zum Teufel, kriecht sie so vor sich hin? Sie kann schnell genug schwimmen, wenn sie will", sagte Hilary verärgert. „Ich vermute, sie will bereit sein für den Fall, dass Waller einen Anfall kriegt."

„Lasst ihn besser einfach ertrinken, wenn er will – was macht das schon?", erwiderte Buckland.

„Ich denke an das Boot. Das ist keine komische Angelegenheit für mich, sage ich Ihnen, Buckland. Es war noch nicht einmal Zeit, es zu versichern."

„Pech. Hören Sie, ich glaube, einer von uns sollte zurückkehren und sehen, ob es ihnen gut geht."

„Blödsinn! Angie kann sehr gut schwimmen. Ich wette mit Ihnen um alles, was Sie wollen, dass etwas mit dem Motor nicht stimmte. Sonst wäre es nie so liegen geblieben."

Buckland glitt fluchend wieder ins Wasser, zum einen getrieben von der aussichtslosen Hoffnung,

Hilary zu beschämen, zum anderen von der Überzeugung, dass Denis Waller im Wasser in Schwierigkeiten war oder es sehr bald sein würde. Angie begrüßte ihn mit Erleichterung.

„Denis meint, er kann es nicht schaffen", erklärte sie. Sie selbst schwamm langsam, aber ohne Schwierigkeiten.

„Quatsch, natürlich kann er. Es ist nicht mehr als ein paar Yards. Hören Sie, Sie schwimmen weiter – ich werde ihn auf meinem Rücken hinbringen, wenn nötig. Sie können es schaffen, oder?"

„Ja, leicht", sagte Angie. Sie drehte sich um und schwamm auf dem Rücken.

„Nun, schwimmen Sie weiter", wiederholte Buckland. Er sah, dass Denis kurz vor einer Panik stand. Sein Gesicht hatte keine Farbe, und er fing an, kraftlos mit schlaffen Händen auf das Wasser einzudreschen.

„Er ist nur ein bisschen müde, das ist alles, ich kann sehr gut mit ihm klarkommen, und ich würde es lieber allein machen." Buckland sprach bewusst in einer lässigen Art, und zu seiner Erleichterung machte Angie, was man ihr sagte.

„Legen Sie sich auf den Rücken und schwimmen Sie, Waller. Es passiert Ihnen nichts."

„Ich kann nicht schwimmen", japste Denis. Er platschte wieder herum, gab einen erstickten Schrei von sich, und sein Kopf verschwand für den Bruchteil einer Sekunde unter Wasser. Als er beinahe umgehend wieder auftauchte, schluckend und würgend, waren seine Augen vor Schreck weit aufgerissen, und er griff verzweifelt nach Buckland.

„Hören Sie auf damit", rief Buckland. „Reißen Sie sich zusammen, Sie kleiner Blödmann, oder ich schwöre, ich werde Sie ertränken."

Er war vollkommen sicher, dass sich Denis in keiner Gefahr befand, mit Ausnahme seiner eigenen Feigheit, und nahm nicht die geringste Rücksicht auf die hilflosen Ängste einer lebhaften Fantasie verbunden mit einer schwächlichen Konstitution.

Als einzige Erwiderung schlug Denis, schluchzend und fröstelnd, nach ihm aus.

Ohne das geringste Zögern schwang Buckland seinen rechten Arm nach hinten und verpasste ihm einen Knockout-Schlag genau auf das Kinn.

Denis klappte sofort zusammen.

„Ziemlich gut für den ersten Versuch, ein Leben zu retten", dachte Buckland. „Ich vermute, ich muss ihn jetzt abschleppen."

Auf halbem Weg zum Felsen kam Courteney auf ihn zugeschwommen.

„Er ist in Panik ausgebrochen, oder?"

„Ja. Er wird wieder. Ich habe ihn nicht umgebracht – unglücklicherweise."

„Ein bisschen ein Boxer, oder?"

„Ich habe mal was gemacht."

Sie schoben den bewusstlosen Denis zwischen sich weiter, ohne Atemluft an weitere Konversation zu verschwenden.

Als sie am Felsen ankamen, mussten sie in Gegenwart von Angie und Dulcie einen Ton größerer Fürsorge annehmen.

„Waller hat einen kleinen Schwächeanfall bekommen, glaube ich", erklärte Buckland. „Vielleicht hat er ein schwaches Herz oder so was."

Er setzte sich schwer atmend hin.

Denis lag auf dem Felsen. Dann regte er sich, stöhnte und öffnete die Augen.

Buckland, mit dem Rücken zu den anderen, tauschte ein Grinsen mit Courteney.

(3)

Als er direkt in den gleißend blauen Himmel hinaufstarrte, erinnerte sich Denis sofort und ganz deutlich, was ihm zugestoßen war.

Instinktiv schloss er wieder die Augen, darauf vorbereitet, Bewusstlosigkeit vorzutäuschen, sodass er Zeit gewinnen konnte, sich auf die unentrinnbaren Tatsachen einzustellen.

Er, als Einziger von allen, hatte den Kopf verloren. Er erinnerte sich an diese schrecklichen Augenblicke im Wasser, als er meinte, dass er nicht *einen* weiteren plagenden Zug schwimmen könne – sein Kopf war einfach untergegangen … Denis zitterte heftig.

Er versicherte sich, dass er sehr nahe daran gewesen sein musste, zu ertrinken. Es war eine lange Schwimmstrecke gewesen, und sein Herz hatte es nicht verkraftet – das muss es gewesen sein – die anderen müssen begreifen, dass es das war, was passierte. Dieser Fiesling Buckland! Denis spürte Tränen hilfloser Wut hinter seinen Lidern brennen, als er sich an den schwungvollen Haken von Bucklands Faust erinnerte. Er fragte sich, wo genau er getroffen worden war, und legte seine Hand an den Kopf.

„Oh, Mr Waller, geht es Ihnen besser?", sagte Dulcies Stimme dicht neben ihm.

Denis öffnete die Augen und sah sie, wie sie neben ihm zusammengekauert auf dem Felsen saß, ihr Gesicht eigenartig fleckig, so als ob ihr kalt wäre. Beinahe ohne es zu bemerken, Methoden folgend, die ihm zur Gewohnheit geworden waren, begann Denis, sich und seine Situation zu dramatisieren.

„Was ist passiert", begann er zaghaft. „Ich habe so lange durchgehalten zu schwimmen, wie ich konnte, und dann – bin ich einfach untergegangen – ich denke, ich muss einen ganz leichten Herzanfall gehabt haben."

„Papa und Mr Buckland haben Sie zwischen sich hierhergebracht", sagte Dulcie. „Sie waren vollkommen bewusstlos, oder Mr Waller?"

„Das muss ich wohl. Ich erinnere mich an überhaupt nichts, außer dass ich Buckland im Wasser gesehen habe und nach ihm rief. Ich wollte nicht, dass Mrs Moon Angst bekommt – ich weiß, sie ist keine sehr kräftige Schwimmerin – und doch habe ich gemerkt, dass ich nicht mehr länger durchhalten könnte."

Er blickte mitleiderregend zu ihr hoch, bereits seine eigene Geschichte halb glaubend, und war bereit, sie gänzlich zu glauben, wenn er sähe, dass es Dulcie tat. Sie blickte ihn mit einem Ausdruck tiefsten Mitgefühls an, gemischt mit rückblickendem Entsetzen bei dem Gedanken an die Gefahr.

„Oh, wie schrecklich für Sie! Sie hätten leicht ertrinken können, möchte ich meinen – leicht, wenn Mr Buckland nicht da gewesen wäre. Er ist einfach großartig, oder? Fühlen Sie sich jetzt besser?"

„Ich denke, es geht mir gut", sagte Denis. Er erhob sich in eine sitzende Position und blickte sich um.

Der Felsen war eine unregelmäßige, mit spitzen Zacken versehene Ansammlung, die sich gut zehn bis zwölf Fuß hoch über dem Wasser erhob und nach allen Seiten scharf abfiel mit Ausnahme derjenigen, an der die Schwimmer ihn erreicht hatten. Die gesamte Oberfläche betrug nicht mehr als zehn Fuß im Durchmesser, aber eine große und zwei kleine Landspitzen ragten in die Höhe. Auf der größten stand jetzt Hilary Moon gefährlich balancierend und blickte auf das sich ringsum ausdehnende Wasser. Buckland, von dem Denis schnell seine Augen abwandte, saß auf der ebenen Oberfläche darunter, gegen einen Felsvorsprung gelehnt und hechelnd wie ein Hund. Angie war nirgendwo zu sehen.

„Wo ist Mrs Moon?", fragte Denis.

„Irgendwo hinter dem Felsen. Sie ist ziemlich

aufgebracht, glaube ich. Wegen des Bootes und allem, wissen Sie."

„Wir hätten alle unser Leben verlieren können", gab Denis weihevoll zu bedenken.

„Ich weiß. Genau so empfinde ich. Ich war einfach entsetzt. Wissen Sie, ich kann nicht sehr gut schwimmen, und ich hätte es einfach nicht schaffen können, wenn sie mir nicht geholfen hätten. Tatsächlich, so wie es stand, wusste ich nicht, ob ich es *jemals* hierhin schaffen könnte. Der Fels schien nicht auch nur ein Stückchen näherzukommen, selbst nachdem wir Ewigkeiten geschwommen waren."

„Ja, ich weiß", sagte Denis gefühlvoll.

Courteney kam zu ihnen. „Alles wieder in Ordnung, Waller?"

„Ja, danke. Ich höre, Sie haben dabei geholfen, mich hierherzuschleppen. Ich bin so dankbar. Ich fürchte, ich habe mich komplett lächerlich gemacht."

„Du liebe Zeit, nein. Es war ein bisschen zu viel für Sie, das ist alles. Tatsächlich war es eine ziemlich lange Schwimmstrecke."

„Etwa eine Meile, würde ich sagen", vermutete Denis, in der Hoffnung zu hören, dass es mehr sei.

„Guter Gott, nein. Höchstens eine Viertel Meile."

Denis meinte, dass Courteneys Stimme abfällig klang.

„Ich kann Distanzen im Wasser nicht einschätzen", sagte er leise. „Tatsächlich hat man mir verboten, überhaupt längere Schwimmstrecken zu versuchen. Mein Herz hält das nicht durch – wie sich gerade gezeigt hat."

„Pech."

Courteneys Ton war, wie üblich, sehr höflich. Offensichtlich würde er diese Behauptung nicht anfechten.

„Papa, was werden wir tun? Wir können hier nicht die ganze Nacht bleiben."

„Mein liebes Kind, frag mich was Leichteres. Ich denke, einer von uns könnte an Land schwimmen und ein Boot hinausschicken, aber persönlich habe ich genug heftige Bewegung für einen Nachmittag gehabt. Wir werden sehen, was Buckland darüber denkt."

Denis knirschte mit den Zähnen. Sein unter-bewusster Hass auf Buckland, hervorgegangen aus heftigem Neid, hatte sich natürlich hundertfach gesteigert. Er fand es unerträglich, dass Buckland der Held des ganzen Abenteuers sein sollte, der natürliche Anführer, an den sich alle wenden. Er hatte auch Angst davor, dass Buckland Zweifel über seine eigene Version des Zusammenbruchs im Wasser streuen könnte.

Als Buckland kam und sich zu ihnen gesellte, erhob sich Denis, verschränkte die Arme in seine bevorzugte Napoleon-Pose, zog seine Augenbrauen zusammen und versuchte so, unbewusst den Anschein jener Eigenschaften anzunehmen, die ihm am meisten fehlten.

Er sagte nichts – bemüht, wie immer, sich nicht zu

verpflichten. Buckland, der Denis völlig ignorierte, rief zu Hilary:

„Kommen Sie runter! Wir müssen den nächsten Schritt festlegen."

Hilary stieg herunter.

Im gleichen Augenblick tauchte Angie auf. Sie hatte das nasse Halstuch vom Kopf gezogen, und ihre dichten, weichen Locken, bereits trocken, hingen ihr lose um Gesicht und Hals. Dadurch, dass das meiste der Schminke aus ihrem Gesicht verschwunden war, sah sie eigentlich hübscher aus, als sie die anderen je zuvor gesehen haben.

Für einen Moment starrten sie alle an.

„Also", sagte sie verärgert. „Das ist der mieseste Ausflug, der *mir* je unter gekommen ist. Du hast uns in Schwierigkeiten gebracht, Hilary; darf ich fragen, wie du uns da wieder rausholen willst?"

Hilary warf ihr einen bösen Blick zu.

„Wir können die Nacht über hierbleiben."

Nur Dulcie schenkte ihm Befriedigung, indem sie einen Ausruf des Entsetzens äußerste.

Buckland sagte:

„Reden Sie keinen Mist. Wir sind nicht auf einer einsamen Insel. Eines dieser Fischerboote könnte jederzeit vorbeikommen." Instinktiv blickten sie alle aufs Meer, aber da war kein Segel zu sehen.

„Die kommen nicht, wenn sie gebraucht werden, jede Wette", bemerkte Angie. „Hören Sie mal, es ist doch wohl nicht möglich, dass die Flut hereinkommt und diese Felsen überspült?"

„Nicht im Geringsten. Es gibt hier keine Gezeiten. Aber trotzdem können wir Sie hier nicht ohne Essen und Kleidung oder sonst was viel länger lassen. Es ist kein großartig langer Weg zum Festland", sagte Courteney. „Einer von uns muss einfach nur zurückschwimmen zum nächstliegenden Punkt – das ist der Anleger – und ihnen sagen, dass sie eine Barkasse hinausschicken sollen."

Hilary fluchte kaum hörbar.

„Oh, verdammt!"

Denis, für den das, was er „fluchen in Anwesenheit von Damen" nannte, eine beinahe unverzeihliche gesellschaftliche Beleidigung war, war nicht fähig, darauf zu verzichten, sein eigenes überlegenes Maß an Ritterlichkeit zu zeigen.

„Ich würde mich, ohne auch nur einen Augenblick zu zögern, freiwillig anbieten", bemerkte er mit Nachdruck, „wenn mein miserables Herz nicht wäre. Wie weit weg ist es genau?"

Buckland drehte sich herum, blickte ihm voll ins Gesicht und brach in lautes, brutales Gelächter aus. Denis zuckte zusammen, als ob er geschlagen worden wäre. Gedemütigte Eitelkeit versengte ihn durch und durch.

Er sah, dass auch Angie lachte.

„Ich will Sie nicht noch einmal bewusstlos schlagen, Waller", sagte Buckland mit einem nicht unfreundlichen Spott. „Das nächste Mal werden Sie vielleicht nicht mehr wach, nicht wahr. Übrigens, was macht Ihr Kiefer? Tut mir leid, wenn ich Sie zu hart getroffen habe, aber Sie hätten mich unter Wasser gedrückt, ebenso wie sich selbst, wenn ich es nicht getan hätte."

„Haben Sie ihn bewusstlos gemacht?", fragte Angie. „Ich dachte, er wäre ohnmächtig geworden."

„Musste ich. Er war richtig verstört, nicht wahr, Waller?"

„Mein Herz wollte aussetzen – ich hatte Angst, unterzugehen ——"

„Quatsch. Man kann im Mittelmeer nicht untergehen. Wenn Sie nicht den Kopf verloren hätten, hätte ich Sie ganz leicht mittragen können. Egal – es ist ja jetzt erledigt."

Denis wandte sich zur Seite. Er war kurz davor, zu würgen.

„Mr Waller", sagte eine atemlose, emotionale Stimme in sein Ohr, „ich finde, dass ist eine Schande. Sie verstehen das nicht. *Ich* finde, es war einfach wunderbar von Ihnen, so lange durchzuhalten."

Denis, beinahe in Tränen aufgelöst und sich kaum bewusst, was er tat, streckte seine Hand aus und drückte krampfhaft Dulcies Finger.

(4)

„Liebling, was *ist* denn wirklich passiert?"

Chrissie Challoner und Denis saßen für sich, am äußersten Ende der Terrasse, am selben Abend nach dem Dinner. Chrissie und Mrs Wolverton-Gush hatten im Hôtel d'Azur diniert.

„Welche Version hat Buckland erzählt?", sagte Denis.

„Weich nicht aus", sagte sie ungeduldig. „Kannst du mir nicht einfach die Wahrheit sagen, ohne darauf zu warten, herauszufinden, ob es mit dem übereinstimmt, was Buckland gesagt hat?"

Noch während sie sprach, merkte sie, dass sie einen Fehler gemacht hatte. Denis versteifte sich augenblicklich in Abwehr.

„Ich möchte lieber hören, was man dir erzählt hat", beharrte er störrisch.

Sie sah, dass sie überhaupt nichts aus ihm herausbekommen würde, solange seine Gedanken von der Angst besessen waren, was sie davon schon wusste.

„Liebes, es ist alles in Ordnung. Nichts, was jemand erzählt, kann einen Unterschied machen."

Denis ging sofort, wie er es immer tat, auf den veränderten Ton ihrer Stimme ein. Er war sensibel, dachte sie, in einem beinahe unerträglichen Maß.

„Ich weiß Chrissie. Ich vertraue dir wirklich. Es ist nur, dass – es war alles so schrecklich. Ich verabscheue Buckland."

„Ich auch. Aber er ist momentan der Hotelheld. Er und die Moons und die Courteneys essen ein Champagner-Dinner mit Coral Romayne. Sie sind ganz von ihm eingenommen."

„Weil er vom Felsen geschwommen ist?"

„Weil er vom Felsen geschwommen ist", bestätigte Chrissie. „Es war wirklich ziemlich dramatisch. Diese Französin – Madame Duval – hatte diesem Kind Dulcie versprochen, es mit nach St. Raphael zu nehmen, wenn ihr zurückkommt. Vermutlich gegen vier Uhr. Als keiner auftauchte, fuhr sie den Wagen zum Landungssteg, um da zu warten. Ich habe in der kleinen Bucht gebadet, gleich daneben, mit den Morgans, dem Romayne-Jungen und seiner Mutter. Wir haben gesehen, wie die Duvals zum Landungssteg gingen und auf das Meer hinaussahen, und dann fingen sie an, mit einem Fischer zu reden, und Madame Duval wurde sehr aufgeregt, und Gushie – die immer alles hört – hörte, wie sie schrie, dass sie eine Vorahnung habe, dass es ein Unglück gegeben haben müsse. Deshalb haben wir gleich danach – du weißt, wie ansteckend so eine Sache ist – auch alle angefangen, Vorahnungen zu bekommen, und sind zum Landungssteg gegangen und haben uns den Duvals angeschlossen. Mein Lieber, du hättest ihren Aufschrei hören müssen, als wir plötzlich jemanden im Wasser sahen, der zum Steg schwamm!"

„Hast du gedacht, dass der Rest von uns ertrunken sei?"

„Ich weiß nicht, was ich gedacht habe, Denis. Aber ich war entsetzt darüber, dass dir etwas passiert war. Buck kam mit einem ziemlich guten Tempo voran, und natürlich konnten wir nicht sagen, was vielleicht schiefgelaufen war –, aber es war ganz offensichtlich, dass es so war. Die Duvals sprudelten über vor Schreckensvermutungen – Madame sagte ständig, dass es eine Explosion gegeben haben müsse. Dann kam Buck an Land und erzählte uns, was passiert war und wie er euch alle zurückgelassen hat, gestrandet mitten im Ozean auf einem Felsen. Der Fischer sagte, er müsse eine halbe Meile geschwommen sein oder mehr, dazu die Strecke von der *Hirondelle* zum Felsen."

„Er ist ein sehr starker Schwimmer."

„Warum ist Courteney nicht gegangen – oder dieser Wurm Hilary?"

„Courteney hatte es angeboten, aber er ist ein viel älterer Mann als Buckland. Was Moon angeht, benahm er sich ganz wie der Flegel, der er ist. Er hat sich noch nicht einmal die Mühe gemacht, sich um seine eigene Frau zu kümmern, als wir alle zusammen im Wasser waren. *Ich* bin an ihrer Seite geblieben – nicht er."

„Angie schwimmt ziemlich gut, nicht?"

„Oh, ja", sagte Denis unsicher. „Nicht so wie die arme kleine Dulcie, die schlicht abgeschleppt werden musste. Sie war verängstigt, das arme Kind."

„Laut Buckland war nie jemand irgendwie in ernster Gefahr."

„Chrissie, was hat er über mich erzählt? Sag es mir bitte."

„Er hat nichts erzählt, bis ich ihn gefragt habe, ob es dir gut geht, und da hat er ja gesagt."

„Das ist nicht alles."

„Er sagte, du seist nicht in der Lage gewesen, die Strecke zum Felsen zu schaffen."

Es trat Schweigen ein.

Chrissie hatte sofort vermutet, mehr durch Denis'
eigenes Verhalten als durch Bucklands, dass etwas
passiert sein musste, über das Denis zutiefst beschämt
war. Sie konnte sogar eine recht zutreffende
Vermutung wagen, was es gewesen war. Das beschützende Element, das in ihren Gefühlen für Denis
stärker überwog, als sie begriff, stieg stark in ihr hoch.
Sie wollte, dass er ihr die Fakten erzählte, damit sie
ihn trösten könne und ihnen beide beweisen könnte,
dass ihre Liebe für ihn etwas Sicheres, Unum-
stürzbares sei, das der Enthüllung jeglicher Schwäche
standhalten könnte.

„Was tatsächlich passierte, war dies", sagte Denis
sehr vorsichtig. „Buckland ist mir den ganzen
Nachmittag lang sehr auf die Nerven gegangen. Ich
kann den Kerl nicht ausstehen. Er ist kein Gentleman,
und er weiß sich nicht zu benehmen. Ich hatte mich
auch nicht besonders kräftig gefühlt, obwohl ich das
natürlich nicht gesagt habe. Das macht man nicht. Als
das Boot einen Felsen rammte – oder was immer es
war – war mir natürlich klar, dass es entsetzlich ernst
sein könnte. Ich glaube nicht, dass es einer von den
anderen tat. Schließlich versteht keiner von ihnen
etwas von Motorbooten. Ich glaube, ich habe ganz gut
die Ruhe bewahrt – für gewöhnlich verliere ich nicht
die Fassung in einem Notfall. Ich sagte Moon, er solle
den Motor verlangsamen, dann bin ich über die
Bordseite gegangen und habe das Boot sehr genau
untersucht und fand ein Loch. Da wusste ich, dass es

nur eine Frage der Zeit sein würde – wie ich es sofort vermutet hatte –, bis es sinken würde. Ich wollte die anderen nicht verängstigen und habe sie versuchen lassen, das Wasser abzuschöpfen und so weiter, und habe so wenig gesagt, wie ich konnte. Tatsächlich überlegte ich mir selbst, wie unsere Chancen stünden. Es macht mir nichts aus, dir zu erzählen, wie erleichtert ich war, als ich diesen Felsen erblickte, und ich wusste, wenn das Schlimmste einträfe, könnten wir hinschwimmen."

Denis machte eine Pause und fuhr sich mit der Zunge über die Lippen. Chrissie, die bewegungslos dasaß, konnte die Spannung spüren, in die er sich gebracht hatte.

„Ich veränderte meine Position, um zu sehen, ob ich nicht einen näheren Felsen oder so etwas entdecken könnte, als das Boot kenterte. Ich glaube, ich war der Erste, der ins Wasser fiel *und* wieder auftauchte. Natürlich war es für einen Augenblick ziemlich grauenhaft, aber der erste Gedanke, den man hatte, war, ob die beiden jungen Frauen in Sicherheit waren. Angie war ganz in meiner Nähe, und ich sagte ihr, alles sei gut, und sie war ganz vernünftig. Nicht verängstigt, meine ich. Dulcie war erschrocken – ganz verständlich. Sie kann nicht viel schwimmen. Aber ihr Vater hat sich um sie gekümmert, und ich bin bei Angie geblieben. Chrissie, es war eine ziemlich lange Strecke. Courteney glaubte, es sei nur eine Viertel- meile, aber ich bin mir ganz sicher, dass er sich da täuschte und dass es weit länger war. Und ich vermute, die Belastung für meine Nerven durch die ganze Sache war größer gewesen, als ich realisiert habe. Ich bin eine ziemlich überspannte Person, fürchte ich. Jedenfalls fing ich an zu begreifen, dass ich es unmöglich schaffen könnte. Weißt du, mir wurde von meinem Arzt gesagt, dass mein Herz nicht sehr kräftig sei. Ich wusste, ich könnte nicht durchhalten."

Ein Ton tatsächlicher Aufrichtigkeit schlich sich in seine Stimme.

„Es war schrecklich – weitermachen zu müssen und zu spüren, dass ich einfach keinen weiteren Zug machen könnte. Ich hätte alles auf der Welt gegeben, wenn ich hätte anhalten und für eine Minute ausruhen können. Aber ich konnte mich noch nicht einmal umdrehen und treiben lassen. Ich hatte nicht mehr die Kraft übrig. Weißt du, abgesehen von allem anderen war ich ganz aus dem Training. Es ist Jahre her, dass ich so eine lange Strecke geschwommen bin."

„Was ist passiert?", sagte Chrissie mit leiser Stimme.

„Ich sagte Angie, sie solle weiterschwimmen. Ich wollte sie nicht sehen lassen, dass etwas nicht in Ordnung war. Dann kam Buckland zurück –, um zu sehen, ob sie Hilfe braucht, vermute ich. Er —"

Denis hielt plötzlich inne, und sie konnte hören, wie er schluckte, als ob sein Hals trocken wäre.

„Lass mich sehen, was ist als Nächstes passiert? Es ist alles irgendwie ein bisschen verschwommen. Angie schwamm weiter voran, und ich bat Buckland, dazubleiben, weil ich etwas Zweifel hatte, ob mein Herz die Anstrengung vertragen könnte. Ich denke, ich war schon ziemlich hinüber zu der Zeit, obwohl ich immer noch weitermachte, bis – nun, ich vermute, ich muss wirklich das Bewusstsein verloren haben, weil ich nur erinnern kann, dass mein Kopf unterging und dann wieder hochkam und ich dann nach Buckland rief." Es trat eine weitere Pause ein.

„Was hat Buckland getan?"

„Er verlor den Kopf", sagte Denis mit lauter, fester Stimme. „Ich vermute, er befürchtete, dass ich mich im Wasser an ihn hängen könnte, oder ihn runterziehen könnte oder so etwas. Natürlich ist es möglich, dass ich vielleicht in seine Richtung ausgeholt habe. Ich glaube *nicht*, dass ich es tat. Aber es ist gut möglich. Jedenfalls hat er Angst gekriegt und hat mit seiner Faust ausgeschlagen und hat mich einfach hilflos gemacht. Selbstverständlich war es idiotisch, das zu tun, aber es hat die Dinge in gewisser Weise vereinfacht, denn danach hat er mich einfach mitgeschleppt im Wasser. Es war nicht mehr weit."

„Auf jeden Fall scheint er dich gerettet zu haben, Denis."

„Ich weiß nicht, ob ich überhaupt in großer Gefahr war, meine Liebe. Das heißt – es hing alles von meinem Herzen ab. Es hätte vielleicht durchgehalten – oder vielleicht nicht. Vielleicht hätte es sowieso nicht viel ausgemacht."

Nach der völligen Geschraubtheit von Denis' letzter Bemerkung, vorgetragen in einer vorgespiegelten launischen Art, die sie von ihm zuvor nie gehört hatte, verspürte Chrissie eine heftige Abwehr von Gefühlen.

Ihre ernste Geduld und ihr tolerantes, analytisches Interesse verließen sie ganz abrupt, und sie ging plötzlich auf ihn los.

„*Hör* auf, Denis. Ich kann es einfach nicht ertragen." Sie hörte, wie er Atem holte. Wie ein Kind, das verängstigt worden war, dachte sie unwillkürlich.

„Hör auf, dich zu dramatisieren", sagte sie, indem sie sehr viel freundlicher sprach. „Was schert es mich, ob du schwimmen kannst oder nicht schwimmen kannst, ob du Angst hattest oder keine Angst hattest? Kannst du nicht begreifen, dass das Einzige, was zählt, ist, dass du und ich ehrlich miteinander sein sollten?"

„Chrissie – ich habe ——" Seine Stimme brach.

Chrissie fühlte sich hin- und hergerissen zwischen akuter Beschämung und gleichermaßen akutem Mitleid. Im nächsten Augenblick könnte sich Denis' Hysterie ihr vielleicht mitteilen. Indem sie sich die größte Anstrengung auferlegte, zu der sie fähig war, sprach sie leise und gefestigt:

„Lass uns nicht mehr davon sprechen. Nicht bis morgen, meine ich, wenn du dich ausgeruht hast. Ich verstehe es, Denis – das tu ich wirklich."

„Du glaubst nicht, dass ich dir die Wahrheit gesagt habe."

„Lass uns nicht mehr darüber sprechen." Sie stand

auf, weil sie sich ganz plötzlich ungewöhnlich erschöpft fühlte.

„Wo ist Gushie?"

„Soll ich gehen und nach ihr suchen?", fragte Denis unterwürfig.

Sie sagte: „Ja, bitte", nur weil sie sich danach sehnte, dass er wegging, damit sie von der emotionalen Angespanntheit befreit sein würde, die der Konflikt zwischen ihnen ausgelöst hatte.

Sie sah, wie er vom tiefen Schatten, den die Ilexbäume warfen, in das Mondlicht ging, das die Terrasse überstrahlte.

„Ich denke, ich bin verliebt in Denis", dachte Chrissie instinktiv analytisch und unverändert klar. „Andernfalls begreife ich nicht, wie ich ihn nicht verachten könnte."

Kapitel IX

(1)

Madame, den Mund zu einer dünnen Linie zu-sammengepresst und mit kleinen Schweißtropfen, die auf ihrer Stirn und ihrer Oberlippe glänzten, zog ihre Stahlschreibfeder über die Doppelseite ihres Bilanz-buchs.

„*C'est ça*", zischte sie zwischen den Zähnen. Mit bösem Nachdruck presste sie das billige violette Löschpapier auf die feuchte Tinte.

„*Sales Anglais …*"

Sie hätte den Beinamen fast automatisch bei jedem englischen Besucher angewandt, aber die besondere Betonung in ihrer Stimme galt den Moons. Von Natur aus gerissen wie auch außerordentlich erfahren, war sich Madame fast sicher, dass die Moons zahlungsunfähig waren. Sie war entschlos-sen, ihnen nicht einmal vierundzwanzig Stunden Gnade zu gewähren vor der Begleichung ihrer Rech-nung.

„*Ce qu'ils ont bu, hier soir*!"

Der dreifache Bogen aus dünnem Papier, der detailliert die Rechnung für die Ausgaben der jungen Moons aufführte, lag auf dem Schreibtisch. Madame faltete ihn zusammen, legte ihn in einen ebenfalls dünnen Umschlag und schrieb darauf die Nummer ihres Zimmers.

„*Voilà*!"

Am nächsten Tag fand Hilary den Umschlag als blass lilafarbenes Rechteck auf dem Kissen liegend. Er ergriff ihn mit Verärgerung, befingerte ihn und riss ihn zögernd auf.

„Verflixt, es ist schlimmer, als ich erwartet hatte."

„Das ist es immer", sagte Angie träge. „Wie viel?"

Hilary gab keine Antwort. Er war verwirrt von den französischen Zahlen und der außergewöhnlichen Ähnlichkeit von Madames Dreien und Fünfen. Das Einzige, worüber er sich sicher war, war die Vierstelligkeit der Summe.

Angie schlenderte durch das Zimmer und blickte über seine Schulter.

„Wie viel ist das in englischem Geld? Es sieht aus wie Millionen."

„Das könnte es sein, bei den Unterschieden. Jedenfalls können wir es nicht bezahlen", sagte Hilary grimmig.

„Ich denke, sie werden warten?"

„Auf was? Es kommt nichts."

Sie blickten sich an. Die Misere war ihnen vollkommen vertraut.

„Sag ihr", meinte Angie, „dass wir täglich Geld aus England erwarten."

„Das wird nicht lange vorhalten. Du kannst darauf wetten, dass sie so was schon mal gehört haben."

„Warum bist du losgegangen und hast Geld für

das verdammte Motorboot verschleudert?", fragte Angie. „Ich vermute, du musstest dafür sofort bezahlen."

„Natürlich. Und wenn ich auch nur gewöhnliches Glück gehabt hätte, hätte ich es für das Doppelte, was ich gezahlt habe, wieder verkaufen können, und alles wäre für uns in Ordnung. Nun – da ist der Wagen."

Hilary war besessen gewesen von einem Wagen, hatte aber keine Erklärung für die Transaktion abgegeben.

„Kannst du dafür Geld aufbringen?"

„Das möchte ich nicht, wenn ich es vermeiden kann", sagte Hilary in einem eigenartigen Ton.

„Das bedeutet, dass du ihn nicht bezahlt hast. Was bist du doch für ein verdammter Idiot." Sie zankten sich heftig. Schließlich sagte Hilary:

„Mach weiter genau wie sonst. Sie werden für ein oder zwei Tage nicht nach dem Geld fragen, denke ich. Wenn sie es tun, werde ich sagen, dass wir alles zusammen begleichen, wenn wir abreisen."

Angie fluchte und murrte. Sie befand sich in einem Zustand akuter nervöser Anspannung, verursacht durch die Schwierigkeit, ihre Affäre mit Buckland weiterzuverfolgen bis zu ihrem logischen Schluss angesichts von Mrs Romaynes unermüdlicher Entschlossenheit, sie voneinander fernzuhalten.

Dieses alte, wiederkehrende Geldproblem schien ein unerträgliches Ärgernis zu sein.

„Können wir uns nicht von jemandem was leihen?"

„Von wem?", fragte Hilary skeptisch. „Wenn du so geistreich gewesen wärst, dich mit Muller anzufreunden und diesem Challoner-Mädchen, hätten sie uns vielleicht ausgeholfen – aber alles, was du getan hast, war, dich lächerlich zu machen mit diesem Flegel Buckland."

Angie, beinahe unempfindlich gegen Beleidigungen, soweit es ihren Ehemann anging, hörte kaum, was er sagte. Sie fragte sich, ob sie, wenn sie hinunterging, Buckland auf der Terrasse finden würde. Das Frühstück war längst vorbei, und Mrs Romayne war wieder nach drinnen gegangen. Angie hatte sie vom Fenster aus gesehen. Patrick und der Tutor waren in Richtung der Garage verschwunden.

Angie zog sich den großen Strohhut über, betrachtete sich im Spiegel und sagte:

„Ich werde hinuntergehen."

Hilary lachte kurz.

Auf der Hoteltreppe stand Courteney. Er erläuterte den Plan für einen Tag in Monte Carlo, den er für die Hotelgäste arrangieren wollte. Angie sah Buckland sofort. Sein dunkler, kühner Blick schnellte ihr entgegen, und ein Schauer lief ihr durch die Adern. Er kam auf sie zu.

„Sie werden mitkommen, oder?", sagte er vertraulich. Seine Augen fügten weit mehr hinzu.

„Wann?"

„Morgen. Ziemlich viele Leute kommen mit."

„Das ist mir egal", sagte Angie mit gleichgültigem

Ton. Sie ging weg, sich bewusst, dass Buckland ihr folgen würde.

„Hören Sie, gehen Sie jetzt runter zum Baden?"

„Ja. Es hat keinen Zweck, auf Hilary zu warten, ich werde laufen."

„Ich komme mit Ihnen."

Sie liefen die Stufen hinunter, sich der gegenseitigen Nähe intensiv bewusst. Sobald sie die scharfe Kurve der Auffahrt genommen hatten und außer Sichtweite waren, blieb Buckland stehen.

„Hören Sie", sagte er gedehnt, „es ist zu heiß für Sie, um zu laufen. Wenn Sie da warten, werde ich den Buick holen und Sie hinfahren."

Angies Augen glitzerten.

„Das sollten Sie besser nicht machen, oder?"

Sie standen da und blickten einander an. Angies Brust hob und senkte sich schnell unter ihrem dünnen Seidenstrandanzug. Buckland, der sie anstarrte, streckte seine Hand aus und legte sie auf ihre Hüfte, als ob er kaum wusste, was er tat. Im nächsten Augenblick lag sie in seinen Armen, und er küsste sie heftig.

„Gott, du bist umwerfend!"

„Du auch", raunte sie, ihr Mund an seinem. Er drückte sie immer enger an sich, ihr geschmeidiger Körper so eloquent in der Antwort wie ihre gesprochenen Worte halbherzig waren. Als er sie schließlich losließ, war Angies Gesicht in einem tiefen, dunkelfarbigen Rosaton gerötet, ihre Augen zerflossen unter halb geschlossenen Lidern, ihr Mund war feucht, weich und entspannt. Sie legte beide Hände an seine Schultern und fuhr mit ihnen langsam an seinen breiten, muskulösen Armen als fortgeführte Zärtlichkeit hinunter. Zum ersten Mal, seit sie an die Côte d'Azur gekommen war, fühlte sich Angie ganz lebendig. Es war das, wofür sie gemacht war.

„Ich habe mich danach gesehnt, dich zu küssen, seit ich dich zum ersten Mal sah", sagte Buckland, während seine Augen sie verschlangen. Sie lächelte ihn an, ohne etwas zu sagen.

Ein Wagen zog an ihnen vorbei den Hügel hinunter.

„Verdammt, wir können hier nicht stehen bleiben. Lass uns zu den Felsen hinuntergehen. Und du kommst mit nach Monte Carlo morgen."

„Tu ich das?"

„Eine ganze Gruppe geht – Coral Romayne und die Courteneys und die Duvals und dieser Esel Waller, und einige von den Morgans."

„Und mein Mann", sagte Angie leise.

„Das stört dich doch nicht, oder?"

Sie schüttelte den Kopf.

„Er kann dir nicht das Wasser reichen. Und du wirst erlauben, dass ich mich morgen um dich kümmere."

„Werde ich das?", sagte sie wieder.

Die Arroganz in Bucklands Ton und Benehmen freuten sie zutiefst. Sie betrachtete ihn als „meisterhaft". Buck grinste auf sie hinunter und zeigte dabei die herrliche Kräftigkeit und Weißheit seiner bewunderungswürdigen Zähne.

„Ich wäre nicht so schrecklich überrascht", sagte er langsam, „wenn wir den letzten Bus zurück verpassen. Sollen wir?"

Angie blickte weiter zu ihm auf, ihre Augen glänzend und feucht, ihre roten Lippen geöffnet. Sie sagte nichts.

(3)

Hilary, der eine halbe Stunde später nach unten kam, ging an Madames Rezeption vorbei, ohne sich umzublicken. Er war sich vollkommen bewusst, dass sie dort saß, ihre Augen zum Kassenbuch gesenkt, und doch jeden und alles sehend. Es machte ihn unerträglich wütend zu wissen, dass er Angst hatte, sie könne plötzlich mit ihm sprechen und das Geld fordern, das man ihr schuldete.

Der ewige Mangel an Geld, die Angst vor den Gläubigern hatten in Hilarys Leben eine große Rolle gespielt, seit er sich erinnern konnte. Er war das einzige Kind träger und trinksüchtiger Eltern, und seine früheste Erinnerung war die an einen Mann und an eine Frau – sein Vater und seine Mutter –, die sich, halb ausgezogen, in einem stickigen Schlafzimmer im obersten Geschoss einer Vorortpension anschrien.

Sein Vater war einberufen und Anfang 1918 getötet worden. Hilarys Mutter hatte gierig nach der

Witwenpension gegriffen und gleichzeitig bitter über ihre unzureichende Höhe genörgelt.

Für eine kurze Zeit nach dem Krieg hatten sie in einer Wohnung in Streatham gelebt, von der Hilary Grund hatte anzunehmen, dass sie von einem Offizierskameraden seines Vaters bezahlt wurde, den er Uncle Mike nennen sollte.

Doch Uncle Mike war einige Jahre jünger als Hilarys Mutter, und bald stellte er seine Besuche ein, und die Miete für die Wohnung blieb unbezahlt.

Es gab, wie üblich, Szenen mit Händlern, und Mrs Moon arrangierte eine heimliche Abreise mitten in der Nacht.

Danach wanderten sie von einem englischen Kurort zum nächsten. Manchmal schien Geld vorhanden zu sein, manchmal nicht, aber wann immer es Geld gab, wurde es für Drinks, unregelmäßige Mahlzeiten und Kleidung ausgegeben. Es gab nie genug, um sie vor Schulden zu bewahren oder um die Rechnung für die verschiedenen schäbigen Schulen zu bezahlen, auf die Hilary zeitweise geschickt wurde.

Schließlich, als er zwanzig war, kam das Glück auf ihn zu. Er freundete sich mit dem einzigen Sohn eines reichen Mannes an, der mit Waffen sein Geld gemacht hatte. Der Sohn war in eine Gesellschaft gezwungen worden, in der er befangen und unglücklich war und der er sich unterlegen fühlte. Er war ein freundlicher, sensibler junger Mann, nicht weit entfernt von gehemmter mentaler Entwicklung – ein vorbestimmtes Opfer für brutalen Unfug von der

Hand seiner Zeitgenossen. An der Militärschule, auf die er irrtümlich geschickt worden war, wurde sein Leben zu einem Albtraum aus Angst und Schrecken. Eines Abends zerrte ihn eine Gruppe halb betrunkener junger Männer in die Blackheath Grünanlagen und zwang ihn, die Nacht in einer Astgabel zu verbringen, entkleidet bis auf seine Unterwäsche.

Durch reinen Zufall ging Hilary Moon nach einem Abend in Gesellschaft eines Straßenmädchens durch die Grünanlage nach Hause, weil er keinen Pfennig mehr übrig hatte. Er fand den Jungen, der vor Kälte und Erschöpfung beinahe tot war, und errettete ihn aus den Fesseln, die zu lösen er selbst nicht in der Lage gewesen war.

Da er vermutete, aus der Gelegenheit einen Vorteil schlagen zu können, brachte Hilary den jungen Atkinson nach Hause und begegnete der brabbelnden, wie Kauderwelsch klingenden Dankbarkeit des Jungen mit einem großen Gehabe von Freundlichkeit und mit Empörung über seine Peiniger.

Fast drei Jahre lang lebte Hilary danach in Wohlstand. Er führte das äußerst luxuriöse Haus der Atkinsons in Hampstead, er wurde wie ein Familienmitglied behandelt und mit teuren Präsenten beschenkt, und seine Darstellung von sich als einziger Nachkomme einer sehr alten und verarmten Familie aus Irland wurde ohne Fragen akzeptiert.

Hilary hatte seit jenen Tagen häufig zynisch über seine Dummheit, all das zu verlieren, was er gewonnen hatte, nachgedacht.

Doch die hündische und idiotische Anhänglichkeit des jungen Atkinson hatte ihn auf unerträgliche Weise irritiert, und er gewöhnte sich an, ihn heftig zu brüskieren.

Atkinson, dafür gemacht, getreten zu werden, hätte das alles ertragen, doch seine Mutter empörte sich für ihn darüber.

Hilary wurde die Tür gewiesen.

In den Tagen seines angenommenen Wohlstands hatte er alle Verbindungen zu seiner Mutter abgebrochen, und er hatte nicht den Wunsch, sie wieder aufzunehmen, da er sich sicher war, dass sie ihm weder Geld geben konnte noch wollte.

Doch er hatte durch die Atkinsons nützliche Bekanntschaften gemacht, besonders mit Frauen. Eine natürliche Anpassungsfähigkeit und eine gespielte Haltung von Intelligenz befähigten ihn dazu, eine Stellung in einer der vielen drittklassigen Künstler- und Literaturgruppen in den Vororten von London zu erlangen. Von einer Gruppe zur nächsten wandernd und sich Geld borgend, wann immer und wo immer er konnte, gabelte Hilary eine ganze Reihe von Gelegenheitsarbeiten auf, die für gewöhnlich auf Provisionsbasis gezahlt wurden, und als er sich heftig in Angie verliebte, heiratete er sie, vorwiegend weil sie die zentrale Figur eines großen Zirkels war und sie sich rühmte, nie für ihr Essen zahlen zu müssen.

Von Angies Schönheit und Hilarys Fähigkeit, zu schnorren, hatten sie seitdem gelebt.

Hilary sagte sich verbittert, dass er es von ganzem

Herzen leid wurde. Angies Bewunderer neigten jetzt dazu, ihn gänzlich zu ignorieren, und Angie tat nichts, um sie an seine Existenz zu erinnern. Hilary dachte, wie viel besser es für ihn als unverheirateter junger Mann gelaufen wäre. Da gab es zum Beispiel Chrissie Challoner – offensichtlich der romantische Typ, und sicherlich machte sie viel Geld ...

Hilary war gleichermaßen zu begriffsstutzig und zu hochmütig, um seine eigene Fähigkeit anzuzweifeln, wenn es um das Liebeswerben ging. Er war sich sicher, dass er durch Schmeichelei jede Frau erfreuen könnte, besonders eine, die älter war als er, wie es Chrissie war, und bar jeder offensichtlichen Schönheit.

Würde es ich lohnen, es zu versuchen?

Er wusste, dass es nicht die geringste Aussicht für ihn gab, die Hotelrechnung bezahlen zu können, und er vermutete wutentbrannt, dass Madame nicht die Absicht hatte, lange auf ihr Geld zu warten. Dann würde es eine sehr unerfreuliche Szene geben, und er und Angie müssten abhauen.

Hilary blickte mit Hass auf Muller, den reichen Amerikaner, der gerade draußen die Terrasse überquerte.

Hilary hasste alle reichen Leute, doch am meisten diejenigen, von denen er unmöglich hoffen konnte, Geld zu bekommen.

„Guten Morgen – äh – Moon", sagte die Stimme von Denis Waller genau hinter ihm.

Mit dem allzu teuren seidenen Morgenmantel über

dem türkisfarbenen Badeanzug, aus dem seine dünnen Beine und Arme eigenartig hervorkamen, sah er blässlicher und nervöser aus als gewöhnlich.

„Hallo", sagte Hilary abfällig. Es verlieh ihm ein spürbares Gefühl von Befriedigung, deutlich zu machen, dass er Denis verachtete. Diese Befriedigung wurde gesteigert, als Denis durch das plötzliche Verschwinden seines zaghaften Lächelns und das Zusammenpressen seiner Lippen zeigte, dass er Hilarys Ton bemerkte und verübelte.

Er blieb jedoch standhaft.

„Wie wohl die Pläne für heute aussehen? Ich – ich denke, Mr Bolham würde es gern wissen."

Hilary machte Gebrauch von einer groben Umschreibung.

„…als ob es ihn den Teufel schert! Ich wünschte, ich hätte Ihre Arbeit, Waller, das weiß ich. Sie scheinen Freizeit zu bekommen, wann immer Sie wollen. Nebenbei, wie geht es Ihrem Kopf heute Morgen?"

Hilarys Intonation ließ – und sollte es auch nicht – keinerlei Zweifel an der Anzüglichkeit der Andeutung.

Denis gab einen unartikulierten Ausruf von sich, errötete und wandte sich um. Hilary lachte laut.

„Entschuldigung und so, wenn das ein heikles Thema ist."

Denis überraschte ihn, indem er sich plötzlich wieder umdrehte und ihn anblickte.

„Ich weiß nicht, ob Sie absichtlich unhöflich zu

mir sein wollen", verkündete er in einer Stimme, die unnatürlich hoch gehalten war, „aber ich missbillige Ihren Ton in der Tat sehr. Und ich denke nicht, was das angeht, dass Sie sich selbst als löblich bei dem gestrigen Unfall erwiesen haben."

Hilary starrte ihn erstaunt an. Er besaß nicht genügend Scharfsinn, um Wallers plötzlichen Ausbruch mit der Gegenwart eines Publikums in Verbindung zu bringen, doch er bemerkte, dass Dulcie Courteney in der Halle aufgetaucht war und Denis mit bewundernden Schulmädchenaugen betrachtete.

Bei ihr war Patrick Romayne. Beide trugen Badeumhänge. Denis ignorierend, wandte sich Hilary an den Jungen:

„Geht's zu den Felsen runter?"

„Ich denke, wir werden heute Vormittag von der *plage* aus schwimmen gehen. Meine Mutter hat mich geschickt, um Mr Buckland zu finden. Haben Sie ihn irgendwo gesehen?"

„Nein, habe ich nicht." Es fiel Hilary auf, dass er auch Angie nirgendwo gesehen hatte, und er war sich ziemlich sicher, dass sie und Buckland irgendwo zusammen waren.

„Wie wär's, kann ich euch und Mrs Romayne in meinem Wagen zur *plage* runterbringen? Wenn Buckland nicht zur Verfügung steht, meine ich. Du fährst nicht, oder?"

„Ich soll es nicht", gestand der Junge mit einem flüchtigen Lächeln, das seinem besorgten Gesicht einen plötzlichen Charme verlieh.

„Also, würden Sie das wirklich? Das wäre schrecklich nett von Ihnen. Ist Platz für——" Er wies mit einer Geste auf Dulcie.

„Sicher", sagte Hilary kühl. Er hielt nichts von Dulcie, aber wusste sehr gut, dass es ratsam wäre, sich mit ihrem Vater weiter gut zu stellen. Courteney, vermutete er, war weit davon entfernt gewesen, sein Umgang mit der Motorboot-Expedition zu bewundern.

„Ich werde den Wagen holen, wenn Mrs Romayne jetzt bereit ist zu gehen.", sagte er und ging hinaus, wobei er Denis Waller nicht beachtete.

Diese Motorboot-Affäre würde eine Menge Gras zum drüberwachsen benötigen, dachte er missmutig, als er die ganze Länge der in der prallen Sonne liegenden Terrasse zur Garage entlanglief. Sie werden alle einen Helden aus Buckland machen – diese Dummköpfe –, und Angie war ganz klar verrückt nach dem Kerl.

Was für einen Sinn machte das, wenn Buckland gänzlich von seiner Anstellung abhängig war? Und die würde er nicht lange behalten, wenn er seine Karten nicht besser ausspielte.

Hilary kletterte in den langen, niedrigen Wagen, fuhr ihn mit äußerstem Geschick und mit Schnelligkeit rückwärts aus der Garage, wendete mit einer Bewegung, fuhr langsam zur Hoteltreppe und hielt dort mit perfekt abgemessener Präzision.

Er hielt sich für einen ganz ausgezeichneten Fahrer – was er in der Tat war – und war herrlich gleichgültig der Tatsache gegenüber, dass er fast nichts von der Mechanik eines Autos verstand.

Es war eine Sichtweise, die genau Hilary Moons Haltung zum Leben ausmachte.

(4)

Patrick, wie Hilary selbst, bewunderte Hilarys Fahrkunst. Seine Wertschätzung erneuerte sein brennendes Verlangen, den Buick seiner Mutter zu fahren.

Es war nur das Miststück Buckland, der es ihr in den Kopf gesetzt hatte, dass sie ihm nicht erlauben dürfe, in Frankreich zu fahren. Einfach weil er es selbst die ganze Zeit tun wollte.

Er war, dem Himmel sei Dank, für kurze Zeit aus dem Weg. Es könnte Spaß machen, ohne ihn von der *plage* aus schwimmen zu gehen, wo es das Raft gab. Dann bemerkte Patrick, dass sie auf seine Mutter warteten.

„Soll ich nach oben gehen und sehen, ob sie fertig ist?", schlug er vor.

„Lass mich das machen – ich würde es gern tun", rief Dulcie überschwänglich.

Sie rannte halb die Treppe hoch, bevor Patrick ihr antworten konnte.

Er grinste leicht.

Wenn sie sich abrackern wollte, sollte man es sie besser tun lassen, dachte er.

Hilary Moon saß immer noch hinter dem Steuer, rauchte wie gewöhnlich eine Zigarette und hatte offensichtlich nicht das Verlangen, Konversation zu machen.

Patrick setzte sich auf die Mauerkrone der Balustrade, genoss bewusst die Wirkung der sonnengewärmten Oberfläche auf seinen Körper und blickte mit zusammengekniffenen Augen gegen das grelle Sonnenlicht auf das schimmernde Blau des Meeres und des Himmels, eingefasst in ein Halbrund aus roten Felsen und graugrünen Pinien und Zypressen.

Wie eigenartig es war, dass niemand jemals zu bemerken schien, dass die Côte d'Azur so schön war. Oder wenn sie es taten, nie etwas darüber sagten. Menschen sprachen nur über sich selbst oder die anderen Gäste oder Kleidung und Züge, Essen und den Service in den Hotels. Und selbst wenn ein Plan gemacht wurde, zu einem besonderen Ort zu gehen, war es vorwiegend, um dort Drinks einzunehmen und Mahlzeiten und vielleicht ein bisschen schwimmen zu gehen.

Die Morgans, dachte Patrick träumerisch, bemerkten wahrscheinlich etwas mehr. Sie waren anders.

Er entsann sich, dass David, der erst ein winziger kleiner Bengel war, einmal gesagt hatte, wie schade es sei, dass es an der Küste keine Singvögel gebe. Es stellte sich heraus, dass er sich für Vögel interessierte und ziemlich viel über sie wusste. Sein Vater hatte es ihm beigebracht, in ihrem Zuhause in Wales.

Patrick, der Captain Morgan im Stillen bewunderte, hatte ihn danach mehr denn je bewundert.

Er musste ein schrecklich intelligenter Mann sein und auch ein liebenswürdiger, weil er sich all die Mühe gemacht hatte, damit David etwas von Vögeln verstand.

Patrick selbst mochte Vögel gern, obwohl er wenig über sie wusste. Aber er erinnerte sich an ein Buch – mit vielen farbigen Abbildungen – ganz über Vögel, das er als Kind unglaublich mochte. Das war ewig her, als er und Mutter und Vati gemeinsam an einem Ort nahe Haslemere in Surrey lebten. Was war aus dem Buch geworden?, fragte er sich.

„Verbrennt das Hinterteil?", sagte Hilary Moon, und Patrick stellte zu seiner Überraschung fest, dass er sich bewegt haben musste, ohne es zu bemerken, denn er war aufgestanden.

„Es ist ein bisschen heiß", sagte er.

(5)

Chrissie Challoner und Mrs Wolverton-Gush gingen an dem Morgen zur *plage*. Dies entsprach keineswegs dem Wunsch von Mrs Wolverton-Gush. Von den Felsen unterhalb der Villa Mimosa baden zu gehen war eines: eine vergleichsweise anständige und einfache Angelegenheit. Es war leicht, die Gartenstufen hinunterzugehen mit einem Umhang über dem Badeanzug, ihn abzustreifen unterhalb der Mauer und sich ins Wasser hineinzubegeben.

Aber die *plage* unterlag, nach Ansicht von Mrs Wolverton-Gush, einer Anzahl von Einwänden. Zunächst einmal hielt das gemietete Auto, das sie dort hinbrachte, mitten unter den Pinien am Rand der Straße, und ein sehr steiler und sandiger Abhang musste zu Fuß überwunden werden.

Mrs Wolverton-Gush hasste den Abstieg, einen schmalen Pfad aus sandiger Erde entlang, dicht umwachsen von kleinen, robusten, niedrig wuchernden Büschen, die ihre Beine zerkratzten und sich in ihrem Badeumhang verfingen. Jeden Tag schwollen ihre Füße vor Hitze an, und die Sandalen, die morgens erträglich erschienen waren, hatten sich bis Mittag zu glühend heißen Instrumenten gewandelt.

Und wenn die *plage* endlich erreicht wurde, war sie überfüllt von dicken, halb nackten Franzosen und noch nackteren Französinnen und von Gruppen kleiner brauner nackter Kinder, die ins Wasser rein- und rausliefen, kreischten, große, farbige Gummibälle mit unsicherem Ziel herumwarfen und die englischen und amerikanischen Gäste mit riesengroßen, feindlichen dunklen Augen anstarrten.

Die Franzosen hatten grundsätzlich Strandzelte, obwohl sie sie selten benutzten. Die Gäste hatten keine.

„Man kann das unter einem Handtuch erledigen oder so“, sagte Chrissie gleichgültig.

Es machte ihr nicht das Geringste aus, ihre kleine schlanke Figur zu exponieren.

Mrs Wolverton-Gush jedoch wäre nicht um alles in der Welt in oder aus einem Badeanzug ganz öffentlich an der *plage* gestrauchelt, und sie legte immer ihr enges Mieder und ihr dunkelgrünes Seidenkostüm mit einem kurzen Rock von der Taille bis zum Knie an, bevor sie die Villa verließ. Es war unbequem, darin herumzusitzen nach ihrem Bad, aber es trocknete schnell genug in der Sonne.

Das Objekt aller Badenden an der *plage* war das Holzfloß. Es schaukelte langsam von Seite zu Seite auf dem glitzernden Wasser und war beinahe immer überfüllt von kreischenden, rutschenden Gestalten, die auf der nassen Oberfläche vorwärts und rückwärts glitschten und ins Meer rein- und rausplanschten, wenn die Balance des Gewichts sich verschob.

An einem Ende des Floßes erhob sich die Sprungtreppe. Fast immer, wenn ein Schwimmer auf der obersten Stufe balancierte und dann durch die Luft sprang, gab es einen Augenblick der Stille, wenn die Leute zuschauten.

Die Springer waren für gewöhnlich Engländer oder Amerikaner, obwohl ein oder zwei Franzosen großartig waren.

Mrs Wolverton-Gush schwamm nie so weit bis zum Floß. Ihr Schwimmverhalten war eher eine Sache von Entschlossenheit denn Fähigkeit, und sie genoss es nicht, im Wasser zu sein. Sie glaubte ernsthaft, dass sie jeden Augenblick ertrinken könne, und körperliche Anstrengung führte bei ihr leicht zu Verdauungsproblemen. Doch wie üblich mussten ihre persönlichen Belange geopfert werden, schonungslos und im Stillen, für die Launen ihrer Arbeitgeberin. Andernfalls könnte sie sich stellungslos finden. Mrs

Wolverton-Gush wusste genau, was das für eine Frau in ihrem Alter bedeutete.

Sie setzte sich in den heißen Sand nieder, bewusst das schwere Stöhnen unterdrückend, das der Protest der Natur gegen ungewohnte Anstrengungen älterer Muskeln war, die unter Fett begraben lagen, und zog den Rock ihres Badeanzugs so weit sie konnte über ihre breiten Schenkel, die bläulich gefärbt waren.

Chrissie, bekleidet in einen Badeanzug, der ihren ganzen Rücken, die Seiten und die Schultern der Sonne aussetzte, warf sich in voller Länge hin und schützte ihre Augen vor der glühenden Sonne mit den Händen.

Mrs Wolverton-Gush blickte mit heimlichem Neid auf sie hinab. Chrissie lag so flach und gerade wie ein zehn- oder elfjähriges Kind. Sogar die Erhebung ihrer kleinen Brüste war beinahe nicht zu bemerken. Ihr Bauch, dachte Mrs Wolverton-Gush mürrisch, war eindeutig konkav geformt. Es war unnatürlich. Doch wusste sie, dass Chrissie weder Diät hielt noch Schlankheitsübungen machte.

„Sehen Sie mal, meine Liebe, da ist Ihr Freund, Mr Moon, mit Mrs Romayne und Patrick."

„Oh, verdammt", sagte Chrissie.

Sie setzte sich auf.

„Ich meine nicht deine Mrs Romayne, Gushie, aber dieser Moon langweilt mich unendlich. Haben sie uns gesehen?"

Sie hatten es und bahnten sich ihren Weg durch die Gruppen.

„Guten Morgen", sagte Hilary Moon mit mehr Liebenswürdigkeit als gewöhnlich. „Waren Sie schon drin?"

„Ich werde jetzt reingehen", sagte Chrissie. „Kommst du, Gushie?"

„Ich glaube, meine Liebe, ich werde erst einmal ein wenig hier sitzen bleiben."

„Ich komme mit Ihnen zum Floß, wenn ich darf", verkündete Hilary.

„Ja gut. Komm schon, Patrick."

Alle drei rasten hinunter zum Wasserrand. Coral Romayne, mit einem tief umwölkten Gesicht, warf sich neben Mrs Wolverton-Gush hin und fing an, den Sand mit beiden Händen heftig herumzuwerfen.

„Ich glaube, ich werde diesen Ort verlassen", äußerte sie abrupt. „Ich bin ihn einfach vollkommen leid."

„Denkst du an Cannes oder das gute alte Monte? Ich muss sagen, ich habe selbst eine schreckliche Schwäche für Cannes. Es ist das, was ich als wirklich schicken Ort bezeichne."

Coral gab keine Antwort. Sie zog einen Kamm aus ihrer Baumwollstrandtasche und zog ihn immer wieder durch ihr glanzloses Bündel trockenen, verfärbten Haars.

Schließlich verfiel sie in wütendes Gerede, wobei ihre Stimme höher und höher wurde.

Mrs Wolverton-Gush hörte zu, aber ohne Aufmerksamkeit. Sie wusste, welchen Kummer Coral hatte. Es war der uralte Kummer einer Frau, die nicht mehr jung war, für die sexuelle Abenteuer äußerst wichtig waren und deren Chancen darauf täglich schwanden.

Ruth Wolverton-Gush selbst maß sexuellen Abenteuern nur wenig Bedeutung bei. Sie betrachtete das Leben unter Geldaspekten und hatte dies getan, solange sie sich erinnern konnte. Hätte sie sich jemals zu Männern hingezogen gefühlt, hätte sie ihre Reize um der materiellen Vorzüge willen ausgenutzt, die sie ihr vielleicht brachten. Doch selbst als Mädchen gewann sie nie die Bewunderung von Männern. Sie war zu hart, zu diktatorisch, zu offensichtlich hinter dem her, was sie kriegen konnte.

Das Leben hatte sie nicht im Geringsten weicher gemacht, im Gegenteil. Doch es hatte sie gelehrt, ihre Härte unter dem Deckmantel geäußerter Sympathie zu verbergen.

Sie bot sie jetzt Coral an, während ihre Gedanken die ganze Zeit mit ihren eigenen Angelegenheiten beschäftigt waren: dem Schmerz, der sie vor einer nahenden Magenverstimmung warnte, das einseitige Reißen an ihrem Mieder, das darauf hinwies, dass einer der Haken nachgegeben hatte und sofort wieder angenäht werden musste, sobald sie drinnen war.

„Es ist zu schade, meine Liebe. Es tut mir wirklich leid. Es sieht wirklich so aus, als ob er sich schlecht benommen hat. Ich hätte sicherlich niemals von Buck erwartet, dich so im Stich zu lassen. Ich meine fast, dass das irgendwie auf mich zurückfällt, weil ich ihn dir vorgestellt habe."

„Oh, das hat nichts mit dir zu tun, Gushie", sagte Coral mechanisch. Sie schwieg einen Augenblick und platzte dann wieder los.

„Es ist vollkommen unschicklich, wie Angie – oder wie immer sie sich nennt – Männern hinterherläuft. Es macht mich krank! Und nur weil Moon so blöd war, sie alle von seinem verfluchten Motorboot ins Meer zu kippen, und Buck nicht schrie und panisch wurde wie der schmutzige kleine Wie-hieß-er-doch, würde man meinen, er hätte allen das Leben gerettet."

Mrs Wolverton-Gush, die gehört hatte, wie Coral am Abend zuvor laut mit Champagner auf Bucklands Gesundheit angestoßen hatte, sagte sofort mit großer Entschlossenheit:

„Hysterie, meine Liebe – das ist alles. Einfach Hysterie. Mrs Moon und dieses dumme kleine Courteney-Mädchen waren völlig hinüber, und sie mussten ein Abenteuer aus dem machen, was wahrscheinlich ein ganz einfacher Vorfall war. Natürlich, wenn das in England passiert wäre, wäre es vielleicht höchst unerfreulich gewesen – um nicht zu sagen gefährlich –, aber ein oder zwei Stunden im Wasser in diesem Klima bedeutet gar nichts."

„Ich kann nicht begreifen, dass Buckland irgendwas Wunderbares getan haben soll", wiederholte Coral mürrisch. „Übrigens machen sie so weiter, man würde denken, er hätte ein Dutzend Leben gerettet. Tatsächlich konnten sie alle sehr gut schwimmen. Buck war nur zufällig weniger dumm als die anderen Männer, das ist alles. Wenn man sie überhaupt als Männer bezeichnen kann", fügte sie bösartig hinzu.

„Ich mache mir gewiss nicht viel aus Mr Moon, muss ich gestehen."

Mrs Wolverton-Gush hatte nicht die Absicht, sich auf Bemerkungen, welcher Art auch immer, über Denis Waller einzulassen. Chrissie war, oder schien es zu sein, vorübergehend von ihm hingerissen – und Chrissie war ihre Arbeitgeberin. Doch Coral war nicht im Mindesten an Denis interessiert. Sie wollte über sich und Buckland reden.

„Ich war auch schrecklich großzügig zu ihm – habe ihn überall mitgenommen und nie große Umstände um Geld gemacht, und Gott weiß, er hat sich immer was gegönnt. Ich glaube nicht, dass es eine andere Frau auf der Welt in meiner Stellung gibt, die das hingenommen hätte. Ich weiß nur eines, es wird nicht so weitergehen."

„Du meinst, du wirst ihm sagen, dass er gehen kann?"

Mrs Wolverton-Gush glaubte das nicht wirklich. Sie hatte früher schon Erfahrungen mit Coral Romaynes Unbeständigkeit gemacht, mit ihren heftigen Stimmungsschwankungen und ihrer Anfälligkeit für Schmeicheleien. Sie fand, dass sich Buckland wie ein Dummkopf aufführe.

Plötzlich fasste Coral sie am Arm, wobei sie ihr die spitzen Fingernägel auf schmerzhafte Weise ins Fleisch grub.

„Guck dir das an! *Guck* dir das nur an! Was habe ich dir gesagt?"

Mrs Wolverton-Gush guckte.

Angie Moon kam gerade unbeschwert den steilen Hangweg hinunter, der von der Straße abging, und Buckland war dicht hinter ihr.

Coral murmelte ein Schimpfwort.

„Also, meine Liebe, hör mal. Lässt du mich mit dem jungen Mann einmal reden? Ich glaube, ich kann ihn schon zu Verstand bringen. Du willst ihn doch nicht gerade jetzt loswerden oder, wegen Patrick?"

„Der tut gerade viel für Patrick!"

„Du willst dich doch nicht erniedrigen, indem du mit ihm auf irgendeine Art über sein derzeitiges Verhalten sprichst. Wirklich, meine Liebe, ich wünschte, du würdest mir das überlassen", sagte Mrs Wolverton-Gush ernsthaft.

Sie wollte nicht, dass Buckland Coral Romayne unwiderruflich beleidigte. Sie selbst hatte den Posten für ihn besorgt, und eine geschäftsähnliche Vereinbarung bestand zwischen ihnen, die sie für vorteilhaft hielt.

Sie war auch darum bemüht, sich die Freundschaft von Coral Romayne zu erhalten. Sie war ihr in der Vergangenheit nützlich gewesen, und sie beabsichtigte in Gänze, dass sie es auch in Zukunft sein sollte.

„Lass mich mit ihm sprechen. Du kannst mir vertrauen, dass ich deine Würde in keiner Weise kompromittiere."

„Würde, ist das die Möglichkeit, Gushie!" Mrs Romayne brach in Gelächter aus, ihre Stimmung wechselte plötzlich. „Mach nur, wenn du willst. Doch du musst ihm zu verstehen geben, dass es seine letzte Chance ist. Ich werde ihn morgen mit nach Monte Carlo nehmen – es wird eine Gruppe zusammengestellt –, und wenn er seine Zeit damit verbringt, hinter dem Mädchen mit den großen Augen herzulaufen, dann ist es *genug*."

Coral stand auf, fuhr mit den Händen leicht an der schmalen Linie ihrer Hüften entlang und ging zum Wasserrand hinunter.

Angie Moon, die sich auf dem Sand ausstreckte, legte sich gerade ihre weiße enge Gummikappe über die Locken. Ihre langen Gliedmaßen waren bereits in einem schönen Goldbraun getönt. Sie hatte sich die Fußnägel, ebenso die Fingernägel, in Tiefrot lackiert.

Die Franzosen, die meisten von ihnen von ihren Familien umgeben, starrten sie offen an.

Buckland stand direkt neben ihr, sein kräftiger Oberkörper vorteilhaft in Szene gesetzt.

Er blickte auf sie hinunter.

Mrs Wolverton-Gush hievte sich mit Anstrengung hoch. Sich grimmig der Schwere ihres Körpers bewusst, ging sie mit unerschrockener Entschlossenheit zu ihm hin.

„Guten Morgen, Mrs Moon. Nun Buck – guten Morgen."

„Hallo", sagte Buckland freundlich. „Sieht lustig aus im Wasser heute Morgen, nicht?"

„Ganz herrlich! Aber ich hoffe, dass du nicht gerade in diesem Moment hineingehst, oder?"

Buckland blickte auf Angie hinunter. Sie rollte sich sofort auf den Bauch, hob die Beine in die Höhe und ließ sie wieder in einer langsamen, rhythmischen Bewegung fallen.

„Wie ist es mit dir, Angie?"

„Ich werde schlafen", kündigte sie an und legte ihr Gesicht auf ihren Unterarm.

Mrs Wolverton-Gush riss die Gelegenheit an sich.

„Ich möchte dich nicht stören. Und tatsächlich möchte ich, Buck, dass du mir von dem Tag in Monte Carlo erzählst. Ich vermute, Miss Challoner würde sich gern anschließen. Sie sagte unlängst etwas davon, dass sie hinfahren möchte."

Sie bewegte sich weg, während sie sprach, und Buckland folgte ihr.

Angie blickte sich nicht um.

(6)

„...Und deshalb", sagte Mrs Woverton-Gush, „kannst du dir gleich von mir sagen lassen, dass du genau den Weg einschlägst, um eine leichte Tätigkeit zu verlieren." Sie war weit weniger vornehm mit Buckland, sowohl in der Artikulation als auch in der Wortwahl, als mit ihrer Arbeitgeberin oder mit jemandem, von dem sie vermutete, dass er das unterschätzte, was sie für ihren Anspruch auf gute Erziehung hielt.

Erziehung, gut, schlecht oder oberflächlich, bedeutete nichts für Buckland, das wusste sie sehr gut. Ihr angeborener Scharfsinn sagte ihr, dass er nur den schlichtesten und direktesten Bemerkungen Aufmerksamkeit schenken würde.

Er nahm ihre Ankündigung genau so auf, wie sie erwartete hatte: mit einem scharfen Blick auf sie, als ob er sehen wolle, ob sie es wirklich so meinte, und dann einem offenen Ausruf der Verärgerung.

„Verdammt! Hat sie dich veranlasst, mir das zu sagen?"

„Bestimmt nicht. Mrs Romayne ist sehr gut selbst in der Lage, dir alles zu sagen, was sie will —"

„Das stimmt", entfuhr es Buck mit einem kläglichen Grinsen.

„Aber ich kann selbst sehen, dass sie es nicht hinnehmen wird, dass du weitermachst wie zurzeit. Warum sollte sie? Du hast hier einen freien Urlaub, denn das ist alles, was es ist, auf ihre Kosten, und alles, was du im Gegenzug tun musst, ist, den Wagen zu fahren und ein Auge auf den Jungen zu haben, wenn er es braucht, und dich Coral gegenüber anständig zu benehmen. Wenn du das nicht kannst, Buck, dann bist du ein größerer Dummkopf, als ich gedacht hatte." Es entstand eine lange Pause.

Mrs Wolverton-Gush hoffte, in einem Rückfall in die Vornehmheit, dass es unnötig für sie sein würde, noch deutlicher zu werden. Sie saß da und blickte direkt geradeaus.

„Verdammt!", sagte Buckland wieder, dieses Mal nachdenklich. „Ich vermute, ich bin ein Dummkopf gewesen. Gott weiß, dass es nicht gut für mich wäre, jetzt gefeuert zu werden – man kommt nicht leicht an Arbeit."

„Sicherlich nicht an Arbeit wie diese."

„Ich bin nicht der *Gigolo*-Typ", sagte Buckland barsch.

„Niemand hat jemals behauptet —"

Er brachte sie mit einer heftigen Geste zum Schweigen.

„Du weißt genauso gut wie ich, dass es das ist, worauf es hinausläuft."

„Na gut", sagte Ruth Wolverton-Gush düster, „wenn das alles ist, worauf es hinausläuft, musst du dich damit abfinden. Leute ohne Geld müssen heutzutage nehmen, was sie kriegen können und dafür dankbar sein, was immer es auch sein mag."

Ihr Mund verschloss sich danach zu einer harten Linie.

Sie hatte sich zu dem einzigen Glauben bekannt, den sie hatte.

Kapitel X

(1)

„Kann ich auch nach Monte Carlo gehen", sagte Gwennie, wobei ihr Ton eher eine Drohung als eine Bitte andeutete.

„Ich fürchte nein, Gwennie."

„Aber Mami, Olwen wird mitgehen."

„Ich wüsste nicht, dass sie es tut. Und auf jeden Fall ..."

„Daddy sagte beim Frühstück heute früh, dass er Olwen mitnehmen wird."

„Olwen ist sehr viel älter als du."

„Sie ist nicht einundzwanzig, deshalb wird ihr genauso wenig gestattet, in die Spielsäle zu gehen, wie mir, also wieso sollte sie dann gehen dürfen und ich nicht?", sagte Gwennie mit ihrer üblichen vernichtenden Fähigkeit, den Kern jeder Situation zu erfassen.

Mary Morgan blickte sie ziemlich hilflos an.

Gwennie, sehr gerade und robust in ihrer kurzen gelben Badehose und mit ihrem gelben Baumwollhut, erwiderte den Blick mit unbeirrbarer, unverwandter Direktheit.

Mary – deren eine Schwäche es war, dass sie bei der Erziehung ihres hartgesottenen jüngsten Kindes Methoden der vernünftigen Überzeugung anwandte, die sich bei den sanfteren Kindern Olwen und David als erfolgreich erwiesen hatten – erkannte, dass es Probleme geben würde.

Gwennie war ausreichend intelligent, wie ihre Mutter wusste, um zu begreifen, dass sie keine wirkliche Hoffnung hatte, sich durchzusetzen –, aber es war ganz offensichtlich, dass sie sich entschlossen hatte, sie so teuer wie möglich aufzugeben.

„Ich glaube nicht, dass ich selbst nach Monte Carlo gehen werde, Liebes. Du und David könnt stattdessen etwas anderes machen."

„Ich will nichts anderes machen. Ich will nach Monte Carlo fahren."

„Gwennie, es würde wirklich nicht viel Spaß machen, selbst wenn du es tätest. Es ist einfach eine Stadt wie St. Raphael, nur größer."

„Alle anderen gehen. Dulcie auch."

„Ich dachte, du machst dir nicht viel aus Dulcie."

„Ich verabscheue sie einfach. Deshalb gefällt es mir nicht, dass sie geht und ich nicht."

Konfrontiert mit diesem neuen Beweis für Gwennies Prinzipienlosigkeit, fühlte sich Mary hilfloser denn je. Sie quälte sich langsam die Allee zum Hôtel d'Azur hoch. Mervyn und die älteren Kinder waren weit voraus. Es war typisch für Gwennie, dachte sie, ihren Angriff genau unter diesen Umständen zu starten und in diesem Moment. Es war viel, viel zu heiß, um elterliche Strenge auszuüben.

Sie versuchte es mit einer Ablenkung.

„Ich frage mich, was wir heute zum *déjeuner* bekommen."

„*Poulet* und Brunnenkresse", sagte Gwennie sofort.

„*Cresson.*"

„Brunnenkresse. Ich habe Henri gefragt, und er hat es mir gesagt. Und keinen Nachtisch, nur Käse und Früchte, aber morgen wird es Eis geben."

„Nun, das wird sehr nett sein."

Mary prustete leicht durch den Aufstieg. Sie umrundeten die letzte scharfe Kurve und waren in Sichtweite der Treppe.

„Ich möchte *so gern* nach Monte Carlo morgen."

„Du wirst nicht gehen, Gwennie. Finde dich damit ab wie ein artiges Kind."

Mary eilte die Treppe hinauf, ohne sich umzublicken. Es waren wie üblich mehrere Leute auf der Terrasse, und sie hoffte, dass der eine oder andere vielleicht Gwennie zurufen würde, wie es so oft vorkam, denn sie war ein Kind, mit dem Fremde umstandslos Freundschaft schlossen.

„*Bonjour, ma petite fille.*"

„*Bonjaw, m'seu*", erwiderte Gwennie bedrückt.

„*Ça marche, ce matin?*"

Gwennie antwortete auf Monsieur Duvals freundliche Frage, indem sie ihre Unterlippe vorschob und ihn bemitleidenswert mit plötzlich tränenerfüllten Augen ansah. Beide Duvals brachen umgehend in teilnahmsvolles Gekreischte aus. Im nächsten Moment schien Gwennie der Mittelpunkt einer ziemlich großen Personengruppe zu sein. Mary, ernüchtert und amüsiert zugleich, ging weiter in die Halle hinein.

Nur Mr Muller saß da und las eine amerikanische Zeitung.

Es war seine höfliche Angewohnheit, stets aufzustehen, wenn eine Dame, die er kannte, vorbeikam, und er tat das auch jetzt.

Mary fühlte sich bemüßigt, stehen zu bleiben.

Sie mochte Muller recht gern, dem es gelang, sein Schweigen intelligent erscheinen zu lassen, und dessen sehr dunkle blaue Augen einen ungewöhnlich aufmerksamen Ausdruck besaßen, als ob er ständig beobachtete.

„Werden Sie sich morgen dem Ausflug nach Monte Carlo anschließen?", fragte Mary.

„Aber nein, Mrs Morgan, das werde ich nicht. Monte Carlo ist ein Ort, den ich schon häufig besucht habe, und ich werde es sicherlich auch wieder tun, wenn meine Frau und die Familie hier bei mir sind, und ich denke, bis dahin kann das sehr gut warten."

„Ich bin einmal dort gewesen. Mir hat es nicht sehr gefallen ...", gestand Mary.

„Es ist ein Ort, den man sich einmal ansieht", bemerkte Mr Muller richterlich. „Aber er hat nichts Besonderes, es sei denn, man möchte spielen. All *das*" – er deutete mit der Hand auf das strahlende Blau und Rot draußen – „kann man hier besser genießen als dort. Obwohl es natürlich ein wunderschöner Weg ist entlang der Küste."

„Mein Mann wird Olwen mitnehmen. Er ist nicht besonders daran interessiert, in die Spielsäle zu gehen."

Muller blickte sie mit höchst abwägendem Ausdruck an.

„Sie und ich werden das Hotel morgen dann mehr oder weniger für uns haben. Courteney ist sehr entschlossen, alle einzufangen, die er bekommen kann."

Gwennie kam in die Halle, rollte unheilvoll die Augen über ihre Mutter und ging die Treppe hinauf, ihren Bademantel hinter sich herziehend.

„Ihre Tochter sieht irgendwie aufgebracht aus", bemerkte Mr Muller sanft.

„Das ist sie. Sie möchte nach Monte Carlo fahren, und ich habe ihr gesagt, dass sie hierbleiben muss, und David auch."

„Ist das nicht ein Jammer! Würde es die Situation irgendwie erleichtern, Mrs Morgan, wenn ich Sie und die Kinder bitten würde, mir die Ehre zu erweisen, mit mir morgen eine Ausfahrt zu machen? Wir könnten einen Platz an der Küste finden, den Sie noch nicht besucht haben, und schwimmen gehen und zum Tee picknicken und dann früh zu Abend essen und danach wieder zurückfahren. Die meisten Hotels bieten ein nettes Abendessen an, denke ich."

„Das würde ihnen gefallen", sagte Mary. „Und mir auch", fügte sie ganz ehrlich hinzu.

„Nun, dann betrachten wir das als abgemacht."

Sie lächelte ihn dankbar an und ging nach oben mit einem seltsam frohlockenden Gefühl.

Zu Hause ging sie kaum irgendwo hin, ausgenommen zu sehr langweiligen örtlichen Veranstaltungen, und sie konnte sich nicht erinnern, seit ihrer Heirat jemals von einem Mann außer Mervyn ausgeführt worden zu sein.

Mary war leicht beunruhigt über ihre eigenen Gefühle aufgeregter Erwartung und das freudige Behagen, ein Kompliment bekommen zu haben.

Sie sagte sich, dass das absurd sei und dass sie sich schämen sollte für ihr kindisches Verhalten.

Doch das Gefühl hielt trotzdem an.

Nachdem sie die Zöpfe ihres Haars gelöst hatte, bürstete sie es mit ungewohnter Energie vor dem Spiegel und stellte dann fest, dass sie gedanklich die Möglichkeit erwog, diese glänzenden Flechten in Gegenwart von Mr Muller morgen zu zeigen.

„Also", sagte Mary ihrem Spiegelbild mit einigem Erstaunen. Mit dem Ausruf und einem beherzten Wiederaufstecken ihres Haars betrachtete sie die unheiligen Impulse ihrer Fantasie als erledigt, indem sie sich weigerte, bei ihnen zu verweilen.

Mary Morgan hatte für viele Jahre erfolgreich vermieden, sich den Tatsachen zu stellen. Ihre Kindheit war ungewöhnlich glücklich gewesen. Sie war in einem Bergdorf in Südwales aufgewachsen, wo das einzige große Haus dasjenige ihres Vaters war. Das Leben folgte einem sehr einfachen, wieder-kehrenden Muster durch die Kleinkinderzeit und Unterricht zu Hause, gelegentliche Besuche bei Verwandten, Schule für die zwei Jungen und eine freundliche, verblühte Mademoiselle im Haus für Mary und ihre Schwester; die Hauptereignisse des Jahres drehten sich um die Jagd im Winter und die Dorfkricketspiele, angeführt vom Vater der Kinder, an Samtstagen im Sommer.

Mit achtzehn debütierte Mary in leiser und unaufgeregter Weise auf einem Jagdball und hatte dann das gleiche Leben geführt wie zuvor mit Ausnahme gelegentlicher Bälle zu Weihnachten, zu denen sie und ihre Eltern in geschlossenen Kutschen jede Distanz zwischen fünf und fünfzehn Meilen fuhren. Als Nesta, zwei Jahre jünger als Mary, auch erwachsen wurde, mussten sie sich bei den Bällen abwechseln. Nur ein einziges Mal war ihr Vater überredet worden, einen Ball für sie zu Hause zu geben.

Mervyn Morgan war zum Ball gekommen, ebenso wie jeder junge Mann, den sie aus der Nachbarschaft gewinnen konnten, aber Mary war nicht besonders an ihm interessiert, obwohl sie miteinander getanzt hatten.

Zu der Zeit hatte sie heimlich ein romantisches Schulmädchenideal von einem Mann, den sie heiraten wollte. Eine Mischung aus Rudolf Rassendyll und Mr Harry Fragson, den sie einmal gesehen und gehört hatte in einem Märchenspiel in Drury Lane. Es war alles vage, albern und unreif. Mary war nie verliebt gewesen, niemand hatte ihr jemals den Hof gemacht. Sie ging davon aus, dass sie heiraten würde, weil es immer für selbstverständlich gehalten wurde, dass dies die natürliche Bestimmung eines Mädchens sei. Die beiden unverheirateten Misses Jones im Pfarrhaus, die fünf Misses Williams auf der anderen Seite des Flusses, die Misses Lloyd, Tante und zwei Nichten, in Plas Lloyd, waren alle ältlich. Es war

Mary und Nesta nicht einmal in den Sinn gekommen, dass eine von ihnen überhaupt jemals jung gewesen sein konnte. Es konnte keine Verbindung geben zwischen ihnen selbst, jung, hübsch und glücklich, und diesen zahlreichen Jungfern. Sie nahmen es für selbstverständlich, dass sie sich eines Tages verlieben würden und geheiratet wurden und Kinder bekamen. In der Zwischenzeit häuften sich die Eindrücke an – glücklich, unbemerkt, unausgesprochen und dazu bestimmt, Mary ihr ganzes späteres Leben lang als eine Reihe unzusammenhängender Erinnerungen immer wieder in den Sinn zu kommen … der Garten mit Büscheln von mauvefarbenen Herbstastern, taudurchtränkt … der Wasserfall unterhalb des Tors vom Pförtnerhaus, angeschwollen zu einem braunen, schäumenden Strom durch die schweren Herbstregenschauer … ein weißer Nebel, der vom Tal hochwaberte, und die Spitzen der Lärchen, die verborgen in den Wolken waren … eine Kutschenladung mit Dorfkricketspielern, die vor dem ‚Sloop Inn' hielt, und der Klang walisischer Stimmen, die anfingen, „Wait till the clouds roll by, Jennie" zu singen.

Es ging weiter, unverändert und scheinbar unveränderbar, bis zur Zeit des Kriegs.

Marys Bruder war innerhalb eines Jahres nach Kriegserklärung getötet worden.

Nesta war, nachdem sie in einem Londoner Krankenhaus ausgebildet wurde, nach Frankreich gegangen und heiratete einen kanadischen Offizier.

Mary war arbeiten gegangen, kam jedoch nach Hause, als ihr zweiter Bruder in Gefangenschaft geriet. Sie konnten lange keine Nachrichten über ihn erhalten, und Mary begleitete ihre Eltern, einzeln oder beide, auf klägliche und ruhelose Fahrten nach und von London.

Die Monate und Jahre schienen endlos, doch sie gingen vorüber.

Der Krieg war vorbei und der Wiederaufbau begann. Ein jeder war viel ärmer, und beinahe jeder schien viel älter geworden zu sein. Viele waren nicht zurückgekehrt, selbst diejenigen, die den Kampf überlebt hatten.

Marys übriggebliebener Bruder heiratete ein Mädchen aus dem Norden des Landes, die niemand von ihnen besonders mochte. Sie hatte etwas Geld, und die Alten beschlossen, ihr und ihrem Mann das Haus zu überlassen.

Sie fanden ein kleines Haus außerhalb von Chepstow und sprachen davon, sich dort niederzulassen, wollten aber zunächst nach Kanada und Nesta, ihren Ehemann und ihr Kind besuchen, die in Hamilton, Ontario, lebten.

Es war zu der Zeit, dass Mervyn Morgan Mary bat, ihn zu heiraten. Er sagte, dass er das lange habe tun wollen, aber bewusst abgewartet habe, bis der Krieg vorbei war. Er sagte ihr, dass er seit Jahren in sie verliebt sei und sich nie etwas aus jemand anderem machen würde. Aber es war, weil er das alte Leben kannte und so oft mit ihren Brüdern in der Kindheit ausgeritten war und sich daran erinnern konnte, wie Mary und Nesta in den Lärchenwäldern zusammen spielten, dass Mary sich in ihn verliebte und ihn nahm.

Sie war nicht selbstreflektierend genug zu erkennen, dass sie die ganze Zeit über eine vage Hoffnung nährte, die Ehe mit Mervyn würde die verschwundenen Tage zurückbringen.

In gewisser Weise tat sie das auch.

Das Haus, in das sie als Mervyns Frau kam, war eines, das sie immer gekannt hatte, wenige Meilen von ihrem Zuhause entfernt.

Nachdem die Kinder geboren waren, machte es Mary ungemein glücklich, sie in der Umgebung zu sehen, die ihre eigene Kindheit gekannt hatte. Sie suchte durch sie die Vergangenheit wiederzuentdecken. Obwohl ihre Jugend vorbei war, lebte sie immer noch weitgehend in ihr, indem sie sich vor dem vollen Schmerz der Desillusion schützte.

Ihre Zuneigung für Mervyn war tief und anhaltend, obwohl er nie ihre Leidenschaft weckte, und sie akzeptierte fraglos seine Versicherung, dass sie von Natur aus frigide sei und dass die meisten anständigen Frauen so wären.

Keiner von ihnen hatte sich jemals in jemand anderen verliebt. Sie waren arm, und die drei Kinder kosteten sie jeden Penny, den sie aufbringen konnten.

Der Urlaub in Frankreich war Marys letztes Gebot für ein Abenteuer. Sie wusste, dass Mervyn es für eine zügellose Extravaganz hielt, was es tatsächlich war, aber das Geld kam von ihr – eine unerwartete Erbschaft –, und sie gestattete ihm, zwei Drittel davon zu investieren.

Sie suchte Wärme und Farbe, eine andere Atmosphäre und eine besondere Erinnerung für die Kinder.

Und ohne sich dessen bewusst zu sein, suchte sie Romantik.

(2)

Die Abfahrt nach Monte Carlo wurde von dem erfahrenen Mr Courteney gut inszeniert. Da er sehr wohl wusste, dass er nicht darauf hoffen konnte, die Gangart seiner Gruppe zu kontrollieren, wenn sie nicht alle zusammengehalten würden, hatte er Mrs Romayne und Hilary Moon, die die einzigen waren, die über einen Wagen verfügten, überredet, dass es weniger anstrengend und viel angenehmer sei, in gemieteten Autos gefahren zu werden, die er organisieren könne.

Dementsprechend stand um zehn Uhr ein glänzendes Aufgebot an blauen Limousinen vor dem Hôtel d'Azur, jede mit einem dunkelhäutigen Chauffeur im schwarzen Barett am Steuer.

Courteney, sehr ruhig und freundlich, lief mit einer Liste in der Hand herum. Er blieb immer noch ruhig und freundlich, als ihm um halb elf eine Nachricht zukam, dass die Duvals es sich anders überlegt hätten und nicht mitkommen würden, als der *concierge* ihm versicherte, dass ein Wetterwechsel bevorstehe und dass der *mistral* vor dem Mittag wehen würde, und als Hilary Moon plötzlich ankündigte, dass er am vorherigen Nachmittag Miss Challoner und ihre Sekretärin eingeladen habe, sich dem Ausflug anzuschließen und sie zugestimmt hätten und erwarteten, dass man sie um Viertel nach zehn an der Villa abholte.

Mittlerweile war es zwanzig Minuten vor elf.

Niemand zeigte Anzeichen, für den Aufbruch bereit zu sein, mit Ausnahme von Captain Morgan und seiner Tochter Olwen, Denis Waller – der am hintersten Schreibtisch in der Halle vor sich her schrieb und mit einer Hand vor Blicken das abschirmte, was er mit der anderen schrieb –, und Dulcie.

Courteney dankte Hilary mit überschwänglicher Höflichkeit für seine verspätete und unwillkommene Mitteilung und schickte einen Telefonanruf in die Villa les Mimosas, um zu sagen, dass sich der Aufbruch leicht verspätet hätte.

Madame kam aus dem Büro, lächelnd und sich verbeugend, und Courteney, in überlegenerem Französisch als dem ihren, machte ihr Komplimente über die Schönheiten der Provence, ihre Heimat.

Um zehn vor elf kam Angie Moon herunter, gekleidet in einen neuen Strandanzug aus weißer Seide mit hellgrünen diagonalen Streifen, einem riesengroßen grasgrünen Stohhut und grünen Sandalen.

Sie sagte, dass Mrs Romayne auf dem Weg nach unten sei.

Denis stand vom Schreibtisch auf und steckte den Briefumschlag, den er gerade adressiert hatte, in die Tasche seines neuen blauen Flanellanzugs.

„Wollen Sie Ihren Brief aufgeben, Mr Waller?", sagte Dulcie, die ihn mit zur Seite geneigtem Kopf beobachtet hatte. „Er wird um elf Uhr rausgehen, wenn Sie es machen."

„Nein, danke", gab Denis zurück und errötete. „Ich – er wird – ich denke, ich werde ihn in Monte Carlo aufgeben. Er wird wahrscheinlich so schneller nach London kommen."

„Oh, aber das wird er nicht, Mr Waller. Er —"

Courteny drehte sich halb herum und schenkte seiner Tochter einen Blick, der sie sofort zum Schweigen brachte.

Denis, der mit langen Schritten lief, um wie immer zu versuchen, größer auszusehen, näherte sich den anderen. Er warf einen unsicheren Blick auf die anderen Männer.

Morgan, der gesagt hatte, dass er nicht in die Spielsäle gehen werde, trug kurze Hosen und ein Hemd in Khaki. Courteney hatte ein altes Paar Flanellhosen und ein Baumwolloberteil mit Reißverschluss an, Buckland, der von der Terrasse hereinschlenderte, trug graue Flanellhosen.

Denis fing an zu raunen. Er ging zu Courteney.

„Ich bin mir nicht sicher – ich hoffe, ich habe die richtige Kleidung an – ich war nicht ganz sicher. Ich kann ganz leicht noch einmal hochgehen und mich umziehen."

Seine Sorge, in der passenden Kleidung gesehen zu werden, wurde nur übertroffen von dem Widerwillen, Unwissenheit über diesen Punkt einzugestehen.

Courteney, grundsätzlich freundlich zu jedem Hotelgast, ordnete Denis in Wahrheit nicht als einen solchen ein, genauso wenig wie der *concierge* oder der Kellner.

„Das geht", sagte er kurz. „Außerdem haben Sie keine Zeit, noch einmal hochzulaufen. Wir brechen bereits extrem spät auf."

Er konsultierte seine Liste.

„Wer fehlt? Mrs Romayne – Patrick. Und wir müssen Miss Challoner und ihre Freundin auf dem Weg abholen. Ich denke wirklich, der erste Wagen sollte jetzt besser losfahren und das erledigen, das wird den anderen Autos Zeit geben, aufzuholen."

Courteneys leicht erhobene Stimme hatte irgendwie alle auf der Treppe zusammengeführt, diejenigen, die fuhren, und diejenigen, die es nicht taten. Sogar Mr Bolham legte die Zeitung hin, die er gerade auf der Terrasse las, und stand auf.

„Wenn ich ein oder zwei vorsichtige Vorschläge machen darf über die Sitzordnung in den Wagen, könnte das ein wenig Durcheinander ersparen", sagte Courteney freundlich lächelnd und das Blatt zu einer kleinen Kugel zusammenknüllend, auf dem er mit großer Sorgfalt und in allen Details am Vorabend seine provisorischen Vorschläge ausgearbeitet hatte.

„Moon, steigen Sie und Waller bitte ein und holen Sie Miss Challoner und Mrs – äh – Wolverton-Gush ab? Guten Morgen, Mrs Romayne – nein, wirklich, Sie sind überhaupt nicht zu spät. Ich hoffe, Sie lassen mich im Wagen mit Ihnen mitfahren, und lassen Sie mich sehen – Buckland – und du, Dulcie."

(„Fahre ich mit dir, Papa? Wie wunderbar", quietschte Dulcie mit einem kleinen Hüpfer.)

„Captain Morgan, das letzte Auto wäre dann für Mrs Moon, wenn Sie sich um sie kümmern wollen, und für Ihre Tochter und Patrick Romayne. Ich denke, dass jetzt jeder berücksichtigt wurde. Wir werden alle direkt zum Parkplatz vor dem Casino fahren, also werden wir uns dort treffen."

Gwennie kletterte auf die Steinmauer der Terrasse und fing an zu rufen:

„Auf Wiedersehen!", während sie auf und ab tanzte und mit den Händen winkte.

„Auf Wiedersehen", echote David, der sich zu ihr gesellte.

Alle fingen an, auf Wiedersehen zu rufen und Wünsche für einen schönen Tag auszutauschen.

Die Wagen entfernten sich die Auffahrt hinunter.

(3)

Der Tag, den Mary und ihre zwei jüngeren Kinder mit Mr Muller verbrachten, war ein großer Erfolg gewesen. Sie fuhren eine lange Strecke in Mr Mullers äußerst prachtvollem Wagen, sie sahen schöne Landschaften, sie schwammen und picknickten auf den Felsen und aßen schließlich früh am Abend auf der Terrasse eines französischen Hotels, das das Meer überblickte.

Es war acht Uhr, als sie zum Hôtel d'Azur zurückkamen.

„Danke vielmals, dass Sie uns mitgenommen haben. Es war wunderschön", sagte Gwennie.

„Danke vielmals", echote David.

Beide waren den ganzen Tag engelsgleich gewesen.

Mary schickte sie nach oben zu Bett und spürte ein Strahlen aus Stolz und Dankbarkeit.

„Wir haben es genossen", sagte sie Mr Muller, während sie neben ihm in der beleuchteten Halle stand.

Es war noch immer drückend heiß, und eigenartige Insekten summten und flatterten herum, in der Stille auffallender als gewöhnlich, denn das halbe Hotel war in Monte Carlo und die andere Hälfte beim Abendessen.

„Sie müssen doch noch nicht gleich gehen, oder?", erkundigte sich Mr Muller. „Wollen Sie nicht kommen und für ein paar Minuten auf der Terrasse sitzen? Auf einen eisgekühlten Drink oder so."

„*Ce soir*", sagte unerwartet die Stimme des *concierge* hinter ihnen, „*il y aura des feux d'artifice au village.* "

Mr Muller blickte Mary fragend an.

„Oh, ich schwärme für Feuerwerk", sagte sie.

„Das ist schön. Wir werden gleich hinuntergehen und es uns ansehen."

„Lassen Sie mich nur eben hochlaufen und den Kindern gute Nacht sagen", rief Mary.

„Sicher. Ich werde hier auf Sie warten."

Sie lief nach oben, aufgeregt wie ein Schulmädchen, und war in fünf Minuten wieder zurück. Mullers Wagen stand wiederum an der Treppe, und er saß am Steuer.

Mary setzte sich neben ihn, sich bewusst, dass der lange Tage, der gemeinsam in einer Vertrautheit verbracht worden war, die heimisch hätte sein können, wenn es nicht so unfamiliär gewesen wäre, überraschenderweise ein starkes Gefühl der Kameradschaft zwischen ihnen hatte entstehen lassen. Sie wusste instinktiv, dass der schweigsame Amerikaner sie sehr gern hatte. Sie hatte ihn auch gern.

Sie fanden die kleine *place* im Dorf dicht bevölkert von typisch südländischen Gruppen aus kräftigen hemdsärmeligen Männern, hutlosen Frauen und kleinen rundköpfigen Kindern.

Tanzmusik plärrte aus einem Lautsprecher, der in einem offenen Eingang stand, und Paare tanzten auf der ganzen Straße. Ab und zu veranlasste grelles Licht herannahender Autoscheinwerfer und der Klang von Autohupen die Tänzer, heftig auszuweichen, kreischend und sich in alle Richtungen zerstreuend. Muller hielt dicht am Straßenrand und machte die Scheinwerfer aus.

„Ich denke, das Feuerwerk wird am Ufer stattfinden. Das tun sie gewöhnlich. Wenn wir hier sitzen, werden wir es sehr schön sehen können."

Der raue Klang des schlecht eingestellten Radios war so laut, dass sie nicht den Versuch machten, sich zu unterhalten.

Es war eigenartig, dachte Mary, wie es möglich sein konnte, neben dieser Zufallsbekanntschaft schweigend zu sitzen, ohne sich verlegen zu fühlen.

Dann hörte die Tanzmusik auf und es trat eine Art Pause ein. Viele Leute strebten über die Straße zum offenen Eingang der *brasserie*.

„Sehen Sie", sagte Mary, „dort sind ein paar Männer, die zum Wasserrand gehen. Das ist dort, wo das Feuerwerk stattfinden wird; Sie hatten ganz recht."

„Hatten Sie mir nicht geglaubt?", fragte Muller trocken. Beide lachten.

„Ich denke, ich weiß, wie die Dinge hier an der Küste ablaufen, genau wie alles andere", sagte Muller. „Ich bin hier fast jedes Jahr in den letzten fünfzehn Jahren gewesen."

„Und gefällt es Ihnen?"

„Nun, ich weiß nicht recht. Ich bin es leid geworden, vermute ich. Der Ort ist schon hübsch. Das würde ich nie satt haben. Aber immer wieder dieselbe Ansammlung von Menschen zu sehen, an der sich nichts ändert außer den Namen."

„Sind sie alle so ähnlich? Das wusste ich nicht. Wissen Sie, ich bin selten im Ausland gewesen – und nie zuvor an einem Ort wie diesem."

„Mit Ausnahme von Bolham und ihrer eigenen Familie, Mrs Morgan, gibt es niemanden im Hôtel d'Azur, dem sie nicht auch dutzendweise in einem anderen Hotel an der Küste begegnen könnten."

„Oh!", rief Mary. „Nicht jemandem wie dieser hübschen jungen Frau – Mrs Moon. Sie wäre überall bemerkenswert."

„Für mich wäre sie es nicht", sagte Mr Muller mit nüchterner Endgültigkeit. „Sie ist hübsch, da stimme ich zu, aber das sind auch viele andere Leute in ihrem Alter. Und alle reden, laufen, trinken in derselben Weise und lieben sich in derselben Art. Und das ist in etwa alles, was sie überhaupt tun."

„Ich dachte", sagte Mary schlicht, „dass jeder Mann auf der Welt sie bewundern würde, nur für ihr Aussehen. Es ist ziemlich offensichtlich, dass einige im Hotel es tun."

„Nun, wenn sie ein paar Jahre länger gelebt haben und ein paar hundert mehr junge Frauen gesehen haben, genau wie sie, die in Paris den Gehweg auf und ab gehen, oder in London oder New York, werden sie es nicht mehr – das ist alles."

Mary erinnerte sich daran, wie häufig sie an Angie Moons Jugend und Schönheit als Ausweis für eine undefinierte Region der Romantik gedacht hatte. Der Gedanke war sentimental gewesen; gesunder Menschenverstand sagte ihr, dass Romantik in Angies Lebensentwurf keinen Platz hätte.

Es gab einen scharfen, zischenden Laut, und die erste Rakete schoss in die Luft, hing als Lichtpunkt

verharrend vor dem samtenen Himmel und zer-
splitterte dann in einen Regen aus winzigen, farbigen,
fallenden Sternen.

Sie riefen beinahe unwillkürlich erstaunt aus.

Sie war fasziniert und lehnte sich nach vorn, ernst
und versunken wie ein Kind, und beobachtete die
Vorführung.

(4)

Muller, der schweigend neben ihr saß und rauchte,
beobachtete eher seine Begleiterin als die Römischen
Kerzen und die Katharinenräder. Er war, und ist dies
vom ersten Moment gewesen, seit er sie gesehen
hatte, stark von Mary Morgan angezogen.

Ihre Herkunft war etwas, von dem er kaum
etwas wusste, außer dass sie immer noch existierte
und wahrscheinlich nicht viel länger weiter existieren
würde.

Seine eigene Erziehung war die kosmopolitische
einer reichen amerikanischen Jugend gewesen, und –
da er beinahe jede große europäische Stadt kannte – er
war fast gänzlich unvertraut mit einer anderen
Gesellschaft als der städtischen.

Er hielt Mary für schön in einem ungewöhnlichen
Stil, eher intelligent als kultiviert und zutiefst und
leidenschaftlich romantisch. Mervyn Morgan gestand
er innerlich den Vorzug guter Erziehung zu. In jeder
anderen Hinsicht betrachtete er ihn als verzichtbar. Er
würde nicht die geringsten Gewissensbisse haben, um

Morgans willen, wenn er Morgans Frau den Hof machte.

Eine große Anzahl von Frauen war nur allzu bereit gewesen, mit ihm zu schlafen – einige weitaus bereiter, als es Muller gewesen war.

Es war ein großer Teil von Marys Charme für ihn, sich nicht des Umstands bewusst zu sein, dass sie ihn anzog. Er überlegte, ohne Scherz, dass es nicht schwierig wäre, ihr Bewusstsein zu wecken. Sie war, dessen war er sich sicher, sowohl sensibel als auch zugänglich. Sie war einsam, weil es zwischen ihr und ihrem Mann keine Gemeinschaft gab, und sie war nicht der Typ Frau, der woanders danach suchte. Sie hatte ihr unerfülltes Verlangen vergeistigt, vielleicht in ihrer offensichtlich tiefen Zuneigung zu ihren Kindern?

Ein Chor aus Gekreische und Ausrufen schwoll an, als ein ziemlich zittriges Standardexemplar auftauchte.

Mit jeder anderen Frau, die er bewunderte wie Mary, hätte das lange Beisammensein am Tag, die enge Nähe ihrer Körper im warmen Halbdunkel zumindest in einem Kuss geendet.

Muller biss heftig auf den Stumpen seiner Zigarre. Dann, mit unterdrucktem Seufzen, warf er ihn in das tiefere Gewirr der Büsche unterhalb des Wagens.

Die Geste war unbewusst theatralisch. Entsagung.

„Gute Nacht", sagte Mary eine halbe Stunde später auf der Hoteltreppe. Und sie fügte, ganz so wie ihre Kinder es getan hatten, hinzu:

„Es war wunderschön, danke vielmals."

Sie streckte lächelnd ihre Hand aus.

Muller hielt sie einen Augenblick fest und blickte ernst auf sie hinunter.

„Gute Nacht", sagte er schließlich. „Und es ist an mir, Ihnen für einen wunderschönen Tag zu danken."

Er wandte sich zu seinem Wagen um, und Mary ging hinein.

Der *concierge*, der sich mürrisch auf die Füße erhob, sagte ihr, dass die Gruppe aus Monte Carlo noch nicht zurückgekehrt sei.

„*Merci. Bonsoir.*"

„*Soir, madame.*"

Der Fahrstuhl brachte sie langsam und rüttelnd zu ihrer Etage. Da sie sich plötzlich sehr müde fühlte, ging Mary in das Doppelzimmer und setzte sich auf den Bettrand, ohne sich die Mühe zu machen, den Schalter nahe der Tür zu betätigen. Durch die halb geschlossenen Fensterläden konnte sie Lichter auf dem Wasser zittern sehen und andere hellere Gruppen von St. Raphael. Im Dorf hatte die Musik wieder angefangen und erreichte sie gedämpft und geschönt aus der Ferne.

Das Geräusch eines Autos, das zügig den Hügel hinauffuhr, kam näher. Ein anderes war dicht dahinter.

Sie waren zurück aus Monte Carlo.

Mary saß ein oder zwei Sekunden still da, die Hände über dem Gesicht.

Sie hatte sich gefragt, als der Amerikaner gute Nacht sagte, ob er sie küssen wollte.

Für einen kurzen Moment, bevor sie aufstand und das Licht anschaltete, wünschte sie sich sehr, dass er es getan hätte.

Kapitel XI

(1)

Es schien Denis, als ob ihm ein unglaubliches Stück Glück zuteil geworden sei, als ihm von Courteney gesagt worden war, in den ersten Wagen zu steigen – in den, der an der Villa Mimosa für Chrissie anhalten sollte.

Abergläubisch sagte er sich, dass sich sein Glück gewendet hätte; er glaubte vorbehaltlos an Glück und Unglück.

Sein erbärmlicher geistiger Zustand der letzten paar Tage war intensiv gewesen. Tagsüber konnte er seine Gedanken zerstreuen, aber nachts durchleidete er Qualen, wälzte immer wieder die Möglichkeiten, dass Chrissie, vielleicht durch Courteney, seinen großen Betrug an ihr herausfinden könnte.

Er glaubte nicht, dass sie seine Ehe als Hindernis für ihre Beziehung betrachten würde, die er immer gewissenhaft als ihre Freundschaft bezeichnet hatte, doch er besaß die unausweichliche, qualvolle Überzeugung, sie würde ihn dafür verachten, dass er es ihr verheimlicht hatte. Es war nicht nur seine Eitelkeit, die sich bei dem Gedanken krümmte; er war auf sentimentale, wenn nicht gar leidenschaftliche Weise in Chrissie verliebt und meinte, sie zu verlieren, wäre unerträglich.

Während er sich in dem schnellen bequemen Wagen zurücklehnte, spürte Denis, wie sich seine

Nerven zum ersten Mal, seit Courteney ihn erkannt hatte, entspannten. Vielleicht würde doch noch alles gut werden.

So wenig er Hilary Moon mochte oder schätzte, war es doch eine Erleichterung, mit ihm und nicht mit Buckland oder Courteney zusammen zu sein. Und in ein, zwei Minuten würde er Chrissie sehen. Sie könnten den ganzen Tag zusammen verbringen.

Denis sagte sich sogar, dass er vielleicht im Casino Glück hätte und dort etwas Geld gewinnt.

Er blickte Hilary an, der neben ihm flätzte.

„Werden Sie heute Nachmittag Ihr Glück an den Spieltischen wagen", erkundigte er sich in seiner besten Oxford-Imitation.

„Für was, denken Sie, würde ich wohl sonst mitkommen?", sagte Hilary abfällig.

Denis zog die Lippen zusammen und verfiel in verletztes Schweigen.

An der Villa sprang Denis aus dem Wagen, wie immer bemüht, seine guten Umgangsformen zu zeigen, und stand dann fünf Minuten lang auf der Straße mit dem Gefühl, lächerlich zu wirken, während sie warteten.

Sobald Chrissie und ihre Begleiterin erschienen, stieg auch Hilary aus dem Wagen, und er war es, der beiden beim Einsteigen half. Denis war darauf vorbereitet, die Hand zu reichen, doch Chrissie lächelte ihm nur zu, und Mrs Wolverton-Gush, an der Taille leicht knarrend, schenkte ihm ein hoheitsvolles kleines Nicken.

Der Wagen konnte bequem vier Fahrgäste aufnehmen, und die Männer saßen auf den Rücksitzen.

Da Hilary vor ihm in den Wagen gestiegen war, fand sich Denis gegenüber von Mrs Wolverton-Gush wieder, seine Füße in unangenehmer Nähe, die er als peinlich empfand, zu ihren kräftigen Beinen, die überhaupt keine Fußgelenke zu haben schienen.

Er presste seine Knie fest zusammen, und in einer eingeklemmten und unbequemen Position verbrachte er die Fahrt.

Chrissie und Hilary schienen plötzlich entdeckt zu haben, dass sie doch etwas gemein haben könnten, und unterhielten sich über Bücher und literarische Bekanntschaften. Denis hätte sich gern beteiligt, doch jüngste Erfahrungen mit Mr Bolham hatten ihn Weisheit gelehrt. Er gab sich damit zufrieden, von einem zum anderen zu blicken mit der Haltung von jemandem, der intelligent einem Gespräch folgte, ohne sich darum zu bemühen, etwas beizutragen. Er hoffte inständig, dass Chrissie ihn wahrnahm.

Ab und zu blickte sie ihn an, und einmal lehnte sie sich vor, um seinen Arm zu berühren und seine Aufmerksamkeit auf die Schönheit der Strecke zu lenken, der sie folgten.

Es gab zahlreiche Autos, und eines, das mit haltloser Geschwindigkeit in einer gefährlichen Kurve an ihnen vorbeisauste, veranlasste sie alle aufzuschreien.

„Es war einer von der Hotel-Gruppe", erklärte Hilary. „Ich bin mir sicher, ich habe Angies grünen Hut gesehen. Um Übrigen haben sie uns zugewinkt – haben Sie es nicht gesehen?"

„Diese ausländischen Chauffeure sind wirklich schrecklich", sagte Mrs Wolverton-Gush schaudernd. „Wenn etwas entgegengekommen wäre um die Kurve, hätte nichts einen Zusammenstoß verhindern können."

„Die Straßen sind auch stark gewölbt. Der Wagen wäre direkt über den Abhang gegangen."

Alle wandten sich unwillkürlich um und blickten auf die roten, gezackten Felsen weiter unten.

„Der sichere Tod", bemerkte Denis, froh über eine Gelegenheit, um seiner Stimme endlich Gehör zu verschaffen.

„Ich hoffe wirklich, Sie werden sich bei Mr Courteney beschweren", sagte Mrs Wolverton-Gush. „Und dann auch noch mit zwei Kindern im Wagen!"

„Sie können diesen Einfallspinsel, den jungen Romayne, kaum als Kind bezeichnen", sagte Hilary unangenehmerweise.

Denis entschied, dass seine Chance, sich zu behaupten und Chrissies Aufmerksamkeit von dem unerträglichen Moon abzulenken, gekommen sei.

„Patrick Romayne interessiert mich sehr", begann er in einer affektierten, belehrenden Stimme. „Ich verstehe zufällig ein wenig von Psychologie, besonders was Jungen angeht. Ich habe Patrick sehr genau beobachtet. Er ist eine ungewöhnliche Mischung aus Kultiviertheit und Unreife."

307

Niemand reagierte unmittelbar. Dann sagte Chrissie: „Ja, er ist ein interessanter Junge. Irgendwie tut er mir immer leid."

Denis sah zu ihr hinüber, zuversichtlich lächelnd und nur daran denkend, sein überlegenes Wissen zu zeigen.

„Das muss er nicht. Er ist ein ganz normaler, heiterer Mensch, kann ich Ihnen versichern. Patrick und ich sind sehr gute Freunde, und er hat sich mit mir sehr offen unterhalten. Ich habe eine eigene Methode bei Jungen in dem Alter, und ich darf sagen, dass sie für gewöhnlich außerordentlich erfolgreich ist. Tatsächlich habe ich oft gedacht, dass ich mich um eine Arbeit wie Bucklands bemühen sollte."

Mrs Wolverton-Gush brachte ein unerwartetes Lachen hervor. Denis, überrascht, blickte sie an.

Er hatte ihre frühere Bekanntschaft mit Buckland und den Romaynes ganz vergessen. Er bemerkte jetzt, dass seine kleinen, unaufrichtigen Aufschneidereien ihr allerhand geboten haben, und die Erkenntnis beängstigte ihn, denn er hatte große Angst davor, Menschen zu verletzen.

„Eine Arbeit wie die von Mr Buckland erfordert einige Qualifikationen, athletische eingeschlossen", sagte Mrs Wolverton-Gush zermalmenderweise. „Und soweit ich weiß, ist meine Freundin Mrs Romayne vollkommen zufrieden mit dem derzeitigen Arrangement."

„Das stimmt. Natürlich. Sie missverstehen mich völlig", stammelte Denis in Qualen, „wenn Sie denken, dass ich auch nur für einen Moment etwas anderes andeuten wollte. Natürlich —"

„Denis", unterbrach ihn Chrissies Stimme klar und nachdrücklich, „wirst du heute Nachmittag Glückspiel betreiben? Denn ich werde es."

Denis war sich vollkommen sicher, dass sie beabsichtigte, ihn zu brüskieren. Er war so tief verletzt, dass er spürte, wie er rot wurde, während richtige Tränen sich in seinem Augeninneren sammelten. Während der restlichen Fahrt sprach er kein Wort mehr.

Vor dem Casino in Monte Carlo trafen sie auf Captain Morgan mit Olwen und Patrick. Das dritte Auto fuhr heran und Courtenay sprang heraus.

Er war bemüht, die Pläne eines jeden voranzutreiben.

Angie, die sehr verärgert aussah, kam und schloss sich ihnen an. Sie hatte die Leute beobachtet, die vom oder zum Casino vorbeigekommen waren.

„Ich brauche einen Drink", verkündete sie umgehend. „Dieser Ort ist höllisch heiß."

Die Luft in der Stadt war in der Tat drückend. Es war Mittag, und der heiße Sonnenschein brannte auf sie herab.

„Lasst uns zuerst Mittag essen und danach reingehen", rief Coral Romayne, indem sie mit einer Bewegung des Kopfes auf das Casino wies. „Wir bleiben doch alle zusammen, oder?"

„Ich habe einen Tisch reserviert in einem der Hotels in der Nähe", sagte Courteney.

Denis ging zu Chrissie.

„Willst du mit mir kommen und zu Mittag essen, irgendwo, wo wir reden können?", fragte er mit leiser Stimme.

Sie nickte.

„Ich wollte das vorschlagen."

Er fühlte sich beruhigt. Vielleicht wollte sie doch gar nicht abfällig mit ihm reden. Er fragte sich, und hasste sich zugleich dafür, ob sie – die es sich so gut leisten konnte – das Mittagessen für sie beide bezahlen würde.

Die Gruppe vom Hôtel d'Azur löste sich auf.

Captain Morgan war mit Olwen und Patrick sowie Dulcie Courteney weggegangen. Kein Wunder, dachte Denis, dass er seine vierzehnjährige Tochter nicht länger als nötig in der Gesellschaft von Mrs Romayne und Buckland lassen wollte. Sie standen jetzt zusammen, wobei sie laut redeten, Bucks Arm durch ihren gelegt.

Angie Moon, die immer noch mürrisch blickte, war bei Courteney. Er nahm sie und Hilary mit zum Hotel.

Mrs Wolverton-Gush kam auf Chrissie zu.

„Wie sind Ihre Pläne, meine Liebe?", erkundigte sie sich fröhlich.

„Ich möchte nicht im Hotel zu Mittag essen, wo immer es auch ist. Gehen Sie nur, Gushie. Denis wird sich um mich kümmern."

„Ganz wie Sie wollen, meine Liebe."

Sie sahen, wie sie sich Coral Romayne und

Buckland anschloss. Alle drei folgten Courteney und den Moons.

„Dem Himmel sei Dank, wir sind sie los", sagte Chrissie freiheraus. „Also, wohin gehen wir?"

Sie klang schrecklich brüsk, überhaupt nicht so wie sie in ihrem vorhergehenden Gespräch geklungen hatte.

Denis' Herz sank wieder.

„Wohin du willst", sagte er kleinlaut. „Mir ist es gleich. Ich kenne diesen Ort nicht."

„Lass uns irgendwo ein Straßencafé finden."

Das war nicht schwer.

Keine zehn Minuten später saßen sie zusammen unter gestreiften Markisen, und Chrissie bestellte Cocktails, geeistes *consommé* und Hummermousse. Ihre offene Wertschätzung und ihr Interesse an gutem Essen erstaunten Denis, der immer heimlich bemüht war, seine eigene Gier zu verbergen, während er ihr zugleich so weit wie möglich nachgab, obwohl nie auf eigene Kosten.

Er war sich jetzt sicher, dass Chrissie selbst für den Lunch zu zahlen beabsichtigte, und die Überzeugung hob seine Laune. Als die Cocktails kamen, hob er ihr sein Glas entgegen und lächelte zum ersten Mal an diesem Tag natürlich.

Spontan und aufrichtig machte er ihr ein Kompliment.

„Was für ein hübsches Kleid! Du solltest immer helle Farben tragen."

Es stimmte.

Ihre schmale, kindliche Gestalt und das gerade geschnittene dunkle Haar passten bewundernswert zu dem Kleid, das sie trug: ein kurzes mit weitem Rockteil, sehr schlicht geschnitten, mit einem runden Ausschnitt und kleinen gepufften Ärmeln, die kaum ihre Schultern bedeckten, gemacht aus hellblauem Cretonne mit einem kleinen Muster aus pinkfarbenen und blauen Rosen.

Chrissie reagierte darauf mit einem Lächeln.

„Ich bin wahnsinnig froh, dass es dir gefällt. Mir selbst auch."

„Chrissie, wie kommt dein Buch voran?", fragte er ziemlich schüchtern in der Hoffnung, sie zu erfreuen.

„Ganz gut. Ich korrigiere nur Druckfahnen. Lass uns nichts Berufliches besprechen. Erzähl mir, worüber du nachgedacht hast, seit wir uns das letzte Mal gesehen haben."

„Vorwiegend über dich. Als ich dich heute Morgen wiedergesehen habe, hatte ich befürchtet, ich hätte dich irgendwie verärgert."

Chrissie runzelte leicht die Stirn. Sie sprach jedoch ganz freundlich.

„Du hast immer vor irgendetwas Angst, oder?"

„Bedeutet das, dass du glaubst, ich sei ein Feigling?"

„Ich *weiß*, dass du ein Feigling bist", sagte Chrissie ruhig. Sie trank ihren Cocktail aus und setzte das leere Glas ab. „Denis, mein Lieber, ich habe dir die ganze Zeit gesagt, dass das Einzige, was für uns zählt, ist, aufrichtig zueinander zu sein. Es interessiert mich überhaupt nicht, ob du ein Feigling bist oder nicht – ich bin selbst ein äußerst ängstlicher, in gewisser Weise –, aber es ist mir wichtig, dass du aufrichtig zu mir bist, und ich bin mir ziemlich sicher, dass du nichts dergleichen bist. Oder?"

Denis starrte sie mit kläglichem Schrecken an. In dem Moment sah er sie als einzigen Menschen, der ihn jemals verstanden zu haben oder ihm die Zuneigung zu geben schien, die er so nötig hatte. Was immer er jetzt sagte und tat, er war sicher, er würde sie verlieren.

„Dann bin ich dir nicht wirklich wichtig", sagte er schließlich.

„Doch, bist du. Ich möchte dir helfen, wenn du mich lässt. Ich dachte, ich könnte es. Oh, Denis! Ich verstehe wirklich, dass du vermutlich dein ganzes Leben lang gezwungen warst, zu lügen und zu heucheln und dich in Pose zu stellen – aber *willst* du es nicht begreifen, dass du das bei mir nicht tun musst? Dass du all das fallen lassen musst und du selbst bist, wenn irgendwas Richtiges zwischen uns sein soll?"

Es lag ein herzzerreißender Klang in ihrer Stimme, beinahe so als ob sie ihn anflehte. Denis, der instinktiv den wirklichen Gegenstand der Diskussion umging, griff nach einer Ausflucht.

„Du sagst, *wenn* es etwas Richtiges zwischen uns gibt. Glaubst du nicht mehr, dass es so ist?"

„Doch, das tu ich", sagte sie schnell. „Ich *möchte* es."

Sie schwieg und fügte dann nachdenklich hinzu:

„Oder ist es einfach so, dass ich nicht glauben möchte, dass ich einen Fehler gemacht habe? Weißt du, ich habe mich anfangs so sicher gefühlt, Denis, und du auch, oder?", er nickte emphatisch, „aber jetzt scheint alles irgendwie falsch zu laufen. Und ich denke, es ist deshalb so, weil du dich nicht dazu bringen kannst, aufrichtig zu mir zu sein. Du vertraust mir nicht. Wie viel hast du mir jemals über dich erzählt?"

„Ich erzähl nie jemandem etwas über mich. Ich bin von Natur aus ein sehr zurückhaltender Mensch."

„Nur weil du Angst hast, dich zu verpflichten – durchschaut zu werden", sagte sie schonungslos. „Bin ich gerade furchtbar? Ich weiß, du hast ein Recht auf deine Privatsphäre, wenn du sie brauchst – wir alle reden eigentlich viel zu viel über uns selbst –, aber Denis, ich hasse es so, wenn du ausweichst – und Halbwahrheiten erzählst – und dir selbst widersprichst."

Er spürte, dass es zwecklos wäre, die Vorwürfe abzustreiten, und suchte Zuflucht in seiner alten Formel.

„Wenn ich dir nicht so viel erzählt habe – wie ich es vielleicht sonst getan hätte –, dann deshalb, weil ich eine gewisse Loyalität schulde – anderen Menschen schulde. Es gibt Dinge in meinem Leben, die ich dir unmöglich mitteilen kann oder sonst jemandem, um anderer Menschen willen, die mir vertrauen." Die Worte klangen nicht so nobel, wie er sie hatte klingen lassen wollen.

Chrissie nahm sie schweigend auf.

Für einen Augenblick fragte er sich heftig, ob er ihr von Phyllis erzählen sollte. Es würde ihn zumindest von der beständigen Furcht befreien, durchschaut zu werden. Er suchte in Gedanken nach einer Formulierung, die den tatsächlichen Sachverhalt vermitteln konnte, sodass es anerkennenswert für ihn klingen würde, und scheiterte darin, eine zu finden.

Wie konnte er sagen, dass er heimlich ein Mädchen geheiratet hatte, das zu versorgen er sich nicht leisten konnte, und dass er sich jahrelang als alleinstehend ausgegeben hatte, während seine Frau sich ihren eigenen Lebensunterhalt in London verdiente?

Er erinnerte sich gegen seinen Willen, dass er Chrissie immer wieder erzählt hatte, er sei immer einsam gewesen, dass ihm niemand jemals wirkliche Zuneigung gezeigt hätte, dass er ganz allein auf der Welt sei.

Er wusste sehr gut, dass sie sich auch erinnern würde, und er meinte, dass sie vielleicht weit mehr die falschen Forderungen nach ihrem Mitgefühl verübeln würde als sein Schweigen über seine Ehe. Es war charakteristisch für Denis, dass seine unmittelbare Reaktion auf einen solchen Gedankengang aus akutem Selbstmitleid bestehen musste.

„Ich glaube, ich habe immer gewusst", sagte er mit einem kleinen schiefen traurigen Lächeln, „dass unsere – Freundschaft – viel zu wunderbar war, um anzudauern. Ich hatte irgendwie nie besonders Glück, und ich denke nicht, dass ich es je haben werde."

Er fragte sich, ob er hinzufügen sollte, dass es dieser Grund sei, dass er so häufig in der Lage war, anderen Menschen bei ihren Sorgen zu helfen. Doch er fing an, sich vor Chrissies Zunge zu fürchten und noch mehr vor ihrem präzisen, analytischen Geist. Die wenigen Verwicklungen auf seiner Habenseite und die kleinen halbaufrichtigen Platitüden, die immer für bare Münze gehalten worden waren, nicht nur von den jungen Frauen, denen er sie so häufig gesagt hatte, sondern auch von ihm selbst, schienen jetzt zu viele Fallstricke zu sein, die auf ihn warteten.

„Ich glaube, du bist von Geburt an ein Defätist", sagte Chrissie, während sie ihn kritisch anblickte. „Das macht nichts. Ich vermute, du kannst nichts dafür."

„Dann wirst du mich als schlechte Arbeit aufgeben?"

Chrissie seufzte und gab keine Antwort.

„Hier kommt unsere Hummermousse. Sieht sie nicht himmlisch aus? Was wollen wir trinken?"

„Was möchtest du?", zauderte Denis.

Sie sah sich die Weinliste an und schlug einen Weißwein vor.

Denis stimmte sofort zu.

Sicherlich, dachte er, *würde* sie für sie beide bezahlen. Sie musste wissen, dass er sich keinen Wein leisten konnte.

Der Wein war, als er kam, sehr gut und auch der Hummer. Denis fühlte sich aufgeheitert und beinahe beschwingt, da das Getränk, getrunken zur heißesten

Stunde des brütenden Tages, ihm zu Kopf stieg. Er war kaum überrascht, als Chrissie, die sich über den Tisch lehnte und ihn mit ihren riesengroßen dunklen Augen fixierte, abrupt fragte:

„Denis, bist du in mich verliebt?"

„Ich habe dich sehr gern, meine Liebe."

„Das ist keine Antwort. Oder – doch?"

„Es hängt so viel davon ab", fing Denis geschwollen an, „was du unter verliebt verstehst. Ich fürchte, ich sehe die Dinge, in gewisser Weise, nicht so, wie der durchschnittliche Mann es tut."

Er zögerte, zerkrümelte sein Brötchen und meinte, dass seine Antwort völlig unecht geklungen habe, und fragte sich benebelt, warum sie es so unausführbar fanden, die Atmosphäre ihrer ersten Begegnung im mondbeschienenen Garten der Villa Mimosa wieder einzufangen.

„Ich glaube", sagte Chrissie in einer kalten, flachen Tonlage, „dass wir davon ausgehen können, dass du es *nicht* bist. Nun, das ist in Ordnung." Sie winkte dem Kellner.

„Ich werde noch ein Eis nehmen. Du auch?"

„Ja–nein–ja, ich meine, ja bitte. Aber Chrissie …"

„Welche Sorte? Sie haben Himbeere, gemischt oder Schokolade."

„Irgendeine. Ich nehme das, was du nimmst."

„Deux glaces au chocolat, s'il vous plaît."

„Bien, madame."

Denis hob die Weinflasche aus dem Eiskübel und hielt sie über Chrissies Glas.

317

„Nein, danke. Trink du sie aus. Ich möchte keinen mehr."

Er füllte erneut sein Glas und trank schnell.

„Weiß du, liebe Chrissie, so sehr ich dich auch gern habe – und ich *habe* dich gern, vielleicht mehr als du merkst –, ich bin nicht in der Lage, dich zu heiraten. Ich bin vollkommen von dem abhängig, was ich verdiene –, und ganz unglücklicherweise bin ich nicht mit der Annahme aufgewachsen, dass ich jemals für meinen Lebensunterhalt würde arbeiten müssen – und du – nun, du bist, was du bist, mit einem Namen, einer Position und Geld und – und allem."

„Um Himmels willen, ich habe nicht an Heirat gedacht. Ich habe überhaupt nicht die Absicht, jemals zu heiraten, es sei denn, ich kann es absolut nicht vermeiden. Ich würde das Eheleben hassen."

„Aber wenn du jemanden genug lieben würdest, würdest du doch mit diesem Menschen gern die ganze Zeit und für immer zusammen sein wollen", sagte Denis feierlich.

Sie zuckte die Achseln.

„Die ganze Zeit und für immer! Das ist eine reichlich große Aufgabe, oder? Vielleicht hätte ich so mit achtzehn gedacht –, aber mittlerweile verstehe ich etwas von meinen eigenen Grenzen. Ich bin schrecklich launenhaft, weißt du. Leute, die meine Art von Arbeit machen – kreative – sind es fast immer, glaube ich."

Denis, dessen Kopf nun leicht schwamm, starrte sie über den Tisch hinweg an. Er war sich der Schwierigkeit bewusst, seine Worte zu finden, während er sich gleichzeitig von seinen üblichen Hemmungen befreit fühlte.

„Du scheinst heute ganz anders zu sein. Du bist in keiner Weise so, wie ich mir dich vorgestellt habe, als ich dir das erste Mal begegnete. Entweder bist du eine höchst bemerkenswerte Schauspielerin oder du hast dich in deinen Gefühlen zu mir völlig verändert. Ich wäre nicht im Geringsten überrascht, wenn du es hättest; du musst keine Angst haben, es mir zu sagen."

Es schien Denis, als ob er etwas sehr Mutiges, Bemerkenswertes und Ehrenwertes sagte, indem er diese Rede hielt. Er nahm kaum wahr, ob Chrissie eine Antwort darauf gab oder nicht. Er saß da und trank die Flasche Weißwein aus, durchflutet von einem sanften Leuchten der Selbstbestätigung. Ohne Einwände gestattete er Chrissie, ihre Rechnung zu bezahlen, und folgte ihr dann hinaus in die überfüllte, strahlend sonnige Straße.

„Wir gehen und spielen Roulette, ja?", sagte Chrissie mit einer Stimme, die ziemlich weit weg und undeutlich klang.

„Ja", sagte Denis kühn.

Er fühlte, dass er fast mit Sicherheit Geld gewinnen würde.

(2)

Sie gingen schweigend die Straßen entlang und blickten in die Läden. Jedes zweite Geschäft schien

319

seidige Kleidung in hellen Farben und aus dünnem Material anzubieten oder aufwendige Kuchen und Pralinen.

Chrissie betrachtete alles, ohne es zu sehen. Sie wusste, dass ihre Nerven angespannt waren, und konnte ohne Schwierigkeiten den Grund dafür erraten.

Ihre kurze Leidenschaft für Denis Waller hatte zu schwinden begonnen in dem Augenblick, als sie entdeckte, dass er sie anlog am Tag, an dem das Motorboot untergegangen war – und niemand wusste besser als Chrissie, mit welch unwürdiger, welch unentrinnbarer Schnelligkeit sich dieses Schwinden vollziehen konnte, wenn es erst einmal anfing.

Sie sagte sich, dass sie Denis eine Chance gegeben hatte während ihres Mittagessens *tête-à-tête* und dass er vollkommen darin versagt hatte, diese zu nutzen. Weder ihre übliche aufrichtige Einstellung noch ihre Leidenschaft für Selbstanalyse gestattete ihr, sich selbst zu täuschen. Der Zauber, durch den sie Denis auf so unerklärliche Weise betrachtet hatte, war verschwunden und hinterließ wenig außer Ungeduld, Beschämung und ein leichtes Gefühl des Bedauerns.

Sie fragte sich besorgt, ob Denis sich wirklich genug aus ihr machte, um unter ihrer Abtrünnigkeit zu leiden –, und entschied, dass seine Eitelkeit weit tiefer involviert war als seine Zuneigung. Gleichwohl wusste sie, dass sie ihn verletzen würde, und war wütend über sich selbst und noch wütender über Denis.

Er lief neben ihr mit seinem übertriebenen Gang und einem ziemlich albernen, törichten Ausdruck in seinem tief roten Gesicht. Ab und an pfiff er ganz leise etwas unmelodisch.

„Da sind wir", sagte Chrissie. „Viel Glück."

„Kommst du nicht mit hinein?"

„Nein. Ich habe es mir anders überlegt. Auf Wiedersehen."

Sie wandte sich abrupt um und ließ ihn ernüchtert auf der Treppe des Casinos zurück. Gleich außerhalb des Parkplatzes sah sie Mervyn Morgan mit Patrick Romayne und den beiden Mädchen. Chrissie, bemüht, nicht mit ihren eigenen Gedanken allein gelassen zu werden, überquerte die Straße und schloss sich ihnen an.

(3)

Carol Romayne war in einer Stimmung recht lautstarken Humors. Sie hatte einen exzellenten Lunch genossen und hatte eine Menge getrunken, und Buckland hatte den Platz neben ihr genommen und hielt die ganze Zeit seinen Fuß unter dem Tisch gegen den ihren gepresst. Er hatte Angie Moon kaum angesehen, und Angie hatte mit den Courteneys laut gelacht und gebrüllt. Nach dem Lunch gingen sie ins Casino. Mrs Wolverton-Gush war die einzige Person, die nicht beabsichtigte, zu spielen.

„Ich kann es mir nicht leisten, das Wenige, was

ich habe, zu riskieren", sagte sie fest. „Aber ich werde gewiss kommen und zusehen. Ich bin mir sicher, man kann sehr viel über die menschliche Natur lernen an einem solchen Ort wie diesem."

„Gott weiß, dass ich es mir nicht leisten kann, aber ich werde es probieren", erklärte Buckland. „Ich habe so ein Gefühl, dass heute mein Glückstag ist." Er blickte bedeutungsvoll zu Coral, und sie lachte. Ihre kleine goldene Tasche war vollgestopft mit Geldscheinen, denn sie hatte morgens einen großen Scheck eingelöst.

„Dann komm mit, Buck."

Er folgte ihr ins Casino. Sie erhielten ihre Eintrittskarten. Im Roulettesaal wechselten sie Geld gegen Jetons ein. Für eine Weile beobachteten sie die Menschenmenge, die den Roulettetisch umstand. Dann bekamen sie Sitzplätze.

„*Faites vos jeux, messieurs-dames – faites vos jeux.*"

Dem Klang der monotonen Stimme der Croupiers folgten allgemeine raschelnde Bewegungen den Tisch entlang, als die Spieler ihre Einsätze platzierten. Ein oder zwei redeten, doch vorwiegend herrschte Schweigen. Dieses wurde intensiv bei: „*Rien ne va plus*", und das stumpfe Klicken der kleinen Kugel, die rundherum lief, während sich das Rad drehte, war deutlich zu hören.

„*Le trente-cinq ... Rouge, impair, et passe ...*"

Als die Anspannung am Tisch nachließ, redeten die Leute, schrien auf und bewegten sich. Die

Croupiers harkten Spielsteine über den grünen Filz vor und zurück.

„Fünfunddreißig. Das ist dein Alter, oder?", sagte Buckland mit einem Unterton zu Mrs Romayne. „Ich werde das nächste Mal darauf setzen."

„Woher kennst *du* mein Alter?", fragte sie unschuldig. „Egal, die gleiche Zahl wird nicht zweimal hintereinander kommen."

„Ich habe eine Ahnung, dass sie es wird", erklärte Buck zuversichtlich. Er zählte den Höchsteinsatz aus und platzierte ihn *en plein* auf die Zahl.

„Buck, du spinnst."

„Warte es ab."

Auf abergläubische Weise beeindruckt von seiner sicheren Haltung, folgte Coral Bucklands Beispiel so weit, dass sie Geld auf Rot, *impair* und *passe* setzte.

„*Faites vos jeux…*"

„Du bist ein Trottel", sagte Coral. „Du weißt, du kannst es dir nicht leisten, das zu verlieren."

„Ich werde es nicht verlieren."

Mrs Wolverton-Gush hatte sich zu ihnen gesellt mit Courteney und Angie Moon. Hilary war nirgendwo zu sehen.

„*Rien ne va plus …*"

Die untertassenförmige Scheibe drehte sich wieder. Keiner von ihnen konnte die Kugel sehen. Sie hörten einen Aufschrei oder zwei:

„*Le dix-sept …*"

„*Non, ce sera le vingt-et-un …*"

Dann eine hohe, schrille, amerikanische Frauenstimme: „Aber das ist dieselbe wie das letzte Mal —"

„*Trente-cinq … Rouge, impair et manque.*"

„Mein Gott", sagte Coral wirklich beeindruckt.

Buckland lachte triumphierend. Leute, die in der Nähe standen, wandten sich herum, um ihn anzusehen, als er seinen Gewinn einsteckte, ohne nachzuzählen.

„Wie viel haben Sie gewonnen?", keuchte Mrs Wolverton-Gush an seiner Seite.

„Ausreichend viel, um allen einen Drink zu spendieren", sagte Buckland und grinste breit.

„Buck, du bist ein Wunder. Ich schwöre, ich werde es dir das nächste Mal nachmachen", sagte Coral.

„Das ist nicht machbar, meine Liebe. Was ich habe, will ich behalten."

„Du meinst doch nicht, dass du nicht weiter spielen wirst?"

„Wir werden sehen, später."

„Dein Glück könnte sich später gewendet haben. Sei nicht so ein Dummkopf – du solltest immer deinem Glück folgen, wenn es da ist."

Coral steckte ihm unbekümmert Jetons in die Hand.

„Setz etwas für mich – worauf immer du willst", ordnete sie an.

„Was machst du mit mir, wenn ich dein Geld verliere?"

„Dich verfluchen, denke ich", erklärte sie mit einem höhen, aufgeregten Lachen. „Hör mal, wenn du gewinnst, teile ich fifty-fifty mit dir."

„Gemacht", sagte Buckland locker und nahm die Spielsteine.

Hinter ihm gab Ruth Wolverton-Gush einen unbezähmbaren Laut von sich, der eine Mischung aus Neid, Ungeduld und grenzenlosem Missfallen über die Verschwendung ihrer Freundin ausdrückte.

(4)

Um vier Uhr hatte Mervyn Morgan entschieden, dass Monte Carlo die heißeste und überfüllteste Stadt sei, die er je in seinem Leben besucht habe.

Olwen war in eine Anzahl von Läden hinein- und hinausgegangen und hatte, wie es ihm schien, jede Menge Zeit darauf verwendet, kleine, unnütze Präsente auszuwählen. Dulcie Courteney hatte erst auf dem einen Fuß gestanden, dann auf dem anderen, während sie in all die Schaufenster blickte, besonders in solche, die billigen Schmuck anboten, und gab Ausrufe von sich. Patrick Romayne war wie gelähmt für eine Viertelstunde vor einem großen Rolls-Royce stehen geblieben, der am Straßenrand geparkt war, und Chrissie Challoner hatte drei Buchhandlungen besucht und acht Tauchnitz-Bände gekauft, von denen Morgan sechs trug und Patrick zwei. Die Sonne brannte auf sie herab, und Hitze stieg vom Asphalt auf. Über allem lag ein schimmernder Dunst.

„Lassen Sie uns Tee trinken und Eis essen", sagte Chrissie plötzlich. Mervyn blickte sie zustimmend an. Er war sich zunächst nicht sicher gewesen, ob er sie gern haben würde. Er hielt nichts von berufstätigen Frauen, obwohl, wenn sie auf einem Beruf bestanden, das Schreiben zu den weniger passenden gehörte. Doch er fand sie recht hübsch und reizvoll, und sie zeigte keine Anzeichen von Cleverness. Er war jetzt tatsächlich froh über ihre Gesellschaft. Patrick tat ihm leid, und er hielt ihn für einen netten Burschen, und er tolerierte Dulcie, indem er sie nie anblickte oder nur mit ihr sprach, wenn er es nicht vermeiden konnte, und war definitiv stolz darauf, mit Olwen herum-zuwandern – aber ein ganzer Tag in Gesellschaft von Kindern war langweilig.

Chrissie Challoner hatte sich zu seiner großen Überraschung als sehr angenehme Begleitung erwiesen. Sie hatte ihn nach seiner Zeit bei der Armee gefragt und hatte intelligente Kommentare zu seinen Antworten abgegeben, und sie hatte herausgefunden – Morgan konnte sich nicht vorstellen, wie –, dass ihn die Frage der Zehntabgaben gedanklich viel be-schäftigte. Es stellte sich heraus, dass sie einmal ein Buch darüber gelesen und sich dafür interessiert hatte.

Sie fanden einen unbesetzten Tisch vor einer großen *pâtisserie* und setzten sich dankbar.

„Ich frage mich wirklich, wie Papa im Casino zurechtkommt", bemerkte Dulcie. „Es scheint so schade zu sein, dass uns nicht erlaubt wird, hinein-zugehen, nicht Olwen?"

„Es macht mir nichts aus", sagte Olwen. „Obwohl es Spaß machen würde, Geld zu gewinnen. Ich frage mich, ob es einer von ihnen wird."

„Hier kommt der Mann, der die Bank von Monte Carlo gesprengt hat", sagte Captain Morgan.

Denis Waller, der an ihnen vorbeigeeilt war, drehte sich bei der Bemerkung um.

„Hallo!"

„Setzen Sie sich und trinken Sie eine Tasse Tee", sagte Morgan. „Nun, haben Sie Ihren letzten Penny verloren?"

„Ich muss leider sagen, dass ich vierhundert Francs verloren habe, was sehr viel mehr ist, als ich mir leisten kann. Ich vermute, es war dumm von mir, überhaupt zu spielen, ehrlich."

Denis, der höchst beunruhigt aussah, setzte sich neben Dulcie.

„Oh, Mr Waller! Haben Sie das wirklich? Das tut mir so leid."

„Haben Sie was von den anderen mitbekommen?", fragte Chrissie.

„Ja, Buckland hat den ganzen Nachmittag lang gewonnen. Das ist höchst ungewöhnlich. Und ich glaube, Mrs Romayne hat auch gewonnen."

„Was macht Gushie?"

„Sie hat die Spielsäle vor einiger Zeit verlassen. Ich glaube, es war ihr zu heiß oder so. Sie sagte, sie würde gehen und sich eine Weile in den Garten setzen und dann nach einem englischen Teesalon suchen."

„Und nach einer Kanne indischen Tee und nach Teekuchen fragen, vermute ich. Lasst uns gehen und Kuchen aussuchen, ja?"

Olwen, Patrick und Dulcie gingen mit ihr in den Laden. Denis stand auf und setzte sich dann wieder.

„Courteney hat auch gewonnen", sagte er respektvoll. „Ich hätte nicht gedacht, dass ein Mann in seiner Stellung spielen würde, muss ich gestehen."

„Ich denke nicht, dass er viel gesetzt hat", sagte Morgan.

„O nein, ich denke nicht, dass er das hat. Er sagte mir, er sei mit sechzig Francs im Plus oder so etwas Ähnliches. Ich wünschte nur, ich hätte nicht mein eigenes Geld hinausgeworfen."

„Pech gehabt", erwiderte Morgan, der nicht im Geringsten interessiert war. Er hielt Denis grundsätzlich für einen jungen Esel und war nicht überrascht, dass er vierhundert Francs beim Roulette verschwendet haben konnte, noch, nachdem er es getan hatte, dass er über seine Verluste herumjammern musste.

Abgsehen von der düsteren Stimmung bei Denis war der Tee eine heitere Mahlzeit. Sie aßen Kuchen und Eis und tranken Orangeade mit Strohhalmen.

Chrissie Challoner war gesprächig und lebhaft, und Morgan fand sie sehr amüsant. Sie sprach beinahe die ganze Zeit mit ihm, obwohl sie Patrick veranlasste, sich zu beteiligen. Der Junge war viel fröhlicher und weniger schweigsam, als ihn Morgan je gesehen hatte. Vermutlich ist er weniger gehemmt ohne seine Mutter, überlegte Mervyn.

„Was werden wir jetzt machen?", erkundigte er sich. „Zurückfahren?"

„Oh, *nein*, Vati", protestierte Olwen. „Du weißt, dass wir erst nach dem Dinner zurückfahren."

Patrick blickte Dulcie an.

„Was sonst könnten wir hier noch machen? Du kennst diesen Ort."

„Es gibt das Schwimmbad", schlug Dulcie vor.

„Oh, herrlich. Lasst uns gehen."

Mervyn Morgan bat um die Rechnung. Chrissie protestierte, doch er überstimmte sie. Keiner Frau sollte jemals gestattet sein, für sich selbst zu zahlen, nach Mervyns Ansicht. Er hätte überhaupt keinen Einwand gemacht, wenn Denis Waller angeboten hätte, seinen Anteil an der Rechnung zu begleichen, doch Denis, der geistesabwesend und traurig aussah, stand entfernt und unterhielt sich leise mit Dulcie. Er schien es für selbstverständlich zu halten, dass er bei ihnen bleiben sollte, und Mervyn vermutete unzufrieden, dass sie es wohl auch für selbstverständlich nehmen mussten.

(5)

„Chrissie, warum bis du nicht mit ins Casino gekommen?"

„Ich wollte einfach nicht."

„Aber du hattest es vorgeschlagen. Wenn ich gewusst hätte, dass du nicht kommen würdest, wäre ich selbst nicht hingegangen."

„Ich hatte erwartet, dass du trotzdem gehst, Denis. Niemand kommt zum ersten Mal nach

Monte Carlo, ohne in die Spielsäle zu gehen."

„Ich habe mich heute diesem Ausflug ausschließlich angeschlossen, um mit dir zusammen zu sein. Findest du nicht, dass du mich ziemlich heftig fallen lässt?"

Es trat eine Stille ein, der sich Denis und Chrissie heftiger bewusst waren als der lauten Schreie und Planschereien um sie herum im großen Schwimmbad.

Schließlich richtete sie ihre großen dunklen Augen auf ihn. Sie waren voller Sorge, aber es lag keine emotionale Kraft hinter ihren Worten, als sie sprach:

„Es tut mir leid, ich glaube, ich *bin* vielleicht ziemlich ungerecht. Nimm davon keine Notiz, lieber Denis. Wir werden miteinander reden – morgen oder irgendwann."

„Ich sehe genau, was passiert ist. Du glaubst, es sei ein Fehler gewesen, mir deine Freundschaft anzubieten, und du fragst dich, wie du da wieder herauskommst. Du musst dir keine Sorgen machen, Chrissie – ich werde es für dich nicht schwer machen. Ich bin nicht die Sorte Mann."

Denis, der in seiner favorisierten Napoleon-Pose dastand und sie düster anblickte, wartete auf ihren Widerspruch.

Er kam nicht.

Kapitel XII

(1)

„Ich brauche Geld. Ich habe keinen Cent."

„Gestatten Sie mir, Ihr Bankier zu sein, Mrs Moon."

Angie, die wütend auf Courteney war, weil er Buckland nicht mitgebracht hatte, nahm keine Notiz von ihm. Sie blickte weiterhin ihren Mann an.

„Es hat keinen Zweck, zu mir zu kommen. Ich bin bankrott."

„Du hast verloren, nehme ich an."

„Nun, du auch."

Angie starrte Hilary nachdenklich an. Sie vermutete, dass er aller Wahrscheinlichkeit nach wirklich das ganze Bargeld, das er überhaupt besaß, gesetzt und verloren hatte. Und sie wusste, dass keines auf der Bank zu Hause war.

Es war das erste Mal seit ihrer Heirat, dass sie sich in solchen Schwierigkeiten befanden, aber nicht zum ersten Mal, dass sie gezwungen waren, kurzfristig ihre Unterkunft zu wechseln und ihre Rechnungen unbezahlt zurückzulassen.

Angie wollte jedoch das Hôtel d'Azur nicht verlassen. Sie wollte weiter ihre wunderschönen und teuren neuen Kleider tragen und dort bleiben, wo Buckland war. Sie fühlte sich heftig von ihm angezogen, und die Anziehung war doppelt stark geworden im Verlauf des Tages, als sie dadurch verärgert und verwirrt worden war, dass er sie vernachlässigte und sich ostentativ Mrs Romayne widmete, während sie zugleich fühlte, dass er sich ihrer Gegenwart intensiv bewusst war.

Es lag nicht in Angies Natur, nach Erklärungen zu suchen, weder bei sich selbst noch bei anderen Leuten. Sie wurde beinahe gänzlich von ihren Instinkten angetrieben, und einer der stärksten davon war der der Habgier. Sie wollte Buckland, und es war ihre Absicht, dass er ihr Liebhaber werden sollte.

Angie hatte sich ihren ersten Liebhaber mit sechzehn genommen. Sie war das einzige und ungewollte Kind einer Mutter, die selbst häufig wechselnde Liebhaber hatte. Der Mann, mit dem sie verheiratet war, hatte sich geweigert, für Angies Vaterschaft verantwortlich zu sein. Man entledigte sich Angies durch eine billige Schule, deren Rechnungen die meiste Zeit über unbezahlt blieben, bis die Direktorin damit drohte, die Angelegenheit ihren Anwälten zu übergeben.

Angie hatte in der Zwischenzeit durch eine Reihe von heimlichen, gestohlenen, kichernden Treffen mit halbstarken Jugendlichen, die an der Hintertür der Villa, die sich „Marine View" nannte, herumlungerten, gelernt, dass sie sich in der Gesellschaft von Jungen amüsieren konnte.

Sie wurde für die Ferien zur Schwester ihrer Mutter geschickt, die in achtbarer Armut in Ealing lebte und sich damit abkämpfte, eine Familie großzuziehen, die jährlich zunahm mit dem Gehalt eines schäbigen, mitgenommenen, kleinen Bankangestellten. Während ihrer Kindheit hatte sich Angie mit der ganzen Familie herumgezankt und hasste sie gewaltig. Mit sechzehn entdeckte sie plötzlich, dass es amüsant war, die größeren Jungen im Alter von sechzehn und siebzehn heftig in sich verliebt zu machen.

Der Älteste, Kenneth, war bereits leicht lasterhaft, und Angie war reif für Dummheiten.

Sie wurden ertappt, und Kenneths Mutter – entschlossen zu glauben, dass ihr unschuldiger Junge gegen seinen Willen verführt worden sei – warf das Mädchen aus dem Haus. Weder wusste noch interessierte es sie, was aus ihr werden sollte.

Angie, die zu wenig Fantasie besaß für Selbstmitleid oder sogar für Beunruhigung, entschloss sich, nicht zu ihrer Mutter zurückzukehren, die sie nicht mochte.

Sie ging nach London, betrat einen schäbigen Frisiersalon, wo ein Schild im Fenster anzeigte „Junge Frau gesucht" und erhielt ohne die geringsten Schwierigkeiten eine Anstellung.

Sie war faul, aber geschickt mit ihren Fingern, und ihre zunehmende Schönheit und ihr ungewöhnliches Maß an sexueller Anziehung bewahrten sie davor, jemals arbeitslos zu sein.

Kurz vor ihrem achtzehnten Geburtstag wurde sie die Geliebte eines Juden in mittlerem Alter, der sie in einer kleinen Wohnung in St. John's Wood unterbrachte und sie aufrichtig gern hatte. Seine Wut war entsprechend, als er herausfand, dass sie ihm, ganz selbstverständlich, untreu war. Mittlerweile hatte Angie jedoch einen recht weiten Bekanntenkreis, zu dem auch einige Frauen gehörten, deren gesellschaftliche Stellung höher war als ihre. Eine von ihnen bot ihr Unterkunft und Verpflegung im Gegenzug zu Hilfsarbeiten in einem kleinen, recht guten Bekleidungsgeschäft. Angie nahm an, wie sie beinahe alles annahm, das ihr über den Weg kam, mit der vagen Hoffnung, dass dies zu etwas anderem führen würde.

Es führte zur Bekanntschaft mit noch mehr Leuten und zu Gesellschaften, auf denen jeder betrunken wurde, und es gab jede Menge wahllose Knutschereien.

Schließlich führte das zu Hilary Moon. Angie hielt ihn für überlegener im Vergleich zu den Männern, die sie kannte, denn er sprach in einer kultivierteren Art und gab sich künstlerisch. Als er vorschlug zu heiraten, war sie wirklich beeindruckt.

Sie stimmte zu, genauso wie sie zugestimmt hätte, mit ihm unverheiratet zusammenzuleben, wenn er sie darum gebeten hätte. Ihre Haltung zum Leben konnte weder moralisch noch unmoralisch genannt werden. Sie war einfach diejenige einer Generation, die in vollkommene Unsicherheit hineingeboren worden war, mental, moralisch und finanziell.

Sie war bei Hilary geblieben, nachdem ihre kurze, gegenseitige Leidenschaft aufgeflammt und abgeklungen war, doch sie hätte nicht gezögert, ihn zu verlassen, noch hätte sie Erstaunen empfunden, wenn er sie verlassen hätte.

Buckland zog sie weitaus stärker an, als es Hilary jemals getan hatte, oder tatsächlich jeder Mann, dem sie jemals begegnet war. Sie war sich sicher, dass er in sie verliebt war, und konnte nicht einmal den Grat seiner

Selbstkontrolle begreifen, der ihn befähigte, darauf zu verzichten, das in aller Öffentlichkeit vor seiner Arbeitgeberin zu zeigen.

Sie vermutete dunkel, dass Mrs Romayne wütend wäre, wenn Buckland einer jungen Frau mehr Aufmerksamkeit schenkte als ihr, aber sie war unfähig zu verstehen, warum Buckland es nicht risikieren wollte, ihren Zorn hervorzurufen.

Der Verlust einer Anstellung war, nach Angies Erfahrung, eine alltägliche Sache. Man bekam entweder eine andere Arbeit oder lebte, auf Kredit und mit geborgtem Geld, ohne sie.

Das hatten sie und Hilary seit den letzten zwei Jahren getan. Sie blickte nie weit genug voraus, um sich zu fragen, wie lange sie in der Lage sein würden, so weiterzumachen.

Sogar die Erkenntnis, dass sie dem Hôtel d'Azur nun sehr viel Geld schuldeten und dass Hilary gerade erklärt hatte, nichts mehr übrig zu haben, ernüchterte sie nicht wirklich tief.

Sie sah ihn verachtend an und zuckte die Schultern.

„Was wirst du tun?"

„Gott weiß."

Courteney entfernte sich diskret.

„Warum hast du Courteney nicht gebeten, dir etwas zu leihen? Er hat es gerade angeboten."

„Ich werde es wohl später tun", sagte Angie kühl. „Es wäre sowieso nicht viel. Was wirst du wegen der Hotelrechnung machen?"

„Ich habe dir doch gesagt, ich weiß es nicht. Die

einzige Möglichkeit wäre, wenn ich das Auto verkaufen kann und etwas aus dem Handel mache. Wenn ich bloß nicht so ein Pech mit diesem verfluchten Boot gehabt hätte —"

„Es war dein eigener Fehler."

„Meine Süße, du bist immer so tröstlich, nicht? Es kommt dir vermutlich wohl nie in den Sinnm, dass du mir manchmal vielleicht ein wenig helfen könntest, statt alle Tage Schulden zu machen für Kleider und Drinks aufs Zimmer schreiben zu lassen."

Im nächsten Augenblick waren sie mitten in einer ihrer heftigen Streitereien. Niemand achtete auf sie. Sie saßen auf rotem Plüsch in einer Ecke in einem der großen Räume und bespuckten einander brutal mit Beleidigungen und Vorwürfen.

Plötzlich sah Angie, wie Courteney zu ihnen zurückkam. Er hatte einen ziemlich merkwürdigen Ausdruck und wedelte mit einem Bündel Geldnoten in der Hand.

„Wissen Sie, dass Buckland hier den erstaunlichsten Glückslauf hatte? Alle folgen ihm jetzt. Ich habe gerade selbst ein paar hundert Francs gewonnen – oh, nicht der Rede wert, ich spiele nicht ernsthaft –, aber er hat gerade ich weiß nicht wie viel eingestrichen."

Angie und Hilary sprangen gleichzeitig auf.

„Dort drinnen", sagte Courteney. „Ich kann mich nicht erinnern, jemals zuvor einen Gast vom Azur so gewinnen zu sehen. Er kann einfach nichts falsch machen."

Die Menschenmenge um den Roulettetisch war jetzt riesig.

„Sehen Sie", sagte Courteney. „Sie werden nicht in seine Nähe kommen können – sie drängen sich alle um ihn." Das taten sie.

Ein Franzose am äußeren Rand der Gruppe drehte sich, als sie sich näherten, mit ausgebreiteten Händen um.

„*Encore*! *Mais c'est formidable.*"

„*C'est une farce!*"

„Er wird alles verlieren, wenn er lange genug weitermacht", raunte Hilary gehässig.

Angie fing plötzlich an, sich ihren Weg durch die Menschen zu bahnen. Sie konnte Coral Romaynes gelbes Haar sehen und vermutete, dass Buckland dicht neben ihr war. Im nächsten Augenblick war sie nahe genug, um eine Hand auf seinen Arm zu legen.

Er nahm davon nicht die geringste Notiz. Sie sah, wie Schweiß auf seiner Oberlippe schimmerte und ihm die Schläfen herunterlief. Seine Augen waren auf den Spieltisch fixiert.

Frauen drängten sich eng um ihn. Eine alte, abgerissene Gestalt mit einem kindlichen weißen Spitzenhut auf ihrem orangefarbenen Haar und mit bemaltem, faltigem Gesicht, schob Geld in seine Hand.

„Setz es für mich, Bub", krächzte sie mit einem nordischen Tonfall, der merkwürdig fehl am Platz wirkte.

Ohne sich umzublicken, setzte Buckland das Geld auf Rot. Es gewann.

Die alte Vettel griff nach ihrem Gewinn und verschmolz mit der Menschenmenge.

Angie nahm, aufgrund ihrer Größe und Entschlossenheit, ihren Platz ein und drängte sich dicht an Bucklands Seite.

Er wandte sich um und blickte ihr direkt in die Augen. Seine eigenen strahlten vor Triumph und Erregung.

„Hallo, Süße! Seit wann bist du hier?"

„Bin gerade gekommen. Wie wär's, deine Gewinne zu feiern?"

„Ich bin noch nicht fertig."

„Das *bist* du, Buck", sagte Angie mit plötzlichem Nachdruck. „Komm mit raus, bevor du alles verlierst."

„*Faites vos jeux …*"

Buckland platzierte seinen Einsatz sorfältig auf das erste Dutzend, Rot und Impair.

Das Rad drehte sich herum, wurde langsamer und kam zum Stillstand.

Buckland verlor sein Geld.

„Ich habe es dir gesagt!", rief Angie. „Es war nicht alles, was du hattest, oder?"

„Bei Weitem nicht. Na dann, komm. Ich habe teuflischen Durst."

Er hatte Coral Romayne ganz vergessen. Angie konnte sie sehen und wusste, dass sie sie ansah. Aber sie folgte ihnen nicht gleich, so wie es Angie erwartete.

Auf der Terrasse, die vergleichsweise leer war, wandten sie sich um und blickten einander an.

„Mein Gott!", sagte Buckland ganz schlicht. „Es ist wie ein Traum – du – und jetzt *das*."

„Du warst den ganzen Tag über nie in meiner Nähe."

„Ich werde das später heute Abend wieder gutmachen. Ich musste *sie* irgendwie ablenken. Nicht dass das jetzt wichtig wäre."

„Wie viel hast du gewonnen, Buck?"

„Ich weiß es nicht. Ich habe nicht mehr mitgezählt nach den ersten fünftausend Francs."

„Fünftausend Francs? Wie viel ist das?"

„Ich weiß nicht. Ich habe diese Dinger noch nicht eingelöst. Ich kann nicht mit einem Vermögen herumlaufen. Ich würde umgebracht werden oder so."

„Frag Courteney, was du besser tun solltest Er wird es wissen. Da kommt die alte Schlampe —"

„Wo ist mein Geld, Buck, und wie viel ist es?", rief Mrs Romayne.

„Habe es noch nicht", sagte Buckland. „Es sind alles noch Jetons. Hallo Courteney."

Courteney kam zu ihnen mit Hilary Moon.

Sie waren alle aufgeregt und begierig, die Höhe von Bucklands Gewinn zu erfahren. Mrs Romayne erinnerte ihn immer wieder daran, sehr laut und schrill, dass sie ihm Geld zum Spielen gegeben habe und dass es nicht wirklich sein eigenes sei.

„Fifty-fifty hattest du gesagt", erwiderte Buckland ungerührt, „und daran hast du dich verdammt noch mal zu halten."

Die ganze Gruppe hatte verabredet, sich vor dem Dinner in einem Café zu treffen, das Courteney kannte.

Buckland, der in sehr lauter Stimmung jedem unbekümmert einen Aperitif ausgab, rühmte sich seines Erfolgs. Er hatte etwas mehr als vierhundert Pfund gewonnen, davon hatte er Coral Romayne genau die Hälfte ausgehändigt.

Angie fragte sich, wie schnell sie etwas von dem Rest von ihm borgen könnte. Sie war sich sicher, dass sich Hilary gedanklich mit der gleichen Überlegung beschäftigte.

Alle tranken auf Einladung von Buckland. Sogar Mrs Wolverton-Gush, die humpelnd und mit einem Ausdruck von Erschöpfung unter ihrem entschlossenen Strahlen angekommen war, akzeptierte mit elegantem Protest einen gemixten Wermut.

Angie, ruhelos und unbefriedigt, fragte sich, wann sie endlich mit Buckland allein sein würde.

Sie blickte sich verärgert um und dachte, was für eine riesengroße Gruppe sie doch seien. Chrissie Challoner hatte sich gerade mit Captain Morgan, Olwen und Patrick zu ihnen gesellt. Dulcie Courteney hing beständig am Arm ihres Vaters und plapperte über die wunderbare Zeit, die sie im Schwimmbad gehabt habe.

Denis Waller, bemerkte Angie mit boshaftem Vergnügen, zeigte in seinem Gesicht deutlich seinen beinahe krankhaften Neid auf Bucklands Glück, ohne die geringste Ahnung, dass er es tat.

Courteney, der seine Gruppe überblickte, machte Vorschläge, wo sie zu Abend essen sollten.

Plötzlich gelangweilt und ziemlich wütend, fragte sich Angie, warum um alles in der Welt Buckland nicht den Verstand hatte, sie irgendwo hinzubringen, wo sie allein sein könnten.

(3)

Hilary war nicht verzweifelt, weil so ein heftiges Gefühl wie Verzweiflung keinen Platz in seiner zynischen und pessimistischen Weltanschauung hatte, in die er, wie so viele seiner Generation, hineingeboren worden und in der er aufgewachsen war.

Er wusste, dass er in ernsthafteren Schwierigkeiten war als gewöhnlich, denn Madame hatte heute Morgen im Hotel – leicht seinen Ausweichversuch umgehend – kurz und kühl eine zeitige Begleichung der wöchentlichen Rechnung gefordert. Sie hatte deutlich gemacht, ohne es tatsächlich in Worte zu fassen, dass sie seine Kreditwürdigkeit nicht für gut hielt.

Er begriff vollkommen, dass sie nicht im Geringsten zögern würde, die Dinge für ihn und Angie äußerst unerfreulich zu machen, wenn er ihr nicht beinahe sofort etwas von dem Geld gab, das er ihr schuldete.

Die *Hirondelle* – ein Totalverlust – war nur zur Hälfte bezahlt worden. Hilary hatte vor, seinem Bekannten aus Cannes zu sagen, dass sie nicht seetüchtig gewesen sein könne, als er sie kaufte, und sich weigere, den verbliebenen Rest des Preises zu zahlen. Wenn ein Streit folgen würde, umso besser. Es würde ihm Zeit geben, Frankreich zu verlassen. Die Hotelrechnung war eine weitaus dringendere Notwendigkeit als jede problematische Zahlung für das Motorboot, und das war auch der Preis für das Auto. Für dieses hatte er unverzüglich veranlasst, einen Scheck an seinen Freund aus Cannes zu schicken, der auch den Verkauf des Autos arrangierte.

Hilary hatte nicht den geringsten Zweifel, dass im Verlauf des Tages in Monte Carlo mindestens ein Telefonanruf aus Cannes zum Hôtel d'Azur durchgestellt worden war. Er hatte den *concierge* instruiert, dass er am Abend auf jeden Fall umgehend zurückrufen werde.

Ein vages Gefühl, dass er vielleicht am Spieltisch Geld gewinnen würde, ließ ihn durchhalten.

Stattdessen hatte er die wenigen hundert Francs verloren, die alles gewesen waren, was ihm von dem Geld übrig geblieben war, das er mit nach Frankreich genommen hatte. In England hatten er und Angie nichts als Schulden. Hilarys Bankkonto, eröffnet in dem Jahr seines Wohlstands durch die Großzügigkeit der Atkinsons, war seit Langem überzogen. Die Bank drängte beständig um Ausgleich oder nach einer Form der Sicherheit.

Er hatte von Bucklands Glück mit kühler Verärgerung gehört, gefolgt von einer unmittelbaren Entschlossenheit, davon zu profitieren. Sein erster Gedanke, dass mit Coral Romayne viel leichter umzugehen wäre als mit Buckland, verwarf er sofort.

Sie hatte nie Anzeichen dafür gezeigt, dass sie einen der Moons mochte; sie war offensichtlich in Buckland verliebt und hatte sicherlich seine Bewunderung für Angie gesehen und verübelt. Coral würde überhaupt nicht von Nutzen sein.

Hilary gratulierte Buckland überschwänglich, ermunterte ihn, zur Feier seines Glücks so viel wie möglich zu trinken, und achtete darauf, Angie nahezulegen, kalt und nonchalant, dass sie ausdrücklich im selben Wagen wie Buckland ins Hotel zurückfahren solle.

Er fand, dass es unnötig sein müsse, mehr zu sagen.

Beim Abendessen saß er neben Chrisse Challoner und versuchte mit ihr über ihre Bücher zu sprechen, während er Dulcie ignorierte, die auf seiner anderen Seite saß.

Das Abendessen war lang, sehr laut und ausgedehnt durch den Champagner, den Buckland großzügig bestellte.

Nur Captain Morgan, seine Tochter Olwen und Patrick Romayne hatten es nicht geschafft, teilzunehmen. Sie waren woanders essen gegangen.

Am Ende des Abends war Hilary ausreichend betrunken, um sich absolut sicher zu fühlen, dass er der einzige Mann in der Gruppe sei, der im Vollbesitz seiner Sinne war.

Die Frauen waren gegangen, um sich für die Rückreise fertig zu machen. Courteney meldete, dass die Wagen vor der Tür stünden.

Hilary, der die Entscheidungen vergaß, die er zuvor am Abend getroffen hatte, ging zu Buckland und zog ihn beiseite.

„Hören Sie", sagte er sehr ernst, „ich weiß, man kann Ihnen das sagen. Seien Sie kein Esel und verschwenden Sie nicht das Geld für jede Menge Champagner für Frauen. Das ist eine lächer-lächerliche Sache. Sie respektieren Sie deshalb nicht mehr."

„Tun sie nicht?", sagte Buckland. „Na dann vielen Dank für die Warnung."

„Schon gut. Also, hören Sie, Buck, ich werde vollkommen aufrichtig mit Ihnen sein. Ich habe über Sie und Ihren Geldsegen nachgedacht. Was Sie brauchen, ist ein Auto. Ein gutes Auto ist einfach eine Investition. Das ist es einfach."

„Also, hören Sie", sagte Buckland wiederum, „wenn ich ein Auto haben will, dann weiß ich, wie ich mir eins beschaffen werde. Und im Übrigen kann ich Ihnen sagen, dass ich dafür nicht zu Ihnen kommen werde."

„Warum nicht?", fragte Hilary beleidigt.

„Weil ich nicht glaube, dass Sie mehr von Autos verstehen als von Motorbooten."

„Das Motorboot war ein Fehler. Ich bin vollkommen und gänzlich bereit einzugestehen, dass ich mit dem Motorboot vernichtend geschlagen wurde. Aber das Auto ist o.k. Definitiv."

„Sie haben eins zu verkaufen, oder? Das hab ich mir gedacht", sagte Buckland verächtlich. „Also, was mich angeht, können Sie und Ihr Auto direkt zur Hölle gehen. Tatsächlich hatte ich mir schon früher gewünscht, Sie würden dort hingehen. Kapiert?"

„Buckland", sagte Hilary mit außergewöhnlicher

Würde, „ich betrachte Ihre Haltung definitiv als beleidigend. Definitiv."

„Das soll sie auch sein", sagte Buckland, während er sich abwandte.

Hilary überlegte einen Augenblick, ihn niederzuschlagen, doch es schien zu viel Mühe zu machen. Er beschränkte sich stattdessen darauf, zu Courteney zu gehen und eine ernste Warnung auszusprechen.

„Buck hat einen über den Durst getrunken, haben Sie das bemerkt? Dachte, ich sollte das besser erwähnen, wegen der Rückfahrt. Man möchte die Mädels nicht beunruhigen."

Courteney blickte seinen Informanten aufmerksam an. Dann sagte er:

„Ich verstehe, nun. Danke dafür. Keine Sorge, ich kümmere mich darum."

Zuverlässiger Kerl, dachte Hilary. Definitiv zuverlässig. Natürlich ist es das, wofür er bezahlt wird, irgendwie. Dass die Dinge glatt laufen für die Hotelgäste. Würde es etwas nützen, ihn dazu zu bringen, mit Madame zu sprechen und zu erklären, dass sie Menschen vertrauen sollte – vornehmen englischen Menschen – zu zahlen, was sie schuldeten, rechtzeitig? Verdammt, das Wort eines Engländers war ihm Verpflichtung, auf der ganzen Welt.

Hilary stolperte einige Stufen herunter und fand sich auf dem Gehweg wieder und unter einem sternenerleuchteten Himmel. Der Ruck ließ ihn leicht übel werden, und er verlor den Anschluss daran, was er gedacht hatte. Das verwirrte ihn, denn er wusste, dass er gerade dabei gewesen war, auf einen Plan zu kommen, der seine finanziellen Schwierigkeiten bereinigen würde. Was, um alles in der Welt, konnte das gewesen sein?

Hatte was mit Buckland zu tun, genau.

Buckland würde das Auto kaufen von seinem Gewinn ... Nein, das wird er nicht. Er war deswegen verdammt ungefällig gewesen. Tatsächlich beleidigend. Definitiv.

„Sie steigen doch ein, Moon, ja?", sagte Courteneys Stimme hinter ihm, charmant und doch streng. Mit einer Hand an Hilarys Ellbogen half er ihm in den Wagen.

Er war abgefahren, bevor Hilary mitbekam, mit Ver-ärgerung und Erstaunen, dass er irgendwie dazu veranlasst worden war, draußen zu sitzen, auf dem Sitz neben dem Fahrer.

(4)

Dulcies Tag war einer des fabrizierten Vergnügens gewesen. Dem Hotel-Kind war vor langer Zeit beigebracht worden, dass es seine Aufgabe sei, amüsiert zu erscheinen, erfreut und verköstigt, wo immer es hingehe. Sie müsse zu allen aufmerksam sein und die Kleidung der Frauen bewundern, sich von den jungen Männern fernhalten und den älteren gestatten, sie zu streicheln und zu tätscheln, wenn sie den Anschein machten, es zu wünschen, und immer sehr, sehr freundlich zu den Kindern der Gäste zu sein.

Sie fand nichts davon sehr schwierig. Sie war daran gewöhnt von frühester Kindheit an, seit ihre Mutter, an die sie sich kaum erinnern konnte, bei einem Autounfall ums Leben gekommen war. Dulcie war von Natur aus anpassungsfähig und bemüht, zu gefallen, und sie hatte schreckliche Angst vor ihrem Vater, den sie vergötterte. Er war gewöhnlich nett zu ihr, doch wenn er meinte, dass sie ungezogen gewesen sei oder ihn irgendwie getäuscht habe, schlug er sie immer heftig.

Sie hoffte sehr, dass er bemerkt hatte, wie sie in Monte Carlo praktisch den ganzen Tag mit Olwen Morgan und Patrick Romayne verbracht hatte. Es war nicht wirklich ein Vergnügen gewesen, weil sie sich mehr untereinander unterhalten hatten als mit ihr, und ohnehin fand sie Olwen sehr dumm und kindlich für ihr Alter. Und Captain Morgan hatte keinerlei Notiz von ihr genommen. Er hatte jedoch ihre Mahlzeiten bezahlt – was schließlich viel wichtiger war.

Dulcie hatte ihr Bestes getan, nach einer Einladung zum Abendessen zu angeln, sobald sie entdeckt hatte, dass Captain Morgan nicht beabsichtigte, beim Rest der Gruppe zu bleiben, doch sie war äußerst erleichtert, als es sich nicht ergab. Sie fand es viel amüsanter, sich der ausufernden Feier anzuschließen, die von Buckland abgehalten wurde, und sie hatte darüber hinaus den unterschwelligen Wunsch, nahe bei Denis Waller zu bleiben. Es war die merkwürdige, unbestreitbare Tatsache, dass für Dulcie Courteney, erzogen in einer Atmosphäre aus Cocktails, Intrigen und Lichtspielhäusern, Romantik vorübergehend die magere Form und die nervösen Eigentümlichkeiten des kleinen Sekretärs zu tragen ausgewählt hatte.

Seine gleichbleibende Freundlichkeit beeindruckte sie, und sie nahm all seine angedeuteten Hinweise auf seine eigene Überlegenheit für bare Münze. Doch vor allem wurde sie von Denis angezogen, weil sie spürte, dass es eine gewisse Ähnlichkeit in ihren jeweiligen Stellungen gab. Sie war sich sicher, dass er sich vor Mr Bolham fürchtete – wie sie es tatsächlich selbst tat – und dass Leute sich seine untergeordnete Position zunutze machten, um ihn zu demütigen.

Nichts konnte unschuldiger sein als Dulcies Erotik. Mit jeder Gelegenheit, das Laster zu erlernen, war sie eigentlich kindlich schlicht geblieben, teilweise weil sie bislang keinerlei sexuellen Magnetismus entwickelt hatte und teilweise weil die Angst vor ihrem Vater der dominierende Faktor in ihrem Leben war. Sie hemmte sogar die Neugier, sodass sie keine Neigung für Experimente hatte und zufrieden war mit der langen, wiederkehrenden Saga, die sie sich abends erzählte, in der sie immer die Heldin war und der Held der neueste Filmstar, der ihre Bewunderung erbeutet hatte.

Seit dem Desaster mit der *Hirondelle* und sogar etwas davor hatte Denis Waller den Filmstar ersetzt.

Sie war tief bewegt gewesen von der ungerechten und grausamen Behandlung, von der sie glaubte, dass er sie zum Zeitpunkt des Unfalls erdulden musste, und noch mehr durch die Erinnerung daran, dass er sich danach um Anteilnahme an sie gewandt hatte. Eine solche Einbildungskraft, wie sie Dulcie besaß, hatte kein Ventil außer dem schulmädchenhaften der Tagträumerei, und die Einbindung von Denis in ihre jüngsten Fantasien hatte dazu beigetragen, in ihrer Illusion zu begünstigen, dass er genauso von ihr angezogen sei wie sie von ihm.

Sie manövrierte sich absichtlich an einen Platz in dem Wagen, in dem sich Denis für den Rückweg von Monte Carlo zum Hôtel d'Azur befand, und bekam ihn ohne Schwierigkeiten.

Ihr Vater hatte ihr nicht nur keine Anordnungen gegeben, er war offensichtlich der Organisation der Rückfahrt gegenüber gleichgültig und widmete seine Aufmerksamkeit darauf, Hilary Moon – mehr als ein bisschen betrunken – zu einem sicheren Platz zu steuern.

Denis Waller stand bewegungslos auf dem Gehweg. Er war während des gesamten Dinners sehr schweigsam gewesen und hatte sehr wenig Champagner getrunken.

Mrs Wolverton-Gush, außergewöhnlich erhitzt und sich gerader haltend als gewöhnlich, trat auf ihn zu.

„Sollen wir so zurückfahren, wie wir gekommen sind, Mr Waller?"

„Miss Challoner ist bereits weg", sagte Denis in einer unnatürlich tiefen Stimme. „Sie ist im ersten Wagen."

„Dann können wir ebensogut in diesen hier steigen."

Dulcie schlich sich etwas näher heran.

„Kommt noch jemand – möchte noch jemand —", begann Denis.

„Oh, Mr Waller, darf ich auch mitkommen? Ich meine, wäre das in Ordnung?"

„Natürlich, Dulcie. Es gibt jede Menge Platz, Moon wird sich neben den Fahrer setzen."

Dulcie kletterte hinein, gefolgt von Denis.

Sie dachte, wie romantisch der Abend sei, und wünschte, dass sie allein wären. Aber die große und stattliche Mrs Wolverton-Gush belegte beinahe mehr als zwei Drittel des Rücksitzes. Dulcie zwängte sich höflich in den verbleibenden Rest. Denis saß missmutig gekrümmt auf dem Vordersitz. Dulcie war sich sicher, dass er sehr unglücklich war, und sehnte sich danach, ihn zu trösten.

Sie machte ein oder zwei schüchterne Bemerkungen, und Denis antwortete so freundlich wie gewöhnlich, doch ohne Bemühen, die Konversation zu verlängern.

Mrs Wolverton-Gush stieß mehrere Male etwas über Bucklands Glück am Roulettetisch hervor und wurde dann still. Schon bald bemerkte Dulcie, dass sie kurz davor war, einzuschlafen. Immer wieder fiel ihr Kopf mit einem angstvollen Ruck nach vorne.

Dulcie beobachtete sie besorgt.

Schließlich war Mrs Wolverton-Gush eingeschlafen.

Dulcie stieß mit ihrem Fuß gegen den von Denis und lenkte seine Aufmerksamkeit auf ihre Begleiterin.

Eine kühne Idee kam ihr in den Sinn.

„Ich glaube, ich werde tauschen", sagte sie leise. „Wenn es Ihnen nichts ausmacht, Mr Waller. Es wird ihr mehr Platz geben."

Sich sehr vorsichtig bewegend, nahm sie den Platz neben Denis ein. Sie konnten sich jetzt mit gesenkten Stimmen unterhalten, und die Atmosphäre wurde umgehend vertraulich.

„War das nicht ein wunderschöner Tag, Mr Waller? Ich habe es *so* genossen."

„Ja? Das freut mich sehr", erwiderte Denis in einem Ton tiefer Melancholie.

„Haben Sie ihn auch genossen? Ich hoffe, Sie haben es."

„Das ist sehr lieb von dir."

„Aber das tu ich *wirklich*. Ich wünschte, Sie würden es mir sagen."

Daraufhin wandte sich Denis herum und sah sie mit einem Lächeln an, das sein farbloses Gesicht von Zeit zu Zeit vom gänzlich Gewöhnlichen erlöste.

„Dir was sagen, Dulcie?"

„Nun, Sie waren den ganzen Tag so unglücklich", sagte Dulcie und fühlte, wie ihr Herz schneller schlug bei dieser Annäherung an Vertraulichkeit.

Denis gab keine unmittelbare Antwort, und sie fürchtete, dass sie ihn verletzt haben müsse, und presste in nervöser Qual ihre Hände zusammen.

Als er schließlich sprach, überwältigte sie beinahe eine Flut der Erleichterung.

„Ich wusste nicht, dass jemand etwas bemerkt hatte. Tatsächlich habe ich alles getan, was ich konnte, um zu vermeiden, dass jemand etwas merkt. Es ist sehr nett von dir, dass du es so wichtig nimmst, zu – zu sehen, dass ich nicht sehr glücklich bin, Dulcie."

„Oh, Mr Waller!", keuchte sie atemlos. „Natürlich tu ich das. Sie sind immer so schrecklich nett zu mir gewesen. Ich wünschte nur, es gäbe etwas, was ich für Sie tun könnte – das tu ich *wirklich*, Mr Waller."

„Danke", sagte Denis. Und nach einem Augenblick des Zögerns fügte er hinzu: „Ich bin ein ziemlich einsamer Mensch, und gerade kürzlich haben sich ein, zwei Dinge ereignet, die mich das sehr spüren lassen. Also verstehst du, dass ich kein Freundschaftsangebot ablehnen kann."

Es kam Dulcie noch nicht einmal in den Sinn, dass dieser Satz vielleicht geschickter hätte formuliert werden können.

Sie nahm ihn entzückt entgegen als Unterpfand, dass ihre heimlichen Fantasien sich vielleicht in Tatsachen verwandeln könnten.

„Ich möchte gern Ihre kleine Freundin sein, Mr Waller – so sehr – wenn Sie mich haben wollen. Ich denke immer", sagte sie heftig, „dass Sie und ich eine ganze Menge gemeinsam haben, wenn Sie verstehen, was ich meine. Ich glaube, wir mögen die gleichen Dinge und so."

„Das ist sehr nett von dir", sagte Denis ziemlich vage.

„Oh, aber ich meine das wirklich, Mr Waller."

Bei der Wiederholung seines Namens erfüllte Denis Dulcie mit Entzücken, indem er unerwartet sagte:

„Ich denke, du solltest mich besser bei meinem Vornamen nennen, nicht, wenn wir Freunde werden sollen. Das heißt, es sei denn, du magst ihn nicht."

„Oh, Mr Waller – ich meine Denis – *natürlich* tu ich das. Ich würde es einfach gern tun."

Sie war atemlos vor Aufregung und Glück. In den wenigen Sätzen, die gefallen waren, las sie eine Menge Bedeutsames, weit über ihre oberflächliche Bedeutung hinaus. Für ihre ausgehungerte Zuneigung und ihre schlecht gelenkte Fantasie stand dieser magere Austausch von Persönlichem tatsächlich für Romantik. Sie wagte kaum, noch einmal zu sprechen, damit weitere Worte nicht als Enttäuschung wirken konnten.

Bewegt durch eine Eingebung von Schulmädchensentimentalität fingerte sie einen Augenblick im Halbdunkeln herum, erwischte und drückte dann Denis' Hand zwischen ihren Händen.

(5)

Gedemütigt und trübselig gemacht durch die Angst, dass er Chrissies kurzlebige Liebenswürdigkeit verloren habe, war Denis nicht in der Stimmung, selbst solche bescheidenen Annäherungen wie die von Dulcie abzulehnen.

Es stimmte, dass er, wie er es sich oft sagte, von Natur aus liebenswürdig war, und die subnormale Qualität seiner männlichen Potenz war zu jeder Zeit geneigt, Ausdruck in kleinen Fummeleien und Tätscheleien von der Art zu finden, wie sie üblicherweise entweder mit Unreife oder extremer Senilität assoziiert wurden.

Deshalb erwiderte er bereitwillig und sogar mit einem gewissen Gefühl der Befriedigung den Druck von Dulcies Fingern.

Er hatte sie nie besonders gemocht, aber er war berührt und geschmeichelt von ihrer offensichtlichen Bewunderung, und sie kam in einem Augenblick, in dem er sich sogar noch unsicherer fühlte als gewöhnlich und er ein noch dringenderes Bedürfnis nach etwas anderem hatte als seinem Getue, um seine wackelige Selbstwertschätzung zu stärken.

Publikum war immer besonders wichtig für Denis, denn er konnte nur an sich selbst glauben, wenn er spürte, dass andere an ihn glaubten. Sein prekäres Selbstbewusstsein hatte bereits ernsthaft gelitten durch die Hände Mr Bolhams – war in eine plötzliche Stärke unter dem Strahlen von Chrissie Challoners Zuspruch aufgeflammt und erlitt eine entsprechende Verfinsterung durch ihren Rückzug.

Er klammerte sich mitleiderregend in seinem Elend der Unsicherheit sogar an die Bewunderung von Dulcie Courteney.

Sie unterhielten sich leise, ab und zu auf die tief schlafende Mrs Wolverton-Gush blickend. Sie rührte sich nicht.

„Was lässt dich denken, dass ich mich heute nicht vergnügt habe, Dulcie?"

„Ich hab befürchtet, dass Sie nicht wirklich glücklich ausgesehen haben. Natürlich habe ich Sie nur eine Minute vor dem Casino gesehen und dann beim Abendessen, aber ich denke, man kann es immer *ahnen*, oder?"

„Menschen machen sich nicht immer die Mühe, es zu bemerken."

„Oh, Mr Waller! – Denis, meine ich – aber ich glaube, das macht man, wenn man jemanden gern hat, oder? Sie wissen, was ich meine, wenn es eine Person ist, die man mag, macht man es."

Dulcie kicherte nervös, während sie sprach. Denis fühlte sich ziemlich gerührt.

„Vielleicht habe ich nicht so viele Menschen gefunden, die mich genug mochten, um es zu bemerken, wenn es mich betraf. Deshalb schätze ich sie, nicht wahr, wenn ich auf sie treffe." Er drückte leicht Dulcies Finger und ließ sie dann los.

Zunächst gefiel ihm der physische Kontakt, aber er machte ihn verlegen.

„Du wirst niemandem sonst etwas über mich sagen, oder? Ich bin leider ein sehr zurückhaltender Mensch. Mein Instinkt sagt mir, niemals jemandem zu zeigen, was ich fühle – einfach nur das Äußere zu wahren."

Mit einem schrecklichen Schmerz erinnerte er sich, während er sprach, an seine erste Unterhaltung mit Chrissie Challoner und an das wunderbare Gefühl der Erleichterung, die sie ihm beschert hatte.

„Natürlich werde ich gar nichts sagen", versicherte Dulcie eifrig. „Ich wünschte, ich könnte etwas tun, um Ihnen zu helfen, Denis. Ich finde es schrecklich nett, dass Sie es mir sagen."

„Aber ich fürchte, ich kann dir nicht viel sagen, meine Liebe. Zum einen bin ich nicht der Mensch, dem es leicht fällt, über sich selbst zu sprechen. Und dann habe ich ein sehr starkes Gefühl von Loyalität für andere Menschen."

„Oh, natürlich", sagte Dulcie enttäuscht. „Ich finde das wahnsinnig nett von Ihnen, wirklich."

„Ich bin ein ganz gewöhnlicher Typ Mann", sagte Denis, während sein üblicher Ton stiller Selbstgefälligkeit schrittweise wiederauflebte, „aber ich schmeichle mir selbst damit, dass ich immer vollkommen loyal zu Menschen gewesen bin, die mir vertraut haben."

„Haben Sie eine Menge Freunde?"

„Nicht so viele. Ich schließe nicht leicht Freundschaft. Und manchmal", sagte Denis bitter, „wenn ich es getan habe, wurde ich sehr, sehr schlimm im Stich gelassen."

„Oh, wie schade!"

Der Wagen schwang die letzte scharfe Kurve der Straße herum, und Dulcie wurde gegen Denis Wallers Schulter geworfen. Er konnte fühlen, dass sie keinen Versuch unternahm, ihre Balance zurückzugewinnen, sondern sich schwer gegen ihn fallen ließ.

Er legte seinen Arm um sie, indem er sie hielt, wie er vielleicht ein Kind gehalten hätte. Tatsächlich dachte er von ihr wie von einem Kind, doch seine Gedanken waren besessen von der Situation zwischen Chrissie und ihm, und er dachte weit mehr darüber nach als über Dulcie Courteney.

Er durchlebte Qualen, dass Chrissie direkt zur Villa Mimosa gegangen sein könnte und vorhatte, ihm keine weitere Chance zu geben, mit ihr an diesem Abend zu sprechen. Er beschloss, dass, wenn sie es getan hatte, er ihr folgen und darum bitten würde, sie zu sehen.

Dann erinnerte er sich an Mrs Wolverton-Gush.

Sie wachte auf, als der Wagen die Auffahrt hinaufsauste, und Dulcie setzte sich wieder bescheiden aufrecht hin.

„Hatte Miss Challoner die Absicht, ins Hotel zu kommen?", erkundigte sich Mrs Wolverton-Gush. „Ich muss gedöst haben, vermute ich, sonst hätte ich sicherlich darum gebeten, an unserer Tür abgesetzt zu werden."

„Es tut mir so leid", entschuldigte sich Denis. „Ich hätte Sie wirklich fragen sollen … Ich fürchte, es kam mir nicht in den Sinn …"

„Vielleicht ist sie hier."

Doch Miss Challoner war nicht im Hôtel d'Azur.

Sie habe den Wagen halten lassen und sei an der Villa ausgestiegen, sagte Mrs Romayne, die in der Halle Whisky und Soda trank.

„Dann", sagte Denis mit zitternder Entschlossenheit zu Mrs Wolverton-Gush, „müssen Sie mir gestatten, Sie zurückzubegleiten. Der Wagen wird uns bringen."

„Bitte, machen Sie sich keine Mühe."

„Es ist keine Mühe. Ein Vergnügen", sagte Denis entschieden. „Gute Nacht, Dulcie."

„Gute Nacht, Denis", trillerte Dulcie.

Er nahm ihre Hand, schenkte ihr seine favorisierte kleine Verbeugung und lächelte sie an. Der Gedanke kam ihm durch den Sinn, dass Dulcie ein merkwürdiges, unnatürliches Leben führte für ein Mädchen in ihrem Alter und dass es sehr leicht wäre, wie auch wünschenswert, sie für immer zu beeinflussen.

Dann folgte er Mrs Wolverton-Gush noch einmal zurück zum Wagen.

Seine Unterhaltung mit Chrissie war äußerst unbe-
friedigend.

Sie standen in der kleinen Loggia auf der Rückseite
der Villa, da Chrissie Denis keine Einladung gegeben
hatte, sich hinzusetzen, und sie mehrere Male sagte, dass
es spät sei und er zurück zum Hotel gehen solle.

Denis, mit der eigenwilligen, krampfhaften Hart-
näckigkeit eines schwachen Mannes, lehnte es ab, sie zu
verlassen, bevor sie ihm nicht erklärt hätte, warum sie
ihn den ganzen Tag gemieden habe.

„Findest du nicht, dass du mir zumindest eine
Erklärung schuldest? Wenn es nur deshalb ist, weil du
mich leid bist und meinst, dass du einen Fehler gemacht
hast, weil du vorgeschlagen hattest, dass wir Freunde
sein sollten, wäre es mir lieber, du sagtest es“,
wiederholte Denis, obwohl tatsächlich seine Furcht, dass
sie das sagen könnte, ihn beinahe überwältigte.

Chrissie brach zu seinem Entsetzen in Gelächter aus.

„Es tut mir leid, Denis. Ich lache nicht über dich, ich
lache über – über mich selbst. Wenn ich daran denke,
wie ich dich schikaniert habe, dass du nicht ehrlich und
aufrichtig zu mir seist, und dann realisiere, dass ich einen
Fehler gemacht habe mit dir, wäre ich viel zu eitel, es
einzugestehen, sogar mir selbst. Es ist so erniedrigend,
heroisch über ein Gefühl gewesen zu sein und dann
festzustellen, dass es letztlich gar kein echtes gewesen
war.“

Denis war auf unerträgliche Weise verletzt.

Er konnte Chrissies Stimmungswandel nicht verstehen, noch ihre leichtfertige Art zu sprechen. Er konnte nur spüren, dass sie ihn nicht mehr ernst nahm.

Sein angespannter, tragischer Ausdruck blieb nicht ohne Wirkung auf sie.

„Schau nicht so trübselig, Denis. Bin ich gemein zu dir? Manchmal werde ich so – das darf dich nicht bekümmern. Hör mal – geh jetzt, und wir werden uns morgen sehen. Ich komme zur *plage* herunter."

„Ich weiß nicht, ob ich selbst dort sein werde. Du scheinst zu vergessen, dass ich arbeiten muss", sagte Denis gekränkt.

Chrissie lachte wieder.

„Daran hast du selbst nicht oft gedacht in den letzten Tagen, soweit ich weiß. Jedenfalls werde ich dich irgendwann oder irgendwo sehen. Gute Nacht."

Sie ging den Weg zur Villa voran und hinaus in den vorderen Garten mit der kleinen plätschernden Fontäne, die Denis so romantisch und schön gefunden hatte.

Eine unerträgliche Welle der Traurigkeit überkam ihn.

Alles war vorbei. Sie machte sich wirklich überhaupt nichts aus ihm; er hatte letztlich doch keinen Freund gefunden, der ihn verstehen und ihm helfen und an ihn glauben würde.

Ein leichter, ungewollter, gänzlich ununterdrückbarer Schluchzer schüttelte ihn.

Chrissie hielt an der Pforte inne und sah ihn an.

Denis war gänzlich unfähig zu sprechen, doch seine eigenartigen kleinen Formalien ließen ihn nicht im Stich.

Er streckte seine Hand aus, um ihre zu schütteln.

„Armer Denis", sagte Chrissie sanft.

Sie lehnte sich vor und legte einen schmetterlingsgleichen Kuss auf seine Stirn.

Kapitel XIII

(1)

Die Fahrt von Monte Carlo dauerte lang genug, um Hilary Moon wieder annähernd nüchtern zu machen. Er schlief eine zeitlang tief und erwachte mit Kopfschmerzen, verärgert und deprimiert, doch im Besitz seiner Fähigkeiten.

Er erwachte ebenso mit einem Gefühl der Verärgerung über Buckland, weil er so viel Geld gewonnen hatte, während alle anderen verloren hatten. Im Übrigen, wie er sich vage entsinnen konnte, hatte Buckland ihn beleidigt, obwohl er nicht in der Lage war, sich an Einzelheiten zu erinnern. Als man das Hotel erreichte, war Hilary in einer Stimmung düsterer Wut, die sich gegen jeden im Hotel richtete, aber ganz besonders gegen Buckland.

Als er die Stufen hochging und in die Halle, nur an seinen Kummer denkend, traf er unmittelbar auf Madame.

Sie trug ihr übliches gepflegtes schwarz-weiß gepunktetes Baumwollkleid, eng umgürtelt in Lackleder, ihr dickes, strähniges Haar war dicht an den Kopf gebürstet und sorgfältig im Nacken aufgewickelt. Ohne Umschweife bat sie Hilary, ihr den Gefallen zu erweisen, einen Moment ins Büro zu kommen.

Er sah an ihrem Gesicht, dass es nutzlos wäre, eine Verschiebung bis morgen vorzuschlagen.

Mit einem direkt auf Hilary gerichteten harten, unbeirrten dunklen Blick und mit vielen höflich verbrämten Sätzen erklärte Madame, dass mehrere Telefonanrufe aus Cannes durchgestellt worden seien. Der Gentleman, der Monsieur Moon einen Wagen verkauft hätte, wolle ihn unbedingt sprechen. Es handele sich um Geschäftliches, sehr wichtig. Der *concierge* sei schließlich ganz verzweifelt zu Madame gekommen. Sie habe selbst mit dem Monsieur gesprochen, hatte ihn gebeten, sich zu beruhigen, und hatte versprochen, dass er angerufen würde, sobald die Gruppe aus Monte Carlo zurück sei.

„Es ist zu spät heute Abend", sagte Hilary schwitzend. „Es geht schon klar, Madame. Ich weiß, was mein Freund will, und ich werde morgen früh als Erstes ein Gespräch anmelden. Das wird schon in Ordnung gehen."

„*Ah, mais non, c'est qu'il ne s'agit pas de ça.*"

Madame erklärte, dass, wenn Monsieurs Freund nicht heute Abend angerufen werde, er annehmen würde, dass sie nicht Wort gehalten hätte. Daran dürfe man gar nicht erst denken, nicht für einen Augenblick. Sie hatte ihr Ehrenwort gegeben, dass er ganz bestimmt noch heute Abend zurückgerufen werde.

Ihr Mund verhärtete sich, als sie das sagte.

Hilary entschied zu bluffen.

„Nun gut, haben Sie seine Nummer?"

„Hier, Monsieur."

Mit unfassbarer Schnelligkeit griff Madame nach dem Telefonhörer auf ihrem Schreibtisch.

Hilary begriff, dass sie von ihm erwartete, das Gespräch in ihrem Büro zu führen.

Er fragte sich grimmig, wie viel Englisch sie verstand. Jedenfalls machte das nicht viel aus. Er war sich ziemlich sicher, sie wusste, dass von ihm Geld verlangt wurde.

„Voilà monsieur. C'est lui."

Hilary biss die Zähne zusammen und nahm den Hörer. Dann blickte er bedeutsam von Madame zur Tür und wieder zurück.

Unangenehm lächelnd ging Madame zur Tür, prüfte die Klinke und lehnte dann ihren Rücken dagegen.

„Il n'entrera personne, monsieur, et moi, je comprends à peine un mot d'anglais."

Hilary fluchte ganz leise. Er hatte nicht den Mut, sich ihr zu widersetzen.

„Hallo ... hallo ... Ja, ich weiß. Hör mal, es tut mir ganz fürchterlich leid. Ich habe einfach vergessen, das blöde Ding abzuschicken, das ist alles. Er ist oben, ausgefüllt und alles, in einem Umschlag, adressiert an dich ... Ich weiß gar nicht, wie ich so dumm sein konnte. Natürlich werde ich ihn gleich morgen früh abschicken. Der Wagen ist vollkommen okay ... Ich weiß ... Ich sage dir ja, es geht klar; sei nicht so ein verdammter Esel ... Wie hätte ich dich früher anrufen können, wenn ich gerade erst zurückgekommen bin? ... Nein, absolut schrecklich ... Also, gute Nacht und so weiter. Entschuldige, dass du deshalb die Wände hochgegangen bist ... Ja, morgen ganz bestimmt ... Bye."

Er hatte sich gar nicht so schlecht geschlagen insgesamt; jedenfalls hatte er Zeit gewonnen.

Diese Überlegung blitze ihm durch den Sinn, als er sich umdrehte.

Dann sah er das Gesicht von Madame.

„Wird Monsieur die Rechnung für diese Woche zur gleichen Zeit begleichen, zu der er den Scheck für den neuen Wagen abschickt?", erkundigte sie sich, ihr Ton unverhohlen beleidigend.

„Natürlich, wenn Sie es wünschen. Obwohl das sehr gut bis zum Ende unseres Aufenthaltes warten kann."

„Beabsichtigt Monsieur, das Hôtel d'Azur denn bald zu verlassen?"

„Das hängt davon ab", sagte Hilary und ging zu Tür,

„Weil ich natürlich viele Anfragen für Zimmer habe", sagte Madame bedeutungsvoll. „Das Ende der Saison nähert sich, und man kann sich nicht leisten, eine mögliche Gelegenheit zu vernachlässigen heutzutage. Erst heute Morgen hat mir eine amerikanische Lady aus London geschrieben ..."

Ihre Stimme fuhr fort, ihn zu verfolgen. Wenn nur, dachte Hilary, dieses verdammte Summen in seinem Kopf aufhören würde, könnte er ihr genau sagen, dass sie sich verziehen kann, die alte Hexe.

„Dann ist also vereinbart, dass wir morgen die Rechnung klären."

„Ja", sagte Hilary bösartig und schlenderte, seine Hände und seine Stirn feucht, in die Halle.

Er war zuvor schon in ähnlichen Schwierigkeiten gewesen: Manchmal hatte er Geld gefunden, weit häufiger war er seinen Verpflichtungen ausgewichen mit einer leichten Form von Betrugsvergehen. Ein oder zwei Mal hatte es nichts weiter gegeben außer Flucht.

Hilary war sich sehr sicher, dass es keine Chance gab, vor Madame und dem Hôtel d'Azur zu fliehen.

Irgendwie musste er Geld auftreiben, und nicht nur Geld für die Rechnung, sondern Geld um auch den Wagen zu bezahlen. Es kam ihm kaum in den Sinn, dass er vielleicht auf den Wagen verzichten müsste. Er hielt ihn immer noch für einen möglichen finanziellen Gewinn – und als solcher war es notwendig, dass er ihn weiter behielt. Warum, zum Teufel, hatte nicht er in Monte Carlo an diesem Nachmittag Geld gewonnen, sondern dieses Schwein Buckland?

Er sah Buckland, der am offenen Fenster saß mit einem großen Whiskey mit Soda vor sich.

Ein übergroßer Durst bemächtigte sich Hilarys. Er ging träge weiter.

„Immer noch beim Feiern, Buckland? Wo ist die Gruppe?"

„Irgendjemand hat vom Thema abgelenkt und gesagt, dass es Feuerwerk im Dorf geben würde oder etwas in der Art. Die meisten sind auf dem Dach. Was nehmen Sie?"

„Oh – danke. Das Gleiche wie Sie."

Buckland bestellte.

Hilary lehnte sich im Korbsessel zurück und betrachtete eingehend seine Fingerspitzen, indem er seine Hand etwa zehn Inches entfernt von seinen halb geschlossenen Augen hielt und seinen Kopf leicht nach hinten neigte, als ob er einen besseren Blick erhalten wolle. Als sein Drink kam, trank er ihn durstig aus.

Wieder aufblickend, sah er, dass Bucklands Augen genau auf ihn fixiert waren.

Hilary, der ziemlich schwer durch die Nase atmete, entschloss sich, einen weiteren Versuch zu unternehmen. Er hatte die eigenartige Überzeugung, basierend auf keinem vernünftigen Grund, dass Buckland tatsächlich von ihm erwartete, etwas Derartiges zu tun.

„Wie ist es mit dem Wagen, Buck? Sie haben heute Nachmittag etwas gesagt, und ich bin einem guten Angebot gegenüber offen. Natürlich werden Sie ihn wieder verkaufen – leicht –, wenn Sie abreisen. Mit Gewinn höchstwahrscheinlich. Autos wechseln immer den Besitzer hier draußen."

„Warum haben Sie es so eilig, ihn loszuwerden?"

Hilary atmete tief ein.

„Oh, nur finanzieller Druck, wie man so sagt. Ich wurde schlimm reingelegt bei diesem Geschäft mit dem Motorboot, wie Sie wissen, und Geld, das ich aus England erwartete, ist noch nicht eingetroffen. Es ist natürlich nur eine vorübergehende Verlegenheit, aber Sie wissen ja, wie scheußlich misstrauisch diese Franzosen sind, und ich möchte Madame keine Entschuldigung dafür geben, zu sagen, dass man sie auf ihr Geld hat warten lassen oder irgendeinen derartigen Blödsinn. Also haben Angie und ich entschieden, dass wir ebenso gut den Wagen verkaufen können."

„Ja", sagte Buckland.

Hilarys Hoffnung fing an zu steigen. Offensichtlich hatte Buckland über die Frage nachgedacht und war nicht überrascht, sie noch einmal zu hören.

Hilary gab die Anstrengung, die er in Richtung Deutlichkeit unternommen hatte und die für sein verantwortungsloses Naturell und seine instinktive Bevorzugung des lakonischen Stils seiner Generation gleichermaßen wesensfremd war, auf.

„Wie wär's?"

„Nichts zu machen."

„Er ist eine Gelegenheit. Er ist billig zu haben."

„Was sagt Angie dazu?"

„Was zur Hölle hat Angie damit zu tun?", fragte Hilary dumpf.

„Wenn es Angie ist, die billig zu haben wäre, hätte ich vielleicht etwas dazu zu sagen."

„Das ist ein verflucht schlechter Stil, Buckland."

„Schlechter Sil ist mir gleich, Ihnen wohl auch, möchte ich meinen. Noch einen Drink?"

„Der geht auf mich", sagte Hilary automatisch.

Sie schwiegen, bis die Drinks kamen. Dann sprach Buckland wieder zwanglos:

„Wann verschwinden Sie von hier?"

„So schnell ich kann. Ich hasse diesen scheußlichen Ort."

„Angie nicht."

„Können Sie Angie nicht raushalten?", schlug Hilary halb scherzend vor und beobachtete Buckland genau.

„Ich bin mit Angie befreundet", sagte Buckland kühl. „Und ich kann Ihnen sagen, dass sie das Leben, das

Sie die letzten zwei Jahre geführt haben, verdammt leid ist."

„Sie kann es nicht stärker leid sein als ich."

„In dem Fall, warum nicht Schluss machen?"

„Womit Schluss machen?"

„Mit der Ehe. Es ist eine miese Show, wenn überhaupt, und eine absolute Hölle, wenn man knapp bei Kasse ist."

„Sie haben nie Treffenderes gesagt", stimmte Hilary lässig zu. „Was schlagen Sie vor, soll ich dagegen tun?"

„Schluss machen."

„Angie der vierschrötigen Madame überlassen?"

„Nein, es mit Madame bereinigen, bevor Sie gehen."

„Und wie?"

Buckland tauchte mit einer Hand in seine Hosentasche und zog eine Geldbörse heraus.

„Fünfzig begleichen Madame. Und hundert für den Wagen. Pfund nicht Franc."

Hilary fühlte, wie seine Augen sich in seinem Kopf vorwölbten.

„Haben Sie das in englischen Banknoten?"

„Nein, aber das kann schnell gewechselt werden. Nur der Wechselkurs ist gegen uns. Und natürlich hängt es davon ab, ob Sie vorhaben, nach England zurückzukehren oder in Frankreich zu bleiben. Paris zum Beispiel."

„Der Wagen ist mehr wert als hundert, wissen Sie."

„Oh", sagte Buckland. „Den *Wagen* können Sie behalten."

Die beiden jungen Männer wechselten einen langen

und eigenartigen Blick. Dann zählte Buckland aus einem Stapel schmutziger Banknoten Scheine ab und schob sie über den Tisch. Hilarys lange Finger, die an den Spitzen gebogen waren, umschlossen sie.

(2)

„Gute Nacht, Sir. Danke für den wunderbaren Tag", sagte Patrick schüchtern.

Er wusste, dass der Erfolg seines Tages in Monte Carlo Captain Morgan und Olwen geschuldet war. Er war die ganze Zeit mit ihnen zusammen gewesen, und sie hatten viel Spaß gehabt.

Patrick hielt Captain Morgan für einen sehr witzigen und amüsanten Mann in einer stillen Art. Seine Scherze ließen einen nie unangenehm zurück wie die Dinge, die Buckland und die Moons und diese Clique sich immer zukreischten. Und sein Tauchspringen war einfach großartig. Patrick hatte nie etwas Deartiges gesehen.

Er mochte auch Olwen, und sie war außergewöhnlich hübsch. Sogar Dulcie Courteney war gar nicht so übel, wenn sie mit den Morgans zusammen war.

Dies war definitiv der beste Tag, den er in Frankreich verlebt hatte.

Das sagte er Olwen, während er neben ihr nach oben ging.

„Oh, schön", sagte Olwen. „Ich habe ihn auch schrecklich genossen. Ich finde es schön, wenn Dinge angenehm zu Ende gehen, nicht, und wir reisen übermorgen ab."

„Wie schade! Das hatte ich gar nicht gewusst. Fahrt ihr zurück nach England?"

„Wir unterbrechen die Reise in Avignon, Lyons und Paris. Und auch in London, denke ich. Es wird fast eine Woche dauern, bis wir wirklich nach Hause zurückkommen – nach Wales meine ich."

„Magst du Wales?"

„Riesig gern. Sag mal, glaubst du, du könntest uns mal besuchen kommen, Patrick? Es ist nicht wahnsinnig aufregend, fürchte ich, aber es gibt Tennis und Reiten, und manchmal baden wir im Fluss."

„Das würde ich gern, riesigen Dank."

„Also, ich werde schreiben oder so und es vorschlagen."

Sie blickten einander lächelnd an, beide leicht verlegen.

„Wohin soll ich schreiben?", fragte Olwen schließlich.

„Oh, Sherborne, denke ich. Du musst wissen, ich weiß nie, wo ich in den Ferien sein werde."

„Nein, natürlich nicht. Nun, ich hoffe, du wirst nicht wieder diesen Buckland haben, wo immer du bist. Ich wünschte, er hätte nicht all das Geld gewonnen im Casino. Du auch?"

„Unbedingt", sagte Patrick mit Eifer. „Ich wette, er hat es sich auch von jemandem geliehen – wahrscheinlich von Mutter. Sie hat auch gewonnen, weißt du. Sie war riesig erfreut."

„Schön", sagte Olwen höflich.

Sie lehnten sich über die Balustrade am Ende der

Treppe und blickten in die Halle hinunter ohne Eile, sich zu trennen. In Patricks langsam arbeitendem Kopf schwebte die Idee am Rande bewusster Formulierung, dass er gern etwas zu Olwen sagen würde. Ihr mitteilen, dass er sie vermissen würde, wenn sie fortging, oder dass ihre Anwesenheit für ihn viel ausgemacht hätte. Eine Tür öffnete sich hinter ihnen.

„Ich dachte, ich hätte euch gehört. Hattet ihr einen schönen Tag?" Es war Olwens Mutter.

„Es war wunderbar", sagte Olwen, während sie sich schnell umdrehte.

Mrs Morgan war sehr nett und interessiert. Sie stellte ihnen beiden Fragen und hörte sich die Antworten an und sagte Olwen nicht, sie solle schnell zu Bett gehen.

Doch es schien nichts Besonderes zu geben, auf das man warten konnte, deshalb sagte Patrick den beiden gute Nacht und ging in sein eigenes Zimmer. Er fragte sich, wo seine Mutter sei. Vielleicht noch nicht zurückgekommen. Sie hatte Monte Carlo nicht im selben Wagen verlassen, der ihn zurückgebracht hatte mit den Morgans. Er versuchte nicht zu denken, dass sie womöglich mit Buckland gekommen war. Es war zu heiß, um ins Bett zu gehen, und zu früh. Er fühlte sich vollkommen hellwach und beschloss, wieder nach unten zu gehen.

Es würde Spaß machen, zum Meer hinunterzulaufen und bei Mondlicht zu schwimmen. Er dachte: „Ich wünschte, Olwen oder irgendwer könnte mit mir kommen", doch ein Gefühl des Frohsinns, wie er es seit langer Zeit nicht gehabt hatte, trieb ihn an.

Er zog sich schnell Badekleidung an und griff nach einem Handtuch.

Dann rannte er nach unten.

Es war kühl dort draußen in der Dunkelheit nach der Hitze des Tages in Monte Carlo.

Patrick rannte beschwingt mit einem gleichmäßigen, schreitenden Gang die Auffahrt hinunter. Er konnte Musikklänge vom Dorfplatz hören, und ein drehender Lichkreis sagte ihm, dass ein Karrussel in Betrieb war.

Doch am Ufer entlang war alles verlassen und still mit Ausnahme des kleinen Plätscherns von Babywellen auf dem Sand.

Er schwamm umher, träge und glücklich in flachem Wasser, seine Gedanken dahintreibend mit der strömenden Tide.

Die Schule ... es war nicht so schlimm, und im nächsten Jahr bekäme er vielleicht seine Sportabzeichen. Fußball im nächsten Schuljahr statt Kricket, Gott sei Dank. Es war eigenartig zu denken, dass die nächsten Ferien die Weihnachtsferien sein würden, definitiv Winter, und diese waren so definitiv Sommer gewesen mit all dem Geschwimme und den Picknicks und so. Natürlich machte es einen Unterschied, in Südfrankreich zu sein. Im nächsten Jahr würde es vielleicht wieder Schottland werden und sein Vater. Das Angeln machte Spaß. Es kam ihm in den Sinn, dass er gern etwas über Vögel wissen würde wie Captain Morgan. Es gab so viele Vögel in Schottland. Der kleine Bub, David, würde sich dafür interessieren. Es war nett von Olwen, dass sie vorgeschlagen hatte, er solle zu ihnen kommen nach Wales. Er würde das wirklich gern tun.

Patrick holte aus, schwamm kräftiger und regelmäßiger und wünschte, er könnte Turmspringen lernen, wie es Captain Morgan machte.

Dann kehrte er um und kam zurück ans Ufer.

Die abgehackten Klänge des Karrussels waren immer noch zu hören, als er langsam den Strand hochging, das nasse Handtuch über einer Schulter.

Ein ungewöhnliches Bewusstsein für körperliches Wohlbefinden beherrschte ihn. Er war gerade müde genug, um sich auf vollkommene Entspannung im Bett zu freuen, aber nicht ausreichen müde, dass er den Spaziergang den Hügel hinauf zum Hotel nicht mochte.

Er war auf halbem Weg, als sein Blick auf einen Wagen fiel, der mit ausgeschalteten Scheinwerfern dicht am Gebüsch stand.

Patrick erkannte den Buick sofort.

Er ging direkt auf ihn zu und sah, dass der Wagen leer war. Unsicher stand er da und spähte in das dichte Gewirr von Grün dahinter.

Er konnte nichts sehen, doch ein unfehlbarer sechster Sinn sagte ihm mit Gewissheit, dass sich wenige Yards von ihm Menschen befänden.

Dann kam ein leichtes Rascheln aus den Büschen und ein Geräusch wie ein Seufzen. Patrick spürte, wie er durch eine Ahnung, die er nicht definieren konnte, erstarrte. Er ballte die Fäuste, und sie waren glitschig.

„Buck, du bist wunderbar", kam das Flüstern einer Frau, schwer und atemlos.

Patrick schreckte zurück. Er wollte nichts weiter hören. Das kurze, triumphierende Lachen, das folgte, war unverwechselbar Bucklands. Und dann war seine Stimme zu hören, kaum gesenkt.

„Ich habe dir gesagt, es würde gut gehen, Süße. Wir können morgen verschwinden, wenn wir wollen. Nur du und ich."

Verschwinden mit dem Geld, das er in Monte Carlo gewonnen hatte … Patricks Gedanken weigerten sich, irgendwelche Konsequenzen auf sich wirken zu lassen, nahmen nur die naheliegenden an, dass Buckland mit ihnen fertig sei. Er würde gehen.

Es war unwichtig, mit wem. Mit irgendeinem Mädchen. Die Stimme war jung gewesen. Patrick hatte die Gewissheit darüber aufgenommen, ohne Schlüsse daraus zu ziehen außer einem.

Plötzlich am ganzen Körper zitternd, doch durchdrungen von einem intensiven Gefühl der Erleichterung, trat er schnell zurück und ging weiter den Hügel hinauf.

Es war vielleicht schrecklich, das belauscht zu haben, aber schließlich hatte er nicht mit Absicht zugehört, und er war ganz im Recht gewesen, dass er herausfinden wollte, was der Wagen seiner Mutter zu dieser Stunde am Abend ohne Fahrer am Abhang machte.

Verdammt frech, dass Buckland den Buick einfach so genommen hatte. Trotzdem würde Patrick darüber zu niemandem ein Wort verlieren. Bucklands Zeit war vorbei. Er hatte die Absicht, zu verschwinden, und je früher er es tat, desto besser, dieses undankbare Schwein.

Patrick ging direkt nach oben, als er hereinkam, und klopfte an die Zimmertür seiner Mutter. Er fühlte eine neue Selbstsicherheit.

Als er klopfte, rief sie nicht „Komm herein", sondern öffnete selbst die Tür. Er fand, dass sie ziemlich überrascht blickte, als sie ihn dort stehen sah.

Sie trug einen aufwendigen Pyjama aus schwarzem Chiffon, durch den er wusste, dass sie bereit war, zu Bett zu gehen, aber sie hatte noch nicht ihr Gesicht abgeschminkt.

Patrick hatte manchmal dabei gesessen und sich mit ihr unterhalten oder ihr zugehört während der langen und komplizierten Prozedur des Einreibens, Eincremens, Klopfens und Reinigens, die abends vor dem Spiegel stattfand.

„Hallo, Sohnemann, wo bist du gewesen?"

Sie hatte ihn ewig nicht mehr so genannt. Das bedeutete, dass sie in einer glücklichen und zufriedenen Stimmung war.

Alles *würde* gut werden.

„Ich bin zum Schwimmen gegangen, es war ziemlich gut."

„Gott! Nach einem Tag wie diesem. Bist du gelaufen?"

„Ja, war mir lieber. Sag mal, Mutts, kann ich reinkommen, während du deine Haare machst und so?"

Sie zögerte einen Augenblick.

„Also, nicht heute Abend, Sohnemann. Ich bin völlig fertig, und du solltest es auch sein. Hattest du einen schönen Tag?"

„Wunderbar, danke. Du hast im Casino gewonnen, oder?"

„Ja, ziemlich viel. Es war absolut Bucks Tag, und er hat für mich gespielt. Er hat es verdammt gut getroffen, aber auf eigene Rechnung."

„Ich wette, das hat er", sagte Patrick verächtlich.

„Geh jetzt schlafen, mein Großer. Ich werde morgen früh nicht nach unten kommen, also warte nicht auf mich."

„In Ordnung. Gute Nacht, Mutts."

Sie küsste ihn, und er ging fort in sein eigenes Zimmer.

Also war Buck immer noch der Liebling. Nun, natürlich war das zu erwarten gewesen. Noch wusste niemand außer Patrick von seinem geplanten Betrug.

Doch bald, vielleicht gleich am nächsten Tag, würde es jeder wissen.

Mutter würde zuerst natürlich fuchsteufelswild sein, aber es konnte ihr nicht *wirklich* etwas ausmachen. Nicht bei diesem gemeinen Schurken. Und es waren noch zwei Wochen Ferien übrig, und Buckland würde fort sein.

(3)

Als Coral Romayne das Geräusch von Patricks Tür gehört hatte, wie sie sich öffnete und schloss, drehte sie den Schlüssel in ihrem Schloss herum und ging zum Spiegel.

Sie sah keinen Tag älter aus als dreißig in dem gedämpften Licht, das von der einzelnen beschirmten

Glühbirne, die allein brannte, auf ihr Spiegelbild geworfen wurde.

Dieser schwarze Pyjama war ein Erfolg. Der beste, den sie je hatte. Es lag am Schnitt – die Linie unterstrich wunderbar ihre Figur. Und es war auch eine Figur, die sich lohnte gezeigt zu werden. Chrissie Challoner, die unter dreißig war, hatte nichts zu bieten mit all ihrer Schlankheit, denn niemand würde etwas ansehen, das so winzig war. Im Übrigen hatte sie nicht ein Gramm Sexappeal. Gescheite Frauen hatten das nie.

Obwohl Jugend ...

Carol lenkte ihre Gedanken woanders hin. Sie konnte es nie ertragen, über die Jugend nachzudenken. Sie würde niemals mehr zu ihr gehören, und keines ihrer geschickten Mittel, um dem Zeiger der Zeit zu trotzen, war von wirklichem Nutzen.

Es hatte keinen Zweck, darüber zu grübeln. Grübeln zeichnete nur Falten ins Gesicht. Sieh dir Gushie an mit einem Gesicht wie eine Pflugschar. Obwohl Gushie natürlich viele Jahre älter war als sie und wahrscheinlich ihr ganzes Leben viel einstecken musste. Und nicht ein einziger Mann hatte sich je für sie interessiert, außer dem mysteriösen Wolverton-Gush, über den überhaupt nichts bekannt war, sodass Coral sich manchmal fragte, boshafterweise, ob er überhaupt jenseits der Fantasie von Ruth Wolverton-Gush tatsächlich extistiert hatte.

Coral hatte jedenfalls ihren Anteil an Liebhabern gehabt ab dem Moment, als sie mit achtzehn die Schule verließ und zum Gespräch der Landgemeinde ihres Vaters wurde.

Es schien absurd und unglaublich, sich wieder zu erinnern, dass sie ihre erste Affäre mit einem Kurat gehabt hatte. Sie konnte sich noch nicht einmal an seinen Nachnamen erinnern, aber der arme junge Mann war weggegangen, und sie hatte sich die Augen ausgeweint und ließ sich dann beinahe sofort auf einen Flirt mit seinem Nachfolger ein. Zurückblickend dachte sie, wie außergewöhnlich es sei, dass sie eine solche Anzahl von Männern gefunden hatte, die sie in diesem entlegenen Landkreis umwarben. Aber es hat immer jemanden gegeben, entweder im Zug oder im Café, wo man Kakao bekam – heiße Schokolade genannt – und Sahne-brötchen.

Mehrere Männer wollten sie heiraten. Technisch war sie „ein gutes Mädchen", und das wussten sie. Dreimal war sie verlobt gewesen und hatte die Verlobung gelöst, weil sie plötzlich feststellte, dass sie jemand anderen lieber mochte, oder weil sie wegen irgendeiner Lappalie die Geduld mit dem Mann verlor.

Ihre Eltern hatten die Verlobung mit Gordon Romayne begrüßt, der fünfzehn Jahre älter war als sie – was sie als „stabilisierend" betrachteten – und ein reicher Mann gemessen an den Pfarreistandards, mit einem eigenen Einkommen neben dem Armeesold.

Sie hatten ihr eine Hochzeit weit über dem Maß geschenkt, das sie sich leisten konnten, eine extravagante Aussssteuer, und hatten sie mit Tränen und Segens-wünschen nach Indien verabschiedet.

Mehr als acht Jahre lang hatte Coral – sie war beinahe sofort nach ihrer Heirat Coral geworden – das

Leben heftig genossen. Ihr Ehemann duldete alles und war stolz auf die Bewunderung, die man ihrem Aussehen, ihrer grenzenlosen Vitalität und ihrem flotten Kleidungsstil schenkte. Er konnte es sich leisten, sie während des heißen Wetters in die Hills zu schicken und sie alle achtzehn Monate nach Hause reisen zu lassen.

Sie war nicht in Gordon verliebt gewesen und war ihn bald vollkommen überdrüssig, hielt sich jedoch glücklich mit einer Reihe von heftigen Affären, bei denen ihr Mann hartnäckig die Augen verschloss. Die Krise war erst eingetreten, als eine Leidenschaft zwischen ihr und einem Mann aus dem Regiment ihres Gatten aufkam. Dann entwickelte sich ein Skandal, und Gordon Romayne reichte seinen Abschied ein.

Er machte Coral keine Vorwürfe, vielleicht weil er erkannte, dass es nutzlos gewesen wäre, doch von einem nachgiebigen Ehemann wurde er zu einem griesgrämigen und unsympathischen, der beständig über ihre Extravaganz murrte und sie zwang, in Schottland zu leben, wo sie niemanden sah und unglücklich war. Schließlich, als Coral wiederholt damit gedroht hatte, fortzulaufen, stimmte er einer Trennung zu und erwies sich dann unerwartet großzügig im Hinblick auf ihre Zuwendungen.

Coral war direkt nach London gegangen. Patrick war bereits auf der Schule, und obwohl sie ihn manchmal besuchte und ihn üppig mit Geschenken und Taschengeld ausstattete, hatte sie nicht die Absicht, ihm zu erlauben, ihr Leben zu stören.

Ungehindert und mit Geld hatte sie sich in einer beständigen Abfolge von Triumphen, neuen Kleidern und gesellschaftlichen Erfolgen gesehen. Aber die vergangenen zehn Jahre hatten sie unmerklich verrohen lassen. Ihr Elan war vulgär geworden, Indien hatte ihr Aussehen beeinträchtigt, und die Schritte, die sie unternahm, um es wiederherzustellen, waren desaströs, während ihre Angewohnheit zu promiskuitiven Flirts sie so gewöhnlich gemacht hatte, dass sie nicht länger Männer von der sozialen Stellung anzog, die ihre als Gordon Romaynes Ehefrau war.

Von Natur aus undifferenziert, gestattete sich Coral von Männern und Frauen ausgenutzt zu werden, für die tanzen, trinken, miteinander schlafen und das Geld anderer Leute ausgeben die Hauptbeschäftigung im Leben war. Sie überließ sich schnell ihren Standards, indem sie schriller und lautstarker als sie wurde bei dem Versuch, die Aufmerksamkeit auf sich zu ziehen, die ihr immer weniger häufig spontan geschenkt wurde.

Sie war immer äußerst beeinflussbar gewesen, und die meisten ihrer Affären rührten von der heftigen vorübergehenden Lust auf einen Mann her. Der junge Buckland war von der Sorte, die sie am meisten anzog, und sie hatte in seiner offenen Schmeichelei und seinem willigen Entgegenkommen auf ihre Annäherung ein Indiz dafür gesehen, dass sie Männer immer noch faszinieren konnte, die weder ältlich noch unerfahren waren.

Die Vorstellung berauschte sie, weil sie ihr dabei

half zu glauben, dass sie immer noch etwas vom Charme der Jugend bewahrte.

Die Ankunft von Angie Moon hatte sie ernüchtert, doch nur zum Teil. Leidenschaftlich darum bemüht, sich für die Wahrheit blind zu machen, glaubte sie immer noch, wie nur eine Frau es glauben konnte, die dumm und genusssüchtig zugleich war, dass, wenn sie sich Buckland hingäbe, er aufhören würde, zumindest vorübergehend, Angie attraktiv zu finden. Ihre Laune und ihre Eifersucht hatten sie einige Male verraten, doch der Tag in Monte Carlo war ein Erfolg gewesen. Buckland hatte Angie kaum angesehen, und Coral war sich sicher, dass er genau verstanden hatte, welche Motive sie dazu verleitet hatten, ihm das Geld für sein erfolgreiches Glücksspiel zu geben.

Sie war gleichzeitig zu waghalsig und allzu gewöhnt an die kleineren Formen der Schwindelei, um ernsthaft seine schamlose Entgegennahme ihrer Großzügigkeit zu verübeln. Die unerwartete Chance ihres Glücks an den Spieltischen, die Menge, die sie getrunken hatte, und die Überzeugung, dass Buckland sicherlich in dieser Nacht in ihr Zimmer kommen würde, hatten sich miteinander verbunden, um sie in höchste Erregung zu versetzen.

Sie betrachtete sich im Spiegel und legte Farbe auf die Lippen, doch zum ersten Mal schenkte sie dem Vorgang nicht wirklich ihre Aufmerksamkeit. Sie lauschte die ganze Zeit auf herannahende Schritte. Schließlich hörte sie sie und beeilte sich, die Tür aufzuschließen, wobei sie sich stark beherrschte, als sie sie erreichte, und eine gleichgültige Haltung einnahm.

„Buck! Was machst du denn um diese Zeit hier?", flüsterte sie mit gespielter Überraschung, während sie gleichzeit die Tür weit offen hielt.

„Weißt du das nicht? Ich bin gekommen, um mich für das Glück zu bedanken, das du mir heute Nachmittag in Monte Carlo gebracht hast."

Coral lachte sanft und triumphierend.

„Ich werde dich in etwa fünf Sekunden wegschicken müssen. Es ist schrecklich spät."

Buckland trat grinsend über die Schwelle.

(4)

Auch Patrick hatte die Schritte gehört, die den Korridor entlanggekommen waren und dann anhielten. Der Instinkt, der in den vergangenen Wochen in ihm gearbeitet hatte, erwachte aus seinem kurzen Schlummer. Wie er es so oft zuvor getan hatte, stand er einfach in seinem Zimmer, das Licht ausgeschaltet, und beobachtete durch einen Spaltbreit der geöffneten Tür, wie Buckland, den er hasste, den Flur entlangkam. Er sah, wie er stehen blieb und leise klopfte, und er sah, wie die Zimmertür seiner Mutter sich öffnete, und hörte ihre Stimme flüstern und lachen.

Er wartete darauf, zornig und mit zusammengebissenen Zähnen, dass Buckland wieder ging, wie er es zuvor immer getan hatte.

Doch Buckland ging ins Zimmer, und die Tür schloss sich hinter ihm.

Er kam nicht wieder heraus.

Olwen Morgan, die zu einer Zeit kurz vor Anbruch des Morgens plötzlich erwachte, fühlte sich außergewöhnlich ängstlich. Sie wusste nicht, warum.

Sie setzte sich im Bett auf und fingerte wild nach dem Schalter, der das Licht anmachen würde, und konnte ihn nicht finden. Sie spürte, dass ihr Mund trocken war und ihr Haar feucht an ihrer Stirn klebte, und doch hielt die schreckliche albtraumhafte Angst an. Mit einer Anstrengung, die unfassbar groß erschien, zwang sie sich, sich halb aus dem Bett zu lehnen, und spürte schließlich den Lichtschalter an ihrer Hand und drückte ihn nach unten.

Das Hotelzimmer, schmal und farblos, nahm sofort sein vertrautes Aussehen an – und doch umgab sie immer noch das Angstgefühl.

Sie sank zurück gegen das kleine harte Kissen, schob das Laken von ihrem schwitzenden Körper und lag intensiv lauschend da. Sie konnte nichts hören außer dem lauten Klopfen ihres Herzens.

Ein überwältigendes Gefühl von Kummer schien sich über sie zu breiten. Sie konnte überhaupt nichts tun, nur daliegen, zitternd, während sich zu ihrem Entsetzen und ihrer Trostlosigkeit Welle auf Welle übler Qual über sie ergoss.

„Oh, was ist das nur?", stöhnte Olwen.

Doch es kam keine tröstende Antwort.

Diese Pein aus Angst und Leiden war etwas, gegen das sie nichts tun konnte – etwas außerhalb von ihr, und doch war es ein Teil von ihr. Sie konnte ihm nicht entkommen, noch es kontrollieren.

Olwen begann, schluchzend und schwitzend, ganz leise zu beten.

Kapitel XIV

(1)

Es war an dem Tag, der dem Ausflug nach Monte Carlo folgte, als Mr Bolham mit einer Ungerechtigkeit, der er sich gänzlich und sehr erbost bewusst war, zu seinem Sekretär mit weltmännischer Gereiztheit sagte:

„Wäre es nicht vielleicht eine angenehme Abwechslung, Waller, wenn Sie versuchten, heute Ihrer Arbeit ein wenig Aufmerksamkeit zu schenken?"

Waller wurde zuerst rot und dann ziemlich grün.

„Es tut mir außerordentlich leid, Sir, wenn Sie den Eindruck haben, dass ich ihr nicht die volle Aufmerksamkeit geschenkt habe. Ich muss sagen, dass mir nicht bewusst war, Ihnen Anlass zu geben, das zu denken."

„Ich möchte meinen, dass Sie aufmerksam genug gewesen sind, *wenn* Sie überhaupt hier waren. Aber wie Sie sich erinnern dürften, hatte ich nicht den Vorzug, viel von Ihnen zu sehen in den letzten achtundvierzig Stunden."

„Sir!", rief Denis mit mehr Tatkraft als gewöhnlich. „Ich hatte deutlich verstanden, dass Sie meine Dienste gestern nicht benötigt haben und Sie keinerlei Einwände hatten, dass ich den Tag frei nehme."

Da Mr Bolham in der Tat Denis genau das zu verstehen gegeben hatte, wurde er wütender denn je. Er wünschte, einen angemessenen Anlass zu finden für seine zunehmende Neigung, den armen Denis zu schikanieren, und keine stellte sich ein.

Es war unerträglich.

„Nehmen Sie diesen Brief auf", sagte Mr Bolham leise und bösartig und fing an, mit extremer Schnelligkeit zu diktieren, bevor Denis Bleistift oder Notizblock bereit hatte.

In dieser angenehmen Atmosphäre verlief der Vormittag.

Der Nachmittag wurde von Denis an der Schreibmaschine verbracht, während sich sein Instinkt für Selbstdramatisierung gierig an der brütenden Hitze nährte und an der Tatsache, dass er den ganzen Tag überhaupt nicht in der Nähe des Meeres gewesen war, noch mit irgendjemandem außer seinem Arbeitgeber ein Wort gewechselt hatte.

Sein Gespür für Märtyrertum war vollendet, als er sich um vier Uhr die übliche Pause verwehrte, um eine Tasse Tee zu trinken, und weiter arbeitete.

Gegen sechs Uhr war er fertig.

Er fragte sich verbittert, ob Chrissie unten an der *plage* gewesen sei, um schwimmen zu gehen, und ihn vermisst hatte. Jedenfalls hatte sie sich nicht die Mühe gemacht, ihm eine Nachricht zu schicken oder ihn anzurufen.

Denis nahm einen großen Schluck ziemlich lauwarmen Wassers aus dem Hahn, der im Badezimmer mit *eau potable* beschriftet war. Er hätte gern eine eisgekühlte Orangeade gehabt, aber er gönnte sich nie kleine Schwelgereien, wenn er damit nicht jemanden beeindrucken konnte. Dann wechselte er in einen Badeanzug, zog sich seinen seidenen Morgenrock an, auf den er extrem stolz war, weil er so teuer aussah, und ging nach unten.

Niemand war dort außer Dulcie Courteney. Ihr Gesicht erstrahlte, als sie Denis erblickte, und sie hüpfte jauchzend auf ihn zu.

„Oh, ich bin so froh, Sie zu sehen, Mr Waller – Denis meine ich. Ich habe mich den ganzen Tag gefragt, wo Sie wären, und ich konnte Sie zum Lunch nicht treffen, weil ich ihn oben gegessen habe mit Marcelle Duval. Es ging ihr nicht so gut. Es war furchtbar ruhig den ganzen Tag. Die Morgans packen, und Mrs Romayne war überhaupt noch nicht unten, und Patrick ist alleine irgendwohin gegangen. Er sah aus, als hätte er Kopfschmerzen – wie Marcelle."

„Ich habe selbst Kopfschmerzen", sagte Denis und strich sich mit der Hand über die Stirn. „Ich habe im hohen Tempo den ganzen Tag gearbeitet. Ich dachte, ich gehe hinunter und sehe mal, ob mir schwimmen helfen würde."

„Oh, gehen Sie zur *plage*? Ich würde gerne mit Ihnen kommen. Ich war heute Vormittag auf den Felsen mit Papa und Mr und Mrs Moon. Oh, und" – sie zögerte –„ich habe beinahe vergessen, Ihnen zu sagen, dass Miss Challoner da war, und sie bat mich, Ihnen zu sagen, dass sie heute Nachmittag nach St. Raphael gehen würde, aber sie hofft, dass sie Sie morgen sehen wird."

„Das ist sehr nett von ihr", sagte Denis mit der spöttischsten Färbung, die ihm möglich war.

„Warum sagen Sie das so?"

„Ich wüsste nicht, dass ich es in einer besonderen

Art sagen wollte, Dulcie. Es amüsiert mich nur ein wenig zu sehen, wie leicht Erfolg Leute zu verderben scheint, das ist alles."

„Ist Miss Challoner verdorben?"

„Ich denke ja. Nur ein wenig", antwortete Denis in einem ruhigen, nachsichtigen Ton. Es gab ihm eine eigenartige Genugtuung, abwertend über Chrissie zu sprechen, und doch ohne Feindseligkeit, als ob er sie ganz unvoreingenommen beurteilte.

„Sie ist natürlich wirklich sehr schlau – ziemlich brillant in ihrem Beruf – und es ist natürlich, denke ich, dass sie gegenüber Menschen, die weniger Glück hatten als sie, recht kapriziös und – unüberlegt sein kann."

„Ich bin sicher, sie war gemein zu Ihnen", sagte Dulcie.

Denis war bei Weitem zu eingenommen von seinem eigenen schauspielerischen Getue, als dass er von ihr erwarten konnte, eine derartige Schlussfolgerung zu äußern, und war beträchtlich erschrocken.

Aber Sympathie war angenehm und Dulcies eifrige und bedingungslose Zustimmung für ihn um seines eigenen Wertes willen beruhigend für seine sich windende Eitelkeit.

„Nein, ich denke nicht", sagte er in einem Ton, der das Gegenteil meinte. „Wie ich sagte, kann ich das gut verstehen. Sie dachte, sie hätte mich sehr gern, glaube ich, für ein paar Tage, und dann entdeckte sie, dass ich ein ganz gewöhnlicher Mensch bin, und hat mich einfach wieder fallen lassen. Ich habe nichts davon wirklich ernst genommen, weißt du."

Er lächelte ruhig und beschwichtigend.

Doch Dulcie griff nach seinem Arm und ließ ein teilnahmsvolles Gejammer hören.

„Wie schrecklich von ihr! Oh, ich hasse sie einfach!"

„Es ist sehr lieb von dir, dass du dir wegen meines Kummers so viele Gedanken machst", sagte Denis wirklich berührt. Einem Instinkt gehorchend, der immer noch aus seiner schüchternen, ungeliebten Kindheit herrührte, legte er seine Hand mit einem freundlichen Druck auf ihre Schulter. Dulcie ergriff und drückte sie innig.

„Komm mit an den Strand und lass uns schwimmen gehen", sagte Denis freundlich.

Er war bewegt von ihrer offensichtlichen Bewunderung für ihn, und in einer undurchsichtigen Art erfreute es ihn zu spüren, dass es hier jemanden gab, der ihm leidtun konnte.

Den ganzen Weg zum Strand unterhielt sie sich mit ihm, erzählte sehr viel über sich, obwohl immer mit ihrer eigenartig unkindlichen Vorsicht, wenn sie von anderen Leuten sprach. Es war nur in Bezug auf Chrissie Challoner – kein Gast des Hôtel d'Azur –, dass sie unverblümt und unbedacht gewesen war. Sie erwähnte Chrissie jedoch nicht wieder, bis sie – langsam und mit vielen Pausen – zum Raft hinausgeschwommen waren und auf ihm saßen, ohne viel Notiz von den beiden französischen Jugendlichen zu nehmen, die die Einzigen waren, die es mit ihnen teilten.

„Denis, wenn es Ihnen nichts ausmacht, dass ich frage – mochten Sie sie schrecklich gern – Miss Challoner meine ich?"

„Ich mochte sie sehr gern, und ich mag sie immer noch sehr gern", antwortete Denis in bedächtigem Ton. „Ich ändere mich überhaupt nicht so leicht, fürchte ich. Menschen mögen mich manchmal enttäuschen – sie tun es recht häufig –, aber es macht für meine Gefühle für sie keinen Unterschied. Ich ändere mich nicht, was immer sie auch tun mögen."

Er war in dem Moment ernstlich unfähig zu erkennen, dass keine Äußerung weiter von der Wahrheit entfernt sein konnte. Denis war, und ist es immer gewesen, vollkommen abhängig von seiner eigenen Anfälligkeit, doch er hat sich so weit hypnotisiert zu glauben, dass er von einer großen Beständigkeit besessen sei.

Dulcie war allzu bereit, das auch zu glauben.

„Ich wusste, dass Sie so sind", sagte sie leidenschaftlich. „Ich finde wirklich, es ist eine Schande, dass sie Sie so behandelt."

„Versprich mir, dass du niemandem etwas davon sagst", sagte Denis ernst. „Tatsächlich gibt es nichts zu sagen."

„Oh, natürlich werde ich das nicht. Ich finde es wunderbar von Ihnen, dass Sie sich mir anvertrauen, das tu ich wirklich. Ich wünschte mir, dass ich Ihnen ein ganz kleines bisschen Trost bringe, Denis."

„Natürlich tust du das. Ich habe nicht viele Freunde, weißt du", sagte Denis sentimental.

„Ich werde immer, immer Ihre Freundin sein."

Denis war gerührt, aber auch leicht verlegen. Er wusste, dass er sich nicht wirklich zu Dulcie hingezogen fühlte. Sein Geschmack in femininem Aussehen, Benehmen und Konversation war anspruchsvoll, und Dulcie entsprach dem überhaupt nicht.

Er lächelte sie an, so nett er konnte, und glitt dann vom Raft herunter ins Meer.

Sie folgte ihm widerspruchslos.

An der Ecke der Straße, kurz vor dem Eingang zum Grundstück des Hôtel d'Azur, entließ der Omnibus aus St. Raphael seine Fahrgäste. Denis' Herz setzte aus bei dem plötzlichen Gedanken, dass Chrissie darunter sein könnte. Doch Buckland stieg aus.

„Ich wusste gar nicht, dass Sie nach St. Raphael gefahren waren, Mr Buckland", sagte Dulcie. „Haben Sie dort Miss Challoner gesehen?"

„Nein, ich war nur für eine Stunde dort", sagte Buckland. „Hallo Waller! Haben Sie noch ein paar Kunststücke im Wasser gemacht? Wie geht es dem armen alten Herzen?"

Denis gab keine Antwort, und sie gingen den Hügel schweigend hinauf, was, soweit es jedenfalls Buckland betraf, äußerst ungewöhnlich war.

Das Abendessen hatte bereits begonnen, als sie eintrafen. Buckland verschwand außer Sicht, Dulcie ging direkt in den Speisesaal, und Denis, für den die Formalien immer von höchster Wichtigkeit waren, eilte nach oben und wechselte in einen Flanellanzug.

Als er schließlich den Speisesaal betrat, sah er, dass er alleine essen würde. Mr Bolham saß an Mr Mullers Tisch zusammen mit der Familie Morgan. Denis fiel ein, dass es ihr letzter Abend im Hotel war.

Er schenkte ihnen seine schüchterne kleine Verbeugung, als er vorbeiging, und lief zu seinem Platz.

Courteney kam auf ihn zu.

„Ganz allein, Waller? Kommen Sie und setzen Sie sich doch an unseren Tisch."

„Danke. Das ist sehr freundlich von Ihnen. Aber ich möchte Ihnen nicht lästig sein."

„Unsinn. Dulcie wird sich sehr freuen. Kommen Sie."

Denis, der nicht wusste, wie er ablehnen sollte, ging mit. Er fühlte sich immer unwohl mit Courteney, obwohl Letzterer nicht noch einmal auch nur den kleinsten Hinweis darauf gemacht hatte, dass sie sich zuvor begegnet seien. Denis hatte tatsächlich beinahe Erfolg damit gehabt, sich selbst davon zu überzeugen, dass Courteney sich entschieden habe, sich getäuscht haben zu müssen, und den Vorfall ganz vergessen hatte.

Beinahe, aber nicht ganz.

Dulcie, durch die Anwesenheit ihres Vaters schweigsamer geworden als gewöhnlich, verzog leicht das Gesicht als Ausdruck ihrer Freude und ihres Verständnisses, wann immer sie Denis' Blick auffing, sagte jedoch sehr wenig. Denis bedauerte das nicht.

Der heimlichtuerische Instinkt in ihm war stark, und er hatte auch Angst, dass Dulcies Zuneigung ihn etwas lächerlich machen könnte. Er fing an, sich ihres leidenschaftlichen und exzessiven Charakters bewusst zu werden, und das machte ihn vage unruhig. Er hätte sich gern von der Gesellschaft der Courteneys gelöst nach dem Dinner, doch sie schienen von ihm zu erwarten, dass er mit ihnen zum Kaffee auf der Terrasse sitzt, und er besaß nicht den Mut, oder das *savoir-faire*, sich loszureißen.

Die Terrasse war ungewöhnlich leer.

Mr Muller hatte seine gesamte Gesellschaft mit dem Wagen zum Meer mitgenommen, um bei Mondschein zu baden, die französische Familie aus Marseille war ausgegangen, die Duvals aßen oben zu Abend.

Angie und Hilary Moon saßen, in ungebrochenem Schweigen, an entgegengesetzten Enden der Halle und gähnten über Illustrierten.

Mrs Romayne und Patrick hatten allein diniert und verließen den Speisesaal vor Bucklands Erscheinen dort. Dann war Mrs Romayne dorthin zurückgegangen und hatte neben ihm gesessen, während er aß. Patrick war fortgegangen, den Weg am Hang nehmend, hinter dem Hotel.

„Wie still es ist heute Abend!", rief Dulcie plötzlich aus. „Es findet nichts statt, oder? Und morgen Abend werden die Morgans weg sein. Ich frage mich, wer ihre Zimmer bekommt."

„Eine Gruppe von Südamerikanern", sagte ihr Vater sofort. „Sie kommen morgen früh an. Und Mullers Frau, und Sohn und Tochter Ende der Woche."

„Wie lange bleibt Mr Bolham noch?"

Courteney grübelte.

„Kümmere dich um deine eigenen Angelegenheiten, mein Liebes", sagte er barsch zu seiner Tochter.

Denis antwortete freundlich: „Ich glaube, er hat sich noch nicht ganz entschieden, Dulcie", und bedauerte sie, wie er es immer bei allen tat, die eine direkte Zurechtweisung erhalten hatten. Sein Verständnis für die Wirkung einer Zurechtweisung war tiefgreifend und in übertriebener Weise bitter.

Ein Wagen sauste heran und erschütterte die Stille der atemlosen Nacht, und die Gruppe von *commerçants* aus Marseille sprang heraus, lauthals kreischend und plaudernd.

Courteney stand auf und löschte dabei seine Zigarette.

„Bleiben Sie, Waller."

Er ging hinüber zur Gruppe und sprach freundlich mit ihnen in seinem makellosen Französisch, fragte, ob sie einen angenehmen Tag verlebt hätten, und unterbrach mit höflichen, ausrufartigen Kommentaren ihre wortreichen Antworten. Eine der Frauen, mit einer Hand in seinem Arm, zog ihn in die erleuchtete Halle.

„*Allons, faites un peu de musique*", drängte sie ihn.

„*On va danser.*"

„Sie werden tanzen", bemerkte Dulcie unnötigerweise Denis gegenüber.

Sie hörten Courteneys kräftige, kompetente Hände die Tasten schlagen. Er spielte mit großartigem Temperament und einem Maß von Genauigkeit, das für jemanden, der nur nach Gehör spielte, ungewöhnlich war. Denis überlegte, Dulcie zu fragen, ob sie tanzen möchte. Er wollte es nicht, zum einen weil er müde war und es bequem hatte, wo er war, und zum anderen weil er eher ein vorsichtiger als ein genialer Tänzer war und sich überhaupt nicht sicher fühlte, vorteilhaft zu erscheinen.

„Es ist wunderschön, hier draußen zu sitzen, nicht?", sagte Dulcie recht schüchtern.

Erleichtert, dass sie offensichtlich nicht von ihm erwartete, sie zum Tanzen aufzufordern, pflichtete Denis ihr mit angemessener Wärme bei.

„Ich bin so froh, dass es Ihnen auch gefällt, Denis. Oh Denis, ich bin so furchtbar froh, Sie zum Freund zu haben. Es ist so wunderschön, einfach hier zu sitzen und zu reden, nicht, nur mit den Sternen und so", sagte Dulcie romantisch.

Die Beine ihres Stuhls heftig über den Kies schurrend, rückte sie ihn näher neben seinen.

Denis streckte, nach einem Augenblick des Zögerns, seine Hand aus und ergriff die ihre.

Er meinte, dass ihre Bemerkung etwas Derartiges verlange, und seine eigene Neigung für vages Tätscheln stand im Verhältnis zu seinem Mangel an normalem sexuellem Verlangen.

Er verspürte sogar ein mildes Amüsement und ein Gefühl ziemlicher Gerührtheit, als Dulcie ihre dürren kleinen Finger mit leichtem atemlosem Keuchen mit seinen verschränkte und ihrem Kopf gestattete, gegen seine Schulter zu fallen.

Denis hatte häufig in ähnlich liebevoller und bedeutungsloser Nähe mit anderen Frauen gesessen, seine Frau Phyllis eingeschlossen, und außerdem war es ihm nie in den Sinn gekommen, Dulcie für etwas anderes zu halten als für ein kleines Mädchen, zu dem niemand sonst besonders nett war. Er erlaubte ihre halberotischen Annäherungen und ermutigte sie sogar leicht, mit etwas von der Selbstgefälligkeit, die ein demonstratives Kind vielleicht empfand, wenn es Aufmerksamkeit und ungewohnte Streicheleinheiten erhielt.

So saßen sie da für einige Zeit.

Dulcie sprach und plapperte, indem sie verschiedene Vertraulichkeiten äußerte, von denen Denis nicht mehr als die Hälfte hörte.

Er war in einer Stimmung, die noch sentimentaler war als gewöhnlich, zum Teil herbeigeführt durch die Melodien, die Courteney spielte, und zum Teil durch die offensichtlich romantische Natur ihrer Umgebung. Der Gedanke an Chrissie schmerzte noch immer, doch er webte allmählich ein Netz der Unwirklichkeit um sein Leiden. Bald würde Chrissie vielleicht eine dieser Erinnerungen werden, bei denen er mit luxuriöser Melancholie verweilte, indem er in dem Gedanken seiner eigenen Treue schwelgte und der herzlosen Art, in der er selbst behandelt worden war. Direkt unter diesen oberflächlichen Emotionen rührte sich etwas Aufrichtigeres. Doch er wollte es nicht aufwecken.

Der einzig mögliche Weg, Chrissies Freundschaft zu erhalten, war, mit ihr aufrichtig zu sein, und das war eine Notwendigkeit, der sich Denis nicht stellen konnte.

(2)

Um zehn Uhr erschien Mr Moon auf der Schwelle, gekleidet in einen hellgrauen Flanellanzug.

Denis stieß Dulcie sanft in eine aufrechtere Position.

Hilary ging zur Garage und kam in seinem Wagen zurück. Der *chasseur* des Hotels erschien mit einigen Koffern und räumte sie auf die Rückbank des Wagens.

Im selben Augenblick hörte die Musik auf, und die Tänzer begannen auf die Treppe hinauszuschlendern und auf die Terrasse.

„Fahren Sie ab?", erkundigte sich Denis bei Moon mit einigem Erstaunen.

„Muss mich morgen mit einem Mann in Marseille treffen, wenn möglich, bevor er nach Amerika segelt", antwortete Hilary beiläufig.

„Ich hoffe, Sie haben eine gute Reise", sagte Denis höflich.

„Ist kühler, abends zu reisen."

„Wann werden wir Sie wiedersehen?", erkundigte sich Denis, während er insgeheim hoffte, dass es vielleicht erst in einigen Tagen sein würde. Er war sich immer sicher gewesen, dass, wenn man nur die hübsche Mrs Moon ohne ihren unattraktiven Mann zu fassen bekäme, es leicht wäre, sie kennenzulernen. Es gab viel an ihr, das Denis missfiel, aber sie war sehr jung; vermutlich hatte sie nie unter dem richtigen Einfluss gestanden.

„Man wird demnächst wieder vorbeikommen", sagte Hilary kalt. Er blickte zurück in die erleuchtete Hall.

Angie war nicht mehr zu sehen in dem Korbsessel nahe dem offenen Fenster. Madame trieb sich gleich außerhalb ihres kleinen Büros herum, dunkel und ziemlich unheilvoll aussehend. Sie hielt, umschlossen in einer Hand, ein Bündel Banknoten, das Hilary gerade vor ihr abgezählt hatte. Es gab kein freundliches Abschiedslächeln auf ihrem dunkelhäutigen, wachsamen Gesicht, noch kam sie hinaus auf die Treppe, um zu sehen, wie er abreiste.

Der *concierge* tat dies stattdessen, auf ein Zeichen von Courteney, ohne unnötige Eile.

„Auf Wiedersehen, Moon", sagte Courteney mit seiner gewohnten Höflichkeit. „Wir werden uns um Mrs Moon kümmern, bis Sie wieder zurückkommen."

Hilary blickte ihm direkt ins Gesicht und sagte nichts.

Der *chasseur*, gedrängt von dem herablassenden *concierge*, öffnete die Tür des Wagens, und Hilary stieg ein und ließ unmittelbar darauf den Motor an.

Als es offensichtlich war, dass es kein Trinkgeld geben würde, schlug der *chasseur* die Tür heftig hinter ihm zu und blickte sich zum *concierge* um, der mit den Schultern zuckte.

Der *chasseur*, der sich umwandte, um dem schnell entschwindenden Wagen nachzublicken, spukte betont auf den Boden.

„Quelle drôle d'idée, un départ à cette heure-ci!", rief Madame Duval.

„Mais du tout. Il a raison", widersprach ihr sofort ihr Mann. *„Le train de onze heures ..."*

Sie fingen an, fröhlich über die Zugverbindungen zu streiten. Andere fragten nach gekühlten Getränken, und die mächtigen Scheinwerfer von Mr Mullers Wagen sausten zum Hotel, tauchten auf und verschwanden um die scharfen Kurven der Zufahrt.

„Dulcie, es ist Zeit, dass du schlafen gehst", sagte Courteney abrupt. „Gute Nacht. Ich hoffe, Sie hat sie nicht behelligt, Waller. Geh schon, Kind."

Dulcie warf Denis einen kläglichen Blick zu, und es kam ihm der Gedanke, dass sie sich einen liebevolleren Gutenachtgruß erhofft hatte. Wenn dem so war, gab sie kein weiteres Anzeichen für Enttäuschung, sondern ging sofort weg.

(3)

In ihrem eigenen kleinen Zimmer im obersten Stockwerk gab sich Dulcie einer wilden Orgie von Tagträumerei hin. Sie hatte Denis mit allem Charme und der Qualität ausgestattet, die sie am meisten bewunderte, und stellte sich nun hunderte von denkbaren Szenen vor, von ihrem eigenen frühen Tod, um Denis vor dem Ertrinken zu retten, bis zu ihrer gemeinsamen Flucht mit dem Aeroplan.

Nichts war zu überzogen, um von ihrer fehlgeleiteten Fantasie gepackt zu werden, gänzlich genährt durch das Lichtspielhaus, das Geplaudere von halbgebildeten Latinos und durch Romane aus Monatsmagazinen.

Der bloße Gedanke an Chrissie Challoner machte sie fast rasend. Und Denis hatte geglaubt, er sei verliebt in sie, dessen war sich Dulcie sicher. Er würde es jetzt nicht mehr tun, nach der Art, wie sie ihn fallen gelassen hatte. Dulcie war sich sicher, dass Chrissie etwas getan hatte, das den armen Denis schrecklich verletzt hatte, obwohl er natürlich zu ehrenhaft war, etwas darüber zu sagen. Ein großartiger Gentleman, dachte Dulcie andächtig.

Sie war viel zu aufgeregt, um zu schlafen, und fragte sich, ob sie hoffen konnte, ein freies Badezimmer zu finden. Wenn das Hotel voll war, vor allem mit Engländern und Amerikanern, fanden sich die Badezimmer – es gab nur eines auf jeder Etage – selten unbesetzt, und natürlich hatten alle anderen vor Dulcie, deren Vater eigentlich Teil des Hotelpersonals war, ein Recht auf sie.

Aber das Hotel war jetzt nicht sehr voll und darüber hinaus war es spät.

Dulcie schüttelte ihr dünnes, helles Haar aus und zog sich ihren billigen roten Baumwollkimono an. Sie hoffte im Grunde ihres Herzens, dass sie noch einen weiteren Blick auf Denis erhaschten könnte, dessen Zimmer ganz am Ende des Korridors auf derselben Etage lag und gegenüber der *salle de bain*. Ihr abrupter und öffentlicher Gutenachtgruß war für Dulcie eine Enttäuschung gewesen nach der Vertrautheit des Abends.

Die Art von Gemeinheit, die natürlicherweise jede Form von Intrige genießt und sucht, wie trivial auch immer, entsprach ganz ihrem Wesen. Sie hatte sich derart vollkommen davon überzeugt, dass sie die Heldin einer Liebesgeschichte sei, dass es sie kaum überraschte, als sich die Tür von Denis Wallers Zimmer tatsächlich öffnete und er herauskam mit einem Badetuch und einem Schwamm.

„Oh, Denis", säuselte sie, „wollten Sie ins Badezimmer? Gehen Sie zuerst, ich kann sehr gut danach gehen – ja, wirklich. Ich möchte gern, dass Sie zuerst gehen, bitte *gehen* Sie."

Denis protestierte: „Es ist schon in Ordnung, Dulcie, ich habe es nicht eilig. Ich kann für eine Weile ein Buch lesen in meinem Zimmer. Ich bin immer froh über ein wenig freie Zeit zum Lesen, weißt du."

„Nein, nein, Sie müssen zuerst gehen."

„Wirklich nicht —"

Sie warfen mit kleinen Sätzen um sich, während sie sich gegen die Flurwand vor Denis' Zimmer lehnten.

Plötzlich sagte Dulcie in einer hohen, koketten Stimme:

„Wie sieht Ihr Zimmer aus?", und sauste hinein.

Denis kannte die besorgten Bedenken, die ihn bei Eindringen in seine Privatsphäre ereilten. Es gab so viel, von dem er nicht wollte, dass es andere herausfanden.

Doch sein Zimmer verriet nichts. Es war, wie immer, extrem ordentlich, und der kompromittierendste Gegenstand in ihm war eine gerahmte Fotografie, ausgeschnitten aus einer Wochenillustrierten, von einer jungen Frau in Hofrobe. Er hatte sie nicht besonders gut gekannt – ihr Vater hatte ihn einmal vorübergehend beschäftigt –, aber er fand, dass das Porträt interessant aussehe und seinem Frisiertisch ein *cachet* verlieh. Deshalb nahm er es immer mit.

Dulcie sah es sofort und verspürte einen Stich der Eifersucht. Natürlich irgendein schreckliches Mädchen, das in Denis verliebt war. Sie war der tiefen Überzeugung, dass jedes Mädchen, das Denis kannte, in ihn verliebt sein müsse.

Sie sagte nichts über die Fotografie, sondern ging zum Fenster, das nach hinten zeigte, wo ein hoher, felsiger Hügel steil nach oben ging, ohne Lichter zu zeigen und scheinbar mit der sternenklaren Ferne verschmolz.

„Es ist wunderschön, nicht?", sagte Dulcie, die das gesagt hätte, ganz gleich wie der Ausblick gewesen wäre.

„Nicht wahr?", stimmte Denis zu.

Er liebte es, sich als ein Mensch mit einem intensiven künstlerischen Feingefühl zu sehen, und konnte nicht widerstehen hinzuzufügen:

„Ich beobachte von diesem Fenster oft, wie die Sonne aufgeht."

„Wirklich?", sagte Dulcie.

Sie blickte zu ihm herum, während sie sprach, bewegte sich aber nicht vom Fenster weg.

Denis, der einen Augenblick gezögert hatte, ging und stellte sich neben sie.

Dulcie legte sofort seinen Arm um sich. Denis, der sich der offenen Zimmertür hinter ihnen intensiv bewusst war, fühlte sich gänzlich unwohl, doch fehlte ihm der Mut, ihre Gefühle zu verletzen durch einen Mangel an Erwiderung. Stattdessen sagte er kraftlos:

„Du kannst nicht bleiben, weißt du, meine Liebe. Du musst gehen und dein Bad nehmen. Ich kann auf meines warten."

„Nein, *ich* kann das. Jedenfalls werde ich keine Minute brauchen. Ich bin schrecklich schnell im Schlafengehen *und* Aufstehen. Olwen braucht ewig. Stellen

Sie sich vor, Olwen liest etwas aus der Bibel und spricht ein Gebet jeden Morgen. Ist das nicht einfach zu süß und altmodisch?"

Das Hotelkind sprach in aller Schlichtheit, aber Denis war eindeutig schockiert.

„Ganz sicher nicht. Warum redest du so, Dulcie? Wenn du glaubst, dass es mich schockiert, täuschst du dich völlig. Ich verstehe bei Weitem zu viel von der menschlichen Natur, um jemals über etwas schockiert zu sein, versichere ich dir – aber das klingt überhaupt nicht nett."

Dulcie begriff mit Schrecken, dass sie wirklich einen ganz falschen Schritt gemacht hatte, und versuchte verzweifelt, ihn zurückzunehmen.

„Oh, Denis – ich wollte nicht – ich habe wirklich nicht versucht, Sie oder andere zu schockieren. Ich wäre nicht so dumm – ehrlich, wäre ich nicht. Und ich habe überhaupt nichts bei Olwen beabsichtigt, außer dass ich so überrascht war. Ich dachte, es wäre deshalb, weil sie walisisch ist, und die sind immer sehr gläubig, oder?"

„Willst du damit sagen, dass du keine Religion besitzt, Dulcie?"

„Papa sagt, das sei alles Unsinn, zu denken, dass der Glaube wichtig sei", sagte Dulcie schüchtern. „Er meint, nur Feiglinge bräuchten Religion, um auf dem rechten Weg zu bleiben."

„Denkst du, dass ich ein Feigling bin, Dulcie?"

„Nein, natürlich tu ich das nicht."

„Und doch bete ich jeden Tag in meinem Leben, und ich glaube, dass meine Gebete erhört werden. Wenn es die Religion nicht gäbe, Dulcie, hätte ich wohl nicht all die Dinge ertragen können, die ich in meinem Leben ertragen musste."

Denis hatte die offene Tür, die vorgerückte Stunde und den Umstand, dass er und Dulcie allein in seinem Zimmer waren, völlig vergessen.

Er war aufrichtig entsetzt über seine Entdeckung und doch zugleich angenehm erregt bei dem Gedanken, dass dieses unglückliche Kind ihm sicherlich geschickt worden sei, damit er ihm hilft.

„Ich wünschte", sagte er ernst, „dass du mich darüber eine Weile mit dir sprechen ließest, irgendwann. Ich denke, ich könnte dir sehr helfen."

„Oh, ich bin sicher, das können Sie. Ich wünschte wirklich, Sie täten es. Ich weiß, Sie haben so viel gelesen und nachgedacht – und so."

„Ich habe mich gewiss mit all diesen Fragen sehr genau beschäftigt", versicherte Denis weit ausholend. „Und ich kann dir nur sagen, dass es Zeiten gegeben hat, in denen nichts außer meinem Glauben mich davon abgehalten hat – den letzten Ausweg zu wählen."

„Und Sie denken nicht, dass ich schrecklich bin?"

„Natürlich nicht. Ich", sagte Denis ernsthaft, „verachte niemals jemanden. Und ich kann gut verstehen, dass es überhaupt nicht dein Fehler war."

„Es war auch nicht Papas Fehler."

Denis schwieg.

Dulcie, ängstlich, ihn zu verärgern, spielte ihre Trumpfkarte aus.

„Wissen Sie", sagte sie zittrig, „ich hatte keine

Mutter. Ich kann mich noch nicht einmal an sie erinnern."

Denis war sofort gerührt, obwohl etwas in ihm die Fadenscheinigkeit der Klage erkannte. Aber auch er hatte eine Kindheit ohne Mutter gekannt, und eine Erinnerung aufrichtiger Trauer und Einsamkeit vermischte sich mit starker Sentimentalisierung seiner eigenen tristen Vergangenheit.

„Ich hatte auch keine Mutter, Dulcie. Du tust mir so leid."

Bewegt von einem aufrichtigen Impuls des Mitleids beugte er sich vor und küsste ihre Wange.

Die Schlafzimmertür schlug heftig zu.

Courteney stand im Zimmer und sah sie an.

Dulcie, weißgesichtig und mit geweiteten Augen, begann Unverständliches zu stammeln.

Denis war tiefrot, in seinen aufgeschreckten Gedanken wild nach irgendeiner Pose suchend, die ihn in einem weniger unvorteilhaften Blickwinkel als den offensichtlichen zeigen könnte.

Courteneys Augen waren schmal geworden, und er ging auf Dulcie zu und ergriff sie keineswegs sanft bei den Schultern. Seine Stimme war, als er sprach, nicht lauter als gewöhnlich, aber es lag ein sehr unangenehmer Ton in ihr.

„Wissen Sie nichts Besseres, als diesen albernen Trick zu spielen?", fragte er. „Wenn Sie ein oder zwei Jahre älter wären, könnte es ernst sein. So wie die Dinge stehen, sind Sie nicht zu alt, um bestraft zu werden. Hat er dich gebeten, hier hereinzukommen?"

„Nein", sagte Dulcie halb kreischend.

Ihr Vater legte ihr die Hand auf den Mund.

„Halt den Mund, oder willst du, dass das ganze Hotel dich hört?"

Er wandte sich zu Denis.

„Was haben Sie zu sagen? Schawenzeln hier mit einem Kind in Dulcies Alter herum, und lassen Ihre Frau – wenn sie Ihre Frau ist – auf Sie in London warten, während Sie sich als ungebundener Mann ausgeben."

„Sie können nichts davon beweisen", rief Denis bebend vor Zorn und Angst.

Courteney schenkte ihm ein schmutziges Lächeln.

„Kann ich nicht? Da bin ich mir nicht so sicher. Und ob ich es beweisen kann oder nicht, ich werde Sie damit nicht mehr länger durchkommen lassen. Ich denke, dass es wenigstens eine Dame hier gibt, die an einigen Details interessiert wäre über Cicely Road, und ich werde mich darum kümmern, dass sie ihr zukommen."

„Das können Sie nicht tun", stammelte Denis wild vor Angst.

Er hatte Dulcie ganz vergessen.

Ganz plötzlich fing sie an zu würgen und laut zu schluchzen.

Courteney fluchte ganz leise und zog sie zur Tür. Nachdem er sie geöffnet hatte, blickte er den Korridor entlang.

„Los. Geh in dein Zimmer zurück. Ich werde morgen mit dir reden."

Dulcie ging, immer noch schluchzend.

Der Augenblick der Unterbrechung hatte Denis Zeit

gegeben, eine eilige Idee von sich zu entwickeln als ein Held der Ritterlichkeit.

„Courteney", begann er ernsthaft, „ich verstehe, dass Sie von Ihrem Standpunkt aus vielleicht ein Recht haben, verärgert zu sein. Aber erstens gebe ich Ihnen mein feierliches Ehrenwort, dass Dulcie einfach hier hereinkam, in aller Unschuld, ganz als Kind, und ich habe ihr gute Nacht gesagt, wie ich es jedem Kind gesagt hätte – die kleine Gwennie Morgan —"

„Gwennie Morgan ist neun Jahre alt, nicht sechzehn. Und ich möchte wissen, was ihre Mutter gesagt hätte, wenn sie Sie angetroffen hätte, wie Sie mit ihr um elf Uhr abends herumalbern. Nicht dass das der Punkt wäre. Der Punkt ist, dass meine Arbeit und Dulcies Unterhalt von diesen Hotelbesitzern abhängen und anderen wie ihnen. Vor allem Dulcie. Sie ist hier nur geduldet. Ein Verdacht, dass sie sich schlecht benimmt, und schon sind wir draußen – achtkantig."

„Ich kann Ihnen nicht sagen, wie sehr es mir leidtut, dass dies passieren konnte. Es war gedankenlos von mir, muss ich eingestehen, und wenn es etwas gibt, was ich sagen oder tun kann —"

„Es gibt nichts, was Sie tun können außer sich zusammenzureißen –, und ich werde dafür sorgen, dass Sie es tun –, und je weniger Sie sagen, desto besser."

Denis wurde wieder bange vor Besorgnis.

„Wenn Sie überhaupt Ehrgefühl haben —", begann er unsicher.

„Ich soll Sie weiter mit aller Macht herumlügen lassen bei einer Frau, die mehr Geld als Verstand hat, und gleichzeitig einen kleinen Dummkopf aus meiner Tochter machen lassen, und ich vermute aus jedem anderen dummen Mädchen, das Ihnen die Möglichkeit gibt?"

„Bitte sagen Sie mir, was Sie vorhaben", sagte Denis schmallippig.

„Ihnen sagen! Ich werde Ihnen gar nichts sagen. Sie sind es nicht wert, dass man mit Ihnen redet. Sie brauchen mir nicht zu sagen, dass Sie nicht versucht haben, Dulcie zu verführen. Sie haben dafür nicht den Mumm. Ich glaube, ich würde Sie mehr respektieren, wenn Sie es getan hätten."

Durch die Verachtung in Courteneys Stimme wurde Denis' Gefühl der Empörung unerträglich. Er ballte seine Hand zur Faust und holte aus.

Mit einem Schritt zur Seite entkam Courteney dem schlecht gezielten Schlag, und Denis' Handknöchel schlugen mit extremer Heftigkeit gegen die Tür.

Der plötzliche Schmerz verursachte ihm Übelkeit, und für einen Augenblick drehte sich das Zimmer um ihn.

Wie aus weiter Ferne hörte er, wie Courteney, ziemlich leise und ruhig, mit einem Strom von beleidigenden Äußerungen auf ihn zielte. Dann öffnete sich die Tür und schloss sich wieder.

Denis torkelte zitternd vorwärts, drehte den Schlüssel im Schloss und fiel dann nach vorne aufs Bett, das Gesicht im Kissen verbergend, und bebte vor hysterischem Geschluchze.

St. Raphael, dachte Chrissie, war ein langweiliger Ort. Sie hatte dort eine Gruppe amerikanischer Bekannter getroffen, sie alle waren die heißen Straßen auf und ab gelaufen und hatten bunte Halstücher und farbige Sandalen gekauft, und Chrissie hatte riesengroße Körbe mit *fruits confits* als Abschiedsgeschenk für die Kinder der Morgans ausgewählt; sie hatten Eis gegessen und Limonade getrunken, und schließlich waren sie in eines der größeren Hotels zum Abendessen gegangen.

Chrissie, die in einem gemieteten Wagen zurück-fuhr, hatte entschieden, dass es zu spät sei, und sie war viel zu müde, um am Hôtel d'Azur zu halten und Denis zu sehen.

Wenn er wirklich mit ihr sprechen wollte, hätte er am Morgen anrufen oder zu den Felsen hochkommen können.

Im Übrigen war sie ganz und gar nicht sicher, ob sie ihn zu sehen wünschte. Die maßgeblichen Emotionen, die er jetzt in ihr hervorrief, waren ein unangenehmes Gefühl der Reue und eine schnell zunehmende Einsicht, dass sie sich lächerlich gemacht habe.

Als sie die Villa erreichte, war ihre erste Frage, ob es telefonische Mitteilungen gegeben hätte.

„Nichts, meine Liebe", sagte Mrs Wolverton-Gush. Sie fügte hinzu:

„Ich hatte einen sehr ruhigen Nachmittag und Abend und habe niemanden gesehen. Niemanden von unseren Freunden aus dem Hotel."

„Gushie", sagte Chrissie abrupt, „was hältst du wirklich von Denis Waller?"

Mrs Wolverton-Gush blickte ihre Arbeitgeberin an, und ihre Erfahrung mit den vielen Frauen, für die sie gearbeitet hatte, und besonders mit Chrissie Challoner, sagte ihr genau, was von ihr verlangt wurde zu denken:

„Um ganz offen mit Ihnen zu sein, meine Liebe, habe ich manchmal gedacht, dass er des Interesses, das Sie ihm gezeigt haben, nicht ganz würdig war. Sogar vielleicht ein wenig dazu neigte, es auszunutzen, wenn Sie wissen, was ich meine."

Chrissie erinnerte sich ungewollt an die Mittagessen, Drinks und Abendessen, die sie bezahlt hatte.

„Nun, ich denke nicht", sagte sie großzügig, „dass er jemals wirklich zum Zuge gekommen ist."

„Ich möchte meinen nein. Und schließlich – nun, es *macht* schon einen Unterschied, wenn man nicht wirklich ein Gentleman ist."

Ruth Wolverton-Gush war insgeheim sehr erleichtert. Sie fürchtete sich immer vor diesen heftigen Verliebtheiten, die so leicht zum Verlust ihrer Stellung führen konnten. Jetzt war sie jedenfalls für eine kleine Weile länger sicher.

Ihre Erleichterung verdoppelte sich, als Chrissie unvermittelt sagte:

„Ich denke, wir werden für eine Woche nach Italien gehen. Ich möchte Abwechslung und für eine Weile wegkommen. Kümmere dich um Zimmer in diesem Hotel, das mir im letzten Jahr so gefallen hat, ja? Die Adresse ist irgendwo in meinem Notizbuch."

„Gewiss, meine Liebe. Möchten Sie so bald wie möglich fahren?"

„Nun, ja. Wohl nicht morgen, aber danach – je früher desto besser."

Sie blickte ihre hauswirtschaftende Sekretärin an, und es lag ein eigenartiger Ausdruck, halb beschämt und halb amüsiert, in ihren großen dunklen Augen.

„Ich denke, dass ich eine gewisse Menge an Textmaterial durch diesen Ort habe. Das bekommt man immer, ob man will oder nicht."

Kapitel XV

(1)

Um zehn Uhr am nächsten Morgen stand der Hotelomnibus vor der Treppe. Das Gepäck der Familie Morgan wurde auf das Dach gestapelt. Mervyn Morgan gab dem *chasseur* Anweisungen für die Befestigung. Seine Kinder verabschiedeten sich von den Mitgästen.

„Eins ist sicher", sagte Gwennie, „wir werden viel brauner aussehen als hier, wenn wir nach Hause kommen. Alle werden uns wunderbar finden." Sie streckte einen runden, kupferfarbenen Arm aus dem kurzen Ärmel ihres jetzt ungewohnten Kleides heraus, das für die Reise getragen wurde.

„Wo ist Mr Waller? Ich möchte einfach sicher gehen, dass er sieht, dass ich wirklich viel gebräunter bin als er."

„Er ist hier", sagte David. „Am hintersten Tisch, da drüben. Fast alle sind hier, um uns zu verabschieden."

„Oder weil sie noch nicht mit dem Frühstück fertig sind", bemerkte Gwennie zynisch. Sie ging hinüber zu dem entfernten Tisch, an dem Denis Waller saß, abgezehrt unter seiner Bräunung, Kaffee trank und sein Brot zusammenkrümelte, ohne es zu essen.

„Hallo Mr Waller. Wir fahren in ein paar Minuten."
Er stand höflich auf.
„Es tut mir leid, dass ihr abreist, Gwennie."
„Mir auch, und ich denke, ich werde im Zug kochen.

Wir werden an Sie denken, wie Sie im Meer herumschwimmen."

„Ich denke, ich werde den Großteil des Tages arbeiten."

„Warum? Das tun Sie doch sonst nicht."

Denis starrte das befremdliche Kind schweigend an. Er hatte eine schlimme Nacht verbracht und seine Augen auf einen noch schlimmeren Tag geöffnet. Er war sich überhaupt nicht sicher, ob er in der Lage sein würde, im Hôtel d'Azur zu bleiben. Der Gedanke daran, es zu tun, war nur etwas weniger schrecklich als der, es nicht zu tun.

Mrs Romayne war nicht heruntergekommen, aber Patrick erschien nun in der Halle, und Mr Bolham kam gleich hinter ihm. Sie gingen zu den Morgans.

Denis, mit dem Instinkt, immer das zu tun, was von ihm erwartet zu werden schien, folgte Gwennie zur Treppe.

Er fand sich Auge in Auge mit Dulcie wieder, die ihn mit einem entsetzten Ausdruck unter geschwollenen Augenlidern ansah.

Denis murmelte „Guten Morgen", und sah schnell weg.

Gwennie rannte herum und sagte jedem Auf Wiedersehen.

Olwen und David standen mit Patrick zusammen. Denis bemerkte vage, dass Patrick sehr unglücklich aussah, obwohl er ab und zu lächelte und sogar lachte. Wie immer die Sorgen des Jungen sein mochten oder nicht, er durchlitt nicht ein Zehntel von dem, was

Denis durchlitt. Davon war Denis zutiefst überzeugt.

Ein Wagen kam vorgefahren, hielt an, und Chrissie Challoner sprang in einem dunkelrot getupften Strandkleid und einem riesigen dunkelroten Strohhut heraus. Ihre Hände waren voller Pakete, gewickelt in weißes Papier und mit Bändern zusammengehalten.

„Ich bin so froh, rechtzeitig zu kommen", sagte sie eilig. „Die sind für die Reise. Ihr müsst sie schnell essen, bevor sie schmelzen, Gwennie."

Denis schrak innerlich bei ihrem Anblick zurück und war sich eines Anfalls wirklicher körperlicher Übelkeit bewusst. Angenommen Courteney hatte ihr tatsächlich etwas erzählt?

Genau da wandte sich Chrissie zu ihm um.

„Kannst du gleich mitkommen für eine kurze Fahrt? Ich bin auch zum Teil gekommen, weil ich dich sehen wollte."

Sie sprach freundlich, und Denis – sich nicht bewusst, dass Angst und Kummer ihm deutlich ins Gesicht geschrieben waren – dachte, dass sich ihre Gefühle für ihn wieder besänftig hätten, Vielleicht müsste er sie doch nicht verlieren.

Es war ein wichtiger Teil seiner Charakterschwäche, Opfer plötzlicher heftiger, unüberlegter Impulse zu sein.

Ein solcher ergriff ihn jetzt.

Er würde selbst Chrissie von der Bedrohung erzählen, die für ihn von Courteney ausging, und würde ihr begreiflich machen, dass man ihn in keiner Weise beschuldigen oder verachten könne.

„Ich wäre wirklich gern ein oder zwei Minuten mit

dir allein", sagte er leise. „Ich denke nicht, dass ich mitfahren kann, weil ich gebraucht werden könnte. Aber vielleicht können wir bis zum Ende der Terrasse schlendern?"

Chrissie nickte kurz zustimmend.

Mary Morgan kam heraus mit Madame und dem relativ vernachlässigbaren Monsieur. Ihr dunkelblaues Foulardkleid und der kleine Reisehut sahen eigenartig formell aus, und sie trug Handschuhe und eine Handtasche.

„*Au revoir, madame. Bon voyage. Au plaisir de vous revoir, j'espère, l'année prochaine* ..."

Madame war ganz Freundlichkeit.

Sie war höchst einverstanden mit den Morgans, da sie vollkommen erkannte, dass dies *une famille anglaise très comme il faut* war, sie bestellten keine Drinks mit der Freigiebigkeit wie die meisten ihrer Gäste, doch auf der anderen Seite bedachte sie, dass sie ihrem Hotel Stil verliehen – und es war keine Frage, dass dieser zum Vorteil war.

Zudem hatten der reiche Mr Bolham und der noch reichere Mr Muller Freundschaft mit den Morgans geschlossen. Mr Muller schüttelte jetzt mit ihnen Hände.

„Wir hatten einen großartigen Abend", sagte er zu Mary.

„Ich werde ihn nicht vergessen."

„Ich auch nicht."

Das letzte Gepäckstück war auf dem Omnibus verstaut. Morgan kam zur Treppe.

„Also —"

„Auf Wiedersehen, Mr Bolham. Ich hoffe, Sie lassen uns wissen, wenn Sie einmal in unserem Teil der Welt sind", sagte Mary.

„Vielen Dank. Vielleicht im nächsten Sommer. Und falls Sie im Winter in London sein sollten, der Athenaeum Club wird mich immer finden."

„Auf Wiedersehen, Patrick", sagte Olwen. „Vergiss nicht, dass du in den Ferien zu uns kommen wirst."

„Riesigen Dank, Olwen. Das werde ich nicht vergessen, bestimmt nicht."

„Bitte sage Mrs Romayne Auf Wiedersehen und Dank, dass sie uns so oft im Wagen mit zu den Felsen genommen hat."

„Oh, das ist schon in Ordnung. Ich sage es ihr."

„Wo ist Mr Buckland", erkundigte sich plötzlich Gwennie. „Ich habe mich von ihm nicht verabschiedet."

„Er ist noch nicht heruntergekommen. Jedenfalls habe ich ihn nicht gesehen."

„Auf Wiedersehen Dulcie, auf Wiedersehen Mr Courteney."

„Auf Wiedersehen."

„Auf Wiedersehen."

„Eine schöne Reise. Ich hoffe, es wird nicht allzu heiß sein."

„Auf Wiedersehen, David. Nimm *das* mit zur Schule."

„Oh, danke", sagte David mit großen Augen, während sich seine Finger um ein klein zusammengefaltetes Stück Papier schlossen, das ihm von Mr Bolham in die Hand geschoben wurde.

„Kommt schon, springt rein", sagte Morgan zu den Kindern. Er war froh, dass sie Frankreich verließen, und dachte heiter, dass er in wenigen Tagen wieder ein richtiges englisches Frühstück mit Eiern und Speck bekommen würde.

Der *concierge*, hochnäsig blickend, steckte das Trinkgeld von Captain Morgan ein und hielt die Tür des Omnibusses auf.

Mary Morgan blickte sich zum letzten Mal um. Sie hatten jedem Auf Wiedersehen gesagt. Sie antwortete freundlich auf Madames Hoffnung, dass sie im nächsten Sommer wiederkommen würden, doch sie wusste, dass sich ihre Ferien nicht wiederholen würden.

Nun, sie hatte es getan. Sie hatte den blauen Himmel gesehen und das gezeitenlose Mittelmeer, hatte beobachtet, wie ihre Kinder einen weiteren der unauslöschlichen Eindrücke der Kindheit aufgenommen hatten, und sie für sich einen eigenartigen Vorrat an Erinnerungen angelegt hatte ... Sie lächelte Muller noch einmal an, der sie mit ernsten aufmerksamen Augen beobachtete, und folgte ihren Kindern die Stufen des Hotels hinunter.

Gwennie und David winkten lebhaft, während sie aus dem Fenster heraushingen. Olwen, die neben ihrer Mutter saß, hob einmal die Hand und saß dann bewegungslos da. Ihr Gesicht war ernst, aber nicht unglücklich. Schon bald, dachte Mary, würden die Herbstastern im Garten zu Hause herauskommen. Sie schien tatsächlich für einen flüchtigen Moment die frische, feuchte Luft ihres eigenen Gartens am Hang zu spüren.

Der Hitzedunst simmerte um sie herum, und sie kam zurück in die Gegenwart.

Der Omnibus ratterte den Hügel hinunter, und Mary fragte sich, ob die Bücher, die sie für die Kinder besorgt hatte, für die lange Reise, die vor ihnen lag, ausreichen würden.

(2)

„Es ist schade, dass sie fort sind", sagte Chrissie. „Ich vermute, es wird eine ganz andere Sorte Leute hier sein, wenn ich zurückkomme."

„Sie fahren weg?", erkundigte sich Mr Bolham.

„Nach Italien für eine Woche. Ich denke, dass ich morgen fahren werde, wenn ich Zimmer bekomme. Werden Sie noch hier sein, wenn ich zurückkomme?"

„Ich hoffe doch. Aber es ist möglich, dass ich dann bereits in London bin."

Chrissie hörte ihm wenig überrascht zu. Sie war der merkwürdigen Überzeugung, dass Denis bei ihrer Rückkehr fort sein würde.

Insgesamt wäre das sehr gut. Es bliebe jetzt nichts mehr außer Enttäuschung und ein Gefühl von Ernüchterung darüber, einen vorübergehenden Impuls mit andauernder Wirklichkeit verwechselt zu haben. Denis starrte sie mit traurigen Augen an, und ein Gefühl aus Schrecken gemischt mit Mitleid wuchs in ihr bei dem Gedanken, dass sie es war, die ihn leiden ließ.

Der Briefträger kletterte den Hügel hinauf, mühselig seine Drillichtasche tragend, und Mr Bolham ging in die Halle in Erwartung seiner Post.

„Ich kann bleiben, bis er seine Briefe gelesen hat. Ich möchte mit dir sprechen."

Ohne ein weiteres Wort gingen sie die Terrasse entlang. Denis hatte am allerhintersten Tisch gesessen. Seine Tasse war leer, aber sein Brötchen und die Butter waren unangetastet. Chrissie war für einen Moment gerührt, bis er, auf den Teller deutend, sagte:

„Ich war leider nicht in der Lage, mich viel um das Frühstück zu kümmern. Tatsächlich habe ich überhaupt nichts gegessen."

„Es ist zu heiß zum Essen, oder?", sagte Chrissie kalt. Denis wandte sich herum und blickte sie mit der Haltung eines gejagden Tieres an, das in Schach gehalten wurde.

„Warum bist du in letzter Zeit so gemein zu mir?"

Chrissie, die den Vorwurf verachtete und nervös wurde bei dem Gedanken, ihn noch mehr zu verletzen, verlor die Kontrolle über sich.

Sie sagte deutlich: „Ich habe die Schwindelei satt. Du machst nichts anderes als schauspielern und heucheln und dir selbst leidzutun. Ich weiß nicht, was mit dir los ist, Denis, aber was ich weiß, ist, dass ich nichts tun kann, um dir zu helfen. Niemand kann das außer du selbst, und du, du hast einfach nicht den Mumm, das zu tun."

Denis wurde vollkommn weiß. Er versuchte zu sprechen und konnte es nicht. Chrissie begegnete ihm unnachgiebig.

Eine emotionale Szene war für sie definitiv belebend, und sie begriff kaum, dass es für Denis eine noch nervenzermürbendere Erfahrung sein könnte.

Schließlich sprach er, mit einer Stimme, die rau und bebend war vor Zorn.

„Du wagst so mit mir zu sprechen, weil du nicht das Allergeringste von mir weißt. Ich habe ein sehr viel härteres Leben gehabt, als du dir überhaupt vorstellen kannst. Von Kindheit an war ich allein. Ich hatte niemanden, der mir half. Ich musste mich selbst durchkämpfen. Ich hatte nie gedacht, dass ich mir meinen Lebensunterhalt selbst verdienen müsste. Ich war in dem Glauben erzogen worden, dass ich Erbe eines Vermögens sein würde – wie ich es hätte sein sollen. Seit ich achtzehn war, habe ich gearbeitet – und ich habe, ich habe durchgehalten – ich habe Dinge durchgemacht, die ich dir nicht einmal erzählen kann – ich bin manchmal fast verhungert —"

Chrissies Stimme fuhr wir ein Messer durch seinen Strom aus Selbstmitleid:

„Du hast überhaupt nichts durchgemacht, was nicht Hunderte und Tausende durchgemacht haben. Der Unterschied zwischen ihnen und dir ist einfach, dass du nicht auch nur für einen Augenblick aufgehört hast, an dich zu denken, dich zu dramatisieren und dich und jeden anderen zu belügen. Ich weiß nicht, was dich zu dem gemacht hat, was du bist, aber das, was ich weiß, ist, dass, wenn du nicht aufhörst, solange du noch kannst – dass heißt, *wenn* du es kannst –, du niemals etwas anderes sein wirst als jetzt – ein neurotischer, gehemmter, feiger kleine Lügner –, und jeder wird es wissen. Das wird dir etwas ausmachen, weil du Angst davor hast, was die Leute denken. Das ist das einzige Maß, das du kennst – was Leute von dir denken werden. Nun, jetzt weißt du es."

Denis blickte sie wild an, röchelte und griff sich mit beiden Händen an den Hals.

„Ich weiß, dass ich gerade brutal bin. Es ist mir gleich. Ich glaube, dass ist deine einzige Chance. Du bist kein Dummkopf, Denis, auch wenn du dich im Allgemeinen wie einer benimmst, und vermutlich lohnt es sich, dich zu retten. Ich denke nicht, dass ich dich nach dem heutigen Tag noch einmal sehe, aber wenigstens habe ich dir die Wahrheit über dich selbst gesagt."

„Ich hoffe bei Gott, dass ich dich nach dem heutigen Tag nicht wiedersehen werde", sagte Denis leidenschaftlich. „Ich wusste nicht, dass Menschen so grausam zueinander sein können, wie du es zu mir gewesen bist. Begreifst du, was du mir angetan hast? Du hast vorgegeben, meine Freundin zu sein und eine Zuneigung für mich zu haben, du hast mein Vertrauen gewonnen – ich habe vertraulicher mit dir gesprochen, als ich es jemals mit jemandem auf der Welt getan habe –, und dann greifst du mich auf einmal an, beleidigst und verhöhnst mich und sagst mir, dass du mich zutiefst verachtest."

Chrissie, von einem kalten Zorn durchdrungen, bremste ihn mit einer kurzen Geste.

„Wie üblich sprichst du nicht mehr als zu einem Viertel die Wahrheit. Du hast nur einen Grund zur

Beschwerde gegen mich, und nur einen. Ich bin auf dich hereingefallen, als ich dir zum ersten Mal begegnete, und ich habe dir etwas angeboten, das, weil es aufrichtig war, von deiner Unaufrichtigkeit und Täuschung getötet wurde. Ich stimme dir zu, dass ich dir meine Freundschaft geschenkt habe und sie wieder zurückgenommen habe. Und wenn dich das verletzt hat, dann bin ich froh darüber. Hörst du Denis, *ich bin froh.* Jedes bisschen, das dich eine wirkliche Emotion fühlen lässt, und keine vorgetäuschte, ist die beste Chance für dich, eines Tages ein wirklicher Mann zu werden statt dieses erbärmliche Etwas, das du jetzt bist."

„Hör auf", sagte Denis.

„Das werde ich nicht. Du wirst dich ein einziges Mal in deinem Leben der Wahrheit stellen, wenn du es zuvor niemals getan hast. Alles, was ich dir gesagt habe, ist wahr, und wie sehr du es auch bestreitest, du wirst dich immer daran erinnern, und dann wirst du es vielleicht wirklich begreifen mit deinem ganzen Bewusstsein – und *dann* wird es Hoffnung für dich geben."

Chrissie lehnte sich bebend in ihrem Stuhl zurück.

Sie konnte sehen, wie der Schweiß sich auf Denis' schmaler Stirn zu Tropfen formte und an den Schläfen herunterlief. Seine Hände zitterten.

„Als ich heute hier herauskam", begann er langsam, „hatte ich beschlossen, das Mutigste zu tun, das ich jemals in meinem Leben getan habe. Ich wollte dir etwas über mich erzählen, das ich weder dir noch sonst jemandem je erzählt habe. Etwas, das vielleicht sehr bedeutsam für das hätte sein können, was ich für unsere

Freundschaft hielt. Es hat mich weit mehr gekostet, zu dieser Entscheidung zu kommen, als ich dir überhaupt erklären kann."

Er hielt inne.

„Es ist schon Ironie, dass du ausgerechnet diesen Augenblick wählen musstest, um mir zu sagen, dass ich ein Feigling und Lügner bin."

„Du bist ein Feigling und ein Lügner", sagte Chrissie erbarmungslos. „Es ist mir gleich, was du mir sagen wolltest. Es ändert nichts. Selbst wenn du mir etwas über dich erzählt hättest, das skandalös oder beschämend wäre, hättest du es in einer Art verdreht, dass es anders geklungen hätte. Du hättest es mir nur erzählt, um entweder meine Neugier zu wecken, oder damit ich Mitleid mit dir habe, aus keinem anderen Grund. Es sei denn" – sie sah ihn sehr genau an, „du dachtest, ich würde es ohnehin herausfinden. Ich vermute, das ist es. Mr Bolham oder jemand anders hat etwas herausgefunden, und du dachtest, ich würde es ohnehin hören, und wolltest deine Geschichte zuerst loswerden. Das würde zu dir passen, Denis. Es ist mir egal, was es ist. Natürlich habe ich immer gewusst, dass es bei dir Dinge gibt, die du verbergen wolltest. Die Hälfte der Dinge, die du mir erzählt hast, hat nicht zu der anderen Hälfte gepasst. Du hast aus deinen Lügen ein schreckliches Durcheinander gemacht, wie auch aus allem anderen sonst."

„Chrissie!" Seine Stimme war verzweifelt.

„Ich werde nicht fortfahren", sagte sie. „Ich weiß, ich bin grausam gewesen. Ich hätte dir geholfen, Denis, wenn du entsprechend aufrichtig zu mir gewesen wärst. Oh, ich meine nicht nur, ein sensationelles Geständnis zu machen, wie dass du im Gefägnis gewesen seist oder mit der Ehefrau eines anderen Mannes zusammengelebt hast oder einem armen Mädchen ein uneheliches Kind gemacht hättest. Solche Dinge hätten mir nichts ausgemacht, und das weißt du. Aber es sind deine Ausflüchte, deine Halbwahrheiten und falschen Behauptungen, die alles unmöglich machen. Ich habe dir einmal gesagt, nichts würde einen Unterschied machen – aber ich habe mich geirrt. Als ich das sagte, dachte ich, du seist eine echte Person. Jetzt weiß ich, dass du es nicht bist."

Ein Schatten fiel über den Tisch.

Chrissie, benommen und erschöpft, blickte auf.

Courteney stand neben ihnen, sein auffallend gutes Aussehen scheinbar noch finsterer als gewöhnlich, und hielt einen Brief in der Hand.

Er legte ihn auf den Tisch.

„Verzeihen Sie mir bitte, Miss Challoner, wenn ich hier etwas unterbreche. Ich weiß, dass Mr Waller größten Wert auf seinen täglichen Brief legt, und dieser ist zufällig mit ,Eilt' gestempelt. Deshalb habe ich ihn herausgebracht."

Denis blieb regungslos, sein verstörter Blick auf den billigen kleinen mauvefarbenen Umschlag gerichtet, der auf dem Tisch lag, die Adresse sich von einer Ecke nach unten ausbreitend. Chrissies intensive Wahrnehmung sprang sofort in ein Bewusstsein für die tiefe Feind-seligkeit, die zwischen den beiden Männern vibrierte.

Sie blickte, leicht beunruhigt, zu Courteney hinauf.

„*Mrs* Wallers Zuhause in London", bemerkte Courteney freundlich, "liegt durch einen eigenartigen Zufall meinem genau gegenüber."

Die Pause, die folgte, war winzig. Dann sagte Chrissie mit flacher Stimme:

„Ja, das hat mir Mr Waller bereits erzählt."

„Hat er das tatsächlich?", erwiderte Courteney in dem gleichen Ton oberflächlicher Freundlichkeit. Sein Blick hielt Chrissies einen Augenblick fest, dann lächelte er leicht und ging weg.

Denis, das Gesicht in den Händen verborgen, zuckte heftig. Chrissie stand auf. Sie zögerte und berührte Denis dann an der Schulter. Ihr Zorn war aufgezehrt, und sie fühlte Mitleid mit ihm.

„Denis, Denis, *dies* hier ist nicht wichtig. Ich will nicht, dass du mir etwas erzählst – Courteney ist ein Schuft, was immer er auch beabsichtigte."

Doch Denis zog sich schnell vor ihrer Berührung zurück. Er entblößte sein abgezehrtes Gesicht, zerfurcht von Schmerz, Demütigung und Angst.

„Ich kann das erklären —", begann er heiser.

Ungewollt spürte sie die umgehende Mitteilung des Zweifels aus ihren Gedanken auf ihrem Gesicht aufblitzen. Sie wusste, dass Denis es sah.

„Es hat keinen Zweck für mich, etwas zu sagen, oder?", fragte er verbittert.

„Überhaupt keinen Zweck, Denis." Sie sah, wie er nach Worten rang, und vermutete, dass er immer noch blindlings nach einer Selbstrechtfertigung suchte.

„Auf Wiedersehen Denis", sagte sie schnell. „Ich werde jetzt gehen. Sag nichts. Ich weiß, dass ich dich verletzt habe, und es tut mir leid, obwohl ich nicht denke, dass du es glaubst. Denke daran, dass du immer noch deine lebende Seele retten kannst, wenn du es willst. Es ist nicht zu spät."

Sie wandte sich ab und ging schnell fort.

Panik ergriff Denis.

Sein Bewusstsein hatte nicht die volle Wirkung von Chrissies Worten aufgenommen. Er wusste nur, dass er unerträglich verletzt und gedemütigt worden war und dass, tief in ihm, etwas schrumpfte und sich wegduckte in entsetzter Sorge vor dem Augenblick, in dem er, wenn er keinen Ausweg fand, sich seiner Person selbst stellen musste. Seine zitternde Seele suchte und fand eine vorübergehende Ausflucht.

Courteney – sein böser, heimtückischer Feind. Courteney – musste irgendwie überlistet werden. Ansonsten, sagte sich Denis – indem er die Fantasie umgehend als Tatsache annahm – ansonsten würde Courteney zu Mr Bolham gehen und seine Informationen so präsentieren, dass Denis schmachvoll seines Postens enthoben werden würde.

Er würde wieder zur Cicely Road zurückkehren müssen –, um Phyllis zu sagen, dass er erneut eine Anstellung verloren habe, und die Demütigung ihres empörten Mitleids erleiden.

Zu impulsivem Handeln getrieben durch die wachsende Angst, sich gezwungen zu sehen nachzudenken, sprang Denis auf. Der mauvefarbene Umschlag mit „Eilt" quer über eine Ecke in Phyllis' sauberer Büroangestelltenschrift geschieben, lag auf dem Tisch. Er wusste genau, warum sie „Eilt" geschrieben hatte. Sie tat das recht häufig. Es bedeutete, dass er sie für mehrere Tage ohne Brief gelassen hatte und dass sie sich Sorgen um ihn machte. „Eilt" war ihr kleiner Vorwand zu denken, dass ein Brief ihn vielleicht nicht erreicht habe und ihm nicht zugestellt worden sei, weil sie nicht glauben wollte, dass er sie willentlich ohne jene schriftlichen Versicherungen der Zuneigung lassen wollte, die alles waren, was ihr seine Briefe bedeuteten. Sie war immer noch in ihn verliebt, und die tägliche Korrespondenz, die Denis als derartige Belastung empfand, war offensichtlich für Phyllis unentbehrlich geblieben.

Er überdachte stumpfsinnig, dass er wisse, was die Bögen im Umschlag enthalten würden: die kleinen platitüdenhaften Kommentare über das Leben, die wohlformulierten Hoffnungen, bar jeglicher Färbung von Eifersucht oder Bedauern, dass er die Sonne und das Meer genieße, die Andeutungen, zwischen Anführungszeichen, von kleinen Scherzen, die sie miteinander teilten und die für Denis längst langweilig geworden waren – und am Ende die Reihe von Kreuzen unter dem Namenszug: Immer, mein Lieber, ganz deine Frau Phyllis.

Er spürte einen Anfall von Hass auf sich selbst, für seinen Überdruss an der uninspirierten Hingabe seiner Frau.

Widerwillig nahm er den Brief in die Hand und fühlte sich unfähig, ihn zu öffnen.

Immer noch an oberflächlichen Überlegungen festhaltend, fragte er sich, welche Methode Courteney gefunden hätte, ihn zu verraten, wenn Phyllis nicht „Eilt" auf den Umschlag geschrieben hätte. Langsam bemächtigte sich eine Idee seines erschöpften Geistes.

Könnte er Mr Bolham sagen, dass er wegen dringender Privatangelegenheiten nach London zurückbeordert worden sei? Er könnte dann ohne die Schmach einer Entlassung weggehen.

Er nahm den Brief an sich und ging hinein.

(3)

Mr Bolham saß in seinem großen Zimmer und wartete auf seinen Sekretär. Als ein Klopfen an der Tür zu hören war, äußerte er ein knappes „Herein!" und bereitete sich darauf vor, einen kurzen, aber wichtigen Hinweis auf die Bedeutung seiner Zeit zu geben.

Dann fiel sein Blick – ein erfahrener, für gewöhnlich ungläubiger Blick – auf Denis Wallers Gesicht.

Mr Bolham erkannte mit Abscheu die Anzeichen echter psychischer Gestörtheit.

Die vage Möglichkeit, freundlich zu sein, Fragen zu stellen und teilnahmsvoll den Antworten zu lauschen, ging ihm durch den Sinn, um sofort wieder verworfen zu werden. Doch das Leben hatte ihn die Sinnlosigkeit gelehrt, solchen vorübergehenden Impulsen Aufmerksamkeit zu schenken.

Tatsächlich war er sich ihrer Existenz kaum bewusst, so schnell verwarf er sie.

Er erkannte lediglich, dass er einen Entschluss in die Tat umsetzen müsse, der seit einiger Zeit in ihm gewachsen war, und dass er dies umgehend tun müsse, denn er sah, dass Denis sich darauf vorbereitete, eine Erklärung emotionaler Art abzugeben, und die, meinte Mr Bolham, müsse vermieden werden, was immer es auch Denis kosten würde. Sogar, wenn nötig, auf seine eigenen Kosten.

„Waller", sagte er umgehend, „ich denke, dass ich Ihre Dienste nicht mehr länger benötige. Tatsächlich schlage ich vor, auf diese nach dem heutigen Tag zu verzichten. Ich brauche kaum zu sagen, dass dies keinerlei Misskredit auf die Arbeit wiedergibt, die Sie bereits für mich getan haben. Ich werde nur allzu bereit sein, Ihnen ein Zeugnis über Ihre Fähigkeiten auszustellen. Schreiben Sie sich selbst einen Scheck aus über zwei Monatsgehälter statt einer Kündigung. Ich glaube, Sie haben bereits eine Rückfahrkarte nach London?"

Mr Bolham blickte Denis nicht an, während er diese kurzen Erklärungen äußerte. Er wusste es, ohne es zu sehen, dass Denis vor Verärgerung steif geworden war.

„Darf ich fragen – ich habe gewiss nicht so eine plötzliche Beendigung der Anstellung erwartet – ich hoffe, ich habe nichts getan, was —?"

„In keiner Weise", sagte Mr Bolham fest. „Lediglich eine Änderung von Plänen meinerseits. Nun, wenn Sie so freundlich wären, das Folgende aufzunehmen —"

Er hoffte, dass jeglicher Anschein einer Szene durch seine eigene Entschiedenheit ausgeschlossen worden sei, erkannte aber im nächsten Augenblick eher mit Entsetzen denn mit Überraschung, dass die Hoffnung fehlgegangen war.

„Sie müssen nicht glauben", sagte Denis in einer wilden, bebenden Stimme, „dass ich nicht weiß, was passiert ist. Ich denke, Courteney muss ein Teufel sein – überhaupt kein menschliches Wesen. Ich wusste, er beabsichtigte, dass ich meine Anstellung verliere, und er hat es getan. Ich weiß nicht, was er Ihnen erzählt hat, noch warum Sie mich auf diese Weise entlassen, ohne auch nur eine Erklärung von mir abzuwarten. Tatsächlich weiß ich nicht, warum meine privaten Angelegenheiten andere etwas angehen sollten. Sie behindern nicht meine Arbeit, und wenn —"

Der erstaunte Mr Bolham hielt eine Hand hoch, in einer Geste, von der er augenblicklich meinte, sie erinnere viel zu sehr an einen Polizisten, der den Verkehr regelt.

„Ich habe nicht die geringste Ahnung, wovon Sie sprechen. Ich wünsche überhaupt nichts über Ihre privaten Angelegenheiten zu wissen."

„Warum haben Sie dann auf Courteney gehört?", verlangte Denis heftig zu wissen.

Mr Bolhamd betrachtete ihn mit kalter Ablehnung.

Er sah, dass Denis fest unter dem Eindruck stand, Courteney, vor dem er offensichtlich große Angst hatte, habe Mr Bolham gegenüber etwas wiedergegeben, das äußerst nachteilig für Denis Waller sei oder von dem er es glaubte. Mr Bolham hatte es nicht eilig, ihn über diese Idee eines Besseren zu belehren. Seine leicht sadistischen Gefühle gegenüber Denis leiteten eine gewisse Genugtuung aus dieser Enthaltung her, und er war – weitaus stärker – gerührt von dem Gedanken, dass, solange von ihm vermutet wurde, er kenne das Geheimnis, was immer es auch war, Denis davon abgehalten werden könnte, es in einem Durcheinander von Ausflüchten, Erklärungen und Selbstrechtfertigungen zu enthüllen.

Es war nie schwierig gewesen, Denis zurückzuweisen, und Mr Bolham war gänzlich vorbereitet, es wieder zu tun.

„Ich denke, wir sollten besser mit unserer Arbeit für diesen Morgen anfangen, Waller, es sei denn, Sie wollen sich um die Vorbereitungen für Ihre Abreise kümmern. Sind Sie bereit?"

„Ich kann nicht – ich. Würden Sie mir die Möglichkeit geben, mich zu erklären, Sir?", sagte Denis.

Wenn er dort aufgehört hätte, überlegte Mr Bolham hinterher, hätte man vielleicht zustimmen können, zuzuhören. Doch stattdessen warf er einen kleinen mauvefarbenen Briefumschlag auf den Tisch, von dem Mr Bolham mit einem inneren Zurückzucken spürte, dass er von einer jungen Frau verfasst worden war, und fing an zu toben.

„Ich denke sagen zu dürfen, dass Sie es mir schuldig sind, Sir, zu hören, was ich zu sagen habe. Wenn Sie mich so behandeln in einem Moment, in dem ich selbst in ernsthaften Schwierigkeiten stecke, könnten Sie mich zum Äußersten treiben. Es bleibt mir vielleicht nur eine Alternative übrig, wenn Sie sich weigern, zuzuhören. Ich bin nicht der Mann, der darauf Wert legt, jede Menge zu sagen —"

„Und ich", sagte Mr Bolham scharf, „bin nicht der Mann, der darauf Wert legt, jede Menge zu hören. In der Tat lehne ich es in diesem Fall ab, überhaupt irgendetwas zu hören. *Nehmen Sie dies bitte auf.*"

Und er begann mit einer derartigen Zügigkeit zu diktieren, dass der Großteil seiner Notizen sich schließlich als nutzlos erwies und mit größerer Sorgfalt und Überlegung neu geschrieben werden musste.

(4)

In einem Zug, der hin und her ruckelte zwischen olivenbedeckten Abhängen, lagen sich Buckland und Angie eng umschlungen in den Armen.

Sie hatten sehr früh am Morgen zusammen das Hôtel d'Azur verlassen. Sogar der *concierge* hatte ihre Abreise nicht bemerkt. Sie sprachen sehr wenig.

Einmal sagte Angie mit einem leisen Lachen:

„Ich würde gerne sehen, wie deine alte Coral dreinsieht, wenn sie feststellt, dass du weg bist."

„Mir tut der nächste Mensch leid, dem sie begegnet, das ist alles. Sie wird eine üble Laune haben, aber die wird bald vorbei sein. Ich vermute, der Junge wird darunter zu leiden haben, armer Teufel."

„*Ihm* wird es nichts ausmachen, dich zu verlieren, Buck."

„Kein bisschen. Im Übrigen wird er jetzt in der Lage sein, den Buick zu fahren."

„Ich wünschte, wir hätten den Wagen nehmen können. Buck, wir müssen uns irgendwie einen Wagen beschaffen."

Buckland, der sehr gut wusste, dass sechzig Pfund – was alles war, was er auf der Welt noch hatte – so lange für ihn und Angie reichen mussten, wie sie zusammenblieben, begann sie als einzige Antwort wieder zu küssen.

(5)

Die Morgans waren fort.

Patrick blieb auf der Terrasse, saß auf der Steinmauer und blickte dem Omnibus gedankenverloren nach, als er davonratterte, in den scharfen Kurven der Zufahrt auftauchte und wieder verschwand.

Er hatte, wie er wusste, darauf gewartet, dass sie abreisen. Er wollte nicht, dass, während sie im Hotel waren, etwas passieren würde, was ihre Ferien verderben könnte. Er fand, dass das beschämend gewesen, wäre, wo sie so nett und anständig zu ihm gewesen waren.

Die Terrasse war jetzt wieder leer. Die Kellner räumten ab. Patrick hatte plötzliche eine seltsame sentimentale Vision von Gwennie Morgan, vierschrötig und sonnengebräunt in blauer Badehose und Cretonnehut, zwischen den Tischen hinein- und hinauslaufend. Für einen Augenblick erschien das ganz real, als ob sie wirklich da wäre. Überrascht stand er auf und blickte umher.

Mr Muller saß wie üblich allein und las eine üppige

433

amerikanische Tageszeitung. Sein gewohntes Glas Orangensaft stand, halb ausgetrunken, auf dem Tisch neben ihm.

Dulcie Courteney war wieder nach drinnen verschwunden, ebenso ihr Vater.

Miss Challoner und Mr Waller waren am äußersten Ende der Terrasse und unterhielten sich.

Niemand sonst war da.

Nun, dachte Patrick vage, es gab nichts mehr, worauf man warten konnte. Sein Plan war am Tag zuvor ganz klar gefasst worden, aber jetzt schienen seine Sinne halb zu schlafen. Er handelte in einer dumpfen, träumerischen Weise, als ob er, beinahe mechanisch, nur Instruktionen folgen könne, die vor langer Zeit verstanden und aufgenommen wurden.

Als er zur Garage ging, blickte er zum Fenster seiner Mutter hoch. Die Läden waren geschlossen. Ihr kräftig smaragdgrünes Badekleid hing unter ihnen heraus.

Patrick schaute wieder weg.

Vor der Garage hantierte ein Mann im Hollandhemd mit einem Schlauch. Ströme von Wasser rannen über das Zementpflaster und den Abhang hinunter.

„Bonjour, m'sieur."

„Bonjour", sagte Patrick schüchtern und lächelte ihn an. Der Mann sagte noch etwas, von dem Patrick vermutete, dass es die Frage sei, ob er den Wagen brauche, und bewegte mit heftigen Gestikulationen den Schlauchkopf aus seinem Weg.

„Merci", sagte Patrick.

„De rien, m'sieur."

Der Buick, glänzend und schön, stand nahe der Tür. Er sprang leicht an, und Patrick fuhr ihn langsam rückwärts aus der Garage.

Dann schwang er ihn halb herum, wechselte den Gang und spürte, wie er ruhig und schnell die Zufahrt entlangfuhr.

Er liebte es zu fahren und hatte es so wenig getan, dass es immer noch den Charme des Neuen besaß. Seit er nach Frankreich gekommen war, war ihm nicht erlaubt worden, überhaupt zu fahren, weil Buck so getan hatte zu glauben, dass es nicht sicher sei.

Nun, jetzt fuhr er.

Am Fuß des Hügels nahm Patrick die scharfe Linkskurve zur Hauptstraße, wechselte in den dritten Gang und beschleunigte.

Der Buick schoss über die stark gewölbte Oberfläche der Straße und nahm mühelos die steilen Kurven. Patrick hielt das Lenkrad leicht. Sein Blick fing die Abfolge zwischen Zypressen gelegener kleiner weißer und lilafarbener Villen mit grünen Fensterläden ein, deren Umrisse in den vergangenen ein, zwei Wochen vertraut geworden waren. Auf der anderen Seite der Straße lag das glitzernde Blau des Mittelmeers.

Er fuhr an der *plage*, am Raft und an den Felsen vorbei, von denen die Gäste des Hôtel d'Azur bevorzugt schwimmen gingen.

Der Wagen fuhr Richtung Cannes.

Schon bald kannte Patrick die Formen der roten Felsen und die kleinen entfernten Inseln nicht mehr. Die Buchten waren ihm nicht vertraut.

Doch er erinnerte sich ganz deutlich an eine besondere Kurve der Straße nach Cannes, wo am Tag des Ausflugs nach Monte Carlo zwei Autos beinahe zusammengestoßen waren. Damals hatte er dahinter den steilen Abhang auf eine Masse scharfer roter Felsen gesehen. Er war sich sicher, er würde den Ort wiedererkennen, wenn er ihn sähe. Es müsste, dachte er, jetzt sehr nahe sein. Einen Augenblick später sah er, dass er ihn erreicht hatte.

Der Wagen schoss um die Kurve, und Patrick riss das Lenkrad herum, sodass er nach außen schwang.

Im selben Moment stieg ein Vogel aus einem Busch hervor und flog, aufgeschreckt, mit schwirrenden Flügeln in die Höhe.

Patricks letzter bewusster Gedanke war derjenige überraschter Freude.

Es *gab* also Vögel an der Küste …

(6)

Kurz vor Mittag kam Coral Romayne herunter. Ihr Gesicht, trotz sorgfältiger Schminke, zeigte immer noch aufgedunsene Spuren tiefen Schlafs, der weit in den Morgen hinausgezogen worden war. Sie trug ein neues Kleid aus blauer Waschseide, ärmellos und sehr tief ausgeschnitten, bezeichnet als Sonnenstrandkleid. Sie war sehr zufrieden damit und meinte, dass es ihre schmalen Hüften und ihre langen Linien zum bestmöglichen Vorteil zeige.

Unten war niemand zu sehen mit Ausnahme, wie üblich, von Madame in ihrem kleinen Büro und dem *concierge*, der an seinem Tisch die Tagezeitung las. Er stand auf, als Mrs Romayne vorbeiging, aber ohne aufzuhören zu lesen. Nur für seine eigenen Landsleute, die reichen Amerikaner und Mr Bolham wandte der *concierge* bereitwillig seine Augen von seinem *Petit Marseillas*.

Coral schlenderte in die sengende Hitze hinaus.

Sie fragte sich, wo um alles auf der Welt Buck hingegangen sei, und vermutete, dass er mit Patrick zum Schwimmen gegangen war.

„*Garçong!*"

Henri, weniger teilnahmslos als der *concierge*, kam heran, die Serviette über dem Arm.

Coral bestellte einen Gin mit italienischem Wermut und zündete sich eine Zigarette an. Während sie an ihrem Drink nippte, wanderten ihre Gedanken unbeschwert herum.

Sie hatte Buck da, wo sie ihn haben wollte.

Es war wunderbar, einen Liebhaber zu haben, von dem sie in ihrem Alter so stark angezogen wurde.

Er wird der letzte sein, dachte sie, ich werde ihn so lange halten, wie ich kann. Es lag nicht in ihrem Temperament, Pläne für die Zukunft zu machen. Ihre Furcht vor jedem weiteren Jahr, das verging, war zu groß, um ihr zu gestatten, nach vorn zu sehen. Sie stellte sich nur eine unmittelbare Zukunft vor mit neuen, vorteilhaften Kleidern, Ausflügen mit dem Wagen, Mahlzeiten, Drinks und Gesellschaften, und Buckland immer in enger Bereitschaft für sie.

Warum zum Teufel beeilte er sich nicht und kam?

Schritte auf dem Kies ließen sie aufblicken, aber es war nur Courteney.

Er kam auf sie zu und unterhielt sich mit ihr, setzte sich dann und lud sie auf einen weiteren Drink ein.

„Danke", sagte Coral. „Wo sind denn bloß alle heute Morgen?"

„Die Morgans sind früh abgereist. Und Moon ist nach Marseille gefahren – er sagte, er treffe einen Mann, der nach Amerika segelt."

„Ist *sie* nicht auch abgereist?", fragte Coral schnell.

Courteney zündete sich sorgfältig eine Zigarette an, aufmerksam die Flamme mit der Hand schützend.

„Nein", sagte er schließlich. „Wenigstens ist sie nicht mit ihm weggefahren. Ich habe gesehen, wie er aufgebrochen ist. Er war allein."

„Wo ist Angie dann?", erkundigte sich Coral, während ein wütender, unformulierter Verdacht in ihr aufkam.

„Tatsächlich rief mich Madame heute Morgen ins Büro. Sie war ziemlich verärgert. Moon hatte seine Rechnung vollständig bezahlt, aber Mrs Moon hat sich davongemacht. Niemand weiß genau, wann."

„Wie konnte sie? Ich meine, ohne es jemanden wissen zu lassen. Ich wette, sie hat ihr Gepäck nicht dagelassen."

„Hat sie nicht. Jemand hat ihre Koffer für sie die Zufahrt hinuntergetragen zur Garage am Fuß des Hügels."

„Wer war es?", fragte Coral barsch.

„Ich fürchte, Mrs Romayne, es war der Tutor Ihres Jungen. Ich habe mich gefragt, ob er vielleicht eine Nachricht für Sie hinterlassen hat, oder irgendeine Erklärung."

„Aber er kannt nicht *weg* sein", sagte Coral. „Er wird zurückkommen. Er hat sie ein Stück mitgenommen. Er würde mir keinen solchen faulen Trick spielen. Wann kommt der nächste Bus aus St. Raphael?"

Sie sprang auf. Ihr Gesicht war fleckig und ihre Augen unruhig.

„Er ist verpflichtet, wieder aufzutauchen", wiederholte sie. „Können wir nicht telefonieren oder etwas tun? Wo ist Patrick?"

„Ich habe ihn nicht gesehen, seit die Morgans abgereist sind. Vielleicht ist er runter zum Baden gegangen. Ich fürchte, dass ist schon ein Schock für Sie, Mrs Romayne." Er schob ihr Glas zu ihr hin, und sie trank mechanisch.

Plötzlich kam ein Wagen in Sicht, der fast geräuschlos fuhr, und hielt vor dem Eingang an.

Courteneys Augenbrauen gingen bei seinem Anblick in die Höhe, und er machte eine kaum wahrnehmbare Bewegung, als wolle er aufstehen. Coral bemerkte nichts.

Ihre Muskeln hatten sich auf einmal entspannt. Sie fühlte sich krank und alt und ließ sich schwer zurück in ihren Stuhl fallen.

Courteney starrte auf die zwei Polizisten, die aus dem Wagen gestiegen waren und schnell die Treppe hinaufgingen.

„Der Mistkerl", raunte Coral, „der dreckige Mistkerl! Ich bin die ganze Zeit verflucht noch mal zu großzügig gewesen mit ihm. Die alte Gush hat mir gesagt, ich sei ein Dummkopf, und sie hatte recht. Und das ist jetzt seine Gegenleistung. Mensch, ich sag Ihnen, es war mein Geld, mit dem er in den Casinosälen gespielt hat, als er letztens gewonnen hat – der —"

Beschimpfungen strömten von ihren Lippen.

(7)

Courteney blieb, wo er war, und stand schweigend neben ihr. Sein Blick war immer noch auf den Eingang des Hotels gerichtet.

Er spürte eine eigenartige Gewissheit, dass man ihn bald holen würde. Dulcie würde herauskommen, ihr Gesicht blass und geschwollen durch Tränen, wie er es heute Morgen gesehen hatte, und würde schrill herausflöten, dass Madame froh wäre, wenn er einen Augenblick für sie erübrigen könnte. (Dulcie musste zur Schule gehen, Er würde sie auf ein preiswertes Institut außerhalb von London schicken gleich im September.)

Die Polizei …

Es könnte überhaupt nichts bedeuten, oder es könnte vielleicht etwas sehr Ernstes bedeuten. Seine Gedanken schwebten einen Moment um die Hotelgäste.

Buckland? Er war nicht der Typ, der sich jenseits des Gesetzes bewegte. Zu viel Pferdeverstand.

Denis Waller war ein nie dagewesener Schweine-hund, aber er hatte nicht den Mumm, um sich mit der französischen Polizei in Schwierigkeiten gebracht zu haben und darüber zu schweigen. Er hätte sich längst verraten.

Es war Hilary Moon, wenn überhaupt.

Mrs Romaynes hässliche Stimme, die hässliche Worte sprach, fuhr immer weiter fort. Was für eine Frau!

Courteney äußerte teilnahmsvolle Bemerkungen und sehnte sich von Herzen danach, die braun gekleidete Gestalt des *chasseur* zu sehen, der lässig herauskam, um nach ihm zu suchen.

Doch es war nicht der *chasseur*, der zu Courteney kam. Es war der hochnäsige *concierge*, der in der sengenden Mittagshitze herbeieilte, sein Gesicht grün und seine Hände zitternd.

„*Venez, venez vite. Madame vous demande. Le sous-préfet de police est là. Sur la route de Cannes – on a trouvé —*"

Die beiden Männer eilten in das Hôtel d'Azur, ließen Coral Romayne auf der Terrasse zurück und gingen ins Büro, wo sie Madame aufgelöst erwartete.

Kapitel XVI

(1)

Die Duvals stritten sich, heftig, aber freundlich.

Sie saßen auf der Terrasse in ihren engen Badeanzügen, nippten *sirop* und reichten einander kleine Waffelkekse, auf deren knuspriger Seite Mottos eingestanzt waren.

„*J'aime mieux les brunes.*"

„*Faites-moi vite danser.*"

„*Méfiez-vous de celui là.*"

Ab und zu tauschten sie Anzüglichkeiten aus, gefolgt von einem kräftigen Klaps auf Marcelle Duvals pummeligen Arm.

Dann schrien beide vor Lachen.

Die Nachmittagsruhe war vorbei.

Auf dem Balkon unter dem der Duvals saßen zwei junge Frauen rauchend und plaudernd. Sie waren am Tag zuvor angekommen und teilten sich Zimmer 16.

Die ältere erwartete einen jungen Mann aus Antibes und wusste nicht, wie sie das ihrer Begleiterin erklären sollte.

Die andere hatte es heimlich vermutet und fühlte sich elend. Sie war nicht attraktiv für Männer, und ihr ganzes Gefühlsleben kreiste um ihre Gefährtin. Sie fragte sich, wie sie es ertragen sollte …

Ein amerikanisches Ehepaar kam die Stufen herunter, sie waren beide verlegen in schicken neuen Badeanzügen und bunten Badeumhängen. Sie sprachen miteinander in schrillen Stimmen über die Sonne und die Küste.

Der Mann, der viel älter war als seine Frau, fragte sich, ob sie einer Scheidung zustimmen würde. Er war hoffnungslos in eine Französin verliebt.

Zwei Engländerinnen im mittleren Alter saßen auf der Terrasse und warteten geduldig auf Tee, den sie furchtsam bestellt hatten. Ab und zu lächelten sie einander zu, gegenseitig Beruhigung suchend und gebend. Eine jede dachte an Kosten und Krankheit und die Kritik von Verwandten. Ihr Lächeln wurde erst aufrichtig, als eine Reihe von Kindern schreiend und lachend über die Terrasse raste und dann um die Ecke des Hotels verschwand.

Der Omnibus ratterte die Zufahrt hinauf und hielt lärmend vor der Treppe. Der *chasseur* öffnete die Tür, und die Neuankömmlinge stiegen aus.

Männer und Frauen, posierend und schwatzend, und ein jeder Träger eines Geheimnisses und einer komplizierten Geschichte.

ENDE

Nachwort

E. M. Delafield ist vor allem durch den Satireklassiker *The Diary of a Provincial Lady* und seine Fortsetzungen bekannt. Wie vielseitig und erzählerisch versiert die ungewöhnlich produktive Schriftstellerin jedoch war, wird nicht zuletzt in dem Roman *Hôtel d'Azur* (Originaltitel *Gay Life*) deutlich.

1933 erschienen und dem Freund und Schriftstellerkollegen Francis Iles (Anthony B. Cox)[1] gewidmet, gibt sich der Roman zunächst wie ein Hotelroman, der durch einen bizarren Gästereigen und bissige Seitenhiebe auf gesellschaftliche Abgründe besticht. Eingebettet in das südliche Flair der französischen Riviera, die Delafield selbst sehr gut kannte, vor allem die Region zwischen St. Raphael und Agay, führt die Autorin das Motiv des unbeschwerten Urlaubs, nicht auch zuletzt durch die beständig schwelenden Vorurteile zwischen Franzosen und Engländern, gegen die Schallmauer des romantischen Scheins, denn im Hôtel d'Azur treffen nicht nur die Schönen und Reichen aufeinander, sondern auch gesellschaftliche Möchtegerne und durchtriebene Hochstapler. Gemein ist allen die Sehnsucht nach dem im Originaltitel beschworenen „fröhlichen Leben", das Delafield im wahrsten Sinne des Wortes „aus dem Ruder" laufen lässt. Der auffallend szenische Aufbau des Romans lässt die Handlung zugleich zu einem

---

[1] Der Journalist Anthony B. Cox veröffentlichte unter dem Pseudonym Francis Iles sehr erfolgreich Kriminalromane. E. M. Delafield holte sich bei Iles Rat für dramaturgische Details und auch für die Ausarbeitung erotisch aufgeladener Szenen.

erzählerischen Experiment werden, in dem sich der Leser den Figuren durch verschiedene Erzähltechniken aus auktorialer Erzählweise und erlebter Rede wie mit einem filmischen Zoom nähert. Die distanziert wirkende Erzählerfigur als Beobachter, aber auch Bewerter der Ereignisse begleitet den Leser zugleich wie eine Art „voice over", um auf die einzelnen Figuren hinzulenken. Mit dramaturgischer Gradlinigkeit versieht E. M. Delafield sämtliche Figuren wie Fallstudien mit einer eigenen Biografie, nur der Literat Mr Bolham, der selbstverständlich Mitglied des renommierten Athenaeum Clubs ist, und der amerikanische Financier Mr Muller bleiben in ihrer Lebensgeschichte skizzenhaft und damit deutlich einem anderen Milieu und vor allem einer anderen Generation zugehörig. Die Zügellosigkeit von Angie und Hilary Moon sowie Mr Buckland, das Streben nach Vergnügen und Statussymbolen werden als symptomatisches Verhalten einer Generation dargestellt, die nach dem 1. Weltkrieg mit dem Zerbrechen gesellschaftlicher Regelwerke die Durchbrechung der Geschlechterrollen erlebte. Das Streben nach Ersatzbefriedigung wurde prägend für das sogenannte „Jazz Age". Delafield benennt dies in der Beschreibung Angie Moons ganz direkt: „Ihre Haltung zum Leben konnte weder moralisch noch unmoralisch genannt werden. Sie war einfach diejenige einer Generation, die in vollkommene Unsicherheit hineingeboren worden war, mental, moralisch und finanziell", S. 334.

Denis Hannaford Waller erhält als selbsternannter religiöser Heilsbringer mit einem überzogenen Hang zu Äußerlichkeiten ein besonderes Psychogramm, das an eine histrionische Persönlichkeitsstörung angelehnt ist. Chrissie Challoner als scharf analysierende Beobachterin findet in ihrer schonungslosen Aussprache eine ganz eigene Beschreibung und erklärt, er sei ein „neurotischer, gehemmter feiger kleiner Lügner", S. 420. Denis Waller wird im Verlauf der Handlung zu einem Beispiel dafür, dass der gesellschaftliche Druck zu einem absurden Rollenspiel führen kann. An der Figur Denis brechen sich wiederum die Verhaltensweisen der anderen Gäste, allen voran Mr Bolham. Der Fokus der Handlung liegt auf der Beziehung zwischen Denis Waller und der egozentrischen, dem Bloomsbury Kreis nahestehenden Chrissie Challoner und dem erotischen Konkurrenzspiel zwischen Buckland, Angie Moon und Coral Romayne, das in einem handfesten Deal endet. Bei der Gestaltung dieser Beziehungen greift Delafield sehr deutlich auf Körperlichkeit, auf kaum verhüllende Stoffe und auf mitunter schwülstige Dialoge in erotisch aufgeladenen Begegnungen zurück – Details, wie sie vor allem auch in den „pre-code movies", also Filmen vor 1934, mit den Hollywoodsirenen Jean Harlow und Myrna Loy einem breiten Publikum bekannt waren. Dass Chrissie Challoner äußerlich deutlich an die junge Anita Loos (*Gentlemen prefer blondes / Blondinen bevorzugt*) erinnert, dürfte kein Zufall sein, denn E. M. Delafield begeisterte sich zeit ihres Lebens für die Leinwand. Und Denis Waller selbst vergleicht Angie Moon mit der amerikanischen Schauspielerin Esther Ralston. Die Sucht nach Chic und Luxus, der Kauf immer neuer Kleider und besonderer Accessoires, mit denen Coral und Angie Aufmerksamkeit erregen wollen, kommt dem Durchblättern eines Modemagazins gleich und verleiht dem Roman viel Zeitkolorit.

Die konservative Familie Morgan sowie der weltgewandte Financier Mr Muller und der zynisch beobachtende Literat Mr Bolham bilden den kultivierten Gegenentwurf. An der Schnittstelle zwischen Redlichkeit und Haltlosigkeit bewegen sich der undurchsichtige Mr Courteney und die vermeintlich unter ihrem Stand lebende Mrs Wolverton-Gush, immer bemüht um die Gunst ihrer Arbeitgeber, denen sie innerlich mit Verachtung begegnen. E. M. Delafield blendet fließend in die Gedankenwelten der Figuren über, während diese ihre äußere Fassade mit einstudiertem Verhaltensrepertoire aufrechterhalten. In diesem Auseinanderdriften von innerer Befindlichkeit und äußerem Auftreten findet der Roman seinen satirischen Unterton. Mit einem geschickt angelegten dramaturgischen Spannungsbogen aus szenischen Höhepunkten fesselt Delafield das Interesse des Lesers. Das Bootsunglück mit der *Hirondelle*, der Ausflug ins Restaurant *Réserve* und der Aufenthalt in Monte Carlo geben den Charakteren noch einmal eine besondere Kontur als Glückssucher und Gigolo (Buckland), Blender (Hilary Moon), Hysteriker (Denis Waller) und Vertreter solider Werte (Mary und Mervin Morgan). Ergänzt wird das Ganze durch mitunter slapstickartige Szenen wie Denis Wallers Hang zu affektierter Höflichkeit, Napoleon-Posen und Selbstdramatisierung, die von Bucklands Burschikosität ins Lächerliche verschoben werden, oder Dulcies klägliche Versuche, Schnappschüsse anzufertigen.

Das überspannte, sich ständig anbiedernde Hotelkind Dulcie, das durch sämtliche Urlaubermilieus wandert, wird mit seinen 16 Jahren zu einem Zerrbild der Kindfrau, das den Gästebetreuer Courteney, der eigentlich zu jung ist, um schon eine so große Tochter zu haben, zu einer zwielichtigen Figur macht. Als „Menschen zweiter Klasse" erleben sie eine Form der gesellschaftlichen Ausgrenzung, insbesondere auch durch das französische Hotelpersonal, das sich wie Madame als wertende Instanz geriert, die die Gäste in „stilvoll" und „gewöhnlich" einteilt.

Doch der Roman bietet neben dem grellen und zynischen Treiben auch die ahnungsvollen Erlebniswelten der Jugendlichen Olwen Morgan und Patrick Romayne, denen zwar wenig Raum in der Handlung gewährt wird, die aber gerade in ihrer Reduziertheit eine besondere Eindringlichkeit entwickeln. Von den Erwachsenen beinahe unbemerkt – Mary Morgan als eine Art Alter Ego der Autorin erkennt allerdings durchaus die Veränderungen in ihrer Tochter – vollzieht sich langsam die Tragödie des Selbstmords von Patrick, die im lebhaften Hotelbetrieb und unter dem Eindruck neu eintreffender Gäste nur ein Nebenereignis ist, aber gerade dadurch beim Leser einen bleibenden Eindruck hinterlässt. Patrick, für die egozentrische Coral ein lästiges Anhängsel, hin- und hergeschoben zwischen den geschiedenen Eltern, auf der Suche nach Zuwendung, erlebt durch die Freundschaft mit Olwen und den Morgans, was Familie und Geborgenheit ausmachen. Mit einem tagikomischen Gestus der Rücksichtnahme wartet er die Abreise der Morgans ab, weil er die Ferien der Familie nicht trüben möchte, um sich dann auf der Straße nach Cannes mit dem Wagen der Mutter aus dem Leben zu bringen. Diese Episode am Schluss des Romans hat durchaus einen dramaturgischen Knalleffekt. Sie unterstreicht die Selbstsucht und Oberflächlichkeit der Clique um Coral Romayne und macht Bucklands süffisante Bemerkungen gegenüber Patrick, er hänge wohl nicht sehr am Leben, weil er gerne den Buick fahren möchte, sowie die Einschätzung Denis

Wallers, dass Patrick ein ganz normaler Junge sei, umso zynischer. Dass selbst in der Familie Morgan Risse bestehen, weiß nur der Leser durch die aufschlussreichen Kommentare des Erzählers. Denn Mary Morgan steht mit ihrer Biografie genau für jene Frauengeneration, die für Ehe und Mutterschaft erzogen wurde und in Erfüllung gesellschaftlicher Erwartungen eine permanente Selbstnegierung erfährt.

Neben einer ungewöhnlichen Beobachtungsgabe, die sich insbesondere in den sehr authentisch wirkenden Dialogen widerspiegelt, und der sensiblen Darstellung der Verhaltensweisen von Kindern ist vor allem auch die autobiografische Folie, die sich in sämtlichen Romanen der Autorin findet, auffallend.

E. M. Delafield wurde als Edmée Elizabeth Monica de la Pasture am 9. Juni 1890 in Aldrington, nahe Hove – heute zu Brighton gehörend –, geboren. Ihre Mutter, Mrs Henry de la Pasture, etablierte sich im Verlauf ihrer Ehe als erfolgreiche Bühnenautorin und Romanschriftstellerin, u. a. mit dem Kinderbuchklassiker *The Unlucky Family*, und trug maßgeblich zum Lebensunterhalt der zur englischen Upperclass gehörenden Familie bei. Der Vater, Henry de la Pasture, dessen Vorfahren zur Zeit der französischen Revolution nach England flohen und sich dort niederließen, bezog ein privates Einkommen. Man führte ein standesgemäßes Leben mit Dienstboten, einem Stadthaus in London und einem Landsitz u. a. in Monmouthshire, Wales. Edmée und ihre jüngere Schwester Yolande wuchsen zweisprachig auf.

Mit dem Tod des Vaters 1908 verlor E. M. Delafield die wichtigste Vertrauensperson, die ihr als Debütantin und Anwärterin für den Heiratsmarkt hätte Halt geben können. Für Mrs Henry de la Pasture waren die beiden Töchter eine Enttäuschung und eine gesellschaftliche Bürde. Mit der Wiederheirat der Mutter 1910 und ihrer Abreise nach Ceylon im Jahr darauf sahen sich die beiden Schwestern Edmée und Yolande endgültig ins Abseits gedrängt. Mit Erreichen der Volljährigkeit entschied sich Delafield für ein Postulat in einem französichen Orden, das sie jedoch als vergebliche Suche nach Erfüllung vorzeitig abbrach. 1914 wurde sie als Aushilfskrankenschwester (VAD) für Militärangehörige am Exeter Voluntary Aid Hospital aufgenommen, wo sie bis 1917 tätig war. Während dieser Zeit begann Edmée mit ihrem ersten Roman. Der Schreibprozess bot ihr die Möglichkeit, persönliche Erlebnisse aus der Jugendzeit zu verarbeiten. Im März 1917 erschien unter dem Pseudonym E. M. Delafield, das sich Schwester Yolande ausgedacht hatte und ihr fortan eine ganz eigene, gefestigte Identität verleihen sollte, der Roman *Zella Sees Herself*. In ihrem Debüt stehen das moralische Heranreifen sowie die Auseinandersetzung mit Religion und dem Leben in einem Konvent im Vordergrund. Delafield lässt quasi einen Teil ihrer jüngeren Biografie Revue passieren.

Bereits 1918 folgte der nächste Roman, *The War Workers*, der E. M. Delafields Alltag als Hilfskrankenschwester unmittelbar aufbereitet. Kurz darauf beendete die Autorin ihre VAD-Tätigkeit und wechselte in den Staatsdienst nach Bristol. Noch im selben Jahr veröffentlichte sie ihren dritten Roman, *The Pelicans*. Der Beginn ihrer schriftstellerischen Karriere gestaltete sich äußerst erfolgreich, und das ungewöhnlich hohe Schreibtempo der Autorin sowie der schier unerschöpfliche Ideenfluss sollten die weiteren Lebensstationen Delafields prägen. 1919 erfüllte sich schließlich der für die Familie lang ersehnte Schritt: E. M. Delafield heiratete Paul Dashwood, einen jungen aufstrebenden Ingenieur und Angehörigen des englischen Landadels mit dem Stammsitz Kirtlington Park, nördlich von Oxford. Die Dashwoods verbrachten nach der Hochzeit zwei Jahre in Singapur, wo Delafield das gesellschaftliche Leben allerdings als recht eintönig empfand. Die Erlebnisse dort mit ihren zahlreichen Skandalen boten jedoch eine dankbare Inspirationsquelle für die Figurengestaltung späterer Romane, so auch für *Gay Life* und den Lebensweg der Coral Romayne.

Im August 1920 wird der Sohn Lionel Paul geboren. Die Familie Dashwood kehrte im Frühjahr 1922 zurück nach England, just in dem Jahr, das als „annus mirabilis" der Literaturszene durch Werke u. a. von James Joyce und Virginia Woolf einen neuen ästhetischen Impuls gab. Delafield blieb dieser Entwicklung gegenüber jedoch distanziert und legte im selben Jahr den Roman *The Optimist* vor. Die Dashwoods ließen sich in Kentisbeare, Devonshire, nieder, wo Croyle House zur neuen Heimat wurde. Dort wird im Januar 1924 die Tochter Rosamund geboren. Das Haus lag auf dem Anwesen der ehrenwerten Mrs Adams, für die Paul Dashwood als Verwalter tätig wurde, da er als Ingenieur keine Anstellung fand. Und eben jene Lebenssituation sollte zur Vorlage für *The Diary of a Provincial Lady* und den berüchtigten Schlagabtausch mit Lady Boxe werden.

E. M. Delafield nahm aktiv am Dorfleben teil, wurde Vorsitzende des neu gegründeten Women's Institute vor Ort und engagierte sich ehrenamtlich in der Rechtspflege. Durch diese Aufgabe entwickelte sie ein intensives Interesse für den Bereich der Kindes- und Jugendfürsorge und für Justizabläufe. Inspiriert durch den Thompson-Bywaters-Fall – von der Öffentlichkeit als sensationsgeladener Gattenmord mit Spannung verfolgt – veröffentlichte Delafield 1923 schließlich *Messalina of the Suburbs*.[2] Trotz häuslicher Pflichten und Teilnahme an der Dorfgemeinschaft war die schriftstellerische Tätigkeit ein selbstverständlicher Teil ihres Alltags, obwohl Delafield kein eigenes Arbeitszimmer besaß. Dieser Umstand ist nicht nur ein Hinweis auf Delafields Bescheidenheit und Selbstlosigkeit, sondern macht auch die durchaus zweischneidige Lage schreibender Frauen deutlich: Einerseits geht es um geistige Entfaltung und Anerkennung, andererseits um Familienpflichten und die Sicherung des Lebensunterhaltes, der im Hause Dashwood vor allem durch Delafields Erfolg garantiert wurde. In fast all ihren Romanen erscheint die schriftstellernde Frau nicht selten als beargwöhnte und eigenwillige Randgestalt, die eben jenes Vorurteil gegenüber Autorinnen abbildet, das in der Gesellschaft noch immer existierte. Schriftstellerinnen suchten nicht selten in männlichen Pseudonymen oder, wie im Fall von E. M. Delafield, E. H. Young und F. M. Mayor, geschlechtsneutralen Kürzeln Zuflucht. Im Hinblick auf diese Ausgangssituation ist die ungeheure Menge an Publikationen, zu denen neben Romanen und Kurzgeschichten auch Artikel für Magazine und

---

[2] Der Thompson-Bywaters Fall wurde mehrfach literarisch und filmisch verarbeitet und beschäftigt das englische Justizsystem bis heute, da es nach wie vor Bestrebungen gibt, die zum Tode verurteilte und 1923 hingerichtete Edith Thompson zu rehabilitieren.

Zeitschriften wie *Punch* sowie Beiträge für die junge BBC gehörten, bei Delafield bemerkenswert. Es war nicht nur wirtschaftlicher Druck, der eine Rolle spielte, sondern auch, wie die Autorin einem Freund anvertraute, eine unbefriedigende emotionale Situation, die sich in der kreativen Arbeit ein Ventil suchte.

Die Popularität als Autorin führte zunehmend zur Einbindung in den Londoner Literaturbetrieb – Delafield nahm sich 1931 eine Wohnung in der berühmten Doughty Street – und schließlich zur Bekanntschaft mit Viscountess Rhondda, die mit dem Magazin *Time and Tide* eine einflussreiche feministische Plattform begründete, der es gelang, Autoren leichter wie gehobener Literatur zusammenzuführen.[3] Mit *The Way Things Are*, ihrem 14. Roman, erlebte Delafield 1927 sowohl bei Lesern als auch bei Kritikern einen besonderen Erfolg, nicht zuletzt weil der Ton weniger auf eine überbordende satirische Färbung als vielmehr auf eine nachdenkliche, stark autobiografisch geprägte Darstellung der Hauptfigur Laura Fairchild setzt, die das häusliche Dasein als Ehefrau und Mutter wie eine Falle für ihr kreatives und romantisches Naturell empfindet. Es ist im Gesamtwerk Delafields einer der zeitkritischsten und feministischsten Romane, der in dem Filmklassiker *Brief Encounter*, basierend auf Noel Cowards Einakter „Still Life", mit der Figur Laura Jesson noch einmal ein thematisches Echo finden sollte.

Die Freundschaft mit Lady Rhondda führte nicht nur zu regelmäßigen Beiträgen für *Time and Tide* und

---

[3] Für *Time and Tide* verfassten neben Vera Brittain, Winifred Holtby und Virginia Woolf auch Francis Iles und G. B. Shaw Beiträge.

schließlich zu einer leitenden Position im Magazin, sondern auch zur Kreation einer Kultfigur der englischen Literatur: *The Diary of a Provincial Lady*. Ursprünglich als kurzweiliger „Spaltenfüller" gedacht, verstand es Delafield, mit Episoden aus dem Leben einer aufgeweckten, pointiert beschreibenden, immer auch ernüchterten Dame vom Lande Aufmerksamkeit zu erregen. Im November 1929 erschien die erste Kolumne, und die Provincial Lady entwickelte sich konsequent zum Alter Ego der Autorin, die für die begleitenden Illustrationen von Andrew Watts auch selbst Modell saß.[4] Im Dezember 1930 folgte die Veröffentlichung als Buch, das in England und den USA sowie durch Übersetzungen zum Weltbestseller wurde. Als namenlose Heldin mit einem elliptisch formulierenden Stil, in dem Eindrücke, Empfindungen, Bedenken und Wertungen aufgezeichnet werden, bot (und bietet) die Figur eine ideale Identifikationsfläche, die in einem Rahmen besonderer Privatheit als Tagebuchaufzeichnung unmittelbar dem Alltag zu entstammen scheint. Und tatsächlich lieferte E. M. Delafield, wenn auch satirisch überhöht, ein Abbild ihres eigenen Lebens, sodass *The Diary of a Provincial Lady* durchaus als Schlüsselroman bewertet werden kann, der ein soziokulturell spannendes Zeitdokument bietet. Die Lesereise durch die USA im Jahr 1933, Erfahrungen in einem kommunistischen Musterbetrieb in Russland 1936 und schließlich die Zeit

---

[4] Paul Dashwood stellte sich als Modell für Robert, den wortkargen, hinter der *Times* regelmäßig Deckung nehmenden Ehemann der Provincial Lady, zur Verfügung und bewies damit nicht nur viel Selbstironie, sondern auch eine besondere Wertschätzung für die Arbeit seiner Frau.

des beginnenden 2. Weltkriegs schildern sehr genau die Lebensetappen Delafields. Einen ebenfalls autobiografisch geprägten, jedoch positiver gefärbten Gegenentwurf zur Provincial Lady, die in ihrer Erlebniswelt letztlich stets isoliert erscheint, lieferte Jan Struthers *Mrs Miniver* mit Alltagserlebnissen einer rundweg zufriedenen Hausfrau der englischen Mittelschicht. Im November 1939 erschienen die letzten Episoden in *Time and Tide*, die nur einen kleinen, für ihre schriftstellerischen Ambitionen weniger bedeutenden Teil ausmachten, denn Delafield arbeitete auch mit der von Virginia und Leonard Woolf geleiteten Hogarth Press zusammen.

1940 erlebte die Familie Dashwood mit dem Selbstmord des Sohnes Lionel, der bei einer Militärübung durch den vermeintlich fehlerhaften Gebrauch einer Schusswaffe ums Leben kam, eine Tragödie, die sich in der schriftstellerischen Ausrichtung Delafields niederschlug. Ihre letzten beiden Romane, *No one now will know* (1941) und *Late and Soon* (1943) sind geprägt von Motiven der Auflösung und des Verlustschmerzes, hinter denen die Satirikerin zurücktritt. Um ihrer gesundheitlich stark angeschlagenen Freundin und Kollegin beizustehen, zog die Schriftstellerin Kate O'Brien (*Mary Lavelle*) 1942 zu Delafield nach Devon. E. M. Delafield stirbt am 2. Dezember 1943 in Croyle House. Sie hinterlässt rund 30 Romane, vier Bände mit Kurzgeschichten, zwei Bühnenstücke sowie zahlreiche Beiträge und Einleitungen für literaturkritische Publikationen. Die Leichtgängigkeit ihres Stils, das gewinnende satirische Element in der Darstellung, das nicht selten, wie im Fall der Provincial Lady, bis zur Selbstentblößung ging, und die mitunter überspannt erscheinenden Figuren lassen die gesellschaftskritischen Details ihrer Werke aus dem Blick geraten. Und dieser Umstand mag dazu beigetragen haben, dass E. M. Delafields literaturgeschichtliche Bedeutung zwar von zeitgenössischen Kollegen erkannt, aber in der Nachwelt noch keine nachdrückliche Würdigung erfahren hat. Maurice McCullen versuchte sich 1985 neben einem biografischen Abriss an einem literaturanalytischen Ansatz. Die Schriftstellerin Violet Powell legte 1988 mit ihrer Biografie *The Life of a Provincial Lady* vor allem eine Darstellung der ungewöhnlichen Persönlichkeit Delafields vor. Literaturwissenschaftliche Arbeiten der jüngeren Zeit in Form von Aufsätzen in Epochendarstellungen bieten jedoch auch immer wieder Ansätze zu einer differenzierteren Wahrnehmung Delafields.[5]

---

[5] S. z. B. Melissa Sullivan, ed. *The Middlebrows of the Hogarth Press: Rose Macaulay, E. M. Delafield, and the Cultural Hierachies in Interwar Britain* (Edinburgh: Edinburgh University Press, 2010).

Barbara Green, *Feminist Periodicals and Daily Life in British Culture* (Basingstoke, Hampshire: Palgrave Macmillan, 2017).

Meike E. Fritz ist promovierte Literaturwissenschaftlerin mit einem Forschungsschwerpunkt in der anglo-amerikanischen Romanliteratur des 19. und 20. Jahrhunderts. Sie ist als Lektorin und Übersetzerin tätig. In der Reihe *Anglophilia – die besondere Bibliothek* stellt sie englische Schriftstellerinnen aus der ersten Hälfte des 20. Jahrhunderts vor, die sich jenseits des etablierten Literaturkanons befinden, jedoch eine bedeutende Verbindung zwischen Tradition und Moderne darstellen.

In der Reihe *Anglophilia – die besondere Bibliothek* sind bisher erschienen:

Band 1:
E. H. Young, *William*
(ISBN 978-3-7481-1742-1)
[Neuauflage in Vorbereitung]

Band 2:
E. H. Young, *Miss Mole*
(ISBN 978-3-7460-2761-6)
[Neuauflage in Vorbereitung]

Band 3:
E. H. Young, *Chatterton Square*
(ISBN 978-3-7519-5574-4)

Band 4:
May Sinclair, *Leben und Tod der Harriett Frean*
(ISBN 978-3-7543-5139-0)

Band 5:
F. M. Mayor, *Die dritte Miss Symons*
(ISBN 978-3-7568-7239-8)

Band 6:
Jan Struther, *Mrs Miniver*
(ISBN 978-3-7583-1626-5)

OLAF B. RADER

KAISER KARL
DER VIERTE

OLAF B. RADER

KAISER KARL DER VIERTE

Das Beben der Welt

Eine Biographie

C.H.BECK

Mit 38 Abbildungen, 2 Karten und 1 Stammtafel

INHALT

Prolog: Der Fluch der Wenzelskrone

«Symbole der Treue» und die sieben Schlüssel 9

Auserwählt als Werkzeug Gottes 17

Granit und Regenbogen 23

ERSTER TEIL

ERWÄHLT

1. Der Jüngling

Zwei Wenzel und ein handfestes Familiendrama 29

Mit neuem Namen in Paris 35

Italienische Lehrjahre und die Macht des Geldes 39

Ein misslungenes Attentat und ein grausiger Traum . . . 44

Die drei mächtigsten Dynastien des Reiches
streiten um Tirol 50

Der Weidenstäbchenschnitzer mit dem schiefen Hals . . 56

Zwölf Köpfe auf dem Brückenturm 60

2. Der Gegenkönig

Die gekaufte Wahl 65

Jagdglück oder Gott setzt ein Zeichen 72

«Weia! Waga! Woge, du Welle!»: Der Schatz
aus dem Rhein 74

Die Zeit der Komödianten 82

Die sechste Stimme zur Königswahl 88

Cola di Rienzo nimmt ein Bad 93

Der Tribun in Prag 99

Das Heilige Römische Reich im 14. Jahrhundert 103

3. Der Kriegsherr

Die Schlacht der fünf Könige 109
Tödliche «Schneeflocken» 114
Die Sache mit dem «Eisen, dem alles andere
vorzuziehen» sei 122
Die erste Bewährung des jungen Feldherrn 124
Kreuzzugspläne des zweiten Judas Makkabäus 127
Der Kaiser und die Söldner 134
Ein schicksalsschwerer Lanzenstoß 139

4. Der Zeitzeuge

Große Fluten und kleine Eiszeit 145
Yersinia pestis: Ein Bakterium verändert Europa 151
Wie verreckte Ziegen 155
Massenmord an der Pegnitz 158
Ungehörte Töne: Kanonenknall und Glockenschlag . . . 162
Enge Hosen und neue Stoffe 165

ZWEITER TEIL

ERHÖHT

5. Der Kronensammler

Kein Kampf um Rom: Karls Kaiserkrönung 171
Ein einzigartiger Bericht 173
Heerzug und Pilgerfahrt 180
Vom Kronensammeln 186
Die Insignien des Reiches
und die Krone des heiligen Karl 191

6. Der Gesetzgeber

Die Goldene Bulle ordnet das Reich 199
Große Politik und große Gesten 203
Wie ein Römischer König gewählt werden soll 207
Dienen als Ehre und Privileg 215

Die Kuh mit den «goldenen Hörnern» 218

Der Kaiser als Legitimationsquell 222

Der Hammer der Häretiker gegen «Brot durch Gott» . . 228

Feuer in der Kanzlei 233

7. Der Bauherr

Ein neuer Landespatron und ein neuer Dom 236

Steinerne Herrschaftszeichen 242

Alte Leichen, neue Gräber und die Inszenierung
als Přemyslide 247

Den eigenen Namen verewigen: Die Karlsburgen 251

Der Karlstein als Gottesdank und Seelenheilgarant . . . 253

Der «Kaiserliche Stil» 261

Sebald Weinschröter und die «vornehmste Stadt
des Reiches» 269

Konrad der Spion 271

8. Der Dynast

Einen strammen Knaben in Gold aufwiegen 274

Gesicherte Nachfolge: Wahl und Krönungen Wenzels . . 278

Die Frauen und Kinder des Kaisers 281

Hochzeiten im Spiel um Land und Macht 286

Das begehrte Land der Nürnberger Burggrafen 288

Ein Erbvertrag als Grundstein einer Großmacht 290

9. Der Hegemon

Der Griff nach Brandenburg 296

Fremdes Geld und eine «Ewige Union» 300

Böhmische Hausmacht für ein hegemoniales Königtum 304

Der «zweite Konstantin» hat große Pläne 310

Der Mönch und die Schweineschwänzchen:
Dietrich von Portitz 315

Kanzleidienste für den Herrscher 323

Die Macht der Worte 326

Herr über die Erinnerungen 329

DRITTER TEIL

VERWEHT

10. Der Geplagte

Der «Zipperfuß» des Kaisers 337
Von Genen und Festgelagen doppelt gefangen 341
Wenn die Macht verfällt 345
Karls letzte Reise nach Paris 347
Das Große Abendländische Schisma 352
Der Todessturz 354

11. Der Entseelte

Hin und wieder zurück: Begräbnis in Prag 355
Beinahe heilig: Lobeshymnen auf einen Toten 359
Ein verlorenes Grabmal und das «Beben des Erdkreises» 363
Die Erbfolgeordnungen des Kaisers 367
Bruderzwist im Hause Luxemburg 370
Berlin in Böhmen 376

Epilog: Der Erinnerte

Bruderschaft auf Bühnenbrettern 381
Gespaltene Erinnerungen 387
Tscheche, Deutscher, Europäer 390

Dank 393
Stammtafel der Luxemburger 395
Zeittafel 396
Abkürzungen 399
Anmerkungen 402
Quellen und Literatur 463
Bild- und Kartennachweis 535
Personenregister 536

PROLOG

DER FLUCH
DER WENZELSKRONE

«Die in der Wenzelskapelle des Veitsdomes zu Prag aufbewahrten
Krönungskleinodien sind die Symbole der Treue Böhmens und
Mährens zum Reich.»

Emil Hácha anlässlich der Auslieferung
der Insignien 1941

«Symbole der Treue» und
die sieben Schlüssel

MITTWOCH, 19. NOVEMBER 1941, PRAG, KATHEDRALE ST. VEIT.
Heydrichs Haltung offenbarte Hochmut, unverhohlenen Hochmut. Sein
ganzes Auftreten sollte demütigen und erniedrigen, und zwar nicht nur
einen Teil der Anwesenden, sondern die Bevölkerung eines ganzen Landes. Beschlagene Stiefel knallten auf dem Kalksteinboden der Kathedrale
des heiligen Veit in Prag. Der Nachhall hielt sich lange in den hohen
Gewölben. Männer in langen Uniformmänteln aus Filz und Leder eilten
am 19. November 1941, im dritten Kriegsjahr, durch die wichtigste Kirche
des Landes. Allen voran SS-Obergruppenführer und General der Polizei
Reinhard Heydrich (1904–1942), der neue starke Mann in Böhmen und
Mähren. Doch ihr Ziel war nicht der Altar, ihr Wunsch nicht das Gebet.
An einer kleinen, mit Eisenbändern beschlagenen Tür in der Nähe der
Goldenen Pforte warteten sie ungeduldig darauf, dass eine Reihe von

Schlüsseln ihr Werk vollendete. Emil Hácha (1872–1945), der tschechische
Protektoratspräsident, und dessen Begleitung dürften äußerst nervös gewesen sein, denn der neue Statthalter im sogenannten Protektorat Böhmen und Mähren hatte sich seit seinem Amtsantritt auf der Prager Burg
den Ruf erworben, ein herrischer und brutaler Mann zu sein, der ungern
wartete. Endlich waren die Tür der Seitenkapelle und die sieben überein-
anderliegenden Schlösser der Tür zu den Gemächern darüber geöffnet,
die das Allerheiligste der Tschechen schützten: die Krone des heiligen
Wenzel, des Landespatrons Böhmens. Da lag sie nun, die Königskrone,
das seit Jahrhunderten wirkmächtige Symbol des böhmischen Königreiches und später des ganzen Staates, vor dem Statthalter des Großdeutschen Reiches, dem «stellvertretenden Reichsprotektor in Böhmen und
Mähren», wie seine offizielle Funktion lautete.[1]

Nicht einmal Adolf Hitler hatte nach dem Einmarsch der deutschen
Truppen in Prag im Frühjahr 1939 die Krone zu Gesicht bekommen. Er
konnte zwar die Kronkammer öffnen lassen, doch sie war leer. Die Kron-
juwelen befanden sich zu diesem Zeitpunkt in einem geheimen Safe des
tschechoslowakischen Staatspräsidenten. Anderthalb Jahre später erzwang
Heydrich erneut die Öffnung der Prager Wenzelskapelle und der Schatzkammer – diesmal mit allen darin befindlichen Kronschätzen der alten
böhmischen Monarchie. Die Besichtigung der Krönungsinsignien galt
jedoch nicht einer Sehenswürdigkeit der böhmischen Hauptstadt, sondern die ganze Aktion war als Symbol der Unterwerfung der Tschechen
im Protektorat unter die deutsche Herrschaft inszeniert worden. Schon
bei seinem Amtsantritt am 28. September 1941 hatte Heydrich den
Ausnahmezustand verhängen und sechs Standgerichtsurteile vollstrecken
lassen; bis Ende November wurden über vierhundert angebliche Sabo-
teure hingerichtet. Tausende Tschechen, darunter viele Juden, wurden
verhaftet, und ein Großteil von ihnen wurde der Gestapo zur Einweisung
in Konzentrationslager übergeben, Zwangsarbeit und Deportationen
folgten.

Welch hohe symbolische Bedeutung die Auslieferung der Krone an
die Deutschen hatte, geht aus den Worten hervor, die Emil Hácha beim
Betreten der Krönungskammer am 19. November an Heydrich richtete
und die am nächsten Tag auf der ersten Seite unter der Schlagzeile
«Symbolischer Akt auf der Prager Burg» der deutschsprachigen Presse zu

«Symbole der Treue»:
SS-Obergruppenführer und
General der Polizei Reinhard
Heydrich und Protektorats-
präsident Emil Hácha
betrachten 1941 nach
der erzwungenen Öffnung
der Schatzkammer die
böhmischen Krönungs-
insignien, darunter die aus
der Zeit Karls IV. stammende
Wenzelskrone.

entnehmen waren: «Herr Reichsprotektor! Am 15. März 1939 habe ich dem Führer und Reichskanzler Adolf Hitler die Länder Böhmen und Mähren in den Schutz des Großdeutschen Reiches gegeben; der Führer hat sie als Protektorat Böhmen und Mähren dem Reiche eingefügt. Die in der Wenzelskapelle des Veitsdomes zu Prag aufbewahrten Krönungskleinodien sind die Symbole der Treue Böhmens und Mährens zum Reich. Am 15. März 1939 hat das Reich – von dem einst die Würde der böhmischen Könige herkam – auch den Schutz dieser Insignien und damit die Schlüsselgewalt übernommen. Herr Reichsprotektor, ich übergebe Ihnen als dem Beauftragten des Führers im Protektorat die in meinem Besitz befindlichen vier Schlüssel zur Krönungskammer.»[2]

Heydrich erwiderte ganz im Stile eines Lehnsherrn, der den Vasallen in die Pflicht nimmt: «Herr Staatspräsident! Als Beauftragter des Führers im Protektorat übernehme ich die mir dargereichten Schlüssel und damit den Schutz der Insignien. Wie die Krönungskleinodien als Symbol der Treue Böhmens und Mährens zum Reiche gelten, sind Sie, Herr Staatspräsident, heute der vom Führer anerkannte Garant der Verbundenheit und Treue des Protektorats zum Reiche. So gebe ich Ihnen von den in meinem Besitz befindlichen sieben Schlüsseln drei Schlüssel in Ihre Obhut zurück. Sehen Sie darin Vertrauen und Verpflichtung zugleich. Ich bitte Sie, Herr Staatspräsident, mit mir die Krönungskammer zu öffnen und zu betreten.»[3]

Neben dem Bericht über die Auslieferung der Schlüssel hatte Heydrich auf derselben Zeitungsseite noch einen selbst verfassten Kommentar drucken lassen, in dem er die Legende des heiligen Wenzel für die «geschichtliche Notwendigkeit» der Unterstellung Böhmens und Mährens unter das Reich bemühte. Denn, so Heydrichs Begründung: «Die Wenzelstradition birgt die Erkenntnis, daß Böhmen und Mähren groß nur mit dem Reich und stets schwach ohne das Reich sein wird.» Auch die Bedeutung der Schlüsselübergabe wird kommentiert: «So wird das zunächst Aeußerliche dieses feierlichen Aktes in der Krönungskapelle zur verbindlichen Richtschnur für die Bevölkerung Böhmens und Mährens im Geiste wahrer Wenzelstradition.» Alles an diesen Vergleichen war schief – wie so oft bei politischer Indienstnahme historischer Begebenheiten.[4]

Ob Reinhard Heydrich auch von dem Todesfluch gewusst hat? Die Krone des heiligen Wenzel würde binnen eines Jahres jeden mit dem Tode bestrafen, der sie widerrechtlich trägt. So zumindest behauptet eine noch heute in Tschechien bekannte Legende, die aber möglicherweise erst nach dem Attentat in Umlauf kam. Ob es stimmt, dass sich Heydrich nach der Öffnung der Kammer, übermütig das Schicksal herausfordernd, die Krone auf den Kopf gesetzt hat, oder nicht: Sechseinhalb Monate später war er jedenfalls tot. Ein Attentat tschechischer Widerstandskämpfer mitten in Prag verletzte ihn am 26. Mai 1942 schwer und beendete kurz darauf das Leben des berüchtigten «Schlächters von Prag». Der Anschlag löste eine Reihe von Racheakten der Deutschen aus, denen Tausende Tschechen zum Opfer fielen. Der vermeintliche Fluch der Wenzelskrone hatte sich erfüllt und das «Symbol der Treue» seinen zwiespältigen Charakter offenbart.[5]

Von all diesem dramatischen Geschehen konnte Jahrhunderte zuvor der ehemalige Auftraggeber und zugleich prominenteste Träger dieser Krone, Kaiser Karl IV., nichts geahnt haben. Er hatte sie für seine Krönung zum böhmischen König 1347 anfertigen lassen und bestimmt, dass sie auch bei der Krönung aller ihm nachfolgenden böhmischen Könige verwendet werden sollte. Die etwa zweieinhalb Kilo schwere Krone, aus hochkarätigem Gold geschmiedet und mit roten und blauen Edelsteinen besetzt, endet an allen vier Seiten, die von zwei Bögen verbunden werden, in jeweils einer großen Lilie. Am Kreuzungspunkt der beiden Bögen, also an der höchsten Stelle, ist ein goldenes Kreuz angebracht, das gleichsam in seinem Herzen einen byzantinischen Saphir mit einer eingeschnittenen Kreuzigungsszene umschließt. Eine Inschrift auf dem Rand des Kreuzes meldet: «*Hic est spina de corona Domini* – hier ist ein Dorn von der Krone des Herrn». Die materielle Erinnerung an die Marterkrone Jesu in dem Königsdiadem lud sie von Anfang an mit einer höheren symbolischen Bedeutung auf; auch ihr schon zum Herstellungszeitpunkt etwas altertümliches Aussehen sollte an lang zurückliegende Traditionen anknüpfen.[6]

Der sudetendeutsche Historiker Josef Pfitzner (1901–1945), Professor an der Deutschen Universität Prag, veröffentlichte 1938, im Jahr des Münchener Abkommens, ein schmales Bändchen über Karl IV., das Heydrich gekannt haben könnte. Darin hatte der spätere Vizebürgermeister von Prag, der 1945 als eine der Schlüsselfiguren der Okkupation hingerichtet wurde, dargelegt, dass sich in den Symbolen der Zeit Karls, wie etwa dem Krönungsordo, «die feste Verankerung Böhmens im Reich» zeige. Diese Interpretation deckte sich mit den Ansprachen Heydrichs und Háchas am 19. November 1941. Am Ende des Zweiten Weltkrieges hielt es die tschechische Regierung übrigens für ausgemacht, dass die Krone mit den Krönungsinsignien noch von Heydrich nach Deutschland gebracht worden sei. Der stellvertretende Reichsprotektor habe in Prag kunstvoll gearbeitete Nachbildungen hinterlegen lassen, die Originale hingegen seien verkauft worden.[7]

In der tschechischen Öffentlichkeit spielen die Wenzelskrone und ihr Auftraggeber bis heute eine herausragende Rolle. In einer Umfrage nach den hundert bekanntesten Personen des Landes 2005, die einige Jahre später sogar noch einmal von einem Meinungsforschungsinstitut wiederholt wurde, schaffte es der Schlagersänger Karel Gott – wohl mit Unterstützung der Biene Maja – immerhin auf Platz 13. Auf Platz 1 aber stand, dicht gefolgt von den beiden bedeutenden Staatspräsidenten des 20. Jahrhunderts, Tomáš G. Masaryk und Václav Havel, der Auftraggeber der Krone, Karl IV.[8]

Ein mittelalterlicher Herrscher nicht nur in der obersten Prominenten-liga eines Landes, sondern sogar an deren Spitze: das scheint in Deutsch-land undenkbar. Hier gelten als Spitzenreiter Adenauer, Luther, Marx. Erst auf Platz 94 kommt überhaupt ein mittelalterlicher Herrscher in Sicht, Kaiser Friedrich II. (1194–1250). Erstaunlich daran ist, dass Fried-rich, in Italien gebürtig und als Sizilianer sozialisiert, dennoch als ein «deutscher» Kaiser wahrgenommen wird, obwohl er von seinen fast sechs-undfünfzig Lebensjahren nur insgesamt zehn Jahre nördlich der Alpen verbrachte. Die nächstfolgenden Kaiser heißen Otto I. der Große (936–973) auf Platz 115 und Kaiser Friedrich I. Barbarossa (1152–1190) auf Platz 135. Kaiser Karl IV. hingegen kommt in dieser Liste überhaupt nicht vor. Der Herrscher, der so überaus prominent im öffentlichen tschechi-schen Bewusstsein verankert ist, scheint bei den Deutschen fast vergessen.[9]

Karl hat mit dem Erlass der Goldenen Bulle von 1356 das in der deut-schen Geschichte langlebigste Grundgesetz auf dem Weg gebracht. Mit der Prager Universität gründetete er die erste Hochschule innerhalb des römisch-deutschen Reiches. Er gab den Anstoß, seine Moldaumetropole zu einer Residenz auszubauen, die sich an Rom und Paris orientierte und vielen Reichsfürsten zum Vorbild wurde, und konnte mit den Parlern die bedeutendste Künstlerfamilie des 14. Jahrhunderts an sich binden. Karl ließ Nürnberg zu einer zweiten Residenz ausbauen und gab für viele an-dere Städte, etwa Tangermünde, kraftvolle Impulse zur Entfaltung städti-schen Glanzes. Schließlich hat er die deutsche Schriftsprache durch die in die Tausende gehenden Schriftstücke seiner Kanzlei enorm beeinflusst. Wenn man dies alles bedenkt, ist es umso erstaunlicher, dass Karl nicht einmal unter den zweihundert bedeutenden Persönlichkeiten vertreten ist, unter denen zudem reichlich schon heute völlig vergessene Schlager- und Fußballsternchen gelistet sind.

Doch was wäre der Nürnberger Christkindlesmarkt ohne die Frauen-kirche, was wäre Prag ohne Veitsdom? Und wäre der Magdeburger Dom auch ohne Karl IV. und den von ihm protegierten Erzbischof so beein-druckend vollendet worden? Wann hätte es im Land Brandenburg ohne sein Landbuch von 1375 überhaupt Erstnennungen von Ortsnamen ge-geben? Hätten die Habsburger jemals in europäische Spitzenpositionen aufrücken können, ohne die Erbschaft eines von den Luxemburgern begründeten Hausmachtkönigtums? Und warum wird die Pestepidemie, die größte soziale Katastrophe des Mittelalters, der Mitte des 14. Jahrhunderts fast ein Drittel der Bevölkerung Europas zum Opfer fiel, nicht mit Karl IV. verbunden? Selbst historisch Interessierte zucken bei der Frage nach Kaiser Karl IV. oft mit den Achseln oder glauben, es sei Karl der Große (768–814) gemeint.

An diesem ernüchternden Befund einer überaus geringen Präsenz im allgemeinen Bewusstsein der Deutschen haben weder die kunst- und kulturhistorischen noch die biographischen Forschungen zu Karl IV. und seiner Zeit, die anlässlich mehrerer Jubiläen in den letzten Jahrzehnten an Dynamik gewannen, viel ändern können. Auch die großen Ausstellungen in Prag und Nürnberg 2016 und 2017 konnten die Lücke offenbar nur kurzzeitig schließen. Im Folgenden will ich das Leben Karls IV. auf der Grundlage der neuesten Forschungsergebnisse beschreiben. Dabei verfolge ich Anstöße und Wirkungen, die von ihm ausgingen, mitunter über mehrere Jahrhunderte. Zugleich geht es darum, Karl im Kontext seiner Zeit und in den Traditionszusammenhängen, in denen er verhaftet war, verständlich zu machen. Immerhin gilt sein Jahrhundert als «der ferne Spiegel», als den Barbara Tuchman diese «gequälte, verwirrte, leidende und zerfallende Zeit» beschrieben hat.[10]

Einige Bewertungen Karls, die man in bisherigen Darstellungen findet, werden sich dabei grundlegend verändern. So entspricht etwa seine Rolle als «Friedensfürst» mehr dem Wunschdenken als den historischen Befunden. Bei genauerem Hinsehen zeigt sich, dass Karl – wie seine Standesgenossen zu jener Zeit – auch ein Kriegerfürst war.

In den letzten fünfzig Jahren ist Karl wiederholt – wohl im Interesse eines griffigen Gegenwartsbezugs – als ein «europäischer Kaiser» beschrieben worden. Doch im Grunde agierten alle Kaiser des Mittelalters in einem europäischen, nicht von nationalen politischen Gebilden begrenzten Raum. Ob Otto der Große, Friedrich I. Barbarossa, Friedrich II., Ludwig «der Bayer», Sigismund oder später Maximilian I., sie alle haben in Europa ungeachtet der späteren politischen Grenzziehungen des 19. und 20. Jahrhunderts agiert; Karl der Große, noch fern von jeglichen nationalen Anfängen, ohnehin. Denn die Herrscher dachten und handelten dynastisch und waren zuallererst an der Stabilität, dem Ausbau, dem

Des heiligen Wenzels neue Krone: *Auf Anweisung Karls wurde Mitte der 1340er Jahre wohl aus älteren Kronen- und Schmuckfragmenten, darunter Teile eines Damengürtels, eine neue Krone angefertigt. Diese dem heiligen Wenzel verehrte Krone wurde für Karls Krönung zum böhmischen König erstmalig verwendet und ist bis ins 19. Jahrhundert immer wieder eingesetzt worden.*

Ansehen der eigenen Stellung und der Förderung der aus eigenen Lenden erzeugten Nachfahren interessiert.

Der Beginn meiner Beschäftigung mit Karl IV. und seiner Zeit liegt gut dreißig Jahre zurück. Sie begann, als ich den Auftrag bekam, Urkunden des Kaisers, zunächst aus Archiven Sachsen-Anhalts und Bayerns, später auch Italiens, zu sammeln und zu bearbeiten, deren Texte in der Abteilung *Leges* der *Monumenta Germaniae Historica* publiziert werden sollten. Als Einstimmung las ich den Biographieklassiker aus der Feder Ferdinand Seibts, von dem ich damals, wie ich gestehen muss, allerdings nur die Hälfte, wenn überhaupt, verstand. Seibt argumentiert auf höchstem Niveau, aber auch auf einer Abstraktionsebene, die eine gehörige Portion an

Wissen über den Herrscher und die Zeitumstände voraussetzt, über die ich seinerzeit aber noch nicht verfügte. Auch die Thesen und Intentionen vieler anderer Bücher und Aufsätze erschlossen sich mir erst mit wachsender eigener Kenntnis über das 14. Jahrhundert, vor allem durch den Erfahrungsaustausch mit meinen Kollegen. Ab dem Herbstsemester 1996 begann ich kontinuierlich Seminare und Vorlesungen abzuhalten, die sich mit kulturgeschichtlichen Prozessen des Hoch- und Spätmittelalters sowie herausragenden Herrscherpersönlichkeiten, darunter eben auch Karl IV., befassten. Im Laufe der Jahre formte sich mir eine eigene Vorstellung von Karl, die durch zahlreiche Reisen zu den Schauplätzen seines Handelns an Farbe und Kontur gewann.

Das Bild, das ich im Folgenden skizzieren möchte, ist natürlich auch geprägt von unserer Zeit. Manche Frage hätte es noch vor wenigen Jahren oder Jahrzehnten nicht gegeben, oder sie wäre anders gestellt worden. Wie stark etwa die Geschichte des Klimas mitzudenken ist, wie aktuelle epidemische Erfahrungen den Blick auf den «Schwarzen Tod» im 14. Jahrhundert schärfen, wie stark gegenwärtige pro- oder kontraeuropäische Entwicklungen in die Deutung der Vergangenheit hineinragen, oder wie zuletzt Krisensymptome und Reformstau historisch zu verorten sind – all diese Fragen spielten bis an die Schwelle des 20. Jahrhunderts eine eher untergeordnete Rolle.

Auserwählt als Werkzeug Gottes

Die These, die das Buch durchzieht, lässt sich in einem Satz ausdrücken: Karl hatte ein besonderes Bewusstsein, von Gott zum Herrscheramt erwählt zu sein, und dies wurde in vielen Lebens- und Politikbereichen seiner Zeit inszeniert: Karl als *electus dei*, der «Erwählte Gottes». Mit dieser Auserwähltheit, die in einzelnen Bereichen von Historikern bemerkt und auch beschrieben wurde, ist nicht nur die wohlwollende Perspektive späterer Jahrhunderte gemeint, die ihm etwa eine staatstragende oder die Nation einigende Rolle zuschreiben wollte, sondern es geht auch um die durch viele Äußerungen und Handlungen offenbarte innere Überzeugung Karls selbst, dass ihm im Heilsplan Gottes eine besondere Rolle zugedacht, dass er von Gott erwählt und geprüft, erhöht und beschirmt

worden sei, um durch sein irdisches Tun einem himmlischen Willen seinen kraftvollen Herrscherarm zu leihen.

Natürlich waren alle Kaiser des Mittelalters und mit ihnen viele Herrscher bis in das 19. Jahrhundert hinein – wie etwa die Bourbonen in
Frankreich oder Friedrich Wilhelm IV. von Preußen – von ihrer besonderen Auserwähltheit durch Gott überzeugt. Schon die Formeln «*dei
gratia* – durch Gottes Gnade» oder «*divina favente* – durch göttliche Begünstigung», die Bestandteile des Herrschertitels waren, verraten das.
Eine Auserwähltheit durch Gott hatte auch in der als Grundbestandteil
der Krönungszeremonie verstandenen Salbung der mittelalterlichen Herrscher eine rituelle Entsprechung gefunden. Dieses Benetzen von bestimmten Körperteilen eines zukünftigen Herrschers mit geweihtem Öl sollte
eine besondere Nähe zu Gott vermitteln und war aus Gründen der Sakralität und Legitimität über Jahrhunderte für Investitur- und Krönungsrituale adaptiert worden.[11]

Bei Karl IV. allerdings erreichte das Bewusstsein der Auserwähltheit
eine besondere Qualität. Das Bewusstsein einer Prädestination, einer Vor-
herbestimmtheit als Werkzeug Gottes, hat sein ganzes politisches Handeln mehr durchdrungen, als es bei anderen Monarchen seines Zeitalters
spürbar ist. Gott habe Karl, wie er in einer Urkunde von 1357 fixieren
ließ, «vor allen anderen, die im Erdkreis herrschen, erhöht» und ihn dadurch «auf den Gipfel der weltlichen Herrschaft» erhoben. Und das war
es wohl auch, warum man nach seinem Tod befand, Karl sei «einstmals
das Beben des großen Erdkreises» gewesen. Vielleicht war es dieses Bewusstsein, Vollstrecker eines höheren göttlichen Plans zu sein, das keinerlei Skrupel bei der Wahl der Mittel, die Karl anwandte, aufkommen ließ,
auch wenn mir dieser Gedanke allzu stark heutigen Vorstellungen zu entsprechen scheint. Unbestreitbar ist jedoch, dass für einen Herrscher jegliches Handeln natürlich nur ein politisches Handeln sein kann. Es gab
und gibt für Könige kein «privat», weder in Familiendingen oder Fragen
der Frömmigkeit noch im Habitus. Seit wann nun und wie war es Historikern aufgefallen, dass Karl IV. sich für einen auserwählten Herrscher
hielt?[12]

Als einem der Ersten scheint das dem Leipziger Historiker Karl Lamprecht (1856–1915) klar geworden zu sein. Karl IV. sei – wie er in seiner
mehrbändigen *Deutschen Geschichte* schrieb – von einem «fatalistischen

Glauben an eine besondere Gewogenheit Gottes gegenüber seiner Person und seiner Stellung» durchdrungen gewesen. Der Kunsthistoriker Horst Bredekamp hat 1975 in seinem Buch über die Rolle der Kunst als ein zu allen Zeiten überaus beliebtes Medium bei sozialen Konflikten von einem «Anspruch Karls als auserwählter Endzeitkaiser» gesprochen. Ferdinand Seibt kam wenig später das Verdienst zu, diese Auserwähltheit Kaiser Karls in einen soziologischen Zusammenhang gestellt zu haben. Seibt sprach von einem «Charisma der Auserwähltheit» und hat damit den Begriff der «charismatischen Herrschaft» für die Analyse von Karls politischem Handeln ins Spiel gebracht. Dieser Ansatz stammt von dem Soziologen Max Weber, der die «charismatische Herrschaft» als eine der drei Legitimitätsvorstellungen dem Glauben an gesetzte Ordnung und der rechtfertigenden Ausstrahlungskraft der Tradition an die Seite gestellt hat. Die charismatische Autorität hielt Max Weber zudem für eine der großen revolutionären Mächte in der Geschichte. Sie ruhe «auf dem Glauben an den Propheten, der ‹Anerkennung›, die der charismatische Kriegsheld, der Held der Straße oder der Demagoge persönlich findet, und fällt mit ihr dahin». Bei Karl IV. sollte genau diese charismatische Herrschaft eine hervorgehobene Rolle spielen.[13]

Der Historiker Martin Bauch konnte 2015 in seinem Buch *Divina favente clementia* dieser Sicht weitere grundlegende Aspekte hinzufügen. Er hat in seinem Werk den Zusammenhang von Frömmigkeit und Auserwählung untersucht und anhand des vom Herrscher betriebenen Reliquienkults eine «spezifische Sakralität der Herrschaft bei Karl IV.» festgestellt. Zudem gelang es ihm am Beispiel Karls, die «Existenz und Funktionsweise einer sakral fundierten Herrschaftspraxis in der zweiten Hälfte des 14. Jahrhunderts» nachzuweisen, denn Karls religiöses Auserwähltheitsbewusstsein hat sich zwangsläufig auch auf sein Herrschaftsverständnis erstreckt.[14]

Dem kulturgeschichtlichen Umfeld der Zeit Karls IV. scheinen seine Auserwähltheitsvorstellungen bestens zu entsprechen. In seinem Klassiker *Herbst des Mittelalters* formulierte der niederländische Kulturhistoriker Johan Huizinga (1872–1945) in Bezug auf den Zusammenhang von Alltagswelten und Glaube: «Das ganze Leben war so von Religion durchtränkt, dass der Abstand zwischen dem Irdischen und dem Heiligen jeden Augenblick verwischt zu werden drohte. Wird einerseits jede Verrichtung des gewöhnlichen Lebens in heiligen Augenblicken in die Sphäre der Weihe emporgehoben, so bleibt andererseits das Heilige ständig mit der Sphäre des Alltäglichen verbunden.» Zugespitzt ließe sich formulieren, eigentlich sei der Glaube selbst das Leben und das Leben der Glaube. Aus diesem Grund sind Überlegungen, ob ein Herrscher hier rational und dort religiös gehandelt habe, letztlich müßig.[15]

Von Auserwähltheit geradezu «durchtränkt»: so möchte ich das Leben Karls in diesem Buch deuten und beschreiben. Seine Überzeugung, auserwählt zu sein, bedeutete ja nicht, dass sich der Monarch als passives Werkzeug des Herrn sah und sich in seinen Handlungen eigener Entscheidungen enthoben glaubte, sondern im Gegenteil, dass er mit seinen Fähigkeiten dem Willen Gottes Geltung verschaffen wollte, soweit es in seinen Kräften stand. Dieses besondere Selbstverständnis Karls bildete geradezu ein Strukturmerkmal der karolinischen Herrschaftslegitimierung und Herrschaftsausübung.

Wie offenbarte sich dem Kaiser sein Auserwähltsein? Wer zweimal Zeuge wird, wie das rechtzeitige Ableben von Kontrahenten vor einem unausweichlichen Waffengang den eigenen Aufstieg ebnet; wer unvorhersehbare Verschonung von tödlichen Bedrohungen erlebt, egal ob sie von englischen Pfeilen, walisischen Helmbarten, italienischem Gift oder fernöstlichen Pestbakterien ausgehen; wer sich, niedergestreckt von einer tödlichen Verletzung, durch eine völlig unwahrscheinliche Genesung zu neuem Leben erhebt; wer in dem seit Jahrhunderten anhaltenden Ringen zwischen Kaiser- und Papsttum nicht nur nicht exkommuniziert wird, sondern sogar friedlich mit mehreren Päpsten auskommt; wem es gelingt, ohne größeren militärischen Aufwand drei Königskronen und schließlich das alle überwölbende Kaiserdiadem zu erwerben; wer an göttlichen Prüfungen wie etwa der schweren Gicht nicht verzweifelt; und wem mit über fünfzig Lebensjahren im Schlaf ein Backenzahn ausfällt, der sofort wieder nachwächst – für den dürften solche und viele weitere Fingerzeige Gottes keinerlei Zweifel an seiner göttlichen Auserwähltheit gelassen haben.

Diese Grundüberzeugung wollte Karl auch in die Welt tragen, damit diese wisse, mit wem sie es zu tun hat, und erkenne, dass die Herrschaft des Kaisers auf der besonders engen Verbindung zu Gott ruht, gleichsam Gottesdienst ist. Die Texte von Tausenden Herrscherurkunden mit ihren stereotypen Wendungen, deren Produktion in den Händen ausgesuchter

Kanzleimitarbeiter lag, künden von der göttlichen Gnade, die auf dem Herrscher ruhen müsse. Die alljährlich stattfindende Lesung des Lukas-Evangeliums durch Karl in der Weihnachtsmesse, deren Tradition er selbst begründete und die im Grunde eine Art priesterlicher Handlung darstellte, oder sein intensiv betriebener Reliquienkult als eine, wenn man so will, irdische Inszenierung des himmlischen Jerusalem sind weitere, greifbare Belege dafür, der Welt zeigen zu wollen, was es mit der göttlichen Auserwähltheit auf sich hat. Flankiert wurden diese Rituale von einer ganzen Reihe panegyrischer Texte, also Äußerungen, die den Bereich der Lobhudelei streifen oder auch konsequent solche darstellen.[16]

Die wohl deutlichste Botschaft stammt aus einem Text, der von Karl um 1350 sogar selbst verfasst wurde und völlig singulär dasteht. Der Traktat trägt einen später zugewiesenen, im Grunde am Wesen vorbeizielenden Titel: *Vita Caroli quarti*. Diese sogenannte «Autobiographie» des Herrschers ist weniger zur historischen Dokumentation des beschwerlichen Anfangs seiner Herrschaft verfasst worden, sondern stellt eher eine Art literarischer Beweiskette der eigenen göttlichen Begünstigung dar. Dieser Auserwähltheitsbeweis sollte vor allem der Selbstvergewisserung des Verfassers dienen und die eigene Hervorgehobenheit durch Gott bestätigen. Und vielleicht sollte er auch Karls Nachfolgern schlüssige Kunde davon geben, was Gottesgunst vermag. Da alle diese Zeichen der Auserwähltheit unter unmittelbarer Kontrolle oder Aufsicht Karls selbst entstanden sind oder sogar hergestellt wurden, lässt sich ohne Wenn und Aber von einer proherrscherlichen und offiziellen Propaganda sprechen. Weil diese aber einerseits einer Öffentlichkeit das farbenprächtige Bild der eigenen Auserwähltheit vermitteln und andererseits zur permanenten Selbstvergewisserung des Herrschers dienen sollte, trägt sie gleichsam ein janusköpfiges Antlitz.

Auch die Propheten der Zeit sandten deutliche Zeichen: Die Mystikerin Christina Ebner von Engelthal (1277–1356), Priorin des gleichnamigen Dominikanerinnenklosters, erhielt am 5. Juni 1350, dem Fronleichnamstag, Besuch vom römisch-deutschen König Karl. Voller Demut kniete der Herrscher mit seinem Gefolge vor der Gottesfrau, so heißt es in der Überlieferung, empfing ihren Segen und den Bericht von einer ihrer Visionen. Sie ließ verlauten, dass sie praktisch zum Medium der Nachricht der Auserwähltheit geworden sei: «An einem Dienstag sagte er» – womit Christus gemeint ist – «über König Karl, er sei ein Erbe von Gottes ewigem Reich. ‹Das sollst Du ihm sagen: Ich will ihn darin wohl behüten, damit er mich umso lieber hat. Ich habe ein feuriges Licht in ihm entzündet und ich habe ihm das Himmelreich aufgeschlossen.›» Darüber hinaus wurde ihr später noch in den Mund gelegt: «Unser Herr sprach zu ihr: ‹Wirst du bezüglich der Welt angesprochen, dann sage: Ich habe meinen Knecht David im alten Zeitalter erwählt, genauso habe ich mir im neuen Zeitalter König Karl erwählt.›» Diese Vision der Engelthaler Priorin dürfte den Herrscher ziemlich erfreut haben, passte sie doch gut in das Bild, das Karl von sich entworfen hatte.[17]

Ein «Erbe von Gottes ewigem Reich» wie König David zu sein: Das war schon ziemlich spektakulär! Aber damit nicht genug. In der Konsistorialrede von Papst Clemens VI. Fécamp (1342–1352) wurde Karl 1346 in Avignon schon mit Davids Nachfolger, König Salomon, verglichen, wobei der Pontifex herausstellte, dass Karl eigentlich tugendreicher sei als jener. Auch dem löwengleichen Kriegsanführer Judas Makkabäus sei er ähnlich, wenn nicht sogar überlegen. Zudem galt Karl auch als ein neuer Boemus, jener legendäre Urvater der Tschechen, der angeblich im 7. Jahrhundert Moses gleich seinem Volk neues Siedlungsland zugewiesen habe. Später werden noch weitere Vergleiche mit berühmten Vorfahren hinzutreten, die Karl etwa als neuen Konstantin (306–337) sehen, jenen ersten christlichen Kaiser, der mit seiner Mutter das wahre Kreuz «entdeckte» und an den Papst das Abendland «verschenkte». Karl verwandelte sich für alle sichtbar in den *Constantinus christianissimus*, weil es ihm 1368 gelang, den Papst, wenn auch nur kurz, nach Rom zurückzuführen. Auch erlangte er den Ruf, ein zweiter biblischer König Josias aus dem 7. vorchristlichen Jahrhundert zu sein, weil er den wahren Glauben so maßgeblich gefördert haben soll wie jener. Erstaunt es da, dass ein Chronist gar hoffte, in Karl möge sich ein zweiter Alexander der Große zeigen – eines der beliebtesten Herrschervorbilder der Weltgeschichte?[18]

Ziemlich viele Reinkarnationen in einer Person, möchte man meinen. Und alle waren sie durch die Gnade Gottes ins Werk gesetzt! Es war offenbar seinerzeit ein beliebtes Spiel, die Zuhörer von Verlautbarungen oder Predigten mit Gleichsetzungen bekannter Personen zu überraschen. Die zu Hunderten in den herrscherlichen lateinischen Urkunden verwendete Devotionsformel *Divina favente clementia,* «durch die göttliche

Gnade begünstigt», war bei Karl offenbar tatsächlich eingetreten. Im Grunde haben wir es bei diesem Herrscher mit einer Wiederbelebung jener Sakralität des Königtums zu tun, wie sie im römisch-deutschen Reich des frühen Mittelalters bis zum Investiturstreit des 11. Jahrhunderts greifbar gewesen war und die später die französischen Könige bis zum Ende der Monarchie im 19. Jahrhundert zu Wunderheilern machte.

Es stellt sich die zentrale Frage, ob die Mittel, derer sich Karl zur Durchsetzung des göttlichen Willens bediente, uralte und bewährte, vielleicht sogar wiederbelebte Praktiken waren. Oder stellten sie ein neues, auf zukünftiges politisches Handeln orientiertes Agieren dar, möglicherweise sogar mit modernen Anklängen, die bestimmte Entwicklungen vorwegnahmen? Ist Karls politisches Handeln als eine Rückbesinnung auf die alten Traditionen aufzufassen oder eher als eine Reaktion auf die neuen Herausforderungen der Zeit, also als eine Neuschöpfung anzusehen? Sollten wir, wenn wir ihn mit seiner Zeit in den Blick nehmen, von einem «Herbst des Mittelalters» sprechen oder von einem Vorfrühling einer neuen Zeit? Schauen wir mit ihm in ein grandioses Abendrot am Ende eines Jahrtausends oder schimmert bereits das erste dämmrige Zwielicht eines «Morgens der Welt» herauf?[19]

Granit und Regenbogen

Wer sich mit Karl IV. beschäftigt, sieht sich einer überbordenden Fülle von Quellen gegenüber. Allerdings sind diese, wie es auch bei vielen anderen mittelalterlichen Phänomenen zu beobachten ist, für unterschiedliche Fragestellungen sehr ungleichmäßig verteilt. Für einige fehlen sie völlig. Das politische Tagesgeschäft ist mit heute etwa zehntausend bekannten Urkunden relativ dicht bezeugt. Durchschnittlich, allerdings nicht gleichmäßig verteilt, gibt es aus zweiunddreißig Herrscherjahren etwas mehr als dreihundert Schriftstücke pro Jahr aus der kaiserlichen Kanzlei. Ein Großteil dieser Urkunden ist nicht nur abschriftlich, sondern sogar in den originalen Ausfertigungen erhalten geblieben. Zum Vergleich: Von Karl dem Großen, dem im Jahr 800 zum Kaiser gekrönten Herrscher, haben sich insgesamt aus 45 Regierungsjahren nur 163 echte Urkunden erhalten, die meisten zudem nur in Abschriften. Das wären etwas mehr

als dreieinhalb Urkunden pro Jahr. Bei dem vierten Kaiser dieses Namens
sieht das also grundlegend anders aus, obwohl auch bei seinen Urkunden
eine hohe Verlustrate von vermutlich zwei Dritteln hinzuzurechnen ist.
Zu den Urkunden des Herrschers kommt eine große Zahl von Chroniken und Annalen hinzu, die Nachrichten von Karl überliefern. Manche
sind von ihm selbst zum Ruhm seiner Herrschaft in Auftrag gegeben worden, und neben der schon erwähnten «Autobiographie» gibt es weitere
von ihm selbst verfasste Schriften.[20]

Ich habe mich für eine Form der Darstellung entschieden, die man als
«Episodenbiographie» bezeichnen könnte, und hebe jene Ereignisse aus
dem Leben Karls hervor, die sich meines Erachtens mehr als andere zur
Analyse und Beschreibung seiner Person eignen. Die Begebenheiten, von
denen ich denke, dass sie zu den zentralen Erfahrungen und damit auch
Prägungen des Herrschers gehören, habe ich in einen breiteren Erzählrah-
men eingebettet, der die kulturgeschichtlichen Zusammenhänge erkennbar machen soll. Dabei galt es, die harten Fakten des politischen Geschehens mit meinen eigenen «poetischen Empfindungen» zusammenzubringen, also «jene immerwährende Vermählung von Granit und Regenbogen»
herzustellen, die Virginia Woolf bei Biographien für unerlässlich hielt.
Zudem möchte ich mit der Auswahl der Episoden den Versuch einer
Typologisierung karolinischen Handelns unternehmen. Dadurch können
Handlungsmuster einer Person und damit deren Charakteristika deutlicher beschrieben werden als in einer rein chronologischen Darstellung.[21]

Vor nunmehr fünfzehn Jahren habe ich ein Buch über Kaiser Friedrich II. geschrieben, dessen Lebenswelt über ein Jahrhundert vor der Zeit
Karls IV. lag. Im direkten Vergleich der beiden Kaiser war es für mich bei
der Abfassung des vorliegenden Buches immer wieder überraschend festzustellen, wie weit die Zeit Friedrichs schon zurücklag, was sich alles
grundlegend verändert hatte und was gerade nicht. Es wäre überaus reizvoll, neben Friedrich II. den ein Jahrhundert nach Karl amtierenden Kaiser Friedrich III. (1440–1493) als dritte Vergleichsperson mit heranzuzie-
hen – was hier aber nur angedeutet werden kann –, um, den Luxemburger
gleichsam in die Mitte nehmend, dessen Besonderheiten und die seines
Saeculums genauer beschreiben zu können.[22]

Noch ein Wort zu einer gefährlichen methodischen Klippe, von der ich
mich bei meinen Überlegungen zu Karl bewusst fernzuhalten versucht

habe und die Herfried Münkler einmal als «intellektuelles Stockholm-Syndrom» bezeichnet hat: Eine anfängliche kritische Distanz zu einer historischen Person schlägt beim Biographen zunächst in Verständnis und im Verlauf des Arbeitens immer mehr in Bewunderung um. Ohne bewusste Korrektur kann am Ende dieses Kurses zwangsläufig nur ein apologetischer Legerwall warten, ein Stranden bei auflandigem Wind – um im Bild des Scheiterns eines Seefahrers zu bleiben. Begeben wir uns nun auf eine biographische Spurensuche zu einem der widersprüchlichsten Monarchen des Mittelalters, zu einem der «großen Unverstandenen auf dem deutschen Thron», oder nur: zum «Beben der Welt».[23]

ERSTER TEIL

ERWÄHLT

I

DER JÜNGLING

«Doch der Herr sprach zu ihm: Gehe hin; denn dieser Mann ist
mein auserwähltes Werkzeug, damit er meinen Namen trage
vor Heiden und vor Könige und vor das Volk Israel.»

Apostelgeschichte des Lukas

Zwei Wenzel und ein handfestes Familiendrama

PFINGSTSONNTAG, 30. MAI 1316, PRAG, ALTER DOM ST. VEIT.
Ob es am Taufbecken noch Streit zwischen den Eheleuten gegeben hat,
welchen Namen der Täufling vor Gott bekommen sollte, ist nicht überliefert. Bekannt ist nur, dass sich am Festtag der Ausgießung des Heiligen Geistes, der 1316 auf den 30. Mai fiel, eine illustre Gesellschaft im
alten Prager Dom versammelt hatte, um der Taufe eines schon zwei Wochen alten Königssohnes beizuwohnen: «Im Jahr des Herrn 1316 am Vor-
tag der Iden des Mai» – also am 14. Mai – «in der ersten Stunde wurde in
der Stadt Prag Wenzel, der erste Sohn des Herrn Königs Johann und der
Frau Elisabeth, Königin von Böhmen und Polen, geboren. Bei seiner Geburt erhoben sich Freude und Jubel bei allen, die das Glück für König
und Königreich liebten. Dieser Knabe wurde am dritten Tag vor den Kalenden des Juni am heiligen Pfingsttag in der Kathedralkirche zu Prag in
Gegenwart Herrn Balduins, Erzbischofs von Trier, der Bischöfe Herrn
Johannes von Prag und des Herrn Hermann von Prizren durch Herrn
Peter, den Erzbischof von Mainz, unter freudigen Zurufen aller Anwesenden feierlich aus dem heiligen Taufbecken wiedergeboren.»

So berichtet der Zisterzienser Peter von Zittau (um 1275–1339), Abt
und Mitverfasser der bedeutenden spätmittelalterlichen Chronik des
Klosters Königsaal bei Prag, über die Geburt und Taufe Karls IV.
Einige der mächtigsten Kirchenfürsten ihrer Zeit gaben der Zeremonie ihren
Glanz. Mit Peter von Aspelt (um 1245–1320), Erzbischof von Mainz, hob
ihn derjenige eigenhändig aus der Taufe, der schon an der Königserhebung von drei Monarchen maßgeblich beteiligt gewesen war und des
Täuflings Vater zum König von Böhmen gekrönt hatte. Allerdings gab es,
wie der Chronist hinzusetzte, auch einige böse Vorzeichen, die Schlimmes
für die Zukunft erahnen ließen. Kurz vor Karls Geburt äscherten zwei
schwere Stadtbrände im April große Teile von Prag ein. Im November
zeigte sich zudem ein Unglück ankündigender Komet, der bis zum Februar des folgenden Jahres zu sehen war, wie der Chronist genau vermerkte.[1]

Der am Pfingstsonntag getaufte Prinz war gut zwei Wochen zuvor, am
14. Mai 1316, einem Freitag, zur Welt gekommen. Weil die Prager Burg
seit längerer Zeit in Trümmern lag, diente eines der königlichen Häuser
in der Prager Altstadt – vielleicht das noch heute existente Haus zur Steinernen Glocke am Altmarkt, vielleicht auch das Stopartsche Haus (U
Štupartů) – als Ausweichquartier für die Königin. Die Freude über den
Prinzen dürfte bei den Eltern besonders groß gewesen sein; ihnen waren
zuvor schon zwei Töchter geschenkt worden, doch nun gab es einen
männlichen Erben für das böhmische Königspaar. Zwei Brüder und zwei
Schwestern sollten später noch folgen. In den Adern des Neugeborenen
strömte das Blut bedeutender Vorfahren: Durch seine Großeltern in
väterlicher Linie war er Nachkomme Kaiser Heinrichs VII. (1308–1313)
aus dem Hause Luxemburg und dessen Gemahlin Margarete von Brabant
(1275/76–1311), in mütterlicher Linie Nachfahr König Wenzels II. (1297–
1303) und Gutas (Jutta) von Habsburg (1271–1297). Seine Herkunft ließ
sich somit bis auf die Luxemburger und die Přemysliden, aber auch auf
die Staufer, die Habsburger, ja sogar bis zu den Karolingern zurückver-
folgen. Später wird der Kaiser eine Galerie seiner Ahnen auf seiner Lieblingsburg Karlstein malen und die Gräber seiner Vorfahren umordnen
lassen, um bestimmte Herkunftslinien zu betonen. Es ist überaus spannend zu verfolgen, wann welche Traditionsstränge aufgrund der jeweiligen politischen Zielvorstellungen dem Herrscher wichtig wurden – und
welche gerade nicht.[2]

In der Steinerne Glocke geboren: Eines der ältesten Gebäude in Prag ist das «Haus zur steinernen Glocke» am Altstädter Ring, dessen Name sich von einem Zierelemente an der Fassade ableitet. Da das Haus mit hoher Wahrscheinlichkeit Elisabeth, der Mutter Karls, gehörte, könnte es sich, da die Burg seinerzeit unbewohnbar war, um das Geburtshaus des Herrschers handeln.

Der Vater, der bei der Geburt des Prinzen noch nicht einmal zwanzigjährige Johann von Luxemburg (1296–1346), selbst Kaiserspross und hochambitionierter Teilnehmer im europäischen Mächtespiel, war als Jüngling in erster Ehe mit der fast fünf Jahre älteren Elisabeth (1292–1330), einer Schwester des böhmischen Königs Wenzel III. (1289–1306), verheiratet worden. Als König Wenzel 1306 ermordet wurde und mit ihm das traditionelle Königshaus der Přemysliden in männlicher Linie ausstarb, konnte Johann, durch diese Ehe anspruchsberechtigt, ab 1311 selbst zum König von Böhmen aufsteigen.[3]

Der vom böhmischen Königspaar ersehnte Prinz und zukünftige Imperator war also geboren, trug aber in den ersten Lebensjahren gar nicht den Namen Karl, unter dem er in der historischen Erinnerung lebt. Am

Pfingstsonntag wurde er auf den Namen Wenzel getauft, jenen traditionsreichen Namen, der schon bedeutende königlich-böhmische Vorfahren seiner Mutter und sogar den Landespatron Böhmens schmückte. Viele bedeutende und auch weniger bedeutende Geschlechter gaben in mehr oder minder dichter Abfolge ihren Nachkommen immer wieder dieselben Namen. Das galt oft bis weit in die Moderne, wie es etwa an der im Vogtland beheimateten Fürstenfamilie Reuß deutlich wird, die über siebzig Heinriche zu bieten hat. Die Leitnamen einer Familie bezogen sich häufig auf tatsächliche oder nur erträumte Gründerfiguren und sollten Herrschaftsansprüche deutlich machen. Die Staufer etwa hatten den Namen Heinrich, Friedrich und Konrad den Vorzug gegeben, die Habsburger wählten oft Rudolf, die Wittelsbacher gerne Ludwig. Kurzum, der Name eines Prinzen signalisierte ein dynastisch-politisches Programm.

Und so war es auch beim neugeborenen Prinzen Wenzel gedacht: Die Namenswahl sollte die böhmische Königsnachfolge reklamieren und bekräftigen. Als zweieinhalb Jahre später, im November 1318, dem Paar wieder ein Sohn geboren wurde, gab es, wie Peter von Zittau überliefert, genau aus diesem Grunde im Vorfeld der Taufe Streit. Welcher Name welches Vorfahren sei passender für den Königssohn? Johanns rheinische Umgebung plädierte für Heinrich in Anlehnung an Kaiser Heinrich VII. Die böhmischen Barone waren für Přemysl Ottokar – wohl um an jenen mächtigen böhmischen König gleichen Namens und Widersacher Rudolfs von Habsburg zu erinnern – und konnten sich durchsetzen. Allerdings starb Karls jüngerer Bruder, der kleine Přemysl Ottokar, schon 1320.

Es liegt auf der Hand, dass wohl auch schon bei Wenzels Taufe nicht alle in der Familie einer Meinung waren, wie der kleine Prinz heißen solle. Erst bei der Taufe seines dritten Sohnes konnte sich König Johann 1322 durchsetzen, dass diesem in der Hoffnung auf doppeltes Glück gleich zwei Namen der luxemburgischen Familie gegeben wurden: Johann Heinrich (1322–1375). Peter von Zittau dazu: «Dem Kind gab man deswegen diesen zusammengesetzten Namen, damit in ihm das Gedächtnis seines Vaters und Großvaters überdauern sollte.» Und als König Johanns zweiter Gemahlin Beatrice de Bourbon (1305–1383) später ein weiterer Sohn und somit ein Halbbruder der insgesamt sieben Kinder der ersten Verbindung geboren wurde, ist diesem wie zum Trotz ebenfalls der Name Wenzel (1337–1383) gegeben worden, und das, obwohl er keiner altböhmischen Blutslinie entsprossen war. Zwei Wenzel also von einem Vater – das musste im gesamten Königsumfeld und vor allem beim älteren Wenzel wegen der Signalwirkung auf die Thronnachfolge reichlich Irritationen ausgelöst haben. Auch Karl sollte später seinen Erstgeborenen Wenzel nennen und nach dessen frühem Tod den Namen einem weiteren Spross übertragen.[4]

Dem erstgeborenen Erbprinzen jenen in Böhmen so traditionsreichen Namen Wenzel zu geben, entsprach also politischem Kalkül und schien für König Johann schon deshalb ein wichtiges Legitimationsargument zu sein, weil er selbst als Luxemburger zeitlebens von einem Großteil der böhmischen Magnaten als Fremdling empfunden und auch so behandelt worden war. «*Král cizinec* – König Fremdling», so blieb ein tschechisches Wortspiel über Jahrhunderte in den Erinnerungen an König Johann haften. Wegen der unsicheren Beziehungen zu den mächtigen Baronen schien es Johann besser, den kleinen Thronfolger an einem sicheren Ort zu wissen. Peter von Zittau vermerkte über den viermonatigen Säugling: «Diesen Knaben brachte man im Monat September nach Pürglitz, überreichte ihn Herrn Wilhelm Hase und holte ihn im Monat März wohlbehalten nach Prag zurück.» Auf der fast fünfzig Kilometer westlich von Prag gelegenen Burg Pürglitz, tschechisch Křivoklát, einer der ältesten und bedeutendsten landesherrlichen Burgen der böhmischen Könige, übernahm für ein halbes Jahr der zu diesem Zeitpunkt noch königstreue Wilhelm Hase von Waldeck (gest. 1319) die Obhut über Prinz Wenzel. Wilhelm Hase, Anführer einer der mächtigen Adelsfraktionen, die einflussreiche Ämter im Königreich erlangt hatten, gehörte zu dem böhmischen Adelsgeschlecht der Hase, tschechisch Zajíc. Aus dieser Familie sollte später Sbinco Hase dem zukünftigen Kaiser in einem der wichtigsten Hofämter dienen.[5]

Die anscheinend nicht zu tilgende Fremdheit des Königs Johann in seinem Königreich beschleunigte bald darauf auch ein Familiendrama größten Ausmaßes, das im Februar 1319 seinem Höhepunkt zustrebte: Als der kleine Wenzel noch nicht einmal drei Jahre alt war, keimte im Vater – vor dem Hintergrund seit Jahren anhaltender bürgerkriegsähnlicher Zustände und reichlich befeuert durch das Gerede angeblich wohlwollender Ratgeber – ein schrecklicher Verdacht auf: Seine Ehefrau Elisabeth strebe im Bund mit einigen aufrührerischen Magnaten den Sturz des könig-

lichen Gatten und dessen Ersetzung durch ihr gemeinsames kleines
Söhnchen an. Eine handfeste Verschwörung also! Unmündige Königssöhne gegen ihre Väter auszuspielen oder als Legitimationspfand in die
eigene Gewalt zu bringen, war zu allen Zeiten eine beliebte Methode bei
Umsturzplänen. Es ist daher kein Wunder, dass Johann wegen des schon
länger schwelenden Zwists mit seiner Gattin seinen Erstgeborenen in so
unruhigen Zeiten in zuverlässiger und sicherer Obhut wissen wollte.[6]

Der sprunghafte Johann verschärfte mit seinen Reaktionen den Kon-
flikt allerdings enorm, da bei ihm, wie Peter von Zittau voller Trauer in
Anlehnung an die *Bekenntnisse* des Augustinus schrieb, «der Zügel des
Verstandes und das Band ehelicher Liebe zerrissen war». Er sei «von der
Lust besiegt, von einem verkehrten Willen beherrscht» worden. In der
Folge habe man «in ihm das Tun des perfekten Tyrannen» erkennen kön-
nen. Der König zog nämlich mit ihm treu ergebenen Kriegsknechten zur
Burg Elbogen, tschechisch Loket, im Nordwesten Böhmens, zu diesem
Zeitpunkt persönlicher Besitz und Aufenthaltsort der Königin, und ließ
die Veste stürmen. Auf Anraten des Anführers des böhmischen Adels,
Heinrichs I. von Leipa (um 1270–1329), verbannte Johann seine Frau
nach Melnik in die dortige Burg.[7]

Den kleinen Wenzel traf der elterliche Konflikt besonders hart. Benesch
Krabice von Weitmühl (gest. 1375), ein Prager Domherr, der mit seiner zu
Beginn der 1370er Jahre verfassten Chronik eine der zentralen und wohlgefälligen Überlieferungen zur Geschichte Karls verfasst hat, notierte zu
diesem Vorfall: «Was noch mehr? Nach dem Willen des Königs übergab
man die Burg, die Königin mit den Kindern wurde nach Melnik gebracht, aber der Erstgeborene Wenzel oder auch Karl genannt und im
vierten Jahr seines Lebens, wurde in Elbogen ganze zwei Monate in einem
Keller in harter Haft gehalten, so dass er das Tageslicht nur durch ein
Loch erblicken konnte.» Später soll er zwar nicht mehr eingekerkert gewesen sein, «blieb dort aber dennoch gefangen». Auch wenn in den aus
der Rückschau von einem halben Jahrhundert notierten Erinnerungen
von Benesch nicht jedes Detail stimmen mag, er vielleicht auch die Burgen verwechselte und der kleine Wenzel als Thronerbe nicht wie der Graf
von Monte Christo im Kerkerloch verschmachten sollte, gehört nicht viel
Phantasie dazu, sich vorzustellen, was das Elterndrama und vor allem der
Mutterentzug in dem Kleinen angerichtet haben mögen. Da aber junge

Adelssprosse sehr oft zur Erziehung oder auch aus dynastischen Gründen an andere Höfe gegeben wurden, mag Karl die frühe Trennung vielleicht nicht als außergewöhnlich empfunden haben. Das Verhältnis zum Vater allerdings sollte zeitlebens spannungsreich bleiben.[8]

Mit neuem Namen in Paris

Einen Teil seiner weiteren Kleinkindjahre verbrachte Wenzel in strenger Obhut wohl erneut auf der Burg Pürglitz inmitten weiter Wälder und Jagdforste. Seine Mutter, die 1330 starb, hat der spätere Kaiser wahrscheinlich nicht mehr wiedergesehen. Im April 1323 öffneten sich dann für den fast siebenjährigen Kronprinzen die Tore seiner einsamen Burgenkarzer in die weite Welt der damaligen Adelskultur. Zumindest lernte er nun, was europäische Königssöhne für das Amt eines Monarchen an Wissen und Geschmack mitbringen mussten und welche Verhaltensmuster und Repräsentationstechniken, aber auch welche politischen Taschenspielertricks sie auszeichnete. Er kam an den Hof der Könige von Frankreich nach Paris, jene für die Erlangung eines wirklichen Herrscherformats über Jahrhunderte in jeder Hinsicht Takt und Maß vorgebende Institution in Europa. Auch für den Großvater des Prinzen, Kaiser Heinrich VII., und seinen Vater König Johann war der Königshof in Paris sowohl wegen der geographischen Nähe der Grafschaft Luxemburg als auch wegen verwandtschaftlicher Beziehungen Orientierung und Vorbild gewesen.[9]

Die verschiedenen Verwandtschaftsverbindungen der französischen Herrscherfamilie mit den Luxemburgern sind nicht leicht zu überblicken. Um zusätzliche Verwechselungen gleichlautender Herrschernamen zu vermeiden – die französischen Könige dieser Zeit haben nämlich auch einen Karl IV. zu bieten –, benutze ich in diesem Buch für die Könige von Frankreich deren jeweilige französische Namensform. Der böhmische Thronfolger wurde also von seinem Vater unter die Aufsicht des Königs von Frankreich, Charles IV. le Bel (1322–1328), gegeben, der zu diesem Zeitpunkt mit Maria von Luxemburg (1304–1324), einer der beiden jüngeren Schwestern von Wenzels Vater Johann, verheiratet war. Wenzel kam also zu seiner Tante und seinem angeheirateten Onkel.

Noch im Jahr seiner Ankunft in Paris geschah allerdings etwas sehr Merkwürdiges. Der Chronist Peter von Zittau notierte über den Kronprinzen, er sei «als Siebenjähriger aus dem Königreich Böhmen zu Karl, dem König von Frankreich, seinem Verwandten, gebracht worden, durch welchen dessen Name Wenzel, den er in der Taufe erhalten hatte, geändert wurde und er im Sakrament der Firmung, wie der König von Frankreich, den Namen Karl erhielt». Wenzel war tatsächlich umbenannt worden, was im Blick auf die Leitnamenpraxis prinzipiell von größtem politischem Gewicht war. Gelegentlich gab es aus pragmatischen Gründen Umbenennungen von Königen, etwa wenn sich bei den Karolingern Karlmann in Pippin, später Kaiser Friedrichs I. Sohn Konrad in Friedrich oder Wenzel III. in Ladislaus verwandelten.[10]

Aber bei Wenzel steckte mehr dahinter. Da die französischen Könige alle – und besonders natürlich jene mit dem Namen Karl selbst – in Karl dem Großen ihren Urahn sahen, ist der böhmische Kronprinz in seiner Herkunftstradition und damit für seine politische Zukunft, wenn man so will, von Ost auf West umgepolt worden, aus einem Böhmen-Wenzel wurde ein Franken-Karl. Vordergründig dürfte der Namenswechsel mit der immer noch seelenzerfressenden Angst des nun siebenundzwanzigjährigen Vaters vor einer Adelsrevolte im fernen Böhmen zu tun gehabt haben. Wenn der böhmische Hochadel, wie dann auch bei Johanns zweitem Sohn Přemysl Ottokar, die Namenswahl bestimmte, dann war der Namenswechsel von Wenzel zu Karl ein kleiner nachgeholter Sieg des Königs. Und es wird sich zeigen, dass eine Reihe von Schwierigkeiten des späteren böhmischen Königs Karl mit seinen Baronen durch die Umbenennung zusätzliches Gewicht erhielt. Abt Peter von Zittau hielt als Herzensböhme lange weiter an der ursprünglichen, programmatisch-böhmischen Namensgebung Wenzel fest. Er berichtete vom jungen Herrscher noch für das Jahr 1332, also fast ein Jahrzehnt nach dem Pariser Namenswechsel, von «*Wenceslaus cognominatus Karulus* – Wenzel mit dem Beinamen Karl».[11]

Vielleicht lässt sich aber auch eine weitsichtigere Planung des Vaters vermuten. Johann könnte seinem Erstgeborenen mit dem Karlsnamen – eingedenk der von ihm einst selbst verpassten Chance – für eine zukünftige Wahl eines römisch-deutschen Königs eine vorteilhaftere Ausgangssituation verschafft haben wollen. Ohne Zweifel dürfte Karl schon bei dieser Gelegenheit eine Ahnung von der eigenen Auserwähltheit verspürt haben. In der *Vita Caroli quarti*, jener außergewöhnlichen, vom Kaiser um 1350 selbst verfassten Lebensbeschreibung, die im Grunde einen «Auserwähltheitsbeweis» darstellt, berichtet der neue Karl aus der Pariser Zeit: «Zu diesem König schickte mich mein Vater, als ich sieben Jahre alt war. Der französische König ließ mich durch einen Bischof firmen und gab mir seinen eigenen Namen Karl. Außerdem vermählte er mich mit der Tochter seines Oheims Karl. Sie hieß Margarete, wurde aber Blanca genannt. Im gleichen Jahr starb seine Gattin, die Schwester meines Vaters, kinderlos. Später nahm sich der König eine andere Gattin.» [12]

Was in der Aufzählung der von mir fortan nur noch als *Vita* bezeichneten Lebensbeschreibung so undramatisch trocken daherkommt, hatte für die weiteren politischen Geschicke des französischen Königtums, aber auch für den jungen neuen Karl größte Bedeutung. Der luxemburgische Prinz hatte nämlich nicht nur einen neuen, symbolisch hochbedeutenden Namen bekommen, sondern mit seiner noch minderjährigen Gemahlin eine weitere Verbindung zum französischen Königshaus gewonnen. Denn Maria von Luxemburg, Karls Tante und Gemahlin des Königs, verstarb im März 1324 im Alter von nur neunzehn Jahren. Zu Weihnachten 1327 erkrankte auch König Charles überraschend und starb zwei Monate später ohne männliche Nachkommen. Mit dessen Tod stand im Februar 1328 die Frage der französischen Thronfolge im Raum, die durch das erbenlose Verlöschen der Hauptlinie der Kapetinger nun an einen Seitenzweig fiel, nämlich an die Nachkommen von Charles de Valois (1270–1325). Unter dessen vierzehn Kindern befanden sich nicht nur Philippe VI. de Valois, der neue König von Frankreich (1328–1350), sondern zudem Blanca de Valois (1316–1348), oft auch Blanche genannt, Karls erste Gemahlin. Damit ist der spätere Kaiser zum Schwager des nun amtierenden Königs und Onkel von dessen Kindern geworden. [13]

Doch damit nicht genug: Karls um ein Jahr ältere Schwester Jutta (1315–1349) heiratete 1332 einen Sohn König Philippes, den späteren König Jean II. le Bon (1350–1364). Sie wurde am Hof Bonne de Luxembourg genannt, starb zwar schon vor der Thronbesteigung ihres Gatten, stellte aber die Verbindung zu Karls IV. weiterer Schwägerschaft zu König Jean dar. Dessen Sohn, der spätere König Charles V. (1364–1380), war somit auch ein Neffe des luxemburgischen Prinzen. Daher dürfte Karl zu jenen

römisch-deutschen Königen des Mittelalters gehört haben, die die engsten Familienbindungen zum französischen Königshaus besaßen. Da in
die Zeit von Karls Aufenthalt am französischen Hof der Wechsel der Dynastie oder besser, der Wechsel auf eine Seitenlinie fiel, dürfte er hautnah
mitbekommen haben, wie um die Macht gerungen und geschachert
wurde und sich einflussreiche Hofposteninhaber neu orientieren mussten. Und vielleicht ahnte er auch schon, dass mit dem juristisch anfecht-
baren Ergebnis der Thronfolge der Auslöser für einen schweren Konflikt
mit dem englischen Königshaus gegeben war. Dieser wuchs sich bald darauf zu einem über einhundert Jahre anhaltenden Krieg aus, in dem Karl
dann auch selbst das Schwert führen sollte.[14]

Karl hat während seiner Knabenjahre in Paris noch viel mehr gelernt
als Nachfolgegeschacher und Heiratspolitik. Er befand sich schließlich
an einem von der Ritterkultur besonders durchdrungenen Hof, der es
verstand, eine grandiose und eindrucksvolle Herrschaftsrepräsentation
zu entfalten. Als im Mai 1328 der neue König Philippe in Reims gekrönt
wurde, gehörten zu den Augenzeugen der Rituale und Festlichkeiten
König Johann von Böhmen und wohl auch sein erstgeborener, nunmehr
zwölfjähriger Sohn. Zudem galt Paris schon lange als Zentrum von
Theologie, Wissenschaft und Kunst und zog bedeutende Gelehrte an,
was in der religiösen Erziehung des jungen Prinzen bedeutende Spuren
hinterließ. Über seine Ausbildung noch unter Charles IV. le Bel bekannte der spätere Kaiser: «Dieser König liebte mich sehr. Er vertraute
mich seinem Kaplan an, damit dieser mir einigen Unterricht erteile, obwohl der König selbst keine solche Ausbildung erhalten hatte. So lernte
ich auch die marianischen Antiphonen des Stundengebets und las sie, als
ich ihren Sinn einigermaßen verstand, in meiner Kindheit von Tag zu
Tag lieber, zumal meinen Erziehern vom König aufgetragen worden war,
mich dazu anzuhalten.»[15]

Später pflegte der junge Karl Umgang mit einem Geistlichen, dessen
Predigt ihn begeistert hatte und dessen Worte für sein weiteres Leben jen-
seits der Seelsorge eine enorme Bedeutung erlangen sollten. Karl berichtet:
«Unter seinen [Philippes] Räten befand sich einer, der ein sehr kluger
Mann war. Petrus, Abt von Fécamp, gebürtig aus Limoges, eine gebildete
und gelehrte Persönlichkeit von hohem moralischem Ansehen. [...] Die
Sprachgewalt und Beredsamkeit des erwähnten Abtes beeindruckten mich

in jener Predigt sehr. Während ich ihm andächtig zuhörte und ihn betrachtete, gewann ich so tiefe religiöse Einsichten, dass ich mich fragen musste: Woran liegt es, dass von diesem Mann so viel Gnade auf mich überströmt? Endlich machte ich seine Bekanntschaft und er förderte mich mit väterlicher Zuneigung und unterwies mich oft in der Heiligen Schrift.»[16]

Diesen ihn so beeindruckenden Prediger namens Pierre Roger de Beaufort-Turenne (1291–1352), den aus südfranzösischem Adel stammenden Abt des Benediktinerklosters Fécamp in der Normandie, sollte Karl zu Beginn des Jahres 1340 in Avignon wiedersehen, als er gemeinsam mit seinem Vater Johann am damaligen Papstsitz weilte und mit Benedikt XII. Novelli (1334–1342) verhandelte. Der ehemalige Abt war inzwischen die kirchliche Karriereleiter weit emporgestiegen und 1330 zum Erzbischof von Rouen, der reichsten Diözese Frankreichs, erhoben worden. Acht Jahre später, 1338, empfing er den roten Hut eines Kardinals und die damit verbundene römische Titelkirche Santi Nereo e Achilleo.[17]

Karl beschreibt in seiner *Vita* einen angeblichen Dialog mit Pierre Roger von enormer prophetischer Kraft: «Während unseres Papstbesuches nahm mich Peter als Gast in sein Haus auf. [...] Eines Tages sagte er zu mir, als wir dort weilten: ‹Du wirst noch König der Römer werden.› Ich antwortete ihm: ‹Du wirst zuvor schon Papst sein.›» Tatsächlich ist beides eingetroffen. Pierre erhielt 1342 als Papst Clemens VI. die Tiara, Karl wurde 1346 König und etwas später sogar Kaiser der Römer. Ob die Worte zwischen beiden wirklich so gefallen sind, spielt eigentlich keine Rolle; entscheidend ist vielmehr, dass der bei der Abfassung schon zum König erhobene Karl festgehalten haben wollte, dass seinem Aufstieg solcherart Prophetien eines allerhöchsten Kirchenfürsten vorausgegangen waren.[18]

Italienische Lehrjahre und die Macht des Geldes

Karl blieb bis April 1330 in Paris. Dann wurde der knapp Vierzehnjährige gemeinsam mit Blanche de Valois von König Philippe nach Luxemburg geschickt, wo er seinen Vater Johann traf. Der enorm umtriebige böhmische König begab sich aber bald wieder auf Reisen, um in dem europäischen Machtpoker seine Karten günstig auszuspielen. Am meisten war er zu dieser Zeit an Oberitalien interessiert. Da eine Interessenkollision in der Italienpolitik mit den französischen Königen absehbar war, wollte er seinen Sohn wohl lieber nicht in Paris wissen und hatte Philippe deshalb gebeten, ihn nach Luxemburg reisen zu lassen.

Aus der Zeit in Luxemburg, die etwa ein Jahr dauerte, liegen nur wenige Nachrichten über den Prinzen vor. Das Jahr 1330 brachte allerdings allerlei Wendungen, die für Karl von großer Bedeutung werden sollten. Ende September 1330 starb seine Mutter im fernen Böhmen, was Karl allerdings erst viel später erfahren sollte. Folgenreicher war der Tod Friedrichs des Schönen, der 1314 in einer Doppelwahl, bei der die Kurfürsten unterschiedlichen Kandidaten ihre Stimme gegeben hatten, auch zum römisch-deutschen König erhoben worden war. Nach dem Tod des Habsburgers galt der wittelsbachische Ludwig IV., der zu dieser Zeit von seinem Romzug mit der Kaiserkrone zurückkam, als alleiniges Reichsoberhaupt. Karls jüngerer Bruder Johann Heinrich heiratete Margarete, die Erbin von Tirol. Von deren Hochzeit in Innsbruck im September 1330 zog König Johann mit einem Heer weiter nach Trient und begann sich in Oberitalien einige Gebiete zusammenzuklauben. Auf die Erkundigungen Kaiser Ludwigs, was er denn vorhabe, soll er dessen Boten geantwortet haben, er wolle nicht gegen das Reich handeln, sondern eigentlich nur die Gräber der Eltern in Genua und Pisa besuchen und die Leichname, wenn möglich, nach Deutschland bringen. Johanns tatsächliches Ziel offenbarte sich aber schnell. Vielleicht beeindruckt von seiner Macht oder weil Johanns Pläne sich mit ihren eigenen politischen Zielen in Übereinstimmung bringen ließen: Bald nach seinem Erscheinen erkannten ihn zwölf Städte mit ihren jeweiligen Gebieten als ihren Stadtherrn an, darunter Brescia, Cremona, Parma, Pavia, Modena in der Lombardei und Lucca in der Toskana. Innerhalb kurzer Zeit hatte Johann so ein beträchtliches eigenes Herrschaftsgebiet in Oberitalien erlangt, das es nun zu sichern galt.[19]

Im Frühjahr 1331 befahl der König von Böhmen seinen Ältesten zu sich nach Italien, wo er in Parma, dessen Volk ihn mit Girlanden, Tänzen und Vivat-Rufen festlich empfing, im bischöflichen Palast residierte. Was den Prinzen hier neben den neuen Erfahrungen des Kriegstheaters, dem rauen Leben der Feldlager und der Waffen erwartete, war eine andere, eine völlig neue Welt. Das «wirtschaftlich boomende Oberitalien der Zeit der kommerziellen Revolution», wie Bernd Roeck es nannte, erfuhr im 14. Jahrhundert einen grundsätzlichen, viele Bereiche erfassenden Modernisierungsschub, den andere Regionen Europas erst sehr viel später in dieser Dynamik erleben sollten. Ein gut zwei Jahrhunderte währendes kontinuierliches Anwachsen der ökonomischen Kraft der oberitalienischen Kommunen war die Folge. Diese wirtschaftliche Kraftzunahme der Städte besaß eine so herausragend neue Qualität, dass sie mit dem Beginn des Frühkapitalismus verbunden werden kann.[20]

Ihren rasanten Aufschwung verdankten die Städte vornehmlich drei Faktoren: erstens der Akkumulation von Handelskapital aus einem immer weiter ausgreifenden Fernhandel, zweitens der Steigerung der einfachen Warenproduktion, gepaart mit deren Ausdehnung auf teilweise völlig neue Wirtschaftsgebiete, und drittens der Entstehung einer komplexen Geldwirtschaft und eines damit verbundenen Bankwesens, das gewaltige Kapitalströme zu lenken vermochte. Auffällige Neuerungen innerhalb dieser enorm vergrößerten Geldströme stellten etwa das Buchgeld dar, das im Nebengeschäft der Geldwechsler als eine Art Giroverkehr zirkulierte, ohne dass tatsächliche Münzen transportiert werden mussten, oder auch die doppelte Buchführung, bei der die Handelskonten von den *banchieri* mit den noch heute geläufigen Wendungen des gegenübergestellten *«deve dare»* und *«deve avere»* – «soll geben» und «soll haben» – bezeichnet wurden, was später zum Kürzel «Soll und Haben» geführt hat.[21]

Eine weitere wirtschaftliche Neuerung bestand in dem Bedeutungsaufschwung der seit Mitte des 13. Jahrhunderts in Genua, Venedig und Florenz ausgegebenen städtischen Goldmünzen. Sie wogen etwa dreieinhalb Gramm und erlebten spektakuläre Erfolgsgeschichten, wie der venezianische *Ducato*, der bis zum Untergang der Serenissima 1797 in Aussehen, Gewicht und Feingehalt nicht verändert wurde. Am erfolgreichsten wurde der im 14. Jahrhundert in fast ganz Europa übernommene und auch von König Johann nachgeahmte *Fiorino d'oro*, der Florentiner Gulden. Er bestand aus 999er Gold, und man tauschte in Florenz 4 und 1/3 *Fiorini* für das englische Pfund Sterling Silber, wie Giovanni Villani, einer der berühmtesten Autoren aus der mittelalterlichen Städtewelt Oberitaliens und Schöpfer der umfangreichen *Nuova Cronica*, überliefert. Als eine der härtesten Währungen und eine Art «Dollar des Mittelalters» war

Die erste Burg mit dem Namen Karl: Auf einem die Ebene vor Lucca beherrschenden Hügel ließ Karl von Böhmen 1333 eine wenige Jahre zuvor zerstörte Befestigung wiederherstellen und ausbauen, die ihm zur Ehre den Namen Montecarlo – Karlsberg – erhielt und die er auf späteren Italienzügen immer wieder aufsuchte. Im 16. Jahrhundert wurden die noch heute gut erhaltenen Befestigung mit weiteren Bastionen und Mauern verstärkt.

er jahrhundertelang europaweit als Leitwährung anerkannt; gemessen am Goldpreis vom Oktober 2021 beliefe sich der reine Materialwert heute auf 173 Euro. Kein Wunder, dass diese Goldflorenen und ihre nordalpinen Nachprägungen auch in den beurkundeten Geldgeschäften Karls IV. eine enorme Rolle spielten. In einer Urkunde des späteren Kaisers für den Mainzer Bürger und Schultheiß zu Oppenheim namens Heinz zum Jungen vom 2. Juni 1358 über die Einnahme eines Rheinzolles ist von «vier tusent guldin von Florentze gut von golde und swer von gewichte» die Rede.[22]

Diese schweren Florentiner Gulden aus gutem Golde waren es, die die Kriege der europäischen Mächte, etwa den Hundertjährigen Krieg zwischen England und Frankreich, am Laufen hielten. Gleichzeitig wurden sie in der Arnometropole, der ökonomischen Supermacht des 14. und 15. Jahrhunderts, zu einigen der größten Privatvermögen der Welt aufgehäuft und ermöglichten so die Umsetzung eines neuen politischen Selbstverständnisses in Kunst und Architektur. Der aus Geldverleih sowie der Produktion und dem Handel von Tuchen erwachsene Reichtum bildete die ökonomische Grundlage der Renaissance von Florenz, die im Grunde aus Wolle «gewoben» war. Die Repräsentationskraft von Architektur und Malerei und letztlich wohl auch der Historiographie und Dichtung sollte Karl später auch für seine eigene Herrschaft nutzen.[23]

Die neuen ökonomischen Möglichkeiten der oberitalienischen Städte überstiegen die Vorstellungen nordalpiner Herrscher bei Weitem. Es gab Städte, deren Steueraufkommen das aller deutschen Städte zusammen übertraf. Florenz besaß vor dem Einbruch der Pest Mitte des 14. Jahrhunderts etwa einhunderttausend Einwohner, Mailand sogar doppelt so viele. Prag und Köln, die größten deutschen Städte, zählten jeweils etwa vierzigtausend Menschen. Die Kaiser des hohen und späteren Mittelalters, die in Oberitalien Reichsrechte gegen die großen Städte mit Waffengewalt durchsetzen wollten, standen von vornherein in einem aussichtslosen Kampf. Aufgrund ihrer gewaltigen materiellen Ressourcen konnten diese Kommunen ständig neue Truppen anwerben und lange Konfliktphasen mühelos durchstehen. Nicht einmal Kaiser Friedrich II. war es nach seinem angeblich so großen Sieg über die Mailänder bei Cortenuova 1237 gelungen, eine Belagerung des eigentlich geschlagenen Gegners zu beginnen. Karls Großvater, Kaiser Heinrich VII., verlor im Verlauf seiner aussichtslosen Kämpfe in Italien nicht nur gewaltige Truppenmengen, sondern auch sein Leben. Karls Vater Johann sollte bald zu spüren bekommen, wie unbezwingbar die aufstrebenden Städte tatsächlich waren. Mit dieser neuen und gänzlich anderen machtpolitischen Welt kam der Prinz während seines fast zweieinhalbjährigen Aufenthalts in Italien in Berührung: Er dürfte hier viel für seine spätere Herrschaftspraxis gelernt haben.[24]

Zu den harten Erfahrungen Karls aus seinen oberitalienischen Jahren gehörte sicherlich der chronische Geldmangel. Wie sollten die Soldtruppen bezahlt werden? Von Karl, der seit Sommer 1331 eigenständig Urkunden ausgab, haben sich einige notariell beglaubigte Dokumente aus seiner Zeit als Generalstatthalter seines Vaters in Italien erhalten, in denen es um geborgtes Geld für gemietete Krieger, die sogenannten *stipendarii*,

geht. So hatten im Oktober 1332 zwei Notare in Parma niedergelegt, wie
ein Darlehen von zweitausend Florentiner Gulden, die von Geldgebern
aus der Stadt stammten und für die Söldner Karls in Pavia, Cremona und
Modena bestimmt waren, innerhalb eines Monats zurückgezahlt werden
sollte. Um die Schulden abzutragen, wurden Einkünfte der königlichen
Kammer in Parma verpfändet. Später in Lucca wurden Stadtbürger, wie
etwa im August 1333 Jacobo Sbarra, genannt «Puccinello», oder Bonagiunta Dombellinghi von Karl beauftragt, für die Finanzierung der Soldtruppen zu sorgen. Giovanni Villani berichtet, dass der Prinz im Januar
1333 versucht habe, sich in Lucca mit vierzigtausend *Fiorini d'oro* zu versorgen. Das war eine Forderung, deren Höhe die Freude und die Treue
der Luccesen den Luxemburgern gegenüber enorm strapaziert haben
dürfte. Immerhin fünfundzwanzigtausend Gulden konnte Karl dann
doch in Empfang nehmen. Im Grunde lässt sich hier zum ersten Mal
fassen, wie Karl durch Verpfändungen von ihm zustehenden Einnahmen
und Besitztiteln Rechte kapitalisierte, ein Verfahren, das er in seinen späteren Herrschaftsjahren massenhaft anwenden sollte.[25]

Ein misslungenes Attentat und ein grausiger Traum

Karls Italienaufenthalt hatte am 15. April 1331, einem Karfreitag, begonnen, als der junge Prinz mit seinem Gefolge nach langer Reise aus Paris in
Pavia ankam. Kaum hatte er sich von den Reisestrapazen etwas erholt,
wurde er in die tückischen Strudel der oberitalienischen Machtpolitik
hineingezogen. Deren Mitspieler bedienten sich besonders gern der bis
weit in die Renaissance häufig praktizierten Methode, unbequeme Gegner mittels Gift aus dem Wege zu räumen. Später sollte auch Karls Haupterbe Wenzel einen Giftbecher zu kosten bekommen, und bei einem weiteren Sohn sprechen Indizien für eine erfolgreiche Verabreichung. Doch
der junge Prinz Karl entging dank der Fürsorge des Herrn der tödlichen
Gefahr: «Am Ostertag, drei Tage nach meiner Ankunft», wie er in der
Vita notierte, «wurden meine Gefährten vergiftet. Ich aber, geschützt
durch die göttliche Gnade, entging diesem Anschlag, weil sich einerseits
die Messe so lange hinzog und ich andererseits, um an der Kommunion
teilzunehmen, nichts vor der Messe hatte essen wollen. Als ich dann zum

Frühstück kam, sagte man mir, dass meinen engen Vertrauten ganz plötzlich unwohl sei, und zwar gerade jenen, die von diesem Essen schon gegessen hatten. Ich saß bereits am Tisch, wollte nun aber nichts mehr essen, und wir alle waren entsetzt. Und als ich gerade aufsah, erblickte ich einen gutaussehenden und lebhaften Mann, welchen ich aber nicht kannte. Er lief an der Tafel vorüber und tat so, als ob er stumm sei. Sein Verhalten war verdächtig, und ich ließ ihn festnehmen. Nach langer Folter begann er am dritten Tag zu sprechen und gestand, er habe auf Befehl und Anstiften des Azzo Visconti von Mailand in der Küche den Speisen Gift beigemischt. Bei diesem Giftanschlag starben Johann, Herr von Berg, mein Hofmeister, Johann von Hohenkirchen, Simon von Kayl, der meine Tafel versorgte, und noch viele andere.»[26]

Die Rettung vor dem Giftbecher durch die Gnade Gottes 1331 gehört zu den frühen Wundergeschichten, die Karl in seiner *Vita* als Beweise seiner Auserwähltheit versammelt hat. Vier davon sollen sich in seiner Zeit in Oberitalien zugetragen haben: neben dem vereitelten Giftanschlag eine 1332 durch göttliche Hilfe glücklich überstandene Verschwörung der Veroneser, ein im selben Jahr errungener fulminanter Schlachtensieg sowie die vielschichtige Traumvision von Terenzo im darauffolgenden Jahr. Stets ruhte das Auge des Herrn auf seinem erwählten Schützling. Der geplante Aufruhr flog auf, weil die Aufrührer auf eine geweihte Hostie und damit auf den wahren Leib des Herrn schwören wollten. Doch ein Unwetter brach los, und die Hostie wurde vom Altar vor die Füße des Anführers geweht. Unter den Verschwörern machte sich Entsetzen breit und die Erkenntnis: «Was wir zu tun beschlossen haben, gefällt Gott nicht!» Die Episode reiht sich ein in die im Spätmittelalter in ganz Europa massenhaft verbreiteten Geschichten von Hostienwundern, die oft mit der Einrichtung eines Verehrungsortes einhergingen, und soll die wahre Kraft der Eucharistie belegen.[27]

Die spektakulärste Geschichte unter den frühen Beweisen göttlicher Auserwähltheit dürfte jene Traumvision sein, die den Prinzen 1333 in Terenzo, einem Dorf im Bistum Parma, am 15. August, dem Fest der Auferstehung Mariens, überkam. Die Hirnillusion, die in der Begrifflichkeit der Psychologie nach Carl Gustav Jung als «großer Traum» bezeichnet wird, war so prägend für den jungen Mann, dass sie ihn später gedanklich immer wieder beschäftigen sollte und auch mehrmals zu gottgefälligen

Gaben veranlasste. Sieben Jahre nach dem Ereignis, im Frühjahr 1340, offenbarte sich Karl Papst Benedikt XII. in Avignon. Seinem Vater allerdings wollte er sich nicht in allen Details anvertrauen, wie er in der *Vita* schrieb. Auf einem langen Ritt durch Alpentäler habe er sich noch im selben Jahr 1333 an die Erscheinung erinnert, wie er weiter notierte, und den später tatsächlich umgesetzten Beschluss gefasst, «an der Prager Kirche täglich das Stundengebet zu Ehren der seligsten Jungfrau singen zu lassen, sodass jeden Tag eine neue Legende über ihr Leben, Wirken und ihre Wunder gelesen werden sollte».[28]

Noch zweieinhalb Jahrzehnte nach seinem aufregenden Traum, am 13. Juli 1359, ließ Karl in einer Urkunde niederlegen, dass er sowohl «zu Ruhm und Ehren der Gottesmutter Maria und unseres Herrn Jesus Christus sowie der heiligen Engel» als auch zu seinem eigenen und seines Vaters Seelenheil in Terenzo, Diözese Parma, eine Kirche erbaut und ausgestattet habe. Die dort bestellten drei Geistlichen sollten der Aufsicht des Prager Marienstiftes unterstellt sein, und die Gottesdienste sollten nach jenen Richtlinien abgehalten werden, die Papst Clemens VI. für den Marienchor der Prager Kirche erlassen habe. Die Kirchenstiftung selbst war schon im Januar 1355 während des ersten Zugs zur Kaiserkrönung nach Rom vollzogen worden, wie der Sekretär des Krönungskardinals, Johannes Porta de Annoniaco, und Benesch von Weitmühl übereinstimmend überliefern. Ebenso wie die Kirchenstiftung von Terenzo wurde später auch die in Nürnberg errichtete Frauenkirche dem Prager Marienstift unterstellt.[29]

Doch was hat Karl in jener schwülheißen Augustnacht von 1333 in Terenzo so enorm ergriffen, dass er deshalb dort eine Marien-und-Engelskirche mit bis in die Ewigkeit abzuhaltendem Gottesdienst stiftete? In seiner *Vita* legte Karl die Umstände präzise nieder, oder besser, er fixierte anderthalb Jahrzehnte später, was zukünftig darüber erinnert werden sollte: «Nur kurze Zeit nach uns brach unser Vater nach Parma auf und wir kamen gleichzeitig am Sonntag, dem 15. August, am Festtag der Himmelfahrt Mariens, zu einem Dorf im Bistum Parma mit Namen Terenzo. In jener Nacht aber, als uns der Schlaf übermannte, hatten wir eine Erscheinung. Denn ein Engel des Herrn trat zur Linken unseres Lagers, stieß uns in die Seite und sprach ‹Steh auf und folge uns!›. Wir antworteten im Geiste ‹Herr, ich weiß weder wohin noch auf welche Art ich mit euch gehen soll.› Und er nahm uns vorn an den Haaren und trug uns mit sich durch die Lüfte, bis wir uns über einer langen Schlachtenreihe von Reitern befanden, die kampfbereit vor einer Burg stand. Er hielt uns in der Luft über der Kriegerreihe und sprach: ‹Pass genau auf und sieh hin!› Und siehe, ein anderer Engel kam vom Himmel herab mit einem feurigen Schwert in der Hand. Damit durchstieß er einen, der sich inmitten des Heeres befand, und schlug ihm mit diesem Schwert das Gemächt ab. Gleichsam todesstarr blieb dieser schwerverletzt auf dem Pferd sitzen. Da ergriff uns der Engel erneut bei den Haaren und sprach: ‹Kennst Du jenen, der vom Engel durchbohrt und tödlich verwundet wurde?› Wir antworteten darauf: ‹Herr, ich weiß es nicht. Und den Ort kenne ich auch nicht.› Er aber sprach: ‹Du sollst wissen, dass dieser der Delphin von Vienne ist, der wegen der Sünde der Ausschweifung so von Gott aufgespießt wurde. So nehmt euch in Acht! Auch eurem Vater könnt ihr sagen, er solle sich vor solchen Sünden hüten, sonst widerfährt euch noch viel Grauenhafteres.›»[30]

Dahingeschlachtet, entmannt, entmachtet! Der auf diese so grauenhafte Weise im Traum getötete Kriegsfürst war ein eindringliches Exempel, wie fürchterlich Gott bei unsittlichem Lebenswandel zu strafen vermag. Die näheren Umstände des Traums sind rasch erzählt. Am 12. August war Karl von Lucca, wo er als Stadtherr, als *Karolus Luce dominus*, Regierungshandlungen ausübte, mit militärischem Gefolge nach Parma gezogen, um von dort gemeinsam mit dem Vater zu einem Kriegszug aufzubrechen. Die beiden Luxemburger wollten Guigo VIII. (1309–1333), den Delphin von Vienne, in seiner Fehde gegen den Grafen Aymon von Savoyen (1273–1343) unterstützen. Karl und Guigo hatten in Rudolf von Habsburg einen gemeinsamen Urgroßvater, waren also verwandt. Doch der Delphin war bereits am 28. Juli 1333 durch einen Pfeilschuss, der ihn bei der Belagerung einer Burg in Savoyen getroffen hatte, verstorben. Vielleicht hatte Karl schon Nachricht davon erhalten, vielleicht auch nicht. Jedenfalls sei er am nächsten Morgen, so berichtet Karl weiter in seiner *Vita*, vom Kämmerer des Vaters geweckt und zum Waffenanlegen aufgefordert worden, denn der Vater säße schon gerüstet zu Pferde, um dem Delphin zu Hilfe zu eilen. Karl aber soll abwinkend entgegnet haben: «Unsere Hilfe nützt ihm nichts mehr, denn er ist tot.» Und tatsächlich, einige Tage später brachte ein Bote dem Vater die Todesnachricht, was sowohl den Vater als auch den Kammerherrn ob Karls prophetischer Gabe tief verwundert haben soll.[31]

Natürlich ergibt die ganze Geschichte nur dann einen Sinn, wenn der durch das moralische Exempel Belehrte zuvor ein Verhalten an den Tag gelegt hat, das Gott erzürnen und ihn selbst erschrecken und seine Schuldgefühle wecken musste, das raue Kriegerleben nämlich mit all seinem Schweiß- und Blutgeruch und den damit verbundenen unzüchtig-verrohten Ausschweifungen nach getaner Schwertarbeit. Und so berichtete Karl in diesem Zusammenhang etwas verklausuliert von den Versuchungen des Teufels, der «den Menschen Süßes anbietet, worin sich Galle birgt». Üble Kriegsknechte mit ihrer Freude an sadistischen Praktiken aus dem Umfeld des Vaters hatten offenbar versucht, dem Prinzen ihre grässlichen Lustbarkeiten schmackhaft zu machen. Vielleicht waren es auch nur erotische Zärtlichkeiten lombardischer Schönheiten, die seinen Seelenfrieden bedrohten. Lange Zeit jedenfalls konnte Karl, wie er ausführt, durch göttliche Gnade widerstehen. Nun aber «wurden wir vom Verderbten verführt und mit den Verderbten verderbt». Enea Silvio Piccolomini wusste ein Jahrhundert später zu berichten, Karl habe «in jugendlicher Ausgelassenheit, als er in Parma lebte, nicht wenige fremde Betten besudelt».[32]

Ohne jeden Zweifel liegt dem Traum eine existenzielle Erfahrung des Jünglings zugrunde, ein Schlüssel- oder «Bekehrungserlebnis». Heute werden Träume als Verarbeitung von Erlebtem, als Phänomen der eigenen Seele verstanden. Dem Mittelalter als vormoderner Gesellschaft galten Träume hingegen als Botschaften der von außerhalb des eigenen Geistes agierenden Wesen, von Engeln, Heiligen oder Dämonen – und natürlich von Gott selbst. Von Engeln belehrt und am Haupthaar umhergetragen, solche Beispiele bot auch die Bibel dem schriftkundigen jungen Mann. Dem Prinzen dürfte durch die Begebenheiten dieser Augustnacht die göttliche Fürsorge, die seiner Person galt, vollends klargeworden sein. Auf jeden Fall war es kein «Wunderglaube», der Karl antrieb. Denn die Lehren aus der Vision dürften genauso zu seinen erlebten Erfahrungen gehört haben wie solche aus tatsächlichen Begebenheiten. Ja, vielleicht besaß der von ihm tatsächlich «erlebte» Engelsflug eine größere Wirkung und entfaltete eine mächtigere Deutungskraft als mancher Regierungsakt.[33]

Unter den drei Erfahrungshorizonten, die den Heranwachsenden stark geprägt haben – die traurige Waldeinsamkeit von Pürglitz, der Königshof von Paris und die in die Zukunft weisende städtische Vielfalt Oberitaliens –, dürften die italienischen Erfahrungen den Blick für Realpolitik, die militärischen Führungsqualitäten und das diplomatische Geschick des späteren Kaisers am stärksten gefördert haben. Denn bei den politischen Verhandlungen der nächsten Jahrzehnte, beim dynastischen Verbandeln mit dem Hoffen auf die Zukunft, beim Geben und Nehmen von Gunst und Vorteilen, bei jeder Art von finanziellem Geziehe und Gezerre, sollte sich bei Karl immer wieder eine Überlegenheit gegenüber den Fürsten seiner Zeit zeigen, die sich aus den vielfältigen Erfahrungen seiner Jugend hergeleitet haben dürfte. Und ganz sicher hat Italien auch seinen Blick dafür geschärft, was Baumeister und Maler für die Repräsentation von Macht zu schaffen in der Lage sind.

Im August 1333, als ihm der Engel des Herrn erschien, bahnte sich für den nun siebzehnjährigen Prinzen zugleich das Ende seines Italienaufenthaltes an. Im Spätsommer zog er über Mantua und Verona in die Grafschaft Tirol, wo er seinen jüngeren Bruder Johann Heinrich traf, dann weiter nach Bayern, wo er seine Schwester Margarete wiedersah. Am 30. Oktober erreichte er nach über einem Jahrzehnt der Abwesenheit die böhmische Hauptstadt Prag. Peter von Zittau notierte in seiner Chronik: «Im Jahr des Herrn 1333, am dritten Tag vor den Kalenden des November, also zur Vorvigil von Allerheiligen, zog Karl, der auch Wenzel heißt, der Erstgeborene des Königs von Böhmen und der legitime Erbe des Reiches, in seinem 17. Lebensjahr durch das Kloster Königsaal, besuchte das Grab seiner Mutter und zog mit einer Menge von Adligen in Prag, der Metropole des Königreiches, ein, und alle liefen ihm freudig entgegen.» Peter wollte mit der Nennung beider Vornamen – *Karolus qui et Wenceslaus* – offenbar zu erkennen geben, dass der zurückgekehrte Prinz der legitime Erbe des böhmischen Reiches war. Und dessen Name sollte eigentlich nicht Karl, sondern Wenzel lauten.[34]

Die drei mächtigsten Dynastien des Reiches
streiten um Tirol

DONNERSTAG, I. NOVEMBER 1341, BURG TIROL, BURGTOR. Eine überaus peinliche Situation: Vielleicht freute er sich schon auf ein heißes Bad, vielleicht auf einen guten Braten und reichlich Wein oder mehr. Am Abend des Allerheiligentages reitet der von der Jagd kommende neunzehnjährige Johann Heinrich von Luxemburg, der jüngere Bruder Karls IV., auf das Burgtor des Schlosses Tirol zu, Stammsitz der regierenden Grafen von Tirol. Doch das Tor bleibt verschlossen, obwohl die Begleitung deutlich Laut gibt, dass der Graf von Tirol Einlass begehrt. Wurden die Signale nicht gehört? Schläft die Burgwache etwa? Nein, das Tor bleibt auf höchsten Befehl geschlossen. Margarete von Tirol (1318–1369), die Gräfin von Tirol und Hausherrin, verweigert ihrem heimkehrenden Gatten den Einzug in das Schloss – unfassbar! Aber es ist nur der Anfang einer schändlichen Geschichte. Weder sollte der junge Graf seinen Grafensitz wieder betreten noch seine ihm angetraute Gattin wieder in den Arm nehmen können. Er wird auf entwürdigende Weise seine Grafschaft verlassen und beim Patriarchen von Aquileia Unterschlupf suchen müssen. Wie konnte das nur geschehen, und was hatte es zu bedeuten?[35]

In den Familienputsch, den die Ehefrau 1341 im Verbund mit mächtigen Baronen gegen ihren Gemahl anzettelte und der binnen Kurzem zum Streit um die Grafschaft Tirol führte, waren die drei mächtigsten Dynastien involviert, die die Politik um die Mitte des 14. Jahrhunderts im Reich hauptsächlich bestimmten. Besonders spannend wurde die Intrige dadurch, dass nicht jedes Familienmitglied dynastiekonformes Verhalten an den Tag legte. Es konnte sogar vorkommen, dass manche ihr eigenes Süppchen kochten und deshalb eine der Familie abträgliche Politik verfolgten. Prinz Karl, der ältere Bruder des so schmachvoll entmachteten Grafen, war einer der Hauptakteure in dem Gezerre um die wertvolle Gebirgsgrafschaft. Margarete von Tirol – Tochter Herzog Heinrichs VI. von Kärnten, Graf von Tirol (wohl 1265–1335), der erbrechtlich auch in Böhmen und Polen Fuß fassen wollte – wurde als alleinige Erbin Tirols zum Spielball der um die Vorherrschaft im Reich ringenden Dynastien der Luxemburger, Wittelsbacher und Habsburger. Zunächst waren für sieben Jahre die Luxemburger zum Zuge gekommen.[36] König Johann von Böhmen hatte nämlich Johann Heinrich, seinen drittgeborenen Sohn, der vier Jahre älteren Margarete von Tirol zur Ehe versprochen; 1330 wurde der Achtjährige in Innsbruck mit der zwölfjährigen Margarete vermählt. Der voraussichtlich in naher Zukunft eintretende Erbfall Tirols, so Johanns Hoffnung, wäre für seine in Oberitalien angestrebte Herrschaftsbildung ein wichtiges Bindeglied mit zudem erheblichen Einnahmen aus Zöllen des transalpinen Handels. Als Anfang April 1335 Herzog Heinrich von Kärnten, der Vater der Braut, starb, erklangen mit den Gesängen der für ihn veranstalteten Totenmessen zugleich die Eröffnungsfanfaren eines sich endlos hinziehenden Kampfes um sein umfangreiches Erbe, zu dem auch Tirol gehörte.[37]

Karl, inzwischen Markgraf von Mähren, hatte nach seiner Rückkehr aus Italien für mehr als zwei Jahre in Böhmen seinen oft abwesenden Vater vertreten und das Vertrauen eines großen Teils der böhmischen Barone gewonnen, hatte verpfändete königliche Burgen ausgelöst, auf der Prager Burg begonnen, einen schönen Palast zu erbauen, und seine erste Tochter Margarete in den Armen gehalten. Dabei habe er die in Frankreich und Italien vergessene böhmische Sprache wiedererlernt: «Durch göttliche Gnade jedoch wussten wir nicht nur Böhmisch, sondern auch Französisch, Lombardisch, Deutsch und Latein so zu sprechen, zu schreiben und zu lesen, dass die eine wie alle anderen dieser Sprachen uns beim Schreiben, Lesen, Sprechen und Verstehen zur Verfügung standen.» Auch der Chronist Peter von Zittau erwähnt bewundernd Karls Sprachtalent, das offenbar schon den Vater auszeichnete und das Karl nachweislich zumindest einem seiner Söhne, dem späteren Kaiser Sigismund, mitgab. Der Dichter Francesco Petrarca (1304–1374) jedenfalls ließ in einem Brief kurz anklingen, dass Karl «nach Sitte und Sprache nicht weniger Italer als Germane» gewesen sei. Wichtig für die Einordnung von Karls Sprachenkenntnis ist, dass sprachgeschichtlich vor der Entstehung nationaler Standardsprachen die regionalen Eigenheiten der Dialekte ein noch viel größeres Gewicht besaßen als heute. Mit Französisch – *Gallicus* heißt es in der Quelle – dürfte der Dialekt der Île-de-France, mit Lombardisch eben nicht heutiges Italienisch und mit Deutsch eine oberdeutsche Mundart, vielleicht auch eher Lützelburgisch, die zum Moselfränkischen gehörende Sprachvariante in Luxemburg, gemeint sein. Deren spezielle Idiome wurden in entfernteren Regionen der jeweiligen Länder nur schwer oder gar nicht verstanden.[38]

König Johann befahl zu Beginn des Jahres 1336 seinen Sohn Karl in die Alpengrafschaft, einerseits wohl, um ihn in Böhmen loszuwerden – das Misstrauen nagte wieder einmal an ihm wie eine Krankheit –, andererseits, damit der ältere seinem jüngeren, nun fast vierzehnjährigen Bruder zu Hilfe eile, die Regentschaft für den noch unmündigen Grafen führe und somit die Interessen der Luxemburger in Tirol wahrnehme. Hilfe bedeutete, wie so oft in jener Zeit, Kriege zu führen. Das tat Karl dort auch reichlich, zum einen mit den Habsburgern, die sich nach dem Herzogtum Kärnten auch noch der Grafschaft Tirol bemächtigen wollten, zum andern mit den Grafen von Görz, einer Tiroler Seitenlinie. Im Hochsommer 1336 ist Karl mit seinem Bruder Johann und dessen Gattin Margarete in Innsbruck nachweisbar. Mit dem zahlreichen Gefolge, zu dem wohl auch jener Karl schon lange treu dienende Kanzler Nikolaus von Brünn gehörte, den der Prinz bald darauf zum Bischof von Trient erheben (1338–1347) ließ, wurde reichlich getafelt. Die Gesellschaft verspeiste fast siebzehntausend Brote, knapp eintausendfünfhundert Käse sowie Trockenfleisch von zwei Rindern und fast zweihundert Schafen, ausreichend hinuntergespült mit mehr als zehn Wagenfuhren Wein, wie Rechnungsbücher verraten.[39]

Im Sommer 1337, bei Karls erneutem Aufenthalt in Tirol, kam es zu Kämpfen eines Bündnisses gegen die Herren della Scala von Verona, dem der Luxemburger später beitrat. Karl gelang es, sich mit Waffengewalt der strategisch wichtigen Orte Feltre und Belluno zu bemächtigen. In diesem Zusammenhang ist auch Karls feierlicher Empfang in Venedig im August 1337 zu sehen, einem der Bündnispartner gegen die Scaliger. Einige Monate zuvor hatten die Venezianer versucht, Karl von Freibeutern aufbringen zu lassen und ihn zu einem Empfang in ihrer Stadt und damit in die Rolle des Juniorpartners zu zwingen. Denn wer wen in welchen rituellen Formen im öffentlichen Raum empfing, war voller zeichenhafter Bedeutung und von höchstem Gewicht für die Rangordnung unter Verhandlungspartnern. Karl entschlüpfte seinerzeit auf einem Fischerkahn unter Netzen versteckt, um bald darauf als ehrfurchtgebietender Kriegsherr wiederzukehren und nun selbstbewusst eigene Forderungen in das Bündnis einzubringen.[40]

Die Hauptvertreter der Luxemburger, König Johann und Markgraf Karl, entwickelten bald darauf konträre Auffassungen in ihrem Verhältnis zu Ludwig IV., dem römischen Kaiser und Haupt der Wittelsbacher. Eine von Karls Onkel Balduin von Trier (1285–1354) eingefädelte Aussöhnung und Einigung zwischen dem Kaiser und König Johann, die im März 1339 auf dem Hoftag in Frankfurt am Main eine kaiserliche Belehnung des Böhmenkönigs mit dessen Herrschaftsgebieten und Johann Heinrichs mit Tirol endete, lehnte Karl nach eigener Aussage kategorisch ab. Das erwies sich als schwerer Fehler. Es folgte nämlich im Laufe des Jahres 1341 der völlige Zusammenbruch der Luxemburger Herrschaft in Tirol, eingeläutet durch die Vertreibung Johann Heinrichs aus Bett und Burg. Dass Margarete bald darauf den Wittelsbacher Ludwig V. (1315–1361), den gleichnamigen Sohn Kaiser Ludwigs IV. und Markgrafen von Brandenburg, heiratete, zeigt, dass Wittelsbach neben den Habsburgern im Hintergrund seine Fäden gezogen hatte.[41]

In den Erinnerungen der Zeitgenossen, die von vielen Chronisten genüsslich kolportiert wurden, schien der wahre Grund des Dramas ausschließlich in der verunglückten Ehe gelegen zu haben. Der Chronist Heinrich Taube von Selbach wusste, dass Margarete von ihrem Gemahl behauptet habe, dass er «kalt – *frigidus* – und unfähig zur fleischlichen Vereinigung» sei. Johann, Abt des Zisterzienserklosters Viktring bei Klagenfurt, der als Hofkaplan und Schreiber erst Herzog Heinrich VI. von Kärnten und Tirol, später Herzog Albrecht II. von Österreich diente, hatte ab 1341 eine Chronik mit dem Titel *Liber certarum historiarum*, also etwa «Das Buch feststehender» oder auch «unbestreitbarer Geschichten», verfasst. Darin berichtet er auch von der angeblichen «Untauglichkeit zum Beischlaf» des Grafen; diese sei ihm, wie gemunkelt werde, von der Gattin Heinrichs von Kärnten «insgeheim angezaubert worden». Mathias von Neuenburg notierte über den Vorfall: «Da Johann, Graf von Tirol, der Sohn des Böhmenkönigs, unfähig war und seine halbnärrische Gemahlin immerzu quälte, indem er sie unter anderem in die Brustspitzen biss, beriet sich diese insgeheim mit ihren Baronen und dem Fürsten» – Kaiser Ludwig ist gemeint – «vertrieb den Böhmen aus der Grafschaft und nahm den genannten Ludwig» – den gleichnamigen Sohn des Kaisers – «zum tatsächlichen Gemahl. So beraubte Fürst Ludwig den Sohn des Königs Johann von Böhmen seiner Gemahlin sowie seiner Herr-

schaft und damit ein unerhörtes und schreckliches Verbrechen be-
gehend. [...] O Götzendienst des Geizes, der du so große Fürsten zu
Fall bringst! Daraus entstand wieder, und nicht ohne Grund, fressender
Neid und Hass zwischen den Böhmen und dem Fürsten und seinen
Söhnen.»[42]

Das stimmte. Zumindest in der Folge. Der Hass zwischen Luxemburgern und den zahlreichen Wittelsbachern schien nun über lange Zeit un-
überbrückbar zu sein. Nicht einmal die Rechtmäßigkeit der Kaiserwürde
wollte Karl seinem Gegner Ludwig IV. zuerkennen. Im Jahr 1343 ließ er in
einer von ihm wohl nur vorläufig gedachten Friedensvereinbarung beur-
kunden: «Wir, Karl, erstgeborner sun unsers herren Johans chunges zu
Beheim, marcgrafe zu Merhern», schließen einen Frieden mit «hern Lud-
weig, der sich keyser nennet». Für Karl war Ludwig so wenig ein Kaiser
wie für den Papst, woraus zwangläufig folgte, dass Karls Großvater Heinrich VII. für die luxemburgische Partei als der letzte Kaiser galt. Und der
im herabwürdigenden Sinne aus der Verunglimpfung späterer Chronisten geprägte Beiname «Maultasch» für Gräfin Margarete erwies sich als
unausrottbar – bis hin zu Lion Feuchtwangers Erfolgsroman von 1923 *Die
häßliche Herzogin*. Dass die üblen Gerüchte über Graf Johanns sexuelles
Unvermögen wenig mit der Realität zu tun hatten, wird dadurch ersicht-
lich, dass er später mit anderen Frauen sieben Kinder zeugte. Aber Ge-
tuschel über Defizite geregelten Ehelebens macht sich immer gut, und
das besonders in einer Zeit, da die Rechtmäßigkeit einer Ehe und der
damit verknüpften Ansprüche am Vollzug der körperlichen Vereinigung
hing. Um den Nichtvollzug und damit die Ungültigkeit der Ehe zwischen
Karls Bruder und Margarete juristisch sauber zu unterfüttern, weil die
Luxemburger dadurch zwangsläufig jeden Rechtstitel auf Tirol verloren,
hatte 1342 Kaiser Ludwig IV. für ein weltliches Scheidungsurteil Fachgut-
achten geistlicher und weltlicher Gelehrter seines Hofes eingeholt, darunter solche von Wilhelm von Ockham (um 1288–1347) und Marsilius von
Padua (um 1285–um 1342).[43]

Im April 1347 versuchte sich Karl, der mittlerweile zum Gegenkönig zu
Ludwig IV. erhoben worden war, bei einem vergeblichen militärischen
Vorstoß zur Rückeroberung der Grafschaft in den Besitz der Stammburg
Tirol zu setzen. Doch Margarete, Karls ehemalige Schwägerin, verteidigte
die Festung mit glücklicher Hand. Als «Kriemhild», als Rachefurie des

Nibelungenliedes, sollte Karls Kanzler Johann von Neumarkt die energische Fürstin später bezeichnen. Beim Rückzug hinterließen die frustrierten karolinischen Truppen schwerste Verwüstungen in den durchstreiften Gebieten, die Städte Meran und Bozen wurden niedergebrannt. Im Sommer desselben Jahres hatte Karl dann ein Einsehen. In einer Urkunde vom 26. Juli 1347 aus Villach trat er «alle die anspruch und recht, die wir und unser bruder hertzog Hanns auf der vorgenanten herschaft und auf dem lande haben bey der Etsch», ab.[44]

Einige Jahre später, im Mai 1349 – Kaiser Ludwig war inzwischen tot –, erklärte Karl im Feldlager vor Eltville am Rhein urkundlich seinen Verzicht auf die umstrittenen Gebiete in Kärnten, Tirol und Görz. Im sogenannten Frieden von Bautzen vom Februar 1350 belehnte er dann den Kaisersohn Ludwig V. mit den Grafschaften Tirol und Görz sowie dem Herzogtum Kärnten. Dieser Akt war Bestandteil weiterer Belehnungsakte, die Ludwig und seine Halbbrüder Ludwig der Römer (1328–1365) und Otto (1346–1379) in die Herrschaftsrechte der ebenfalls umkämpften Mark Brandenburg einsetzten. Der Kampf um die Grafschaft Tirol jedenfalls, so resümierte Ferdinand Seibt, war Karls «erfolgloseste(s) Projekt aus dem politischen Nachlass Johanns – vom oberitalienischen Unternehmen abgesehen».[45]

Nach dem Tod ihres zweiten Ehemanns Ludwig 1361 und auch ihres gemeinsamen Sohnes Meinhard III. von Tirol (1344–1363) vermachte Gräfin Margarete die Grafschaft Tirol ihrem nächsten Verwandten, dem ehrgeizigen Habsburger Rudolf IV. von Österreich (1339–1365), genannt der Stifter. Für die eigene Lebenszeit behielt sie sich aber die Regierungsgewalt vor. Natürlich wollten die Wittelsbacher die Übertragung an die Habsburger nicht einfach so hinnehmen und fielen mit Waffenmacht in Tirol ein. Da sie sich militärisch aber nicht durchsetzen konnten, verzichteten 1369 im sogenannten Frieden von Schärding letztlich auch die Wittelsbacher gegen eine hohe Abfindung für immer auf Tirol. Die Habsburger waren so, auf lange Sicht gesehen, in dem Streit Luxemburg gegen Wittelsbach um die reiche und strategisch wichtige Alpengrafschaft die lachenden Dritten – ein zeichenhafter, den Gesamtsieg andeutender erster Erfolg in dem Kampf der drei Dynastien. Dass Bayerns Wittelsbacher in Napoleonischer Zeit erneut nach Tirol griffen, das vom Frieden von Preßburg 1805 bis zum sechsten Koalitionskrieg von 1813 zu ihrem neuen

Königreich gehörte, zeigt, dass die alte Sehnsucht nach dem Alpenland
nie ganz erloschen war.[46]

Der Weidenstäbchenschnitzer
mit dem schiefen Hals

Im Gegensatz zu vielen anderen mittelalterlichen Herrschern gibt es von
Karl IV., der zu den am häufigsten abgebildeten Herrschern seiner Zeit
gehörte, nicht nur viele bildliche Darstellungen in Form von Wand- und
Buchmalereien sowie plastischen Werken – wie etwa die Herrscherbüste
vom Triforium des Veitsdomes in Prag oder das demütige Gesicht im
Votivbild des Prager Erzbischofs Johann Očko von Vlašim (um 1292–
1380) –, sondern auch eine präzise Beschreibung seines Aussehens durch
einen Chronisten. Die Frage ist nur: Inwieweit erfassen Bilder und Beschreibungen etwas von den tatsächlichen physiognomischen Merkmalen
Karls? Wie viel daran ist einem Formelkanon verhaftet, wie viel individu-
elle Charakteristik enthalten sie? Immerhin hat Karl als erster Herrscher
des mittelalterlichen Reiches sogenannte Identifikationsporträts von sich
anfertigen lassen, bei denen hochverehrte Heilige oder biblische Personen
Gesichtszüge des Herrschers erhielten. Das Verschmelzen von Vorbild
und Herrscherantlitz sollte die Wesensähnlichkeit Karls, seine Sakralität,
im Grunde seine sich wohl schon bald offenbarende Heiligkeit sichtbar
machen. Diese speziellen Porträts, deren Wurzeln nach Italien und Frankreich reichen und die dem Stil des karolinischen Hofkreises der 1360er
und 1370er Jahre entsprachen, liefern trotz der Wiedererkennbarkeit des
Herrschers kaum Anhaltspunkte für sein wirklichen Aussehens. Sie sind
keine Porträts in heutigem Sinne, sondern dürfen aufgrund ihrer Verbindung von konkreter und idealisierter Physiognomie eher als eine Inszenierung des kaiserlichen Selbstverständnisses gelten. Im Wesentlichen
folgten die Herrscherbeschreibungen des Mittelalters über Jahrhunderte
dem Vorbild der antiken Kaiserbiographien des römischen Schriftstellers
Sueton (um 70–nach 122). Und je dichter ein Biograph am Auftraggeber
stand und je abhängiger er von ihm war, desto größer dürften die Ver-
lockungen oder Zwänge zu Beschönigungen und Glättungen bis hin zu
Lobhudeleien gewesen sein.[47]

Vom Meister selbst: Im Prager Veitsdom gibt es auf halber Höhe zwischen Boden und Gewölbe einen Umgang, der einzigartig im mittelalterlichen Europa war und der dem Andenken der Domförderer dienen sollte. In diesem sogenannten inneren und äußeren Triforium reihen sich im Chorpolygon neben Christus und einigen Heiligen auch 21 Büsten von historischen Personen in einer Art Porträtgalerie aneinander. Von Peter Parler selbst stammt die um 1375 entstandene Sandsteinbüste Karls, die noch Reste der ursprünglichen Farbfassung aufweist.

Matteo Villani (gest. 1364), ein jüngerer Bruder des berühmten Florentiner Chronisten Giovanni Villani, hat in seiner *Cronica* eine Beschreibung des Aussehens und Verhaltens des fast vierzigjährigen Karl aus dem Jahr 1355 hinterlassen. Matteo gehörte nicht zum Hof, war also dessen subtilen oder auch brutalen Zwängen zum Opportunismus nicht unterworfen. Allerding hat Matteo Karl nie persönlich gesehen, sondern berichtet nur vom Hörensagen, wie er selbst zugibt: «Nach dem, was wir im Gespräch aus dem Umfeld des Kaisers erfahren haben, war er von mittlerer Größe, aber klein im Verhältnis zu den Deutschen, etwas krumm, da er den Hals und den Kopf ein wenig vorbeugte. Er war schwarzhaarig, hatte ein etwas

breiteres Gesicht, große Augen und hohe Jochbögen, einen schwarzen
Bart, und an der Stirnseite des Kopfes war er kahl.» Dass Karl in dieser Zeit
schon «krumm» und «vorgebeugt» erschien, hatte mit einer schweren Turnierverletzung zu tun, auf die ich noch zurückkommen werde. Matteo Villani notierte weiter: «Er trug einfache und immer zugeknöpfte Kleidung
ohne Schmuck und Verzierung, die jedoch an den Knien häufig etwas kurz
war. Er gab wenig aus, sammelte mit großem Eifer Geld und kümmerte
sich schlecht um diejenigen, die ihm im Krieg dienten.»[48]

Dann kommt Matteo auf eine auffällige Marotte des Herrschers zu
sprechen: «Seine Gewohnheit bei Audienzen bestand darin, mit einem
Messer in der Hand Weidenstäbchen kleinzuschneiden. Wenn jemand
vor ihm kniend seine Bitte vorbrachte, schaute er demjenigen nicht ins
Gesicht, sondern ließ seine Blicke zwischen den Anwesenden umher-
schweifen, um es so erscheinen zu lassen, als ob er ihn nicht beachten
würde. Doch er hörte genau hin und verstand gut, und mit wenigen ge-
wichtigen Worten beantwortete er die Fragen nach seinem Willen, und
ohne zu zögern gab er, während er noch nachdachte, passende Antworten. So übte er drei Tätigkeiten gleichzeitig aus, ohne dass sie seine Aufmerksamkeit beeinträchtigten: das Herumirren der Augen, die Arbeit mit
den Händen sowie mit vollem Verstand Leute zu empfangen und wohl-
bedachte Antworten zu geben. Dies ist bewundernswert und besonders
beachtlich bei einem Herrscher. Es gelang ihm, dass sich sein Gefolge –
insgesamt viertausend deutsche Ritter – in Pisa anständig verhielt, und
darüber hinaus, dass es sich von den Kneipen und unanständigen Sachen
fernhielt, sodass vor seiner Krönung weder Raufereien noch Zank zwischen Fremden und Bürgern stattfanden.»

Auch über Karls nähere Umgebung und seine Entscheidungsgewohn-
heiten konnte Villani Auskunft geben: «Nur wenige Barone bildeten seinen Rat, zu denen der Patriarch [Karls Halbbruder Nikolaus von Aquileia (1322–1358)] hinzukam, aber die Entscheidung traf er eher selbst als
der gesamte Rat, weil er allein mit seinem scharfen Verstand und ange-
messenem Fleiß den anderen überlegen war. Er hütete sich vor der Anstif-
tung und Unterstützung der Ghibellinen in Italien, die es gewohnt waren,
Aktionen eher aufgrund ihres Parteiinteresses als zur Ehre der kaiserlichen
Krone anzuzetteln – er kannte deren Schwächen.»[49]

Bis zum Abgleich mit Karls Skelett, das 1978 zum sechshundertsten

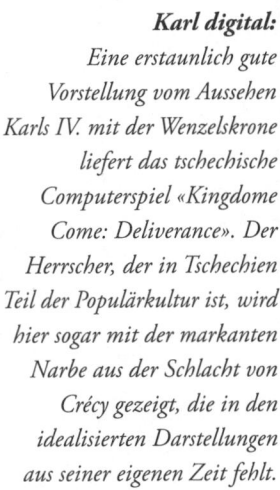

Karl digital:
Eine erstaunlich gute Vorstellung vom Aussehen Karls IV. mit der Wenzelskrone liefert das tschechische Computerspiel «Kingdome Come: Deliverance». Der Herrscher, der in Tschechien Teil der Populärkultur ist, wird hier sogar mit der markanten Narbe aus der Schlacht von Crécy gezeigt, die in den idealisierten Darstellungen aus seiner eigenen Zeit fehlt.

Todestag von Medizinern untersucht wurde, glaubten Forscher lange Zeit, dass Karl tatsächlich «klein im Verhältnis zu den Deutschen» gewesen sei und einen, wie Ferdinand Seibt vermerkte, im «Ganzen eher fragilen Körper» gehabt habe; der Kaiser sei «eher klein von empfindlicher Gesundheit» gewesen. Karls Knochen zeigen hingegen, dass er in seiner Jugend ein gut trainierter, muskulöser Mann war, der durch Leibesübungen seinen Körper gekräftigt hatte. Auch der Schädel Karls ist groß und verfügt über einen starken Kiefer. Und mit etwa 173 Zentimetern Körpergröße war er zu seiner Zeit auch als Erscheinung nicht klein. Des Weiteren lässt sich rekonstruieren, dass Karl braune und stark nach außen gewölbte Augen hatte, was die Medizin als Exophthalmus bezeichnet. Ob ihn das beeinträchtigt hat, ist unbekannt. Karl besaß außerdem eine hohe Stirn, man könnte auch Stirnglatze sagen. Sein zunächst dunkles Kopfhaar wurde mit fortschreitendem Alter, wie auch der Bart, zunehmend mit Grau durchsetzt.[50]

Auch König Johanns sterbliche Überreste konnten untersucht werden.

Er war mit etwa 170 Zentimetern etwas kleiner als sein Sohn, aber ebenfalls von athletischem Körperbau, nicht ganz so robust wie Karl. Im Gegensatz zu seinem Sohn hatte Johann keine Gicht, dafür aber, wie Karl, reichlich ausgeheilte Verletzungen, die von Schlägen und Stürzen herrührten. Johann war in Turnieren mehrmals schwer verletzt worden oder in Schlachten vom Pferd gestürzt. Beide Herrscherleichen sind offenbar unmittelbar nach dem Tod einbalsamiert worden. Auch die Blutgruppen von Vater und Sohn konnten ermittelt werden: Johann hatte Blutgruppe A, Karl hingegen Blutgruppe o.[51]

Karls auffällige Augen waren möglicherweise eine erbliche Belastung. Sein Großvater Kaiser Heinrich VII. sowie die Onkel Balduin und Walram besaßen ebenfalls schwache Augen. Johann, der schon seit der Jugend an empfindlichen Augen litt, erkrankte an einem unbekannten Augenleiden, vielleicht an einer Regenbogenhautentzündung, vielleicht am Grauen oder Grünen Star. Auch heutige Augenärzte können das nicht mehr genau bestimmen. Sicher ist nur, dass zwei erfolglose Behandlungsversuche von dilettantischen Chirurgen zu Johanns Beinamen «der Blinde» geführt haben. Einen der Ärzte schnürte man nach dem Erblinden eines Auges des Königs auf allerhöchsten Befehl in einen Sack und versenkte ihn in Breslau in der Oder.[52]

Zwölf Köpfe auf dem Brückenturm

MONTAG, 21. JUNI 1621, ALTSTÄDTER RING, PRAG. Trockener Trommelwirbel. Keiner versteht sein eigenes Wort in dem Krawall, der schon seit fünf Uhr morgens über den Altstädter Marktplatz hallt. Eine Abteilung junger Wallensteinscher Kavallerieoffiziere in blitzendem Kürass versucht ihre unruhigen Pferde in Formation zu halten. Auf einem Altan am Prager Rathaus am Altstädter Ring sitzen habsburgisch-kaiserliche Richter und vornehme Herren und verfolgen in den frühen Morgenstunden des 21. Juni 1621 den Fortgang eines grausigen Schauspiels, das über Stunden auf einer rechteckigen, erhöht über dem Pflaster stehenden und mit schwarzem Tuch überzogenen Bühne stattfindet: die Hinrichtung von Rebellen. Vierundzwanzig Adlige aus dem Herren- und Ritterstand sühnen durch das Schwert, drei Bürger durch den Strang ihre

Rolle in einem Aufstand, der ein drei Jahrzehnte dauerndes Ringen in Europa auslösen wird. Unter den Hingerichteten sind prominente Amtsträger des Böhmischen Königreiches: der böhmische Oberlandrichter, der Prager Burghauptmann, der Rektor der Karlsuniversität. Der ausführende Scharfrichter namens Jan Mydlář (1572–1664) verbraucht vier Richtschwerter und wird mit über sechshundert Schock Silbergroschen entlohnt, dem Gegenwert eines Bürgerhauses. In einem Bericht, den der Buchdrucker Johann Baptist Schönwetter bald darauf verbreiten wird, heißt es, nach der Exekution «seind 12 Köpf auf dem Brückenturm zu Prag, auf jeder Seite sechs, aufgesteckt» worden.[53]

Das Prager Blutgericht vom 21. Juni 1621 bildete das Finale eines Aufstands, der knapp drei Jahre zuvor mit dem zweiten Prager Fenstersturz begonnen hatte. Böhmische Adlige suchten ihre althergebrachten Freiheiten und Rechte sowie ihre konfessionelle Ausrichtung gegen den zunehmenden Druck der habsburgischen Herrscher zu verteidigen – notfalls durch die Wahl eines neuen Königs aus einer anderen Dynastie. Doch die Schlacht am Weißen Berg bei Prag am 8. November 1620 hatte in nur zwei Stunden diesen Traum von einem Böhmen der alten Adelswelt in Pulverdampf aufgehen lassen. In der ersten großen Schlacht des Dreißigjährigen Krieges siegten die Truppen der Katholischen Liga über das Heer der protestantischen böhmischen Stände. Die Folgen waren gewaltig: Nicht nur der Winterkönig Friedrich V. von der Pfalz (1596–1632), knapp ein Jahr zuvor zum böhmischen König gekrönt, wurde gestürzt, sondern die gesamte ständisch-konfessionelle Revolte Böhmens gegen die Habsburger brach zusammen. Kaiser Ferdinand II. (1619–1637) behandelte das Land ohne Milde nach Eroberungsrecht. Von den einundsechzig gefangenen Anführern und Standesherren wurde fast die Hälfte exekutiert. Hunderte Familien wurden außer Landes getrieben, riesige Ländereien protestantischer Geschlechter enteignet und zur Belohnung an landfremde Truppenführer oder katholische Familien neu verteilt. Dem überaus rebellischen Adel war die Existenzgrundlage entzogen. Zudem wurde durch die 1627 erlassene sogenannte *Verneuerte Landesordnung* die völlige Entmachtung der Stände Böhmens per Gesetz vorbereitet und später durch weitere Regierungsakte vollendet. Der habsburgische Triumph über die böhmische Ständeherrschaft war vollkommen. Es war die Geburtsstunde des langlebigen tschechischen Traumas von der Unterjochung der Nation.[54]

Die Ursachen des Konflikts lagen weit zurück und hatten unmittelbar mit Karl IV. zu tun. Zu Beginn des 14. Jahrhunderts folgte dem Erlöschen der Přemysliden im Mannesstamm in Böhmen ein mehrere Jahrzehnte währendes instabiles Königtum, das im Grunde bis zu Karls Regierungsantritt reichte. In dieser Zeit gelangten wichtige Herrschaftsfunktionen des Landes in die Hände von Hochadligen, die ohnehin seit König Přemysl Ottokars II. überraschendem Schlachtentod 1278 schon viele Königsgüter und -rechte okkupiert hatten. Diese Machtverschiebung in vielen Bereichen zugunsten des böhmischen Adels führte schließlich zu einer Art Ständeherrschaft, die König Johann von Böhmen zeit seines Lebens die Freude an seinem schönen Königreich verderben sollte. Auch der politisch gewitzte Karl wird die enorme Macht der böhmischen Barone nicht aushebeln können. Er sollte sich deshalb später hauptsächlich auf mitteldeutschen und schlesischen Adel stützen. Karls zweitgeborener Sohn und Nachfolger, der römisch-deutsche und böhmische König Wenzel, sollte über lange Zeit vollends zum Spielball der Adelsinteressen werden; 1394 wurde er von den Magnaten sogar regelrecht gefangen gesetzt. Der Zwist zwischen der Königsmacht und den Interessen des Herrenadels, der Böhmen einen Weg in Richtung «Ständemonarchie» wies, sollte sich im 15. und 16. Jahrhundert fortsetzen. Im Grunde ist dieser Dualismus erst mit der Exekutions- und Enteignungswelle im Gefolge der Schlacht am Weißen Berg in den 1620er Jahren beendet worden. Es siegte eine auf die absolutistische Ausformung zielende Staatsentwicklung, die jegliche Art von Landesfürstentümern, wie sie im Reich existierten, in Böhmen im Keim unterband. Wie in vielen anderen Monarchien in Europa kam es zu Beginn der Frühen Neuzeit in Böhmen zur Umformung des einst politisch so mächtigen Herrenadels zu königsabhängigen Hofadligen.[55]

Dieser langfristig zu beobachtende Herrschaftsdualismus wirft die Frage auf: Was und wen beherrschte in ständiger Konkurrenz zum Hochadel der König von Böhmen im 14. Jahrhundert eigentlich? Und wo lagen die Schwerpunkte seiner Herrschaft? Das Gebiet des Königreichs Böhmen war nämlich kein einheitliches Staatsgebiet im modernen Sinne, sondern setzte sich aus einer Vielzahl von Territorien mit ganz unterschiedlichen Bindungen zum jeweiligen Inhaber der Krone zusammen. Den Kern des Königreichs Böhmen stellte ein riesiger Talkessel von etwas über fünfzigtausend Quadratkilometern dar, von vier Mittelgebirgen eingeschlossen: dem Böhmerwald als südwestlicher Grenze zu Bayern, dem Erzgebirge als nordwestlicher Grenze zu Sachsen, den Sudeten mit dem Riesen- und Altvatergebirge als nordöstlicher Grenze zu Schlesien und der Böhmisch-Mährischen Höhe als südlicher Grenze zu Österreich. Diesem böhmischen Becken, einem «Kontinent mitten im Kontinente», wie Goethe einmal notierte, schloss sich in lehensrechtlicher Abhängigkeit die südöstlich gelegene Markgrafschaft Mähren an. Dazu kamen als Herrschaftsbereich das Bistum Olmütz und das Herzogtum Troppau, die Reichspfandschaft Eger, später dreizehn schlesische Fürstentümer, die Länder um Zittau, Bautzen und Görlitz, zeitweise ein in der Oberpfalz gelegenes sogenanntes «Neuböhmen» und zum Ende der Regierung Karls auch die Markgrafschaften Lausitz – die spätere Niederlausitz – und Brandenburg. In diesem Länderverband, so schätzen Fachleute, lebten etwa drei Millionen Menschen, von denen auf Böhmen und Mähren etwa zwei Millionen entfielen.[56]

Diese Territorien bildeten keine mit heutigen Staaten vergleichbare Einheit, sondern hingen in sehr unterschiedlichen rechtlichen Bindungen aneinander, entweder als Lehen oder als Pfandschaften, also als Gegensicherung für größere Summen geliehenen Geldes, als inkorporierte Herrschaften oder als in Personalunion vereinte Gebiete. Sie bestanden aus königlichen Städten und Domänen oder aus dem einer Königsgewalt entzogenen Adelsbesitz. Es ist spannend zu verfolgen, wie in der Regierungszeit Karls IV. Lehen des Heiligen Römischen Reiches in böhmische Lehen verwandelt oder gekaufte Territorien in das Königreich Böhmen inkorporiert, also tatsächlich «eingekörpert» wurden. Aus hauptsächlich machtpolitischen und zudem verwaltungstechnischen Gründen etablierte Karl für diesen Gesamtkomplex der Territorien den Begriff einer sogenannten *corona Bohemiae*, einer «Böhmischen Krone». Der Vorteil dieser Konstruktion bestand darin, dass es nicht mehr der jeweilige sterbliche König von Böhmen oder der Personenverband des Hochadels war, dem ein Land gehörte oder der Burgen und Herrschaften als Lehen hielt, sondern alle Herrschaftsrechte wurden einer unsichtbaren, dafür aber ewigen Krone Böhmens zugeordnet. Die Vorstellung einer unvergänglichen juristischen Einheit, die über den Tod des jeweiligen Herrschaftsträgers hinaus Herrschaftsrechte beisammenhielt und wie ein Dach alles überwölbte, ähnelt in gewisser Weise der westeuropäischen Vorstellung, der König besäße zwei Körper: den hinfällig-sterblichen und den unsterblich-ewigen. Mit der Krone, die man sich im Besitz des Landespatrons Wenzel imaginierte, ist im Grunde eine Art protostaatlicher Struktur geschaffen worden, die als Begriff und Rechtskonstruktion später von den Habsburgern übernommen wurde. Allerdings bestand weiterhin die Gefahr, dass ebenso wie der König auch die Vertreter der Stände von sich behaupten konnten, sie seien die eigentlichen Vertreter oder gar Repräsentanten einer *corona Bohemiae* – ein auf dem Verhandlungsweg unlösbarer Konflikt, den erst am Beginn des Dreißigjährigen Krieges das Schwert entschied.[57]

Ein böhmischer König führte – wie viele europäische Herrscher jener Zeit – ein Leben vom Sattel aus, bestenfalls aus der Sänfte. Das spätmittelalterliche Königtum stellte zu weiten Teilen immer noch ein Reisekönigtum dar, in dem der Herrscher durch seine Herrschaftsgebiete reiste, um sich persönlich zu zeigen, Streit zu schlichten und Recht zu sprechen, wohl auch, um durch seine Präsenz Legitimation zu bekräftigen. War der Herrscher fern, dann erging schon mal die Aufforderung an die Streithähne, gefälligst bis zu seinem Erscheinen zu warten, er werde die Sache entscheiden. Das Itinerar, die chronologische Aufreihung der Aufenthaltsorte eines Herrschers, lässt durch die Häufigkeit und vor allem Dauer der Aufenthalte Schwerpunkte seiner Herrschaft erkennen. Das schließt nicht aus, dass im 14. Jahrhundert bei vielen Machtträgern schon bestimmte Residenzorte ausgemacht werden können. Bei Karl IV. lagen die Schwerpunkte seines Aufenthalts nach dem Erwerb seiner böhmischen und römisch-deutschen Königswürde auf einer fast sechshundert Kilometer langen Ost-West-Achse zwischen Breslau und Nürnberg mit dem auf halber Strecke liegenden Hauptort Prag. Fast ein Drittel seiner Regierungszeit, also etwa zehn Jahre insgesamt, hat Karl in der Metropole an der Moldau verbracht. Die Nürnberger Aufenthalte summieren sich auf fast drei Jahre, die Breslauer auf ein Jahr. Die Nürnberger Aufenthaltsdichte belegt die Bedeutung dieser fränkischen Metropole für Karl IV., die Breslauer das Gewicht Schlesiens. Aber solange Johann lebte, noch in den ersten Jahren des 1340er Jahrzehnts, war Karl noch nicht König von Böhmen oder Träger einer Krone anderer Reiche. Doch das sollte sich bald ändern.[58]

2

DER GEGENKÖNIG

«Nun, es ist das Unglück des Thronräubers, diejenigen ebenso
zu Feinden zu haben, die ihm die Krone aufsetzten, wie jene,
denen er sie fortgenommen hat.»

Honoré de Balzac, «Une ténébreuse affaire»

Die gekaufte Wahl

DIENSTAG, 11. JULI 1346, RHENS AM RHEIN. An einem Hochsommertag auf einem kleinen Anger inmitten eines Nussbaumhains am Rheinufer bei Rhens etwa zehn Kilometer südlich von Koblenz versammelten sich einige der mächtigsten Fürsten des Reiches zu einem Akt mit weitreichenden Folgen: Ein neuer König sollte gewählt werden. Seit Ende des 13. Jahrhunderts kamen an diesem traditionsreichen Ort Kurfürsten mehrfach zu Beratungen im Vorfeld einer Wahl zusammen. Acht Jahre zuvor, am 16. Juli 1338, waren sich die Fürsten an dieser Stelle im sogenannten *Rhenser Weistum* einig geworden, dass ein von ihnen gewählter König sofort, also ohne päpstliche Bestätigung, auch den Königstitel führen und über Rechte und Güter des Reiches verfügen dürfe. Ursprünglich sollten alle Reichsfürsten aus der Führungsschicht des Reiches zur Wahl eines Königs berechtigt sein. Doch hatte sich in einem langwierigen Prozess aus einer Gruppe von Vorstimmberechtigten ein Kollegium von sieben Königswählern herauskristallisiert, bestehend aus den drei rheinischen Erzbischöfen von Köln, Mainz und Trier sowie dem Pfalzgrafen bei Rhein, dem König von Böhmen, dem Herzog von Sachsen und dem

Markgrafen von Brandenburg. Dass die überaus mächtigen Habsburger nicht dazu gehörten, war eigentlich unbegreiflich und brachte in schöner Regelmäßigkeit Konflikte mit dieser Dynastie hervor.

An besagtem Julitag 1346 waren in Rhens die Erzbischöfe Gerlach von Mainz, Walram von Köln und Balduin von Trier versammelt, Letzterer ein Bruder des ehemaligen Kaisers Heinrich VII. Des Weiteren erschienen Herzog Rudolf I. von Sachsen-Wittenberg (um 1284–1356) und König Johann von Böhmen, beide mit reichlich Gefolge, darunter Karl, der Markgraf von Mähren. Dass die Kurfürsten Rudolf II., der Pfalzgraf bei Rhein (1329–1353), und Ludwig V., Markgraf von Brandenburg (1315–1361), der älteste Sohn des Kaisers, fehlten, überraschte niemanden, denn sie gehörten zur Dynastie der Wittelsbacher, und gegen das Oberhaupt dieser Familie, Kaiser Ludwig IV., richtete sich die nun folgende Aktion.[1]

Zunächst erklärte die Versammlung in der Art eines Gerichts, dass das Reich kein rechtmäßiges Reichsoberhaupt besitze. Deshalb sei es dringend geboten, ein neues zu wählen. Und das taten die versammelten Kurfürsten dann auch. Karl von Mähren, schon seit 1343 in der päpstlichen Geheimdiplomatie als möglicher Gegenkandidat zu Ludwig gehandelt, wurde einstimmig zum neuen König gewählt. Karl hat diesen Augenblick als Höhepunkt seines Lebens verstanden und seine *Vita* damit enden lassen. König Johann habe sich, so heißt es darin, an die Kurie in Avignon zu Papst Benedikt begeben «und kam mit ihm so weit überein, dass er vor allen Kurfürsten erklären solle, Ludwig von Bayern sei kein wahrer Kaiser. Denn er stelle sich gegen die heilige römische Kirche, die Mutter der Christenheit, und habe einen Franziskaner als Papst eingesetzt, um sich krönen zu lassen. Und so unverzüglich zur Wahl fortschreitend wählten die Kurfürsten den Markgrafen von Mähren unter glücklichen Vorzeichen zum römischen König.»[2]

Welch enorme Bedeutung dieser Tag und dieser Ort für Karl besessen haben, zeigt sich unter anderem daran, dass er seine Privilegien bei der Angabe der römischen Königsjahre nach diesem Tag datieren lassen wird und nicht, wie etwa bei den Kaiserjahren, nach dem Tag der Krönung. Zudem wird Karl im Juli 1376 eine Anweisung für die Errichtung eines Bauwerks an der Stelle erlassen, weil, wie es in der Urkunde heißt, «daruff die kurfursten umb eynen zukunftigen Romischen kunig zu nennen und zu welen ubereyn komen mogen»; in einer späteren Bestätigungsurkunde Wenzels wird ein «steynen gestuel» genannt. Dieser sogenannte Königstuhl von Rhens, der mehr einer Empore denn einem «Stuhl» gleicht, sollte später noch bei Ruprecht von der Pfalz als Wahlort dienen. Karls Sohn Wenzel sowie Friedrich III. und Maximilian I. (1493–1519) nutzten ihn als Legitimationsstation ihrer Königserhebung. Im Zuge der Napoleonischen Kriege 1803 zerstört, wurde der Königstuhl im 19. Jahrhundert mit maßgeblicher Unterstützung durch König Friedrich Wilhelm IV. von Preußen (1840–1861) wiedererrichtet und 1924 vom Uferbereich auf die Rheinhöhe Schawall verlegt.[3]

Noch am Tag der Wahl verschickte der neue König Wahlanzeigen an verschiedene Städte und Hochadlige des Reiches. Darin nannte er sich *in Romanorum regem electus*, «erwählt zum König der Römer». Weil die Kurfürsten das Imperium als verwaist ansähen, hätten sie ihn zum König und damit auch zu einem zukünftigen Kaiser gewählt. Zu den Adressaten zählte auch die für die baldig erhoffte Krönung zuständige Stadt Aachen. Die Aachener Stadtoberen werden gelacht haben über die Nachricht dieses Markgrafen von Mähren, der der neue König sein wollte und dann wohl auch Kaiser, standen sie doch, wie die meisten Städte, fest zu Kaiser Ludwig. Sollte Karl einfallen, sich mit Gewalt Einlass in ihre Stadt verschaffen zu wollen, so sollte er ihre Schleudermaschinen kennenlernen und eine Donnerbüchse, die in dieser Zeit angeschafft wurde.[4]

An der Wahl Karls in dem Obstwäldchen waren einige Dinge besonders pikant. Zum einen gab es mit Ludwig IV. einen weithin anerkannten König und Kaiser. Und zu diesem hielten nicht nur die Bürger von Aachen, sondern auch die von Frankfurt am Main, sodass sich Karl weder zur traditionellen Krönungsstadt noch zur traditionellen Stadt der Wahl Zutritt verschaffen konnte. Zum anderen war einer der drei Erzbischöfe selbst ein erst kurz zuvor ins Amt gehievter Gegenkandidat zum ursprünglichen Amtsinhaber. Und es war schon den Zeitgenossen, wie etwa Heinrich Taube von Selbach (gest. 1364), aufgefallen, dass «etwas Neues und Merkwürdiges» geschehen sei, «als auf Veranlassung des Herrn Papstes Clemens VI. der bereits erwähnte Karl, der Sohn des Königs von Böhmen, von fünf Kurfürsten des Reiches [...] zum römischen König gewählt wurde». In der Tat war es der Papst gewesen, der nach einer Verfluchungstirade am Gründonnerstag 1346 Ludwig mit seiner ganzen

Sippe exkommuniziert und die Kurfürsten anschließend aufgefordert
hatte, einen neuen König zu wählen.[5]

Besonders aufmerksame Chronisten registrierten allerdings auch, was
als zusätzliches «Wahlargument» gedient hatte, nämlich dass die Wahl im
Grunde gekauft worden war. Der Dominikaner Heinrich von Herford
(gest. 1370) nannte in seinem Buch von den erinnerungswürdigen Dingen «angemessene Gründe zur Wahl eines Kaisers». Dazu zählten für ihn
«das allgemeine öffentliche Wohl, gute Herrschaft und Regierung, Frie-
densbewahrung, Wohlfahrt und Schutz des gesamten Erdkreises, die Verbreitung des Evangeliums und auch des christlichen Glaubens». Karl
aber, so führte Heinrich von Herford weiter aus, «wurde nicht wegen des
allgemeinen Wohls zum König erhoben, sondern um irgendeines und wie
auch immer gearteten besonderen Vorteils für irgendeine Person willen,
nämlich wegen der Verwandtschaft, dass ihn Erzbischof Balduin von
Trier für das Herrscheramt vorschlug, der ein Bruder seines Großvaters,
des Kaisers Heinrich [VII.], war; oder wegen eines schändlichen und auf
Ämterkauf beruhenden Vorteils, dass der Benannte von Herzog Rudolf
von Sachsen und Erzbischof Walram von Köln ins Königsamt gehoben
wurde – die Stimme des Herzogs wurde für zweitausend Mark Silber gewonnen und gekauft, die des Kölner Erzbischofs, der bedürftig und arm
war, weil untätig, für achttausend Mark Silber und für einen Schuld-
schein von sechstausend Schildgulden, die er jährlich an die päpstliche
Kammer zu zahlen verpflichtet war – oder um des Ehrgeizes und der
Habgier nach großen Beförderungen willen sowie wegen jener einzigarti-
gen Neuigkeit dieser Dinge, dass der Mainzer Gerlach ihn [Karl] zum
Herrscher erkor, derselbe Mainzer, welcher zum Erzbischof gemacht
wurde, um Karl zu nominieren, und ihn nominierte, um selbst Erzbischof
zu werden».[6]

Nach Meinung des Chronisten hatten also alle vier Kurfürsten, die
halfen, Karl ins Amt zu bringen, um persönlicher Vorteile willen gehandelt. Nun war ausreichend «Handsalbe», die die Hände der Kurfürsten
für die Stimmabgabe geschmeidiger machen sollte, eine schon länger ge-
übte Praxis. Doch in welchen Größenordnungen bewegten sich die
Schmiergelder bei der Wahl Karls? Und woher stammten sie? Die Kölner
Mark als Gewichtseinheit entsprach ungefähr einem halben Pfund Edelmetall. Rudolf von Sachsen dürfte also nach Heinrichs Überlieferung fast

fünfhundert Kilogramm, Walram von Köln sogar zwei Tonnen Silber bekommen haben. Da zu der Zeit ein Schock, also sechzig Prager Groschen, aus der Mark geschlagen wurden, beliefen sich die Summen für den Kauf der beiden Wahlstimmen auf 120 000 sowie 480 000 Groschen. Allerdings hatte Walram in den Vorverhandlungen die Forderungen immer weiter erhöht, sodass reichlich Wechsel auf die Zukunft versprochen werden mussten. Und Karls Großonkel Balduin sollte reichlich belohnt werden, als der neue König unmittelbar vor und nach seiner Krönung einen wahren Regen an Privilegien für den Erzbischof von Trier ausschüttete.[7]

Es ging also um stattliche Summen. Solch hohe Geldbeträge konnten nicht einfach einer fürstlichen Schatztruhe entnommen werden, sondern mussten von Hintermännern, die sich darauf verstanden und Kontakte zur oberdeutschen und rheinischen Hochfinanz unterhielten, bereitgestellt oder mit Sicherheiten hinterlegt werden. Die meisten Finanzaktionen wurden nicht in «gereidem gelde» oder *pecunia parata,* also bar durchgeführt, sondern in Verschreibungen oder Verpfändungen von Einkünften und Rechten. Sollte tatsächlich bares Geld gezahlt werden, erfolgte das meist in mehreren Raten. Die größten Geldströme in dieser Zeit flossen zwischen den Handelszentren Oberitaliens, Süddeutschlands und den rheinischen Wirtschaftsgebieten. Und genau von hier, aus einem Ort bei Aachen, stammte Reinhard von Schönau (um 1310/15–1376), ein Aufsteiger aus dem Nichts, der zum Generaleinnehmer aller Einkünfte im Erzstift Köln aufgestiegen war und eine Schlüsselrolle bei der Finanzierung von Karls Wahl gespielt hat. Mit dem neuen König hielt eine völlig neue Qualität von Finanzgeschäften Einzug in Mitteleuropa.[8]

Bei Bedarf an «gereidem gelde» befand sich Karl später als König von Böhmen im Vergleich zu den meisten anderen Reichsfürsten ohnehin in einer bevorzugten Lage, denn in seinem Reich lagen die Silberminen von Kuttenberg. Diese reichen Vorkommen wurden seit dem 13. Jahrhundert unter Anwerbung deutscher Bergleute verstärkt abgebaut, wodurch sich der Ort zur zweitwichtigsten Stadt des Königreichs nach Prag entwickelte. Bis zu dreitausend Hauer schürften in bis zu fünfhundert Metern Tiefe nach dem kostbaren Erz. Aus dem gewonnenen Edelmetall – immerhin ein Drittel der gesamten europäischen Silberproduktion – schlug man dort den sogenannten Prager Groschen, eine im 14. und 15. Jahrhundert in ganz Mitteleuropa kursierende Silbermünze, die zur

Zeit Karls IV. nicht ganz vier Gramm wog. Als Chef für alle Fragen des Bergbaus und vor allem für die Ablieferung des dem König zustehenden Silberanteils war in Kuttenberg ein sogenannter «Urbarer» oder «Urburer», lateinisch *urburarius*, tätig, dessen Amt vom König regelmäßig verpachtet wurde. Immerhin dreihundertfünzig Schock Groschen in der Woche, wie aus einer Urkunde von 1343 hervorgeht, umgerechnet also einundzwanzigtausend Groschen, somit über eine Million Groschen im Jahr, brachte die Pacht dem König ein. Für den Haushalt des Herrschers ein gewaltiger Zuwachs, der seinen politischen Spielraum enorm vergrößerte und zudem spektakuläre Bauvorhaben zuließ. Der Straßburger Chronist Jakob Twinger von Königshofen (gest. 1420) schrieb nicht umsonst: «so wart er doch der richeste keyser, der vor ime in vil hundert joren je was gewesen».[9]

Dass der Sohn des Königs von Böhmen nach der römisch-deutschen Krone und damit nach der Kaiserwürde strebte, lag auch in der Geschichte seiner Vorfahren begründet. Die Tatsache, dass sich König Johann von Böhmen als Sohn Kaiser Heinrichs VII. bei der Königswahl drei Jahrzehnte zuvor nicht erfolgreich hatte ins Spiel bringen können, muss noch dem Sohn wie ein Stachel im Fleisch gesessen haben. Nach dem plötzlichen Tod Kaiser Heinrichs 1314 hatten die unter sich uneinigen Kurfürsten gleich zwei Könige gewählt und damit erneut eine Krise der Wahlmonarchie heraufbeschworen. In den Augen der Luxemburger und ihrer Anhänger bedeutete Karls Wahl die berechtigte Rückkehr der Dynastie auf den Thron.[10]

Das Problem einer Königswahl bestand, jenseits aller Parteiinteressen, unter anderem darin, dass nicht genau festgelegt war, wer aus dem jeweiligen Kurfürstentum das Wahlrecht besaß. So gaben bei der Wahl von 1314 die Kurstimme für das Herzogtum Sachsen sowohl Herzog Rudolf I. von Sachsen-Wittenberg für Friedrich als auch Herzog Johann II. von Sachsen-Lauenburg für Ludwig ab. Zwar macht es rechtlich einen erheblichen Unterschied, ob die Kurfürsten zu der Meinung gelangen, ein König sei unfähig oder habe den Thron unrechtmäßig inne, und deshalb einen anderen wählen, der sich gegen den bisherigen durchsetzen muss, oder ob sie im Zwist untereinander gleich zwei Kandidaten erheben. In beiden Fällen musste aber die Sache in einem Machtkampf enden, der irgendwann, wenn eine friedliche Einigung ausblieb, durch das Schwert

Zweimal Krönungskirche von Gegenkönigen: Das Bonner Münster, eine Basilika aus dem 12. und 13. Jahrhundert, diente wegen des verwehrten Zutritts nach Aachen 1314 Friedrich dem Schönen und 1346 Karl IV. als Krönungskirche, die beide als Gegenkönige zum Wittelsbacher Ludwig IV. erhoben worden waren.

zu entscheiden war. So schien es auch beim Gegenkönigtum Karls von Mähren zu kommen. Die Zeichen standen zunächst überaus schlecht für ihn, denn Kaiser Ludwig saß fest im Sattel, eine Krönung des neuen Königs in Aachen war ausgeschlossen, die dafür nötigen Insignien befanden sich in der Hand des Gegners. Zudem endete ein Kriegszug zur Hilfeleistung für den französischen König im August 1346 in einer Katastrophe und mit dem Tod König Johanns.

Wenige Monate nach seiner Wahl, am 26. November 1346, war es Karl gelungen, sich vom Kölner Erzbischof Walram, den er dafür im wahrsten Sinne fürstlich bezahlen musste, in Bonn zum *rex Romanorum* – zum König der Römer – krönen zu lassen. Die Zeremonie fand in der romanischen Stiftskirche St. Cassius und Florentius statt, wo drei Jahrzehnte zuvor schon Friedrich der Schöne, der in der Doppelwahl seinerzeit gegen Ludwig erhoben worden war, seine Königsweihen empfangen hatte. Karl wird die höhere Zeichenhaftigkeit sicher verdrängt haben, scheiterte Friedrich doch in der Schlacht von Mühldorf 1322 gegen den Wittelsbacher. Noch am selben Tag nahm der nun gesalbte und gekrönte König erste Belehnungen und Privilegierungen vor, darunter ein gutes Dutzend Pergamente für den Erzbischof von Trier, was die eigene Anhängerschaft beträchtlich verstärkte. Doch ob sich die Mehrheit der Fürsten und die seit geraumer Zeit immer wichtiger werdenden Städte des Reiches vom Wittelsbacher abwenden und hinter Karl stellen würden, war alles andere als eine sichere Sache.[11]

Auch nach der Bonner Krönung befand sich Karl in einer ausgesprochen schwierigen Lage. Um in sein sicheres Königreich Böhmen zu gelangen, musste er unerkannt durch deutsches Reichsgebiet reisen. Aus Furcht vor Hinterhalten nur «heimlich sich zurückziehend», «in den Kleidern eines Knappen», wie der Chronist Heinrich Truchsess von Diessenhofen (um 1300–1376) aus dem Thurgau anmerkte, soll er, sein Streitross am Zügel führend, durch die kaisertreu gebliebenen Gebiete nach Böhmen gelangt sein. Hier war er in Sicherheit. Und hier ließ sich Karl, dem nach dem Tod seines Vaters König Johann das böhmische Erbe zugefallen war, am 2. September 1347 durch die Hand des Prager Erzbischofs zum König von Böhmen krönen. Doch die Misserfolge wollten nicht abreißen. Warum sandte Gott nicht endlich ein Zeichen zugunsten seines Auserwählten?[12]

Jagdglück oder Gott setzt ein Zeichen

Als Kaiser Ludwig IV., der am 10. Oktober 1347 in München weilte, ein in der Nähe herumstreunender Bär gemeldet wurde, dürfte er nicht geahnt haben, dass er den Jagdausflug mit dem Leben bezahlen würde. Ludwig begann am Morgen des 11. Oktober 1347 nach einem Schlemmerabend seinen Ritt zu dem gut dreißig Kilometer westlich von München gelegenen Kloster Fürstenfeld. In dem kleinen Ort Puch an einer heute mit einer Gedenksäule bezeichneten Stelle riss ihn wohl ein Herz- oder Schlaganfall vom Pferd. Die herbeieilenden Begleiter konnten nur noch seinen Tod feststellen. Mit dem Fall des «großen Adlers», der sich einst noch mit «entflammten Flügeln aufzuschwingen» vermochte, wie Mathias von Neuenburg schrieb, endete Ludwigs Kaiserherrschaft.[13]

Für Karl erwies sich der tragische Tod des wittelsbachischen Weid-
manns als ein wahres Glück, als Jagdglück sozusagen. Denn nun war ein
blutiger Waffengang nicht mehr nötig. In Karls Wahrnehmung dürfte der
Vorfall ein deutlicher Fingerzeig Gottes gewesen sein, dass er, und niemand anders, zur römischen Königs- und damit späteren Kaiserherrschaft
berufen sei. Der Weltenschöpfer hatte aber nicht nur mit dem vorzeitigen
Tod Ludwigs dem neuen König den Weg geebnet, sondern offenbar auch
seinen Stellvertreter auf Erden beauftragt, Karl besonders zu unterstützen. Bereits Karls Königswahl war in enger Abstimmung mit dem Papst,
der Kurie und seinem Großonkel Erzbischof Balduin erfolgt. Diese Nähe
zum höchsten Kirchenfürsten brachte dem neuen König bald nach der
Erhebung den Schmähtitel eines *rex clericorum* – eines «Königs der Pfaf-
fen» – ein, wie Wilhelm von Ockham, einer der bedeutendsten Denker
seiner Zeit, kolportierte. Auch italienische Stimmen, wie Giovanni Villani berichtet, schwatzten über ihn als *lo 'mperadore de' preti* – «Priesterkaiser». In einer Gegenschrift zum Traktat Wilhelms von Ockham ließ
Konrad von Megenberg (1309–1374) seine Leser hingegen wissen, dass
dem «Vizechristus und Vizeoberhaupt», nämlich dem Papst als Herrn der
Kirche, nicht nur die unbeschränkte Gewalt über die Kirche zukomme,
sondern als höchstem Monarchen letztlich auch jene über den Kaiser.[14]

Aber wie so oft bei umlaufenden Schmähreden enthielten auch hier
die verunglimpfenden Titel einen wahren Kern. Da Karl gemeinsam mit
seinem Vater am 22. April 1346, also keine drei Monate vor seiner Wahl,
in Avignon dem Papst eine Reihe von Bedingungen zugesagt hatte, schien
seine Herrschaft vielen zunächst tatsächlich eine Art Marionettenkönig-
tum des Papstes zu sein. Hauptsächlich ging es in den genau festgelegten
Eiden um die Rechte des Reiches und der Kirche, aber auch schon um
jenen Passus, dass Johanns Erstgeborener zu seiner zukünftigen Kaiserkrönung nur einen Tag in Rom verbleiben dürfe, ja ohne Wahlbestäti-
gung durch den Papst Italien nicht betreten würde. Karl hatte sich allen
Forderungen des Papstes an einen zukünftigen König ohne Widerspruch
gebeugt.[15]

Mit dem Königtum Karls schien aus päpstlicher Sicht tatsächlich ein
Gegenentwurf zu der verteufelten Herrschaft Kaiser Ludwigs Gestalt
anzunehmen. Und so ganz falsch war das ja auch nicht, denn Ludwigs
ewiger Zwist mit den Päpsten führte den wittelsbachischen Kaiser in eine,

übrigens bis heute andauernde, Exkommunikation. Papst Clemens VI.
bekundete in einer Rede am 6. November 1346 in Avignon, die Karls Eig-
nung zum Herrscheramt bekräftigen sollte, auch die Genugtuung der
Kurie, dass der Kandidat sich so gefügig gab. Das sah auf den ersten Blick
natürlich nach Schwäche aus. Doch schon bald war Clemens mit seinem
Zögling nicht mehr ganz so zufrieden, der etwa in den Fragen der päpstlichen Approbation seiner Wahl – in dieser Zeit noch ein verbissen ge-
führter Prinzipienstreit mit langer Tradition zwischen Kaisern und Päpsten – oder gegenüber den Ratschlägen seiner Heiligkeit in Ehedingen
einfach auf stur schaltete.[16]

Der Chronist Heinrich von Diessenhofen ließ sich emphatisch vernehmen: «O König Karl, der du rechtmäßig ins Amt getreten bist, schaffe,
dass die Rechte des Reiches erneuert werden, denn ich hoffe, du wirst
geradezu ein zweiter Alexander sein.» Wie schon seit der Stauferzeit, so
verkörperte Alexander der Große auch im 14. Jahrhundert das höfische
Ritterideal. Durch die dem böhmischen König Wenzel II. gewidmete
mittelhochdeutsche *Alexandreis* des Dichters Ulrich von Etzenbach (um
1250–nach 1300) waren am Prager Hof die Geschichten um den Schlach-
tenhelden präsent. Der Auftrag besaß aber noch eine weitere Aufforderung: «Teile unter deine Kinder, solange du vermagst, jene Güter des Reiches, die überall von Tyrannen unrechtmäßig besetzt sind.» Das hat Karl
später reichlich beherzigt.[17]

«Weia! Waga! Woge, du Welle!»:
Der Schatz aus dem Rhein

Am Tag nach seiner Wahl im Juli 1346 und dem Aufrichten des Reichs-
banners war Karl mit seinem bewaffneten Gefolge auf mehr als hundert
Schiffen den Rhein stromabwärts gefahren, wie ein Ratsherr aus Frankfurt am Main einem Korrespondenten in Mainz berichtete: «der nuwe
kunig dez riches banir ufstiezz und vur Laynstein [Lahnstein] ab fur mit
me dann hundert schiffen groiz und kleine do sie alle gewappnet stunden.» Vielleicht wurde dem neuen König auf der Rheinfahrt nach Koblenz vollends klar, wie reich diese Landschaften an dem großen Strom im
Vergleich zu anderen Regionen des Reiches waren. Und seine Gedanken

kreisten dabei um die Möglichkeiten, diesen Reichtum für sich und seinen Aufstieg am besten zu nutzen.[18]

Die wichtigsten Ziele nach seiner Rückkehr aus Frankreich hießen für Karl nach Lage der Dinge erstens, mit allen Mitteln eine breitere Anerkennung im Reich zu erlangen, und zweitens, was mit dem ersten Ziel eng verwoben war, alle Aktionen der Wittelsbacher ins Leere laufen zu lassen. Das dritte Ziel, nach dem Schlachtentod des Vaters bei Crécy das böhmische Erbe zu sichern, war ihm bereits gelungen. Bei all diesen Schachzügen im Spiel um die Macht zeigte sich deutlich: Karl war ein gerissener Verhandler. Viele von seinen Gegenspielern, die sich ihm ebenbürtig oder gar überlegen dünkten, mussten am Ende einsehen, vom «Priesterkaiser» in Fallen gelockt oder schlicht übertölpelt worden zu sein.[19]

In den Monaten nach seiner Krönung zum *rex Romanorum* im November 1346 gelang es Karl auf beschwerlichen Umritten im Reich durch großzügige Vergabe von Geld – das er eigentlich nicht besaß, sondern sich erst borgen musste – und Reichsrechten – die er auch nicht persönlich besaß, sondern als römischer König hätte treuhänderisch verwalten sollen – Zustimmung und Anerkennung bei Fürsten und Städten zu erkaufen. Schon bald hatte er bedeutende Metropolen wie Nürnberg oder Regensburg, Mainz oder Ulm sowie viele Städte am Oberrhein auf seine Seite gezogen.

Bei den Rechten und Gütern, die Karl seinem Großonkel Balduin für dessen Hochstift Trier übertrug, setzte er sich skrupellos über das Testament seines Vaters von 1340 und die daraus resultierenden Ansprüche seines Halbbruders Wenzel hinweg. Das Testament sah nämlich vor, dass Johanns Sohn aus zweiter Ehe die Grafschaft Luxemburg erben sollte. Karl behauptete aber in den Urkunden vom September 1346, die unmittelbar nach Johanns Tod ausgestellt wurden, dass durch Erbfolge die Grafschaft «zu Luczillenburg an uns verfallen ist», er also auch der rechtmäßige «greve zu Luczillenburg» sei. Damit ignorierte Karl den Willen des Vaters und usurpierte praktisch die Grafschaft. Seinem Halbbruder Wenzel wurde sein Erbe aber nicht nur vorenthalten, sondern erhebliche Teile daraus wurden vergeben, man könnte auch sagen, Luxemburg wurde ausgeplündert. Karl hat zugunsten Balduins und dessen Erzstift so viel Luxemburger Orte, Rechte und Einnahmen abgetreten, dass die Grafschaft nach diesen Manipulationen im Grunde nicht mehr vorhanden war, sondern nur noch als ein Pfandschaftsobjekt Kurtriers existierte.[20]

Die Gesamtpfandschuld für luxemburgische Güter belief sich auf fünfzigtausend Mark Silber, was einer Viertelmillion Gulden entsprach – eine Größenordnung, die eine Einlösung wenn nicht von vornherein aussichtslos erscheinen, dann zumindest in weite Ferne rücken ließ. Insgesamt, so hat Ferdinand Seibt berechnet, hat Karl in den ersten drei Regierungsjahren Besitztümer, Städte und Rechte in der Höhe von fast zwei Millionen Gulden verpfändet, wovon fast anderthalb Millionen an Kur- und Reichsfürsten verteilt wurden. Zum Vergleich: Nur zwei Drittel der Gesamtsumme hatten Anfang der 1340er Jahre den Zusammenbruch der Florentiner Banken Bardi und Peruzzi ausgelöst. Die wegen einer Rückzahlungsverweigerung des englischen Königs bei den Banken fehlenden 1 365 000 *fiorini d'oro* – der Wert eines Königreiches, wie Giovanni Villani betonte – ruinierten aber nicht nur die beiden seinerzeit berühmten Banken, sondern führten schließlich zum Staatsbankrott von Florenz, der wiederum Schockwellen für die Finanzwelt in ganz Europa auslöste und die Wirtschaftskrise des 14. Jahrhunderts verschärfte. Ein hochriskantes Spiel also, das Karl da trieb. Aber der politische Erfolg, den diese Transaktionen ermöglichten, gab ihm – zumindest für seine Herrschaftszeit – letztendlich recht.[21]

Einen überaus geschickten Umgang legte Karl auch bei jenen Gegenkönigen an den Tag, die die wittelsbachische Partei nach dem Tod Kaiser Ludwigs IV. gegen Karls Herrschaft aufstellte. Da sich der gleichnamige älteste Sohn des verstorbenen Kaisers, Ludwig V., wie sein Vater im Bann befand, kam er für eine Königsnachfolge nicht infrage. Als Markgraf von Brandenburg und damit selbst Kurfürst versuchte Ludwig im Verbund mit dem abgesetzten Erzbischof Heinrich von Mainz, dem ebenfalls wittelsbachischen Pfalzgrafen Rudolf II. und den Herzögen von Sachsen-Lauenburg – also jenen Kurfürsten, die bei Karls Wahl in Rhens nicht dabei waren – den englischen König Edward III. (1327–1377) für die Krone zu gewinnen. Auf den ersten Blick schien das für den Plantagenêt-Spross sehr verlockend: König von England sowie von Frankreich – wenn der Krieg, den er gerade führte, siegreich ausgehen sollte, und danach sah es zu diesem Zeitpunkt aus – und dazu der Römer, am Ende sogar noch Kaiser. Seit der Herrschaftszeit des Sizilianers Kaiser Friedrich II. und seiner Amtsnachfolger, der in staufischen Verwandtschaftsbeziehungen stehenden Alfons von Kastilien (1257–1273, gest. 1284) und Richard von Cornwall (1257–1272) als römisch-deutschen Königen, war ein englischer Kandidat auf dem deutschen Königsthron ein nicht so ungewöhnliches Ereignis. Aber Edward wollte nicht in Luftschlösser einziehen, dachte realpolitisch, erwog das Für und Wider – und lehnte ab. Nun wiederum von Karl umworben, schloss er mit diesem sogar ein Bündnis.[22]

Nach der Absage Edwards verfielen die Wittelsbacher auf die Idee, Friedrich II., Landgraf von Thüringen und Markgraf von Meißen (1310–1349), den ebenfalls eine Erblinie mit den Staufern verband, als Kandidaten für die Königswahl zu positionieren, was durch Zugeständnisse Karls an den Wettiner aber scheiterte. Zu guter Letzt glaubte der thüringische Graf Günther XXI., Graf von Schwarzburg-Blankenburg (1304–1349), den wittelsbachischen Gaukeleien von einem kraftvollen Gegenkönigtum. Er sollte nach seiner Königswahl, die am 30. Januar 1349 in Frankfurt stattfand, den Luxemburger aus dem Amt drängen. Aber obwohl er ritterlich-tapfer handelte, schloss die geringe Machtbasis – nicht einmal alle Mitglieder der Schwarzburger Grafensippe standen auf Günthers Seite – eine ernsthafte Konkurrenz zu Karl von vornherein aus. Nach einigen Militäraktionen am Rhein, bei denen sich die Heere beider Kontrahenten gegenüberstanden, manövrierte Karl den Schwarzburger einfach aus.[23]

In dieser Situation holte Karl nun eine weitere, auf den ersten Blick vielleicht eher unscheinbare, aber höchst effiziente Waffe hervor, die er in seiner gesamten Herrschaftszeit mit Eleganz und überraschenden Finten zu führen wusste: die Ehe. Eine seiner Töchter verheiratete er mit einem Habsburger und zog so diese mächtige Dynastie für einige Zeit aus der Neutralität zu sich herüber. Den größten Coup landete der König aber, indem er – seit August 1348 durch den Tod seiner Gemahlin Blanche de Valois Witwer – im März 1349 die zwanzigjährige Anna von der Pfalz (1329–1353), einziges Kind des Pfalzgrafen Rudolf II., heiratete. Ursprünglich waren weitgehende Eheverhandlungen mit dem König von England wegen dessen Tochter Isabella (1332–1379) betrieben worden. So sinnvoll vielleicht für Karl eine Verbindung mit dem Sieger von Crécy aus gesamteuropäischer Perspektive sein mochte, für die erfolgreiche Durchsetzung im Reich schien sie ihm wohl eher nutzlos zu sein.[24]

Die Kraft der Ehefrauen: *In der Galerie des Triforiums im Prager Veitsdom sind neben den Herrschern Karl, Johann und dem jungen Thronfolger Wenzel auch deren Gemahlinnen dargestellt. Mit der Heirat seiner zweiten Frau Anna von der Pfalz, hier in Sandstein zwischen ihrem Herkunfts- und Königinnenwappen porträtiert, sprengte der noch um vollständige Anerkennung ringende Karl 1349 die Einheit seiner gefährlichsten Gegner auseinander.*

Mit der angeheirateten Verwandtschaft zu Pfalzgraf Rudolf hingegen wartete nicht nur eine schöne Erbschaft auf den Bräutigam, Karl hatte damit auch die so fest geschmiedet scheinende Front der Wittelsbacher gesprengt. Ohne Pfalzgraf Rudolfs Unterstützung war König Günther jedenfalls erledigt. Dankbar griff der Schwarzburger am 26. Mai 1349 in den Vereinbarungen von Eltville nach den zwanzigtausend Mark Silber, die Karl ihm für den Verzicht auf die Königswürde und seine Unterwerfung bot. Karl verpfändete dafür das bedeutende Reichsgut Gelnhausen und weitere Orte; das musste ihn aber nicht weiter bekümmern, denn zwei Wochen nach der Vereinbarung war Günther bereits tot.[25]

Wie immer, wenn der Tod unerwartete Ernte hielt, wurde auch hier von Gift gemunkelt. Mathias von Neuenburg vertraute seiner Chronik an, dass wegen einer Erkrankung der Schwarzburger von einem Meister Freidank, einem berühmten Arzt, einen Trank gereicht bekommen habe, den der Arzt zuvor an sich ausprobiert haben soll: «Der Arzt starb aber nach drei Tagen, und Günther schwoll dermaßen an, dass er sich nicht mehr rühren konnte, weil der Diener des Arztes Gift in den Trank hineingeworfen hatte.» Wie auch immer Günther zu Tode kam, Karl hatte ein vehementes Interesse daran, ihn loszuwerden. Und wie es sich für einen guten Protomachiavellisten gehört, organisierte Karl eine prunkvolle Bestattung des einstigen Gegners in der Königswahlkirche St. Bartholomäus in Frankfurt am Main, an der er am 19. Juni 1349 auch selbst teilnahm.[26]

Kurz zuvor, am 17. Juni 1349, habe es für Karl, so überliefert ein späterer Frankfurter Chronist, eine zweite, nunmehr von allen Kurfürsten einvernehmlich vorgenommene Wahl gegeben. Möglicherweise hat der Verfasser dem Luxemburger eine solche zweite Wahl nur angedichtet, denn die Aufzeichnungen stammen aus dem Jahr 1583, einer Zeit, als Frankfurt am Main, seit Jahrhunderten ohnehin als der «richtige» Wahlort angesehen, sieben Königswahlen in Folge erlebt hatte. Da man in Frankfurt stolz darauf war, dass Karl 1356 in seinen Festlegungen zur Königswahl in der Goldenen Bulle die Mainmetropole ausdrücklich mit diesem Recht begünstigt hatte, muss er wohl in der Vorstellung des Chronisten auch hier gewählt worden sein.[27]

Wie bei der angeblichen zweiten Wahl stellt sich auch bei den Ritualen vom 25. Juli 1349 in Aachen die Frage, ob es sich tatsächlich um eine zweite reguläre Krönung Karls zum römischen König gehandelt hat. Wegen des ungewöhnlichen Ortes ist die Königskrönung von Bonn am 26. November 1346 gelegentlich sogar als «Notkrönung» bezeichnet worden. Doch erscheint dieser Begriff meines Erachtens nicht zutreffend, wenn man Karls tiefe Grundüberzeugung vom sakralen Charakter einer Krönung und Salbung sowie von seiner eigenen Auserwähltheit mitbedenkt. Da es 1346 in Bonn eine reguläre Königskrönung und -salbung gegeben hatte, war Karl der von Gott erwählte Herrscher, der nichts «wiederholen» musste. Diese Schlussfolgerung hatte schon Franz Martin Pelzel (1734–1801) in seinem Anfang der 1780er Jahre in Prag und Dresden erschienenen Buch *Kaiser Karl der Vierte, König in Böhmen* gezogen. Er glaubte, dass in Aachen nur Karls Gemahlin Anna von der Pfalz feierlich gekrönt worden sei. Karl selbst habe bei diesen Zeremonien ebenfalls eine

Krone auf dem Kopf getragen, erneut zum König gekrönt worden sei er
nicht. Auch fiel Pelzel auf, dass der auf alle Krönungen Karls eingehende
Benesch Krabice von Weitmühl von der Aachener Krönung nichts berichtet hat.[28]

Andererseits war mit dem Steinthron im Aachener Marienmünster,
der mit Karl dem Großen in Verbindung gebracht wurde und als der
rechte Krönungsort galt, die Vorstellung verknüpft, dass nur derjenige,
der tatsächlich auf diesem Thron gesessen habe, auch das Reich besitze.
Folglich könnte es sich bei Karls Stuhlsetzung auf dem hochsymbolischen
Thron in Aachen mit einer Krone auf dem Kopf um eine sogenannte
«Befestigungskrönung» handeln. Zu speziellen Anlässen, die als «Befestigungskrönung», «Festkrönung» oder «Unter-der-Krone-Gehen» bezeichnet werden, waren mittelalterliche Herrscher in ihrem vollen Ornat,
wozu natürlich auch die Krone gehörte, in der Öffentlichkeit zu sehen.
Wie die Namen verraten, ging es bei diesen Ritualen um Machtdemons-
trationen im Rahmen von Festlichkeiten und Prozessionen oder eben um
die Betonung tatsächlicher Herrschaft. Karl selbst sollte später, auf dem
Rückweg von einem politisch wichtigen Hoftag in Metz im Januar 1357,
erneut Aachen besuchen und dort noch einmal auf dem Steinthron Karls
des Großen sitzend die vermeintliche Krone des berühmten Kaisers auf
dem Kopf tragen.[29]

Die Vermehrung seiner Anhängerschaft, die Ausschaltung von Gegenspielern und deren Verwandlung in Getreue, die Huldigungen einer vom
Gold gekirrten Gefolgschaft, das alles hatte Karl durch sehr viel Geld erreichen können. Der sich rasant vergrößernde politische Spielraum des
neuen Königs basierte auf seiner besonderen Fähigkeit, die ökonomischen
Potenzen des Reichs für sich nutzbar zu machen. Ein dazu besonders ge-
eigneter Schatz ruhte im Rhein, allerdings nicht auf seinem Grund, sondern auf seinen Wassern: der Zoll. Als ein seit Jahrhunderten ausgeübtes
Hoheitsrecht der römisch-deutschen Könige konnte der jeweilige Herrscher beim Transport von Waren an bestimmten Stellen ein Wegegeld
verlangen, das in den Quellen als *teloneum magnum*, «der große Zoll»,
bezeichnet wird. Fällig wurde dieses Wegegeld an Zollstätten, die der
König einrichten, verlegen oder auch aufheben konnte. Im Spätmittelalter
und in der Frühen Neuzeit wanderte dieses sogenannte Zollregal als ein
Hoheitsrecht allmählich in die Verfügung der Landesherren, wurde im

Westfälischen Frieden 1648 als bestehendes Gewohnheitsrecht fixiert und im 19. Jahrhundert als vollständige Zollhoheit von den selbständigen deutschen Staaten ausgeübt.[30]

Weil schon im Mittelalter der Handel zwischen den wirtschaftlich gut entwickelten Regionen am Rhein besonders blühte, waren die dort fälligen hohen Zolleinnahmen heiß begehrt und gelegentlich entsprechend umkämpft. Machten die Zollerträge als oft einzige Bargeldeinnahme im Spätmittelalter in Tirol etwa ein Viertel der gesamten Einkünfte aus, bildeten sie bei den rheinischen Kurfürsten fast die Hälfte. Das wichtigste Handelsgut auf dem Rhein war zweifellos der Wein, der von den südlich gelegenen Anbaugebieten in das Weinhandelszentrum Köln verschifft wurde. Etwa alle zehn Kilometer wartete eine Zollstation auf den Flussschiffer, der bei einem Satz von zehn Prozent nach einer einhundert Kilometer langen Rheinfahrt seinen Warenpreis verdoppeln musste. Von jedem Fuder – einem Hohlmaß von etwa neunhundert Litern für flüssige oder feste Stoffe als Grundeinheit der Bemessung – wurde eine genau festgelegte Anzahl von Turnosen fällig. Der Name Turnos oder Turnosgroschen bezeichnete ursprünglich eine große Silbermünze aus Tours, den *Gros tournois*, mit einem Sollgewicht von 4,2 Gramm, die zur Normmünze der Zollerhebung aufstieg. In Oppenheim und Germersheim, in Selz, Kaub und Bacharach sowie an insgesamt fast einem halben Hundert solcher Zollstätten wurden reichlich Turnosen erhoben. Der Handel ächzte von Jahr zu Jahr mehr unter der «Zollplage» in der «großen Pfaffengasse», wie der Strom zwischen Straßburg und Koblenz wegen der vielen Bistümer und Stifte genannt wurde.[31]

Immer wieder sollte es in Karls Urkunden um Zollstellen und deren Erhebungsrechte für auf dem Rhein transportierte Waren gehen. In Ausübung königlicher Rechte verfügte der Herrscher über Einnahmen aus eigenen Zollstätten, mit denen er seine neuen Anhänger begünstigen konnte, oder er legitimierte die Einrichtung solcher Stellen durch andere, etwa die Erzbischöfe von Mainz oder Köln, die Pfalzgrafen bei Rhein oder die Grafen von Katzenelnbogen. Das tat Karl in den Anfangsjahren seiner Königsherrschaft reichlich. Aus der Zeit vom Oktober 1346 bis zum Frühjahr 1350 gibt es ungefähr fünfzig Urkunden, in denen es ausschließlich um die Vergabe oder Ausbeutung von rheinischen Zollrechten ging. Ein Beispiel: Am 19. Januar 1348 verpfändete Karl dem Markgrafen

und späteren Herzog Wilhelm von Jülich (um 1299–1361) zum einen, weil
noch Pfandschulden seiner Vorgänger in Höhe von 77 500 Florentiner
Gulden anstanden, zum anderen, um ihn enger an sich zu binden, eine
ganze Reihe von Orten und Rechten. Dazu gehörten die Burg Kaiserswerth und die Stadt Boppard mit ihren jeweiligen Zollstätten am Rhein.
Altschulden und Rechte, so ließ der König die Werte zusammenrechnen
und in der Urkunde fixieren, würden sich nun auf 223 900 Florentiner
Gulden belaufen. Wilhelms Pfandbesitz hatte sich also um die enorme
Summe von 146 400 Gulden erhöht.[32]

Wegen der Fülle der seinerzeit verwendeten Maße und der nicht präzise bestimmbaren Warenmengen lässt sich ein Gesamtvolumen der Zol-
lerhebungen am Rhein nicht genau bestimmen. Schon weil die Wein-
mengen von den schwankenden Ernteerträgen abhingen, lassen sich
konkrete Einnahmen für einen längeren Zeitraum nicht hochrechnen.
Sicher ist aber: Es ging beim Rheinzoll um sehr viel Geld, mit dem Karl
die «ewigen Schwelger» an sich band. Mithilfe dieses zwar nicht auf dem
Grund des Stroms von Flusstöchtern bewachten, dafür zu Schiff bewegten Rheingolds gelang es Karl, die eigene Herrschaft zu stabilisieren, seine
Macht auszudehnen und zu einem von vielen Großen des Reiches anerkannten Herrscher aufzusteigen. Der neue König war zwar nicht der erste
Herrscher, der auf diesen gewaltigen Schatz zugriff, aber er tat es besonders effektiv.[33]

Die Zeit der Komödianten

Einige der politischen Handlungen aus den ersten Jahren von Karls Herrschaftszeit sind eng mit zwei eigenartigen Figuren verbunden, die an
Bühnenhelden erinnern. Die Art, wie er mit ihnen umging, offenbart
besonders deutlich, mit welchen teilweise zynischen Winkelzügen der
neue König es verstand, seine Ziele durchzusetzen. Bezeichnenderweise
hat Karls Historiograph Benesch von Weitmühl in seiner Chronik die
beiden Figuren hintereinander behandelt, so, als gehörten sie zusammen.
In der Verwechslungskomödie um den sogenannten Falschen Woldemar
gab es einen Hochstapler als Protagonisten, der sich über mehrere Jahre
erfolgreich als Markgraf von Brandenburg ausgab und als echt ange-

sehene Regierungshandlungen vollzog. In der Tragikomödie, die im fernen Rom spielte, gelang es einem Schankwirtssohn, kurzzeitig zum Volkstribun und mächtigsten Mann der Stadt aufzusteigen, der vorgab, ein Onkel Karls zu sein. Mit beiden trieb der König sein eigenes Spiel. Weil Begebenheiten dieser Art die Phantasie der Menschen besonders beflügeln, haben sie erinnerungsgeschichtlich überlebt. Sowohl der falsche Markgraf als auch der falsche Onkel gaben griffige Stoffe für Romane und Dramen, für Kindergeschichten und Opernlibretti ab – Willibald Alexis, Richard Wagner und Friedrich Engels dürften die berühmtesten Bearbeiter sein.[34]

Zunächst zum falschen Markgrafen. Im Sommer 1348 stellte sich ein abgerissener Pilger dem Erzbischof Otto von Magdeburg als verstorbener Markgraf Woldemar von Brandenburg vor. Knapp drei Jahrzehnte zuvor habe er, so behauptete der Mann, aus Gewissenszweifeln wegen zu naher Verwandtschaft mit seiner Ehegattin seinen Tod vorgetäuscht, jemand anderen in seinem Grab in Chorin beisetzen lassen und sei anschließend als Sühne zu einer Pilgerfahrt aufgebrochen. Jetzt sei er zurückgekehrt und wolle seine alte Herrschaft zurück. Mit dem tatsächlichen Markgrafen Woldemar von Brandenburg (um 1280–1319) und seinem ihm ein Jahr später ins Grab folgenden Mündel Heinrich II. von Brandenburg, auch Heinrich das Kind genannt (um 1308–1320), war der brandenburgische Zweig der Askanier ausgestorben. Die Markgrafschaft Brandenburg bestand aus der westlich der Elbe gelegen Altmark, der bis zur Oder reichenden Mittelmark und der heute zu Polen gehörenden, später so genannten Neumark. Da der wittelsbachische König Ludwig IV. die Mark als ein ans Reich zurückgefallenes Lehen ansah und deshalb 1323 seinen noch minderjährigen Sohn, den späteren Ludwig V., in die Herrschaftsrechte der Markgrafschaft eingesetzt hatte, gab es seit vielen Jahren einen neuen Markgrafen. Doch jetzt war angeblich der alte askanische Markgraf wieder da![35]

Eigentlich eine Geschichte zum Kopfschütteln. Doch das Erstaunliche ist: Zunächst erkannten Erzbischof Otto, dann die Herzöge von Sachsen-Wittenberg und die Grafen von Anhalt – die beiden Letzteren ebenfalls Angehörige des askanischen Hauses –, die Herzöge von Mecklenburg sowie eine Reihe weiterer Machtträger der Region und zuletzt König Karl Woldemar als echten Markgrafen an. Sie einte allerdings wohl weniger der Glaube an dessen abenteuerliche Geschichte als der feste Wille, durch ihn die wittelsbachische Herrschaft in der Mark Brandenburg zu erschüttern, wenn nicht sogar zu beenden. Denn wenn der alte rechtmäßige Markgraf gar nicht verstorben war, dann waren zwangläufig alle in der Zwischenzeit erfolgten Belehnungen und Herrschaftsübertragungen ohne rechtliche Kraft. Und vielleicht konnten sich bei der Gelegenheit die Unterstützer des wieder eingesetzten Markgrafen ein gehöriges Stück vom märkischen Sandkuchen abschneiden und auf dem eigenen Teller platzieren. So trat Woldemar der Geschichtenerzähler eine Reihe von politischen Entwicklungen los, bei denen sich verschiedene Akteure seiner bedienten, um ihre jeweils eigenen Interessen verfolgen zu können.

Zweifel an der Echtheit des Pilgermarkgrafen überliefern allerdings schon die historiographischen Aufzeichnungen der Zeit, wie etwa die *Magdeburger Schöppenchronik* oder die Chronik des um 1395 verstorbenen Lübecker Franziskaners Detmar. Beide Chroniken melden, dass der Fremde ein *baghard*, ein Laienbruder oder ärmlicher Pilger, gewesen sei, der mit Fürstenhilfe die Wiederkehrgeschichte verbreitet und gelebt habe. Mathias von Neuenburg hinterließ die Nachricht, dass Herzog Rudolf von Sachsen hinter der Maskerade stecke, denn der «fand in seinem Lande einen Mann, welcher dem Grafen Woldemar von Brandenburg ähnlich sah, und gab ihn für den Markgrafen aus, viel Erdichtetes beifügend».[36]

Die *Gesta archiepiscoporum Magdeburgensium*, eine durch die Abfolge der Magdeburger Erzbischöfe gegliederte Chronik, überliefern, dass Gerüchte umherschwirrten, der Mann wäre ein *rusticus* oder *molendinarius*, also ein Bauer oder Müller, gewesen. Manche hätten auch geraunt, dass er «wahnsinnig», *delirus*, geworden sei, die Tat eines Verrückten also. Der Verfasser der *Gesta* will selbst gehört haben, dass Erzbischof Otto diesen Mann für den richtigen Markgrafen hielt, «indem er bei seiner Treue, wie ich selbst hörte, versicherte, dass jener der richtige Markgraf wäre». Viele Edle hätten zu ihm gehalten, wie zu einem richtigen Markgrafen, «ja Herr Karl sogar, der römische König, ließ ihn selbst wie einen Fürsten an seiner Seite sitzen». Zudem sei Woldemar nach seinem Tod «wie ein Markgraf in Dessau vor dem Altar einer Kapelle begraben» worden. Für Benesch von Weitmühl, den Hofhistoriographen Karls, stand fest, dass es

Woldemar durch Zeichen und Zeugnisse verstanden habe, seine Echtheit glaubhaft zu machen. Erst nach seinem Tod sei die Meinung allgemein geworden, dass er nicht der «wahre und alte Markgraf» sei. Vielmehr habe es sich um eine *truffa*, eine «Gaunerei», gehandelt, die gegen Ludwig gerichtet war.[37]

Die Konstellation dürfte so ganz nach dem Geschmack Karls gewesen sein, denn mithilfe des heimgekehrten Markgrafen gelang es ihm tatsächlich, die Position seiner wittelsbachischen Widersacher zu schwächen. Dem hatte er durch Begünstigung der nördlichen Nachbarn der Markgrafschaft Brandenburg schon vorgearbeitet. Im Oktober 1347 und Juli 1348 hatte sich der neue König durch feierlich beurkundete Privilegien die Herren von Mecklenburg verpflichtet. Die Mecklenburger Brüder Albrecht II. (1318–1379) und Johann I. (1326–1392/93) erhielten zunächst das Land Stargard und ihre märkischen Lehen direkt vom König. Bald darauf erfüllte Karl eine besondere Sehnsucht der beiden: Er erhob sie zu Herzögen von Mecklenburg und damit zu Reichsfürsten. Im Juni 1348 band Karl auch die beiden pommerschen Greifenlinien der «Pommern, Wenden und Kaschuben Herzöge», wie sie in den Texten tituliert werden, näher an sich. Für die Herzöge Barnim III. von Pommern-Stettin sowie Bogislaw V. (1318–1373/74), Barnim IV. (1325–1365) und Wartislaw V. (1326–1390) von Pommern-Wolgast gab der König neben deren Belehnungen auch eine Zusicherung für eine eventuelle Nachfolge des Stettiners in der Herrschaft über das Fürstentum Rügen beim Aussterben der Wolgaster Linie. Damit überging Karl wie schon im Fall der mecklenburgischen Lehen die althergebrachten Rechte des dänischen Königs Waldemar IV. Atterdag (um 1321–1375) über Rügen, sicherlich mit Blick auf dessen enge Beziehungen zu den Wittelsbachern. Da es sowohl in den Begünstigungen der neuen mecklenburgischen als auch der pommerschen Herzöge um die Aufhebung von brandenburgischen Lehensabhängigkeiten ging, besaßen diese Fürsten nun eine ungeschmälerte reichsunmittelbare Stellung, das heißt, über ihnen gab es nur noch den König, dem sie fortan treu zu dienen versprachen.[38]

Zurück zu Woldemars Schicksal. Nachdem eine Reihe von Städten der Alt- und Mittelmark, darunter auch die Doppelstadt Berlin und Cölln, den Pilgermarkgrafen anerkannt hatte, vollzog Karl Anfang Oktober 1348 in der Nähe des Städtchens Müncheberg, wo er mit seinem Heer lagerte, die Belehnung Woldemars mit der Mark Brandenburg. Nach Benesch von Weitmühl ließ der König dafür eine eindrucksvolle Zeremonie inszenieren: «Auf einem Berg nahe der Stadt wurde ein hoher Bau aus Holz errichtet und ein königlicher Thron mit Purpur und wertvollem Tuch umkleidet. Und als der Herr Karl da saß in seiner Majestät, da kamen alle Fürsten jener Lande, die geistlichen und die weltlichen, und leisteten mit entrollten Bannern dem römischen König ihre Lehns- und Treueide.»[39]

Die zu diesem Akt ausgestellten Urkunden offenbaren, wie raffiniert Karl in der Sache vorging. Zunächst hatte er eine Kommission aus Adligen und Amtsträgern eingesetzt, von denen «etliche in [Woldemar] wol erkant haben, ee er von lande schiede, und die ervarn sollten, ob ers wer», wie es in einer Urkunde heißt. Da die Mehrheit der Kommission aus Anhängern Woldemars bestand, ist es keine Überraschung, dass diese «gewisslich ervarn haben, daz ers sey». Alle mögliche Schuld einer falschen Entscheidung klebte also ausschließlich an der Kommission, nicht am König. Dann erfolgte in Gegenwart vieler böhmischer Edler die Belehnung Woldemars mit den Marken Brandenburg und Landsberg sowie dem brandenburgischen Kurrecht.[40]

Zu diesem Augenblick saß der rechtmäßige brandenburgische Markgraf, der wittelsbachische Ludwig V., ohnmächtig im von gegnerischen Truppen umzingelten Frankfurt an der Oder, auf das Karl nun selbst vorrückte. Als nächstes erließ Karl einen Gehorsamsbefehl an Woldemars Untertanen und die Androhung der Reichsacht für alle, die sich widersetzten. Dazu kam am 18. Oktober 1348 eine königliche Anweisung an den frisch belehnten Markgrafen und Erzbischof Otto von Magdeburg zur Errichtung eines dreijährigen Landfriedens in Sachsen – womit die Gebiete an der mittleren Elbe gemeint waren –, zu dessen oberstem Richter der Herrscher zugleich Woldemar ernannte. Was so friedlich und landordnend klingt, sollte allerdings nicht nur gegen Räuber und Diebe gerichtet sein, sondern auch gegen «boese und ungerechte leute», womit die Wittelsbacher und deren Unterstützer bei jeder Art von Widerstand gegen Woldemar zu gemeinen Verbrechern herabgestuft wurden.[41]

Warum sich Karl in der Sache so engagierte, sollten weitere Rechtsakte am Tag der Belehnung zeigen, die unter dem Prinzip der Gabe und Gegengabe zu sehen sind. Es ließe sich auch umgangssprachlich sagen: wie du mir, so ich dir. Es ging dabei um die Abtrennung der Markgrafschaft Lausitz von Brandenburg und deren Vergabe an den König selbst und die Krone Böhmens. Zunächst legte in einem Mandat Markgraf Woldemar nieder, dass er die zu Brandenburg gehörende Mark Lausitz, die heutige Niederlausitz, die er einst besessen habe, nun Karl wegen dessen «besundrer guet und gnaden willen, die er uns erzeiget und beweiset hat [...] unserr land und erbe, übergebe, und zwar damit sye fuerbas ewiclichen zu dem vorgenanten kunichriche und zu der kron ze Beheim gehoren sol». Dazu bestätigten die beiden Herzöge Rudolf der Ältere und der Jüngere von Sachsen-Wittenberg, Erzbischof Ernst von Prag und Herzog Johann von Mecklenburg sowie weitere Adlige, darunter Jost von Rosenberg, in einer Zeugenerklärung den Wechsel und gelobten Unterstützung bei Schwierigkeiten der Besitzergreifung. Eine wertvolle Courtage hatte sich Karl für seine Unterstützung des Pilgermarkgrafen also gesichert. Zwar musste er seine Beute bald darauf aus höherem politischem Kalkül noch einmal fahren lassen, aber knapp zwei Jahrzehnte später gelang es ihm endgültig, die Markgrafschaft Lausitz seinem Königreich einzuverleiben.[42]

Auch die anderen Hauptakteure sollten nicht leer ausgehen und wurden für ihr Spiel reich belohnt. Karl stellte eine Eventualbelehnung für Rudolf den Jüngeren (1307–1370) und Otto von Sachsen sowie die Grafen von Anhalt aus. Das bedeutete, dass sie die königlich anerkannte und von ihm urkundlich bestätigte Aussicht auf den Erbfall erhielten, der aufgrund des fortgeschrittenen Alters des Pilgermarkgrafen in nicht allzu ferner Zukunft zu erwarten war. Immerhin winkte den anhaltinischen Grafen damit nicht nur viel Land, sondern auch der Erwerb der brandenburgischen Kurstimme und damit der Aufstieg in die Gruppe der besonders angesehenen Kurfürsten. Im Dezember einigten sich dann die Askanier mit Erzbischof Otto von Magdeburg, dem beim Tod Woldemars altmärkische Besitzungen zufallen sollten. Und auch eine Reihe märkischer Städte kochte ihr eigenes Interessensüppchen, als sie sich die Anerkennung Woldemars gegen eine prinzipiell größere Selbständigkeit urkundlich bestätigen ließen.

Damit eine solche Maskerade überhaupt gelingen konnte, mussten wie in einer Petrischale für Bakterienzucht ein besonders nahrhafter Boden und gute Wachstumsbedingungen vorhanden sein. Drei Konstellationen begünstigten den Auftritt eines falschen Herrschers enorm. Erstens musste

ein verblichener Herrschaftsträger als positiv erinnerte Figur und Gegen-
figur zu aktuellen Herrschaftsverhältnissen in den Herzen und Köpfen der
Untertanen weiterleben. Zweitens musste den Menschen das Wieder-
erscheinen eines totgeglaubten oder tatsächlich beerdigten Herrschers
grundsätzlich möglich erscheinen, ja vielleicht nicht einmal ungewöhnlich
vorkommen. Die Rückkehr von einer jahrzehntelangen Pilgerreise war
eine besonders einleuchtende Erklärung. Und drittens bot das Verlöschen
von Dynastien mit dem Zwang zur Neuorientierung – was durch das
deutsche Wahlkönigtum auf höchster Ebene noch besonders verschärft
wurde – ideale Voraussetzungen dafür, dass sich durch einen Wiedergänger abgebrochene Kontinuitäten überbrücken und altbekannte Verhältnisse erneut etablieren ließen. Die Kyffhäusersage mit dem dort bis zur
Wiederkehr ruhenden Kaiser Friedrich II. und dessen späterer Verwandlung zu Friedrich I. Barbarossa zeugt von diesem idealen Voraussetzungs-
bündel. Dass nach dem Tod Kaiser Friedrichs II. 1250 Wiedergänger geradezu massenhaft auftraten und das Original zum meistimitierten
Herrscher des mittelalterlichen römischen Reiches werden konnte, offenbart eine «strukturbedingte Anfälligkeit» des Reiches für Scharlatane.
Allerdings sollte sich im Falle Woldemars der Traum vom wiederkehrenden Goldenen Zeitalter in sein Gegenteil verkehren, denn lang anhaltende
Kriege und schwere Verwüstungen waren die Folge.[43]

Die sechste Stimme zur Königswahl

Der Fortgang der Geschichte um den Pilgermarkgrafen Woldemar bot
noch eine Menge an dramatischen Wendungen. Besonders aufschluss-
reich für Karls Vorgehen sind vier gleichlautende Urkunden vom 17. Februar 1349, in denen ein Bündnis zwischen den Erzbischöfen von Trier,
Mainz und Köln, den Herzögen von Sachsen-Wittenberg, den Fürsten
von Anhalt und dem Markgrafen Woldemar von Brandenburg gegen
König Günther von Schwarzburg bekräftigt wird. Darin wurde niedergelegt, dass seinerzeit Karl «ze eym Romischen kung recht und redlich
und eynmuticlichen erwelt und gekorn sei» und dass nun auch Woldemar, als er «ze seinem lande komen ist, im seine stymme und kur, die er
hat als eyn margrafe ze Brandemburch an der wal eyns Romischen kunges

mit gutem willen geben und an in gewant hat». Das bedeutet, dass sich Karl Woldemars Kurstimme noch nachträglich für seine Wahl gesichert hat, er also von sechs Kurfürsten gewählt worden war und somit über eine Kurstimme mehr verfügte als der fünf Stimmen auf sich vereinigende Günther. Ohne Zweifel musste das als ein besonders gewichtiges Legitimationsargument eigener Rechtmäßigkeit gegenüber dem Schwarzburger Gegenkönig gelten.[44]

Bald darauf zerbröckelte jedoch die schöne Allianz zwischen Karl und dem Pilgermarkgrafen Woldemar, denn mit der sich anbahnenden Aussöhnung mit den Wittelsbachern infolge der Vereinbarungen von Eltville vom Mai 1349 zeigten sich erste Anzeichen einer Umorientierung des Königs. So gelobte er Ludwig V. und dessen Erben, dass im Falle eines Krieges um die Mark – und der tobte ja schon seit Jahren zwischen den Kontrahenten – Markgraf Woldemar keinerlei Unterstützung vonseiten des Königs mehr erhalten solle. Eine vollständige Rolle rückwärts vollzog Karl, als die Fürstengruppe um Woldemar einige Monate später einen schweren Fehler beging, den der König als willkommenen Anlass für den Bruch genutzt haben dürfte. Diese vereinbarten mit den Wittelsbachern im Februar 1350, sich in der Streitsache einem Schiedsspruch Magnus Eriksons (1316–1374), König von Schweden und Norwegen, unterwerfen zu wollen. Einen solchen Zweifel an seiner Autorität und seiner Zuständigkeit in Reichsdingen konnte Karl keinen Augenblick dulden.[45]

Um das Heft des Handelns in der Hand zu behalten, berief Karl ein Fürstengericht für Anfang April 1350 nach Nürnberg ein, das erneut über die Echtheit Markgraf Woldemars entscheiden sollte. In mehreren Schritten hatte er zuvor den Ausgleich mit den Söhnen Kaiser Ludwigs IV. angebahnt, eingeleitet im Mai 1349 mit dem Verzicht auf alle Ansprüche auf die umstrittenen Gebiete in Kärnten, Tirol und Görz. In feierlichen Akten leisteten Mitte Februar 1350 in Bautzen der Kaisersohn Ludwig V., «der Brandenburger», dessen gleichnamiger Bruder Ludwig – zur Unterscheidung erhielt der in Rom geborene oder gezeugte Ludwig den Beinamen «der Römer» – und ihr jüngster, damals noch unmündiger, kaum vierjähriger Bruder Otto Huldigung und Treueid vor dem König. Daraufhin belehnte Karl die drei Brüder mit den Markgrafschaften Brandenburg und Lausitz sowie der Kurstimme, die der älteste Bruder ausüben sollte. Zudem versprach er ihnen für ihre Gebiete Schutz und Schirm

sowie – politisch pikant – Unterstützung bei der Lösung des überaus
lästigen Kirchenbannes. Diese Serie von Beurkundungen für Ludwig V.,
Ludwig den Römer und Otto im Anschluss an die Einigung in Bautzen
neutralisierte die über Jahrzehnte andauernde Feindschaft zu den Wittelsbachern – zumindest für den Augenblick.[46]

Karls Gewinn durch die Versöhnung war bedeutend: Er handelte sich
mit der Einigung nicht nur die Anerkennung als König durch die mäch-
tigste Feindesgruppierung innerhalb der Wittelsbacher ein, zu denen
neben den genannten beiden Ludwigen und Otto auch noch die Kaiser-
söhne Herzog Stephan II. von Oberbayern (1319–1375) sowie Wilhelm I.
(1330–1389) und Albrecht I. (1336–1404), beide Herzöge von Bayern-Straubing und Grafen von Seeland, gehörten. Wittelsbacher waren ebenfalls die
mächtigen Pfalzgrafen bei Rhein, die eine eigene Fürstenlinie neben ihren
ebenfalls in mehrere Linien gespaltenen bayerischen Verwandten darstellten. Zudem erreichte Karl auch die Auslieferung der heiß begehrten, symbolisch hoch bedeutsamen Reichsinsignien, die die Wittelsbacher noch in
ihrer Gewalt hatten und die nun vom Tiroler Zisterzienserstift Stams über
München nach Prag gelangten.

König Karl war der Pilgermarkgraf von Stund an nur noch lästig, und
bald ließ er ihn fallen wie eine heiße Kartoffel. Vor der Öffentlichkeit
spielte er den Überraschten und Betrogenen. Am 29. März 1350 ließ er
von Prag aus einige uckermärkische Stadträte wissen, dass eine Entschei-
dungsfindung durch den König von Schweden «zu unserm und des heiligen reichs schaden sei, daz do von geswechet wurde in seinen rechten und
daz wir mit sulcher unterweisung, die uns getan ist, daz es marcgrave
Woldemar sein sollte, gentzlich betrogen sein». Anfang April 1350 tagte
auf der Kaiserburg in Nürnberg das einberufene Hofgericht unter Vorsitz
des Königs. Das sollte noch einmal feststellen, ob der Markgraf Woldemar tatsächlich der Sohn des ehemaligen Markgrafen Konrad von Brandenburg (um 1240–1304) sei. Das Ergebnis fiel nun konträr zu jenem der
ersten «Expertenrunde» zwei Jahre zuvor aus und fand Eingang in die am
12. April von Karl ausgestellten Urkunden. Es habe sich herausgestellt,
«daz der, der sich nennet Wold(mar), marggraf ze Brandenburg, nicht der
marggraf Woldmar sey, der Marggrafen Chunrads ze Brandenburg seligen
sune was, und auch der selbe Woldemar ungerecht ist».[47]

Wiederum schob der sich nach außen schuldlos gebende König Karl das

Urteil eines Gremiums vor. Trotz des königlichen Meinungsumschwungs blieb Woldemar über lange Zeit jedoch weiter eine politische Figur in der Mark. Sein Anhang schwand nur allmählich. Auch nachdem sich im November 1351 Erzbischof Otto von Magdeburg mit Ludwig V., dem wittelsbachischen Markgrafen, ausgesöhnt hatte, hielten die Grafen von Anhalt an ihm fest. Noch am 10. März 1355 hat er seine wohl letzte Urkunde als «Woldemar von der ghnade godes marggreve zu Brandenburg» ausgestellt, in der er die fest zu ihm stehenden Bürger beider Städte – Alt- und Neustadt – Brandenburg aus den ihm einst geleisteten Huldigungseiden entließ. Ein des Betrugs überführter Gauner, der noch Rechtsakte bekräftigen kann, das ist ungewöhnlich. Es zeigt aber, wie stark die Bindungen waren, die einige Akteure zu dem Pilgermarkgrafen geknüpft hatten.[48]

Wie sich die Sache seinerzeit genau verhalten hat, lässt sich heute nicht mehr entscheiden. Lediglich Indizien kann man abwägen. Es wäre zunächst tatsächlich denkbar, dass die Aussagen der Anhänger stimmten und der echte Markgraf nach fast drei Jahrzehnten wieder aufgetaucht war. Mit Heinrich I. von Mecklenburg, der den Beinamen «der Pilger» trug (um 1230–1302), gab es einen ähnlich gelagerten Fall; seine Pilgerfahrt ins Heilige Land führte ihn erst nach sechsundzwanzig Jahren in die Heimat zurück. Für die Echtheit Woldemars spricht auch, dass die Askanier von Anhalt bis zu Woldemars Tod 1356 weiter an ihm festhielten und – ein starkes Argument – den Leichnam in ihrer dynastischen Grablege in der Marienkirche von Dessau bestatten ließen. Wegen der enormen legitimatorischen Kraft von Begräbnisorten für die jeweilige Herrschaftsverwurzelung wäre ein enttarnter Betrüger mit Sicherheit nicht dort zur letzten Ruhe gebettet worden – es sei denn, die Grafen waren die Initiatoren und wichtigsten Drehbuchschreiber der Komödie. Eine Möglichkeit, mithilfe der Gentechnik die verwandtschaftliche Zugehörigkeit Woldemars zu den Askaniern zu klären, ist wegen der vollständigen Zerstörung der askanischen Grablege in der früheren Schlosskirche St. Marien in Dessau und der späteren Zerstreuung der Gebeine ausgeschlossen.[49]

Sollte Woldemar – und dafür sprechen weitaus mehr Indizien – ein bewusst agierender Betrüger oder ein Mann schwachen Geistes gewesen sein, der für seine Hintermänner den nützlichen Idioten spielte, dann bleibt erstaunlich, dass er, nachdem der ganze Schwindel aufgedeckt worden war, nicht wegen Majestätsverbrechen und Gotteslästerung auf dem

Scheiterhaufen landete. Vielen talentierten Herrschernachahmern vor
ihm widerfuhr ein Ketzertod – angepflockt in Flammen oder eingesackt
im Wasser. Karl IV. dürfte ganz sicher nicht zu jenen Herrschern gehört
haben, die in einem solchen Fall von gotteslästerlichem Verhalten und
Herabwürdigung königlicher Autorität hätten Milde walten lassen. Ganz
abgesehen davon, dass es für Karl sicherer gewesen wäre, den Hauptak-
teur und Mitwisser verschwinden zu lassen. Vielleicht hielten die anhaltinischen Askanier weiter zu ihm, weil sie doch noch an einen möglichen
Erbfall glaubten?

Ausgeschlossen dürfte sein, dass es sich beim Pilgermarkgrafen um
einen Bauern oder Müller handelte, einen Mann aus niederen Schichten,
wie viele Überlieferungen behaupten, denn um im Umfeld eines Herrschers zu bestehen, genügten schauspielerisches Talent und die Kenntnis
einiger biographischer Details vom Hörensagen nicht. Nur im Märchen
können Bauernsöhne, die mit Prinzessinnen und halben Königreichen
belohnt werden, einen guten König abgeben. Auch wenn es in Einzel-
fällen enorme soziale Aufstiege gab, konnten höfisches Gebaren und das
nötige Wissen für einen überzeugenden Auftritt nur durch Sozialisation
im Fürstenumfeld erworben worden sein, als Knappe oder Waffenträger
etwa. Und genau dort dürfte die Herkunft des Pilgermarkgrafen wohl zu
suchen sein.

Wenn nach den Drahtziehern dieser herrlichen Köpenickiade gefahn-
det werden soll, dann dürfte nach der einfachen Logik «wem nützt es?»
ganz klar Karl selbst zumindest als Mitwisser oder sogar als einer der Initiatoren infrage kommen. Er spielte die Komödie mit Inbrunst mit, und
zwar genau so lange, wie sie ihm bei seinen politischen Zielen nützlich
war. Der neue König profitierte gleich mehrfach: Erstens war Karl vehement an der Destabilisierung von Markgraf Ludwig interessiert, denn
hinter diesem Wittelsbacher sammelte sich der geballte Widerstand gegen den Luxemburger. Wenn Ludwig mit der Markgrafschaft Land und
Kurstimme verlor, war die gesamte Partei der Wittelsbacher enorm geschwächt. Zweitens hat der Pilgermarkgraf mit seiner nachträglichen,
schriftlich bestätigten Kurstimme zugunsten Karls dessen Legitimations-
vorsprung gegenüber wittelsbachischen Kandidaten erhöht. Drittens
sicherte sich Karl – wenn auch endgültig erst zwei Jahrzehnte später –
mit der Markgrafschaft Lausitz einen großen Landkomplex, der wie ein

passgenaues Puzzlestück an die zur Krone Böhmens gehörenden Gebiete des Landes Bautzen und Schlesiens anschloss. Und viertens sind durch die Vergabe von Ländereien an Rudolf von Sachsen und den Erzbischof Otto von Magdeburg enge Verbündete Karls begünstigt worden, die durch diese Gaunerei in eine noch symbiotischere Bindung zum Herrscher gerieten. Die Marken Brandenburg und Lausitz jedenfalls sollte Karl nicht mehr aus dem Blick verlieren und so lange Ränke, Waffen und Geld anwenden, bis sie ihm schließlich 1373 endgültig zufielen.

Cola di Rienzo nimmt ein Bad

DIENSTAG, 31. JULI 1347, ROM, S. GIOVANNI IN LATERANO. Was ist eine Oper? Ein haarsträubender Konflikt, viel Pomp und effektvolle Gesten, absurde Wendungen, großes Finale – und oft viele Tote. Im Hochsommer 1347 war das alles in Rom zu sehen, nur die Toten gab es etwas später. Am Nachmittag des 31. Juli umjubelte das Volk dort einen glänzenden Prozessionszug. In einem Meer aus Fahnen, Pauken und Trompeten, geleitet von einheimischen Amtsträgern und Baronen, vielen Gästen aus umliegenden Städten und sogar päpstlichen Würdenträgern ritt auf prächtigem Ross ein in weiße, golddurchwirkte Gewänder gehüllter römischer Tribun. Sein Weg führte ihn vom Kapitol, dem Regierungszentrum des seit der Antike kleingeschrumpften Siedlungsgebiets der Stadt am Tiberbogen, auf der *via maior* nach San Giovanni in Laterano, der eigentlichen Bischofskirche Roms am südöstlichen Ende der Stadtmauer. «Haupt aller Kirchen der Stadt und des Erdkreises», so nennt sich das Gotteshaus seit langer Zeit. Um dorthin zu gelangen, muss der Zug durch fast schon ländlich wirkende Gegenden, vorbei an Viehweiden, Feldern und Weingärten zwischen monumentalen Ruinen, in denen gelegentlich nachts die Wölfe heulen. Rom, die einstige Hauptstadt des Römischen Reiches, hatte am Ende des Mittelalters kaum mehr als fünfundzwanzigtausend Einwohner, und den Siedlungskern umgab ein sogenannter *disabitato*, ein Stadtgebiet, das seit Jahrhunderten aufgegeben und nun nur noch spärlich bewohnt war. Das Ganze wurde aber immer noch – wie von einem viel zu weit gewordenen Mantel – von der alten Stadtmauer Kaiser Aurelians (270–275) umhüllt.[50]

Legendäres Basaltbassin: *Im Zentrum der Taufkapelle von San Giovanni in Laterano in Rom, die im 5. Jahrhundert über einem antiken Nymphaeum errichtet wurde, befindet sich ein antikes Bassin aus Basalt, das lange den Ganzkörpertaufen diente und in dem frühmittelalterlichen Legenden zufolge Kaiser Konstantin getauft worden sein soll. In dieses Prunkbecken dürfte auch Cola di Rienzo eingetaucht sein, als er im Sommer 1347 sein sündenreinigendes Ritterbad nahm.*

Am Lateran angekommen, betrat der Tribun nach kurzer Ansprache an die jubelnde Menge das Baptisterium, ein Rund aus acht Porphyrsäulen, das eine antike Wanne aus grünem Basalt umschloss. Der Legende nach hatte sich in diesem Wasserbecken der badende Kaiser Konstantin vom Aussatz und damit vom Heidentum befreien können, was als eine Ganzkörpertaufe erinnert wurde. Nun wollte der Tribun die Taufwanne besteigen, damit das darin eingelassene duftende Rosenwasser ihn von allen Flecken der Sünde und die ganze Stadt vom Aussatz der Tyrannei reinige. Nach dem kathartischen «Ritterbad», einem *lavacrum militare*, wie er es selbst in Briefen nennt und das die päpstliche Kurie später als Entweihung eines heiligen Ortes verdammen wird, gab sich der Sündengereinigte dem Schlummer hin.[51]

Am nächsten Morgen, dem 1. August, einem traditionellen römischen Festtag mit sowohl antiken als auch christlichen Wurzeln, bestieg der nun in rote Gewänder gekleidete Tribun die Benediktionsloggia am Lateran, von der der Papst sonst die Jubeljahre ausrief. Hier wurde er unter Messgesängen und Festposaunenklang mit Schwert, Gürtel und Sporen versehen und zum Ritter geweiht. Mit symbolischem dreimaligem Schwerthieb in die Luft nahm er seine Würde an. Sein neuer Titel, den er künftigen Dokumenten voransetzen wird, lautete: *«Candidatus Spiritus Sancti miles, Nicolaus severus et clemens, liberator Urbis, zelator Italiae, amator orbis et tribunus augustus»*, was etwas holprig im Deutschen bedeuten würde: «Weißgewandeter Ritter des Heiligen Geistes, Nicolaus, der Gestrenge und Gnädige, Befreier der Stadt, Eiferer für Italien, Liebender des Erdkreises und erhabener Tribun». Dieser antik anmutende Endlostitel sollte, so befahl Cola di Rienzo, wie er bei den Römern hieß, in goldenen Buchstaben auf einer azurblauen Tafel über dem Portal von Santa Maria in Aracoeli auf dem Kapitol zu ewigem Gedächtnis aufgehängt werden.

Zwei Wochen nach der Ritterweihe, in denen weitere Festivitäten stattfanden, am 15. August 1347, Mariä Himmelfahrt, inszenierte Cola seine feierliche Krönung mit sechs Kronen. Bescheiden wird man das nicht nennen können, auch wenn fünf Kronen, antike Grundformen aus Zweigen und Laub nachahmend, aus Eiche, Efeu, Myrthe, Lorbeer und Olive bestanden. Selbst der Papst hatte nur drei Kronen. Ein Wunder, dass es bei Rienzo nicht zwölf waren, in Anlehnung an die Anzahl der Apostel. Das hätte gut zu seinem Kult um den Heiligen Geist gepasst, der seine Schritte gelenkt haben soll und überaus dominant seine kurze Karriere durchzieht. Vielleicht hatte Rienzo aber auch die Lorbeerkrönung seines Dichterfreundes Francesco Petrarca von 1341 auf dem Kapitol vor Augen, der mit dieser Caesarimitation als *poeta laureatus* wie der Herrscher eines Künstlerstaates geehrt worden war und so einem Fürsten gleichgestellt zu sein schien. Was aber hatte das alles zu bedeuten? Wer war dieser Ritter Nicolaus, der in Rom offensichtlich höchstes Ansehen genoss? Und was hatte er mit dem römisch-deutschen und böhmischen König Karl zu tun?[52]

Als Sohn eines *tavernaro*, eines Kneipenwirts, sowie einer Wasserträgerin und Wäscherin vom Tiber wurde Cola di Rienzo wohl in der ersten Hälfte des Jahres 1313 geboren. Durch einen namentlich unbekannt gebliebenen Chronisten, den sogenannten Anonimo Romano, dessen Werk nur bruchstückhaft überdauert hat, sind einige Details aus seinem Leben überliefert. Der Name Cola di Rienzo ist eine umgangssprachliche Verkürzung von Nicolo Laurentii, also Nicolaus, [Sohn] des Laurentius. Seine außerordentliche literarische Bildung, sein Interesse an antiken Bauwerken und Inschriften sowie sein Rednertalent beeindruckten seine Zeitgenossen gewaltig. Er schrieb eine spitze, mitunter recht schwülstige Feder, wie die Zeit sie liebte. Selbst der Dichter Francesco Petrarca und Karls langjähriger Kanzler Johann von Neumarkt (um 1310/20–1380) bewunderten Colas Fähigkeit der wohlgesetzten Worte und wetteiferten in ihren Briefen mit ihm um die elegantesten und bildreichsten Formulierungen. Obwohl er in einem Brief an Karl IV. von sich behauptete, er sei in jungen Jahren als «Bauer unter Bauern» aufgewachsen, war das offensichtlich reine Koketterie, denn seine so bewunderten Kenntnisse der altrömischen Klassiker und Inschriften können bei aller Begabung nur Ergebnis langer und fleißiger Bemühungen gewesen sein. Vielleicht besaß er einen Förderer, der dem offenbar über alle Maßen talentierten Aufsteiger den Weg zur Juristerei ebnen wollte, den Rienzo durch die Ehe mit einer römischen Notarstochter zu beschreiten begann.[53]

Rienzos Ansehen bei den nichtadligen Bevölkerungsschichten, die der ewigen Kämpfe der großen Adelsclans überdrüssig waren, wuchs durch sein Wirken für die Kommune rasch. Der Tod seines Bruders durch eine adlige Klinge hielt seinen unbändigen Hass auf die römische Aristokratie wach. In der seit 1308 von den Päpsten verlassenen Stadt gärte es, und dabei gewann der charismatische Gegner des baronalen Adels immer mehr an Macht. Zu seinen Anhängern gehörten sowohl Vertreter des *popolo minuto*, die niedrigen Kleinbürger, als auch des *popolo grasso*, die aufstrebende vornehmere Bürgerschaft und der Kleinadel, sowie der *cavalerotti*, reiche Bürger, die zu Pferd in der städtischen Miliz dienten. Rom war über viele Jahrhunderte weniger eine Ständegesellschaft als eine von Klientelverbänden geprägte Comune, in der man sich um die großen Familien schaarte. In einem Handstreich oder auch Putsch am Pfingstsonntag 1347 ließ Rienzo sich auf dem Kapitol von diesem römischen «Volk» umfassende Herrschaftsrechte übertragen. Zunächst noch im Verbund mit einem päpstlichen Vikar, bald aber allein, führte er das Stadtregiment und nahm den antiken Titel Tribun an.[54]

In einer eigenartigen Mischung aus übersteigertem Sendungsbewusstsein, gewaltiger Geltungs- und Ruhmsucht fühlte Cola di Rienzo sich zu nichts Geringerem berufen als zur Befreiung Roms und dann ganz Italiens von jeglicher Knechtschaft. Der versprochene Wiederaufstieg zu ehemaliger Größe, zunächst in republikanischer Verfasstheit, dann in imperialem Gewand, traf auf alte Sehnsüchte der stadtrömischen Bevölkerung und einte für kurze Zeit Anwälte, Kaufleute und Viehhändler, große und kleine Handwerker, Kalkbrenner und Geldwechsler, Gastwirte, Fleischer, Bäcker und Wasserträger. Wegen der großen Pilgerströme gab es im Wallfahrtsziel Rom naturgemäß viele Berufszweige, die im Gastgewerbe ihr Auskommen suchten. Sie alle fühlten sich in ihren Alltagsnöten verstanden und zudem enorm geschmeichelt, etwas von Weltherrschaft und römischer Republik vorgegaukelt zu bekommen. Alle diese Verheißungen waren, wie Rienzo immer wieder betonte, durch Gottes Willen und die Offenbarungen des Heiligen Geistes sanktioniert.

Mit einer Fülle von Maßnahmen und Verlautbarungen löste Rienzo eine Revolution der römischen Verhältnisse aus. Allerdings waren seine hochfliegenden Pläne ausschließlich rückwärtsgewandt, beschworen einstige Größe und Kraft des antiken Imperium Romanum, ließen aber kaum wirkliche Veränderungen zu. Die anhaltende Beschäftigung mit den Überlieferungen der lateinischen Klassiker hatte dem Aufsteiger den Blick für reale Verhältnisse getrübt, sodass er mit seinen immer abenteuerlicheren in die Welt posaunten Deklarationen letztendlich doch nur ein Schattenspiel einstiger antiker Größe betrieb. Obwohl sein Umsturz eher ein Pöbelaufstand gegen die Stadtaristokratie und die Übergriffe der Päpste und Kaiser war, sollte Rienzo noch Jahrhunderte später wiederholt als Vorbild herangezogen werden.[55]

Im Anschluss an seine Ritterweihe am 1. August 1347 hatte Rienzo von der Loggia aus eine lange Verlautbarung verlesen lassen, die in einem Rundschreiben den Völkern des Erdkreises bekannt gegeben wurde und so in Stadtchroniken und Briefsammlungen überdauerte. Darin erklärte er, dass alle Städte Italiens frei seien und das ganze heilige Italien unabhängig. Aber Rienzo ging noch weiter: «Allen Prälaten, erwählten Kaisern, Wahlfürsten, Königen, Herzogen, Fürsten, Markgrafen, Völkern, Gemeinschaften und allen übrigen, welchen Ranges und Standes sie sein mögen, die bei der genannten Wahl und Regierung selbst auf irgend eine

Gerichtsbarkeit und Autorität Anspruch machen und Widerrede einlegen mögen, bestimmen wir einen Zeitraum von jetzt an bis zu den kommenden Festen von Ostern und Pfingsten, zu erscheinen innerhalb dieser Frist in gegenwärtiger segenspendender Stadt und der allerheiligsten lateranischen Kirche, vor uns und den übrigen Beauftragten unseres Herrn des Papstes und des römischen Volkes ihre Rechte vorzutragen. Wenn nicht, so werden wir dem Rechte gemäß gegen sie verfahren, so, wie des Heiligen Geistes Gnade es uns eingeben wird.» Einige Herrscher habe man namentlich sogar vorgeladen: «den Herrn Ludwig Herzog von Bayern und den Herrn Karl König von Böhmen, welche sich Kaiser der Römer oder zum Imperium gewählt nennen, zudem die Herren Herzöge von Bayern, Österreich und Sachsen, den Herrn Markgrafen von Brandenburg, die Herren Erzbischöfe von Mainz, Trier und Köln».[56]

Das war ein Knall, ein Trompetenstoß, oder einfach nur irre! Die sich nördlich der Alpen befehdenden Kontrahenten Kaiser Ludwig IV. und sein Gegenkönig Karl sollten sich persönlich in Rom einfinden und sich dem Richterentscheid eines Schankwirtsprösslings unterwerfen? Wahrlich eine «staunenswürdige Phantasie genialen Wahnsinns», wie Ferdinand Gregorovius das Edikt nannte. Und Rienzo setzte wenige Tage später noch eins drauf: «Keinem Kaiser, König, Fürsten oder Markgrafen, wie auch immer er heißen möge, und deren Kriegstruppen sei es zukünftig erlaubt, Italien zu betreten ohne eine besondere Erlaubnis des römischen Volkes» – gemeint war natürlich Rienzos Erlaubnis und selbstredend die seiner Heiligkeit, wie er Clemens VI. schrieb, um ihn zu beruhigen. Hätten Ludwig oder Karl bei Rienzo anfragen sollen, ob er ihnen einen Romzug zur Krönung gestatten wolle und ob sie dafür auch ein Schwert mitbringen dürften?[57]

Der Ritter des Heiligen Geistes evozierte mit traditionsbeladenen, von reichlich Pomp begleiteten Ritualen und volltönenden Verlautbarungen antike Kaiserherrlichkeit und den Glanz längst vergangen Ruhms. Eine per weiterem Rundschreiben an die italienischen Städte zum Pfingstfest 1348 einberufene Synode sollte die Kurfürsten durch vierundzwanzig Vertreter des italienischen Volkes ersetzten. Diesen käme dann das Recht zu, mithilfe des Heiligen Geistes einen vom Eifer für das heilige Italien durchdrungenen Italiener unter dem Namen eines Augustus an die Spitze des Imperiums zu stellen. Keine Frage, wen Rienzo in dieser Würde sah, denn war der, der das Taufbecken Kaiser Konstantins benutzte, nicht auch ein Imperator? Schon vor dem Umsturz soll er, wie der Anonimo Romano überliefert, verkündet haben, er «würde ein großer Herr und Kaiser sein», Gegner hätten mit dem Schlimmsten zu rechnen: «Alle diese Barone würde ich verfolgen, diesen da aufhängen, jenen enthaupten!» Aber der Kaiseraspirant und große Zeremonienmeister musste alsbald erkennen, dass seine Schnürbodenüberraschungen und pompösen Ankündigungen ihre Wirkung rasch verloren. Dass in der Nacht vor seiner Ritterweihe sein Ruhebett zusammenbrach, hätte ihn eigentlich warnen müssen, denn nichts ist so gut geschmiert und dreht sich so schnell wie das Rad der Fortuna.[58]

Bald taten sich einige der zuvor heftig verfeindeten römischen Adelsclans gegen Rienzo zusammen, und auch in anderen Bevölkerungsgruppen regte sich Widerstand. Gegen Ende des Jahres 1347 kam es in und um Rom zu heftigen Kämpfen mit vielen Toten. Mitte Dezember musste der inzwischen vom Papst gebannte Tribun aus der Stadt fliehen. Er fand Unterschlupf in den Abruzzen bei Franziskanereremiten. Hier offenbarte sich ihm, dass die heilsgeschichtlichen Lehren und Prophetien des Abtes Joachim von Fiore (gest. 1202) aus Kalabrien auch auf das politische Geschehen in Rom angewandt werden könnten. Joachim hatte in seinen Predigten und Schriften über die Apokalypse, das Alte und Neue Testament oder den Psalter den vielleicht wirkmächtigsten mittelalterlichen Entwurf einer gesellschaftlichen Höherentwicklung im Sinne einer Fortschrittsreligion formuliert. Dante hatte den Visionär in seiner *Commedia* in den Lichterreigen der hellsten theologischen Geister aufgenommen. Allerdings kam bei Rienzos Erneuerungsvisionen unter Berufung auf Joachim, wie der Philosoph Karl Löwith formulierte, nur eine «klägliche Karikatur der politisch-religiösen Eschatologie» heraus.[59]

Der Tribun in Prag

Rienzos hochfliegende Pläne und spektakuläre Inszenierungen wären eine lediglich für die Geschichte der Stadt Rom bedeutsame Episode geblieben, hätten sich nicht die Wege Karls IV. mit denen des Tribuns tatsächlich gekreuzt und wäre der nicht zum Bauernopfer in des Königs Politik

geworden. Im Sommer 1350 – Karl verhandelte zu dieser Zeit mit Papst
Clemens VI. über einen Romzug und seine Kaiserkrönung – begab sich
Rienzo an den Prager Hof. Das war tollkühn – oder naiv. Zunächst,
vielleicht aus Neugier, lud Karl ihn ein, seine Vorstellungen am Hof zu
entwickeln. In mehreren Audienzen vor dem König und dessen engerer
Umgebung, darunter der Erzbischof von Prag, Ernst von Pardubitz
(1344–1364), predigte der zu diesem Zeitpunkt siebenunddreißigjährige
Rienzo die prophetischen Ideen der Franziskanereremiten von der Erneuerung der Verhältnisse. Joachim von Fiores Vision vom dritten Zeitalter
des Heiligen Geistes sei nahe, versuchte er dem drei Jahre jüngeren König
klarzumachen. Zudem bot er sich an, wie einst Johannes der Täufer dem
Herrn, dem zukünftigen Kaiser als precursor, als «Vorgänger» und «Ver-
künder», voranzugehen, denn nur er könne ihm Italien wiedergewinnen.
Rienzo redete sich um Kopf und Kragen. Der König ließ sich alles noch
einmal aufschreiben, um ihn dann als Ketzer in den Kerker zu werfen.
Bald darauf wurde Rienzo in die rund fünfzig Kilometer nördlich von
Prag gelegene Burg Raudnitz an der Elbe gebracht, die dem Erzbischof
von Prag gehörte, der kirchenrechtlich für die Untersuchung des Ketzers
verantwortlich war.[60]

Der von seiner Verhaftung völlig überraschte Rienzo schrieb dem Kaiser einen Brief, vielleicht in der Annahme, es handle sich um ein Missverständnis, das aufzuklären sei, und zog einen letzten Trumpf aus dem
Ärmel. Er offenbarte dem König die Schnurre, er sei ein illegitimer Sohn
Kaiser Heinrichs VII., also eigentlich Karls Onkel. Der Herrscher habe im
Mai 1312 auf dem Krönungszug in Rom wegen der kaiserfeindlichen Tu-
multe in den Gassen der Stadt eine Nacht in Rienzos elterlicher Schänke
zugebracht. Und da der Vater zufällig auf Reisen gewesen sei, habe die
Mutter mit den Umarmungen des Kaisers auch einen Sohn empfangen.[61]

Erstaunlicherweise ließ Karl seinen neuen «Neffen» nicht einfach im
Loch verschmachten, sondern antwortete ihm in einem langen Brief, der
viel über seine theologischen Auffassungen und seine Bibelfestigkeit verrät, aber auch seinen immer alle möglichen Varianten berücksichtigenden
Politiksinn offenbart. Rienzos Kritik an den herrschenden Verhältnissen
in der Kirche wies Karl scharf zurück: «Solches erscheint uns völlig irrig
und der Wahrheit zuwider [...] uns geziemt es nicht, den Mund gegen
den Himmel zu erheben.» Denn, so argumentierte der König, «Christus

hat uns empfohlen, uns vor denen zu hüten, welche in Schafspelzen ein-
hergehen, innerlich aber reißende Wölfe sind. Deshalb ermahnen wir dich
abzulassen von den unwissenden Einsiedlern, […] welche im Geist der
Demut zu wandeln glauben, ohne dass sie nur ihren Sünden zu widerstehen
und ihre Seelen zu retten vermögen.» Dann erläuterte Karl dem Häftling
die Gründe seiner Verhaftung: «Deshalb, weil wir Gott von ganzem Herzen lieben und die Nächsten wie uns selbst, und aus der Hochachtung zu
Gott, welche wir ihm als Schöpfer, Erlöser und Heiland schuldig sind, von
dem wir dereinst Belohnung erwarten, und weil du in seinem Acker Un-
kraut ausgesät hast, wovon auch das ungesäuerte Brot [d. h. der Leib
Christi] angesteckt werden könnte, haben wir befohlen, dich gefangen setzen zu lassen. Und das ist der erste Grund deiner Gefangenschaft. Der
zweite hat mit Nächstenliebe zu tun, denn wer seine Seele in dieser Welt
hasst, der bewahrt sie zum ewigen Leben. Deshalb wollen wir lieber deine
Seele in diesem Leben hassen, als sie für jenes Leben verderben.»[62]

Ob das Argument der Nächstenliebe den Inhaftierten überzeugte? Die
überaus delikate Frage nach der angeblichen Verwandtschaft löste Karl sa-
lomonisch: «Was dich sorgte, uns von deiner Geburt und deiner Herkunft
zu schreiben, das überlassen wir Gott, weil es nicht unsere Sache ist, darüber zu streiten. Eines allerdings wissen wir, dass wir alle Geschöpfe Gottes
sind und Söhne Adams, aus dem Schlamm der Erde geformt, und dass wir
zur Erde zurückkehren werden.» Zum Schluss des Schreibens mahnte Karl
in väterlich-biblischem Ton: «Wir bitten und ermahnen dich, die phantas-
tischen Gedanken fahren zu lassen, der weltlichen Ehren, wenn du welche
gehabt hast, nicht mehr zu gedenken und kein steinernes Herz und keinen
trotzigen Nacken gegen Gott anzunehmen, sondern den Helm des Heils
und den Schild des Glaubens anzulegen und fortan in einem zerknirsch-
ten und demütigen Herzen, das Gott nicht verschmäht, zu verharren.»[63]

Rienzo unternahm noch mehrere Versuche, auf den König, den Erzbischof von Prag und den Kanzler Johann von Neumarkt einzuwirken.
Doch alle wohlformulierten Appelle nutzten nichts, seine Freiheit erlangte er in Böhmen nicht wieder. Ironischerweise sollte Rienzo während
seiner Haft jedoch Gelegenheit erhalten, dem Herrscher beim Abfassen
eleganter Briefe zu helfen. Der Fall Rienzo offenbart – wie schon das
Handeln des Königs beim Pilgermarkgrafen –, wie gerissen Karl politisch
agierte. Es zeigt, dass er sich von Imperiumsschwärmereien nicht um-

nebeln ließ, dass er realistisch dachte und sich immer bis zum Schluss alle
Optionen offenhalten wollte. Denn es liegt auf der Hand, dass Rienzo in
Böhmen nur knapp einem Ketzertod auf dem Scheiterhaufen entging.
Karl, der sich in Fragen der Ketzerei als «Hammer der Häretiker» verstand, wie die zwei Jahrzehnte später erlassenen Ketzergesetze deutlich
zeigen, ließ den Schwärmer am Leben und nutzte ihn als Pfand in den
anstehenden Verhandlungen mit dem Papst.[64]

Erst im Juni 1352 lieferte Karl Rienzo an Papst Clemens VI. in Avignon
aus. Der Tribun, der in den Auslieferungsbegehren mehrfach als «Sohn
des Belial» – eines der Synoyme des Teufels – bezeichnet worden war,
wäre dort in einem Ketzerprozess zweifellos zum Tode verurteilt worden,
wenn den Papst am 6. Dezember dieses Jahres nicht selbst der Tod ereilt
hätte. Sein nach kurzem Konklave noch im selben Monat inthronisierter
Nachfolger Innozenz VI. (1352–1362) orientierte sich um und ließ Rienzo, dessen anhaltend hohes Ansehen in Rom er für eigene Zwecke nutzen wollte, frei. Gemeinsam mit dem spanischen Kardinal Aegidius
Albornoz (1310–1367), dem päpstlichen Legaten und Generalvikar, sollte
Rienzo im Interesse des Papstes wirken. Im Sommer 1354, sieben Jahre
nach seinem spektakulären Ritterbad, gelang es ihm, sich in Rom wieder
an die Spitze zu setzen – diesmal als ein im Auftrag des Papstes amtieren-
der Senator. Doch an die einstigen Erfolge konnte der «Heldenspieler im
zerlumpten Purpur des Altertums», wie Ferdinand Gregorovius ihn
nannte, nicht wieder anknüpfen. Nur neun Wochen nach seiner Macht-
übernahme wurde Rienzo am 8. Oktober 1354 in einem Tumult getötet,
seine Leiche geschändet und schließlich zwei Tage später auf einem Ge-
strüpphaufen – ironischerweise am Grabmal des Augustus – verbrannt.[65]

Karls Reaktion auf den Tod des Tribuns von Rom ist nicht überliefert.
Aber es liegt auf der Hand, dass bei einer dauerhaften Herrschaft Rienzos
der Luxemburger nur schwer seine Kaiserkrönung in Rom hätte bewerk-
stelligen können, ohne mit dem Aufsteiger in Konflikt zu geraten. Karl
war der Empfänger des letzten Briefes Rienzos, den wir kennen. Dem
zukünftigen Kaiser wollte er im September 1354 seine überströmende
Freude über dessen baldiges Kommen kundtun, und wortgewaltig wie
immer rief er nach Norden: *Exsultet et iubilet totum Christianorum genus,*
«Jauchzen und jubeln möge die gesamte Christenheit». Und es mutet geradezu zeichenhaft an, dass genau an dem Tag, als der Träumer Cola di

Rienzo sein erbärmliches Ende fand, Karl, der Realist, mit seinem Gefolge auf Saumpfaden der Alpen seinen Weg zur Kaiserkrönung nach
Rom nahm.[66]

Das Heilige Römische Reich im 14. Jahrhundert

Was stellte bei den Inszenierungen des Cola di Rienzo den Sehnsuchtsort
dar, der von so vielen seiner Anhänger herbeigewünscht wurde? Um was
ging es bei den von Intellektuellen verfassten Streitschriften über das Römische Reich? Wie groß war der Unterschied zwischen dem von Schwär-
mern herbeigeträumten Reich als einer aus der Geschichte hergeleiteten
Phantasie und dem politischen Gebilde, in dem Karl handeln musste?
Kurzum: Was bedeutete es im Hoch- und Spätmittelalter, ein *imperator
Romanorum*, ein Kaiser der Römer zu sein? Und warum nahmen so viele
Könige die erheblichen Schwierigkeiten, die mitunter tödlich endeten,
auf sich, um die begehrte Würde zu erlangen?[67]

Nach ihren eigenen Vorstellungen, die sich aus transformiertem anti-
kem Gedankengut über das Römische Reich speisten, erhoben sich die
Kaiser des mittelalterlichen Römischen Reiches über alle anderen Könige
des christlichen Abendlandes, weil das Kaisertum als die vornehmste
Form der Herrschaft galt. Eigentlich gab es nur einen Kaiser über den
Königen, gleichsam ein Oberhaupt im Kreis seiner Familie. So ganz falsch
war das mit der Verwandtschaft nicht, denn der europäische Hochadel
war in höchstem Grad versippt und verschwägert. Als Karl am Ende seines Lebens mit seinem Sohn Wenzel nach Paris zum französischen König
reiste, war das nicht nur ein Gipfeltreffen des französischen mit dem
römisch-deutschen und böhmischen Herrscher, sondern zugleich ein
Familientreffen; trotz aller Blutsbande wurde freilich haarklein auf jede
Nuance bei der Sichtbarmachung von Hierarchien geachtet.

Anfang des 14. Jahrhunderts hatte Dante Alighieri in seinem staats-
theoretischen Hauptwerk *Monarchia* über eine Art Weltkaisertum formuliert: «Die zeitliche Monarchie, welche man Imperium nennt, ist sowohl
die Herrschaft eines einzigen über alle anderen [Herrschaften] in der Zeit
als auch die Herrschaft in allem und über alles, was von der Zeit gemessen wird.» Der Florentiner Dichter verband in seinem Werk die Not-

wendigkeit einer Weltmonarchie, die er aristotelisch begründete, mit der Rom-Idee und der Aufgabentrennung von weltlicher und kirchlicher Gewalt. Auch nördlich der Alpen wurde über die Rolle des Römischen Reiches als letzter Weltmonarchie in der Heilsgeschichte nachgedacht. Der Prager Hof Karls hatte vom Werk Dantes mehr durch Zufall Kenntnis genommen. Zwei erhaltene Handschriften aus dem 15. Jahrhundert mit Marginalien zu diesem Traktat gehen auf eine gemeinsame Vorlage des 14. Jahrhunderts zurück, die den vollständigen Text der *Monarchia* und Randbemerkungen bietet, die Cola di Rienzo zu der Zeit notiert hatte, als Karl ihn im Kerker hatte schmachten lassen.[68]

Der Benediktinerabt Engelbert von Admont (gest. 1331) war in seinem Traktat *De ortu et fine imperii*, «Vom Ursprung und Ende des Imperiums», zu dem Schluss gekommen, dass es besser und gerechter sei, wenn ein Kaiser über alle anderen Könige herrsche. Marsilius von Padua, ein weiterer Staatstheoretiker, der über den Charakter des Römischen Reiches nachdachte, wurde wegen seines Hauptwerks *Defensor pacis*, «Verteidiger des Friedens», vom Papst exkommuniziert. Er bewegte sich daher im Umfeld Kaiser Ludwigs IV., und als Begleiter auf dessen Romzug 1327 und 1328 wollte Marsilius in einem weiteren Werk mit dem Titel *De translatione imperii*, «Von der Übertragung des Reiches», klären, wie es sich juristisch mit dem Übergang der imperialen Herrschaftsgewalt von den Griechen zu den Römern und dann zu den Deutschen verhielt – und warum den Päpsten dabei keinerlei Entscheidungsrechte zukamen.[69]

Auf höchstem philosophischem Niveau wurde also in italienischen und deutschen Studierstuben auf Pergamenten niedergelegt, was man schon lange als brisantes Thema kontrovers diskutierte. Herrschaftstheorien haben zu allen Zeiten die Frage nach der Legitimität von Herrschaftsausübung zu beantworten. Zu Zeiten Dantes und Engelberts wurde die Problematik allerdings ganz besonders aktuell, da mit der Krönung Heinrichs VII. 1312 erstmals nach fast einem Jahrhundert, also seit der Erhebung Kaiser Friedrichs II. 1220, wieder ein König in Rom zum Kaiser gekrönt worden war. Die nächsten Kaiserkrönungen fanden 1327 und 1355 statt, also mit einigem zeitlichen Abstand. Aus eigenem Erleben dürften sich überhaupt nur betagtere Italiener an einen Kaiser als politisch gestaltende Kraft erinnert haben. Dafür nutzten Gelehrte einer jüngeren Generation wie Lupold von Bebenburg (um 1297–1363) oder

Konrad von Megenberg, der zeitweise Kanzleimitarbeiter Karls IV. gewesen sein könnte, die Zeit zwischen den Krönungen für das Abfassen von Traktaten über den Sinn der Kaiserwürde und die Frage, welche Rechte sich damit verbanden. Noch im 15. Jahrhundert stand, wie die Schriften des italienischen Humanisten und späteren Papstes Enea Silvio Piccolomini (1405–1465) zeigen, die Verbindung von Reich und Kaiser zu Rom für eine größere Legitimität als jede andere Herleitung aus der Vergangenheit.[70]

Alle Kaiser des mittelalterlichen Römischen Reiches verstanden sich zum einen *dei gratia,* «von Gottes Gnaden», zur Herrschaft berufen, was im Spätmittelalter und in der Frühen Neuzeit inflationär mehr oder weniger alle Herrscher Europas von sich behaupteten. Zum anderen verwies der Titel *Augustus,* den sich ja auch Cola beigelegt hatte, auf eine lange römische Tradition kaiserlicher Herrschaft. Seit der Zeit des ersten römischen Kaisers blieb die Vorstellung lebendig, dass der *orbis Romanus,* also die römische Welt, mit dem bekannten *orbis terrarum,* dem gesamten Erdkreis, deckungsgleich sein müsse. Schon der römische Dichter Vergil (70 v. Chr.–19 v. Chr.) hatte die Grenzenlosigkeit des Römischen Reiches proklamiert – *imperium sine fine.* Seit der Antike hatte sich so eine wirkmächtige Romideologie ausgeprägt, die die Ideen vom Reich ohne Grenzen mit einer *pax Romana* – der Befriedung durch Rom – und der *Roma aeterna* – dem auf ewig existierenden Rom – zusammenzog. Den Kaisern falle daher – und das galt während des gesamten Mittelalters – die Weltherrschaft zu. Die Schaffung und Wahrung des Friedens im Verbund mit einer weltgeschichtlichen Aufgabe, das gehörte damals wie heute zu den Rechtfertigungen eines Imperiums.[71]

Die römische Reichsidee, die noch im Hochmittelalter ein politisches Programm mit mehr oder minder realen Gestaltungsoptionen darstellte, verwandelte sich später immer mehr in einen Mythos, der allenfalls den Ursprung von Herrschafts- und Ranganprüchen bezeichnen, nicht aber deren Durchsetzung garantieren konnte. Das zeigt sich nicht zuletzt an der Herrschaft über die Stadt Rom selbst und der Dauer der jeweiligen Aufenthalte der Imperatoren. Vom 10. bis zum 15. Jahrhundert hielten sich achtzehn römische Kaiser immerhin fünfundvierzig Mal dort auf. Der römische Kaiser Otto III. (983–1002) hatte sogar mehrere Jahre in Rom verbracht. Aber schon Kaiser Friedrich II. war durch den päpst-

lichen Oberhoheitsanspruch bei seinen Aufenthalten in Rom mehr geduldet als erwünscht gewesen. Und Kaiser Karl IV. schließlich musste
dem Papst versprechen, zu seiner Krönung nur einen Tag in der ewigen
Stadt zu verweilen. Für jemanden, der sich als ein wirklicher römischer
Kaiser fühlte, muss das eine unbefriedigende Einschränkung gewesen
sein. Doch der Rom-Mythos zwang die Herrscher, sich zur Kaiserkrönung in der ewigen Stadt einzufinden und nicht dorthin zu reisen, wo der
Papst gerade residierte: Rom war eben nicht immer da, wo der Papst sich
befand. Folglich zog es auch Karl nicht nach Avignon, um vom Papst gekrönt zu werden, sondern nach Rom, um dort von einem Kardinal die
Kaiserwürde zu empfangen.

Das zu diesem Kaisertitel gehörende Herrschaftsgebiet umfasste das
staatsrechtlich eigentlich nie erloschene Römische Reich, wobei sich die
politische Realität natürlich völlig anders darstellte, als Cola di Rienzo
oder Petrarca sich das zurechtträumten. Von Caesar (100–44 v. Chr.) und
Kaiser Augustus (63 v. Chr.–14 n. Chr.) begründet und durch Kaiser Konstantin in ein christliches Reich verwandelt, war es allein schon durch
sein hohes Alter geadelt. In den Vorstellungen des mittelalterlichen Menschen aber zeichnete dieses Römische Reich noch etwas Besonderes aus:
die eschatologische Erwartung nämlich, die sich auf den biblischen Propheten Daniel stützte, dass seine Fortexistenz als das letzte von vier Welt-
reichen das Jüngste Gericht hinauszögere. Und weil es auch das Reich
war, in dem Christus gelebt und gelitten hatte und wo der wahre Glaube
schließlich zum Sieg geführt worden war, galt es als heilsgeschichtlich
notwendig und garantierte die Einheit der Kirche. Seit der Zeit Friedrichs I. Barbarossa trug es das Adjektiv «sacrum – heilig» auch in seinem
Titel, vom Ende des 15. Jahrhunderts an noch bereichert durch den Zu-
satz «Deutscher Nation».[72]

Die Beziehung zu Rom stellte also über Jahrhunderte jene Klammer
dar, die das Reich nördlich der Alpen mit einer höheren, geradezu einzig-
artigen Vergangenheit verband. Wichtige Etappen auf dem Weg zum
mittelalterlichen Rom-Mythos stellten die Kaiserkrönungen Karls des
Großen und Ottos des Großen in den Jahren 800 und 962 dar, denn dadurch «erbten» die Ostfranken und späteren Deutschen die imperiale
Würde. Nun bestand das Imperium aus einer Dreiheit der Königreiche
Deutschland, Italien und Burgund. Mit der Herrschaftsausdehnung nach

Mittel- und Osteuropa, die sich im 13. Jahrhundert entfaltete, wurden weitere Gebiete in das Reich einbezogen. Anfangs missbilligten die Kaiser des Westens noch, dass es in Konstantinopel eine ununterbrochene Abfolge oströmischer Imperatoren gab, denn eigentlich residierten dort die «echteren» römischen Kaiser. Doch spielte mit zunehmender Schwäche des Byzantinischen Reiches dieses sogenannte «Zweikaiserproblem» keine Rolle mehr. Im 14. Jahrhundert war das ehemalige oströmische Reich ein Kleinstaat geworden, der als Schatten früherer Größe bis zu seinem endgültigen Untergang 1453 dahinsiechte.

Der südliche Teil des mittelalterlichen Kaiserreichs bestand aus dem *Regnum Italiae*, einem italischen Königreich, das mitunter auch als «Reichsitalien» bezeichnet wird. Es hatte seinen Ursprung in einem lang zurückliegenden, ehemals in Oberitalien existenten Langobardischen Reich. Das *Regnum Italiae* umfasste hauptsächlich die Lombardei und einige weitere mittelitalienische Herrschaftsbereiche, die zu den ökonomisch führenden Regionen Europas zählten. Im Mittelalter galt als «Lombardei» nicht nur die heutige gleichnamige italienische Region, sondern der gesamten Nordwesten Italiens einschließlich des heute schweizerischen Tessin, das «land in Lamparten», wie es in Urkunden oft heißt. Da dem Kaiser hier tatsächliche Herrschaftsrechte zustanden, konnten selbst mächtige Gewaltherrscher wie die Visconti in legitimem Sinne nur in Stellvertretung des Kaisers, also als Reichsvikare, Macht ausüben, sodass sie sich immer wieder beim Kaiser um entsprechende Ernennungen bemühten. Das zeigt, dass die Reichsidee auch im Spätmittelalter noch lebendig war.[73]

Das *Sacrum Imperium Romanum*, dessen Herrscher Karl bald werden sollte, bestand für lange Zeit aus völlig verschiedenen Herrschaftsformen und Gemeinwesen, die sich zum überwiegenden Teil selbst genügten, darunter Königreiche, Fürstentümer, Reichsstädte, ja sogar Reichsdörfer. Daher kennzeichnete das Reich bis zu seinem Untergang 1806 eine immense politische Vielgestaltigkeit. Ein Minimum an festen Institutionen reichte für Jahrhunderte aus, setzte aber im Gegenzug für Regierungshandlungen die unmittelbare «Anwesenheit des Herrschers», die sogenannte *praesentia regis*, voraus. Personell wurde das Reich vornehmlich durch den Kaiser und die Fürsten repräsentiert, aus denen sich die Kurfürsten besonders heraushoben. Erst viel später traten auch die Reichsstände hinzu. So schien das Reich in der Frühen Neuzeit bei den Zeitzeugen der Herausbildung eines Mächteeuropas, wie etwa bei Samuel von Pufendorf (1632–1694), irgendwie altmodisch und «einem Monstrum ähnlich» zu sein. Und weil das mittelalterliche Reich wie schon das antike Römische Reich universal und nicht national verstanden wurde, führte das über Jahrhunderte zu vielerlei Aufgeregtheiten und Missverständnissen bei Nationalhistorikern.[74]

3

_____

DER KRIEGSHERR

«Weck auf die Kraft, mein Arm, zur Schlacht
mit Feinden von viel größrer Macht.
Groß ist der Segen, den der Sieg beschert,
durch Kämpfe wird der Freiheit Glück gewährt.»

Georg Friedrich Händel, «Judas Maccabaeus»

Die Schlacht der fünf Könige

SAMSTAG, 26. AUGUST 1346, CRÉCY. Eine unheimliche Szenerie:
An einem späten Augustnachmittag nahe dem heutigen Ort Crécy-en-
Ponthieu im französischen Department Somme hatte sich die Sommer-
schwüle in einem tosenden Gewitter mit Blitz, Donner und Starkregen
entladen. Alles und jeder der Anwesenden war nass bis auf die Knochen.
Schwärme von Krähen flogen mit so lautem Geschrei durch die dunklen Wolken, wie man es auf der Erde noch nie vernommen habe; ein
böses Omen, wie einige Augenzeugen später zu wissen glaubten. Kurz
nach dem Himmelsgetöse kam die Sonne wieder zum Vorschein. Doch
nun setzte das Kriegsgeschrei Tausender Kämpfer ein, und Bogenschützen begannen ihr blutiges Handwerk. Die Blüte der gewappneten Ritter
des Königs von Frankreich, die, eben am Ort angekommen, zur Attacke
losstürmte, lag plötzlich unter einem nicht enden wollenden, dichten
Pfeilhagel, der von treffsicheren englischen Bognern ausging. In den
brausenden Kriegslärm mischten sich bald immer mehr Schmerzens-
schreie.[1]

Die Bogenschützen des englischen Königs, die die französischen Ritter beschossen, verwendeten besondere, meist aus Eibe gefertigte Langbögen. Deren Durchschlagskraft konnte selbst auf große Entfernung einen Ritter im besten Harnisch der Zeit vom Pferd holen. Welle auf Welle der ungestüm angreifenden französischen Krieger lief im tödlichen Pfeilbeschuss wirkungslos aus, ja viele Attacken blieben stecken, noch bevor sie die englischen Bogenschützen überhaupt erreichten. Die Pfeile fielen vom Himmel «wie Schnee», *que ce sembloit neige*, wie einer der wichtigsten Quellenautoren, der Chronist Jean Froissart (um 1337–1405), anmerkte. Nicht einmal die Herkunft der gänsebefiederten Geschosse konnten die Ritter genau ausmachen, weil die immer schräger einfallende Abendsonne ihre Augen blendete. Die prachtvollen Banner und Umhänge, geschmückt von den Wappenfarben ihrer Träger, die bunten Satteldecken, die von den Schlachtrossen herabzipfelten, alles sollte bald blutgetränkt im Schlamm liegen. Die goldenen Lilien Frankreichs, der doppelt geschwänzte Löwe Böhmens, der geschachtete Adler Mährens, der Adler Schlesiens mit dem silbernen Brustmond, sie alle wurden durchbohrt von englischen Geschossen. Eine Katastrophe nahm ihren Lauf, die um ein Haar auch das Ende des jungen römisch-deutschen Königs Karl bedeutet hätte. Er wäre an diesem Tage fast ums Leben gekommen – wie sein Vater, König Johann von Böhmen. Was war geschehen?[2]

Der Pfeilregen, der mit gewaltigem Getöse auf die Franzosen und ihre Verbündeten niederging, war der Auftakt zu der ersten bedeutenden Landschlacht des sich zum Hundertjährigen Krieg (1337–1453) auswachsenden Konflikts zwischen England und Frankreich, eines in mehreren Phasen mit unterschiedlicher Intensität ausgetragenen Krieges. Es ging unter anderem um die Frage, wer nach dem Aussterben der Kapetinger rechtmäßig auf den französischen Thron folgen sollte. War der regierende König Philippe VI. aus der Dynastie der Valois unter Übergehung der Rechte einer weiblichen Thronfolge dazu berechtigt? Oder hatte König Edward III. aus dem Haus Plantagenêt, ein Sohn der Isabelle de France (um 1295–1358), der dadurch näher mit der erloschenen kapetingischen Dynastie verwandt war, die legitimeren Rechte? Die englischen Könige der Plantagenêt hatten im 12. und 13. Jahrhundert zeitweise die gesamte westliche Hälfte Frankreichs als Lehen inne, eine Machtbasis, die sie ungern aufgeben wollten. Der englische König sah sich also zugleich auch als König von Frankreich, ein Anspruch, der in der englischen Königstitulatur erst 1801 aufgegeben wurde.[3]

In den sich rasch ausbreitenden englisch-französischen Konflikt waren unmittelbar auch König Johann von Böhmen und sein gerade zum römisch-deutschen König gewählter Sohn verwickelt. Im Nachhinein lässt sich sagen: Die Schlacht von Crécy stellt das wichtigste und zugleich gefährlichste militärische Abenteuer Karls dar. Ins Gewicht fiel nicht nur die enge Verwandtschaft mit den Valois. Johann war, wie schon erwähnt, in zweiter Ehe mit Beatrice de Bourbon verheiratet, sein Sohn Karl mit Blanche de Valois, der Schwester König Philippes VI. Der böhmische König hielt auch französische Lehen und war soldvertraglich verpflichtet. Da Karl IV. weiterhin mit der unversöhnlichen Gegnerschaft Kaiser Ludwigs IV. zu rechnen hatte, ergab sich ein zusätzliches Konfliktfeld. Ludwig hatte zunächst mit Edward und dann mit Philippe Verträge geschlossen, und es war schwer abzuschätzen, wie er sich zukünftig zu den beiden Königen verhalten würde. So kam es zu der eigentümlichen Situation, dass Karl und sein Vater für einen König in die Schlacht zogen, der mit Ludwig, ihrem größten Widersacher, ein Bündnis unterhielt.[4]

Nach den Aussagen des Florentiner Chronisten Giovanni Villani stießen mit Johann und Karl fünfhundert böhmische und luxemburgische Ritter zum französischen Heer, für mittelalterliche Verhältnisse eine respektable Streitmacht. Der französische König hatte neben dem Aufgebot seiner eigenen Lehnsträger etwa sechstausend Genuesen unter der Führung von Carlo Grimaldi und Antonio Doria als Söldner verpflichtet. Diese genossen als treffsichere Armbrustschützen europaweit großen Respekt und waren auf mehr als dreißig Galeeren an die Küste der Normandie gebracht worden. Einige von ihnen, die nach der Schlacht nach Oberitalien zurückkehrten, könnten Villani mit Details des Schlachtverlaufs versorgt haben.[5]

In Reaktion auf einen französischen Vorstoß in die Guyenne im Südwesten Frankreichs landete König Edward III. am 12. Juli 1346 ein Heer im Nordwesten der Normandie an. Doch bewegte er sich mit seinen Kämpfern nicht nach Süden, in Richtung der ihm entgegentretenden französischen Truppen, sondern nach Osten, um diese aus seiner eigenen Region wegzulocken. Es gelang Edward, ungestört über die Seine zu setzen und sich weiter Richtung Norden zu bewegen, der Küste zu. Zu dem täglich größer werdenden Heer Philippes, das die Engländer verfolgte, stießen nun auch die Könige Johann und Karl mit ihren luxemburgischen und böhmischen Rittern.[6]

Am 25. August erreichte der englische König Crécy und erkannte sofort: Hier soll es sein! Die Stellung, die er bezog, war geradezu genial gewählt – «in befestigten Stellungen zwischen Gewässern und Wäldern», wie Benesch notierte. Auf einer länglichen Anhöhe mit dem Rücken zu einem Wald, in dem Tross und Pferde untergebracht wurden, ließ er seine Kämpfer Position beziehen. Die Bogner standen seitlich versetzt und in die Tiefe gestaffelt, dicht bei ihnen nahmen die abgesessenen Ritter und Fußtruppen Aufstellung, um die Bogenschützen gegen durchbrechende Kavallerie zu schützen. Die Ritter für den Kampf absitzen zu lassen, war ziemlich ungewöhnlich, denn gerade die Wucht anstürmender gepanzerter Reiter machte ja ihren besonderen Kampfwert aus. Aber Edward war offenbar die Sicherheit der Bogner wichtiger. Der Militärhistoriker Hans Delbrück war sich sicher, dass «die Kombination der Fußritter und Schützen den Sieg errang […] und wahrhaft genial erscheint uns in dieser Schlacht die Auswahl des Schlachtfeldes in der Flanke des feindlichen Anmarsches, wodurch zweifellos die Zersplitterung in dem feindlichen Angriff mit Vorbedacht gefördert und dadurch wiederum das Wirkungsfeld der Bogner vergrößert wurde».[7]

Die Angaben der Heeresstärken stellen in historischen Quellen ein permanentes Problem dar, weil der Sieger natürlich immer mehr Feinde vernichtet haben will, als tatsächlich vor Ort waren, und der Verlierer angeblich stets einer gewaltigen, mehrfachen Übermacht weichen musste. So wurden über Jahrhunderte Millionenheere herbeihalluziniert, die nicht einmal einen halben Tag lang hätten versorgt werden können. Froissart überliefert für das französische Heer zwanzigtausend Reiter und einhunderttausend Fußkämpfer, allein fünfzehntausend Genuesen sollen mitgekämpft haben. Villani schrieb von zwölftausend gut gerüsteten Rittern und einer unzählbaren Menge an Fußsoldaten auf französischer sowie viertausend Rittern und dreißigtausend Bognern auf englischer Seite. Auch Mathias von Neuenburg gibt in seiner Chronik gewaltige Zahlen an: Von dreißigtausend Bogenschützen auf englischer Seite sowie dreihunderttausend französischen Fußkämpfern und sechzehntausend Kriegern zu Pferd will er erfahren haben.[8]

Nüchtern betrachtet, dürften die Engländer um die zehntausend Mann stark gewesen sein, vielleicht auch etwas mehr. Das Heer bestand hauptsächlich aus fünftausend Langbogenschützen, die die Schlacht entscheiden sollten. Dazu kamen etwa zweitausend Ritter, präziser als *men-at-arms* bezeichnet, und dreitausend walisische Spießträger. Das Heer Philippes VI. bestand wohl aus etwa zwölftausend gepanzerten Reitern, dazu die sechstausend Genuesen, die als Armbrustschützen angeheuert worden waren, zu guter Letzt einige Tausend Kämpfer zu Fuß. Das französische Heer war also mindestens doppelt so stark wie das Heer Edwards. Für mittelalterliche Verhältnisse waren das, auch ohne Übertreibungen der Chronisten, überdurchschnittliche Ansammlungen von Kriegern.[9]

Die Ritter des 14. Jahrhunderts, die in den Schlachten hauptsächlich als eine Waffengattung verstanden wurden, waren schwer gepanzerte Reiter, die mit eingelegter Lanze jegliche Art von Fußkämpfern über den Haufen reiten konnten. Bedingt durch den tief greifenden Wandel, der sich im 14. Jahrhundert auf allen Gebieten der Waffentechnik vollzog, hatte sich auch ihr Aussehen stark verändert. Die den Körper eher verhüllenden, lang und weit hängenden Kettenhemden und Waffenröcke aus der Zeit der Kreuzzüge wichen zunehmend kürzeren und eng anliegenden Schutzkleidungen, auf oder in die Eisenplatten eingenietet wurden, woraus sich später der Lentner und der klassische Plattenharnisch entwickeln sollten. Vor die im Reiterkampf besonders gefährdeten Beine wurden längere, grob an Dachrinnen erinnernde Eisenröhren geschnallt. Die Köpfe der Krieger steckten zum einen noch in herkömmlichen Topfhelmen, zum anderen schon in neuartigen Helmen wie etwa der Beckenhaube mit Helmbrünne, der Barbuta oder der Hundsgugel, an denen vermehrt aufklappbare Visiere befestigt waren. Der Ritter war und blieb, so noch einmal Delbrück, «durch die Art und Kraft seiner Bewaffnung das Knochengerüst des Heeres».[10]

Doch die Ritter bildeten auch eine eigene gesellschaftliche Schicht, eine hervorgehobene Gruppe mit eigenen Normen und besonderen Ehrvorstellungen, wobei die Herrscher des Mittelalters selbst zu den Rittern gehörten und irgendwann im Laufe ihrer Jugend zu solchen erhoben und geweiht worden waren. Im Grunde sind zwei Arten des Rittertums zu unterscheiden: ein berufsständischer Ritterstand des hohen Mittelalters und ein geburtsständischer des späten Mittelalters, der sich während der Herrschaftszeit Kaiser Friedrichs II. im 13. Jahrhundert herausbildete.[11]

Zum Ritter wurde ein junger Adliger aus einem ritterlichen Geschlecht nicht automatisch, sondern durch eine Reihe von Zeremonien, die oft an besonderen Festtagen sowie vor oder nach Bewährungssituationen in Schlachten vollzogen wurden. Das häufig überlieferte Ritual bei der Rittererhebung war die Schwertleite, also das Umgürten und die Übergabe von Schwertern an die Kandidaten, begleitet von allerhand Weiheworten. Auch Karl hatte als junger Feldherr 1337 in Tirol, wie er in der *Vita* festhielt, einem siegreichen Duellkämpfer nach dem Niederstrecken des Gegners den Rittergürtel umgelegt. Mit der Zeit hatte sich noch eine weitere Gepflogenheit herausgebildet, nämlich durch Berührung mit dem Szepter oder Schwert jemanden zum Ritter zu erheben, womit der im heutigen Verständnis geläufigere sogenannte Ritterschlag in die Welt des Adels trat. In der Zeit Karls IV. kam die Möglichkeit hinzu, dass am Krönungstag eines neuen Kaisers in Rom per Berührung durch Hand, Stab oder Schwert herandrängenden Männern ohne ritterliche Abstammung in großer Zahl die Ritterwürde verliehen wurde, ein Phänomen, das allerdings auf Italien beschränkt blieb. Auch Karl sollte 1355 und 1368 in Rom auf diese Art reichlich neue Ritter erheben.[12]

Tödliche «Schneeflocken»

Als die französischen Ritter am 26. August nach anstrengendem Tagesritt müde und hungrig Crécy erreichten, standen die englischen Truppen auf ihrem Waldhügel, ausgeruht und satt. Aber die französischen Anführer wollten nicht länger warten: ein rascher kühner Reiterangriff, und die Sache wäre erledigt. Doch es kam anders. Die genuesischen Armbruster hatten die Aufgabe bekommen, vor dem großen Reiterangriff mit ihren Präzisionswaffen die englischen Stellungen zu schwächen. Trägheit, Nässe und Jähzorn sollten ihnen jedoch zum Verhängnis werden. Normalerweise wurden die genuesischen Schützen durch sogenannte Pavesen, große Schilde, die man auch auf dem Boden absetzen konnte, vor gegnerischem Beschuss geschützt. Diese Schutzwaffen befanden sich aber noch auf den Trosswagen, sie waren gar nicht erst abgeladen worden. Der

Sturzregen im Gefolge des Gewitters hatte zudem die Armbrustsehnen, die aus ungefähr sechzig bis achtzig dünnen Hanfsaiten bestanden, so aufgeweicht, dass die Schussleistung sich deutlich verringerte. Um wirkungsvoll schießen zu können, hätten die Armbruster dichter an die englischen Stellungen heranrücken müssen.[13]

Nach dreimaligem Angriffsgeschrei der Genuesen und deren weiterem Vorrücken gellte aus den englischen Stellungen der Befehl: «Archers! Loose!» Die Armbrustschützen befanden sich plötzlich inmitten englischer Pfeilwolken und sanken reihenweise nieder, getroffen in Hals, Arm, Körper. Unter den englischen Bognern befand sich wahrscheinlich jener Mann, der später in Karls Politik eine maßgebliche Rolle spielen und im letzten Drittel des 14. Jahrhunderts eine enorme Prominenz als Söldnerführer erlangen sollte: John Hawkwood (um 1320–1394), einer der besonders berüchtigten Haudegen im italienischen Kriegstheater des 14. Jahrhunderts.[14]

Wie viele Pfeile schwirrten den Genuesen und den französischen Rittern eigentlich entgegen? Die Reichweite eines Pfeils beträgt bei einem englischen Kriegsbogen von knapp zwei Metern Länge und mit einer Spannkraft von etwa einhundert Pfund bis zu zweihundertfünfzig Meter, von einer erhöhten Position aus sogar dreihundert Meter. Da aber die englischen Bogenschützen wohl nicht alle die Treffsicherheit des legendären Robin Hood besessen haben dürften, ging es im Massenkampf vor allem darum, so viele Pfeile wie möglich in die Luft zu bringen, denn auch Geschosse, die in einer ballistischen Kurve niedergehen, durchschlagen Panzerungen. Zudem gab es in England besonders viele erfahrene Bogenschützen, da schon länger königliche Befehle umgingen, nach denen sich die gesamte männliche Bevölkerung ständig im Bogenschießen zu üben habe, und die Langbogenproduktion sogar einer zentralen Aufsicht unterworfen worden war. Diese Bognertradition reicht im Grunde bis heute, wie ganz augenfällig am Begräbniszug Königin Elisabeths II. (1952–2022) sichtbar wurde, den Bogenschützen der *Royal Company of Archers* mit ihren Waffen begleiteten.[15]

Ein gut trainierter englischer Bogner war in der Lage, zehn bis zwölf Pfeile pro Minute abzuschießen. Ein ausgeruhtes und trainiertes Pferd kann auf ebener Strecke im Galopp kurzzeitig eine Geschwindigkeit von fünfzig bis sechzig Stundenkilometern erreichen. Das heißt, dass acht-

hundert Meter in einer Minute, somit zweihundert Meter in fünfzehn
Sekunden zurückgelegt werden können. Das wiederum bedeutet, dass
drei oder vier englische Pfeile eine im Galopp anstürmende Reiterei treffen können, bevor der Bogner selbst in Bedrängnis gerät. Bei fünftausend Schützen sind es also ungefähr fünfzehn- bis zwanzigtausend Pfeile,
die der galoppierenden Reiterformation wirklich gefährlich werden können.[16]

Aber wenn ein vom langen Tagesmarsch müdes Pferd bergauf und zudem auf glitschigem Untergrund in Trab fällt, dann ist es nur noch zwischen zehn bis zwanzig Kilometer pro Stunde schnell. Das bedeutet, dass
die Reiter zur Durchquerung der «Todeszone» nun über eine Minute
benötigen. Und das ergibt plötzlich sechzigtausend mögliche Pfeiltreffer
bei gleicher Schussfolge, also das Vierfache. Werden wegen unerwarteter
Hindernisse, wie etwa Strauchelgruben – die die Engländer tatsächlich
ausgehoben hatten – oder bereits gestürzte Reiter, zwei Minuten oder
mehr für die Annäherung gebraucht, können schon einhundertzwanzigtausend Pfeile auf die Angreifer niederprasseln.[17]

Zu der hohen Anzahl der Pfeile trat zudem noch die Wirkung der
Pfeilspitzen, von denen die Engländer in dieser Zeit zwei Arten verwendeten. Die erste Sorte, die sogenannte «Bodkin»-Spitze, ist einer Ahle, wie
sie Schuster oder Sattler verwenden, sehr ähnlich. Sie läuft in einen länglichen massiven Vier- oder Dreikant aus, und manche dieser Spitzen
waren fast zehn Zentimeter lang: die berüchtigten «Needlebodkins». Mit
einem starken Bogen von etwa einhundertsechzig Pfund Spannkraft geschossen, durchschlägt ein solcher Pfeil bei einem Auftreffwinkel von
fünfzig Grad sogar einen Harnisch von anderthalb Millimeter Stahl-
panzerung. Die zweite Sorte, die sogenannten «Broadheads», gleicht einer
Spitze für die Jagd, die sich tief ins Fleisch einschneidet und mithilfe von
Widerhaken stecken bleiben soll. Selbst wenn ein Reiter beim Anreiten
von einem direkten Treffer verschont blieb, ein von solchen «Breitkopf»-
Pfeilen getroffenes Pferd, rasend vor Schmerz, war unbeherrschbar, und
sein Reiter dadurch länger ein mögliches Ziel für den nächsten Schuss.
Und weil die englischen Bogenschützen in der Schlacht die Pfeile der
schnelleren Handhabung wegen auf Vorrat vor sich in den Boden steckten, wurden diese zudem mit hochinfektiösen Keimen verseucht. Eines
davon ist das Bakterium *Clostridium tetani*, der Verursacher von Tetanus,

Doppelt tödliche Pfeile: *Die Schlacht bei Crécy in einer Buchmalerei der Chronik des Jean Froissart aus dem 15. Jahrhundert. Durch die Reduktion der Armbrust- und Bogenschützen der gegnerischen Seiten auf wenige Personen gegenüber den Ritterhaufen gelang es dem Maler, einige Details des Kampfes zu verdeutlichen, wie etwa mehrere bereits getroffene Armbruster oder die am Boden bereitgehaltenen Bogenpfeile der Engländer, die durch Verletzungen als auch durch in Wunden eingedrungene Keime töten konnten.*

des gefürchteten Wundstarrkrampfs. So konnte auch eine kleine und harmlos aussehende Verletzung durch einen Pfeil noch nach Wochen eine tödliche Infektion nach sich ziehen.[18]

Nachdem die ersten Pfeilwolken die anrückenden Genuesen gestoppt hatten, versuchten die noch nicht getroffenen oder leicht verwundeten Armbruster die Rückwärtsbewegung, gerieten dabei aber vor die bereit-stehenden Ritterformationen. Der französische König wütete gegen die Fliehenden und befahl seinen Reitern voller Jähzorn: «Tötet dieses ganze Lumpenpack! Es versperrt uns ohne Grund den Weg!» Die französischen

Ritter preschten gegen die Genuesen vor, die sich aber nicht einfach nie-
derreiten lassen wollten und ihr Leben teuer verkauften. König Johann
von Böhmen soll gerufen haben, dass ein König von Böhmen niemals
fliehe: «Führt mich dahin, wo der Kampf am stärksten tobt! Der Herr sei
mit uns, wir fürchten nichts, allein meinen Sohn, den beschützt mit Um-
sicht!» Auf eigenen Befehl von seinen Begleitern auf dem rechten Flügel
in den Kampf geführt, starb er gleich einen doppelten Tod. Ein englischer
dreikantiger Pfeil mit Bodkin-Spitze drang in sein linkes Auge, der Stich
einer Stangenwaffe – Spieß oder Pike – durchbohrte sein linkes Schulter-
blatt: zwei wegen der enormen inneren Blutungen tödliche Wunden.
Vielleicht führte ein Genuese den Spieß zum Stoß, vielleicht ein Waliser,
wir wissen es nicht.[19]

Karl, begleitet unter anderem von dem Bannerträger Johann von der
Fels und seinem Leibwächter Johann von Rodenmacher, geriet um die
gleiche Zeit auf dem anderen Flügel in das Schlachtgetümmel. Er erhielt
einen schweren Hieb mitten ins Gesicht. Von der linken Augenbraue zog
sich ein tiefer Schnitt schräg über die Nasenwurzel bis unter das rechte
Auge. Vielleicht war es eine englische Axt oder die langstielige Helm-
barte eines walisischen Spießträgers, die ihn traf. Der im Grunde tödliche Schlag konnte aber genauso gut von einem der bedrängten Genuesen stammen, denn Karl dürfte die englischen Reihen noch gar nicht
erreicht haben. Zum Glück für den jungen König, dem der ungebremste
Schlag den Schädel gespalten hätte, konnte Rodenmacher den Schlag
halb abwehren. Karl dürfte durch die starke Blutung kaum noch etwas
gesehen haben. Zeitlebens sollte er eine deutliche Gesichtsnarbe behalten, die aber natürlich auf keinem der idealisierten Porträts zu sehen ist.
Bei den Untersuchungen des gut erhaltenen Skeletts, die 1978 vorgenommen wurden, fand man an seinem Schädel zwischen den Augenhöhlen eine deutliche Furche – so tief war der Hieb von Crécy gegangen.[20]

Johann von Rodenmacher rettete mit seinem Abwehrschlag aber nicht
nur den jungen König vor der tödlichen Verwundung, sondern – weil er
wohl eher absehen konnte, wie die Sache enden musste – er führte ihn
mit wenigen Begleitern vom Schlachtfeld und damit aus dem sicheren
Untergang. Vielleicht hatte Karl, wie Benesch überliefert, sogar noch weitere Verwundungen durch feindliche Pfeile erlitten. Blut hatte Karl sicher

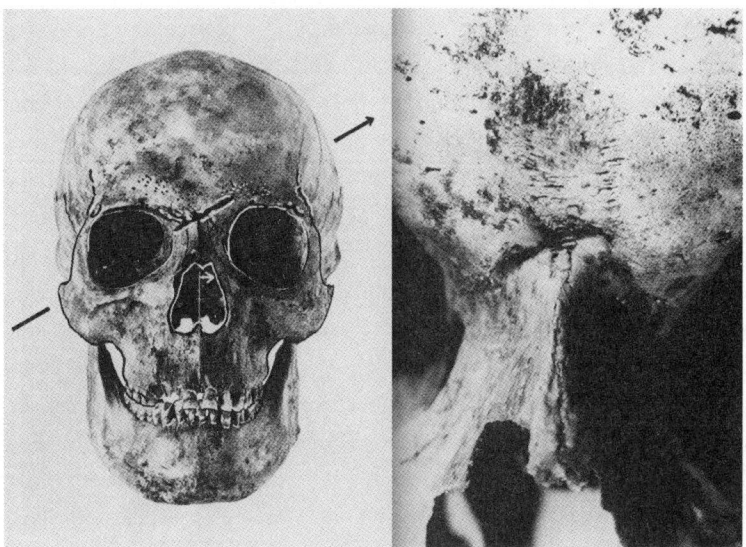

Beinahe der Schädel gespalten: Als der Anthropologe Emanuel Vlček Anfang der 1980er Jahre die exhumierten Gebeine Karls untersuchte, entdeckte er, dass der Schädel eine deutlich sichtbare Hiebverletzung aufweist. Diese tiefe Einkerbung des Schädelknochens an der Nasenwurzel zwischen den Augenhöhlen dürfte wohl aus der Schlacht von Crécy stammen und hätte ohne Zweifel auch den frühen Tod Karls bedeuten können.

genug vergossen. Wenige Tage später erhielt der tapfer-umsichtige Ritter als Dank vom König zweihundert Gulden aus den Einkünften der Propstei Diedenhofen übertragen.[21]

Karl wurde in die etwa einhundertdreißig Kilometer südöstlich des Schlachtorts gelegene Zisterzienserabtei Ourscamp bei Nyon geleitet. Hier oder in Amiens nahm der König wohl den Leichnam seines Vaters Johann in Empfang. Gemäß seinem Testament von 1340 wollte Johann in der Zisterzienserinnenabtei Clairefontaine bei Arlon bestattet werden. Doch Karl setzte sich darüber hinweg und ließ ihn in das Münster der Stadt Luxemburg bringen, wo die sterblichen Überreste allerdings nicht ihre endgültige Ruhe fanden.[22]

Das Gemetzel bei Crécy tobte bis tief in die Nacht. Auch am nächsten Tag gab es noch Gefechte. Die französischen Verluste waren gewaltig. Zu den Opfern zählten prominente Ritter, Grafen, Herzöge und eben auch ein König. Der aus Flandern stammende und aufseiten der Engländer stehende französischsprachige Chronist Jean Le Bel (um 1290–1370) nennt als französische Opfer neun Fürsten, über tausend Ritter sowie fünfzehn bis sechzehntausend weitere Krieger gegenüber nur dreihundert gefallenen englischen Rittern. Diese schiefe Opferstatistik sollte die Größe des englischen Sieges unterstreichen. Im Gefolge Johanns von Böhmen ritten auch Krieger aus seinem böhmischen Königreich mit in den Tod, wie etwa Heinrich II. von Rosenberg, Sohn des mächtigen Peter I. von Rosenberg (1291–1347), als Oberstkämmerer von Böhmen praktisch Chef der königlichen Verwaltung.[23]

Zahlreiche Details des Schlachtgeschehens verdanken wir einem in englischem Sold stehenden deutschen Ritter namens Johann von Schönfeld, der am 12. September 1346, also zweieinhalb Wochen nach dem Kampf, in einem Brief an den Bischof von Passau genaue Auskunft über die Schlacht und die Opfer gab. Er selbst sei auf der rechten Gesichtshälfte schwer verwundet worden und trage noch immer ein fingerlanges Stück von einem Pfeil in seinem Kopf. Er hoffe aber, durch Gottes Gnade geheilt zu werden. Zudem berichtet er, dass es bei dem Gemetzel in der Nähe eines Ortes, den man «Kersy» nenne, zahlreiche hochrangige Opfer gegeben habe. Die prominentesten Gefallenen seien König Johann von Böhmen und – ein Irrtum des Schreibers – der König von Mallorca gewesen (der hatte zwar mitgekämpft, fand tatsächlich aber erst drei Jahre später in der Schlacht von Llucmajor den Tod). Ferner listet er eine große Anzahl von Grafen auf, darunter Alençon, Flandern, Ponthieu, Harcourt, Blois, Salm und Sancerre. Zudem berichtet Schönfeld von eintausendfünfhundert gefallenen Baronen, Rittern und Edlen sowie sechzehntausend weiteren französischen Opfern. Auch von Karl ist die Rede: Der erwählte römische König, so Johann von Schönfeld, sei in der «erwähnten Schlacht so schwer verwundet worden, dass er kaum habe entkommen können».[24]

Obwohl die Schlacht von Crécy keine endgültige Entscheidung in dem großen Krieg brachte, stellt sie eine der herausragenden Schlachten des 14. Jahrhunderts, ja des gesamten Mittelalters dar. Es handelte sich bei diesem Erfolg der Engländer, so noch einmal Hans Delbrück, um einen der in der Kriegsgeschichte seltenen «in der reinen Defensive erfochtenen Siege». Eine mittelalterliche, von Ehre geleitete Ritterschaft war trotz

enormer Übermacht von einer praktisch-rationalen Kriegführung besiegt
worden, die fortan zunehmend die Schlachtfelder beherrschen sollte. Das
bedeutet nicht, wie in manchen Darstellungen behauptet wird, dass der
Ritter künftig der Infanterie unterlegen war. Aber dem gepanzerten Reiter begegnete nun öfter, etwa in den Schlachten von Poitiers 1356 oder
Azincourt 1415, eine enorm gefährliche Waffe, die am Ende die Entscheidung herbeiführte. Auf englischer Seite wurden in Crécy übrigens erstmals
auch Bombarden, also Vorläufer von Kanonen, eingesetzt, deren verschos-
sene Eisen- und Steinkugeln sich später sogar archäologisch nachweisen
ließen.[25]

An der Schlacht waren – dies ist einzigartig für das gesamte Mittelalter – fünf Könige beteiligt. Zunächst die beiden Hauptkontrahenten
Edward III., König von England, und Philippe VI., König von Frankreich. An des Vaters Seite agierte der älteste der sieben Söhne König Edwards III., der sechszehnjährige Edward Plantagenêt, auch Edward of
Woodstock genannt, Prince of Wales, bekannter als «The Black Prince»
(1330–1376), der sich in der Schlacht den Rittergürtel erwarb. Auf französischer Seite kämpften Johann der Blinde, König von Böhmen, und
sein sieben Wochen zuvor zum römisch-deutschen König gewählter
Sohn Karl. Mit dem aus seinen ursprünglichen Herrschaftsbereichen exi-
lierten Jakob III. von Mallorca (1315–1349), genannt «der Kühne», der
zugleich auch französischer Lehnsträger war, kämpfte noch ein weiterer
König mit – eine Schlacht der fünf Könige also.

Unter erinnerungsgeschichtlichem Aspekt zeigt sich der hohe Stellen-
wert der Schlacht und ihres prominentesten Kriegers, des Königs von
Böhmen, in vielerlei Gestalt. Im Zentrum der heutigen Stadt Crécy-en-
Ponthieu ist später ein Denkmal für «Jean de Luxembourg» errichtet worden, «mort pour la France», wie die Inschrift meldet. Ein weiteres Denkmal bezeichnet den Ort seines Todes. Um die Knochen gab es lange
Streit. Das romantisch-ritterliche Pathos seiner Opfertat beschäftigte später viele Dichter wie etwa Heinrich Heine (1797–1856) oder Heimito von
Doderer (1896–1966). Heine glaubte, dass die Franzosen bei Crécy «im
Kampfe mit den Engländern eben durch ihr Übermaß von Ritterlichkeit
unterliegen mußten», daher: «Für England war der Sieg, für Frankreich
war der Ruhm.» Und Doderer sah den gefallenen König Johann geleitet
vom «leuchtenden und prunkvollen Gestirn der Ehre».[26]

Da Johann von Böhmen als Idealfigur eines tapferen Ritters galt, soll nach englischen Überlieferungen der junge Black Prince an des Königs Leichnam voller Ehrfurcht die Devise «Ich dien» und die drei Straußenfedern der Helmzier für sein eigenes Wappen als Prince of Wales übernommen haben. Das gehört wohl ebenso zu den späteren Erfindungen wie die Mär, gefangenen englischen Bognern seien damals Zeige- und Mittelfinger abgeschnitten worden, um sie künftig am Sehnenspannen zu hindern. Unversehrte Schützen hätten mit diesen beiden Fingern aus Trotz das Victory-Zeichen gebildet. Die Beispiele unterstreichen die immense Bedeutung der Schlacht als Bestandteil nationaler Erinnerungen. Dass das Gemetzel von Crécy mit dem Tod des Vaters und der eigenen schweren Verletzung zu den zentralen Erfahrungen des jungen Karl gehörte und sein ganzes weiteres Leben davon gezeichnet blieb, dürfte außer Zweifel stehen.[27]

Die Sache mit dem «Eisen, dem alles andere vorzuziehen» sei

Eine der häufigsten Legenden über den Kaiser bezieht sich auf ein Zitat, das eine außergewöhnliche Friedensliebe des Herrschers belegen soll, um ihn gegenüber anderen Kronenträgern herauszuheben. Karl sei ein *princeps pacis*, ein «Friedensfürst», gewesen, der allein Verhandlungen als politisches Mittel habe gelten lassen, sei «persönlich dem Kampf und Turnier eher abgeneigt» gewesen und habe alles in allem «wohl kaum dem ritterlichen Ideal» entsprochen. Auch «hasste er den Krieg als ‹Fortsetzung der Politik mit anderen Mitteln› über alles»; nur «um ihn zu verhindern», habe er die «hohe Kunst der Diplomatie» bemüht. Karl sei «dafür berühmt, dass er den Krieg verschmähte» und «die Sinnlosigkeit des Krieges zu durchschauen» gelernt habe. Allerdings offenbart sich, wenn man genauer hinsieht, seine vermeintliche Friedensliebe als eine von späteren Historikern allzu gern übernommene Wunschvorstellung zeitgenössischer Schmeichler. Schon Karls Hofhistoriograph Benesch von Weitmühl, immer und überall bestrebt, den Kaiser zu rühmen, wurde nicht müde, ihn als «Friedensfürst» oder «Liebhaber des Friedens» zu preisen.[28]

Seinen Ursprung hat das Missverständnis in einem Brief des Königs an Petrarca. Der Dichter hatte ihn am 24. Februar 1351 brieflich aufgefordert, zur Wiederherstellung der Kaisergewalt nach Italien zu kommen. Ihm antwortete der zukünftige Kaiser mit später oft bemühten Wendungen, oder besser, er ließ antworten. Damit die kunstvolle Wortsetzung des Dichters eine ebenso elegante königliche Entgegnung erhielt, bediente sich Karl der Hilfe des poetisch talentierten Cola di Rienzo, der zu diesem Zeitpunkt noch in einem Kerker auf der Burg Raudnitz saß. Cola entwarf einen Antwortbrief oder soufflierte dem beauftragten Notar wohlklingende Wendungen. Nach Abwägung vieler Argumente, die einer Wiederherstellung der Kaisermacht entgegenstünden, kommt der später viel zitierte Satz: «Alles sei eher anzuwenden als das Eisen; so wollen es die Ärzte, und das haben auch die Kaiser gelernt!» Doch eben nicht Karl selbst, sondern der überaus sprachgewandte Cola di Rienzo, der gescheiterte römische Volkstribun, war der geistige Urheber dieser schönen Eisen-Verzichts-Metapher, oder besser, er wusste, dass das Bild von dem antiken römischen Dichter Terenz (gest um 158 v. Chr.) stammte.[29]

In Wahrheit bediente sich Karl regelmäßig kriegerischer Mittel. Uwe Tresp, einer der besten Kenner spätmittelalterlicher Kriegführung, urteilt, «dass der Luxemburger ‹Friedensfürst› kaum weniger Kriege führte als andere mittelalterliche Herrscher auch». Verglichen etwa mit seinem Vorgänger Kaiser Ludwig IV., der oft als Eisenfresser charakterisiert wird, hat Karl sogar an mehr Schlachten teilgenommen als der Wittelsbacher. Die außergewöhnliche Friedensliebe hat mit der historischen Person des Kaisers also wenig oder nichts zu tun. Es ist ein Anachronismus, Karl eine besondere Friedensliebe zuzuschreiben, um ihn so besser in die Gegenwart holen zu können, der aber belegt, wie erfolgreich seine «Erinnerungspolitik» bis heute wirkt. Allenfalls könnte man einräumen, dass Karl, der wusste, dass Kriege sehr viel Geld kosten, gelegentlich abwog, ob er das mühsam eingesammelte Geld wirklich in zweifelhafte Militäraktionen stecken sollte.[30]

Nimmt man Karls sämtliche Militäraktionen in den Blick, so haben wir einen mittelalterlichen Kriegsherrn vor uns, der keinerlei «Scheu vor dem Einsatz von Waffengewalt» kannte. Dass kann auch nicht verwundern, denn anders als heute waren die Machteliten des Mittelalters in die Kriege persönlich einbezogen, kämpften eigenhändig und starben gelegentlich dabei. Karl gab sicher auch keinen Herrscher ab, der, um eventuellen Erwartungen seiner Untertanen zu entsprechen, lediglich in die Rolle des Kriegers schlüpfte, sich als ritterlicher Held nur inszenierte, innerlich aber angewidert war vom blutzollfordernden Handwerk. Von Jugend an war Karl in die militärischen Abenteuer seines Vaters einbezogen und hatte wenig später selbständig viele Militäraktionen und verheerende Kriegszüge angeführt, so etwa in Oberitalien oder in Tirol. Und er war stolz darauf, wie aus seiner *Vita* deutlich wird.[31]

Die erste Bewährung des jungen Feldherrn

MITTWOCH, 25. NOVEMBER 1332, SAN FELICE. Schon als sechzehnjähriger Jüngling kommandierte Karl 1332 als Feldherr seine erste Schlacht. Sie gehört in den Zusammenhang seines ersten Italienzuges. Bei dem Versuch des Vaters, sich Anfang der 1330er Jahre in Oberitalien ein eigenes Herrschaftsgebiet zu erobern, kam dem erstgeborenen Sohn eine wichtige Funktion zu. Johann sah sich einer schnell anwachsenden gegnerischen Liga gegenüber, zu der die mächtigen Familien der Visconti von Mailand und der Scaliger von Verona gehörten. Im Frühherbst 1332 erhöhte die Liga den Druck auf jene Städte, die sich der Herrschaft der Luxemburger bereits unterworfen hatten.[32]

In der *Vita* gibt uns Karl einen detaillierten Bericht von den Ereignissen rund um den Höhepunkt dieser Kämpfe: die Schlacht von San Felice am Tag der heiligen Katharina, dem 25. November 1332. «Damals zogen die Verschwörer ein schlagkräftiges Heer vor unsere Stadt Modena zusammen und lagerten dort sechs Wochen, nämlich die Mailänder, Veroneser, Ferrarer und Mantuaner. Nachdem sechs Wochen verstrichen waren und sie die Bistümer und Grafschaften Modena und Reggio verwüstet hatten, wichen sie zurück und legten ihre Streitmacht und Truppen vor die Burg San Felice im Bistum Modena.»[33]

Der Ort, heute San Felice sul Panaro, liegt in der Poebene, im Dreieck Mantua, Ferrara, Modena, besaß also für die Herrschaft in diesem Gebiet große strategische Bedeutung. Der junge Befehlshaber sammelte seine Truppen, hauptsächlich Kontingente aus Parma, Cremona, Modena und Reggio, dazu noch Söldner, und zog nach San Felice. Unmittelbar vor der

Schlacht hatte Karl von einem Vertrauten seines Vaters, dem Grafen Louis II. de Sancerre (um 1305–1346), die Ritterwürde erhalten. Es ist zu vermuten, dass der kriegserfahrene Graf seinem Schützling auch in der Schlacht mit Rat und Tat zur Seite stand. Vierzehn Jahre später gehörte er zu den prominenten Kriegern, die den englischen Waffen bei Crécy erliegen sollten.

Zum Kräfteverhältnis und dem Kampfbeginn notierte Karl: «Um die neunte Stunde etwa begannen wir mit eintausendzweihundert Helmen und sechstausend Mann Fußtruppen den Kampf gegen die Feinde, die mindestens in derselben Stärke, eher aber noch zahlreicher, angetreten waren. Die Schlacht dauerte von der neunten Stunde bis Sonnenuntergang.» Wahrscheinlich begann der Kampf also am frühen Nachmittag. Mit der Angabe «Helm» – bei Karl ist lateinisch von *galeatus*, wörtlich also dem «Behelmten» die Rede – war nicht ein einzelner Kämpfer mit schützender Kopfbedeckung gemeint, sondern eine Grundeinheit angeworbener Kämpfer, die in den Soldverträgen dieser Zeit in Italien auftaucht. Der «Helm», in italienischen Quellen oft auch als *barbuta* bezeichnet, bestand aus einem schwer bewaffneten Reiter mit seinen Kriegshelfern, meist einem Pagen samt Lastpferd und einem oder zwei leichter bewaffneten Kämpfern. Bald darauf, noch in der Zeit Karls IV., wird diese Kleinformation als *lancea*, als «Lanze», bezeichnet und umfasst nun mindestens zwei schwere Reiter. Insgesamt, so darf aus seinen Angaben geschlossen werden, verfügte Karl über ungefähr acht- bis zehntausend Mann.[34]

Zunächst sah es gar nicht so gut aus für den jungen, mitten im Getümmel fechtenden Feldherrn. Der Abt und Chronist Peter von Zittau konnte sich auf Augenzeugen berufen: «Vieles berichten sie vom Mut dieses Jünglings, der keinesfalls diesen Kämpfern fern, sondern dabei sein wollte. Er kämpfte gegürtet mit dem Rittergürtel zwischen den Linien mit der Entschlossenheit eines Mannes, nicht eines Knaben. Von zwei Pferden wurde er herabgestoßen und ein wenig am Arm verletzt.» Die Gegner scheinen versucht zu haben, die Pferde zu töten und die Ritter gefangen zu nehmen, um so an Lösegeld zu kommen; ein prominenter Gefangener stellte so etwas wie einen Hauptgewinn beim Beutemachen für die Söldner dar.[35]

Karl glaubte den Sieg durch das Eingreifen Gottes und der heiligen

Katharina erlangt zu haben, die er zeitlebens besonders verehren sollte. Entscheidend war aber wohl ein Ausfall der Burgbesatzung. Karl berichtet selbst: «Auf beiden Seiten wurden fast alle Streitrosse und einige Pferde getötet, und wir waren praktisch schon besiegt. Auch das Schlachtross, das wir ritten, wurde getötet. Zwar wurden wir von unseren Leuten wieder aufgehoben, doch als wir dort standen und bemerkten, dass wir im Grunde überwunden waren, fühlten wir die Verzweiflung in uns aufsteigen. Aber siehe, in diesem Augenblick begannen die Feinde mit ihren Feldzeichen zu fliehen, zuerst die Mantuaner, dann folgten ihnen immer mehr nach. Und so errangen wir durch die Gnade Gottes den Sieg über unsere Feinde, von denen achthundert Behelmte gefangen und fünftausend niedergehauen wurden. Und so wurde durch diesen Sieg die Burg San Felice befreit.» In den folgenden Tagen zog Karl mit Beute und Gefangenen über Modena nach Parma, wo er seinerzeit Hof hielt. Dort wurde der Sieg gewaltig gefeiert, und die Bürger beleuchteten in der Stadt jedes Haus und jeden Turm festlich mit Fackeln. Sein Bericht endet: «Dann begaben wir uns weiter nach Lucca in der Toscana und rüsteten zum Krieg gegen die Florentiner.»[36]

Ein weiteres Beispiel kriegerischer Unternehmungen Karls verbindet sich mit den sogenannten «Preußenfahrten» oder auch «Litauerreisen», brutal geführten Raubzügen, die im 14. Jahrhundert von mittel- und westeuropäischen Adligen mit schöner Regelmäßigkeit in das Gebiet der Prussen und Litauer unternommen wurden. Da die Völkerschaften im Nordosten Europas bis zur Annahme des Christentums als ungläubige Heiden angesehen wurden, gleichsam als Sarazenen des Nordens, galten diese Verheerungen zur Unterstützung des Deutschen Ordens, der sich dort praktisch im Dauerkriegszustand befand, als gottgefällige Taten, oft mit der Sündenvergebung und weiteren Heilszusagen garniert. Ganz nebenbei konnten die Teilnehmer im Heidenland reichlich Beute machen und sich im Kriegshandwerk üben, manche sogar den Ritterschlag durch einen Hochmeister oder Großkomtur erhalten. Einen der bedeutendsten Züge dieser Art hatte König Přemysl Ottokar II. (1253–1278), als böhmischer König ein Amtsvorgänger Johanns und Karls, unternommen. Im Verlauf seiner Militäraktion von 1255 kam es etwas später zum Ausbau einer Burg *Coningsberg*, Entstehungskern der später so berühmten Stadt Königsberg in Preußen. Nach dem Ausklingen der Kreuzzüge und dem

Fall von Akkon im Jahr 1291 nahmen die fast alljährlichen Litauerreisen an Beliebtheit enorm zu. Fast ließe sich von einer «Mode» oder auch einem «Rittersport» innerhalb des europäischen Adels sprechen.[37] Karls Vater ist dreimal zu einem solchen Zug aufgebrochen, zweimal war sein Erstgeborener dabei. Im Dezember 1336 zogen Johann und Karl über Breslau nach Nordosten gegen die Litauer. Man wählte den Winter, weil die schweren Reiter auf gefrorenen Böden Sümpfe und matschiges Gelände besser passieren konnten. Im Winter 1336/37 ließ der Frost jedoch auf sich warten, sodass die Aktion abgebrochen werden musste. «Der Winter war so mild, dass sich kein Eis bildete», berichtet Karl in seiner *Vita*. «Deshalb konnten wir gegen die Litauer nicht vorrücken, so kehrte jeder nach Hause zurück.» Der Aufenthalt in Preußen hatte für Johann allerdings eine katastrophale Folge, denn hier befiel ihn jenes Augenleiden, das ihm nach mehreren vergeblichen Heilungsversuchen seinen Beinamen einbrachte: Johann der Blinde. Die zweite gemeinsame Preußenreise von Vater und Sohn fiel in den Winter 1344/45. Diesmal verhinderte früh einsetzendes Tauwetter den Erfolg der Unternehmung, vielleicht auch schlechte Koordinierung der militärischen Kräfte durch einen unfähigen Hochmeister.[38]

Kreuzzugspläne des zweiten Judas Makkabäus

Im Winter 1339/40 kam bei Karl der Gedanke auf, gegen die Mauren zu kämpfen. Von Südfrankreich aus wollte er nach Spanien ziehen, wie er in seiner *Vita* berichtet: «Ich selbst befand mich auf dem Weg zum König von Spanien, um ihn gegen König Feregacius von Granada zu unterstützen. Truppen und Kriegsgerät hatte ich schon nach Montauban vorausgeschickt. Aber mein Vater hielt mich in Montpellier allein bei sich zurück und erlaubte mir nicht, weiterzuziehen.» Johann hielt die Idee seines Sohnes, gemeinsam mit König Alfons XI. von Kastilien und León (1312–1350) gegen den mit marokkanischer Unterstützung agierenden Emir von Granada Yusuf I. (1333–1354) loszuschlagen, für ein viel zu gefährliches Unterfangen. Und so unterblieb der Zug.[39]

Die größten kriegerischen Unternehmungen des Mittelalters stellten die Kreuzzüge in das Heilige Land dar. Aber gab es im Spätmittelalter

noch «richtige» Kreuzzüge? Während das 12. und 13. Jahrhundert mit den
spektakulären Kriegsexpeditionen zu Lande und zu Wasser nach Jerusalem einschließlich der Kinder-, Bettel- und Wendenkreuzzüge als das
eigentliche Zeitalter der Kreuzzüge gelten, geraten vergleichbare Kriegs-
unternehmungen des Spätmittelalters leicht aus dem Blick, wie etwa jene
des Grafen Amadeus VI. von Savoyen (1334–1383) in den Jahren 1366 und
1367. Als Ziel stand nicht mehr die Befreiung Jerusalems im Vordergrund,
sondern zunächst, den Vormarsch der Osmanen in Osteuropa zu verhindern, die seit 1352 von einem nordöstlich von Gallipoli eroberten ersten
Brückenkopf aus auf Europa auszugreifen begannen. Bis zum Ende des
14. Jahrhunderts gerieten Gebiete im heutigen Griechenland, in Bulga-
rien, Mazedonien, Serbien und Albanien unter osmanische Herrschaft.
Karls Sohn Sigismund (1387–1437) wird später als König von Ungarn mit
einer noch einmal als Kreuzzug propagierten Kriegsaktion versuchen, die
Expansion zu stoppen. Vor den Toren von Nikopolis wird er 1396 gran-
dios scheitern.[40]

Die Vorstellung, ein Kaiser müsse nicht nur Heiden in Litauen oder
Spanien bekämpfen, sondern auch Kreuzzüge gegen die Sarazenen in den
Orient anführen, war im 14. Jahrhundert noch überaus lebendig. Wie
ernsthaft Karl entsprechende Planungen betrieb, zeigt ein Verhandlungs-
angebot Venedigs aus dem Jahr 1359, in dem es um das juristisch sensible
Problem des Reichsvikariats ging, also eine für den Kaiser stellvertretend
ausgeübte Herrschaft auf der «Terra ferma». Die Serenissima bot Karl an,
zur Unterstützung eines Kreuzzugs in den Orient für eine gewisse Dauer
zehn, später sogar zwanzig Kriegsgaleeren zur Verfügung zu stellen. Mit
einem Kreuzzug hätte sich Karl im Übrigen der gefährlichen Söldner-
kompagnien entledigen können, die West- und Mitteleuropa bedrängten,
er hätte also zwei Fliegen mit einer Klappe geschlagen. Doch keiner der
beiden Pläne konnte auch nur ansatzweise realisiert werden.[41]

Umgesetzt wurde hingegen im Frühjahr 1368 ein Feldzug gegen
Bernabò Visconti (1354–1385) und Cansignorio della Scala (1359/65–1375),
Vertreter jener mächtigen Familien, die Mailand und Verona beherrschten und sich in offener Konfrontation mit Papst Urban V. Grimoard
(1362–1370) und Karl befanden. Der Feldzug war der Auftakt zu einem
längeren Italienaufenthalt, der Karl noch im selben Jahr nach Rom führen sollte. Auf dem Weg in die Toskana kam es zur Belagerung der stark

befestigten Stellung von Borgoforte, einem Ort südlich von Mantua, der
den Mittelpunkt eines weit verzweigten Verteidigungssystems aus Wasser-
gräben bildete und zudem den einzigen für ein großes Heer benutzbaren
Übergang über den Po bot. Die Truppen der Visconti, darunter auch
Söldner unter der Führung von John Hawkwood, hatten hier eine *bastita*
errichtet, eine Bastei aus Pfählen und Erde, die den Flussübergang sperrte
und zugleich das Gebiet der mit Karl verbündeten Gonzaga bedrohte.
Anfang Juni 1368 ist der Kaiser im Feldlager vor Borgoforte nachweisbar,
wo er Urkunden ausstellte. Das Heer brauchte enorme Mengen an
Lebensmitteln, eine ausreichende Versorgung ließ sich aber nicht organisieren. Am 8. Juni 1368 mahnte der kaiserliche Hofmeister Burkhard II.,
Burggraf von Magdeburg, die verantwortlichen Dienstleute der Stadt
Mantua, die eintausend Brote, die bereits mit fünf Dukaten bezahlt worden seien, endlich auch zu liefern. Der Kaiser geriet in Zugzwang und
befahl, die Bastion mit aller Macht anzugreifen.[42]

Wegen der Schneeschmelze führten die Flüsse des Mantuaner Gebiets,
besonders Po und Mincio, Hochwasser; auch der Frühjahrsregen, der den
Boden aufweichte, machte dem Heer zu schaffen. Der Angriff fiel, trotz
des Einsatzes von Landungsbooten und damals noch überaus seltenen
Feuerrohren, buchstäblich ins Wasser. Resigniert zogen die kaiserlichen
Truppen nach Norden, um einen Vorstoß gegen Verona zu wagen. Aber
Cansignorio della Scala hatte eine wirksame Abwehr organisiert, und ihm
kam das Wetter zu Hilfe. Außer einigen Streifzügen, auf denen reichlich
geplündert wurde, konnte das kaiserliche Heer in den folgenden Wochen
nichts unternehmen und erst recht keinen der festen Orte erobern.[43]

Am 8. Juli 1368 kurz vor Mitternacht schrieb der Kaiser aus einem
Lager bei Goito am Mincio in der Nähe von Mantua einen Brief an die
Brüder Ludovico und Francesco Gonzaga, der deutlich die Schwierigkeiten der Verbündeten benennt. Er werde am nächsten Morgen früh das
Lager abbrechen und die Truppen näher an Mantua heranführen; die
Gonzaga sollten sich vor Tagesanbruch auf den Weg machen und einen
festen Platz zum Lagern suchen. Er solle nicht so nass und mit mehr Bäu-
men bestanden sein, sodass man bei Regen nicht ausweichen müsse. Dem
Grafen von Schwarzburg, der vorausziehen und sie bei der Lagerwahl
anleiten werde, sollten sie einige Reiter schicken. Falls die Gonzaga seiner Anordnung nicht Folge leisteten, werde das Heer direkt am Stadttor

lagern, um leichter an Lebensmittel zu kommen, so der Kaiser. Hochwasser, Hitze, Hunger und vermutlich auch Malariamücken vermehrten die Probleme. Nördlich der Alpen kursierten bereits Gerüchte über die sich anbahnende Katastrophe. In einer Chronik von Lübeck ist festgehalten: «dit volk [...] let grote not van hette der sunnen, vom vlote der watere, vom hunghere unde vom dorste», und der Straßburger Jakob Twinger von Königshofen meldet: «ouch kam gros sterbotte under das volg und sunderliche under die Beheme». Karl war zum Rückzug gezwungen, wohl auch weil ihm das Geld ausging.[44]

Zum Glück gelang es kurz darauf, einen Ausgleich zu schließen, und der Kaiser konnte die Truppen entlassen. Aber mit den fünfhundert Reitern aus seinen Hausmachtgebieten, die er in seiner Verfügung behielt, ließ sich kaiserliche Politik in Italien nur schwer, im Grunde gar nicht umsetzen, wenn er auf dem Weg nach Rom strategische Positionen sichern wollte. So dürfte Karl missmutig, letztendlich aber doch froh über die nicht vollständige Niederlage des Kriegszuges dem Angebot der Gegner zugestimmt haben, nachdem die Visconti aus Mailand eintausend Barbuten und Cansignorio della Scala noch einmal dreihundert Barbuten auf eigene Kosten für das Geleit des Kaisers zu stellen versprachen. Ganz geheuer dürften ihm die Kämpfer in fremdem Sold nicht gewesen sein, und so versuchte er einige seiner Anhänger zur Stellung von Truppen zu bewegen. In Pisa befahl er Anfang Oktober Amadeus von Savoyen, ihm dreihundert Barbuten unter der Führung eines Capitaneus zur Unterstützung zu schicken, wenn der Graf schon nicht selbst kommen könne.[45]

Amadeus VI. von Savoyen (1334–1383), der wegen seiner Vorliebe für grüne Waffenröcke *Conte Verde*, «Grüner Graf», genannt wurde, war ein erfahrener Kriegsmann. Er hatte gegen Bulgaren und Osmanen gekämpft und schreckte nie davor zurück, mit dem eigenhändig geführten Schwert seine Interessen durchzusetzen. Einen Erbstreit zwischen ihm und Philipp II. von Savoyen-Achaia (gest. 1368) wollten beide Kontrahenten im Sommer 1368 an der Spitze von jeweils neunundvierzig ihrer besten Kämpfer in einer Art Gottesurteil austragen. Der Kaiser, der davon Wind bekommen hatte, verbot den Kampf und befahl dem Grünen Grafen, den Streit vor seine Majestät und den Rat der Fürsten zu bringen. Doch Amadeus kümmerte das nicht. Er setzte seinen Privatkrieg gegen Philipp fort. Im Herbst 1368 schrieb er an Karl, dass er deswegen leider nicht nach Rom kommen könne, was der Kaiser – wohl eher grollend – akzeptierte.[46]

Karl konnte die militärischen Aktionen auf seinem zweiten Romzug zwar irgendwie zu Ende bringen, die Konflikte zwischen den oberitalienischen Mächten jedoch nicht lösen. Schon während seiner Heimreise brachen die Gegensätze wieder offen aus. Ein Teil seiner italienischen Verbündeten hoffte, der Kaiser könne durch nochmaliges Eingreifen entscheidende Veränderungen herbeiführen. Noch Ende der 1370er Jahre erreichten den *invictissimus principus ac dominus,* den «unbesiegbarsten Fürsten und Herrn» – eine Formulierung, die der Kaiser in feierlichen Urkunden selbst verwendete –, Aufforderungen aus dem Süden, zu einem weiteren Kriegszug über die Alpen zu kommen. Doch Karl hatte reichlich andere Sorgen, ein weiteres militärisches Eingreifen südlich der Alpen unterblieb.[47]

Auf zwei Kriegszüge in Bayern und Württemberg sei noch verwiesen, die zeigen, dass Karl den Krieg stets als ein probates Mittel der Politik ansah. Im Jahr 1347, so berichten mehrere Chronisten, verheerte ein Kriegszug weite Landstriche bayerischen Gebiets, obwohl Kaiser Ludwig bereits verstorben war, sodass es einer Schlacht zwischen den Kontrahenten um die Krone nicht mehr bedurfte. In der Chronik des Heinrich Taube von Selbach wird überliefert: «Karl IV. […] erlangte nach dem Tode Ludwigs ohne erneute Wahl die Königsherrschaft und fiel mit zahlreichen Böhmen nach Cham in Niederbayern ein, wo er das Land mit Mord und Brand verwüstete.» Der Chronist Mathias von Neuenburg gab die Heeresstärke an: «Im selben Jahre 1347, zu Anfang des Monats Juli, fiel das Volk des Böhmen Karl mit zweitausend Helmen in Niederbayern ein und verbrannte viele Dörfer daselbst, nachdem die Einwohner mit barbarischer Grausamkeit ermordet und viele gefangen waren.»[48]

Im *Chronicon Moguntinum,* einer Mainzer Chronik aus dem Spätmittelalter, wird zum Jahr 1360 berichtet: «In diesem Jahr im August unternahm Kaiser Karl einen gewaltigen Kriegszug gemeinsam mit anderen Fürsten und Städten Alemanniens und Böhmens gegen die Grafen von Württemberg, deren Territorium und das umliegende Land sie grauenhaft verwüsteten.» In den Kämpfen mit seinem Schwiegersohn, Herzog Rudolf IV. von Österreich, hatte Karl auch dessen Verbündete mit Krieg überzogen. Doch das Bündnis der Grafen von Württemberg mit dem Habsburger vom September 1359 hatte sich, wie ausdrücklich hervorgehoben wurde, nicht gegen den Kaiser gerichtet. Für Karls Machtpolitik war das irrelevant; er nutzte den Vertrag als Vorwand, um einen Feldzug gegen die Grafen zu rechtfertigen und ihre Stellung zu schwächen. Auch als sich Karl viele Jahre später mit der Mark Brandenburg seinen größten territorialen Zugewinn einverleibte, waren dem jahrelange heftigste Kämpfe mit gewaltigen Verwüstungen vorausgegangen.[49]

Das alles – und die Liste von Belegen ließe sich fortsetzen – dürfte nicht so recht zu der Vorstellung von einem außergewöhnlich friedliebenden, nur auf Ausgleich und Kompromiss bedachten Herrscher passen. Selbst in Italien war Karl bereit, Kriege zu führen, und hat sich nicht, wie vielfach zu lesen ist, nur mit kleinem Gefolge von Stadt zu Stadt bewegt, um reichlich Gulden für die kaiserliche Schatulle einzusammeln. Mit Bedacht spielte er jeweils die Karte aus, die am ehesten stach: Verhandeln, wenn Verhandeln den größten Erfolg versprach, das Schwert ziehen, wenn Gewalt eher zum Ziel zu führen schien, wieder Verhandeln, wenn Gewalt ins Leere lief. Es war keine Friedensliebe, die ihn antrieb, sondern nackte Pragmatik.

Wie stark die Vorstellung eines von *fortitudo* – von kriegerischer Tapferkeit – erfüllten Herrschers die Gemüter der Zeit beherrschte, lässt sich gut an einem fein ziselierten Wortwechsel ablesen, der Anfang November 1346 in Avignon stattfand. Eine vom Prager Erzbischof Ernst von Pardubitz geführte Gesandtschaft wollte von Papst Clemens VI. die nachträgliche Zustimmung zur Wahl Karls und die Zusage einer künftigen Kaiserkrönung einholen. Der Erzbischof kam in einer längeren Beschreibung der Vorzüge Karls auch auf die Kriegserfahrung des gewählten Königs zu sprechen. Glorreich habe er in der Lombardei bei San Felice triumphiert, habe *contra Sarracenos in Prussia*, «gegen die Sarazenen in Preußen», gekämpft und mannhaft viele bedrängte Kirchen dem Rachen ihrer Feinde entrissen; von der Niederlage bei Crécy wollte Ernst lieber nicht reden.[50]

Einen Tag später antwortete der Papst vor der Kardinalsversammlung. Auch er bezog sich zunächst auf den weisen König Salomon, den schon der Erzbischof am Tag zuvor bemüht hatte. In manchem würde Karl das alttestamentarische Vorbild sogar übertreffen – etwa an körperlicher Tapferkeit oder an Kriegserfahrung. Der Papst erinnerte an die Kriegszüge des Heranwachsenden, hob lobend hervor, dass Karl sich dabei an Vegetius, einem spätantiken Militärtheoretiker, der im Mittelalter als große Autorität galt, orientiert habe, und überbot sich dann mit einem in jeder Hinsicht außerordentlichen Vergleich: Karl sei «gleichsam ein zweiter Judas Makkabäus, einem Löwen ähnlich in seinen Taten». Für den Papst gab es keinerlei Zweifel. Karl war ein *princeps militie*, ein «Kriegerfürst», und zwar einer von ganz außergewöhnlicher Größe.[51]

In höfischen Kreisen West- und Mitteleuropas hatte sich seit dem Hochmittelalter und dann besonders in der französischen und niederländischen Literatur des 14. Jahrhunderts die Vorstellung verbreitet, Judas Makkabäus, ein Held des Alten Testaments und des Flavius Josephus, der als siegreicher Feldherr in vielen Schlachten gegen die Seleukiden seinem Volk die Freiheit bewahrt hatte, sei so etwas wie der ideale Ritter, ein von Sieg zu Sieg eilender Kriegsrecke. Seit dem 14. Jahrhundert gehörte er zur Gruppe der «Neun Guten Helden» – unter denen Alexander der Große, Julius Caesar, David und natürlich Karl der Große hervorragten. Der Sangspruchdichter Heinrich von Mügeln war davon überzeugt, Judas Makkabäus, dessen Löwenmut eben auch Karl besitze, habe des «ritter orden funden» – sei also eine der Gründerfiguren des Rittertums überhaupt.[52]

Judas Makkabäus als kriegerisches Herrschervorbild in Waffen wurde auch in der Bildkunst der Zeit vielfach aufgegriffen, wie etwa im Kölner Rathaus oder in dem vierzigköpfigen Figurenensemble des Schönen Brunnens in Nürnberg. Als Kriegsheld reicht sein Ruhm im Grunde bis zu Georg Friedrich Händel (1685–1759), der seinem König Georg II. (1727–1760) das gleichnamige Oratorium anlässlich dessen Sieges 1746 über schottische Aufrührer schuf und ihn damit natürlich mit dem Makkabäer in eins setzte. Mag es der Vorstellungswelt der höfischen Führungseliten entsprochen haben, in Karl einen Krieger zu sehen, so musste es auch konkrete Anlässe gegeben haben, an denen sich die Zuschreibungen und Erinnerungen festmachen konnten. Einem waffenschmähenden Stubenhocker wäre es auch durch noch so gewaltige Propaganda nie gelungen, sich zu einem Heldenkrieger stilisieren zu lassen.[53]

Der Kaiser und die Söldner

MONTAG, 18. JUNI 1369, LUCCA, REGIERUNGSPALAST. Hochge-
stimmt und wohl in bester Laune beauftragte Kaiser Karl am 18. Juni 1369
in Lucca, während er das Zusammenpacken seiner kostbaren Habe überwachte, einen Hofschreiber mit der Abfassung von Briefen. Seit dem
Frühjahr 1368 war er ununterbrochen in Italien, hatte Krieg geführt, den
Papst nach Rom zurückgebracht, seine Gemahlin zur römischen Kaiserin
krönen lassen. Schon fast fünf Monate residierte er jetzt in Lucca und
hatte ganz nebenbei viel Geld eingenommen. Nun riefen ihn dringende
Angelegenheiten in den Norden. Einer der Briefe, die noch aus Lucca
abgehen sollten, war für seinen Halbbruder Wenzel bestimmt, der als
Reichsvikar während des Italienaufenthalts des Kaisers den Herrscher im
Norden vertrat. Der andere sollte an den Rat der Straßburger Bürger gehen, die ihn auf seinem Zug über die Alpen kraftvoll unterstützt hatten.
In den Briefen – der an seinen Bruder auf Latein, der an die Elsässer auf
Deutsch verfasst – lässt er die Empfänger wissen, dass er im Begriff sei,
nach Deutschland zurückzukehren. Doch aus Sorge um die Bedrückung
der römischen Kirche und des Papstes durch die «grosze boese geselle-
schaft» aus Deutschen und Engländern sei er augenblicklich noch daran
gehindert. Zur Unterstützung des Papstes habe er aber Truppen entsandt,
die bei Arezzo am 15. Juni – am Tag des heiligen Veit – unter dem siegreichen Adler, dem Zeichen des Heiligen Reiches, einen Sieg errungen
hätten. Im Verlauf der Kämpfe seien eine Reihe von Hauptleuten gefangen und zahlreiche Kriegsleute getötet worden. Nur wenige seien entkommen. Nun herrsche wieder Frieden in der Lombardei.[54]

Dass der Sieg ausgerechnet am Tag des böhmischen Schutzpatrons, des
heiligen Veit, für den der Kaiser im fernen Prag gerade eine prächtige
Kathedrale umbauen ließ, erfochten wurde, dürfte der Monarch als besonderes Zeichen angesehen haben. Benesch von Weitmühl, sonst eher
sparsam mit Meldungen aus Italien, notierte emphatisch, dass der größere Teil der «Gesellschaft» im Kampf durch das Schwert gefällt, der andere gefangen und später niedergemetzelt worden sei. Der Sieg sei – «wie
wir ohne Zweifel glauben» – durch den Beistand und die Hilfe «unseres
glorreichen Patrons Böhmens» erreicht worden. Die frohe Kunde hatte

der Kaiser möglicherweise umgehend durch Boten erfahren; weitere Nachrichten entnahm er dem Brief, den ihm der Gonfaloniere – eigentlich «Bannerträger», oft das führende Mitglied eines Stadtrates – und die Prioren von Arezzo noch am Tag der Schlacht geschrieben hatten.[55]

Aus dem Schriftstück vom 15. Juni 1369, gerichtet an den «glorreichen und unbesiegbarsten Fürsten und Herrn, Herrn Karl, Römischer Kaiser und allzeit Mehrer», erfahren wir, wer genau bei Arezzo gegen wen gekämpft hatte. In dem Gefecht waren demnach päpstliche Miettruppen unter Simon von Spoleto sowie kaiserliche Söldner unter Johann Flach von Reischach und Johann von Rietheim auf John Hawkwood und seine «verruchte Gesellschaft» getroffen. In dem Gefecht habe man eine große Anzahl der Gegner niedergehauen, die restlichen fast vollständig ergreifen können. Auch der *capitaneus* der Gesellschaft, Hawkwood selbst – italienisch Giovanni Acuto oder, wie hier im Brief, Iohannes Agud genannt –, sei gefangen genommen worden. Der eigentliche Widersacher und Drahtzieher im Hintergrund wird in dem Brief aus Arezzo allerdings nicht genannt: der omnipotente Störenfried Bernabò Visconti, der Perugia damals in Auseinandersetzungen mit Papst Urban V. unterstützte, indem er die Söldnertruppen unter Hawkwoods Führung bereitstellte.[56]

Karl hat sich die Zurückdrängung Bernabòs fünfzigtausend Gulden kosten lassen. Genauer gesagt, ließ er den Anziani, dem Volk und der Kommune von Lucca, am 13. Juni 1369 mitteilen, dass er wegen der vielen Kosten, welche Papst Urban V. insbesondere wegen Bekämpfung der rebellischen Perusiner erwüchsen, demselben fünfzigtausend Gulden aus den dem Kaiser in Lucca zustehenden einhunderttausend zugewiesen habe. Am selben Tag erklärte er die Bürger Perugias wegen ihrer Rebellion gegen den Papst für immer aller Reichsvikariate sowie aller Rechte, Lehen und Besitzungen für verlustig; zudem widerrief er die Vikariatsrechte Bernabòs an Lucca und bestimmte Guy de Boulogne (vor 1313–1373), Kardinalbischof von Porto, für drei Jahre zum kaiserlichen Vikar der Stadt.[57]

John Hawkwood, dessen Unsterblichkeit der Maler Paolo Uccello (1397–1475) im Dom von Florenz gesichert hat, stellt das idealtypische Beispiel eines Söldnerführers jener Zeit dar. Er begann seine Karriere als Langbogenschütze im Hundertjährigen Krieg, kämpfte wahrscheinlich, wie schon erwähnt, 1346 bei Crécy und zehn Jahre später bei Poitiers auf

englischer Seite. Nach dem Frieden von Brétigny 1360 waren viele der
Söldner «arbeitslos» geworden und nach Oberitalien gezogen, um hier
ihre Kriegsdienste zu verkaufen. Auch deutsche Söldner waren dabei.
Mitte des 14. Jahrhunderts erreichte deren Beteiligung in oberitalieni-
schen Diensten ihren Höhepunkt. Die für den Kampf gegen Bernabò im
Auftrag des Kaisers gemieteten Kriegsknechte Johann von Rietheim (gest.
um 1371) und Johann Flach von Reischach (gest. nach 1383) erwiesen sich
allerdings, wie alle Söldner, als unsichere Kandidaten. Sie drehten ihr
Mäntelchen zwar nicht nach dem Wind der Politik, sondern nach dem
Geld, aber das lief am Ende auf dasselbe hinaus. Dass die beiden als Angehörige der *magna societas Theutonicorum,* der «Großen Gesellschaft der
Deutschen», zuvor in den Diensten der Visconti gestanden hatten, hätte
den Kaiser stutzig machen können. Schon seit seinem ersten Italienaufenthalt zu Beginn der 1330er Jahre hatte Karl ja Erfahrungen mit Söldnern gemacht – und mit den Problemen, diese bezahlen zu können. Im
Juli 1369, also wenige Wochen nach der Schlacht bei Arezzo, wechselten
die beiden Kriegsknechte die Seite und kämpften nun für Hawkwood,
dessen wohl einzige Gefangenschaft nur kurz gedauert hatte.[58]

Die gleichsam wie kapitalistische Unternehmen betriebenen Söldnergesellschaften waren gefährliche Partner, wie Karl bereits wenige Jahre
zuvor hatte erfahren müssen, als er es mit dem «Erzpriester» Arnaut de
Cervole (um 1300–1366) zu tun bekam. Arnaut war der Anführer einer
Söldnergemeinschaft, die in den Quellen als «Englische Gesellschaft» auftaucht, zu großen Teilen aber aus Bretonen bestand. Aus einer kleinen
Adelsfamilie aus dem Périgord stammend, war er wohl ursprünglich Kleriker gewesen oder hatte sich zumindest in kirchlichen Kreisen bewegt,
daher trug er den Namen *l'Archiprêtre,* «der Erzpriester». Zu Beginn der
1350er Jahre ist er auf französischen Soldlisten mit einer eigenen Kompanie
vertreten. Nach einer kurzen Gefangenschaft stellte er 1357 aus vielen kleinen Gruppen von Kriegern eine große Söldnerkompanie zusammen und
zog mit dieser plündernd in Südfrankreich herum. Sogar von Papst Innozenz VI. in Avignon erpresste er eine gewaltige Summe. Die Missetaten
seiner bald zweitausend Mann starken Truppe verhalfen ihm zu dem zweifelhaften Ruhm, der grausamste der französischen Söldnerführer zu sein.[59]

Im Sommer 1365 brach die Gesellschaft des Erzpriesters aus Lothrin-
gen kommend, wo sie die Stadt Metz um achtzehntausend Gulden er-

leichtert hatte, ins Elsass ein. Der zweite Fortsetzer der Chronik des Mathias von Neuenburg hielt fest, dass am 4. Juli, dem Festtag des heiligen Ulrich, «der Anführer einer englischen Kriegergesellschaft, welchen man den Erzpriester nannte, mit einer unermesslichen Menge Volk, er hatte, wie man schätzt, zwölftausend Reiter bei sich, in das Elsaß» eingefallen sei und dort in der Nacht viele Häuser niedergebrannt habe. «Am darauffolgenden Samstag erschien die ganze zahlreiche Gesellschaft um die Zeit des Mittagessens oder gegen Mittag trotzig vor den Mauern von Straßburg und bot den Kampf an.» Die Straßburger Metzger, so Jakob Twinger von Königshofen, hätten den Kampf gern angenommen, aber den städtischen Befehlshabern war die Übermacht zu groß.[60]

Pikanterweise ließ Arnaut verbreiten, er komme im Auftrag des Kaisers, der sich gerade im elsässischen Selz, etwa fünfzig Kilometer stromabwärts, aufhielt. Auch die Straßburger, deren Umland entsetzlich verwüstet worden war, verbreiteten Gerüchte über angebliche Kungeleien des Kaisers mit dem Erzpriester und seiner Söldnertruppe. Der Kaiser hatte Kriegsvolk der Reichsstädte angefordert und wollte bis zu deren Eintreffen ergründen, was der Erzpriester eigentlich plante. Am 8. Juli 1365 ließ er die Straßburger wissen, dass er den Grafen Friedrich von Leiningen zu ihm schicken werde, ein Abgesandter des Rates solle ihn begleiten. Vier Tage später sicherte Straßburg schriftlich dem Erzpriester sicheres Geleit für ein Treffen mit dem Kaiser zu; er sollte von zwanzig Bogenschützen und einhundert Lanzen samt Pferden und Gepäck begleitet werden dürfen.[61]

Ob es ein persönliches Treffen gegeben hat, ist ungewiss, aber die Gerüchteküche begann sofort zu brodeln. Am 9. Juli fragen die Ratsherren von Pfullendorf bei den Straßburgern an, ob es denn wahr sei, dass der Kaiser bei Selz eine Brücke über den Rhein schlagen und die Räuberbanden nach Schwaben führen wolle. Die Gerüchte vom Zusammengehen des Herrschers mit den Söldnern hielten sich so hartnäckig, dass Karl gegen Ende des Sommers eine Erklärung vorbereiten ließ, die die Straßburger im eigenen Namen an sechzehn Städte im Südwesten und Westen des Reiches versenden sollten. Ein Exemplar sollte als eine Art offener Brief dem Kaiser übergeben werden. Die Bürger sollten darüber aufgeklärt werden, dass «die schedeliche gesellschaft, die von Engellant und ouch anderswa gesammt waz, in der der erczpriester houbtman gewesen ist und die vor uns zu Strazburg und ouch vor andern stetten in Elsaz

gewesen sint mit sinre keyserlichen maht vertriben wurde». Wer Gegen-
teiliges behaupte, «der tůt ime unreht und het nut [nicht] die warheit
geseit». Wie sehr die ehrverletzenden Gerüchte den Kaiser erbost haben,
sollte sich bald darauf zeigen.[62]

Nicht nur der Kaiser, auch der Papst und der französische König hatten
mit dem Erzpriester Verhandlungen geführt. Um die lästigen Mordbrenner loszuwerden, überlegte man sogar, einen Kreuzzug gegen die Türken
zu initiieren. Doch warum, fragten sich die Söldner, sollten sie gegen die
gefährlichen Türken kämpfen, wenn es für sie in Süddeutschland doch so
leichte Beute gab. Parallel zu den Verhandlungen ließ Karl die Kriegsknechte der elsässischen Reichsstädte, weiterer Kommunen und Fürsten
zusammenrufen; bereits am 4. Juli 1365 hatte er Augsburg aufgefordert,
ohne Verzug mit aller Macht zu Ross und zu Fuß zu ihm zu stoßen, um
das Reich zu schützen.[63]

Das taten die beherzten Bürger dann auch wirklich und rückten mit
einhundert und einem Helm an, also gut über vierhundert Mann nach
den damaligen Soldpraktiken. Aus Augsburg ist eine Liste des Kriegsauf-
gebots erhalten, die die Namen der Beteiligten nennt und die Kosten für
die Pferdewagen beziffert. Unter Führung des Kaisers brachen die zusam-
mengerufenen Truppen am 22. Juli 1365 auf, um die gefährliche Gesellschaft zum Kampf zu stellen. Doch wich diese aus und zog sich über
Kolmar und Basel nach Burgund zurück. Die Gefahr war gebannt, die
immensen Kriegskosten des Heereszuges aber mussten die Städte auf Befehl des Kaisers unter sich aufteilen. Zwei Jahre später wurde der Erzpriester von den eigenen Leuten erschlagen.[64]

Mitte der 1370er Jahre wurde für den Kaiser ein neues Problem akut.
Er wollte seinen Sohn Wenzel möglichst einstimmig zum König wählen
lassen, und mit Unterstützung des Papstes gelang es ihm, für das Erzbistum Mainz, an dem die wichtigste Kurstimme hing, mit Ludwig von
Meißen (1373–1381) einen ihm genehmen Kandidaten aus der Familie der
Wettiner zum Erzbischof zu bestimmen. Die päpstliche Bestätigung des
zuvor vom Mainzer Domkapitel gewählten Kandidaten hatte Karl erfolgreich verhindern können. Aus diesem Streit erwuchs für das Erzbistum
Mainz ein verheerender Krieg, in dessen Verlauf die zum Erzstift Mainz
gehörende Stadt Erfurt belagert wurde. In einer Meißner Chronik ist zu
lesen, dass der Kaiser mit Heeresmacht selbst am Kampfplatz erschien:

«Im Sommer des Jahres 1375 belagerte der ruhmreiche Fürst» – gemeint ist Markgraf Friedrich III. von Meißen (1332–1381) – «gemeinsam mit seinen Brüdern Bischof Ludwig, Balthasar und Wilhelm mit einer gewaltigen Zahl an Bewaffneten die Stadt Erfurt und verwüstete deren Umland, die Weingärten und Dörfer. Der Kaiser und die Kaiserin waren in eigener Person mit einem großen Heer dabei. Dazu versammelten sich dort so viele Fürsten, Grafen und Barone mit solchem Aufwand an Belagerungsgerät und Vorrat an Nahrung, die kein Auge jemals in Deutschland gesehen oder mit den Ohren so etwas oder Ähnliches gehört hatte.»[65]

Ein schicksalsschwerer Lanzenstoß

Karl war nicht nur ein König, der oft selbst das Schwert führte oder andere beauftragte, es in seinem Namen zu führen. Er tummelte sich entgegen den Zweifeln späterer Biographen auch gern auf Turnieren, Repräsentationshöhepunkten der adligen Kriegerkultur des europäischen Mittelalters. Dieses ritterliche Kampfspiel, das im Hochmittelalter seinen Weg aus Frankreich nach Italien und später über die deutschen Länder auch nach Böhmen gefunden hatte, wurde gewöhnlich in zwei Hauptformen durchgeführt: dem Buhurt und dem Tjost. Beim Buhurt, der ursprünglich am weitesten verbreiteten Turnierform, sprengten zwei größere Gruppen von Bewaffneten aufeinander los und versuchten sich gegenseitig aus dem Sattel zu stoßen. Das aber, was man sich heute unter Turnier vorstellt, ist der Tjost, ein Zweikampf, in dem gut trainierte Panzerreiter auf abgegrenzten Reitbahnen in scharfem Galopp aufeinanderprallten und dabei versuchten, sich mit stumpfen Lanzen aus dem Sattel zu heben. Was aber so harmlos klingt, war eine höchst gefährliche Angelegenheit, wie Karl am eigenen Leib erfahren sollte.[66]

Karls Vater hatte bei Lanzenspielen schon reichlich Erfahrung gesammelt. Zweimal, 1321 in Prag und 1335 in Paris, wurde er schwer verletzt, in Burgund durchbohrte er selbst einen Ritter tödlich. Peter von Zittau überliefert, dass König Johann «in allem Kriegshandwerk sich übe, Turniere besuche, Lanzenspiele betreibe, so dass die ganze Francia und Gallia die bewundernswerten Taten des Königs kaum erzählen könne». Das Turnierwesen in Böhmen erreichte mit Johann zweifellos einen Höhepunkt.[67]

Johanns Leidenschaft übertrug sich offenbar auf seinen ältesten Sohn. Das erste nachweisbar von Karl veranstaltete Turnier fand im Dezember 1331 in Parma statt, damals ein luxemburgisches Herrschaftszentrum. Auch in der Zeit, als Karl in Tirol für den Herrschaftserhalt seines Bruders kämpfte und eine Art vormundschaftlicher Regierung führte, veranstalteten die Luxemburger etwa in Innsbruck oder Bozen kostspielige Turniere, zu denen Edle aus Tirol, Bayern, Schwaben und Kärnten in die Schranken ritten. Ein Turnier um 1340 verschlang ungefähr ein Drittel der jährlichen Einkünfte aus drei wichtigen Zollstätten Tirols. Das Geld wurde von Bankiers wie den Florentiner Rossi vorgeschossen, denen man dafür die Zolleinnahmen verpfändete. Zwar fehlen eindeutige Belege, dass Karl damals schon selbst mitgekämpft hat, aber spätere Ereignisse lassen das vermuten.[68]

Ende der 1340er Jahre war Karl Anfang dreißig, gut trainiert und in bester körperlicher Verfassung. Nun brannte er darauf, wie einst sein Vater, der europaweit berühmte Lanzenheld, seine eigene Kampfkunst unter Beweis zu stellen. In Rottenburg am Neckar wollte er 1348 unerkannt an einem Stechen teilnehmen. Doch sein Gegner war geschickter, der König landete unsanft im Dreck, und die Sache flog auf. In der Chronik des Mathias von Neuenburg ist vermerkt: «Als er durch Rottenburg im Gebiet der Grafen von Hohenberg kam, wurde dort gerade ein Lanzenstechen angekündigt. Er kämpfte mit – unerkannt in der Rüstung des Ritters Schilhard von Rechberg – und wurde von einem Ritter von Stein in den Staub geworfen. Als der Ritter erkannte, dass es der König war, nahm er dessen Pferd an sich, bis es Karl für sechzig Mark zurückkaufte.» Im gleichen Jahr wurde Karl von Papst Clemens VI. brieflich für seine Turnierleidenschaft gerügt. Er habe gehört, so der Pontifex, dass einige deutsche Fürsten, die sich um Karls Ehre Sorgen machten, Unmut geäußert hätten, dass er sich neben anderen Ungebührlichkeiten unter die Teilnehmer der Lanzenspiele und Turniere mische. Er rate ihm, solche Treffen und Turniere zu meiden und sich in Handeln und Auftreten ernst und reif zu zeigen.[69]

Einige Jahre später, im Frühherbst 1350, zahlte Karl einen hohen Preis für seine Turnierbegeisterung. Er wurde bei einem Kampfspiel lebensgefährlich verletzt – vier Jahre nach der schweren Verwundung von Crécy. Es dauerte fast ein Jahr und bedurfte aller medizinisch-therapeutischen

Künste, ihn wieder auf die Beine zu bringen. Über einen langen Zeitraum ging es ihm so schlecht, dass die Räte einiger Städte sowie zwei Kurfürsten Überlegungen für den Fall seines Ablebens anstellten und eine neue Königswahl ins Auge fassten. Favorit wäre wohl Ludwig der Brandenburger gewesen, der älteste Sohn Kaiser Ludwigs IV. Karl wollte es dazu nicht kommen lassen und befahl, Optimismus zu verbreiten. Durch seine Kanzlei ließ er am 19. November 1350 an Balduin von Trier schreiben, «das wir noch unser grozzen sache, di wir gehabt und erliden haben, noch als krank sein [...] das wir uns von gots gnaden von tag zu tag an unserm gesunt zunemen und auch bezzern». Aber erst Ende Februar 1351 war der König wieder einigermaßen bewegungsfähig und reiste kurz nach Nordböhmen. Im April 1351, sieben Monate nach dem Sturz, konnte er sich immerhin in dem einhundertfünfzig Kilometer südlich von Prag gelegenen Budweis mit Herzog Albrecht II. von Österreich (1330–1358) treffen.[70]

Nach dem Urteil heutiger Chirurgen aus Tschechien und Deutschland lässt das erhaltene Skelett, das von Wunden übersät ist, einen ziemlich genauen Befund zu: Sehr wahrscheinlich durch einen kräftigen Lanzenstoß ins Gesicht getroffen und vom Pferd geworfen, hatte der König einen zweimaligen Bruch des Unterkiefers erlitten. Auch die beiden Kiefergelenke am Schädel waren gebrochen. Ein solcher vierfacher Mandibula-Bruch machte eine feste Nahrungsaufnahme auf Monate unmöglich. Dazu kam infolge der Überstreckung des Kopfes nach hinten, vielleicht verursacht durch den Rand des Helms, die Fraktur des fünften und sechsten Halswirbels, möglicherweise auch des heute nicht mehr vorhandenen siebten Wirbels. Außerdem waren die Halsmuskulatur und, viel verheerender, das Rückenmark im Halsbereich gequetscht. Die Folgen waren gravierende Lähmungen aller Extremitäten, eine teilweise Atemblockierung sowie partieller Gefühlsverlust. Dabei hatte er noch Glück im Unglück gehabt: Wären etwa schon die Halswirbel drei bis fünf betroffen gewesen, deren Verletzung normalerweise mit einer Schädigung des dort austretenden *nervus phrenicus*, der das Zwerchfell steuert, einhergeht, hätte Karl die daraus resultierende Ateminsuffizienz mit Sicherheit nicht überlebt.[71]

Die Chirurgen von heute sind sich sicher, dass ihre mittelalterlichen Kollegen sehr gute Arbeit geleistet haben. Es grenzte an ein Wunder, dass sie das Leben des Herrschers überhaupt retten konnten und ihm weitere

achtundzwanzig Jahre Lebenszeit ermöglichten. Durch Streckungen, bei
denen man auch an den Haaren zog und diese dabei teilweise ausriss,
wurde eine partielle Reposition und Entlastung der Halswirbelsäule erreicht. Woran sollte man am Kopf auch ziehen, wenn der Kiefer vierfach
gebrochen war? Die andauernden Extensionen haben mit Sicherheit unerträgliche Schmerzen verursacht. Sehr wahrscheinlich wurde versucht,
dem stöhnenden Patienten durch *spongia somnifera*, opiatgetränkte
«Schlafschwämme», Linderung zu verschaffen.[72]

Der auf pflegerische Versorgung rund um die Uhr angewiesene König
musste in einen normalen Bewegungsablauf zurückgeführt und ein
Wundliegen verhindert werden. Passive Bewegungen der Extremitäten,
Kau- und Schluckübungen, mehrstufiges Gehtraining, Sensibilisierung
der Feinmotorik, das alles waren langwierige, mehrmals am Tag durchzu-
führende Prozeduren. Heutige Therapeuten würden von einem «task-
oriented training» sprechen, das Karl über ein Jahr lang absolvierte. Dass
er später bei Audienzen an Holzstückchen herumschnitzte, muss also
nicht eine Marotte gewesen sein, sondern könnte von seinen Therapie-
übungen herrühren.

Gelegentlich liest man, das schicksalhafte Turnier habe in Italien stattgefunden. Ein Aufenthalt des Königs dort im Frühherbst 1350 lässt sich
jedoch kaum ins Itinerar einpassen. Dort gibt es eine Lücke zwischen der
letzten sicheren Beurkundung vom 18. September und der nächsten vom
12. Oktober 1350, beide in Prag vorgenommen. In diesen dreieinhalb
Wochen lag der König wahrscheinlich völlig handlungsunfähig, vielleicht
sogar bewusstlos darnieder. Auch in den folgenden Monaten ist er nur in
Prag nachweisbar. Ein weiteres Argument gegen Italien ist, dass ein durch
Rückenmarkquetschung Gelähmter wohl kaum von dort über die Alpen
nach Prag hätte gebracht werden können. Warum soll nicht Prag der Austragungsort des Lanzenstechens gewesen sein? Peter von Zittau berichtet,
dass es schon zur Zeit Johanns «im Wildgarten bei Prag» eine aus Holz
errichtete Anlage für solche Turniere gegeben habe.[73]

Nach langen Monaten des Bangens und Hoffens ging es Karl ab dem
Frühjahr 1351 wieder besser. Doch um welchen Preis? Vor dem Unfall eine
kräftig-athletische Kämpfernatur von einem Meter dreiundsiebzig, erhob
sich vom Krankenlager ein rückengekrümmter Mann mit posttrauma-
tischen Haltungsanomalien. Ungefähr drei bis vier Zentimeter betrug der

Der gebeugte Kaiser: Karl IV. beim Niederlegen einer Kreuzreliquie. Der Kaiser wird oft mit gekrümmtem Rücken dargestellt, etwa hier auf dem Wandbild von Nikolaus Wurmser im Kleinen Turm der Burg Karlstein. Ursache dafür war eine schwere Wirbelsäulenfraktur, die er 1350 beim Tjost erlitten hatte.

Verlust an Körpergröße. Der linke Arm war durch den Bruch der Handwurzel sowie einer Verformung des Ellenbogenkopfes ebenfalls um etwa zwei Zentimeter kürzer geworden. Auch das linke Knie war stark irreversibel beschädigt. Das alles führte zu der Schiefhaltung, die Matteo Villani in seiner *Cronica* beschrieb. Nimmt man noch die Knicknase, das Andenken an Crécy, hinzu, so haben wir es mit einem deutlich verkrüppelten König zu tun, der als *Karolus contractus,* als «Karl der Lahme», in die historischen Erinnerungen hätte eingehen können.

In einem hatte Karl dazugelernt: Ab 1350 gibt es keine Hinweise mehr, dass er an Turnieren teilnahm. Auf stolzen Rossen hätte er auch sicher keine gute Figur mehr gemacht. Tollkühne Jagdabenteuer waren in dieser körperlichen Verfassung ebenfalls nicht mehr möglich. In einer Nürnberger Schänke erzählten sich die Zecher im April 1358 sogar: «unse herre der keiser were nicht gerne da by, da man thurnirete». So wird man aus Schaden klug, und für die Nachwelt erscheint es so, als habe eine Kampf- und Turnierabneigung schon immer bestanden. Bemerkenswert ist, dass wir keine Bilder des schwer gezeichneten Gesichts besitzen. Auch die Porträtplastiken geben keinerlei Hinweise auf die schweren Verletzungen. Allerdings zeigen viele Darstellungen aus den späteren Jahren einen gekrümmten Kaiser, so Nikolaus Wurmsers Fresko der Reliquienniederlegung auf dem Karlstein oder die Votivtafel des demütigen Marienverehrers von Johann Očko von Vlašim. Während der kaiserliche Rundrücken auf vielen Bildern geradezu zu einem Merkmal Karls IV. wurde, berichten die schriftlichen Quellen eher verhalten über die Turnierverletzungen, möglicherweise auf allerhöchste Anordnung.[74]

Und Karls Schweigegebot hat ziemlich gut funktioniert. Keiner der Zeitgenossen wusste so richtig, was passiert war. Wilde Gerüchte von Giftanschlägen kursierten, einmal sogar in Verbindung mit einem Liebestrank seiner Gemahlin. In der Moderne versuchten Mediziner, die das Skelett nicht kannten, die Lähmungen durch bakterielle Entzündungen der Nerven und Spinalwurzeln zu erklären. Von Polyneuritis war die Rede. Andere hielten seine verwachsene Gestalt für angeboren. Erst die Skelettuntersuchung konnte einigermaßen klären, was tatsächlich vorgefallen war: Ein turnierbegeisterter athletischer König bezahlte seine Leidenschaft für den Kampf beinahe mit dem Leben, zumindest aber mit seiner Gesundheit. Andererseits war nun erneut bestätigt worden, was sich durch das Wegsterben seiner Gegner Kaiser Ludwig und Günther von Schwarzburg angedeutet und was die Seherin Christina Ebner in mythischer Schau offenbart hatte: Wer so viel überlebt hat – die Schlacht von Crécy, die Mitte des 14. Jahrhunderts heranbrandende erste Pestwelle, einen Giftanschlag – und dann nach einer eigentlich tödlichen Verletzung wieder auf die Beine kommt, der muss wirklich auserwählt sein. Mit so einem Mann hatte der Herr offenbar etwas Besonderes vor.[75]

4

DER ZEITZEUGE

«Der Größe Mißbrauch ist, wenn von der Macht
sie das Gewissen trennt.»

William Shakespeare, Brutus in «Julius Cäsar»

Große Fluten und kleine Eiszeit

FREITAG, 1. FEBRUAR 1342, PRAG. Es wehte ein milder, feuchter
Wind am Abend vor Mariä Reinigung durch Prag. Er strich über das Eis
der Moldau und ließ die Menschen hoffen, dass der harte, schwere Winter
nun seinem Ende zuging. Zu viele Tote hatte er gefordert mit seiner
Geißel, dem strengen Frost. Und das nicht nur in Böhmen, sondern auch
in vielen anderen benachbarten Landen. Dem Wind folgte bald ein warmer,
anhaltender Regen, der die Moldau und die anderen Flüsse des
Landes in kurzer Zeit anschwellen ließ. Das Eis brach, die Eisschollen
schoben sich den Weg frei und rissen alles mit sich fort. Ein Großteil der
steinernen Judithbrücke, der Stolz der Prager Bürger und die einzige Verbindung
zwischen Altstadt und Kleinseite, stürzte «gleichsam wie die
Krone des Königreiches» in die eisige Flut. Franz von Prag, dessen Chronik
viele Details überliefert, berichtet weiter: «Und weil diese Überschwemmung
so unvermutet und rasch kam, sah man Häuser mit Menschen
darauf und Kinder in Wiegen wegschwimmen, denen ihre Mütter
nicht mehr zu Hilfe hatten eilen können. Man sah auch verschiedene
Nutztiere und Kleidungsstücke wegtreiben. Und nachdem diese Erschütterung
notdürftig gelindert worden war, wurden viele Leiber Ertrunkener

gefunden.» Karl, seinerzeit noch Markgraf von Mähren, muss Augenzeuge des Dramas gewesen sein; zumindest ist sein Aufenthalt in Prag in
dieser Zeit gemeinsam mit seinem Vater Johann von Böhmen bezeugt.
Was mag ihm angesichts der Schreckensbilder durch den Kopf gegangen
sein?[1]

Die Überschwemmungskatastrophe, die ganz Mitteleuropa heim-
suchte, war trotz schrecklicher Verwüstungen lediglich der Vorbote weiterer, viel zerstörerischerer Flutwellen im Verlauf des Jahres. Deren verheerendste ging als Jahrtausendhochwasser in die Klimageschichte ein: die
sogenannte Magdalenenflut vom 22. Juli 1342, benannt nach dem Festtag
von Maria Magdalena. Eine gewaltige Überschwemmung, ausgelöst durch
zahlreiche, mächtig über die Ufer getretene Flüsse Mitteleuropas, darunter
Rhein, Main, Donau, Inn, Elbe, Saale, Fulda und Weser, setzte riesige
Flächen unter Wasser. Zahlreiche Städte waren so hoch überflutet, dass die
Straßen auch für Reiter nicht mehr passierbar waren. Vielerorts wurde der
höchste jemals registrierte Wasserstand gemessen. Die Folgen waren überall die gleichen: Menschen und Vieh ertranken, Feld- und Baumfrüchte
einer ganzen Jahresernte wurden vernichtet. Städte wie Prag, Dresden, Erfurt, Bamberg, Würzburg, Regensburg oder Frankfurt am Main verloren
in den Flutwellen ihre teilweise steinernen Flussübergänge. Dass eine in
den 1330er Jahren errichtete Steinbrücke in Raudnitz an der Elbe den Eis-
und Wassermassen widerstand, löste große Bewunderung aus.[2]

Der Abt des Zisterzienserklosters Viktring bei Klagenfurt zog in seiner
Chronik den Vergleich mit der Sintflut. Alles sei von den Flutmassen
fortgerissen worden, «man hätte glauben sollen, dass zu erneuter Bestra-
fung der Sünden des Menschen die Schleusen des Himmels sich aufgetan
und sich nach der ersten eine zweite Sintflut ergossen hätte [...] Die Donau, der Rhein und der Main, welcher Ostfranken durchströmt, führten
Türme, die stärksten Mauern, Brücken, Häuser und Schutzwehre der
Städte mit sich fort.» In einer Lebensbeschreibung über Papst Clemens VI.
heißt es: «Es schien, als ob das Wasser von überall her hervorsprudelte,
sogar aus den Gipfeln der Berge», und in Avignon und Köln habe man
mit Schiffen und Kähnen durch die Stadt und über Mauern fahren können. Diese Flut von alttestamentarischen Ausmaßen hatte ihre Ursache in
besonderen meteorologischen Konstellationen, die als «Genua-» oder
«Adriatief» bezeichnet werden. Dabei regnen auf deren Weg nach Norden

die über dem warmen Mittelmeer aufgenommenen Wassermengen tage-, manchmal wochenlang ab. Experten haben in Modellrechnungen ermittelt, dass im Vergleich zu den extrem hohen Flutwellen auf Oder und Elbe der Jahre 1997, 2002 oder 2010 bei der Magdalenenflut 1342 die einhundertfache Menge an Wasser fiel.[3]

Die Flutkatastrophe des Jahres 1342 war ein Ereignis in einer Kette von Extremwetterlagen, die selbst Teile einer globalen Klimaveränderung darstellten. Mit Beginn des 14. Jahrhunderts war es zu einer merklichen Abkühlung gekommen, die von Klimaforschern auch als «Dante-Anomalie» bezeichnet wird. Die Epoche des langsamen Absinkens der Temperaturen, die als «kleine Eiszeit» in die Erdgeschichte eingegangen ist, reichte vom Ende des 13. bis zum Beginn des 19. Jahrhunderts. Auslöser waren wahrscheinlich mehrere Vulkanausbrüche, deren gewaltige Ascheemissionen einfallendes Sonnenlicht reflektierten und zu einer lang anhaltenden globalen Abkühlung führten.[4]

Die Überschwemmungen, die ihren traurigen Höhepunkt 1342 erreichten, die Sturmfluten an den Küsten, darunter die Allerheiligenflut von 1304, ein Ostseehochwasser, das in der pommerschen Bucht kilometerlange Landstücke wegriss, oder die berüchtigte Zweite Marcellusflut von 1362, bei der an der Nordsee die sagenhafte Stadt Rungholt in den Wogen verschwand und Tausende von Menschen ertranken, waren Phänomene jenes rapiden Klimawandels. Feuchtkalte Sommer wechselten mit außergewöhnlich frostigen Wintern, wie etwa jenem von 1354 auf 1355, als in Oberitalien für lange Zeit sogar der Po zufror. Karl befand sich zu der Zeit gerade auf dem Weg zu seiner Kaiserkrönung, und die Zeitgenossen waren sehr erstaunt über die Wunderzeichen. Francesco Petrarca meinte, der neue Kaiser habe den Frost aus seiner ohnehin kalten Heimat mitgebracht. In einem Brief an seinen Dichterkollegen Zanobi di Strada (1312–1361) schrieb er «mit erstarrten Fingern» am Morgen des 27. Dezember 1354: «Könnte freilich sein, dass dieses Jahr, welches in seiner Art sogar alte Leute verwirrt, irgendeine mir unbekannte geheimere Ursache aufgedeckt hat, denn es ist vielleicht der neue Caesar, der aus den Gegenden Germaniens die Kälte seines Landes in unser Wetter herüberbringt. Die ist übrigens so groß, dass sie sogar bei den Germanen Bestürzung hervorruft.»[5]

Andere Extremereignisse verbreiteten nicht weniger Schrecken: Perioden großer Trockenheit und extremer Niederschlagsarmut – nach dendrochronologischen Untersuchungen war der Sommer 1361 der trockenste des gesamten 14. Jahrhunderts – und nicht zuletzt zwei Erdbeben, die in den Jahren 1348 und 1356 in vielen Gebieten der heutigen Schweiz und Österreichs sowie Oberitaliens zahlreiche Wohnhäuser, Burgen und Kirchen zum Einsturz brachten. Ein Chronist berichtet vom Oberrhein: «Im Jahr des Herrn 1356 stürzte am Fest des heiligen Evangelisten Lukas in Folge eines heftigen Erdbebens die Stadt Basel zusammen und viele Burgen und andere Gebäude. Dieses Erdbeben kam gegen Abend, und in der darauffolgenden Nacht erfolgten mehr als zehn Stöße, durch welche auch mehr als vierzig Burgen in der Umgebung von Basel zerstört wurden.»[6]

Einige Jahre zuvor, im Sommer 1338, war es zu einer besonders unglückverheißenden Erscheinung gekommen, die sich, wie einige Zeitgenossen glaubten, durch einen über mehrere Wochen sichtbaren Kometen angekündigt hatte: eine Heuschreckeninvasion, die vom Balkan kommend bis nach Franken die Kulturlandschaften leerfraß. Am 28. Juli 1338 hielt sich Karl in Znaim im südlichen Mähren auf: «da riß uns ein Soldat bei Sonnenaufgang aus dem Schlaf und rief ‹Herr, steht auf, der jüngste Tag bricht an, denn die ganze Welt ist voller Heuschrecken!›» Karl berichtet davon in seiner *Vita*. «Da erhoben wir uns, bestiegen die Pferde und ritten eilig bis Pulkau, weil wir ihr Ende sehen wollten. Erst dort, nach sieben Meilen, war es zu sehen. Die Breite konnten wir nicht überblicken. Ihr Zirpen glich eher einem tosenden Lärm, ihre Flügel waren wie mit schwarzen Buchstaben gezeichnet, sie wirkten wie ein dichtes Schneetreiben, sodass man ihretwegen die Sonne nicht mehr sehen konnte. Sie verbreiteten einen aufdringlichen Gestank. Bald teilten sie sich, die eine nach Bayern, andere nach Franken, wieder andere in die Lombardei, andere über die ganze Erde.» Zwischen dem an der Südgrenze Mährens gelegenen Znaim an der schluchtenreichen Thaya bis Pulkau im nördlichen Weinviertel in Niederösterreich liegen gut fünfundzwanzig Kilometer; eine gewaltige Heuschreckenwolke muss Karl also gesehen haben.[7]

Der Hunger war eine weitere Plage, die während des ganzen 14. Jahrhunderts die Menschen bedrohte, mal mehr, mal weniger. Nach 1270 hatte sich das europäische Wirtschaftswachstum dramatisch abgeschwächt, die landwirtschaftliche Produktion ging zurück, Anbauflächen verschwanden, der Hunger als Massenerscheinung kehrte zurück. In der Zeit von Karls Geburt quälte und tötete die vermutlich größte europäische Hungersnot des Spätmittelalters, die sogenannte «Great Famine» von 1315 bis 1321, die Menschen in Massen. Stellenweise soll es sogar zu Kannibalismus gekommen sein, wie Peter von Zittau berichtet. Bauern hätten aus Mangel an Nahrung ihre Wohnstätten verlassen und seien umhergezogen: «Sie gingen in die Wälder und töteten die Menschen, die sie fanden, und aßen sie auf.» In einer Erfurter Chronik steht, dass die Hungersnot schon drei Jahre andauerte und man dort die «unzählige Mengen an umherliegenden Verhungerten» in fünf Gruben geworfen habe. Und im benachbarten Schmidtstedt sollen fast achttausend Hungeropfer verscharrt worden sein. Immerhin entspricht das der Einwohnerzahl einer mittelalterlichen Stadt wie Mainz, Dresden oder Heidelberg. Die Hungerkrise im zweiten Jahrzehnt des 14. Jahrhunderts, bei der «vele lude von hunger mosten sterven», wie auch die *Magdeburger Schöppenchronik* berichtet, wurde von den Zeitgenossen schon allein deshalb als bedrückend empfunden, weil es seit fast neunzig Jahren keine wirkliche Nahrungskrise gegeben hatte. Der Mangel an Lebensmitteln in Hungerzeiten bedeutete zugleich auch immer eine Teuerung, und die Preissteigerungen führten wiederum zu neuem Hunger. Im Frühjahr dürfte es wenig Vogelgesang gegeben haben, da alles, was kroch und flog, gegessen wurde. Das Verheerende waren nicht nur die unmittelbaren Todesfälle durch Verhungern, aus der Unterernährung resultierte auch eine enorme Anfälligkeit des Körpers für alle möglichen Krankheiten.[8]

Diese erste große Hungersnot des Jahrhunderts wurde zudem flankiert von einer Rinderseuche, die sich von Böhmen ausgehend bis nach England ausbreitete und in einigen Regionen bis zu achtzig Prozent der Rinderbestände vernichtete. Viel gravierender als der Mangel an Fleisch war, dass nun die kraftvoll-geduldigen Zugtiere fehlten. Doch diese waren umso nötiger, je härter und trockener die so oft überfluteten Ackerflächen im Sommer wurden. Allein mit Menschenkraft ließen sich die mitunter betonharten Felder nicht mehr pflügen und zur Aussaat vorbereiten. Heute kommen nach auf Ackerflächen lange stehendem Wasser und der daraus resultierenden Bodenverkrustung zur Tiefenlockerung sogenannte Bodenmeißel zum Einsatz, deren Zugkraft aus leistungsstarken Traktoren stammt. Aber noch heute betragen die Ernteverluste, die durch Bodenverhärtung auf zuvor nassen Ackerflächen auftreten, beim Wintergetreide zwischen fünfzig und hundert Prozent.[9]

Infolge der kalten und nassen Sommer stellten sich weitere Begleiter-
scheinungen ein, die in ihren Wechselwirkungen Anlass zu ständiger
Sorge waren. Nach einem verregneten Frühjahr war das Hauptproblem
das Mutterkorn *(Secale cornutum)*. Dabei handelt es sich um die Dauer-
form eines schwärzlichen Schimmelpilzes mit dem Namen *Claviceps pur-
purea*, der hornartig aus den befallenen Ähren, hauptsächlich des Rog-
gens, herauswächst. Der Getreidepilz enthält hochgiftige Alkaloide, die
Halluzinationen, Krämpfe und Lähmungen auslösen und dazu führen,
dass nekrotisierte Extremitäten ohne jeglichen Blutverlust abfallen können. Der Verzehr von nur wenigen Gramm Mutterkorn führt zu einem
qualvollen Tod. Die medizinisch als Ergotismus bezeichnete Vergiftung
war im Mittelalter auch als «Antoniusfeuer» oder *ignis sacer,* «heiliges
Feuer», bekannt, weil die Betroffenen, krampfgeschüttelt, innerlich zu
verbrennen glaubten. Das Mutterkorn gedeiht massenhaft, wenn es zur
Blütezeit des Korns im Frühjahr viel regnet, und wird bei der Ernte mit
dem Korn ausgedroschen. Noch heute sprechen Landwirte von ausge-
sprochenen «Mutterkorn-Jahren», und nur hoch spezialisierte Groß-
mühlen sind in der Lage, den Großteil dieser gefährlichen Pilzverun-
reinigung auszulesen. Nach vormodernen Verfahren – ohne Einsatz von
Fungiziden und aufwendiger Mühlentechnik – erzeugte Brotgetreide
enthalten auch heute einen fünffach höheren Anteil an Mutterkorn-
giften. Weil die konkreten Wirkungszusammenhänge im Mittelalter aber
unbekannt waren, wurde das Mutterkorn ahnungslos mit vermahlen. Da
die Toxizität bei längerer Lagerung des Getreides zurückgeht, war vor
allem frisch geerntetes Getreide gefährlich. In ertragreichen Jahren nahm
die Vergiftungsgefahr also ab, bei Getreideknappheit nahm sie zu, weil
die Menschen mit dem Korn der aktuellen Ernte ihren Hunger zu stillen
suchten.[10]

Die hier skizzierten Katastrophen stellten die Menschen des 14. Jahrhunderts, dieser «gequälten und leidenden Zeit», vor enorme Herausforderungen. Das gilt es immer mitzudenken, wenn man die Zeit, in der
Karl lebte und herrschte, verstehen will. Es sind zugleich die Rahmenbedingungen, die seine Handlungen in unterschiedlicher Weise mitbe-
stimmen. Die größte Katastrophe freilich sollte erst noch kommen. Mitte
des 14. Jahrhunderts, zu einem Zeitpunkt, als bereits fünf Kriege gleichzeitig in Europa tobten und die Bevölkerung durch Klima- und Hunger-

krisen stark geschwächt war, wurde der Kontinent von einem Feind ange-
fallen, der die Europäer jahrhundertelang verschont hatte: der Pest.

Yersinia pestis: Ein Bakterium verändert Europa

DONNERSTAG, 1. NOVEMBER 1347, MARSEILLE. Warum die Matro-
sen der genuesischen Schiffe, die um den Allerheiligentag 1347 im Hafen
von Marseille festmachten, bald darauf reihenweise starben, konnte sich
keiner erklären. Es kursierten Gerüchte, dass im Osten seit Längerem
eine unheimliche Seuche grassierte. Was aber niemand ahnte: Ratten und
ihre im Fell mitgeschleppten Flöhe verbreiteten eine tödliche Krankheit.
Sie breitete sich besonders schnell entlang der Handelswege des Getreides
aus, der Lieblingsspeise der Nager.[11]

Über die Krim und Konstantinopel, wo sich 1347 die Todesfälle häuften, erreichte der Seuchentod Ende September 1347 in Messina europäischen Boden, verbreitete sich im Oktober 1347 über ganz Sizilien und
ging wenig später in Marseille von Bord. Die in Zentraleuropa mit klima-
tischen Widrigkeiten ringenden, enorm ausgezehrten Menschen sahen
sich einer apokalyptischen Bedrohung ausgesetzt, gleichsam der Mutter
aller Krankheiten. Die in Messina, Marseille und bald darauf auch in
Venedig über die Landungsbohlen ahnungslos an Land gehenden See-
leute und die sich gleichzeitig an den Schiffsleinen an Land hangelnden
Ratten lösten die wohl verheerendste Pandemie der Geschichte aus. Etwa
ein Drittel der Bevölkerung in Europa fiel der Pest in den folgenden Monaten zum Opfer – nach heutigem Wissensstand ungefähr fünfundzwanzig Millionen Menschen. Zum Vergleich: Die über sechs Millionen deutschen Kriegstoten des Zweiten Weltkrieges entsprachen in etwa sieben-
einhalb Prozent der Bevölkerung.

Etwa vier bis fünf Millionen Tote entfielen auf das Heilige Römische
Reich, in dem am Vorabend der Katastrophe etwa zehn bis vierzehn Millionen Einwohner gelebt hatten. In Regionen mit ausgedehnten Handels-
kontakten lagen die Todesraten sehr viel höher; vor allem in den dicht
besiedelten Städteregionen Oberitaliens, Südfrankreichs oder der Hanse,
wo mitunter ganze Landstriche entvölkert wurden. Es gab aber auch
Regionen, die von der Pest völlig verschont blieben, darunter Teile Schle-

siens und Böhmens mit der Metropole Prag. Der Tod hielt seine Ernte nicht nur in den unteren Schichten, auch unter Edelleuten, mitunter sogar in den Herrscherfamilien, waren viele Pestopfer zu beklagen. In Hamburg starben sechzehn von einundzwanzig Ratsherren. König Alfons XI. von Kastilien und Johanna von Navarra, die einzige Tochter des französischen Königs Louis X. (1314–1316), starben ebenso an der Seuche wie Johanna von England (1335–1348), eine Tochter des englischen Königs Edward III. Ende des Jahres 1349 dürfte Karl die traurige Nachricht erreicht haben, dass seine ältere Schwester Bonne de Luxembourg, Gemahlin des französischen Thronfolgers, am 11. September der Seuche erlegen war. Vielleicht gehörte auch Karls älteste Tochter Margarete von Luxemburg (1335–1349), die vier Tage vorher mit vierzehn Jahren in Visegrád verstorbene Gemahlin Ludwigs I. von Anjou, König von Ungarn und Kroatien, zu den Opfern der Pest.[12]

Die Seuche kehrte mit geradezu präziser Regelmäßigkeit zurück – so 1361 bis 1363, 1371 bis 1374, 1390 und 1400 – und blieb bis an die Schwelle der Neuzeit eine anhaltende Bedrohung. Die vielen in europäischen Städten im Barock errichteten Pestsäulen künden noch heute von der Hoffnung auf ein glückliches Entkommen. Es lag auf der Hand, sich den Tod als Schnitter, als Sensenmann vorzustellen, der mit einem Schwung Hunderte dahinmäht. Der Wunsch, die Allegorie des Todes im Bild zu bannen, artikulierte sich besonders eindrucksvoll in den im Spätmittelalter aufkommenden sogenannten Totentänzen. Die egalisierende Gewalt des Todes machte vor niemandem halt: Päpste und Kaiser, Könige und Fürsten, Kardinäle und Bischöfe, Mönche, Ritter, Bürger und Bauern tanzten mit dem Menschenschnitter ihrem unentrinnbaren Schicksal entgegen. Die Beschäftigung mit dem Tod führte sogar zu einer eigenen Kunst des Sterbens, einer *ars moriendi*, bei der es darum ging, in jeglicher Hinsicht auf den alltäglich lauernden Tod vorbereitet zu sein.

Die erste Pestwelle der Jahrhundertmitte, die ich in Analogie zur spätantiken Justinianischen Pest, die ihren Namen nach dem oströmischen Kaiser Justinian (527–565) trägt, als Karolinische Pest bezeichne, veränderte Europa von Grund auf. Sie beschleunigte das Absterben traditioneller Machtgruppierungen und den sozialen Aufstieg von Überlebenden aus anderen Schichten. Der größte demographische Einbruch in der Geschichte Europas bis zum 20. Jahrhundert hatte, so der Medizinhistoriker

Klaus Bergdolt, «auf grausamste Weise die Grenzen menschlicher Belast-
barkeit und Toleranz» offengelegt. Nicht Könige oder Fürsten und auch
nicht die Kirche, sondern die Angst war Mitte des 14. Jahrhunderts der
tatsächliche Herrscher über die Menschen. Die Gesellschaft lebte durch
das «Paradoxon des einsamen Todes inmitten eines Massensterbens» in
einem «physischen und psychischen Ausnahmezustand». Für Bergdolt ist
die Pestwelle Mitte des 14. Jahrhunderts zugleich das Ende des Mittelalters. In der Tat kann das Pesttrauma mit guten Gründen als eine Art
Übergang zur Moderne gedeutet werden. Schon Egon Friedell hatte im
Untertitel seiner berühmten *Kulturgeschichte der Neuzeit* diese mit der
Pandemie beginnen lassen: «Das Konzeptionsjahr des Menschen der
Neuzeit war das Jahr 1348, das Jahr der ‹schwarzen Pest›.»[13]

Keine der menschenbedrohenden Seuchen dürfte solch eine hohe literarische und bildnerische Aufmerksamkeit auf sich gezogen haben wie die
Pest, die erst seit dem 17. Jahrhundert mit dem heute geläufigen Begriff
«Schwarzer Tod» verbunden wurde. Die Zeitgenossen bezeichneten die
Pest als *pestilencia maxima, mortalitas magna* oder *grande mortalità* – also
«die allergrößte Seuche» oder «das große Sterben». Giovanni Boccaccio
(1313–1375) gibt am Beginn seiner *Il Decamerone* genannten Novellen-
sammlung eine eindrückliche Schilderung der Zustände in seiner Heimatstadt Florenz: «Doch ob man auch jeglichen Unrat von eigens dazu
bestellten Leuten aus der Stadt entfernen ließ, allen Kranken den Eintritt
verwehrte und mancherlei Verordnungen zum Schutze der Gesundheit
erließ, vermochten doch weder Vorsicht noch verschiedenartigste Vorkehrungen der Seuche Einhalt zu gebieten.»[14]

Verantwortlich für das «Verpesten» ganzer Landstriche in Europa war
Yersinia pestis – ein Bakterium, dessen Genom sich heute mit natur-
wissenschaftlichen Verfahren an den Toten von damals nachweisen lässt.
Die Erbinformationen des Erregers der Beulenpest, die vor einigen Jahren
isoliert werden konnten, zeigen, dass die Pest schon seit fast viertausend
Jahren Menschen dahinrafft. Damit das Bakterium aber dermaßen wüten
konnte wie um die Mitte des 14. Jahrhunderts, mussten einige Bedingungen aufeinandertreffen, deren Zusammenwirken höchst unwahrscheinlich war. Eigentlich kommt *Yersinia pestis* bei Murmeltieren, Rennmäusen
oder Ratten in Zentralasien vor und verursachte ursprünglich in perio-
dischen Abständen Seuchen nur unter den geselligen Nagetieren. Durch

Genveränderungen konnte das Bakterium dann in dem die Nager begleitenden orientalischen Rattenfloh *Xenopsylla cheopis* überleben und auf
diesem Wege auch andere Säugetiere infizieren. Durch befallene Haus-
ratten und ihre Flöhe breiteten sich die Erreger dann enorm aus. So gelangte nach einigen Umwegen das Pestbakterium schließlich zum Menschen.[15]

Bereits in spätmittelalterlichen Texten werden zwei Möglichkeiten der
Ansteckung unterschieden. Durch Flohbisse erzeugte Infektionen beim
Menschen zeigen sich in der Regel als Beulenpest, so genannt nach den
schmerzhaften Schwellungen der Lymphknoten in der Nähe der Biss-
stelle. Es dauert einige Tage bis zum vollen Krankheitsausbruch. Eine
weitere genetische Veränderung erlaubte es dem Bakterium aber – und
das wirkte sich in den dicht besiedelten Städten besonders mörderisch
aus –, auch durch aerosole Tröpfcheninfektion in seine Opfer einzudrin-
gen, ohne den lästigen Umweg über die Flöhe nehmen zu müssen. Die
nach einer solchen Infektion ausbrechende Lungenpest verläuft schneller.
In beiden Fällen kann *Yersinia pestis* die Immunabwehr ausschalten, der
Kranke erliegt früher oder später einer Sepsis.

Schon einmal hatte die Krankheit Asien und Europa existenziell bedroht. Auch damals waren ihrem Ausbruch schwerwiegende Umweltver-
änderungen vorausgegangen, bedingt durch Vulkanausbrüche und damit
zusammenhängende Klimaverschlechterungen. Und auch damals, Mitte
des 6. Jahrhunderts, war sie über das Meer gekommen, über den Indischen Ozean nach Ägypten. Ein Viertel bis die Hälfte der Bevölkerung
erlag der sich 541 und 542 im gesamten östlichen Mittelmeerraum verbrei-
tenden Justinianischen Pest. Ganze Städte und Landstriche wurden entvölkert. Die spätantike Kultur brach zusammen, Ostrom entging nur
knapp dem völligen Untergang. Die demographischen, wirtschaftlichen
und sozialen Verwerfungen waren so gewaltig, dass die Justinianische Pest
und der sie begleitende Klimawandel als Epochenzäsur, als «Übergang
von der Antike zum Mittelalter» gedeutet wurde. Erst um das Jahr 770
verschwand die Seuche für mehrere Jahrhunderte ganz aus Europa. Zur
Zeit Karls IV. kehrte sie mit umso gewaltigerer Macht über das Meer zurück und leitete erneut eine Zeitenwende ein.[16]

Wie verreckte Ziegen

Giovanni Boccaccio notierte weiter: «Tag und Nacht verendeten Menschen auf offener Straße, und viele, die in ihren Häusern umkamen, taten, wenn nicht anders, erst mit dem Gestank ihrer verwesenden Körper ihren Nachbarn kund, dass sie tot waren.» Wer schon einmal in die Nähe eines verwesenden Tierkadavers von der Größe eines Pferdes oder Rothirsches gekommen ist, der ahnt ungefähr, welch olfaktorische Zumutung der Dichter hier anspricht. Wegen des Gestanks habe man sich um die Sterbenden nicht mehr gekümmert «als heutigentags um eine verreckte Ziege»; der über allem liegende Pesthauch hatte das soziale Leben tiefgreifend erschüttert, ja teilweise ganz aufgelöst.[17]

Besonders eindrücklich berichtet die Chronik des Mathias von Neuenburg, Domkanoniker in Straßburg: «Es ereignete sich aber eine Pest und ein Sterben der Menschen, [...] wie es seit der Zeit der Sündflut nicht gewesen, sodass einige Gegenden ganz entvölkert waren [...] In Marseille starb der Bischof mit dem ganzen Capitel und fast alle Predigerbrüder und Minderbrüder und noch einmal so viele Einwohner.» Selbst der Papst in Avignon war betroffen; er «blieb in seinem Gemache eingeschlossen, hatte daselbst fortwährend ein großes Feuer und gestattete niemandem den Zutritt. Die Krankheit durchzog alle Länder, und die Gelehrten konnten, obgleich sie vielerlei vorbrachten, doch keinen anderen sicheren Grund angeben, als dass es Gottes Wille wäre. Und dies dauerte, bald hier, bald dort, ein ganzes Jahr, ja noch darüber.»[18] Der französische König gab im Spätsommer 1348 ein Pestgutachten in Auftrag, das kontrovers diskutiert wurde. Karls Leibarzt Gallus von Prag (gest. nach 1378), der mit Alkohol und Körpersäften wie Blut und Urin experimentierte, erteilte 1371 in einem «Sendbrief» dem Kaiser Ratschläge zur Pestbekämpfung, die später weithin zirkulierten. Auf der Suche nach den Ursachen des großen Sterbens machte sich mitunter aber auch ein völliger Irrationalismus breit, der zu abstrusesten Erklärungen und abenteuerlichsten Deutungen führte. Einmal galten als Ursprung der großen Weltenbedrohung die Stellungen der Gestirne, ein andermal aus dem Erdinneren aufsteigende Pestdämpfe. Dann wieder waren die Mongolen schuld, die auf der Krim pestverseuchte Leichen mit Katapulten über die Stadtmauern geschleudert hätten.[19]

Die meisten Menschen des 14. Jahrhunderts sahen im Zorn Gottes die
eigentliche Ursache. Viele versuchten daher, Gott durch Selbstzüchtigung
milder zu stimmen. Sogenannte Geißlerzüge, geleitet von selbst ernann-
ten Führern, durchstreiften das Land, tanzten und sangen, peitschten sich
selbst und anderen die Haut vom Rücken, verbreiteten von Engeln über-
brachte Nachrichten vom drohenden Weltenende, was die allgemeine
Verunsicherung noch bedeutend verstärkt haben dürfte. Als Karl Ende
Juli 1349 nach Aachen zog, um sich auf dem Thron Karls des Großen mit
einer Krone zu präsentieren, versperrten ihm die Geißlermassen den Weg
zum Krönungsort. Der König musste in Bonn warten, wie Mathias von
Neuenburg notierte, bis sich die hysterische Meute verzogen hatte, um in
die alte traditionsreiche Krönungsstadt einziehen zu können.[20]

Europaweit griff noch eine andere, ganz konkrete Schuldzuweisung um
sich, die Gemeinschaften betraf, die schon seit Jahrhunderten ein ausge-
grenztes Leben führten. Es verbreitete sich die Meinung, Juden hätten
Brunnen vergiftet, und so begann der Antijudaismus zum wiederholten
Mal eine breite Blutspur durch Europa zu ziehen. Bereits im 13. Jahrhundert hatten sich in ganz Europa Ritualmordlegenden verbreitet, die häufig
mit der Entstehung von Wunderblutorten verknüpft waren. Gerüchte kamen auf, die Juden würden zu Ostern christliche Kinder kreuzigen oder
schächten. An vielen Orten war es zu Pogromen, Prozessen und Hinrich-
tungen von Juden sowie zu gleichzeitiger Verehrung der vermeintlichen
Opfer gekommen.[21]

Eine andere zähe Legende, die mit alten antijudaistischen Stereotypen
verbunden wurde, wollte wissen, dass geweihte Hostien, die angeblich
von Juden geschändet, geschlagen oder gestochen, vergraben oder verbrannt worden waren, wundersam zu bluten begannen. Das verlangte
selbstverständlich nach Vergeltung. Bei der sogenannten Rintfleisch-Ver-
folgung von 1298 und dem Armleder-Aufruhr von 1336 bis 1338 wurden
Tausende Juden in fränkischen Gebieten ermordet. Als Karl Ende Juli
1338 wegen der Heuschrecken von Znaim nach Pulkau kam, dürfte er von
den wenige Wochen zurückliegenden Judenschlächtereien gehört haben,
die in dem Ort wegen einer angeblichen Hostienschändung ausgebrochen waren. Der Gipfelpunkt in jenen «fünfzig Jahren des Schreckens in
Aschkenas» wurde aber erst mit den Judenmorden, die im Gefolge der
Pest Mitte des 14. Jahrhunderts in Europa umliefen, erreicht. Diese wohl

Feuertod: *Verbrennungen von Juden in Köln 1349. Im Benediktinerkloster St. Martin in Tournai entstanden Mitte des 14. Jahrhunderts chronikalische Aufzeichnungen über die unmittelbare Gegenwart, die reich illustriert wurden. Neben Geißlerzügen und der Bestattung von Pestopfern hat der Buchmaler auch Pogrome gegen Juden festgehalten, die 1349, im zweiten Jahr der Großen Pest, an vielen Orten im Reich vorkamen.*

mörderischsten Pogrome vor dem nationalsozialistischen Genozid im 20. Jahrhundert haben viele jüdische Gemeinden völlig vernichtet. Der Schwarze Tod markiert somit auch eine Zäsur in der Geschichte der Juden Mitteleuropas.[22]

Mathias von Neuenburg berichtet: «Und es wurden die Juden beschuldigt, dass sie diese Pest veranlasst oder verschärft hätten, indem sie Gift in Quellen und Brunnen geworfen haben. Sie wurden verbrannt vom Meeresufer an bis nach Deutschland, nur nicht in Avignon, wo sie Papst Clemens VI. schützte. Nachdem man einige in Bern, in der Grafschaft Froburg und an anderen Orten gefoltert und in Zosingen Gift gefunden hatte, wurden sie an vielen Orten ermordet.» Die Baseler Juden seien auf einer Rheininsel in einem eigens für sie errichteten Holzbau verbrannt worden, in Speyer und Worms hätten sich die Juden in ihren Häusern versammelt und selbst verbrannt. «Verschont wurden nur einige wenige, welche sich taufen ließen, einige hübsche Frauen, gleichsam gegen ihren Willen, und viele Kinder, die man ihnen gegen ihren Willen entriss und

taufte.» Der Straßburger Chronist Jakob Twinger von Königshofen nennt
den eigentlichen Grund, der vielen Juden zum Verhängnis wurde: das
Geld, denn «wenn sie arm und die Landesherren ihnen nichts schuldig
gewesen wären, so wären sie nicht verbrannt worden».[23]

Absurderweise begannen die Pogrome vielerorts, bevor die Pest die Region erreicht hatte. Es war mithin die Angst vor der Pest und nicht die
Pest selbst, welche die Massenpsychose auslöste. Hinzu kamen die jeweiligen politischen und wirtschaftlichen Interessen einer Region. In Nürnberg war Karl IV. auf vielfache Weise involviert. Ein römisch-deutscher
König oder Kaiser war mit der Politik gegenüber den Juden schon deshalb
befasst, weil Juden als königliches Eigentum angesehen wurden und daher
als Quelle eines besonderen fiskalischen Ertrages galten. Als sogenannten
«Kammerknechten» – ein Begriff, der noch jahrhundertelang in den Herrscherurkunden auftauchen wird – stand ihnen normalerweise königlicher
Schutz zu, für den sie verschiedene Steuern zu zahlen hatten, die oft genug
auch verpfändet wurden. Ein Angriff auf die Juden bedeutete eigentlich
einen Angriff auf königliches Eigentum; wenn der Herrscher die Juden
nicht schützte, handelte er im Grunde gegen seine eigenen Interessen.
Aber Karl rechnete anders. Er war ein handfester Machtpolitiker und verwandelte sich vom mehr oder minder beteiligten Zeitzeugen zum handfesten Drahtzieher und Nutznießer.[24]

Massenmord an der Pegnitz

SAMSTAG, 5. DEZEMBER 1349, NÜRNBERG.   Genau 562 Juden waren
es, die dem Pogrom vom 5. Dezember 1349 in Nürnberg zum Opfer fielen.
Sie wurden erschlagen, gefoltert, verbrannt. Die meisten ihrer Namen
sind bekannt, weil sie mit ihren Familienangehörigen in einem Gedenk-
buch für den jüdischen Gottesdienst verzeichnet sind, damit der Märtyrer
gedacht werden konnte, die «ihr Leben der Heiligung des göttlichen Namens hingegeben haben». Ein Jahrzehnt vor dem Pogrom hatte die jüdische Gemeinde in Nürnberg aus etwa zweitausend Personen bestanden,
von denen ungefähr ein Zehntel sogar das Bürgerrecht besaß.[25]

Ursprünglich lag das Judenviertel im südlichen Bereich von St. Sebald
in einer Art Stadtrandlage. Als im 13. Jahrhundert das weiter südlich und

jenseits der Pegnitz liegende Gebiet von St. Lorenz und das nördlich des Flusses liegende Stadtgebiet St. Sebald zusammenzuwachsen begannen, lag es plötzlich im Zentrum der großen, ummauerten Stadt, und der Wert der Grundstücke schoss in die Höhe. Da auch die Liegenschaften der Juden dem König oder Kaiser gehörten, brauchte der Stadtrat, um die Juden enteignen zu können, also zwingend die Zustimmung des Herrschers. So entstand eine für die Juden tödliche Interessenkonstellation. Karl hatte von den Königsrechten an den Juden nämlich einige Teile an die Nürnberger Burggrafen und den Bischof von Bamberg verpfändet und in Nürnberg Schulden aufgenommen. Außerdem hatte er sich mit seinem mächtigen Gegner, Ludwig Markgraf von Brandenburg, verständigt und diesem am 27. Juni 1349 drei schöne Häuser von Juden übertragen – «der besten Juden haeuser dreu in der stat ze Núrenberg, der er auz kýwset, wann die Juden da selbes nu nehst werden geslagen» –, die er sich aussuchen könne, wenn die Juden dort demnächst erschlagen würden. Woher konnte der Kaiser aber von Pogromen wissen, die knapp ein halbes Jahr später ausbrachen, wenn er nicht selbst von solcherart Planungen gehört hatte, diese guthieß und sogar daran beteiligt war? Die Annahme, die Hausbesitzer könnten «demnächst erschlagen» werden, war ohne Wenn und Aber eine Aufforderung zum Mord. Vorher wurde den Juden aber noch ihr Geld abgezwungen. Am 28. Juni trug ihnen der Kaiser auf, dem Bischof von Würzburg eintausendzweihundert Mark Silber auszuzahlen; der Stadtrat sollte dem Kirchenfürsten beim Eintreiben der Summe helfen.[26]

Im Sommer übernahmen wieder jene Patrizier in Nürnberg den Rat, die den Luxemburger unterstützten. Damit kam es zu einer weiteren Zuspitzung in der Politik gegenüber den Juden. Am 2. Oktober 1349 stellte Karl eine Königsurkunde für den neuen Patrizierrat aus, in der er die vom ehemaligen Zunftrat erlassenen Maßnahmen für ungültig erklärte. Zudem verkündete er eine Straffreiheit für Taten gegen die Juden «zu Núrenberg unser camerknecht». Vor diesem Hintergrund reiste bald darauf eine Delegation von Stadtvertretern zum König, der sich inzwischen in Prag aufhielt, um mit ihm eine delikate Angelegenheit zu verhandeln: die Zukunft des Judenviertels bei der Gestaltung des neuen Nürnberger Stadtzentrums.[27]

Am 16. November 1349 erlaubte Karl den Nürnberger Bürgern in einer Urkunde, für das Anlegen zweier Marktplätze eine Reihe von Häusern,

die Juden gehörten, einfach abzureißen. Zukünftig sollten dort keine Gebäude mehr errichtet werden. An die Stelle der Synagoge, die im Text als
Judenschule bezeichnet wurde und ebenfalls abgerissen werden durfte,
sollte eine neue Kirche gebaut werden – zur Ehre der heiligen Jungfrau.
In der Urkunde heißt es, er habe «den ratleuten und den burgeren da
selbest ze Nuremberg irlaubet und erlauben auch mit disem brief, daz si
alle die Juden hauser zu Nuremberg, di gelegen sint zwischen Frantzen
des Hallers und Fritzzen des Beheims heuser, und dar zu die Juden schul
und di vier Juden heuser, di zu mittelst zwischen den zwein strazzen und
gegen Ulriches des Stromayrs haus gelegen sint, brechen muegen und sullen und dar auz zwene pletzze machen [...] auzgenumen daz man aus
der Judenschul sol machen eine kirchen in sant Marien ere unser frawen
und di legen uf den grozzern platz an ain sulch stat, da ez die burger aller
peste dunket».[28]

Einer der Hauptinteressenten der ganzen Aktion war der Nürnberger
Kaufmann und Ratsherr Ulrich Stromer der Jüngere, genannt Hasto
Stromer vom Zotenberg (gest. 1385), der auch die Verhandlungen in Prag
führte. Er sicherte sich das Haus von Isaak Schehslitz. Die Stadtregierung
bekam vom König die Anweisung, Stromer dabei zu helfen, sich in den
Besitz des Hauses zu bringen. Ausreichend Sprengstoff war nun beisammen, und die Lunte brannte. Die Frage war nicht, ob, sondern nur, wann
die tödliche Ladung losgehen würde. Zur Explosion kam es am Tag vor
St. Nikolaus, und sie riss, wie schon erwähnt, über ein halbes Tausend
Juden in den Tod. Dass der Beginn der Mordorgie auf einen Samstag fiel,
also auf den Sabbat und damit auf den religiösen Feier- und Ruhetag der
Juden, an dem viele in der Synagoge Gott ehrten und zu Festmählern in
ihren Häusern zusammenkamen, macht den Nürnberger Pogrom vom
5. Dezember 1349 besonders perfide.[29]

Auf dem Gelände des ehemaligen Judenviertels wurden zwei neue
Plätze angelegt, der Hauptmarkt und der Obstmarkt, sowie die später
berühmte Frauenkirche und bald darauf der Schöne Brunnen errichtet.
Einige der Grabsteine vom geschändeten Judenfriedhof wurden konfisziert und dienten als Baumaterial, in der St. Lorenzkirche etwa als Stufen
für eine Wendeltreppe. Auch in Bamberg, Rothenburg, Heidelberg, Ingolstadt, Eger, Amberg, Würzburg oder Regensburg entstanden auf oder
in der Nähe der Ruinen ehemaliger Synagogen neue, der heiligen Jung-

frau geweihte Kirchen. Es war der sichtbare Triumph der Ecclesia über die Synagoge, der hier «auf makabere Weise wörtlich umgesetzt» worden war.[30]

Karls Handlungsweise brachte Historiker schon immer in Erklärungsnot. Lässt sich wirklich behaupten, Karl sei dem Wüten des Mobs gegenüber politisch ohnmächtig gewesen? Hat er nur durch Nachsicht seine Stellung festigen können? Waren die Totschlägereien ohnehin unabwendbar? Oder ging es Karl schlicht um das Geld? Ferdinand Seibt kam 1978 zu dem klaren Urteil: «Als König aber hat Karl vor seinen Pflichten versagt.» Gleichzeitig nannte er ihn jedoch einen «stillen Teilhaber», der aus «politischer Ohnmacht» gehandelt habe. Aber das wird der Sache meines Erachtens nicht gerecht. Denn es ist mehr als befremdlich zu sehen, dass der Kaiser die Schlächtereien erst urkundlich antizipierte und dann durch königliche Gnadenakte im Nachhinein legitimierte. Benno Baumbacher und Jiři Fajt sahen das Ganze komplexer und sprachen von einer «Dynamik aus skrupellosem Machtschacher, Raffgier und religiösen Ressentiments».[31]

Wie haben andere Herrscher in vergleichbarer Situation gehandelt? Papst Clemens VI. verhinderte in Avignon konsequent die Verfolgung, Kaiser Ludwig IV., Karls unmittelbarer Vorgänger im Herrscheramt, Karls Onkel Balduin von Trier sowie eine Reihe weiterer Fürsten taten es in ihren jeweiligen Herrschaftsgebieten ebenso. Kaiser Friedrich II. hatte ein knappes Jahrhundert zuvor, angesichts einer Welle von Pogromen, sogar eine Expertenkommission einsetzten lassen, die herausfinden sollte, ob der Vorwurf, Juden würden Kinderblut in ihren Mazzen verbacken, mit den jüdischen Schriften überhaupt in Übereinstimmung zu bringen sei. Karl aber war nur auf seinen Vorteil bedacht. Mit Nürnberg hatte er eine der bedeutendsten Reichsstädte mit hohen Steuerpflichten auf seine Seite gebracht, die ihm später sogar zur zweiten Hauptstadt werden sollte; dort waren die wichtigsten Waffenproduzenten im Reich, gut vernetzte Handelshäuser und einige der bedeutendsten Darlehensgeber angesiedelt. Mit einem Wort, Karl war tatsächlich ein «Mordsgeschäft» gelungen.[32]

Ungehörte Töne:
Kanonenknall und Glockenschlag

Das 14. Jahrhundert war nicht nur ein Jahrhundert der meteorologischen und pandemischen Extreme, es war auch ein Jahrhundert der Neuerungen, deren Zeuge Karl wurde. Dazu gehörten zunächst einmal Waffen. In Feldschlachten oder bei Belagerungen wurden zunehmend Feuerwaffen eingesetzt, also Apparaturen, die mittels gewaltigen Gasdrucks, der aus verbranntem Schwarzpulver entfesselt wurde, Geschosse mit großem Getöse weit schleudern konnten. Karl hatte diese auch Bombarden genannten Feuerrohre erstmals in der Schlacht von Crécy 1346 donnern hören. Das Gasdruckprinzip, das bei konventionellen Waffen im Grunde bis heute angewendet wird, stellte eine fundamentale Innovation dar, unabhängig von der Tatsache, dass Chinesen das Pulver schon seit Jahrhunderten als Treibladung für Geschosse zu nutzen verstanden. «Bis vor Kurzem war die Plage noch so selten, dass sie mit großem Erstaunen zur Kenntnis genommen wurde», schrieb Francesco Petrarca in seinem gegen Ende der 1360er Jahre abgeschlossenen Glück-Unglücksvergleich *De remediis*. «Da sich das menschliche Gemüt jedoch rasch an das größte Unglück gewöhnt, ist sie heutzutage so geläufig wie jedwede andere Waffenart.»[33]

Ein Ton von völlig anderer Art und gleichsam friedlichem Wohlklang erfüllte die Luft in den nördlich und südlich der Alpen schnell wachsenden Städten. Dank der Weiterentwicklung von gewichtgetriebenen Räderuhren konnten in regelmäßigen Abständen auf hohen Gebäuden installierte Glocken angeschlagen werden. Mitunter machten die kunstvollen Mechaniken ganze Tonfolgen hörbar oder setzten Figurengruppen in Bewegung. Die Glockenschläge gliederten den Arbeitstag von nun an in gleichbleibende, von der Dauer des Tageslichts unabhängige Einheiten, die sogenannten äquinoktialen Stunden. Zuvor waren die Tageseinteilungen an die Jahreszeit gekoppelt, die einzelnen Stunden im Winter also kürzer und im Sommer länger gewesen. Die ersten städtischen Turmuhren mit Stundenschlag dürfte Karl 1355 und 1368 in oberitalienischen Städten gesehen haben, die sich ab Mitte des Jahrhunderts gegenseitig mit repräsentativen Turmuhren zu überbieten suchten: so in Mailand 1336, Padua 1337, Genua 1353, Bologna 1356, Siena 1359 oder Pavia 1364.

Nördlich der Alpen gehörten zu den neuen, das Prestige einer Stadt bedeutend erhöhenden Wunderräderwerken die 1354 fertiggestellte erste Straßburger Münsteruhr, deren mechanischer Hahn zur vollen Stunde krähte, und das in der neuen Nürnberger Frauenkirche bald nach 1356 installierte «Männleinlaufen», jenes legendäre Umkreisen des Kaisers durch die Kurfürsten, die die Reichsspitze darstellen sollten.[34]

Auch auf musikalischem Gebiet gab es in der Herrschaftszeit Karls IV. grundlegende Neuerungen. Während Karls früher Jugendjahre am Pariser Hof entwickelte sich dort eine neue Kunst des Musizierens, die von einer neuen Notation der Mehrstimmigkeit gekennzeichnet war. Das führte zu heftigen Kontroversen über den angemessenen liturgischen Klang bis hin zum Verbot von Quintparallelen. Guillaume de Machaut (um 1300–1377), einer der bedeutendsten Vertreter dieser *Ars nova*, war Kaplan und Sekretär von Karls Vater Johann, später seiner Schwester Bonne de Luxembourg. Er dürfte den französischen Königshof mit seiner musikalischen Kunstfertigkeit bekannt gemacht und die Gesänge in der Kathedrale von Notre Dame zu einem ersten Höhepunkt europäischer Kirchenmusik gestaltet haben. Mit der Rückkehr Papst Gregors XI. von Avignon nach Rom 1377 verbreitete sich die Kunst des mehrstimmigen Messgesanges auch in Italien und von dort in weiteren Ländern. Diese revolutionäre Neuerung sollte zur «Kunstwerdung» der Messe führen, mit der «sich die abendländische Musik aus allen Musiktraditionen der Welt heraushob und einen Sonderweg beschritt», wie Jan Assmann urteilt.[35]

Was Karl in seiner Jugend am französischen Hof an musikalischem Wissen aufgefasst, vielleicht auch schätzen gelernt hat, geht über Vermutungen nicht hinaus. Zweifellos hat ihn die Musik am Pariser Hof geprägt, und als guter Kenner und häufiger Teilnehmer der Liturgie dürfte er auch reichlich gesungen haben. Sowohl die Marienhoren, von denen Karl aus seiner Jugend berichtet, als auch die Lesungen des Lukas-Evangeliums am Weihnachtstag sind natürlich gesungen worden. Dass es am Kaiserhof neben den liturgischen Gesängen auch von Musikern vorgetragene Festmusik gegeben haben muss, ergibt sich aus einer überaus seltenen Urkunde, die zufällig in einem Ausgangsregister der kaiserlichen Kanzlei erhalten blieb.[36]

Johannes und Wilko hätten sich zum Lobe und zur Glorie des Kaisers und des Heiligen Reiches fast die Lungen aus dem Leib geblasen, heißt es in der Urkunde, und dafür seien sie reichlich entschädigt worden. Vielleicht waren die beiden nicht nur für die Hofmusik zuständig, sondern zugleich Kriegstrompeter, die Signale bei Feldzügen gaben. Jedenfalls hat Karl in der von ihm am 3. Oktober 1360 in Mainz ausgegebenen lateinischen Urkunde «unseren kaiserlichen Hoftrompetern» bis auf Widerruf jährlich zwanzig Schock Prager Groschen zugewiesen. Die beiden *«thubicinae»* sollten den Betrag jeweils in zwei Raten ausgehändigt bekommen, am Gallustag, dem 16. Oktober, und am Georgstag, dem 23. April, allerdings nicht aus dem kaiserlichen Geldbeutel, sondern aus den Einnahmen einer «ungeltus vini», also einer deutschlatinisierten «Weinungeld» genannten Abgabe. Auszahler sollte der Ungeldeinnehmer, der Prager Bürger Peter von Kolin, oder dessen Nachfolger sein. Sogenannte Ungelder – heute würden wir Verbrauchssteuer sagen – legte man im Spätmittelalter auf alle nur denkbaren Lebensmittel wie Salz, Fleisch, Getreide, Bier und eben auch Wein.[37]

Rechnet man den Betrag um, sollten die beiden Musiker zusammen eintausendzweihundert Groschen und damit etwa viereinhalb Kilo Silber als Jahreseinnahme empfangen. Das war eine respektable Entlohnung, wenn man bedenkt, dass für einen Groschen im Brandenburgischen schon drei Hühner zu haben waren oder ein bis zwei Aale. Welcher Art die «Süße tragenden» Instrumente waren, die die beiden so kunstvoll beherrschten, ist nicht genau beschrieben. Unter *tuba* wurden im Mittelalter alle Blasinstrumente mit Kesselmundstück und konischem Rohrverlauf verstanden. Da Klappen und Ventile erst in der Frühen Neuzeit zum Einsatz kamen, haben wir es bei den von Johannes und Wilko gespielten Instrumenten wohl mit geraden Naturtrompeten ähnlich den zeitgenössischen Fanfaren zu tun. Karls Urkunde vom 3. Oktober 1360 steht am Anfang einer Entwicklung, die den Hoftrompetern schon bald eine Sonderstellung in der höfischen Repräsentation zumaß: je mehr Trompeter, desto mehr herrscherliche Prachtentfaltung. Karls Sohn Kaiser Sigismund hat später bedeutenden Städten wie Eger, Nürnberg, Augsburg oder Ulm Privilegien erteilt, mit denen sie eigene Stadttrompeter anstellen durften.[38]

Enge Hosen und neue Stoffe

In einem Kapitel *De novitatibus morum*, «Von den Neuheiten der Sitten»,
seiner Chronik von Königsaal berichtet Abt Peter von Zittau, dass es jetzt
im Königreich Böhmen und den angrenzenden Gebieten unerhörte Dinge
zu sehen gebe. Viele Männer hätten sich angewöhnt, ihre Bärte nicht zu
scheren, sondern so lang wie die Barbaren zu tragen. Andere Männer
würden «durch Entstellung der männlichen Würde bei den Haaren in
allem weibischer Art folgen; einige frisieren ihre Haare der Breite nach
auf Art der Wollweber rundherum und lassen sie an den Ohren herabflie-
ßen. Andere drehen ihre Haare mit dem Brenneisen, um ihre Schultern
mit lockigen und wallenden Haaren zu schmücken.» Aber auch bei der
Kleidung gebe es viele *deformitates,* «Verformungen». Man sehe Kleider
mit kurzen und knappen Ärmeln, die wie «ein Eselsohr umherflattern»,
dazu verkürzte Röcke und eng anliegende Beinkleider, spitze Mützen,
Kapuzen und Schnabelschuhe.[39]

Ein Bart nach Art der Barbaren, Topfschnitt und Dauerwelle, dazu
noch enge Hosen – das konnte nichts Gutes bedeuten. Für den Abt von
Zittau waren die beobachteten Veränderungen der Mode Zeichen von
schwerstem Verfall. Das deute auf «eine überaus große Veränderung des
Königreiches Böhmen», eine grundlegende Veränderung der Gesellschaft,
wie man heute wohl sagen würde. Immerhin habe es im Streit um die
neue Mode in dem östlich von Prag gelegenen Kuttenberg sogar schon
einen Toten gegeben. Das ganze Dilemma habe, so der Abt, mit dem
Ende der Přemyslidenherrschaft und dem Beginn der Regierung Johanns
von Luxemburg als König von Böhmen begonnen. Ein fremder König
bringt eben fremde und vor allem schlechte Sitten. Böhmen mache sich
zum Affen, indem es alles imitiere, was es bei anderen sehe. In das gleiche
Horn stieß um diese Zeit auch Giovanni Villani, der in seiner Chronik
feststellte, dass sich mit dem verhängnisvollen Machtwechsel in seiner
Heimatstadt Florenz 1342 ein unsittlicher Kleiderwandel hin zu kurzen
und engen Oberkleidern vollzogen habe. Fipsige Jäckchen waren, so die
Botschaft, untrügliche Zeichen schlechter Herrschaft.[40]

Mit der zweiten großen Modewelle des Mittelalters – die erste wird auf
die Zeit um 1050 datiert – kam es in ganz Europa zu spektakulären Ver-

änderungen in der Männermode. Der entscheidende Anstoß erfolgte aus
dem militärischen Bereich, aber nicht nur die Schutzrüstungen, auch die
zivile Kleidung nahm ein völlig anderes Aussehen an. Die Herren zeigten
sich mit einer deutlichen Verkürzung des bislang meist bodenlangen
tunikaartigen Rocks, aus dem sich alsbald eine eng geschnittene kurze
Jacke entwickelte, die als Schecke, in Frankreich als Pourpoint bezeichnet
wurde. Diese Schecke mit einer oft übertrieben starken Taillierung war
ursprünglich als Unterbekleidung unter dem Plattenharnisch getragen
worden, der im 14. Jahrhundert das lange drahtgeflochtene Kettenhemd
zu verdrängen begann.[41]

Zu der kurzen Schecke kamen, ebenfalls an der Beinpanzerung orientiert, eng anliegende, wie Strumpfhosen wirkende Beinlinge, entwickelt
aus den Unterhosen der Beinpanzerung, die die maskuline Wirkung
enorm steigerten und im Schritt die Manneskraft betonten. Die opulen-
ten Schamkapseln der Renaissance waren eine konsequente Fortführung
dieses Gedankens. Oft wurden die Beinlinge unterschiedlich gefärbt getragen. Zunächst wurden sie paarweise an einer Art Unterhose oder an
der Schecke befestigt, im Laufe des 14. Jahrhunderts aber gelegentlich
schon im Schritt und Gesäß zusammengenäht: Die Hose – einst von sky-
thischen und germanischen Stämmen genäht und getragen, von den Römern aber als barbarisch verabscheut – war neu erfunden! Die mittelalterliche Herrenunterhose, die sogenannte Bruoch, bedeckte, als die Männer
noch lange Kittel trugen, das Bein. Im Lauf des 13. und 14. Jahrhunderts
wurde sie immer kürzer und entwickelte sich zur Zeit Kaiser Karls zu
einer Art Boxershorts, wenig später zu einem durch schmale Bänder ge-
haltenen Textilfetzchen, das geradeso die Scham bedeckte. Alles in allem
war die neue Mode des 14. Jahrhunderts stärker körperbetont – was im
Übrigen auch die Frauenbekleidung betraf, die nun vorn zu schnüren war
und stärker die Brüste anhob – und erfreute sich sowohl beim Stadtbür-
gertum als auch beim ritterlichen Adel zunehmender Beliebtheit.[42]

Auch Karl IV. mochte solcherart enge, bunte Kleidung offenbar. Diese
Neuerungen, die im Grunde eine Art «Hosenrevolution» darstellten, gefielen aber nicht allen. Gerade einem König ziemte der kurze Rock wohl
nicht. Karl bekam deshalb in jenem Brief von Papst Clemens VI. vom Jahr
1348 mit dem Turniervorwurf, von dem wir schon gehört haben, auch eine
Kritik an seinem Kleidungsstil zu hören: «Ihm sei zugetragen worden», so

In neuester Mode beim Siedlungsbau: *Čech, der lateinisch als Boemus bezeichnet*
wird und als der legendäre Stammvater der Tschechen gilt, und sein Bruder Lech
gehören zu den mythischen Vorfahren der in vielen Varianten niedergeschriebe-
nen mittelalterlichen Gründungslegenden slawischsprachiger Länder. In der im
14. Jahrhundert entstandenen Illumination einer Abschrift der Chronica Boemorum
tragen «Czyecho» und «Lecho» beim Errichten einer Stadt – denkbar wäre Prag –
die zur Entstehungszeit des Bildes in der eleganten Welt weitverbreiteten kragen-
losen und körperbetont-taillierten Schecken, die in Gesäßhöhe der Dusing, ein
metallbesetzter Gürtel, umschloss.

der Pontifex, dass Karl «in viel zu kurzen und zu engen Kleidern, die jene
einem König angemessene Erhabenheit nicht wahren», auftreten würde.
Er rate ihm, statt der knapp geschnittenen Bekleidung gefälligst weitere
und längere Gewänder zu tragen, wie sie der Würde eines Königs angemessen seien. Denn ein zu kurzer Rock, das steckte wohl hinter der Ansicht des Papstes, mindere die soziale Distanz zwischen einem König und
seiner Entourage, und das war tatsächlich der Königswürde abträglich.[43]

ZWEITER TEIL

ERHÖHT

DER KRONENSAMMLER

«Dein Italien, Caesar, ruft Dich, und dies mit so heftigen
Schreien, dass diese [...] nicht nur ihre eigenen Fürsten, nein,
auch die fernsten Könige der Inder zu rühren vermöchten.
Dein Italien, Caesar, so sage ich, ruft Dich: ‹Caesar, Caesar,
wo bist Du, mein Caesar? Warum bleibst Du mir fern?
Was zögerst Du?›»

Petrarca, Brief an Karl vom 11. März 1363

Kein Kampf um Rom: Karls Kaiserkrönung

SONNTAG, 5. APRIL 1355, ROM.   Ostersonntag, ein Jubeltag! Das auf-
geregte Geläut hunderter Glocken erfüllt die Frühlingsluft über der Ewigen Stadt. San Pietro im Vatikan dröhnt zuerst, und dann erheben sich
die Marienstimmen: Santa Maria in Turri und in Traspontina, in Tras-
tevere und in Cosmedin, in Vallicella und in Monticello, sopra Minerva
und ad Martyres, in Aracoeli und natürlich die größte von allen, Santa
Maria Maggiore. Sie alle künden in wildem Durcheinander von einer
schon lange nicht mehr gehörten Freude. Nun fallen noch viele weitere
römische Glockenstimmen mit ein bis hin zum fernen San Giovanni in
Laterano und San Paolo fuori le mura. Die Glöckner der Kirchen und
Kapellen am Tiber hängen sich heute mit ganzer Kraft an die Seile. Vor
Sankt Peter lärmt eine wogende Menge, jeder schiebt und schubst, will
endlich einen Blick erhaschen. Zwei Flügel eines großen Portals öffnen
sich, Jubel braust auf. Der Lärm, ohnehin schon so gewaltig, dass man

selbst Donner nicht hätte hören können, wie ein verwunderter Augenzeuge später berichten wird, schwillt noch mehr an. Da waren sie: Der neue Kaiser und die noch sehr junge Kaiserin, umringt von Kardinälen und Bischöfen, Fürsten und Baronen, Edlen und Rittern, alle in glänzenden Rüstungen, umhüllt von kostbaren Stoffen.[1]

Die Majestäten durchschreiten das Gedränge im Atrium. Am Eingang von Sankt Peter warten zwei Schimmel. Das Kaiserpaar steigt auf, dann setzt sich der Zug langsam in Bewegung. Geldstücke fliegen in die Menge, sogar heiß begehrte Goldmünzen sind dabei. Ein einfacher Handwerker, der eine *Fiorino d'oro* erwischt, hat mal eben den Ertrag mehrerer Wochen Arbeit im Sack. Mitten im Gewimmel, zwischen scharlachroten Gewändern und Goldbrokat, ist der Kaiser zu sehen, Szepter und Weltkugel in den Händen. Ständig kommt der Zug zum Stehen. Der Kaiser, bedrängt von der Menge, empfängt Fußküsse und erteilt mit einer Berührung des Szepters Herandrängenden die Erhebung zum Ritter. Schon vor der Krönung war Karl emsig mit der Kreation von Rittern beschäftigt gewesen. An der Ponte Sant' Angelo gibt es eine neue Verzögerung. Es sind so viele, die vom neuen Kaiser die Ritterwürde begehren, dass der Zug nicht mehr weiterkommt. Schätzungen zufolge hat der frisch gekrönte Imperator an seinem Jubeltag über eintausend Personen die Ritterwürde verliehen.[2]

Der eigentümliche Brauch, am Krönungstag eines neuen Kaisers per Berührung Ritter zu küren, wurde erst im 14. Jahrhundert üblich und blieb ein italienisches Phänomen. Von den Zeitgenossen freilich wurde diese Art der Erhebung von «Bürgerrittern», die später fest an die Überquerung des Tibers durch den jeweiligen neuen Kaiser gebunden sein wird, als eine Handlung mit uralter Tradition verstanden. Jacob Burckhardt nannte diese «besondere Art der Rangsucht» eine «Modetorheit», die aufgekommen sei, als die Ritterwürde «bereits jeden Schatten von eigentlicher Geltung eingebüßt hatte».[3]

Am Kapitol vorbei ging der kaiserliche Zug über das Forum Romanum in Richtung Südosten und erreichte nach Stunden auf der Via maior – knapp acht Jahre zuvor war hier der Tribun Cola di Rienzo ähnlich pompös entlanggezogen – gegen vier Uhr am Nachmittag endlich die Kirche San Giovanni in Laterano, die Kirche des Papstes als Bischof von Rom. Bevor der Kaiser zur Festtafel im dazugehörigen Papstpalast schreiten konnte, musste der geplante Ablauf erneut unterbrochen und eine weitere Rittererhebung vorgenommen werden. Die Bitte kam von Angehörigen der Colonna, einer der feinsten und einflussreichsten römischen Adelsfamilien. Der Kaiser möge doch in die Lateranbasilika zurückkehren, um sie dort vor dem Altar mit dem Rittergürtel zu schmücken. Der Kaiser erfüllte den Wunsch; danach blieb ihm aber nicht mehr viel Zeit zum Speisen an der Festtafel, denn er musste sich an den Eid halten, keine Nacht in Rom selbst zuzubringen. Karl legte die Festkleidung ab, bestieg ein Pferd und ritt mit kleinem Gefolge durch die Porta Tiburtina zu dem nahe vor den Stadtmauern gelegenen Kloster San Lorenzo fuori le mura. Hier nahm er, erschöpft vom langen, aufregenden Tag, sein Nachtquartier.[4]

Der neue Kaiser der Römer dürfte Gott dankbar gewesen sein, die höchste Würde des Abendlandes unblutig erlangt zu haben: kein Kampf, keine Toten und keine Schmach, die als böse Zeichen und Erinnerungen haften geblieben wären. Noch die Krönung seines Großvaters, Kaiser Heinrichs VII., war 1312 von schweren innerstädtischen Kämpfen überschattet gewesen. Mittlerweile trug er vier Kronen, die deutsche, die aber die römische hieß, die böhmische, die langobardische und nun die imperiale. Mit den an diesem Ostersonntag 1355 vollzogenen Krönungsritualen begann das über zwei Jahrzehnte dauernde, in vielerlei Hinsicht überaus erfolgreiche Kaisertum Karls IV.

Ein einzigartiger Bericht

Die meisten Details von der Kaiserkrönung Karls verdanken wir einem eigens zu diesem Tag verfassten Traktat, einem außergewöhnlichen historiographischen Glücksfall, denn neben den Überlieferungen vieler Stadtchronisten aus Pisa, Siena oder Florenz und den am Krönungstag erlassenen Dokumenten macht dieser Bericht die Erhebung Karls zu der wohl am besten überlieferten Kaiserkrönung des Mittelalters. Der Verfasser war ein Mann namens Jean Porte d'Annonay oder, wie er sich selbst latinisiert nannte, Johannes Porta de Annoniaco. Der Titel wurde später hinzugesetzt: *Liber de coronatione Karoli IV. imperatoris,* «Buch über die Krönung Kaiser Karls IV.» Im Gegensatz zu vielen anderen Chronisten wusste

Jean genau, wovon er schrieb, denn er war Augenzeuge des prunkvollen
Geschehens. Von ihm stammt die Bemerkung, dass der Lärm vor der Pe-
terskirche so gewaltig gewesen sei, dass selbst der Donner beim Einschlag
eines Blitzes nicht hätte gehört werden können.[5]

Jean Porte d'Annonay gehörte als persönlicher Sekretär des Kardinals
Pierre Bertrand (1299–1361), Bischof von Ostia und Velletri, zur unmittelbaren Umgebung jenes Kirchenfürsten, der von Papst Innozenz VI.
Aubert (1352–1362) mit der Kaiserkrönung Karls beauftragt worden war.
Da die Päpste schon seit zwei Generationen nicht mehr in Rom, sondern
in Avignon residierten, musste für Karl eine von der jahrhundertealten
Tradition der Krönung durch die Hand des Papstes abweichende Lösung
gefunden werden. Auch Kardinäle konnten einen Herrscher zum Kaiser
krönen, das war nichts Ungewöhnliches. Karls Großvater Heinrich, seit
1308 römisch-deutscher König, war 1312 gleich von drei Kardinälen in
Rom mit dem imperialen Diadem bekrönt worden.[6]

Die südfranzösische Lage des Papstsitzes, die Machtstellung des französischen Königs und die Herkunft des Papstes und der Kardinäle hatten
auch auf den Kreis der engsten Mitarbeiter in der Kurie abgefärbt. Ein
großer Teil des päpstlichen Umfelds und das Gros des Verwaltungsperso-
nals der Kurie stammten inzwischen nicht mehr aus Rom, sondern aus
Avignon und Umgebung. Das galt auch für Pierre Bertrand le Jeune de
Colombier und seinen ihn begleitenden Geheimsekretär. Als Kardinalbischof von Ostia und Velletri gehörte Bertrand zu den einflussreichsten
römischen Kirchenfürsten, den Oberhirten der suburbikarischen, unmittelbar an Rom grenzenden Bistümer. Unter diesen nahm von alters her
der Kardinalbischof von Ostia eine Position ein, die nur noch der Pontifex selbst überragte.[7]

Am 10. November 1354 wurde Kardinal Pierre Bertrand vom Papst mit
dem Vollzug der Krönung Karls IV. beauftragt. Vier Tage später wies er
seinen Sekretär Jean Porte an, eine Dokumentensammlung anzulegen,
die alle Briefe und Urkunden im Zusammenhang mit der Krönung enthalten sollte. Der Kardinal wollte damit von vornherein Zweifeln an seinem «Ersatzkrönungsrecht» und anderen Vorrechten entgegentreten, was
im Grunde auf eine im Zug der Zeit liegende Rechtskodifizierung hin-
auslief. Zudem war an eine Art Tagebuch gedacht, das bemerkenswerte
Ereignisse während der Reise auflisten sollte.[8]

Jean machte sich ans Werk. Er begann Material zu sammeln, fertigte Abschriften der Briefe des Kardinals an Karl, kopierte eingegangene Korrespondenzen und notierte die Inhalte der Urkunden des Papstes. Der Krönungskardinal sollte sich genau an die ihm vom Papst erteilten Vorgaben halten. Dazu griff der Papst auf Krönungsanleitungen aus seinem Archiv zurück, die er zusammenstellen und dem Kardinal in Form einer päpstlichen Bulle zukommen ließ. Indem der fleißige Jean diesen ziemlich langen Text mit der detailreichen Krönungsanleitung vollständig abschrieb – er nannte diesen Teil seines Traktats das Pontifikalbuch –, hinterließ er praktisch eine Art Kodifizierung der Krönungsrituale.[9]

Zur besseren Anschaulichkeit zitiere ich zuerst einige Stellen aus dieser päpstlichen Handlungsanweisung, die so tut, als sei der Papst der Handlungsträger. Daran schließt sich der Kommentar des Kardinalsekretärs über die Abfolge der Weihehandlungen an, die an Karl in Sankt Peter tatsächlich vorgenommen wurden. Die Kenntnis der Anweisungen des Papstes ist für das Verständnis der weiteren Ausführungen aus dem Krönungsbericht eine notwendige Voraussetzung, denn sonst bliebe unverständlich, was Jean von den erfolgten Zeremonien innerhalb der Basilika, gleichsam als eine Art Auftragsbestätigung, in eher dürren Worten berichtete. Die detaillierten Festlegungen waren wichtig, denn immerhin handelt es sich bei der Erhebung eines Imperators um nichts Geringeres als das höchste Ritual des abendländischen Kaisertums. Und so ganz nebenbei sollen die zitierten Textstellen auch eine Ahnung davon aufkommen lassen, dass eine mittelalterliche Kaiserkrönung eine tagfüllende Angelegenheit war.[10]

Die Krönungsanleitung beginnt mit der Salbung. Wenn Karl in die symbolische Mitte von Sankt Peter getreten sei, «soll der Bischof von Porto über ihm dieses Gebet singen: ‹Unaussprechlicher Gott, Schöpfer der Welt›. Ist er dann zur Confessio des heiligen Peter gekommen, soll er [Karl] sich bäuchlings auf den Boden werfen und der Prior der Diakone über ihm die Litanei anstimmen. Wenn diese zu Ende ist, soll der Prior der Presbyter das Vaterunser sprechen mit den folgenden Psalmstellen: ‹Hilf Du, mein Gott, Deinem Knechte›, ‹Sende ihm Hilfe vom Heiligtum›, ‹HERR, schenke Heil dem König›; schließlich spreche er das Gebet ‹Wir bitten Dich, HERR, [lenke] unsere Taten›.» Danach sollen sie zum Altar des heiligen Mauritius treten – jenem Altar im alten Petersdom, an dem traditionell die Kaiser gesalbt wurden –, «wo ihn der Bischof von

Ostia mit geweihtem Öl am rechten Arm und zwischen den Schulterblät-
tern salben soll und dabei das Gebet sprechen: ‹HERR, allmächtiger Gott,
dem alle Herrschaft gehört›, und ein weiteres Gebet: ‹Gott, Sohn Gottes,
Jesus Christus›. Ist das geschehen, soll der König zum Altar des heiligen
Peter emporsteigen» – das war und ist der Hauptaltar über dem Petrus-
grab im alten und auch neuen Petersdom –, «wo ihn der Papst nach dem
Glaubensbekenntnis mit einem Kuss wie einen der Diakone empfangen
wird, dann gehe er zum Lettner oder der Kanzel, wo für ihn eine Estrade
aus Holz mit Pallien geschmückt vorbereitet sein soll, und nehme dort
zusammen mit seinen Erzbischöfen und Bischöfen, Fürsten und Magnaten Platz, soweit es der Ort erlaubt.»[11]

Bei der hier beschriebenen Salbung handelte es sich um eine den Krö-
nungsritualen des Orients nachempfundene Sitte, dem zukünftigen
Herrscher durch Benetzen mit geweihtem Öl eine besondere Nähe zu
Gott zu vermitteln. Die abendländischen Vorstellungen von der sakralen
Kraft der Salbung folgten im Mittelalter den Überlieferungen des Alten
Testaments, wobei vor allem die biblischen Könige David und Salomon
als Vorbilder dienten. Mit dem Ritual verwandelte sich in den Vorstellungen der Zeit der neue Herrscher zu einem tatsächlichen «Gesalbten des
Herrn», einem von Gott erwählten König oder Kaiser. Die Menge an
symbolischem Kapital, das er dabei anhäufte, erhob ihn weit über alle
anderen Herrschaftsträger und zeigt, wie eng über Jahrhunderte Ritual-
geschichte und Verfassungsgeschichte verflochten waren.[12]

Weiter heißt es bei Jean: «Der Vorsänger und der Chor sollen vor dem
Altar den Introitus singen, und nachdem das ‹Kyrie eleison› und der
Engelshymnus ‹Gloria› erklungen sind, spricht der Papst das für jenen
Tag vorgesehene Gebet und eigens für den Kaiser dieses Gebet: ‹Gott aller
Königreiche›, danach ‹Nimm an, HERR, unsere Gebete› und ›Gott, der
Du zur Verkündigung›. Wenn die Epistel gelesen und das Graduale gesungen sind, soll der Kaiser in feierlichem Zug zum Altar hinaufsteigen,
wo der Papst ihm die priesterliche Mitra auf das Haupt setzt und darüber
das kaiserliche Diadem und spricht: ‹Nimm das Zeichen des Ruhmes›.
Danach überreicht er ihm das Szepter und den goldenen Reichsapfel und
nach diesen das Schwert und spricht: ‹Nimm das Schwert zur Züchti-
gung›. So gekrönt, schreite der Kaiser nun einher, trage den Reichsapfel
in der rechten und das Szepter in der linken Hand und kehre zu seiner

Estrade zurück. Wenn er dort mit seinen Fürsten Platz genommen hat, soll der Prior der Subdiakone mit den Subdiakonen der römischen Kurie und den Kaplänen des kaiserlichen Hofes an der rechten Chorschranke vor dem silbernen Kruzifix mit lauter Stimme in folgender Weise die Laudes für den Kaiser singen: ‹Erhöre uns, Christus›. Die Notare Roms aber sollen, mit seidenen Kappen bekleidet, vor der Chorschranke stehen und im Chor antworten: ‹Dem Herren Karl, unbesieglichen und allzeit erhabenen Kaiser der Römer, Heil und Sieg›. Dieses Lob wird dreifach wiederholt, worauf der Prior der Subdiakone mit den Seinen dreimal spreche: ‹Retter der Welt›, und die Notare ihrerseits antworten: ‹Hilf Du ihm›. Dann spreche dieser mit den Seinen zweimal ‹Heilige Maria›, und jene antworten ihrerseits ‹Hilf Du ihm›. [...] Danach, wenn auch das Evangelium gesungen ist, soll der Kaiser die Krone und den Mantel ablegen, an den Papst herantreten und zu dessen Füßen so viel Gold opfern, wie er möchte. Wenn nun der Papst zum Altar herabsteigt, um das Mysterium der Heiligen Messe zu vollziehen, soll ihm der Kaiser wie ein Subdiakon den Kelch und die Ampulle reichen und dort stehen bleiben, bis der Papst, zu seinem Platz zurückgekehrt, die Hostie einnimmt. Aus seiner Hand empfange dann der Kaiser das heilige Abendmahl zusammen mit dem Friedenskuss, nehme an der Kanzel Mantel und Krone wieder auf und kehre so zu seiner Estrade zurück.»[13]

In seinem späteren Bericht über die Krönungsfeierlichkeiten hob Jean hervor, dass alles, so wie es vereinbart worden war, auch geschehen sei – «gemäß den Festlegungen im Pontifikalbuch» und natürlich durch die Hand des Kardinals, statt des Papstes. Allerdings habe der Kaiser während der ganzen Zeit nicht aufgehört, «Römer und Gallier, Etrusker und Engländer, Lombarden und Sizilier, Spanier und Basken, Deutsche und Apulier sowie Männer aus weiteren Völkern des Erdkreises mit der Ritterwürde» auszuzeichnen. Der fleißige Sekretär hielt zuletzt noch für berichtenswert: «Die Messe und die Zeremonie der kaiserlichen Krönung wurden erstaunlicherweise und für viele unglaublich in völligem Frieden und in Eintracht beendet, worauf der Kardinal gemeinsam mit dem König, nun schon in Gottes Namen Kaiser, und hinter ihnen die Kaiserin vom beschriebenen Podium herabstieg, noch immer bekleidet in feierlicher Gewandung und Schmuck. Unter großem Beifallsgeschrei und Jubel des Volkes bewegten sie sich gemessenen Schrittes mit großer Freude im Her-

INNOCENTIO. VI. PONT. MAX. CAROLVS. IV
CVM. VXORE. A. LEGATIS. APOST. ROMA
IMP. CORONATVS. DONATIONES. A. VETERIBVS. IMP.
ROMANÆ. ECCLESIA. FACTAS. CONFIRMAT

Tausche Schwur gegen Krone: *Karl mit seiner Frau Anna von Schweidnitz vor dem Kardinallegaten, der das Kaiserpaar gerade gekrönt hat. Die lateinische Inschrift lautet übersetzt: «Dem Pontifex Maximus Innozenz VI. bestätigt Karl IV., der in Rom mit seiner Gemahlin durch einen apostolischen Legaten zum Kaiser gekrönt wurde, die von früheren Kaisern der Römischen Kirche übertragenen Besitztümer.» Unter Papst Paul V. Borghese (1605–1621) entstanden im päpstlichen Geheimarchiv zahlreiche Fresken, die auf die Kronen verweisen, die den Herrschern verliehen wurden, und die damit auch an die Übertragungen, Eide und Zugeständnisse der Herrscher an die Päpste erinnern sollten.*

zen zum obersten Punkt der Treppe der erwähnten Basilika, wo der Kaiser vom Kardinal empfangen worden war. Dort tauschten der Kaiser und der Kardinal den Friedenkuss, verabschiedeten und trennten sich voneinander, worauf der Kaiser und die Kaiserin die Treppe durch das Gedränge vieler bewaffneter wie auch unbewaffneter Leute herabschritten. Am Fuße der Treppe fanden sie ihre bereitstehenden Pferde und bestiegen diese unter dem unbeschreiblichen Jubel des Volkes.»[14]

Die Papstdokumente, die Jean in seinen Bericht aufnahm, enthalten noch viele weitere Anweisungen für die Krönung Karls, die nicht belanglos waren, sondern sich in der mittelalterlichen Symbolwelt als hochpolitische Zeichen entpuppen. Mit den Verhandlungen über die Modalitäten hatte der zukünftige Kaiser im Vorfeld der Krönung einen seiner wichtigsten Berater betraut, Dietrich von Portitz (um 1300–1367), damals noch Bischof von Minden und später Erzbischof von Magdeburg, der als «Pendeldiplomat» mehrfach zwischen Prag und Avignon hin und her reiste. Zu den Boten Karls zählten des Weiteren Marquard von Randeck, damals noch Bischof von Augsburg, später Patriarch von Aquileia, einer der Landgrafen von Leuchtenberg sowie Simon de Langres (gest. 1384), Doktor der Theologie und Ordensmeister der Dominikaner. Der Krönungsbericht, den Jean nach der Romreise mit seinem Kardinal im Juni 1355 ausarbeitete, ist vollständig nur in der Kopie überliefert, die Karl nach Prag geschickt wurde. Sie ist in eine Handschrift aus dem 15. Jahrhundert eingebunden, die außerdem die kaiserliche *Vita*, die Chronik des Pulkava sowie eine Fassung der Goldenen Bulle von 1356 enthält. Die wohl wichtigsten Texte von und über Kaiser Karl IV. sind so in einer Handschrift vereint.[15]

Nun war Kardinal Pierre Bertrand nicht der Einzige, der einen päpstlichen Auftrag zur Krönung Karls erhalten hatte. Im Porta-Bericht heißt es, dass gemeinsam mit dem Kardinal von Ostia ursprünglich auch die Kardinalbischöfe von Albano und von Porto, Élie de Talleyrand-Périgord (1301–1364) und Guy de Boulogne, die Krönung vollziehen sollten. Die Situation hätte dann der des Jahres 1312 entsprochen, als drei Kardinäle Koronatoren von Kaiser Heinrich VII. waren. Doch die beiden Kardinäle blieben lieber an der Rhône. Was die Kirchenfürsten von der Reise nach Rom abhielt, ist schwer zu entscheiden. Sicherlich waren es politische Gründe, und möglicherweise gehörten die beiden zu jener Fraktion im Kardinalskollegium in Avignon, die der Meinung war, dass es besser wäre, den böhmischen König nicht zum Kaiser zu krönen. Ja, sollte man überhaupt noch einmal einen römischen Kaiser im Ränkespiel der Macht zulassen?

Ebenso auffällig wie das Fernbleiben der beiden Kardinäle ist, dass auch der päpstliche Legat und Generalvikar in Italien, der mächtige spanische Kardinal Aegidius Albornoz, sich nicht in den Krönungsauftrag hat einbinden lassen. Auch er ist im Krönungsordo namentlich als ein vom Papst beauftragter Koronator genannt. Aber trotz päpstlicher Weisung war er bei der Kaiserkrönung nicht einmal anwesend, obwohl er sich zu dieser Zeit in Italien aufhielt. Das war ein mehr als deutlicher Affront gegen den zukünftigen Kaiser, eine Majestätsbeleidigung geradezu. Sah Albornoz, der mit der Rückgewinnung und Befriedung des Kirchenstaates beauftragt war, die Krönung Karls als eine Gefahr für seine eigenen politischen Pläne? Empfand er den zukünftigen Kaiser als einen direkten Konkurrenten? Hoffte er vielleicht sogar, dass ohne sein Zutun eine Krönung scheitern würde?[16]

Heerzug und Pilgerfahrt

Die Kaiserkrönung von 1355 in Rom stellte ohne Zweifel den Höhepunkt und das Ziel von Karls politischem Streben der letzten Jahrzehnte dar. Nach den ersten beiden Italienaufenthalten von 1331/33 und 1347 kam er nun zum ersten Mal auch nach Rom. Dieser sogenannte erste Romzug von 1354/55 hatte einer sich über Jahre erstreckenden Vorbereitung bedurft, viel diplomatisches Geschick, Geld und auch Glück waren nötig gewesen, um ihn erfolgreich abschließen zu können. Und so bildete die Kaiserkrönung in Rom als höchst komplexe politische Angelegenheit geradezu ein Glanzstück seiner Diplomatie.[17]

Am 25. September des Jahres 1354 brach der römisch-deutsche und böhmische König Karl IV. mit einer Reihe bedeutender Herren seines Hofes, darunter Marquard von Randeck und Kanzler Johann von Neumarkt, sowie einem relativ kleinen Gefolge von Kriegsknechten von Nürnberg in Richtung Süden auf. Ob sich die Kaiserkrönung gegen die mächtige Mailänder Familie der Visconti, die mittlerweile fast die ganze Lombardei, außerdem Genua und die wichtigsten Pässe über den Apennin beherrschte, würde durchsetzen lassen, war anfangs mehr als zweifelhaft. Um die Macht der Visconti militärisch zurückzudrängen, hatte sich im März 1354 eine Liga aus oberitalienischen Kommunen gebildet, der sich Karl anschloss. Als Karl Oberitalien erreichte, konnte er Hoffnung schöpfen: Erzbischof Giovanni von Mailand (1290–1354), das mächtige Haupt der Visconti, gegen dessen Willen Karl in Oberitalien rein gar nichts erreicht hätte, war Anfang Oktober verstorben. Seine drei Neffen Matteo II., Galeazzo II. und Bernabò, die sich das Erbe teilen mussten, wodurch das Haus Visconti erheblich geschwächt wurde, suchten den Verhandlungsweg zu beschreiten.[18]

Karl, gestärkt durch Kontingente italienischer Verbündeter, aber auch durch Truppen aus Böhmen und Deutschland, zog bis Mantua, wo er bei der traditionell eng mit ihm verbündeten Familie der Gonzaga fast acht Wochen und auch das Weihnachtsfest verbrachte. Mitte Dezember traf hier Francesco Petrarca ein, der bewunderte Dichter, der dem Luxemburger bereits in Oktober entgegengerufen hatte: «Schon nicht mehr bloß König von Böhmen, vielmehr König der Welt und römischer Kaiser, bist Du mir schon jetzt der wahre Caesar!» Anhand von antiken Römermünzen, die er dem König zum Geschenk anbot, dozierte der Dichter in persönlichen Gesprächen mit dem Herrscher von der vergangenen Größe des Imperiums und empfahl Karl, wie er einem Freund schrieb, die Tugenden der alten Kaiser zum Vorbild für sein Handeln als zukünftiger Imperator zu nehmen. Vielleicht ließ sich der «wahre Caesar» von den emphatischen Worten des Dichters mitreißen, jedenfalls lud er ihn ein, am Krönungszug teilzunehmen und die Kaiserkrönung in Rom selbst mitzuerleben. Petrarca lehnte ab. Vielleicht dachte er an das grässliche Ende seines Freundes Cola di Rienzo, der sich zu sehr in die politischen Kämpfe involviert hatte, vielleicht war es ihm auch einfach zu kalt.[19]

In Mantua gelang Karl der Durchbruch in den Verhandlungen mit den Visconti. Seine Krönung mit der Eisernen Krone der Langobarden in Mailand sollte mit der Verleihung des Reichsvikariats an die Brüder gewissermaßen kompensiert werden. Als Reichsvikare konnten sie stellvertretend im Namen des zukünftigen Kaisers und des Reiches genau die Politik betreiben, die sie ohnehin betreiben wollten, nur eben jetzt nicht mehr angemaßt, sondern legitim. Das war den Visconti neben der Krönungszusage eine Menge Geld wert – über zweihunderttausend Gulden –, für Karl eine willkommene Zuwendung für die Reisekasse, denn der Romzug verschlang gewaltige Summen.[20]

Die Einigung mit den Visconti zeigt Karl als einen in italienischen Belangen sehr erfahrenen und in der Einschätzung des Möglichen kühl abwägenden, talentierten Diplomaten. Von Schmeichelworten, alten

Weihnachten 1354 im verschneiten Mantua: *Bevor Karl zu den Krönungen nach Mailand und Rom aufbrechen konnte, musste er die Verhandlungen mit Vertretern der italienischen Mächte abwarten. So verbrachte er über sieben Wochen des strengen Winters 1354/55 bei den verbündeten Gonzaga und dürfte im Palazzo del Capitano gewohnt haben. In Mantua traf Karl auch mit Francesco Petrarca zusammen, der ihm vom antiken Rom vorschwärmte.*

Münzen oder dem Pomp feierlicher Stadteinzüge ließ er sich nicht einlullen. Für ihn zählten reale Machtkonstellationen und, gleichsam als Entscheidungsbeschleuniger, schwere Goldflorenen. Dennoch blieb der Romzug nicht auf eine «geschäftliche Basis» reduziert. Immer wieder suchte sich Karl als ein Auserwählter und ein Werkzeug des Herrn zu präsentieren, indem er zur erfolgreichen Durchsetzung des göttlichen Willens die Hilfe der Heiligen anrief.

Der Chronist Matteo Villani war über die Gerissenheit Karls erstaunt. Denn mit dem bilateralen Abkommen hatte er letztlich die Ziele der Liga verraten. Kein Wunder also, dass Matteo später über die Rückreise des neuen Imperators in herabwürdigender Absicht notierte, dass dieser seinen Weg *non come imperadore, ma come mercante,* «nicht wie ein Kaiser, sondern wie ein Kaufmann», genommen habe. Und auch Petrarca ließ seiner Enttäuschung freien Lauf, dass Karl sich nicht ordnend der unentwirrbaren italienischen Konflikte angenommen hatte, sondern sich lieber

«barbarischen Reichen» zuwende: «Du aber, Herr des römischen Kaiser-
reiches, sehnst Dich einzig nach Böhmen.» Zudem empörte den Dichter
des Kaisers rasche Rückreise nach der Krönung. Auf den Höhen der
Alpen ließ er Karl fiktiv mit seinem Vater und Großvater – König Johann
und Kaiser Heinrich VII. – zusammentreffen und legte in deren Münder
den Vorwurf: «Nach Hause bringst Du diese eiserne und jene goldene
Krone und dazu den fruchtlosen Titel des Kaisertums. Kaiser der Römer
wirst Du heißen und doch bloß König von Böhmen sein.»[21]

Bei ungewöhnlicher Kälte – der Po war zugefroren, Florenz stöhnte
unter den Schneemassen – brach Karl Anfang Januar 1355 von Mantua
nach Mailand auf und erlangte dort, wie mit den Visconti vereinbart, am
6. Januar mit der Eisernen Krone die Krönung zu einem italienischen König.
Bald darauf zog er in die Toskana und nahm in Pisa noch einmal längeren
Aufenthalt. Hier waren inzwischen seine dritte Gemahlin, die sechzehnjährige Anna von Schweidnitz-Jauer (1339–1362), sowie der Krönungskardinal Pierre Bertrand eingetroffen. Ende März 1355 machte sich der
Herrscher auf den Weg nach Rom. In vielen Städten inszenierten die
Stadtoberen prachtvolle Empfangszeremonien, um den zukünftigen Kai-
ser milde zu stimmen und für ihre politischen Ziele zu gewinnen. Am
Gründonnerstag, dem 2. April, traf der Zug vor Rom ein.[22]

Karls Aufenthalt in Rom begann mit inszenierter Bescheidenheit:
einem Pilgerbesuch. Im Vorfeld der Krönung hatte Karl schwören
müssen, sich nur am Krönungstag in Rom aufzuhalten und dort nicht zu
übernachten. Um dennoch möglichst vieler Gnaden in der von Reliquien
überquellenden Stadt teilhaftig zu werden, griff Karl zu einem Trick. Er
schlug sein Lager am Monte Mario auf, der auch als Monte Gaudium
bezeichnet wird, und begab sich von dort zunächst als Pilger, nicht als
König, eingehüllt in einfaches braunes Tuch, in die Ewige Stadt. Kein
Glockengeläut, kein Empfangskomitee, kein Pomp, nur begleitet von
wenigen Würdenträgern seiner engsten Umgebung betrat er durch die
Porta Petusa den Bereich des Vatikans. Ließ sich denn die Amtsperson
von der Privatperson so einfach trennen? Könige handeln natürlich nie als
Privatpersonen. Möglich ist, dass der eine Körper des Königs, der Träger
der Herrschaft und zugleich Verkörperung einer unsterblichen Würde
war, sich an die beschworenen Abmachungen halten musste. Der andere,
sterbliche Körper, der um sein Seelenheil besorgt sein musste, war offen-

bar nicht daran gebunden und durfte als demütiger Pilger die heiligen Stätten besuchen. So ähnlich jedenfalls muss es der vom Papst beauftragte Krönungskardinal gesehen haben, denn Beschwerden über Karls vorzeitigen Besuch in der Stadt sind nicht bekannt.[23]

Jean Porte d'Annonay berichtet ausführlich von Karls Verehrung der Reliquien im Vorfeld der Kaiserkrönung. Der Pilger begab sich zuerst nach Sankt Peter, «zum Kloster der Kanoniker an der Basilika des Apostelfürsten, wo er bei dem Herrn Benedictus de Ursinis, Kanoniker der genannten Basilika, an jenem Abend zu Gast war. Mitten in der Nacht machte er sich jedoch auf und begann, des Nachts die Heiligtümer zu besichtigen, und auch der Kardinal kam mit ihm. In derselben Basilika, etwa um Mitternacht, betete der allerchristlichste König das hochheilige Schweißtuch der Veronika in tiefer Frömmigkeit an, das ihm von dem Herrn Kardinal dargeboten wurde.»[24]

Karls Pilgererlebnisse lassen keinen Zweifel aufkommen, dass der kühlrationale Rechner im politischen Machtgezerre seiner Zeit zugleich von tiefster religiöser Ehrfurcht vor Reliquien und heiligen Orten durchdrungen war und fest an deren Wirkmacht glaubte. Karl zeigte während seines ganzen Lebens ein außergewöhnlich inniges Verhältnis zu Reliquien. Er verehrte sie inbrünstig bei jeder sich bietenden Gelegenheit, er sammelte sie mit Eifer, wo immer er ihrer habhaft werden konnte, er setzte sie wiederholt und überaus erfolgreich zur Sichtbarmachung seiner Frömmigkeit und Demut ein und damit letztendlich zur umfassenden Legitimation seiner sakralen Herrschaft. Sie stellten im wahrsten Sinne des Wortes «symbolisches Kapital» zur Selbstvergewisserung der göttlichen Auserwähltheit dar.[25]

Am folgenden Tag, dem Karfreitag, heißt es in Jeans Traktat weiter, blieb der künftige Kaiser «beim Sankt-Pauls-Kloster zusammen mit dem Abt, enthielt sich des Essens und Trinkens und ritt an jenem Tag im Gedenken an die verehrungswürdige Passion unseres Herrn nicht fort. Der Kardinal jedoch zelebrierte in der Basilika des Apostelfürsten eine Messe und bot den Blicken aller das heilige Schweißtuch der Veronika dar.» Am selben Tag nach Sonnenuntergang habe Karl Heiligtümer in der Nähe besucht und sei dann nach San Giovanni in Laterano geritten. «Dort schaute er ganz andächtig jede einzelne Reliquie an und verehrte sie in tiefster Demut. Darunter waren die Vorhaut unseres Herrn Jesus Chris-

tus und dazu etwas von seinem Blut in einem Kristallgefäß, das durch
Papst Bonifaz VIII. seligen Gedächtnisses in einen Reliquienschrein von
großem Wert eingebettet worden war. Dann begab er sich in die Sakristei
und betrachtete mit größter Ehrerbietung den Tisch, an dem der HERR
Jesus Christus mit seinen Jüngern gespeist hatte, und empfing mit glü-
hender Begeisterung von diesem Tisch ein Partikel. Schließlich stieg er
von dort herab zur Basilika Sancta Maria Maior [Santa Maria Maggiore],
wo er auch alle Reliquien ansah und sie in Demut verehrte, darunter das
Kindbett, also das Tüchlein, in das ein Kindlein eingehüllt wird, wenn es
aus dem Leib seiner Mutter heraustritt. Da die Mitternachtsstunde bereits vergangen war, ging er zum benachbarten Kloster der seligen Praxe-
des [San Prassede] und schaute dort die Säule an, an die Christus gefesselt
und wo er gegeißelt worden war, und betete sie mit Frömmigkeit an.»
Vom Abt des Klosters habe Karl zahlreiche Reliquien geschenkt bekommen. Nach erquickendem Schlaf besuchte er am Sonnabendmorgen weitere Heiligtümer, betrachtete im Kloster San Silvestro in Capite «in tiefster Frömmigkeit das wahre Haupt Johannes des Täufers» und kehrte
schließlich zu der Basilika des Apostelfürsten zurück, wo er sich stärkte
und dann zur Ruhe begab.[26]

Anhand der von Karl besuchten Kirchen kann man seinem Pilgerweg
noch heute leicht folgen. Die Tore, die er in Rom durchquerte, sind hingegen nicht mehr vorhanden oder unpassierbar, so die Porta Petusa und
die Porta Castello. Nach seiner Krönung verließ der Imperator Rom
durch die Porta San Lorenzo, jenes Tor, durch das man am schnellsten in
das vor den Mauern gelegene Kloster San Lorenzo kam. In der Antike
hieß das Tor Porta Tiburtina; man wählte es, wenn man auf der alten Via
Tiburtina nach Tivoli gelangen wollte. Die Bahnanlagen, die Ende des
19. Jahrhundert durch die alte Bausubstanz gelegt wurden, haben die Stra-
ßenführung verändert; der Torbogen selbst, der eine Fülle von antiken
Marmorbauteilen mit Inschriften enthält, ist heute durch schwere Gitter
abgesperrt.

Auf welche drei Vorgänger bezog sich die Ordnungszahl in «Karolus
quartus», wie Karl seinen Namen seit dem Krönungssonntag in den feierlichen lateinischen Urkunden schreiben ließ? Am Anfang stand Karl der
Große, seit 768 König des Frankenreiches und von 800 bis zu seinem Tod
814 römischer Kaiser. Sein Enkel Karl II. regierte ab 843 zunächst als west-

fränkischer König und dann von 875 bis 877 als römischer Kaiser. Mit Karl III., der ab 876 ostfränkischer, von 885 bis 888 westfränkischer König und von 881 bis 888 römischer Kaiser war, vollendet sich die Abfolge der unmittelbaren Namensvorgänger. Obwohl der Name durch Karl den Großen längst programmatisch war, hatte es also seit mehr als 450 Jahren keinen Kaiser gleichen Namens gegeben. Dabei lebten die auf Karl den Großen bezogenen Traditionen fort, was nicht nur an dem von dem Luxemburger selbst betriebenen Karlskult sichtbar wurde, sondern sich auch in Chroniken niederschlug, die mitunter sogar beide Namen kombinierten. So notierte der namentlich unbekannte Autor der um 1500 im südwestdeutschen Raum entstandenen Reformschrift Oberrheinischer Revolutionär, die Goldene Bulle sei von «Karolus Magnus der vierdt mit sinen kurfursten und hern» beschlossen worden. Nach Karl IV., der selbst einem seiner früh verstorbenen Söhne diesen traditionsreichen Namen gab, werden sich noch drei weitere Kaiser in diese Herrscherfolge einreihen: mit Karl V. (1519–1556) und Karl VI. (1711–1740) zwei Habsburger und mit Karl VII. (1742–1745) sogar ein Wittelsbacher. Wenn Karl von Luxemburg das geahnt hätte! Denn es entbehrt nicht einer gewissen Ironie, dass die namensgleichen Nachfolger im Kaiseramt ausgerechnet aus zwei über lange Zeit mit ihm verfeindeten Dynastien stammten.[27]

Vom Kronensammeln

Krönungen sind immer auch im Zusammenhang mit den Insignien zu betrachten, mit denen sie vollzogen werden, denn in mittelalterlichen Zeremonien war der König immer an seiner Krone erkennbar. Könige oder Kaiser und ihre Kronen waren ikonographisch so fest miteinander verwoben, dass die Herrscher in illustrierten Handschriften für den Betrachter auf Anhieb identifizierbar waren. Auf dem Thron, zu Pferd, im Kampf, aber auch des Nachts schlummernd im Bett, im Badezuber oder wo auch sonst: kein König ohne Krone. Selbst als sterbender König wie Karl von Anjou, als Säugling in Windeln wie Kaiser Friedrich II. oder beim Beischlaf wie David und Bathseba, die Krone gehörte zum König und war in der monarchischen Semiotik unverzichtbar. Allerdings ist bei den meisten Kronen nicht genau auszumachen, welchen konkreten Herrschaftsbereich sie repräsentierten – wenn überhaupt. Ernst Kantorowicz hat diese «Unbestimmtheit des Symbols», diese «Verschwommenheit» als die «wahre Stärke der symbolischen Abstraktion» bezeichnet.[28]

Von Kaiser Karl IV. gibt es viele Darstellungen, auf denen er eine Krone trägt, wie etwa auf den prominenten Wandbildern der Burg Karlstein oder in illustrierten Handschriften der Zeit. Doch was ist über die tatsächlich getragenen Kronen bekannt? Einige der Kronen haben überdauert, einige sind verschwunden. Die am engsten mit Karl verbundene Krone ist die des heiligen Wenzel. Sie wurde auf Anweisung Karls Mitte der 1340er Jahre neu oder – was wahrscheinlicher ist – aus älteren Kronen- und Schmuckteilen angefertigt. Bei Karls Krönung zum böhmischen König am 2. September 1347 kam sie zum ersten Mal zum Einsatz; erst einen Tag zuvor hatte Karl neue Krönungsregularien erlassen. Für ihn und alle zukünftigen böhmischen Könige sollte der Erzbischof von Prag als Koronator fungieren und nicht mehr, wie bisher, der Oberhirte von Mainz.[29]

Von einer neuen böhmischen Krone war erstmals in einer päpstlichen Bestätigungsurkunde vom 6. Mai 1346 die Rede. Bei Strafe der Exkommunikation wurde verboten, die Krone zu verkaufen, zu versetzen oder sie ihrem eigentlichen Zweck zu entfremden, was belegt, dass genau das mit Kronen gelegentlich geschah. Da die neue Krone *de iure* in das Eigentum des heiligen Wenzel übergeben wurde, musste sie von diesem zu Krönungen oder bei festlichen Anlässen regelrecht «entliehen» werden. Wie der Chronist Benesch Krabice von Weitmühl überliefert, hatten Karls Nachfolger, wenn sie die Krone benutzen wollten, dem Prager Domkapitel dafür eine Art «Kronenausleihgebühr» von dreihundert Schock Pfennige zu entrichten. Der Chronist Franz von Prag bezifferte die Leihgebühr auf zweihundert Mark und berichtete zudem, der Wert der Wenzelskrone habe «viele tausend Mark» betragen.[30]

Zu festlichen Anlässen ruhte die Krone des heiligen Wenzel auf dessen Kopfreliquiar. Die meiste Zeit wurde die Wenzelskrone allerdings in einem für die Kostbarkeit eigens hergestellten Lederfutteral aufbewahrt. Es trägt eine Inschrift: «Im Jahr des Herrn 1347 hat mich Herr Karl, König der Römer und König von Böhmen, zur Ehre Gottes und des seligen Wenzel, des ruhmreichen Märtyrers, gefertigt». Damit dürfte sogar ein präziser zeitlicher Anhaltspunkt für die Anfertigung oder Umarbeitung des Krönungsdiadems vorliegen. Nach Karls Krönung hat man die mehr-

fach ergänzte und veränderte Krone für die Krönung seiner Söhne zu
Königen von Böhmen benutzt – erst für Wenzel im Jahr 1363, dann für
Sigismund 1420. Bis in das 19. Jahrhundert hinein diente der Goldreif bei
den Krönungen der Könige von Böhmen als Krönungsinsignie. Und weil
die Krone im 19. und 20. Jahrhundert zu einem tschechischen National-
symbol geworden war, wurde sie nach dem Einmarsch der deutschen
Truppen in Prag 1939 zu einer von den Besatzern begehrten Requisite.[31]

Neben der Wenzelskrone hat sich auch jene Krone erhalten, die Karl
am 25. Juli 1349 bei seiner Thronsetzung und Befestigungskrönung in
Aachen verwendet hatte. Sie prangt noch heute auf dem Kopfreliquiar
Karls des Großen in Aachen. Auch diese in seinem Auftrag angefertigte
Krone ist von mehreren Nachfolgern im Herrscheramt für Krönungen in
Aachen zum *rex Romanorum* benutzt worden, darunter von seinen Söh-
nen Wenzel am 6. Juli 1376 und Sigismund am 8. November 1414.[32]

Ein bis dahin wenig beachtetes Diadem aus der Schatzkammer Kaiser
Karls IV. konnte in den 1980er Jahren bei einem Schatzfund im schlesischen Neumarkt als Frauenkrone aus Gold identifiziert werden. Die
vielleicht von seiner ersten Frau Blanche de Valois getragene Krone hatte
der Herrscher zusammen mit anderen Schmuckstücken an einen Juden
als Pfand für eine Geldanleihe gegeben. Als wegen der Schwarzen Pest
Mitte des 14. Jahrhunderts in Schlesien wie überall antijüdische Pogrome
einsetzten, hatte der Pfandnehmer die Krone zusammen mit anderen
Kostbarkeiten versteckt. So blieb sie über Jahrhunderte unentdeckt. In
italienischen Chroniken wird berichtet, dass 1368 von Karl eine Krone für
eine Anleihe von 1620 Gulden verpfändet wurde. Zum Glück setzte sich
die Kaiserin erfolgreich dafür ein, dass mit Florentiner Geld das Herr-
schaftssymbol wieder ausgelöst werden konnte. Welche Krone das war, ist
allerdings unbekannt. Beides zeigt, dass Kronen wegen ihres Material-
wertes als Pfandobjekte tatsächlich aus der Hand gegeben wurden.[33]

Im oberitalienischen Monza wird heute eine der bedeutendsten erhaltenen Kronen Europas aufbewahrt, die als «Eiserne Krone» mit dem
schon erwähnten *Regnum Italiae* oder «Reichsitalien» in Verbindung gebracht wird. Schon der erste Blick aber verrät: Sie ist nicht aus Eisen,
sondern aus Gold, wie viele andere Kronen auch. Ihr Name ist von einem
innen umlaufenden eisernen Reif abgeleitet, der aus einem der Nägel
vom Kreuz Christi geschmiedet sein soll. Doch mit jener *Corona ferrea*,

mit der Karl 1355 in Mailand gekrönt wurde, ist die Monza-Krone nicht identisch. Sie ist nämlich ein Musterbeispiel dafür, wie eine mittelalterliche Legende und ein erst viel später darauf bezogenes Objekt zusammengefunden haben.[34]

Der italienische Barockgelehrte Lodovico Antonio Muratori (1672–1750) hat als Erster die zahlreichen Enden jenes Legendenknäuls entwirrt, die die *Corona ferrea* umschlingen. Das heute so bezeichnete kleine Golddiadem in Monza dürfte wohl ursprünglich eine Frauen- oder Votivkrone aus dem 9. Jahrhundert gewesen sein, das sich erst im 15. Jahrhundert in die «Eiserne Krone» verwandelte, als es mit einer im Hochmittelalter völlig unabhängig entstandenen Sage von einer «Eisernen Krone» als Bestandteil einer Dreikronenfabel buchstäblich zusammengeschmiedet wurde. Mit drei Kronen seien Kaiser zu krönen, so lautet die Fabel, die Chronisten und Rechtskundler verstärkt seit 1300 überliefern: erstens mit einer silbernen Krone in Aachen zum römisch-deutschen König, zweitens mit einer eisernen Krone in Mailand oder Monza zum König Italiens und drittens mit einer goldenen Krone in Rom zum Kaiser.[35]

Karl kannte nicht nur die Überlieferung von den drei Kronen, er wusste auch um die besondere Bedeutung einer eisernen Krone. Leider lassen sich über jene Insignie, die Karl bei seiner Krönung am 6. Januar 1355 in Mailand tatsächlich getragen hat und die als *Corona ferrea* oder *Yserne crone* in den Quellen erscheint, nur Vermutungen anstellen. Höchstwahrscheinlich hat er, der genau vierundvierzig Jahre nach seinem Großvater Heinrich VII. in Mailand gekrönt wurde, nicht nur denselben Termin, dieselbe Krönungskirche und denselben im Ordo festgehaltenen rituellen Krönungsablauf gewählt, sondern auch dieselbe Krone verwendet.[36]

Und von dieser Krone ist überliefert, dass Heinrich VII. sie seinerzeit für sich und seine Nachfolger hatte neu anfertigen lassen. Der Überlieferung zufolge bestand sie aus *chalybs,* aus «Stahl», und ist nach erstem Gebrauch der Obhut der Mönche von Sant'Ambrogio anvertraut worden. Später hat Ludwig IV. diese Krone für seine Mailänder Krönung 1327 benutzt, und sehr wahrscheinlich eben auch Karl. Zuletzt wurde die inzwischen vom Flugrost rötlich schimmernde Krone 1431 bei der Krönung Sigismunds in Mailand verwendet. Vielleicht ist die zu diesem Zeitpunkt bereits angerostete stählerne Krone im Laufe der Zeit vollständig verrostet? Sie hat sich jedenfalls nicht erhalten, sodass später die kleine Monza-Krone als «Eiserne Krone» gelten konnte.[37]

Genauso unklar ist, welches Diadem Karl 1365 in Arles bei seiner angeblichen Krönung zum König von Burgund getragen hat. Allerdings sickert aus den Quellen überhaupt nur Spärliches über diese Zeremonie, die im Zusammenhang seiner Reise nach Avignon stand. Dort sei er, wie es heißt, «mit kaiserlichen Insignien eingeritten», wurde mit besonderem Gepränge von Papst Urban V. Grimoard empfangen und als «Kaiser bekleidet, mit einer Krone auf dem Haupt und dem Szepter in der rechten Hand» aufgetreten. Anfang Juni reiste Karl weiter nach Arles, dem als Hauptstadt des Königreichs Burgund angesehenen Erzbistumssitz. Dort ist er am 4. Juni 1365, wie der Hofchronist Benesch notierte, «mit größter Feierlichkeit in der Stadt Arles mit der Krone des Arelatensischen Reiches gekrönt worden, welches dem Römischen Reich untergeben ist.»[38]

Sollte das Ereignis tatsächlich so stattgefunden haben, wäre es insofern spektakulär, weil die Stadt erstmals seit Friedrichs I. Barbarossa Krönung 1178 wieder eine regelrechte Königskrönung eines römisch-deutschen Herrschers erlebt hätte und später nie mehr eine solche erleben sollte. Zur weiteren Bekräftigung seiner kaiserlichen Stellung für diese Region erließ Karl kurz darauf eine Münzordnung, nach der die Goldprägungen das Bild des Kaisers und die Umschrift «Karl der Vierte durch göttliche Milde Kaiser der Römer, König Böhmens und des Arelat» zeigen sollten.[39]

Einige Argumente sprechen allerding gegen eine reguläre Königskrönung in Arles. Zunächst einmal sind bis heute keine derartigen Münzen mit dem Titel eines *Arelatense rex* gefunden worden; wahrscheinlich wurde diese Münzverordnung niemals umgesetzt. Ebenso hat Karl in keiner seiner rund zehntausend heute bekannten Urkunden jemals diesen Königstitel benutzt, was allerdings auch auf die Königskrönung in Mailand zutrifft. Überdies ist, als 1378 nach des Kaisers Tod beim Leichenumzug alle Kronen seiner Herrschaftszeit mitgeführt werden, eine Krone eines Königreichs Burgund nicht dabei. Das stärkste Gegenargument lieferte Karl aber selbst. In einer Verlautbarung vom 30. Juni 1365 erklärt der Kaiser, dass er zwar in Arles in der Domkirche sowie in dem nahebei gelegenen Palast «mit der Kaiserkrone und in weiterem kaiserlichem Schmuck» gestanden habe, damit aber, wie er ausdrücklich erklärt, keinesfalls die

Rechte der Königin Johanna I. von Neapel (1343–1382) als Gräfin der
Provence habe schmälern wollen. Ein König, der nach seiner Krönung
erklären muss, dass er damit nicht in die Rechte eines anderen gekrönten
Hauptes in jenem Reich habe eingreifen wollen, das passt nicht zusammen.[40]

Wenn diese Zeremonie aber keine eigentliche Krönung zum König
von Burgund gewesen war, dann könnte es sich vielleicht um ein «Unter-
der-Krone-Gehen» in kaiserlichem Ornat gehandelt haben. Solche Rituale wurden vollzogen, um sich in entlegeneren Regionen des Reiches
demonstrativ als Kaiser zu zeigen. Möglich wäre also auch im Fall von
Arles 1365, dass in den dort vollzogenen Ritualen Benesch von Weitmühl
und nach ihm einige Karlsbiographen bis zum heutigen Tag zu gern eine
Königskrönung haben sehen wollen. Auch ich selbst habe das Ritual über
viele Jahre als Königskrönung angesehen, zweifle aber mittlerweile an dieser Deutung.[41]

Die Insignien des Reiches
und die Krone des heiligen Karl

Die prominenteste Krone im Besitz Kaiser Karls war zweifellos die sogenannte Reichskrone, die heute in der Schatzkammer der Wiener Hofburg
aufbewahrt wird. Mit dieser Krone dürfte am ehesten die Kaiserkrone des
Heiligen Römischen Reiches in Verbindung gebracht werden. In den
Quellen, die von Karls Kronen handeln, ist bedauerlicherweise immer
nur ganz allgemein die Rede davon, dass der Herrscher «mit kaiserlichen
Insignien geschmückt» oder eben «gekrönt» worden sei. Zwar wird aus
den Quellen erkennbar, dass der Kaiser seine verschiedenen Kronen bei
feierlichen Anlässen verwendete, doch wenn von kaiserlichen Insignien
die Rede ist, bleibt unklar, um welche Objekte genau es sich handelte. So
ist es nicht einmal sicher, dass die Wiener Reichskrone jemals vom Kaiser
benutzt worden ist. Da Karl ein ausgesprochenes Gespür für die Kraft
von Symbolen besaß, wäre es jedoch eher unwahrscheinlich, dass er dieses
Stück nicht getragen haben sollte. Die Mitteilung Heinrichs von Diessenhofen, Karl habe im Januar 1357 in Aachen auf dem Steinthron des gro
ßen Frankenkaisers sitzend «die Krone Karls des Großen auf dem Haupt

getragen», kann beides bedeuten: dass er die Reichskrone trug oder eben die Aachener Krone, die er für das Kopfreliquiar gestiftet hatte und die als Besitz des heiligen Kaisers galt.[42]

Aber auch die Reichskrone wurde nicht nur als Herrschaftszeichen verstanden, sondern nahm gemeinsam mit dem größten Teil der sogenannten Reichsinsignien immer stärker den Charakter einer Heiligenreliquie an. Im Laufe der Zeit galt sie dann als die Krone Karls des Großen, der seit dem 12. Jahrhundert als Heiliger verehrt wurde, und so stellte das Diadem irgendwann eine regelrechte Berührungsreliquie eines Heiligen dar. Benesch von Weitmühl bestätigte, dass bei der Auslieferung «der Reliquien und Heiltümer des Reiches» an Karl IV. die «Krone des heiligen Karl» dazugehörte.[43]

Das Bildprogramm der vier Emailplatten dieser Krone muss für Karl eine Bestätigung seines Auserwähltseins bedeutet haben. «Durch mich herrschen die Könige», so steht es lateinisch auf einer der Bildplatten. Das korrespondierte mit den biblischen Königen David oder Salomon, die auf zwei weiteren Bildplatten ihre Losungen gaben: «Die Ehre des Königs liebt das Recht» und «Fürchte den Herrn und meide das Böse». Die vierte Platte dürfte für Karl von besonderer Bedeutung gewesen sein, bezog sie sich doch offenbar direkt auf seine schwere Turnierverletzung. Der Prophet Jesaja steht vor dem kranken König Ezechias und spricht: «Siehe, ich will zu deinen Lebenstagen noch fünfzehn Jahre hinzufügen». Dass aus den fünfzehn, die ihm in der Krone prophezeit waren, am Ende sogar fast dreißig wurden, das verdankte der Kaiser zweifellos der besonderen Gnade Gottes.[44]

Welche Rolle spielten die Insignien des Reiches, die auch als Reichkleinodien bezeichnet wurden, insgesamt in der Politik Karls? Neben der Reichskrone gehörten die Heilige Lanze und das Reichskreuz zu den herausragenden Objekten. Ferner wurden auch Schwerter, Krönungsmäntel, Stiefel, Handschuhe, Szepter und Reichsäpfel zu den Reichsinsignien gerechnet. Die meisten dieser Gegenstände stellten zugleich Reliquien von Heiligen dar, was ihr Ansehen enorm erhöhte. Von der Lanze etwa hieß es, dass es jene Waffe sei, mit der der römische Hauptmann Longinus die Seite des Gekreuzigten geöffnet habe und die dadurch mit Christi Blut in Berührung gekommen sei, und wie die Krone von Monza berge sie im Innern ihres Blattes einen Nagel vom Kreuz Christi. Das Reichskreuz enthielt angeblich einen besonders großen Splitter vom Marterholz des Herrn. Und erst die Schwerter: Da gab es das prachtvolle Krönungsschwert, das Kaiser Friedrich II. im Jahr 1220 den Insignien hinzufügt hatte und das Karl später mit dem böhmischen Wappen am Knauf verzieren lassen sollte. Ein weiteres Schwert stammte, so glaubte man zu wissen, vom heiligen Mauritius; tatsächlich war das sogenannte Mauritiusschwert aber erst von Kaiser Otto IV. gestiftet worden. Das dritte Schwert, das in Aachen aufbewahrt wurde, hatte den mittelalterlichen Vorstellungen nach ein Engel Karl dem Großen überreicht, damit er die Heiden wirkungsvoller bekämpfen könne. Alle diese Reichsinsignien waren so stark mit traditionsbildenden Legenden aufgeladen und für die Machtrepräsentation von Herrscherfamilien von so hoher Symbolkraft, dass ihr bloßer Besitz wichtiger war als die tatsächliche Benutzung bei Zeremonien.[45]

Benesch Krabice von Weitmühl zählte in seiner Chronik einige der *reliquie et sanctuaria imperii* auf, die zu Palmarum 1350, also am Sonntag vor Ostern, nach Prag gekommen seien: «ein großes Stück des heiligen Kreuzesholzes, ebenso die Lanze des Herrn, ebenso ein Nagel, ebenso die Krone des heiligen Karl, ebenso ein Schwert, welches ihm gegen die Heiden von einem Engel geschickt wurde, ebenso ein Arm der heiligen Anna und anderes, das Kaiser zu besitzen pflegen».[46]

Legitime Kaiser ließen sich aus Sicht des Chronisten also daran erkennen, dass sie die Verfügungsgewalt über die Reichsinsignien innehatten. Doch nach der Wahl und Krönung Karls IV. zum römisch-deutschen König befanden sich diese Kostbarkeiten zunächst weiter im Besitz des eigentlich rechtmäßigen Kaisers Ludwig IV., abfällig «der Bayer» genannt, gegen den der Luxemburger als Gegenkönig erhoben worden war. Bei Karls Krönung in Bonn 1346 konnte deshalb nicht auf die Reichsinsignien zurückgegriffen werden, auch für die Zeremonien 1349 in Aachen waren sie immer noch nicht zur Hand. Selbst nach dem unerwarteten Tod Kaiser Ludwigs 1347 blieben sie weiter in der Verfügung der Familie der Wittelsbacher. Kaiser Ludwigs ältester Sohn, Ludwig V. der Ältere, Markgraf von Brandenburg, Herzog von Bayern und Graf von Tirol, wollte die Insignien so lange als Faustpfand behalten, bis die Aussöhnungsverhandlungen erfolgreich abgeschlossen waren.

Zu Beginn des Jahres 1350 bahnte sich endlich eine Lösung hinsicht-

lich der Reichsinsignien an. Die Zisterzienser des Klosters Stams in Tirol,
die die Kostbarkeiten bislang verwahrt hatten, brachten diese im Auftrag
Markgraf Ludwigs nach München. Hier wurden sie am 12. März 1350 den
Abgesandten Karls übergeben, die Ludwig eine im Namen des Königs auf
Deutsch verfasste Urkunde aushändigten, praktisch eine Art «Empfangs-
bestätigung». Als Gegenstück übergab Ludwig den Gesandten ein ebenfalls in deutscher Sprache formuliertes Dokument und ließ zudem eine
Urkunde in gleichem Wortlaut auf Latein ausstellen. Die Zisterzienser
nahmen dieses Exemplar mit nach Stams als Beleg dafür, dass sie die Insignien auftragsgemäß übergeben hatten.[47]

In den drei Urkunden vom 12. März 1350 wird genau festgehalten, aus
welchen Stücken die Reichsheiltümer zu diesem Zeitpunkt bestanden
und in welcher Reihenfolge man ihre Bedeutung sah. In der Urkunde
Karls heißt es: «Das ist beynamen ein gulden creucz, gecziret mit dem
edelem gesteyne und feyn perlen gancz und unverrukt, und in dem selben creucz ist das sper und eyn nagel unsers herren. Ouch ist darinne ein
stucke des heiligen creucz, ein czand [Zahn] sent Johans des Toufers in
eynem cristall und sent Annen arm. Ouch sint da besunder czwey swert,
das eine sent Mauriczin und das ander sent Karls mit vergulten scheiden.
Ouch ist da unverrukt und gancz des egenanten heiligen keyser Karls
guldein crone mit dem bogen und dem creucz, die dar uf gehoern, gewurcht [gearbeitet] von mancherley edelem gesteyne, darin ist besundern
gewurcht ein edel steyn, den man nennet den weysen.»[48]

Aus dieser Aufzählung, die noch weitere Objekte nennt, wird deutlich,
dass es nicht vordergründig um eine Krone oder andere Krönungsinsignien ging, sondern um eine Reihe von Reliquien, von denen einige die
Form von Insignien besaßen. Auffällig ist, dass die Krone, die man Karl
dem Großen zuschrieb, erst nach Kreuz und Lanze erscheint. Die genau
beschriebene Krone enthält eine außergewöhnliche, eigens genannte Kostbarkeit, «den weysen». Dieser besonders große Stein auf der Stirnplatte der
Krone wird in der lateinischen Fassung als *candidus*, «der Weiße», bezeichnet, vielleicht ein Hinweis auf den weißlichen Schimmer des Edelsteins.
Schon Walther von der Vogelweide hat diesen Stein besungen.[49]

Wer die Stirnplatte der Krone genau betrachtet, wird feststellen, dass
dort ein kleinerer weißer Stein in einer viel zu großen Fassung steckt, der
ursprüngliche «weyse» also offenbar entfernt wurde. Doch wann und von

Insignien des Reiches:
In einem über Jahrhunderte
andauernden Prozess wurden
aus einigen Objekten des
Reichsschatzes verehrte
Reliquien, die seit der Zeit
Karls IV. alljährlich zunächst
in Prag, später in Nürnberg
dem Volk gezeigt wurden. Zu
diesen Reichsheiltümern
gehören das Reichskreuz mit
einem Partikel vom Marter-
holz des Herrn, die heilige
Lanze, das Schwert des
heiligen Mauritius und die
Krone, die lange für die Karls
des Großen gehalten wurde.

wem? Verloren ging er in der Zeit Karls. Da es unwahrscheinlich sein
dürfte, dass ein so prominenter Edelstein einfach verschwindet, könnte
der Verdacht aufkommen, Karl selbst, der eine besondere Vorliebe für
Reliquien besaß, zudem schöne Steine und Gemmen sammelte, habe den
Stein herausbrechen und woanders einsetzen lassen. Auch von der heiligen Lanze, in deren Blatt ein Nagel vom Kreuz Christi eingesetzt war, ließ
er ein Drittel abtrennen und, um die entstandene Lücke zu tarnen, das
Blatt mit einer Goldmanschette versehen. Wir wissen, dass der kaiserliche
Sammeleifer manchen Alteigentümer stark unter Druck setzte, wenn der
Kaiser ihn «bat», ihm dieses oder jenes kostbare Stück zu überlassen. Ein
«Umnutzen» des «weysen» in einen anderen, aus Karls Sicht vielleicht
höheren Verehrungszusammenhang erscheint jedenfalls nicht ganz ausgeschlossen.[50]

Als Karl die Kostbarkeiten endlich zu seiner Verfügung hatte, dürfte ihn eine tiefe Zufriedenheit durchströmt haben, wurde damit doch die Rechtmäßigkeit und Gottgewolltheit seiner Herrschaft für alle sichtbar hervorgehoben. Prompt intensivierte er eine Praxis, die schon einige seiner Vorgänger zur Verstärkung der Legitimation ihrer Herrschaft genutzt hatten: die «Weisung», das heißt, das öffentliche Vorzeigen der Reichsinsignien. Die erste fassbare Weisung gab es 1315 in Basel durch König Friedrich den Schönen (1314–1330). Nach seinem Sieg über den habsburgischen Gegner 1322 nutzte auch Kaiser Ludwig IV. das Vorzeigen der Stücke in Nürnberg und Regensburg als Zeichen seiner legitimen Herrschaft. Karl erweiterte diese Praxis durch die Einrichtung eines jährlich zu begehenden Festes, bei dem der Reliquiencharakter der Kostbarkeiten im Mittelpunkt stand. Bereits im März 1350 schreibt Karl in einem Brief nach Florenz, er habe am Palmsonntag die *«reliquiae sacri imperii»* in Prag gezeigt.[51]

Am 17. August 1350 richtete Karl IV. an seinen früheren väterlichen Freund Peter von Fécamp, nunmehr Papst Clemens VI., eine spezielle Bitte. Er äußerte den Wunsch, dass «einer der Nägel, mit welchen der Erlöser ans Kreuz geschlagen, und die Lanze, mit der seine Seite durchstoßen wurde, und etliche andere Reliquien des Erlösers und auch die Reliquien einiger seiner Heiligen, welche Heiltümer des Heiligen Reiches genannt werden und welche in der Obhut und Verfügungsgewalt des Königs liegen, an festgelegten Feiertagen dem gesamten Volk gezeigt werden mögen». Zu diesem Zeitpunkt waren die *sanctuaria* noch kein halbes Jahr in Karls Verfügungsgewalt.[52]

Der Papst erfüllte den Wunsch des Königs und half damit noch einmal, Würde und Wert der Reichskleinodien zu steigern. Am selben Tag gab er eine Urkunde aus, in der er den Teilnehmern der einmal pro Jahr stattfindenden öffentlichen Verehrung dieser Reliquien einen Ablass von sieben Jahren und sieben Quadragenen, also vierzigtägigen Bußen, zugestand. Drei Jahre später gewährte Papst Innozenz VI. Aubert, dass an einem Altar, auf dem die *reliquiae imperiales* ruhen, Pontifikalmessen gehalten werden dürfen. Vollends institutionalisiert wurde die Verehrung der Reichsinsignien als Reliquien 1354, als Innozenz VI. einer weiteren Bitte des Königs stattgab. Es sollte «in ganz Deutschland und Böhmen fortan ein immer wiederkehrendes Fest im Namen der Lanze und der

Nägel begangen werden», und zwar immer am Freitag nach der Oster-
oktav, also zwölf Tage nach dem Ostersonntag, so legte es die päpstliche
Bulle *In redemptoris nostri* vom 13. Februar 1354 fest. Am gleichen Tag werden die Erzbischöfe von Köln, Trier, Salzburg, Bremen, Magdeburg, Prag
und Riga aufgefordert, die Einrichtung des Festes in ihren Diözesen bekannt zu machen. Das neu geschaffene Fest und die Verstetigung der Verehrung erhöhten nicht nur die Dignität der Objekte, sondern auch den
Ruhm Prags und der Burg Karlstein, wo die Insignien verwahrt wurden.[53]

Für das nun alljährlich stattfindende Wallfahrtsspektakel wurde in der
Prager Neustadt auf dem Viehmarkt, dem heutigen Karlsplatz – Karlovo
náměstí, in jener Zeit der größte Marktplatz Europas –, ein hölzerner
Bau, der sogenannte Heiltumsstuhl, errichtet, in den 1380er Jahren ersetzt
durch eine steinerne Kapelle. In vier Gängen, deren Abfolge genau festgelegt war, wurden dem staunenden Volk dort die Reliquien und Insignien
gezeigt, im letzten Gang als Höhepunkt neben der Lanze und den Nägeln
auch die Schwerter und die Reichskrone. Zusätzlich zum Ablass konnten
die Pilger als Beweis ihrer andächtigen Teilnahme ein aus Metall gegos-
senes Pilgerzeichen erwerben. Für das Fest wurde zudem ein eigenes Offi-
zium verfasst, das die Abfolge der Gesänge und Gebete vorschrieb. Dieses
sogenannte Lanzenoffizium entstand wahrscheinlich 1355 kurz nach der
Kaiserkrönung Karls und wohl auch unter seiner Beteiligung, wie der
Verfasser der in den späten 1370er Jahren entstandenen *Kölner Weltchronik* zu berichten wusste. Der Chronist Benesch Krabice von Weitmühl
zählte auf, wer da alles in Prag zu dem Spektakel der *ostensio reliquiarum*
zusammenkam – «aus allen Teilen der Welt so eine große Menge an Menschen, dass man es nicht glauben möchte, wenn man es nicht mit eigenen
Augen gesehen hätte».[54]

Mit der Einführung des Festes zu Ehren der Heiligen Lanze und der
Nägel Christi wuchsen die Reichsinsignien und mit ihnen die Krone über
ihre eigentliche Funktion als Herrschaftszeichen weit hinaus und wurden
zu Verehrungsobjekten der Volksfrömmigkeit. In kurzer Zeit war es
Karl IV. gelungen, einen erfolgreichen Kult um die Reichsinsignien zu
etablieren, der eine Entsprechung in dem in der Pariser Sainte-Chapelle
begangenen Fest der Dornenkrone besaß. Im 15. Jahrhundert sollten diese
Insignienpräsentationen dann zu einem periodisch wiederkehrenden
Spektakel werden, wobei auf sogenannten «Schreizetteln» die richtige

Reihenfolge der Heiltümer notiert wurde, damit der Ausrufer nichts durcheinanderbrachte.[55]

In die Zeit, als Karl IV. die Verfügungsgewalt über die Reichsinsignien besaß, fallen einige Ergänzungen und Umarbeitungen an den Kostbarkeiten. Zunächst ganz praktisch gedacht: Wer Kronen transportieren will – was bei der Reiseherrschaft zwingend notwendig war –, muss diese irgendwie verpacken, damit sie beim Transport keinen Schaden nehmen. Manche Kronen konnten dafür auseinandergenommen werden, leicht abbrechende Teile wie abstehende Kreuze oder Lilien ließen sich entfernen und wieder anstecken. Dennoch mussten Vorkehrungen gegen mögliche Transportschäden getroffen werden. Karl ließ deshalb um 1350 für einige der Reichsinsignien spezielle Transportköfferchen herstellen. Die Formen dieser Futterale folgen den Gegenständen, die sie umschließen: Der Koffer für das Reichskreuz ist natürlich kreuzförmig, der Behälter für das Zeremonialschwert erinnert an einen in die Länge gezogenen Geigenkasten, das Reichsapfelfutteral ist an der unteren Blasenform zu erkennen, und die Koffer für die Kronen gleichen Fußbällen. Bei den Insignienbehältern aus der Zeit Karls IV., die wohl alle aus derselben Werkstatt stammen, handelt es sich um überaus kunstvoll geprägte, reich verzierte Lederobjekte. Die Kronenkoffer etwa erhielten auf dem Deckel einen schwarzen Adler auf gelbem und einen doppelschwänzigen Löwen auf rotem Grund, die Seiten schmücken Tier- und Blumenmotive. Einige der Pretiosen erfuhren später Umarbeitungen und Ergänzungen. Das Reichskreuz etwa bekam einen Fuß, versehen ebenfalls mit den Wappen des Reiches und Böhmens. Auch das Zeremonialschwert erhielt im Knauf diese heraldischen Verzierungen.[56]

DER GESETZGEBER

«So machte ich es auch mit der Goldenen Bulle, und reizte meinen Gönner oft zum Lächeln, wenn ich ganz ernsthaft unversehens ausrief: ‹Omne regnum in se ipsum divisum desolabitur.›»

> *Johann Wolfgang von Goethe,*
> *«Aus meinem Leben.*
> *Dichtung und Wahrheit»*

Die Goldene Bulle ordnet das Reich

SONNTAG, 25. DEZEMBER 1356, METZ. *«Factum est autem in diebus illis exiit edictum a Caesare Augusto, ut describeretur universus orbis.»* Mit singender Stimme liest Karl IV., der Kaiser der Römer, die berühmte Stelle aus dem Lukasevangelium: «Es begab sich aber zu jener Zeit, dass ein Befehl vom Kaiser Augustus ausging, dass alle Welt geschätzet würde», so sollte Martin Luther die Bibelstelle später verdeutschen. Vor dem mit der Kaiserkrone bekrönten Monarchen im Festgewand liegt ein aufgeschlagenes Prachtevangeliar auf einem Lesepult, neben ihm steht ein Geistlicher, der die Seiten wendet. Der Kaiser kann es nämlich nicht selbst tun, denn er hält beim Lesen ein blankes Schwert in die Höhe. Das Ganze entsprang keiner zufälligen Laune des Kaisers und war auch kein aus dem Augenblick heraus improvisiertes Ritual. Im vollen Bewusstsein der hohen symbolischen Kraft einer Lesung des Weihnachtsevangeliums zeigte Karl zweierlei: dass das Kaisertum tiefer in den Brunnen der Ge-

 me ne le pourroit il faire ne souffrir ne li
seroit· Si se consent de bonne volente se de
mourer au dit Cambiay pour faire son or
denance a coustumee en son empire·

***Eine Weihnachtsgeschichte
vom Kaiser:*** *«Es begab sich
aber zu der Zeit …» Die
alljährliche Lesung der
Weihnachtsgeschichte nach
Lukas durch Karl, die er 1377
auch auf der Reise nach Paris
in Cambrai inszenierte, fand
eine bildliche Darstellung in
den Grandes Chroniques de
France Charles' V.*

schichte zurückreichte als die christliche Kirche und dass er sich als ein
direkter Nachfolger des römischen Kaisers Augustus empfand. Und tatsächlich war Karl nach der mittelalterlichen Zählweise der einundneun-
zigste Amtsnachfolger jenes ersten erhabenen römischen Kaisers.[1]

Das Ritual der Weihnachtslesung hatte Karl fast ein Jahrzehnt zuvor
wohl erstmals in Basel zelebriert und damit eine zwei Jahrhunderte andauernde Tradition begründet. In seiner Herrschaftszeit wurde die kaiserliche Lukaslesung im Prinzip alljährlich inszeniert, was nicht immer allen
Beteiligten gefiel. Denn Karls Augustus-Imitationen gehörten zu jenen in
dieser Zeit häufig auftretenden und heftig umstrittenen symbolischen
Handlungen, die das 14. Jahrhundert, wie Bernd Schneidmüller feststellte, als eine «Epoche der reflektierten Inszenierung wie Ritualisierung»
erscheinen lassen.[2]

Die Lukaslesung von 1356 fiel auf einen Sonntag und fand während des
Hochamts in der überfüllten Kathedrale von Metz statt, einer bedeutenden Bischofsstadt im Westen des Reiches. Zu den hohen Gästen gehörten
zwei von Karls Neffen aus dem französischen Königshaus der Valois,

Charles (1338–1380), Herzog der Normandie, Dauphin von Vienne und Thronfolger, sowie dessen Bruder Jean (1340–1416), der spätere Duc de Berry, die angeblich von zweitausend Mann zu Pferd begleitet wurden. Aus Avignon war der französische Kardinallegat Élie de Talleyrand-Périgord, Kardinalbischof von Albano und einer der höchsten Kirchenfürsten der römischen Kirche, der zwei Jahre zuvor auch als Koronator für Karls Kaiserkrönung vorgesehen war, mit immerhin sechshundert Berittenen erschienen. Er sang die erste Messe. Da Talleyrand den Papst vertrat und Charles für seinen königlichen Vater die Regentschaft ausübte, könnte die Zusammenkunft mit dem Kaiser geradezu als ein europäisches Gipfeltreffen angesehen werden.

Von den ungefähr einhundertdreißig Reichsfürsten – etwa neunzig davon gehörten dem geistlichen Stand an – waren zweiunddreißig in Metz zugegen, gemessen an den im Spätmittelalter auf Hoftagen üblichen Teilnehmerzahlen eine stattliche Gruppe. Vor allem hatten sich alle sieben Kurfürsten eingefunden, darunter die mächtigen vom Rhein, aus Trier, Mainz und Köln, sowie der Pfalz. Zahlreiche Erzbischöfe, Bischöfe und Reichsäbte, ein neuer Herzog inmitten weiterer Fürsten und Grafen, ferner Ritter des Deutschen Ordens, Herren, Kleriker, Kanzlisten, ehrbare Bürger mit ihrem jeweiligen mehr oder minder zahlreichen Gefolge – kurzum, ziemlich viel, was Rang und Namen hatte, war hier in Metz versammelt. Die Fülle der Würdenträger und der Glanz der Rituale ließen den Metzer Hoftag zu einem Höhepunkt kaiserlicher Machtdarstellung werden. Nach der Weihnachtsmesse wurden auf dem großen viereckigen Marktplatz der Stadt feierliche Belehnungen vorgenommen, anschließend gab es mit staunenswerten Ritualen versehene Festschmausereien. Den Höhepunkt aber bildete die öffentliche Verkündung der bedeutendsten Gesetzessammlung aus der Herrschaftszeit Karls IV., der sogenannten Goldenen Bulle.[3]

In dieser umfangreichen Sammlung von Verfügungen, deren erster Teil bereits im Januar 1356 in Nürnberg verkündet wurde, konnten die vielleicht wichtigsten politischen Fragen des Heiligen Römischen Reiches, die über Jahrhunderte immer wieder zu Streit und Krieg geführt hatten, geklärt und verbindlich festgeschrieben werden: Wie kommt das Reich zukünftig zu einem neuen Staatsoberhaupt? Wer ist berechtigt, den Kandidaten zu bestimmen? Auf welche Weise soll das geschehen? Wo kommen die Verantwortlichen dafür zusammen? Und in welchem Ver-

hältnis stehen die daran Beteiligten zueinander? Damit stellt die Goldene
Bulle eine Art Grundgesetz dar, vergleichbar mit dem derzeit geltenden
der Bundesrepublik Deutschland, in dem die Wahl des Bundespräsiden-
ten ebenso geregelt ist wie das Verhältnis von Bund und Ländern.[4]

Das Beeindruckendste an der Goldenen Bulle ist zweifellos ihre Geltungsdauer: Der zentrale Teil der Regelungen galt nach einigen Anfangs-
schwierigkeiten bis zum Ende des Heiligen Römischen Reiches 1806, also
genau vierhundertundfünfzig Jahre. Damit ist das Gesetzeskorpus zwar
nicht so alt wie die englische Magna Carta von 1215, von deren Bestimmungen einige sogar bis in das 20. Jahrhundert galten. Anders als diese
oder die vielen «Handfesten» genannten Vereinbarungen in den europäischen Monarchien verdankte die Goldene Bulle ihre Entstehung aber
auch nicht kriegerischen Konflikten zwischen König und Baronen. Sie
war vielmehr das Ergebnis vermittelter gegensätzlicher Verhandlungsposi-
tionen innerhalb des Hochadels, stellte also einen Machtkompromiss dar.
Unter staatsrechtlichen Gesichtspunkten ließe sich die Goldene Bulle am
ehesten noch mit den als *Ordonnances* bezeichneten Erlassen des französischen Königs Charles V. von 1374 vergleichen, die die männliche Erbfolge
im französischen Königtum festlegten. Allerdings waren diese Erlasse mit
ihrem eingeschränkten Thronfolgerecht eine Art Gegenentwurf zu jenen
eine Königswahl fixierenden Bestimmungen der Goldenen Bulle.[5]

Woher stammt der eigentümliche Name und was bedeutet er? Ursprünglich hießen verfassungsrelevante Schriftstücke häufig nach dem,
was sie enthielten: *leges*, «Gesetze». Karl IV. und seine Kanzlei haben meistens Begriffe verwendet, die den verfassungsrechtlichen Charakter betonen. So ist etwa von *lex*, *nostra lex* oder *nostre leges* die Rede, von *constitutio*,
nostra constitutio imperialis oder *constitutiones* im Sinne einer grundgesetz-
lichen Konstitution oder auch von *edictum*, einem herrscherlichen
Gesetzesbefehl. Auf Deutsch hießen die Bestimmungen zunächst «gese-
cze», «geseczze» sowie «unsir keiserliches gesez» oder «unser keiserliches
rechtbuch». Als sich Siegfried zum Paradies (gest. 1386), kaiserlicher Vertrauter, später Stadtschreiber und Schultheiß in Frankfurt am Main, 1361
Aufwendungen ersetzen ließ, die ihm entstanden waren, als er für die
Stadt eine Abschrift der Gesetze besorgte, ging es «umb daz buch mit der
gulden bullen, die he irwarb der stat von unserm herren dem keiser». Hier
tauchte der Name erstmals auf. Aber erst im Zusammenhang mit der Ab-

setzung König Wenzels im Jahr 1400, der aus Trotz eine reich bebilderte Prachtabschrift in Auftrag gab, trat die noch heute übliche Bezeichnung Goldene Bulle in die historische Erinnerung ein.[6]

Das mittelhochdeutsche Wort «Bulle» ist dem lateinischen *bulla* in der Bedeutung von Metallkapsel entlehnt. Erstmals trat die Besiegelung mit Metallbullen aus Blei in der byzantinischen Kanzleipraxis auf, was später für Jahrhunderte auch bei den sogenannten päpstlichen Bullen der Fall sein wird. Mit Bulle waren also ursprünglich nur jene metallenen Siegel aus Blei, Gold oder Silber gemeint, die meistens an Seidenschnüren mit dem Dokument verbunden waren und auf den ersten Blick dessen hohe Bedeutung erkennen ließen. Der Name für die Besiegelung ging dann auf das Schriftstück über, sodass unter «Bulle» im Mittelalter und in der Frühen Neuzeit eine Urkunde verstanden wurde, die gewichtige Sachverhalte meist staatsrechtlicher Natur fixierte. Von allen römisch-deutschen Königen und Kaisern hat Kaiser Friedrich II. die meisten Goldbullen schlagen lassen, mehr als zweihundert, darunter so bekannte wie die drei «Sizilischen Goldenen Bullen» oder die «Goldene Bulle von Rimini». Von Kaiser Karl IV. sind knapp hundertfünfzig mit Goldsiegeln bekräftigte Urkunden bekannt. Goldbullen zeugten aber nicht nur von der staatsrechtlichen Bedeutung eines Dokuments, sondern auch von der Finanzkraft des Empfängers, denn der hatte die prachtvollen Siegel selbst zu bezahlen.[7]

Große Politik und große Gesten

Lange Zeit erschien es merkwürdig, dass die Verkündung der Goldenen Bulle in Metz stattfand und nicht in Prag oder Nürnberg. Aber Metz war zum einen keine unbedeutende Stadt, sondern besaß eine gewaltige Bischofskirche und war groß genug, um einen festlichen Hoftag auszurichten. Zum anderen lag sie nahe an der Grenze zu Frankreich, und dort harrten zu der Zeit einige Probleme dringend der Lösung.[8]

Drei Monate zuvor, am 19. September 1356, hatte der französische König Jean II. Le Bon in der Schlacht von Poitiers nicht nur eine schwere Niederlage im Krieg mit den Engländern erlitten, sondern war sogar selbst in Gefangenschaft geraten. Dessen Sohn und Karls Neffe, der fast neunzehnjährige Charles, von den siegreichen Engländern und einem

Aufruhr in Paris gleichermaßen bedroht, suchte Hilfe beim Kaiser. Der wiederum versuchte trotz der schönen Geschenke des Neffen – darunter zwei Dornen aus der Dornenkrone Christi und ein kostbares verziertes Schwert im Wert von achtzehntausend Gulden – dessen geschwächte Stellung auszunutzen und eine Reihe von strittigen Rechten des Reiches im Westen zu seinen Gunsten zu bekräftigen. Kardinal Talleyrand war vom Papst wohl auch an die Mosel beordert worden, um im französisch-englischen Konflikt zu sondieren. Somit ergab sich für Karl die vorteilhafte Situation, nicht nur im Kreis der Kurfürsten, sondern vor aller Welt seine hervorgehobene Stellung als Kaiser in Verbindung mit der Idee des Imperiums zu demonstrieren.[9]

Karl ließ kurz vor seiner Abreise aus Metz eine Art Rundbrief verfassen, in dem er auflistete, was sich dort Wichtiges zugetragen hatte. Als Erstes nannte Karl die öffentliche Bekanntmachung der zahlreichen Gesetze, die bald darauf den Namen Goldene Bulle tragen sollten. Er beschrieb den festlichen Empfang durch die Honoratioren der Stadt und die feierliche Weihnachtsmesse, bei der die anwesenden Kurfürsten vor der kaiserlichen Majestät genau festgelegte Erzämter ausgeübt hätten. Er erwähnte die Anwesenheit seiner königlichen Neffen aus Frankreich, die Erhebung des Markgrafen Wilhelm V. von Jülich zum Herzog, die eifrige Dienstbarkeit und den besonderen Gehorsam der Kurfürsten ihm gegenüber sowie die einzigartige Eintracht des Reiches. Ferner berichtete Karl von einer durch Boten versuchten Vermittlung zwischen dem englischen und dem französischen Herrscher und informierte zuletzt über seine geplante Heimreise über Brabant nach Böhmen.[10]

Den Zeitgenossen blieben zunächst weniger die weit gesteckten politischen Verhandlungen, sondern eher das augenfällige Gepränge, der offenbar hohe Schauwert der Inszenierung des Ereignisses im Gedächtnis. Der erste Fortsetzer der Chronik des Mathias von Neuenburg berichtet: «Im selben Jahr kam Kaiser Karl in der Adventszeit nach Metz und feierte dort den Geburtstag des Herrn. Es befanden sich daselbst alle Kurfürsten und alle Amtleute oder Bedienstete des Reiches, deren jeder dem Kaiser, während er bei der Tafel saß, nach dem ihm zukommenden Amte diente. Jeder kam zu Pferde an die Tafel, und vor derselben stiegen sie ab und überließen ihre Pferde den Sängern und Gauklern. Auch viele andere Feierlichkeiten gingen daselbst vor sich, welche zu beschreiben zu lange aufhalten würde, denn dieser Hoftag war feierlicher, als man von irgendeinem eines früheren Kaisers geschrieben hat.»[11]

Mit dem Tafeldienst der Kurfürsten vor dem Kaiser war die Ausübung der sogenannten Erzämter gemeint, die in Verbindung mit dem Festmahl auf Hoftagen standen: Pferde versorgen, Hände waschen, Speisen heranbringen, Eröffnungstrunk darbieten. Benesch von Weitmühl hat die Rituale detailliert beschrieben. Nachdem das kaiserliche Paar in feierlichem Aufzug zum Markt geleitet worden war und an zwei separaten, unterschiedlich erhöhten Tafeln Platz genommen hatte, erschienen die kurfürstlichen Erzbischöfe mit ihren Siegeln, reichten sie dem Kaiser und erhielten sie zurück. Dann verrichteten die weltlichen Kurfürsten ihre Erzämter. Der Herzog von Sachsen ritt auf großem Schlachtross vor die Tafel und versorgte als Erzmarschall die Pferde des Kaisers mit Hafer, den er in silbernen Gefäßen mitgebracht hatte; der Markgraf von Brandenburg erschien ebenfalls reitend als Erzkämmerer mit goldenem Becken und schönem Handtuch und bot dem Kaiser reinigendes Wasser; der Pfalzgraf bei Rhein kredenzte als Erztruchsess die Speisen auf goldenen Platten, und Karls Bruder Wenzel, der Herzog von Luxemburg, vertrat den Kaiser als König von Böhmen als für den Wein verantwortlicher Erzmundschenk mit goldener Karaffe in dessen Amt. Zu guter Letzt erschallte gewaltiges Getöse, Hundegekläff und Posaunengeschmetter: Mit großer Jagdhundemeute und zahlreichen Hornbläsern erschienen der Markgraf von Meißen als *archivenator*, als «Erzjäger», und der Graf von Schwarzburg als *subvenator*, als «Unterjäger», um vor dem Fürstentisch einen Rothirsch und einen Keiler, offenbar kurz zuvor gestrecktes Wild, abzulegen. Danach schmauste man so gewaltig, wie Ähnliches nie erinnert werden konnte, fügte Benesch noch bewundernd hinzu.[12]

Bei für Ende Dezember ungewöhnlich gutem Wetter konnte sich die Versammlung übrigens an einer speziellen Bratenleckerei laben: In einen Ochsen am Spieß hatten die Köche wie ineinander gesteckte Matrjoschka-Puppen ein Schwein, ein Lamm, einen Kapaun, eine Gans, ein Huhn und ein Ei gefüllt. Dieser besondere Braten gehörte zu einem Festessen anlässlich einer Herrscherkrönung und blieb in Frankfurt am Main auf dem Römer bis 1792 üblich.[13]

Die beschriebenen rituellen Handlungen waren beileibe keine einfachen Kellnerdienste am Kaiser, sondern prestigeträchtige Vorrechte, die

Des herczogen von sachsen ampt

«des herczogen von Sachsen ampt»: Zu den rituellen Handlungen, die den Kurfürsten vorbehalten waren und die in der Goldenen Bulle festgeschrieben wurden, gehörten die Erzämter. Der Herzog von Sachsen musste als Erzmarschall für das Pferdefutter sorgen, indem er einen Haufen Hafer bis zum Brustriemen des eigenen Pferdes aufschütten ließ. Der Holzschnitt aus dem ersten illustrierten Druck der Goldenen Bulle von 1485 aus Straßburg zeigt diese Szene.

vornehmlich zur Distinktion der Kurfürsten gegenüber den anderen dienten, die nur zuschauen durften. In den gerade verkündeten Verfügungen der Goldenen Bulle sind diese Dienste mit Ausnahme des Jägerauftritts genau festgeschrieben worden. Für alle sichtbar zeigte sich zum einen die Exklusivität der Kurfürsten, die durch die Verrichtung ihrer Erzdienste an der kaiserlichen Tafel ihren Anspruch demonstrierten, zur Reichsspitze zu gehören. Schon allein dass sich einige zu Pferd dem Kaiser nähern durften, bewies ihren hohen Rang vor aller Augen. Zum anderen offenbarten die Kurfürsten ihre Stellung in der hierarchischen Ordnung, an deren Spitze die Person des Kaisers stand. Nur der Auftritt des Erzjägers und seines Unterjägers, der in der Reihe der kurfürstlichen Erzämter nicht vorgesehen war, dürfte den beiden Grafen wohl spontan auf deren Begehren zugestanden worden sein. Trotz aller Festlegungen gab es Streit – zum Beispiel darüber, wer das Reichsschwert halten durfte, ein Streit, der zwei Jahrzehnte später erneut mit gleicher Heftigkeit ausbrechen sollte.[14]

All die Schlemmereien und prachtvollen repräsentativen Rituale jener Weihnachtstage konnten jedoch nicht verdecken, dass es in Metz vor allem um beinharte Verhandlungen und große Politik ging. Zunächst waren die in Nürnberg und Metz erlassenen Bestimmungen das Ergebnis vielfältiger, zäh ausgehandelter Vereinbarungen zwischen den Fürsten und dem Kaiser. Dann galt es für Karl, die Befriedungspolitik in den lothringischen Gebieten mit den in dieser Region Mächtigen zu vermitteln und zu befördern. Zudem verlangte die durch die Schlacht von Poitiers erneut verschärfte westeuropäische Krisensituation nach prinzipiellen Positionsbestimmungen des Imperators. Metz bot somit nicht nur einen repräsentativen Schauplatz für die Feierlichkeiten zur Geburt des Herrn oder der Bekanntgabe der vereinbarten Gesetze auf dem alten Marktplatz, dem Sellefeld, dem Champ-à-Seille, sondern dort fanden auch vor dem Kaiser auf einem zweihundert Personen fassenden Podest zahlreiche feierlich in Szene gesetzte Investituren in die Lehen statt. Dazu gehörten die Lehenserneuerung des französischen Thronfolgers Charles für das zum Heiligen Römischen Reich gehörende Herrschaftsgebiet des sogenannten Delphinats, der einige Tage später noch die Übertragung des Reichsvikariats dafür folgte. Damit erhielt der Prinz den Titel «delphinus Viennensis», Delphin von Vienne, woraus später die französische Thronfolgerbezeichnung «Dauphin» werden sollte. Ein Königssprecht als Lehensnehmer, das bildete schon im englisch-französischen Verhältnis ein fast unüberwindliches Ehrproblem, sodass der Neffe Karls die Rituale sicherlich zähneknirschend vollzog. Zudem belehnte der Kaiser auf dem hochpolitischen Podest den Askanier Rudolf II. den Jüngeren mit dem Herzogtum Sachsen und der daran geknüpften Kurwürde sowie dem Erzmarschallamt, Wilhelm von Jülich mit seinem neu erhobenen Herzogtum und wohl auch seinen Halbbruder Wenzel mit dem Herzogtum Brabant.[15]

Wie ein Römischer König gewählt werden soll

Woraus bestand nun konkret die Gesetzeszusammenstellung, die als Goldene Bulle Karls IV. in die historische Erinnerung eingehen sollte? Und was regelte sie im Einzelnen? Das umfangreiche Dokument umfasst 31 Kapitel. Die Kapitel 1 bis 23 sind auf einem Hoftag in Nürnberg Ende

1355 in intensiven Verhandlungen beraten, festgelegt und als ein erster Teil
am 10. Januar 1356 dort verkündet worden. Als ein zweiter Teil wurden
Ende 1356 in Metz die Kapitel 24 bis 31 beraten und beschlossen. Ob es
sich bei dem Metzer Teil um «Nachbessserungen» handelte oder ob die
Metzer Bestimmungen schon vor Jahresfrist in Nürnberg grob umrissen
und geplant worden waren, lässt sich schwer entscheiden. Wahrscheinlich
hatte sich nach Einwendungen der Fürsten und aufgrund der inzwischen
eingetretenen politischen Entwicklungen die Fixierung weiterer Bestimmungen als notwendig erwiesen.

Die Goldene Bulle beginnt wie alle feierlichen Urkunden des Kaisers:
*In nomine sancte et individue trinitatis. Karolus quartus divina favente cle-
mentia* ... – «Im Namen der heiligen und ungeteilten Dreifaltigkeit Heil
und Segen. Karl der Vierte, durch die göttliche Gnade begünstigt römischer Kaiser, allzeit Mehrer des Reichs und König von Böhmen, zu ewigem Gedenken der Sache». Dann folgt ein Stoßgebet, das den allgemeinen Verhandlungswillen bekunden und eine Begründung der Beschlüsse
geben soll und so zugleich die Grundlagen des kaiserlichen Selbstverständnisses umreißt. Dies ließ sich dem Zeitgeschmack entsprechend
nicht in einfachen Worten darlegen, sondern musste auf elegante Weise
mit biblischen und griechisch-römischen Bildungsmetaphern ausgeschmückt werden. Die Vorrede komponierte Karls Kanzleichef Johann
von Neumarkt, der schon länger mit seinen Mitarbeitern auf den Metzer
Hoftag hingearbeitet haben muss. Dafür stützte er sich auf seinerzeit so
berühmte Texte wie Vergils *Aeneis*, Ovids *Metamorphosen* oder das *Car-
men paschale* des Sedulius (gest. um 450). Johann nutzte aber auch den
Gedankenreichtum eines seiner Lieblingsautoren, des französischen
Scholastikers Alain de Lille (um 1120–1202), der lateinisch Alanus ab In-
sulis hieß und von dessen Werk *Anticlaudianus* er sich vielfach anregen
ließ. Der Kanzler schrieb: «Allmächtiger, ewiger Gott, einzige Hoffnung
der Welt, der du dich als Erbauer des Himmels und als Schöpfer des Erdkreises offenbarst, sei eingedenk deines Volkes! Von der Höhe des Himmels herab gib gnädig acht, dass es nicht die Schritte dorthin wende, wo
Erinys gebietet, Alecto herrscht und Megära Gesetze verkündet.»[16]

Den rasenden Rachegöttinnen, die Neid, Zorn und Vergeltung über
das Menschenvolk bringen, zu entkommen, das war also der Sinn der
Gesetze. Weiter heißt es: «Hilf diesem Volk vielmehr, gütiger Gott, mit

der Kraft deines geliebten Sohnes Karl, dieses erlauchten Kaisers, dass es
unter seiner gewissenhaften Führung durch paradiesisch grünende Fluren
stets blühender Wälder und die seligen Gefilde zu dem heiligen Brunnen
gelangen kann, wo die Saaten des Lebens mit göttlichen Fluten beseelt
werden und die durch himmlischen Quell erquickte junge Saat nach dem
Ausreißen der Dornen gereinigt wird; dann kann die Ernte Sache Gottes
sein und hundertfältige Frucht künftigen Lohnes in gewaltigen Scheunen
anhäufen.»[17]

Das war kein geringer Anspruch, wenn man bedenkt, dass es in mittelalterlichen Gesetzessammlungen weniger um das Formulieren neuer
Gesetze als vielmehr um die Besinnung auf Bewährtes ging. Von der Begeisterung getragen, schwingt sich das erste Kapitel zu metaphernreicher,
biblisch unterfütterter Poesie auf und beginnt mit Lukas 11,17: *Omne
regnum in se ipsum divisum desolabitur* … – «Jedes Reich, das in sich
selbst gespalten ist, muss veröden, wenn seine Fürsten zu Kumpanen der
Räuber geworden sind.» So der Anfang der Goldenen Bulle, der nicht
erst angesichts heutiger Twitter-Nachrichten, sondern schon damals als
enorm anspruchsvoll gegolten haben dürfte. Die Goldene Bulle, so die
Botschaft, sollte in umfassendem Sinne der Vermeidung aller zerstörerischen Streitereien dienen.[18]

In den nachfolgenden Kapiteln wurden nun jene Bestimmungen festgelegt, die in den kaiserlichen Augen jede Spaltung unter den Kurfürsten,
den «sieben brennenden Leuchtern des Heiligen Reiches», vermeiden und
deren gemeinsames Handeln sichern sollten. Gleich zu Beginn wurde formuliert, wer genau diese sieben Kurfürsten sind: der König von Böhmen
als *archipincerna* – als Erzschenk, der Erzbischof von Köln als *archicancellarius per Italiam* – als Erzkanzler für Italien, der Erzbischof von Trier als
archicancellarius per Galliam et regnum arelatense – als Erzkanzler für Gal-
lien und das arelatische Königreich, womit Burgund gemeint ist, der
Pfalzgraf bei Rhein als *archidapifer* – als Erztruchsess, der Herzog von
Sachsen als *archimarescalcus* – als Erzmarschall, der Markgraf von Brandenburg als *archicamerarius* – als Erkämmerer, und natürlich der Erzbischof von Mainz als *archicancellarius per Germaniam* – als Erzkanzler für
Deutschland. Er sollte die Kurfürsten für die Wahl durch Boten und
Briefe zusammenrufen. Bemerkenswert ist die Feststellung, dass es sich bei
dem Gewählten um den römischen König handelt, der ein später «zum

Kaiser zu Erhebender ist» – *rex Romanorum in imperatorem promovendus*
(1,1) oder *in caesarem promovendus* (1,16). Die Kurfürsten wählten also
nicht einfach nur den römisch-deutschen König, sondern denjenigen, der
dann als Kaiser den Erdkreis regieren sollte. Sie waren somit in ihrem
Selbstverständnis nichts Geringeres als das Wahlgremium eines zukünftigen Weltenherrschers.[19]

Im ersten Kapitel sind die Bedingungen der sicheren und termin-
gerechten Zusammenkunft der Kurfürsten geregelt. Besonders die Geleit-
rechte waren wichtig, denn die mittelalterlichen Straßen waren auch für
die Mächtigen voller Gefahren. Im zweiten Kapitel wird auf die Tageszeit
genau beschrieben, wie die Wahl eines künftigen Königs und Kaisers von-
statten gehen soll: «Nachdem diese Kurfürsten oder ihre Botschafter in die
Stadt Frankfurt gekommen sind, sollen sie sofort am folgenden Morgen
bei Sonnenaufgang in der Kirche des heiligen Apostels Bartholomäus dort
in ihrer aller Gegenwart die Messe ‹Vom Heiligen Geist› singen lassen, zu
folgendem Zweck: Der Heilige Geist erleuchte ihre Herzen und gieße
ihren Sinnen das Licht seiner Kraft ein, damit sie, gestützt auf seine Hilfe,
einen gerechten, guten und geeigneten Mann als römischen König und
künftigen Kaiser wählen können, zum Heil des christlichen Volkes. Nach
Beendigung dieser Messe aber sollen alle Kurfürsten oder ihre Botschafter
an den Altar herantreten, an dem diese Messe gefeiert wurde, und dort
sollen die geistlichen Kurfürsten vor dem Evangelium des heiligen Johannes ‹Am Anfang war das Wort›, das ihnen dort vorgelegt werden soll, die
Hände voll Ehrfurcht über der Brust falten; die weltlichen Kurfürsten aber
sollen dieses Evangelium leiblich mit den Händen berühren, und sie alle
sollen mit ihrem ganzen Gefolge dort ohne Waffen stehen. Und der Erzbischof von Mainz soll ihnen die Eidesformel vorsprechen.»[20]

Auf die Eidesformel folgen die Bestimmungen für den Wahlakt selbst.
«Sobald nun durch die Kurfürsten oder deren Boten solcher Eid in der
vorgenannten Form und Art geschworen ist, sollen sie zur Wahl schreiten, und sie dürfen sich von dieser Stunde an nicht mehr aus dieser Stadt
Frankfurt entfernen, es sei denn, die Mehrheit von ihnen hätte zuvor das
zeitliche Haupt für die Welt oder das Christenvolk gewählt, also den
römischen König, der zum Kaiser zu erheben ist. Wenn sie dies zu tun
dreißig Tage hinauszögern, vom Tag der Eidesleistung an gerechnet, sollen sie nach Ablauf der dreißig Tage künftig nur Wasser und Brot essen,

aber keinesfalls diese Stadt verlassen, es sei denn, es wäre durch sie oder die Mehrheit von ihnen der Herrscher oder das zeitliche Haupt der Gläubigen, wie vorausgeschickt, gewählt worden.»[21]

Neben dem Mehrheitsprinzip wurde auch die Selbstwahl eines Kurfürsten zugelassen. Zu den Wahlmodalitäten gehörte ferner die Festlegung, welcher der sieben Kurfürsten zuerst und welcher zuletzt seine Stimme abgeben darf, wovon selbstredend eine nicht unerhebliche Steuerungsmacht für den Wahlprozess ausging. In dem in Metz verkündeten Kapitel 29 sind dann als Wahlort Frankfurt am Main, als erster Krönungsort Aachen und als Ort des ersten königlichen Hoftages Nürnberg festgeschrieben worden.[22]

Für die Zeit ohne Reichsoberhaupt war ein *provisor*, ein Verweser, vorgesehen, der nicht verwechselt werden sollte mit einem *vicarius*, einem Stellvertreter, der zu Lebzeiten eines Herrschers und von diesem eingesetzt an dessen Stelle Herrschaftsrechte ausüben konnte. Besonders in Oberitalien handelte eine Reihe privilegierter Reichsvikare im Namen des Kaisers. Ein *provisor* hingegen – *furmundir*, also Vormund, wie er in der spätmittelalterlichen Übersetzung der Goldenen Bulle genannt wird – wird benötigt, wenn der alte Herrscher tot und der neue noch nicht gefunden ist oder der amtierende wegen Gefangenschaft oder aus anderen Gründen nicht seines Amtes walten kann. Im Kapitel 5 wird als Verweser für die Regionen des Rheins, Schwabens und des fränkischen Rechts der rheinische Pfalzgraf, für jene Teile des Reichs, in denen sächsisches Recht angewendet wurde, der Herzog von Sachsen bestimmt. Bei dem Sachsen handelte es sich allerdings, wie Michael Lindner formulierte, um einen «an wohlklingenden Titeln reichen, an realer Macht aber armen askanischen Herzog von Sachsen-Wittenberg». Um ihn ein wenig zu erhöhen, verlieh ihm der Kaiser wenige Tage später in einer separaten Urkunde den Titel eines sächsischen Pfalzgrafen, und um diesen Titel auf irgendein wie auch immer geartetes Herrschaftsgebiet beziehen zu können, bekam er 1363 die eigens für ihn geschaffene Pfalzgrafschaft Sachsen-Allstedt übertragen – ein Trostpflaster.[23]

Der zweite wichtige Themenkomplex der Goldenen Bulle war die genaue Fixierung der kurfürstlichen Rechte, Rechte elitären Charakters, die einerseits größtmögliche Distinktion der Kurfürsten gegenüber den anderen Fürsten festschrieben, andererseits aber auch die Herrschaftsteilhabe am Reich verdeutlichten. Es wird in mehreren Kapiteln geklärt, wer von den «hochwürdigen und erlauchten Kurfürsten, die gleichsam als hohe Säulen den heiligen Bau umsichtiger Weisheit mit sorgsamer Güte aufrechterhalten», wo sitzen, wo stehen und wo schreiten darf, wenn sie auf Hoftagen mit dem Kaiser zu Beratungen zusammenkommen. Zudem wird festgeschrieben, dass die Erbfolge der nunmehr als unteilbar erklärten weltlichen Kurfürstentümer nur an den jeweiligen erstgeborenen ehelichen Sohn gehen darf, dass die Kurfürsten in ihren Herrschaftsgebieten die volle Gerichtshoheit ausüben dürfen, dass sie einträgliche Bergbau-, Zoll- und Münzrechte beanspruchen können und vieles andere mehr.

Weil die Kurfürsten als ein über allen anderen Adligen und neben dem Herrscher stehendes kollektives Reichsgremium aufgefasst wurden, war in der Goldenen Bulle auch eine Reihe von Maßnahmen fixiert, damit jegliche Form von Aufruhr und Verschwörung gegen sie als ein Verbrechen gegen die Majestät selbst bestraft werden konnte. Im Falle einer Erhebung gegen die «festen Grundpfeiler und unverrückbaren Säulen» des Reiches (12) sollten die Aufrührer mit dem Schwert hingerichtet werden und ihre Söhne Hab und Gut verlieren und von möglichen Erbschaften ausgeschlossen bleiben, damit für sie, «die von ewiger Dürftigkeit gezeichnet sind, der Tod ein Trost und das Leben eine Qual ist» – eine Art Sippenhaft. Kapitel 24 der Goldenen Bulle bestimmte ferner, dass die Nachfahren der Verschwörer, denen ähnliche Verbrechen zuzutrauen waren, ebenfalls bestraft und ihre Knechte zur Wahrheitsfindung gefoltert werden sollten. Alle Verschwörer sollten über den Tod hinaus der *damnatio memoriae* anheimfallen oder einem «verdampnen des gehugnißis», wie es in einer zeitgenössischen Übersetzung hieß.

Alle diese Bestimmungen waren über weite Strecken wörtlich der *Lex Quisquis* entnommen, einem nach seinen Anfangsworten benannten spätantiken Gesetz der römischen Kaiser Arcadius (395–408) und Honorius (395–423), das sich gegen Angriffe auf den Kaiser und seine Senatoren richtete. Das Gesetz ging in den *Codex Iustinianus* ein, der wiederum Teil des *Corpus Iuris Civilis* ist, einer Rechtssammlung, die Kaiser Justinian I. im 6. Jahrhundert zusammenstellen ließ. Die Bezugnahme auf die *Lex Quisquis*, die später besonders in kurialen Rechtsdokumenten und im kanonische Recht eine Rolle spielte, belegt, dass die Rechtssammlung des *Codex Iustinianus* in der Hofumgebung Karls, also bei den Kanzleimitarbeitern Johann von Neumarkt oder Rudolf von Friedberg und den anderen verantwortlichen Gehilfen, gut bekannt war. Die Adaption zeigt aber auch, dass sich nicht nur Karl IV. auf eine ungebrochene antike Kaisertradition bezog, sondern dass sich auch die Kurfürsten den antiken Senatoren verwandt und als Repräsentanten des römischen Volkes fühlten. So demonstrierten der Kaiser und seine Kurfürsten ein weiteres Mal ihre enorme Distanz zu den anderen Fürsten des Reiches, schließlich erstreckte ihr Kompetenzbereich sich auf den gesamten christlichen Erdkreis und nicht nur auf das eigentliche Herrschaftsgebiet.[24]

Ein besonders interessanter Komplex des Gesetzeswerks betrifft die auffällige Bevorzugung des Kurfürsten von Böhmen. Er sah sich ohnehin vor allen Kurfürsten, wollte aber künftig auch den Vorrang vor allen anderen Königen genießen. Seine enormen Vorrechte werden immer wieder thematisiert. Das ganze Kapitel 8 handelt allein von der Gerichtsfreiheit des Königs von Böhmen. Im Kapitel 10, das das Münzrecht regelt, wird dem König von Böhmen zugestanden, überall dort, wo es ihm beliebt, Gold- und Silbermünzen schlagen zu lassen und auch nach Belieben Ländereien, Herrschaften, Burgen oder Güter zu kaufen und seinem Reich hinzuzufügen, wenn deren bisheriger Rechtsstatus erhalten bliebe. An Letzteres hat sich Karl nie gehalten, sondern nach Erwerb durch Umwandlung der Lehensverhältnisse ganze Landstriche der Krone Böhmens einverleibt. Der Schlusssatz, diese Rechte stünden auch den anderen Kurfürsten zu, wirkt etwas angehängt, als diene er vor allem der Beruhigung. Das Pikante an der Sache war nämlich, dass Karl als König von Böhmen sich diese Rechte selbst gewährte.[25]

Im letzten Kapitel der Goldenen Bulle wird eine kulturgeschichtlich bemerkenswerte Universalität proklamiert: die Sprachenvielfalt im mittelalterlichen Reich. «Da das Heilige Römische Reich in seiner Würde die Gesetze und Regenten der verschiedenen Länder lenkt, die sich durch Gebräuche, Lebensweise und Sprachen unterscheiden, ziemt es sich und wird nach der Meinung aller weisen Leute für nützlich befunden, wenn man die Kurfürsten – die Pfeiler und Mauern des Reiches – über die Verschiedenheiten der Mundarten und Sprachen belehrt. Sie sollen viele Leute verstehen und von vielen verstanden werden, um den erhabenen Kaiser bei der Sorge um die Nöte so vieler Menschen zu unterstützen.» Deshalb, so heißt es, sollen die Söhne und Erben der vier weltlichen Kurfürsten, «die doch wahrscheinlich als Kinder die deutsche Sprache auf natürliche Weise erlernt haben, vom siebenten Jahre an in der lateinischen Grammatik sowie der italienischen und slawischen Sprache» – gemeint ist mit Sicherheit die tschechische Sprache – bis zum vierzehnten Lebensjahr unterrichtet werden. Entweder solle man die Kinder – es ist allerdings nur von Söhnen die Rede – «in Gegenden schicken, wo sie jene Sprachen erlernen können, oder sie zu Hause sprachkundigen Erziehern, Lehrern und gleichaltrigen Gefährten übergeben, damit sie im Gespräch und durch Belehrung in den Sprachen unterrichtet werden können». Mit diesem Appell klingt die Goldene Bulle aus.[26]

Viele Bestimmungen und Gedanken, die Karl in der Goldenen Bulle verkünden ließ, waren nicht neu, manches, wie die Übernahmen aus der *Lex Quisquis,* sogar schon sehr alt. Weil es nach mittelalterlicher Auffassung darum ging, altes und bewährtes Recht zu finden, zu fixieren und zu bekräftigen, wurden viele Bestimmungen tatsächlich aus älteren Rechtskodifikationen entnommen oder zumindest gedanklich daran angelehnt. Gerade die Bestimmungen zur Königswahl hatten berühmte Rechtssetzungen als Vorläufer, manches ging auf die von Kaiser Ludwig IV. verabschiedete *Sachsenhäuser Appellation* des Jahres 1324, die Kaisergesetze *Licet iuris* sowie *Fidem catholicam* oder das *Rhenser Weistum* von 1338 zurück.[27]

Erstaunlich ist nicht zuletzt die Tatsache, dass in der Goldenen Bulle ein päpstlicher Anspruch auf Bestätigung eines gewählten Königs konsequent übergangen wurde, während genau dieses Problem in den Jahrzehnten zuvor zu schier endlosen Auseinandersetzungen zwischen Papst- und Kaisertum geführt hatte. Doch die Probleme hatten sich mittlerweile verlagert, und «aus den Waffen der Vergangenheit wurden verfassungsmäßige Strukturen». So formulierte es Michael Menzel, der zu der Einschätzung gelangte, dass es sich bei den inhaltlichen Anlehnungen an die Verlautbarungen des von Karl konsequent befeindeten und geschmähten Wittelsbachers Kaiser Ludwig IV. um eine «feindliche Übernahme» gehandelt habe. Der Rechtshistoriker Dietmar Willoweit resümierte über die Anlehnungen an ältere Rechtsfestlegungen in der Goldenen Bulle, hier sei nicht einfach kopiert worden, vielmehr sei es Karls Hofgelehrten gelungen», «aus den zur Verfügung stehenden reichhaltigen Materialien mit bewundernswerter Kreativität ein ganz eigenständiges Werk zu schaffen».[28]

Dienen als Ehre und Privileg

Wie gelangte die Goldene Bulle nun in die Welt? Sollten die langen Passagen auf dem Marktplatz in Metz verlesen worden sein? Auf Latein? Was meinte wohl der Chronist Levold von Northof, wenn er schrieb: «der Kaiser machte verschiedene Gesetze bekannt»? Wie auch immer das geschehen sein mag, ganz augenfällig und für alle Anwesenden lange erinnerlich dürfte gewesen sein, dass einzelne Bestimmungen des Gesetzeswerks vorgespielt, ja buchstäblich vorgeschmaust wurden. Alle in Metz vollzogenen Rituale beim Verlassen der Kathedrale, bei der Prozession und dem Festessen, wer wo geht, wer wo sitzt, wie hoch oder wie tief, wer etwas hält, wer etwas wann zu tun die Ehre hat – all das war in der Goldenen Bulle genau festgelegt und nunmehr gemeinschaftlich vorgemacht worden. Durch den für alle sichtbaren Ritualablauf wurden die spezifischen Bindungen und Abhängigkeiten zwischen den Akteuren anerkannt und die Bestimmungen allgemein akzeptiert. Die Festversammlung war mit der nun fixierten Ordnung des Reiches theatralisch bekannt gemacht, der Buchstabe des Gesetzes gleichsam in Verfassungswirklichkeit überführt worden.

Der immerwährende Rangstreit zwischen Herrschaftsträgern bildete ein Strukturproblem der mittelalterlichen und frühneuzeitlichen Gesellschaften. Das wurde besonders dann augenfällig, wenn es zu eklatanten Missverhältnissen zwischen den tatsächlichen Machtstellungen und den Platzzuweisungen auf Reichsversammlungen kam. So durften etwa im 15. Jahrhundert die Herzöge von Burgund, an Macht und Geld königsgleich und vielleicht mächtiger als alle Kurfürsten zusammen, ihre Stühle nicht in das abgekapselte Wahlgremium stellen, schon gar nicht davor und damit dichter an den Kaiser heran. In Metz wird greifbar, was Sozialwissenschaftler und Zeichentheoretiker seit Ernst Cassirer oder Pierre Bourdieu in solchen performativen Akten erkannt haben, nämlich, dass fein ziselierte Rituale in ihrer Zeichenhaftigkeit nicht allein politische Wirklichkeit abbilden, sondern diese überhaupt erst zu schaffen vermögen. Und genau deshalb sind sie in ihrer gewaltigen Wirkungsmacht den Beteiligten so auch vorgeführt worden.[29]

Die Bestimmungen der Goldenen Bulle sind wegen ihres Umfangs in

«Von der Kür eines Römischen Königs …»: *Die zahlreichen Festlegungen der Goldenen B fanden auf einem einzelnen Pergamentblatt nicht genug Platz und sind deshalb für Empfänger in kleinen Büchlein zusammengebunden worden. Hier das Frankfurter Exemplar, dem der Beginn des zweiten Kapitels aufgeschlagen ist, in dem auf die Tageszeit genau festg wurde, wie die Wahl eines künftigen Königs und Kaisers ablaufen soll.*

Siegel der Goldenen Bulle: *Das etu sechs Zentimeter breite Goldsiegel, da der Goldenen Bulle ihren Namen gab hier die Ausfertigung für den Erzbisc von Trier – zeigt vorn den thronende Kaiser mit Zepter und Reichsapfel, fl kiert vom Reichswappen und dem bö mischen Wappen mit der Umschrift* KAROLVS QVARTUS DIVINA FAVENTE CLEMENCIA ROMANO(RUM) IMPERATOR SEMP(ER) AVGVSTVS, *die weiter innen fortgesetzt wird mit* ET BOEM REX. *Die Rückseite schmückt eine sti sierte Darstellung der Stadt Rom.*

Form eines Privilegienbüchleins geschrieben, gebunden und besiegelt sowie den meisten Kurfürsten ausgehändigt worden. Nur den meisten? In der Tat haben nur die vier rheinischen Königswähler, also die Erzbischöfe von Mainz, Köln und Trier und der Pfalzgraf bei Rhein, vollständige Exemplare der Goldenen Bulle erhalten. Als König von Böhmen und damit Kurfürst besaß Karl natürlich auch ein Exemplar, wobei dieses nicht als ein einheitliches Dokument überliefert ist, sondern die Metzer Beschlüsse später den zuvor besiegelten Nürnberger Kapiteln hinzugefügt wurden. Doch die mitteldeutschen Kurfürsten, der Herzog von Sachsen und der Markgraf von Brandenburg, erhielten keine besiegelten Exemplare der Goldenen Bulle, oder genauer, sie haben sich wohl nicht darum bemüht, alle Kapitel in einem Schriftstück beurkundet zu bekommen. Hingegen erwirkten sich von den drei an zukünftigen Königserhebungen beteiligten Städten Frankfurt am Main, Aachen und Nürnberg die Frankfurter und Nürnberger Bürger jeweils ein eigenes besiegeltes Exemplar; an der Nürnberger Ausfertigung ist allerdings nur ein Wachssiegel angebracht – eine «Goldene Bulle» ohne goldene Bulle sozusagen.[30]

Für viele der beteiligten Fürsten war die Verkündung der Goldenen Bulle eine herbe Enttäuschung, denn mit der Festlegung, wer zu den Königswählern gehörte, war auch festgelegt, wer trotz mehr oder minder berechtigter Hoffnungen zukünftig nicht mehr dazu gehörte und damit nun vor aller Augen sichtbar herabgesetzt worden war. Bei den Herzögen von Sachsen war fortan allein die askanische Linie Sachsen-Wittenberg kurberechtigt, die askanischen Verwandten der Linie Sachsen-Lauenburg und die im Hochmittelalter viel bedeutenderen Welfen, nun Herzöge der Linie Braunschweig-Lüneburg, waren aus dem Spiel. Bei den Wittelsbachern blieben entgegen dem familieninternen Hausvertrag von Pavia, der eine wechselnde Ausübung der Kurstimme vorsah, nur die Brandenburger und rheinischen Pfalzgrafen Königswähler, die Vertreter der Familienzweige von Oberbayern-München und Niederbayern-Landshut hingegen sollten fortan ausgeschlossen werden. Die Habsburger schienen erst gar nicht gefragt worden zu sein. Einige der Düpierten reagierten mit stillem Groll, andere schritten zur Tat: Der Wettiner zog das Waldhorn, Habsburg den fälschenden Federkiel und Wittelsbach das Schwert.[31]

Am 7. Januar 1357 reiste der Kaiser aus Metz auf einem Schiff moselabwärts in Richtung Diedenhofen ab. Sein Neffe Charles war schon

mehrere Tage zuvor nach Hause aufgebrochen. In dessen Trossgepäck befanden sich neben der Dauphiné-Belehnung, der Vikars-Ernennung sowie einer kaiserlichen Bestätigung seiner Zoll- und Münzrechte noch ein
erneuerter Freundschaftsvertrag und eine Geldanleihe von fünfzigtausend
Gulden zur Unterstützung seines Kampfes gegen Edward. Onkel und
Neffe sollten sich erst zwei Jahrzehnte später wiedersehen, in Paris, wo der
Dauphin von einst nun als Charles V. über Frankreich herrschte.[32]

Die Kuh mit den «goldnen Hörnern»

EIN FREITAG, MITTE NOVEMBER 1827, FRANKFURT AM MAIN.
Durch die alte Königswahlstadt wanderten zwei Literaten. Der eine knapp
dreißigjährig und später ein berühmter Dichter, der andere ein Jahrzehnt
älter und später nicht ganz so berühmt. Sie sprachen über ihre Verleger
und die weltgeschichtliche Bedeutung von zerschlagenem Porzellan,
machten sich gegenseitig Komplimente über ihre Texte. Der jüngere, auf
dem Weg nach München, machte ein paar Tage Station in der Mainmetropole, der ältere, dort geboren, zeigte dem Berufskollegen die Sehens-
würdigkeiten seiner Vaterstadt. Heinrich Heine notierte später über diese
Streifzüge mit Ludwig Börne (1786–1837): «Als wir über den Römerberg
kamen, wollte Börne mich in die alte Kaiserburg hinaufführen, um dort
die Goldene Bulle zu betrachten. ‹Ich habe sie noch nie gesehen›, seufzte
er, ‹und seit meiner Kindheit hegte ich immer eine geheime Sehnsucht
nach dieser Goldnen Bulle. Als Knabe machte ich mir die wunderlichste
Vorstellung davon, und ich hielt sie für eine Kuh mit goldnen Hörnern;
später bildete ich mir ein, es sei ein Kalb, und erst als ich ein großer Junge
ward, erfuhr ich die Wahrheit, dass sie nämlich nur eine alte Haut sei, ein
nichtsnützig Stück Pergament, worauf geschrieben steht, wie Kaiser und
Reich sich einander wechselseitig verkauften. Nein, lasst uns diesen mise-
rabelen Kontrakt, wodurch Deutschland zugrunde ging, nicht betrachten; ich will sterben, ohne die Goldne Bulle gesehen zu haben.›»[33]
    Eine «alte Haut», ein «nichtsnützig Stück Pergament», «miserabeler
Kontrakt»: Das war die Meinung, die Börne, ein Patriot «vom Wirbel bis
zur Zehe», wie Heine noch dazusetzte, über das Gesetzeswerk Karls IV.
gefasst hatte. Diese ablehnende Haltung gegenüber jeglicher Art histo-

rischer Tradition war im Vormärz keine Seltenheit. Noch einige Jahrzehnte zuvor war das völlig anders. Für Johann Wolfgang von Goethe als
Frankfurter Spross hatte die Goldene Bulle nicht nur aus Lokalpatriotis-
mus Bedeutung. Als Fünfzehnjähriger erlebte er 1764 die Krönung Josephs II. (1765–1790) mit und sah dabei einem modifizierten Vollzug der
Erzämter zu. Der Dichter konnte sogar den Anfang des Gesetzeswerkes
auswendig aufsagen und will an dem Text, wie er bekannte, neben den
Klassikern Ovid und Vergil sein Latein vertieft haben. Goethe, der schon
als Jüngling viele Buchanfänge im Wortlaut parat hatte, notierte: «So
machte ich es auch mit der Goldenen Bulle, und reizte meinen Gönner
oft zum Lächeln, wenn ich ganz ernsthaft unversehens ausrief: ‹Omne regnum in se ipsum divisum desolabitur›.»[34]

Die zunehmende staatsrechtliche Bedeutung der Goldenen Bulle zeigt
sich erst allmählich an der seit 1400 wachsenden Zahl der für Fürsten-
und Stadtratsbibliotheken oder im Zusammenhang von Landfrieden und
aus lehnrechtlichen Gründen angefertigten Abschriften. Insgesamt sind
heute von diesen über zweihundert bekannt, verwahrt in Bibliotheken
und Archiven von Stockholm bis Rom, von Paris bis Wien. Für die ersten
fünfzig Jahre nach ihrer Entstehung ist der Befund über die Einhaltung
der Gesetze allerdings überaus ernüchternd. Schon 1373 wurde durch die
Trennung der Kurstimme von der Herrschaft über die Mark Brandenburg die im Kapitel 20 bekräftigte Untrennbarkeit verletzt. Drei Jahre
später, als Karls Sohn Wenzel zum römisch-deutschen König gewählt und
gekrönt wurde, sind erneut einige Bestimmungen der Goldenen Bulle
übergangen worden. Am deutlichsten wurde gegen die zweite Verord-
nung des zweiten Kapitels verstoßen, nämlich keine Bestechungsgelder
für den Stimmenkauf anzunehmen.[35]

Als die Kurfürsten im August 1400 nach der Absetzung König Wenzels
zur Wahl eines neuen Königs schritten, wurde Kurfürst Ruprecht III. von
der Pfalz (1400–1410) wie einst Karl in Rhens am Rhein gewählt und
dann in Köln gekrönt – und eben nicht in Frankfurt am Main und Aachen, wie die Goldene Bulle es festschrieb. Aber genau deshalb wurde das
Gesetzeswerk nun zum wirkungsvollen Legitimationsargument für den
seine Absetzung ignorierenden Wenzel. Die in diesem Jahr von ihm in
Auftrag gegebene, mit achtundvierzig Miniaturen kunstvoll illustrierte
Prachthandschrift der Goldenen Bulle sollte belegen, dass Ruprechts

Herrschaft mit falschem Wahl- und Krönungsort insgesamt als ungültig
angesehen werden müsse. Vielleicht sollte die kostbare Prunkhandschrift
sogar zur Vorbereitung eines Romzuges dienen, bei dem Wenzel mit den
Bestimmungen der Goldenen Bulle hoffte argumentieren zu können.[36]

Der spätere Kaiser Maximilian I. orderte 1507 das seinerzeit im Böhmischen Kronarchiv verwahrte böhmische Exemplar der Goldenen Bulle zu
seinem Aufenthaltsort an den Bodensee, um es für die anstehenden politischen Verhandlungen auf dem Reichstag zu Konstanz zu nutzen. Die
über Jahrhunderte praktizierten Wahlen zum Herrscher des Heiligen Römischen Reiches bis hin zur Nutzung der Gesetze für den preußischen
Entwurf eines Fürstenbundes von 1784 zeigen deren lang andauernde ver-
fassungsrechtliche Relevanz. Die Goldene Bulle als Privilegierung für
einige wenige Fürsten hatte sich in ein tatsächliches Grundgesetz des Reiches verwandelt, das als «Kernstück der Reichsverfassung» gewichtige
Legitimationsargumente liefern konnte.[37]

Das erste gedruckte Exemplar der Goldenen Bulle erschien 1474. Bis
1500 folgten mindestens neun weitere Buchausgaben, zwei davon in Venedig und Florenz hergestellt. Diese rasche Verbreitung entsprach der wachsenden Bedeutung des Gesetzeswerkes, das vom späten 15. Jahrhundert an
bis weit in die Frühe Neuzeit in juristischen und staatsphilosophischen
Traktaten der sogenannten Reichspublizistik eine breite Spur hinterließ.
Kontinuierlich wurde die Goldene Bulle Karls IV. wegen konkreter recht-
licher Problemstellungen in juristischen Abhandlungen diskutiert und
kommentiert. Immer wieder wurden wörtliche Entlehnungen mit direk-
tem Verweis auf die Goldene Bulle zur Herleitung des politischen Wunsch-
zustandes unternommen, wie beispielsweise von dem elsässischen Rechts-
gelehrten Peter von Andlau (um 1420–1480). Insgesamt haben sich
europaweit bis zum Untergang des Alten Reiches 1806 über fünfzig rechts-
geschichtliche Abhandlungen mit dem Gesetzeswerk von 1356 beschäftigt.
Selbst die Reichsreform Maximilians I. von 1495 mit dem sogenannten
Ewigen Landfrieden, der Augsburger Reichs- und Religionsfrieden von
1555 oder die Bestimmungen des Westfälischen Friedens von 1648 haben
keine solch tiefe publizistische Durchdringung erfahren wie die Goldene
Bulle Kaiser Karls IV.[38]

Im 20. Jahrhundert wurde die Goldene Bulle noch einmal zum Objekt
der großen Politik. Als sich für den 31. März 1938 der Besuch Adolf Hitlers

in Frankfurt am Main abzeichnete, hatten im Vorfeld die Stadtoberen überlegt, wie denn der Führer angemessen beschenkt werden könne. Im Kulturamt suchte man nach geeigneten Objekten und entschied sich neben einem Brief von 1848 auch für die zweite frühneuhochdeutsche Übersetzung der Goldenen Bulle, die Anfang des 15. Jahrhunderts angefertigt worden war. Doch zur Übergabe dieser «Zeugnisse deutschen Einheitsstrebens», wie es in der vorbereiteten Schenkungsurkunde heißt, kam es zunächst nicht, da der «Vollender des deutschen Reichsgedankens» in seinem nach Minuten getaktetem Programm keine Zeit zur Entgegennahme hatte. So hätte die Sache ihr Bewenden haben können. Aber leider: Drei Wochen später lieferte der Frankfurter Oberbürgermeister das Geschenk der Präsidialkanzlei in Berlin nach, das seitdem verschollen, höchstwahrscheinlich vernichtet ist. Die älteste frühneuhochdeutsche Übersetzung von 1371, die ebenfalls in Frankfurt aufbewahrt wurde, verbrannte im März 1944 bei den schweren Bombardements der Mainmetropole. Die lateinische Ausfertigung des Frankfurter Exemplars mit dem goldenen Siegel Karls IV. war zum Glück zuvor in einen Safe außerhalb der Stadt ausgelagert worden.[39]

Von den sieben «Originalen» der Goldenen Bulle sind überraschenderweise alle erhalten geblieben, außerdem die Prachthandschrift König Wenzels von 1400. Die heutigen Aufbewahrungsorte belegen, dass noch im 19. Jahrhundert eine große Legitimationskraft von den Abschriften ausgegangen ist: Das Trierer Exemplar holte sich der frisch erhobene König von Württemberg nach Stuttgart, das Kölner Exemplar verschafften sich die Großherzöge von Hessen, das Pfälzer Exemplar landete in München bei jenen Wittelsbachern, die 1356 übergangen worden waren, und das böhmische Exemplar kam wie die Prachthandschrift Wenzels nach Wien, weil die Habsburger über Jahrhunderte auch die Würde eines Königs von Böhmen trugen. Später gelangte das Mainzer Exemplar ebenfalls dorthin. Nur die Ausfertigungen für Frankfurt und Nürnberg verblieben an ihrem ursprünglichen Bestimmungsort. Seit Juni 2013 gehören die fünf Ausfertigungen der Goldenen Bulle für die Kurfürsten, die beiden Exemplare für Frankfurt und Nürnberg sowie die Prachthandschrift König Wenzels von 1400 zum UNESCO-Weltdokumentenerbe.[40]

Der Kaiser als Legitimationsquell

Durch den Erlass der Goldenen Bulle reihte sich Karl IV. in eine lange Reihe von *Constitutiones-* und *Leges*-setzenden Kaisern in der Tradition der römischen Imperatoren Theodosius II. und Justinian I. ein. Er bewies damit die Fähigkeit eines guten Herrschers, eine Rechtsordnung zu garantieren. Doch die Goldene Bulle stellt in der mittelalterlichen Verfassungswirklichkeit eigentlich eine Ausnahme dar. Das Mittelalter kannte nämlich kaum geschriebene Verfassungen, auch historische Rechtszustände umfassend beschreibende oder rechtsetzende Texte sind höchst selten zu finden. Kaiserliche Rechtsakte, die auf die Gestaltung der politischen Verhältnisse einwirken sollten, wurden überwiegend in der seit Jahrhunderten bewährten Form von Privilegien erteilt. Dazu gehörten auch Vertragsschlüsse wie regional und zeitlich begrenzte Landfrieden, Schutzprivilegien für kirchliche Institutionen und Städte, Verträge über Erbnachfolgen, die Einsetzung von regionalen Stellvertretern oder die Gewährung von Zoll- oder Münzrechten. In all diesen Privilegien, die im Grunde Mischformen eines Gesetzeserlasses darstellen, spiegeln sich Entwicklungslinien der Rechtsverfassungen in Europa wider, allerdings nur anhand des jeweiligen Einzelfalls. Allgemeine Aussagen zu politischer und gesellschaftlicher Struktur müssen deshalb aus kleinteiligen und besonderen Bestimmungen, wie sie in Einzelurkunden erscheinen, herausgefiltert und konstruiert werden.[41]

Weil im gesamten mittelalterlichen Römischen Reich die Kaiser als einzige Quelle legitimer Herrschaft galten, stellten gültige, «durch Privilegien erteilte Rechtstitel die entscheidenden Mittel zur Herrschaftsstabilisierung dar», oder bildeten, wie Bernd Roeck formulierte, den «für allen Staatsbau unverzichtbaren Zement». Eines der zentralen Probleme betraf die Frage, in welcher Rechtsform eine sich ständig erweiternde lokale Herrschaft ausgeübt werden kann, ohne dass sie von vermeintlichen, tatsächlichen oder künftigen Widersachern angezweifelt wird. Diese Frage quälte vor allem die Machthaber in Oberitalien: Wie kann ein Lokalpotentat in seinem Gebiet Hoheitsrechte wahrnehmen, die eigentlich dem Kaiser zustehen, ohne nach außen als Eroberer oder Usurpator zu erscheinen? Kaiserliche Legitimität war das Zauberwort, und viele der oberitalienischen Signorien unternahmen größte diplomatische und finanzielle Anstrengungen, um irgendwie rechtsgültig auftreten zu können.[42]

Nach mittelalterlicher Auffassung gab es zwei Möglichkeiten der Problemlösung: Entweder gelang es, ein Gebiet als Lehen vom Kaiser des Römischen Reiches zu erhalten, oder man nahm als Vikar im Namen des Kaisers und des Reiches die daran geknüpften Herrschaftsrechte wahr. Die erste Lösung stellte für mächtige Lokalpotentaten eine bittere Pille dar und war mit ihrem Ehrverständnis eigentlich nicht vereinbar: Sollte der Doge von Venedig, dessen Vorgänger erfolgreich das große Konstantinopel bestürmt hatten, vor einem Kaiser knien und Gefolgschaft schwören? Sollten die Visconti in Mailand, vor deren gewaltiger Finanzkraft viele europäische Könige zitterten, zu Vasallen von wem auch immer werden?

Die Konstruktion eines Vikariats schien daher als Lösung viel besser geeignet. Der Kaiser konnte auf diese Weise einen regionalen Herrschaftsträger wie einen seiner Stellvertreter einsetzen und dessen Rechte, die er im Namen des Reiches ausübte, in einer Ernennungsurkunde festschreiben lassen. Als eine Art Mitkaiser oder kaiserlicher Stellvertreter Herrschaft auszuüben, das war der Ehre jedenfalls weniger abträglich, als Vasallendienste zu geloben. Zentrale Bestimmungen in Vikariatsurkunden betrafen vor allem die Geltungsdauer – auf Lebenszeit des Kaisers oder bis auf Widerruf – sowie die Festlegung, um welches Gebiet es genau ging. Aus der Herrschaftszeit Karls IV. sind etwa fünfzig solcher Ernennungsurkunden für Reichsvikare bekannt. Bedacht wurden Einzelpersonen wie etwa Charles, der Dauphin von Vienne, Karls Halbbruder Wenzel von Luxemburg oder Guy de Boulogne, Kardinalbischof von Porto, ebenso die Grafen von Savoyen in Turin, wie Amadeus VI. *il Conte Verde* und dessen Sohn Amadeus VII., der als «Roter Graf» erinnert wird, ferner Mitglieder von mächtigen Familien wie den Visconti oder den Gonzaga und nicht zuletzt Ratsgremien von Stadtkommunen wie Venedig, Florenz, Genua oder Siena.[43]

Dazu zwei Beispiele: Im August 1357 erhielten die sogenannten *Dodici* von Siena, also die zwölf Gubernatoren der Stadt, zwei prachtvolle Urkunden. In der einen bestätigte der Kaiser die Verfassung von Siena, gestattete die Selbstverwaltung und ernannte die «Zwölf» zu Reichsvikaren im Sieneser Gebiet. Es war also keine selbsterworbene, sondern eine delegierte Herrschaft, die sie nach der Auffassung des Kaisers in ihrer Stadt ausübten. In einer zweiten Urkunde wurde bei der Gelegenheit den *Dodici* das schon früher in der Stadt existente *studium generale* – oft der Kern späterer Universitäten – mit den Fakultäten Zivil- und Kirchenrecht, Medizin, Philosophie, Logik und Grammatik erneuert und der Bischof von Siena zum Oberhaupt dieser Universität ernannt, diese also kaiserlich legitimiert. Und als seit Mitte der 1360er Jahre der zweite Romzug geplant wurde, kam es im Oktober 1366 zur Ernennung von Karls Halbbruder Wenzel, Herzog von Luxemburg, Limburg und Brabant, zu einem Vikar das Kaisers für die Dauer von dessen Abwesenheit für das gesamte Gebiet nördlich der Alpen, das Reichsstädten und Amtsträgern in vierundzwanzig heute bekannten Urkunden mitgeteilt wurde.[44]

In vielen Urkunden für italienische Empfänger taucht unter den vergebenen Rechten sowohl bei Belehnungen als auch in Vikariatsverleihungen die eigenartige Formulierung auf, ihnen sei das *merum et mixtum imperium* – wörtlich «das gemehrte und gemischte Reich» verliehen worden. Hinter dieser Wendung verbirgt sich ein Begriff der mittelalterlichen Rechtswissenschaft, der für die Ausübung der obersten Gerichtsgewalt steht und oft mit der Schwertgewalt verbunden wurde: Die Empfänger durften damit die ganze Bandbreite der Gerichtsbarkeit bis zur Todesstrafe legitim ausüben – ein wichtiger Aspekt bei der Errichtung ihrer Herrschaft.[45]

Auch viele italienische Notare setzten auf den Kaiser als Legitimationsinstanz. So wird etwa im August 1357 in Prag die Erhebung des Ritters Fencio de Albertinis von Prato (gest. 1361) zu einem *comes Palatinus Lateranensis*, zu einem «lateranensischen Pfalzgrafen», in einer Urkunde schriftlich fixiert. Doch was sollte dieser eigenartige Titel bedeuten? Welches Herrschaftsgebiet war damit verbunden? Fencio war ein wichtiger Mann in Karls Italienpolitik, wirkte schon seit zehn Jahren als des Kaisers Vikar in Feltre und war Neffe eines jener drei Kardinallegaten, die Karls Großvater in Rom einst zum Kaiser gekrönt hatten. Mit der Erhebung durfte er nun öffentliche Notare und Richter ernennen, Adoptionen vornehmen, uneheliche Kinder legitimieren – alles gegen einträgliche Gebühren, versteht sich. Es war also keine Pfalzgrafschaft wie etwa jene bei Rhein, die verliehen wurde, sondern Fencio ist, wie man modern sagen könnte, mit hoheitlichen Rechten ausgestattet worden.[46]

In Karls Regierungszeit sind kontinuierlich Dutzende Ernennungen von solchen sogenannten «Lateranensischen Pfalzgrafen» vorgenommenen worden. Die Erhebungsurkunden dafür waren in den meisten Fällen prachtvoll gestaltet, besaßen alle äußeren Merkmale feierlicher Privilegien und natürlich goldene Siegel als Beglaubigung. Die Schriftstücke sollten «etwas hermachen». Eine kaiserliche Ernennung war natürlich von größerem Gewicht als etwa die Urkunde eines Lokalpotentaten oder eines Stadtrats. Die Häufung solcher Erhebungen darf als deutlicher Beleg für einen Modernisierungsvorsprung gelten, den Oberitalien in dieser Zeit vor anderen europäischen Regionen besaß. Das sich ständig verfeinernde Notariatswesen, das mit einem wachsenden Bedürfnis nach juristischer Fundierung des öffentlichen Lebens einherging, ist als Teil einer Laienkultur zu verstehen, die nun nicht mehr, wie Jahrhunderte zuvor, von Klerikern dominiert wurde. Es war der «Tintenstaat», der sich nun durch Verdichtung von Herrschaftsstrukturen zu formieren begann. Und dieser Tintenstaat brauchte für eine effektive Verwaltung und juristische Durchformung dringend Notare, die sich im römischen Recht ebenso auskannten wie im Kirchen- und Zivilrecht.[47]

Spezialisten in juristischen Fragen gingen im 14. Jahrhundert verstärkt aus Universitäten hervor. Seit dem 11. Jahrhundert hatten sich in Oberitalien kleine Schulen gebildet, an denen das für die Verwaltung notwendige Wissen erworben werden konnte. Vornehmlich Bologna, Ravenna und Padua standen in dem Ruf, Zentren für die Vermittlung von juristischem Spezialwissen zu sein. Für theologische Studien galt die Schule von Paris als führend; durch einen päpstlichen Akt 1231 gegründet, wurden dort höhere Theologen entsprechend den Interessen der Kurie ausgebildet. Wenige Jahre zuvor hatte Kaiser Friedrich II. durch eine Hochschulgründung in Neapel eine eigene Ausbildungsstätte für Verwaltungsfachleute geschaffen und so in Konkurrenz zum Papsttum die Zuständigkeit eines Kaisers für solcherart Gründungsakte demonstrieren wollen.[48]

Da die Bedeutung der Universitäten für das geistige Leben in Europa immer mehr wuchs, entfaltete sich in der Bildungspolitik ein Spannungsfeld zwischen Kaisern und Päpsten, in dem beide Seiten die Zuständigkeit über die neuen Ausbildungsstätten beanspruchten. Erst im 15. Jahrhundert sind Gründung und Schutz von Universitäten prinzipiell zu einer Angelegenheit der Landesherren geworden. Die nordalpinen Universitätsgründungen folgten im Übrigen einem anderen wirtschaftlichen

Prinzip als die oberitalienischen. Während in Italien Kolleggelder und
städtische Zuwendungen den Lehrbetrieb am Leben erhielten, wurden
die Ausbildungsstätten im Norden häufig mit Kollegiatstiftungen, also
berechenbaren Pfründen an Kollegiatkirchen, verbunden. Das hatte den
Vorteil, dass eine festgelegte Anzahl der Professoren und wohl auch einige
Studenten der Sorge um ihr Auskommen enthoben waren. Die Stiftungen sicherten durch den kontinuierlich abzuhaltenden Gottesdienst zudem das Seelenheil des Stifters.[49]

Unter den zahlreichen Gründungen und Bestätigungen von Universitäten, die Karl IV. in seiner Herrschaftszeit vornahm, ragt die im Jahr 1348
gegründete Prager Universität heraus. Der römisch-deutsche und böhmische König gewährte in einer Urkunde vom 7. April dem in Prag einzu-
richtenden *studium generale* seinen besonderen Schutz sowie Privilegien
und Freiheiten, wie man sie in Paris und Bologna genieße. Am 14. Januar
1349 bekräftigte er dies noch einmal als römischer König im sogenannten
«Eisenacher Diplom». Zu eigenem Seelenheil und besserer materieller
Ausstattung der Generalstudien stiftete der Kaiser dann 1366 das *Colle-
gium Carolinum* und widmete dafür Kanonikate des Allerheiligenkapitels
der Prager Burg um. In mehreren Schritten reagierte Karl damit auf eine
am 26. Januar 1347 von Papst Clemens VI. erlassene Bulle, die die Prager
Generalstudien etablieren sollte, zog also gewissermaßen die Legitima-
tionszuständigkeit an sich. Der König ließ von seinem ersten eigenen
Gründungsdokument zwei Exemplare herstellen und eines mit einer speziellen Königsgoldbulle versehen, die den Gründer knieend vor dem heiligen Wenzel zeigt. Der Text nahm in weiten Teilen Urkundenformulierun-
gen Kaiser Friedrichs II. und König Konrads IV. aus deren Begünstigungen
für Neapel und Salerno auf, die am Hof Karls durch die Vorlagensamm-
lung des Petrus de Vinea, des einflussreichen Kanzleichefs Friedrichs, gut
bekannt waren.[50]

Die Gründung der Universität Prag war von Anfang an eine politisch
höchst umstrittene Angelegenheit und blieb ein Zankapfel bis weit ins
20. Jahrhundert. Zunächst musste Karl den Widerstand der böhmischen
Barone neutralisieren, die mit neuen Rechtsordnungen nichts am Hut
hatten und ein halbes Jahrhundert zuvor die Einrichtung von Generalstudien in Prag hatten verhindern können. Mit dem Aufkommen religiöser und nationaler Empfindlichkeiten bald nach Karls Tod blieb die

Universität in Prag weiterhin ein ständiger Austragungsort sozialer, religiöser und nationaler Konflikte. Dabei wurde immer wieder erbittert um die Gründungsurkunde gestritten. Welchem Vorbild hatte Karl eigentlich folgen wollen: Paris oder Bologna? Gab es institutionell getrennte Juristen- und Theologenausbildungen mit eigenen Statuten? Existierten diese ohne Unterbrechung bis in die Moderne? Und für wen hatte Karl die Universität eigentlich gründen wollen, für sein Königreich Böhmen oder für das Reich? Für die Tschechen oder auch für die Deutschen? Oder für alle im Einzugsgebiet Lebenden zusammen?[51]

Für wen und aus welchen Antrieben auch immer: Karl hatte mit seiner Einrichtung der Generalstudien und den zugewiesenen Stiftungen in Prag nicht nur die erste Universität des Heiligen Römischen Reiches nördlich der Alpen gegründet – immerhin gab es zu diesem Zeitpunkt bereits fünfzehn in Italien, acht in Frankreich und zwei in England –, sondern zugleich auch eine Vorreiterrolle übernommen. Zahlreiche mehr oder minder erfolgreiche Universitätsgründungen sollten folgen: 1364 im polnischen Krakau, 1365 im habsburgischen Wien, 1367 im ungarischen Fünfkirchen (Pécs), 1386 im wittelsbachischen Heidelberg. 1388 und 1392 wurden in Köln und Erfurt aus städtischem Interesse Generalstudien begründet. Ein Jahrhundert später, im Jahr 1500, gab es in Europa insgesamt sechsundsechzig Universitäten. Es war kein Zufall, dass die bedeutendsten Dynastien des Reiches – Luxemburg, Habsburg und Wittelsbach – bei den Universitätsgründungen prominent mitwirkten.[52]

Einige der kleineren *studia generalia* in den Städten Oberitaliens, die nach dem Vorbild Bolognas hauptsächlich Kirchen- und Zivilrecht pflegten, wollten sich bei ihrer Gründung neben der päpstlichen auch der kaiserlichen Autorität versichern und traten an Karl mit der Bitte um Bestätigung heran: In seiner Herrschaftszeit hat er neben Prag und dem schon erwähnten Privileg für Siena von 1357 weitere acht Bestätigungen für Generalstudien erlassen, so 1353 für Cividale, 1355 für Arezzo und für Perugia, 1361 für Pavia, 1364 für Florenz, 1369 für Lucca, außerdem 1365 für Genf und für Orange. Zusammen mit Prag wurden also insgesamt zehn Generalstudien von Karl IV. privilegiert, eine beachtliche Zahl. Sein Sohn Sigismund setzte diese Tradition kaiserlicher Legitimation mit Privilegierungen der Generalstudien 1412 für Turin, 1413 oder 1414 für Cremona, 1433 für Mantua und 1424 für Kulm weiter fort.[53]

Der Hammer der Häretiker gegen «Brot durch Gott»

Wichtige Privilegienkomplexe Kaiser Karls IV. mit Gesetzescharakter und
jahrhundertelang anhaltender Wirkung entstanden auf vielen Feldern.
An erster Stelle stand die von Michael Lindner so benannte *Constitucio
Karolina super libertate ecclesiastica* – das «Karolinische Gesetz über die
kirchliche Freiheit», in dem es um die Sicherung kirchlicher Sonderrechte
ging. Diese Rechtsbestimmungen gehören in eine Reihe von Privilegien,
die von Karl im Lauf seiner Regierungszeit, mehrmals modifiziert, ausgegeben wurden. Im 15. Jahrhundert wurden sie als ein allgemeingültiger
Gesetzeskomplex angesehen und gehörten neben der Goldenen Bulle
eine Zeit lang zu den am weitesten verbreiteten Reichsgesetzen. Die Bestimmungen sind auf den Erhalt der kirchlichen Freiheiten und geistlichen Standesvorrechte gerichtet, wenden sich also gegen Übergriffe
weltlicher Herrschaftsträger auf kirchliche Institutionen. Eckpfeiler dieser
Rechte waren die Verfügungen, dass Geistliche eine gerichtliche Immuni-
tät gegenüber städtischen und adligen Obrigkeiten genießen sollten und
sich nur vor geistlichen Gerichten zu verantworten hätten sowie von
öffentlichen Dienstleistungen befreit seien – uralte und immer wieder
aufflammende Streitpunkte zwischen der Kirche und adligen oder städtischen Machthabern.[54]

Mit der *Constitucio Karolina* ist in den Jahren 1354, 1359, 1374, 1376 und
1377 die Geistlichkeit in *Saxonia inferior* privilegiert worden – womit der
gesamte nordwestdeutsche Raum gemeint ist, namentlich die Kirchenprovinzen Magdeburg, Bremen, später noch die Bistümer Münster, Osna-
brück und Minden und 1372 sogar die Kirchenprovinz Riga. Die Urkunden ergingen *ex certa sciencia* und *auctoritate imperiali* – also «aus sicherem
Wissen» und «durch kaiserliche Autorität», was in dieser Formulierung
eine Art Indikator für die Rechtsrelevanz darstellt. Karl unterstrich den
rechtsetzenden Charakter, indem er wie schon bei der Goldenen Bulle die
Begriffe *lex nostra* und *constitucio* verwenden ließ. Als Geltungsbereiche
der *Constitucio Karolina* wurden für die Lebenszeit des Kaisers die königsfernen nördlichen Großlandschaften Westfalen, Niedersachsen-Nord-
albingien, Brandenburg-Mecklenburg-Pommern und Livland bestimmt,
aber eben nicht das Königreich Böhmen oder Gebiete in dessen unmittel-

barem Ausstrahlungsbereich. Dass die Regelungen auch für das Erzstift Magdeburg galten, das sich zu weiten Teilen weiter elbaufwärts erstreckte, bezeichnet dessen Grenzstellung zwischen königsfernen Gebieten und den eigentlichen Hausmachtterritorien, in denen Karl wiederholt gegen diese Rechtssetzung handelte. Klar ist jedenfalls, dass der Kaiser versuchte, mit Mitteln zur Sicherung kirchlicher Privilegien die Idee der imperialen Herrschaft auch in ferneren Regionen des Reiches präsent zu halten. Mit der Herrschaftsdurchdringung in den fürstlichen Territorien und der schrittweisen Zurückdrängung kirchlicher Standesvorrechte verloren die Bestimmungen der *Constitucio Karolina* dann auf lange Sicht an Bedeutung.[55]

Eng verwandt mit den kaiserlichen Schutzprivilegien für die Kirche sind jene Gesetze zur Beförderung der Inquisition, die Karl IV. im Juni 1369 in Lucca erließ. Zum Amt des Kaisers gehörte im Verständnis der Zeit auch die Bekämpfung der Ketzerei, weil «ein guter Kaiser Hammer der Häretiker, Ungläubigen, Tyrannen und Abweichler sein müsse, dagegen ein Schutzschild für die wahrhaft Gläubigen, für die Gehorsamen, die Bedrängten und die wirklichen Männer der Kirchen» – wie Papst Clemens VI. schon 1346 gegenüber Karl betont hatte. Diesen Anspruch wollte Karl in konkrete Taten umsetzen. In Böhmen gab es bereits eine funktionierende Ketzerinquisition, die nun auf das gesamte Reich nördlich der Alpen ausgedehnt werden sollte.[56]

Im Spätmittelalter hatte sich eine Reihe von theologischen Anschauungen und sozialen Strömungen entwickelt, die mit der römisch-katholischen Amtskirche mehr oder minder inkompatibel waren und von dieser deshalb bekämpft wurden. Einer der zentralen theologischen Streitpunkte war die Frage nach der völligen Armut Christi und der Apostel. Der reiche kirchliche Besitz drohte über dieser Frage nämlich prinzipiell zum Problem zu werden. Der über Jahrhunderte geträumte Traum von einer Kirche der Armen und andere darauf basierende Anschauungen bedeuteten somit nicht nur Gotteslästerung, sondern wurden als Anschläge auf die öffentliche Ordnung angesehen, die wie Majestätsverbrechen bestraft werden müssten.[57]

Zu den im 14. Jahrhundert in ganz Europa verbreiteten sozialen Bewegungen, die mit den Apostelforderungen des Neuen Testament ernst machen wollten, gehörten die Beginen und Begarden. Sie suchten ihr

Leben an dem Buß- und Armutsideal in der Nachahmung Christi auszurichten, nahmen sich klösterliche Lebensformen zum Vorbild, wohnten
in eigenen Häusern und bestritten ihren Unterhalt aus Bettelerträgen und
einfacher handwerklicher Arbeit. Diese Art geistlichen Zusammenlebens
war besonders im Nordwesten und Norden des Reiches, in den Niederlanden und Westfalen, in Mecklenburg und Pommern bis hinein nach
Sachsen und Thüringen, aber auch am Rhein weit verbreitet. Daneben
bildeten sich Sekten der Brüder und Schwestern vom freien Geist, die
den gesamten kirchlichen Heilsapparat ablehnten. Der Kirche mussten
solche libertären Strömungen zutiefst suspekt sein, entsprechend hart
sollte vorgegangen werden. Allerdings erwies sich das als nicht so einfach,
da die Grenzen zwischen tatsächlicher Häresie und bloßem Häresie-
verdacht nicht genau bestimmbar waren und dringender Untersuchung
bedurften.

Zwischen dem 9. und 17. Juni 1369, kurz vor seiner Abreise aus Lucca
Richtung Norden, gab Karl eine ganze Reihe von Urkunden aus, deren
Bestimmungen gezielt gegen die Beginen und Begarden gerichtet waren.
Ketzer sollten in Zukunft besser aufgespürt und konsequenter bestraft
werden. Seit den entsprechenden Gesetzen Kaiser Friedrichs II. waren
keine so drastischen Verfügungen gegen Häretiker mehr erlassen worden.
Es verwundert deshalb auch nicht, dass viele Formulierungen und Wendungen aus Friedrichs Urkunden direkt in die Erlasse von Lucca übernommen wurden. Kaiser Karl forderte die weltlichen und geistlichen
Herrschaftsträger des Reiches auf, alle Beginen und Begarden und andere
Abweichler, die im Volk *wilge Arme*, «freiwillige Arme», oder *Convent-
schwestern* genannt werden und beim Betteln *Brod durch Gott* rufen, als
exkommuniziert anzusehen, durch Kaiser und Reich geächtet und gebannt. Sie seien für immer aus ihren Orten, Städten und Gemeinschaften
auszuschließen und zu vertreiben. Wer sie unterstütze, werde bestraft.[58]

Zudem machte Karl bekannt, dass der Papst vier Inquisitoren benannt
habe. Einer von ihnen sei der Dominikaner und Magister der Theologie
Walter Kerlinger (gest. 1373), der für bestimmte Teile Deutschlands zuständig und konsequent zu unterstützen sei, um die Beginen und Begarden «vollständig auszureißen, auszuraufen und auszulöschen». Einige
Herrschaftsträger wurden zu Konservatoren bestimmt, gewissermaßen als
Schirmherren der Inquisition mit Schwertgewalt, darunter der Kurfürst

von Sachsen-Wittenberg, der Herzog von Braunschweig-Grubenhagen oder die Grafen von Schwarzburg-Arnstadt. Walter Kerlinger, der schon zwei Jahre zuvor als Inquisitor vom Kaiser privilegiert worden war und in Lucca mit Sicherheit zugegen gewesen sein dürfte, wurde mit weitreichenden Befugnissen ausgestattet und durfte ein Drittel der beweglichen und unbeweglichen Habe der wegen Ketzerei Verurteilten einziehen. Der Kaiser verfügte nämlich, dass die Häuser der Beginen verkauft werden sollten. Weil das «heilige Inquisitionsamt ohne Mühen, Kosten und Einnahmen nicht ausgeübt werden könne», sollte der Inquisitor ein Drittel des Erlöses erhalten. Ein zweites Drittel sollte als Almosen für die Armen und für reuige und eingekerkerte arme Ketzer verwendet werden, das letzte Drittel sollte zur Verbesserung der Befestigungen und der öffentlichen Straßen des jeweiligen Ortes dienen. Da den Inquisitoren in Deutschland keine Gebäude zu Verfügung stünden, um Verdächtige in Untersuchungshaft zu nehmen und Verurteilte einzukerkern – die Urkunde spricht von *pro immurandis*, also wörtlich von «einmauern» –, seien Häuser der Begarden einzuziehen und praktischerweise gleich in Kerker umzuwandeln.[59]

Der Inquisitionsprozess selbst sollte nach neuesten juristischen Erfordernissen geführt werden. Hatten zuvor Wasserproben und andere «Gottesurteile» für eine Verurteilung ausgereicht, sollten Urteile fortan nach genauen Befragungen von Angeklagten und Zeugen gefällt werden. Zur Anfertigung der Verhörprotokolle benötigten die Prozessführer jede Menge fähiger Assistenten. Kerlinger erhielt Vollmacht, für seine Unternehmungen gegen die norddeutschen Begarden geeignete Gehilfen, also Notare und Protokollanten, in des Kaisers Namen zu ernennen und zu vereidigen, und zwar, wie es üblich war, *cum penna et calamario* – mit der symbolischen Übergabe von Feder und Tintenfass. Vorgeschrieben wurde in der Urkunde auch der Eid, den die zukünftigen Notare auf den Kaiser zu leisten hatten.[60]

Den Kaiser bewegte noch ein anderes Problem, das ein bezeichnendes Licht auf die theologische Debattenkultur jener Zeit wirft. Er habe erfahren, heißt es in einer der Urkunden von Lucca, dass in Teilen Deutschlands Bücher, Traktate, Predigten und kleine Heftchen kursierten, die in der Volkssprache, also auf Deutsch, verfasst seien und Häresien enthielten, die sich immer mehr verbreiten würden. Es sei aber Laien beiderlei

Geschlechts, wie er weiter ausführen ließ, nach den kanonischen Bestimmungen nicht erlaubt, Bücher über die Heilige Schrift in der Mutter-
sprache zu benutzen. Deshalb sollten diese Schriften den Inquisitoren
zur Prüfung übergeben werden, damit nicht Leute «schwachen Verstandes zu Irrungen und Häresie verführt werden». Des Kaisers Wille: «Bücher, welche den Namen Jesu Christi, den seiner glorreichen jungfräu-
lichen Mutter und den katholischen Glauben in den Staub ziehen», sollen
den Inquisitoren zum «Verbrennen» übergeben werden, unabhängig davon, wer die Besitzer sind, Juden, schlechte Christen oder Heiden.[61]

Der Kaiser befahl also regelrechte Bücherverbrennungen, was jenseits
aller schiefen Vergleiche mit dem 20. Jahrhundert die Frage aufwirft, wie
viele hoch- und niederdeutsche exegetische Manuskripte, wenn nicht sogar Bibelübersetzungen damals vernichtet wurden. Denn das 14. Jahrhundert gilt als das «Jahrhundert der Laienbibel», zahlreiche volkssprachliche
Teilübertragungen des Alten und Neuen Testaments und deren Auslegun-
gen waren im Umlauf. Unter diesen ragte ein heute mit dem Verlegen-
heitsnamen «Österreichischer Bibelübersetzer» bezeichneter Anonymus
heraus, dessen kommentierte Bibeltexte auf Deutsch das umfassendste
Übersetzungsvorhaben vor Martin Luther darstellen. Lange wurde hinter
dem namenlosen Übersetzer sogar der dem Kaiser zeitweilig nahestehende
Sangspruchdichter Heinrich von Mügeln vermutet.[62]

In allen diesen Bestimmungen, ob es um die materiellen, organisato-
rischen oder geistigen Grundlagen der Ketzerbekämpfung geht, zeigt sich
deutlich, warum das Papsttum ein so starkes Interesse an kaiserlichen
Gesetzen gegen Häretiker hatte. Nur die Autorität des Kaisers konnte die
kurialen Pläne zum Aufspüren und Vernichten der Ketzer politisch umsetzen. Fehlende Kerker und mangelnde materielle Sicherstellung der
Inquisitoren, zu wenig juristisch gebildetes Personal, Ermittlung und
Ausmerzung gefährlicher Schriften – solche Probleme konnten nur weltliche Herrschaftsträger lösen, allen voran der Kaiser. Mit den Erlassen
Karls von 1369 und den sich fortschreibenden Erneuerungen der Bestimmungen hat die Inquisition als eine bleibende Institution in Deutschland
deutliche Konturen gewonnen und einen enormen Aufschwung erlebt.

Walter Kerlinger, mit erheblicher administrativer Machtfülle ausgestattet, stand bald in dem Ruf, ein unerbittlicher Ketzerjäger zu sein. Aus
einer ratsfähigen Erfurter Bürgerfamilie stammend, war er ein überaus

gebildeter Mann. Er hatte in Paris Theologie studiert, war am Erfurter Dominikanerstudium Lektor, wurde später durch päpstliche Provision dort Professor und stieg zum Provinzial der sächsischen Dominikanerprovinz sowie zum kaiserlichen Hofkaplan auf. Bis zu seinem Tod 1373 füllte er mit großer Akribie und erheblichem Erfolg sein Inquisitorenamt im nord- und mitteldeutschen Raum aus, verurteilte aufgespürte Ketzer zu lebenslangem Kerker und Feuertod. Allein in Erfurt soll er vierhundert Beginen inquisitorisch befragt und die Hälfte davon zum Scheiterhaufen verurteilt haben. Von seinem ersten großen Fall, der Vernehmung des Begarden Johannes Hartmann aus Oßmannstedt, ist sogar das Verhörprotokoll vom Dezember 1369 erhalten. Es gestattet einen Einblick in die Vorstellungswelt der Begarden und zeigt, dass schon geringe Abweichungen von der Norm genügten, um verbrannt zu werden. Karl, der als «guter Kaiser ein Hammer der Häretiker» sein wollte, hatte dieses Werkzeug mit verheerender Wirkung an Walter Kerlinger weitergegeben.[63]

Feuer in der Kanzlei

DIENSTAG, 6. OKTOBER 1355, PRAG. Die hohen Herren der großen Familien des Landes und die Abgesandten der Städte, die sich Anfang Oktober 1355 zum großen böhmischen Landtag in der Moldaumetropole versammelt hatten, dürften sich gefragt haben, ob sie richtig gehört hätten: Am 6. Oktober ließ nämlich der Kaiser verkünden, dass ein überaus wichtiger Kodex mit Gesetzen und Statuten, der schon kunstvoll abgeschrieben und besiegelt vorgelegen habe und den er in Absprache mit den böhmischen Großen in Kürze habe verkünden wollen, soeben ein Raub der Flammen geworden sei. So ein Pech aber auch: Die langen Verhandlungen, sie seien umsonst gewesen, alles verbrannt, nichts mehr zu machen.[64]

Neben der Goldenen Bulle hatte Karl IV. über viele Jahre ein weiteres ambitioniertes Gesetzeswerk betrieben, das allerdings niemals in Kraft trat und später als *Maiestas Carolina* bezeichnet wurde. Dieses Gesetzbuch, das Karl zwischen 1351 und 1354 für das Königreich Böhmen entwerfen ließ und das er als frisch gekrönter Kaiser 1355 – sozusagen mit imperialer Autorität unterfüttert – verkünden wollte, umfasste 127 Artikel auf

der Grundlage einheimischer traditioneller Rechtsbestimmungen und in
Anlehnung an die 1231 von Kaiser Friedrich II. erlassenen Konstitutionen
von Melfi. Eröffnet wurde das Werk mit Festlegungen zum wahren
katholischen Glauben, am Schluss ging es um Aussteuern von Witwen
und Waisenmädchen. Hauptsächlich aber und überhaupt zum ersten Mal
geregelt wurde das rechtliche Verhältnis zwischen dem böhmischen König
und seinen Baronen. Kanzler Johann von Neumarkt und sein Ratgeber
Erzbischof Ernst von Pardubitz dürften maßgeblich an der Ausgestaltung
beteiligt gewesen sein. Das Vorhaben lag im Trend der Zeit, in einigen
Ländern Europas waren entsprechende Vereinbarungen gerade geschlossen worden oder standen kurz vor dem Abschluss. Es war ein weiterer
Schritt auf dem Weg zur Intensivierung von Herrschaft, zu einer «gestalteten Verdichtung», wie Peter Moraw diese Phase hin zu einer ausgepräg-
ten Staatlichkeit bezeichnete.[65]

Konkret sollte die *Maiestas Carolina* in Böhmen vor allem den königlichen Rückerwerb von Gütern und Burgen gesetzlich absichern, Ent-
fremdung von Krongut verhindern, den Adel zum Landesdienst anhalten,
ungenehmigte Vereinbarungen unter den Baronen ausschließen und deren Standesgerichtsbarkeit einschränken. Letztlich sollten die Bestimmungen die Macht des Königs stärken, was den böhmischen Landstän-
den in der Tendenz gar nicht gefallen konnte. Künftig wäre der König
von Böhmen nämlich nicht mehr einer der ihrigen oder von ihnen erhoben, dazu bestimmt, mit ihnen gemeinsam das Land zu regieren, sondern
er würde fortan allein bestimmen und die Richtung politischen Handelns
weisen, ohne Rat und Hilfe des hohen Adels einholen zu müssen. Selten
sind Karls Herrschaftsansprüche so klar und zugleich so fern von den
politischen Realitäten formuliert worden wie in der *Maiestas Carolina*.

Die Adligen Böhmens waren anfangs nur misstrauisch, was ihr König
mit den neuen Bestimmungen bezwecken mochte. Als sie begriffen hatten, dass es um nichts Geringeres als die Einschränkung ihrer Macht in
den böhmischen Ländern ging, begannen sie Widerstand zu leisten, der
Ende 1355 so gewaltig anschwoll, dass Karl das Projekt auf dem Landtag
vollständig fallen ließ. Um den immensen Gesichtsverlust zu mildern,
ließ er durch eine Urkunde jene abenteuerliche Behauptung kursieren,
der fertig ausgehandelte Kodex sei unglücklicherweise verbrannt. Immerhin zwölf Exemplare dieser dem Kaiser abgetrotzten Nichtigkeitserklä-

rung sind heute noch erhalten. Dass die mächtige und in Südböhmen über viele Burgen verfügende Familie der Rosenberger eines davon in ihrem Archiv bewahrte und dass sie bald darauf sogar gegen den König zu den Waffen griff, zeigt, dass sie in dem Machtkampf zu den führenden Gegnern Karls gehörte.[66]

Der böhmische Adel hatte sich durchgesetzt, und der Kaiser kam auch später nicht mehr auf die *Maiestas Carolina* zurück. Es blieben jedoch mehr als fünfzig Abschriften, Konzepte und Kurzfassungen der Rechtssammlung erhalten, aus denen die Brisanz der Auseinandersetzungen zwischen König und Baronen deutlich hervorgeht. Die überlieferten Dokumente zeigen aber auch, dass die *Maiestas Carolina* in den folgenden Jahrhunderten durchaus Wirkung in Böhmen entfaltete, zwar nicht als geltendes Recht, aber als Bezugspunkt in machtpolitischen Auseinandersetzungen. Für Karl bleibt festzuhalten, dass er in dieser Angelegenheit seine eigene Macht über- und die der hohen Adligen gewaltig unterschätzt hatte. Trotz aller selbstinszenierter Auserwähltheit konnte sich der sonst so gerissene Kaiser und böhmische König gegen den Willen seiner Barone nicht durchsetzen. Und sein Sohn und Nachfolger Wenzel wird die Erfahrung machen müssen, dass die mächtigen Adligen selbst vor der Gefangennahme des eigenen Königs nicht zurückschreckten.

DER BAUHERR

«Der gemeine Mann, welcher bloß an den äußerlichen Sinnen
hanget, und die Vernunft wenig gebrauchet, kann sich nicht
allzeit recht vorstellen, was die Majestät des Königs ist, aber
durch die Dinge, so in die Augen fallen, und seine übrigen Sinne
rühren, bekommt er einen klaren Begriff von seiner Majestät,
Macht und Gewalt.»

Julius Bernhard von Rohr,
«Einleitung zur Ceremoniel-
Wissenschafft der großen Herren»

Ein neuer Landespatron und ein neuer Dom

DONNERSTAG, 28. AUGUST 1365, PRAG, VEITSDOM. Über Prag
leuchtete der Himmel und beunruhigte die Betenden der Matutin, der
ersten Andacht zwischen Mitternacht und dem frühen Morgen in der
Abfolge der liturgischen Tagzeitengebete. Der Glanz ging vom Firmament aus und strahlte ein helles Licht auf Prag und die umliegenden
Gegenden, ehe es langsam erlosch. Ohne Zweifel: ein Wunder. Weitere
Mirakel ereigneten sich in rascher Folge. Hinter allem, so wurde den
Augenzeugen bald klar, konnte nur einer stecken: der heilige Sigismund.
Dessen Gebeine – oder zumindest ein großer Teil davon – waren gerade
in Prag angekommen und sollten dort eine neue Heimat und Ruhestätte
finden. Sigismund, ein König von Burgund aus dem ersten Drittel des
6. Jahrhunderts, war nach seinem Märtyrertod ursprünglich in der Abtei

der Augustiner-Chorherren in Saint-Maurice an der Rhône im heutigen schweizerischen Kanton Wallis bestattet und dort seit Langem als Heiliger verehrt worden. Von dort hatte 1365 Kaiser Karl einen Teil von dessen sterblichen Überresten auf der Rückreise aus dem Arelat für seine Hauptstadt an der Moldau mitgenommen. Hofchronist Benesch von Weitmühl berichtet, dass ein «überaus kostbarer Schatz, nämlich der Körper des Heiligen Sigismund, des Königs von Burgund» in Prag «am Tag des Heiligen Augustinus in feierlicher Prozession empfangen» worden sei. Vier Wochen nach der Ankunft wurden die Reliquien in der heutigen Sigismundkapelle des Prager Doms feierlich niedergelegt.[1]

Benesch erwähnt, dass es danach zu einer Vielzahl von Wundern gekommen sei und es sogar einen speziellen Traktat in der Sakristei des Prager Doms gäbe, der diese aufliste. Mehr als dreißig Wunder, so das kleine Mirakelbüchlein, soll der Heilige in den folgenden Wochen vollbracht haben. Das in der Prager Kathedrale von alters her hochverehrte Heiligentriumvirat bestehend aus Adalbert, Veit und Wenzel bekam nun einen ebenbürtigen Mitstreiter, sodass fortan eine heilbringende Vierergemeinschaft durch Fürsprache bei Gott zum Wohle Böhmens und seiner Herrscher zu wirken begann. Zudem hoffte Karl sicher, etwas von der speziellen Königsheiligkeit des Burgunderherrschers auf sich übertragen zu können. Dass Benesch das letzte Buch seiner Chronik, in welchem er die Herrschaftszeit Karls beschreibt, mit Bemerkungen über den Erwerb der Reliquien Sigismunds durch den Kaiser beginnen lässt, belegt die hohe Bedeutung, die der Kaiser und sein Chronist der Translation der Gebeine zumaßen.[2]

Benesch wusste zu berichten, dass sich der Erwerb der Sigismund-Reliquien nicht nur wohltuend für das Land, sondern auch für Karl buchstäblich lebenserhaltend ausgezahlt habe. Über die Ursache einer offenbar lebensgefährlichen Erkrankung des Herrschers im Mai 1371 ist zwar nichts bekannt, dafür aber über deren Heilung: «Während sich der Herr Kaiser auf seiner Burg Karlstein aufhielt, befiel ihn eine sehr schwere Krankheit. Die Ärzte zweifelten gänzlich an seiner Genesung. Als die Frau Kaiserin, seine Gemahlin» – gemeint ist seine vierte Frau Elisabeth – «sah, dass Karl die Todesstunde schlug und ihm kein Heilmittel der Ärzte helfen konnte, vertraute sie auf die Hilfe des seligen Märtyrers Sigismund. Sie legte das Gelübde ab, sich zu Fuß vom Karlstein nach Prag zum Grab

Unter dem Schutz der Heiligen: *Obere Hälfte des fast zwei Meter hohen Altarbildes eines unbekannten Malers für die 1371 neu geweihte Marienkapelle der erzbischöflichen Burg in Raudnitz. Das vom kaiserlichen Ratgeber Johann Očko von Vlašim in Auftrag gegebene Bild zeigt die thronende Gottesmutter. Links kniet Kaiser Karl im Schutz des heiligen Sigismund, rechts der zehn Jahre alte König Wenzel, beschützt vom heiligen Wenzel.*

des heiligen Sigismund zu begeben, und brachte dort für das Wohl ihres Herrn acht Schalen reinen Goldes, außerdem dreiundzwanzig Mark und fünf Lot Gold im Wert von 1650 Gulden reinen Goldes für das Haupt Sankt Sigismunds dar. Nachdem das Gelübde erfüllt und die Opfergabe zur Anfertigung des Kopfreliquiars Sankt Sigismunds übergeben worden war, wurde der Herr Kaiser durch die Gnade Gottes und die Verdienste des heiligen Sigismunds in seiner früheren Gesundheit wieder hergestellt.»[3]

Es dürfte also kein Zufall sein, dass auf dem berühmten Gemälde, das Johann Očko von Vlašim als Altarbild für die 1371 neu geweihte Marien-

kapelle der erzbischöflichen Burg in Raudnitz an der Elbe hat anfertigen
lassen und das die wichtigsten in Böhmen verehrten Heiligen zeigt, der
Kaiser gerade mit diesem Helfer dargestellt wurde. In der oberen Hälfte
des fast zwei Meter hohen Bildes thront Maria, deren kniender Verehrer
Kaiser Karl vom heiligen Sigismund, seinem neuen persönlichen Patron,
an die Himmelkönigin verwiesen wird, während der daneben abgebildete
junge König Wenzel auf den heiligen Wenzel vertraut. Die untere Hälfte
zeigt vier weitere böhmische Landespatrone: links die heiligen Prokopius
und Adalbert, angebetet vom Stifter Erzbischof Johann Očko, und rechts
dahinter die Heiligen Veit und Ludmila. Offenbar haben das Lichtwun-
der und viele weitere Mirakel, allen voran die Heilung Karls aus Todes-
nöten, den Kult um den heiligen Sigismund beim Herrscher enorm befördert und seine Gebeine in den luxemburgischen Landen überaus
populär gemacht. Diese Gebeine sollten sich bald zum «erfolgreichsten
‹Reliquienimport› des Kaisers» entwickeln.[4]

Über die zum Zeitpunkt der Überführung schon zwei Jahrzehnte zurückliegende Grundsteinlegung des neuen Doms, jenes ambitionierten
Legitimationsbeweises in Stein, in dem der heilige Sigismund nun verehrt
wurde, wusste Benesch ebenfalls gut Bescheid. Zur Ehre Gottes und der
Patrone der Prager Kirche hatten sich, wie er berichtet, am 25. Sonntag
nach Trinitatis des Jahres 1344, also dem 21. November, die Mächtigen des
böhmischen Reiches und weitere Vertreter des hohen Klerus und des
Adels zu einem feierlichen Hoftag in der Moldaumetropole versammelt,
darunter König Johann von Böhmen und der damalige Kronprinz Karl,
zudem dessen jüngerer Bruder Johann Heinrich und Ernst von Pardubitz,
der Erzbischof von Prag. Der König, seine Söhne sowie der neue Erzbischof auf dem Burgberg vor der Burgstadt Hradschin seien an diesem
Tag, so der Chronist, in eine für mächtige Fundamente ausgehobene
Grube gestiegen, um dort den Grundstein für eine neue Kirche zu setzen.
Benesch von Weitmühl besaß detaillierte Kenntnisse, weil der Domherr
nicht nur als Hofhistoriograph wirkte, sondern als Leiter der Bauhütte
am Veitsdom seit 1355 die Bauchronologie überblickte.[5]

Als ersten Baumeister für das ambitionierte Projekt konnte Karl den
aus Frankreich stammenden Matthias von Arras (1290–1352) gewinnen,
den er wohl aus Avignon kannte. Zum Zeitpunkt seiner Berufung im
fünften Lebensjahrzehnt stehend, galt Matthias als ein erfahrener Bau-

hüttenchef. Nach seinem Tod 1352 bekam 1356 Peter von Gmünd die Leitung des Bauprojekts übertragen. Er trug später den Bauleitertitel *Parler* – von Parlier abgeleitet – als Familiennamen und nannte sich Peter Parler (1330/33–1399). Doch die Errichtung solcher Gebäude wie der alles andere überragenden Kathedralen des Hoch- und Spätmittelalters dauerte lange, oft viele Jahrzehnte, mitunter sogar Jahrhunderte. Und so sollte es auch beim Veitsdom kommen. Als Kaiser Karl 1378 starb, war der Bau längst noch nicht fertig. Erst im Juni 1392 legten Karls Söhne Wenzel und Johann den Grundstein für das Mittelschiff. Mit dem Ausbruch der Hussitenkriege rund fünfzig Jahre später wurden nicht nur die Bauarbeiten auf lange Zeit komplett eingestellt, sondern Teile des Hauptschiffes wieder zerstört. Erst 1929, fast sechshundert Jahre nach Grundsteinlegung, wurde die Kathedrale – nunmehr auch als ein nationaler tschechischer Erinnerungsort – in ihrer heutigen Gestalt vollendet.[6]

Als Karl und sein Vater ihren ambitionierten Domneubau begannen, bedienten sich die Baumeister großer Kirchen seit bald zwei Jahrhunderten einer Reihe von Konstruktions- und Gestaltungsprinzipien, die auf der Île-de-France ihren Ursprung hatten und später unter dem Oberbegriff Gotik zusammengefasst werden sollten. Man wollte die Wirkung der wuchtigen Mauern früherer Kirchenbauten zugunsten einer neuen optischen Leichtigkeit auflösen und entwickelte dazu Spitzbogen, Kreuzrippen und Strebepfeiler, die ein feingliedriges, scheinbar endloses Aufwärtsstreben suggerierten. Die immer größer werdenden Fenster, insbesondere die Rosetten über den Westportalen, die zu leuchtenden Wänden wurden, ließen die Kathedralen zu einem flimmernden Farbenmeer werden. Aber in der Architektur der Gotik kam nicht nur eine neue Kunstsprache zum Ausdruck, sondern auch eine neue Weltsicht. Der in den himmelwärts strebenden Kathedralen nach oben gezwungene Blick musste den Menschen die Bedeutungslosigkeit ihres Daseins ins Bewusstsein rufen und sie an ihre Nichtigkeit erinnern. Es war das Bestreben dieser Architektur, durch die Verinnerlichung des Glaubens «das Verlangen nach einer neuen Einheit mit Gott anschaulich zu machen» und «wirklich ein Sinnbild des Himmelssaals auf Erden zu errichten».[7]

Matthias von Arras hatte sich für den Prager Auftrag an Kirchen wie Saint-Urban in Troyes oder Notre-Dame in Reims orientiert. Sein Nachfolger im Baumeisteramt, Peter Parler, hielt am künstlerischen Konzept fest, bereicherte die neue Kirche jedoch um Elemente aus den großen Kathedralbauten Süddeutschlands. Wichtigstes architektonisches Vorbild für den Prager Dom dürfte aber der Magdeburger Dom gewesen sein, der unter dem Erzbischof Dietrich von Portitz mit einem prächtigen Hochaltar aus böhmischem Marmor ausgestattet und im Oktober des Jahres 1363 geweiht wurde. Begonnen hatte den Bau Erzbischof Albrecht II. von Käfernburg (1205–1232) 1208, der stark von der neuen französischen Formensprache geprägt war und seinen Dom von Anfang an im Stil der Gotik plante. Gehört der Magdeburger Dom, der für Prag auch wegen der geographischen Nähe wichtig wurde, zu den frühesten Kathedralen der Gotik im deutschsprachigen Raum, so dürfte St. Veit in Prag die Vollendung der französischen Kathedralformen mit ihren feingliedrigen Kränzen aus Chorkapellen darstellen.[8]

Der neue Dom war sicherlich das ehrgeizigste Kirchenbauprojekt Karls. An der Stelle der heutigen Kathedrale hatte es bereits zwei Vorgängerbauten gegeben. Im 10. Jahrhundert ließ Herzog Wenzel für eine Veit-Reliquie eine Kapelle in Form einer Rotunde bauen, die in der zweiten Hälfte des 11. Jahrhunderts durch eine Basilika mit Ost- und Westchor ersetzt worden war. Dieser Bau stand zum Zeitpunkt der Grundsteinlegung wohl noch und blieb auch weiter in Benutzung.[9]

In der höfischen mittelalterlichen Repräsentation gehörten «die geistliche Fundierung von Herrschaft und deren möglichst prächtige Zurschaustellung» untrennbar zusammen, machen doch repräsentative Gebäude als Zeichen der Macht ihren Bauherrn als Hegemon weithin sichtbar. An den Bauten Karls IV. zeigt sich das besonders augenfällig, wie die Kunsthistoriker Jiří Fajt und Markus Hörsch belegen. Mit dem Neubau von St. Veit wollte sich Karl nicht nur eine eigene Königskathedrale, sondern auch ein Sinnbild sakralen Königtums in Böhmen schaffen. Die Kathedrale – nach Georges Duby die alles umschreibende Signatur für den Zusammenhang von Kunst und Gesellschaft im gesamten Hoch- und Spätmittelalter – war schließlich das Gehäuse, in welchem das französische Königtum seit einem Jahrhundert seine Sakralität machtsteigernd zu inszenieren verstand. Durch seinen langen Jugendaufenthalt am französischen Hof war der Kaiser bestens mit der Baukunst Frankreichs und deren Wirkung auf den Betrachter vertraut. So liegt die Schlussfolgerung nahe, dass er einen seinem Selbstverständnis und seiner Würde ent-

sprechenden kirchlichen Prunkbau *à la français* auch für sich und sein
Königreich haben wollte. Es ging um ein unmissverständliches Zeichen
der Herrschaft, das in den edelsten Formen des sakralen Bauens, nämlich
denen der französischen Kathedrale, dem «Geschenk Frankreichs an
Europa», so überzeugend hervorzutritt. Und tatsächlich bediente sich
der Bau genau jener Formensprache, die noch Jahrhunderte später Karl
Friedrich Schinkel (1781–1841) in seinen Architekturphantasien als die
eines geradezu perfekten, idealtypischen gotischen Doms visualisiert hat.[10]

Steinerne Herrschaftszeichen

Nicht nur der Veitsdom ist von Kaiser Karl IV. als Herrschaftsarchitektur
geplant worden. Schon beim Ausbau des Königspalastes auf der Burg
hatte Karl französische Vorbilder im Sinn, wie Franz von Prag überliefert: «In kurzer Zeit hat er einen bis dahin noch nie in diesem Reich ge-
sehenen Königspalast errichtet und hatte ihn mit größten Anstrengungen ganz so wie den Palast des französischen Königs erbaut.» An diesen
Prunkbau wurde später nach Plänen von Peter Parler eine Hofkapelle
angegliedert, ein einschiffiger, zweistöckiger Bau in direkter Anlehnung
an die königliche Sainte-Chapelle in Paris, das Reliquienschatzkästchen
der französischen Könige. Für seine Allerheiligenkapelle hatte Karl viele
Jahre zuvor ein Kollegiatstift gegründet, dessen Kanoniker unter der Leitung von Propst Peter II. von Rosenberg (um 1326–1384) für den täglichen Gottesdienst verantwortlich waren. Heute ist die Pracht mehr zu
erahnen als zu sehen, da ein verheerender Brand im 16. Jahrhundert
vieles zerstört hat und der spätere Wiederaufbau anderen Gestaltungs-
plänen folgte.[11]

Doch nicht nur mit der Königsburg und dem Dom, sondern mit der
ganzen Hauptstadt des Königreichs hatte Karl etwas Besonderes vor. Die
böhmische Metropole Prag, die sich aus einer Reihe rechtlich selbständi-
ger Städte, Burgen und Siedlungsplätze zusammensetzte, entwickelte sich
in der Zeit Kaiser Karls IV. mit enormem Tempo. Das bald wichtigste
Siedlungszentrum des Königreiches gliederte sich traditionell in mehrere
Bereiche: den Burgbereich mit dem Königspalast und dem Dom, das
unmittelbar davor liegende Burggrafenstädtchen Hradschin, wo auch die

Häuser der Domkleriker und Höflinge lagen, dann die sogenannte Kleinseite mit dem Palast des Erzbischofs und den Klöstern Sankt Maria unter der Kette und Sankt Thomas. Auf der gegenüberliegenden Moldauseite erstreckte sich die Altstadt mit den Wohnsitzen der Kaufleute und Handwerker, der Universitätsangehörigen sowie dem jüdischen Viertel. Als Moldauübergang und Kreuzungspunkt von weit reichenden Handelswegen diente eine seit 1357 neu errichtete Steinbrücke, die die durch die große Flut von 1342 weggerissene Judithbrücke und die in der Zwischenzeit wohl aus Holz gezimmerten Provisorien ersetzte. Die spektakuläre neue Steinbrücke mit ihren mehr als fünfhundert Meter überspannenden Bögen auf massiven Pfeilern wurde von kunstvoll gestalteten Brückentürmen begrenzt. Der auf der Altstädter Seite mit einem Figurenprogramm geschmückte Turm, zu dem auch ein Bildnis Karls IV. gehört, visualisierte die Idee von legitimer und gerechter Herrschaft und stellte zugleich den steingewordenen Triumph kaiserlichen Machtanspruchs dar.[12]

Östlich und südlich der Altstadt sollte sich bald darauf die Neustadt gewaltig ausweiten, der Karl offenbar seinen eigenen Namen und damit zugleich den des heiligen Karl geben wollte: *in nova civitate dicta Karlstat Pragensis* – «in der Prager Neustadt, genannt Karlstadt», heißt es in einer von der Hofkanzlei 1359 ausgestellten Urkunde über dortige Fleischerbuden. Vorausschauend waren drei große Marktplätze abgesteckt worden: der Heumarkt, Teil der heutigen Hybernergasse, der siebenhundert Meter lange Rossmarkt, der heute den Namen Wenzelsplatz trägt, und der Viehmarkt, der heutige Karlsplatz. Der mehr als acht Hektar große Viehmarkt war nicht nur der größte Europas, dort wurden auch alljährlich vor Tausenden Wallfahrern in einem provisorisch errichteten Holzbau kostbare Reliquien, darunter auch die Reichsinsignien, zur Schau gestellt. Wie die Kleinseite und die Altstadt besaß auch die Neustadt eine städtische Selbstverwaltung mit eigenem Rathaus. Nicht zuletzt konnte ein großer Teil des Stadtgebiets in zweijähriger Bauzeit «durch stärkste Mauern mit doppelflügeligen Toren und sehr hohen Türmen» befestigt werden. Fast alle Baumaßnahmen wurden, wie Benesch Krabice von Weitmühl stolz vermeldete, sehr schnell durchgeführt.[13]

Dass Prag bald auch als geistliches Zentrum und als Kultort des Königreichs an Bedeutung gewann, lag an einer Reihe neuer oder baulich bedeutend erweiterter Kirchen und Klöster. Zu diesen sakralen Neu- oder

Umbauten gehörte, neben den neuen Pfarrkirchen des heiligen Kaiserpaares Sankt Heinrich und Kunigunde sowie Sankt Stephan, das Augustiner-Chorherrenstift Karlshof, das einen weiteren Baustein im Kult um Karl den Großen darstellte. Das Karmeliterkloster Sankt Maria im Schnee, das sich in seinem Namen auf die Gründungslegende von Santa Maria Maggiore, einer der Hauptkirchen Roms, bezog, galt mit seinem hohen Chor als zweitgrößter Kirchenbau Prags nach dem Veitsdom. Auch hier hatte Karl IV. im September 1347 selbst den Grundstein zum Gedenken an seine Krönung zum böhmischen König gelegt. Im Benediktinerkloster Sankt Emmaus, das mit Mönchen aus Kroatien besetzt wurde und den slawischen Ritus pflegen sollte, entstanden die ersten Bibelübersetzungen ins Tschechische. Da Karl glaubte, den grandiosen Sieg von San Felice 1332 der heiligen Katharina von Alexandrien zu verdanken, und er sich zeitlebens dieser Nothelferin besonders verpflichtet fühlte, regte er zudem den Bau einer der Heiligen geweihten Kirche in der Prager Neustadt an. Südlich der Neustadt erhob sich moldauaufwärts mit dem Vyšehrad – wörtlich so viel wie «Hochburg» – eine zweite bedeutende und traditionsreiche, ja geradezu mythengetränkte Festungsanlage. Dieser ehemalige Stammsitz der Přemysliden, Sterbeort von Karls Mutter Elisabeth und Ausgangspunkt von Krönungs- und Feierprozessionen, umschloss in seinen Mauern das dem Papst unterstehende Kollegiatstift der heiligen Peter und Paul und einen Königspalast, die beide auf Geheiß des Kaisers ebenfalls erneuert wurden.

Als neuer Erzbistumssitz, befreit von Mainzer Abhängigkeiten, und als erste Universitätsstadt Mitteleuropas, auch als Heiltumsmetropole dank der Zusammenführung kostbarster Reliquien, die gelegentlich kistenweise aus dem Reich und aus Italien, selbst aus Konstantinopel herangeschafft wurden, schloss Prag rasch zum Pariser Vorbild auf. Mit den zahlreichen Neubauten und als Ort einer großen und prächtigen Hofgesellschaft überholte Prag in großen Schritten viele bedeutende Städte Europas. Mit vierzig- bis fünfzigtausend Einwohnern gehörte die Stadt nach Paris und den flandrischen Metropolen zu den bevölkerungsreichsten Städten nördlich der Alpen. Kein Wunder also, dass manche Zeitgenossen Prag zur Hauptstadt der Welt erklären wollten. Die Kapitale des Königreichs Böhmen, schwärmte Heinrich von Diessenhofen, sei «Sitz des Imperiums, der sich einst in Rom, dann in Konstantinopel, aber nun hier befindet».[14]

Erst 1929 vollendet: Blick in den Prager Veitsdom von der Westempore auf den Chor und das davor liegende, aus dem 16. Jahrhundert stammende Habsburgermausoleum. Von dem heute so eindrucksvollen Schiff ist nur der hintere Teil des Chores im Mittelalter errichtet worden, der gesamte Westbau stammt aus dem 19. und 20. Jahrhundert.

Ohne Zweifel: Außerhalb Italiens gab es zu der Zeit keine so spektakulär dimensionierten Stadterweiterungen und Bauvorhaben wie in Prag. Die Stadt dürfte reichlich vom Baulärm und Geschrei der Maurer, Steinmetzen und Zimmerleute angefüllt gewesen sein. Bei vielen Bauprojekten, die Karl gestiftet, befohlen oder angeregt hatte, erlebte er die Vollendung nicht mehr. Weder die heutige Karlsbrücke noch den Altstädter Brückenturm noch Sankt Maria im Schnee und schon gar nicht seinen neuen Dom hat Karl in fertigem Zustand sehen können.

Dass die meisten baulichen Anstrengungen auf Außenwirkung zielten, war schon den Zeitgenossen deutlich geworden. Benesch von Weitmühl berichtete zum Jahr 1370: «In diesem Jahr hatte unser Herr Kaiser, da zu ihm Fürsten, Große und Edle aus allen Weltgegenden herbeiströmten und er die schillernde Glorie seines Böhmischen Reiches zeigen wollte, zwei königliche Türme in der Prager Burg – einen zum Osten, den anderen zum Westen hin – mit Blei und Gold überziehen lassen, so dass diese Türme bei sonnigem Wetter auf lange Entfernung leuchteten und strahlten.» Schon von Weitem ließ sich also die schillernde Glorie des goldenen Prag erahnen. Noch heute strahlt dem Besucher an der Südseite des Doms bei Sonne ein prachtvolles Glitzerwerk in der Art der byzantinischen Mosaiktechnik entgegen. Über den drei Bögen der Goldenen Pforte ist ein Bildnis angebracht, das Motive des Jüngsten Gerichts zeigt. Den mittleren Torbogen zieren Christus als Weltenrichter in einer Engelsmandorla, die davor knienden sechs böhmischen Landespatrone Prokop, Sigismund und Veit sowie Wenzel, Ludmila und Adalbert, darunter die ebenfalls knienden Stifter Karl und seine Gattin Elisabeth von Pommern. Die gründlich erneuerte und bedeutend erweiterte Hauptstadt des Königreichs sollte mit Stilanleihen aus dem fernen Byzanz in die Welt hinaus strahlen; und das tat sie tatsächlich zum Ruhme ihres Schöpfers.[15]

Doch was sich hier alles so schön anhört: Die glänzende Vorderseite der Fortschrittsmedaille, sie hatte auch eine dunkle Kehrseite. In der Dynamik des Aufstiegs hin zu einer scheinbar süß duftenden Blütezeit begannen auch die Knospen gesellschaftlicher Widersprüche in Böhmen zu schwellen und vor allem in Prag schnell aufzubrechen. Die Zurückdrängung der Naturalwirtschaft durch Marktproduktion bei gleichzeitiger Ausfaltung einer differenzierten Geldwirtschaft ließ – wie im übrigen Europa schon länger spürbar – auch in Böhmen eine Reihe von Krisensymptomen sichtbar werden. Die Handwerkerverschwörungen von 1366 und 1377 gegen die Schöffen der Altstadt und Neustadt in Prag sind deutliche Belege einer schnell fortschreitenden Aufspaltung der Gesellschaft. Innerstädtische Widersprüche, die rasante Zunahme lohnabhängiger Besitzloser, die Verschärfung protonationaler Konflikte zwischen tschechischen und deutschen Bewohnern von Stadt und Land, die anschwellende, auch vom niederen Adel getragene Kritik an dem ständig wachsenden Besitz und Einfluss der Amtskirche, die Karl mit seinen Zuwendungen enorm gestärkt hat – immerhin umfasste der kirchliche Besitz in Böhmen die Hälfte des Bodens –, das alles wuchs sich ein halbes Jahrhundert nach dem

Tod des Kaisers zur Hussitischen Revolution aus. Es ist noch lange nicht bis ins letzte Detail erforscht, wie sehr Karl IV., der in vielen Bereichen seiner Politik diese Widersprüche eher beschleunigt als entspannt haben dürfte, damit letztlich zum Ausbruch dieser Revolution beigetragen hat.[16]

Alte Leichen, neue Gräber und die Inszenierung als Přemyslide

Einige Jahrzehnte nach Baubeginn wurde es erneut hochpolitisch: Der Herrscher bestimmte den neuen, von ihm gestifteten Veitsdom nämlich zu seinem Begräbnisplatz. Das war eine Entscheidung von gewaltiger Tragweite, denn damit brach der Kaiser nicht nur wie einige seiner unmittelbaren Vorgänger als römisch-deutsche Könige mit den Traditionen von Speyer, sondern auch im dynastischen Sinne mit jenen der luxemburgischen Familie, die ihre Gräber in Clairefontaine oder – wie Karls Vater, König Johann von Böhmen – im Münster in Luxemburg hatten.[17]

Da sich die Vergangenheit prinzipiell nie von allein in Erinnerung verwandelt, bedarf es bei ihrer Sinnstiftung tatsächlicher Haltepunkte der Memoria. Grablegen und deren Denkmäler waren dafür ganz besonders geeignet, denn sie konnten neben der Erinnerung an die jeweils begrabene Person und als Ort der seelenheilstiftenden Gebetsgedächtnisse auch in politisch-legitimatorischer Hinsicht der Repräsentation von Personengruppen, eines Königreichs oder einer Dynastie dienen. Mitunter vermochten Grabanlagen sogar die Institutionen des Papst-, Kaiser- oder Königtums oder protostaatlicher Strukturen zu legitimieren. Sie wurden gelegentlich zu regelrechten Legitimationsgeneratoren, weil Herrschaft immer sowohl Herkunft braucht als auch Zukunft wünscht. Indem mit Gräbern eine bestimmte konstruierte Herkunft inszeniert werden kann, symbolisieren sie für die Herrschaft Dauer und Ewigkeit. Und da Gräber in Krisensituationen der Herrschaft, an den «Prismen der Macht», überaus effizient legitimationsgenerierend wirken können, waren die sterblichen Überreste der in den Gräbern verwahrten Personen kostbare und mitunter tatsächliche Garanten von stabiler Herrschaft.[18]

Dieses Prinzip nutzte auch Karl mit seinen Grablegeplanungen aus. Das Gesamtkonzept, das er in Prag umsetzen ließ, ging allerdings weit über die Idee von bislang praktizierten Stiftergrablegen, wie sie etwa bei den Karolingern, Ottonen oder bei den Saliern mehrfach zu sehen sind, hinaus. Er bestimmte zunächst das Zentrum des Chores, den liturgischen Mittelpunkt der Kirche, als eigenen Bestattungsplatz. Seine letzte Ruhe wollte er zwischen den dort deponierten Gebeinen der heiligen Veit, Wenzel und Adalbert sowie den 1365 erworbenen Knochen des heiligen Sigismund finden. Die einander gegenüberliegenden Kapellen des heiligen Wenzel und Sigismund evozierten eine Parallelisierung der Königreiche Böhmen und Burgund. Karl wählte zu seiner Ruhestätte also einen Platz im Schnittpunkt von heiligen Vorfahren und mythischen Gründern. Um die Kathedrale in Prag aber als einen immerwährenden Memorialraum für den Herrscher und seine unmittelbaren Vorfahren zu inszenieren, ließ Karl die Umbettung einiger seiner Vorgänger im böhmischen Königsamt vornehmen. Diese wurden aus dem Vorgängerbau des Doms erhoben, mit neu geschaffenen Grabdenkmälern versehen und in veränderter Anordnung in die Chorkapellen eingesenkt.[19]

Die neuen Grabdenkmäler im Dom entsprachen auch künstlerisch dem höchsten europäischen Niveau. Die in der sogenannten Sächsischen Kapelle aufgestellten Tumben für die Könige Přemysl Ottokar I. (1198–1230) und Přemysl Ottokar II., Letzterer als *rex aureus*, als «goldener König», und als im Entscheidungskampf gegen Rudolf von Habsburg auf dem Marchfeld gefallener Held gerühmt, stammten direkt aus der Werkstatt Peter Parlers. Er und seine Helfer haben zudem die Büsten der Luxemburger im Triforium sowie die idealisierend-christusähnliche Statue des heiligen Wenzel geschaffen.[20]

Die neuen Grabdenkmäler wurden in drei der neu errichteten Kapellen paarweise, unter Vernachlässigung einer chronologischen Herrscherabfolge, stattdessen in der Gegenüberstellung von Priesterfürst – im Mantel – und Kriegerfürst – im Harnisch – positioniert. Dieses Arrangement spielte mit den Allgorien von *fortitudo* und *iustitia* – von Stärke und Gerechtigkeit – und erinnerte an Melchisedek, den ersten Priester des höchsten Gottes im Alten Testament, und Kaiser Konstantin, den ersten christlichen Imperator. Ebenso wäre ein symbolischer Rückbezug auf die kriegerischen und weisen biblischen Könige David und Salomon denkbar, oft genug Idealfolie des Selbstverständnisses mittelalterlicher Herrscher. Was auch immer mit der Umgruppierung bezweckt werden sollte, klar ist, dass Karl sich in diesen beiden Grundtypen eines Herrschers – der Monarch als Priester oder Weiser und der Monarch als Krieger oder Ritter – wiedererkannt haben wollte.[21]

Benesch Krabice von Weitmühl, Chef der Bauhütte, Hofchronist und damit zugleich Schmied der Erinnerungen, überliefert zum Jahr 1373: «In diesem Jahr im Monat Dezember sind auf Befehl des Herrn Kaisers die Körper der alten Fürsten und Könige Böhmens aus ihren alten Grabstätten in den neuen Chor der Prager Kirche niedergesetzt und bestattet worden.» Benesch beschreibt, wer genau wo zur Ruhe gebettet wurde, und fasst kurz ihr Leben zusammen. Wenige Monate später überwachte der Chronist auf Befehl des Kaisers die Neubestattung der Gebeine von neunzehn Prager Bischöfen in den neuen Kathedralchor. Um sie nicht zu verwechseln, wurden Authentiken – kleine Inschriftentafeln, meist aus Blei – hergestellt und zugewiesen. Doch es waren einfach zu viele Knochen, sodass Benesch resignierend gestand: «ich konnte keine Sicherheit über die Namen aller derselben finden». Bei den böhmischen Fürsten und Königen haben Untersuchungen der 1970er und 1980er Jahre ergeben, dass auch hier in einigen Fällen Namen und Knochen nicht zueinander passen.[22]

Doch das alles war für die Konstruktion der Erinnerungen im Sinne Karls IV. nicht von Bedeutung. Wichtig war, dass es dem Kaiser mit den Umbettungen nicht nur gelang, die Kirche des Erzbischofs zu vereinnahmen, sondern den Dom auch zum Ort verdichteter böhmischer Geschichte zu machen. In dieser Schatzkammer der eigenen Vergangenheit wurde das Gedächtnis an die Přemysliden mit den Memorialleistungen für Karl selbst verbunden. Unter bewusster Vernachlässigung der väterlichen luxemburgischen Wurzeln ging es bei der Umbettung um eine Art Systematisierung der Memoria, um die Verklammerung des eigenen Andenkens mit dem der Vorgänger mütterlicherseits bis hin zu Wenzel dem Heiligen. Die neue Anordnung der Grabmäler suggerierte eine natürliche, geradezu selbstverständliche Kontinuitätslinie von přemyslidischer Herrschaft, die vom heiligen Wenzel ausgehend in Karl ihren Vollender gefunden hatte. Der Vollender würde nach seiner Bestattung im Zentrum eines gedachten Kreuzes aus heiligen Gräbern seine Ruhe finden. Zweifellos sollte dieses «Familienmausoleum» den legitimatorischen Kern der Herrschaft über das böhmische Königreich darstellen.[23]

Umgruppierung der Amtsvorgänger durch Erhebung und Neubestattung der Knochen war keine Erfindung Kaiser Karls. Dergleichen hatte es zu allen Zeiten gegeben, aus legitimatorischen Gründen, beim Wechsel der Dynastie oder mit Blick auf konkurrierende Herrschaftsansprüche. Denn viel schwieriger als eine Herrschaft zu erlangen ist es, die Herrschaft auch zu behalten, zu sichern und tatsächlich auszuüben.

Ihr konkretes Vorbild dürften die von Karl veranlassten Umbettungen in denen gehabt haben, die König Louis IX. der Heilige (1226–1270) in den 1260er Jahren in der französischen Königsgrablege in der Klosterkirche Saint-Denis bei Paris vorgenommen hatte. Bei den französischen Königen hatte der Wechsel der Dynastie im Jahr 987, als sich Hugo Capet gegen einen karolingischen Thronbewerber durchsetzte, das Konstrukt einer scheinbar ungebrochenen karolingischen Kontinuität erforderlich gemacht. König Louis IX. erhob sechzehn Skelette, bettete sie in neue Ruheorte um und schmückte diese mit Grabdenkmälern der Zeit. So erschien er nun als der Gesamterbe und obendrein als ein herrlicher Vollender eines gottgewollten genealogischen Konzepts. Saint-Denis wurde, wie Jacques Le Goff einmal formulierte, zu einem «Ort der monarchischen Unsterblichkeit».[24]

Da Karl längere Zeit am französischen Königshof verbracht hatte, dürfte er mit den Umbettungen vertraut gewesen sein. Mit dem Prager Veitsdom verfügte er nun endlich selbst über ein Pantheon der eigenen Dynastie. Damit ließ sich zeigen, dass es seit Menschengedenken eine lückenlose und legitime přemyslidische Herrschaftslinie gab, die aus grauer Vorzeit bis zu Karl selbst reichte. Mit bemerkenswertem Gespür für Wirkzusammenhänge von Symbolen machte der Herrscher seine Herkunft aus der altböhmischen Königsdynastie zum «Element eines neuen Staatskultes» und erhob damit seine «Familiengeschichte zur Staatsideologie für Böhmen und das Reich». Wie ein dynastisches Chamäleon hatte sich Karl vom Luxemburger in einen Přemysliden verwandelt, und er selbst mag wohl sogar unwirsch reagiert haben, hätte ihn jemand aus dem böhmischen Umfeld noch als Luxemburger bezeichnet. In diesem Sinne wäre es nur konsequent, in heutigen Darlegungen nicht mehr von «Karl dem Luxemburger» zu sprechen, sondern von «Karl dem Přemysliden». Doch auch Wissenschaftspraktiken folgen eigenen Memorialtraditionen von mitunter langer Dauer.[25]

«Herkunft aber bleibt stets Zukunft», heißt es bei Heidegger. Die Evo-
kation der Vergangenheit, die Beschwörung von Traditionen durch Architektur und Plastik, die neue Anordnung der Grablegen – das alles
konnte Karls Herkunft als Přemyslide eindrucksvoll untermauern. Allerdings offenbart sich aus heutiger Sicht auch die Kehrseite dieser Inszenierung, durch die die Gräber der luxemburgischen Dynastie und das Haus
Luxemburg noch weiter zerstreut wurden. Karls Vorfahren lagen in Pisa
und Luxemburg, seine Nachfahren in Königsaal und Großwardein. Mit
dem Aufstieg der Luxemburger zu Königs- und Kaiserwürden war es
nicht gelungen, an einer Familiengrablege im Sinne einer dynastischen
Sepultur festzuhalten – ein Umstand, der dem späteren Erlöschen der Erinnerungen an dieses Geschlecht Vorschub geleistet haben dürfte.[26]

Den eigenen Namen verewigen:
Die Karlsburgen

Stabile Herrschaft ließ sich nicht nur durch große Kathedralen oder neue
Städte begründen, sondern vor allem auch durch Burgen. Mit diesen in
den Himmel ragenden Garanten von Macht und Herrschaft konnte ein
Land sowohl nach innen als auch nach außen gesichert werden. Die mittelalterliche Burg, in den Vorstellungen und Wahrnehmungen vieler
Menschen das vielleicht prägnanteste Symbol des Mittelalters, besaß eine
Reihe verschiedener Funktionen. In erster Linie dienten Burgen natürlich
als Wohn- und Wehrbauten. Doch waren sie ebenso lokale, mitunter weit
ausgreifende Herrschaftszentren und damit bewusst gesetzte Herrschaftszeichen, die Machtbereiche markierten und sicherten. Sie fungierten als
Wirtschafts- und Gerichtsmittelpunkt, weil von der Burg aus oft ein ganzer Komplex von Gütern und Rechten aller Art verwaltet wurde. Manche
Burgen dienten als Zolleinnahmestellen, andere sicherten Handelsver-
bindungen. Über eine Burg zu verfügen, bedeutete also auch bares Geld.
Dazu kam ihre Funktion als Herberge für den Monarchen und seinen
Hof im System der königlichen oder fürstlichen Reiseherrschaft. Sie galten aber auch als Orte gelebter Frömmigkeit, denn in den meisten dieser
Befestigungen gab es Burgkapellen. Und gelegentlich dienten Burgen
auch als Verwahrorte unbequem-missliebiger Personen, wenn nicht sogar

als Kerker, wie es etwa der römische Volkstribun Cola di Rienzo als prominenter «Gast» auf Raudnitz erfahren durfte.[27]

Kaiser Karl IV. hat zur Herrschaftssicherung viele Burgen errichten
lassen, von denen die meisten mit seinem Namen verbunden wurden:
Karlstein und Karlsbad, Karlsburg und Karlsberg – das letzte gleich zweimal, Karlshaus und Karlskrone, Karlsfried und Karlswald, mit der Prager
Neustadt sogar eine Karlstadt. Die Bauten sollten offenbar den Namen
des Auftraggebers in die Zukunft tragen. Er habe die Burg Karlstein
«durch Beigabe unseres Namens zu unserem dauerhaften Andenken be-
nennen zu müssen geglaubt», heißt es etwa in der Gründungsurkunde für
das dortige Kapitel. Zugleich sollte wohl auch auf den heiligen Karl ange-
spielt werden, vor allem bei der Neustadtgründung liegt das nahe. Karl
folgte bei der Namensgebung vermutlich auch dem Beispiel seines Groß-
onkels Balduin, der Burgen seines Erzbistums wie Balduinseck oder Bal-
duinstein nach sich benannte.[28]

In der *Vita* berichtet Karl von einer 1333 erfolgten Burggründung während seines Jugendaufenthalts in Italien: «Dann begaben wir uns nach
Lucca in der Toscana und rüsteten zum Krieg gegen die Florentiner. Auf
einem Berggipfel, zehn Meilen von Lucca entfernt in Richtung Valdini-
vole, errichteten wir eine stattliche Burg mit einer ummauerten Siedlung.
Wir nannten sie Mons Karoli.» Karl hatte ein wenig übertrieben, denn
auf der strategisch wichtigen Erhöhung gab es zuvor schon Befestigungen. Der Karlsberg aber, das von Karl gegründete Montecarlo mit noch
heute vorhandener Haupt- und Vorburg, wurde Bestandteil eines befestigten Ortes und sollte Lucca gegen das territoriale Ausgreifen der Florentiner beistehen. Auf beiden Romzügen hat Karl später Montecarlo aufge-
sucht, was belegt, dass die Burg ihm am Herzen lag.[29]

Eine Reihe von Burgen hat Karl ebenfalls nicht neu begründet, sondern lediglich baulich verändert, erweitert oder nur instandgesetzt, wie
etwa Bettlern, Bautzen, Lauf, Böheimstein, Rothenberg, Mylau und
natürlich die beiden Prager Burgen neben dem Hradschin und auf dem
Vyšehrad. Geschickt verstand er es, sich die Verfügungsgewalt über Burgen zu sichern, indem er reichsunmittelbare Burglehen in böhmische
Kronlehen verwandelte. Mit über achtzig befestigten Anwesen befand
sich Mitte des 14. Jahrhunderts jede vierte Burg des Königreichs Böhmen
in Karls Besitz: Tendenz steigend. Die meisten Burgen, die der Kaiser

bauen oder erweitern ließ, dienten konkret dem Ausgreifen der karolinischen Hausmacht und der Sicherung wirtschaftlicher Interessen, etwa durch Zolleinnahmen oder die Kontrolle von Handelswegen. Das ist beispielhaft an der Burg Karlsfried bei Zittau erkennbar. Sie wurde 1357 auf Befehl des Kaisers durch den Burggrafen Ulrich Cista von Liebstein (gest. wohl 1379) als Zoll- und Geleitsburg sowie Sitz des Zittauer Landvogts an strategisch günstiger Stelle angelegt und bekam später den Namen Neuhaus. Die Burg sollte hauptsächlich der Zollerhebung dienen, zu der alle Händler auf der sogenannten Gabler Straße, einer traditionell viel befahrenen Handelsstraße von Zittau über das Zittauer Gebirge nach Mittelböhmen, durch eine den Weg querende Sperre gezwungen wurden. Zudem diente sie dem Schutz der Reisenden und natürlich ganz allgemein der optischen Präsenz kaiserlicher Herrschaft im Zittauer Land.[30]

Ob der Burgenbau Karls IV. einem besonderen Bauprogramm folgte, ist eher zweifelhaft, auch wenn die Namensgebung das nahezulegen scheint. Zudem lässt sich auch kein einheitlicher Baustil fassen, vielmehr sind die jeweiligen regionalen Werkstatt- und Bautraditionen vorherrschend. Bemerkenswert ist, dass die Wehranlagen die neuesten militärischen Entwicklungen nicht berücksichtigen: die den Krieg bald dominierenden Bombarden und Kanonen.[31]

Der Karlstein als Gottesdank und Seelenheilgarant

9. FEBRUAR 1365, KARLSTEIN. «Am Sonntag nach dem Fest Mariä Reinigung weihte er [der Erzbischof Johann von Prag] die Hauptkapelle im Turm der Burg Karlstein. Diese Burg hatte nämlich der Kaiser in wunderbarer Bauweise und mit besonders starken Mauern erbaut, soweit man das bis jetzt sehen kann, und er schuf im oberen Turm eine große Kapelle, deren Wände er umlaufend mit reinem Gold und Edelsteinen bedecken ließ. Und er schmückte sie mit Reliquien der Heiligen wie auch mit Gewändern für den Dekan und das Kapitel beziehungsweise Kollegium, das er dort einsetzte, und verzierte sie mit sehr kostbaren Bildern. Auf dem weiten Erdkreis gibt es keine solche Burg noch eine Kapelle mit so kostbarer Ausstattung, und das zu Recht, weil er in ihr die Reichsinsignien und den Schatz seines ganzen Königreichs aufbewahrte.»[32]

Was Benesch von Weitmühl hier über den 9. Februar 1365 berichtet, markiert unzweifelhaft den Höhepunkt aller Burgenbauprojekte Karls IV.: die Verwandlung seiner Lieblingsburg Karlstein zu einem, wenn man so will, himmlischen Jerusalem, zu einer Gralsburg, wie sie die Ritterliteratur des Mittelalters sich vorstellte, geschaffen zur Zwiesprache mit Gott. Der Karlstein wurde zwar nicht von Gralsrittern bewacht, doch verkörpert er, wie die Burg *Munsalvaesche* in Wolfram von Eschenbachs Parzival-Epos, als heiliger Ort die Burg Gottes. Durch die gezielte Anhäufung von kostbarsten Reliquien sollte die Burg Karlstein mit ihren Kapellen zu einem bevorzugten Ort Gottes und der Heiligen werden und somit letztlich zu einem Garanten des kaiserlichen Seelenheils. Der Karlstein konzentriert die gesamte Ideenwelt des Kaisers hinsichtlich der Nutzungsmöglichkeiten künstlerischer und religiös-politischer Wirkzusammenhänge zur eigenen monarchischen Selbstvergewisserung sowie zur Legitimation und Befestigung von Herrschaft insgesamt. Und er verkörpert im Grunde alles, was hussitischen Bilderstürmern später ein besonders spitzer Dorn im Auge sein sollte.

Bei der Burg Karlstein handelt es sich um eine auf einem schmalen Berggrat errichtete Befestigung, die aus einem Palas und zwei unterschiedlich großen Wohntürmen besteht. Da die Gebäude dem ansteigenden Geländeniveau folgen und der größere Turm auf der höchsten Stelle steht, besitzt die Burg eine imposante optische Dominanz. Seine heutige Gestalt erhielt der Baukomplex allerdings erst durch die Umbauten und Purifizierungen sowie die neogotischen Ergänzungen Ende des 19. Jahrhunderts durch die Architekten Friedrich Wilhelm Schmidt (1825–1891) und Josef Mocker (1835–1899), die eine geradezu idealtypische Burg rekonstruieren wollten. Diese nachträgliche Mittelalter-Konfektionierung war ein Phänomen des Historismus, das der Karlstein mit vielen berühmten Burgen Europas teilte.[33]

Der Bau der ungefähr dreißig Kilometer, also etwa einen Tagesritt, südwestlich von Prag liegenden Burg wurde wohl 1348 begonnen und zog sich in mehreren Bauetappen bis zum Beginn der 1370er Jahre hin. Als Erstes wurden der Palas und der untere Turm, zunächst wahrscheinlich tatsächlich als Wohnturm, errichtet. Zwei Jahre nach der Kaiserkrönung zeichnete sich ab, dass Karl mit der neuen Burg etwas Besonderes vorhatte. Mit Zustimmung Erzbischof Ernsts von Prag richtete er zwei Kapellen ein, die

«Auf weitem Erdkreis keine solche Burg ...»: Mit dem Großen Turm, den festen Mauern weiterer Gebäude sowie den dort verwahrten Reliquien- und Kunstschätzen dürfte der Karlstein die spektakulärste Burg im Gesichtskreis des Kaisers und seines Chronisten Benesch von Weitmühl gewesen sein.

eine zu Ehren der Passionsreliquien, die andere zu Ehren der Gottesmutter Maria, und stattete diese zusammen mit der bereits vorhandenen Nikolauskapelle mit fünf Kanonikerpfründen aus. Wie die über die Begründung des Karlsteiner Stiftskapitels ausgestellte Urkunde vom 27. März 1357 dokumentiert, sollte jeder der so versorgten fünf Kleriker die Priesterweihe besitzen und keine weiteren Pfründen innehaben. In der den Passionsreliquien vorbehaltenen Kapelle sollten ausschließlich Erzbischöfe und Bischöfe die Messe feiern dürfen und zudem auch Nichtkleriker einem erweiterten Zölibat unterworfen sein. Im gesamten Burgturm, in dem sich die Kapelle befindet, verbot der Kaiser mit Bezug auf Regelungen des Alten Testaments, dass «jemand mit einer Frau, und sei es der eigenen gesetzlichen Ehefrau, schlafen oder liegen darf».[34]

In derselben Urkunde nannte Karl den Grund für seine Aufwendungen, nämlich, «dass wir dem Allerhöchsten vor allen andern zur Danksagung verpflichtet sind». Gott habe ihm «vor allen anderen, die im Erdkreis herrschen, erhöht» und damit «auf den Gipfel der weltlichen Herrschaft» erhoben. Mit diesen Formulierungen erinnerte der Herrscher erneut an seine göttliche Auserwähltheit. Das auf dem Karlstein eingerichtete Kollegiatstift, das es in dieser Form nur noch in der Allerheiligenkapelle auf der Prager Burg, in der Kapelle der heiligen Peter und Paul auf dem Vyšehrad und später noch einmal in St. Johann in der Residenz Tangermünde gab, verlieh der Burg eine hervorgehobene Position. Durch die Kapitelgründung, die Förderung des Gottesdienstes und die reiche Ausstattung avancierte der Karlstein zu einer echten Gegengabe des Herrschers, zu einem «Gottesdank».[35]

In den 1360er Jahren legte der Bauherr noch einmal nach. Nun wurden die Arbeiten am großen Turm, der durch eine eigene Mauer vom übrigen Burggelände abgegrenzt ist und eine Burg für sich darstellt, weitergeführt. Seit Jahren schon hatten Bauleute an den bis zu sieben Meter dicken Grundmauern gearbeitet, doch nun wurde auch das Innere auf das Kostbarste ausgestaltet. Die im Hauptraum in den Traditionen prunkvoller Reliquienkapellen von Konstantinopel, Rom oder Paris eingerichtete Heiligkreuzkapelle überstieg in ihrer Pracht tatsächlich alle bis dahin von Karl initiierten Bauprojekte. Hier sollten künftig auch die Reichskleinodien verwahrt werden, die sich seit 1350 in der Verfügung Karls befanden und die zu großen Teilen ja selbst Reliquien von Heiligen darstellten. So verschmolzen Zeichen weltlicher Macht und religiösen Heils zu einem Kraftquell von Legitimation und Herrschaft. Verglichen mit den Kapellen anderer Burgen und Schlossanlagen des Mittelalters und der Frühen Neuzeit sticht der Karlstein schon allein deshalb heraus, weil hier die Kapelle nicht mit einem Turm verbunden war oder als besonderer Bauteil sichtbar hervorgehoben wurde, sondern das Kernstück der Burg, der große Turm, war selbst die Kapelle. Und diese erreichten Besucher erst nach dem Abschreiten einer auf drei Höhen- und Bedeutungsniveaus konzipierten Folge von Andachtsräumen.[36]

Die Ausgestaltung der Heiligkreuzkapelle dürfte an Pracht kaum zu überbieten sein. Die Wände sind im gesamten unteren Bereich mit polierten Halbedelsteinen verkleidet, eingefasst von vergoldetem Stuck. Auf einem umlaufenden Sims gibt es Steckvorrichtungen, die über eintausend Kerzen halten konnten und deren Licht sich in tausenderlei Glitzerflächen brechen sollte. Die elegant eingewölbte Decke besteht aus punziertem Gold, das in enger Folge Glaslinsen einfasst – ein Himmel aus Sonne,

Mond und Sternen. Die im Mittelalter verwendeten Sonne-Mond-Gleich-
nisse zielten auf die Überlegung, dass der Schöpfer am Firmament zwei
große Lichter eingesetzt hatte, die mit Papst und Kaiser gleichzusetzen
schon im Hochmittelalter ein intellektuelles Spiel geworden war. Wer
strahlte als Sonne aus sich selbst, und wer bedurfte des anderen, um zu
leuchten? Karl dürfte nach seinem Selbstverständnis nicht derjenige gewesen sein, der erst angeleuchtet werden musste, um selbst zu strahlen.[37]

In der Mitte der Altarwand der Heiligkreuzkapelle befindet sich ein
eingelassenes Triptychon, das Maria flankiert von den heiligen Wenzel
und Palmatius zeigt. Es wurde von dem italienischen Maler Tommaso da
Modena (1326–1379) und seiner Werkstatt im Auftrag des Kaisers wohl
Ende der 1350er Jahre hergestellt und dann nach Böhmen geliefert. Um
dieses Werk und umlaufend um den ganzen Saal reihen sich dicht an
dicht einhundertdreißig Tafelbilder von Heiligen, deren Umrahmungen
mitunter Reliquien der Dargestellten enthalten. Die Bilder repräsentierten also nicht nur die Heiligen, sondern sind selbst heilige Objekte. Sie
folgen in der Hängung einem wohlüberlegten System, das die Bedeutung
und Stellung der Heiligen in der Gesamthierarchie der Himmelsmächte
berücksichtigte.

Diese in Tempera und Öl auf Buchenholz gemalten Bilder in der Heiligkreuzkapelle zeichnet eine kräftige Farbigkeit aus. Auffallend sind die
weich modellierten Gesichter. Viele Gemälde nehmen die in der Renaissance beliebte Trompe-l'œil Malerei vorweg: Die dargestellten Objekte
oder Personen gehen über den Malgrund hinaus, der Rahmen wird mit
einbezogen, manchmal werden sogar plastische Objekte mit dem Bild
verbunden. So reicht etwa bei der heiligen Elisabeth von Thüringen die
Architektur des Hintergrunds über den Rahmen hinaus und deutet eine
weitere Ausdehnung der Gebäude an. Karl der Große und andere Herrscher tragen aufgesetzte plastische Wappenschilde.[38]

Die kostbaren Inkrustationen an den Wänden setzen ganz auf die Wirkung des imperialen Porphyrs. Porphyr, das vielleicht erlesenste Prunk-
gestein des Orients und Okzidents, begann seinen Aufstieg zur Zeit der
römischen Kaiser und wurde später sowohl in Byzanz als auch von den
Päpsten gern verbaut. Jede Menge Särge, Säulen, Throne und Fußboden-
platten, ja ganze Zimmer sind aus dem roten Gestein geschlagen und
geschliffen worden, denn mit dem Porphyr wurden über Jahrhunderte

Der heiligste Ort: *Im Großen Turm der Karlstein befindet sich im zweiten Stock die 1365 geweihte Heiligkreuzkapelle. Mit all ihrer betörenden Pracht und den vielen Reliquien bildet sie das religiöse Zentrum, um das sich die gesamte Anlage zu gruppieren scheint.*

Vorstellungen von Herrschaft und Souveränität assoziiert. Karl hat den Stein öfter verwendet, so etwa an den Wanddekorationen der Kapelle des heiligen Wenzel im Veitsdom, in der ehemaligen Allerheiligenkapelle oder in den Andachtsräumen in Tangermünde. Die imperiale Bedeutung hatte er vermutlich in Rom kennengelernt, aber auch die venezianische Überlieferung, die direkt auf Byzanz zurückging, wird ihn beeindruckt haben. Die Pracht der Heiligkreuzkapelle im großen Turm der Burg Karlstein lässt den Betrachter in der Gewissheit zurück, schon zu Lebzeiten den Himmel auf Erden gesehen zu haben. Es war das große, alte und viel bewunderte Byzanz, das in einer venezianischen oder römischen Verwandlung hier mit einer neuen böhmischen Blüte ausgetrieben hatte.[39]

Karls unmittelbare Umgebung dürfte maßgebliche Ideen zur Konzeption beigesteuert haben. Neben dem Erzbischof vor allem sein literarisch hoch gebildeter Kanzler Johann von Neumarkt, der in einem undatierten Brief wohl aus der Mitte der 1360er Jahre dem Kaiser einen Maler empfahl, der es verstanden habe, in einem Gemälde darzustellen, «dass beide Gewalten, nämlich die königliche Würde und die päpstliche Autorität, von einem Ursprung ausgehen». In dem Gemälde könne der Kaiser sehen, wie er als Haupt des Erdkreises zusammen mit dem römischen Pontifex engelsgekrönt zum himmlischen Reich auffahre. Und vielleicht haben ja auch die ausführenden Künstler Vorschläge gemacht, wie später übermalte oder überdeckte Vorzeichnungen vermuten lassen könnten.[40]

Ungefähr ein halbes Jahrhundert nach Fertigstellung und lange nach Karls Tod sollte die Burg tatsächlich beweisen müssen, ob ihre Mauern stark genug waren und die Gemeinschaft der Heiligen in Realpräsenz ihren Verwahrort würde schützen können. Der Karlstein wurde von Prager Hussiten belagert. Doch hatten die Angreifer 1422 die Befestigung nicht nur eingeschlossen, um die Besatzung auszuhungern, sondern Burg und Bewohner wurden über sechs Monate von allen Seiten beschossen. Die Reichskleinodien waren kurz zuvor nach Ungarn auf die Plintenburg evakuiert worden. Später blieben sie über dreihundertfünfzig Jahre lang in der Verwahrung der mächtigen Stadt Nürnberg.[41]

Während der Belagerung hatten die Hussiten auf den umliegenden Bergen große Kanonen und Schleudern aufgestellt, mit denen sie über neuntausend Steingeschosse sowie zweiundzwanzig Feuerfässer in die Burg einschlagen ließen. Auch Fässer mit Fäkalien wurden in die Burg katapultiert, was der Karlsteiner Dekan als besonders niederträchtig empfand: «mit dem gestankch haben si geworfen [...] väszil». Ziel dieser fast zweitausend «Stinkbomben» dürfte, vom Ekelfaktor abgesehen, die Verseuchung der Wasserversorgung gewesen sein, die schon immer die Achillesferse bei Belagerungen darstellte. Aber die Hussiten konnten den Mauern vom Karlstein nichts anhaben, die Belagerung musste abgebrochen werden. Offensichtlich hatten Gott und die Heiligen ihre Hand im Spiel – das jedenfalls wäre Karls Überzeugung gewesen. Wäre die Burg in die Hände der Hussiten gefallen – das zeigen die vielen niedergebrannten Klöster und Burgen wie Königsaal oder Goldenkron, Karlsfried oder Pürglitz –, hätte die karolinische Pracht, wenn überhaupt, nur in Resten

überlebt. So aber blieb die Reliquienburg Karls IV. mit ihrer atemberau-
benden Ausstattung bis heute von Wirrnissen weitgehend verschont.[42]

Am Ende seiner Tage initiierte Karl noch einmal ein Großbaupro-
gramm für eine neue Residenz in einem mit der Krone Böhmens, wie er
glaubte, dauerhaft verbundenen Landstrich: Tangermünde in der Markgrafschaft Brandenburg. Der Kaiser hatte vom ersten Augenblick an
nicht nur verwaltungstechnisch, sondern auch mit den Argumenten der
Kunst die 1373 erworbene Mark Brandenburg für seine Dynastie zu vereinnahmen versucht. Der sogenannte Böhmische Altar im Brandenburger Dom ist ein gutes Beispiel dafür. Er konnte von Experten nicht nur
anhand der Ikonographie als ein aus Böhmen stammendes Exportstück
identifiziert werden, auch das dafür verwendete Holz stammte tatsächlich aus dem böhmischen Becken und ist dort in den 1360er Jahren geschlagen worden.[43]

In dem für das weitere strategische Ausgreifen nach Norden günstig
gelegenen Tangermünde in der Altmark ließ Karl eine schon bestehende
Burg der Askanier, die zuvor auch den Wittelsbachern gedient hatte, in-
standsetzen und erweitern. Bei seinem Aufenthalt dort im Frühsommer
1377 beurkundete der Kaiser am 13. Juni in Anwesenheit von drei Bischöfen die feierliche Einrichtung eines Johannes dem Täufer und dem Apostel
Johannes geweihten Augustinerchorherrenstifts, nachdem er zuvor schon
eine prachtvoll ausgestattete Kapelle mit Reliquien der Heiligen hatte errichten lassen. Er übergab dem Stift zur materiellen Sicherstellung der
zwölf Kanoniker die Tangermünder Stadtpfarrkirche und Einkünfte aus
einundzwanzig Dörfern. Die Johanniskapelle wurde vom Herrscher in
einen kaiserlichen Andachtsraum verwandelt, der auch im liturgischen
Bereich den Residenzcharakter Tangermündes unterstrich. Wie die Ge-
betsrefugien auf dem Karlstein oder die Wenzelskapelle in Prag erstrahlte
der Raum durch kostbare Kleinodien und Goldinkrustationen, «deren
Edelsteinpracht ans Märchenhafte streifte», wie Theodor Fontane befand.
Die innerhalb der neuen Residenz hergerichteten oder neu erbauten
Räume, deren Wandmalereien den Kaiser und die Kurfürsten sowie seine
Ahnenreihen darstellten, sollten den vielfältigen Hofzeremonien dienen.[44]

Wenige Tage nach der Einrichtung des Stifts verlieh der Kaiser den vor
der Stadt siedelnden Wenden in Colbu – das sich später in Erinnerung an
den Kaiser Carlbau nannte – eine Elbinsel, wo sie Reusen stellen und

fischen durften. Diese Beurkundung zeigt, dass der Kaiser auch das Umfeld seiner Markgrafenresidenz ordnen wollte; ganz nebenbei geht daraus
aber auch hervor, dass es in der Altmark zu dieser Zeit noch Slawen gab.
Infolge eines verheerenden Stadtbrandes 1617 und der Verwüstungen im
Dreißigjährigen Krieg ist von Karls ambitioniertem Residenzumbau heute
leider kaum noch etwas zu sehen. Durch die Übertragung der Markgrafschaft Brandenburg an die Hohenzollern zu Beginn des 15. Jahrhunderts
hatte Tangermünde ohnehin an Bedeutung verloren, und das Interesse
der neuen Herren an einer Residenz hatte sich von der Elbe an Spree und
Havel verschoben.[45]

Der «Kaiserliche Stil»

In den Jahrzehnten, in denen Karl IV. verstärkt die Kunst als ein Mittel
zur Repräsentation seiner Herrschaft einsetzte, sie geradezu in den Dienst
der dynastischen Politik stellte, kristallisierte sich ein neuer Kunststil heraus. Heute spricht man, nach einer Wortschöpfung des Kunsthistorikers
Jiří Fajt, vom «Kaiserlichen Stil». Er entwickelte sich im Wechselspiel zwischen Kaiserhof, der Stadt Prag, weiteren großen Städten des Reiches und
natürlich den großen Fürstenfamilien Europas und gewann im Jahrzehnt
nach Karls Kaiserkrönung 1355 in der Hofkunst seine spezifischen Konturen. Damals ging am Prager Hof der künstlerische Einfluss anderer trend-
setzender europäischer Kunstregionen zurück, und es entstand eine neue
einheitliche Kunstsprache. Träger des Kaiserlichen Stils waren jene Künstler, die ab den 1350er Jahren in der karolinischen Hofumgebung zu wirken
begannen. Zu den charakteristischen Merkmalen des neuen Kunststils in
Plastik und Malerei zählten ein monumentaler Ausdruck sowie kräftig-
robuste Körperformen, die von weich modellierten, gleichsam sich an-
schmiegenden Gewändern umschlungen waren. Eine völlig neue Bedeutung kam dabei dem Licht zu, das in deutlichen Hell-Dunkel-Kontrasten
ausdrucksstarken Formen und plastischem Volumen zu monumentaler
Geltung verhalf. Eine ausgetüftelte Lichtregie sollte – wie ohnehin in der
Gotik – jede Art von feingliedriger Sakral- und Profanarchitektur in einen
regelrechten Zauberschimmer tauchen.[46]
Dieser neue Kaiserliche Stil war nicht nur in der Plastik, der Holz-,

Wand- und Pergamentmalerei, sondern auch in der Gestaltung der Innenräume, überhaupt in der Architektur präsent und wurde geradezu zu
einem «Markenzeichen des Kaisers». Er strahlte weit über Prag hinaus
und avancierte zu einem europäischen Phänomen, das beim Deutschen
Orden im Nordosten Europas, in Frauenburg und Thorn etwa, im süd-
schwedischen Falsterbo, im hanseatischen Hamburg, dem mecklenburgischen Doberan und mitteldeutschen Magdeburg, dem alpinen Tirol
und bis in die Rheinlanden anzutreffen war. In Nürnberg, das ja ohnehin
als eine Art zweiter Residenz des Kaisers und «Kunstzentrum des Heiligen
Römischen Reiches» in Erscheinung trat, galt der neue Stil als Beleg einer
besonderen Kaisernähe.[47]

In den letzten Lebensjahren Kaiser Karls setzte eine Weiterentwicklung der Formen des Kaiserlichen Stils ein. Er wurde zur Grundlage jener
Kunstströmung, die Mitteleuropa um die Wende vom 14. zum 15. Jahrhundert bestimmte und die als «Schöner Stil» Eingang in die Kunstgeschichte gefunden hat. Wilhelm Pinder (1878–1947), der wortgewaltige
und zugleich umstrittene Wiederentdecker der mitteleuropäischen Kunst,
hatte dafür den Namen «Weicher Stil» geprägt, was angesichts der dargestellten Körper ebenso treffend erscheint. Die Marienbildnisse etwa mit
ihren in rund-ausladenden Schüsselfalten herabfließenden Gewändern,
die den erhabenen Schwung und die Eleganz der Körperhaltung unterstreichen, brannten sich mit der Lieblichkeit ihrer Mandelaugen schon
seinerzeit in die Herzen vieler Betrachter ein. Die Krummauer Madonna
oder auch die Sternberger Schöne Madonna besaßen viele Schwestern in
Stein, Holz oder auf Pergament, von denen einige auf Mondsicheln, andere auf Löwen zu schweben scheinen.[48]

Diese der karolinischen Repräsentationsstrategie entsprossene ideali-
sierte Sinnlichkeit geriet allerdings bald in scharfen Gegensatz zu jenen
Kräften, die auf eine Amtskirchenreform drängten und jede Form von
Ästhetik als Ablenkung von einem innigen Gottesverhältnis empfanden.
In einer eigenartigen Verkehrung von Form und Inhalt schien die ver-
klärte Schönheit der Marienanmut zu einem ikonographischen Beleg für
einen religionspolitischen Reformstau geworden zu sein. Kein Wunder,
dass solche die irdische Realität versüßenden und damit auch verklären-
den Bildwerke provozierend auf die Hussiten wirkten und sie alle, derer
sie habhaft werden konnten, zerstörten.

Über einige der Künstler, die seit der Mitte der 1350er Jahre den neuen
Stil im Dienst des Imperators ausführten, ist vergleichsweise viel bekannt.
Nicht selten müssen sich die Kunsthistoriker noch im 14. Jahrhundert mit
Notnamen, die den jeweiligen Werkzuweisungen entlehnt sind, behelfen.
In der Zeit Karls IV. sind etwa der «Meister des Morgen-Diptychons» oder
der «Viaticus-Meister» tätig. Doch um 1350 beginnt sich das teilweise zu
ändern. Das hat zum einen damit zu tun, dass Künstler länger an ihren
jeweiligen Auftraggeber gebunden sind. Bei Karl sind einige offenbar fest
engagiert worden, verwandelten sich also in regelrechte Hofkünstler. Zum
anderen finden mit dem sprunghaften Anwachsen des Verwaltungsschrift-
guts nun immer häufiger die Namen der Künstler Eingang in Abrech-
nungsbücher, Urkunden über Eigentumsverhältnisse, Statuten der Hand-
werkerbruderschaften oder Zunftlisten, wodurch die Schöpfer kaiserlicher
Kunst endlich aus der Dunkelheit der Anonymität heraustreten können.[49]

Viele der Buch- und Glasmaler, Goldschmiede und Steinschleifer sind
von nun an namentlich überliefert, wie etwa der angesehene Handschriften-
illuminator Johannes von Troppau (um 1370), der in einer Aufzeichnung
von 1365 genannte *Martinus vitreator*, «Martin der Glasmaler», oder der
1353 nachweislich in kaiserlichen Diensten stehende Johann, *pulierer imperatoris,* «Steinschleifer des Kaisers». Ein Hofmaler Karls namens Meister
Oswald hat hauptsächlich in den 1370er Jahren in der Wenzelskapelle des
Veitsdoms gewirkt. Von drei Hofmalern Karls kennen wir sogar viele
Lebensdetails. Zwei dieser Maler wirkten im Prager Umfeld des Herrschers,
Nikolaus Wurmser und Magister Theoderich. In Nürnberg arbeitete Sebald
Weinschröter für den Kaiser. Was genau wissen wir von ihnen?[50]

Nikolaus Wurmser, der sich seit den 1350er Jahren am Prager Hof aufhielt, stammte aus Straßburg, der wirtschaftlichen und künstlerischen
«Hauptstadt des Südens». Als Nikolaus beschloss, vom Rhein an die Moldau zu wechseln, war man in Straßburg gerade dabei, die Kathedrale zu
dem auf Jahrhunderte höchsten Gebäude der Welt mit dem größten
Rosenfenster Europas aufzuführen. Die Turmbasen an der Westfassade
des Münsters waren, als Nikolaus die Stadt verließ, allerdings wohl erst
bis zu der Höhe der heutigen Aussichtsplattform auf etwas über sechzig
Meter gewachsen.[51]

Nikolaus Wurmser erscheint in mehreren Urkunden juristischen In-
halts, in denen er unter anderem als *bohemie regis pictor,* «Maler des böh-

mischen Königs», bezeichnet wird. Eine Urkunde des Kaisers vom 6. November 1359 ist besonders interessant. Darin werden dem «Meister Nicolaus, genannt Wurmser aus Strassburg» alle Verfügungsrechte wie Verkauf oder Verschenken an seinem immobilen und mobilen Besitz zugestanden. Karl hatte ihm für seinen Lebensunterhalt das Gut in Mořina, nur einige Kilometer vom Karlstein in Richtung Prag, übertragen. Dem Meister war dies zugestanden worden, «damit er mit noch eifrigerem Fleiß an Orten und auf Burgen malen solle, zu denen er geschickt werden wird». Karl hatte noch Spektakuläres mit ihm vor: Wurmser und seine Helfer sollten den weit verzweigten Stammbaum der Luxemburger-Dynastie auf dem Karlstein ins Bild setzen. Solcherart Großaufträge bedurften natürlich weit mehr als eines geübten Auges und einer talentierten Hand. Und so dürften hinter Nikolaus Wurmser, wie bei den Architekten der Dombauhütte, viele andere Künstler, ja ganze Werkstätten mit vielen Helfern gestanden haben.[52]

Bei der spektakulären Bildfolge des Luxemburger Stammbaums handelte es sich um einen Figurenzyklus, der früher die Wände des großen Saals im Erdgeschoss des Palas auf dem Karlstein zierte. Er bestand aus über fünfzig tatsächlichen und zu weiten Teilen mythisch konstruierten Vorfahren, zu denen etwa Noah und Nimrod, die Könige Ilos und Priamos von Troia, aber auch Karl der Große und Ludwig der Fromme gehörten, sowie natürlich Karls eigener Großvater, Kaiser Heinrich VII., und sein Vater, König Johann der Blinde. Auch Karls Mutter Elisabeth aus dem böhmischen Königsgeschlecht der Přemysliden fehlte nicht. Die Figurenabfolge sollte Betrachtern vor Augen führen, dass mit Karl der einzig legitime Monarch die Zügel des Erdkreises in der Hand hielt. Auffallend ist, dass der Auftraggeber in seinem Stammbaum die römischen Kaiser wie Augustus oder Konstantin nicht dargestellt haben wollte, obwohl er sich doch sonst oft auf sie bezog. Stattdessen legte er auf Priamos als Vorfahren großen Wert. Der König von Troia stand für die im Mittelalter und der Frühen Neuzeit weit verbreitete Auffassung, dass ein Geschlecht oder gleich ein ganzes Volk von den Troianern abstammen müsse.[53]

Diese Idee, die auf Vergil zurückging, löste unter den europäischen Fürstenhäusern so etwas wie einen Abstammungswettbewerb aus, wer am nächsten mit Aeneas verwandt sei. Viele Gulden konnten in die Taschen willfähriger Hofhistoriker wandern, wenn es ihnen gelang, den genealo-

Vollender einer langen Tradition: Kaiser Karl ließ die prachtvollen Innenräume der Burg Karlstein mit Bildern von tatsächlichen oder nur erdachten Vorfahren schmücken. Darunter befinden sich sein Vater Johann und Karl der Große, aber auch Priamus von Troia und sogar der biblische Noah. Von diesem heute leider verlorenen sogenannten «Luxemburger Stammbaum» existieren 56 Nachzeichnungen aus dem 16. Jahrhundert, in denen als ein Höhepunkt der Kaiser selbst mit drei seiner Kronen erscheint.

gischen Ursprung der Auftraggeber von den Troianern herzuleiten. Der Zweck dieser Konstruktionen bestand zum einen darin, die eigene Herkunft gegenüber anderen Herrschern oder Dynastien durch größtmögliches Alter zu adeln. Zum anderen hatte schon Jupiter dem Aeneas prophezeit, dass er und sein Blut Italien beherrschen werde und sein Geschlecht «den ganzen Erdkreis seinen Gesetzen unterwürfe». Zum dritten galten die Troianer in der Ritterkultur des Mittelalters trotz ihrer Niederlage als Helden. Man versteht also, dass sich Karl zu gern – sicher auch beraten von den literarisch Gebildeten seiner Umgebung – auf den König der Troianer als Vorfahren berufen wollte. Von dem spektakulären, von Nikolaus Wurmser und seiner Werkstatt geschaffenen Stammbaum künden heute nur noch farbig ausgeführte Kopien in zwei Papierhandschriften aus dem 16. Jahrhundert. Bald nach der Entstehung der Nachzeichnungen sind die Bildwerke mit dem Putz, auf dem sie prunkten, bei Reparaturarbeiten abgeschlagen worden. Wie exakt die Kopien ausgeführt wurden, lässt sich beim Vergleich mit den wenigen erhaltenen Originalen erkennen.[54]

In der ehemaligen Stiftskapelle Unserer Lieben Frauen im kleinen Turm der Burg Karlstein existiert an der Westwand oberhalb des Türsturzes noch ein weiteres Werk aus der Hand Wurmsers und seiner Werkstatt. Es zeigt eine als *exaltatio crucis,* «Erhöhung des Kreuzes», bezeichnete Szene, in der Kaiser Karl und seine Gemahlin Anna von Schweidnitz das böhmische Reliquienkreuz haltend verehren. Das Motiv steht in der Tradition von Darstellungen Kaiser Konstantins sowie dessen Mutter Helena und evoziert deren legendäre Kreuzauffindung. Bei der Darstellung des Kaiserpaares gingen Wurmser und seine Gehilfen neue Wege: Die Gesichter sind stark individualisiert, geradezu porträthaft ausgebildet, weit entfernt von schematischen Personendarstellungen. Das Kreuz in der Mitte ist mit Blattgold verziert und wie der Hintergrund aus gefasstem Schmuckstein mit erhaben-plastischen Applikationen veredelt, eine Technik der Goldgrundierung, die seit der byzantinischen Ikonenmalerei für Heilige verwendet wurde und die viel später in Gustav Klimts goldpunzierten Hintergründen wieder erscheinen sollte.[55]

Karl war offensichtlich mit Wurmsers Kunstfertigkeiten sehr zufrieden. Am 13. Dezember 1360 erhielt «unser löblicher Meister Nikolaus, Maler und unser Familiar» vom Kaiser die Befreiung von Steuern und Abgaben für sein Gut in Mořina zugestanden. Diese lateinisch *familiares* genannten Personen waren keine tatsächlichen Verwandten des Herrschers, sondern Höflinge des untersten Rangs, die ernannt wurden und mit diesem Titel Versorgungsrechte für sich und ihre Pferde am Herrscherhof beanspruchen durften. Wie hoch der Kaiser die Kunstfertigkeiten seines Malers Nikolaus schätzte, ist auch daran zu erkennen, dass er für ihn und seine Ehefrau Agnes beim Papst eine durch ihren Beichtvater im Augenblick des Todes auszusprechende völlige Absolution von allen Sünden erwirkte, ein Lohn, dem weit mehr Bedeutung zukam als harten Gulden.[56]

Kurz nach dem Tod Wurmsers um das Jahr 1363 folgte Meister Theoderich in der Position des Hofmalers nach. Der Künstler, der in den 1320er Jahren geboren wurde und wohl aus Köln, neben Straßburg einem weiteren wichtigen Kunstzentrum, an den Kaiserhof kam, hatte schon einige Jahre in Prag gewirkt, bevor er den spektakulärsten Auftrag seines Lebens bekam: die Ausgestaltung der königlichen Kapelle auf dem Karlstein. Theoderich wurde nicht nur, wie schon sein Vorgänger, Familiar. Er erhielt auch Wurmsers Gutsbesitz in Mořina übertragen, wofür ihm der Kaiser am 28. April 1367 ebenfalls eine Steuer- und Abgabenbefreiung gewährte. Nur zweimal im Jahr sollte er jeweils fünfzehn Pfund Wachs abliefern. Es war für eben die Kapelle bestimmt, die er nach den Worten Karls, so «erfindungsreich und kunstvoll ausgeschmückt» hatte. Im Text dieser Urkunde wird erwähnt, dass Theoderichs Gut eine Ackerfläche von vier Hufen umfasst. Die mittelalterliche Hufe stand für eine Ackerfläche, durch deren Bebauung ein Bauer sich und seine Familie ernähren konnte. Theoderich bezog aus seinem Gut, welches er natürlich nicht selbst, sondern durch ihm unterstellte Landknechte bewirtschaftete, also das Vierfache an Erträgen eines durchschnittlichen Bauernhofes. Da er für das Jahr 1359 auch schon als Hausbesitzer am Hradschin belegt ist, dürfte er als sehr wohlhabend gegolten haben.[57]

Das von Meister Theoderich und seinen Gehilfen hinterlassene Werk in der Heiligkreuzkapelle im Großen Turm der Burg Karlstein ist mit ganz geringen Verlusten in seiner ganzen sinnenbetörenden Pracht erhalten geblieben. Da die Kapelle als religiöses Zentrum des gesamten Burgbereichs erst ab 1363 neu ausgestaltet und ausgeschmückt wurde, die Einweihung aber schon am 9. Februar 1365 erfolgte, haben die Künstler und Handwerker um Meister Theoderich ein enormes Tempo vorgelegt. Theoderichs Leistung bestand offenbar nicht nur in der Pinselführung bei den Gemälden, sondern auch in der Koordinierung von Maurern, Zimmerleuten und Tischlern, von Stuckateuren und Glasmalern, von Steinschneidern, Grob- und Goldschmieden, also der gesamten Baulogistik. Theoderich, der mit seiner Werkstatt auch für den Erzbischof von Prag gearbeitet hat, starb erbenlos wohl in den 1370er Jahren.[58]

Von einem der jüngeren, anonym gebliebenen Kollegen Theoderichs, der zu den bedeutendsten Malern der karolinischen Epoche gerechnet werden darf und der auch am Prager Hof seine Fähigkeiten gezeigt hatte, stammt ein weiteres spektakuläres Meisterwerk dieser Zeit. Es war nicht für den Kaiser, sondern für das von den Brüdern Peter, Jost, Ulrich und Johann von Rosenberg 1367 gegründete Augustiner-Chorherrenstift in Wittingau bestimmt. Nur wenige Jahre nach Karls Tod schuf der Wittin-

Auferstehung Christi:
In den 1380er Jahren schuf
der Wittingauer Meister die
Tafeln für das große
Hochaltarretabel der
Klosterkirche St. Ägidius.
Von dem Werk sind
nur noch drei der
Alltagsseiten erhalten.

gauer Meister für die dortige Klosterkirche St. Ägidius jene berühmten
Tafeln für das große Hochaltarretabel, darunter die europaweit einmalige
Auferstehung Christi, bei der erschreckte Wachsoldaten in stachligem
Waffentrutz Zeuge des in leuchtend roter Opulenz stattfindenden Wun-
ders werden. Durch die Künstler, die zur Zeit Karls die Prager Hofmalerei
prägten, so lässt sich resümierend festhalten, wurde ein Niveau erreicht,
das «einzig mit dem der Residenz in Paris vergleichbar war» und auf dessen Höhe zugleich der «bedeutendste Schatz der Monumentalmalerei der
Zeit nördlich der Alpen» entstand.[59]

Sebald Weinschröter und die
«vornehmste Stadt des Reiches»

Der Name Sebald Weinschröters, eines weiteren Hofkünstlers Karls IV., verbindet sich nicht mit Prag, sondern mit Nürnberg. Die fränkische Metropole, eigentlich eine freie Reichsstadt, die sich in Konkurrenz zu ihren Burggrafen zu entfalten suchte, wuchs im Zeitalter Karls in die Rolle einer zweiten Residenz des Herrschers hinein. In der alten Kaiserburg ist Karl über fünfzig Mal nachweisbar. Oft hielt er sich wochenlang dort auf. Hier wurde sein Thronfolger geboren und getauft, hier fanden glanzvolle Hoftage statt, hier wurde der erste Teil der Goldenen Bulle erlassen. Und hier entstand die berühmte kaiserliche Frauenkirche am neu angelegten Markt. Der Stadt an der Pegnitz war es gelungen, zur vornehmsten Stadt des Reiches nach Prag zu werden, wie der Herrscher in einer am 20. November 1366 in Nürnberg ausgestellten Urkunde selbst verlauten ließ: «in unser und des richs stat Nuremberg als in der vornemsten und baz [herausragend] gelegensten stat des richs hie ze lande».[60]

Da die bedeutende Reichsstadt in direkter Nachbarschaft zu den Neuerwerbungen des Kaisers in Franken, dem sogenannten «Neuböhmen», lag, gab es zwischen dem Herrscher und den finanzmächtigen Nürnberger Familien, wie etwa den Stromer, Groß, Koler, Mendel oder Tucher, vielfache Berührungspunkte. Der Kaiser hatte durch verschiedene Vergünstigungen wie die eben genannten Privilegien, aber auch durch die skrupellosen Rechtevergaben gegen die Juden erreicht, dass den einflussreichen und machtpolitisch ambitionierten Bürgern klar wurde, wie weit sich kaiserlich-königliche und patrizische Interessen deckten. Schon deshalb schien es klug, den Herrscher bei Laune zu halten. Mehrmals griffen die Nürnberger dem ewig klammen Kaiser unter die Arme. So gaben sie etwa 1365 zur Arelatreise zweitausend Gulden, zum Romzug von 1368 sogar dreitausend Gulden in die kaiserliche Schatulle. Als Kaiser Karl IV. an seinem Krönungstag 1355 in Rom über fünfzig heute bekannte Urkunden und Briefe ausgab, bekam Nürnberg die Hälfte, davon acht mit Goldbullen besiegelt – deutliche Hinweise auf die Wertschätzung der Stadt durch den Kaiser und die Bedeutung der verbrieften Rechte für die Stadt selbst. Nicht zuletzt durch diese kaiserlichen Förderungen nahm Nürnberg einen

rasanten Aufschwung. Im Laufe des 14. Jahrhunderts überflügelte es die
bis dahin in dieser Region führende Handelsstadt Regensburg. Nürnberg
wurde zudem zum Zentrum der Metallverarbeitung, deren Plattenpanzer
überaus begehrt waren.[61]

Die engen Verflechtungen der Interessen Karls und der ihm nahestehenden Bürgerfamilien haben in der bildenden Kunst der Stadt deutliche Spuren hinterlassen. Im Auftrag des Kaisers wirkte in Nürnberg
neben anderen Künstlern der Hofmaler Sebald Weinschröter (um 1300–
spätestens 1370), dessen Werkstatt auch für jene kaisernahen Familien
arbeitete, die ihre Verbundenheit mit dem Herrscher im Bereich der
künstlerischen Repräsentation unterstreichen wollten. Sebald Weinschröter und seine Kollegen bemalten und verzierten für ihre Nürnberger Auftraggeber nicht nur Wände, wie die in der 1944 durch Bombentreffer
vollständig zerstörten Moritzkapelle, sondern sie schmückten auch Holz-
tafeln für Altäre, bemalten Glasfenster, verzierten Urkundenpergamente
oder Turnierwaffen.[62]

Von Sebald Weinschröter sind allerdings nur wenige Daten bekannt.
Man weiß, dass er am Nürnberger Handwerkeraufstand von 1348/49 beteiligt war und sich unter den einhundertzehn aus der Stadt Verbannten
befand. Irgendwie schaffte er es, in den darauffolgenden Jahren nach
Nürnberg zurückzukehren, und durfte 1357 sogar ein Haus in der Nähe
der Burg erwerben. Da das Haus 1370 von seiner Witwe Adelheid verkauft wurde, muss er irgendwann davor verstorben sein.[63]

Kaiser Karl war mit Sebalds Kunst wohl so zufrieden, dass er ihn kurz
nach dem Weihnachtsfest 1360 mit umfangreichen jährlichen Einnahmen
belehnte. Der Herrscher schien wegen der in wenigen Wochen anstehenden Niederkunft seiner Gemahlin in Geberlaune gewesen zu sein, auch
Nikolaus Wurmser wurde im Dezember 1360 bedacht. Sebald Weinschröter, den der Kaiser in der Belehnungsurkunde als Nürnberger Bürger und
zu seinem Hof gehörend bezeichnete, und seine Ehefrau Adelheid sollten
samt ihren Erben einen Zehnten zu Röthenbach am Flüsschen Schwarz-
ach bei Wendelstein nutzen dürfen. Dafür hatte Sebald innerhalb der
Nürnberger Burg nicht näher bezeichnete Arbeiten vorzunehmen.[64]

Der kaiserliche Einfluss auf die Nürnberger Kunstproduktion bedeutete nicht, dass diese ein einfaches Gegenstück zur Prager Hofkunst darstellte. Vielmehr ist es durch die Prager Impulse an der Pegnitz zu einer

eigenständigen Kunstentwicklung gekommen, die mit ihren stilistischen
Anleihen an italienische und franko-flämische Formen zugleich die weitreichenden Handelskontakte der Nürnberger offenbarte. Jiří Fajt resü-
miert in seinem Grundlagenwerk über diese Epoche: «Die Nürnberger
Malerei unter Karl IV. wurde somit zur Norm des ästhetischen Geschmacks
und zum Attribut einer gesellschaftlichen Stellung, vor allem aber zu
einem Abzeichen, mit dem man die Zugehörigkeit zur Partei des Kaisers
ausdrückte.» Es lässt sich denken, dass es zwischen den Nürnberger und
Prager Künstlern reichlich Berührungen und Austausch gab. Auch in
Nürnberg wurde deutlich sichtbar, wie eng Kunst und Politik zusam-
menhängen und wie die Kunst von Karl immer wieder für seine Herrschaftsrepräsentation genutzt worden ist.[65]

Konrad der Spion

Den Namen eines weiteren Malers aus dem Umfeld des Kaisers kennen
wir aus einem spektakulären, geradezu einmaligen Dokument. Aus diesem
geht hervor, dass ein Konrad Moler nicht nur für die Ausschmückung der
Befestigungen in Selz am Rhein von Karl verpflichtet worden war, sondern dass er auch in anderer, für einen Maler eher ungewöhnlicher Mission tätig war: Er diente als Informant, man könnte auch sagen als Spion –
für den Straßburger Rat. Als Diener zweier Herren war er also eine Art
Doppelagent.[66]

Das Dokument, von dem hier die Rede ist, gehört wohl in die Mitte
der 1370er Jahre. Darin wendet sich ein *Cûnrat moler*, also ein Konrad,
der Maler ist oder schon durch seine Tätigkeit mit seinem Familiennamen
so heißt, mit einem Bittgesuch an den Rat von Straßburg. Er sitze, wie er
in seiner oberallemannischen Mundart schreibt, in Schlettstadt in der
Schuldhaft eines Juden fest und brauche zur Auslösung zehn Pfund Pfennige, die er sich vom Rat leihen möchte und die er vor Jahresfrist zurück-
zuzahlen verspricht. Er erinnert an seine vielfältigen, sich über zwanzig
Jahre erstreckenden Dienste für die Stadt – und was für Dienste! 1355 gehörte er als Kriegsknecht zum Kontingent Straßburgs für den Romzug
Karls – «do der keiser fûr uber berg und ir im vier und zwentzig ritter und
kneht noch schicketent under den ich waz». Er berichtet von einem hef-

tigen Kampf am Palmsonntag, den 29. März, den die Truppe unter ihrem Hauptmann Götz Engelbrecht in Pisa bei einem gegen die dort zurückgelassene Besatzung gerichteten Aufruhr zu bestehen hatte. Götz und einige andere Ritter kämpften auf einer der Arnobrücken. Als sie von ihren Pferden gerissen wurden, half Konrad gemeinsam mit dem Hufschmied Merckelin und Jeckelin Woges den Rittern wieder in den Sattel. Kurz darauf traf ein von einer Frau geschleuderter Mörserstein Götz am Kopf, schlug seinen Helm herunter und tötete sogar das Pferd. Hauptmann Götz, Jeckelin Woges und Konrad hatten den Kaiser zuvor jedoch sehr erzürnt – «das zuernete der keiser sere» –, weil sie bei der Besetzung eines kleinen Städtchens zwischen Lucca und Pisa das Banner von Straßburg auf die Mauer pflanzten und nicht das kaiserliche, was der imperialen Ehre überaus abträglich war. In der Welt der Symbole war das ein unverzeihlicher Fehler.[67]

Vielleicht begann damals schon jene Antipathie des Kaisers gegen die Bürger von Straßburg, die ein Jahrzehnt später völlig aus dem Ruder lief. Als der Kaiser 1365 von seiner Krönung aus Burgund zurückkehrte, wollten die Straßburger ihn durch einen rituellen Empfang zwingen, in die Stadt einzuziehen, wahrscheinlich, um ihm einige Privilegien abzutrotzen.

Da der Kaiser zu Schiff auf dem Rhein stromabwärts nach Selz wollte, die freie Durchfahrt bei Straßburg aber durch Holzwehre und eine durch den Strom gelegte Zollkette gesperrt werden konnte, blieb ihm nichts anderes übrig, als anlegen zu lassen und von Bord zu gehen. Wegen Karls Zollpolitik war der Rhein fünfzehn Jahre zuvor von den Straßburgern für anderthalb Jahre komplett gesperrt worden. Erzürnt über die Anmaßung verweigerte der Kaiser dem Empfangskomitee ein Festessen: «alz ir hattet geton wider den keyser, do er von Avion kam und ab den Rin můst keren mit uch in die stat und er doch nut mit uch essen wolt und da wart er groesslich uwer vigent».[68]

Im Sommer 1365 kursierten im Südwesten Gerüchte, die die Ehre des Herrschers weiter verletzen mussten: Der Kaiser höchstselbst habe die Mordbrenner des Erzpriesters ins Reich eingeladen und mache mit ihnen gemeinsame Sache. Karl scheint damals eine solche Wut auf die selbstbewussten Straßburger gehabt zu haben, dass er, wie Konrad berichtet, im Kreis seiner Höflinge bei allen Eiden, die er je geschworen, versichert habe, er wolle die Straßburger hängen sehen. Und zwar alle! «Mag ich aber in die stat ouch komen, so műsz ieglicher vor siner turen hangen und keyser Heilman von Straszburg [der Ammeister der Stadt] műsz besunder an einem hohern hangen den der ander keiner». Der Ratsspion Konrad habe, wie er selbst schreibt, nichts unversucht gelassen, die Straßburger zu warnen. Unter dem Vorwand, sein Pferd tränken zu müssen, sei er aus Selz in Richtung Straßburg gejagt. Kurz vor der Stadt sei er unter vier wohl französisch sprechende Raubgesellen aus der Erzpriester-Gesellschaft gefallen, die ihm all seine Habe und sein Pferd genommen hätten. Er aber sei zu Fuß weiter nach Straßburg gerannt und hab dort den Ammeister persönlich gewarnt. Nur unter großer Gefahr, enttarnt zu werden, habe er an den Hof zurückkehren können. Einmal sei er sogar vom Kaiser, der Verdacht geschöpft hatte, regelrecht durchgeprügelt worden.[69]

Ob Konrad den Straßburger Rat überzeugen konnte und ob er später weiter für den Kaiser malte und gleichzeitig für die Ratsleute spionierte, wissen wir nicht. Erstaunlich bleibt aber allemal, dass sich unter den Künstlern Karls auch ein Spion befand und dass wir vom ihm wissen. Festzuhalten bleibt ferner, dass bei allem Gold und aller Kunstfertigkeit, bei aller Pracht und aller Anmut, die die von so vielen Künstlern in Karls Herrschaftszeit geschaffenen Kunstwerke bis heute verströmen, eine Frage unbeantwortet bleibt: Wenn der Blick auf die Jahrzehnte nach Karls Tod und die gewaltigen Eruptionen im Gefolge der Hussitischen Revolution gerichtet wird, wenn die Zeit des Kaiser somit sowohl den Kunsthöhepunkt als auch schon den Krisenbeginn darstellt, könnte es sich bei den Formen und Farben des «Kaiserlichen Stils» und dem daraus erwachsenen «Schönen Stil» im Grunde nicht um eine Ikonographie der Rückwärtsgewandtheit und damit eine Bildsprache des Reformstaus handeln?

DER DYNAST

«Kein Stamm kann untergehen, wenn seine Glieder recht sind, er sinkt und steigt, außer wenn Gott im Tode seines letzten Gliedes ihm ein Ende macht.»

Adalbert Stifter, «Witiko»

Einen strammen Knaben in Gold aufwiegen

FREITAG, 26. FEBRUAR 1361, NÜRNBERG, KAISERBURG. Am 26. Tag des Hornung herrschte auf der alten Kaiserburg helle Aufregung. In den Wohnbereichen wurde extra eingeheizt, Wasser gewärmt, das Gesinde eingewiesen. Karl dürfte ganz besonders inbrünstige Gebete gesprochen, ja regelrechte Gelübde abgelegt haben. Denn Anna von Schweidnitz, die dritte Gemahlin des Kaisers, lag in den Wehen. Gott erhörte Karls sehnliches Flehen: An diesem Februartag wurde dem Paar der schon lang ersehnte Erbe und Thronfolger geboren. Die Freude des Herrschers war grenzenlos. In einem Rundschreiben an die Untertanen ließ er verkünden: «Freut euch ihr Herzen aller unserer Getreuen! Freut euch allesamt ihr Untertanen des Reiches und unsere Völker mögen ein Jubelfest feiern. Frohlocke ganz Böhmen mit allen Provinzen über das große Glück, welches ihm widerfahren ist! […] Uns ist ein Knabe geboren und sein Erscheinen ist wie die nebelvertreibende Morgenröte. […] Und auf diesem Knaben möge das Königreich Böhmen ruhen wie auf einem festbegründeten Turm.» Auch der Papst sowie einige Fürsten und Reichsstädte, wie etwa Straßburg, erhielten vom glücklichen Paar jubilierende Geburtsanzeigen.[1]

Die überströmende Freude war schon deshalb verständlich, weil dem Kaiser ein Jahrzehnt zuvor aus seiner Ehe mit Anna von der Pfalz schon einmal ein Knäblein namens Wenzel geboren worden war, das allerdings noch als Säugling verstarb. Kaum ein Jahr später verschied auch dessen Mutter mit gerade einmal dreiundzwanzig Jahren. Und auch Margarete, seine Erstgeborene aus der ersten Ehe, war schon tot. Bis 1361 gab es noch keinen männlichen Erben, nur zwei Töchter aus erster und dritter Ehe. Nun aber schien sich für den fünfundvierzigjährigen Kaiser mit seiner neuen Gemahlin endlich die Hoffnung auf eine dynastische Herrschafts-kontinuität zu erfüllen. Das war für Karl und alle anderen europäischen Herrschaftsträger deshalb so wichtig, weil jegliches politisches Handeln mittelalterlicher Machthaber immer und vor allem dynastisches Handeln darstellte. Die eigene Dynastie zu befördern und ihr ein sicheres Fortleben in der Zukunft zu garantieren, diesem Streben waren so ziemlich alle Handlungen der Mächtigen unterworfen. Peter Moraw spitzte zu: «Die Dynastie war auch beim politischen Handeln der höchste Wert. Sie machte sich Tatbestände, die wir heute staatlich nennen, radikal untertan.»[2]

Dieses dynastische Denken als Primat der Politik ist einer der Haupt-gründe dafür, dass für das Mittelalter der Begriff «Außenpolitik» zwischen Staaten, wie wir es heute verstehen, nicht recht anwendbar ist. Es gab keine Beziehungen des Heiligen Römischen Reiches zu Frankreich, Eng-land oder Polen, sondern es gab immer jene dynastischen Verbindungen und Verhältnisse, die etwa die Politik der Luxemburger gegenüber den Valois, den Anjou oder den Plantagenêt prägten. Ebenso wenig kann der Begriff «Innenpolitik» im heutigen Sinne die politischen Entwicklungen innerhalb des Heiligen Römischen Reiches erklären. Denn auch inner-halb des Reiches setzten sich Dynastien und Adelsfamilien miteinander in ständig wechselnde Verhältnisse. Diese prinzipielle und strukturelle Differenz zum Staat der Moderne hat Historikern oft, und das mitunter bis heute, den Blick dafür getrübt, was eigentlich vorlag, wenn etwa in Wien, Krakau oder Brünn europäische Machthaber miteinander verhan-delten. Es waren eben nicht die Länder Österreich und Böhmen, die ihr Verhältnis zueinander zu klären hatten, sondern es galt, habsburgische und luxemburgische Dynastieinteressen auszugleichen. Auch das Schwa-dronieren früherer Historiker von nationalen Triumphen oder Demüti-gungen, die bestimmte Verhandlungsergebnisse angeblich bedeuteten,

musste am Wesenskern des vormodernen politischen Handelns vorbeigehen, weil sich fast alles um die Behauptung und Förderung der eigenen
Dynastie drehte.[3]

Karl wollte seiner Freude wegen des jüngst geborenen Thronfolgers
sowie seiner Dankbarkeit gegenüber Gott in einer prachtvollen Taufzere-
monie Ausdruck verleihen und ließ bis zum Tauftermin sechs Wochen
verstreichen, sodass genug Zeit verblieb, um die Fürsten des Reiches zu
einem festlichen Hoftag nach Nürnberg zu rufen. Die Reichsstadt war als
Geburtsort nicht zufällig gewählt worden, sondern der Akt verwies neben
der kaiserlichen Wertschätzung der Kommune vor allem auf die zukünftige Stellung des Neugeborenen im Reich. Viele der eingeladenen hohen
Herren kamen tatsächlich an der Pegnitz zusammen, und bis auf den Erzbischof von Trier erschienen auch alle Kurfürsten. Der Augenzeuge Heinrich Taube von Selbach, der zum Gefolge des Bischofs Berthold von Eichstätt gehörte, berichtet über die Festlichkeiten: «Dieser Sohn wurde also
am Sonntag Misericordia, welcher damals auf den 11. April fiel, zu Nürnberg in der Pfarrei Sankt Sebald der Bamberger Diözese getauft, von den
Erzbischöfen von Mainz, Köln und Prag und sechs Bischöfen und fünf
Äbten aus der Taufe gehoben und Wenzeslaus genannt. Der Hoftag
währte unter großen Freudenfesten acht Tage lang. Auch die Reichsinsignien hatte der Kaiser in feierlichem Zuge aus Böhmen herbeibringen lassen und zeigte sie daselbst. Während man dort versammelt war, wurden
die umfassenden Ablässe verkündet, welche Papst Innozenz VI. damals
gnädig bewilligt hatte, dieselben nämlich, welche die Päpste am Gründonnerstag für die Stadt Rom zu erteilen pflegen. Auch Turniere und unzählige andere Lustbarkeiten fanden statt.»[4]

Im Überschwang des Glücks, «durch sulcher freuden […] als got von
sinen gnaden in der stat zur Nurnberg […] einen erben mannes geslechtes nahste geben hat», wurde von Karl, wie er schreiben ließ, den Bürgern
der Geburtsstadt für ein Jahr die dem Reichsoberhaupt jährlich am Mar-
tinstag, dem 11. November, von allen Reichsstädten zu zahlende Reichssteuer erlassen. Das war sehr viel Geld; Nürnberg zahlte immerhin zweitausend Pfund Heller, eine Summe, die einige Jahre später in zweitausend
Gulden umgewandelt wurde. Der Konstanzer Chronist Heinrich von
Diessenhofen wusste noch von festlichen Prozessionen und der Freilas-
sung aller Gefangenen, die der Kaiser angeordnet habe. Festgottesdienste

und Jubelumzüge, Reliquienverehrungen und Lanzenstechen, Prassereien und Gaukeleien: Der Eintritt des kleinen Wenzels in die Gemeinde der Christenheit wurde reichlich gefeiert.[5]

Um den Erinnerungen an das freudige Ereignis einen weiteren Haltepunkt zu geben, regte der Kaiser bei Nürnberger Bürgern die Ausmalung der schon erwähnten und im Zweiten Weltkrieg vollständig zerstörten Moritzkapelle an. Zu den Themen, die in der Kapelle einst in den Fresken dargestellt waren und von denen alte Photographien Auskunft geben, gehörten neben der an die Ikonographie von Marienverkündigungen angelehnten Botennachricht für die Kaiserin, dass ihr ein Sohn geboren werden würde, auch die Geburt und die Taufe des Erbprinzen Wenzel. Solche Bilder mit christologischem und messianischem Charakter sollten von den Betrachtern als Zeichen der Auserwähltheit des Kaisers und seiner Sippe gedeutet werden.[6]

Zwei Wochen nach der festlichen Taufe, am 25. April 1361, ließ der glückliche Vater in der bei Nürnberg gelegenen Burg Lauf für seinen Kammermeister Thimo VIII. von Colditz ein Empfehlungsschreiben an den Bürgermeister und die Ratsherren der Stadt Aachen ausstellen. Darin hieß es vage, Thimo «komme zu ihnen aus religiösen Gründen», aber eigentlich hätte Karl schreiben können, der Kammermeister sei in göttlicher Mission unterwegs. Denn nach Wenzels Taufe wollte Karl offenbar die wegen der Sohnesgeburt gelobte Wallfahrt zur heiligen Jungfrau nach Aachen einlösen, wandelte diese dann aber in ein Goldgeschenk um. Wie der Geschichtsschreiber Heinrich Taube von Selbach in seiner Chronik notierte, hatte der Kaiser ursprünglich vorgehabt, «die Schwellen der heiligen Jungfrau zu Aachen zu besuchen, fand es aber besser, eine Opfergabe für seinen neugeborenen Sohn dahin zu schicken». Der Kaiser habe befohlen, das Gewicht des Sohnes in einer Waage mit Gold aufzuwiegen, «er wog sechzehn Mark Gold und diese schickte er nach Aachen». Wenn sechzehn Mark Gold dem Sohnesgewicht entsprachen, dürfte Wenzel bei seiner Taufe zwischen dreitausendsiebenhundert und viertausend Gramm gewogen haben, ein strammer Bursche also und ein überaus seltenes Detail aus der Zeit vor der Einführung von Hebammenprotokollen. Auch wenn sich der Wert des Goldes damals und heute natürlich schwer vergleichen lässt: Nach heutigem Goldpreis wäre das Freudengeschenk knapp einhundertfünfzigtausend Euro wert.[7]

Im Dezember 1362 stiftete Karl dann in Aachen noch einen Altar für den heiligen Wenzel im Obergeschoß der Aachener Marienkirche und stattete diesen mit einer Pfründe von zwanzig Florentiner Gulden aus. Dabei behielt er sich und seinen böhmischen Nachfolgern das Präsentationsrecht für einen böhmischen oder der böhmischen Sprache mächtigen Kaplan vor. Dessen Aufgabe bestand im Abhalten von Gottesdiensten und Gebeten für den Heiligen, aber auch von Seelenmessen für Karls Vorfahren, seine verstorbenen Gattinnen, den schon als Säugling verstorbenen erstgeborenen Wenzel – und für Karl selbst an dessen künftigem Todestag.[8]

Der zweite Erbprinz Wenzel, der 1363 als Kleinkind zum böhmischen König gekrönt wurde, sollte als Herrscher mit wenig glücklicher Hand regieren. Schon bei der Taufe – so eine spätere Nürnberger Chronik – sei es zu Zwischenfällen gekommen: «derselbe kunig bescheiß sich in der tauf». Und als sei noch nicht herabwürdigend genug, dass der offenbar frierende Säugling angeblich sein Taufwasser verunreinigt habe, führt die Chronik weiter aus: «und da man das wasser solt wermen, da pran der pfarrhof ab, das großer zaichen zway waren und bedeutnus gaben der zukunftigen zeit». Ein zerstörerischer Großbrand und eine sakrilegische Entleerung: Den Nachgeborenen sollte klargemacht werden, dass das Unglück mit Wenzel schon früh seinen Lauf nahm. Zeitgenössische Chronisten wussten von solchen angeblichen Vorzeichen nichts. Historische Erinnerungen werden eben immer vom Ende her modelliert, und jedwede Gegenwart formt sich ihr eigenes Bild von der Vergangenheit.[9]

Gesicherte Nachfolge:
Wahl und Krönungen Wenzels

Mit sechzehn Jahren, am 6. Juli 1376, wurde Wenzel in Aachen zum römisch-deutschen König gekrönt. Vor der Zeremonie im Marienmünster kam es wieder zum Streit, wie schon zwei Jahrzehnte zuvor in Metz: Wer darf bei der Festprozession dem Kaiser das Reichsschwert vorantragen? Herzog Wenzel I. von Luxemburg (1337–1383), der jüngere Halbbruder Karls, oder Herzog Wenzel I. von Sachsen-Wittenberg (1370–1388), ein Kurfürst? Die beiden rangelten um die hohe, mit einer langen Tradition verknüpfte Ehre, die in der mittelalterlichen Welt der Zeichen und Symbole dem Waffenträger einen bedeutenden Vorteil verschaffte. Kaiser Karl, nie um pragmatische Lösungen verlegen, soll entschieden haben, keinem der beiden den Vorzug zu geben. Stattdessen verrichtete Sigismund, der zweitgeborene zehnjährige Sohn des Kaisers, wie er später selbst berichtete, den Ehrendienst.[10]

Dem nun sechzigjährigen Karl war es in einem langen politischen Gezerre gelungen, die Stimmen sämtlicher Kurfürsten zur Wahl Wenzels zusammenzubringen. Einer der ersten Schritte auf diesem Weg war bereits wenige Monate nach der Geburt des Prinzen erfolgt, als sich Karl und die Mehrheit der Kurfürsten urkundlich versicherten, dass nach Karls Tod keiner der vier habsburgischen Brüder zum römischen König gewählt werden sollte – wegen des «kuntlichen widerdriezz, der dem heiligen reiche von den herzogen von Osterreich offt widerfaren ist». Mit dem «widerdriezz» war unter anderem ein Bündnis gemeint, das die Herzöge im Januar 1362 mit König Ludwig I. von Ungarn (1326–1382) gegen Karl geschlossen hatten.

Fünfzehn Jahre später begann Karl unter Einsatz von sehr viel Geld eine Mehrheit der Kurstimmen zusammenzukaufen. Der Mainzer Vikar Johannes Kungstein, Autor des *Chronicon Moguntinum*, überliefert: «Im Jahr 76 kam um Pfingsten Kaiser Karl in das Rheinland und nachdem er unermessliche Geldmengen angeboten und verteilt hatte, bestach er alle Kurfürsten des Reiches, die, nachdem sie die großen Geschenke angenommen hatten, seinen Sohn Wenzel zum römischen König wählten.» Allein Kuno von Falkenstein, der Erzbischof von Trier, soll einhundertzwanzigtausend Gulden bekommen haben. Ob die Zahlen stimmen oder nicht, Karl dürfte in der Königserhebung seines Sohnes zu Lebzeiten zweifellos die Krönung seines eigenen politischen Lebenswerks gesehen haben.[11]

Einige der Wahlvereinbarungen der Goldenen Bulle, die zwei Jahrzehnte zuvor von Fürsten und Kaiser vereinbart worden waren und die nun zum ersten Mal hätten Anwendung finden sollen, waren dabei allerdings ausgehebelt worden, nicht nur das Verbot der Bestechung. Trotz aller früherer Kurfürstenbeteuerungen, der Papst habe bei der deutschen Königswahl nichts mitzureden, und des demonstrativen Übergehens des Stellvertreters Christi in der Goldenen Bulle war es Karl doch zwingend notwendig erschienen, sich auf Verhandlungen mit Avignon einzulassen. Der politisch versierte Kaiser nahm natürlich den starken Gegenwind wahr, der von dort kam, weil Papst und Kardinäle den Einflussverlust fürchteten. Auch Erinnerungen an die eigene Wahl, die in Avignon seinerzeit detailliert abgesprochen und mit einer Reihe von Eidesleistungen beschworen worden war, bestimmten Karls Handeln. Viele Gesandte reisten hin und her, viele Briefe wurden gewechselt, dann einigten sich Papst und Kaiser durch nachträglich gefälschte, aber zur Gesichtswahrung der Kurie vordatierte Urkunden. Dazu gehörten ein Bittgesuch Karls um das päpstliche Wohlwollen zur Wahl und die päpstliche Zustimmung, ferner die Zusicherung, dass die Sohneswahl zu Lebzeiten des Vaters eine einmalige Ausnahme darstelle, sowie das Versprechen zu Eidesleistungen, die schon Wenzels Urgroßvater Kaiser Heinrich VII. hatte geben müssen. Eine eigentliche Approbation der Sohneswahl durch den Papst konnte Karl aber nicht erlangen.[12]

Anfang Juni 1376 war es dann so weit. Am ersten des Monats kam das Kurkolleg am früheren traditionellen Wahlort Rhens am Rhein zusammen, wo auch Karl drei Jahrzehnte zuvor gewählt worden war. Nach langen Beratungen und einigem Zwist wurde in einer Art Nominierung die baldige Wahl Wenzels und deren Termin vor einer großen Menge verkündet. Zehn Tage später kam es in Frankfurt am Main in der Sakristei von St. Bartholomäus durch die Kurfürsten zur einstimmigen Wahl des fünfzehnjährigen Wenzel zum römischen König. Eine solche Wahl zu Lebzeiten des Vaters hatte es seit Kaiser Friedrich II. nicht mehr gegeben und sollte sich erst über ein Jahrhundert später bei der Königswahl Maximilians I. wiederholen. Eine Altarsetzung des neuen Königs in St. Bartholomäus schloss den Akt rituell ab. Nach ersten Huldigungen und Regierungshandlungen zog der neu gewählte König mit seiner Gattin Johanna von Bayern (1362–1386) und dem Kaiserpaar sowie einem großen Gefolge nach Aachen. Dort wurde Wenzel am 6. Juli, dem Oktavsonntag nach Peter und Paul, mit festlichem Gepränge im Marienmünster vom Kölner Erzbischof Friedrich von Saarwerden (1370–1414) zum neuen *rex Romanorum*, zum König der Römer, gekrönt und gesalbt. Erneut folgten Huldigungen, Bestätigungen und Geschenke.[13]

Die Aachener Bürger, so groß die Ehre für ihre Stadt auch sein mochte, kamen die Krönung und der Aufenthalt der allerhöchsten Edlen in ihren

Mauern teuer zu stehen. Erhaltene Bruchstücke der Stadtrechnungen lassen einzelne Ausgabenposten erkennen. Die kaiserlichen Trompeter erhielten zehn Gulden oder fünfunddreißig Mark, die vier Pfeifer der Königin kosteten zwei Gulden oder sieben Mark. Der Lakai, der «der keiserin katze droech», wohl der Träger einer Edelkatze der Kaiserin, erhielt einen Gulden. Die beiden obersten Türwächter des Kaisers namens Marquart und Gisco bekamen vier Gulden oder vierzehn Mark. Die von Aachen gestellten einhundert Schützen, «die des keisers lif hueten», kosteten fünfhundertfünfunddreißig Mark. Wenzel erhielt sechs Ochsen geschenkt, von denen jeder mit siebenundsiebzig und einer halben Silbermark zu Buche schlug. Den größten Posten machten mit zweihundertfünfzig Gulden oder achthundertfünfundsiebzig Mark die Aufwendungen für das große, vom neuen König bestätigte Stadtprivileg aus. Hinzu kamen die Kosten für Geschenke wie Wein und goldene Tücher für König und Königin, Kosten für zahlreiche Botengänge, viele «vruntschaff» verstärkende Zuwendungen an Fürsten und einflussreiche Höflinge, sodass sich am Ende die stattliche Summe von siebentausendachthundertvier Mark, drei Schillinge und vier Pfennige ergab; das waren zweitausendzweihundertdreißig Gulden, mehr, als Nürnberg, eine der wohlhabendsten Städte des Reiches, als jährliche Reichssteuer zu zahlen hatte.[14]

Die Frauen und Kinder
des Kaisers

SONNTAG, 21. MAI 1363, KRAKAU. Wie tief Karl zeitlebens vom dynastischen Denken seiner Zeit durchdrungen war, lässt ein Blick auf seine Heiratspolitik besser verstehen. Im Juli 1362 war die dritte Ehefrau des Kaisers, Anna von Schweidnitz, gestorben. Zehn Monate später, am Pfingstsonntag 1363, dem 21. Mai, ging er in Krakau seine vierte und letzte Ehe ein. Wohl in der altehrwürdigen Wawelkathedrale nahm der Siebenundvierzigjährige die sechzehnjährige Elisabeth von Pommern (um 1347–1393) zur Frau. Die in tschechischer Kurzform auch Eliška geheißene Braut war die Tochter des Herzogs Bogislaw V. von Pommern-Wolgast, geboren aus dessen Ehe mit der polnischen Prinzessin Elżbieta Kazimierzówna (1326–1361). Karls Braut war somit die Enkeltochter des polnischen Königs Kasimir III. des Großen (1310–1370), eine für Karls spätere Politik verheißungsvolle Herkunft.[15]

Mit dieser Hochzeit gewann Karl nicht nur eine blutjunge Ehefrau, die ihn, so Gott wollte, mit weiterem Kindersegen beschenken konnte. Vielleicht ergab sich ja – und auch das konnte nur Gott wissen – die Aussicht auf polnische Erbfolgerechte, da Kasimir bislang keinen Sohn besaß. Der Kaiser zerstörte zudem mit diesem Schachzug eine kreuzgefährliche Koalition, zu der sich der polnische König mit Karls Schwiegersöhnen, dem ungarischen König Ludwig I. aus dem Haus Anjou und dem österreichischen Herzog Rudolf IV., gegen ihn verbunden hatte. Karl hatte gegen dieses Bündnis sogar schon kräftig aufrüsten lassen, eintausendsiebenhundert Plattenpanzer in Nürnberg bestellt und böhmische Städte mit Garnisonen und Vorräten versehen lassen – es sah zweifellos nach Krieg aus. Doch nun hatte er mit der Wahl der Pommernprinzessin, wie es Ferdinand Seibt formulierte, «mitten unter seine Feinde» geheiratet.[16]

Vorteilhafte Eheverbindungen brachten mitunter mehr als gewonnene Kriege reiche Zugewinne an Ländereien, Kronen oder Titeln. Oft gelang es auch, durch Heirat feindliche Bündnissysteme zu sprengen, neue Bundesgenossen zu gewinnen, Erbansprüche zu fixieren oder Herrschaftsrechte deutlich zu machen. Bei den Verhandlungen um Eheverabredungen konnten die Beteiligten ihren eigenen Wert am Heiratsmarkt erkennen, das Konnubium der Adelswelten war ein sehr präziser Gradmesser, der den tatsächlichen Rang in der Hierarchie anzeigte. Mitunter offenbarten Ehebündnisse viel genauer den Wert und das Ansehen von Personen und Familien als deren offizielle Titel. Wegen der Konkurrenz mussten Verbindungen allerdings schon sehr früh vereinbart werden – in der Regel, wenn die zukünftigen Ehegatten noch minderjährig, mitunter noch nicht einmal geboren waren. Dieser lange Vorlauf brachte es mit sich, dass sich die politische Lage ändern, manchmal sogar ins Gegenteil verkehren konnte, wenn plötzlich doch noch erbberechtigte Söhne geboren wurden oder unerwartet neue Bündnisse entstanden. Dann wurden Eheverabredungen schnell wieder gelöst, und das Spiel begann von Neuem.

Karl war von der enormen politischen Bedeutung hocharistokratischer Eheverbindungen tief durchdrungen und wusste seine Figuren geschickt und vorteilhaft zu setzen. Außerdem hatte er immer, wie man umgangssprachlich sagen würde, einen Plan B, der zur Ausführung kommen sollte, wenn das ursprüngliche Vorhaben zu scheitern drohte. «Es hat keinen Kaiser gegeben», so Leopold von Ranke (1795–1886), «der die weltumspannende Politik, wie sie die Kaiser immer ausgeübt hatten, mit dynastischen Zwecken besser verbunden hätte als Karl IV.». Die später den Habsburgern zugeschriebene Devise «Kriege mögen andere führen, du, glückliches Österreich, heirate!» gilt für ihn in besonderem Maße. Doch vertraute er dabei nicht nur auf die Gaben der Venus, wie es in dem Distichon weiter heißt, sondern setzte wiederholt auch auf jene des Mars.[17]

Ein Frauenheld in dem Sinne, wie es Kaiser Friedrich II. oder später August dem Starken nachgesagt wurde, war Karl wohl nicht, obwohl er in jüngeren Jahren offenbar durchaus Gefallen an schönen Frauen fand. Einmal, 1348, wurde er sogar brieflich von Papst Clemens VI. ermahnt, dem zu Ohren gekommen war, dass Karl in Basel mit Bürgersfrauen getanzt habe und das auch noch im zu kurzen Wams. Das für einen verheirateten Mann und König ungebührliche Verhalten hatte sich in der Weihnachtszeit 1347 zugetragen: «Der König zeigte bei den Tanzvergnügungen mit den Frauen von Basel ein ziemlich albernes Benehmen.» Matteo Villani, ein jüngerer Bruder des Florentiner Chronisten Giovanni Villani, spekulierte in seiner *Cronica* über die Ursachen von Karls schwerer Krankheit 1350 und kam zu dem Ergebnis, «die Königin» – gemeint ist Anna von der Pfalz – habe mit allerlei Mittelchen und «aus weiblichem Ratschluss die Liebe ihres Gemahls von anderen jungen Frauen ablenken» wollen und ihn so in Todesgefahr gebracht. So sehr das nach Seifenoper klingen mag: Einem monogamen Gemahl hätte sich so etwas nur schwer andichten lassen.[18]

Auch an den vier Ehen des Herrschers lässt sich eine Reihe von interessanten Details beobachten, die seine Person charakterisieren. Auffällig ist zunächst, dass in der Abfolge der Gattinnen der Kaiser immer älter, die Frauen immer jünger werden. Daraus lässt sich ableiten, dass es vor allem um die Fähigkeit der Frauen ging, so viele Nachkommen wie möglich zu gebären. Blanche de Valois war noch etwa gleich alt, Anna von der Pfalz hingegen zwölf, Anna von Schweidnitz-Jauer dreiundzwanzig Jahre jünger. Elisabeth von Pommern, Karls letzte Gemahlin, trennten dann mehr als dreißig Jahre von ihrem Gemahl. Aber die politischen Eheverbindungen der Aristokratie nahmen ohnehin auf Altersunterschiede keinerlei Rücksicht.

Wie beweglich Karl agieren konnte, zeigt das Beispiel der aus einem Piastengeschlecht stammenden Anna von Schweidnitz-Jauer. Im Alter von elf Jahren war sie Karls damals elfmonatigem erstgeborenen Wenzel zur Ehe versprochen worden, sicher in dem Bestreben, die beiden schlesischen Teilherzogtümer endgültig an die Luxemburger binden zu können. Doch starben 1351 sowohl der nicht einmal zweijährige Verlobte und im Februar 1353 dessen Mutter, Karls Gattin Anna von der Pfalz, sodass sich der Witwer am Ende des Jahres – wohl immer noch das Erbe im Blick – nun selbst um die Hand der ehemals als Schwiegertochter ins Auge gefassten schlesischen Prinzessin bemühen konnte: Aus dem Schwiegervater in spe wurde der Bräutigam. Die Hoffnungen des Kaisers auf Annas Erbe sollten sich sogar erfüllen, denn das Herzogtum Schweidnitz-Jauer fiel tatsächlich nach Herzog Bolkos II. Tod 1368 an Annas und Karls Sohn Wenzel und damit an die Krone Böhmens.[19]

Wie politisch hochkomplex die Verbindung Karls zu der nun vierzehnjährigen Braut im mitteleuropäischen Mächtegefüge war, wird schon allein dadurch deutlich, dass bei den Verhandlungen über die Eheanbahnung, die 1353 am Wiener Hof stattfanden, alle mitreden wollten. Neben Annas Vormund, Herzog Bolko II. von Schweidnitz, waren beteiligt: der österreichische Herzog Albrecht II., Annas Onkel König Ludwig I. von Ungarn, der wittelsbachische Markgraf Ludwig von Brandenburg, der askanische Herzog Rudolf von Sachsen, dazu Abgesandte des polnischen Königs Kasimir III. und sogar ein Gesandter der Republik Venedig.[20]

Keine zehn Jahre später war durch den frühen Tod der Schlesierin Karls dritte Ehe schon wieder zu Ende, sodass sich der Kaiser, um weitere Nachkommen in die Welt setzen zu können, erneut verheiraten musste. Elisabeth von Pommern, die sechs der elf Kinder Karls zur Welt brachte, wurde am 18. Juni 1363 zur böhmischen Königin, gute fünf Jahre später, am 1. November 1368, zur Kaiserin des Heiligen Römischen Reiches gekrönt. Nach des Kaisers Tod 1378 lebte Elisabeth im ostböhmischen Königgrätz als Franziskaner-Terzianerin, einer von Laien gebildeten, klosterähnlichen Lebensgemeinschaft.[21]

Elisabeth soll eine außergewöhnliche körperliche Stärke besessen haben. Die *domina imperatrix* zerbrach, wie Benesch von Weitmühl in den Ostertagen 1371 selbst gesehen haben will, in Gegenwart vieler Fürsten und Barone mit ihren Händen ein neues Hufeisen, was selbst den stärksten Männern zuvor nicht gelungen war. Auch habe sie dicke und kräftige Hiebmesser von Kriegern oder Köchen mit bloßen Händen wie einen Rettich zerknicken und Brustpanzer und Harnische von Rittern und Höflingen von oben bis unten aufreißen können. Mit nicht unerheblichem Stolz setzte der Chronist hinzu: «Seit den Zeiten von Libussa» – der legendären Gemahlin von Přemysl dem Pflüger, der Stammmutter der Přemysliden – «hat es kein so starkes Weib mehr in Böhmen gegeben!»[22]

Karls vier Gemahlinnen, deren Gebeine allesamt in der Prager Kathedralgruft ruhen, sind oft abgebildet worden. Unter den von Peter Parler und den Künstlern seiner Werkstatt in den 1370er Jahren für das Triforium des Prager Veitsdoms geschaffenen Sandsteinbüsten der Luxemburger befinden sich auch die schön modellierten und ausdrucksstark gearbeiteten Köpfe aller Ehefrauen des Kaisers. Von Anna von Schweidnitz-Jauer dürfte es die meisten Abbildungen geben. Einige Miniaturen einer Prachthandschrift, die Annas Sohn Wenzel um 1400 in Auftrag gab, zeigen die blendend schöne Königin inmitten ihres höfischen Gefolges. Ebenso erscheint sie auf Wandmalereien der Burg Karlstein, etwa in der Marienkapelle, wo Karl und Anna ein Reliquienkreuz verehrend halten; auf einem weiteren Fresko werden die beiden kniend vor einem Madonnenbild dargestellt.[23]

Im Vergleich der politischen Bedeutung der Gemahlinnen Karls zu jenen Kaiser Friedrichs II. etwa zeigt sich ein deutlicher Unterschied: Beim Staufer aus Sizilien verschwanden die Frauen nach der Hochzeit in dessen Burgen, wurden von jeglicher Regierungshandlung ferngehalten, ja durften ohne die Erlaubnis des Gemahls nicht einmal den leiblichen Bruder zum Besuch empfangen. Die Frauen an Karls Seite konnten mitagieren, redeten bei der dynastischen Heiratspolitik ihrer Kinder mit und besaßen nicht nur wegen ihrer Herkunft oder Mitgift beachtliches politisches Gewicht. Als 1373 in Abwesenheit des Kaisers eine von Bayern ausgehende militärische Bedrohung für Böhmen entstand, befahl Kaiserin Elisabeth selbständig einen Gegenschlag mit Feuer und Schwert. Auch in der höfischen Repräsentation des Luxemburgers spielten die Frauen eine erhebliche Rolle. So war etwa in der Goldenen Bulle festgelegt worden, dass die Kaiserin beim Krönungsmahl zwar vom Gemahl getrennt, aber an einem unmittelbar danebenstehenden Tisch speisen sollte. Dass dieser immer-

In freundlicher Verklärung: *Das Porträt des Kaisers in der Marienkapelle im Kleinen Turm der Burg Karlstein wurde wahrscheinlich Anfang der 1360er Jahre von Nikolaus Wurmser gemalt. Gemeinsam mit seiner dritten Gemahlin Anna von Schweidnitz verehrt der Herrscher das Marterholz Christi.*

hin drei Fuß höher zu stehen hatte als die Tische der Kurfürsten, weist auf ihre besondere Stellung hin.[24]

Hochzeiten im Spiel um Land und Macht

Aus Karls vier Ehen waren elf Kinder entsprossen, fünf Töchter und sechs Söhne. Mögliche Folgen amouröser Verwicklungen blieben bislang unentdeckt. Auf den ersten Blick scheinen sechs legitime Söhne eine solide Grundlage dynastischen Überlebens zu sein. Doch bis sich die Nachkommenschaft Karls etwas reichlicher einstellte, verging eine geraume Zeit. Aus der ersten Ehe mit Blanche de Valois stammten zwei Töchter: die erste, Margarete von Luxemburg – es sollte später noch eine zweite Margarete geben –, die im Alter von zehn Jahren mit dem König von Ungarn und Kroatien, Ludwig I. von Anjou, verheiratet wurde, doch schon in ihrem fünfzehnten Lebensjahr ohne Nachkommen starb, sowie Katharina von Luxemburg (1342–1395), die über ein halbes Jahrhundert lebte, aber ebenfalls ohne Nachkommen blieb. Der zweiten Ehe Karls mit Anna von der Pfalz entspross nur ein Kind, der frühverstorbene Wenzel. Erst 1358, also sechzehn Jahre nach dem einzig überlebenden Kind Katharina, kam eine weitere Tochter zur Welt, geboren von Anna von Schweidnitz, Karls dritter Gemahlin. Sie erhielt den Namen der letzten Přemyslidin, Eliška – Elisabeth, und heiratete später Herzog Albrecht III. von Österreich. Über die Geburt ihrer Tochter war die Kaiserin so glücklich, dass sie einen Brief an Petrarca schrieb, der ihr pathetisch antwortete und Trost mitschwingen ließ, denn der Kaiser hatte natürlich auf einen männlichen Erben gehofft. Nach dem Tod des ersten, 1350 geborenen Wenzel hat Karl elf Jahre auf einen männlichen Nachkommen warten müssen. Als der 1361 endlich geboren wurde, erhielt er ebenfalls diesen traditionsreichen Namen.[25]

Mit Elisabeth von Pommern schließlich zeugte der Kaiser vier Söhne und zwei Töchter. Das 1372 geborene Knäblein erhielt Karls eigenen, bei der Firmung angenommenen Namen; er starb bereits mit fünfzehn Monaten. Ähnlich erging es dem im Juli 1377 geborenen, nach dem Urgroßvater Heinrich benannten Jungen, der schon 1378 wieder verschied. Das Mannesalter erreichten, neben Wenzel, nur der 1368 geborene Sigismund und der 1370 geborene Johann. Sigismund erhielt seinen Namen nach dem im Herrschaftsbereich der Luxemburger enorm beliebten Heiligen aus Burgund, und Johann dürfte wohl nach Karls Vater benannt worden sein. Die beiden Töchter aus der Ehe mit Elisabeth von Pommern waren offenbar robuster, erreichten aber kein hohes Alter. Anna (1366–1394) wurde lange nach dem Tod des Vaters 1382 mit Richard II. Plantagenêt (1367–1400), König von England, verheiratet. Sie hat keine Kinder hinterlassen. Margarete (1373–1410), die zweite Karlstochter dieses Namens, die 1387 mit Johann III., Burggraf von Nürnberg aus dem Haus Hohenzollern, verheiratet wurde, hinterließ eine Tochter namens Elisabeth. Das zeigt: Eine hohe Sterblichkeitsrate von Müttern und Kindern, die bis weit in die Moderne reichte, war eine traurige Realität. Aufgrund von Komplikationen bei der Geburt und tödlichen Krankheiten wurde im 14. Jahrhundert in Mitteleuropa nur etwa jedes zweite Kind überhaupt älter als vierzehn Jahre. Wahrscheinlich hat der frühe Kindstod Eltern aus ärmeren Schichten noch stärker betroffen als Hochadelsfamilien.[26]

Das begehrte Land der Nürnberger Burggrafen

Karls Nachkommen wurden von ihm, wie in der Zeit üblich, als überaus wertvolle Figuren angesehen, die in dem einem Schachturnier gleichenden politischen Ränkespiel um Macht und Ansehen nach Belieben verschoben oder auch mal geopfert werden konnten. Wie dieses Spiel im Einzelnen gespielt wurde, lässt sich gut an den Verhandlungen mit dem Burggrafen von Nürnberg, Friedrich V. (um 1333–1398) aus dem Hause Hohenzollern, erkennen, mit dem der Kaiser über einen Zeitraum von anderthalb Jahrzehnten gleich mehrere Heiratsvereinbarungen aushandelte. Konkret ging es um die Vergrößerung der Hausmacht im sogenannten «Neuböhmen», einem jenseits des Böhmerwaldes gelegenen Gebiet, das große Teile der heutigen Oberpfalz und Frankens umfasste. Städte wie Lauf, Hersbruck und Sulzbach gehörten dazu. Karl suchte dieses Gebiet zielstrebig an sich zu ziehen und auf ewige Zeiten mit Böhmen zu vereinen. Das Herrschaftsgebiet der Hohenzollern grenzte im Westen an dieses «Neuböhmen». Wenn es gelänge – so die Überlegungen Karls –, dem bislang söhnelosen Burggrafen Friedrich eine Erbtochter abzuluchsen und sein Land so an die eigene Dynastie zu binden, wäre das ein großer Schritt zur Sicherung Neuböhmens.[27]

Einen ersten Versuch mit hohem Einsatz unternahm Karl Anfang Juni 1361 mit dem Verlöbnis seines vier Monate zuvor in Nürnberg geborenen Sohnes Wenzel. Er sollte mit Elisabeth, der dreijährigen und zu diesem Zeitpunkt einzigen Tochter des Burggrafen vermählt werden und dem Kaisersohn als Erbin die Länder des Burggrafen einbringen. Am Heiligen Abend 1365 wurde dieser Eheplan fallengelassen, denn der Kaiser wollte mehr. Wenzel war nun einer ungarischen Prinzessin versprochen, die eine lukrativere Partie darstellte. Was der Kaiser in seinem riskanten Spiel nicht ahnen konnte: Die dadurch wieder freie Burggrafentochter Elisabeth heiratete einige Jahre darauf den wittelsbachischen Pfalzgrafen Ruprecht III., der nach der Absetzung ihres ursprünglichen Verlobten Wenzel im Jahr 1400 zum römisch-deutschen König erhoben werden sollte.[28]

In einem Urkundenkomplex, den der Kaiser 1368 mit dem Burggrafen Friedrich V. von Nürnberg aushandelte, kommen weitere Eheverabredungen zur Sprache, die zwar alle Eventualitäten vorsahen, dennoch eine riskante Spekulation auf die Zukunft darstellten. Am 18. Februar 1368 beurkundete der Kaiser in Nürnberg, dass er seinen drei Tage zuvor geborenen Sohn Sigismund mit der Tochter des Burggrafen namens Katharina verlobt habe. Sollte eines der beiden Kinder vor dem in acht Jahren vorgesehenen Beilager sterben, dann sollte ein anderes Kind in die Ehe gegeben werden – auch ein zu diesem Zeitpunkt noch ungeborenes. Sollte der Kaiser nach dem Tod Sigismunds ohne weitere männliche Nachkommen sein, konnte er also keinen «Ersatz» stellen, dann hätte Friedrich seine Tochter nach fünf Jahren anderweitig verheiraten dürfen. Das wohl spektakulärste Versprechen dieser Eheverabredung betraf die Verpflichtung der Väter zur Zeugung weiterer Kinder. Eine von Karl innerhalb der nächsten fünf Jahre zu zeugende Tochter sollte mit einem vom Burggrafen innerhalb derselben Zeit zu zeugenden Sohn verlobt werden, sobald der Sohn acht Jahre alt wäre. Die Höhe, Vergabeweise und spätere Nutzung der von beiden Seiten zu erlegenden Heimsteuer war genauso penibel geregelt wie die vom Bräutigam einzubringende Morgengabe, mit den jeweils dafür einstehenden Pfändern.[29]

Doch es kam schon wieder anders: Keiner der Eheverträge von 1368 sollte umgesetzt werden. Das lag vor allem an den sich ständig wandelnden politischen Rahmenbedingungen und den Konsequenzen, die der Kaiser daraus ziehen zu müssen glaubte. Haupthinderungsgrund aber war der Umstand, dass Burggraf Friedrich kurz darauf mit Johann III. (1369–1420) und zwei Jahre später mit Friedrich VI. (1371–1440) zwei Söhne geboren wurden, denen das burggräfliche Erbe zufallen sollte. Der Kaiser hatte sich also erneut verspekuliert. Einen letzten Versuch, sich die schönen Burgen und Herrschaften in den Nürnberger Gebieten anzueignen, unternahm er am Jahresende 1375. Am 30. Dezember löste er Burggraf Friedrich V. von den Verpflichtungen zur Entschädigung, die aufgrund der nicht vollzogenen Verbindung Sigismunds mit Katharina fällig geworden wäre, und damit die Verbindung selbst. Einen Tag zuvor, am 29. Dezember, hatte Karl versprochen, seine letzte Tochter Margarete an den Burggrafensohn Johann III. zu geben, wozu es später auch tatsächlich kam. Doch nutzte Karl diese letzte Verbindung für eine mögliche Erwerbung burggräflichen Besitzes nichts. Und es sollte noch schlimmer kommen, denn geradezu katastrophal für die langfristigen geopolitischen Planungen des Kaisers erwies sich, dass mit Burggraf Friedrich VI. jener Fürst die politische Bühne betrat, der mit der Übernahme der Markgrafschaft Brandenburg 1415 und 1417 eine über Jahrhunderte herrschende Dynastie in genau jenem Kurfürstentum begründete, das Karl eigentlich auf ewig mit Böhmen hatte vereinen wollen.[30]

Ein Erbvertrag als Grundstein einer Großmacht

SAMSTAG, 10. FEBRUAR 1364, BRÜNN. Kurz vor dem Tag der heiligen Scholastica von Nursia kam in Brünn, dem Residenzort der Markgrafen von Mähren, eine hoch zerstrittene Familie zusammen. Noch im Vorjahr hatte es nach einem weiteren Krieg ausgesehen, so stark waren die innerfamiliären Gegensätze; dann hatte man sich auf einen Waffenstillstand geeinigt. Jetzt sollte weiterverhandelt und endlich eine Lösung gefunden werden. Die Zusammenkunft fand wohl in der über der kleinen Stadt gelegenen Burg der böhmischen Könige statt, dem Sitz der mährischen Markgrafen, dem später im Barock zur Festung erweiterten berühmt-berüchtigten Spielberg, möglicherweise auch in dem markgräflichen Hof in der Stadt selbst. Anwesend waren der Kaiser, sein knapp dreijähriges Söhnchen Wenzel, Karls Schwiegersohn Herzog Rudolf IV. von Österreich und dessen Gemahlin Katharina, König Ludwig I. von Ungarn, ein ehemaliger Schwiegersohn Karls, Rudolfs Brüder, die Herzöge Albrecht III. und Leopold III., deren Schwester Margarete von Österreich (1346–1366) sowie Karls jüngerer Bruder Johann Heinrich, Markgraf von Mähren, als Gastgeber. Zusätzlich weilten in Brünn Kurfürst Rudolf II. von Sachsen-Wittenberg, Erzbischof Ernst von Prag, Pietro Corsini, Bischof von Florenz, und Guido, Bischof von Acqui, als päpstliche Legaten, weitere Bischöfe, Herzöge und Grafen – ein Familientag und zugleich ein regelrechtes Gipfeltreffen also.[31]

Mit Margarete von Österreich hatte es eine besondere Bewandtnis. Sie war eine Tochter Herzog Albrechts II. von Österreich und Witwe des jung verstobenen Meinhard III. von Tirol, des Sohns der umtriebigen Margarete Maultasch aus deren zweiter Ehe mit dem Wittelsbacher Lud-

wig V., dem Brandenburger. An beiden Margareten hingen also Erbrechte an Tirol, jener Grafschaft, um die Karl und alle Luxemburger so
energisch wie erfolglos gekämpft hatten. In Brünn ging es in dem ersten
Schritt um die Beilegung dieses jahrzehntealten Konflikts, in welchem
auch die Wittelsbacher schon lange mitmischten. Margarete Maultasch
hatte ein gutes Jahr zuvor die Grafschaft Tirol an Herzog Rudolf und
seine österreichischen Brüder übertragen. Doch konnten Reichslehen
nicht einfach nach dem Willen ihrer Inhaber weitergegeben werden,
sondern bedurften der erneuten Vergabe durch den Kaiser. Die am 8. Februar 1364 mit dem kaiserlichen Szepter vor «des reichs fursten und
manne, der vil gegenwertig waren» vollzogene Belehnung Rudolfs und
seiner Brüder mit dem von der jüngeren Margarete nun aufgelassenen
Reichslehen Tirol durch Karl IV. schuf juristische Klarheit und unterfüt-
terte die habsburgischen Rechte.[32]

Zwei Tage später, am 10. Februar 1364, wurden dann die Ergebnisse der
Verhandlungen in weiteren Urkunden niedergelegt, die zwei Rechtskom-
plexen zugewiesen werden können: Einerseits ging es um einen Sühne-
und Friedensvertrag, andererseits um einen beide Parteien betreffenden
Erbvertrag. Was die Sühne betrifft, so erklärten Kaiser Karl, König Wenzel von Böhmen und Markgraf von Brandenburg sowie Markgraf Johann
von Mähren auf der einen Seite, König Ludwig I. von Ungarn und die
Herzöge Rudolf IV., Albrecht III. und Leopold III. von Österreich auf
der anderen Seite, dass sie und alle ihre Erben in allen ihren Streitigkeiten
auf Grundlage eines zuvor gefällten Schiedsspruches versöhnt seien. Wie
das Dokument eigens festhält, waren die Schwüre und «leipliche eyde zu
den heilige[n] mit angerurten henden auf daz heilige ewangelium und uff
daz holcz des heiligen chruczes» erfolgt. Weil es wohl schwierige Verhandlungen waren, ist außerdem niedergelegt, dass der Erfolg vor allem Katharina zu verdanken sei, weil «durch teyding und hende der allerdurch-
leuchtigen, hochgeborn, erbern und wisen Katherinen von Beheim,
unsers des vorgenanten keiser Karls dochter und unser des egenanten
herczog Rudolffs von Oesterich eliche wirtine» die Einigung zustande
kam. Ein Exemplar des Sühnevertrags in lateinischer und fünf Exemplare
in deutscher Sprache haben sich in Wien, Brünn und Prag erhalten, allesamt mit Siegeln beglaubigt.[33]

Am selben Tag erfolgte dann noch die schriftliche Fixierung einer Erb-

verbrüderung der Luxemburger und Habsburger, also die Regelung einer
gegenseitigen Erbfolge für den Fall des Aussterbens einer der beiden Dynastien. In dem Vertrag heißt es zu den dynastischen Verschränkungen,
«daz noch [nach] ordenunge und geschichte des almechtigen gotes wir
beidentalben durch einander von naturen und der geburt wegen des ge-
slichtes sippelich zu eynander gehoren». Das Zueinandergehören innerhalb einer Sippe das wiederum galt als Grundlage für jenen Fall, dass der
Teil «under uns gar abegienge und verfure ane eliche leiberben, daz derselbe teil dem andern aller seiner lant, furstentume und herschefte, die er
also hinder yme liezze, billich und von rechte gunnen sal vuer alle ander
leute». Das bedeutete: Sollten die Luxemburger vor den Habsburgern
aussterben, würden deren Herrschaften an die Habsburger fallen, und
umgekehrt. Allerdings gab es für die Luxemburger die Einschränkung,
dass erst die ungarische Königsfamilie der Anjou, namentlich König Ludwig, seine Mutter Elisabeth und seine Nichte Elisabeth, erbenlos da-
hingegangen sein mussten, bevor dem Kaiser und seiner Dynastie alles
zufallen würde.[34]

Zu den Vertragsbedingungen gehörte auch ein Sicherheitsversprechen
für jene Länder, die eines Tages an die Luxemburger fallen konnten. In
zwei Urkunden versprachen Karl, Wenzel und Johann von Mähren für
sich und ihre Erben, dass sie alle geistlichen und weltlichen Herren sowie
Städte, Märkte und Landbewohner in ihrem Besitz, ihren Ehren, Rechten, Freiheiten und guten Gewohnheiten belassen wollten, falls infolge
des Erbvertrages deren Länder an sie fallen sollten. Dasselbe erklärten die
Österreicher für ihre möglichen zukünftigen Untertanen. Die anwesenden böhmischen Barone wie auch der sächsische Kurfürst Rudolf und
Kurfürst Wenzel stimmten in eigenen Urkunden zu, Letzterer gleich doppelt, sowohl auf Böhmen als auch auf Brandenburg bezogen. Und wie so
oft, bekräftigten auch hier Eheschließungen die dynastischen Abmachungen: Karls Bruder Johann Heinrich, nach dem Tod seiner zweiten Ehefrau zum Witwer geworden, heiratete zwei Wochen nach dem Gipfeltreffen Margarete, die Schwester der österreichischen Herzöge.[35]

Für alle Beteiligten besaßen die Verträge eine enorme Bedeutung: Karl
konnte Frieden mit zwei mächtigen Gegnern schließen. Darüber hinaus
eröffnete sich eine Aussicht auf einen möglichen Landerwerb; nicht sehr
wahrscheinlich bei drei österreichischen Herzögen, aber möglich. Für

Rudolf brachten die Verträge einen enormen Prestigegewinn, die Bestätigung und kaiserliche Akzeptanz nämlich, dass die habsburgische Dynastie zu den Königsfamilien zu rechnen war und mit Königs- und Kurfürstendynastien auf Augenhöhe, wie man heute sagen würde, verhandeln konnte. Und der Ungarnkönig Ludwig bannte die Gefahr, auf zwei Kriegsschauplätzen gleichzeitig agieren zu müssen, denn es sah für ihn nach einem neuen Waffengang mit Venedig aus.[36]

Nach dem unerwarteten Tod Rudolfs IV. im Juli 1365, der in allen Verhandlungen der Wortführer der drei österreichischen Brüder gewesen war, drängte Kaiser Karl auf eine erneute Bestätigung des Erbvertrages. Im Vorfeld der Verhandlungen gelang es ihm, die ungarischen Ansprüche auszuklammern und anders zu formulieren. Am 26. März 1366 erneuerten Karl als König von Böhmen, König Wenzel von Böhmen und Markgraf Johann von Mähren einerseits, die Herzöge Albrecht III. und Leopold III. von Österreich andererseits den zwischen ihren Familien bestehenden wechselseitigen Erbvertrag. Auf der Rückseite eines der im Wiener Haus-, Hof- und Staatsarchiv verwahrten Exemplare notierte ein Kanzlist später, um was es genau ging: «Verschreibung kayser Karls und der hersch(aft) von Oesterreich: Welcher an erben von tods wegen abging, daz sin landt und lewt an den andern gefallen solt.» Das Königreich Ungarn sollte an denjenigen fallen, dem es König Ludwig I. von Ungarn vermachte. Und für diesen Fall hatte Karl eine Idee.[37]

Noch im gleichen Jahr 1366 gelang Karl der Abschluss eines Verlöbnisses zwischen seinem Sohn Wenzel, den er früher einmal den Hohenzollern versprochen hatte, und Elisabeth (1352–vor 1380), einer Nichte König Ludwigs I. Wegen des Säuglingstodes von Ludwigs erstgeborener Tochter schien die Nichte die mutmaßliche Erbin der ungarischen Krone zu sein. Für den Augenblick sah das nach der sicheren Übernahme Ungarns durch die Luxemburger aus. Und wenn dann noch Österreich hinzukäme? Das Jahr 1366 mit den weit gespannten Eheplänen könnte als ein Gipfelpunkt in den Bemühungen des Kaisers um dynastische Vorteile und Erweiterung der Hausmacht gelten.[38]

Neue Komplikationen blieben indes nicht aus. Mit dem 1368 geborenen Sigismund hatte der Kaiser allerdings noch einen zweiten Sohn zur Hand, der durch seine Mutter Elisabeth von Pommern ein Urenkel des polnischen Königs Kasimir war. Wie sein älterer Bruder Wenzel war auch

Sigismund anfangs zuerst den Hohenzollern versprochen, dann aber wie
Wenzel zurückgezogen worden, um im Erbwettbewerb der Dynastien um
Ungarn und nun auch um Polen eingesetzt zu werden. Inzwischen waren
Ludwig von Ungarn aus einer neuen Ehe zwei Töchter geboren worden,
denen ein Jahr später noch eine dritte folgen sollte. Der vierjährige Kaisersohn Sigismund wurde jedenfalls 1372 noch vor deren erstem Geburtstag mit Ludwigs zweiter Tochter Maria von Ungarn (1371–1395) verlobt,
die vielleicht nicht nur das Königreich Ungarn, sondern auch Polen erben
würde. Am 14. März 1372 schrieb der Kaiser aus Breslau den Straßburgern:
«daz unser sun des kuniges tochter von Ungern zu der ee nehmen sol». Im
April 1375 folgte der Ehevertrag. Die Vision eines luxemburgischen Groß-
reichs nahm, wenn auch im Morgendunst der Zukunft, schärfere Konturen an.[39]

Was wurde aus den Erbverträgen mit den Habsburgern? Bedeutende
Augenblicke der Geschichte sind erst in der Rückschau in ihrer ganzen
Tragweite zu erkennen. So auch hier, denn die Verträge von 1364 und
1366 sind zunächst nicht als Masterplan künftiger Großmachtbildung anzusehen, sondern stellen zur Abfassungszeit lediglich ein Mittel dar, im
Gerangel der Dynastien um Macht und Einfluss einen Konsens herzustellen, Krisenmanagement sozusagen. Doch aus einem vertraglich festge-
schriebenen Verhältnis von Familien wurde in einem langen Prozess ein
Verhältnis von Ländern, somit eine staatsrechtliche Bindung. Zwei Generationen vor Karl und Rudolf gab es übrigens schon einmal als Ergebnis
einer Ehe einen unter der Krone Přemysl Ottokars II. vereinten Länder-
komplex, der das Königreich Böhmen und die Markgrafschaft Mähren
mit den Herzogtümern Österreich, Steiermark, Kärnten und Krain umfasste. Hatte der Kaiser langfristig vielleicht doch eine erneute Zusammenführung dieses mitteleuropäischen Machtkomplexes vor Augen?[40]

Was dann eintrat, hätte sich Karl in seinen schlimmsten Träumen nicht
vorstellen mögen. Seine Dynastie verging schon eine Generation nach
ihm mit dem Tod von Kaiser Sigismund 1437 und Ladislaus Postumus
(1440–1457), dem Sohn Elisabeths von Luxemburg, der einzigen Tochter
Sigismunds. Ladislaus, der dem Tod seines Vaters «Nachgeborene» – daher
der Name –, ließ als König von Böhmen, König von Ungarn und Herzog
von Österreich immerhin noch einmal kurz ahnen, um welche Macht-
räume es ging. Doch mit seinem Tod zerplatzten endgültig alle dynas-

tischen Pläne der Luxemburger wie Seifenblasen. Vielleicht darf es als eine
besonders gemeine Hinterhältigkeit des Schicksals angesehen werden, dass
ausgerechnet die gegenseitigen Erbvereinbarungen mit den Habsburgern,
einst abgeschlossen als Sühne und Friedensarrangement, Ausgangspunkt
ihrer späteren enormen Ländergewinne werden sollten. Neue Erbschaften
und die Zurückdrängung von baronalen Königswahlrechten in Böhmen
und Ungarn ließen dieser Dynastie die Kronen des heiligen Wenzel und
des heiligen Stefan endgültig zukommen. Im Verbund mit Herzogshut
und Reichskrone sicherte die Herrschaft über Österreich, Böhmen und
Ungarn den Habsburgern den Aufstieg zu jener späteren Weltgeltung, die
die k.u.k. Monarchie bis zum Ende des Ersten Weltkrieges einnahm und
die das Antlitz Europas bis heute prägt. Das alles konnte Karl natürlich
nicht wissen. Und so wähnte er sich weiter als der erfolgreiche Sämann auf
dem Felde der dynastischen Politik, dessen Ernte später aber andere ein-
fahren sollten.[41]

DER HEGEMON

«In jüngster Zeit erfährt man, dass jene Fürsten große Dinge
vollbracht haben, die von ihrer Treue nur wenig Aufhebens
gemacht und die mit List und Tücke die Köpfe der Menschen
umnebelt haben; ja schließlich sind sie Sieger geblieben über die,
die sich auf ihre Rechtlichkeit verließen.»

Niccoló Machiavelli, «Der Fürst»

Der Griff nach Brandenburg

MONTAG, 15. AUGUST 1373, IM FELDLAGER VOR FÜRSTENWALDE.
Im Heerlager seiner böhmischen Krieger vor der kleinen Stadt Fürstenwalde an der Spree genoss Karl seinen Triumph. Das jahrzehntelange
Umschmeicheln und Umgarnen, Verraten und Verkaufen, Bedrohen und
Bekriegen der Inhaber der Markgrafschaft Brandenburg und ihrer An-
rainer hatten sich gelohnt. Ein Vierteljahrhundert des Ringens mit den
vielen Nachfahren Kaiser Ludwigs IV. ging zu Ende. Vor der kaiserlichen
Majestät erschienen an «unser frowen tag», dem 15. August 1373, die wit-
telsbachischen Fürsten Otto V., bisheriger Inhaber des Fürstentums und
jüngster Sohn Ludwigs IV., sowie Friedrich von Bayern (um 1339–1393),
ein Enkel des früheren Kaisers. Sie gaben, wie der Chronist Benesch von
Weitmühl notierte, «das Brandenburgische Land in die Hand des Herrn
Kaisers und seiner Söhne und verzichteten für ewige Zeiten auf alle ihre
Rechte». In der Urkunde zur Übergabe ließ Karl festhalten, Otto habe die
Herrschaft «mit vanen, banyren und andere czierheyt, als das gewonlich

ist, ufgelazzen in unser hende». Die Markgrafschaft Brandenburg wurde
von alters her, wie viele andere weltliche Fürstentümer des Heiligen Römischen Reiches, direkt vom Herrscher mithilfe von Fähnchen oder Bannern verliehen, und nicht wie geistliche Herrschaften mit dem Szepter.
Genau diese Symbole hatte der wittelsbachische Markgraf vor aller Augen
in die Hände des Kaisers zurückgegeben.[1]

Seit Beginn seiner römisch-deutschen Königszeit und dem komödien-
haften Gezerre um den falschen Markgrafen Woldemar Ende der 1340er
Jahre hatte Karl es auf die Mark Brandenburg abgesehen und dieses Ziel
bei all seinen politischen Aktionen und pragmatischen Umorientierun-
gen nie aus dem Blick verloren. Von allen politischen Plänen, die Karl mit
dynastischen Mitteln zu erreichen suchte, galt die Erwerbung der Mark,
wie Leopold von Ranke einst urteilte, «als sein Meisterstück». Auf dem
langen Weg zu einer erfolgreichen Ausdehnung nach Norden war ihm in
den Jahren 1367 und 1368 als Erstes die endgültige Erwerbung der Markgrafschaft Lausitz gelungen, ein Landgewinn, den er 1348 schon einmal in
der Hand hielt, aber wenige Monate später wegen des Ausgleichs mit den
Wittelsbachern wieder hatte aufgeben müssen. Am 1. August 1370 konnte
Karl die Markgrafschaft Lausitz der Krone Böhmens in einem feierlichen
Akt, gepaart mit einer großen Privilegienvergabe, inkorporieren: Sie blieb
besitzrechtlich bis 1635, lehnsrechtlich sogar bis 1815 mit Böhmen verbunden. Ebenfalls 1370 hatte der Kaiser das Städtchen Fürstenberg an der
Oder – heute ein Teil von Eisenhüttenstadt – gekauft, den Ort befestigt
und dort eine Brücke bauen lassen; ohne Zweifel ein feindlicher Akt gegen die nur fünfundzwanzig Kilometer entfernte, den Wittelsbachern
treue Handelsstadt Frankfurt.[2]

Auch erbrechtlich schien alles bestens eingefädelt zu sein. Seit 1363 gab
es eine Erbverbrüderung, die der Kaiser für seine Nachkommen mit den
brandenburgischen Wittelsbachern Ludwig dem Römer und Otto unter
Ausschluss der anderen wittelsbachischen Verwandten abgeschlossen
hatte. Als Karl 1366 seine in erster Ehe kinderlos gebliebene Tochter
Katharina an Markgraf Otto vergab, dürfte er wegen auch weiterhin sehr
wahrscheinlich ausbleibender Nachkommen auf einen zwangsläufigen
und eher problemlosen Erbfall der Markgrafschaft an sein Haus speku-
liert haben. Doch «unser lieber son und eydem, herczog Otte», wie er ihn
nannte, zog sich die heftige Feindschaft Karls zu, als er das feingeknüpfte

kaiserliche Gespinst aus Vereinnahmung und Bedrohung zerriss und 1371 seinen Neffen Friedrich von Bayern als seinen Nachfolger in der Markgrafschaft bestimmte. Er müsse fortan, so der Kaiser an seinen Schwiegersohn, «dein veynd sein». Krieg stand also bevor. Da Karl zu diesem Zeitpunkt zu krank war, um ein Heer selbst anzuführen, schickte er Truppen in die Mark, die dort übel hausten. Selbst der dem Herrscher wohlgesinnte Chronist Benesch Krabice von Weitmühl notierte schaudernd: «Noch nie haben ins Land eindringende Auswärtige oder Fremde den Armen solche Scheußlichkeiten zugefügt. Selbst die Kirchen Christi, in die sich die Armen samt ihrer Habe geflüchtet hatten, erstürmten sie gewaltsam, und die sie nicht erobern konnten, steckten sie in Brand und raubten, was sie konnten. Frauen und armen Witwen entrissen sie die Kleidung. Arme Bauern folterten sie wegen des Geldes. Auf den Kirchen- und Klostergütern droschen sie das Getreide aus und schickten es mit Wagen, Pferden und Vieh in ihre Heimat. Indem sie so plündernd durch das Land und die Dörfer zogen, bereiteten sie den Armen unglaublichen und nie wiedergutzumachenden Schaden.»[3]

Im Sommer 1373 – der Kaiser war mithilfe des heiligen Sigismund wieder gesundet – fiel er mit einem großen Heer in die Mark ein. Der erzwungenen Herrschaftsübergabe vom August 1373 ging ein zweimonatiger Feldzug voraus. Von Fürstenberg an der Oder, wo Karl sich zuvor noch der Bündnistreue des mecklenburgischen Herzogs Albrecht versichert hatte, unternahm er im Juni unter Umgehung der Stadt Frankfurt, hinter deren Mauern sich die bedrängten Wittelsbacher Schutz versprachen, einen Vorstoß Richtung Norden. Bis Ende Juli verheerten Karls Truppen die umliegenden Gegenden, vor allem das stromabwärts gelegene Land Lebus mit dem namengebenden Bischofssitz.[4]

Die Feuer-und-Schwert Strategie des Kaisers funktionierte. Ohne Hoffnung auf Entsatz und in zunehmend aussichtsloserer Lage gaben die Wittelsbacher schließlich auf und signalisierten Verhandlungsbereitschaft. Nach Zusicherung eines Geleits begaben sich die beiden geschlagenen Fürsten Otto und Friedrich ins kaiserliche Kriegslager bei Fürstenwalde, wo sie durch Verhandlungen versuchten, eine möglichst günstige Entschädigung für den wohl nicht mehr aufzuhaltenden Verlust der Markgrafschaft zu erlangen. Hier «uf dem velde fur Furstemwalt» vereinbarten die Markgrafen und Kaiser Karl IV. ein Bündel von Abmachungen, die in den folgenden Tagen fein säuberlich beurkundet wurden. Wohl im Interesse künftiger Stabilität vermied Karl eine offene Demütigung seiner Gegner und ließ die Abtretung der Markgrafschaft nicht wie eine Erpressung mit vorgehaltener Waffe, sondern wie einen Verkauf aussehen.[5]

Um Otto die Niederlage zu versüßen, erhielt er die schriftliche Zusicherung des Kaisers, dass er «die weil er lebt, eyn kurfurste und camermeister des heiligen reichs sein sulle von uns, unsern kinden und erben ungehindert». Das bedeutete, dass Otto auf Lebenszeit sein Stimmrecht bei der Königswahl und die Würde eines Erzkämmerers des Reiches behalten durfte. Damit verstieß Karl gegen die Bestimmungen der von ihm selbst erlassenen Goldenen Bulle. Diese schrieb nämlich im Kapitel 20 die Untrennbarkeit von Kurfürstentum, Erzamt und Kurstimme vor, sodass diese Rechte von niemandem als von demjenigen, der das Kurfürstentum hielt, ausgeübt werden konnten. Die erste ausgestellte Urkunde des Komplexes offenbart, was an der Mark Brandenburg das Wertvollste war, nämlich die Kurstimme und die damit verbundenen Würden.[6]

In den folgenden Tagen wurden die materiellen Entschädigungen fixiert. Es gab aber kein alle Rechtsakte zusammenfassendes Dokument, keinen «Vertrag von Fürstenwalde», wie er gewöhnlich genannt wird, sondern eine Reihe einzelner und auch einzeln beurkundeter Abmachungen. Karl verschrieb den Wittelsbachern den südlichen Teil seiner böhmischen Besitzungen in der Oberpfalz, darunter Sulzbach, Rosenberg und Lauf, Güter im Wert von einhunderttausend Gulden. Zudem verpfändete er ihnen die Reichsstädte Nördlingen, Donauwörth, Dinkelsbühl und Bopfingen im gleichen Wert. Darüber hinaus verpflichtete sich Karl zu jährlichen Zahlungen, die für weitere einhunderttausend Gulden ablösbar waren. Als größten Einzelposten hat er wohl zweihunderttausend Gulden in bar auszahlen lassen, wovon wir allerdings nur durch einen Brief des an den Verhandlungen beteiligten kaiserlichen Rates Lamprecht von Brunn (um 1320/30–1399) wissen, der zu dieser Zeit als Bischof von Straßburg seine Stadt über die Abmachungen informierte. Die darüber ausgestellten Urkunden dürften nach Vollzug zurückgegeben und vernichtet worden sein. Insgesamt belief sich die Summe der ausgehandelten Abfindung also auf eine halbe Million Gulden, eine gewaltige Summe. Markgraf Otto entband daraufhin seine märkischen Untertanen und

Städte von ihren Verpflichtungen und befahl ihnen, nun Karl und Wenzel zu huldigen.[7]

Am 2. Oktober 1373 belehnte der Kaiser zu Prag seine drei Söhne Wenzel, Sigismund und Johann mit der Mark Brandenburg. In der Belehnungsurkunde ist zwar noch einmal von der Freiwilligkeit der Abtretung durch Markgraf Otto im Einvernehmen mit seinen Verwandten die Rede, aber kein Wort mehr von der Kurwürde und dem Amt des Erzkämmerers. Die Herrschaft der Wittelsbacher über die Markgrafschaft Brandenburg, die von 1323 bis 1373 exakt ein halbes Jahrhundert gedauert hatte, war zu Ende. Die Herrschaft der Luxemburger, die nun begann, war allerdings noch kürzer, sie hielt nämlich nur bis 1415 und hat ihre Spuren weniger im politischen Bereich als in der Kunst, etwa mit den Schönen Madonnen in märkischen Kirchen, hinterlassen.[8]

Fremdes Geld und eine
«Ewige Union»

Das Vertragswerk vom Sommer 1373 zum Übergang der Mark an Böhmen zeigt noch einmal, wie gerissen Karl mit Geld umzugehen verstand, vor allem mit solchem, das er gar nicht besaß. Das komplizierte und nur schwer zu durchschauende Geflecht von Verpfändungen und Versprechungen, jährlich zu zahlenden Renten und Austausch von Besitzungen hinterlässt in seiner Gesamtheit den Eindruck einer bodenlosen Gaunerei – vergleichbar vielleicht mit den Praktiken heutiger Investmentbanker, die grundsolide Unternehmen mit auf diese selbst gelegten Krediten erwerben und dann durch rigorosen Kapitalabzug ruinieren. Ein genauerer Blick in die Urkundentexte verrät, was ich damit meine: In einer der Urkunden vom 18. August 1373 wird festgelegt, dass die Reichsstädte Nördlingen, Donauwörth, Dinkelsbühl und Bopfingen für einhunderttausend böhmische oder ungarische Gulden Nürnberger Währung bis zum nächsten St. Georgstag, also dem 23. April, verpfändet werden und dem Pfandnehmer Treue schwören sollen. Am Ende verspricht Karl Ungeheuerliches: Sollte die Frist der Pfandübergabe nicht eingehalten werden, so werde er jährlich am St. Georgstag zehntausend Gulden zahlen lassen, wofür die Städte Prag, Pilsen, Mies und Klattau Bürgen stellen, im

Klartext, das Geld aufbringen sollen. Würden auch dabei Verzögerungen
eintreten, so dürften die Wittelsbacher nach erfolgten Ermahnungen «sie
dovor uffhalden und angreiffen an irem gute und habe», sich also an dem
Eigentum der Städte mit Gewalt gütlich tun.[9]

Aber nicht nur seine eigenen böhmischen Städte mussten für Karl
Kapital bereitstellen. Auch einige der verpfändeten Reichsstädte sind 1373
unter Bruch des beurkundeten kaiserlichen Wortes in Geldquellen verwandelt worden. Ohnehin sollte sich später zeigen, dass während Karls
Herrschaftszeit fast ein Drittel aller während des Mittelalters vollzogenen
Verpfändungen auf städtisches Reichsgut stattfanden und dass nach des
Kaisers Tod fast das gesamte Reichsgut versetzt war. Die Reichsstadt Donauwörth, im Mittelalter *Werd* oder auch *Schwäbischwerd* genannt, ist
dafür ein gutes Beispiel. Sie war durch ihre Lage in unmittelbarer Nachbarschaft zum Herzogtum Bayern ein besonders begehrtes Objekt landes-
fürstlich-wittelsbachischer Arrondierungssehnsüchte. Im Mai 1348 hatten
die Stadtväter nach der Anerkennung und Huldigung Karls von diesem
eines der begehrten Unverpfändbarkeitsprivilegien erhalten, die der neue
König in jenen Jahren wie mit dem Füllhorn über elsässische, fränkische
und schwäbische Reichsstädte ausschüttete.[10]

Donauwörth blieb dadurch ein Vierteljahrhundert geschützt, aber 1373
gehörte es für den Kaiser dann doch zur Verhandlungsmasse beim Erwerb
der Mark Brandenburg. Eine Umwandlung der auf die Reichsstädte gelegten Schuldsumme in eine Jahresrente von zehntausend Gulden brachte
zwar einen kurzen Aufschub für Donauwörth. Noch am 3. August 1375
bekannte Karl, dass der bayerische Herzog Otto V. und seine Vettern
«dheine [keine] recht haben an der stat zu Swebischenwerde». Doch am
24. Juni 1376 verpfändete er die Stadt an Bayern. Wenige Tage später forderte Karl die Bürger auf, dem neuen Stadtherrn sofort zu huldigen, zu
schwören und sich den neuen Verhältnissen nicht zu widersetzen, «als liep
euch sey unsrer hulde zu behalten». Doch die kaiserliche Huld hatten die
Stadtbürger ohnehin verloren. Den Wittelsbachern hingegen sicherte
Karl am selben Tag zu, falls sich die Stadt ihrem Zugriff widersetzen
sollte, ihnen mit aller Macht zu helfen, notfalls auch mit Gewalt. So fügten sich die Bürger von Donauwörth, huldigten Herzog Stephan III. von
Bayern-Ingolstadt (1375–1413), der ihre Stadt Oberbayern zuteilte, wo sie
nach jahrhundertelangem, mitunter heftigem kriegerischem Hin und

Her nun nicht mehr als unabhängige Reichsstadt, sondern als mediatisierte bayerische Landstadt schließlich für immer verblieb.[11]

Im Übrigen wäre Karl nicht Karl, wenn die mit den Wittelsbachern vereinbarte Gesamtsumme tatsächlich vollständig bezahlt worden wäre. Gerade die Jahresrenten, in deren Erbschaft Ottos Vettern einbezogen werden sollten, stehen am Beginn von heftigen Konflikten sowohl unter den Wittelsbachern selbst als auch zwischen den bayerischen Fürsten und den Luxemburgern und deren Nachfolgern um Ansprüche, noch ausstehende Zahlungsrechte und Anwartschaften. Auch die als Pfand gesetzten oberpfälzischen Städte und Burgen wurden nicht aus der böhmischen Krone entlassen, sondern blieben weiterhin bei Böhmen, waren mithin also keine Gegengabe für nicht bezahlte Schulden bezüglich der Mark. Bis zum Beginn des 19. Jahrhunderts zogen sich die Streitereien zwischen den Königen von Böhmen und den Herzögen der Teilfürstentümer Bayern und der Kurpfalz um ausstehende Teilzahlungen und Pfandrechte. Das Vertragswerk von Fürstenwalde erwies sich so als ein regelrechtes Kuckucksei, das Karl in das wittelsbachische Nest gelegt hatte, über das sich die ohnehin ständig zerstrittenen Wittelsbacher immer wieder untereinander oder mit ihren Nachbarn gehörig in die Haare kamen.[12]

Auch die Markgrafschaft Brandenburg selbst zog der Kaiser als Geldquelle heran. Um einen Überblick zu erhalten, was den Luxemburgern als neuen Markgrafen an Einkünften zustand, was ihnen früher gehörte und was sich lokale Herren davon in den letzten Jahrzehnten unter den Nagel gerissen hatten, wurde auf allerhöchsten Befehl die Zusammenstellung eines brandenburgischen Landbuches angeordnet, «eine Art Domesday Book von Brandenburg», wie Leopold von Ranke die Bedeutung einschätzte. Diese Auflistung der Besitztümer, der aus der Landeshoheit resultierenden Einkünfte sowie der Zahlungs- und Leistungspflichten von Gerichten, Mühlen, Schankwirtschaften sowie der Einnahmen aus Fischerei- und Waldrechten umfasste auch eine topographische Beschreibung der Mark und ein Ortsverzeichnis. Mit einer solchen Erfassung seiner oberpfälzischen Besitzungen in dem sogenannten böhmischen Salbüchlein hatte Karl schon in den späten 1360er Jahren gute Erfahrungen gemacht. Nun benutzte er das brandenburgische Landbuch zur Generierung von regelmäßigen Einkünften, die sich jährlich auf knapp viereinhalb Tausend Schock Groschen beliefen.[13]

Als der Kaiser 1377 über die jährlichen Abgaben hinaus der ganzen Markgrafschaft eine gesonderte *stura sive lantbete*, «Steuer oder Landbede», auferlegte, lieferte das Landbuch dazu die genauen Abgabensätze, die sich auf 6601 Schock und vierzig Groschen summierten, insgesamt also 396 100 Groschen oder 4 753 200 Silberpfennige. Der Kaiser presste mit der Sondersteuer also einen Schatz von fast anderthalb Tonnen Silber aus dem Land. Vergleicht man die Angaben der bis dahin jährlich fälligen Urbede märkischer Städte mit der Höhe der geforderten Sondersteuer, fällt auf, dass Frankfurt an der Oder mehr als das Doppelte, Berlin und Cölln mehr als das Dreifache, Prenzlau sogar das Fünffache zahlen mussten. Mag das Landbuch für die heutige Sozial- und Kulturgeschichtsforschung eine unschätzbar wertvolle Quelle darstellen – viele märkische Gemeinden fanden dort erstmals Erwähnung –, zur Abfassungszeit diente die Inventarisierung lediglich der maximalen Ausbeutung des neuen Besitzes.[14]

Da eine Inkorporation der Mark Brandenburg in die *corona Bohemiae*, wie es etwa bei den schlesischen Herzogtümern oder der Lausitz geschah, wegen des Verlusts des Kurrechts als nicht praktikabel erschien, griff Kaiser Karl zu der rechtlichen Konstruktion einer Personalunion: Der jeweilige König von Böhmen sollte zugleich Markgraf von Brandenburg sein. Karls Kanzleimitarbeiter Nikolaus von Posen teilte in einem Brief vom 20. Juli 1374 dem Bischof von Straßburg einige Details des kaiserlichen Vorgehens mit. Der Bischof solle wissen, dass der Kaiser Ende Mai eine Zusammenkunft brandenburgischer und böhmischer Großer in Guben abgehalten habe, auf der zum Wohle des Landes eine ewige Union des Königreichs Böhmen mit der Mark geschaffen worden sei. Zudem habe der Herrscher mit den angrenzenden Fürsten wie etwa den Herzögen von Pommern und Sachsen für drei Jahre Landfriedensbündnisse abgeschlossen.[15]

Ebenfalls in Guben beurkundete der böhmische König Wenzel angeblich auf Bitten der brandenburgischen Stände und Städte, die in über vierzig vorbereiteten Urkunden der Union zustimmten, die ewige Verbindung der Mark mit Böhmen und seinen Nebenländern. Sich selbst, seine Brüder und alle ihre Erben erklärte er zu rechtmäßigen Markgrafen, denen im Falle des Aussterbens dieses Zweiges der luxemburgischen Familie Markgraf Johann von Mähren und seine Erben folgen sollten. Auf einer Fürstenversammlung zu Tangermünde fünf Wochen später

bestätigte Karl diese Union und verlieh ihr aus kaiserlicher Machtvoll-
kommenheit ewige Geltung. Zudem erklärte er alle dieser Entscheidung
entgegenstehenden Rechte für kraftlos unter Androhung des Verlusts seiner Gnade und einer Strafzahlung von «hundert tusend mark lotigen
Goldes», eine im Vergleich mit anderen angedrohten Strafen beispiellos
hohe Summe.[16]

Böhmische Hausmacht für ein hegemoniales Königtum

Die Eroberung, Unterwerfung und Eingliederung der Markgrafschaft
Brandenburg in den Machtbereich Kaiser Karls IV. gehörte in eine ganze
Serie von politischen Handlungen, die nur eines zum Ziel hatten: die Ausdehnung der Hausmacht der Luxemburger. Das war an sich keine neue
Methode im Ringen der mächtigsten Dynastien Europas um die Spitzen-
plätze politischer Macht. Neu war etwas anderes, nämlich die Anstrengung, die neu erworbenen Gebiete so dicht wie möglich um den eigentlichen Hausmachtkern des Königreichs Böhmen herum zu gruppieren.
Die Wittelsbacher etwa besaßen zum Zeitpunkt ihrer größten Machtstellung zwar auch ausgedehnte Hausmachtkomplexe, doch lagen diese im
Reich weit verstreut. Grenzten etwa Bayern und Tirol noch aneinander, so
waren die Rheinpfalz oder die Markgrafschaft Brandenburg nur über
ausgedehnte fremde Territorien zu erreichen, ganz zu schweigen von den
wittelsbachischen Besitzungen Holland und Seeland, die weit entfernt im
äußersten Nordwesten des Reiches lagen. Auch Habsburg beherrschte mit
Österreich, Steiermark, Kärnten und Krain zwar ein geschlossenes Territorium im Südosten, doch die Stammlande der Dynastie lagen im Südwesten des Reiches, im Aar-, Sund- und Breisgau, also viele Hundert Kilometer entfernt. Eine ähnliche Distanz trennte auch Luxemburg von Böhmens
Hauptstadt Prag, doch sollte das Herzogtum bei Karls Halbbruder Wenzel
verbleiben. Der Kaiser fokussierte alle Anstrengungen zum Ländererwerb
über Jahrzehnte auf unmittelbar an Böhmen angrenzende Gebiete. Dem
dienten nicht nur die Erbverträge nach Süden, Norden und Osten und die
Inkorporationen in der Oberpfalz, dem diente auch das aggressive Gebaren gegenüber allen, deren Gebiete Karl seinem eigenen Herrschaftsgebiet
noch zuzuschlagen gedachte.[17]

Habsburger | Luxemburger | Wittelsbacher

Nicht weniger wichtig als der Erwerb neuer Länder war die Kunst, sich neue Getreue zu schaffen und die Umwandlung von Reichslehen in böhmische Lehen zu vollziehen, ohne deren Inhaber zu verprellen. An einem Einzelbeispiel sei erläutert, wie der Kaiser hierbei vorging. Der Besitz der Grafen von Heideck lag in Mittelfranken rund fünfzig Kilometer südlich von Nürnberg, im Überschneidungsfeld der Landschaften Bayern, Franken und Oberpfalz, also genau in Karls Interessengebiet. Die Familie stellte in der Zeit Karls einen Grafen Friedrich von Heideck als Hofrichter in königlichen Diensten, und dessen Bruder Konrad legte in königlichem Auftrag den Nürnberger Zunftaufstand bei. Die enge Anlehnung an den Herrscher und emsige Dienste für ihn trugen für die Grafen bald reiche Frucht, wie etwa 1349 die Einräumung des Jagdrechts über Hoch- und Niederwild im Weißenburger Forst. Für seine Güter im Landgericht Nürnberg erhielt Friedrich von Heideck, der bald auch zu Karls Familiaren gehörte, das Privileg, nur vor dem Hofgericht und keinem der anderen Gerichte erscheinen zu müssen.[18]

Am 23. November 1360 handelten der Kaiser und Friedrich von Heideck eine Reihe von Vereinbarungen aus, die die Herrschaft Heideck für Jahrhunderte an die Krone Böhmens banden. Zuerst gab Friedrich von Heideck aus «vreyen willen» seine Herrschaft als ein Reichslehen dem römischen Kaiser zurück. Dann verwandelte sich Karl auf seinem Thron in den König von Böhmen. In dieser Würde übertrug er das aufgelassene Lehen, die Herrschaft und offene Veste Heideck, als ein nunmehr böhmisches Lehen demselben Friedrich. Dieser versprach, das «der crone Beheim eigetum und edil lehen» zu schützen. In einer zweiten Urkunde gestattete Karl dem Grafen, dass mangels männlicher Erben das Lehen einmalig auch auf Töchter übergehen könne. Im Falle des Aussterbens solle die Herrschaft allerdings an Böhmen fallen. Der König von Böhmen durfte die Veste Heideck mit bewaffneter Mannschaft belegen und im Kriegsfall für sich nutzen. Sollte Friedrich die Feste verkaufen wollen, wurde dem König ein Vorkaufsrecht eingeräumt. Zum Erwerb der Burgen Dollnstein und Wellheim, die der Heidecker von den Grafen von Oettingen kaufen wollte, versprach Karl fünftausend Gulden in bar dazuzugeben, wohl in der Absicht, auch auf diese Burgen später Zugriff zu haben. Der Kaiser hatte mit der Umwandlung des Lehens und dem immerwährenden Zugriff auf Heideck nicht nur ein fabelhaftes Geschäft gemacht, sondern seine Hausmacht auch um ein wichtiges Stück erweitert.[19]

Wie langfristig diese Umwandlung nachwirkte und später eine vollständige Inbesitznahme Heidecks durch die Herzöge von Bayern verhinderte, zeigen einige über vierhundert Jahre später ausgestellte Lehensurkunden, die wittelsbachische Fürsten einholen mussten. Bis zum Ende des 18. Jahrhunderts galt die Herrschaft unbestritten als ein böhmisches Kronlehen. In ihren Eigenschaften als böhmische Monarchen belehnten so 1717 Kaiser Karl VI. (1711–1740) den Kurfürsten Karl III. Philipp von der Pfalz (1661–1742), dann 1769 Kaiserin Maria Theresia (1740–1780) den Herzog Christian IV. von Birkenfeld-Zweibrücken (1722–1775) und 1783 Kaiser Joseph II. (1765–1790) den pfälzischen Kurfürsten Karl Theodor (1724–1799) mit dem böhmischen Lehen Heideck. Erst die Auflösung des Heiligen Römischen Reiches 1806 beendete die von Karl vorgenommene lehensrechtliche Abhängigkeit von Böhmen.[20]

Die Methode der Lehensumwandlung zum Zweck der Hausmachterweiterung wandte der gerissene Herrscher wiederholt an. Manchen Träger von Reichslehen forderte er direkt zur Übertragung auf, manchen lockte er mit Geld und Herrschernähe, manchen zwang er regelrecht, seine Lehen an ihn als kaiserliches Oberhaupt zurückzugeben, um es dann aus seiner Hand als König von Böhmen wieder in Empfang zu nehmen. Aus einem ehemals nur Kaiser und Reich verpflichteten Adligen wurde ein böhmischer Lehensmann und Untertan des böhmischen Königs. In den 1360er und 1370er Jahren kristallisiert sich mit solcherart Zaubereien ein großer Hausmachtkomplex als vererbbare Verfügungsmasse Kaiser Karls heraus. Neben Böhmen und den schlesischen Herzogtümern gehörten dazu die in unterschiedlichen Abhängigkeiten verbundenen Markgrafschaften Mähren, Lausitz und Brandenburg – immerhin etwa ein Viertel des Reichsgebiets. Peter Moraw hat für diese nicht mehr hauptsächlich auf verstreutes Reichskrongut oder Reichsstädte, sondern auf eine zusammenhängende Ländermasse gestützte Konzeption den Begriff «hegemoniales Königtum» geprägt.[21]

Dank dieser territorialen und ökonomischen Machtgrundlage, gepaart mit den persönlichen Talenten eines protomachiavellistisch agierenden Herrschers, gelang es Karl, eine charismatische Aura zu erzeugen, die er in den letzten beiden Jahrzehnten seiner Herrschaft erfolgreich einzusetzen verstand. So konnte er dem Papsttum und den mächtigen Nachbarkönigen auf gleicher Augenhöhe begegnen, was seit über einem Jahrhundert niemandem an der Reichsspitze vergönnt gewesen war. Das hegemoniale Ausgreifen zeigte sich auch darin, dass Karl nun über drei der sieben Kurstimmen verfügen und 1376 erstmals seit den Staufern eine Sohnesnachfolge zu Lebzeiten des Vaters durchsetzen konnte. Allerdings erwies sich schon nach wenigen Jahrzehnten, dass Karl den Höhepunkt dieses hegemonialen Königtums darstellte, und mit dem Niedergang der Dynastie nach ihm wurde er zugleich zum Totengräber dieses Konzepts.[22]

Schon in einem Schreiben von 1358 an die heidnischen Fürsten der Litauer wird Karls hoher Anspruch deutlich. Als *mundi monarcha,* «der Welt Alleinherrscher», forderte er sie darin auf, sich und ihr Volk taufen zu lassen. Die Formulierung dürfte im Anklang an jene Formel gewählt worden sein, die Christus als *lux mundi,* «Licht der Welt», oder *salus mundi,* «Heil der Welt», verstand. Karl ließ die litauischen Fürsten wissen, dass es seine kaiserliche Aufgabe sei, das Seelenheil der Einzelnen zu fördern, und dass ihm als dem Weltenherrscher die Ehre und Stellung edler Fürsten besonders am Herzen lägen. Ihr Geschlecht könnte durch Gottes Gnade noch berühmter werden, wenn es erst vom rechten Glauben erleuchtet sei. Über den Gewinn der ewigen himmlischen Freuden hinaus würden durch die Taufe und die Gnade Jesu auch das weltliche Wohl ihrer Herzogtümer und die Gerechtigkeit gestärkt. Unter dem Schutz des Imperators, der sie gegen die Angriffe Ungläubiger verteidigen werde, könnten sie sich ihrer Freiheit und fürstlichen Herrschaft sowie ihrer Ehre und Sicherheit erfreuen, so der Kaiser.[23]

Die Idee einer Weltmonarchie, die bis nach Nordosteuropa reichte, dürfte Karl aus der Goldenen Bulle von Rimini geläufig gewesen sein, einem Privileg, das Kaiser Friedrich II. für den Hochmeister des Deutschen Ordens Hermann von Salza (um 1162–1239) hat ausgeben lassen. In diesem Dokument, das laut Text im März 1226, wahrscheinlich aber erst ein oder zwei Jahrzehnte später ausgestellt wurde, ist von der *monarchia imperii,* der «Alleinherrschaft des Kaiserreichs», die Rede, einem Zentralbegriff in der Staatsauffassung Kaiser Friedrichs II., den sein Kanzler Petrus de Vinea in offiziellen Briefen gern verwendete. Kaiser Karl IV., der zu einigen Mitgliedern des Deutschen Ordens enge Kontakte unterhielt und mehrfach für die Kriegermönche Urkunden ausgab, hatte die Goldene Bulle von Rimini im Verbund mit weiteren Privilegien für den Orden im Dezember 1355 in Nürnberg mit wortwörtlich «eingerücktem» Text bestätigt. Zudem machten am Prager Hof aus vielerlei Gründen Schriften von Dante Alighieri oder Petrus de Vinea, die die Idee der *monarchia* aufgreifen, die Runde.[24]

In Wirklichkeit ging es bei dem von Papst Innozenz VI. angeregten Missionsbrief Kaiser Karls IV. von 1358 um große Machtpolitik mit weit reichenden Konsequenzen. Es stellte sich nämlich die Frage, ob das letzte Heidenland Europas in absehbarer Zeit vom christlichen Kaiser oder von der orthodoxen Kirche Russlands, das als schismatisch angesehen wurde, bekehrt werden würde. Dem Problem kam höchste Bedeutung zu, weil von einer Bekehrung Litauens zum einen die Daseinslegitimation und zukünftige Stellung des Deutschen Ordens abhing, der unter der Führung des Hochmeisters Winrich von Kniprode (1351–1382), dem Sieger der Schlacht bei Rudau 1370, seine Blütezeit erlebte. Zum anderen musste sich das Verhältnis zum litauischen Adel schlagartig ändern, sobald dieser als getauft in die höfische Welt Europas integriert werden konnte, was völlig neue Bündniskonstellationen ergab. Welche Nachwirkungen solcherart Verzweigungen im Fortgang der Geschichte offenbaren können, hat Samuel Huntington in den 1990er Jahren an eben dieser religiös-politischen Scheidelinie zwischen dem römisch-christlichen Europa und den christlich-orthodox geprägten Kulturen des Balkans und Russlands verdeutlicht. Dass an solchen Bruchkanten immer wieder blutige Konflikte entstehen können, machte jüngst der Krieg Russlands gegen die Ukraine deutlich.[25]

Nach Karls Brief von 1358 kam es zu Verhandlungen mit einigen der litauischen Fürsten, die allerdings zu keinen greifbaren Erfolgen führten. Doch stellte sich am Hofe Karls, wenn man so will, ein litauischer Überläufer ein. Butautas, ein Sohn des litauischen Großfürsten Kestutis, flüchtete aus der Heimat, wurde 1365 in Königsberg auf den Namen Heinrich getauft und blieb über viele Jahre ein ständiger Begleiter des Kaisers. Er zog mit Karl nach Italien, wo er sogar als Zeuge in lateinischen Urkunden auftauchte – *Henricus dux Littuanie* –, und starb 1380 in Prag.[26]

Der «zweite Konstantin» hat große Pläne

Auch das nächste Beispiel aus dem Feld der Symbole zielte auf die große
Geste, konkret auf die Nachahmung des ersten christlichen Kaisers:
Nach dem ersten Romzug, auf dem es Karl hauptsächlich um die Erlangung der Kaiserwürde gegangen war, wandte sich der Monarch nach
langjährigen Anstrengungen zur Erweiterung seiner Machtbasis im Norden 1368 wieder dem italienischen Kriegstheater zu. Er träumte zu diesem Zeitpunkt nicht weniger als der Stellvertreter Christi selbst von einer
endgültigen Rückführung des Papsttums aus dem Exil in Avignon nach
Rom, dem traditionellen Sitz des Pontifex. Zudem sollten die Visconti in
Mailand und die überaus lästigen marodierenden Söldnergesellschaften
zurückgedrängt werden – kaiserliche Friedensstiftung in mehreren Bereichen also. Die Pläne für den Kriegszug hatten Urban V. Grimoard und
Karl schon 1365, als der Kaiser durch Burgund reiste, abgesprochen.[27]

Obwohl der Kaiser am Palmsonntag 1368 in voller Rüstung und mit
hochfliegenden Plänen von Prag aus nach Italien aufbrach, entwickelte
sich der bis zum Sommer 1369 andauernde Zug militärisch zu einem De-
bakel. Die mächtigen Visconti zu besiegen war mit den wenigen Kräften,
die Karl mobilisieren konnte, einfach unmöglich. Dass der Papst bereits
1367, also noch vor dem Aufbruch Karls und ohne seine Hilfe, nach Rom
zurückgekehrt war, dürfte den Kaiser schwer enttäuscht haben. Was ihm
in Italien gelang, war eine Reihe grandioser symbolischer Erfolge: erstens
die Krönung seiner vierten Gemahlin Elisabeth von Pommern zur Kaiserin in Sankt Peter am Allerheiligentag, dem 1. November 1368. Die während Karls zweimonatigem Aufenthalt am Tiber vom Papst persönlich
vollzogene Krönung hob Elisabeth von Pommern über die drei früheren
Gefährtinnen Karls empor und ließ althergebrachte Kaiserrechte noch
einmal anschaulich werden. Ein zweiter Erfolg war Anfang April 1369 die
Befreiung der toskanischen Stadt Lucca aus der Vorherrschaft Pisas, die
von vielen kaiserlichen Urkunden flankiert wurde. Das bescherte der
Stadt eine über vier Jahrhunderte andauernde Unabhängigkeit und dem
Kaiser nützliche dreihunderttausend Gulden – das war mehr, als er
einige Jahre später in bar für die Mark Brandenburg bezahlen sollte –
sowie den dort bis heute anhaltenden Ruhm als Befreier. Der dritte Er-

Mit den Augen des 20. Jahrhunderts: *Die Verehrung Kaiser Karls als Stadtbefreier von Lucca schlug sich auch in moderner Bildproduktion nieder. «Triumphaler Einzug Karls in Lucca von 1369», so lautet der Titel einer Zeichnung von J. Bagotti aus dem Jahr 1951 im Staatsarchiv von Lucca, die den Augenblick der symbolischen Schlüsselübergabe am Stadttor festhält.*

folg war das symbolisch hoch bedeutsame Zusammentreffen mit dem Papst in Rom.[28]

Als Karl am 21. Oktober 1368 vor Rom die Zügel des päpstlichen Zelters ergriff und den Pontifex in die Ewige Stadt geleitete, folgte er damit nicht einfach nur den Spuren seiner rechtgläubigen Vorgänger im Kaiseramt und ehrte durch Demut den Vikar Christi, wie Benesch von Weitmühl bemerkte, sondern Karl demonstrierte auch nichts Geringeres als die Nachahmung Kaiser Konstantins in dessen Rolle eines kaiserlichen Schutzherrn der Kirche. Vielleicht hatte Karl seinen Amtsvorgänger sogar bildlich vor Augen, denn im römischen Kloster SS. Quattro Coronati waren über ein Jahrhundert zuvor Wandmalereien entstanden, die den römischen Kaiser Konstantin zeigen, wie er im Sinne einer Besitzeinweisung zu Fuß das weiße Pferd des Papstes Silvester am Zügel in die ewige

Stadt führt. Und genau das hatte Karl wiederholt, der den Akt sicherlich
als einen Höhepunkt seiner Kaiserherrschaft und weiteren Beleg seiner
Auserwähltheit empfunden haben dürfte.[29]

Kaum vom Italienzug zurück, widmete sich der Kaiser wieder intensiver seinen Plänen zur Ausdehnung der Hausmacht. Er konzentrierte seine
Anstrengungen auf die nördlich und östlich von Böhmen und Schlesien
gelegenen Gebiete, auf die Landschaft des mittleren Elbe-Saale-Raums,
auf die Markgrafschaften Lausitz und Brandenburg, hatte aber bereits
den gesamten Norden und Nordosten schärfer ins Auge gefasst. So zeigte
er deutliches Interesse an den Aktivitäten der mecklenburgischen und
pommerschen Herrscher, bei einer Großreichbildung in Skandinavien
mitzumischen. Als Karl am 6. Juni 1373 in Fürstenberg an der Oder mit
Herzog Albrecht II. von Mecklenburg ein Bündnis gegen Markgraf Otto
von Brandenburg und Herzog Stephan den Älteren II. von Bayern sowie
dessen Söhne schloss, sagte er neben der militärischen Unterstützung zur
Eroberung der Mark Brandenburg den mecklenburgischen Herzögen
auch Hilfe beim Erhalt der schwedischen und der Erlangung der dänischen Krone zu. Lange nach Karls Tod nahmen diese Bemühungen,
natürlich in anderen dynastischen Konstellationen, als Kalmarer Union
zur Vereinigung der Königreiche Dänemark, Norwegen und Schweden
tatsächlich Gestalt an.[30]

Karls stärkeres politisches Engagement im Norden brachte ihn zwangsläufig auch mit den mächtigen Hansestädten an Nord- und Ostsee in
engere Berührung. Im Oktober 1375 kam es zu einem zehntägigen, überaus festlichen Besuch des Kaisers mit großem Gefolge in Lübeck. Das ist
schon deshalb bemerkenswert, weil seit dem Aufenthalt Friedrichs I. Barbarossa 1181 kein anderer Kaiser mehr in der Stadt geweilt hatte. Karl
umschmeichelte die Stadtoberen, die er als «Herren» anredete, indem er
Lübeck zu den fünf bedeutendsten Städten des Reiches zählte, neben
Rom, Venedig, Florenz und Pisa – was die Prager oder die Nürnberger
sicher mit Groll quittiert hätten, wäre ihnen diese Bemerkung zugetragen
worden. Karls Hauptinteresse bei seinem Besuch, der das Stadtsäckel viel
Geld gekostet hat, dürfte dynastischen Fragen gegolten haben. Bei dem
Spiel um die zukünftige dänische Thronfolge würde Lübeck als Haupt
der Hanse ein gewichtiges Wort mitzureden haben. Die Hanse, eine Art
Zweckverband von meist niederdeutschen Kaufleuten aus fast zweihun-

dert See- und Landkommunen zwischen Holland und dem Baltikum, erlebte Mitte des 14. Jahrhunderts einen rasanten Aufstieg. Lübeck war zu einer bedeutenden politischen Macht geworden, mit der der Kaiser unbedingt rechnen musste.[31]

Deshalb hatte Karl die Reichsstadt Lübeck im Jahr zuvor schon durch weit reichende Privilegien begünstigt und an sich gebunden. Im März 1374 hatte Karl bei einem Aufenthalt in Berlin die gegenwärtigen und zukünftigen Bürgermeister der Hansemetropole zu Vikaren ernannt und sie ermächtigt, Mörder, Brandstifter sowie Diebe zu Land und zu Wasser – was natürlich auf die Seepiraterie zielte – auch auf fremdem Gebiet zu verfolgen und zu richten. Zudem befreite der Kaiser 1374 in seiner Würde als das «lebende Gesetz auf Erden» und «in den Fußstapfen seiner kaiserlichen Vorgänger wandelnd», wie der Urkundentext extra festhält, die Stadt von einem für die Schifffahrt überaus lästigen Rechtsbrauch, der an Küsten allgemein als Grundruhr und Strandrecht ausgeübt wurde. Das betraf sowohl Schiffe, die auf Grund liefen und Schiffbruch erlitten, einschließlich deren Ladung, als auch Güter, die bei schwerer See über Bord gingen, somit jegliches gestrandete Gut, das als herrenlos angesehen wurde. Sich solche Güter anzueignen erklärte der Kaiser für widerrechtlich und erlaubte der Stadt, innerhalb ihres Herrschaftsbereiches eine Herausgabe notfalls zu erzwingen. Hamburg war von Karl schon im Oktober 1359 urkundlich zugestanden worden, gegen Seeräuber vorzugehen. Für beide Städte bedeuteten die Festlegungen Karls eine enorme gerichtliche Kompetenzerweiterung.[32]

Auf See transportierte Kaufmannswaren zu schützen, lag Karl noch aus einem anderen Grund am Herzen. Mitte der 1360er Jahre hatte der Kaiser einen in diplomatischen Dingen überaus erfahrenen Mann nach Venedig geschickt. Der Ritter und spätere Mönch Sagramors de Pommiers, ein Freund Petrarcas und seit einem Jahrzehnt als Unterhändler zwischen den Visconti in Mailand und dem Kaiser ständig im Sattel, sollte den Kaufleuten der Serenissima einen weitreichenden Vorschlag machen. Wir wissen von seiner Mission bei der Serenissima nur deshalb, weil der venezianische Doge Lorenzo Celsi (1361–1365), der ebenfalls schon an Karls Hof verhandelt hatte, durch den Edlen Lodovico Contarini als Boten auf das kaiserliche Anerbieten hat antworten lassen. Contarini sollte Karl für seinen Vorschlag danken, venezianische Händler in

Prag und im Königreich Böhmen könnten künftig ihren Weg über einen
Fluss nehmen, der etwa vierzig deutsche Meilen von Brügge entfernt ins
Meer münde. Diese Route sei wohl billiger und zügiger zu bewältigen.
Damit konnte trotz einiger geographischer Ungereimtheiten nur die Elbe
gemeint sein. Der Kaiser wollte zudem venezianischen Kaufleuten und
ihren Waren Schutz gewähren und eine Handelsniederlassung in Prag
einrichten, die vielleicht nach dem Vorbild der Fondaco dei Tedeschi am
Canal Grande zu einer Art Fondaco dei Veneziani hätte werden können.[33]

Außerdem, so Contarinis Auftrag, sollte er genauere Bedingungen dieses Vorschlags erkunden, Wegstrecken überprüfen und beim Kaiser vor-
fühlen, mit welchen Schutzprivilegien die Venezianer rechnen dürften,
ohne jedoch eine Vereinbarung abzuschließen. Als Lohn waren für den
ersten Monat vierzig Golddukaten vorgesehen, für jeden weiteren Monat
dann dreißig. Zudem durfte er täglich als Wegzehrung zwei Dukaten ausgeben, nämlich für sich, seinen Schreiber sowie einen ortskundigen Führer und Diener. Des Weiteren war in seinem Auftrag festgehalten, dass
Contarini sein Tagegeld von zwei Gulden nicht für Prostituierte verwenden und auf keinen Fall Geld oder Geschenke von Herren annehmen
dürfe, deren Gebiete er bereise. Das Dokument belegt nicht nur, dass es
einen Plan Karls zur Verlegung der Handelsroute in die Adria von Flandern nach Nordwesten tatsächlich gab, sondern auch, dass die Venezianer
ihn ernsthaft erwogen zu haben scheinen.[34]

In anderem Zusammenhang ist überliefert, dass Karl für sein Vorhaben
in Prag hat Schiffe bauen lassen, und zwar so viele, dass sich die Magdeburger Bürger ängstigten. Heinrich von Lammesspringe notierte zum Jahr
1365 in der *Magdeburger Schöppenchronik*, dass gesagt werde, der Kaiser
wolle mit seinen Schiffen ins Sachsenland fahren – womit der mittlere
Elbe-Saale-Raum gemeint war –, weil er dieses Land und speziell die Stadt
Magdeburg bezwingen wolle, worauf die Magdeburger ihre Stadtbefesti-
gungen enorm verstärkt hätten. Andere wieder meinten, so der Chronist
weiter, «he wolde ein gemeine kopstraten maken de Elve nedder van Beh-
men wente in de se» – eine allgemeine Handelsstraße die Elbe abwärts von
Böhmen zur See.[35]

Aus Hamburger Kämmereirechnungen lässt sich belegen, dass es tatsächlich Elbschiffe Karls gegeben haben muss, für eines wird sogar der
Typ genannt. Sechs Jahre nach Karls Tod ist in den Ausgaben der Stadt

für 1384 verzeichnet, dass man für ein Schiff zwanzig Pfund und sechzehn Schillinge Silber bezahlt habe, das «snicke» genannt wird und das «einst dem Kaiser gehörte». Noch einmal achtundzwanzig Pfund, acht Schillinge und einen Pfennig an Lohn und Material waren nötig, um die ehemalige kaiserliche Schnigge, die rund zwanzig Jahre alt und etwas verwahrlost gewesen sein dürfte, wieder seetüchtig zumachen. Die Schnigge bezeichnete ein kleines einmastiges Schiff, das mit Segeln oder mit Riemen bewegt werden konnte und das sowohl für schnelle Fahrten als auch für den Krieg taugte. Der Plan einer «Entthronung des Rheins [...] zu Gunsten der Elbe» als Hauptverkehrsweg des Reiches ist dem Kaiser nicht geglückt. Auch Handelsaktivitäten venezianischer Kaufleute lassen sich auf der Elbe nicht nachweisen. Lammesspringe dazu in trockener Kürze: «dar wart doch nicht ut – das wurde aber nichts».[36]

Wie jeder Herrscher, so brauchte auch Karl – gerade für seine ambitionierte, raumgreifende Politik – talentierte Helfer. Sie mussten sich auf geschicktes Taktieren in europaweiten Verhandlungen ebenso verstehen wie auf die Fähigkeit, juristisch ausgefeilte und zugleich eloquente Urkunden und Briefe zu formulieren, sie mussten nicht nur Geldmittel in gewaltigen Größenordnungen mobilisieren, sondern auch über Verbindungen verfügen, die Geldströme hin und her zu schieben. Der Kaiser rekrutierte sein Personal mit großem Geschick, und er verstand es, im gesamten Reich Personen an sich zu binden und für seine Politik einzuspannen. Einige wenige Beispiele aus der Talentschmiede des Kaiserhofs mögen das erhellen.

Der Mönch und die Schweineschwänzchen: Dietrich von Portitz

HERBST 1348, KLOSTER LEHNIN, MARK BRANDENBURG. «Stimmt es wirklich, er hat, ohne die Anzahl der ihm anvertrauten Käse für die Brüder zu verringern, dennoch so viel Fett aus ihnen gezogen, welches im Verkauf ihm die Beschaffung guter Kleidung ermöglichte, obwohl er einst völlig verarmt zu Euch gelangte?» Der Abt von Lehnin nickte. «Ja, so war es, Eure Majestät. Und, so hört weiter, als ich ihn deshalb zur Rede stellte, gab er noch zur Antwort: Herr, es steht doch geschrieben ‹Aus

einem mageren Braten tropft kein Fett herab›.» Der König war hoch-
erfreut. Einen mit so viel Schlauheit gesegneten Mann konnte er gut gebrauchen; er beschloss, sich seiner Dienste zu versichern, und suchte ihn
auf. Der Mönch hauste in einer halb verfallenen Burg, der Kaiser bat um
Gastfreundschaft – und ein Frühstück. Weil die Vorratskammern leer waren, eilte der findige Mönch ins Dorf und schnitt – so geht die Geschichte
weiter – allen Schweinen die Ohren und Schwänze ab, um daraus ein
Mahl zuzubereiten. So konnte er seinem Herrn ein festliches Frühstück
bereiten. Der König habe ihn daraufhin zu Höherem erhoben.[37]

So soll der legendenhafte, im Abstand von etwa siebzig Jahren aufge-
zeichnete Anfang der Erfolgsgeschichte eines der wichtigsten Diener und
Amtsträger Karls IV. verlaufen sein: Dietrich von Portitz. Überliefert hat
sie der Lübecker Chronist Hermann Korner (um 1365–1438), ein ehemaliger Söldnerführer. Für ihn war Dietrich einer der «gerissensten Menschen, der viele Jahre den Hof des Kaisers in Prag beherrschte». Dem um
1304 geborenen Schneiderssohn aus Stendal, der später mit dem Beinamen Kagelwit bezeichnet wurde, gelang ein geradezu kometenhafter
Aufstieg. Seine kirchliche Karriere begann als Zisterziensermönch im
brandenburgischen Kloster Lehnin, wo er recht bald Kellermeister wurde.
Vielleicht hat Karl den Mönch während seines Brandenburger Engage-
ments zu Zeiten des falschen Markgrafen Woldemar kennengelernt. Unter der Protektion des Herrschers wurde Dietrich Titularbischof, dann
Bischof von Schleswig (1351–1353), später Minden (1353–1361), 1360 sogar
Propst des exemten, nur dem Papst unterstehenden außerordentlich
mächtigen Kollegiatstift Peter und Paul auf dem Vyšehrad. Schließlich
stieg er zum Erzbischof von Magdeburg (1361–1367) auf, in dessen Epis-
kopat die Fertigstellung und Weihe des Magdeburger Doms 1363 fiel.[38]

Noch glänzender und bedeutender gestaltete sich Dietrichs weltlicher
Aufstieg. Nachdem er dem Kaiser drei Jahre als Ratgeber, Diplomat und
Sekretär gedient hatte, wurde der kaiserliche *consiliarius* wenige Tage
nach der Kaiserkrönung Karls 1355 auf dem Rückweg in Siena vom Herrscher mit wichtigen Legitimationsrechten versehen. Es ging vor allem um
Rechte zur Ernennung öffentlicher Notare und Richter sowie zur juristischen Gleichstellung unehelich Geborener mit rechtmäßigen Erben,
Rechte, die in Italien zunehmend durch die vom Kaiser erhobenen Lateranensischen Pfalzgrafen ausgeübt wurden. Allerdings ist Dietrich in sei-

ner Kaiserurkunde noch nicht so bezeichnet. Ein gutes Jahr später aber machte er einen unglaublichen Sprung auf der Karriereleiter. Karl verpfändete ihm 1356 oder 1357 in seiner neuen Eigenschaft als *provisor tocius regni Bohemie*, «Verweser des ganzen Königreichs Böhmen», sämtliche Gewinne aus dem Bergbau und Justizwesen sowie aus königlichen Wäldern, Dörfern und Städten. Dietrich hatte zuvor offenbar gewaltige Auslagen für den König bestritten und wurde nun so etwas wie Generalsteuereinnehmer der Krongüter von Böhmen. Zudem entschied er über die Vergabe von Pfründen, lenkte als königlicher Kammermeister Geldströme, fädelte Rüstungsgeschäfte ein, führte im Krieg gegen die Grafen von Württemberg sogar Waffen und Truppen des Herrschers. Als unverzichtbare Stütze des Kaisers, als «unsers kunigreichs ze Beheim canczler», wie er in einer Urkunde Karls von 1360 genannt wird, beherrschte er im Grunde zwischen 1356 und 1362 das Königreich Böhmen. Und wie viele Sozialaufsteiger vor und nach ihm, wandte der «polyvalente Multifunktionär» (Michael Lindner) viel Geld auf, um seinen neuen Status zu demonstrieren. Dietrich stiftete liturgisches Gerät und ausgelöste Besitztümer an seine Vyšehrader Kanoniker sowie im knapp fünfzig Kilometer östlich von Prag gelegenen Skalitz gleich ein ganzes Zisterzienserkloster, das letzte seiner Art in Böhmen. Die *Gesta archiepiscoporum Magdeburgensium* sind voller Lob, wenn sie auf ihren Erzbischof Dietrich zu sprechen kommen: «Auf jenen Herrn hat ohne Zweifel das Wort des Weisen passende Geltung: Nicht von Großen abstammen, sondern selber groß sein, das erst ist etwas Großes.»[39]

Der märchenhafte Aufstieg zum zweitmächtigsten Mann nach dem Herrscher, praktisch zu einer Art Vizekönig von Böhmen, trug Dietrich viele Anhänger, aber wohl noch mehr Feinde ein. Kein Wunder, dass man sich schon bald nach Dietrichs Tod Geschichten über abgeschnittene Schweineschwänzchen und gemagerte Käse zuraunte. Aber effektive Verwaltung braucht nun einmal effektive Verwalter. Dass solche Handlanger des herrscherlichen Willens aus einfachsten Verhältnissen unter Karl in schwindelerregende gesellschaftliche Höhen gelangen konnten, unterstreicht die bemerkenswerte soziale Mobilität während seiner gesamten Regierungszeit.

Dietrich von Portitz allerdings blieb nicht zeitlebens in der Position eines böhmischen Vizekönigs. Nach Tilgung aller kaiserlichen Schulden wurden

ihm im September 1362 die Einziehungsrechte für die Einnahmen weg-
genommen, sein finanzieller Würgegriff auf Böhmen hatte ein Ende. Später kollidierten die brandenburgischen Interessen des Kaisers zwangsläufig
mit denen des Magdeburger Oberhirten, was zu einer deutlichen Abkühlung ihres Verhältnisses führte, höchstwahrscheinlich sogar Feindschaft begründete. Als Dietrich von Portitz im Dezember 1367 starb, wurde der
Magdeburger Dom zu seiner Grablege. Seinen prachtvollen Wohnkomplex
in der Prager Altstadt, den sogenannten Mindener Hof, nutzte dann mit
Thimo von Colditz, später Bischof von Meißen, ein anderer Aufsteiger aus
den Machtzirkeln des Kaisers. Im 15. Jahrhundert zerstörten Hussiten Dietrichs Kloster so vollständig, dass heute nur noch ein einziger Bündelpfeiler
der Kirche einige Meter in den Himmel ragt. Hätte Dietrich, wie er es sich
gewünscht hatte, hier seine letzte Ruhe gefunden, wäre die Grablege der
hussitischen Vernichtungswut wohl auch zum Opfer gefallen.[40]

Sich mit der Macht einzulassen – schon immer ein gefährliches Unterfangen – konnte in der Umgebung Karls IV. neben gewaltigen Aufstiegs-
möglichkeiten auch grenzenlose Demütigung bedeuten. Johann Militsch
von Kremsier (gest. 1374), ein ehemaliger Notar der kaiserlichen Kanzlei,
glaubte nach seiner Verwandlung zum Radikalreformer im Kaiser den
Antichrist erkannt zu haben. Als Militsch das bei seinen Prager Predigten
in die Menge streute, ließ Karl ihn sofort in den Kerker werfen. Der Prediger konnte durch Fürsprache eines Gönners gerade noch dem Tod entkommen.[41]

Auch der Aufstieg und Fall des Johann von Neumarkt (um 1310/20–
1380), des wohl bedeutendsten Kanzlers aus der Herrschaftszeit des Kaisers, zeigt die Unbeständigkeit des Glücks am Herrscherhof trotz hinge-
bungsvollsten Dienstes. Johann, aus dem schlesischen Neumarkt und wie
Dietrich bürgerlichen Verhältnissen entstammend, eignete sich eine solide
Bildung und reiche Kenntnisse antiker und geistlicher Schriften an. Nach
Tätigkeiten für den Herzog von Münsterberg und Karls Vater Johann, die
ihm neben Kanzleierfahrung auch reichlich Wissen über die Verwaltung
von Finanzen einbrachten, ist er seit 1347 in Karls Diensten nachweisbar.
Schon 1352 stieg er zum ersten Schreiber und ein Jahr später sogar zum
Hofkanzler auf. Als Chef der Kanzlei, der mit Abstand wichtigsten Hof-
institution, war er engster Vertrauter und Sekretär, Berater in geistlichen
Dingen und diplomatischer Strippenzieher in einem.[42]

Als Bischof von Leitomischl ab 1353 und als Bischof von Olmütz ab Sommer 1364 gehörte Johann von Neumarkt zu den höchsten geistlichen Würdenträgern Böhmens. Am 1. März 1365 erhob Karl seinen Kanzler sowie dessen Nachfolger im Amt der Bischöfe von Olmütz zu «Grafen der königlichen Kapelle Böhmens». Daran war das Vorrecht geknüpft, den böhmischen Königen bei der Messe in der königlichen Kapelle das Evangelium zum Kuss darzubieten und den Friedensgruß nach dem dritten *Agnus Dei* zu sprechen – ein in der Welt der Symbole überaus distinktives Vorrecht, das der Kanzler damit besaß. Für alle Höflinge war damit deutlich: Wer etwas vom Herrscher wollte, kam an Johannes Noviforensis, wie er sich latinisiert nannte, nicht vorbei.[43]

Kanzler Johann begleitete den Herrscher nicht nur auf dessen Reisen durch Böhmen und das Reich, sondern auch auf den Italienzügen von 1354/55 und 1368/69. Er organisierte das Tagesgeschäft der Kanzlei mit den täglich auszustellenden Urkunden über Entscheidungen in der Reichs- und Territorialpolitik und sorgte für eine effiziente Abwicklung. Auf ihn geht eine wichtige Kanzleireform zurück sowie eine Sammlung von Brief- und Urkundenentwürfen, die sogenannte *Summa cancellariae,* eine Art Musterbuch zur Nachnutzung spezieller Formeln und Wendungen durch Kanzleimitarbeiter. Zudem legte Johann Wert auf eine Stilveredelung der Schreiben, in die nun mehr als zuvor lateinische Zitate antiker und christlicher Autoren einflossen.[44]

Der hoch gebildete und kunstsinnige Kanzler besaß eine Privatbibliothek, die neben der Bibel unter anderem Schriften Dantes und Petrarcas enthielt, den Johann persönlich kannte, antike Klassiker wie Livius oder Seneca und theologische Werke von Gregor dem Großen, Petrus Lombardus, Johannes de Janua oder Nikolaus de Gorra. Johanns bibliophiles Prunkstück dürfte sein *Liber viaticus* gewesen sein, ein in den späten 1350er Jahren entstandenes Brevier, das neben Gebetstexten und der von Kaiser Karl selbst bearbeiteten *Wenzelslegende* zahlreiche prachtvolle Illuminationen enthält. Dieses Werk weist Johann als geschmackssicheren Förderer der Buchkultur aus, der richtungweisende Stilempfehlungen gab, denn in dieser Buchmalerei verschmolzen lombardische und franko-flämische Anregungen mit böhmischen Kunsttraditionen zu einer Bildsynthese, die den neuen Kaiserlichen Stil maßgeblich beeinflusste. Einige der theologischen Werke aus Johanns Bibliothek lassen sich genau identifizieren, weil der Kanzler 1368 vor dem Aufbruch nach Italien dem Kloster St. Thomas in Prag testamentarisch Bücher vermachte und die wahrscheinlich eigenhändig geschriebene Auflistung seiner Kostbarkeiten erhalten blieb. Ein entsprechendes Verzeichnis der kaiserlichen Bücherschätze gibt es leider nicht. Dass Karl viele Bücher besessen haben muss, ergibt sich zwingend aus seiner hohen Bildung und seinem theologischen Interesse. Zur Bibliothek des Kaisers dürften schon zu seiner Zeit kostbare Raritäten gehört haben wie etwa das Evangeliar Heinrichs des Löwen, das in der Regierungszeit Karls nach Prag kam und wohl von ihm dem Domkapitel übereignet wurde, wo es 1843 der damalige Chef der *Monumenta*, Georg Heinrich Pertz (1795–1876), wiederentdeckte.[45]

Seine Bücher nutzte Johann nicht nur für die tägliche Arbeit in der Kanzlei, sondern auch für Überarbeitungen und Übersetzungen theologischer Traktate aus dem Lateinischen. Zu seinen Übersetzungen zählen etwa das *Buch der Liebkosung*, ein angeblich von Augustinus stammender Traktat über das innige Verhältnis der menschlichen Seele zu Gott, das Johann auf Drängen des Kaisers anfertigte und ihm auch widmete. Dem Herrscher war auch das Werk *Stachel der Liebe* gewidmet, das Johann auf Grundlage der Schrift *Stimulus amoris* redaktionell erweiterte und übersetzte. Vom zweiten Italienzug brachte sich Johann eine Handschrift der sogenannten *Hieronymus-Briefe* mit, angeblich verfasst von den Kirchenvätern Eusebius, Augustinus und Cyrillus zum Lob des Heiligen, die Johann stilistisch bearbeitete und ebenfalls übertrug.[46]

Seit im 19. Jahrhundert immer mehr Texte Johanns und seiner Kanzlei bekannt wurden, wird unter Fachleuten darüber gestritten, wie hoch der Anteil des Kanzlers und des Prager Umfelds insgesamt bei der Herausbildung einer neuhochdeutschen Schriftsprache war und ob sich darin bereits Anzeichen des von Italien ausgehenden Frühhumanismus finden lassen. Für den Altgermanisten Konrad Burdach (1859–1936), der die Debatte angestoßen hat, schien es darüber keinen Zweifel zu geben, denn für ihn war Karl ohnehin «einer der größten, den die Welt sah!» Da der Anteil deutschsprachiger Urkunden, die in die Tausende gingen, über ganz Mitteleuropa verbreitet war und sich gegen Ende seiner Herrschaftszeit auf etwa zwei Drittel im Verhältnis zu den lateinischen belaufen hat, dürfte das tatsächlich nicht ohne Einfluss auf die deutsche Sprachentwicklung im Allgemeinen geblieben sein.[47]

Als Kaiser Karl im April 1365 zu einer längeren Reise in den Südwesten des Reiches aufbrach, die ihn bis nach Arles und Avignon führte, zeichnete ein neuer Kanzler verantwortlich: Bischof Berthold von Eichstätt (1320–1365) aus der Familie der Hohenzollern, ein Bruder Burggraf Johanns II. von Nürnberg (vor 1320–1357) und früherer Deutschordenskomtur von Franken. War Johann seit den Ausgleichsverhandlungen des Kaisers mit den Habsburgern 1364 dem Herrscher unbequem geworden? Legte Karl die Verantwortung und Macht lieber in andere Hände? Oder hatte der Kaiser den erfahrensten und mächtigsten seiner Höflinge schlicht in Prag gelassen, damit die Staatsgeschäfte in der Zeit seiner Abwesenheit reibungslos funktionierten? Wir wissen es nicht.[48]

Als Kanzler Berthold im September 1365 starb, erschien Johann von Neumarkt wieder in seiner alten Position, um dann knapp ein Jahrzehnt später, in der zweiten Hälfte des Jahres 1374 – wohl auf Druck des Kaisers – für immer aus dem Amt zu scheiden. Ab Dezember dieses Jahres ist Johanns Schüler und Nachfolger, der Protonotar Nikolaus von Riesenburg aus Westpreußen, nun Propst von Kemberg in Sachsen, mit der Leitung der Kanzlei betraut, allerdings ohne den Titel eines Kanzlers. Johanns Enttäuschung war groß. In einem nicht genau zu datierenden Brief an den Kaiser bezeichnete er sich als «euer einst geachteter, nun aber verachteter Kanzler». In späteren Briefen beklagte Johann von Neumarkt das Abnehmen seiner Kräfte, aber auch, dass ihm der Kaiser trotz der langjährigen Dienste die Huld entzogen habe. Er bat den Herrscher, seiner Bedürftigkeit abzuhelfen und ihn nicht dem Gespött seiner Feinde auszuliefern. Aus seinen Zeilen sprach die Stimme eines gedemütigten alten Mannes, der mit dem Schicksal haderte. Johann starb in dem südlich von Brünn gelegenen Bischofsgut Mödritz am Heiligen Abend 1380.[49]

Johann von Gelnhausen, der ebenfalls lange Zeit in der kaiserlichen Kanzlei als Registrator gearbeitet hatte und dem die Nachwelt ein weiteres erhaltenes Formelbuch verdankt, wählte in einem Brief Mitte der 1380er Jahre für die Charakterisierung der Verhältnisse an den Höfen Karls und seines Neffen Jobst von Mähren eine erstaunliche Metapher: Man befinde sich dort zwischen Skylla und Charybdis, und deshalb halte er, Johann, sich nun fern. Der neue starke Mann in der Kanzlei, der Kemberger Propst Nikolaus – Nicolaus Camericensis prepositus –, hatte als Haupt einer sächsisch-wittenbergisch-magdeburgischen Höflingsgruppe die Personen um Johann von Neumarkt kaltgestellt und aus dem Amt gedrängt. Da Karl die so mächtige Position eines Kanzlers offenbar nicht wiederbesetzen wollte, musste sich der leitende Kanzleichef künftig mit der Bezeichnung Protonotar zufriedengeben. Nikolaus von Riesenburg blieb auch unter Karls Sohn Wenzel in der königlichen Kanzlei und stieg, wie seinerzeit Johann, zum Bischof von Olmütz auf.[50]

Was aber machte die Kanzleidiener Karls so mächtig? Und woher wissen wir heute von so vielen, wie sie hießen, woher sie stammten und was aus ihnen wurde? Zunächst einmal: Nicht nur Schwerter vermögen Herrschaft zu sichern, sondern auch Rabenkiele. Für eine effektive Herrschaftsdurchdringung stellte eine entwickelte Schriftlichkeit eine Grundvoraussetzung dar, und Urkunden waren als Instrumente politischer Willensäußerung das Herrschaftsmittel schlechthin. Deshalb ist es auch so wichtig, diese so vollständig wie nur möglich zu sammeln und zu sichern sowie über ihre Inhalte Bescheid zu wissen, wenn man über vormoderne Gesellschaften etwas erfahren will. Für die Zeit Kaiser Karls IV. sind dafür zwei im 19. Jahrhundert begonnene und noch heute betriebene Editionen mit etwas sperrigen Titeln besonders wichtig: die *Constitutiones et acta publica imperatorum et regum,* «Gesetze und allgemeine Festlegungen der Kaiser und Könige», und die *Regesta diplomatica necnon epistolaria Bohemiae et Moraviae,* «urkundliche und briefliche Ereignisse Böhmens und Mährens».[51]

In Europa hatten die Päpste vorgemacht, wie eine differenzierte und penibel praktizierte Verschriftung möglichst vieler Verwaltungvorgänge sowie deren systematische Archivierung erhebliche Machtvorteile generieren konnten. Urkunden als wichtige Instrumente von Herrschaft konnten sogar zu hochpolitischen Werkzeugen werden, wie Karl in Paris und Oberitalien sicher besonders eindrücklich gelernt haben dürfte. Vielleicht stellten im Spätmittelalter Pergamente und Papier letztendlich effektivere Machtmittel dar als kraftvoll geführte Klingen und Lanzen. Und diese hocheffizienten Waffen durften selbstverständlich nur absolut zuverlässigen Dienern anvertraut werden.[52]

Kanzleidienste für den Herrscher

Die Kanzlei erfüllte im Wesentlichen drei Funktionen: Sie war Verwaltungs-, Beratungs- und Sozialisierungszentrum des Hofes und stellte in dieser Dreiheit die wichtigste Herrschaftsinstitution Karls IV. dar, dicht gefolgt vom sogenannten Hofgericht. Es kann jedenfalls keinem Zweifel unterliegen, dass die Mitarbeiter der Kanzlei mit ihren Spezialkenntnissen in allen Hofdingen und Verwaltungsregeln bis hin zu Geheimschriften, ihren Kontaktnetzwerken und Erfahrungen zu den mächtigsten und einflussreichsten Personen im Umfeld des Herrschers gehörten. Viele der Kanzleileiter und führenden Räte erhielten hohe Pfründen oder Bischofswürden als Lohn und Versorgungsgrundlage, es gab aber auch Zuwendungen von Bittstellern aller Art – die Spanne reichte von wertvollen Pretiosen bis hin zu Gefälligkeiten im Alltag. Was unter heutigen politischen Vorstellungen sofort nach Bestechung riecht, war in den vormodernen Gesellschaften ein als normal angesehenes Mittel politischen Wirkens.

Als Dietrich von Portitz mit einigen Begleitern im Juni 1355 in diplomatischer Mission am Hof König Edwards III. weilte, erhielt er, wie die Abrechnung aus dem königlichen Schatzamt belegt, einen Ring im Wert von fünfzig Pfund Sterling Silber, einen Becher mit vergoldetem Wassergefäß für sechsundzwanzig Pfund und scharlachfarbenes Tuch im Wert von einundzwanzig Pfund. Umgerechnet waren das 417 Gulden, ein echter Schatz. Über Konrad von Geisenheim, der später als Konrad III. in die Würde eines Bischofs von Lübeck (1379–1386) aufstieg und als Protonotar zu den einflussreichen Hofbeamten Karls gehörte, wissen wir, dass er 1375 Zuwendungen für sein Wirken im Interesse Hamburgs erhielt – unter anderem zwei Käselaibe im Wert von elf Schilling; ein Jahr später setzte er sich für Frankfurter Interessen beim Kaiser ein, wofür ihm die Bürger stattliche zwanzig Gulden zukommen ließen. Auch Bier wurde als Gabe eingesetzt. Doch scheiterten die Görlitzer Bürger, die Ende 1377 den Kanzleichef Nikolaus von Riesenburg und den Prager Erzbischof mit Gerstenbräu ihrer Heimatstadt im Wert von sechs Mark Silber wegen eines Privilegs geneigter stimmen wollten. Denn mit schlesischem Bier dürfte man gerade in Böhmen zu allen Zeiten schwerlich etwas erreichen.[53]

Dass aus dem 14. Jahrhundert viele Kanzlisten in hoher und selbst
mittlerer Funktion namentlich bekannt sind, hängt mit dem Geschäfts-
gang zusammen, in dessen Verlauf Notizen an den Urkunden angebracht
wurden, die sowohl das Verfahren als auch die daran beteiligten Personen
erkennbar werden lassen. So werden darin etwa die beauftragende Person,
der sogenannte Relator – das kann der Kaiser sein oder eine andere hoch-
gestellte Persönlichkeit am Hof – und die für die korrekte Ausführung
Verantwortlichen genannt.

Hatte einer der Protonotare vom Kaiser oder Kanzler einen Beurkun-
dungsbefehl erhalten, fertigte er zunächst einen Entwurf an. Dieser Entwurf diente als Vorlage für die Reinschrift der Urkunde, die dann von
einer Schreibkraft hergestellt wurde. Da die Schreiber mitunter recht viel
zu schreiben hatten, haben sie, wenn es weniger zu tun gab, manchmal
vorgearbeitet, wie Sammeldatierungen zeigen, die nicht zum tatsächlichen
Ausstellungstermin passen. War die Urkundenherstellung ordnungsgemäß
verlaufen und stimmte das Konzept mit der auszugebenden Urkunde feh-
lerfrei überein, dann notierte der Verantwortliche, wahrscheinlich sogar
eigenhändig, auf der Urkunde einen «Relationskonzeptvermerk»; einige
Zeit war es Brauch, dass zusätzlich ein verantwortlicher Korrektor in der
unteren Urkundenfalte diesen Tatbestand bestätigte. Zu guter Letzt trug
ein Registrator die wichtigsten Stücke in eine Registratur ein. Nach erfolg-
ter Registrierung notierte ein Kanzlist auf der Rückseite der Urkunde ein
R für *Registratum* und dann seinen Namen. Der am meisten beschäftigte
Notar in der Kanzlei Karls hieß Rudolf Rule, stammte aus Friedberg und
war Propst von Wetzlar. Wie viele seiner Kollegen war er auch in diplomatischen Missionen unterwegs, so etwa im August 1355 zu Vermittlungs-
gesprächen im englisch-französischen Dauerkonflikt oder im April 1361 zu
Bernabò Visconti.[54]

Durch solcherart Urkundenvermerke sind von Karls Kanzlisten insgesamt 138 namentlich bekannt. Elf stammten aus Italien, drei aus Frankreich. Über siebzig Kanzlisten kamen aus dem deutschsprachigen Reichsgebiet, fünfzig aus dem Königreich Böhmen. Die Kanzlisten waren aber
beileibe keine sturen «Schreibmaschinen», sondern Spezialisten, die als
Menschen eine familiäre und regionale Herkunft besaßen. So lassen sich
weit verzweigte Personengeflechte, die durch Geburtsherkunft, durch
Ausbildungswege oder gemeinsame mäzenatische Förderung zusammen-

hielten, auch in den Hofstrukturen nachweisen: Mit Johann von Neumarkt als Kanzler, durch ihn vermittelt und sicher noch einmal befördert
durch Karls dritte Gemahlin Anna von Schweidnitz-Jauer, traten etwa so
viele Mitarbeiter aus Schlesien in den aktiven Kanzleidienst, dass diese
Zeit als die «schlesische Periode der Kanzleigeschichte» bezeichnet worden ist. Doch mit Johanns Sturz und dem Aufstieg des aus Westpreußen
stammenden Nikolaus von Riesenburg Mitte der 1370er Jahre wurden
auch die wichtigsten Personengruppen zu großen Teilen ausgetauscht. Ge-
wachsene, gut funktionierende Beziehungen etwa einer Stadtkommune
oder Abtei zum Herrscher, die über bestimmte Kanzlisten liefen, waren
plötzlich abgeschnitten, neue Leute mussten umgarnt oder mittels «Handsalbe» gefällig gemacht werden.[55]

Der Erwerb einer Herrscherurkunde kostete den Empfänger sehr viel
Geld, wie wir aus den Kostenabrechnungen von Delegationen bei ihren
Auftraggebern wissen. Die Frankfurter Bürger etwa bezahlten für die sechs
Urkunden über bestimmte Handels- und Gerichtsrechte, die sie während
des Kaiseraufenthalts 1376 erhielten, immerhin 118 Gulden an die Kanzlei.
Die Regensburger Bürger mussten im selben Jahr für das Privileg, das sie
für die Bestätigung der Judenrechte erlangten, sogar das Fünffache auf-
wenden; ein Vermögen! Die Stadt Aachen vermerkte auf einer Abrechnung aus diesem Jahr sogar, an wen die 250 Gulden für das von Wenzel
bestätigte Stadtprivileg gezahlt wurden – an «des kuiniges canceleir heren
Peter», womit der Kanzlist und Protonotar Peter aus Jauer gemeint war.
Peter gehörte wie Nikolaus von Riesenburg zu jenen erfahrenen Mitarbeitern Karls, die später für die selbständig agierende Kanzlei des neuen Königs Wenzel zu wirken begannen.[56]

Eine Ahnung, wie groß der Ausstoß von Urkunden aus der Kanzlei
Kaiser Karls ungefähr gewesen ist und von wie vielen wir heute noch
Kenntnis haben, vermitteln Fragmente eines Ausgangsregisters des Herr-
schers. Solche Register, in die man ausgegebene oder auch eingegangene
Schriftstücke eintrug, hatte es im Hochmittelalter zuerst in der päpst-
lichen Kanzlei gegeben. Von den Herrschern des mittelalterlichen Rei-
ches hatte wohl als Erster Kaiser Friedrich II. für sein Königreich Sizilien
Register angelegt. Reichsregister gab es später unter Kaiser Heinrich VII.
und Kaiser Ludwig IV. Auch in der Kanzlei Karls IV. bedienten sich die
Mitarbeiter solcher Dokumentenregistraturen.[57]

Das bedeutendste Registerfragment Karls betrifft die Jahre 1360 und 1361. Dieser einzige vollständig erhaltene Jahrgang eines Ausgangsregisters aus der Luxemburgerzeit belegt, was als schriftlicher Befehl die Kanzlei verließ und um was sich der Kaiser so alles selbst gekümmert zu haben scheint. Das wegen seines Aufbewahrungsortes auch als «Dresdener Registerfragment» bekannte Kopiar sichert die Textüberlieferung vieler heute verlorener Urkunden und zeigt, welche Texte der Kanzlei wichtig waren. Anhand dieses Dresdener Fragments des karolinischen Ausgangsregisters lässt sich eine ungefähre Verlustquote hochrechnen. In dem betreffenden Zeitraum, den das Register abdeckt, sind dreiundsiebzig Prozent der Urkunden nur dort überliefert. Dazu kommt, dass es in gut sortierten Empfängerarchiven wie etwa der Visconti in Mailand, der rheinischen Erzbischöfe oder denen der großen Städte wie Florenz, Köln oder Nürnberg Eingangsregister gab, deren heute erhaltene Teile uns von verlorenen Karlsurkunden erzählen können. Unter Berücksichtigung der schwankenden Ausstellungszahlen über den langen Herrschaftszeitraum und anderer Bedingungen, die zu einer Unschärfe beitragen können, muss der Verlust von etwa zwei Dritteln aller Urkunden angenommen werden, die jemals von dessen Kanzlei ausgegeben wurden. Das bedeutet, dass von den etwa dreißigtausend Urkunden aus der Kanzlei Karls IV. heute nur etwa zehntausend bekannt sind, rund zwanzigtausend aber sind unbekannt oder in der Textaussage verloren und werden das wohl auch bleiben.[58]

Die Macht der Worte

Wie brisant Urkundentexte werden konnten, zeigt sich an einer der berühmtesten Urkundenfälschungen der mittelalterlichen Geschichte, dem sogenannten *Privilegium maius*, «dem großen Privileg» der Habsburger. Einige Jahre nach dem Erlass der Goldenen Bulle, in der die Habsburger übergangen worden waren – eine Dynastie, die immerhin schon drei römische Könige und einen böhmischen König hervorgebracht hatte und deren Mitglieder sich daher gewaltig zurückgesetzt gefühlt haben müssen –, hatte Herzog Rudolf IV. von Österreich einen genialen Einfall. Vielleicht stammte die Idee auch von seinem Vater Herzog Albrecht II. von Österreich (1298–1358) oder einer Person aus ihrer engsten Umge-

bung. Um die Stellung Österreichs und des Hauses Habsburg aufzu-
werten, wollte man nicht mehr auf die Gunst des Kaisers hoffen, sondern
ein wenig nachhelfen. Zu diesem Zweck wurden einige angeblich alte
Urkunden hergestellt, die die Herzöge von Österreich im Laufe der Jahrhunderte erhalten haben wollten, die teilweise auf tatsächlich vorhandenen Urkunden basierten, zu großen Teilen aber frei erfunden waren.
Besonders raffiniert gingen die Fälscher mit einer damals zweihundert
Jahre alten Urkunde von Friedrich I. Barbarossa um, dem *Privilegium
minus,* dem «kleinen Priveleg», dessen Siegel an einer der Fälschungen
zweitverwendet wurde und dessen Buchstabennachahmungen das Stück
echt aussehen ließen. Um dieses Pergament herum gruppierten sie einen
ganzen Komplex von Urkunden und Bestätigungen, die angeblich von
Amtsvorgängern Karls, den Herrschern Heinrich IV., Friedrich II. sowie
dessen Sohn Heinrich VII. und Rudolf von Habsburg ausgestellt worden
sein sollten. Und als besonderer Knüller, weil eben unschlagbar alt, sollten in die Heinrich IV.-Urkunde sogar zwei Privilegien von Julius Caesar
und Kaiser Nero eingegangen sein.[59]
Die Fälschungen liefen auf die Behauptung hinaus, dass Österreich
von alters her eine Sonderstellung im Reich beanspruchen könne und
seine Fürsten die Befreiung von lästigen Diensten wie Heerfahrt- oder
Hoffahrtspflichten, eine weibliche Erbfolge, die Unteilbarkeit des Herzogtums, eine vollständige Gerichtsbarkeit innerhalb der österreichischen
Länder und vieles andere mehr genießen würden. Zu den rituellen Vorrechten der Habsburger gehöre das Privileg, dass die Lehensnahme vor
dem König nicht wie üblich kniend, sondern zu Pferd, also von Gleich zu
Gleich, stattfinden solle, wobei die Belehnten einen Herrschaftsstab in
den Händen halten sowie einen an eine Königskrone erinnernden gezackten Herzogshut tragen dürften. Damit nicht genug: Auf Hoftagen wollten die Fürsten in der Würde eines «Pfalzerzherzogs» – *palatinus archidux,*
auftreten und direkt bei den Kurfürsten sitzen. Der Titel des «Erzher-
zogs», später auf Jahrhunderte mit Habsburg verknüpft, war erfunden.[60]
Der Kaiser geriet in arge Verlegenheit, als er von Rudolfs hochfliegenden Ambitionen erfuhr. Was sollte er tun? Im September 1360 musste Rudolf dem Kaiser erst einmal versprechen, den Titel «phallentzhertzog und
auch hertzogen in Swaben und in Elsazz» zukünftig nicht mehr zu führen.
Drei Monate später ließ der Kaiser seine Meinung zu dem Urkunden-

komplex in teils zustimmenden, meist aber ablehnenden Kommentaren
schriftlich niederlegen. Zu den angeblich auf Julius Caesar und Kaiser
Nero zurückgehenden Rechten, an höchsten politischen Entscheidungen
beteiligt zu werden, bemerkte der Kaiser lapidar, «das nachfolgend Geschriebene dürfe auf keinen Fall zugelassen werden». Zu Beginn des Jahres
1361 ging die Antwort Petrarcas ein, den der Kaiser um seine Meinung
gebeten hatte: «Lahm ist die Lüge an allen Enden, leicht lässt sie sich er-
tappen.» Das Werk sei das «eines literarischen Stümpers [...] voll von läp-
pischen Dummheiten». Die angeblich von Caesar und Nero stammenden
Teile, die Petrarca mit antiken Originaltexten verglichen hatte, seien mit
Fehlern durchsetzt, die nicht einmal Kinder machten, «die an die Schwelle
der Schule gelangt» seien. Petrarcas Verdacht, dass Rebellen hinter all dem
steckten, war begründet. Durch den frühen Tod Herzog Rudolfs 1365 verloren die Urkunden erst einmal an Brisanz. Als aber der habsburgische
Kaiser Friedrich III. 1442 und 1453 die Privilegien bestätigte, wurden die
angemaßten Ansprüche doch noch geschichtswirksam und das Erfundene
zu Recht und Wahrheit.[61]

Auch Kaiser Karl schreckte, wenn es die politischen Gegebenheiten
verlangten, vor Betrug oder Fälschung nicht zurück. Die kaiserliche Kanzlei wurde gelegentlich beauftragt, zweifelhafte Urkunden anzufertigen und
auch auszugeben. In einer Urkunde vom 1. August 1370, in der die Inkorporation der Markgrafschaft Lausitz in das Königreich und die Krone
Böhmen festgeschrieben wurde, sind sowohl die Zeugen als auch das
Ausstellungsdatum fingiert, ganz abgesehen von inhaltlichen Ungereimtheiten. Der Kölner Bürgerschaft erklärte Karl, ein von ihm ausgegebenes
Privileg über das Selbstergänzungsrecht der Schöffen vom 28. Dezember
1362 sei gefälscht; es lief den Interessen des Erzbischofs zuwider – dessen
Geneigtheit Karl jetzt benötigte. Widersprachen sich Urkunden gegenseitig, behauptete er, die entgegenstehende Beurkundung einfach vergessen
zu haben. Als Papst Gregor XI. lange nach der Wahl Wenzels im Juni 1376
forderte, Karl hätte den Pontifex zuvor um Gunst und Zustimmung bitten müssen, ließ der Kaiser von Nikolaus von Riesenburg ein auf Anfang
März 1376 vordatiertes Schreiben herstellen, in dem er eine solche Bitte
angeblich rechtzeitig formuliert haben will.[62]

Gelegentlich ließ Karl auch ältere Fälschungen unter Kaisersiegel
bestätigen, wodurch sich Ansprüche in geltendes Recht verwandelten:

neben angeblichen Urkunden Kaiser Friedrichs II. weitere gefälschte Urkunden etwa des fränkischen Königs Dagobert von 633, Karls des Großen, Heinrichs III., Friedrichs I. Barbarossa oder Philipps von Schwaben. Wie entsprechende Forderungen in die Wirklichkeit umgesetzt wurden, konnte Karl egal sein. Für ihn war es wichtig, sich auf diese Weise des Danks und der Unterstützung des jeweils Begünstigten zu versichern.[63]

Dass es der Kaiser mit seinen Urkunden nicht so genau nahm, fiel schon Zeitgenossen auf. Burkhard Zink, ein Augsburger Chronist, bemerkte zu einem Judensteuerprivileg der Stadt, deren Einnahmen der Kaiser für sich reklamierte: «Aber der kaiser brach den von Augsburg iren brief, den er in geben hett, und darzu prach er in auch ander freihaitbrief». Franco Sacchetti (um 1330–1400), ein italienischer Dichter, urteilte über Karls Vertragstreue ernüchternd: «Brief und Siegel gelten bei Dir nichts.»[64]

Herr über die Erinnerungen

Rechtssicherheit durch Urkunden herzustellen war ein geeignetes Mittel, politische Ziele durchzusetzen. Aber auch die Legitimation durch literarische Selbstvergewisserung oder durch die Vergegenwärtigung der Vergangenheit diente der Herrschaftssicherung und Herrschaftsgestaltung. Karl begegnet uns nicht nur als Autor eigener Schriften – was schon allein außergewöhnlich ist –, sondern wirkte auch als bedeutender Förderer literarischer Werke in seinem Umfeld. Aufs Ganze gesehen darf er als Experte einer bewusst organisierten Erinnerungsgeschichte gelten, einer Memorialtechnik zur Herstellung des kommunikativen und kulturellen Gedächtnisses seiner Zeit.[65]

Karls bedeutendstes Werk ist die schon mehrfach erwähnte Abhandlung *Vita Caroli quarti*, die oft als Autobiographie bezeichnet wurde. Sie umfasst Ereignisse aus den ersten dreißig Lebensjahren, die mit fundamentalen theologischen Überlegungen verwoben sind. Das Werk könnte mit den um 400 n. Chr. entstandenen *Bekenntnissen* des Augustinus (354–430) verglichen werden, denn in beiden Abhandlungen geht es um die Wege der Autoren zu Gott. Karl zitiert Augustinus sogar zweimal aus dem Gedächtnis, und in Anlehnung an ihn wäre auch für Karls Schrift *Confessiones* ein treffender Titel. Die *Vita* Karls ist allerdings nicht aus einem Guss geformt, sondern stellt das Ergebnis mehrerer redaktioneller Überarbeitungen, Textschichten und Zusätze dar und besteht aus zwanzig sehr unterschiedlichen Kapiteln. Der erste Teil in Ich-Form – gelegentlich auch Wir-Form – soll von Karl selbst verfasst worden sein, der andere, in der dritten Person Singular erzählende Teil stammt wohl von anderer Hand. Wahrscheinlich entstand der erste Teil bald nach Karls lebensbedrohlichem Turnierunfall im Herbst 1350, der zweite vermutlich vier Jahre später.[66]

Karl beschreibt seinen Lebensweg als einen von Gott gelenkten Weg zum Königtum und somit zum wirkmächtigsten Werkzeug Gottes. Die Darstellung der Ereignisse wird immer wieder von Selbstbetrachtungen und theologischen Gleichnissen flankiert, das Ganze wirkt wie eine Beweiskette für die Zielgerichtetheit des göttlichen Willens. Damit handelt es sich aus Sicht des Autors um eine Art Selbstvergewisserung, den rechten Weg gewählt zu haben, eine Rechtfertigungsschrift, oder besser, einen Auserwähltheitsbeweis. Zugleich stellt sie eine Art Handlungsanleitung für seine Nachfolger dar, es ihm gleichzutun und einen gottgefälligen Weg zu beschreiten.[67]

Als ein weiteres Werk Karls mit liturgischer Bestimmung gilt eine *Wenzelslegende*, eine Lebensbeschreibung des Heiligen, die vollständig nur in dem bibliophilen Augenschmaus *Liber viaticus* aus dem Besitz von Johann von Neumarkt überliefert ist. Karl kompilierte Ende der 1350er Jahre aus älteren Texten für den Gottesdienst eine Reihe von Geschichten über den heiligen Wenzel, die in Lektionen eingeteilt sind und den Höhepunkt der Wenzel-Hagiographie in Böhmen darstellen. Die lateinisch verfasste *Wenzelslegende* Karls sollte nicht nur die Vergangenheit Böhmen anhand ihres Landesheiligen verherrlichen und seinen Kult überall im Römischen Reich verbreiten, sondern sie spielte auch mit der Assoziation, dass Karl einst selbst diesen edlen Namen getragen habe, es somit für alle erkennbar eine direkte Verbindung zwischen beiden gebe. Ferner werden Karl einige *Moralitates* genannte kleinere Ausarbeitungen zugeschrieben, die an Beispielen aus der Bibel zu moralischen Fragen Stellung beziehen. Ein deutlicher geistig-theologischer Einfluss Karls lässt sich auch in der Arengen, den allgemeinen Vorbemerkungen zu den großen Gesetzeskorpora wie der Goldenen Bulle oder der *Maiestas Carolina*, nachweisen.[68]

Dass Karl tatsächlich in der Lage war, theologische Gedankengänge nachzuvollziehen, berichten mehrere Chronisten. Karl habe bei verschiedenen Gelegenheiten «derartig tiefgründige und hochgeistige Predigten» verlauten lassen, schrieb Benesch von Weitmühl, dass «selbst die Magister der Theologie große Bewunderung für seine Begabung aufbrachten». Außerdem habe er eine so gründliche Kenntnis der Bibel besessen, dass «er einmal denjenigen, der, wie es üblich war, an seinem Bett aus der Schrift vorlas, aus dem Gedächtnis heraus verbesserte und zurechtwies». Der Herrscher sei in den Augen vieler wahrhaft «ein Wissender und Lehrer der Theologie» gewesen, sagte einer seiner Grabredner. Er habe «einige Stellen des Psalters und das Evangelium brillant ausgelegt sowie Gebete und andere Belehrungen zusammengestellt und sich mit Lehrern, Doktoren und anderen Gelehrten getroffen, um zu disputieren».[69]

Die Neigung des Kaisers zur Theologie griff auch der womöglich gleichaltrige Spruchdichter Heinrich von Mügeln auf. In einem seiner Werke, dem Mariengedicht *Meide Kranz*, schrieb er über einen Wettstreit vor dem Imperator: Welche von zwölf Wissenschaften und Künsten, darunter die Philosophie, Grammatik, Rhetorik, Musik, Alchemie und natürlich die Theologie, den Vorrang vor allen anderen beanspruchen dürfe. Der Kaiser, zu dessen Krönung 1355 das Werk vielleicht entstand, entscheidet sich in dem Gedicht für die letztgenannte der Künste. Für alle Zuhörer der kaiserlichen Hofgesellschaft wurde damit nicht nur Karls Hochschätzung der Theologie, sondern auch seine unbestrittene Stellung als oberster Richter in allen Fragen unterstrichen.[70]

Dass Karl offensichtlich einen göttlichen Auftrag in sich spürte und seine Herrschaft einem höheren Ziel folgte, sollte noch auf andere Weise belegt werden. Um seine Herkunft und sein Tun noch tiefer aus der Geschichte heraus zu begründen, zog der Kaiser Literaten und Historiker an seinen Hof, die sich mit der böhmischen Geschichte beschäftigen sollten, denn ältere Werke seien «zweifelhaft zusammengeschrieben». Wie Karl einem der Autoren erklärte, bestand die Aufgabe darin, einen plausiblen Weg «vom ersten Adam bis zu unseren glücklichen Zeiten» aufzuzeigen. Die Geschichtsschreibung am Kaiserhof sollte sich somit in das allgemeine Programm einreihen, die Ursprünge von geordneter Herrschaft in Böhmen darzulegen, den aktuellen Herrscher zu erhöhen und seinen Ruhm den Völkern der Christenheit zu verkünden: Historiographie als

Verherrlicher des Kaisers in Wort u
Stein: *Benesch Krabice von Weitmühl*
gehörte zur zentralen Hofumgebung de
Kaisers. Als Chronist überschüttete er d
Herrscher mit Lobeshymnen und als C
der Dombauhütte war er nicht nur für
Baufinanzen verantwortlich, sondern
reorganisierte mit der Anordnung der
Königs- und Herzogsgräber im Veitsdon
auch die Memoria böhmischer Herrsch
In der Triforiumsgalerie erscheint er un
Förderern des Dombaus neben Mathia
von Arras und Peter Parler.

Instrument eines Hegemons im Deutungskampf um die Vergangenheit –
und damit natürlich auch um die Zukunft.[71]

Zu den Autoren, die zu ihren jeweiligen historischen Ausarbeitungen
von Karl mitunter sogar angeleitet wurden, gehörte an erster Stelle der oft
zitierte Prager Domherr und Leiter der Bauhütte am Veitsdom, Benesch
Krabice von Weitmühl. Nach dessen Tod 1375 arbeitete Přibík Pulkava von
Radenín (gest. wohl um 1380), der Magister und Rektor der Schule am
Kollegiatstift St. Ägidius in Prag, in kaiserlichem Auftrag weiter; er erhielt
bei der Sichtung der Vorlagen für seine Chronik von Karl sogar konkrete
Anweisungen. Die politische Geschmeidigkeit dieser Chronisten zeigt sich
etwa daran, dass Pulkava nach der Eroberung der Mark Brandenburg
nachträglich durch Einschübe in seine Chronik die enge Bindung der Region an Böhmen neu herausstrich. Ebenfalls an böhmischen Chroniken
in weltgeschichtlichem Zusammenhang arbeiteten der Berater des Herrschers und Abt des Benediktinerklosters Opatowitz, Jan Neplach (1322–
1371), sowie der aus Florenz stammende Franziskaner und Weltreisende
Giovanni de Marignolli (um 1290–Ende 1358 oder Anfang 1359).[72]

Marignolli, der in päpstlichem Auftrag ab 1339 eine vierzehnjährige
Reise in die mittelasiatischen Gebiete der Goldenen Horde, nach China,
Indien und Arabien unternommen hatte, wurde nach der Rückkehr von
Karl als Autor zur Abfassung einer Weltchronik angeworben. Karl hoffte
wohl, mit dem eitlen Chronisten, den er zu seinem Hofkaplan und Tisch-

genossen erhob, ein weiteres frühhumanistisches Talent an seinen Hof ziehen zu können. Marignolli gehörte nicht zu jenen Kompilatoren wie etwa Jean de Mandeville (gest. 1372), der 1356 alte Legendensammlungen zu einer angeblich selbst erlebten Weltreise zusammenstückelte, sondern er hatte tatsächlich den Staub fernöstlicher Wege an seinen Schuhen. Er glaubte sogar, den Ruhm Alexanders des Großen übertroffen zu haben, als er am «Scheitelpunkt der Welt dem Paradies gegenüber [...] eine Marmorsäule mit einem steinernen Kreuz darauf, welche bis ans Ende der Welt dauern sollte», aufstellen ließ.[73]

Karl hatte Marignolli genau instruiert, was er mit den Chroniken bezweckte, nämlich: «damit die Urheber der Laster ausgerottet und die erlesenen Geister der Edlen durch Beispiele zu würdigem Verhalten angespornt werden, so haben wir befohlen, dass die alte und neue, unklar geschriebene Geschichte zumal die böhmische durch den ehrwürdigen Bruder Johann [...] durchgegangen werde, dunkle Umschweife ausgeschieden, Überflüssiges entfernt und Passendes an dessen Stelle gesetzt werden sollen». Leider interessierte sich Marignolli nicht sonderlich für Böhmen. Er behalf sich für seine *Cronica Boemorum* mit Auszügen aus älteren Chroniken, deren Ereignisse für ihn böhmische Dörfer blieben, weil er zwar seinen Auftraggeber verehrte und umschmeichelte, dessen Königreich aber so rein gar nichts abgewinnen konnte. Die Landessprache blieb ihm ein Rätsel, und als Italiener hatte er, wie viele südalpine Urkundenschreiber, schon mit dem Auseinanderhalten der tschechischen Namen seine liebe Not.[74]

Alle Chronisten um den Kaiser mühten sich redlich. Und alle scheiterten. Ihre Werke sind trotz aller Erzählkunst als misslungene Ansätze zu einer offiziellen Gesamtgeschichte Böhmens zu sehen. In dem Bestreben, Karl als den Vollender eines Gottesplans zu zeigen, hielten sie sich entweder zu lange bei der Erschaffung der Welt, der ältesten Geschichte der Menschheit, oder dem Turmbau zu Babel auf oder sie verhedderten sich bei dem Versuch, die jeweiligen Vorlagen zu synchronisieren. Für die «Zeitgeschichte», auf die es Karl ja ankam, blieb zu wenig Kraft oder Lebenszeit. Auch die von ihm wohl erhoffte Breitenwirkung ist nicht eingetreten, wie die geringe Anzahl späterer Abschriften nahelegt. Ob es in Karls politischem Handeln ein regelrechtes Konzept eines weisen Herrschers gegeben hat, etwa um Konflikte mit dem mächtigen Adel seines

Königreiches durch eine bessere Bildung der Widerspenstigen beilegen zu können, ist eher zweifelhaft. Sicher ist aber, dass Gott seinem erwählten Werkzeug auch auf dem Gebiet gelehrter Bildung Instrumente zur Durchsetzung seines Willens zur Verfügung stellen wollte.[75]

DRITTER TEIL

VERWEHT

DER GEPLAGTE

«Ihrem Ende eilen sie zu, die so stark im Bestehen sich wähnen.»

Richard Wagner, «Das Rheingold»

Der «Zipperfuß» des Kaisers

DIENSTAG, 16. JUNI 1377, MAGDEBURG. An der Elbe standen die Bürger, Ratsmänner und Schöffen der Stadt umgeben von viel Volk vor dem Krökentor, einem ehemaligen Durchlass in der Stadtbefestigung am nördlichen Ende des Breiten Weges. Sie waren in ihren besten Kleidern sowie mit Fahnen und Kreuzen in den Händen angetreten, um Karl, den Kaiser der Römer, festlich zu empfangen. Der mittlerweile einundsechzigjährige Herrscher kam von der stromab gelegenen Burg Tangermünde, seiner Residenz im Brandenburgischen. Nach dem Einzug durchs Tor stieg der Kaiser ab und küsste ein vom Abt des Klosters Berge sowie dem Probst des Klosters Unserer Lieben Frauen präsentiertes Heiltum, wahrscheinlich wohl Reliquien des in Magdeburg besonders verehrten Mauritius und anderer Heiliger. Dann saß der Kaiser wieder auf und ritt entlang des vom gaffenden Volk gefüllten Weges zum Dom am anderen Ende der Stadt, wo ihn der Erzbischof mit den Domherren unter Gesang des *Te Deum* und Orgelklang in das Innere seiner Kirche führte. Später begab sich der Kaiser zum «Moshus» genannten erzbischöflichen Palast, der ihn beherbergen sollte. So beginnt in der *Magdeburger Schöppenchronik*, einem von mehreren Schreibern in Niederdeutsch verfassten Werk, das ursprünglich der Amtsführung der Rechts- und Ratsvertreter der Stadt dienen sollte, der Bericht vom knapp dreitägigen Besuch des Kaisers in der Elbmetropole.[1]

Die Bürger, so führt die Chronik weiter aus, machten dem Kaiser und ihrem Erzbischof Peter Gelyto wertvolle Geschenke. Die Magdeburger Oberen wollten sich den großen Herren offenbar von ihrer besten Seite zeigen und sie sich besonders gewogen machen. Der königsnahe mittlere Elbe-Saale-Raum und vor allem das Erzstift Magdeburg besaßen bei dem hegemonialen Griff des Kaisers auf die Mark Brandenburg eine besondere Bedeutung und Stützfunktion; bei der dreimaligen Neubesetzung des Erzstuhls in den Jahren 1361, 1368 und 1371 hatte Karl deutlich erkennen lassen, wie wichtig ihm war, wer die Würde des Magdeburger Erzbischofs einnahm. Mit Dietrich von Portitz, dem bewährten und mit größten Vollmachten versehenen «Finanzminister» des Kaisers, mit Albrecht von Sternberg aus Mähren und zuletzt mit dem aus Böhmen stammenden Peter Gelyto wurde jedes Mal ein Kandidat des Kaisers erhoben, gegen zum Teil heftigen Widerstand des Domkapitels.[2]

Am zweiten Tag des Kaiserbesuchs kam Karl, der in einem Wagen gefahren wurde, zum alten Markt. Dort blieb er vor dem Rathaus stehen, in dem die Stadtoberen den Herrscher gern festlich empfangen hätten. Doch der Kaiser wollte den Wagen, wie es heißt, nicht verlassen, denn *he clagede dat om de bene we deden* – «er klagte, dass ihm die Beine weh täten». Der Grund: *he hadde de podagere an den voten* – «er hatte die Gicht an den Füßen». Eine akute Gichtattacke hatte den Herrscher offenbar in der Nacht ereilt. Was aber tun, wenn der Kaiser Fußschmerzen hat? Die *Schöppenchronik* berichtet weiter: *se schenkenden om win* – «sie schenkten ihm Wein ein». Nach heutigem Wissen muss der Trunk mehr geschadet als geholfen haben, denn Alkohol befördert in starkem Maße die Gicht. Als zweite Maßnahme wird gemeldet: *men gaf om electuarium ut der abbeteken* – «man gab ihm *electuarium* aus der Apotheke». Das mittellateinische Wort *electuarium*, das oft auch als «Latwerge», wörtlich also als das «Aufzuleckende», in deutschen Texten auftaucht, bezeichnet eine musartige Arzneimischung aus eingedickten Pflanzensäften und Honig. Diese *electuaria* waren eine im Mittelalter beliebte Art der Verabreichung von Medizin und sind in ihrer Konsistenz wohl mit heutiger Lakritze oder weichen Lutschbonbons vergleichbar.[3]

Bei der Gicht, der sogenannten *Arthritis urica*, die Karl in Magdeburg attackiert hatte, handelt es sich um die komplexen Auswirkungen einer Purinstoffwechselkrankheit, die Mediziner als Hyperurikämie bezeichnen. In den meisten Fällen tritt, bedingt durch eine erbliche Schwäche der Nieren, Harnsäure auszuscheiden, eine Erhöhung des Harnsäurespiegels im Blut auf. Verantwortlich dafür sind Defekte in jenen Genvarianten, die in der medizinischen Fachterminologie mit so lyrischen Namen wie SLC2A9, SlC22A12 oder ABCh2 bedacht wurden und in denen die Struktur der Transportproteine codiert ist. Die Minderung des Harnsäuretransports sowie die sehr begrenzte Löslichkeit der Harnsäure und ihrer Salze in den biologischen Flüssigkeiten des Menschen führen deshalb zum Ausfällen von Mononatriumkristallen, dem sogenannten Natriumurat.[4]

Diese sehr scharfkantigen Kristalle lagern sich an bestimmten Gelenken an und verursachen dort an Knochen und Knorpeln sowie überhaupt im Zellgewebe schwere Schäden. Bei den plötzlich und in Schüben auftretenden Gichtattacken kommt es daher zu entzündlichen Reaktionen, Schwellungen und einer enormen Berührungsempfindlichkeit. Da in den meisten Fällen das Großzehengrundgelenk betroffen ist, wird das Stehen zu einer kaum erträglichen Qual. Nach wenigen Tagen ist der Anfall auch ohne Behandlung überstanden, weil die Harnsäurekonzentration wieder abnimmt, vorausgesetzt, der Patient gibt ihr Gelegenheit dazu. Über lange Zeiträume führen diese Kristallablagerungen in den Gelenken zu Bewegungseinschränkungen, zur Bildung von Knochenwucherungen mit Gichtknoten. Die Schädigungen im harnableitenden System sowie den Nieren können langfristig so stark sein, dass sie zum Tod führen.

Die Gicht gehört zu den ältesten Krankheiten der Menschheitsgeschichte. Im Mittelalter wurde allerdings sehr viel mehr unter Gicht subsumiert, als die moderne Medizin heute darunter versteht, nämlich jegliche Art von plötzlichen Lähmungen und rheumatischen Erkrankungen der Gelenke, auch Krampfanfälle bis hin zur Epilepsie. Die Attacke am Großzehengrundgelenk, mithin an den Füßen, wurde seit der Antike mit dem aus dem Griechischen abgeleiteten Begriff Podagra bezeichnet. Das Wort ist in dieser Form auch ins Mittelhochdeutsche übernommen worden, während der Begriff Gicht oder Vergicht, niederdeutsch Jicht, ursprünglich Besprechung oder Verhexung bedeutete. Die Gichtattacke ist also über lange Zeit als eine angezauberte Krankheit, als ein Ineinandergreifen von Krankheit und Magie gesehen worden, was bei der Plötzlichkeit eines Gichtanfalls – ähnlich wie beim «Hexenschuss» – ja auch nicht so abwegig erscheint. Seit dem Spätmittelalter wurde das Podagra auch als «Zipperlein» oder «Zipperfusz» bezeichnet.[5]

Obwohl die Hyperurikämie in den meisten Fällen genetisch bedingt ist, kann sie durch diätetische Maßnahmen stark beeinflusst werden: wenig Fleisch und Fisch, viel Gemüse. Die Quelle der Harnsäure stellen nämlich, wie in modernen Ernährungsratgebern nachzulesen ist, die Purine dar, die einerseits beim Abbau der körpereigenen Zellen anfallen, aber auch – und das ist die Tragik des Carnivoren – aus zellreichen tierischen Nahrungsmitteln stammen. Doch auch der Vegetarier ist nicht auf der sicheren Seite, vor allem Hülsenfrüchte und einige Kohlsorten enthalten reichlich Purine. An erster Stelle ist aber der Alkohol zu meiden. Nach einem kräftigen Schluck steigt erfahrungsgemäß der Appetit auf einen üppigen Braten. Reichhaltige Festschlemmereien können also die Gicht enorm befeuern. Aus diesem Grund wurde sie schon früh als eine Krankheit der Wohlhabenden und Mächtigen angesehen, eine Krankheit der Könige, die zudem erst im Alter verstärkt auftritt. Im Umkehrschluss: Die ärmeren Schichten früherer Jahrhunderte haben durch die Mangelernährung ohne Fleisch, gekoppelt mit einer geringen Lebenserwartung, keine signifikanten Gichtleiden ausprägen können.[6]

Viele Herrscher Europas haben wie Karl an Gicht gelitten. In manchen Dynastien, wie etwa bei den Habsburgern, den Hohenzollern oder den englischen Königen des Spätmittelalters, wurde die Veranlagung oft in direkter Erbfolge den jeweiligen Nachfolgern hinterlassen. Die preußischen Könige Friedrich Wilhelm I. und sein Sohn Friedrich II. oder der habsburgische Kaiser Karl V., der schon von seinem dreißigsten Lebensjahr an von Gicht geplagt wurde, und sein Sohn Philipp II., König von Spanien, sind prominente Beispiele einer direkten Vererbung des Podagraleidens. Schon der Begründer der habsburgischen Königswürde, Rudolf von Habsburg, war im Alter von der Gicht geplagt. Und der Sohn Karls IV., Kaiser Sigismund, litt so sehr an der Gicht, dass er 1429 einen Reichstag nicht besuchen konnte und ihm acht Jahre später eine große Zehe amputiert werden musste.[7]

Von Genen und Festgelagen doppelt gefangen

Die Beschreibung des Kaiserbesuchs in der *Magdeburger Schöppenchronik* belegt, dass man im Lande von den mittlerweile wohl häufig auftretenden Gichtanfällen Karls wusste. Als er nach seinem zweiten Romzug Anfang Dezember 1368 die Ewige Stadt verlassen wollte, konnte er kein Pferd besteigen und musste über eine Woche warten, «weil er an den Füßen leidet», wie Niccolò de Cremaschi, der Geschäftsträger der Gonzaga an der Kurie, an den Markgrafen von Ferrara schrieb. Benesch von Weitmühl berichtet in seiner Chronik von einem Zwischenfall am Weihnachtstag 1373: «In diesem Jahr feierte der Kaiser das Weihnachtsfest in Prag. Aber weil er an den Füßen litt, konnte er das Evangelium ‹Und es erging ein Edikt› und so weiter, in kaiserlichem Ornat, wie es Sitte ist, nicht verlesen.» Karl konnte offenbar wegen seiner entzündeten und geschwollenen Füße nicht stehen, geschweige denn mit gezücktem Schwert Bibelstellen vorsingen.[8]

Karls Gichtanfälle, die mit fortschreitendem Alter chronisch wurden, führten immer mehr zu einer enormen Einschränkung seiner Beweglichkeit. Um sich überhaupt fortbewegen zu können, wurde der Imperator jetzt öfter im Wagen gefahren oder in einer Sänfte getragen. Bei der Untersuchung der Gebeine Anfang der 1980er Jahre konnte der tschechische Anthropologe Emanuel Vlček belegen, dass der Kaiser in der zweiten Lebenshälfte so stark an chronischer Gicht litt, dass arthrotische Gelenkveränderungen eintraten. So ließen sich an dem Skelett im Bereich der Handwurzel- und Fußwurzelknochen Knochenneubildungen, die sogenannten Osteophyten, nachweisen, die ganz typisch durch Gicht verursacht werden. Die Schwere der Symptome lässt darauf schließen, dass Karl die Krankheit geerbt haben muss. Da sich am Skelett des Vaters keine Gicht nachweisen ließ und auch bei anderen Mitgliedern der Přemysliden bislang keine Belege vorliegen, muss die genetische Disposition in der mütterlichen Linie vermutet werden. Zu denken wäre etwa an Karls Großmutter Guta (Jutta) von Habsburg, Tochter König Rudolfs von Habsburg, was aber ohne DNA-Proben bloße Vermutung bleiben muss.[9]

Karls Gichtleiden war möglicherweise auch der Grund für seine Abstinenz von der Jagd. Obwohl Jagd und Herrschaft in der mittelalterlichen

Adelswelt eng zusammengehörten, gibt es aus Karls Herrschaftszeit keinerlei Spuren, die er als Weidmann hinterlassen hat. Sowohl sein Vater,
König Johann von Böhmen, als auch sein Sohn Wenzel stellten in böhmischen Wäldern dem Hochwild nach. Der Kaiser tat das offenbar nicht.
Auf seiner Lieblingsburg Karlstein hat der Herrscher zwar Reliquien gesammelt und verehrt, aber kein Wildbret aufgebrochen und Trophäen
gehortet. Dass Karl die Jagd nicht nutzte, die zu den bevorzugten Möglichkeiten höfischer Inszenierung gehörte, könnte an seiner körperlichen
Verfassung gelegen haben. Von 1350 an war seine Gesundheit infolge des
Turnierunfalls ohnehin enorm eingeschränkt, später kamen noch die
Gichtattacken hinzu, die ein präzises Handeln zu Pferd, wie es die Jagd
erfordert, nicht mehr erlaubten.[10]

Auch die Jagd mit Falken spielte im Leben des Kaisers keine Rolle. In
dem höfischen Symbolsystem nahm der Falke aber, wie aus den Liedern
der Minnesänger oder dem Epos von der Nibelungen Not deutlich wird,
einen besonderen Platz ein. Warum zeigte Karl für die Falkenbeize, die
höchste Kunst des Jagens, die bei Kaiser Friedrich II. und seinen Söhnen
im 13. Jahrhundert, dann wieder bei Kaiser Maximilian I. in besonderem
Ansehen stand, keinerlei Interesse? Mehrfach gab er seine überaus kostbaren Falken sogar in andere Hände. Noch vor der Kaiserkrönung überließ er, wie eine Urkunde von 1354 belegt, dem Erzbischof Wilhelm von
Köln auf zunächst fünf Jahre jene zwölf Falken, welche die Stadt Lübeck
nach alter Gepflogenheit dem Reich jährlich zu liefern hatte. Da die für
die Beizjagd gern verwendeten großen Ger- und Sakerfalken nur in nördlichen Gefilden wie etwa auf Island vorkommen, hatte Lübeck als Haupt
der Hanse die besten Kontakte über See, um die kostbaren Jagdgehilfen
zu besorgen. Diese wurden von der Stadt entweder als eine Art «Falkensteuer» an den Herrscher gegeben oder, wie 1378 geschehen, über Venedig
nach Alexandria in Ägypten weiterverkauft. Jene «czwelf valken, die wir
und daz heilig reich jerlich in der stat zu Lubecke haben», verlieh Karl
1363 dann für seine gesamte Lebenszeit an Erzbischof Gerlach von Mainz.
Erst seine Söhne sollten wieder Interesse an Falken zeigen, wie etwa Herzog Johann, der 1391 vom Görlitzer Rat sowohl einen Falken als auch
einen Vorstehhund geschenkt bekam.[11]

Neben der genetischen Disposition zur Hyperurikämie wurde Karls
Gichtleiden durch einen strukturellen Umstand begünstigt, dem kein

Von Gicht geplagt: Der im Alter häufig von der Gicht gequälte Kaiser musste wegen der Schmerzen mitunter vom Pferderücken in eine Sänfte wechseln, wie etwa bei seiner Reise nach Paris 1378. Karls Ankunft am 3. Januar an der Kirche von St. Denis hielten die fast ein Jahrhundert später entstandenen Grandes Chroniques de France in dem Exemplar des Jean Fouquet fest.

mittelalterlicher Herrscher wirklich ausweichen konnte. Wie alle Fürsten, blieb auch er dem im gesamten Mittelalter geltenden Normengefüge verpflichtet, das glanzvolle Repräsentation mit üppiger Festlichkeit verband und den Überfluss an den Schmausetafeln als grundnotwendige Zeichen der Macht deutete. Bei den auf pompöse Außenwirkung zielenden Festmahlen oder den zu wichtigen höfischen Anlässen veranstalteten Prassereien kannte man keine Zurückhaltung. Die Menge der bei solchen Gelegenheiten verspeisten Ochsen und Schweine, Lämmer und Spanferkel oder die Anzahl der Fässer genossenen Weines bildeten ein beliebtes Vergleichsmaß, das sonst nur die Anzahl unterworfener Feinde und prächtiger Paläste oder die Weite des beherrschten Landes liefern konnte.

Und es drängt sich bei Karl der Verdacht auf, dass er jedes Mal kurz nach einem mit ausgiebigen Festgelagen verbundenen Empfang offizieller Art, ob in Rom, Prag, Magdeburg oder Paris, durch eine Gichtattacke von den Füßen gerissen wurde.[12]

Aus Rechnungsfragmenten für Küchenausgaben um das Jahr 1370 lässt sich erschließen, was am kaiserlichen Hof gegessen und getrunken wurde. Zunächst viel Wein, südliche und französische Rebsorten, Malvasier, ebenso reichlich Bier. Es gab Frischfisch und Krebse, aber auch Salzhering und Hausen, eine früher in Donau und Adria verbreitete Störart. Natürlich gehörte jede Menge Fleisch dazu, vor allem Rind- und Kalbsbraten, Spitzbeine und Innereien, Eichhörnchen, Hasen und Hühner, kleinere Wildvögel, ferner Speck und Schmalz, Eier, Butter und Käse, Brote und Brezeln. Diätküche jedenfalls war das nicht.[13]

Besonders Karls täglicher Weinkonsum dürfte die Gicht enorm befördert haben. Dass der Kaiser guten Wein liebte und wohl auch in größeren Mengen konsumierte, lässt sich auch aus seinen Briefen erschließen. So ließ er etwa auf dem Feldzug 1368 in Oberitalien aus einem Militärlager nahe der Festung Villafranca an die mit ihm verbündeten Gonzaga wegen einer Weinlieferung schreiben. Zunächst forderte der Kaiser im Juni 1368 den Edlen Ludovico II. Gonzaga auf, er möge ihm durch seinen Mundschenken «ein Fass und einige Behältnisse guten Weines für seine eigene Person» senden, wobei mit dem *«vas»* nicht etwa ein gewöhnliches Holzfass gemeint war, sondern ein Hohlmaß von zwei Fuder, also fast zweitausend Liter. Ludovico schickte dem Kaiser das Verlangte, war aber wohl etwas nachlässig bei der Wahl oder unterschätzte die Weinkenntnisse des Kaisers. Der meldete sich zwei Tage später jedenfalls noch einmal bei Ludovico und forderte eine Fuhrwerkladung mit gutem Wein, der, anders als der gelieferte, seinen Charakter und seine Farbe behalte. Im April 1374 ließ der Kaiser aus dem altmärkischen Stendal den Bürgern zu Straßburg im Elsass sogar schreiben, dass er in ihrer Stadt vierzig Fuder Elsässer Wein liegen habe, die «zu unserr notdurfft», also zu seinem eigenen Gebrauch, gekauft worden seien. Der Überbringer dieses Briefes, sein Diener Wicker, habe den Auftrag, den Wein den Rhein abwärts bis Dordrecht und von dort über die See elbaufwärts in die Mark Brandenburg zu transportieren. Die Amtleute sollten den Wein zollfrei und ohne Hindernis durchlassen. Der Brief zeigt, dass der Kaiser, der die sechsunddreißigtausend Liter natürlich nicht allein trank, auf die Qualität des Weines, der bei Hof ausgeschenkt wurde, Wert legte.[14]

Im Jahr 1522 publizierte der Humanist Willibald Pirckheimer eine kleine Schrift *Apologia seu Podagrae Laus* – «Verteidigung oder des Podagra Lob». Darin tritt die personifizierte Gicht selbst auf und erklärt, wie sie ihren «Anhängern» durch einen zwar schmerzhaften, aber zugleich heilsamen Erkenntnisprozess zu höheren Einsichten verhelfe: «Denn während ich den Körper schwäche, heile ich den Geist, während ich das Fleisch kreuzige, stärke ich die Seele, während ich das Irdische austreibe, führe ich das Himmlische ein, während ich das Vergängliche wegnehme, bringe ich das Ewige.» Kaiser Karl hätten diese Argumente bestimmt gefallen. Nur hätte er sie nicht ironisch aufgenommen, sondern seinen eigenen «Zipperfuß» als einen weiteren Beleg für die Prüfungen des Herrn verstanden, denen er sich durch noch intensivere Verehrung Gottes zu stellen hatte, um so sein Auserwähltsein ein weiteres Mal zu bekräftigten.[15]

Wenn die Macht verfällt

Zum Lebensabend hin plagten den Kaiser nicht nur die Gicht und andere körperliche Gebrechen, sondern auch reichlich politische Sorgen. Dynastische Pläne entwickelten sich nicht nach Wunsch. Manches begann ihm jetzt regelrecht zu entgleiten. Machterosionen machten sich bemerkbar. Den gewaltigsten Konflikt löste ausgerechnet die diplomatisch so gut eingefädelte Königserhebung seines Sohnes Wenzel aus. Um ausreichend «Handsalbe» für die Kurfürsten zur Verfügung zu haben, hatte der Kaiser wieder einmal die Städte zur Kasse gebeten. Die Stadtoberen erinnerten sich aber noch gut an die kaiserlichen Machenschaften, die er bei der Erwerbung der Mark Brandenburg einige Jahre zuvor an den Tag gelegt hatte. Da das Steueraufkommen für Karls Geldhunger bei Weitem nicht ausreichte, wurden vom Kaiser erneut Reichsstädte verpfändet, wie etwa Oppenheim, Odernheim und Kaiserslautern im Februar 1375 an Kurfürst Ruprecht I. von der Pfalz oder ein gutes Jahr später Donauwörth an Bayern.[16]

Im Frühjahr 1374 berieten die Abgesandten einiger schwäbischer Städte, die dem Kaiser nicht mehr über den Weg trauten, über ein Städtebünd-

nis. Durch das Beispiel von Donauwörth aufgeschreckt, schlossen sich im
Juli 1376 unter der Führung Ulms für drei Jahre vierzehn Schwabenstädte
zusammen, darunter Konstanz, Überlingen, Lindau, Ravensburg und
St. Gallen. Bei Bedrohung wollten sie gemeinsam unter dem Reichsban-
ner militärisch operieren, wobei jede Stadt eine genau festgesetzte Anzahl
von angeworbenen Spießen zu stellen hatte. In den 1380er Jahren sollte
das Aufgebot des Bundes über eintausend Spieße betragen, gemäß den
Soldpraktiken etwa vier- bis fünftausend Mann. Neu war an dem Bund
nicht nur, dass dieser gegen die Begehrlichkeiten umliegender Fürsten
ohne Zustimmung des Kaisers agieren wollte, sondern, wenn es Not täte,
sogar gegen ihn selbst. Einige hasenfüßiger veranlagte Ratsherren anderer
Städte wollten allerdings erst einmal abwarten und es sich nicht gleich
mit dem Kaiser verderben, die Bürger von Augsburg etwa.[17]

Als der Kaiser nach der Krönung Wenzels die Städte zur Huldigung
aufforderte und die Städte ihrerseits Forderungen erhoben, eskalierte der
Streit. Für Karl waren die Bündner Rebellen, und er zog das Schwert. Der
Kaiser, heißt es in einer Augsburger Chronik, «wart gar zornig und sprach,
er wölt uff die stet ziechen und wolt die verderben an lib und gut und zoch
für Ulm». Die Ulmer sollten büßen für ihren Trotz. Doch der Reichskrieg,
den der Kaiser 1377 im Verbund mit dem Landvogt von Niederschwaben,
Graf Eberhard II. von Württemberg mit dem Beinamen «der Greiner»
(um 1315–1392), und den bayerischen Wittelsbachern vom Zaun brach,
endete mit unerwarteten Niederlagen. Die Belagerung Ulms musste erfolglos abgebrochen werden, und in der Schlacht bei Reutlingen siegten
die Städter gegen Württemberg.[18]

Karl machte mit den prosperierenden Städten Süddeutschlands eine
neue Erfahrung. Wenn diese in einem Bündnis zusammenhielten, waren
sie – vorerst zumindest – unbesiegbar. Und die städtischen Triumphe be-
förderten das Selbstbewusstsein ungemein: Die Ulmer begannen ihren
Münsterbau, und bei den Verlierern, den Grafen von Württemberg, war
fortan zwischen Vater und Sohn das Tischtuch zerschnitten. Karl versuchte der brenzligen Situation Herr zu werden, indem er Einzelverhand-
lungen führte, hier ein wenig nachgab, dort Vermittler, wie etwa die
Nürnberger, einschaltete. Ende Mai 1377 beurkundeten Karl und Wenzel,
dass sie achtzehn schwäbische Städte aus der zu Beginn des Konflikts
verhängten Reichsacht entlassen hätten. Zudem begnadigte Wenzel im

Auftrag des Vaters die Aufsässigen, erneuerte deren Privilegien und versprach die Unverpfändbarkeit.[19]

Aufs Ganze gesehen blieb der Konflikt zwischen den Luxemburgern und dem mittlerweile auf über dreißig Mitglieder angewachsenen Städtebund bestehen und setzte sich nach Karls Tod 1378 mit Krieg und Verwüstungen fort. Im Juli 1379 trat das mächtige Augsburg mit zwölf Spießen dem Bündnis bei. Da sich inzwischen Rothenburg ob der Tauber dazugesellt hatte, bald darauf auch Nürnberg, reichte der Bund – was Karl unter allen Umständen hatte verhindern wollen – jetzt nach Franken hinein. Der siebzehnjährige Wenzel war schlicht überfordert, zumal sich die Krise durch die Annäherung des schwäbischen Städtebunds an den rheinischen und an die Schweizer Eidgenossen noch verschärfte.[20]

Ein weiteres Problem erwuchs aus den anscheinend so treffsicher eingefädelten Erbplänen Karls bezüglich der Königreiche Polen und Ungarn. König Ludwig I. von Ungarn, seit 1370 auch König von Polen, besaß drei Töchter, dessen älteste, Katharina, Louis de Valois, dem zweiten Sohn des französischen Königs Charles V., versprochen war. Sie starb im Sommer 1377. Für Karls Sohn Sigismund, der mit der zweiten Tochter Ludwigs namens Maria verlobt war, entstand die Gefahr, dass sein Erbteil schmaler, wenn nicht ganz ausfallen könnte, wenn Ludwig jetzt umdisponierte und sich dabei dem französischen Königshaus geneigter zeigte als dem Imperator. Polen war in Karls Zukunftsplanung ein idealer Baustein in Ergänzung zu den allgemeinen Bestrebungen des Kaisers, die böhmische Hausmacht über Brandenburg hinaus nach Norden und Osten auszudehnen. Karl beschloss, die Angelegenheit direkt mit den französischen Verwandten zu besprechen. Bei einem Treffen mit Charles V. ließe sich vielleicht auch das alte Anliegen des Kaisers regeln, die Päpste aus Südfrankreich wieder für immer nach Rom zu bringen.

Karls letzte Reise nach Paris

MITTWOCH, 6. JANUAR 1378, PARIS, SAINTE-CHAPELLE. Der einundsechzigjährige gichtgeplagte Kaiser, im Verständnis der Zeit ein alter Mann, labte am Dreikönigstag Augen und Seele an der Reliquiensammlung in der Sainte-Chapelle auf der Île de la Cité, dem Heiltumsschatz

der französischen Könige. Alles dort war voller Gold und Reliquien, aufgeladen mit Traditionen und symbolischer Kraft. Charles V., der französische König, reichte seinem hohen Gast eigenhändig Stück um Stück der
himmlischen Kostbarkeiten. Die Gebete des Kaisers wurden unterbrochen von Küssen auf die Reliquien und vom Schluchzen frommer Rüh-
rung; mit seiner Verehrung bewies der Kaiser zum wiederholten Male,
wie prominent die Zeugnisse des Heilsgeschehens sein Leben von Anfang
an begleitet und durchwirkt hatten. Im Verlauf der heiligen Messe wurde
in Anwesenheit dreier gekrönter Häupter – Wenzel, der römisch-deutsche König, hatte den Vater nach Paris begleitet – die Übergabe der Ge-
burtsgeschenke der Heiligen Drei Könige szenisch nachgestellt, wie sie
der biblischen Überlieferung zufolge zur Epiphanie eintausenddreihun-
dertundachtundsiebzig Jahre zuvor geschehen sein soll: Drei Ritter im
Dienste des Königs präsentierten Gold, Weihrauch und Myrrhe in vergoldeten Schalen, die Charles V. dann an den die Messe zelebrierenden
Erzbischof von Reims weitergab. Wie aus den *Grandes Chroniques de
France*, der wichtigsten Überlieferung zu diesen Ereignissen, hervorgeht,
ruhte der von Schmerzen erschöpfte Kaiser während der langen Prozeduren in einem kleinen Seitengemach, von wo aus er alles genau verfolgen konnte. Nach der Messe wurde der fußlahme Kaiser in einem Arm-
stuhl zu dem großen Festmahl getragen, bei dem die hohen Herren des
kaiserlichen Gefolges und jene aus des Königs Umfeld, wohl um die tausend Menschen, gemeinsam tafelten und sich dabei die Eroberung Jerusalems während des ersten Kreuzzuges vorspielen ließen.[21]
    Zwei Tage zuvor waren Karl und Wenzel mit einem Gefolge von etwa
sechzig Begleitern an der Seine angekommen. Neben der Freude, seine
Verwandten aus dem Königshaus wiederzusehen, dürfte er sich besonders
über die bequeme Sänfte gefreut haben, die ihm in Paris vom französischen König zur Verfügung gestellt wurde. Schon seit Tagen suchten ihn
schmerzhafte Podagra-Attacken heim, auf einem Pferd zu sitzen bedeutete unerträgliche Qual. Zu der Gichtplage kam noch ein Fieber hinzu,
sodass der Kaiser gezwungen war, sich überallhin tragen zu lassen. Zu der
Messe in der Sainte-Chapelle musste er buchstäblich an Händen und
Füßen zu den Heiltümern hinauf- und wieder heruntergehoben werden.
Und während der Rituale konnte er weder knien noch irgendeinen Gegenstand halten. Der Aufenthalt in Paris zeigt, wie hinfällig der Kaiser

bereits war, denn im Grunde durchzog die Reise eine einzige Dauer-
gichtattacke.

Trotz aller Beschwernisse hatte der Kaiser die lange Reise nach Paris auf
sich genommen. Wichtigstes Thema in den Besprechungen mit dem französischen König, seinem Neffen, dürfte die Erbfolge seines Sohnes Wenzel
im Reich, im Kaiseramt, gewesen sein. Ob Karl vielleicht Wenzel als zukünftigen König von Polen ins Spiel bringen wollte? Es wäre möglich.
Zumindest kennenlernen sollten die französischen Verwandten den Nachfolger schon einmal. Damit verknüpft – sozusagen als Gegengabe für ein
französisches Entgegenkommen bei den osteuropäischen Plänen des Kaisers – war der Vorschlag, die Vergabe von Vikariatsrechten in der Dauphiné, dem Delphinat von Vienne, für den französischen Thronfolger zu
verhandeln. Das war vor allem ein lehensrechtliches Problem, das 1356 in
Metz schon einmal beim nunmehrigen König eine Rolle gespielt hatte.
Zudem gab es noch das ehrgeizige kaiserliche Projekt, in Nachahmung
Kaiser Konstantins des Großen den Päpsten eine praktikable Rückkehr
von Avignon nach Rom zu ermöglichen, ein Vorhaben, das angesichts der
Machtlage und der französischen Kuriendominanz ohne Billigung des
Königs von Frankreich zum völligen Scheitern verurteilt sein musste.

Die *Grandes Chroniques de France* geben andere Gründe für den Besuch
an: Karl habe eigentlich nur den König, die Königin und deren Kinder
sehen und eine Wallfahrt zum heiligen Maurus unternehmen wollen. Beides waren sicher nicht zu unterschätzende Antriebe für den Imperator, der
schon allein durch die Verehrung der in Paris angehäuften Reliquien heils-
sicherndes himmlisches Wohlwollen auf sich und seine Familie herab-
flehen konnte. Dass aber bei aller familiärer Wiedersehensfreude und Re-
liquienverehrerei große Politik gemacht werden sollte und auch wurde,
darüber besteht kein Zweifel. Dieses Herrschertreffen zeigt erneut, wie
sehr es den Spielregeln mittelalterlicher dynastischer Politik gehorchte und
weniger jenen einer Außenpolitik zwischen modernen Staaten.[22]

Karls Reise nach Paris begann im November 1377 in Tangermünde
und ging zunächst bis Lüneburg. Von dort reiste der Monarch über Minden und Herford – mit einem kurzen Abstecher nach Enger zu dem in
der Stiftskirche befindlichen Grab des legendären Sachsenherzogs Widukind aus dem 8. Jahrhundert – weiter über Dortmund und Essen nach
Aachen, wo Karl über eine Woche blieb. Hier traf er wohl seinen Sohn

Wenzel, der aus dem Böhmischen kam, um gemeinsam weiter nach Paris zu reisen. Von Aachen abgesehen waren die Gegenden, die Karl durchreiste, königsferne Landschaften, Regionen, die schon lange keinen deutschen Herrscher mehr gesehen hatten. Mitte Dezember wurde Brüssel, kurz vor dem Weihnachtsfest Cambrai erreicht, wo der Kaiser eine Lesung aus dem Lukasevangelium zelebrierte. Kaum aus der letzten Stadt des Reiches abgereist, lösten vermutlich die Weihnachtsvöllereien bei Karl schwerste Gichtattacken aus. In Saint-Denis erwies er den Gräbern der französischen Könige seine Verehrung und erinnerte Abt und Konvent an die Gebetspflichten für die dort bestatteten Herrscher. Am 4. Januar erreichte die Reisegesellschaft endlich Paris, wo der französische König Charles V. sie pompös empfing.[23]

An dem Parisaufenthalt des Kaisers kann die Bedeutung von fein ausgetüftelten Symbolen und Zeichen in der höfischen Kommunikation besonders gut beobachtet werden, weil alle Akteure penibel darauf achteten, dass auch nicht der Verdacht einer Ehrabschneidung aufkommen könnte. Als Chronist der Ereignisse vom kaiserlichen Parisbesuch ist sehr wahrscheinlich der lang gediente königliche Kanzler Pierre d'Orgemont tätig gewesen, der mit seinen Aufzeichnungen, die in die *Grandes Chroniques de France* aufgenommen wurden, im Grunde so etwas wie einen offiziellen Besuchsbericht aus französischer Sicht hinterließ. Zu vielen der beschriebenen Szenen gibt es in der Chronik auch Illustrationen, die zwar mitunter erst Jahrzehnte nach den Ereignissen entstanden sind, wie etwa jene des berühmten Buchmalers Jean Fouquet, die aber dennoch viel über Symbolkraft von Ritualen bei spätmittelalterlichen Herrschertreffen verraten. Die Buchillustrationen sind genau wie die erzählenden Berichte gute Beispiele dafür, wie eine Erinnerungsgeschichte im Interesse des französischen Königshauses konstruiert worden ist. Denn die Bilder und Texte spiegeln keine wie auch immer geartete «Wirklichkeit» des Kaiserbesuchs, sondern waren narrativ und visuell übersetzte und bewusst komponierte Politik.[24]

Der verzwickte Spagat, den Charles V. während des Herrschertreffens zu absolvieren hatte, bestand nämlich unter anderem darin, einerseits zu zeigen, dass der König von Frankreich selbstverständlich weiß, wie ein Kaiser ehrfurchtsvoll zu empfangen ist – nicht zuletzt, um dessen Wohlwollen zu behalten –, und andererseits gegenüber einer Öffentlichkeit keinerlei Zweifel aufkommen zu lassen, dass er als König in keinem denkbaren Bereich unter dem römischen Kaiser steht. Bei aller familiären Rücksichtnahme, eine kaiserliche Weihnachtslesung ist in einer Stadt des Königs einfach undenkbar. Auch Prozessionsempfang und Glockenschall stehen in französischen Städten, so Pierre d'Orgemont, als Zeichen landesherrlicher Anerkennung nur dem König zu. Und auf einem weißen Ross reitet in seinem Reich nur der König durch die Stadttore ein, sonst niemand, nicht einmal der Kaiser. Deshalb mussten Karl und Wenzel, so die Chronik, beim Einzug in Paris von Sänfte beziehungsweise Schimmel auf Rappen wechseln.

Nach zwei prunkvollen Wochen am Pariser Hof mit zahlreichen Banketten und Besichtigungen, Besuchen und Geschenken, bei denen natürlich auch viel verhandelt wurde, reisten die hohen Gäste Mitte Januar 1378 aus der Seinemetropole wieder ab. Am 16. Januar traf der fromme Prager Onkel Karl ein letztes Mal seinen Pariser Neffen Charles, wobei sie kostbare Fingerringe tauschten. Sie sollten sich nie wiedersehen. Ob Karl in Paris alle seine Vorhaben und Ziele durchsetzen konnte, muss unklar bleiben, zumal beide Monarchen bald starben und damit viel mündlich Verabredetes gegenstandslos wurde. Zumindest über die Dauphiné hat es am Ende des Besuchs eine einvernehmliche Einigung zum Vorteil aller gegeben, denn der neunjährige französische Thronfolger, der spätere Charles VI. (1380–1422), erhielt vom Kaiser auf Lebenszeit weit reichende Vikars- und Herrschaftsrechte in jenem zum Reich gehörenden Gebiet des Arelat verliehen. Für die aufwendige Herstellung der die Rechte fixierenden Urkunden ließ Karl sogar für einige Tage seinen Protonotar Nikolaus von Riesenburg mit dessen Kanzleigehilfen in Paris zurück. Wie die *Grandes Chroniques de France* dazu noch vermerken, habe das dem Kanzleichef als Anerkennung vom neuen Dauphin einen schweren vergoldeten Kelch, gefüllt mit eintausend Goldfranken, eingebracht.[25]

Auf dem Rückweg besuchte Karl die Abtei Saint-Maur, heute Saint-Maur-des-Fossés, um dort wirksame Linderung von dem Podagra zu erbitten. Anschließend hielt er sich mit seinem ältesten Sohn drei Wochen in den Stammlanden der Luxemburger auf. Hier traf er seinen Halbbruder Wenzel, Herzog von Luxemburg, Limburg und Brabant, der kinderlos geblieben war und jetzt beurkundete, dass er im Fall des erbenlosen Hinscheidens seinem Neffen Wenzel, also dem Sohn Karls, das Herzogtum Luxemburg vermache. Fünf Jahre nach Karls Tod fiel Luxemburg im Erbgang dann tatsächlich Wenzel zu. Über Heidelberg und Nürnberg reiste der Kaiser zurück nach Böhmen, erreichte Anfang April 1378 Prag und feierte hier das Osterfest.[26]

Das Große Abendländische Schisma

Kaum war Karl wieder zu Hause, begann in Europa der große Krach. Ende April oder Anfang Mai brachten Boten die Nachricht vom Tod Papst Gregors XI. Beaufort, der am 27. März in Rom vom Herrn abberufen worden war. Karl hatte all die Jahre Misshelligkeiten mit den Päpsten mit schönen Worten überdeckt, ohne viel zu handeln, und dabei zunehmend an Gestaltungsmacht verloren. Die leidige Approbation der Königswahl Wenzels war fast zwei Jahre nach der Erhebung des Sohnes noch immer nicht abschließend geklärt, trotz der vierzigtausend Gulden «Handsalbe» für den Papst und der schon gezahlten neunhundert Gulden Kanzleitaxe für eine nicht ausgegebene diesbezügliche päpstliche Bulle.[27]

Eine Verschärfung der Gesamtsituation trat nun dadurch ein, dass nach dem Tod Gregors XI. in einem antifranzösischen Reflex im März 1378 zuerst der Neapolitaner Bartolomeo Prignano als neuer Papst Urban VI. (1378–1389) gewählt wurde. Nach immer stärkeren Zweifeln an dessen Erhebung aber und vor allem durch seine an Wahnsinn erinnernde Herrschaftsweise erkor darauf dasselbe Kardinalskollegium noch im selben Jahr den aus dem Genfer Grafengeschlecht stammenden Clemens VII. (1378–1394) zum Gegenpapst. Beide konnten auf machtvolle Unterstützerkreise bauen: Clemens sicherte sich die Anerkennung Frankreichs, Burgunds, der spanischen Königreiche, Schottlands, Irlands und einiger Reichsfürsten im Westen und Süden, Urban wusste England, ober- und mittelitalienische Machthaber sowie nord- und osteuropäische Herrscher hinter sich. Europa war jetzt in der Kirchenspitze gespalten, das Große Abendländische Schisma erhob sein unheilvolles Haupt. Die Spaltung verlief aber nicht nur quer durch das Heilige Römische Reich, trennte Kirchenprovinzen und führte mancherorts zu doppelter Besetzung von Pfarreien, sondern entzweite sogar die Dynastie der Luxemburger selbst, denn Kaiser Karl und sein Sohn Wenzel bekannten sich zum römischen Papst Urban, Karls Halbbruder Wenzel aber zum avignone-sischen Clemens.[28]

Die Gründe für die Kirchenspaltung waren überaus komplex: Zunächst einmal brachen Gegensätze innerhalb der Kirchenspitze auf, die durch das Exil der sieben Päpste in Avignon seit 1309 und die Versuche, dieses durch die Rückkehr des Stellvertreters Christi nach Rom wieder zu beenden, zu-tage traten. Darüber hinaus offenbarte sich eine zunehmende Abhängigkeit des Papsttums von den großen europäischen Monarchien bei gleichzeiti-gem Autoritätsschwund. Mit der Spaltung ging eine Reihe von Wirrnissen administrativer und theologischer Art einher, es kam zu gegenseitigen Ex-kommunikationen und Verdammungen, Heilszweifel und juristische Unsicherheiten machten die Runde: allesamt Zeichen gesellschaftlicher Konflikte, die als Teil der allgemeinen Krise des Spätmittelalters anzusehen sind. Um die fast vierzigjährige Spaltung, in der zeitweise sogar drei Päpste nebeneinander um Anerkennung rangen, auf dem Weg eines Kon-zils zu lösen, bedurfte es mehrerer Anläufe. Erst Karls Sohn Sigismund, seit 1411 römisch-deutscher König, gelang es, als Schirmherr des Konstanzer Konzils mit dem zu Martini 1417, dem 11. November, gewählten Papst Martin V. Colonna (1417–1431) die Spaltung zu überwinden.[29]

Bald nach Ausbruch der Kirchenspaltung 1378 hatte sich zumindest für König Wenzel eine Lösung abgezeichnet, denn im Spätsommer dieses Jahres erhielt er gleich doppelte Approbation durch die beiden sich befeh-denden Päpste. Doch dürfte Karl mit seiner politisch motivierten Ent-scheidung vom September 1378 für den in seinen Augen legitimen Papst Urban in Rom ein verderbliches Signal gegeben haben, denn er entschied damit gegen das Kardinalskollegium und gegen die Präferenz seines fran-zösischen Neffen, König Charles V., der zu Clemens hielt. Vielleicht tat Karl das in dem Glauben, weiterhin die wichtigsten Fäden europäischer Politik in den Händen zu halten? Vielleicht wollte er dem christlichen Erdkreis erneut vorführen, wie die kaiserliche Autorität, der die Rückfüh-rung der Päpste nach Rom eine Pflicht war, auch dieses Problem zu lösen imstande sei? Vielleicht sah sich der Kaiser auch eines Sinnes mit der überaus einflussreichen Mystikerin Katharina von Siena (1347–1380), die bedingungslos Urban anhing? Aber eines hatte Karl dabei vielleicht aus den Augen verloren: *mors certa, hora incerta* – «der Tod ist sicher, doch unsicher seine Stunde». Und die hatte für den Kaiser nun geschlagen.[30]

Der Todessturz

MONTAG, 29. NOVEMBER 1378, PRAG.   Die Heiligen, denen der Kaiser sein ganzes Leben lang vertraut hatte, entzogen ihm überraschend ihre Hilfe. Selbst der heilige Sigismund, der bei Karls schwerer Erkrankung im Mai 1371 noch dessen Leben gerettet zu haben schien, konnte nicht mehr helfen. Noch nicht einmal dreiundsechzig Jahre alt, verstarb Karl IV. in Prag am 29. November 1378, dem Montag nach dem 1. Advent, drei Stunden nach Sonnenuntergang. Als Todesursache konnte durch Skelettuntersuchungen im 20. Jahrhundert ein frischer Bruch des linken Oberschenkelknochenhalses festgestellt werden, der nach einigen Wochen zu einer tödlichen Lungenentzündung geführt hatte. Vielleicht war der Kaiser bei dem Versuch, doch noch einmal auf einen Pferderücken zu steigen, herabgestürzt, vielleicht auch nur eine Treppe hinuntergestolpert? Wir wissen es nicht. Wir wissen nur, dass nicht ein körperliches Gebrechen oder Altersschwäche sein Leben beendeten, sondern ein geschwächtes Immunsystem, das den Entzündungsherd am Knochenbruch nicht mehr eindämmen konnte. Vermutlich hätte die Gicht dem Kaiser ohnehin nicht mehr viel sorgenfreie Lebenszeit ermöglicht. Eine schwere Hyperurikämie, so weiß die moderne Medizin, führt irgendwann zu einer Niereninsuffizienz, und an dieser wäre Karl unvermeidlich gestorben.[31]

Die letzten Lebensmonate verbrachte der Kaiser hauptsächlich in Prag, nur einmal, im Spätsommer, reiste er für sechs Wochen nach Nürnberg. Er erließ Bestimmungen zu bereits geltenden oder neu zu errichtenden Landfrieden, beschäftigte sich mit einer Münzordnung für Böhmen und vergab Zölle und Einkünfte. Am 25. November 1378 schrieb Karl – sein letzter nachweisbarer Regierungsakt – dem Erzbischof von Köln. Vier Tage später trat der knochige Schnitter an sein Fieberbett: «Auch Kaiser-Kronen wird er nicht verschonen», wie es in einem alten Volkslied heißt. Des Kaisers Leben war erloschen.[32]

DER ENTSEELTE

«Was auch immer Fortuna in die Höhe trägt,
hebt sie empor, um es zu stürzen.»

Seneca, «Agamemnon»

Hin und wieder zurück: Begräbnis in Prag

SAMSTAG, 11. DEZEMBER 1378, PRAG. Dezemberfrösteln. Eine nebligfeuchte Kälte lag über der böhmischen Metropole. Noch wenige Tage zuvor hatte es strenge Fröste gegeben und viel Schnee. Nun war es etwas wärmer geworden, doch nicht warm genug, um die Herzen der Beteiligten zu erwärmen. Eine lange Reihe schwarz gekleideter Ritter und Bürger, jeder eine brennende Kerze in der Hand, bewegte sich gemessenen Schrittes durch die von viel Volk gesäumten Straßen von Prag. Erst hinab und dann wieder hinauf zum Hradschin und der mächtigen stadtbeherrschenden Burg sowie der neuen, noch im Bau befindlichen Kathedrale schlängelte sich der Leichenzug für Kaiser Karl IV. durch die Stadtviertel. Mehr als fünfhundert Licht- und Bannerträger, die an den markantesten Orten der Stadt vorbeizogen, begleiteten den toten König und Kaiser auf seiner letzten Reise zu seinem Grab in der Metropolitankirche St. Veit. Elf Tage hatten die Vorbereitungen gedauert, und die Tuch- und Kerzenmacher hatten zweifellos gute Geschäfte gemacht. In allen Klöstern und Pfarrsprengeln der Stadt waren während der gesamten Zeit Trauergesänge zu hören. Und noch weitere sechs Tage sollte es dauern, bis der tote Herrscher seinen endgültigen Begräbnisplatz gefunden hatte. Seit mehr als siebzig Jahren hatte es in der Moldaumetropole ein solches Spektakel nicht mehr gegeben.[1]

Dem Tod des Kaisers folgten über zwei Wochen andauernde Zeremonien, die eine Reihe von Parallelen zu zeitgenössischen Funeralriten in Frankreich, Polen oder Ungarn aufwiesen, deren Augenzeuge Karl einst selbst gewesen war. Dessen Bestattung gehört zu den am besten überlieferten Begräbniszeremonien des ganzen Mittelalters, weil neben den kurzen Aufzeichnungen eines unbekannten Zeitgenossen, die in Olmütz überdauert haben, ein weiterer Augenzeuge aus Augsburg viele Details notierte, die später Eingang in die von dem Augsburger Kaufmann Burkhard Zink verfasste Stadtchronik fanden.

Bald nach dem Hinscheiden wurde der Körper Karls einbalsamiert und im großen Saal des Burgpalastes, in Gold und Purpur gekleidet, umgeben von Herrschaftsinsignien, ausgestellt. Der Augsburger Chronist überliefert: «er lag uff der paur [Bahre] uf guldin tuechern und uff guldin pölstern in gantzer siner maiestaten und zů sinen haubten lagen im dri chron: zů der rechten seite die ersten kron von Mayland, zů der hauptun die chron des römischen richs, zů der linggen seiten die kron des bechamischen richs und zů der linggen seiten der apfel mit dem crütz und ain plozz schwert dapi und zů der rechten seiten lag im daz ceptrum des richs.» Von einer Krone eines Königreichs Arelat oder Burgund berichtet der Chronist nichts, was die Zweifel an einer regulären Königskrönung von 1365 in Arles nähren dürfte. Bei den präsentierten Insignien handelte es sich vermutlich nicht um die Originale, sondern um kunstvolle Nachbildungen, denn dass etwa die Eiserne Krone in so kurzer Zeit aus Mailand nach Prag geholt worden sein konnte, ist völlig ausgeschlossen. Auch die anderen Insignien dürften mit Sicherheit Nachbildungen gewesen sein. In Karls Grab fand sich später eine Krone aus Holz, von der Fragmente bis heute erhalten geblieben sind. Wahrscheinlich wurden dem Toten ursprünglich vergoldete Funeralinsignien beigegeben, die man später austauschte.[2]

Die Leichenpräsentation, die sogenannte *ostensio corporis*, war eine der längsten im mittelalterlichen Böhmen und unterstrich die hohe Stellung des Verstorbenen. Die sich anschließende *pompa funebris*, die feierliche Inszenierung des Leichenzuges, ist noch im 19. Jahrhunderts mehrfach in Stichen dargestellt worden. Da es für die Bestattung von Kaisern im spätmittelalterlichen Reich kein eigentliches Reichszeremoniell gab, sich auch keine für die böhmischen Könige praktizierten Rituale herauskristallisiert hatten und Karl selbst keine Anweisungen hinterlassen hatte, musste für ihn ein ausgetüfteltes, sowohl auf dynastische Repräsentation der Hausmacht gerichtetes als auch die kaiserliche Würde erinnerndes Zeremoniell neu inszeniert werden. Dafür orientierten sich die Organisatoren an den Ritualen ihres jeweiligen Lebenshorizonts und nahmen Details der zu der Zeit in Europa praktizierten Herrscherbegräbnisse auf.

In der Prozession der schwarz gewandeten Kerzenträger trugen wechselnde Gruppen die kaiserliche Leiche auf einer von einem Baldachin überspannten Bahre. Alles, was in Prag und im Königreich Rang und Namen hatte, dürfte in dem ehrbezeugenden Zug, der sich dem namenlosen Volk als schier endloses Spektakel darbot, entweder teilnehmend oder am Rande zuschauend mitgewirkt haben. Neben den Hunderten Trauernden zu Fuß fuhren in sechsundvierzig schwarz verhüllten Wagen die Hofdamen und angesehenen Bürgersfrauen mit. Die der Bahre voranreitenden Bannerträger repräsentierten mit ihren Fahnen die Reiche, Länder und Herrschaftsgebiete, aus denen sich die Hausmacht des Monarchen zusammensetzte. Jeweils drei gepanzerte Reiter führten die Banner in der Reihenfolge ihrer Bedeutung: Bautzen, Görlitz, Luxemburg, Lausitz, Brandenburg, Schweidnitz, Breslau, Böhmen und das Reich. Als Letzte hielten drei schwarze Reiter die wichtigsten Banner überhaupt: die Fahne des Heiligen Römischen Reiches in Form eines silbernen Kreuzes auf rotem Grund, das sogenannte *vexillum imperii*, dahinter den Sankt Wenzelsadler, einen Flammenadler auf silbernem Grund, gefolgt von der goldenen Sturmfahne des Reichs mit dem schwarzen Reichsadler, dessen Kopf zur Erde gerichtet war.

Unmittelbar vor der Bahre mit dem toten Kaiser ritt ein ebenfalls schwarz gewandeter Reiter, der in der einen Hand einen von einer Hermelindecke umhüllten Helm mit einer goldenen Krone und in der anderen ein mit der Spitze nach unten gerichtetes Schwert trug. Es könnte sich bei dieser in osteuropäischen Begräbniszügen wiederholt auftretenden Figur um ein Pendant zu den bei westeuropäischen Begräbnissen des Spätmittelalters und der Renaissance mitgeführten Herrscherpuppen gehandelt haben. Diese Puppen sollten den Toten *in effigie* vertreten; sie symbolisierten den anderen, den nicht gestorbenen Körper des Königs.

Trauer in Polysterol: *Einen der Höhepunkte der Prager Jubiläumsausstellung von 2016 stellte die über acht Meter lange Rekonstruktion des Trauerzuges beim Begräbnis des Kaisers dar, der am 13. Dezember 1378 über die Karlsbrücke gezogen war. In Anlehnung an die Beschreibungen eines Augsburger Augenzeugen gestaltete der tschechische Künstler Pavel Koch dafür ungefähr 700 kleine, aus koloriertem Polystyrol gefertigte Figürchen. Er visualisiert viele Details, wie etwa die reitenden Bannerträger mit den Fahnen des Reiches oder den über der Bahre des kaiserlichen Toten getragenen goldenen Baldachin.*

Der Monarch und die ihn umgebenden aristokratischen Personenverbände waren die Träger institutioneller Elemente von Staatlichkeit. Der schwarze Reiter dürfte in diesem Sinne den sonst unsichtbaren politischen Körper sichtbar gemacht und die unsterbliche Herrschaft Karls IV. repräsentiert haben, die losgelöst von seinem toten Leib weiterlebte. Mag auch der Körper des Herrschers vergänglich sein, so die Botschaft des Reiters, die Herrschaft selbst ist es nicht – *Dignitas non moritur* – «die Würde stirbt nie».[3]

Der Funeralzug, der alle drei Prager Städte durchzog, führte bis zum Vyšehrad, der auch für die Krönung der böhmischen Könige traditionsgeladenen, am südlichen Ende der Stadt gelegenen Burg. Zweimal wurde die neue steinerne Moldaubrücke passiert. Und bevor der Zug zum endgültigen Bestattungsplatz des toten Kaisers führte, war dessen Körper in verschiedenen Kirchen seiner Lieblingsstadt aufgebahrt worden, darunter die Dominikanerkirche St. Clemens, das Emmauskloster der Benedik-

tiner, die Minoritenkirche St. Jakobus der Ältere, die Kirche der Johanni-
territter St. Maria unter der Kette oder die Kapitelkirche St. Peter und
Paul auf dem Vyšehrad. Erst am 15. Dezember kam der tote Kaiser wieder
auf dem Prager Burgberg an und wurde im Veitsdom aufgebahrt, wo
dann die eigentliche Beisetzung stattfand.[4]

Der Augsburger Augenzeuge notierte vielerlei Beobachtungen zu den
Ritualen und Opferhandlungen anlässlich der Beisetzung und der Totenmesse, die der Erzbischof von Prag sang. Dabei haben unter anderen die
Bischöfe von Meißen, Naumburg, Regensburg, Olmütz und Leitomischl
assistiert. Abschließend sei Karl, wie er weiter berichtet, in einem goldenen Gewand in einen schönen Zinnsarg gelegt worden, gemeinsam mit
seiner goldenen Krone, mit seinem goldenen Apfel und seinem goldenen
Szepter sowie seinem blanken Schwert. Dazu habe man auch das Sturm-
banner des Reiches und seinen Kampfschild gelegt, worauf das Adler-
haupt der Erde zugewandt war und der Schwanz in die Höhe wies.[5]

Beinahe heilig: Lobeshymnen auf einen Toten

Eine Reihe von hochpolitischen Leichenpredigten, die zum Teil deutlich
das Selbstverständnis Karls – das natürlich erst im Nachhinein – aufgreifen und spiegeln dürften, wurden im Zusammenhang mit der Bestattung
des Kaisers gehalten. Sehr wahrscheinlich fanden im Zusammenhang mit
Karls Tod vor dem tatsächlichen Begräbnis in allen Prager Kirchen Ge-
denkgottesdienste statt. Drei der Redner kennen wir namentlich und dazu
sogar den Wortlaut ihrer jeweiligen Predigten. Der prominenteste Grabredner dürfte Johann von Jenstein (1347/48–1400) gewesen sein, seit
20. Oktober 1378 nach dem Amtsverzicht von Johann Očko von Vlašim
(um 1292–1380) Nachfolger des bisherigen ehrwürdigen Erzbischofs von
Prag, der, wie der Augsburger Augenzeuge berichtet hat, die Totenmesse
gesungen hatte. Johann Očko, als Bruder von Johann von Jensteins Vater
also dessen Onkel, war erst wenige Tage vor Karls Tod vom Papst zum
Kardinal erhoben worden.[6]

Ein weiterer Prediger war der Magister und Theologe Vojtěch Raòkův
aus Ježov in Südböhmen, der sich lateinisch Adalbertus Ranconis de Ericinio (um 1320–1388) nannte. Adalbert Ranko war eine Generation älter

als Johann von Jenstein, hatte wie dieser in Paris studiert, wurde dort auch promoviert und bekleidete sogar als erster und letzter Tscheche kurz das Amt des Rektors der Pariser Universität. Ausgedehnte Reisen führten Adalbert nach Avignon, wo er als päpstlicher Pönitentiar wirkte, und nach England, wo er durch freundschaftliche Verbindung mit Richard FitzRalph (um 1300–1360) wertvolle Bücher erhielt, darunter ein Autograph des Oxford-Rektors selbst. 1366 kehrte Adalbert wieder nach Böhmen zurück und wurde Kanoniker, später auch Domscholaster in Prag.[7]

Der dritte namentlich bekannte Redner war Heinrich von Wildenstein (um 1330–1409), der ebenfalls aus Böhmen stammte. Er bekleidete zunächst das Amt des Bischofs von Kruja, eines Bistums in Kroatien, später bekam er noch die Bischofswürden von Triest und Pedena. Von Heinrich, der schon zu Lebzeiten des Kaisers vor dem Imperator sowie vor dem Papst in Rom und Avignon gepredigt hatte, ist überliefert, dass er bereits am 14. Dezember 1378 in der Johanniterkirche im Rahmen eines Gedenkgottesdienstes eine Grabpredigt für Karl gehalten hat und dass er noch einmal am 30. Dezember in Leitomischl aus diesem Anlass sprach.[8]

Alle drei Redner waren erfahrene und theologisch versierte Prediger, die ihr Metier perfekt beherrschten. Solcherart Grabpredigten folgten meistens einem groben, schon länger praktizierten Schema und ähnelten sich bis in die Untergliederungen. Den Ausgangspunkt bildete oft ein prominenter Spruch aus der Heiligen Schrift, der manchmal auf den zu Ehrenden passen sollte und der das Thema umriss. Dann folgten nach festgelegten Regeln das Zergliedern und Abwägen der getroffenen Aussagen, die dann anhand biblischer oder literarischer Autoritäten verifiziert und bekräftigt werden sollten. Die Kunst bestand also weniger darin, eigene Argumentationsketten aufzubauen, sondern die Zuhörer durch die Anordnung von Zitaten großer Textprominenz von der eigenen Aussageabsicht zu überzeugen. Was konkret über den toten Herrscher durch die Grabreden erinnert werden sollte, lässt sich anhand der Predigten Johanns von Jenstein und Adalbert Rankos gut verfolgen, weshalb ich noch ein wenig darauf eingehen möchte.

Jenstein begann seine Predigt mit einem Zitat aus dem Buch der Klagelieder des Jeremias, liturgisch auch *Lamentationes* oder *Threni* genannt, in denen die Zerstörung Jerusalems und des Tempels im 6. Jahrhundert

v. Chr. beklagt wird: «Lass deine Tränen wie einen Strom Tag und Nacht fließen, gib dir keine Ruhe damit und dein Augapfel lasse nicht nach.» Der Tod Karls schien Johann, so die Analogie, also von der gleichen Tragik zu sein wie einst der Fall Jerusalems. Im weiteren Verlauf dieser *laudatio funebris* Jensteins wurde dann betont, dass Karl alle, aber auch alle Erwartungen, die in ihn als einen christlichen Kaiser gesetzt worden seien, erfüllt und sein Amt gottgefällig versehen habe.[9]

In scheinbar endlosen Reihungen wurden alle nur denkbaren Herrschertugenden in zitatdurchwirkten Bibelvergleichen durchdekliniert. Immer wieder sei die Erinnerung an ihn wegen seiner Fähigkeiten als unsterblich anzusehen, etwa als Folge seines *spiritus intellectus*, seines «Geistes zur Erkenntnis». Gemeint war damit seine Auffassungsgabe, die ihn in den Stand gesetzt habe, «alle Zungen der ganzen Christenheit» zu beherrschen, zum Beispiel Tschechisch, Deutsch, Latein, Französisch, Lombardisch, Toskanisch und viele andere verwandte Sprachen. So sei er, wie Jenstein weiter betonte, gleichsam ein «Apostel Christi gewesen», weil dessen Stimme über die ganze Erde ging und er von allen verstanden wurde. Ferner hob der Redner auf den jeweiligen Geist zum Ratschluss, zur Stärke oder zur Wissenschaft ab, von dem der Verstorbene erfüllt gewesen sei. Karl sei sogar so gelehrt gewesen, dass er wie ein Magister der Theologie mit Doktoren und anderen Gelehrten theologische Schriften habe auslegen und diskutieren können.[10]

Nach einem wörtlichen Zitat der an Karls Grabdenkmal angebrachten Inschrift, auf die ich auch gleich noch näher eingehen werde, setzte der Erzbischof dann mit einem Paukenschlag fort: «Und wundert euch nicht, hochverehrte Väter, dass ich ihn selig und heilig nenne, da er aus sieben Gründen wahrlich als selig und heilig angesehen werden muss!» Zu diesen Gründen gehörte, wie Jenstein aufzählt, dass Karl mit heiligem Öl gesalbt worden sei, an der Spitze des Heiligen Reiches gestanden, heilige Gegenstände und Reliquien erworben und geschmückt sowie viele heilige Wunder bewirkt habe. Nach weiterer Aufzählung guter Gründe, der Erhabenheit der Würde und Gottesfurcht – man könnte auch Lobhudelei sagen –, ließ sich Jenstein von der eigenen Begeisterung fortreißen und brachte eine Heiligsprechung ins Spiel: «Wenn, heilige Mutter Kirche und Lenker derselben heiligen Mutter Kirche, wenn du Wunderzeichen und Mirakel wünschst; er hat diese getan.» Auch in dieser Welt müsse

Karl kanonisiert werden, so Jenstein weiter, weil er nämlich im Himmel ein Heiliger sein werde.[11]

Dieser Vorstoß zu einem Selig- und Heiligsprechungsprozess verliert sich allerdings später im Nichts. Es gibt und gab also keinen weiteren «heiligen Karl» neben Karl dem Großen, auch nicht zeitweise. Vielleicht war der Gedanke daran durch die Bedeutungsschwere des Predigtaugenblicks entstanden. Ob die kirchenrechtlichen Voraussetzungen dafür tatsächlich ausgereicht hätten, ist fraglich, denn die Argumente aus der Leichenpredigt folgen ja zu großen Teilen einem formalisierten Ideal. Niemand hätte erwartet – und wohl auch zugelassen –, dass anlässlich der Leichenpredigt nur der Hauch einer Kritik angedeutet worden wäre. Dass die Heiligsprechung im Sande verlief, hatte wohl auch damit zu tun, dass sich die Zeiten bald darauf geändert hatten und das Große Abendländische Schisma zu zusätzlichen Schwierigkeiten beim Umgang mit dem rechten Papst führte. Für seine Entourage bewegte sich Karl aber im Augenblick der Predigt, das sei deutlich hervorgehoben, auf eine Heiligsprechung zu.

Adalbert Ranko ging als eine Art offizieller Begräbnisredner die Sache ähnlich an wie Johann. Auch er lobte den Verstorbenen über alle Maßen. Adalbert begann seine Predigt ebenfalls mit einem Zitat aus den Klageliedern des Jeremias mit den Worten: «Darum weine ich so, und meine beiden Augen fließen über von Wasser, weil mein Tröster so fern von mir ist.» Und er setzte dann noch obenauf: Diese Worte könnten auch das Heilige Römische Reich und das Königreich Böhmen rufen, ja eigentlich die ganze Christenheit, da sie des unmittelbar nach Gott und der Mutter Kirche größten Trösters, Helfers und Beschützers beraubt worden seien. «Wer hätte damals in Ruhe den Tod eines so tugendhaften Kaisers ertragen können, wer hätte sich nicht gegrämt, wer hätte seine Trauer und bitteres Herzensleid verbergen können, da er sah, dass er im Vater des Vaterlandes – *pater patriae* –, in dieser unerschütterlichen Säule des Staates, in diesem ungebrochenen Schild des christlichen Glaubens so vielerlei Trost, Schutz und Schirm verloren hat!» Dann folgten lange Zitate aus der Heiligen Schrift, den Werken der Kirchenväter, aber auch der profanen antiken Literatur, die seine Argumente stützen sollten. Aristoteles, Hieronymus, Claudius Claudianus, Sidonius Apollinaris, Augustinus, Cassiodorus, aber auch Cicero, Horaz, Lucan, Seneca, Valerius Maximus und viele andere lieferten Belegstellen; ein Bildungsfeuerwerk für den toten Kaiser – und für Adalbert selbst natürlich. Denn der Zitatenprunk ließ ja so ganz nebenbei auch den Urheber der Rede erglänzen.[12]

Den Anfang und das Ende der politischen Laufbahn Karls IV. markieren somit zwei ausgefeilte Predigten von Prager Erzbischöfen, die in einer Hinsicht miteinander korrespondieren: der Gleichsetzung mit großen Vorbildern. In der Rede Ernsts von Pardubitz, gehalten 1346 in Avignon, und nun in der Grabrede des Johann von Jenstein in Prag wurde Karl mit dem biblischen König Salomon verglichen, und es wurde festgestellt, dass der nun Betrauerte bedeutender, weiser, ohnehin großartiger gewesen sei. Jenstein erinnerte in seiner Leichenpredigt: «Dieser war König, jener Kaiser, dieser führte das Volk Israels, jener das des ganzen Erdkreises [...,] dieser errichtete den Tempel des Herrn, jener schmückte ihn mit Gold, Gemmen und kostbarstem Gestein!» Doch das beliebte Spiel der Gleichsetzung war damit noch nicht zu Ende. Sowohl Jenstein als auch Ranko bezeichneten in ihren Predigten Karl zudem als einen zweiten Konstantin, und Adalbert sah im Imperator zudem noch einen zweiten biblischen König Josias.

Ob dem verstorbenen Imperator die Themenwahl der Predigten gefallen hätte? Oder Jensteins Vorstoß einer Heiligsprechung? Ein heiliger Vater des Vaterlandes, das hätte er mit Sicherheit als Krönung seines irdischen Tuns empfunden, glaubte er doch felsenfest an die eigene göttliche Auserwähltheit. Und die hohe Tonlage der Lobpreisungen in den Grabpredigten schien doch offenbar nur ein weiterer Beleg dafür zu sein, dass sich in der Welt diese Erkenntnis offenbar endlich durchgesetzt hatte.[13]

Ein verlorenes Grabmal und das «Beben des Erdkreises»

Nachdem die Predigtworte verklungen waren und die Weihrauchschwaden sich verzogen hatten, wurde der Herrscher am Donnerstag, den 16. Dezember 1378, in das vorbereitete Grab in der Mitte des Chores hinabgesenkt. Über eine separate Bestattung von Eingeweideteilen, wie das bei seinem Vater König Johann erfolgte, ist nichts bekannt. Auch von dem dann tatsächlich realisierten Grabdenkmal Karls, das natürlich erst in den Jahren nach seiner Bestattung vollendet wurde, wissen wir fast nichts. Überhaupt erwies sich die Manifestation der geheiligten Herkunft, dieses dynastischen Mythos der Přemysliden, sowie der Idee des sakralen Königtums in Skulptur und Architektur als ziemlich kurzlebig. Die in Stein und Gold umgemeisselten und umgeschmiedeten Ansprüche inszenierter Herrschermacht begannen schon nach wenigen Jahrzehnten an Überzeugungskraft zu verlieren. Sie lösten sich in jenen immer radikaler ausgetragenen Zwistigkeiten der Realpolitik, die nach Karls Tod ausbrachen, regelrecht auf. Am 21. Juli 1421, also nicht einmal ein halbes Jahrhundert nach dem Tod des Herrschers, fegte über das Grabmal Karls sogar ein Bildersturm hinweg, als Prager Bürger, aufgepeitscht von radikalen Predigern, die Ausstattung des Veitsdoms zerstörten. Der Sturm der Ikonoklasten wurde als Medium und Folge sozialer Konflikte in der Hussitischen Revolution von ganz unterschiedlichen politischen Gruppen angefacht und tobte sich gerade in Böhmen an verschiedenen Orten immer wieder neu aus.[14]

In seiner *Chronica regum Romanorum* überliefert der Chronist Thomas Ebendorfer (1388–1464), der im Jahr 1433 während seiner Legation von Basel nach Prag das Grabdenkmal gesehen hatte, eine vage Beschreibung des Aussehens, des Standortes und des Zustandes nach dem Besuch der Glaubenseiferer im Dom. Karl sei, so heißt es: «bestattet in der Kathedralkirche vor dem Altar des heiligen Veit, in einem aus viereckigen Steinen bestehenden und sich um zwei Fuß vom Erdboden erhebenden Königsgrabmal, das von oben durch ein eisernes Gitter verstärkt wird, welches aber, wie ich selbst sah, an drei Stellen zerbrochen und geöffnet, sowie durch die rasende Wut bestimmter Leute geschändet worden ist». Es gibt also einen eindeutigen Beleg, dass sich das Grabmal Karls IV. ursprünglich vor dem Veitaltar befunden haben muss. Zudem ist durch archäologische Untersuchungen bestätigt worden, dass es an dieser Stelle eine Krypta gegeben hat.[15]

Was auch immer Thomas Ebendorfer in demoliertem Zustand gesehen und beschrieben hat, es glich wohl einem ungefähr sechzig bis siebzig Zentimeter hohen Tisch- oder Tumbengrab. Dieses Grabdenkmal Karls bezeichnete höchstwahrscheinlich den genauen Ort der Gruft, in der die Herrschergebeine ruhten. Dass das Grabmal in seiner künstlerischen Qualität und der Sorgfalt der Ausführung nicht unter das Niveau der für Karls Amtsvorgänger geschaffenen Grabdenkmäler aus der Parler Bauhütte zurückgefallen sein dürfte, ist mehr als wahrscheinlich. Jedenfalls gibt es keinen Grund, es sich wie eine schmucklose ottonische oder salische Steinkiste vorzustellen.[16]

Aus zwei unterschiedlichen Überlieferungen gibt es sogar Nachrichten von Grabinschriften, die sich am Grabmal Karls befunden haben sollen. Den ersten Hinweis enthält die eben erwähnte erzbischöfliche Leichenpredigt. Der Redner spricht hier von einem Epitaph, auf dem sie gestanden habe. Vielleicht hat es sich aber auch um eine Inschrift gehandelt, die auf einem ephemeren Grabbau angebracht war. Da der Kathedralchor beim Tod des Kaisers eher einer Baustelle glich, liegt es nahe, beim Grabmal des Kaisers zum Zeitpunkt seiner Bestattung von einem Provisorium auszugehen. Die Inschrift habe gemäß der Predigt gelautet: «Und dort ist zum Gedenken seiner auf einem Grabepitaph eingeschrieben worden: ‹Im Jahr 1378, an den dritten Kalenden des Dezembers, / wurde ich, Karl der Vierte, einstmals das Beben des großen Erdkreises, / Kaiser und Unbesiegter, nur vom Tode besiegt, unter jener / Grube bedeckt. Gütiger Gott, ich bitte, dass das Meine eintreten möge zu den Sternen. / Heiliger Geist, oh ihr alle, löst für mich fromme Gelöbnisse, / ihr, die ich als Sterbender zurücklasse, als Lebender aufs Beste gehegt habe. / Und so möge seine Seele im heiligen Frieden ruhen.›»[17]

Eine weitere Inschrift hat ein Pragbesucher gesehen, die in einem Chronikeintrag der Annalen des Klosters von Altzella zum Todesjahr des Kaisers überliefert ist. Diese Inschrift könnte an einer anderen Stelle am Grabmal angebracht gewesen sein. Vielleicht kam sie aber erst später hinzu. Jedoch spricht auch hier ein Augenzeuge von einem Epitaph, auf dem er gelesen habe: «Karl, Erhabener, dem Himmel und der Erde eine Anmut, ist eingeschlossen in diesen Kasten, der Fürst und Herr der Welt.» Diese Belege zusammengefügt ergeben also ein Grabdenkmal aus Stein, das oberhalb der die kaiserlichen Knochen bewahrenden Gruft in unmittelbarer Nähe des Veitaltars lag, das ein oder mehrere Epitaphe aufwies und das vielleicht auch einen Baldachin besaß. Zumindest könnte der Begriff *archa*, von dem die Altzeller Überlieferung spricht, auf den abgeschlossenen Charakter der Gruft selbst verweisen, bedeutet doch das durch den Einschub eines *h* griechisch anmutende *arca* vor allem so etwas wie einen abgeschlossenen oder umgrenzten Kasten.[18]

Doch mit dem Abebben der Hussitenrevolution hatte das schwer beschädigte Grabmal nur eine Galgenfrist erhalten. Karls ursprüngliches

Der Kaiser in einem modernen Sarkophag: Im Zuge des Umbaus der Gruft im Prager Veitsdom in den Jahren 1929 bis 1935 wurde durch Kamil Roškot auch für Karl ein neuer, geradezu futuristisch anmutender, in seiner perfekten Materialität unterkühlt wirkender Sarkophag geschaffen.

Grabdenkmal ist heute restlos verschwunden, denn in späteren Jahrhunderten wüteten in dem Dom noch eine Feuersbrunst, weitere religiöse Eiferer und preußische Kanonenkugeln, von denen nach dem Siebenjährigen Krieg Ende der 1760er Jahre fast achthundert Stücke aus dem Schutt geborgen wurden. Im Jahr 1590 sind die Gebeine Karls IV. zudem aus dem Chorbereich in eine neu gegrabene Gruft verlagert worden, über der sich das kurz zuvor vollendete sogenannte Habsburger-Mausoleum mit den Grabmälern der Kaiser Ferdinand I. (1558–1564) und Maximilian II. (1564–1576) erhob. Später kam hier noch das denkmallose Grab Kaiser Rudolfs II. (1576–1612) hinzu. In der neuen Gruft lagen die Gebeine Kaiser Karls nun in einer Reihe mit denen späterer böhmischer Herrscher aus dem Haus Habsburg. Für den Inhalt des Karlsgrabes interessierte sich die Nachwelt erstaunlich oft. Achtmal, nämlich in den Jahren 1677, 1743, 1804, 1824, 1851, 1855, 1928 und 1976 ist es inzwischen geöffnet worden. Sogar mit einer Minikamera wurde 2005 die Grabkammer untersucht.[19]

Der Begräbnisplatz Kaiser Karls IV. erlebte allerdings als ein Memorialzeichen des prominentesten böhmischen Königs einen enormen Bedeutungszuwachs, weil er in der Moderne mit neuen Deutungsinhalten aufgeladen wurde. Als Ende der 1920er Jahre des Kaisers Kathedrale – gleichsam wie in Vollendung eines nationalen Auftrags – nach jahrhundertelanger Baupause fertiggestellt wurde, entsprach das Werk endlich den allgemeinen Vorstellungen von einer «perfekten Kathedrale» und wurde zu einem Hauptbeleg eines imaginierten Mittelalters. In diesem Zusammenhang sind im Rahmen der Umgestaltung der Prager Burg zum Präsidentensitz auch die Architekten Josef Plečnik (1872–1957) und Kamil Roškot (1886–1945) mit der Neugestaltung der Grabanlage im Veitsdom beauftragt worden. Mitte der 1930er Jahre wurden die Gebeine Karls und seiner vier Frauen in neue Sarkophage umgebettet, die der «tschechische Le Corbusier» entworfen und in die neu gestaltete Gruft einbezogen hatte. In dieser kühlen, windschnittigen Lokomotivenästhetik der Moderne präsentiert sich das Grab des römisch-deutschen Kaisers und böhmischen Königs Karl IV. noch heute.[20]

Die Erbfolgeordnungen des Kaisers

Nach dem Tod des Kaisers und Königs wurde natürlich virulent, was aus dessen politischem, materiellem und territorialem Erbe werden sollte. Das mag überraschend klingen, denn es gab mit dem zu Lebzeiten des Vaters zum böhmischen und dann auch zum römischen König gekrönten Wenzel, Karls ältestem Sohn, einen von niemandem infrage gestellten Nachfolger. Aus legitimatorischen Gründen bestieg der Neunzehnjährige sogar knapp anderthalb Jahre nach dem Tod des Vaters, im Frühjahr 1380, noch einmal in vollem Ornat den Thron Karls des Großen in Aachen. Doch neben Wenzel gab es noch weitere lebende Söhne, und deshalb hatte Karl zwei Erbfolgeordnungen fixieren lassen. Im Dezember 1376 in Prag und zehn Monate später, am 18. Oktober 1377 noch einmal in Tangermünde, hatte er seinen letzten Willen in Gestalt normaler Urkunden niedergelegt, also der Form, mit der der Herrscher seinen Regierungswillen zuvor tausendfach in die Welt gegeben hatte. Solche Erbfolgeordnungen stellten neben einem zweiseitigen Erbvertrag und einem Testament eine der drei speziellen Formen letztwilliger Verfügungen innerhalb des Erbrechts dar. Im Gegensatz zum Testament seines Vaters etwa enthalten die beiden Dokumente Karls ausschließlich Bestimmungen zur

Erbfolge und keinerlei Willensbekundungen zum Begräbnis oder zur Grablege. Auch Festlegungen bezüglich eventueller Seelgerätstiftungen, also memorialer Aspekte, oder sonstige testamentarische Bestimmungen fehlen. Ebenso ist die Gegenwart eines dafür herangezogenen Notars oder spezieller Testamentszeugen nicht fixiert worden.[21]

Die beiden Erbfolgebestimmungen Karls sind nicht auf Latein – wie man es für den Erlass einer *Constitutio*, also eines Gesetzes, eigentlich erwarten würde –, sondern auf Deutsch überliefert. Da sie aber nicht mehr im Original erhalten sind, könnte es sich bei den Texten entweder um zeitnahe Übersetzungen handeln oder um die auf Deutsch überlieferte Fassung ehemals zweisprachiger Urkunden, wie es sie bei Karls Privilegierungen öfter gab. Mit den fixierten Bestimmungen wollte Karl offenbar einem Erbstreit zwischen seinen Söhnen vorbeugen und dafür sorgen, «wie wir mit hulfe des almechtigen gotes unsere kynden in gemach und fride ewiclich seczen».[22]

Zum Zeitpunkt der zweiten Abfassung des letzten Willens vom Oktober 1377 lebten von Karls sechs Söhnen noch vier: der sechzehnjährige Wenzel aus der Ehe mit Anna von Schweidnitz, der elfjährige Sigismund und der siebenjährige Johann sowie der erst im Juli geborene Heinrich, die letzten drei aus der Ehe mit Elisabeth von Pommern. Drei der Söhne bekamen genau bestimmte Herrschaften zugewiesen. Wenzel erhielt das Königreich Böhmen mit weiten Teilen Schlesiens, Sigismund die Markgrafschaft Brandenburg und Johann ein kurz zuvor geschaffenes «Herzogtum Görlitz». Das bestand aus dem sogenannten «Görlitzer Land», der *terra Gorlicensis,* einem erst ab Ende des 15. Jahrhunderts als Oberlausitz bezeichneten Gebiet und weiteren östlichen Landesteilen der Markgrafschaft Lausitz entlang der Lausitzer Neiße, sowie noch weiteren Herrschaftsrechten an Teilen vom «Land über der Oder», der *Marchia transoderana,* die bald darauf als Neumark bezeichnet werden wird. Der kleine Heinrich sollte später von seinen älteren Brüdern bedacht werden, starb jedoch als Säugling noch im Todesjahr des Vaters. Von Rechten oder Besitz in Luxemburg war nicht die Rede, da Karls Halbbruder, der Inhaber des Herzogtums im Westen, noch lebte.[23]

Eine der wichtigsten Bestimmungen kreiste um die zukünftige Erbfolge im Königreich Böhmen. Beim Tod Wenzels sollte dessen erstgeborener Sohn die böhmische Krone erben, und auch in Zukunft war der jeweils Erstgeborene für die Thronfolge vorgesehen. Bei einem eventuellen Erlöschen der männlichen Linie Wenzels, so der Wille Karls, sollten nacheinander Sigismund, Johann und Heinrich mit ihren jeweils erstgeborenen männlichen Nachfolgern in die Erbfolge eintreten. In gleicher Weise sollte mit der Markgrafschaft Brandenburg verfahren werden, jenem auf ewig mit der Krone Böhmens vereinten Kurfürstentum. Mit einer Besonderheit: Außer Wenzel sollten sich alle Söhne Karls – auch jene, die vielleicht noch geboren werden – Markgrafen von Brandenburg nennen, ganz gleich, ob sie das tatsächlich später geworden wären. Auch Wenzels Söhne sollten den Titel eines Markgrafen von Brandenburg führen.[24]

Sollten allerdings alle Söhne des Kaisers ohne männliche Erben dahingehen – *do got fur sey* – «da sei Gott vor», wie es mehrfach in beschwörender Wiederholung heißt, dann würde die Krone Böhmens an die drei Söhne von Karls jüngerem, 1375 verstorbenen Bruder Johann Heinrich übergehen, also an seine Neffen. In den mittelalterlichen Rechtsvorstellungen wurden die agnatischen, die in männlicher Linie verwandten Männer von den kognatischen, den über weibliche Vorfahren dazugehörenden Verwandten unterschieden. In der erbrechtlich relevanten Verwandtschaft, der sogenannten *Magschaft*, folgte der ersten Gruppe aus Söhnen und deren Söhnen die weitere Blutsverwandtschaft des nächsten männlichen Verwandten des Erblassers, oft als *schwertmage* oder *vatermage* bezeichnet, im Gegensatz zu den weiblichen, die als *spindelmage* erscheinen. Diese heute so fremd erscheinenden Begriffe sind Belege für ein historisches Rechtsdenken, das Erbansprüche in väterliche und mütterliche Linien unterteilte. Die Formulierung «nehester vatermage» taucht als Erbrechte begründende Verwandtschaftsbeziehung beispielsweise auch in der Belehnungsurkunde Herzog Rudolfs IV. mit Tirol von 1363 auf.[25]

Als Ersten der *schwertmage*-Verwandten hatte Karl seinen Vetter Jobst von Mähren (1351–1411) bedacht. Im Falle, dass Jobst erbenlos blieb, sollten seine jüngeren Brüder Johann Sobieslav (1352–1394) und Prokop von Mähren (um 1355–1405), allesamt Söhne von Karls jüngerem Bruder Johann Heinrich, der einst die Markgrafschaft Mähren innehatte, im Erbe folgen. Zudem spielte erbrechtlich ein jeweils, wie es in Karls Erbverfügung heißt, «nehster mage» als bestellter Vormund bei minderjährigen

Erben eine Rolle. In der ersten Fassung der Erbfolgeordnung von 1376
gab es noch eine Regelung, die in der von 1377 nicht mehr enthalten ist.
Diese sah nämlich die Möglichkeit vor, dass «die eldeste tochter unseres
geslechtes» bei völligem Aussterben aller männlichen Kandidaten in das
Erbe eintreten solle. Das Abweichen vom Prinzip einer ausschließlich auf
männliche Nachkommen bezogenen Erbfolge, das auf die frühmittelalterliche *lex Salica* zurückging, sollte wohl als eine Art Notpassus das
dynastische Überleben in jedem Fall sichern. In seinen Erbbestimmun-
gen war es Karl auch wichtig, zu betonen, dass die beiden Kurstimmen,
über die die Luxemburger verfügten, also die böhmische und die märkisch-
brandenburgische, stets einträchtig für einen zukünftigen Königs-Kandi-
daten abgegeben werden sollten.[26]

Bruderzwist im Hause Luxemburg

Doch trotz aller vorausschauender Bestimmungen des Erblassers keimte
der Samen des Zwists kraftvoll, und bald nach Karls Tod brach der
Kampf um Land und Macht aus. Vergeblich hatte Karl die Nachfolger
«in gemach und fride ewiclich seczen» wollen, wie er einst schreiben ließ.
In den Bruderstreit im Hause Luxemburg, der im Laufe der Jahre zum
offenen Krieg eskalierte, griffen neben Wenzel und dessen Halbbrüdern
Sigismund und Johann von Görlitz auch Karls Neffen Jobst, Prokop und
Johann Sobieslav von Mähren ein.[27]

Die tragischste Figur in diesem Kampf der *schwertmage* untereinander
war sicherlich Wenzel, der römisch-deutsche und böhmische König,
Haupterbe von Karls böhmischen Ländern und der darauf gründenden
Hausmacht. Damit hatte Wenzel zugleich aber auch eine ganze Reihe
ehrgeiziger politischer Pläne und vielfach ungelöster, mitunter einfach
nur verschobener Konflikte geerbt. Zu diesem regelrechten Problemstau
gehörte vor allem das Große Abendländische Schisma und der unver-
söhnliche Gegensatz zwischen Reichsstädten und Fürsten. Als Kaiser Karl
starb, war Wenzel mit seinen siebzehn Jahren zu jung und zu unerfahren
für die großen Herausforderungen. Die bisherige, so zentral auf die politischen Ambitionen und diplomatischen Talente seines Vaters zugeschnit-
tene Politik ließ sich von Wenzel nicht fortsetzen. Obwohl er sich anfangs

weiterhin auf den Rat und die Erfahrungen hoher Hofbeamter seines
Vaters stützen konnte, wuchsen dem jungen König die Probleme schon
bald über den Kopf, und er flüchtete sich in Zerstreuungen wie Jagd und
Gelage. Wenzels Weinkonsum soll mitunter exzessive Züge angenommen
haben, wie mehrere Chronisten berichten; in diesem Zustand habe er
sich auch zu gefährlichen Grausamkeiten hinreißen lassen.[28]

Die Spannungen zwischen König Wenzel, dessen Traum von einem
Kaiserzug nach Rom bald zerstob, und den Fürsten nahmen schnell zu.
Anfang Dezember 1393 wurde ein Giftanschlag auf ihn verübt, den er
knapp überlebte, während der anwesende Friedrich der Weise, Herzog
von Bayern-Landshut, dem Gift erlag. Mehrere Tage rang Wenzel mit
dem Tod, und es dauerte drei Wochen, bis er wieder genesen war. Vielleicht blieb eine geistige Beeinträchtigung zurück, was viele seiner späteren irrational anmutenden Handlungen erklären würde. Ein Jahr nach
dem Giftanschlag wurde Wenzel als Gefangener des böhmischen Adels
mehrere Wochen inhaftiert; das von Karl einigermaßen austarierte Verhältnis zwischen dem böhmischen König und den mächtigen Baronen
war durch den Autoritätsverlust Wenzels völlig aus der Balance geraten.[29]

Im August 1400 wurde Wenzel als römisch-deutscher König auf
Beschluss der Kurfürsten abgesetzt, ein Verfahren, das im Spätmittelalter
in Europa häufiger Anwendung fand. Die Kurfürsten wählten den wittelsbachischen Pfalzgrafen Ruprecht III. zum neuen König. Um einen
König wirklich absetzen zu können, musste ihm natürlich alles denkbar
Schlechte nachgesagt werden, sodass Wenzel bis heute übel beleumundet
ist. Ob er tatsächlich alles falsch gemacht hat, wie in langer Geschichts-
schreibertradition immer wieder behauptet wurde, ist schwer einzuschätzen. Konnte er in seinem Alter überhaupt ein politisches Konzept haben,
sodass ihm ernsthaft vorzuwerfen wäre, er sei gescheitert? Neben dem
glanzvollen Vater musste der junge Nachfolger zwangsläufig überfordert
und wie ein Verlierer wirken. Ob aber Karl selbst mit all seinem politischen Talent die enorme Zuspitzung der spätmittelalterlichen Krise erfolgreich hätte meistern können, ob nicht der rechtzeitige Tod ihn vor
kolossalem Versagen und einem späteren Prestigeverlust gerettet hat, sei
dahingestellt. Wie auch immer: In die Forschungsdiskussionen über
Wenzel ist seit einigen Jahren Bewegung gekommen, und es wird sich mit

Verfeindete Vettern: *Kaiser Karl flankiert von König Wenzel IV. und Markgraf Jobst von Mähren. Die stilisierte Barttracht soll Herrscherweisheit und Einigkeit evozieren, die aber zwischen den tief verfeindeten Vettern nicht existierte. Im Liber civitatis, dem Stadtbuch von Olmütz, dokumentierte der Stadtschreiber Wenzel von Iglau Ratsbeschlüsse und Rechtsverhältnisse der Stadt seit den 1430er Jahren, die von meisterhaften Buchmalereien illustriert werden.*

Sicherheit vieles relativieren, was Karls ältestem Sohn an schlechtem Image anhaftet.[30]

Die Zeit von Karls Söhnen war aber noch nicht zu Ende. Nach einem Jahrzehnt der Herrschaft König Ruprechts von der Pfalz kam die Krone des heiligen Reiches zurück an die Luxemburger. Im Herbst 1410 traten die Vettern Jobst und Sigismund als Königskandidaten gegeneinander an. Jobst von Mähren erhielt fünf, Sigismund drei Kurstimmen, wobei jeder der beiden die Brandenburger Stimme durch Beauftragte für sich selbst einsetzte. Und Wenzel, der ein Jahrzehnt zuvor abgesetzte König, lebte auch noch, starrsinnig an seinem Königstitel festhaltend. Es gab also kurzzeitig die absurde Situation von drei Königen, die zwar allesamt aus dem Haus Luxemburg stammten, sich dennoch in abwechselnden Konstellationen spinnefeind waren. Es wäre mit Sicherheit zum Krieg zwischen Sigismund und Jobst gekommen, wenn Letzterer nicht im Januar 1411 gestorben wäre. Kein Wunder, dass wieder einmal von Gift gemunkelt wurde, da auch Jobsts jüngerer Bruder Johann Sobieslav von Mähren 1394 kein natürliches Ende gefunden hatte, sondern ermordet wurde. Und den dritten Bruder, Prokop von Mähren, hatte Jobst sogar selbst auf dem Gewissen. Unter Bruch freien Geleits war der von Jobst und Sigismund gefangen worden und starb später an den Folgen der Haft.[31]

Auch Karls jüngster überlebender Sohn Johann (1370–1396) gibt hinsichtlich seines Todes Rätsel auf. Der kerngesunde, nicht einmal sechsundzwanzigjährige Johann von Görlitz legte sich am Abend des 29. Februar 1396 im Kloster Neuzelle ins Bett und wurde am nächsten Morgen tot aufgefunden. Motive ihn zu vergiften gab es sowohl für seine Brüder Wenzel und Sigismund als auch für den Vetter Jobst. Die Gebiete seines Herzogtums jedenfalls fielen in die alten Zugehörigkeiten von vor 1377 zurück.[32]

Der Sieger im Bruderzwist hieß zunächst Sigismund. Er wurde im Juli 1411 noch einmal, diesmal einstimmig, zum römischen König gewählt. Er hatte bereits 1385 die ihm lange vorher anverlobte Maria von Ungarn geheiratet. Kaiser Karl hatte seinerzeit viel Energie darauf verwandt, seinen Sohn mit der die Königreiche Ungarn und vielleicht auch Polen als Erbschaft verheißenden Maria zu verbinden. Auf längere Sicht hätte das eine brandenburgisch-polnisch-ungarische Union ermöglichen können – eine außerordentliche Machtballung. Und kurzzeitig schien sich der dynastische Erfolg auch einzustellen. Sigismund wurde zwei Jahre nach seiner Hochzeit König von Ungarn. Doch 1386, nahezu zeitgleich, war ein dynastisch und politisch völlig anders orientiertes Großreich in die Welt getreten: eine polnisch-litauische Länderunion unter der Herrschaft der Jagiellonen. Marias jüngere Schwester Hedwig (1373–1399), die jüngste Tochter Ludwigs I. von Ungarn und nun Erbin der polnischen Königsrechte, hatte den litauischen Großfürsten Jagiello (vor 1362–1434) geheiratet, der sich fortan Wladyslaw II. Jagiello nannte. Das Herrschaftsgebiet der Jagiellonen sollte sich bis weit in das 16. Jahrhundert von der Memel bis zum Schwarzen Meer, zeitweilig sogar über Ungarn und Böhmen erstrecken. Es war ein Reich, wie es sich Karl IV. vermutlich immer erträumt hat, dessen Herrscher aber keine Luxemburger mehr waren.[33]

Ein hoher Preis musste jedoch noch zu Lebzeiten aller Streithähne für den Kampf untereinander bezahlt werden: der enorme Verlust der Königsautorität. Dieser zeigte sich etwa in den zwei Gefangennahmen Wenzels – die erste durch eine Adelsfronde 1394, die zweite im März 1402 durch seinen Halbbruder Sigismund – oder in der Festsetzung Sigismunds 1401 durch eine ungarische Adelsopposition. In diesem Jahr kam es auch zu einer regelrechten Belagerung von Prag, als Jobst von Mähren gemeinsam mit dem sogenannten «Herrenbund», einer auf Initiative des mächtigen böhmischen Magnaten Heinrich III. von Rosenberg (1361–1412) gegründeten Vereinigung des böhmischen Hochadels, und Markgraf Wilhelm von Meißen, genannt der Einäugige (1343–1407), die böhmische Hauptstadt angriff. Diese spektakuläre, militärisch eigentlich wirkungslose Aktion offenbarte sich im Nachhinein als enorm symbolisch aufgeladen, besonders natürlich, wenn sie mit der nur drei Jahrzehnte zurückliegenden Regierungszeit Karls in Beziehung gesetzt wird. Eine Gefangennahme des Königs von Böhmen, die Belagerung seiner geliebten Hauptstadt durch einen ehrgeizigen Vetter – das alles wäre zu Karls Herrschaftszeit undenkbar gewesen.[34]

Diese Ereignisse sind deutliche Zeichen einer allmählichen Auflösung des politischen Konzepts eines hegemonialen Königtums, wie es Karl verkörperte. Dazu gesellten sich nur wenig später die sozial-religiösen Konflikte in Böhmen, die sich derart schnell und radikal zuspitzten, dass ganz Mitteleuropa in der ersten Hälfte des 15. Jahrhunderts in die jahrzehntelangen verbissenen Kämpfe der sogenannten Hussitenkriege gestürzt wurde. Es liegt nahe, dass diese Kriege, die eine verheerende Brandspur durch Böhmen und ganz Mitteleuropa zogen und die, was sich besonders verheerend für die zukünftigen Geschicke Böhmens auswirken sollte, den Kontakt zur Vergangenheit in vielen Lebensbereichen unterbrachen, zu großen Teilen auch das Resultat jener sozialen Verwerfungen sind, die in der retardierenden Politik Karls IV. ihren Ursprung haben.[35]

Als Wenzel 1419 starb, hinterließ er keine Erben. Auch Sigismund blieb in erster Ehe mit Maria kinderlos. Aus dessen zweiter Ehe mit Barbara von Cilli (um 1390–1451) stammte die einzige Tochter Elisabeth von Luxemburg (1409–1442), Erbin der Thronansprüche im Heiligen Römischen Reich sowie in den Königreichen Böhmen, Ungarn und Kroatien. Sigismund gab seine Tochter an den Habsburger Herzog Albrecht V. von

Österreich (1397–1439), der diese vier Kronen auf seinem Haupt zu vereinen suchte. Da Sigismund die von Karl 1364 und 1366 geschlossene Erbeinigung der Dynastien Luxemburg und Habsburg 1402 erneuert hatte, wären seine Erbrechte im Falle des eigenen erbenlosen Hinscheidens ohnehin auf seinen Schwiegersohn übergegangen. Als Sigismund 1437 im südmährischen Znaim auf dem Weg nach Ungarn starb, endete nicht nur die männliche Linie des luxemburgischen Geschlechts, sondern auch die von Karl so ambitioniert betriebene Hausmachtpolitik für die eigene Dynastie.[36]

Als Fazit des zerstörerischen Zwists der Erben ließe sich formulieren: Macht und Ansehen der Luxemburger waren in der Zeit Karls in enorme Höhen gewachsen. Keine Dynastie zuvor war mit zwei eigenen Kandidaten in dieselbe Königswahl gegangen. Doch diese Machthöhe bestimmte auch die Tiefe des Falls. Durch den erbitterten Kampf der Söhne und Neffen untereinander ist die ursprüngliche Machtstellung der Luxemburger schon eine Generation nach Karl grundlegend erschüttert und dann völlig zerstört worden. Alle kämpften um die Erbmasse des Kaisers, und jeder wollte alles für sich allein. Die von der Dynastie beherrschten weiten Landstriche, die Karl durch beharrliches Sammeln kontinuierlich vermehrt hatte, fielen an unterschiedliche fremde Erben. Den auf lange Sicht größten Nutzen konnten die Habsburger daraus ziehen, die nun nach der über ein Jahrhundert dauernden Unterbrechung ihres Aufstiegs einem Herrschaftshöhepunkt zustrebten. Als der Mangel an Erben bei den Luxemburgern zu der Selbstzerfleischungslust hinzutrat, war die Dynastie verloren. Sie musste vergehen.[37]

Nun ist der Kampf um die Macht bei Nachkommen kein Einzelfall. Nicht nur Karls Erben schlugen sich um jeden Zipfel Landes, auch die Söhne Kaiser Ludwigs IV. oder die Nachkommen Rudolfs von Habsburg bekämpften einander bis aufs Messer. Aber die Luxemburger taten das besonders gründlich. Es ist offenbar der unstillbare Drang nach immer mehr Macht, der zu allen Zeiten so zerstörerisch in Gesellschaften wirkt und selbst engste familiäre Bindungen zersetzt. Wenn das überraschende Ende des Johann von Görlitz tatsächlich ein politischer Mord gewesen sein sollte – und sowohl Wenzel als auch Jobst von Mähren kämen als Auftraggeber dafür in Frage –, wenn auch Prokop und Jobst selbst Opfer ihrer eigenen Verwandten geworden wären, dann hätte sich die Dynastie der Luxemburger damit – und das wäre eine wirklich pikante Wendung im Hinblick auf den weiteren Verlauf der Weltgeschichte – nicht nur selbst aus dem Spiel der zentralen europäischen Mächte befördert, sondern zugleich mit eigener Hand auch jeglicher Zukunft beraubt.

Berlin in Böhmen

Was blieb von Karl? Welche Nachwirkungen hinterließ seine Herrschaft unmittelbar, und was offenbarte sich erst auf längere Sicht? Und vielleicht auch als Gedankenspiel interessant: Was hätte kommen können, wäre der karolinischen Dynastie jene Überlebenskraft der beiden anderen mächtigen Familien, der konkurrierenden Wittelsbacher und Habsburger, beschieden gewesen?

Die vielleicht wichtigste unmittelbare Auswirkung karolinischer Herrschaft bestand in der Kräftigung und Wiedererinnerung des Kaisertums als Ordnungsfaktor und Legitimationsinstanz im gesamten Heiligen Römischen Reich. Das zeigte sich deutlich an den sogenannten *Constitutiones*, also den Gesetzen und Erlassen des Kaisers, wie etwa an den Bestimmungen der Goldenen Bulle oder an den zehn Universitätsbestätigungen, an den Reichsfürstenerhebungen oder den Kirchenschutzprivilegien, an den Landfrieden oder der Versorgung des sich entfaltenden «Tintenstaats» in Oberitalien mit Notaren und Richtern. Viele dieser Gesetze entfalteten ihre stabilisierende Kraft auf lange Sicht und kamen erst nach dem Aussterben der Luxemburger zur vollen Geltung, wie etwa die Festlegungen der Goldenen Bulle zur Königswahl mit der Geltungsdauer von über vier Jahrhunderten. Gekennzeichnet war die Herrschaft Karls aber auch durch eine erneuerte Sakralität, eine mit Reliquienschätzen inszenierte Gottesnähe und Gottesdemut, die Karl in vielerlei Formen praktizierte. Dazu gesellte sich ein klares Bewusstsein für den hohen Wert künstlerischer Repräsentation, die er zielgenau einzusetzen verstand.[38]

So lässt sich in seiner Zeit etwas mit den Mitteln traditioneller kaiserlicher Herrschaft Wiederbelebtes beobachten, das aber nichts mit einer politischen Mottenkiste zu tun hatte, sondern mit einer den Zeitbedingungen angepassten Realpolitik; man könnte auch sagen, es kam durch seinen Politikstil zu einer Art konservativer Erneuerung des Kaisertums.

Andererseits vollzog sich unter Karl praktisch ein Austausch der Machtgrundlage der römisch-deutschen Königs- und damit Kaiserherrschaft. Durch die fast vollständige Versetzung des Reichsgutes, und zwar «in einem Maße, wie vor ihm kein Herrscher» es vornahm, wurden alte Kraftquellen liquidiert.[39]

Zugleich konnte aber mit dem forcierten Ausbau der auf Böhmen bezogenen Kronländer eine neue Machtbasis generiert werden. Eine konsequent auf die Hausmachtterritorien, also auf die Königsrechte in den Gebieten der *corona Bohemiae*, sowie auf das Kuttenberger Silber gestützte Politik ermöglichte ein neues hegemoniales Königtum. Aber bereits in den «Diadochenkriegen» der Söhne und Neffen verging es wieder und endete vollständig mit dem Verlöschen der Dynastie. Auch die wachsenden Konflikte zwischen den ökonomisch aufstrebenden Städten, vor allem jenen Reichsstädten, die nur den Kaiser als Oberhaupt anerkannten, und den nach Herrschaftsdurchdringung ihrer Lande strebenden Fürsten zeigten die Vergänglichkeit dieses Politikmodells.

Für Böhmen bedeutete die kompromisslose Beförderung der Hausmacht eine beträchtliche Erweiterung der Kronländer. Karl verfolgte mit seinem Ausgreifen nach Norden und Osten ein Konzept, das schon seine Vorfahren, die böhmischen Könige Přemysl Ottokar II. und dessen Sohn Wenzel II., angestrebt hatten: ein ostmitteleuropäisches Großreich. Doch auch diese Pläne scheiterten in mehrfacher Hinsicht.[40]

Die optische Präsenz durch die oftmals nach ihm benannten Bauten, vor allem in Prag, sicherten Karl einen kräftigen Erinnerungsvorsprung vor anderen böhmischen Königen. Die staatspolitische Verdichtung der Herrschaft in Böhmen zog aber auch einen unlösbaren Konflikt mit den Vertretern des ständischen Adels nach sich, den selbst Karl mit sonst erfolgreichen Verhandlungsmethoden nicht lösen konnte. Im religiösen Bereich wuchsen die Divergenzen zwischen der Amtskirche und einer sich ausdifferenzierenden Volksfrömmigkeit, die schließlich, gepaart mit sozialen Verwerfungen, zu den Hussitenkriegen führten. In der Frage des Großen Abendländischen Schismas dürfte Karl mit seiner Entscheidung für Urban VI. den Streit bedeutend verlängert haben.

Zur Durchsetzung seiner Interessen nutzte Karl alle, aber auch alle Möglichkeiten der damaligen Politik, machte sich die Mittel des Krieges genauso zu eigen wie die raffinierten Winkelzüge der Politik, bestach mit

Geld und Vergünstigungen, hofierte mit Schmeicheleien und drohte mit
Repressionen, spielte in Schmierenkomödien und bei kalkulierten Mas-
senmorden seine zynischen Rollen. Das muss man nicht moralisch beur-
teilen, unsympathisch oder sympathisch finden. Alles, was Karl tat, lässt
sich letztlich nur aus sich selbst heraus betrachten und bewerten. In der
Anwendung des politischen Instrumentariums seiner Zeit jedenfalls war
der Kaiser seinen Mitspielern meistens um eine Nasenlänge voraus. Aus
Karls Perspektive konnte es ohnehin keinerlei Zweifel an sich selbst geben, denn waren für den, der auserwählt wurde, den göttlichen Heilsplan
zu befördern und durchzusetzen, nicht alle Mittel recht?

Bei allem wird jedoch offenbar, dass es für die erfolgreiche Umsetzung
dieses Politikstils einer besonderen Persönlichkeit bedurft hat, einer Persönlichkeit, deren Fähigkeiten zu einem Gutteil vom «Zufall des Charakters», wie Karl Marx es einmal nannte, abhingen. Dass sich Johann von
Luxemburg, Karl und Wenzel in ihren jeweiligen politischen Aktionen so
sehr voneinander unterschieden, hatte einerseits mit den sich wandelnden
Rahmenbedingungen zu tun, zu großen Teilen aber auch mit den jeweiligen individuellen Fähigkeiten, eben mit den charakterlichen Prägungen
der Akteure. Zudem zeigt sich, dass die Beurteilungen späterer Generationen von deren eigenen Wunschvorstellungen geleitet waren, von perspek-
tivischen Einengungen oder Gruppenerfahrungen: Aus der Sicht bohemo-
zentrierter Kunsthistoriker etwa dürfte Karl der mit Abstand bedeutendste
Herrscher des Mittelalters gewesen sein, aus Sicht jüdischer Stadtgemein-
den sicherlich der zynischste und verbrecherischste.[41]

War Karl nun ein Wegbereiter eines tschechischen Nationalstaates oder
ein Visionär zukünftiger Ordnung, ein Europäer gar, der die Vielgestaltigkeit Europas antizipierte? Sicherlich nichts von allem! Denn die Wertung,
ob der Herrscher seinerzeit für Böhmen, Luxemburg oder Brandenburg
segensreich wirkte oder nicht und ob sich das für das heutige Tschechien,
Deutschland und Europa befördernd oder hemmend ausgewirkt hat, setzt
einen geradlinigen Entwicklungsgang voraus. Was Karl leistete oder unter-
ließ, kann aber nur auf den jeweiligen historischen Augenblick bezogen
beurteilt werden. Zudem hängt eine Wertung sowohl von der Fokussie-
rung sehr komplexer politischer Zusammenhänge als auch der Weite des
historischen Blicks ab. Ein Beispiel: Kirchenbeförderung und Reliquien-
sammelei etwa können das religiöse Leben eines Herrschaftsgebietes

enorm beflügeln. Sie können sich aber auch wie eine Art amtskirchlicher Reformstau auswirken, der auf längere Sicht zu sozialen Spannungen führt oder sogar in regelrechte Kriege einmündet. Schon allein deshalb taugen solcherart Zuschreibungen wenig, weil Argumente in dieser oder jener Hinsicht zwar auf Karl angewendet werden könnten, in ihrer anachronistischen Begrifflichkeit aber immer schwammig und defizitär bleiben müssen, also nichts zur Charakteristik der Person beizutragen vermögen. Daher kann Karl auch nicht so recht als «Kaiser für Europa» taugen, wie er seit 1978 immer wieder gedeutet wird, denn sein mittel- und westeuropäisches Aktionsfeld hatte ja nichts mit einem Europagedanken im heutigen Sinne zu tun.[42]

Kaiser Karl IV. war ohne Zweifel einer der bedeutendsten und widersprüchlichsten Herrscher im spätmittelalterlichen Europa. Er konnte politische Ziele mit Beharrlichkeit verfolgen, er vermochte langfristige Ziele überhaupt zu denken. Er reagierte nicht nur auf die Zeitläufe, sondern gab ihnen auch eine Richtung. Getragen von dem Bewusstsein einer göttlichen Auserwähltheit, wollte Karl nicht nur Erfüllungsgehilfe des Herrn oder Spielball einer launischen Fortuna sein, sondern schien, wenn man so will, den Hegelschen Weltgeist geradezu anzutreiben. Ein Mann lebt, wenn sein Name genannt wird, hatte der Ägyptologe Jan Assmann seinen alten Texten entnommen. Das gilt auch für Karl, dessen Name im heutigen Tschechien praktisch omnipräsent ist. In dieser Hinsicht war Karl in seinen Kronlanden überaus erfolgreich – und so lebt er dort tatsächlich bis heute.

Die deutliche Auserwähltheit zu Lebzeiten des Herrschers, all die Begünstigungen durch himmlische Heerscharen waren offenbar nur auf seine Person bezogen gewesen, nicht auf die Dynastie. Gottes Fürsorge und schützende Hand, sie ließen sich nicht vererben. Die Dynastie der luxemburgischen Přemysliden verging, und anderen Familien fielen die Früchte von Karls Hegemonialgewächsen in den Schoß. Doch das musste der Erwählte zum Glück alles nicht mehr erleben. Karls Idee von der Krone, die niemals stirbt, der *corona Bohemiae*, der er in jenem Wenzeldiadem eine sichtbare Form gab, sie überlebte auch den Untergang der Monarchien von 1918 und blieb Symbol der darauf folgenden tschechischen Republiken.

Abschließend sei noch eine Überlegung angestellt, wie es im Sinne von Alexander Demandts «Ungeschehener Geschichte» auch anders hätte

kommen können, «weil das Wirkliche nie das einzig Mögliche darstellt»,
konkret, wenn nämlich die von Karl so energisch zusammengefügten
Länder und Provinzen der *corona Bohemiae* nicht wieder zerteilt worden,
sondern beisammengeblieben wären. Dass das an Böhmen verpfändete
Reichsgut, wie etwa Eger und dessen Umland, nie eingelöst zu einem
Bestandteil eines böhmischen Staates werden musste, erscheint noch ver-
gleichsweise schlüssig. Anders hingegen sieht es mit den schlesischen
Herzogtümern aus. Diese wurden im 18. Jahrhundert – mit zweifelhaften
Erbargumenten unterfüttert – fast vollständig vom Schlachtenhasardeur
Friedrich II. erobert und Preußen zugeschlagen.[43]

Ob es mit jenen zu großen Teilen von deutschen Siedlern erschlos-
senen schlesischen Krongebieten Böhmens zu einem mehrheitlich natio-
naltschechischen Staat der Moderne überhaupt hätte kommen können,
erscheint dagegen ziemlich zweifelhaft. Und mit der Markgrafschaft
Brandenburg verhält es sich ähnlich. In der Erbfolgeordnung Karls heißt
es, dass «die marken czu Brandemburg von dem kunigreiche czu Beheim
ungesundert [unabgesondert], ungeteilet und unempfremdet bleibe».
Doch schon 1415 und 1417 wurde in zwei Schritten die «ewige Union»
wieder aufgegeben, und die Mark als ein Lehen der Hohenzollern verwandelte sich in einen brandenburgisch-preußischen Staat. Wäre allerdings die Mark auf ewig mit Böhmen uniert geblieben, gehörte sie heute
auch zwangsläufig zum tschechischen Staatsgebiet. Berlin läge heute in
Böhmen, und das tschechische Wort «Brambory», die «Brandenburger»,
bezeichnete dann mehr als nur Kartoffeln.

Hätte eine *corona Bohemiae* als ein luxemburgisches Reich in Mitteleuropa Bestand gehabt, wäre der habsburgische Aufstieg verhaltener aus-
gefallen – wenn es ihn überhaupt gegeben hätte. Das historische Preußen,
also Ostpreußen, hätte nie mit Brandenburg zusammenfinden können,
um Baustein einer europäischen Großmacht zu werden. Es hätte kein
Preußenkönig Friedrich 1740 von dort auf Eroberungszug gehen können.
Die Residenzstadt Tangermünde wäre eine Art brandenburgische Regio-
nalhauptstadt geworden, und die Ackerbürgerstädte Berlin und Cölln,
vielleicht noch heute unvereint, hätten als tschechische Landstädtchen
gemeinsam mit den in der Nähe gelegenen Städten Köpenick und
Spandau den Ruf erworben, hier würden sich wirklich Fuchs und Hase
gute Nacht sagen.[44]

EPILOG

DER ERINNERTE

«Nie widerfuhr der Germania eine üblere Pest
als durch Karl den Vierten!»

Kaiser Maximilian I.

Bruderschaft auf Bühnenbrettern

SONNTAG, 5. JANUAR 1777, MANNHEIM. In der Hofoper im Schloss
öffnete sich der Vorhang zur Uraufführung eines Singspiels in drei Aufzügen in deutscher Sprache – ein ungewöhnliches Ereignis angesichts der
immer noch anhaltenden Dominanz italienischer Opern auch nördlich
der Alpen. Der eigentliche Held des in Frankfurt am Main spielenden
Stücks *Günther von Schwarzburg* hieß Karl der Vierte. Die Musik hatte
Ignaz Holzbauer (1711–1783) komponiert, Hofkapellmeister in Mannheim von 1753 bis 1778. Das Libretto stammte von Anton Klein (1748–
1810), einem Jesuiten, der nach Aufhebung des Ordens 1773 zum «Professor der Dichtkunst und Philosophie» am Mannheimer Hof aufstieg und
das Werk seinem Brotherrn, dem Kurfürsten Karl Theodor von der Pfalz,
widmete. Der seinerzeit mehr als vier Jahrzehnte jüngere Wolfgang Amadeus Mozart hielt Holzbauers Komposition übrigens für sehr schön – was
diese tatsächlich ist –, denn es sei «nicht zu glauben was in der Musick für
feüer [Feuer] ist», wie er seinem Vater schrieb.[1]

Im großen Finale legte der Librettist ganz im Geiste des aufkeimenden
Patriotismus der Zeit seinem dahinscheidenden Protagonisten Günther,
dem einstigen Widersacher Karls, einen Auftrag an den zukünftigen König in den Mund:

Ich sterbe! Karl!
Herrsch über freie Völker!
O Deutschland, Deutschland,
Wie klein – bist du – zertheilt durch Zwietracht!
Wie gros – durch – Brüdereinheit!
Karl – Rudolf! – meine Brüder!
entnervender als Zwietracht
ist Hang zu fremder Sitte
Stolz – deutsch zu seyn – ist – eure Größe!

Der Librettist hatte Karl aber eine zum Glück dazuerfundene, intrigante und teuflische Mutter namens Asberta an die Seite gestellt, die nach dem Scheitern ihrer dunklen Pläne prophetisch intoniert:

Zum Pfande meiner Rache bleib
Bei euch mein Fluch.
Lebt, herrscht gehaßt von Völkern
Und zeuget Söhne, die euch würgen![2]

Erstaunlich an dem Ereignis ist nicht so sehr, dass Karl IV. in einem Bühnendrama als Figur neben anderen auftrat oder dass die seinerzeit tödlich verfeindeten Gegner in einer Schlussarie ihre brüderähnliche Einheit bekennen. Erstaunlich ist, dass dem böhmischen König im 19. Jahrhundert keine nach ihm benannte tschechische Nationaloper gewidmet wurde. Nur zu gut hätte man sich ein solches Werk vorstellen können – etwa aus der Feder der tschechischen Komponisten Bedřich Smetana (1824–1884), Schöpfer der nationalen Festoper *Libussa (Libuše)*, von Antonín Dvořák (1841–1904) oder Leoš Janáček (1854–1928). Denn der Kontrast eines Herrschers über «freie Völker», der zugleich, «gehasst von Völkern», bestraft ist «mit Söhnen, die euch würgen», spiegelt die ganze Bandbreite der Erinnerungen folgender Generationen.

Allerdings hatte es Karl 1884 immerhin zum Helden einer Komödie gebracht, aus der einige Motive 1969 und 1973 in zwei Filmen aufgegriffen wurden. Die Musikkomödie *Eine Nacht auf dem Karlstein (Noc na Karlštejně)* erreichte eine bis heute anhaltende Popularität beim tschechischen Publikum. Sie persifliert die strengen Verordnungen bezüglich der Liebesverbote, die Karl wegen der Reliquienverehrung auf der Burg verhängt hatte. Zur Musik von Karel Svoboda – dessen Kompositionen dem aus demselben Jahr stammenden Aschenbrödel-Haselnüsse-Kultfilm «3HfA» zu weiter Verbreitung auch in Deutschland verhalf – können Karl und Elisabeth von Pommern landesweit, etwa in Theatern von Prag, Brünn, Karlsbad und auf dem Karlstein, dem Publikum klarmachen: Auch der böhmische König Karl war ein Mann von starken Gefühlen zu Frauen, selbstredend auch zu seiner eigenen. Damit hatte es Karl auch zu einer popkulturellen Figur gebracht, die sogar als Biermarke oder Computerspielfigur landesweit anzutreffen ist.[3]

Das hohe Lied des Lobes auf Karl, wie es auch hier immer wieder anklang, ist schon zu seinen Lebzeiten von der Hofhistoriographie gesungen worden. Benesch von Weitmühl, Heinrich von Mügeln oder die Grabpredigten sind Beispiele für wirkmächtige Bausteine einer über die Lebenszeit des Monarchen hinausreichenden karolinischen Herrscherideologie. Die Grundtendenz positiver Urteile blieb in Böhmen beständig erhalten. Exemplarisch sei nur auf die in Böhmen später weit verbreiteten historiographischen Werke über die Geschichte Böhmens, etwa aus den Federn des Klerikers Wenzel Hajek von Libotschan (gest. 1553), der sich lateinisch Wenzeslaus Hagecius nannte, oder des Jesuiten und Historikers Bohuslav Balbín (1621–1688), verwiesen.[4]

Drei Jahre nach der Premiere der Oper *Günther von Schwarzburg* am 24. März 1780 verfasste in Prag der böhmische Historiker und Archivar Franz Martin Pelzel, tschechisch František Pelcl, das Vorwort zu seinem Buch *Kaiser Karl der Vierte, König in Böhmen*, das im selben Jahr in deutscher Sprache erschien und hinsichtlich der Deutung des böhmischen Königs und römischen Kaisers einen Meilenstein darstellte. Sein Werk war gleichsam der Urknall einer modernen, vor allem tschechischen Karlsverehrung, die bis heute anhält. Pelzel war grenzenlos begeistert von allem, was Karl in seiner Herrschaftszeit tat, natürlich besonders von den Dingen, die das Königreich Böhmen betrafen. Schon der erste Satz lässt daran keinen Zweifel: «Unter allen Menschen, die jemals in Böhmen geboren worden, ist Kaiser Karl der Vierte unstrittig der wichtigste und größte Mann.» Aber auch für dessen Wirken im Reich ist er des Lobes voll. Zur Königswahl 1346 listet er all die vielen Vorzüge auf und kommentiert: «Wenn man alles dieses in Erwägung zieht, so hatten die Deutschen keinen würdigeren Fürsten, den sie auf ihren Thron hätten setzen können. Sie sollten den Tag, an welchem dieser Böhme zu ihrem Oberhaupte gewählt worden, unter die glücklichsten Tage, die jemals Deutschland gesehen hat, setzen, und ihn alle Jahre mit vorzüglichen Freudenbezeigungen feyern.»[5]

Das Buch Pelzels entstand in der Zeit der aufkommenden Romantik, in der eine aufkeimende tschechische Nationalbewegung nach historischen Stützen für das neue Nationalbewusstsein suchte. Als sich in der ersten Hälfte des 19. Jahrhunderts auch in Böhmen das bürgerliche Leben breiter entfaltete, begannen einige Figuren für aktuelle politische Forderungen an Bedeutung zu gewinnen. Karl IV. geriet in diesem Prozess zu einer Zentralfigur, weil sich dessen Regierungszeit besonders gut als ein Goldenes Zeitalter deuten ließ. Allerdings mussten dafür beim Formen der Erinnerungen jene Dinge verändert werden, die als unverständlich oder unmodern empfunden wurden, wie etwa die tiefe Religiosität Karls nur schwer in ein antikatholisches, weil antihabsburgisches Bild passte. Wie brisant die Instrumentalisierung Karls als eines fürsorglichen und weisen nationalen Herrschers war, zeigen beispielhaft die heftigen Auseinandersetzungen um die Errichtung eines Karls-Denkmals in Prag aus Anlass des fünfhundertsten Jahrestages der Universitätsgründung 1848, die Kämpfe des Prager Pfingstaufstandes im selben Jahr sowie das Aufflammen nationaler Gegensätze zwischen Tschechen, die nach der Erfassung von 1846 knapp sechzig Prozent der Bevölkerung in Böhmen ausmachten, und den Deutschböhmen.[6]

An dem aus Mähren stammenden böhmischen Gelehrten František Palacký (1798–1876), einer «Persönlichkeit von einzigartigem gesellschaftlichen Einfluss», wie der tschechische Historiker Martin Wihoda jüngst einschätzte, kann abgelesen werden, wie sehr sich das intellektuelle Klima im 19. Jahrhundert änderte. Das Problem in Böhmen war eigentlich ganz simpel: Es ging um eine gleichberechtigte politische Stellung der Tschechen innerhalb der österreichisch-ungarischen Monarchie. Seit den revolutionären Ereignissen von 1848 und vor allem nach dem Ausgleich zwischen Österreich und Ungarn von 1867 forderten immer mehr tschechische Intellektuelle in Böhmen die nationale Selbstbestimmung. Denn nach anfänglicher Akzeptanz der österreichisch-ungarischen Doppelmonarchie machte sich eine immer größere Kluft zwischen Prag und Wien bemerkbar, weil die erhoffte Angleichung der politischen Stellung trotz vielerlei Ankündigungen nicht vollzogen wurde.[7]

Dankbare Universitäts-
patrioten: Die knapp vier
Meter hohe Bronzestatue
Kaiser Karls IV., gestaltet von
dem Dresdner Bildhauer
Ernst Hähnel, wurde Mitte
des 19. Jahrhunderts aus
Anlass des fünfhundertjähri-
gen Jubiläums der Universität
in Prag gegossen. Die Auf-
stellung und Enthüllung
musste wegen der vom Natio-
nalitätenstreit zwischen Tsche-
chen und Deutschen befeuer-
ten Revolutionskämpfe 1848
um fast drei Jahre verschoben
werden. Heute befindet sie
sich auf dem Kreuzherrenplatz
am Beginn der Karlsbrücke.

František Palacký, der für seine historischen Forschungen schon vor der Öffnung des Vatikanischen Geheimarchivs 1881 Zugang zu päpstlichen Archivalien hatte, blieb zwar Anhänger der österreichischen Monarchie, doch mit seiner zwischen 1835 und 1865 auf Deutsch verfassten mehrbändigen *Geschichte von Böhmen* sowie der später auf Tschechisch verfassten *Dějiny národa českého v Čechách a v Moravě (Geschichte des tschechischen Volkes in Böhmen und Mähren)* schuf er einprägsame Erzählungen von der historischen Berufung der Tschechen in Mitteleuropa. In seiner *Geschichte von Böhmen* befand er, Karl sei: «der popularste König, der jemals in Böhmen geherrscht hat. Bei dem Klange seines Namens erwarmt noch heutzutage jedes Böhmenherz, und jeder Mund fließt über von Dank und Verehrung gegen die Manen eines Herrschers, der in der Volksüberlieferung der Repräsentant der höchsten Blüthe und Wohlfahrt seines Vaterlandes geworden ist.»[8]

Als nach dem Ersten Weltkrieg das Habsburgerreich zerfiel und aus seinen Bruchstücken neue Nationalstaaten hervorgingen, zimmerte auch die
politische Führung der jungen Tschechoslowakei kräftig an identifika-
tionsstiftenden nationalen Symbolen mit historischer Tiefe. Kaiser Karl IV.
eignete sich dafür besonders gut, weil er sich im Laufe der Jahrhunderte in
einen in Böhmen besonders verehrten Nationalhelden, einen *pater patriae*,
verwandelt hatte. In einem Goldenen Zeitalter habe der Kaiser in enger
Verbindung mit dem Volk geradezu wie ein «demokratischer Monarch»
geherrscht. Dass der gepriesene Karl sein Königreich Böhmen für seine
politischen Manöver finanziell ausgepresst hat, tat den Lobgesängen aus
nationaltschechischer Sicht keinerlei Abbruch.[9]

Tomáš Garrigue Masaryk (1850–1937), der erste Präsident der neu-
gegründeten tschechoslowakischen Republik, hatte schon während des
Ersten Weltkriegs darüber nachgedacht, wie man einen neuen tschechischen Staat unter Rückgriff auf Karl IV. legimieren könnte. In seinen
Erinnerungen notierte er: «Was werden wir der Welt über uns sagen?
Und was wird die Welt über uns und von uns annehmen? Das ist die
Frage. In politischer Hinsicht werden wir zeigen, daß wir unseren Staat,
und zwar einen ziemlich großen Staat, schon in ältesten Zeiten gegründet und daß wir staatsschöpferische Fähigkeiten genug hatten und
haben; das beweisen nicht nur Karl IV. und König Georg, sondern auch
vor Karl IV. der Versuch eines großmährischen Reiches und die Organisation des Přemyslidenreiches – eines von einheimischer Dynastie und
Verwaltung geschaffenen Staates in der Nachbarschaft der Deutschen.»
Es ging darum, Karl zu einem «emotionalen Fundament der Nation» zu
machen, um mit Etienne François zu sprechen.[10]

Doch was dachte man in Deutschland über Karl? Schon Franz Pelzel,
der an Kaiser Joseph II. schrieb, dass dieser der «zweite Karl IV.» sei, wun-
derte sich über den schlechten Ruf, der in Deutschland an dem böhmischen König haftete. Und František Palacký ließ über Karl vernehmen:
«Dagegen gilt er in der Reihe der deutschen Kaiser für einen der schwächs-
ten und verrufensten; manche Schriftsteller scheinen nicht Worte genug
finden zu können, um ihren Abscheu und ihre Verachtung gegen ihn auszudrücken.» Ein Grund für die schlechte Meinung dürfte gewesen sein,
dass Karl für die nationalen Sehnsüchte, die zur selben Zeit auch die Deutschen hegten, wenig taugte. Hier wurden eher Friedrich I. Barbarossa oder

Kaiser Friedrich II. als Sehnsuchtsherrscher gedeutet. Noch wichtiger für die negative Meinung sind jedoch die zahlreichen abfälligen Stimmen über Karl in den Chroniken und Annalen, die seit seinem Tod im Reich nördlich und südlich der Alpen verbreitet waren und die die Historiker des 19. Jahrhunderts oft genüsslich kolportierten.[11]

Gespaltene Erinnerungen

Bereits zu Lebzeiten Karls unterschieden Kritiker zwischen dem, was er als Kaiser im Namen des Heiligen Römischen Reiches politisch ins Werk setzte, und dem, was er als König von Böhmen unternahm. Nicht wenige Chronisten spielten das eine gegen das andere aus, wie etwa der Autor einer Salzburger Kompilation, der zum Tod Karls schrieb: «Der schon genannte Karl, der Kaiser und König von Böhmen, der zu seinen Lebzeiten das böhmische Königreich um zahlreiche Länder erweiterte, wie Polen [gemeint ist Schlesien], die Lausitz und die Mark Brandenburg, starb. Indem er diese Länder, die alle vom Römischen Reich zu Lehen rühren, unrechtmäßig als Lehen zum Königreich Böhmen riss, schädigte er das Römische Reich und machte Böhmen groß.»[12]

Ähnlich urteilte rückblickend auch Jakob Twinger von Königshofen, dem ebenfalls Karls besondere Förderung Böhmens zu Lasten des Reiches missfiel. Der Kaiser sei sehr hinter Gütern, Land und Leuten her gewesen; was ihm zufiel, habe er aber nicht an das Reich, sondern an das Königreich Böhmen übertragen. Mathias von Neuenburg betonte weniger den Gegensatz zwischen Böhmen und dem Reich, urteilte alles in allem aber noch härter. Er zählte viele klägliche Schlappen und missglückte Handlungen Karls auf, um dessen insgesamt unkönigliches Verhalten zu illustrieren; schon die Wahl zum römischen und deutschen König von 1346 sei ein *aborsus,* eine Fehlgeburt, gewesen.[13]

Eine Generation nach Karl befand Dietrich von Nieheim (gest. 1418), ein Chronist und aufmerksamer Kommentator des Konstanzer Konzils von 1415, dass Karl und sein Sohn Wenzel zwei der vier Räder des *currus imperii,* des Reichswagens, zertrümmert hätten: Von Deutschland, der Lombardei, dem Arelat und Italien seien nur die ersten beiden geblieben. Dietrich, der nach Erklärungen für das Dilemma seiner eigenen Zeit

suchte, glaubte diese in der Herrschaftszeit Karls IV. und seines Sohnes
gefunden zu haben. Die negative Meinungsbildung über Karl nahm nun
immer mehr Fahrt auf.[14]

Nachhaltig geprägt wurde das Bild Karls durch das Urteil des Humanisten Enea Silvio Piccolomini (1405–1465), der 1458 als Pius II. den
Papstthron bestieg. Mit seiner 1475 veröffentlichten und 1489 als Wiegen-
druck verbreiteten *Historia Bohemica*, in der er die Geschichte Böhmens
von ihren Ursprüngen bis zum Zeitpunkt der Abfassung behandelte,
legte Piccolomini für mehrere Generationen ein negatives Bild des Kaisers fest: «Fürwahr ein glänzender Kaiser, wenn er nicht den Ruhm des
böhmischen Königreiches mehr gesucht hätte als den des römischen Imperiums. Auch jene Sache hat einen nicht geringen Makel an seinen Namen geheftet, dass er versucht hat, Wenzel, von seinen Söhnen der älteste,
noch zu seinen Lebzeiten zum Nachfolger im Reich zu machen, und dies
durch Geld.» Da er das aber nicht besaß, so Piccolomini weiter, habe er
«die öffentlichen Einnahmen des Römischen Reichs» verpfändet, «ein
ewiges Übel für das Imperium». Vor diesem Hintergrund verwundert das
scharfe Urteil Kaiser Maximilians I., eines Kaisers an der Schwelle zur
Frühen Neuzeit, nur noch wenig. Der glaubte, dass der Germania «nie
eine üblere Pest» widerfahren sei als «durch Karl den Vierten!»[15]

Einige Jahre nach dem Druck von Piccolominis Werk erschien 1493
die reich illustrierte Weltchronik des Hartmann Schedel (1440–1514),
einer sowohl lateinischen als auch deutschen Kompilation des historischen
Weltwissens. Durch deren europaweiten Vertrieb verbreitete sich die Kritik an Karls Reichpolitik in viele Gelehrtenstuben. «Carolus des namens
der vierd», so führt die deutsche Fassung aus, «was gar ein hohberümbt
löblich man ausgenomen, das er, als ettlich schreiben, mer des behmischen
dann des römischen reichs nucz und ere soll haben gesucht.»[16]

Auch aus vielen italienischen Chronisten- oder Literatenstimmen des
Spätmittelalters klingt eine deutliche Schelte an Karls Reichpolitik heraus. Das bereits erwähnte Diktum Petrarcas, «Kaiser der Römer wirst Du
heißen und doch bloß König von Böhmen sein», hielt sich zäh und fand
immer wieder Nachfolger. Der Florentiner Franco Sacchetti fasste 1368
seine Enttäuschung in einem Spottvers über Karl so zusammen: «Du, der
du den Namen Kaiser führst, dir möchte ich sagen, dass du andere
Gedanken hast als die, die jeder von dir erhofft und wünscht. Gegen die

Tyrannen solltest du kämpfen, wie es recht wäre, und insgesamt allen Städten Frieden schenken und den Weg ebnen. [...] Es kann nur weinen, wer so verrucht war, auf deine Versprechen hin die Tore zu öffnen. Brief und Siegel gelten bei dir nichts. [...] Dein Name sollte dich kraftvoll daran erinnern, was der gute Karl der Große für einer war. Aber dir macht es gar nichts aus, den gleichen Namen zu haben wie er. [...] Du, der du der vierte Karl bist, wie groß ist denn der Wagen deiner Tugenden und Taten? Warum zeigt sich in dir nur Geiz und Knausrigkeit?»[17]

Anders als in Böhmen, wo sich seit dem 19. Jahrhundert eine romantisch-nationalistische Verehrung Karls entwickelte, grassierten im deutschsprachigen Raum auch weiterhin die Vorbehalte. Als besonders verheerend für das Bild Karls erwies sich ein Buch, das um die Jahrhundertmitte weite Verbreitung fand: die *Weltgeschichte für das deutsche Volk* von Friedrich Christoph Schlosser (1776–1861). Karl, der «gelehrte, frömmelnde Pedant», habe «das versteckte Wesen der Slaven, die er beherrschte, mit der diplomatischen Gewandtheit der Franzosen, die ihn erzogen, und mit den treulosen egoistischen und politischen Künsten der Italiener, die ihn ausgebildet hatten», in sich vereint: Das schien die Frage nahezulegen, ob Karl überhaupt ein echter Deutscher war. Dieser Kaiser habe «die Reste der Monarchie zerstört und die Anarchie vermehrt», wobei «seine Theologie und sein religiöser Aberglaube [...] zu seinen selbstsüchtigen Zwecken» dienten. Schlosser und seinen Mitautoren, so ist deutlich zu erkennen, ist die historische Bedingtheit jeglichen politischen Handelns vollständig verborgen geblieben.[18]

Auch von anderer prominenter Seite klang es ähnlich vernichtend. Jacob Burckhardt (1818–1897) ließ kein gutes Haar an Karl. In seiner 1860 veröffentlichten *Cultur der Renaissance in Italien* urteilte er: «Karls ganzes Auftreten in Italien ist eine der schmählichsten politischen Komödien.» Ferdinand Gregorovius (1821–1891), Autor der berühmten *Geschichte der Stadt Rom im Mittelalter*, höhnte über die «klägliche Kaiserfahrt Karls», sie sei mit «wenig Ruhm männlicher Taten und mit viel Schande ob der erniedrigten kaiserlichen Majestät» verbunden. Karl habe sich ganz auf «seine böhmische Dürftigkeit» verlassen und nur erreicht, «vom Römischen Reich nichts als das barbarische Böhmen und den leeren Kaisernamen zu besitzen». Alfred von Reumont (1808–1887), der mit seiner dreibändigen *Geschichte der Stadt Rom* Wesentliches zur deutschen Wahr-

nehmung der Geschichte Italiens beitrug, sah Karls Romfahrt als «Schein-
bild eines Römerzuges» oder «Schattenspiel» eines solchen, glaubte sogar,
der Herrscher habe dreihundert «ungerüstete Ritter» angeführt. Das alles
klang ganz nach den Herabsetzungen, die schon Villani, Petrarca oder
Sacchetti artikuliert hatten.

Es gab aber auch gewichtige Gegenstimmen: Der preußische Minister
und Reformer Karl Freiherr vom Stein (1757–1831) hielt den böhmischen
Herrscher für einen «kenntnisvollen, tätigen, weisen Fürsten». Und Leopold von Ranke ließ vernehmen, dass er dessen Verdienste um das Reich
auf drei Feldern sah: der Ordnung der Königswahl, der Stiftung der Universität und der Förderung des Handels – insgesamt eine positive Bilanz
also. Ranke resümierte: «Er wusste, was sich in der Welt ausrichten lasse,
und was nicht.»[19]

Dennoch, die drastisch-negativen Beurteilungen entfalteten ihre lang
anhaltenden Wirkungen weiter in den deutschen Geschichtsdarstellun-
gen des 19. und 20. Jahrhunderts. Das Gift der Geringschätzung kroch bis
in die feinsten Verästelungen lokalhistorischen Urteils hinein. In Böhmen
hingegen wurde Karl zu einem nationalen Mythos, dessen fruchtbringen-
des Wirken für die Tschechen nicht nur Eingang in die historiographischen Werke, sondern auch in die Schulbücher fand. Diese gegensätzliche
Sicht auf den Kaiser hängt auch mit dem schwierigen Verhältnis zwischen
Tschechen und Deutschen zusammen, das gerade im 20. Jahrhundert
zeitweise in offene Feindschaft umschlug. Was gut war für die einen,
musste zwangsläufig schlecht für die andern sein: Diese Logik hat dem
Gedächtnis Karls IV. vermutlich mehr geschadet als alles andere.[20]

Tscheche, Deutscher, Europäer

SAMSTAG, 14. MAI 2016, PRAG.   Am siebenhundertsten Geburtstag
Kaiser Karls IV. wurde der Veitsdom in Prag wieder einmal zum Schauplatz von Ritualen mit hoher symbolisch-staatspolitischer Kraft, in deren
Zentrum der Herrscher stand und die zugleich den Gipfelpunkt der Feierlichkeiten zu seinem Geburtsjubiläum darstellten. Im Dom wurde an
diesem Samstag eine feierliche Messe vom Prager Erzbischof Dominik
Duka zelebriert, die das Tschechische Fernsehen live übertrug. Dabei

Karl im Portemonnaie jedes Tschechen: *Auf der seit 1993 gültigen 100 Kronen-Banknote, entworfen von Oldřich Kulhánek, ist vorn Karl IV. und hinten das Siegel der Prager Karls-Universität zu sehen.*

erklang die *Glagolitische Messe*, ein pompöses Orchester- und Chorwerk des tschechischen Komponisten Leoš Janáček, in der der traditionelle lateinische Messtext in einer kirchenslawischen Übersetzung gesungen wird. Unter den Teilnehmern befanden sich der tschechische Staatspräsident Miloš Zeman und weitere hohe Repräsentanten des Staates und der Stadt Prag sowie Vertreter der europäischen Politik. Auch der regierende Großherzog von Luxemburg, Henri von Nassau, war zugegen. Während der Messe wurde sogar die böhmische Königskrone für kurze Zeit öffentlich präsentiert. Anschließend wurde im Barockgarten des Wallenstein-palais, dem größten Palais Prags und Sitz des Senats des Parlaments der Tschechischen Republik, die Ausstellung zum siebenhundertjährigen Jubiläum eröffnet, die spektakuläre Exponate aus der Herrschaftszeit Karls präsentierte.[21]

Das alles zeigt, wie wirkmächtig die Erinnerungen an Karl IV. als böhmischen König noch immer waren, oder besser: wieder geworden sind. Denn in der Diskussion um die Identität Europas sind historische Ursprünge eigener nationaler, regionaler oder staatlicher Besonderheit in ihrer Bedeutung gewachsen, je mehr Mitglieder der Europäischen Union beitraten. Im Zuge der Wiederentdeckung und Indienstnahme historischer Figuren von hoher Legitimationskraft für die Tagespolitik rückte

auch die Erinnerung an Karl IV. als böhmischen König wieder neu in den
Blickpunkt. Das wirft die Frage auf, ob nicht der Mangel an gemein-
schaftsstiftenden europäischen Erinnerungsorten – seien es Personen,
Gegenstände, Werke oder Ereignisse –, oder besser: das Desinteresse an
ihnen, für die Schwierigkeiten mitverantwortlich sind, ein europäisches
Zusammengehörigkeitsgefühl zu erzeugen.[22]

Der Philosoph Søren Kierkegaard hat in einem oft zitierten Tagebuch-
eintrag festgehalten, dass das Leben nach vorn zu leben sei, aber nur nach
rückwärts verstanden werden könne. Und der Althistoriker Theodor
Mommsen spitzte diese Erkenntnis weiter zu: Es «ist ja doch von jeher die
Geschichte das Totengericht gewesen, in welchem die späteren Geschlechter den Spruch fällen über die früheren». In diesem Sinne lässt sich an der
Person des Kaisers wie selten sonst bei einem mittelalterlichen Herrscher
die zu allen Zeiten auftretende politische Vereinnahmung von völlig unterschiedlichen Interessengruppen beobachten, die zu ganz verschiedenen
Erinnerungsbildern geführt hat. Die Urteile reichen von Karl als «Vater
des Vaterlandes», «der Böhmen» und «der tschechischen Nation» oder
dem «Wahrzeichen eines stolzen, selbstbewussten, anti-germanischen
Tschechentums» bis hin zu einer «nie verderblicheren Pest», die das Reich
betroffen habe, und zu einem «nationalen Zwitter». Bis in die Gegenwart
hinein war Karl immer wieder Projektionsfigur für politische Programme:
vom Nationalitätenstreit in der k.u.k. Monarchie des 19. Jahrhunderts
über die Selbstfindung des tschechischen Staatswesens der ersten Republik
und die Suche nach dem historischen Ursprung der ČSSR im kommunistischen Blocksystem bis hin zur Stilisierung zum wahren Europäer in den
letzten zwanzig Jahren. Zweifellos wird das auch in der Zukunft so sein.
Nur zu einem «Symbol der Treue Böhmens und Mährens zum Reiche»,
wie Reinhard Heydrich es 1941 in Prag bei der Auslieferung der Kron-
insignien verkündete, zu «geschichtlichen Notwendigkeiten» oder zur
«verbindlichen Richtschnur für die Bevölkerung Böhmens und Mährens»
werden die Krone sowie ihr Schöpfer und berühmtester Träger nicht mehr
herhalten müssen.[23]

DANK

Eines Abends erzählte meine älteste Tochter Judith, die mit dem Ziel Restauratorin zu werden in der Zeit eine Tischlerlehre absolvierte, dass in der Werkstatt ein Umkleideschrank mit einem Zahlenschloss habe geknackt werden müssen, und einer der Gesellen seine Strategie für die vierstellige Ziffernfolge so erläuterte: «Da hilft in den meisten Fällen die 2412, 3112 oder die 1356.» Und er habe hinzugesetzt: «Weihnachten, Sylvester oder die Goldene Bulle, das lässt sich ja leicht merken!» Mich freute an der kleinen Schnurre, dass die Goldene Bulle Karls von 1356 allgemein noch so bekannt ist, dass sie als Eselsbrücke herhalten kann. Bei uns am Familientisch war dieses Gesetz jedenfalls des Öfteren Gesprächsthema. Meine Kinder Luise, Leopold und Mathilde staunten über die kurfürstlichen Hofämter, wo das Kellnern als eine besondere Ehre galt. Zwar stritten sie nie um die Ehre, Mutter oder Vater einen Löffel darreichen oder den Wein nachschenken zu dürfen, doch beflügelten sie meine Arbeit durch ihre Neugier und die Lebensfreude, die sie verbreiten.

Beim Schreiben des vorliegenden Buches haben mir viele Freunde und Kollegen geholfen, denen ich von Herzen danken möchte: Vor allem meinen «Erstlesern» Christian Jostmann, Michael Lindner und Michael Niedermeier, die erste Entwürfe prüften, mir guten Mut machten und ein allzu ausgreifendes Mäandern des Erzählfadens verhinderten, verdanke ich viel. Meine Kolleginnen und Kollegen Ulrike Hohensee, Marianna Spano, Michael Menzel, Mathias Lawo und Nils Rudolph von den Berliner Monumenta sowie Elfie-Marita Eibl, Petra Heinicker und Jörg Feuchter von den Regesta Imperii gaben mir vielfältige Unterstützung, für die ich zu Dank verpflichtet bin. Besondere anregende Impulse verdanke ich Eckhard Müller-Mertens, dem langjährigen Leiter der Berliner MGH-Arbeitsstelle, der in diesem Jahr sein einhundertstes Geburtsjubiläum begangen hätte, und dem leider viel zu früh verstorbene Eberhard Holtz, der eine Regestendatenbank über Karl anlegte und dynastische Zusammenhänge meist ohne jegliche Hilfsmittel aus dem Kopf zu entwirren vermochte. Ihrem Andenken möchte ich das Buch widmen. Danken möchte ich auch meinen Lektoren Thomas Karlauf und Ulrich Nolte, die allzeit die Kürzewürze im Blick behielten, ferner Jiři Fajt, Martin Wihoda, Karel Hruza, Gerrit Jasper Schenk, Martin Bauch, Martin Zezulka, Richard Němec, Libor Jan, Horst Zimmerhackl, Ulrike Wegner, Ruth Zadek, Peter Peter, Bert und Thomas Mielke, Ulf Schlichting, Wolf Gruner, Annette Dorgerloh, Ingo Držečnik, Lenka Bobková, Eva Schlotheuber, Britta Hermann, Uwe Tresp, Harald Müller, Christian Hesse, Uwe Ludwig, Gerald Schwedler, Heinz-Dieter Heimann, Peter Fleischmann, Pierre Monnet und Heinz-Hubert Menne für vielfältige Unterstützung. Und meiner Frau Corinna danke ich für ihre erneut bewiesene Geduld, die aufbauenden Worte und die Süße nie nachlassender Musenküsse.

Wittow, am Ostersonntag 2023, dem 668. Krönungsjubiläum des Kaisers
Olaf B. Rader

STAMMTAFEL DER LUXEMBURGER

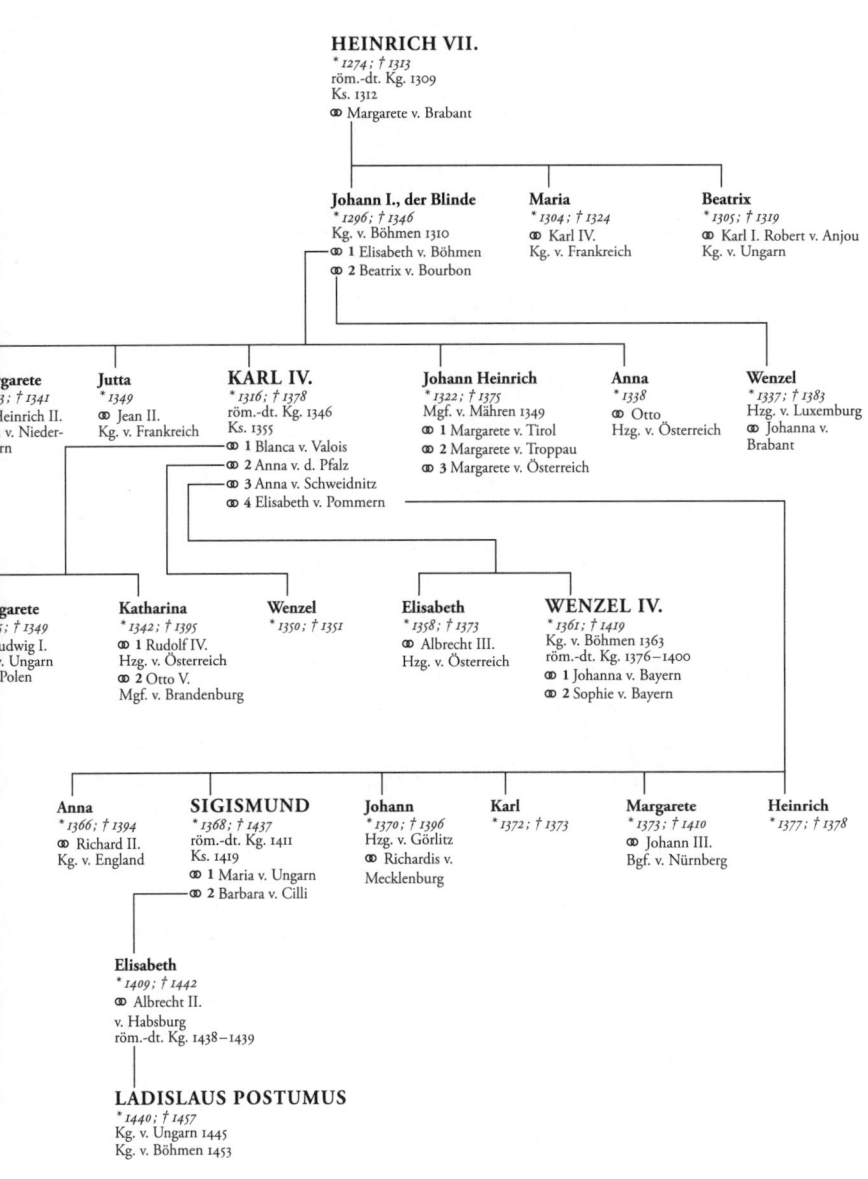

HEINRICH VII.
* 1274; † 1313
röm.-dt. Kg. 1309
Ks. 1312
∞ Margarete v. Brabant

Johann I., der Blinde
* 1296; † 1346
Kg. v. Böhmen 1310
∞ 1 Elisabeth v. Böhmen
∞ 2 Beatrix v. Bourbon

Maria
* 1304; † 1324
∞ Karl IV.
Kg. v. Frankreich

Beatrix
* 1305; † 1319
∞ Karl I. Robert v. Anjou
Kg. v. Ungarn

rgarete
…3; † 1341
…einrich II.
g. v. Nieder-
…ern

Jutta
* 1349
∞ Jean II.
Kg. v. Frankreich

KARL IV.
* 1316; † 1378
röm.-dt. Kg. 1346
Ks. 1355
∞ 1 Blanca v. Valois
∞ 2 Anna v. d. Pfalz
∞ 3 Anna v. Schweidnitz
∞ 4 Elisabeth v. Pommern

Johann Heinrich
* 1322; † 1375
Mgf. v. Mähren 1349
∞ 1 Margarete v. Tirol
∞ 2 Margarete v. Troppau
∞ 3 Margarete v. Österreich

Anna
* 1338
∞ Otto
Hzg. v. Österreich

Wenzel
* 1337; † 1383
Hzg. v. Luxemburg
∞ Johanna v.
Brabant

rgarete
…5; † 1349
…udwig I.
v. Ungarn
Polen

Katharina
* 1342; † 1395
∞ 1 Rudolf IV.
Hzg. v. Österreich
∞ 2 Otto V.
Mgf. v. Brandenburg

Wenzel
* 1350; † 1351

Elisabeth
* 1358; † 1373
∞ Albrecht III.
Hzg. v. Österreich

WENZEL IV.
* 1361; † 1419
Kg. v. Böhmen 1363
röm.-dt. Kg. 1376–1400
∞ 1 Johanna v. Bayern
∞ 2 Sophie v. Bayern

Anna
* 1366; † 1394
∞ Richard II.
Kg. v. England

SIGISMUND
* 1368; † 1437
röm.-dt. Kg. 1411
Ks. 1419
∞ 1 Maria v. Ungarn
∞ 2 Barbara v. Cilli

Johann
* 1370; † 1396
Hzg. v. Görlitz
∞ Richardis v.
Mecklenburg

Karl
* 1372; † 1373

Margarete
* 1373; † 1410
∞ Johann III.
Bgf. v. Nürnberg

Heinrich
* 1377; † 1378

Elisabeth
* 1409; † 1442
∞ Albrecht II.
v. Habsburg
röm.-dt. Kg. 1438–1439

LADISLAUS POSTUMUS
* 1440; † 1457
Kg. v. Ungarn 1445
Kg. v. Böhmen 1453

ZEITTAFEL

1316   *14. Mai.* Geburt, *30. Mai:* Taufe Wenzels, des erstgeborenen Sohns des böhmischen Königs Johann von Luxemburg. Verheerende Hungersnot in Europa

1323   Der siebenjährige Wenzel kommt an den Hof des französischen Königs und erhält erst bei der Firmung den Namen Karl. Erste Ehe mit Blanche de Valois (gest. 1348)

1331   Karl zieht zum ersten Mal nach Italien und residiert in Parma. Attentat auf den Prinzen. Ausbau von Montecarlo bei Lucca bis 1333

1332   *25. November:* Erhebung in den Ritterstand und erster Schlachtensieg bei San Felice

1333   *15. August:* Traumvision von Terenzo. Ende Oktober Rückkehr nach Böhmen

1334   Erhebung zum Markgrafen von Mähren

1335   Geburt der ersten Tochter Margarete (gest. 1349), die 1345 König Ludwig I., von Ungarn und Polen heiratet

1336   Kriegszüge in Tirol. Gemeinsam mit seinem Vater Winterkriegszug nach Preußen

1337   Feierlicher Empfang Karls in Venedig

1338   Karl beobachtet in Südmähren einen Heuschreckenschwarm

1341   Karl verwaltet als *rector generalis* in Vertretung seines Vaters bis 1345 das Königreich Böhmen.

1342   *22. Juli:* «Magdalenenhochwasser»; es wird zur schwersten bis heute bekannten Hochwasserkatastrophe in Europa. Geburt der Tochter Katharina (gest. 1395), die 1356 Herzog Rudolf IV. von Österreich und 1366 Markgraf Otto V. von Brandenburg heiratet

1343   Karl von Mähren erscheint erstmalig in der päpstlichen Geheimdiplomatie als möglicher Gegenkandidat zu Kaiser Ludwig IV.

1344   Reise nach Avignon. Prag wird Erzbistum. Grundsteinlegung zum Neubau des Veitsdoms. Erneuter, gemeinsam mit seinem Vater unternommener Winterkriegszug nach Preußen

1345   Kriegszug nach Krakau gegen den König von Polen

1346 Erneute Reise nach Avignon. *11. Juli:* Wahl zum römisch-deutschen
König bei Rhens, *26. November:* Krönung in Bonn. Kriegszug nach
Frankreich. *26. August:* Schlacht von Crécy, schwere Verwundung Karls
und Tod Johanns

1347 Kriegszug nach Bayern. Beginn der Pestepidemie in Europa. *2. September:* Krönung in Prag zum König von Böhmen. *11. Oktober:* Kaiser
Ludwig IV. stirbt bei der Bärenjagd.

1348 *16. März:* Beginn der Errichtung der Prager Neustadt. *7. April:* Gründung der Universität Prag. Affäre um den «Falschen Woldemar» in der
Mark Brandenburg

1349 Zweite Ehe mit Anna von der Pfalz (gest. 1353). *25. Juli:* Befestigungskrönung in Aachen. Höhepunkt der Pestepidemie in Europa in
Verbindung mit schweren Pogromen gegen jüdische Gemeinden.
Günther von Schwarzburg (gest. 1349) wird zum Gegenkönig zu Karl
erhoben.

1350 Cola di Rienzo in Prag. Geburt des ersten Sohnes Wenzel (gest. 1351).
Auslieferung der Reichsinsignien durch die Wittelsbacher. Schwere
Verletzung in Folge eines Turniers und mehrmonatige Lähmungen.
Vermutlich Entstehung der *Vita Caroli*

1353 Dritte Ehe mit Anna von Schweidnitz (gest. 1362). Erwerbung weiter
Gebiete in der Oberpfalz

1354 Aufbruch zum ersten Romzug

1355 *6. Januar:* Krönung zum König von Italien in Mailand. *5. April:* Kaiserkrönung in Rom

1356 Die Goldene Bulle wird im Januar in Nürnberg und im Dezember in
Metz verkündet.

1357 Grundsteinlegung für die Karlsbrücke in Prag

1358 Geburt der dritten Tochter Elisabeth (gest. 1373), die 1366 Herzog
Albrecht III. von Österreich heiratet. Streit um das gefälschte «Privilegium maius» Rudolfs IV. von Habsburg

1360 Kriegszug nach Württemberg

1361 Geburt des zweiten Sohnes, erneut namens Wenzel (gest. 1419), des
späteren Thronfolgers

1362 *16. Januar:* Eine schwere Sturmflut an der Nordsee, die «Zweite Marcellusflut», reißt die sagenhafte Stadt Rungholt in die See und macht Sylt
zur Insel. Eine zweite große Pestepidemie durchzieht Europa. Karl stiftet in der Aachener Marienkirche einen Altar für den heiligen Wenzel

1363	Vierte und letzte Ehe mit Elisabeth von Pommern (gest. 1393). *15. Juni:* Krönung des zweijährigen Wenzel zum König von Böhmen. Der Magdeburger Dom, die erste gotische Kirche Deutschlands, wird geweiht.
1364	Gegenseitiger Sühne- und Erbvertrag mit den Habsburgern
1365	Zug nach Burgund, Festkrönung in Arles. Krieg gegen die Söldnergesellschaft des «Erzpriesters»
1366	Geburt der vierten Tochter Anna (gest. 1394), die 1382 König Richard II. von England heiratet
1367	Weihe der Wenzelskapelle im Prager Veitsdom
1368	Zweiter Romzug. Krönung Elisabeths von Pommern zur Kaiserin. Krieg gegen Bernabò Visconti – Geburt des dritten Sohnes Sigismund in Nürnberg (gest. 1437)
1369	Mehrmonatiger Aufenthalt in Lucca. Befreiung der Stadt aus der Abhängigkeit von Pisa
1370	Geburt des vierten Sohnes Johann, später Herzog von Görlitz (gest. 1396). Thronfolger Wenzel heiratet Johanna von Bayern (gest. 1386).
1371	Schwere Erkrankung Karls
1372	Geburt des fünften Sohnes Karl (gest. 1373). Fertigstellung der Burg Karlstein
1373	Geburt der fünften Tochter, erneut namens Margarete (gest. 1410), die 1387 Burggraf Johann III. von Nürnberg heiratet. Kriegszug in die Mark Brandenburg, die nach den Vereinbarungen von Fürstenwalde an Karl fällt
1374	Karl in Berlin. «Ewige Union» der Mark Brandenburg mit Böhmen
1375	Beteiligung Karls bei der Belagerung von Erfurt im Zusammenhang des Mainzer Bistumsstreits. Besuch in Lübeck, dem Haupt der Hanse
1376	Wahl und Krönung Wenzels zum römisch-deutschen König
1377	Geburt des sechsten Sohnes Heinrich (gest. 1378). Rückkehr Papst Gregors XI. nach Rom
1378	*29. November:* Tod Karls, der Mitte Dezember im Veitsdom bestattet wird. Wenzel wird Nachfolger in Böhmen und im Reich. Beginn des Großen Abendländischen Schismas (Kirchenspaltung), das bis 1417 dauert

ABKÜRZUNGEN

AfD	Archiv für Diplomatik
AfK	Archiv für Kulturgeschichte
AfU	Archiv für Urkundenforschung
AGG	Archiv der Gesellschaft für ältere deutsche Geschichtkunde
ASV/AAV	Archivio Segreto Vaticano/Archivio Apostolico Vaticano
BAV	Biblioteca Apostolica Vaticana
BBAW	Berlin-Brandenburgische Akademie der Wissenschaften
BDLG	Blätter für deutsche Landesgeschichte
CdB	Codex diplomaticus Brandenburgensis
CIC	Corpus Iuris Civilis Bd. 1: Institutiones, hg. von Paul Krüger; Digesta, hg. von Theodor Mommsen, Bd. 2: Codex Iustinianus, hg. Paul Krüger, Bd. 3: Novellae, hg. von Rudolf Scholl / Wilhelm Kroll, 1899/1904/1905
DA	Deutsches Archiv für Erforschung (bis 1944: Geschichte) des Mittelalters
DTM	Deutsche Texte des Mittelalters
DWB Grimm	Deutsches Wörterbuch von Jacob und Wilhelm Grimm, 16 Bd., 1854–1960, ND 33 Bde., 1984, DWB²: teilweise Neubearbeitung
FBPG	Forschungen zur Brandenburgischen und Preußischen Geschichte
FSI	Fonti per la Storia d'Italia
GdV	Die Geschichtsschreiber der deutschen Vorzeit, 2. Gesamtausgabe, 1884 ff.
GWU	Geschichte in Wissenschaft und Unterricht
HHS(BM)	Handbuch der historischen Stätten (Böhmen und Mähren), hg. von Joachim Balcke, Winfried Eberhard und Miloslav Polívka, 1998
HHS(D)	Handbuch der historischen Stätten (Deutschlands), verschiedene Auflagen, 1958 ff.
HJb	Historisches Jahrbuch
HRG/HRG²	Handwörterbuch zur deutschen Rechtsgeschichte, 5 Bde., 1971–1998; 2. Auflage 2008 ff.
HStA	Hauptstaatsarchiv
HZ	Historische Zeitschrift
LMA	Lexikon des Mittelalters

LThK	Lexikon für Theologie und Kirche, 3. Auflage, hg. von Walter Kasper, 10 Bde., 1993–2001
MGH	Monumenta Germaniae Historica
Const.	Constitutiones et acta publica regum et imperatorum
Const. VE	Constitutiones et acta publica regum et imperatorum, digitale Vorabedition unter: https://mgh.bbaw.de/de/mgh-digital
DD	Diplomata (jeweils ergänzt um die abgekürzten Namen des Herrschers oder der Dynastie)
Font.	Fontes iuris Germanici antiqui in usum scholarum separatim editi
SS	Scriptores (in Folio)
SS rer. Germ.	Scriptores rerum Germanicarum in usum scholarum ex Monumentis Germaniae Historicis separatim editi
SS rer. Germ. N. S.	Scriptores rerum Germanicarum, Nova series
Staatsschriften	Staatsschriften des späteren Mittelalters
MIÖG	Mitteilungen des Instituts für Österreichische Geschichtsforschung
MLW	Mittellateinisches Wörterbuch bis zum ausgehenden 13. Jahrhundert, bislang 4 Bde., A–F, 1967–2019
MUB	Mecklenburgisches Urkundenbuch, hg. vom Verein für mecklenburgische Geschichte und Altertumskunde, 25 Bde., 1863–1977
MVB	Monumenta Vaticana res gestas Bohemicas illustrantia, Bd. 1, Acta Clementis VI., ed. Ladislaus Klicman, 1903; Bd. 2, Acta Innocentii VI., ed. Johannes Novák, 1907
NA	Neues Archiv für ältere deutsche Geschichtskunde
NDB	Neue Deutsche Biographie, hg. von der Historischen Kommission bei der Bayerischen Akademie der Wissenschaften, 28 Bde., 1953–2023
QFIAB	Quellen und Forschungen aus italienischen Archiven und Bibliotheken
RBM	Regesta diplomatica nec non epistolaria Bohemiae et Moraviae, 8 Bde., hg. von Karel Jaromír Erben / Josef Emler / Bedrich Mendl / Milena Linhartová / Lenka Blechová, 1855–2017
RI BH	J. F. Böhmer Regesta Imperii 8. Die Regesten des Kaiserreichs unter Kaiser Karl IV. Aus dem Nachlasse Johann Friedrich Böhmers hg. und ergänzt von Alfons Huber, 1877 (ND 1968) – Ergänzungsheft 1889

RI BHH   Urkundenregesten (WiP) Karls IV.: Auszug aus der Regesta Impe-
              rii Plus-Datenbank der Diplome Kaiser Karls IV. auf Grundlage
              der Urkundensammlung der Arbeitsstellen «Regesta Imperii – Re-
              gesten Kaiser Friedrichs III. (1440–1493)» und «Monumenta Ger-
              maniae Historica – Constitutiones» an der BBAW, bearbeitet von
              Eberhard Holtz unter: http://www.regesta-imperii.de/regesten/
              20–6-0-karl-iv.html

RI BO   J[ohann] F[riedrich] Böhmer, Regesta Imperii 4: Lothar III. und
              ältere Staufer 1125–1197, 2. Abteilung: Die Regesten des Kaiser-
              reichs unter Friedrich I. 1152 (1122)–1190, 3. Lieferung: 1168–1180,
              neubearbeitet von Ferdinand Opll, 2001

RI KH   Regesten Kaiser Friedrich III. (1440–1493) nach Archiven und
              Bibliotheken geordnet hg. von Heinrich Koller und Paul-Joa-
              chim Heinig, verschiedene Bearbeiter, 36 Bde., 1982 ff.; s. auch
              http://www.regesta-imperii.de/unternehmen/abteilungen/xiii-
              friedrich -iii.html

RI WA   Johann Friedrich Böhmer, Regesta Imperii 11: Die Urkunden
              Kaiser Sigismunds (1410–1437), verzeichnet von Wilhelm Alt-
              mann, 2 Bde., 1896/1900 (ND 1968) – teilweise regionale Neu-
              bearbeitung 2012 ff.

RISS   Rerum Italicarum Scriptores

RTA   Deutsche Reichstagsakten. Ältere Reihe – Deutsche Reichstags-
              akten unter König Wenzel, Bde. 1–3 (1376–1400), hg. von Julius
              Weizsäcker, 1867–1877 (ND 1956)

Schiller-Lübben   Karl Schiller und August Lübben: Mittelniederdeutsches Wör-
              terbuch, 6 Bde., 1875–1881

TD   Teildruck

UB   Urkundenbuch

URH   Urkundenregesten zur Tätigkeit des deutschen Königs- und Hof-
              gerichts bis 1451, hg. von Bernhard Diestelkamp, verschiedene
              Bearbeiter, 17 Bde. (bis 1410), 1988–2018

VL²   Die deutsche Literatur des Mittelalters – Verfasserlexikon. 2. Auf-
              lage, hg. von Gundolf Keil, Kurt Ruh, Werner Schröder, Burg-
              hart Wachinger und Franz Josef Worstbrock, 14 Bde., 1978–2008

VMPIG   Veröffentlichungen des Max-Planck-Instituts für Geschichte

VMZR   Vom Mittelalter zur Reformation

VuF   Vorträge und Forschungen

ZfG   Zeitschrift für Geschichtswissenschaft

ZGOR   Zeitschrift für die Geschichte des Oberrheins

ZHF   Zeitschrift für Historische Forschung

ANMERKUNGEN

Prolog: Der Fluch der Wenzelskrone

1 Vgl. auch zu den folgenden Abschnitten Gruner, Judenverfolgung, S. 193–225, bes. S. 200–207; Gerwarth, Reinhard Heydrich; Haasis, Tod in Prag, S. 46–60, bes. S. 53; MacDonald, The Killing, S. 107–128.

2 Der Neue Tag. Tageszeitung für Böhmen und Mähren vom 20. November 1941, S. 1.

3 Ebenda.

4 Ebenda.

5 Vgl. Gruner, Judenverfolgung, S. 244–248.

6 Vgl. Otavský, Sankt Wenzelskrone, S. 9–68; Otavský, Wenzelskrone, S. 90–95; Otavský, Goldschmiedekunst, S. 149–162.

7 Vgl. Pfitzner, Kaiser Karl IV., Zitat: S. 54; ferner Brandes/Míšková, Josef Pfitzner; Hruza, Josef Pfitzner, S. 596–600; Monnet, Karl IV., S. 282; Artikel «Die imitierte Wenzelskrone», in: Der Tagesspiegel vom 10. November 1945, S. 1.

8 Umfrage des Meinungsforschungsinstituts CVVM im Jahre 2013. Es folgen auf den 2. und 3. Plätzen Tomáš G. Masaryk und Václav Havel, Karel Gott und Jaromír Jágr mussten sich geschlagen geben; ferner Knopp/Brauburger/Arens, Die Deutschen II, S. 161.

9 Vgl. die deutsche Liste unter: https://de.wikipedia.org/wiki/Unsere_Besten mit weiteren Links zu den Listen anderer Länder (28. 10. 2020).

10 Tuchman, Spiegel, S. 9.

11 Vgl. Anton, Salbung, Sp. 1289–1292; ferner Dirkens, Krönung, Salbung und Königsherrschaft, S. 131–140; Bloch, wundertätige Könige, S. 241–249, Kroll, Monarchie und Gottesgnadentum, S. 54–56.

12 Zitat aus der Urkunde 1357 März 27, Druck: MGH Const. 12, S. 98 Nr. 80, ebenso in Fajt, Karlstein revisited, mit einer von Mathias Lawo redigierten deutschen Übersetzung, S. 282–285, Zitat: S. 284 § 3; Grabpredigten (Emler), S. 429 *«magni quondam tremor orbis»*.

13 Lamprecht, Deutsche Geschichte 4, S. 108; Bredekamp, Bilderkämpfe, S. 237; Seibt, Charisma, S. 89; Weber, Typen der legitimen Herrschaft, S. 475–488, hier S. 483; Weber, Wirtschaft und Gesellschaft, S. 124–126; zur Auseinandersetzung mit Webers These der charismatischen Herrschaft vgl. Breuer, Der archaische Staat; Nippel, Charisma und Herrschaft, S. 7–22; Bourdieu, Feld, bes. S. 11–37; Kehrer, Charisma, S. 195–198.

14 Gerade dieser Aspekt wurde in den unter der Ägide des viele Jahre als Chef der Prager Nationalgalerie wirkenden Kunsthistorikers Jiři Fajt konzipierten Ausstellungen und Publikationen zu Karls siebenhundertjährigen Geburtsjubiläum 2016 anschaulich gemacht. Vgl. Bauch, Divina favente, S. 4–5 und S. 63–87, bes. S. 70; Fajt, Grußwort – Ausstellungskatalog, S. 21.

15 Huizinga, Herbst, S. 214 und S. 222.

16 Vgl. Seibt, Karl IV., S. 376–381, bes. S. 378.

17 Zitiert nach Bauch, Divina favente, S. 66 und S. 67 Anmerkung 23; vgl. ferner Dinzelbacher, Ebner(in), Sp. 1527; Ringler, Ebner, Sp. 297–302; Binder/Baumann/Giersch (Hg.), Christina Ebner 1277–1356.

18 Vgl. auch für den folgenden Abschnitt Patze, Konsistorialrede, S. 1–37; Grabpredigten, S. 463; ferner Bauch, Wie ein zweiter Konstantin, S. 203–207; Lindner, Theatrum praeeminentiae, S. 182; Heinrich von Diessenhofen (Huber), S. 51; Bloch, wundertätige Könige, bes. S. 335–429.

19 Vgl. Roeck, Der Morgen der Welt, bes, S. 358–471 für das Zeitalter Karls IV.

20 MGH DD Karolinorum 1, Nr. 55–218; vgl. Nechutová, lateinische Literatur, bes. S. 169–173; Hergemöller, Cogor, S. 338–394.

21 Virginia Woolf, Die neue Biographie, in: Dies., Die schmale Brücke der Kunst, Leipzig 1986, S. 143–152, hier S. 152.

22 Rader, Kaiser Friedrich II., erschien zuerst 2010, seither mehrere unterschiedliche Auflagen; zu Friedrich III. vgl. Heinig, Kaiser Friedrich III.

23 Münkler, Marx, Wagner, Nietzsche, S. 714; Seibt, Der Kaiser, S. 109.

1. Der Jüngling

1 Peter von Zittau 1,126, Cronica Aule Regie (Pumprová/Jan), S. 357, deutsche Übersetzung: Albrecht, Königsaaler Chronik, S. 468–469; RI BH S. 1 Nr. a; vgl. ferner auch für die folgenden Abschnitte Seibt, Karl IV., S. 115–120.

2 Zum Geburtshaus vgl. Cronica Aule Regie (Pumprová/Jan), S. 507 Anmerkung 5.

3 Vgl. auch zu den folgenden Abschnitten: RI BH S. 1 a; Werunsky, Geschichte 1, S. 1–10; Prinz, Böhmen, S. 135–147; Hoensch, Luxemburger, S. 51–61; Seibt, Zeit der Luxemburger, S. 387–407; Hesse, Synthese, S. 27–32; Thomas, Vater und Sohn, S. 445–482; Margue, Erbtochter, S. 27–46; siehe auch die Ahnentafel Karls IV. in: Fajt/Hörsch (Hg.): Kaiser Karl IV. – Ausstellungskatalog 2016, S. 24–25.

4 Peter von Zittau 2,5 und 2,11, Cronica Aule Regie (Pumprová/Jan), S. 388 und 407, deutsche Übersetzung in Anlehnung an: Albrecht, Königsaaler Chronik, S. 509 und 530; ferner Benesch von Weitmühl (Emler), S. 475.

5 Peter von Zittau 1,126, Cronica Aule Regie (Pumprová/Jan), S. 357, deutsche Übersetzung in Anlehnung an: Albrecht, Königsaaler Chronik S. 469; Beleg Král cizinec Josef Šusta (1939); vgl. ferner Werunsky, Geschichte 1, S. 2–4; Razím/Nachtmannová, Burg Pürglitz, S. 162–164.

6 Vgl. Seibt, Johann von Böhmen, S. 469–470; Werunsky, Geschichte 1, S. 3–4.

7 Peter von Zittau 2.6, Cronica Aule Regie (Pumprová/Jan), S. 390, deutsche Übersetzung: Albrecht, Königsaaler Chronik S. 511.

8 Benesch von Weitmühl (Emler), S. 475; zu Pürglitz vgl. Razím/Nachtmannová, Burg Pürglitz, S. 162–164; HHS(BM), S. 502–504.

9 RI BH S. 1 b; vgl. ferner auch für die folgenden Abschnitte Werunsky, Geschichte 1, S. 10–30; Seibt, Karl IV., S. 115–120; Thomas, Vater und Sohn, S. 448–450; Ehlers, Geschichte Frankreichs, S. 201–235; Razím/Nachtmannová, Burg Pürglitz, S. 162–164; Töpfer, Kapetinger, S. 231–265; Thomas, Johann II., S. 267–283; Thomas, Karl V., S. 285–302.

10 Peter von Zittau 3,1, Cronica Aule Regie (Pumprová/Jan), S. 508, deutsche Übersetzung in Anlehnung an Albrecht, Königsaaler Chronik, S. 642; vgl. Schneider, Karolus qui et Wenceslaus, S. 367.

11 Peter von Zittau 2,32, Cronica Aule Regie (Pumprová/Jan), S. 508, deutsche Übersetzung in Anlehnung an Albrecht, Königsaaler Chronik, S. 633; vgl. Thomas, Vater und Sohn, S. 448–450; Schneider, Karolus qui et Wenceslaus, S. 365–387, bes. S. 380–282; Eggert, Sohn namens Wenceslaus, S. 171–178; Töpfer, Kapetinger, S. 231–250; Töpfer, Philipp VI., S. 251–265.

12 Vita Caroli (Hillenbrand), S. 82 f.; vgl. ferner auch für die folgenden Abschnitte Seibt, Karl IV., S. 115–120.

13 Vgl. Ehlers, Geschichte Frankreichs, S. 201–202.

14 Vgl. Töpfer, Philipp VI., S. 251–265; Thomas, Johann II., S. 266–283; Weiß, Onkel und Neffe, S. 107–110; Ehlers, Geschichte Frankreichs, S. 201–235.

15 Vita Caroli (Hillenbrand), S. 82, unter Verwendung der deutschen Übersetzung ebenda S. 83; vgl. ferner auch für die folgenden Abschnitte Seibt, Karl IV., S. 115–120.

16 Vita Caroli (Hillenbrand), S. 84–86, unter Verwendung der deutschen Übersetzung ebenda S. 85–87.

17 Vgl. Pastor, Päpste 1, S. 93–99; Reinhardt, Pontifex, S. 401–406; Lützelschwab, Flectat cardinales, bes. S. 45–60.

18 Vita Caroli (Hillenbrand), S. 172–174; unter Verwendung der deutschen Übersetzung ebenda S. 173–175.

19 RI BH S. 1 d; Vita Caroli (Hillenbrand), S. 86–89; Victring, Liber certarum 5 (Schneider) 2, S. 136–141; vgl. auch für die folgenden Abschnitte Werunsky, Geschichte 1, S. 31–109; Seibt, Zeit der Luxemburger, S. 375–378; Härtel, Italienpolitik, S. 363–382; Widder, Itinerar, S. 25–52; Thomas, Vater und Sohn, S. 450–454.

20 Chronicon Parmense (Bonazzi), S. 214; Roeck, Morgen der Welt, S. 346; vgl. ferner Pitz, Frühkapitalismus, Sp. 998–1001; Marx, Kapital 1, bes. S. 741–744; Sombart, Kapitalismus 2,1, S. 7–20; Lütge, Sozial- und Wirtschaftsgeschichte, S. 174–236; Sieveking, Entwicklung, S. 64–93; Doren, Wirtschaftsgeschichte, S. 629–675; Weber, Italiens Städte, S. 429–444.

21 Vgl. auch für die folgenden Abschnitte Roeck, Morgen der Welt, S. 338–380; Münkler, Machiavelli, S. 131–148; Lütge, Sozial- und Wirtschaftsgeschichte, S. 228–233; Sieveking, Entwicklung, S. 64–93; Doren, Wirtschaftsgeschichte, S. 555–629; Frugoni, Mittelalter, S. 9–31; Fuhrmann, Wirtschaftliche Entwicklungen, S. 187–206; Dini, Buchhaltung, Sp. 830–833; Boone, Buchgeld, Sp. 827–829; Bauch, Überhöhung, Zerrbild und Klischee, S. 163–197.

22 Giovanni Villani, Nuova Cronica 12,88 (Porta 3), S. 182; weitere Umrechnungswerte bei Thomas, Ludwig, S. 392–393; Volk Wirtschaft und Gesellschaft, S. 823; heutiger Goldpreis nach https://www.goldpreis.de/ (8. 10. 2021); Urkunde Karls: MGH Const. 12, S. 294 Nr. 294; vgl. ferner Kluge, Numismatik, S. 124–126 und S. 372–375; Kahnt/Knorr, Alte Maße, S. 90 (Fiorino) und S. 114–116 (Gulden); Kulischer Wirtschaftsgeschichte 1, S. 318–351; Abdullahi, Münzpolitik Johanns des Blinden, S. 149–173.

23 Roeck, Morgen der Welt, S. 452 und 365; vgl. auch ebenda S. 370–380; ferner Doren, Wirtschaftsgeschichte, S. 302–517; Münkler, Machiavelli, S. 146–162.

24 Vgl. Weber, Italiens Städte, S. 429–444; Trease, Condottieri, S. 56; Rader, Friedrich II., S. 326–329 und S. 341–343; Thorau, Herrschaftsdurchsetzung, S. 83–98; Thorau, Heinrich VII., S. 381–392.

25 Biblioteca Statale di Lucca «Ms 929, fol 84r–84v»; Kalbfuß, Urkunden, S. 83 Nr. 61 und 62; Mommsen, Analekten, S. 94–97 Nr. 214, 219 und 222; ferner RI BH, S. 1 Nr. 1 und S. 2 Nr. 1 f.; Giovanni Villani, Nuova Cronica 11,212 (Porta 2), S. 777; vgl. Widder, Itinerar, S. 47–48; Werunsky, Geschichte 1, S. 84–86.

26 Ankunft: RI BH S. 1 e; Zitat: Vita Caroli 4 (Hillenbrand), S. 90, unter Verwendung der deutschen Übersetzung ebenda S. 91; vgl. ferner Lewin, Gifte, S. 244 und S. 288–324; Mersiowsky, Verdacht, S. 59–62; zur Vergiftung der Karlssöhne Wenzel und möglicherweise Johann vgl. Bobková/Velička, Johann von Görlitz, S. 91 und S. 100–102.

27 Vita Caroli 4, 5, 7, 8, (Hillenbrand), S. 90, 98, 110–114, 122–124, unter Verwendung der deutschen Übersetzung ebenda S. 99; vgl. ferner Hergemöller, Cogor, S. 233–235; Rader; Hokuspokus, bes. S. 66–68; Lewin, Gifte, S. 243.

28 Vita Caroli 4 (Hillenbrand), S. 172 und S. 174, unter Verwendung der deutschen Übersetzung ebenda S. 175; vgl. C. G. Jungs Begriff «großer Traum» nach Dinzelbacher, Traum Kaiser Karls IV., S. 162.

29 Vita Caroli 7 (Hillenbrand), S. 110–114; Urkunde von 1359: Regest: RI BH S. 244 Nr. 2983; Druck: MGH Const. 12, S. 519 Nr. 532; Gründung des Stifts: Benesch von Weitmühl (Emler), S. 522; Porta, Liber 79 (Salomon), S. 125; Karls Urkunde von Terenzo, 1355 Febr. 13 (Regest: RI BH S. 160 Nr. 1989); Prag, 1356 Mai 17 (Regest: RI BH S. 198 Nr. 2459), die ebenfalls dem Prager Mansionarskapitel unterstellten Nürnberger Marienkapelle von 1355 Juli 8 (Regest: RI BH S. 176 Nr. 2168); vgl. ferner auch für die folgenden Abschnitte Werunsky, Geschichte 1, S. 102–103 Anm. 4; Seibt, Karl IV., S. 124–128; Hergemöller, Cogor, S. 234–244; Bauch, Di-

vina favente, S. 70–76; Monnet, Le roi d'un rêve, S. 181–193; Vie de Charles IV de Luxembourg (Monnet/Schmitt), S. XLVII–LIV.

30 Zitat: Vita Caroli 7 (Hillenbrand), S. 110, unter Verwendung der deutschen Übersetzung ebenda S. 111; vgl. Widder, Itinerar, S. 48, mit weiterer Literatur bes. Anm. 120; Belege der Terenzo-Aufenthalte Karls ebenda S. 392, S. 408 und S. 440; ferner Lammers, Unwahres, S. 349–364; Dinzelbacher, Traum Kaiser Karls IV., S. 161–170; Odložilík, Terenzo dream, S. 163–173.

31 Vita Caroli 7 (Hillenbrand), S. 112–114, unter Verwendung der deutschen Übersetzung ebenda S. 113; vgl. ferner Werunsky, Geschichte 1, S. 102–103 Anm. 4; Widder, Itinerar, S. 48–50; Lammers, Unwahres, S. 350–362.

32 Vita Caroli 7 (Hillenbrand), S. 110, unter Verwendung der deutschen Übersetzung ebenda S. 111; Piccolomini Historia Bohemica 1 (Hejnic/Rothe), S. 206, deutsche Übersetzung ebenda S. 207.

33 Widder, Itinerar, S. 365; vgl. ferner Ez. 8,3–18; Apc. 4,1; 17, 1; 21,9; Werunsky, Geschichte 1, S. 102; Dinzelbacher, Traum Kaiser Karls IV., S. 163; Odložilík, Terenzo dream, S. 163–173; Lammers, Unwahres, S. 353–364.

34 Peter von Zittau 3,1, Cronica Aule Regie (Pumprová/Jan), S. 508, deutsche Übersetzung: Albrecht, Königsaaler Chronik, S. 64; vgl. auch RI BH S. 2 Nr. 6a und 7a; Werunsky, Geschichte 1, S. 103–109.

35 Vgl. Werunsky, Geschichte 1, S. 286–288 mit den Details aus Benesch von Weitmühl und Bonincontro Morigia.

36 Vgl. auch zu den folgenden Abschnitten Menzel, Zeit der Entwürfe, S. 186–189; Menzel, Dreißig bewegte Jahre, S. 1–19; Menzel, Aufstieg ohne Dauer, S. 315–319; Hesse, Synthese, S. 27–28; Riedmann, Mittelalter, S. 444–458; Riedmann, Bemühungen der Luxemburger, S. 775–796; Widder, Itinerar, S. 53–89; Widder, Vergessene Zeiten, S. 22–36; Niederstätter, Aufstieg der Habsburger, S. 269–285; Seibt, Karl IV., S. 265–266; Wilhelm, Erwerbung, S. 29–86; Huter, Tirol, S. 377–380; Miethke, Eheaffäre, S. 389–390; Miethke, Politiktheorie im Mittelalter, S. 242–247; Thomas, Vater und Sohn, S. 458–462.

37 Vgl. Riedmann, Bemühungen der Luxemburger, S. 780; Veldtrup, Eherecht und Familienpolitik, S. 186–208; Hörmann-Thurn und Taxis, Margarete (Katalog), S. 15–34.

38 Vita Caroli 8 (Hillenbrand), S. 116, unter Verwendung der deutschen Übersetzung ebenda S. 117; vgl. ebenso Peter von Zittau 3,1, Cronica Aule Regie (Pumprová/Jan), S. 508, deutsche Übersetzung: Albrecht, Königsaaler Chronik, S. 642; Petrarca, Fam. 19,2, lateinischer Text: Piur, Petrarcas Briefwechsel S. 180, deutsche Übersetzung: Petrarca, Familiaria 2 (Widmer), S. 320; vgl. ferner Thomas, Vater und Sohn, S. 450 und 454; Werunsky, Geschichte 1, mit einem Exkurs über die Sprachkenntnisse Karls IV. S. 442–445; Hoensch, Kaiser Sigismund, S. 36; Ineichen, Französische Sprache, Sp. 844–847; Ineichen, Italienische Sprache, Sp. 768–771; Lühr, Deutsche Sprache, Sp. 758–767; König, dtv-Atlas zur deutschen Sprache, S. 230–231.

39 RI BH S. 4 Nr. 30b; Vita Caroli (Hillenbrand), S. 119–131; vgl. auch Riedmann, Bemühungen der Luxemburger, S. 784–786; bes. S. 785 Anmerkung 47; Schönach, Studien, S. 263 Nr. 10; Widder, Itinerar, S. 66 Anmerkung 81.

40 Vita Caroli (Hillenbrand), S. 132–135 und S. 140–141; zu Karls Verhältnis zu Venedig vgl. Ludwig, Karl IV. und Venedig; Ludwig, Kreuzzug und Reichsvikariat, S. 761–804, bes. S. 763; Schlotheuber, Karl IV. und Venedig, bes. S. 156–161, zur Bedeutung von Empfangsritualen Schenk, Zeremoniell und Politik, bes. S. 238–402.

41 Aussöhnung Ludwig und Johann sowie Belehnungen: MGH Const. 7,2 S. 360–367 Nr. 585 und 586, Ablehnung der Vereinbarung Karls: Vita Caroli (Hillenbrand), S. 168; vgl. Menzel, Johann von Böhmen und die Wittelsbacher, S. 335–337; Menzel, Dreißig bewegte Jahre, S. 1–19 mit anderer Einschätzung; ferner Angermeier, Bayern, S. 165–181; Straub, Bayern, S. 188–199; Widder, Itinerar, S. 67–77; Riedmann, Bemühungen der Luxemburger, S. 786–788; Thomas, Vater und Sohn, S. 460–462.

42 Heinrich Taube (Bresslau), S. 51–52; Johann von Viktring (Schneider), S. 222–223; deutsche Übersetzung unter Verwendung von Friedensburg (GdV 2,86), S. 292; Mathias von Neuenburg 59 (Hofmeister), S. 163–164, deutsche Übersetzung unter Verwendung von Grandaur (GdV 2,84), S. 103–104; vgl. auch die Auflistung der Quellenstellen bei Menzel, Dreißig bewegte Jahre, S. 7 Anmerkung 35.

43 Urkunde Karls: RI BH S. 17 Nr. 182; Text: Bayerisches HStA München «Kurbayern Urkunden 606»; Scheidungserklärung Ludwigs IV.: Text: MGH Const. 7,2 S. 211–213 Nr. 988; vgl. dazu Miethke, Politiktheorie im Mittelalter, S. 242–247; Menzel, Dreißig bewegte Jahre, S. 8 mit weiterer Literatur in Anmerkung 39; Mersiowsky, Verdacht, S. 40–48 und S. 62–64; Widder, Vergessene Zeiten, S. 32–36.

44 RI BH S. 30 Nr. 318a; Text: MGH Const. 8, S. 300 Nr. 242; Zitat *Chrimhuldis*: Brief Johanns an Erzbischof Dietrich von Magdeburg von 1362, in: Piur, Briefe Johanns von Neumarkt, S. 18–22, hier S. 19; vgl. Hörmann-Thurn und Taxis, Margarete (Katalog), S. 32–34.

45 RI BH S. 79 Nr. 962 und S. 98 Nr. 1223–1227; Texte: MGH Const. 9 S. 249 Nr. 327 und MGH Const. 10 S. 31–42 Nr. 42–54; Seibt, Karl IV., S. 266; vgl. ferner Werunsky, Geschichte 2, S. 181 und S. 223–227; Straub, Bayern, S. 188–199; Riezler, Geschichte Baierns 3, S. 3–17; Menzel, Dreißig bewegte Jahre, S. 17.

46 Vgl. Huter, Tirol, S. 377–380; Riedmann, Mittelalter, S. 453–458; Zöllner, Geschichte, S. 128–136 und S. 335–350; Widder, Vergessene Zeiten, S. 32–36; Hörmann-Thurn und Taxis, Margarete (Katalog), S. 32–34; Wolfinger, Herrschaftsinszenierung, S. 78–80; Just, Eine wird gewinnen, S. 16–23.

47 Zur Diskussion um die Begriffe Identifikationsporträt-Kryptoporträt vgl. Suckale, Porträts Kaiser Karls IV., S. 191–204; Suckale, Ikonographie, S. 335–337; ferner Fajt, Katalogbeschreibung des Votivbildes, in: Fajt, Karl IV. Kaiser von Gottes

Gnaden – Ausstellungskatalog 2006, S. 126–128, Nr. 33 und erweitert in: Fajt/
Hörsch (Hg.), Kaiser Karl IV. 1316–2016 – Ausstellungskatalog 2016, S. 374–377,
Nr. 6.11; Bogade, Ikonographie; Monnet, Portraits, S. 351–378; Monnet, Karl IV.,
S. 210–249; Gruber/Brunhölzl/Briesemeister, Biographie, Sp. 199–205.

48 Matteo Villani, Cronica 4,74 (Porta 1), S. 580–582 auch für die folgenden Abschnitte; deutsche Übersetzung: Marianna Spano; vgl. die paraphrasierte Übersetzung bei Friedjung, Kaiser Karl IV., S. 77; ebenso bei Lindner, Reichsadler, S. 12.

49 Ebenda.

50 Seibt, Karl IV., S. 202 f.; vgl. Vlček, Aussehen Karls IV., S. 425–439, bes. S. 434–
435.

51 Vlček, Johann von Luxemburg, S. 29 f.und S. 34.

52 Vlček, Johann von Luxemburg, S. 31 f.; Bellwald, Augenleiden Johanns des Blinden, S. 547–560.

53 Johann Baptist Schönwetter, Bellus, Nürnberg 1625 zitiert nach Prinz, Böhmen
und Mähren, S. 216; vgl. ferner Münkler, Der Dreißigjährige Krieg, S. 190–193.

54 Vgl. auch zu den folgenden Abschnitten Münkler, Der Dreißigjährige Krieg,
bes. S. 41–52 und S. 145–193; Prinz, Böhmen und Mähren, S. 205–222; Zeeden,
Glaubenskämpfe, S. 134–137; Šmahel, Hussitische Revolution 1, S. 219–245; Seibt,
Deutschland und die Tschechen, S. 170–181; Eberhard, Böhmen und Mähren,
S. LXXXIX–XCIII; Vlnas/Hojda, Tschechien, S. 520–525.

55 Vgl. auch für die folgenden Abschnitte Seibt, Zeit der Luxemburger, S. 355–356;
Prinz, Böhmen und Mähren, S. 217; Hoensch, Přemysl Otakar II., S. 255–264;
Begriff «Ständemonarchie» bei Šmahel, Hussitische Revolution, S. 244; Bob-
ková/Velička, Johann von Görlitz, S. 91–95, Tresp, Adel der Wenzelskrone, S. 81–
117; Schlotheuber, Karl als Autor, S. 73–76.

56 Vgl. Bobkova, Länder der Böhmischen Krone, S. 22–27; Seibt, Zeit der Luxemburger, S. 405; Šmahel, Hussitische Revolution, S. 86–89; Eberhard, Böhmen
und Mähren, S. XXVIII–LXVII; Zitat: Goethe, Besprechung zur Monatsschrift
der «Gesellschaft des vaterländischen Museums in Böhmen», in: Berliner Ausgabe
18, S. 433.

57 Vgl. Hartung, Krone als Symbol, S. 3–46; Prochno, Corona Bohemiae, S. 198–
224; Šmahel, Hussitische Revolution, S. 86–89; Moraw, Mittelalter Schlesien,
S. 144; Seibt, Zeit der Luxemburger, S. 403–407; Seibt, Karl IV., S. 167–170; Kantorowicz, Zwei Körper, S. 405–432, bes. S. 405 und S. 415–419; Bobková, Länder
der Böhmischen Krone, S. 22–27.

58 Vgl. das Eberhard Holtz erarbeitete Itinerar des Herrschers unter http://www.re-
gesta-imperii.de/unternehmen/abteilungen/viii-karl-iv.html; zum Itinerar Karls
in Italien Widder, Itinerar und Politik, bes. S. 389–472; ferner Moraw, Mittelalter
Schlesien, S. 145; Stoob, Karl IV. Itinerarkarten im Vorsatz und zwischen den
S. 406 und 407.

2. Der Gegenkönig

1 Vgl. auch zu den folgenden Abschnitten RI BH 8 S. 22 Nr. 233b mit den Quellen; ferner Werunsky, Geschichte 1, S. 435–441; Menzel, Zeit der Entwürfe, S. 189–191; Menzel, Aufstieg ohne Dauer, S. 315–319; Hesse, Synthese, S. 27–29; Thomas, Ludwig, S. 368–376; Seibt, Karl IV., S. 138–144; Seibt, Zeit der Luxemburger, S. 389–391; Stoob, Karl IV., S. 42–48; Hilsch, Krönungen, S. 109; Schubert, Königsabsetzungen, S. 338–348 mit zum Teil überzogenen Schlussfolgerungen; Veldtrup, Eherecht und Familienpolitik, S. 299–323; Büttner, Weg zur Krone 1, S. 339–350; ferner Patze, Konsistorialrede, S. 1–37; Haverkamp, Erzbischof Balduin, S. 463–502; Berns, Hilfsverträge, S. 505–525; Schubert, Kurfürsten, Sp. 1581–1583; Erkens, Kurfürsten und Königswahl, S. 1–98, bes. S. 1–14 und 91–98; Rhenser Weistum, Text: MGH Const. 7, S. 263–265 Nr. 448.

2 Vita Caroli (Hillenbrand), S. 198, unter Verwendung der deutschen Übersetzung ebenda S. 199.

3 RTA 1 S. 160–161, Nr. 96; RI BH S. 471, Nr. 5644; vgl. Olenschlager, Erläuterung 1, S. 414–416; Rhens, in: Petry, Rheinland-Pfalz (HHSD), S. 309–310; ferner Eintrag «Rhenser Königsstuhl» in der Datenbank «KuLaDig» des Landschaftsverbands Rheinland unter https://www.kuladig.de/Objektansicht.aspx?extid=KLD-249596 (7. 7. 2021); zur Urkundendatierung: vgl. Zimmermann, Datierungsformel, S. 21–23; Beleg für Datierung nach Wahldatum etwa 11. Juli 1361; Druck: MGH Const. 13,2 S. 615 Nr. 676).

4 MGH Const. 8, S. 102 Nr. 70; Werunsky, Geschichte 2, S. 61.

5 Heinrich Taube (Bresslau) zu 1346, S. 62; deutsche Übersetzung nach Grandaur (GdV 2,85), S. 49–50; vgl. Riezler, Geschichte Baierns 2, S. 491–493; Thomas, Ludwig, S. 364–367; Menzel, Der letzte Kampf, S. 106–117.

6 Text nach MGH Const. 8 S. 90 Nr. 63, auch in Chronicon Henrici de Hervordia (Potthast) zu 1348, S. 275, deutsche Übersetzung nach Lindner, Skylla, S. 48; vgl. zum Autor Frey, Pater Bohemiae, S. 26–27; Johanek, Karl IV. und Heinrich von Herford, S. 229–244, hier S. 233–234.

7 Vgl. Meyers Konversationslexikon 13 (1908), S. 317 (Mark); Kahnt/Knorr, Alte Maße, S. 178–180 (Mark) und S. 273 (Schockgroschen); *Handsalbe*, in: DWB Grimm 4,2 (1877), Sp. 413; Währungsübersicht bei Thomas, Ludwig, S. 392–393, Kluge, Numismatik, S. 109–113, S. 170–171, S. 346 und S. 442; Volk, Wirtschaft und Gesellschaft, S. 823; Privilegien für Erzbischof Balduin von Trier: RI BH S. 26 Nr. 270–286; Irsigler, Finanzierung der Königswahl, S. 357–382.

8 Vgl. Gläser, Reinhard von Schönau, S. 353–254; Irsigler, Finanzierung der Königswahl, S. 357–382; Stromer, Kaufmann, S. 64; ferner Stromer, Oberdeutsche Hochfinanz 1, S. 18–89.

9 RI BH Ergänzungsheft S. 683 Nr. 6411 und S. 684 Nr. 6436; RBM 4 (Emler 1892), S. 518–520 Nr. 1291; vgl. Artikel Kuttenberg, in: HHS(BM), S. 307–314; Kahnt/

Knorr, Alte Maße, S. 234 (Prager Groschen) und S. 273 (Schockgroschen); *Urbar*, DWB Grimm 11,3 (1936), Sp. 2374–2376; *urbaren, urbern, orbern*, ebenda Sp. 2378–2379; Zitat: Twinger von Königshofen 1 (Hegel 8), S. 492; ferner Weiß, Karl IV. und das Geld, S. 207–212.

10 Vgl. Menzel, Zeit der Entwürfe, S. 153–159; Menzel, Johann von Böhmen und die Wittelsbacher, S. 307–342; Hoensch, Luxemburger, S. 51–61; Seibt, Zeit der Luxemburger, S. 387–407; Seibt, Johann, S. 469–470; Schubert, Königswahl zur Zeit Johanns von Böhmen, S. 135–166; Angermeier, Bayern, S. 165–181; Büttner Dynastische Kontinuität, S. 289–336.

11 Krönung: RI BH S. 26 Nr. 264a; Privilegien für Erzbischof Balduin von Trier: Regesten: RI BH S. 26 Nr. 270–286; Texte: MGH Const. 8, S. 177–203 Nr. 110–122; vgl. auch für das Folgende Lüdicke, Sammelprivilegien, S. 345–398; Stoob, Karl IV., S. 49; Thomas, Ludwig, S. 374–376; Werunsky, Geschichte 2, S. 75–79; Hesse, Synthese, S. 32–37; Seibt, Karl IV., S. 149–154.

12 Reise nach Böhmen RI BH S. 29 Nr. 314a, b; Heinrich von Diessenhofen (Huber), S. 54; Krönung RI BH S. 33 Nr. 335a; vgl. Frey, Pater Bohemiae, S. 31–34.

13 Mathias von Neuenburg 37a und 93 (Hofmeister), S. 95 und S. 236, deutsche Übersetzung unter Verwendung von Grandaur (GdV 2,84), S. 63 und S. 153; vgl. Riezler, Geschichte Baierns 2, S. 499–501; Angermeier, Bayern, S. 165–181; Straub, Bayern, S. 188–199; Thomas, Ludwig, S. 378–380, Menzel, Zeit der Entwürfe, S. 190.

14 Wilhelm von Ockhams Wort vom *rex clericorum* zitiert nach Miethke, Kampf mit dem Drachen, S. 91 Anm. 48; vgl. ferner ebenda S. 73–97; Giovanni Villani, Nuova Cronica 13,60 (Porta 3), S. 440; Miethke, Politiktheorie im Mittelalter, S. 248–295.

15 RI BH S. 21–22 Nr. 228–232, Texte: MGH Const. 8 S. 11–27 Nr. 9–13; vgl. ferner Seibt, Karl IV., S. 140–142; Thomas, Ludwig, S. 365–367; Thomas, Vater und Sohn, S. 469–472; Stoob, Karl IV., S. 48.

16 MGH Const. 8, S. 142–163, Nr. 100; vgl. dazu Patze, Konsistorialrede, S. 1–37; Miethke, Kaiser und Papst im 14. Jahrhundert, in: Lupold von Bebenburg (Miethke/Flüeler), S. 61–97.

17 Heinrich von Diessenhofen (Huber), S. 51; vgl. Demandt, Alexander der Große, S. 428–431.

18 RI BH S. 22 Nr. 235a; Menzel, Archivalische Mitteilungen, S. 441.

19 Vgl. auch für die nächsten Abschnitte Seibt, Karl IV. S. 154–164; Seibt, Zeit der Luxemburger, S. 391–395; Hoensch, Luxemburger, S. 105–117; Hesse, Synthese, S. 32–37; Grundmann, Wahlkönigtum, S. 458–460; Riezler, Geschichte Baierns 3, S. 3–19; Büttner, Weg zur Krone 1, S. 350–367.

20 Karl als Graf von Luxemburg z. B. MGH Const. 8 S. 124 Nr. 93 und 94; Acta Imperii inedita 2 (Winkelmann), S. 408–413, Nr. 677 und 678; vgl. auch für den folgenden Abschnitt Reichert, Johann der Blinde als Graf von Luxemburg,

S. 183–185; Thomas, Testament König Johanns, S. 373–392; Thomas, Vater und Sohn, S. 472–475, Seibt, Karl IV., S. 157.

21 Giovanni Villani, Nuova Cronica 12,88 (Porta 3), S. 181–183; Umrechnungswerte bei Thomas, Ludwig, S. 392 und Kluge, Numismatik, S. 125; vgl. ferner Doren, Wirtschaftsgeschichte, S. 463–467; Kaskaldo, Gold, S. 50–52; Münkler, Machiavelli, S. 167–171; Roeck, Morgen der Welt, S. 364–370.

22 RI BH S. 59, Nr. 701; MGH Const. 8 S. 581–583 Nr. 569– 571 und S. 625–626 Nr. 613; vgl. ferner Schnith, England, S. 161–164; Rader, Friedrich II., S. 31; Straub, Bayern, S. 188–199.

23 Dokumente zu Günthers Königtum RI BH S. 500–503; MGH Const. 9 S. 1–72 Nr. 1–103; vgl. Werunsky, Geschichte 2, S. 151–193.

24 RI BH S. 71 Nr. 880a; MGH Const. 9 S. 94 Nr. 138 (= Edwards Vollmacht für Eheverhandlungen); vgl. ferner Schnith, England, S. 162; Werunsky, Geschichte 2, S. 161–165; Seibt, Karl IV., S. 161–162; Veldtrup, Eherecht und Familienpolitik, S. 299–323.

25 MGH Const. 9 S. 46 Nr. 64; vgl. Harnisch, Königs- und Reichsnähe, S. 182–187.

26 Mathias von Neuenburg 59 (Hofmeister), S. 276, deutsche Übersetzung unter Verwendung von Grandauer, S. 184; vgl. ferner Lewin, Gifte, S. 84–85; Straub, Bayern, S. 188–199; Riezler, Geschichte Baierns 3, S. 11–15; Bestattung: RI BH S. 83 Nr. 1018b; vgl. dazu Meyer, Königs- und Kaiserbegräbnisse, S. 88–99; Harnisch, Königs- und Reichsnähe, S. 185–187.

27 Büttner, Weg zur Krone 1, S. 365 Anmerkung 1044.

28 Zum Begriff «Notkrönung» vgl. Seibt, Karl IV., S. 154; ferner Kavka, Karl IV. und Aachen, S. 477–484, hier S. 478; Pelzel, Kaiser Karl 1, S. 266–268; Büttner, Weg zur Krone 1, bes. S. 367–377.

29 RI BH S. 210 Nr. 2594b; Hergemöller, Abschluß, S. 155; vgl. ferner Müller, Königskrönungen in Aachen, S. 49–58; Minkenberg, Krönungsgeschenke, S. 59–68; Petersohn, Reichsinsignien im Krönungsbrauch, S. 151–160; Kavka, Karl IV. und Aachen, S. 477–484; Büttner, Weg zur Krone, S. 347–377; zu den Begriffen der Festkrönung, Befestigungskrönung, unter-der-Krone-gehen vgl. Brühl, Fränkischer Krönungsbrauch, S. 265–326; Ders., Kronen- und Krönungsbrauch, S. 1–31; Jäschke, Festkrönungen, S. 556–588; Petersohn, «Echte» und «falsche» Insignien; Ott, Krone und Krönung.

30 Vgl. auch für die folgenden Abschnitte Eichstaedt, Zoll, Sp. 1753–1757; Schmoeckel, Zollregal, Sp. 1759–1769; Schomburg, Lexikon Zollgeschichte, S. 432–433 (Zoll) und S. 313–314 (Rheinzölle); Lamprecht, Wirtschaftsleben 2, S. 271–289; Volk, Wirtschaft und Gesellschaft, bes. S. 622–640, S. 670–677, S. 698–724 und S. 821–823; Pfeiffer, Rheinische Transitzölle, bes. S. 175–185.

31 Vgl. Schomburg, Lexikon Zollgeschichte, S. 384–385 (Turnose), S. 276 (Pfaffengasse), S. 25 (Bacharach), S. 190 (Kaub), S. 345–346 (Selz), S. 270 (Oppenheimer Rheinzoll), S. 125 (Germersheimer Rheinzoll); Volk, Wirtschaft und Gesellschaft,

bes. S. 622–624; Kahnt/Knorr, Alte Maße, S. 96 (Fuder) und S. 328 (Turnosgroschen); Kluge, Numismatik, S. 104 und S. 388.

32 RI BH S. 49 Nr. 563, Text: MGH Const. 8 S. 515 Nr. 491; vgl. Schomburg, Lexikon Zollgeschichte, S. 49 (Bopparder Rheinzoll), S. 184 (Kaiserswerth).

33 Zitat: Alberich in Wagner, Rheingold, 3. Szene.

34 Benesch von Weitmühl (Emler), S. 451–453 und S. 518–519; zur breiten literarischen Verarbeitung der Stoffe vgl. etwa Richard Wagners Oper, Rienzi, der letzte der Tribunen, Uraufführung Dresden 1842; Friedrich Engels, Cola di Rienzi, Entwurf für ein Opernlibretto 1840/1841 (Text: Engels, Werke, S. 157–191 und S. 863–873); Herbert Vielstedt, Cola di Rienzo (1936); Klaus Nitzsche, Cola di Rienzi (1975); Willibald Alexis, Der falsche Woldemar (1842); Der Stralauer Fischzug. Sagen, Geschichten und Bräuche aus dem alten Berlin (1987), S. 20–22; Horst Bosetzky, Der letzte Askanier (1997); weitere Belege bei Tschirch, Woldemar, S. 232–234; vgl. ferner Münkler, Marx, Wagner, Nietzsche, S. 507–519.

35 Vgl. auch für die folgenden Abschnitte Martin, Woldemar, Sp. 301–302; Klöden, Diplomatische Geschichte 1, S. 185–443; Riedel, Beitrag, S. 121–126; Werunsky, Geschichte 2, S. 125–222; Tschirch, Woldemar, S. 227–244; Müller-Mertens, Unterwerfung Berlins 1346, S. 78–103; Schultze, Mark Brandenburg 2, S. 74–114; Seibt, Kaiser Karl IV., S. 159–161; Schubert, Echte Macht, S. 348–357; Schwinges, Verfassung und kollektives Verhalten, S. 177–202; Heinrich, Kaiser Karl IV. und die Mark Brandenburg, S. 407–432; Heidemann, Luxemburger in der Mark, S. 17–20.

36 Magdeburger Schöppenchronik (Janicke), S. 203; Detmar-Chronik (Koppmann), S. 511; zu *baggert, baghard* vgl. Schiller/Lübben 1 (1875), S. 141; Mathias von Neuenburg III (Hofmeister), S. 261, deutsche Übersetzung unter Verwendung von Grandauer S. 170; vgl. auch die Übersicht der historischen Berichte über Woldemar bei Klöden, Diplomatische Geschichte 2, S. 336–359 und Tschirch, Woldemar, S. 240–244.

37 Gesta archiepiscoporum Magdeburgensium (Schum), S. 436; deutsche Übersetzung: Magdeburger Bischofschronik (Michaëlis/Peters), S. 196; Benesch von Weitmühl (Emler), S. 519.

38 RI BH S. 35 Nr. 371 und S. 59 Nr. 711 (für Mecklenburg), S. 58 Nr. 699 (für Pommern); Texte: MGH Const. 8 S. 322 Nr. 265, S. 616–622 Nr. 606–609 und S. 627–631 Nr. 615; vgl. ferner Werunsky, Geschichte 2, S. 115–120; Benl, Pommern, S. 110–115; Conrad, Belehnung, S. 391–406; Menzel, Griff, S. 18–20; Lindner, Theatrum praeeminentiae, S. 178–180; Mohrmann, Karl IV. und Herzog Albrecht II., S. 353–389; Huschner, Albrecht II., S. 333–335.

39 Benesch von Weitmühl (Emler), S. 518; vgl. auch Hohensee, Erwerbung, S. 214–215.

40 RI BH S. 63 Nr. 764; Text: MGH Const. 8 S. 659 Nr. 655.

41 Achtandrohung RI BH S. 64 Nr. 765 Text: MGH Const. 8 S. 661 Nr. 656, Landfriedensgebot RI BH S. 64 Nr. 770; Text: MGH Const. 8, S. 674 Nr. 669; vgl.

dazu Klöden, Diplomatische Geschichte 1, S. 248; Werunsky, Geschichte 2, S. 140; Schultze, Mark Brandenburg 2, S. 83.

42 Auch für den folgenden Abschnitt RI BH S. 64 Nr. 766 und RI BH S. 532 Nr. 52–54; Texte: MGH Const. 8 S. 663–667 Nr. 659–661; vgl. Schultze, Mark Brandenburg 2, S. 82–86; Lehmann, Niederlausitz, S. 63–66; Schubert, Echte Macht, S. 351–357.

43 Vgl. Struve, Falsche Friedriche, S. 317–337; Gloger, Kaiser, bes. S. 163–205; Rader, Friedrich II., S. 509–514, Schubert, Echte Macht, S. 349–357, Schwinges, Mentalität, S. 177–202, Zitat: S. 190.

44 RI BH S. 536 Nr. R 81–84; Text Erzbischof Balduins: MGH Const. 9, S. 31–33 Nr. 43; Text Woldemars: Riedel, Urkunden-Sammlung 2, S. 242, Nr. 875; vgl. ferner Klöden, Diplomatische Geschichte 1, S. 278–281; Schubert, Echte Macht, S. 355.

45 RI BH S. 540, Nr. R 114, S. 697 Nr. 6596; MGH Const. 9 S. 248 Nr. 326; Riedel, Urkunden-Sammlung 2, S. 265 Nr. 899; ferner Schultze, Mark Brandenburg 2, S. 88–100; Werunsky Geschichte 2, S. 214–216.

46 RI BH S. 79 Nr. 962 und S. 98 Nr. 1223–1227; MGH Const. 9 S. 249 Nr. 327 und MGH Const. 10 S. 31–42 Nr. 42–54; vgl. ferner auch für die folgenden Abschnitte Klöden, Diplomatische Geschichte 1, S. 368–398; Werunsky, Geschichte 2, S. 181 und S. 223–227; Riezler, Geschichte Baierns 3, S. 3–19; Menzel, Dreißig bewegte Jahre, S. 17; Menzel, Europas bayerische Jahre, S. 237–262.

47 URH 6 S. 150–155, Nr. 243–251; MGH Const. 10, S. 60–61 und S. 71–75, Nr. 74 und Nr. 88–92, Zitate: S. 61 und S. 73; vgl. ferner Klöden, Diplomatische Geschichte 1, S. 426–443; Schultze, Mark Brandenburg 2, S. 99–103; Werunsky, Geschichte 2, S. 215–224.

48 Riedel, Urkunden-Sammlung 2, S. 336 Nr. 959; Urkunde Woldemars Klöden, Diplomatische Geschichte 2, S. 418 Nr. 93; vgl. ferner Werunsky, Geschichte 2, S. 214–231; Schubert, Echte Macht, S. 356.

49 Vgl. Klöden, Diplomatische Geschichte 1, S. 186 und Diplomatische Geschichte 2, S. 277; Klöden hielt in seinem Werk Woldemar für echt, als zeitgleiche Entgegnung vgl. Riedel, Beitrag, S. 121–126; zum Schicksal der Marienkirche Dessau vgl. Denkmale in Sachsen-Anhalt, S. 484.

50 Vgl. auch zu den folgenden Abschnitten Manselli, Cola di Rienzo, Sp. 26–28; Maire Vigeur, Cola di Rienzo, S. 662–675; Papencordt, Cola di Rienzo; Friedjung, Kaiser Karl IV., S. 284–329; Gregorovius, Rom im Mittelalter 6, S. 223–366; Reumont, Geschichte Rom 2, S. 852–918; Werunsky, Geschichte 2, S. 427–443, S. 486–495 und S. 535–539; Piur, Cola di Rienzo, S. 1–216, bes. S. 103–123; Burdach, Geistige Wandlung (Briefwechsel 2,1), S. 17–22; Wieder, Cola di Rienzo, S. 111–144; Seibt, Karl IV., S. 207–221; Seibt, Revolution in Europa, S. 132–160; Seibt, Anonimo romano, bes. S. 105–181; Stierle, Petrarca, S. 432–438; Rehberg/Modigliani, Cola di Rienzo; Scalessa, Cola di Rienzo; Roeck, Morgen der Welt, S. 387; Esch, Rom, S. 17–62, Wölfe S. 39; Esch, Historische Landschaften,

vor allem das Kapitel «Die Stadtlandschaft des mittelalterlichen Rom», S. 80–95; Reinhardt, Macht der Schönheit, S. 138; Krautheimer, Rom, S. 62–71 und S. 340–356.

51 Burdach/Piur, Briefwechsel 2,3, Nr. 28 106–116, hier S. 112, Nr. 43, S. 158–172, hier S. 163; vgl. zu den Bauten Guida d'Italia (TCI), Roma, S. 286–297.

52 Burdach, Geistige Wandlung (Briefwechsel 2,1), S. 501–528; Stierle, Petrarca, S. 357–363, Raulff, Traum, S. 7–15.

53 *Rusticus inter rusticos* Burdach/Piur, Briefwechsel 2,3, Nr. 50, S. 198–213, hier S. 203; Anonimo Romano Cronica (Porta), *tavernaro* S. 143; vgl. ferner Seibt, Anonimo Romano; Piur, Cola di Rienzo, S. 1–41; Seibt, Revolution in Europa, S. 140–142; Roeck, Morgen der Welt, S. 378.

54 Vgl. Wieder, Cola di Rienzo, S. 118–122; Seibt, Revolution in Europa, S. 142–160; Piur, Cola di Rienzo, S. 42–143; Esch, Rom, S. 18–21.

55 Vgl. Manselli, Cola di Rienzo, Sp. 26–28; Wieder, Cola di Rienzo, S. 111 und S. 118–121; Seibt, Revolution in Europa, S. 132–160; Seibt, La rivoluzione, S. 15–28.

56 Burdach/Piur, Briefwechsel 2,3, Nr. 27, S. 100–106; deutsche Übersetzung in Anlehnung an Reumont, Geschichte Rom 2, S. 865–867; vgl. ferner Gregorovius, Rom im Mittelalter 6, S. 268–271.

57 Burdach/Piur, Briefwechsel 2,3, Nr. 35, S. 128–131, hier S. 130; Gregorovius, Rom im Mittelalter 6, S. 268; vgl. dazu Wieder, Cola di Rienzo, S. 123–127; Piur, Cola di Rienzo, S. 72–77.

58 Anonimo Romano Cronica (Porta), S. 150; Rundschreiben an die Städte Burdach/Piur, Briefwechsel 2,3, Nr. 41, S. 152–157, hier S. 155.

59 Joachim von Fiore, Concordia 1 (Patschovsky), bes. S. VII–XXI; Joachim von Fiore, Psalterium (Selge), bes. S. XIII–XXV; Dante, Commedia, Paradiso 12,47 (Streckfuß), S. 360; Löwith, Weltgeschichte und Heilsgeschehen, S. 167; vgl. ferner Grundmann, Dante und Joachim, S. 166–171; Grundmann, Grundzüge Geschichtsanschauungen, S. 217; Burdach, Geistige Wandlung (Briefwechsel 2,1), S. 25, S. 29, S. 228, S. 398; Seibt, Karl IV. S. 212.

60 Burdach/Piur, Briefwechsel 2,3, Nr. 49, S. 191–197 mit den Belegen der Bibelstellen; Benesch von Weitmühl (Emler), S. 452–453 und 519; vgl. ferner Papencordt, Cola di Rienzo, S. 215–233; Friedjung, Kaiser Karl IV., S. 286–296; Gregorovius, Rom im Mittelalter 6, S. 334–341; Wieder, Cola di Rienzo, S. 129–136; Seibt, Karl IV., S. 211–216; Piur, Cola di Rienzo, S. 156–177.

61 Burdach/Piur, Briefwechsel 2,3, Nr. 50, S. 198–213 mit den Belegen der Bibelstellen, angebliche Verwandtschaft S. 201–203.

62 Burdach/Piur, Briefwechsel 2,3, Nr. 51, S. 214–219 mit den Belegen der Bibelstellen; vgl. Piur, Cola di Rienzo, S. 160–162.

63 Ebenda.

64 Päpstliche Auslieferungsbefehle: Burdach/Piur, Briefwechsel 2,4, Nr. 53–59,

S. 138–147; vgl. auch für den folgenden Abschnitt Wieder, Cola di Rienzo, S. 136–143; Piur, Cola di Rienzo, S. 158, S. 174 und S. 178–266.

65 Gregorovius, Rom im Mittelalter 6, S. 364.

66 Burdach/Piur, Briefwechsel 2,3, Nr. 80, S. 430–432, hier S. 430; vgl. Piur, Cola di Rienzo, S. 197; Gregorovius, Rom im Mittelalter 6, S. 340–366; Stierle, Petrarca, S. 432–438; Mazzocchi Alemanni, Petrarca e Cola di Rienzo, S. 43–48.

67 Vgl. auch für die weiteren Abschnitte über das Reich die Passagen bei Rader, Blitz und Donnerschlag, S. 54–61 und Rader, Friedrich II., bes. S. 125–130; ferner Aretin/Conze/Fehrenbach/Hammerstein/Moraw, Reich, S. 423–508; Herbers/Neuhaus, Das Heilige Römische Reich; Schieffer, Christianisierung und Reichsbildungen; Schieffer, Konzepte des Kaisertums, S. 44–56; Schneidmüller, Grenzerfahrung; Moraw, Von offener Verfassung; Lutz, Ringen um deutsche Einheit; Schilling, Christenheitseuropa.

68 Dante, Monarchia I,2,2 (Imbach/Flüeler), S. 62–63; vgl. ferner Grasmück, Dante Alighieri, S. 64–78; Burdach, Geistige Wandlung (Briefwechsel 2,1), S. 12–14; Miethke, Politiktheorie im Mittelalter, S. 156–167; Miethke, Mittelalterliche Politiktheorie, S. 33–40; Thomas, Translatio imperii, Sp. 944–946; Seibt, Karl IV., S. 213 f. und die Anm. 443; Lindner, Es war an der Zeit, S. 119–122; Cheneval, Monarchia Dantes, S. 34–49.

69 Engelbert von Admont, De ortu (Schneider), bes. cap. 19, S. 198–210; vgl. zum Autor vgl. Lhotsky, Quellenkunde, S. 280–284; Ubl, Engelbert von Admont; ferner Ubl, Rechte des Kaisers, S. 353–387; Miethke, Kaiser und Papst, S. 61–97; Miethke, Politiktheorie im Mittelalter, S. 204–247.

70 Vgl. die Beiträge in Märtl/Drossbach/Kintzinger, Konrad von Megenberg; Miethke, Mittelalterliche Politiktheorie, S. 33–40; ferner Moraw, Personenforschung, S. 2, Anm. 5; Reinhardt, Pius II., S. 171–173.

71 Vgl. auch zu den folgenden Abschnitten Kytzler, Rom als Idee; Demandt, Spätantike, S. 264–267; Münkler, Imperien, bes. S. 127–150; Tellenbach, Kaiser, Rom und Renovatio, S. 231–253; Fried, Römische Erinnerung, S. 1–41; Fried, Imperium Romanum, S. 156–184; Rader, Friedrich II, S. 125–130.

72 Vgl. auch für die folgenden Abschnitte Grundmann, Grundzüge Geschichtsanschauungen, S. 215–219; Puhle/Hasse, Von Otto dem Großen – Katalog und Essays; Schilling/Ottomeyer, Altes Reich und neue Staaten – Katalog und Essays; Ehlers, Imperium und Nationsbildung, S. 101–118; Lindner/Rader, Ordnung der Königsherrschaft, S. 13–14; Rader, Friedrich II., bes. S. 125–130.

73 Vgl. Margaroli, Lombardei, Sp. 2094–2098; Bordone, Regnum Italiae, Sp. 596–601; Dilcher, Reichsitalien, Sp. 642–648; aus den vielen Urkunden etwa 1366 August 12, Druck zukünftig: MGH Const. 15,1: *unverdrozzenlich oft in Lamparten und in Thuetschen landen getan hat,* oder Absetzungsurkunde Wenzels 1400, Druck: RTA 3 S. 255: *Meylan und daz land in Lamparten.*

74 Samuel von Pufendorf, Verfassung (Denzer), c. VI, § 9, S. 198 f.; vgl. Haas,

Reichstheorie; Moraw, Reich im mittelalterlichen Europa, S. 440–450; Weinfurter, Vorstellungen und Wirklichkeiten, S. 451–474; Thamer, Das Heilige Römische Reich, S. 383–395; Burgdorf, Wendepunkt, S. 17–30.

3. Der Kriegsherr

1 Allgemein zum Krieg im Mittelalter vgl. Althoff u. a., Krieg im Mittelalter; Clauss/Stieldorf/Weller, Der König als Krieger; Prietzel, Kriegführung im Mittelalter; Prietzel, Töten, S. 11–26; Kortüm, Krieg im Mittelalter; Kortüm, Kriege und Krieger 500–1500; Trease, Condottieri, S. 7–52, zur Schlacht von Crécy auch für die folgenden Abschnitte vgl. Ayton/Preston, Crécy; Tresp, Crécy, S. 65–68; Atten, Luxemburger, S. 567–596; Lehnart, Crécy, S. 167–195; Livingston/DeVries, Crécy; Delbrück, Kriegskunst 3, S. 518–532; Teilauflistung der Quellen bei RI BH S. 23 Nr. 238b, Seibt, Karl IV., S. 144–147; Ehlers, Geschichte Frankreichs, S. 218–221.

2 Für die zahlreichen und mitunter differierenden Fassungen der in mehr als 150 Manuskripten überlieferten Chroniken vgl. die digitale Edition unter https://www.dhi.ac.uk/onlinefroissart/; moderne französische Übersetzungen: Jean Froissart (Duby), bes. S. 111–131; Jean Froissart (Desgrugillers), bes. S. 135–154.

3 Zum Hundertjährigen Krieg allgemein vgl. Mortimer, Tactics; Wadge, Arrowstorm; Corrigan, Hundred Years War; Clauss, Militärgeschichte, S. 81–90; Töpfer, Philipp VI., S. 251–265; Schneidmüller, Monarchische Ordnungen, S. 326–330.

4 Vgl. Schnith, England, S. 161–164; zur Rolle Kaiser Ludwigs IV. vgl. Menzel, Europas bayerische Jahre, S. 237–262; Menzel, MGH Const. 7,2 S. X mit der Literatur Anm. 32 und 33, ferner die Vereinbarungen zwischen Ludwig und König Philipp ebenda Nr. 854, 856, 857, 874, 885, 886, 907, 924, 948, 955; zu Johanns Soldverhältnis vgl. auch Margue, Fecit Carolus, S. 79 Anmerkungen 2–4 mit der Literatur; Muller, La chevalerie luxembourgeoise, S. 83–97.

5 Vgl. Benesch von Weitmühl (Emler), S. 513; Giovanni Villani, Nuova Cronica 13,65 (Porta 3), zu den genuesischen Söldnern S. 446–448, zum Schlachtverlauf Bd. 2, S. 452–461; zu vielen kriegstechnischen Details vgl. Köhler, Kriegsführung in der Ritterzeit, bes. Bd. 2: das englische Heer S. 356–373, das französische Heer S. 374–384, die Schlacht bei Crécy am 26. August 1346, S. 385–416; zur Armbrust als Kriegswaffe vgl. Lüken, Armbrust in Krieg und Frieden, S. 30–41; ferner Müller, Historische Waffen, S. 110–118; Clauss, Waffentechnik, S. 67–82, bes. S. 69.

6 Vgl. Ayton/Preston S. 1–34 mit einer Itinerarkarte des englischen Zuges S. 2; ferner Atten, Crécy, S. 571.

7 Benesch von Weitmühl (Emler), S. 514; zur Aufstellung vgl. auch Delbrück, Kriegskunst 3, S. 521–525, Zitat: S. 532.

8 Chronik des Mathias von Neuenburg 72 (Hofmeister), S. 203–206, hier S. 205; vgl. auch die hier in Anmerkung 2–6 angegebenen Zahlen anderer Chronisten;

Chronik Heinrich Taube von Selbach (Bresslau), S. 63–66 spricht nur von großen Heereszahlen.

9 Vgl. Froissart 1, Kap. 278; Giovanni Villani, Nuova Cronica 13,67 (Porta 3), S. 453; Lehnart, Crécy, S. 171–175; Atten, Crécy, S. 574, ferner auch zu den folgenden Abschnitten Ayton/Preston, Crécy, S. 139–157, siehe auch die Karte von der Schlacht mit den Positionen der prominenten Befehlshaber ebenda S. 575.

10 Vgl. Delbrück, Kriegskunst 3, bes. S. 261–362, Zitat: S. 278; zum Ritter auch für die folgenden Abschnitte allgemein Ehlers, Ritter; Cardini, Ritter; Buttinger/Keupp, Ritter; Le Goff, Ritter, S. 75–90; Jones, Knight; Brunner/Daim, Ritter, bes. S. 34–98; Zotz, Ritter, S. 421–432; außerdem Krenn, Kriegsrüstung, S. LXXIII–LXXVII; Kühnel, Bildwörterbuch, S. 22 (Barbuta), S. 27 (Beckenhaube), S. 28 (Beinzeug), S. 101 (Harnisch), S. 104–111 (Helm), S. 121 (Hundsgugel), S. 156 (Lentner), S. 268 (Topfhelm).

11 Vgl. Paravicini, Kultur, bes. S. 57–70; Göttert, Ritter; Buttinger/Keupp, Ritter, bes. S. 80–82; Fleckenstein, Ritterstand, Sp. 1088–1092; Fleckenstein, Ritter, Sp. 865–873; Erler, Ritterschlag; Erler/Schmidt-Wiegand, Schwertleite; Rösener, Schwertleite; ferner Fleckenstein, Rittertum; Erkens, Militia und Ritterschaft; Prietzel, Kriegführung, S. 241–265; Rader, Rittererhebungen, S. 243–250.

12 Vita Caroli (Hillenbrand), S. 136; vgl. Hack, Ritterschlag, S. 206; Erben, Schwertleite, S. 105–168; Pietzner, Schwertleite; Böninger, Ritterwürde, bes. S. 82–117; Rader, Rittererhebungen, S. 243–250.

13 Vgl. Müller, Historische Waffen, S. 78 f. sowie S. 110–118.

14 Vgl. Caffero, Hawkwood, S. 40–42; Trease, Condottieri, S. 31.

15 Vgl. Dolderer, Pfeilhagel, S. 8–9; Seehase/Krekeler, Gefiederter Tod, S. 135–136 und S. 159–166; Trease, Condottieri, S. 41–43.

16 Vgl. auch für die folgenden Abschnitte Ayton/Preston, Crécy, S. 351–377, bes. S. 352 Anm. 1 mit der modernen Literatur zum Langbogen ebenda S. 153–155; Seehase/Krekeler, Gefiederter Tod, S. 34–36 (zum Kriegsbogen), S. 46–48 (zu den Pfeilsorten), S. 85–87 (zur Bekleidung der Bogenschützen), S. 109 (zur Schießtechnik), S. 199 (Durchschlagskraft) und S. 92–95 (zur Schlacht von Crécy selbst); Suckow, Dirk: Objektbeschreibung 3.24 Englischer Langbogen und Pfeil, in: Fajt, Katalog. S. 322–324, mit zwei Schlachtabbildungen aus Jean Froissart Handschriften, S. 323 und 325; s. auch die Abbildungen von Bögen, Pfeilen und Spitzen bei Curry/Mercer, Agincourt, S. 99–104 und die Argumente zur Reichweite der Bögen, S. 98; Clauss, Waffentechnik, S. 67–70; Kortüm, Kriege und Krieger, S. 157; Tuchman, Spiegel, S. 77–79.

17 Vgl. Ayton/Preston, Crécy, S. 351–377, hier S. 360; Kortüm, Kriege und Krieger, S. 177.

18 Vgl. Seehase/Krekeler, Gefiederter Tod, S. 46–48; Schettler/Greten, Innere Medizin, S. 1095–1096; Tetanus in: MSD-Manual der Diagnostik und Therapie, S. 1285–1288.

19 Froissart (https://www.dhi.ac.uk/onlinefroissart/, 25.4.2020): «*Tost tuéz ceste ribaudaille, car ilz nous empeschent la voye sans rayson.*» (Brüssel ms II 88 fol 5r); «*Or tost tuéz toute celle ribaudaille car ilz nous ensonnient la voie sans raison.*» (New York M 804 fol 102r); «*Tuez ceste ribaudaille, car ilz nous empes chent sans raison.*» (Paris ms. Fr. 2663 fol 145v) und weitere ähnliche Versionen Benesch von Weitmühl (Emler), S. 514; vgl. Vlček, Johann von Luxemburg, bes. S. 33 und S. 51–56; ferner Atten, Crécy, S. 579; Thomas, Vater und Sohn, bes. S. 478–482.

20 Vgl. Vlček, Aussehen Karls IV., bes. S. 436 und S. 445; Muller, La chevalerie luxembourgeoise, S. 92; zu der Pollaxe vgl. Curry/Mercer, Agincourt, S. 140; zu Helmbarten vgl. Müller, Historische Waffen, S. 69–71; ferner Clauss, Waffentechnik, S. 76–78; Kortüm, Kriege und Krieger, S. 155–157.

21 Benesch von Weitmühl (Emler), S. 514; Atten, Crécy, S. 581 mit der Quellenangabe FN 30; eine Bestätigung durch Sigismund RI XI,2 Nr. 8900; Abbildung einer Verzichtsurkunde von 1466 der Rodenmacher bei Atten, Crécy Tafel vor S. 577.

22 Vgl. Margue, Fecit Carolus, S. 79–96, bes. S. 86–91; Vlček, Johann von Luxemburg, S. 26–28; ferner Gérard Till, König Johanns Reise nach Prag, in: Hémecht 33 (1981), S. 5–20; Rader, Grab und Herrschaft, S. 222–224; Heimann, Schinkels Brunnen, S. 30–44.

23 Vgl. auch für die folgenden Abschnitte Stelzer, Perdet lilium coronam, S. 603–622 mit Abdruck der beiden Schriftstücke, S. 618–622, ebenfalls Acta imperii selecta (Böhmer), S. 750 Nr. 1055; Ayton, Crécy, S. 293–295; Dangl, Johann von Schönfeld, S. 77–88; Contamine, Schlacht im Abendland, S. 69–88.

24 Stelzer, Perdet lilium coronam, S. 619–622; vgl ferner Prietzel, Töten, S. 24–25.

25 Delbrück, Kriegskunst 3, S. 527; und so ähnlich Delbrück, Weltgeschichte 2, S. 821; vgl. ferner Atten, Crécy, S. 574; zu den Anfängen der Artillerie allgemein Rathgen, Geschütz, S. 5–23; Goetz, Artillerie, bes. S. 14–34; Clauss, Waffentechnik, S. 82; Kortüm, Kriege und Krieger, S. 158–160; Feldhaus, Maschine, S. 210–212; zu Azincourt Dolderer, Pfeilhagel, S. 7–10; Curry/Mercer, Agincourt.

26 Heine, Shakespeares Mädchen und Frauen, S. 461–588, hier S. 518–520; Doderer, Abenteuer, S. 92; vgl. Heimann, Schinkels Brunnen, S. 55–161.

27 Vgl. Seehase/Krekeler, Tod, S. 95.

28 Vgl grundlegend zu diesen Überlegungen Tresp, Pacis amator, S. 299–332; Seibt, Karl IV., die Überschrift des 8. Kapitels «Der Friedensfürst» S. 301; ferner Macek, Turnier, S. 373; Schlotheuber, Der weise König, S. 9; Schneider, Auffassung, S. 141, der von einer «Scheu vor dem Einsatz von Waffengewalt» spricht; Veldtrup, Eherecht, S. 13: «hasste er den Krieg als ‹Fortsetzung der Politik mit anderen Mitteln› über alles»; Fried, Mittelalter, S. 424: «dass er den Krieg verschmähte», ebenda S. 436: «Sinnlosigkeit des Krieges»; *Pacis amator* und *princeps pacis* bei Benesch von Weitmühl (Emler), S. 525 (zu 1356) und princeps pacis S. 540 (zu 1370).

29 Petrarca-Brief: Petrarca, Fam. 10,1; Piur, Petrarcas Briefwechsel (VMZR 7), S. 1–11, Nr. 1, deutsche Übersetzung: Widmer, S. 371–383; vgl. ferner Hergemöller, Cogor, S. 353–357: «Dieser Brief spricht nicht die Sprache Karls IV., mit keinem Satz, mit keinem Wort!» (S. 354); Eisen-Verzicht-Antwort: Burdach/Piur, Briefwechsel 2,3 (VMZR 2,3), S. 406–410, hier S. 410: *Omnia nam prius temptanda quam ferrum et medici volunt et Cesares didicerunt;* deutsche Übersetzung nach Widmer, S. 385–389, hier 389; vgl. die ähnliche Sentenz bei Terenz: *Omnia prius experiri quam armis sapientem decet* – Alle (Mittel) eher anzuwenden als das Eisen, das ziemt sich für den Weisen (Terenz, Eunuchus 789), ebenso in Petrarcas Briefwechsel, S. 15 Nr. 2; vgl. ferner Müller-Mertens, Karl IV., S. 305–322.

30 Tresp, Pacis amator, S. 304; vgl. auch Thomas, Ludwig, S. 386.

31 Zitat: Schneider, Auffassung, S. 141; vgl. Tresp, Pacis amator, S. 324–331.

32 Vgl. auch für das Folgende Vita Caroli 5 (Hillenbrand), S. 94–97; Widder, Itinerar, S. 38–41; Seibt, Karl IV., S. 122–124; Härtel, Italienpolitik, S. 363–382; Werunsky, Geschichte 1, S. 79–83.

33 Vita Caroli 5 (Hillenbrand), S. 94–95.

34 Vita Caroli 5 (Hillenbrand), S. 96, unter Verwendung der deutschen Übersetzung ebenda S. 97; vgl. Delbrück, Kriegskunst 3, S. 581–601; Selzer, Deutsche Söldner, S. 55–58; Seibt, Karl IV., S. 122–124, bes. auch Anmerkung 211.

35 Peter von Zittau 2,32, Cronica Aule Regie (Pumprová/Jan), S. 501, deutsche Übersetzung: Albrecht, Königsaaler Chronik, S. 633; vgl. Selzer, Deutsche Söldner, S. 249–252.

36 Vita Caroli 5 (Hillenbrand), S. 96 und S. 178, unter Verwendung der deutschen Übersetzung ebenda S. 97; Siegesfest in Parma: Chronicon Parmense (Bonazzi), S. 221.

37 Zur Geschichte des Ordens dieser Zeit vgl. Militzer, Geschichte, bes. S. 112–118, Zitat: S. 117; Boockmann, Orden, S. 151–169; Ekdahl, Deutschordenskriege, S. 61–66; speziell zu den Kriegszügen vgl. Paravicini, Preußenreisen; Ders. Litauer, S. 253–284; Hellmann, Karl IV. und der Deutsche Orden, S. 105–112, bes. S. 105 f.; Jähnig, Orden, S. 103–149, bes. S. 103–107, Arnold, Karl IV. und der Deutsche Orden, S. 167–173 und S. 450–452; Hoensch, Přemysl Otakar II., S. 74–77; Kuthan, Přemysl Ottokar II., S. 15–16.

38 RI BH S. 5 Nr. 37–40 S. 132/133 und S. 19 Nr. 205a; Vita Caroli 9 (Hillenbrand), S. 132–133; vgl. ferner Boockmann, Orden, S. 158–164; zu Johanns Erblindung Bellwald, Augenleiden, S. 545–566.

39 Vita Caroli 14 (Hillenbrand), S. 172–173; in der älteren Literatur, etwa bei Pelzel, Kaiser Karl 1, S. 91 oder Palacký, Geschichte 2,2, S. 227 ist von Hilfe für König Peter IV. von Aragon (1336–1381) die Rede, was aber unwahrscheinlich sein dürfte.

40 Vgl. José, Maison de Savoie, S. 185–200; Hoensch, Kaiser Sigismund, S. 79–86; Tuchman, Spiegel, S. 488–502.

41 Vgl. Ludwig, Kreuzzug und Reichsvikariat, S. 771–789; Übertragung Reichsvika-

riat Treviso an Dogen Giovanni Dolfin 1359, Druck: MGH Const. 12 S. 509
Nr. 527; Versprechen 20 Galeeren auf Kosten Venedigs auszurüsten, Druck: Lud-
wig, Kreuzzug und Reichsvikariat, Anhang Nr. 6, S. 800; vgl. ferner Delbrück,
Kriegskunst 3, S. 581–601, bes. S. 585.

42 Zum Feldzug Karls IV. gegen die Visconti und Skaliger 1368 vgl. auch für die
folgenden Abschnitte Widder, Itinerar, S. 280–304 und S. 445–446; Parmigiani,
Il serraglio mantovano, S. 38–45 und S. 90–100; Pirchan, Romfahrt, S. 145–187;
Trease, Condottieri, S. 55; zu *bastita* vgl. Stotz, Handbuch 5, S. 514; Urkunden
zukünftig MGH Const. 15; Druck: Salomon, Reiseberichte 1908/09, NA 36
(1911) S. 511 Nr. 13b.

43 Vgl. Pirchan, Romfahrt, S. 159–165, zu den Bombarden S. 161, Fußnote 8, zu den
Angriffsvorbereitungen und der Lebensmittelknappheit s. Bd. 2 S. 92–96 Nr.
LXVI und LXVII.

44 Brief: AS Mantova (Mantua) «Archivio Gonzaga busta 428 Nr. 78»; zukünftig
MGH Const. 15; RI BH S. 383 Nr. 4666; Detmar-Chronik (Koppmann), S. 540;
Twinger von Königshofen 1 (Hegel 8), S. 491; vgl. ferner Pirchan, Romfahrt 1,
S. 172–173; Widder, Itinerar, S. 294–299.

45 Vgl. Pirchan, Romfahrt 1, S. 182–186 und 2, S. *112–*119; Widder, Itinerar, S. 299–
321; José, Maison de Savoie, S. 75–277; Brief an Amadeus vom 7. Oktober 1368:
AS Torino «Lettere Principi forestieri, Imperatori d'Allemagna, Re d'Ungheria, Re
di Boemia, Mazzo 1 Nr. 4»; zukünftig MGH Const. 15.

46 Vgl. Pirchan, Romfahrt 2, S. *88; José, Maison de Savoie, S. 108–114; Briefe Karls
an Amadeus vom 28. Juli 1368: AS Torino «Materie Politiche per rapporto
all'interno, Lettere diverse Real Casa, Lettere Principi forestieri, Imperatori
d'Allemagna, Re d'Ungheria, Re di Boemia, Mazzo 1, unter Carlo IV Lettere 1356–
1370 sub Dato»; vom 4. November 1368: AS Torino «Lettere Principi forestieri,
Imperatori d'Allemagna, Re d'Ungheria, Re di Boemia, Mazzo 1 Nr. 4»; zukünftig
MGH Const. 15.

47 Vgl. Schmugge, Aufforderung, S. 198–243, Zitat: S. 218; Folz, Brief, S. 148–162;
Widder, Itinerar, S. 351–357.

48 Chronik Heinrichs Taube von Selbach (Bresslau), S. 89; Chronik des Mathias von
Neuenburg 83 (Hofmeister), S. 406, deutsche Übersetzung: Grandaur (GdV
2,84), S. 146; eine Sammlung weiterer Belege auch für die folgenden Kriegshand-
lungen bietet Lindner, Markgraf Ottos letzter Kampf, S. 37–42; Lindner, Skylla,
S. 44–54 und Lindner, Reichsadler, S. 1–36.

49 Chronicon Moguntinum (Hegel), S. 8; zum Bündnis Herzog Rudolfs mit den
Württembergern vgl. auch MGH Const. 12, S. 541 Nr. 557.

50 Vgl. Patze, Konsistorialrede, S. 1–37; Strack, *Solo sermone*, S. 288–295; Tresp, Pacis
amator, S. 319–321; MGH Const. 8 S. 138–142 Nr. 99, hier S. 141 Z. 6–10.

51 MGH Const. 8, S. 142–163, Nr. 100, hier S. 149 Z. 23–30: *quasi alter Iudas
Machabeus ‹similis factus est leoni in operibus suis›*.

52 Vgl. 1 Makk. 3–9 und 2 Makk. 8–15; Flavius Josephus 1, 1–6 (Geschichte des Judäischen Krieges), S. 27–29; ferner Ott, Neun Gute Helden, Sp. 1104–1106; Keller, Lexikon der Heiligen, S. 338; Herkommer, Kritik und Panegyrik, S. 99–95, bes. Anm. 56; Zitat Mügeln: ebenda; Schreiner, Märtyrer, Schlachtenhelfer, Friedenstifter, S. 31; Demandt, Alexander der Große, S. 428–431.

53 Vgl. Ott, Neun Gute Helden, Sp. 1106; Händel, Judas Maccabeus HWV 63; dazu vgl. Marx, Händel; zum Schönen Brunnen als Abbild des Reiches und Bildprogramm des Rates vgl. Chapuis, Objektbeschreibung Prophetenköpfe, S. 391–392; Machilek, Nürnberg und die Luxemburger Herrscher, S. 78–79; Weilandt, Der Schöne Brunnen, S. 115–137, bes. S. 125–130.

54 Vgl. Corsi, Catalogo, S. 1–19; Romiti/Tori, I Documenti, S. 95–157; Renato Piattoli in memoriam, S. 99–203; Romiti, Riformagioni 1, S. 55–75; Pirchan, Romfahrt 1, S. 422–427 und 2, S. 229–231; Widder, Itinerar und Politik, S. 341–351 sowie S. 456–469; Pauler, Auseinandersetzungen, S. 199–207; Seidel/Silva, Power of Images, bes. S. 19–52; Bauch, Wie ein zweiter Konstantin, S. 203–207; Brief an Wenzel: BAV «Cod. Vat. 3995», fol. 79r–79v; Druck: Kaiser, Collectarius nach einer Gießener Handschrift, S. 221, Nr. 260; Regest: RI BH S. 395 Nr. 4763; bei Kaiser, Collectarius Dissertation, S. 109 Nr. 251 ist als Empfänger der Markgraf Johann von Mähren angenommen worden; Huber in RI BH S. 395 Nr. 4763 hingegen vermutete, dass die Siegesmeldung an die Stadt Pisa gerichtet gewesen sei. Allerdings lässt sich mit der Anrede *frater karissime* nur sein Halbbruder Wenzel sinnvoll verbinden; Brief an Straßburg vom 18. Juni 1369: RI BH S. 395 Nr. 4762; Druck: UB Straßburg 5 (Witte/Wolfram), S. 636–637, Nr. 819.

55 Benesch von Weitmühl (Emler), S. 539, der allerdings in seinem Bericht Arezzo mit Rieti verwechselt; Bresslau, Briefe, S. 305–313, hier S. 307–310 gibt zwei auf die Schlacht bezogene Briefe wieder, in denen von einer *«compagnia perniciosa»* (S. 308) und *«societas nepharia»* (S. 309) die Rede ist.

56 Bresslau, Briefe, S. 309; vgl. ferner Trease, Condottieri, S. 58–60.

57 Geld für den Papst: Druck: Acta Karoli IV. (Zimmermann), S. 132 Nr. 64; Romiti/Tori, I Documenti, S. 139–140, Nr. 15; Regest: RI BH S. 394 Nr. 4760; Catalogo 1969, S. 17 Nr. 38; Inventario 1, S. 66 (ohne Nr.); Rechteverlust Perugia: Druck: CD dominii temporales s. sedis 2 (Theiner), S. 463 Nr. 454; Regest: RI BH S. 394 Nr. 4759; Waitz, Vaticanisches Archiv, S. 459; Bernabo Visconti: Druck: CD dominii temporales s. sedis 2 (Theiner), S. 462 Nr. 452; Regest: RI BH S. 394 Nr. 4757; Waitz, Vaticanisches Archiv, S. 459; Ernennung Guy de Bologne: Druck: CD dominii temporales s. sedis 2 (Theiner), S. 462 Nr. 453; Regest: RI BH S. 394 Nr. 4758; Waitz, Vaticanisches Archiv, S. 459 (ohne Nr.) zukünftig MGH Const. 15; vgl. auch Pauler, Auseinandersetzungen, S. 205.

58 Vgl. Caferro, Hawkwood, S. 38–42 und S. 136–137; Trease, Condottieri, S. 53–67; Kortüm, Kriege und Krieger, S. 127–128; Selzer, Deutsche Söldner, S. 30–31,

S. 62–63 sowie S. 376–380 mit biographischen Notizen zu den beiden deutschen Söldnern; ferner Housley, Mercenary companies, S. 253–280.

59 Vgl. auch für den folgenden Abschnitt Chérest, L'Archiprêtre, bes. S. 317–361; Tuchman, Spiegel, S. 160, S. 190, S. 209 und S. 216; Werunsky, Geschichte 3, S. 328–330; Selzer, Deutsche Söldner, S. 335; Sieveking, Entwicklung, S. 93.

60 Chronik des Mathias von Neuenburg 162 (Hofmeister), S. 486–187, deutsche Übersetzung: Grandaur (GdV 2,84), S. 221; Twinger von Königshofen 1 (Hegel 8), S. 486–487.

61 MGH Const. 14,2 S. 634 Nr. 597 (= Brief an Straßburg); UB Straßburg 5 (Witte/ Wolfram), S. 532 Nr. 667 (= Geleitschreiben).

62 Text der Vorlage MGH Const. 14,2 S. 663 Nr. 630.

63 RI BH Ergänzungsheft S. 747 Nr. 7172; MGH Const. 14,2 S. 630 Nr. 592; vgl. das von mir verfasste Fundstück 6 auf der Homepage der BBAW-MGH.

64 RI BH S. 342 Nr. 4201; Chronik des Hector Mülich (Roth), S. 4 und Beilage 2, S. 396–401; vgl. Tuchman, Spiegel, S. 216.

65 De origine principum (Opel), S. 224; deutsche Übersetzung: Lindner, Reichsadler, S. 30; vgl. dazu auch Vigener, Mainzer Bistumsstreit; Heinig, Providierung, S. 483–486.

66 Vgl. Contamine/Ranft/Cardini/Schreiner, Turnier, Sp. 1113–1118, ferner Fleckenstein, Turnier, S. 229–256; Parisse, Tournoi en France, S. 175–211; Macek, Turnier, S. 371–389.

67 Peter von Zittau 2,19, Cronica Aule Regie (Pumprová/Jan), S. 450, deutsche Übersetzung in Anlehnung an Albrecht, Königsaaler Chronik, S. 577; vgl. ferner Macek, Turnier, S. 374–376.

68 Chronicon Parmense (Bonazzi), S. 218; vgl. ferner Widder, Itinerar, S. 33; Davidsohn, Beiträge, S. 408.

69 Chronik des Mathias von Neuenburg 99 (Hofmeister), S. 414–415; deutsche Übersetzung: Lindner, Skylla, S. 46; vgl. auch dessen Argumentation ebenda; Seibt, Karl IV., S. 163 hingegen glaubt, dass Karl «gegen seine Neigungen» aus Gründen der Popularität am Turnier teilgenommen habe; im Brief des Papstes ist die Rede von *hastiludium et tornamentum* an denen Karl teilgenommen habe, MGH Const. 8 S. 530 Nr. 516; zur Wirkung solcher Auftritte vgl. Reinle, Performanz, S. 25–36.

70 RI BH Reichssachen S. 543 Nr. 135, 137 und 138; Schreiben Karls IV. an Erzbischof Balduin von Trier: RI BH S. 107 Nr. 1343; Druck: MGH Const. 10 S. 174 Nr. 235; Treffen mit Herzog Albrecht: RI BH S. 107, Nr. 1338a und S. 109 Nr. 1368.

71 Vgl. auch für die folgenden Abschnitte die Befunde und Deutungen bei Vlček, Aussehen Karls IV., S. 433–437; Ramba, Rytířské a válečné úrazy, S. 207–219; Lippert-Grüner/Grüner, Karl IV, S. 289–292; Vlček/Bartoníček/Royt, Physical and personality traits of Charles IV.; Fajt, Ausstellungsführer, S. 18.

72 Vgl. auch für die folgenden Abschnitte Lippert-Grüner/Grüner, Karl IV., S. 292; ferner Weißer, Schlafschwamm, S. 1299–1300.

73 Peter von Zittau 2,7, Cronica Aule Regie (Pumprová/Jan), S. 391, deutsche Übersetzung: Albrecht, Königsaaler Chronik, S. 513; vgl. Lippert-Grüner/Grüner, Karl IV., S. 291; Ramba, Rytířské a válečné úrazy, S. 207–219.

74 MGH Const. 12, S. 254, Nr. 253; vgl. Ramba, Rytířské a válečné úrazy, S. 207–219; Fajt, Katalogbeschreibung des Votivbildes, in: Fajt/Hörsch, Kaiser Karl IV. 1316–2016 – Ausstellungskatalog 2016, S. 374–377, Nr. 6.11.

75 Vgl. Stoob, Karl IV. S. 73; Autobiographie (Hillenbrand/Stammler), S. 37–40; Seibt, Karl IV., S. 201–203; Lewin, Gifte, S. 243–244.

4. Der Zeitzeuge

1 Franz von Prag 3,7 (Emler), S. 433–434; Belege zum Aufenthalt Karls in Prag: RI BH S. 13 Nr. 122–124.

2 Vgl. auch für die folgenden Abschnitte Bauch, Jammer und Not, S. 994–997; Bauch, Magdalenenflut 1342, S. 8–14; Šefcu, Brücke der Königin Judith, S. 41–43; Schenk, Frost und Blüte, S. 31–39; weitere Quellenbelege zur Flut bei Weikinn, Quellentexte zur Witterungsgeschichte 1, S. 197–216.

3 Johann von Viktring 6 (Schneider) 2, S. 225–226, deutsche Übersetzung unter Verwendung von Friedensburg (GdV 2,86), S. 295; Lebensbeschreibung Clemens VI. bei Weikinn, Quellentexte zur Witterungsgeschichte 1, S. 197–216, Zitat: S. 202; vgl. Bauch, Magdalenenflut 1342, S. 8.

4 Vgl. Schenk, Frost und Blüte, S. 31–39; Bauch, Dantean Anomaly, S. 92–103.

5 Petrarca Fam. 19,2, lateinischer Text: Piur, Petrarcas Briefwechsel S. 180, deutsche Übersetzung: Petrarca, Familiaria 2 (Widmer), S. 320; vgl. Bauch, Jammer und Not, S. 1001–1004.

6 Mathias von Neuenburg 161 (Hofmeister), erste Fortsetzung zu 1356, S. 485–486, deutsche Übersetzung nach Grandaur (GdV 2,84), S. 220; vgl. Bauch, Jammer und Not, S. 1000; Schenk, Frost und Blüte, S. 33–38.

7 Vita Caroli (Hillenbrand), S. 142–143; vgl. dazu auch Schenk, Frost und Blüte, S. 31–33.

8 Peter von Zittau 2,3, Cronica Aule Regie (Pumprová/Jan), S. 384, deutsche Übersetzung: Albrecht, Königsaaler Chronik, S. 505; Chronica S. Petri Erfordensis moderna (Holder-Egger), S. 347; Magdeburger Schöppenchronik (Janicke), S. 186; vgl. dazu auch Bulst, Pest, S. 155; Schubert, Essen, S. 40–44; Montanari, Hunger, S. 85–88.

9 Vgl. Bauch, Jammer und Not, S. 985–989; Schenk, Frost und Blüte, S. 33–38; die Angaben zur modernen Landwirtschaft und zur heutigen Mutterkorn- und Fusariengefahr verdanke ich der freundlichen Auskunft des Landwirts Thomas Mielke in Spyker auf Jasmund (Rügen).

10 Vgl. auch für den folgenden Abschnitt Sahmland, Ergotismus, S. 367–368; Dilg, Mutterkorn, Sp. 976; Schubert, Essen, S. 35–37.

11 Vgl. auch zu den folgenden Abschnitten Pest (Bubonenpest, Beulenpest, Schwarzer Tod), in: MSD-Manual, S. 1282–1283; Graus, Pest-Geißler-Judenmorde, S. 13–37; Bergdolt, Der Schwarze Tod; Bergdolt, Die Pest 1348 in Italien; Bergdolt, Pest, S. 1122–1127; Wilderotter, Vierhundert Jahre Pest in Europa, S. 12–53; Ohler, Sterben und Tod, S. 246–262; Klaniczay, Pest, bes. S. 107–111; Tuchman, Spiegel, S. 97–111; Reinhardt, Macht der Schönheit, S. 127–134; Reinhardt, Macht der Seuche, S. 19–88; Roeck, Morgen der Welt, S. 381–392; Schneidmüller, Katastrophenerinnerung, S. 393–401; Friedell, Kulturgeschichte der Neuzeit, S. 95–101; Bulst, Pest, S. 154–166; Reincke, Bevölkerungsverluste der Hansestädte, S. 88–90; Isenmann, Stadt Spätmittelalter, S. 38–41, Isenmann, Stadt Mittelalter, S. 76–86; Overmans, Opfer des Zweiten Weltkrieges, S. 103–121.

12 Vgl. auch für die folgenden Abschnitte Bergdolt, Der Schwarze Tod, S. 37, S. 67, S. 92 und S. 100; Tuchman, Spiegel, S. 103–10; Bulst, Pest, S. 158–161, Seibt, Karl IV., S. 203; Hergemöller, Abschluß, S. 170; Isenmann, Stadt Mittelalter, S. 77–78; Lewin, Gifte, S. XIII–XVI.

13 Vgl. Bergdolt, Der Schwarze Tod, mit dem Untertitel Die Große Pest und das Ende des Mittelalters, Zitate: S. 9 und S. 222; Friedell, Kulturgeschichte, S. 63, Harper, Fatum, S. 296.

14 Boccaccio, Decameron, S. 14; vgl. auch für die folgenden Abschnitte Reinhardt, Macht der Schönheit, S. 127–134; Reinhardt, Macht der Seuche, S. 77–86; Bergdolt, Der Schwarze Tod, S. 57–64; Bulst, Pest, S. 154–166; Wilderotter, Vierhundert Jahre Pest in Europa, S. 12–53; Achilles-Syndram, Pest als Thema, S. 94–121 und den Katalog der Exponate dazu S. 122–155.

15 Vgl. Harper, Fatum, S. 293–354, bes. S. 303–321; ferner die Pressemitteilungen des Max-Planck-Instituts für Menschheitsgeschichte in Jena unter https://www.shh.mpg.de/979280/oldest-bubonic-plaque und der Universität Tübingen vom 12. Oktober 2011: Genom des Schwarzen Todes vollständig rekonstruiert (PDF-Datei) unter https://uni-tuebingen.de/uploads/media/11-10-12GenomPesterreger_JK_Tübingen.pdf; ferner Kirsten I. Bos, Verena J. Schuenemann et al.; A draft genome of Yersinia pestis from victims of the Black Death, in: Nature 478 (2011), S. 506–510, online unter https://www.nature.com/articles/nature10549.

16 Vgl. dazu auch Harper, Fatum, S. 293–354, bes. S. 303–321 und S. 323–325; Meier, Völkerwanderung, S. 963–973; Demandt, Spätantike, S. 244; ferner Meier, Pest und das ›Ende‹ der antiken Historiographie, S. 281–310, bes. S. 290–292; Bergdolt, Der Schwarze Tod, S. 12–17.

17 Boccaccio, Decameron, S. 22–23.

18 Mathias von Neuenburg 114 (Hofmeister), S. 421–422, deutsche Übersetzung: Grandaur (GdV 2,84), S. 172–173; zum Autor vgl. Lhotsky, Quellenkunde, S. 278–280.

19 Zu den Pesttheorien des Spätmittelalters vgl. Bergdolt, Der Schwarze Tod, S. 21–29; Wilderotter, Vierhundert Jahre Pest in Europa, S. 12–15; Bulst, Pest, S. 155–

157; Reinhardt, Macht der Seuche, S. 153–156; Schneidmüller, Katastrophenerinnerung, S. 396–398; Keil, Gallus von Prag (VL), Sp. 1065–1069; Keil, Gallus von Prag (LMA), Sp. 1098–1099.

20 Vgl. Graus, Pest-Geißler-Judenmorde; S. 38–59; Bergdolt, Der Schwarze Tod, S. 107–119; zu Karls verhindertem Einzug in Aachen siehe Chronik des Mathias von Neuenburg 121 (Hofmeister), S. 434, deutsche Übersetzung: Grandaur (GdV 2,84), S. 186; ferner Hilsch, Krönungen, S. 109.

21 Vgl. auch für das Folgende Heuser, Heilig-Blut, S. 74; Kastein, Geschichte der Juden, S. 372 ff.; Browe, Hostienschändungen, S. 180–181; Lotter, Hostienfrevelvorwurf, S. 533–583; Rubin, Gentile Tales; Rubin, Blut, S. 89–101; Diestelkamp, Recht und Gericht, hier besonders das Kapitel Vorwurf des Ritualmordes S. 27–52; Rader, Friedrich II., S. 183–190; zur Geschichte der Juden im Spätmittelalter siehe auch die digitalen Quellen des Forschungsprojekts Medieval Ashkenaz – Corpus der Quellen zur Geschichte der Juden im spätmittelalterlichen Reich unter: http://www.medieval-ashkenaz.org/quellen.html (3. 4. 2020).

22 Karl in Pulkau: RI BH S. 8 Nr. 66; vgl. Ben-Sasson, Geschichte des jüdischen Volkes, S. 596–597 und 687–693, Zitat: S. 596; Haverkamp, Judenverfolgungen zur Zeit des Schwarzen Todes, S. 27–93; Haverkamp, Jüdische Friedhöfe in Aschkenas, S. 70–84; Wilderotter, Vierhundert Jahre Pest in Europa, S. 18–20; Graus, Pest-Geißler-Judenmorde, S. 155–389; Bergdolt, Schwarzer Tod, bes. S. 119–151; Hesse, Synthese, S. 228–231; Rader, Hokuspokus, bes. S. 24–27.

23 Mathias von Neuenburg 116 (Hofmeister), S. 422–425, deutsche Übersetzung nach Grandaur (GdV 2,84), S. 173–174 und 177; Twinger von Königshofen 2 (Hegel 9), S. 763–764, in ähnlicher Formulierung auch Fritsche Closener in seiner Chronik, (Hegel 8), S. 130: *«daz was ouch die vergift die die Juden dote»*.

24 Vgl. auch zu den folgenden Abschnitten Seibt, Karl IV., S. 192–200; Wilderotter, Vierhundert Jahre Pest in Europa, S. 18–20; Graus, Pest-Geißler-Judenmorde, S. 155–389; Eckert, Juden, S. 123–130; Müller/Weber, Karl IV. und die Juden, S. 218–226; Fuhrmann, Überall ist Mittelalter, S. 141–143; Yuval, Wahrnehmung von Juden und Christen; Bauerfeind, Judenviertel zur neuen Stadtmitte, S. 18–45; Fleischmann, Rat und Patriziat; Baumbauer/Fajt, Nürnberg – die Metropole wird karolinisch, S. 111–114; Haverkamp, «Kammerknechtschaft» und «Bürgerstatus» der Juden, S. 11–40; Stromer, Die Metropole im Aufstand, S. 55–88; Stromer, Kaufmann, S. 64–65; Bork, Politik der Zentralgewalt, S. 30–73; Schneidmüller, Katastrophenerinnerung, S. 398–401; Nirenberg, Warum der König, S. 225–240; Browe, Hostienschändungen, S. 167–197; Müller, Johann von Böhmen und die Juden, S. 55–96; Müller, Armleder-Pogrome, S. 16–18; Lotter, Hostienfrevelvorwurf, S. 533–583.

25 Vgl. Martyrologium (Salfeld), S. 61–65 (Hebräisch) und S. 219–230 (deutsche Übersetzung), Zitat: S. 221; vgl. ferner auch für die nächsten Abschnitte Seibt, Karl IV., S. 199; Stromer, Metropole im Aufstand, bes. S. 80–84; Schubert,

Zunftkampf und Thronstreit, bes. S. 75–79; Eckert, Juden, S. 123 und S. 128–129; Müller/Weber, Karl IV. und die Juden, S. 218–226; Fuhrmann, Überall ist Mittelalter, S. 141–143; Bauernfeind, Judenviertel, S. 19–45 mit Karten über die Lage des Judenviertels und die dem Pogrom folgende Nutzung der Grundstücke; Fleischmann, Privilegierung Nürnbergs, S. 54–56; Müller, Juden in Nürnberg, S. 31–35.

26 RI BH S. 85 Nr. 1045; Druck: MGH Const. 9 S. 298 Nr. 402; Abbildung: Fajt/Hörsch (Hg.): Kaiser Karl IV. – Ausstellungskatalog 2016, S. 567 Nr. 14.4. und RI BH S. 85 Nr. 1046; Druck: MGH Const. 9 S. 292 Nr. 392.

27 RI BH S. 94 Nr. 1173=1174; Druck: MGH Const. 9 S. 462 Nr. 592; vgl. Bauernfeind, Judenviertel, S. 19–45.

28 RI BH S. 95 Nr. 1192; Druck: MGH Const. 9 S. 481 Nr. 616; Abbildung: Fajt/Hörsch (Hg.), Kaiser Karl IV. – Ausstellungskatalog 2016, S. 566 Nr. 14.3.

29 RI BH S. 96 Nr. 1193 und 1194; Druck: MGH Const. 9 S. 481–482 Nr. 617 und Nr. 618.

30 Vgl. auch für das Folgende Bauernfeind, Judenviertel, S. 36–38; Fuhrmann, Überall ist Mittelalter, S. 144; Eckert, Juden, S. 129; Müller/Weber, Karl IV. und die Juden, S. 226; Zitat: Baumbacher/Fajt, Nürnberg – die Metropole wird karolinisch, S. 114; Abbildung der Replik eines mit hebräischen Schriftzeichen versehenen Grabsteins, der in der Lorenzkirche verwendet worden war, in: Fajt/Hörsch (Hg.), Kaiser Karl IV. – Ausstellungskatalog 2016, S. 568 Nr. 14.5.

31 Eckert, Juden, S. 129–130; Müller/Weber, Karl IV. S. 226; Seibt, Karl IV., S. 198–199; Baumbacher/Fajt, Nürnberg – die Metropole wird karolinisch, S. 111.

32 Vgl. Rader, Friedrich II., S. 183–190; Fuhrmann, Überall ist Mittelalter, S. 141; Baumbacher/Fajt, Nürnberg – die Metropole wird karolinisch, S. 112–115; Bork, Politik der Zentralgewalt, S. 30–73.

33 Petrarca, De remediis, Dialog 99; lateinischer Text auch bei Delbrück, Kriegskunst 4, S. 41; deutsche Übersetzung zitiert nach Frugoni, Mittelalter, S. 149; zu den Anfängen der Artillerie allgemein Rathgen, Geschütz, S. 5–23; Delbrück, Kriegskunst 4, S. 28–66, bes. 32–47; Goetz, Artillerie, bes. S. 14–34; Clauss, Waffentechnik, S. 82; Kortüm, Kriege und Krieger, S. 158–160; Frugoni, Mittelalter, S. 148–153; Feldhaus, Maschine, S. 210–212; Bergdolt, Pest, S. 32.

34 Vgl. Dohrn-van Rossum, Uhr, -macher, Sp. 1181–1184; Frugoni, Mittelalter, S. 97–105; Kühnel, Alltag, S. 9–14; Feldhaus, Maschine, S. 206 und S. 219–222; Zinner, Räderuhren, S. 26–56.

35 Assmann, Kult und Kunst, S. 121–133, Zitat: S. 128; vgl. ferner Bockholdt, Ars antiqua, Sp. 1033–1034 und Ders., Ars nova, ebenda Sp. 1047–1048; Gnädinger/Meyer-Eller, Guillaume de Machaut, Sp. 1781–1782; Jungmann, Missarum Sollemnia 1, S. 162–168; Schlotheuber, Veränderung, S. 107–109.

36 Vgl. Eben, Karl IV. und die Musik, S. 174–182.

37 RI BH S. 273 Nr. 3332; Druck: MGH Const. 13,1 S. 261 Nr. 286.

38 Vgl. Tarr, Trompete, S. 7–12 und S. 21–47; RI WA 1 S. 353 Nr. 5008 für Eger 1422
    und S. 183 Nr. 8700 für Nürnberg 1431, RI WA 2 S. 268 Nr. 9969 für Augsburg und
    S. 332 Nr. 10 837 für Ulm, beide 1434; Kahnt/Knorr, Alte Maße, S. 234 (Prager
    Groschen) und S. 273 (Schockgroschen); Landbuch (Partenheimer/Stellmacher),
    S. 117.

39 Peter von Zittau 2,23, Cronica Aule Regie (Pumprová/Jan), S. 476–477, deutsche
    Übersetzung folgt Albrecht, Königsaaler Chronik, S. 606–607; vgl. dazu auch für
    die folgenden Abschnitte Frugoni, Mittelalter, S. 121–127; Kania, Kleidung im
    Mittelalter, S. 133–184; Keupp, Wahl des Gewandes, S. 94–100; Schlotheuber,
    Veränderung, S. 105–107.

40 Peter von Zittau 2,23, Cronica Aule Regie (Pumprová/Jan), S. 476–477, Gio-
    vanni Villani, Nuova Cronica 13,4 (Porta 3), S. 302; vgl. Keupp, Wahl des Gewan-
    des, S. 97–100; Schlotheuber, Veränderung, S. 107.

41 Vgl. auch für die folgenden Abschnitte Kania, Kleidung im Mittelalter, S. 147–
    156; Kühnel, Alltag, S. 232–243; Jaeger/Knejfl, Mode, S. 169–173; Kühnel, Bild-
    wörterbuch, S. 222 (Schecke); *Schecke*, in: DWB Grimm 8 (1893), Sp. 2382.

42 Vgl. Kania, Kleidung im Mittelalter, S. 156–176; Kühnel, Bildwörterbuch, S. 27
    (Beinling); Wolter, Verpackung, S. 26–112; Fischer, Gladius, S. 250–252; Nutz/
    Stadler, Unterhose, S. 234–238; Jaritz, Bruoch, S. 396–400.

43 MGH Const. 8 S. 530 Nr. 516; vgl. Keupp, Wahl des Gewandes, S. 212–215.

5. Der Kronensammler

1 Vgl. zum Romzug und zur Krönung der Kaiser auch für die folgenden Abschnitte
    in Anlehnung an Rader, Blitz und Donnerschlag, S. 9–63; ferner Becker, Kaiser-
    krönung, Sp. 1524–1530; Elze, Ordines, besonders die Einleitung S. VII–L; Wer-
    unsky, Römerzug Kaiser Karls IV., S. 172–188; zum Wegeverlauf Frapiselli, La via
    Francigena, darin auch enthalten der von der Autorin ins Italienische übersetzte
    Text von Dykmans, Dal Monte Mario alla scalinata di San Pietro a Roma (deren
    ursprüngliche französische Fassung: Paris 1968), bes. S. 25–27 und 81–87; zu geo-
    graphischen und baulichen Gegebenheiten des Krönungsweges Eichmann, Kai-
    serkrönung 2, S. 3–40; Gregorovius, Rom im Mittelalter 6, S. 369–381; Widder,
    Itinerar und Politik, bes. S. 203–216; Pauler, Auseinandersetzungen; Pauler, La
    Signoria dell'Imperatore; Kavka, Korunovace Karla IV., bes. S. 65–101; Kubínová,
    Imitatio Romae, bes. S. 123–137; Hilsch, Krönungen, S. 108–111 und S. 444 f.;
    Schlotheuber, Kaiserkrönung, S. 73–89; Rader, Collector coronarum, S. 86–94;
    zu Rom im Spätmittelalter allgemein Krautheimer, Rom, S. 226–286; Esch,
    Rom, S. 17–41; Esch, Historische Landschaften, vor allem das Kapitel «Die Stadt-
    landschaft des mittelalterlichen Rom», S. 80–95; zu den Quellen und politischen
    Handlungen vgl. RI BH S. 154–175 Nr. 1934a–2166b sowie MGH Const. Bd. 11
    S. 161–253 Nr. 282–448.

2 Zu dem Phänomen der Rittererhebungen anlässlich der Krönung eines spätmittelalterlichen Herrschers vgl. Hack, Ritterschlag, bes. S. 201–209; Rader, Rittererhebungen, S. 243–250; Böninger, Ritterwürde, S. 82–117.

3 Vgl. Hack, Ritterschlag, S. 201; Böninger, Ritterwürde, bes. S. 82–117, Zitat: S. 10; Burckhardt, Kultur der Renaissance in Italien, S. 246.

4 Einwohnerzahl Roms: Reinhardt, Macht der Schönheit, S. 138; vgl. ferner Esch, Rom, S. 17–62; Esch, Historische Landschaften, 80–95; Krautheimer, Rom, S. 62–71, S. 92, S. 275 und S. 340–356; heutige Bauten Guida d'Italia (TCI), Roma, S. 286–297.

5 Iohannis Porta (Salomon) cap. 48 und 49, S. 86–88; zum Autor vgl. Salomon, Johannes Porta Krönung, S. 227–294; Salomon, Johannes Porta Papstbiographien, S. 112–119; Rader, Blitz und Donnerschlag, S. 14–27.

6 Vgl. Schimmelpfennig, Papsttum, S. 223–245; Hausberger, Päpste, S. 258–274; Menzel, Zeit der Entwürfe, S. 138–196; Pastor, Päpste 1, S. 67–119, bes. S. 93–103; Lützelschwab, Flectat cardinales, S. 17–44, S. 91–97 und S. 483–485.

7 Zur Entwicklung des päpstlichen Primats, des Kardinalskollegiums und der römischen Kurie vgl. Feine, Kirchliche Rechtsgeschichte, S. 275–290; Schmitz, Kardinal, Kardinalskollegium, Sp. 1230–1231; Fürst, Kardinal, Sp. 950–952; Hirnsperger, Suburbikarische Bistümer, Sp. 1080; Willershausen, Päpste Avignon, S. 202 Anm. 602.

8 Vgl. auch für das Folgende Salomon, Johannes Porta Krönung, S. 273 ff.

9 Vgl. Iohannis Porta (Salomon), cap. 14, S. 22–33; Elze, Ordines, bes. zu den Ordines Nr. 18 und Nr. 19 des 13. Jahrhunderts, S. 69–102, die als Vorlagen für den bei der Krönung Karls IV. benutzten Ordo XXIII gedient haben, S. 133–139; Eichmann, Kaiserkrönung 1, S. 283–296.

10 Vgl. für die folgenden Rituale Elze, Ordines, dort den Ordo XXIII, S. 133–139.

11 Lateinischer Text: Iohannis Porta (Salomon), cap. 14, S. 22–29, deutsche Übersetzung: Rader, Blitz und Donnerschlag, S. 80–90.

12 Vgl. Anton, Salbung II. Herrscherlich, Sp. 1289–1292; Dirkens, Alain: Krönung, Salbung, S. 131–140; Saur, Königserhebungen im antiken Israel, S. 29–42; Angenendt, Rex et Sacerdos, S. 100–118; ferner Bloch, Die wundertätigen Könige, S. 241–247; die Beiträge in Steinicke/Weinfurter (Hg.), Investitur- und Krönungsrituale; Bourdieu, Feld, bes. S. 11–37; Stollberg Rillinger, Kleider, S. 7–21.

13 Lateinischer Text: Iohannis Porta (Salomon) cap. 14, S. 22–29, deutsche Übersetzung: Rader, Blitz und Donnerschlag, S. 80–90.

14 Apoc.19,11; lateinischer Text: Iohannis Porta (Salomon) cap. 48 und 49, S. 86–88; deutsche Übersetzung: Rader, Blitz und Donnerschlag, S. 133–135.

15 Iohannis Porta (Salomon) cap. 14, S. 22, Nr. 14, insbes. 23 sowie cap. 23 und 24; zu Dietrich vgl. Fajt/Lindner, Dietrich von Portitz, S. 156–197, bes. S. 163; zu den Privilegierungen für Simon MGH Const. 12, S. 487 Nr. 489, S. 498 Nr. 511, S. 505 Nr. 520; vgl. Salomon, Johannes Porta Krönung, S. 239 ff.; ferner Wattenbach,

Reise nach Österreich, S. 426–693, hier besonders S. 657; Rader, Blitz und Donnerschlag, S. 21–23.

16 Zum politischen Ränkespiel vor und nach der Krönung sowie dem Verhältnis Karls zum Legaten Aegidius Albornoz vgl. Schlotheuber/Kistner, Kaiser Karl IV. und Aegidius Albornoz, S. 531–579, bes. S. 540–553; Schlotheuber, Kaiserkrönung, S. 73–81; Schlotheuber, Sacrum Romanum Imperium, S. 183–188; Schlotheuber, Karl IV. und Venedig, S. 149–151.

17 Vgl. auch für die folgenden Abschnitte Schlotheuber, Kaiserkrönung, S. 73–81; Werunsky, Römerzug Kaiser Karls IV., bes. S. 1–188; Gregorovius, Rom im Mittelalter 6, S. 369–381; Seibt, Karl IV., S. 227–238; Widder, Itinerar und Politik, bes. S. 125–265; Stoob, Karl IV., S. 79–88; Kavka, Korunovace Karla IV., bes. S. 65–101; Kubínová, Imitatio Romae, bes. S. 123–137.

18 Zitat Chronicon Placentinum (Muratori XVI 499 B) nach Werunsky, Römerzug, S. 9 Anm. 3.

19 Zitat: Petrarca, Fam. 19,1 lateinischer Text: Piur, Petrarcas Briefwechsel, S. 42, deutsche Übersetzung: Petrarca, Familiaria 2 (Widmer), S. 318; zur Kaiserreichdiskussion anhand alter Münzen vgl. Petrarca, Fam. 19,3, lateinischer Text: Piur, Briefwechsel, S. 182–190, deutsche Übersetzung: Petrarca, Familiaria 2 (Widmer), S. 322–329; vgl. ferner Stierle, Petrarca, S. 450–452; Schlotheuber, Petrarca am Hof Karls IV.; Werunsky, Römerzug Karls IV., S. 26–27.

20 Vgl. Werunsky, Römerzug Kaiser Karls IV., bes. S. 17–20, Widder, Itinerar, S. 176–187; zum Reichsvikariat an die Visconti ferner MGH Const. 11 S. 174 Nr. 317; Heckmann, Stellvertreter, S. 541, S. 828–832 und S. 839–844 mit dem Druck der Vikariatsurkunde von 1355 Mai 17 für Galeazzo Visconti.

21 Matteo Villani, Cronica 4,38 und 4,39 (Porta 1), S. 529 und S. 532; Petrarca, Fam. 19,12, lateinischer Text: Piur, Petrarcas Briefwechsel, S. 51–54, deutsche Übersetzung: Petrarca, Familiaria 2 (Widmer), S. 356–357;

22 Matteo Villani, Cronica 4,38 (Porta 1), S. 529; vgl. ferner Werunsky, Römerzug Kaiser Karls IV., bes. S. 172–188; Widder, Itinerar, S. 174–220; Rüther, Anna von Schweidnitz-Jauer, S. 273–275; zu Festempfängen Schenk, Zeremoniell.

23 Vgl. Kantorowicz, Zwei Körper, S. 405–432, bes. S. 405 und S. 415–419.

24 Iohannis Porta (Salomon) cap. 39, S. 77–78, deutsche Übersetzung: Rader, Blitz und Donnerschlag, S. 123.

25 Vgl. Miethke, Politiktheorie im Mittelalter, S. 160; Bauch, Divina favente, S. 8–27, S. 429–432 und S. 456–480; Bourdieu, Feld, S. 11–37.

26 Iohannis Porta (Salomon) cap. 39, S. 78–79, deutsche Übersetzung: Rader, Blitz und Donnerschlag, S. 123–124.

27 Der oberrheinische Revolutionär (Lauterbach), S. 492, siehe auch S. 342 Anm. 1627; vgl. ferner Machilek, Karl IV. und Karl der Große, S. 113–145; Rader, Grab und Herrschaft, S. 186–188.

28 Vgl. auch für die folgenden Abschnitte, Kramp, Krönungen, mit viel Material

und Literatur zur gesamten Krönungsproblematik und den einzelnen Insignien; ferner Eichmann, Kaiserkrönung 2, S. 57–82; Schramm, Herrschaftszeichen 1–3; Brühl, Kronen- und Krönungsbrauch, S. 1–31; Petersohn, «Echte» und «falsche» Insignien, S. 71–119; Petersohn, Reichsinsignien im Herrscherzeremoniell, S. 162–183; Petersohn, Über monarchische Insignien, S. 47–96; Huyskens, Aachener Krone, S. 401–497; Mentzel-Reuters, Die goldene Krone, S. 135–182; Rader, Friedrich II., bes. S. 133–138; Beispiele etwa bei Petrus de Ebulo, Liber ad honorem Augusti (Kölzer/Stähli), fol. 107r S. 83; fol. 138r S. 207; David und Bathseba, in: «Maciejowski Bible», Paris ca. 1240, New York, Pierpont Morgan Library, MS M. 638, fol. 41v; Zitat: Kantorowicz, Zwei Körper, S. 341.

29 Krönung zum König von Böhmen RI BH S. 33 Nr. 335a; Krönungsordo RI BH 8 S. 32 Nr. 334; Text: MGH Const. 8 S. 309–3011 Nr. 252.

30 RBM 4 (Emler 1892), S. 682 Nr. 1698; Benesch von Weitmühl (Emler), S. 515; Franz von Prag (Emler), S. 447–448; zur Wenzelskrone vgl. auch für den folgenden Abschnitt Otavský, Sankt Wenzelskrone, bes. S. 9–86; Otavský, Wenzelskrone, S. 90–95; Bravermanova, České korunovační klenoty; Schramm/Fillitz, Denkmale 2, S. 57 und S. 1230, Nr. 26.

31 RI BH S. 321 Nr. 3958a.

32 RI BH S. 22 Nr. 233b, S. 26 Nr. 264a, S. 87 Nr. 1079a und S. 470 Nr. 5636b; vgl. Hoensch, Kaiser Sigismund, S. 188; zur Aachener Krone vgl. Minkenberg, Krönungsgeschenke, S. 59–68, bes. S. 63 f.; Kavka, Karl IV. und Aachen, S. 477–484.

33 Zur Krone aus Neumarkt vgl. Pietrusiński, Herrscherschmuck, S. 189–200; zur Dichterkrönung Cortesi, Zanobi da Strada, Sp. 474.

34 Zur Eisernen Krone vgl. Nahmer, Eiserne Krone, Sp. 1756–1757; Haase, Königskrönungen in Oberitalien, S. 56–58 und 64–112; Elze, «Eiserne Krone» in Monza, S. 450–479; Elze, Monza und die Eiserne Krone im Mittelalter, S. 45–59; Burke, Myth and history, S. 3–8; ferner Buccelati, La Corona, il Regno e l'Impero; Rader, Blitz und Donnerschlag, S. 33–42.

35 Vgl. Muratori, De Corona ferrea, zur Krönung Karls bes. S. 68–70, erste Edition des Ordo von 1311 S. 121–138; Hack, Ordines Mailand, S. 13–18 und S. 32–52, der Ordo von 1311 S. 69–83; Elze, «Eiserne Krone» in Monza, S. 464–474; Burke, Myth and history, S. 3–8; Cavina, Imperator, bes. S. 21–52.

36 Iohannis Porta (Salomon), S. 10, Z. 16–17; RI B S. 157 Nr. 1963a; RI BH S. 286 Nr. 353a; vgl. Elze, «Eiserne Krone» in Monza S. 474–479; Belege für den Kronennamen bei Karl RI BH S. 157 Nr. 1963a; MGH Const. 11 S. 183 Nr. 337 Z. 30; vgl. ferner Petersohn, «Echte» und «falsche» Insignien, S. 99.

37 Gesta Trevirorum 2 (Wyttenbach/Müller), S. 213; zu den Chalybs-Belegen vgl. MLW 2, Sp. 512–513; MGH Const. 4 S. 572 Nr. 609; Elze, «Eiserne Krone», S. 474–479; Hack, Ordines, S. 97–105; Haase, Königskrönungen in Oberitalien, bes. S. 55–59; Rader, Blitz und Donnerschlag, S. 40–41.

38 RI BH S. 338–339, Nr. 4170a, Nr. 4170b und Nr. 4171a; Benesch von Weitmühl

(Emler), S. 533; vgl. Werunsky, Geschichte 3, S. 319–328; Winckelmann, Beziehungen, S. 53–55; Hack, Empfangszeremoniell, bes. S. 549–563; Weiß, Onkel und Neffe, S. 101–164, bes. S. 118–126.

39 RI BO 4,2,3, S. 210, Nr. 2409; vgl. dazu auch Fried: Friedrich Barbarossas Krönung, S. 347–371; Opll, Friedrich Barbarossa, S. 123; Görich, Friedrich Barbarossa, S. 257–259; Münzverordnung: RI BH S. 340, Nr. 4176; vgl. dazu Fried, Schnöder Mammon, S. 465–491, hier S. 483 f.; Winckelmann, Beziehungen, S. 54.

40 RI BH Ergänzungsheft S. 747 Nr. 7171; MGH Const. 14,2 S. 628 mit weiteren Literaturhinweisen; Text: Acta Imperii inedita 2 (Winkelmann), S. 575–576, Nr. 894.

41 Benesch von Weitmühl (Emler), S. 533; vgl. etwa Pelzel, Kaiser Karl 2, S. 756–758; Werunsky, Geschichte 3, S. 327; Seibt, Karl IV., S. 350; Rader, Collector coronarum, S. 89; zuletzt Monnet, Karl IV, S. 88.

42 RI BH S. 210 Nr. 2594b; Heinrich von Diessenhofen (Huber), S. 107; Hergemöller, Abschluß, S. 155; Müller, Königskrönungen in Aachen, S. 49–58; Minkenberg, Krönungsgeschenke, S. 59–68; Petersohn, Reichsinsignien im Krönungsbrauch, S. 151–160; Kavka, Karl IV. und Aachen, S. 477–484; allgemein Wolf, Reichskrone; Mentzel-Reuters, Die goldene Krone, S. 135–182, die beiden letzteren mit weiterführender Literatur.

43 Benesch von Weitmühl (Emler), S. 519.

44 Autobiographie (Hillenbrand/Stammler), S. 38–39; vgl. auch für das Folgende die unter hier Anm. 33 zu Kronen und Krönungen angegebene Literatur.

45 Vgl. Bock, Kleinodien, S. 13–14; Fillitz, Reichskleinodien, S. 141–149; Fillitz, Reichskleinodien – Versuch zur Erklärung, S. 133–161; Pleticha, Reiches Glanz; Petersohn, Reichsinsignien, S. 162–183; Schulze-Dörrlamm, Reichsschwert; Schramm/Fillitz, Denkmale 2, S. 59–61 und S. 138–143, Nr. 33–39; Keupp/Reither/Pohlit/Schober/Weinfurter, Reichskleinodien – Herrschaftszeichen.

46 Testament Ottos IV.: MGH Const. 2 S. 52 Z. 11; Trifelsinventar: Schramm/Fillitz, Denkmale 1, S. 110–111; Benesch von Weitmühl (Emler), S. 519; vgl. Grass, Reichskleinodien; Lindner, Kiste voller Knochen, S. 289–299.

47 1350 März 12 – deutsche Urkunde Karls, Druck: MGH Const. 10, S. 51 Nr. 68, heute im Österreichischen Haus-, Hof- und Staatsarchiv in Wien; deutsche Urkunde Ludwigs, Druck: ACB 2, S. 195 Nr. 147, heute im Národní Archiv in Prag; lateinische Urkunde für Stams, Druck bei Grass, Reichskleinodien, S. 74, Anhang Nr. 1, heute im Stiftsarchiv Stams, ebenso die lateinische und die deutsche Urkunde von Karl, als Paralleldruck in: Schramm/Fillitz, Denkmale 2, S. 32–33.

48 MGH Const. 10 S. 51–52 Nr. 68.

49 Vgl. Wolf, Reichskrone, S. 28–41; Mentzel-Reuters, Die goldene Krone, S. 168–173.

50 So etwa Wolf, Reichkrone, S. 28–41, bes. S. 37; zu Karls Reliquiensammlungen vgl. Bauch, Divina favente, S. 598–684.

51 Vgl. Kühne, Ostensio Reliquiarum, bes. S. 82–152; Bauch, Divina favente, bes. S. 366–384; Brief an Florenz MGH Const. 10 S. 52 Nr. 69.

52 Text der Supplik Karls MVB 1, S. 672 Nr. 1263.

53 Text der Urkunde Clemens VI. MGH Const. 10 S. 153 Nr. 206; Suppliken Karls und Antworten Innozenz' VI. vgl. MVB 2, S. 9 f. Nr. 19 und 20 sowie S. 89 Nr. 209; Bulle und Mandate ebenda S. 90 Nr. 210 und 211; vgl. ferner Kühne, Ostensio Reliquiarum, S. 111–114; Bauch, Divina favente, S. 371–375.

54 Zitate aus den Weisungsordines bei Kühne, Ostensio Reliquiarum, S. 115 f.; Kölner Weltchronik (Sprandel), S. 109; Benesch von Weitmühl (Emler), S. 519. Vgl. ferner Bauch, Divina favente, S. 372–375.

55 Vgl. Kühne, Ostensio Reliquiarum, S. 130–152; Bauch, Divina favente, S. 376; Kirchweger, Reichkleinodien in Nürnberg, S. 187–199; Heinrich Taube von Selbach (Bresslau), S. 117.

56 Vgl. Schramm, Herrschaftszeichen 3, S. 920–927, bes. S. 925 ff.; Pleticha, Reiches Glanz, S. 130; Margelony, Lederetui für ein Reliquiar, S. 169, Nr. 54; Schramm/Fillitz, Denkmale 2, S. 59–61 und 138–143, Nr. 33–39.

6. Der Gesetzgeber

1 Vgl. auch zu den folgenden Abschnitten die grundlegenden Untersuchungen mit den Quellen und der Literatur zur Entstehung der Goldenen Bulle: Zeumer, Goldene Bulle, bes. Teil 1, S. 169–183; Hergemöller, Fürsten, Herren und Städte, mit Ausblick auf Metz S. 214–216; Hergemöller, Abschluß, S. 123–232; Hergemöller, Entstehung, S. 26–39; Lindner, Es war an der Zeit, S. 93–140; Lindner, Theatrum praeeminentiae, S. 169–195; Lindner, Goldene Bulle, S. 311–321; Garnier, Ordnung des Reiches, S. 197–240; Garnier, Rang und Ritual, S. 26–36; Schneidmüller, Inszenierung und Rituale, S. 261–297, bes. S. 272–274; Schneidmüller, Aufführung des Reiches, S. 76–93; Margue/Pauly, Luxemburg, Metz und das Reich, S. 869–916.

2 Zur Weihnachtslesung des Kaisers vgl. Heimpel, Weihnachtsdienst, S. 131–206, bes. S. 139–168; Lindner, Es war an der Zeit, S. 122; Bauch, Divina favente, S. 87–94; Keupp, Wahl des Gewandes, S. 259–262; Garnier, Ordnung des Reiches, S. 207–209; Jacques d'Esch (Wolfram), S. 303–307; Weihnachtslesung von Basel 1347: Chronik des Mathias von Neuenburg 97 (Hofmeister), S. 412–413; Schneidmüller, Würde – Form – Anspruch, S. 213–238 mit vielen Beispielen, Zitat: S. 214.

3 Vgl. zum Hoftag in Metz und den Teilnehmern Annas, Hoftag 2, S. 43–66; ferner Hergemöller, Abschluß, S. 123–232; Schneidmüller, Inszenierung und Rituale, S. 274; Lateinischer Text der Goldenen Bulle und frühneuhochdeutsche Übersetzung des 14. Jahrhunderts: Goldene Bulle (Fritz) MGH Font. 11; MGH Const. 11 S. 560–633 mit detaillierter Einleitung von Wolfgang D. Fritz S. 537–558; moderne deutsche Übersetzungen: Weinrich, Quellen zur Verfassungsgeschichte, S. 315–395; Goldene Bulle (Fritz/Müller Mertens), S. 39–88; vgl. dazu ferner Müller-Mertens, Geschichtliche Würdigung ebenda S. 9–24; Goldene Bulle (Staub/

Fechner/Müller) 25–73; Goldene Bulle (Müller) S. 9–99; siehe auch die Seiten auf der homepage der BBAW unter https://goldene-bulle.bbaw.de/index.php sowie des Instituts für Stadtgeschichte unter https://www.stadtgeschichte-ffm. de/de/archivbesuch/digitale-praesentationen/die-goldene-bulle# 4; allgemeine Orientierung bieten: Laufs, Goldene Bulle, Sp. 448–457; Wolf, Goldene Bulle von 1356, Sp. 1542–1543; Hergemöller, Kunst des Möglichen, S. 143–146; Krieger, Lehnshoheit, S. 185–216; Moraw, Fürstentum, Königtum und «Reichsreform», S. 117–136; Schneidmüller, Monarchische Ordnung, S. 324–335; Schneidmüller, Aufführung des Reiches, S. 76–93, bes. S. 79 mit der Anzahl der Fürsten; die Aufsätze der Jubiläumstagung von 2006 publiziert in: Hohensee/Lawo/Lindner/ Menzel/Rader, Goldene Bulle; ferner Aufsätze und Katalog der Jubiläumsausstellung in Frankfurt am Main in: Brockhoff/Matthäus, Kaisermacher; Monnet, La Bulle d'or de 1356, S. 149–188; Monnet, Karl IV., S. 61–72.

4 Etwa der Artikel 79 Absatz 3, der die Unzulässigkeit der Änderung der Bund-Länder-Struktur erklärt. Grundgesetz Textausgabe, S. 66.

5 Druck der Erlasse: Heckmann, Stellvertreter, S. 758–778 Nr. 19–23; Lalou, Ordonnance, Sp. 1442–1443; Schneidmüller, Inszenierung und Rituale, S. 261–269; Vollrath, Magna Carta, S. 312–323.

6 Gesetz-Belege auch für die folgenden Abschnitte bei Lindner, Es war an der Zeit, S. 98–100; vgl. auch für den folgenden Abschnitt Lindner, Goldene Bulle, S. 311–312; MGH Const. II S. 538–540; Wolf, Kommentar Faksimile Goldene Bulle, S. 11–13; Garnier, Ordnung des Reiches, S. 225–237.

7 Vgl. Bresslau, Urkundenlehre 2, S. 562–567; Gawlik, Bulle, Sp. 932–936; Gawlik, Goldbulle, Sp. 1539–1540; Matthäus, Kaisergoldbulle, S. 64–75.

8 Zum politischen Umfeld vgl. Lindner, Es war an der Zeit, S. 93–140.

9 Vgl. Thomas, Johann II., S. 267–283; Thomas, Karl V., S. 285–302; Hergemöller, Abschluß, S. 126–127; Lindner, Goldenen Bulle, S. 317; Bauch, Divina favente, S. 277, bes. Anmerkung 578.

10 Vgl. dazu auch RI 8 Nr. 2519a, Nr. 2555a, b und den Eintrag zum 17. November in: Salomon, Rechnungs- und Reisetagebuch, S. 429 und S. 432; Lindner, Es war an der Zeit, S. 93–98.

11 Mathias von Neuenburg 161 (Hofmeister), S. 486, deutsche Übersetzung nach Grandauer (GdV 2,84), S. 220–221.

12 Benesch von Weitmühl (Emler 4), S. 526; aper = der Eber beim Hausschwein, jagdlich korrekt und auch gemeint ist aber der Keiler; vgl. ferner Lindner, Theatrum praeeminentea, S. 180–183; Garnier, Ordnung des Reiches, S. 209–211; Hergemöller, Abschluß, S. 181; Schneidmüller, Aufführung des Reiches, S. 76–93; Peltzer, Rang, S. 369–378; Stollberg-Rillinger, Kaisers alte Kleider, S. 60–64.

13 Vgl. Margue/Pauly, Luxemburg, Metz und das Reich, S. 910 f.; Hergemöller, Abschluß, S. 123–232, bes. S. 167; Schubert, Essen und Trinken im Mittelalter, S. 265–267; Konrad von Megenberg, Ökonomik, S. 203 Anm. 196.

14 Vgl. Büttner, Weg zur Krone 1, bes. S. 377–391, Schneidmüller, Aufführung des Reiches, S. 76–93; Garnier, Ordnung des Reiches, S. 216–225; Peltzer, Rang, S. 378–380.

15 RI BH S. 205–209 Nr. 2546a–Nr. 2573a; RI BH Ergänzungsheft S. 722–723 Nr. 6909–Nr. 6912; Heinricus de Diessenhofen (Huber), S. 107; vgl. Lammers, Reichsvikariat, Sp. 807–810; Lindner, Delfin, S. 87–89; Heckmann, Stellvertreter, S. 533 und S. 550; Garnier, Ordnung des Reiches, S. 211–213; Garnier, Rang und Ritual, S. 26–36; Hergemöller, Abschluß, S. 167 mit den Quellen und S. 182; MGH Const. 11 S. 495 Nr. 885 und S. 518 Nr. 921.

16 MGH Const. 11 S. 560; deutsche Übersetzung folgt Weinrich, S. 315; vgl. Hergemöller, Cogor, S. 126–143, besonders die Ausführungen zur von Johann angewendeten «Methode der metaphorolgischen Autoritätencollage» S. 134; Hergemöller, Verfasserschaft, S. 253–299; Hergemöller, Abschluß, S. 202–228; ferner auch für die folgenden Abschnitte die Inhaltszusammenfassungen bei Lindner, Goldene Bulle, S. 312–31; Frauenknecht/Rückert, Karl IV. und die Goldene Bulle, S. 22–25; vgl. auch Briefe Johanns von Neumarkt (Piur), S. 79, Nr. 48 oder S. 199 Nr. 131.

17 MGH Const. 11 S. 560; deutsche Übersetzung folgt Weinrich, S. 315.

18 MGH Const. 11 S. 562; deutsche Übersetzung Weinrich, S. 319; vgl. Hergemöller, Cogor, S. 143–214.

19 Zur Entstehung des Kurfürstenkollegiums vgl. Erkens, Kurfürsten und Königswahl, S. 1–98, bes. S. 1–14 und 91–98.

20 MGH Const. 11 S. 574–576; deutsche Übersetzung Weinrich, S. 333–335; vgl. auch für die folgenden Abschnitte Lindner, Goldene Bulle, S. 312–314.

21 MGH Const. 11 S. 576; deutsche Übersetzung Weinrich, S. 335–337.

22 MGH Const. 11 S. 580–582; deutsche Übersetzung Weinrich, S. 341.

23 Lindner, Goldene Bulle, S. 314; Goldene Bulle von Sachsen MGH Const. 11, S. 501–505, Nr. 895; Begriffsverwirrung z. B. bei Lammers, Reichsvikariat, Sp. 807–810; ebenso bei Fritz/Müller Mertens, Goldene Bulle, S. 56 Anm. 29.

24 Codex Iustinianus (Krüger) 9.8.5, S. 373 f.; Entlehnung in der Goldenen Bulle MGH Const. 11 S. 616–620 mit dem genauen Nachweis der Textteile der *Lex Quisquis*, ferner S. 619 die frühneuhochdeutsche Entsprechung der *damnatio memoriae*; deutsche Übersetzung des Kapitels der Goldenen Bulle Weinrich, S. 377–381; vgl. dazu auch Hergemöller, Abschluß, S. 208–210.

25 Vgl. Hergemöller, Abschluß, S. 153 und S. 157–159; Lindner, Goldene Bulle, S. 314.

26 MGH Const. 11 S. 630–632; deutsche Übersetzung nach Fritz/Müller Mertens, Goldene Bulle, S. 88.

27 MGH Const. 5 S. 722–754, Nr, 909; MGH Const. 7,1 S. 263–265, Nr. 448, S. 270–281, Nr. 458 und 459; vgl. Menzel, Feindliche Übernahme, S. 39–63, S. 62.

28 Menzel, Feindliche Übernahme; S. 39; Willoweit, Römisches Recht, S. 256.

29 Vgl. Hergemöller, Abschluß, S. 176–184; Büttner, Weg zur Krone 1, S. 377–391; Schneidmüller, Aufführung des Reiches, S. 76–93 mit der Literatur, zur moder-

nen Ritualforschung; Kintzinger, Zeichen, S. 357–359; Spieß, Rangdenken und Rangstreit im Mittelalter, S. 39–61; Spieß, Rangdenken und Rangstreit, S. 109–121; Müller, Herzöge von Burgund, S. 255–274, bes. S. 258–262; Althoff, Macht der Rituale, S. 85; Stolberg-Rillinger, Kaisers alte Kleider, S. 9–22.

30 Vgl. Zur Überlieferungssituation die Ausführungen MGH Const. II S. 539–550; Hergemöller, Abschluß, S. 192–202.

31 Vgl. Lindner, Theatrum praeeminentiae, S. 185–195; Hergemöller, Entstehung, S. 30.

32 Vgl. MGH Const. II S. 495 Nr. 885, S. 497 Nr. 889, S. 501–513 Nr. 907–910; vgl. Weiß, Onkel und Neffe, S. 109–112.

33 Heine, Börne (Werke 6), S. 102 f.

34 Goethe, Dichtung und Wahrheit 1,4, S. 171; Krönung Josephs II. S. 214–224; vgl. Niedermeier, Goethe und die Goldene Bulle, S. 1121–1136, bes. S. 1128; Nipperdey, Deutsche Geschichte, S. 366–377, bes. S. 373–374.

35 Kapitel 20 bestimmt die Untrennbarkeit von Kurfürstentum, Erzamt und Kurstimme, s. MGH Const. II S. 610; Gewinnung der Stimmen: RTA 1 S. 6–70 Nr. 1–43; vgl. Klare, Wahl Wenzels, S. 47–92; zur Wirkungsgeschichte vgl. Einleitung MGH Const. II, S. 540 sowie den dortigen Nachweis der Abschriften, Übersetzungen und Wiegendrucke, S. 553–556, dazu auch Heckmann, Zeitnahe Wahrnehmung, S. 933–978 und vor allem die als Anhang unter Mitarbeit von Mathias Lawo zusammengestellte Auflistung der Abschriften der Goldenen Bulle S. 979–1042.

36 Vgl. Wolf, Kommentar Faksimile Goldene Bulle, S. 45–47.

37 Moraw, Von offener Verfassung, S. 249.

38 Vgl. Peter von Andlau, Kaiser und Reich (Müller) S. 170–175 und S. 278–283; vgl. Buschmann, Reichspublizistik, S. 1071–1119; Wolf, Kommentar Faksimile Goldene Bulle, S. 48–53 mit einer Übersicht der Publikationen zur Goldenen Bulle bis 1972.

39 Vgl. Matthäus, Frankfurter Exemplar, S. 43 und 51–54; Heckmann, Zeitnahe Wahrnehmung, S. 1040 Nr. D5 und D6.

40 Vgl. Internet-Seiten des Instituts für Stadtgeschichte in Frankfurt am Main, wo das 1366 ausgefertigte Frankfurter Exemplar der Goldenen Bulle verwahrt wird. Dort gibt es auch eine Verlinkung zu allen digital abrufbaren Exemplaren: die https://www.stadtgeschichte-ffm.de/de/archivbesuch/digitale-praesentationen/die-goldene- bulle (6. 12. 2020).

41 Vgl. Leppin, Gesetzgebung Iustinians, S. 457–466, hier S. 549; Willoweit, Römisches Recht, S. 256; Krause, Gesetzgebung, Sp. 1606–1620; Krause, Recht, Sp. 224–232; Mertens, Gesetzgebung, Sp. 302–306; Grawert, Gesetz, S. 863–875; Schubert, König und Reich. S. 114–146; Dilcher, Kaisergedanke als Rechtslegitimation, S. 153–170; Reinhard, Geschichte der Staatsgewalt, S. 288–189.

42 Roeck, Morgen der Welt, S. 369; vgl. Lammers, Reichsvikariat, Sp. 807–810;

Heckmann, Vikar, -iat, Sp. 1662–1664; zu den Vikariaten unter Karl IV. vgl. Ludwig, Kreuzzug und Reichsvikariat, S. 761–803; Heckmann, Stellvertreter, S. 511–584 und S. 828–832.

43 Zu den einzelnen Vikariaten vgl. die Auflistung bei Heckmann, Stellvertreter, S. 828–832.

44 MGH Const. 12 S. 168 Nr. 154 und S. 171 Nr. 155, Ernennung Wenzels RI BH S. 360–361 Nr. 4410a–4424.

45 Vgl. die Urkunden für Gonzaga 4. April 1357 und 8. Juli 1359: MGH Const. 12 S. 107 Nr. 85 und S. 515 Nr. 530, für de Lupis 28. Sept. 1358: MGH Const. 12 S. 354 Nr. 357 für Bernabò Visconti MGH Const. 13,1 S. 121 Nr. 136; ferner Ubl, Rechte des Kaisers, S. 368–370.

46 MGH Const. 8 S. 294 Nr. 236 und MGH Const. 12, S. 166 Nr. 153; Werunsky, Römerzug, S. 38; zu den lateranensischen Pfalzgrafen vgl. Rudolph, Paladins Wandlung, S. 3–77; ferner Lammers, Reichsvikariat, Sp. 807–810; Ficker, Forschungen 2, S. 94–118.

47 Vgl. dazu Roeck, Morgen der Welt, S. 345–248, Zitat: S. 261.

48 Vgl. auch für die folgenden Abschnitte Verger, Universität, Sp. 1249–1255; Rüegg, Geschichte der Universität, bes. S. 49–99; Rexroth, Universitätsgründungen; Rexroth, Universität, S. 460–472; Meyhöfer, Stiftungsprivilegien, S. 291–418; Wagner, Universitätsstift und Kollegium, bes. S. 15–18 und S. 313–317; Rader, Friedrich II., S. 146–148.

49 Vgl. Wagner, Universitätsstift und Kollegium, bes. S. 15–18 und S. 313–317.

50 MGH Const. 8 Druck der Papstbulle S. 245 Nr. 161, Druck des Textes der Urkunde Karls mit den Entlehnungen seiner Vorgänger in Petit S. 580 Nr. 568; vgl. dazu Rexroth, Universitätsstiftungen, S. 55–107, bes. S. 75–77 mit der Urkunde; Wagner, Universitätsstift, S. 37–89; Moraw, Prag, S. 127–146; Drake Boehm, Universität, S. 263–269; Schmidt, Begründung und Bestätigung, S. 695–719.

51 Vgl. Hruza, Diskurs, S. 209–271.

52 Vgl. Rüegg, Universität, S. 100–102; Grundmann, Ursprung, S. 298.

53 RI 8 Nr. 1573 (1353 August 1 für Cividale = MGH Const. 10 S. 420 Nr. 566); vgl. dazu auch Salomon, Universitätsgründung, S. 810–817 und 879–880; ferner Meyhöfer, Stiftungsprivilegien, S. 294–300 mit den Regesten S. 295–298, Nr. 3–10 der Urkunden Karls IV. (1355 Mai 5 für Arezzo, 1355 Mai 19 für Perugia, 1357 August 6 für Siena, 1361 April 13 für Pavia, 1364 Januar 2 für Florenz, 1365 Juni 2 für Genf, 1365 Juni 4 für Orange, 1369 Juni 6 für Lucca) und S. 298–300, Nr. 11–15 der Urkunden Sigismunds (1437 April 12 für Prag); vgl. ferner Rüegg, Universität, S. 100–102; Kubová, University založené Karlem IV., S. 7–31.

54 Vgl. auch zu dem folgenden Abschnitten MGH Const. 12 S. 550–552 Nr. 567; Lindner, Textzeugnisse zur Constitucio Karolina, S. 515–538 (mit Druck); Hölscher, Kirchenschutz, S. 84–128 (mit Druck); Johanek, Karolina, Sp. 1008; Johanek, Wirkungsgeschichte, S. 797–831, ferner die Anlehnung an Rader, Elbe-Saale-

Raum, S. 290–291; Kirchenschutzprivilegien Friedrichs II. von 1220: MGH DD
FII. 14,4 S. 116–123, Nr. 705.

55 Vgl. z. B. die Rezeption des Magdeburger Stückes vom 27. Juni 1377 als Notari-
atsinstrument für Merseburg und Meißen vom Jahr 1383, Landesarchiv Sachsen-
Anhalt, Magdeburg «Rep. U 1 I 98c» und Sächsisches HStA Dresden «Urk.
Nr. 4195»; vgl. Lindner, Textzeugnisse zur Constitucio Karolina, S. 517; Hölscher,
Kirchenschutz, S. 105–114; Rader, Elbe-Saale-Raum, S. 290–291.

56 MGH Const. 8 S. 142–163, Nr. 100, hier S. 160 Z. 42–S. 161 Z. 1; vgl. dazu und
auch für die folgenden Abschnitte Tönsing, Contra hereticam pravitatem, S. 285–
311, Patschovsky, Inquisition in Böhmen; Patschovsky, Quellen zur böhmischen
Inquisition, bes. S. 9–123.

57 Vgl. auch für die folgenden Abschnitte Elm, Beg(h)arden in: LMA 1, Sp. 1798;
Elm/Sprandel/Manselli, Beg(h)inen, Sp 1799–1803; Hauck, Kirchengeschichte 4,
S. 917–949 und 5,1, S. 420–446; Grundmann, Bewegungen, S. 519–538; Töpfer,
Urzustand, S. 550–555; Patschovsky, Beginenverfolgungen, S. 56–198, bes. S. 109–
118; Utz Tremp, Häresie; Voigt, Beginen, S. 171–403; Erbstösser/Werner, Ideologi-
sche Probleme, S. 23–105; Erbstösser, Strömungen, S. 84–119; Erbstösser, Ketzer,
S. 168–203; Wigger, Mittheilungen, S. S. 1–26; zu den sozialreligiösen Wurzeln
vgl. auch Erbstösser/Werner, Ketzer und Heilige, S. 153–313.

58 RI BH Nr. 4756, Nr. 4761, Nr. 7284–7287; Drucke: Mosheim, De Beghardis,
S. 342–392; Fredericq, Corpus 1, S. 208–221, Nr. 210–213; Wigger, Mittheilungen,
S. 19–24; Mirbt, Quellen, S. 226 Nr. 388 (= Teildruck von RI BH Ergänzungsheft
S. 759 Nr. 7287); zukünftig MGH Const. 15; vgl. auch für die folgenden Passagen
Tönsing, Contra hereticam pravitatem, S. 285–311; Voigt, Beginen, S. 334–392;
Rader, Friedrich II., S. 190–194.

59 Privileg Karls IV. von 1367: UB Halle 3,1 S. 209 Nr. 882; zur Verwendung des Besitzes RI BH Ergänzungsheft S. 759 Nr. 7287; vgl. Tönsing, Contra hereticam
pravitatem, S. 295–302.

60 RI BH Ergänzungsheft S. 759 Nr. 7287; Teildruck: Mirbt, Quellen, S. 226
Nr. 388; Fredericq, Corpus, S. 214 Nr. 212; vgl. auch für den folgenden Abschnitte
Trusen, Inquisitionsprozeß, Sp. 441–442; Wilmans, Inquisition in Deutschland,
S. 193–228, bes. S. 194–203; Walther, Bibelübersetzung 3, Sp. 590 und Sp. 739–
742; Tönsing, Contra hereticam pravitatem, S. 299–301; Grundmann, Ketzer-
verhöre, S. 379–394 und S. 399.

61 Mirbt, Quellen, S. 226 Nr. 388; vgl. dazu Mentzel-Reuters, Biblizismus, S. 189–
191.

62 Vgl. Schubert, Deutscher Bibeltext, S. 41–46; ferner das interakademische Edi-
tionsprojekt der BBAW und BAdW unter https://www.bbaw.de/forschung/der-
oesterreichische-bibeluebersetzer-gottes-wort-deutsch/projektdarstellung
(21. 12. 2021); Kibelka, Heinrich von Mügeln, S. 417–418.

63 Vgl. Tönsing, Contra hereticam pravitatem, S. 291–293; mit teilweise anderer

Deutung Voigt, Beginen S. 368–275; ferner Erbstösser/Werner, Ideologische Probleme, S. 108–130, Verhörprotokoll S. 136–153.

64 RI BH S. 183 Nr. 2262; TD: RBM 6,1 (Mendl 1928), S. 82, Nr. 143.

65 Vgl. Hergemöller, Maiestas Carolina, bes. S. XI–LXXXIX; RI BH S. 182 Nr. 2257a und S. 183 Nr. 2262; ferner auch für die folgenden Abschnitte Kejř, Maiestas Carolina, S. 79–122; Seibt, Karl IV., S. 244–250; Schlotheuber, Karl als Autor, S. 69–76; Töpfer, Staatsideologie, S. 150–157; Töpfer, Urzustand, S. 483–485; Vaněček, Tätigkeit Karls IV., S. 121–149; Tresp, Adel der Wenzelskrone, S. 81–117; Zitat: Moraw, Von offener Verfassung, S. 21.

66 RBM 6,1 (Mendl 1928), S. 82–83 Nr. 143; vgl. dazu auch Kejř, Maiestas Carolina, S. 108–113.

7. Der Bauherr

1 Benesch von Weitmühl (Emler), S. 533; Miracula sancti Sigismondi, S. 462–469, hier S. 463; vgl. auch für die folgenden Abschnitte Bauch, Divina favente, S. 171–182 und 284–301 mit der Edition der anlässlich der Erhebung ausgestellten Urkunde S. 685; Studničková, Kult des heiligen Sigismund, S. 299–339; Mengel, Bones, S. 325–371; Keller, Lexikon der Heiligen, S. 516–517 (Sigismund).

2 Benesch von Weitmühl (Emler), S. 497; vgl. Angenendt, Heilige und Reliquien, S. 101; Keller, Lexikon der Heiligen, S. 22–23 (Adalbert); S. 386 (Ludmila); S. 516–517 (Sigismund); S. 569–571 (Vitus); S. 575 (Wenzel); Mengel, Bones, S. 394–396 (Auflistung der Wunder).

3 Benesch von Weitmühl (Emler), S 543–544; vgl. Studničková, Kult des heiligen Sigismund, S. 299–339.

4 Vgl. Fajt, Katalogbeschreibung des Votivbildes, in: Fajt/Hörsch (Hg.), Kaiser Karl IV. 1316–2016 – Ausstellungskatalog 2016, S. 374–377, Nr. 6.11; ferner Studničková, Kult des heiligen Sigismund, S. 299–339; Bauch, Divina favente, S. 171–182 und 284–301, Zitat: ebenda S. 171.

5 Benesch von Weitmühl (Emler), S. 511; vgl. ferner Hlaváček, Beneš Krabice, Sp. 1907; zur Organisation von Bauhütten Schock-Werner, Organisation von Bauhütten, S. 116–125.

6 Vgl. Schurr, Baukunst, S. 57–74; Suckale, Kathedrale, S. 100–112; sowie auch zu den folgenden Abschnitten Fajt, Nachahmung, S. 41–75; Graus, Prag als Mitte Böhmens; Moraw, Mittelpunktfunktion, S. 445–489; Machilek, Praga caput regni, S. 67–125; Lorenc, Prag Karls IV.; Belzyt, Ballungszentren Prag und Krakau, S. 475–494; Bobková, Velké dějiny, bes. S. 467–484; Lützelschwab, Prag – das neue Paris, S. 201–219; Crossley/Opačić, Krone, S. 197–275; Gajdošová, Großbaustelle und Versuchslabor, S. 95–102; Baumüller, Chor, S. 107–125; Lindner, Kiste voller Knochen, S. 289–299; Bauch, Divina favente, S. 325–352; Hesse, Synthese, S. 256–264; Bobková/Velička, Johann von Görlitz, S. 84.

7   Vgl. Suckale, Gotik, S. 7–26; Binding, Gotik, Sp. 1575–1576; Busch/Lohse, Bau-
     kunst der Gotik, S. III–XIII, Zitat: S. III; Kurmann-Schwarz, Glasmalerei und
     Architektur, S. 150–167.

8   Vgl. Brandl, Baugeschichte, S. S. 145–162; Sußmann, Bauphasen, S. 127–141.

9   Vgl. auch für die folgenden Abschnitte Schurr, Baukunst, S. 52–88 und S. 144–
     154; Schurr, Saint Guy, S. 273–287; Sommer, St. Veits-Kirche, S. 85–94; Niehr,
     Zeichen des mittelalterlichen Reichs, S. 372–398; Freigang, Köln und Prag,
     S. 49–86.

10   Zitat «geistliche Fundierung»: Fajt/Hörsch/Razím (Hg.), Křivoklát – Pürglitz, S. 9;
     Schurr, Saint Guy de Prague: une cathédrale «à la française»?, S. 273–287; Zitat
     «Geschenk Frankreichs an Europa»: Suckale, Kathedrale, S. 100; vgl. dazu Duby,
     Zeit der Kathedralen, bes. S. 218–226 und S. 509 zur Sainte-Chapelle «im Grunde
     ein einziger Reliquienschrein»; zu Schinkels Vorstellungen vom idealen gotischen
     Dom siehe etwa die Ölgemälde «Gotischer Dom am Wasser» von 1813 (SMB Nati-
     onalgalerie A III 842) oder «Mittelalterliche Stadt an einem Fluss» von 1815 (SMB
     Nationalgalerie NG 6a/91), ferner Niehr, Die perfekte Kathedrale, S. 163–221.

11   Franz von Prag (Emler), S. 413; zur Sainte-Chapelle vgl. Droste-Hennings/Droste,
     Paris, S. 109–116; vgl. ferner Němec, Architektur – Herrschaft – Land, S. 27–85.

12   Vgl. auch zu den folgenden Abschnitten Moraw, Mittelpunktfunktion Prags,
     S. 445–489; Widder, Mons imperialis, S. 264–267; Lorenc, Prag Karls IV.; Belzyt,
     Ballungszentren Prag und Krakau, S. 475–494; Bobková, Velké dějiny, bes. S. 467–
     484; Lützelschwab, Prag – das neue Paris, S. 201–219; Crossley/Opačić, Krone,
     S. 197–275; Hegen, Golem, S. 2–23; Bauch, Divina favente, S. 352–384; Schlot-
     heuber, Ausbau Prags zur Residenzstadt, S. 601–621; zur Parallelisierung der Brü-
     ckentürme Rader, Friedrich II., S. 218–221.

13   Benesch von Weitmühl (Emler), S. 516 zu 1348, wohl aber tatsächlich zum Anfang
     der 1370er Jahre gehörend; Name «Karlstadt» RI BH S. 244 Nr. 2984; RBM 7,1
     (Mendl/Linhartová 1953), S. 165 Nr. 259.

14   Heinrich von Diessenhofen (Huber), S. 116; vgl. ferner Lindner, Kiste voller Kno-
     chen, S. 289–299; Bauch, Divina favente, S. 301–384.

15   Benesch von Weitmühl (Emler), S. 541 (zu 1370); vgl. Keller, Lexikon der Heili-
     gen, S. 22–23 (Adalbert); S. 386 (Ludmila); S. 516–517 (Sigismund); S. 569–571
     (Vitus); S. 575 (Wenzel); ferner dazu Bláhová, Rezidence a Propaganda, S. 49–59;
     Němec, Architektur – Herrschaft – Land, S. 27–85; Dunlop, Italy, S. 487–494,
     bes. S. 488; Bartlová, Südpforte des Veitsdoms, S. 390–392 Nr. 7.9.

16   Vgl. Seibt, Zeit der Luxemburger, S. 419; Kavka, Volksbewegungen, S. 143–146;
     Šmahel, Hussitische Revolution, S. 147–219 (Bodenverteilung S. 159), S. 392–428
     und S. 544–576; Bredekamp, Bilderkämpfe, S. 231–233.

17   Vgl. Schwarz, Grabmäler der Luxemburger, darin besonders die kursorische Ab-
     handlung bei Schmid, Geschichte, S. 9–26; Meier, Archäologie, S. 331–336; Ra-
     der, Grab und Herrschaft, S. 84–87; Schneidmüller, Speyer, S. 19–25.

18 Vgl. Oexle, Memoria als Kultur, S. 37–48; Meier, Archäologie, S. 331–336; Schwarz, Image und Memoria, S. 175–182; Meyer, Königs- und Kaiserbegräbnisse, S. 259–267; Huthwelker Tod und Grablege, S. 11–35; Schmitz-Esser, Leichnam, S. 322–333; Rader, Erinnerte Macht, S. 173–183; Rader, Erinnern für die Ewigkeit, S. 173–184; Rader, Aufgeräumte Herkunft, S. 403–430; Rader, Grab und Herrschaft, S. 93–119; Rader, Legitimationsgenerator Grab, S. 7–21; Rader, Prismen der Macht, S. 311–346.

19 Vgl. Merhautová, Katedrála sv. Víta; Baumüller, Chor; Schwarz, Felix Bohemia, S. 123–156; Benešovská/Hlobil, Peter Parler et St Vitus's Cathedral; Schurr, Baukunst, S. 52–88 und S. 144–154 sowie den Nachweis der breiten tschechischen Spezialliteratur in den Anmerkungen S. 171–180; Crossley/Opačić, Krone, S. 197–217; ferner Clemens, Luxemburg-Böhmen, S. 99–113; Rader, Erinnerte Macht, S. 173–183; Kalina, Architecture and Memory, S. 150–156.

20 Zur Familie und zum Werk der Parler vgl. Swoboda, Peter Parler; Homolka, Tumben der Přemysliden, S. 650–653; Schock-Werner, Die Parler, S. 7–12; Schädler, Peter Parler, S. 17–25; Homolka, Peter Parler, S. 27–34; Suckale, Peter Parler Stillagen, S. 175–183; Vítowský, Künstlerfamilie, S. 149–154; Suckale, Schwierigkeiten, S. 197–205, bes. S. 200; Fajt, Peter Parler, S. 207–220; Hoensch, Přemysl Otakar II., S. 246–254; Kuthan, Přemysl Ottokar II., S. 15–16.

21 Vgl. Swoboda, Peter Parler, S. 28–31; Šmahel, Spectaculum, S. 20 Anm. 4 mit weiterer Literatur.

22 Benesch von Weitmühl (Emler), S. 547–548; vgl. dazu auch Story of Prague Castle, S. 194–195; zu Grabauthentiken vgl. Meier, Archäologie, S. 165–211.

23 Crossley/Opačić, Krone, S. 209; Niehr, Zeichen des mittelalterlichen Reichs, S. 388–389; Schurr, Baukunst, S. 74–88; Rosario, Art and Propaganda, S. 63–69.

24 Le Goff, Ludwig der Heilige, S. 246; vgl. ferner Graus, Lebendige Vergangenheit, S. 148–158; Teuscher, Saint-Denis als königliche Grablege, S. 617–631; Rader, Grab und Herrschaft, S. 81–84; Rader, Erinnerte Macht, S. 173–183; Rader, Erinnern für die Ewigkeit, S. 173–184; Rader, Aufgeräumte Herkunft, S. 403–430.

25 Prinz, Böhmen, S. 147; vgl. ferner Meier, Archäologie, S. 331–336; Rader, Erinnerte Macht, S. 173–183; Rader, Erinnern für die Ewigkeit, S. 173–184; Rader, Aufgeräumte Herkunft, S. 403–430.

26 Zitat: Heidegger, Gespräch von der Sprache, S. 91.

27 Vgl. allgemein zu Formen und Funktion der mittelalterlichen Burgen Meyer, Burg und Herrschaft, S. 16–25; Mersiowsky, Burg und Herrschaft, S. 126–133; Großmann, Welt der Burgen, S. 28–43; Piper, Burgenkunde, S. 1–36; Rader, Burg, S. 113–126; ferner Atzbach/Lüken/Ottomeyer (Hg.), Burg und Herrschaft, bes. S. 93–174 und S. 211–232.

28 Druck: MGH Const 12, S. 98 Nr. 80, ebenso in Fajt, Karlstein revisited, S. 282–285 mit einer von Mathias Lawo redigierter deutschen Übersetzung S. 282–285, Zitat: S. 284 § 3; vgl. ferner Großmann, Burgen und Residenzen Karls IV., S. 103–

109; zur Namensgebung Widder, Mons imperialis, S. 233–284; Berns, Burgenpolitik, bes. die Karte S. 211 und die Registereinträge S. 216–217.

29 Vita Caroli (Hillenbrand), S. 96–99; vgl. auch für die folgenden Abschnitte Widder, Mons imperialis, S. 233–284; Němec, Architektur – Herrschaft – Land, S. 76–77.

30 Vgl. Gurlitt, Bau- und Kunstdenkmäler, S. 88–90; Němec, Architektur – Herrschaft – Land, S. 189–207; Němec; Architekturlandschaft Karls IV., S. 33–67; Oettel, Wege und Straßen, S. 69–79; Šmahel, Hussitische Revolution, S. 148; ferner Regest bei RIplus 1357 07 28.

31 Vgl. Großmann, Burgen und Residenzen Karls IV., S. 109; zur Geschützentwicklung Goetz, Artillerie, bes. S. 14–34.

32 Benesch von Weitmühl (Emler), S. 533; vgl. auch für die folgenden Abschnitte Fajt, Karlstein revisited, S. 250–288; Fajt, Magister Theodoricus, S. 217–277; Fajt/Royt, Ecclesia triumphans, S. 107–205; Fajt/Šícha, Weiser Herrscher, S. 48–53; Fajt/Dáňová, Ausstellungsführer, S. 66–77; Großmann, Welt der Burgen, S. 153–154; Bauch, Divina favente, S. 384–396; Bredekamp, Bilderkämpfe, S. 233–242.

33 Vgl. auch für die folgenden Abschnitte Fajt, Karlstein revisited, S. 250–288; Fajt, Magister Theodoricus, S. 217–277; Fajt/Royt, Ecclesia triumphans, S. 107–205; Fajt/Šícha, Weiser Herrscher, S. 48–53; Großmann, Welt der Burgen, S. 153–154; Rader, Burg, S. 113–126.

34 Druck: MGH Const 12, S. 98 Nr. 80, ebenso in Fajt, Karlstein revisited S. 282–285 mit einer von Mathias Lawo redigierter deutschen Übersetzung S. 282–285, Zitat: S. 285 § 9.

35 Druck: MGH Const 12, S. 98 Nr. 80, ebenso in Fajt, Karlstein revisited, S. 282–285 mit einer von Mathias Lawo redigierter deutschen Übersetzung, S. 282–285, Zitat: S. 284 § 3; vgl. ferner Němec, Tangermünde, S. 52–56; zur kulturwissenschaftlichen Deutung der Gabe Godelier, Rätsel der Gaben, S. 242–252.

36 Vgl. Müller, Schloß als Bild, S. 138–140; ferner auch für die folgenden Abschnitte Fajt, Karlstein revisited, S. 282–285.

37 Vgl. Hageneder, Sonne-Mond-Gleichnis, S. 340–368.

38 Vgl. die detaillierte Einzelbeschreibung und Anordnung der Bildtafeln in Fajt, Magister Theodoricus, S. 297–474.

39 Vgl. Legner, Karolinische Edelsteinwände, S. 356–362; zur symbolischen Bedeutung des Porphyrs vgl. Delbrück, Antike Porphyrwerke; Raff, Sprache der Materialien, bes. S. 88–90; Rader, Kraft des Porphyrs, S. 33–46.

40 Zitat Augustinus 9,27 in: Augustinus, Bekenntnisse (Hefele), S. 319; Zitat Johanns von Neumarkt in: Piur, Briefe, S. 56, deutsche Übersetzung in Anlehnung an Fajt, Ausstellungsführer, S. 108; vgl. ferner Fajt, Nürnberg als Kunstzentrum, S. 266–274.

41 Regest: RI WA S. 396 Nr. 5619; vgl. dazu Fleischmann, Norenberc – Nürnberg,

S. 62–63 mit Foto der Übertragungsurkunde an Nürnberg; Machilek, Nürnberg und die Luxemburger, S. 91–97; zur Belagerung vgl. Rathgen, Geschütz, S. 367–371; Šmahel, Hussitische Revolution, S. 1259–1275.

42 Scripta decani in Karelstain (Leidinger), S. 309–310. Šmahel, Hussitische Revolution, Zerstörungen Königsaal S. 1106, Goldenkron S. 1128, Pürglitz S. 1251.

43 Vgl. auch zu den folgenden Abschnitten Němec, Tangermünde, S. 52–56; Němec, Architektur – Herrschaft – Land, S. 267–319; Johne, Böhmische Einflüsse, S. 127–137; Knüvener, Kunst in der Mark Brandenburg, S. 42–88, bes. S. 55–59, Fajt, Brandenburg wird böhmisch, S. 202–251; Schöfbeck/Heußner, Böhmischer Altar, S. 67–73.

44 Fontane, Fünf Schlösser, S. 17; vgl. RI BH S. 483 Nr. 5781; Druck: MGH Const. VE Nr. 770613b; ferner Němec, Tangermünde, S. 52–56; Němec, Architektur – Herrschaft – Land, S. 267–319.

45 Vgl. RI BH S. 483 Nr. 5788; Druck: MGH Const. VE Nr. 770624a.

46 Vgl. auch für die folgenden Abschnitte Fajt, Was ist karolinisch, S. 349–368; Fajt, Nachahmung, S. 41–75; Fajt, Einführung Internationalisierung der Kunst, S. 484–486; Fajt, Nürnberg als Kunstzentrum, S. 145–160; Fajt/Franzen, Neue Hofkunst, S. 139–148; Fajt, Magister Theodoricus, S. 217–277; Fajt/Royt, Ecclesia triumphans, S. 107–205, ferner Kurmann-Schwarz, Glasmalerei und Architektur, S. 150–167.

47 Vgl. Fajt, Was ist karolinisch S. 368; Fajt, Von der Nachahmung, S. 74–75 und den Buchtitel von Fajt, Nürnberg als Kunstzentrum.

48 Vgl. auch für den folgenden Abschnitt Pinder, Bürgerzeit, S. 221–270; ferner die Katalognummern 197 und 199 in: Fajt (Hg.), Karl IV., Kaiser von Gottes Gnaden, S. 549–553; ferner Suckale, «Löwenmadonna», ein politischer Bildtyp, S. 172–184; Schmidt, Internationale Gotik versus Schöner Stil, S. 540–547; Royt, Kirchenreform und Hussiten, S. 555–569; Bredekamp, Bilderkämpfe, bes. S. 231–304; Bredekamp, Theorie des Bildakts, S. 204–212; Bartlová, Bildersturm, S. 27–48; Parzinger, Verdammt und vernichtet, S. 79–89.

49 Vgl. auch für die folgenden Abschnitte Drake Boehm, Goldene Stadt, S. 236–243.

50 Vgl. Drake Boehm, Goldene Stadt, S. 240–243.

51 Zitat: Suckale, Kathedrale, S. 104; vgl. ferner MacGregor, Deutschland, S. 101–118.

52 Urkunden: MGH Const. 12, S. 557 Nr. 576; Fajt, Nürnberg als Kunstzentrum, S. 660–661 Nr. 41 und Nr. 43; vgl. ferner ebenda S. 199–215.

53 Vgl. auch für die folgenden Abschnitte Fajt, Nürnberg als Kunstzentrum, S. 190–228.

54 Vgl. Cobet, Troia, S. 44–45; Vergil, Aeneis 4,230, (Götte) mit deutscher Übersetzung; ferner Wolf, Metamorphosen eines Mythos, S. 14–19 und S. 278–284.

55 Vgl. die zweiseitige Reproduktion der *exaltatio crucis* Szene im Vorsatz dieses Buches, S. 224/225; Cohn, Paradies, S. 28; Bredekamp, Bilderkämpfe, S. 237.

56 Regest: MGH Const. 13,1 S. 388, Nr. 427; Druck: Fajt, Magister Theodoricus, S. 101 und Fajt, Nürnberg als Kunstzentrum, S. 662, Nr. 44 und 45.

57 Druck: Fajt, Magister Theodoricus, S. 102 und Fajt, Nürnberg als Kunstzentrum, S. 666, Nr. 52; vgl. auch ebenda S. 264–306; Hägermann/Hedwig, Hufe, Sp. 154–156.

58 Vgl. Fajt, Nürnberg als Kunstzentrum, S. 264–306; ferner Fajt, Karlstein revisited, S. 250–288; Fajt, Magister Theodoricus, S. 217–277; Fajt/Royt, Ecclesia triumphans, S. 107–205.

59 Artikel Wittingau, in: HHS(BM), S. 666–668; Suckale, Gotik, S. 69; Fajt/Drake Boehm, Wenzel IV., S. 465–467; Fajt, Retabelflügel, S. 502–505; Fajt, Nürnberg als Kunstzentrum, S. 264–306, Zitate: ebenda S. 244 und S. 622.

60 Urkunden: StA Nürnberg «RU Nürnberg 1234», Text zukünftig MGH Const 15; Regest: RI BH S. 354 Nr. 4337; vgl. ferner Hirschmann, Nürnbergs Handelsprivilegien, S. 34 Nr. 108; auch für die folgenden Abschnitte Fajt, Nürnberg als Kunstzentrum, S. 26–59; Bauch, Divina favente, S. 396–403; Lochner, Reichstadt Nürnberg.

61 Fleischmann, Privilegierung Nürnbergs, S. 47–71; ferner Fuhrmann, Wirtschaftliche Entwicklungen, S. 187–206; Stromer, Oberdeutsche Hochfinanz, S. 21–43 und S. 90–104.

62 Vgl. Gümbel, Sebald Weinschröter, S. 13–23 und S. 512–514; Fajt, Nürnberg als Kunstzentrum, S. 60–141, bes. S. 66–73.

63 Vgl. Fajt, Nürnberg als Kunstzentrum, S. 63–68.

64 Druck: MGH Const. 13,1 S. 414 Nr. 463 und Fajt, Nürnberg als Kunstzentrum, S. 648, Nr. 22.

65 Vgl. Fajt, Nürnberg als Kunstzentrum, S. 308–495, Zitat: ebenda S. 623.

66 Druck: UB Straßburg 5 (Witte/Wolfram), S. 900–904 Nr. 1238; ebenso Fajt, Nürnberg als Kunstzentrum, S. 663–665; Chroniken der deutschen Städte 9, Straßburg 2 (Hegel), Beilage 11 S. 1040–1044; vgl. ferner dazu Fajt, Nürnberg als Kunstzentrum, S. 228–230; Lindner, Konrad der Maler.

67 UB Straßburg 5 (Witte/Wolfram), S. 900–904 Nr. 1238, hier S. 904 Sp. 4–15.

68 UB Straßburg 5 (Witte/Wolfram), S. 900–904 Nr. 1238, hier S. 900 Sp. 31–33 und S. 901 Sp. 1; über eine von 1349 bis 1351 dauernde Rheinsperre berichtet Twinger von Königshofen 1 (Hegel 8), S. 481; vgl. dazu auch Schomburg, Lexikon Zollgeschichte, S. 368–369 (Straßburg, Straßburger Rheinzoll); ferner Schenk, Zeremoniell und Politik, S. 238–402.

69 UB Straßburg 5 (Witte/Wolfram), S. 900–904 Nr. 1238, hier S. 902 Sp. 16–20.

8. Der Dynast

1 RI BH S. 290 Nr. 3565a; Schannat, Vindemiae 2, S. 133–134 Nr. 33; MGH
   Const. 13,2 S. 456 Nr. 514; vgl. das von mir verfasste Fundstück 4 auf der Homepage der BBAW-MGH; ferner Pelzel, Kaiser Karl 2; S. 679–681; Werunsky, Geschichte 3, S. 237; Rüther, Anna von Schweidnitz-Jauer, S. 278–279; Fajt, Nürnberg als Kunstzentrum, S. 78–90 mit den Texten der Geburtsanzeigen nach
   Schannat und Pelzel in Anmerkung 102 und 104; Spěváček, Václav IV., S. 29–41.

2 Zitat: Moraw, Mittelalter Schlesien, S. 141; vgl. ferner Veldtrup, Eherecht und
   Familienpolitik, S. 339–348; Žůrek, Heiratspolitik, S. 189–193; Tresp, Kaiser
   Karl IV. und die Markgrafschaft Brandenburg, S. 30.

3 Vgl. Weiß, Onkel und Neffe, S. 101–164, bes. S. 104–110; Moeglin, «Dynastische
   Ordnung» und Nation, S. 29–54; Žůrek, Heiratspolitik, S. 189–193.

4 RI BH S. 294 Nr. 3621a; Heinrich Taube (Bresslau), S. 117–118, deutsche Übersetzung unter Verwendung von Grandaur (GdV 2,85), S. 92; Fajt, Nürnberg als
   Kunstzentrum, S. 78–90; vgl. Pelzel, Kaiser Karl 2, S. 686–688; Lochner, Reichsstadt Nürnberg.

5 RI BH S. 291 Nr. 3576; Text: MGH Const. 13,2 S. 463 Nr. 523; Nürnberger
   Reichssteuer: 2000 Pfund Heller oder 2000 Gulden RI BH S. 402 Nr. 4849;
   Heinrich von Diessenhofen (Huber), S. 122.

6 Vgl. Fajt, Nürnberg als Kunstzentrum, S. 90–120.

7 MGH Const. 13,2 S. 557 Nr. 624.

8 MGH Const. 14,1 S. 130 Nr. 141; vgl. Rüther, Anna von Schweidnitz-Jauer,
   S. 279.

9 Chronik aus Kaiser Sigmund's Zeit (Kern), S. 352.

10 RI BH S. 470 Nr. 5635b; vgl. Büttner, Weg zur Krone 1, bes. S. 377–381; Hoensch,
   Kaiser Sigismund, S. 42; Garnier, Ordnung des Reiches, S. 220–225; Peltzer,
   Rang, S. 378–380.

11 Wahlabsprache gegen Habsburg: MGH Const. 14,1 S. 50 Nr. 58; Chronicon
   Moguntinum (Hegel), S. 40; Gewinnung der Stimmen der Kurfürsten: RTA 1
   S. 6–70 Nr. 1–43; vgl. Klare, Wahl Wenzels, S. 14–21; Lindner, Wahl Wenzels,
   S. 251–301; Spěváček, Václav IV., S. 85–90; Stoob, Karl IV., S. 384–391; Seibt,
   Karl IV., S. 343; Büttner, Weg zur Krone 1, S. 402–427; Büttner, Dynastische
   Kontinuität, S. 310–312; Hauck, Kirchengeschichte 5,2, S. 666, zur Erhebung
   Wenzels: «Sie war die Krönung seiner gesamten Politik.»

12 Verhandlungen mit der Kurie: RTA 1 S. 90–151 Nr. 60–93; vgl. Klare, Wahl Wenzels, S. 47–92 und S. 148–225; Stoob, Karl IV., S. 388–391.

13 Wahl: RI BH S. 466–468 Nr. 5599a–5604; RTA 1 S. 71–89 Nr. 44–59; Krönung:
   RI BH S. 470 Nr. 5636b; RTA 1 S. 152–182 Nr. 94–100; vgl. Lindner, Wahl Wen-
   zels, S. 283–293; Klare, Wahl Wenzels, S. 248–270; Büttner, Weg zur Krone 1,
   S. 408–437; Büttner, Dynastische Kontinuität, S. 320–322; Stoob, Karl IV.,

S. 384–391; Seibt, Karl IV., S. 331–332; Müller, Königskrönungen in Aachen, S. 49–58.

14 Aachener Stadtrechnungen (Laurent), S. 37–44, S. 206–207 und S. 245–257; RTA 1 S. 164–182 Nr. 100; mit herzlichem Dank an Frau Claudia Rotthoff-Kraus und Harald Müller in Aachen für die freundlichen Auskünfte zur Katze der Kaiserin, womit eher ein Rassetier gemeint sein dürfte als eine «Kasse (Geldkatze)» wie in den RTA S. 179 Anmerkung 1 angegeben; Nürnberger Reichssteuer: 2000 Pfund Heller oder 2000 Gulden RI BH S. 402 Nr. 4849.

15 Vgl. für die weiteren Abschnitte Veldtrup, Eherecht und Familienpolitik, S. 374–383; Žůrek, Heiratspolitik, S. 189–193; Seibt, Karl IV., S. 307–309; Werunsky, Geschichte 3, S. 271; Steinherz, Beziehungen 2, bes. S. 609 f.; Rüther, Anna von Schweidnitz-Jauer, S. 271–284; Zdrenka, Elisabeth von Pommern, S. 165–171; Ludwig, Elisabeth von Pommern, S. 285–305; Hohensee, Herrschertreffen und Heiratspolitik, S. 639–664; Bobková/Velička, Johann von Görlitz, S. 12–20.

16 Seibt, Karl IV., S. 307; Veldtrup, Eherecht und Familienpolitik, S. 377–379.

17 Ranke, Zwölf Bücher, S. 66; vgl. Lhotsky, Quellenkunde, S. 71.

18 MGH Const. 8 S. 530 Nr. 516; Chronik des Mathias von Neuenburg 97 (Hofmeister), S. 412, deutsche Übersetzung nach Grandaur (GdV 2,84), S. 159; Matteo Villani, Cronica 1,36 (Porta 1), S. 69–71.

19 Vgl. Rüther, Anna von Schweidnitz-Jauer, S. 271–273; Hohensee, Herrschertreffen und Heiratspolitik, S. 644–645.

20 Vgl. Rüther, Anna von Schweidnitz-Jauer, S. 273.

21 Vgl. Ludwig, Elisabeth von Pommern, S. 291–300 mit Anm. 118.

22 Benesch von Weitmühl (Emler), S. 542–543; vgl. Ludwig, Elisabeth von Pommern, S. 291–292; Kavka, Am Hofe Karls IV., S. 100.

23 Vgl. Rüther, Anna von Schweidnitz-Jauer, S. 281–282; Žůrek, Heiratspolitik, S. 191; Kreuzszene: Fajt/Hörsch (Hg.), Kaiser Karl IV. 1316–2016 – Ausstellungskatalog, S. 288/289.

24 Vgl. Rüther, Anna von Schweidnitz-Jauer, S. 275; Ludwig, Elisabeth von Pommern, S. 297–299; Schneidmüller, Aufführung, S. 78; Rader, Kaiser Friedrich II., S. 231–232.

25 Vgl. den Stammbaum in: Fajt/Hörsch (Hg.), Kaiser Karl IV. 1316–2016 – Ausstellungskatalog, S. 24/25; ferner die Auflistung bei Veldtrup, Eherecht und Familienpolitik, S. 470–480; Žůrek, Heiratspolitik, S. 189–193.

26 Vgl. auch für den folgenden Abschnitt Abort, in: Pschyrembel, Wörterbuch, S. 6–7; Arnold, Kind, Sp. 1142–1145, bes. Sp. 1144; Meier, Kind und Kegel, S. 43–49 und S. 87–104.

27 Auch zu den folgenden Abschnitten vgl. Veldtrup, Eherecht und Familienpolitik, bes. S. 275–289 und S. 384–391; Bobková, Länder der Böhmischen Krone, S. 25–27; Fajt, Oberpfalz, S. 326–339.

28 RI BH Nr. 3703; Druck: MGH Const 13,2 S. 578–590 Nr. 653; Auflösung der

Ehevereinbarung RI BH S. 345 Nr. 4232 (= 7188); Druck: MGH Const. 14,2 S. 217 Nr. 662; vgl. ferner Bauer, Pegnitz, S. 100–106; Schuhmann, Friedrich V., S. 523; Veldtrup, Eherecht und Familienpolitik, S. 383–385; Lehmann, Burggrafen, S. 46–48.

29 RI BH S. 376 Nr. 4612–4615; Druck: zukünftig MGH Const. 15,2.

30 RI BH S. 453 Nr. 5452 (= Lösung der Verabredung von 1368); RI BH S. 452 Nr. 5451 (zu 1374) (= Ehevereinbarung Margarete mit Johann); Text: Pelzel, Kaiser Karl 2, S. 309–313 Nr. 283 mit Datum 1375; vgl. ferner Lehmann, Burggrafen, S. 61–68; Schultze, Friedrich I., S. 494; Schuhmann, Friedrich V., S. 523; Hoensch, Kaiser Sigismund, S. 217 und S. 257–259.

31 Vgl. Werunsky, Geschichte 3, S. 275–278; Steinherz, Beziehungen 2, S. 557; Heimann, Erbverbrüderungen von 1364 und 1366, S. 133–149; Tresp, Erbeinungen der Böhmischen Krone, S. 159–172; Hödl, Habsburg und Österreich, bes. S. 93–130; Müller, Besiegelte Freundschaft, S. 86–90; Schwedler, Herrschertreffen, S. 449 R146; Wolfinger, Herrschaftsinszenierung, S. 473–477; Lackner, Brünner Erbvertrag, S. 63–71.

32 RI BH S. 325–326 Nr. 4009; MGH Const. 14,1 S. 303–305 Nr. 303 mit Zeugenliste der anwesenden Personen, Zitat: S. 304; vgl. Huter, Tirol, S. 377–380; Hödl, Habsburg und Österreich, bes. S. 94–98; Veldtrup, Eherecht und Familienpolitik, S. 369–372; Widder, Vergessene Zeiten, S. 32–36; Hörmann-Thurn und Taxis, Margarete (Katalog), S. 32–34; Wolfinger, Herrschaftsinszenierung, S. 78–80.

33 RI BH S. 326 Nr. 4010; Paralleldruck Latein und Deutsch: MGH Const. 14,1 S. 307–310 Nr. 305; vgl. ferner zu Eidgegenständen Schwedler, Herrschertreffen, S. 154–156.

34 RI BH S. 326 Nr. 4011; MGH Const. 14,1 S. 310–314 Nr. 306.

35 RI BH S. 326 Nr. 4012; Druck: MGH Const. 14,1 S. 314–315 Nr. 307; Vermählung: RI BH Reichssachen S. 572 Nr. 401a, Zustimmungsurkunden: ebenda Nr. 399–401; vgl. Veldtrup, Eherecht und Familienpolitik, S. 370–372; Wolfinger, Herrschaftsinszenierung, S. 473.

36 Vgl. Steinherz, Beziehungen 2, S. 555–557; Wolfinger, Herrschaftsinszenierung, S. 475.

37 RI BH S. 350 Nr. 4287; MGH Const. 15,1 Nr. 58; Kanzleivermerk HHStA Wien «AUR 1366 März 26»; vgl. auch für den folgenden Abschnitt Steinherz, Beziehungen 2, S. 565–566; Veldtrup, Eherecht und Familienpolitik, S. 383–390.

38 RI BH S. 576 Nr. 433; vgl. Veldtrup, Eherecht und Familienpolitik, S. 384–391.

39 UB Straßburg 5 S. 775 Nr. 1001; RI BH S. 417 Nr. 5023–5025; Benesch von Weitmühl (Emler) S. 545; vgl. Hoensch, Kaiser Sigismund, S. 40–42; Mohrmann, Karl IV. und Herzog Albrecht II., S. 370; Veldtrup, Eherecht und Familienpolitik, S. 398–404.

40 Heimann, Erbverbrüderungen von 1364 und 1366, S. 136–149.

41 Vgl. Hoensch, Přemysl Otakar II., bes. S. 7–9; Kuthan, Přemysl Ottokar II., S. 9–28; Grundmann, Wahlkönigtum, S. 466–471.

9. Der Hegemon

1 RI BH S. 433–436 Nr. 5219a–5260; Riedel, Urkunden-Sammlung 2,2 S. 532–540, Nr. 1131–1137 und 2,3 S. 1–30, Nr. 1138–115; Benesch von Weitmühl (Emler), S. 546–547, Zitat: S. 547; RI BH S. 434, Nr. 5222; Rotter, Urkundenregesten 10 S. 127 Nr. 134, zukünftig MGH Const 16, Zitat nach Bayerisches HStA München, Geheimes Hausarchiv «42/1 Mannheimer Urkunden, Haussachen 3»: vgl. Krieger, Fahnlehen, Sp. 230; zum Erwerb der Niederlausitz und der Mark Brandenburg durch Karl IV. auch für die folgenden Abschnitte Riezler, Geschichte Baierns 3, S. 97–101; Scholz, Erwerbung der Mark; Hohensee, Erwerbung, S. 229 und S. 234–235; Hohensee, Brandenburgische Geschichte, S. 126–129; Lindner, Karl IV. und die Wittelsbacher, S. 64–100; Lindner, Markgraf Ottos letzter Kampf, S. 37–42; Lindner, Skylla, S. 44–54; Lippert, Wettiner und Wittelsbacher; Grotefend, Erwerbungspolitik, S. 86–87; Steinherz, Beziehungen 2, S. 615–621; Schultze, Mark Brandenburg 2, S. 132–175; Kraus, Handbuch der bayerischen Geschichte 2, S. 211–217; Heinrich, Kaiser Karl IV. und die Mark Brandenburg, S. 407–432; Schmidt, Brandenburg und Pommern; Schulze, Karl IV. als Landesherr, S. 138–168; Seibt, Karl IV., S. 279–285; Heimann, «Meisterstück», S. 17–21; Tresp, Kaiser Karl IV. und die Markgrafschaft Brandenburg, S. 30–36; Heidemann, Luxemburger in der Mark, S. 21–46.

2 RI BH S. 403 Nr. 4863; vgl. dazu Schultze, Mark Brandenburg 2, S. 82–86 und S. 145–149; Lehmann, Niederlausitz, S. 63–66; Hohensee, Erwerbung S. 220–230; Lindner, Luxemburger erwerben die «Lausitzen», S. 37–41; Tresp, Kaiser Karl IV. und die Markgraft Brandenburg, S. 30–36; Zitat: Ranke, Zwölf Bücher, S. 66.

3 RI BH S. 412 Nr. 4973 und S. 413 Nr. 4979a; Zitat aus Urkunde vom 18. August 1373 (RI BH S. 434 Nr. 5223); Zitat «Veynd»: Pelzel, Kaiser Karl 2, S. 326 Nr. 293; Benesch von Weitmühl (Emler), S. 544–545; vgl. ferner Escher, Otto V., S. 677–678; Tresp, Kaiser Karl IV. und die Markgraft Brandenburg, S. 30–36.

4 RI BH S. 432–434 Nr. 5209a–5224; Chronicon Moguntinum (Hegel), S. 33; vgl. Schultze, Mark Brandenburg 2, S. 156–158; Lindner, Markgraf Ottos letzter Kampf, S. 37–42; Tresp, Kaiser Karl IV. und die Markgrafschaft Brandenburg, S. 30–36; Heidemann, Luxemburger in der Mark, S. 21–46.

5 RI BH S. 434 Nr. 5222; Rotter, Urkundenregesten 10 S. 127 Nr. 134, zukünftig MGH Const. 16, Zitat nach Bayerisches HStA München, Geheimes Hausarchiv «42/1 Mannheimer Urkunden, Haussachen 3»; vgl. Tresp, Kaiser Karl IV. und die Markgrafschaft Brandenburg, S. 30–36.

6 RI BH S. 433 Nr. 5220; Riedel, Urkunden-Sammlung 2,3 S. 8 Nr. 1139; zukünftig

MGH Const. 16, Zitat nach Bayerisches HStA München «Kurbayern Urkunden 7153».

7 RI BH S. 433–436 Nr. 5219a –5260 und RI BH S. 594 Nr. 579; Rotter, Urkundenregesten 10, S. 131, Nr. 138; UB Straßburg 5 (Witte/Wolfram), S. 824 Nr. 1086; zeitgenössische lateinische Zusammenfassung der Verhandlungen bei Riedel, Urkunden-Sammlung 2,3 S. 1–88 Nr. 1138; Steinherz, Beziehungen 2, S. 615–621; vgl. ferner Muffat, Entschädigungen, S. 699–761.

8 Heidemann, Regesten, S. 1 Nr. 1; vgl. ferner MGH Const. 11, S. 610; zu den Kunsteinflüssen Fajt, Brandenburg wird böhmisch, S. 202–251; Knüvener, Wirkung der böhmischen Kunst, S. 180–195; Knüvener, Böhmisch oder märkisch, S. 98–114.

9 RI BH S. 434 Nr. 5224, zukünftig MGH Const 16, Zitat nach Bayerisches HStA München «Kurbayern Urkunden 7149»; vgl. ferner Kahnt/Knorr, Alte Maße, S. 114–116 (Gulden).

10 RI BH S. 57 Nr. 682; Druck: MGH Const. 8 S. 597, Nr. 591; vgl. Zelzer, Donauwörth, 71–74; Landwehr, Verpfändungen, S. 7–39, S. 208–210 mit den Belegen S. 210 Anmerkung 16 und 17 sowie S. 597 Zeile 41–43; Schubert, König und Reich, S 162–168.

11 RI BH S. 456 Nr. 5495, S. 468–469 Nr. 5614, Nr. 5626 und Nr. 5627; Bayerisches HStA München «Kurbayern Nr. 9629», «Pfalz-Neuburg, Auswärtige Staaten 766», «Pfalz-Neuburg Reichsstädte 641/1»; Heidemann, Regesten, S. 3–4, Nr. 2 und 3; Stadtarchiv Donauwörth «U 31»; vgl. Zelzer, Donauwörth, S. 71–74.

12 Vgl. Muffat, Entschädigungen, S. 713–761.

13 Vgl. auch für den nächsten Abschnitt Landbuch (Schultze), S. 1–5, S. 26–29; Landbuch (Partenheimer/Stellmacher), bes. S. VII–XII und S. 32–39; Helle, Hufen, Herren und Besitz, S. 57–60; Heinrich, Kaiser Karl IV. und die Mark Brandenburg, S. 412–432; Schultze, Mark Brandenburg 2, S. 173–174; Lindner, Markgraf Ottos letzter Kampf, S. 41; Schnelbögl, Salbüchlein; Kahnt/Knorr, Alte Maße, S. 178–180 (Mark), S. 234 (Prager Groschen) und S. 273 (Schockgroschen); Zitat: Ranke, Zwölf Bücher, S. 67.

14 Landbuch (Schultze), S. 18 und S. 39; Landbuch (Partenheimer/Stellmacher), S. 117.

15 RI BH S. 444 Nr. 5357a und S. 596 Nr. 594; Text des Briefes: UB Straßburg 5 (Witte/Wolfram), S. 852 Nr. 1137.

16 RI BH S. 444–445 Nr. 5361; Riedel, Urkunden-Sammlung 2,3 S. 39–47 Nr. 1161–1162, Strafzitat S. 46.

17 Vgl. Grundmann, Wahlkönigtum, S. 466–471; Menzel, Zeit der Entwürfe, S. 162–164 und S. 185–189; Hesse, Synthese, S. 44–51.

18 RI BH S. 94 Nr. 1172, S. 102 Nr. 1266 und 1267, S. 262 Nr. 3200; Druck: MGH Const. 9 S. 466 Nr. 597, MGH Const. 10, S. 8183 Nr. 100 und 101, MGH Const. 13,1, S. 135 Nr. 150; vgl. für das Folgende Köbler, Lexikon (Heideck), S. 238;

Deeg, Herren von Heideck, bes. S. 25–35; Gerlich, Franken, S. 317–318; Grotefend, Erwerbspolitik, S. 52; Rader, Friedberg und Eco, S. 274–276.

19 RI BH S. 279 Nr. 3419 und 3420; Druck: MGH Const. 13,1 S. 333–336 Nr. 372 und 373; Deeg, Herren von Heideck, S. 108–109.

20 Die Belehnungsurkunden des 18. Jahrhunderts für Heideck: Wien, 19. August 1717, Kaiser Karl VI. belehnt Karl Philipp, Kurfürst von der Pfalz, mit dem böhmischen Kronlehen Heideck, Bayerisches HStA München «Pfalz-Neuburg, Urkunden Lehen Nr. 1338»; Wien, 19. August 1769, Maria Theresia belehnt Pfalzgraf Christian zu Birkenfeld-Zweibrücken mit Heideck, Bayerisches HStA München «– Nr. 1339 und 1340»; Wien, 7. April 1783, Joseph II. belehnt Kurfürst Karl Theodor mit Heideck, Bayerisches HStA München «– Nr. 1341».

21 Vgl. Moraw, Von offener Verfassung, S. 240–259; Moraw, Franken als königsnahe Landschaft, S. 123–138; Moraw, Hessen und das deutsche Königtum, S. 43–95; Moraw: Entfaltung der deutschen Territorien, S. 89–126; Moraw: Nord und Süd, S. 51–70; ferner Grotefend, Erwerbspolitik; Hesse, Synthese, S. 50–51; Bauch, Hegemoniales Königtum, S. 97–110; Bauch, Divina favente, S. 28–31; Bobkova, Länder der Böhmischen Krone, S. 22–27; MGH Const. 14,1 Einführung S. VIII–XI.

22 Vgl. Kehrer, Charisma, S. 195–198; Nippel, Charisma und Herrschaft, S. 7–22; Seibt, Charisma der Auserwählung, S. 89–100; Bauch, Divina favente, S. 29–31.

23 MGH Const. 12 S. 260 Nr. 262; vgl. ferner Grundmann, Schreiben Kaiser Karls IV., S. 89–103; Grundmann, Wahlkönigtum, S. 470–471; Seibt, Karl IV. S. 379–381; Jänig, Orden, S. 134–137; Hergemöller, Cogor, S. 361–366; Schwedler, Herrschertreffen des Spätmittelalters, S. 443, Nr. R124; Bauch, Divina favente, S. 166–170.

24 MGH DD FII. 14,5 S. 539–547 Nr. 1158 und S. 963; MGH Const. 11 S. 351 Nr. 623; RI BH S. 198 Nr. 2341 und 2342; vgl. ferner Militzer, Geschichte, bes. S. 12–27; Boockmann, Orden, bes. S. 17–65 und S. 187; Rader, Friedrich II., S. 313–321; Jänig, Orden, S. 112.

25 Vgl. Huntington, Kampf, bes. S. 246–268; Boockmann, Orden, bes. S. 151–180.

26 Zum Beispiel etwa als *Heinricus Lytwanie* sowie *Litivanie dux* in dem Urkundenkomplex Karls IV. für Lucca vom 6. Juni 1369 (RI BH S. 393–394 Nr. 4747–4752); vgl. ferner Paravicini, Litauer, S. 261–263; Hergemöller, Cogor, S. 365; Jähnig, Orden, S. 137.

27 Vgl. auch für die folgenden Abschnitte Pirchan, Romfahrt 1, S. 239–312 und S. 396–421; Gregorovius, Rom im Mittelalter 6, S. 429–431; Widder, Itinerar und Politik, S. 266–357 sowie S. 442–472; Pauler, Auseinandersetzungen, S. 199–207; Seidel/Silva, Power of Images, bes. S. 19–52; Bauch, Wie ein zweiter Konstantin, S. 203–207.

28 RI BH S. 387 Nr. 4696 f., S. 388 Nr. 4700b, S. 392–394 Nr. 4736–4753; Widder, Itinerar, S. 321–329 und S. 341–351; Corsi, Catalogo, S. 1–19; Romiti/Tori, I Do-

cumenti, S. 95–157; Renato Piattoli in memoriam, S. 99–203; Romiti, Riformagioni 1, S. 55–75; Ludwig, Elisabeth von Pommern, S. 293; Seidel/Silva, Power of
Images, S. 19–52.

29 Benesch von Weitmühl (Emler), S. 538–539; Bauch, Wie ein zweiter Konstantin,
S. 205; Widder, Itinerar und Politik, S. 324–325.

30 RI BH S. 432 Nr. 5210; MGH Const. VE Nr. 730606a; Text: MUB 18 (1897),
S. 300 Nr. 10 449 A; vgl. Lindner, Karl IV. und Mitteldeutschland, S. 83–180;
Lindner, Nähe und Distanz, S. 173–255; Rader, Elbe-Saale-Raum, S. 267–318;
Mohrmann, Karl IV. und Herzog Albrecht II., S. 370–380; Riis, Kalmarer Union,
Sp. 875–877.

31 RI BH S. 458 Nr. 5512a–5520; Hermann Korner Chronika, 2. Fassung zu 1376
(Schwalm), S. 296–299; vgl. Mantels, Kaiser Karls Hoflager, S. 289–312; Stoob,
Karl IV. S. 378–388; Selzer, Hanse, S. 45–68; Dollinger, Hanse, S. 89–102; Wer-
nicke, Kaiser, Reich und Städtehanse, S. 261–289; Isenmann, Stadt Mittelalter,
S. 922–939; Isenmann, Stadt Spätmittelalter, S. 369–376.

32 Privilegierungen für Lübeck: RI BH S. 442 Nr. 5341–5342 und MGH Const. VE
Nr. 740323a und 740323b; für Hamburg: RI BH S. 246 Nr. 3009 und MGH
Const. 12, S. 553 Nr. 569; vgl. Lieberich, Grundruhr, Sp. 1753–1754.

33 Vgl. auch für den folgenden Abschnitt MGH Const. 14 S. 509 Nr. 480 mit weiteren Überlieferungs- und Literaturangaben; Piur, Briefe Johanns von Neumarkt,
S. 240–242 Nr. 156–157 und Anm. zu 156, zu Sagramors vgl. auch Pirchan, Romfahrt 2, S. 63*–64*.

34 Vgl. Reincke, Machtpolitik und Weltwirtschaftspläne, S. 95–114; Reincke, Kaiser
Karl IV. Hanse, S. 22–45; Bütow, Hanse im Blick, S. 61–65.

35 Magdeburger Schöppenchronik (Janicke), S. 251; vgl. auch für den folgenden Abschnitt Reincke, Machtpolitik und Weltwirtschaftspläne, S. 95–114; Reincke, Kaiser Karl IV. Hanse, S. 22–29; Fajt/Lindner, Dietrich von Portitz, S. 181–182.

36 Vgl. Koppmann, Kämmereirechnungen, S. 378; Springmann, Schnigge, bes. S. 160–
170; snicke, in: Schiller/Lübben 4, S. 274; S. 22–29; Zitat «Entthronung»: Reincke,
Kaiser Karl IV. Hanse, S. 22; Magdeburger Schöppenchronik (Janicke), S. 251.

37 Hermann Korner Chronika, 2. Fassung zu 1354 (Schwalm), S. 269–270; vgl. Colberg, Korner, Sp. 317–320; ferner auch für die folgenden Abschnitte Kühn, Dietrich von Portitz, S. 678–679; Fajt/Lindner, Dietrich von Portitz, S. 156–197; Fajt,
Schatten, S. 142–193; Fajt, Nürnberg als Kunstzentrum, S. 249–251; Moraw, Dietrich von Portitz, Sp. 1029.

38 Magdeburger Schöppenchronik (Janicke), S. 237.

39 Pfalzgrafenrechte Regest: MGH Const. 11, S. 230 Nr. 406; noch ungedruckt,
Text: Landesarchiv Sachsen-Anhalt Magdeburg «Rep-Cop 6», fol. 56v; vgl. dazu
auch Rudolph, Paladins Wandlung, S. 3–77; Einnahmenübertragung: MGH
Const. 12 S. 74 Nr. 58 (zu 1357 März 2) mit weiteren Angaben; Kanzlerbeleg:
MGH Const. 13,1 S. 219 Nr. 239; Gesta archiepiscoporum Magdeburgensium

(Schum), S. 438; deutsche Übersetzung: Magdeburger Bischofschronik (Michaëlis/Peters), S. 199; vgl. Fajt/Lindner, Dietrich von Portitz, S. 156–197, Zitat «Multifunktionär»: S. 159; ferner Fajt, Schatten, S. 142–193; Fajt, Nürnberg als Kunstzentrum, S. 249–251.

40 Schuldenquitterklärung: MGH Const. 14,1 S. 113 Nr. 124; vgl. Fajt/Lindner, Dietrich von Portitz, S. 164–166 und S. 181–185.

41 Vgl. Kadlec, Johannes Milicius, Sp. 522–527; Šmahel, Hussitische Revolution 2, S. 735–741.

42 Vgl. auch für die folgenden Abschnitte Burdach, Vom Mittelalter zur Reformation (1893), S. 73–79; Klapper, Johann von Neumarkt; Piur, Briefe, S. VI–IX; Rieckenberg, Johann von Neumarkt, S. 563–564; Höver, Johann von Neumarkt, Sp. 686–695; Rieckenberg, Herkunft, S. 555–569, Moraw, Räte und Kanzlei, S. 291–292; Moraw, Kanzleigeschichte, S. 11–42; Nechutová, Lateinische Literatur, S. 176–191, die die Herkunft aus Hohenmaut annimmt; demnächst auch Lindner, Kanzlersturz (in Vorbereitung).

43 Druck: MGH Const. 14,2, S. 517 Nr. 487.

44 Vgl. Moraw, Kanzleigeschichte, S. 14–28; Hergemöller, Verfasserschaft, S. 253–299; Nechutová, Lateinische Literatur, S. 181.

45 Vgl. das Büchervermächtnis bei Piur, Briefe, S. 187–192, Nr. 124, Abbildung der Urkunde ebenda Tafel 1; ferner Burdach, Vorspiel 1,2, S. 152–154; Höver, Johann von Neumarkt, Sp. 686–695; Fajt, Nürnberg, S. 145–154; Fajt, Nachahmung, S. 60–62 und Katalogbeschreibung des *Liber Viaticus* ebenda S. 95–98; Fajt/Franzen, Neue Hofkunst, S. 140 und Katalog ebenda S. 493–494; Nechutová, Lateinische Literatur, S. 146–148 zur Wenzelslegende; Schneidmüller/Wolter-von dem Knesebeck, Evangeliar Heinrichs des Löwen, S. 238–240; Pertz, Reise nach Böhmen, S. 465.

46 Vgl. Klapper, Schriften Johanns von Neumarkt 6,1–4; Höver, Johann von Neumarkt, Sp. 686–695.

47 Burdach, Geistige Wandlung (Briefwechsel 2,1), S. 8; vgl. ferner Burdach, Geschichte, S. 34–69; Wiesinger, Verhältnis, S. 847–863; Rieckenberg, Johann von Neumarkt, S. 563–564; Stoob, Karl IV., S. 249; Hergemöller, Cogor, S. 419–413; Nechutová, Lateinische Literatur, S. 174–176.

48 Vgl. RI BH S. XLVI; RI BH S. 335 Nr. 4126 vom 29. Januar 1365, ferner Nr. 4159, 4171, 4174); Moraw, Kanzleigeschichte, S. 33–35; Moraw, Räte und Kanzlei, S. 292; MGH Const. 14, 1 Einführung S. X–XI; Lindner, Kanzlersturz; Rieckenberg, Johann von Neumarkt, S. 563–564.

49 Vgl. die Briefe Johanns bei Piur, Briefe, S. 66–74, Nr. 37–43, bes. auch die Anmerkung S. 70; Zitat Johanns: ebenda S. 55–56, Nr. 31; ferner Nechutová, Lateinische Literatur, S. 179; Höver, Johann von Neumarkt, Sp. 686; Degler-Spengler, Nikolaus von Riesenburg, S. 266–267.

50 Vgl. Schaller, Johannes von Gelnhausen, S. 552; Keil, Johann von Gelnhausen, Sp. 623–626; Brief: Collectarius (Keiser), S. 2; vgl. ferner Lindner, Skylla, S. 44–54; Fajt/Lindner, Dietrich von Portitz, S. 174; Moraw, Räte und Kanzlei, S. 285–292; Fajt/Suckale, Kreis der Räte, S. 172–183; Šmahel, Hussitische Revolution 2, S. 735–741; Degler-Spengler, Nikolaus von Riesenburg, S. 266–267; Hlaváček, Urkunden- und Kanzleiwesen, S. 193–194.

51 Vgl. Lindner/Rader, Ordnung der Königsherrschaft, S. 13–16; Menzel, Constitutiones, S. 43–52; ferner die Überblicke zu Geschichte und Editionsstand der beiden Projekte https://mgh.bbaw.de/de und https://sources.cms.flu.cas.cz/src/index.php?s=v&cat=8.

52 Vgl. Brennecke/Leesch, Archivkunde, S. 113–122; Csendes/Kölzer/Hlaváček: Kanzlei, Sp. 910–914; Spiegel/Frenz, Urkunde, Sp. 1298–1303.

53 Vgl. Trautz, Könige von England, S. 367–368 und S. 432–433; Koppmann, Kämmereirechnungen, S. 222–223; Frankfurter Rechnungsbücher zitiert nach RTA 1 S. 88; Hlaváček, Urkunden- und Kanzleiwesen, S. 191–196 und 284; Lindner/Rader, Ordnung der Königsherrschaft, S. 16.

54 Vgl. Moraw, Kanzleigeschichte, S. 36–40; Hlaváček, Urkunden- und Kanzleiwesen, S. 290–302; Kobuch, Überlieferung der Reichsregister, S. 153–170; Rader, Elbe-Saale-Raum, S. 278–281; Hergemöller, Verfasserschaft, S. 253; Vikariat in Nürnberg: MGH Const. 13,2 S. 559 Nr. 626.

55 Tadra, Kanceláře a písaři, S. 28–41; Moraw, Kanzleigeschichte, S. 36–40; Fajt, Nürnberg als Kunstzentrum, S. 145.

56 Frankfurter Rechnungsbücher zitiert nach RTA 1, S. 86; Aachener Stadtrechnungen zitiert nach RTA 1, S. 171 und Anmerkung 3 ebenda; vgl. Hlaváček, Urkunden- und Kanzleiwesen, S. 191–192 und S. 284 mit Beleg für Regensburg; Weigel, Männer um König Wenzel, S. 112–115.

57 Vgl. Rader, Friedrich II., S. 162–165; Menzel, Zeit der Entwürfe, S. 24; Bansa, Formular und Registereintrag, S. 529–550; Lindner, Urkundenwesen, S. 153–158; Kobuch, Überlieferung der Reichsregister, S. 153–170; Hlaváček, Urkunden- und Kanzleiwesen, S. 290–303.

58 Vgl. Holtz, Überlieferungs- und Verlustquoten, S. 72–79.

59 Vgl. auch für die folgenden Abschnitte Maleczek, Privilegium maius und Privilegium minus, Sp. 230–231; Moraw, Privilegium maius, S. 201–224; Schlotheuber, Privilegium maius, S. 143–165; Schlotheuber, Rolle des Rechts, S. 141–168; Kininger, Privilegium maius, S. 25–33; Lindner, Theatrum praeeminentiae, S. 185–192; Lindner/Rader, Ordnung der Königsherrschaft, S. 13; Wolfinger, Privilegium maius, S. 145–172; Wolfinger, Herrschaftsinszenierung, S. 564–581 und S. 615–655; Schneidmüller, Würde – Form – Anspruch, S. 213–243; Just, Eine wird gewinnen, S. 16–23; Kirchweger, Herrschaftsrepräsentation, S. 34–53; Hödl, Bestätigung, S. 225–246; Peltzer, Privilegium maius, S. 166–167; Urkundetexte mit deutscher Übersetzung bei Just/Kininger/Sommerlechner/Weigl (Hg.), Privile-

gium maius, S. 7–17 und Griesser/Just/Kininger/Kirchweger (Hg.), Falsche Tatsachen, S. 134–149.

60 RI BH Reichssachen, S. 562 Nr. 302; Matteo Villani 8,98 (Porta 2), S. 258–259 und 10,68 (Porta 2), S. 542–543; vgl. dazu auch Werunsky, Geschichte 3, S. 214; Wolfinger, Herrschaftsinszenierung, S. 577–578; Schneidmüller, Würde – Form – Anspruch, S. 213–238; Peltzer, Rang, S. 399–413.

61 MGH Const. 13,1, S. 223–225 Nr. 242–243, die Entgegnungen Karls vom Dezember 1360: MGH Const. 13,1 S. 370–376 Nr. 412, Zitat Kommentar Karls IV.: S. 374; Antwort Petrarcas: Piur, Petrarcas Briefwechsel, S. 114–123 Nr. 23; deutsche Übersetzung bei Petrarca, Aufrufe (Widmer), S. 509–519; Bestätigung Friedrichs III.: RI KH 12 S. 115 Nr. 112 und RI KH 13 S. 183 Nr. 183; vgl. Lindner, Theatrum praeeminentiae, S. 190; Schlotheuber, Rolle des Rechts, S. 148–153; Hödl, Bestätigung, S. 225–246; Moraw, Privilegium maius, S. 222–224; Kininger, Privilegium maius, S. 28–32.

62 MGH Const. VE Nr. 700801b und Nr. 661027b; RI BH S. 458 Nr. 5514 und MGH Const. 14,1 S. 139 Nr. 147; vgl. Hohensee, Inkorporationsurkunde, S. 257–286; von den Brincken, Privilegien Karls IV., S. 258–261; rückdatierte Bitte an Gregor XI.: RTA 1, S. 140 Nr. 87.

63 Weitere Bestätigungen von Fälschungen: RI BH S. 204 Nr. 2526 (Dagobert), RI BH Ergänzungsheft S. 692 Nr. 6526 (Karl der Große), RI BH S. 240 Nr. 2937 (Heinrich III.), RI BH S. 343 Nr. 4212 (Friedrich I. Barbarossa), RI BH S. 316 Nr. 3902 (Philipp von Schwaben), RI BH S. 428 Nr. 5159 (Friedrich II.); vgl. Schneidmüller, Würde – Form – Anspruch, S. 213–238.

64 Chronik des Burkhard Zink (Frensdorff), S. 13; Franco Sacchetti, Canzone 63 (Borlenghi), S. 1000; nach der Übersetzung bei Lindner, Reichsadler; vgl. ferner Rader, Friedberg und Eco, S. 265–274.

65 Vgl. Herkommer, Kritik und Panegyrik, S. 68–116.

66 Text: Vita Caroli IV. (Emler); kommentierte deutsch-lateinische Ausgabe: Vita Caroli (Hillenbrand) und Autobiographie (Hillenbrand/Stammler); vgl. dazu Hartmann, «Autobiographie», S. 67–79; Rädle, Karl IV., S. 253–260; Lammers, Unwahres, S. 341; Hergemöller, Cogor, S. 233–253; Schlotheuber, Autobiographie, S. 561–591; Schlotheuber, Karl als Autor, S. 69–78; Schmid, Schreiben, S. 119–123; Paravicini-Ebel, Vita, S. 102–109; Nechutová, Lateinische Literatur, S. 169–171; Eggert, Sohn namens Wenceslaus, S. 171–178; Bauch, Divina favente, S. 70–74; Bauch, Überhöhung, Zerrbild und Klischee, S. 163–197, hier 177–177; Seibt, Karl IV., S. 113–115; Monnet, Karl IV., S. 190–195.

67 Vgl. die Erörterungen zu den Datierungsmöglichkeiten: Vita Caroli (Hillenbrand), S. 19–32; Autobiographie (Hillenbrand/Stammler), S. 87–89; Hergemöller Cogor, S. 240 und S. 253; Vie de Charles IV de Luxembourg (Monnet/Schmitt), S. XXVI–XXXIV; Monnet, Karl IV., S. 192–194; ebenso die Deutung im Zusammenhang der mittelalterlichen Wegelehre Schlotheuber, Autobiographie, S. 565–568.

68 Nagy/Schaer, Karoli IV Imperatoris Romanorum vita, S. 179–209; vgl. ferner Hergemöller, Cogor, S. 126–216, S. 254–277 und S. 387–394; Nechutová, Lateinische Literatur, S. 146–148 und S. 169–171; Monnet, Karl IV., S. 195–199.

69 Benesch von Weitmühl (Emler), S. 507, deutsche Übersetzung nach Hergemöller, Cogor, S. 254; Grabpredigten (Emler), S. 419–441, Zitat: S. 427; vgl. auch Nechutová, Lateinische Literatur, S. 170.

70 Vgl. Schlotheuber, Karl als Autor, S. 69; Boor/Newald/Glier, Literatur, S. 47–50; Stackmann, Heinrich von Mügeln, Sp. 815–827; Hesse, Synthese, S. 267–268.

71 Zitate: Giovanni de Marignolli (Emler), S. 492; vgl. Bláhová, Offizielle Geschichtsschreibung, S. 21–40; Bláhová, Hofgeschichtsschreibung, S. 51–72; Bláhová, Geschichtsschreibung, S. 207–218; Hohensee, Brandenburgische Geschichte, S. 115–129; Nechutová, Lateinische Literatur, S. 162–167; Brincken, Vorstellungen des Johann von Marignola, S. 301–302; Töpfer, Urzustand, S. 485–490.

72 Vgl. Friedjung, Kaiser Karl IV., S. 205–238; Bláhová, Offizielle Geschichtsschreibung, S. 21–40; Bláhová, Hofgeschichtsschreibung, S. 51–72; Bláhová, Geschichtsschreibung, S. 207–218; Hohensee, Brandenburgische Geschichte, S. 115–129; Nechutová, Lateinische Literatur, S. 162–167; Brincken, Vorstellungen des Johann von Marignola, S. 297–339, bes. S. 298–305; Seibt, Karl IV., S. 384–388; Monnet, Karl IV., S. 255–264.

73 Zitat: Giovanni de Marignolli (Emler), S. 496; vgl. Brincken, Vorstellungen des Johann von Marignola, S. 297–339, deutsche Übersetzung ebenda S. 297; Seibt, Karl IV. S. 385–386; Sir John Mandevilles Reisebeschreibung (Morrall), S. XI–XXII.

74 Zitat: Giovanni de Marignolli (Emler), S. 492; vgl. Brincken, Vorstellungen des Johann von Marignola, S. 297–339, deutsche Übersetzung nach Friedjung, Kaiser Karl IV., S. 221.

75 Vita Karoli (Hillenbrand), S. 116; vgl. über die Deutung des *ut alter Boemus* als ein zweiter Boemus bei Lindner, Theatrum praeeminentiae, S. 182; Schneider, Karls IV. Auffassung, S. 122–150, hier S. 127. Schlotheuber, Karl als Autor, S. 71–76; Žůrek, Weise auf dem Thron, S. 325–339.

10. Der Geplagte

1 Magdeburger Schöppenchronik (Janicke), S. 272–273; zu Stadteinzügen und deren Symbolik vgl. Schenk, Zeremoniell und Politik, bes, S. 238–402; Schenk, Enter the Emperor, S. 161–179 am Beispiel Sienas; die folgenden Abschnitte in Anlehnung an Rader, Karl IV. und die Gicht, S. 285–294.

2 RI BH, S. 483, Nr. 5780; vgl. Fajt/Lindner, Dietrich von Portitz, S. 156–197; Schmugge, Albert von Sternberg, S. 43–65; Hruza, «Peter von Brünn», S. 221–222; Hölscher, Kirchenschutz, S. 61–63; Engel, Brandenburgische Bezüge, S. 197–213.

3 Magdeburger Schöppenchronik (Janicke), S. 273; vgl. zum *electuarium* Lemma *electarium*, MLW 3 (2007), Sp. 1163; zu *Latwerge*, DWB Grimm 6 (1885), Sp. 281–182.

4 Vgl. auch für die folgenden Abschnitte Gicht, in: MSD-Manual, S. 87–91; Hyperurikämie und Gicht, in: Schettler/Greten, Innere Medizin, S. 695–702; Mertz, Geschichte der Gicht, S. 1–13.

5 Vgl. Strerath-Bolz/Alt, Gicht, S. 71–76; Lessiak, Gicht, S. 101–182; Lauer, Gicht, Sp. 1442; Bargheer, Gicht, Sp. 836–839; *Gicht*, DWB Grimm 4,1,4 (1949), Sp. 7274–7293; *Podagra*, ebenda 7 (1889), Sp. 1966–1967; *Zipperfusz*, ebenda 15 (1956), Sp. 1564; *Zipperlein*, ebenda 15 (1956), Sp. 1564–1569.

6 Vgl. Harnsäure und Ernährung, S. 6–20; Gaster, Wohlstandskrankheit Gicht, S. 24–27; Schubert, Essen und Trinken, S. 104–109; Mertz, Geschichte der Gicht, S. 51–102.

7 Vgl. Michler, Gicht, S. 492–493; Mertz, Geschichte der Gicht, S. 60–86; Mertz, Habsburger, S. 959–962; Hoensch, Kaiser Sigismund, S. 457–459; Meyer, Königs- und Kaiserbegräbnisse, S. 20 Anm. 11 mit weiteren Belegen.

8 Zu 1368 vgl. Pirchan, Romfahrt 1, S. 336, bes. Anm. 57 mit dem Zitat aus dem Brief an den Markgrafen von Ferrara; ebenso Widder, Itinerar und Politik, S. 326 und S. 329; zum Gichtanfall von 1373 vgl. Benesch von Weitmühl (Emler), S. 548; ferner RI BH, S. 441, Nr. 5324a.

9 Vgl. Vlček, Aussehen Karls IV., S. 437; Vlček, Johann von Luxemburg, S. 32; für die Přemysliden hat nach freundlicher Auskunft Libor Jan eine Gichtdisposition ausgeschlossen.

10 Vgl. auch für die folgenden Abschnitte Razím/Nachtmannová, Burg Pürglitz und ihr Jagdforst, S. 143–207; Rader, Friedrich II., S. 286–309; Giese, Kaiser Friedrich II. als Jäger, S. 289–303; Menzel, Jagd als Naturkunst, S. 51–61; Spies, Falkensteuer, S. 325–336.

11 RI BH S. 140 Nr. 1755 und S. 316 Nr. 3906; MGH Const. 14,1 S. 159 Nr. 167; vgl. Bobková/Velička, Johann von Görlitz, S. 83.

12 Vgl. Schubert, Essen und Trinken, S. 273–280; Montanari, Hunger, S. 88–95; Fouquet/von Seggern/Zeilinger, Höfische Feste, S. 9–18; Kühnel, Alltag, S. 214–218; Schwedler, Herrschertreffen, S. 368–379; Garnier, Ordnung des Reiches, S. 216–220; ferner die Beiträge in: Kolmer/Rohr, Mahl und Repräsentation.

13 Bartoš, Zlomek, S. 15–18; vgl. ferner Kavka, Am Hofe Karls IV., S. 49–50.

14 Vgl. RI BH, S. 382 Nr. 4663 und Nr. 4664; Briefe im AS Mantova «Archivio Gonzaga b 428 E II,2» Nr. 76; Brief an Straßburg RI BH S. 443 Nr. 5345, Druck: UB Straßburg 5 (Witte/Wolfram), S. 844, Nr. 1115; zu den Weinhohlmaßen vgl. Pfeiffer, Transitzölle, S. 175–180.

15 Pirckheimer, Apologia (Mayer) S. 33; vgl. dazu Winter, Kommentar; Bauch, Divina favente, S. 63–102.

16 Vgl. auch für die folgenden Abschnitte RTA 1 S. 183–184; Ruser, Urkunden und

Akten 2, S. 587–780; Vischer, Geschichte, S. 9–201; Holtz, Reichsstädte, S. 33–57; Sydow, Städte, S. 116–123; Seibt, Karl IV., S. 332–335; Stoob, Karl IV., S. 390–391; Schildhauer, Städtebund, S. 187–210.

17 Bündnisurkunde: Ruser, Urkunden und Akten 2, S. 601–605 Nr. 596; vgl. Vischer, Geschichte, S. 76–83, bes. S. 82; Holtz, Reichsstädte, S. 35–45; Holtz, Eberhard II., S. 352–353; Chronik der Stadt Augsburg 1 (Frensdorff), S. 183–187.

18 Chronik der Stadt Augsburg 1 (Frensdorff), S. 48 und S. 55; vgl. Holtz, Eberhard II., S. 346–357; Schildhauer, Städtebund, S. 196.

19 Urkunden Karls und Wenzels: RTA 1 S. 188–196 Nr. 103–111; vgl. Seibt, Karl IV., S. 332–335; Rader, Kaiser Friedrich II., S. 326–329.

20 Chronik der Stadt Augsburg 1 (Frensdorff), S. 64 und S. 185; Ruser, Urkunden und Akten 2, S. 726–746 Nr. 728–737; vgl. Weigel, König Wenzels persönliche Politik, S. 133–199; Vischer, Geschichte, S. 135; Schildhauer, Städtebund, S. 194–199; Sydow, Städte, S. 116–123; Holtz, Reichsstädte, S. 46–82; Hesse, Synthese, S. 75–78.

21 Vgl. auch für die folgenden Abschnitte die Hauptquelle: Grandes Chroniques (Delachenal) 2, S. 193–277, hier S. 232–236; deutsche Übersetzung: Ritter von Rittersberg, Reise nach Paris, S. 204–224 und S. 313–339; Šmahel, Parisian Summit, mit englischer Übersetzung: S. 189–235; Šmahel, Ausstrahlung, S. 247–252; Bauch, Divina favente, S. 1; Weiß, Onkel und Neffe, S. 146–156; Kintzinger, Reiter, S. 315–353; Monnet, Karl IV., S. 90–103; Schwedler, Herrschertreffen, S. 297–356; Thomas, Karl V., S. 284–302; Müller, Karl VI., S. 303–320.

22 Vgl. Monnet, Karl IV., S. 92–103; Schwedler, Herrschertreffen, S. 297–298; Weiß, Onkel und Neffe, S. 111–116 und S. 134–156; Heckmann, Stellvertreter, S. 225–235.

23 RI BH S. 487–490 Nr. 5828a–5857b; Spěváček, Václav IV., S. 95–97; Itinerar Wenzels bei Hlaváček, Urkunden- und Kanzleiwesen, S. 401.

24 Vgl. auch für den folgenden Abschnitt Šmahel, Parisian Summit, S. 189–235 und S. 295–328; Monnet, Karl IV., S. 92–103; Schwedler, Herrschertreffen, S. 298–317 und S. 365–367; Kintzinger, Reiter, S. 315–353.

25 RI BH S. 490 Nr. 5858–5863; Grandes Chroniques (Delachenal) 2, S. 193–277; Ritter von Rittersberg, Reise nach Paris, S. 204–224 und S. 313–339; Šmahel, Parisian Summit, S. 189–235; Seibt, Karl IV., S. 351–360; Thomas, Frankreich, Karl IV. und das Große Schisma, S. 84–87.

26 RI BH S. 490–491 Nr. 5863b–5872.

27 RTA 1 S. 4–5 und S. 90–151 Nr. 60–93; vgl. Thomas, Frankreich, Karl IV. und das Große Schisma, S. 91–95.

28 Vgl. auch für die folgenden Abschnitte Hesse, Synthese, S. 232–236; Müller, Abendländisches Schisma, S. 24–30; Pastor, Päpste 1, S. 120–185; Hauck, Kirchengeschichte 5,2, S. 672–869; Schimmelpfennig, Papsttum, S. 246–265; Hausberger, Päpste, S. 258–274; Köhler, Päpste, S. 7–26; Reinhardt, Pontifex, S. 410–418; Weiß, Onkel und Neffe, S. 101–164; Thomas, Frankreich, Karl IV. und das Große Schisma, S. 69–104; Šmahel, Parisian Summit, S. 239–254.

29 Vgl. Müller, Abendländisches Schisma, S. 24–30; Hauck, Kirchengeschichte 5,2, S. 672–869.

30 RTA 1 S. 4–5 und S. 144–151 Nr. 90–93. vgl. Thomas, Frankreich, Karl IV. und das Große Schisma, S. 99–104.

31 Vgl. Vlček, Aussehen Karls, S. 438.

32 RI BH S. 494–498 Nr. 5905–5951a.

11. Der Entseelte

1 Die folgenden Abschnitte lehnen sich an meine Darlegungen zum Begräbnis Karls IV. an, siehe Rader, Erinnern für die Ewigkeit, S. 173–184; Rader, Aufgeräumte Herkunft, S. 403–430; Rader, Erinnerte Macht, S. 59–69; vgl. ferner Šmahel, Spectaculum, S. 1–37; Meyer, Königs- und Kaiserbegräbnisse, S. 100–118; Meier, Archäologie, S. 19–21; Bláhová, Begräbniszeremonien, S. 89–111, bes. S. 94–101; Bauch, Reiter, S. 45–62; Šmahel, Ausstrahlung, S. 247–251; Fajt/Hörsch, Katalog, S. 604–607; Monnet, Karl IV., S. 179–182; die Hauptquellen: Chronik der Stadt Augsburg von 1368–1406 (Frensdorff), hier S. 59–63, bes. S. 60; Chronik des Burkhard Zink (Frensdorff), S. 22–24; Annotationes über die Bestattungen Kaiser Karls IV. und Königin Johanna von Niederbayern, Gemahlin Wenzels IV. in der Hs. M II 15, fol. 3v–4r aus der Universitätsbibliothek Olmütz, abgedruckt bei Šmahel, Spectaculum, S. 34; ferner den Brief von Uberto Decembrio aus dem Jahr 1394, in dem er den Veitsdom als noch im Bau befindlich bezeichnet: Biblioteca Ambrosiana Milano «Cod. B. 123 sup.»; hier zitiert nach dem Exzerpt bei Voigt, Italienische Berichte, S. 42–47, bes. S. 46.

2 Chronik der Stadt Augsburg von 1368–1406 (Frensdorff), hier S. 59–63, bes. S. 60; Chronik des Burkhard Zink (Frensdorff), S. 22–24; vgl. auch für die folgenden Abschnitte Šmahel, Spectaculum, S. 1–37; Schmitz-Esser, Leichnam, S. 191 Anm. 134 und S. 358; Meyer, Königs- und Kaiserbegräbnisse, S. 100–118; Meier, Archäologie, S. 19–21; Bláhová, Begräbniszeremonien, S. 89–111, bes. S. 94–101.

3 Vgl. auch für das Folgende Kantorowicz, Zwei Körper, S. 405–432, bes. S. 405 und S. 415–419; Rader, Grab und Herrschaft, S. 102; ferner zum Reiter mit unterschiedlichen Deutungen Šmahel, Spectaculum, S. 14; Meyer, Königs- und Kaiserbegräbnisse, S. 104–105; Bláhová, Begräbniszeremonien, S. 100–101; Bauch, Reiter, S. 46–52.

4 Vgl. die Rekonstruktion der Route und der Reihenfolge der Teilnehmer der pompa funebris bei Šmahel, Spectaculum, S. 36–37; vereinfachter Plan der Route des Trauerzuges durch Prag, Fajt/Hörsch, Katalog, S. 250; siehe ferner die Abbildungen des Leichenzugmodells von Pavel Koch, ebenda S. 251, S. 607 und S. 613, ferner Šmahel, Spectaculum, S. 1–37; Meyer, Königs- und Kaiserbegräbnisse, S. 100–118, S. 230–231 und S. 263–264; Meier, Archäologie, S. 19–21.

5　Chronik der Stadt Augsburg von 1368–1406 (Frensdorff), hier S. 62, modernisierte Form in Anlehnung an den Text aus Fajt/Hörsch, Katalog, S. 604–606;
Šmahel, Spectaculum, S. 17, Aufzählung der assistierenden Bischöfe in den Annotationes bei Šmahel, Spectaculum, S. 34; ferner Bauch, Reiter, S. 55–62.

6　Vgl. auch für die folgenden Abschnitte Grabpredigten (Emler), S. 419–441; Kadlec, Leben und Schriften, S. 155–174; Bansa, Heinrich von Wildenstein, S. 187–
223, ferner Nechutová, Lateinische Literatur, bes. S. 228–234 und S. 262–264;
Patze, Konsistorialrede, S. 1–37, bes. S. 33–37; Worstbrock, Adalbert Rankonis,
S. 35–41; Eberhard, Jen(zen)stein, Johann v., S. 410–411; Herkommer, Kritik und
Panegyrik, S. 68–116; Schneider, Auffassung, S. 122–150; Bauch, Divina favente,
S. 74–81. In der Literatur wie auch in der Edition bei Emler wird der erzbischöflichen Redner oft mit Johann Očko von Vlaším identifiziert, was nach einigen
Zusätzen im Text selbst auch möglich wäre, der sich aber zum Zeitpunkt des Begräbnisses schon zugunsten seines Neffen vom Amt zurückgezogen hatte; vgl.
dazu auch Šmahel, Ausstrahlung, S. 249–251., bes. Anm. 18; Eberhard, Jen(zen)
stein, Johann v., S. 410–411.

7　Vgl. Kadlec, Leben und Schriften, S. 1–63; Grabpredigten (Emler), S. 155–174;
Šmahel, Hussitische Revolution, S. 744–745.

8　Vgl. auch für den folgenden Abschnitt Bansa, Heinrich von Wildenstein, S. 187–
223, bes. S. 192–203.

9　Grabpredigten (Emler), S. 423; vgl. dazu Lam. 2, 18.

10　Grabpredigten (Emler), S. 419–441, Zitate: S. 427.

11　Grabpredigten (Emler), S. 419–441, Zitate: S. 429–430; vgl. dazu auch Patze,
Konsistorialrede, S. 1–37, bes. S. 33–37.

12　Lam. 1,16; Grabpredigten (Emler), S. 437; vgl. Kadlec, Leben und Schriften,
S. 20–23, S. 27–29 und S. 155–174, ferner Fajt, Ausstellungsführer, S. 166 mit
Übersetzung der *pater patriae*-Stelle.

13　Vgl. Grabpredigten (Emler), S. 419–441, Zitate: S. 427.

14　Chronik der Stadt Augsburg von 1368–1406 (Frensdorff), hier S. 62–63, Zitat:
S. 63; Chronik des Burkhard Zink (Frensdorff), S. 24; die folgenden Abschnitte in
Anlehnung an Rader, Aufgeräumte Herkunft, S. 422–429; vgl. zur Eingeweidebestattung Vlček, Johann von Luxemburg, S. 34, zur Situation nach Karls Tod
Crossley/Opačić, Krone, S. 216–217; Šmahel, Hussitische Revolution, bes.
S. 1074–1233; Royt, Kirchenreform und Hussiten, S. 555–561, bes. S. 559 sowie
den Nachweis der tschechischen Spezialliteratur S. 555 Anm. 7; Royt, Hussiten
und ihr Verhältnis zur Kunst, S. 313–318; Bredekamp, Bilderkämpfe, bes. S. 251–
304; Belting, Bild und Kult, S. 599–601.

15　Ebendorfer Chronica (Zimmermann), Bd. 1, S. 545, Z. 17– S. 546; vgl. Šmahel,
Spectaculum; S. 2–3; Schwarz, Felix Bohemia; S. 130; Bredekamp, Bilderkämpfe,
S. 251–270, bes. S. 266–268; Benešovská, Ideál a skutečnost, S. 19–48.

16　Vgl. Benešovská, Ideál a skutečnost, S. 28; ferner Schwarz, Höfische Skulptur

S. 421–431; Schwarz, Felix Bohemia, S. 130, bes. Anm. 33; Meyer, Königs- und Kaiserbegräbnisse, S. 117–118.

17 Grabpredigten (Emler), S. 429 «*magni quondam tremor orbis*»; vgl. auch die Übersetzung bei Schwarz, Felix Bohemia, S. 127–129.

18 Annales Veterocellenses (Pertz), S. 45 Anm. g; vgl. Bauch, Grabbild, S. 233–248; ferner mit reichem Vergleichsmaterial Gardner, Tomb Tafel 78 und 79; die Hinweise zu den lateinischen lemmata *arcus/arca* verdanke ich dem Mittellateiner und MGH-Kollegen Peter Stotz aus Zürich.

19 Vgl. Schurr, Baukunst, S. 70–71; Story of Prague Castle, S. 313–320; Meyer, Königs- und Kaiserbegräbnisse, S. 110–114; Meier, Archäologie, S. 20; Grabuntersuchung 2005 siehe unter https://deutsch.radio.cz/das-geheimnis-um-den-inhalt-der-alten-grabstaette-des-karl-iv-ist-geluueftet-8629866 (30. 5. 2020).

20 Vgl. Niehr, Die perfekte Kathedrale, S. 163–221; Dolff-Bonekämper, Denkmalpflege, S. 231–285; Carqué, Epistemische Dinge, S. 55–162; Marosi, Inszenierung des Mittelalters, S. 31–54; Carqué, Sichtbarkeiten des Mittelalters, S. 11–50; Suckale, Kathedrale, S. 104–112; Story of Prague Castle, S. 418–427, S. 446–468, bes. S. 468 mit dem Zitat des französischen Kunstkritikers Michel Ragon; ferner Rader, Aufgeräumte Herkunft, S. 403–430; Rader, Erinnerte Macht, S. 59–69.

21 Text Johann: RBM 4,2–3 S. 320–323 Nr. 819, hier S. 320; vgl. ferner Margue, Fecit Carolus, S. 80 Anmerkung 10 mit der Überlieferungssituation des Testaments; Thomas, Testament König Johanns, S. 373–392; Wenzel in Aachen vgl. Büttner, Weg zur Krone 1, S. 427–431; Texte Karls: Schlesinger, Erbfolgeordnungsurkunde, S. 1–13 (= Erbordnung 1); Quicke, Un testament inédit, S. 256–277 (= Erbordnung 2); vgl. ferner Thomas, Testament König Johanns, bes. S. 386–392; Bobková/Velička, Johann von Görlitz, S. 20–26; zu den Begriffen Ogris, Testament, Sp. 152–165; Lipp, Erbfolgeordnung, Sp. 1361–1365.

22 Quicke, Un testament inédit (= Erbordnung 2), S. 266.

23 Vgl. auch für die folgenden Abschnitte den Stammbaum in: Fajt/Hörsch (Hg.), Kaiser Karl IV. 1316–2016 – Ausstellungskatalog, S. 24/25; ferner die Auflistung bei Veldtrup, Eherecht und Familienpolitik, S. 470–488.

24 Quicke, Un testament inédit (= Erbordnung 2), S. 270.

25 MGH Const. 14,1 S. 303–305 Nr. 303, Zitat: S. 304; vgl. auch für das Folgende Hagemann, Erbrecht, Sp. 1370–1383, bes. Sp. 1371–1377; Lingelbach, Agnaten und Kognaten, Sp. 83–85; *Mage*, in: DWB Grimm 6 (1885), Sp. 1435–1436; *Schwertmage* DWB Grimm 9 (1899), Sp. 2590; *Spillmage* und *Spindelmage*, in: DWB Grimm 10,1 (1905), Sp. 2488 und Sp. 2502–1503; Kintzinger, Wenzel, S. 433–445; Auge/Spieß, Ruprecht, S. 446–461; Kintzinger, Sigmund/Jobst, S. 462–485.

26 Schlesinger, Erbfolgeordnungsurkunde, S. 10 (= Erbordnung 1); Quicke, Un testament inédit (= Erbordnung 2) S. 275–276; vgl. Hagemann, Erbrecht, Sp. 1370–1383, bes. Sp. 1371–1377; Lingelbach, Agnaten und Kognaten, Sp. 83–85.

27 Quicke, Un testament inédit (= Erbordnung 2) S. 266; vgl. auch für die folgenden

Abschnitte Spěváček, Václav IV., S. 103–317; Hlaváček, Urkunden- und Kanzlei-
wesen, S. 148–223; Seibt, Zeit der Luxemburger, S. 473–497; Hesse, Synthese,
S. 71–90; Kintzinger, Wenzel, S. 433–445; Holtz, Reichsstädte, S. 58–82; Hoensch,
Luxemburger, S. 193–306; Fajt/Drake Boehm, Wenzel IV., S. 461–481; Weigel,
Männer um König Wenzel, S. 112–177; Weigel, König Wenzels persönliche Poli-
tik, S. 133–151; Franzen, Karls Erben, S. 253–258; Hruza, König Wenzel, S. 1–18;
Hruza, Wenzel (IV.), S. 794–797.

28　Vgl. Weigel, Männer um König Wenzel, S. 112–115; Weigel, König Wenzels persönliche Politik, S. 133–151; Kintzinger, Wenzel, S. 433–445; Hoensch, Luxemburger, S. 193–306; Fajt/Drake Boehm, Wenzel IV., S. 461–481; Hlaváček, Urkun-
den- und Kanzleiwesen, S. 148–223; Weigel, Männer um König Wenzel, S. 112–177;
Spěváček, Václav IV.; Hruza, König Wenzel, S. 1–18; Belege zur Trunkenheit bei
Lindner, Reichsadler, S. 2–4.

29　Zur Vergiftung von Wenzel und möglicherweise auch Johann vgl. Bob-
ková/Velička, Johann von Görlitz, S. 91 und S. 100–102; ferner Lewin, Gifte,
S. 244–245; Hruza, König Wenzel, S. 3–8.

30　Vgl. Auge/Spieß, Ruprecht, S. 446–461; Graus, Scheitern von Königen, S. 21–23;
Rexroth, Wie man einen König absetzte, S. 241–254; zur Bewertung Wenzels:
Hruza, Wenzel, S. 11–18; Hruza, Wenzel (IV.), S. 794–797; Hruza, Besprechung
Neue Wege, S. 193–197; Hübner, Propaganda, S. 163–179, Hübner, Ruf des Kö-
nigs; Schmidt, Tod der Königin, S. 295–314.

31　Vgl. Hoensch, Kaiser Sigismund, S. 148–157; Kintzinger, Sigmund/Jobst,
S. 462–485; Hilsch, Jost, S. 627–628; Hruza, Prokop, S. 741.

32　Vgl. Hilsch, Johann, S. 488; Bobková,/Velička, Johann von Görlitz, S. 100–104.

33　Vgl. Hoensch, Kaiser Sigismund, S. 40–55; Weigel, König Wenzels persönliche
Politik, S. 133–136; Fajt, Europa Jagellonica.

34　Vgl. Tresp, Markgraf Wilhelm I., S. 43–53; Hoensch, Kaiser Sigismund, S. 93–118;
Bobková/Velička, Johann von Görlitz, S. 85–104.

35　Vgl. Šmahel, Hussitische Revolution, S. 1007–1690; Royt, Kirchenreform und
Hussiten, S. 555–569; Machilek, Hussitische Revolution.

36　Vgl. Hoensch, Kaiser Sigismund, S. 449–464; Burkhardt, Elisabeth, S. 263–273.

37　Vgl. Monnet, Ende, S. 158–165.

38　Vgl. auch zu den folgenden Abschnitten, Seibt, Karl IV., S. 402–404; Moraw,
Von offener Verfassung, S. 240–259; Hesse, Synthese, S. 50–51; Bauch, Hegemo-
niales Königtum, S. 97–110; Stoob, Karl IV., S. 399–406; Monnet, Karl IV.,
S. 290–295; zur These Michael Lindners einer «konservativen Erneuerung» vgl.
Ders., Kanzlersturz.

39　Schubert, König und Reich, S. 162.

40　Hoensch, Přemysl Otakar II., S. 255–262.

41　Karl Marx Brief an Ludwig Kugelmann vom 17. April 1871, in: Marx/Engels,
Werke 33, S. 209.

42 Vgl. Seibt, Karl IV. mit dem Untertitel «Ein Kaiser in Europa»; zuletzt Monnet, Karl IV. «Der europäische Kaiser»; ferner Piccolomini Historia Bohemica 1 (Hejnic/Rothe), Einführung, S. 0246.

43 Vgl. Demandt, Ungeschehene Geschichte, S. 23–52 und S. 115–116, Zitat: S. 31; Demandt, Wendepunkte, S. 148–157.

44 Quicke, Un testament inédit, S. 274.

Epilog: Der Erinnerte

1 Text: Günther von Schwarzburg, ein Singspiel (Klein), S. 82; Zitat Mozart: Begleitheft der CD zur Einspielung der Oper Ignaz Holzbauer Günther von Schwarzburg unter Michael Schneider cpo 1995, S. 9; vgl. ferner Pietschmann, Nationale Identitätskonstruktion, S. 293–306.

2 Text: Günther von Schwarzburg, ein Singspiel (Klein), Akt 8 Szene 14, S. 78–79, Akt 9 Szene 16, S. 95.

3 Vgl. Küpper, Größter Tscheche, S. 273; Rader, Kunstwelten, S. 197–204 und 288; ferner https://www.csfd.cz/film/23440-noc-na-karlstejne; https://www.divadlo-karlstejn.cz/; https://www.ticketportal.cz/event/NOC-NA-KARLSTEJNE-2022 (16. 8. 2022).

4 Vgl. Herkommer, Kritik und Panegyrik, S. 89–102; Frey, Pater Bohemiae, S. 53–80; Monnet, Karl IV. S. 250–289.

5 Pelzel, Kaiser Karl 1, S. 1 des Vorberichts (ohne Paginierung) und S. 153; vgl. Frey, Pater Bohemiae, S. 87–92.

6 Vgl. Vlnas/Hojda, Tschechien, S. 502–513 Zitat «Goldenes Zeitalter»: S. 513; Küpper, Größter Tscheche, S. 268–270; Frey, Pater Bohemiae, S. 107–113; Monnet, Karl IV., S. 273–278; allgemein Prinz, Böhmen und Mähren, S. 304–329, zum Bevölkerungsverhältnis S. 309.

7 Vgl. Kořalka, Palacký; Wihoda, Geschichtsschreibung, S. 113–128, Zitat: S. 115; Wihoda, Friedrich Barbarossa, S. 287–291; Prinz, Böhmen und Mähren, S. 306–308; Friedensburg, Institut in Rom, S. 7.

8 Palacký, Geschichte 2,2, S. 382.

9 Vgl. Vlnas/Hojda, Tschechien, S. 502–527, bes. S. 513–517.

10 Masaryk, Weltrevolution, S. 521; François/Schulze, Fundament der Nationen, bes. S. 23.

11 Pelzel, Kaiser Karl 1, S. 153; Palacký, Geschichte 2,2, S. 382; vgl. Zdichynec, Bild Karls IV.; Rader, Gespenster der alten Kaiser, S. 181–197; Keupp, Von Strukturverweigerern, S. 205–228.

12 Annales Matseenses (Wattenbach), S. 836.

13 Twinger von Königshofen 1 (Hegel 8), S. 491; Mathias von Neuenburg Fassung WAU 69 (Hofmeister), S. 393; vgl. Frey, Pater Bohemiae, S. 21–25.

14 Dietrich von Nieheim, Viridarium (Lhotsky/Pivec), S. 16–17; vgl. Frey, Pater Bohemiae, S. 34–36.

15 Piccolomini Historia Bohemica 1 (Hejnic/Rothe), S. 212, unter Verwendung der deutschen Übersetzung ebenda S. 213; vgl. Reinhardt, Pius II., S. 151–153 und S. 171–174; Frey, Pater Bohemiae, S. 40–43; Zitat Maximilian I. nach Frey, Pater Bohemiae, S. 48 und S. 223 Anmerkung 226; zur tatsächlichen Verpfändungspolitik vgl. Landwehr, Verpfändungen, S. 7–39; Schubert, König und Reich, S. 162–171.

16 Hartmann Schedel Weltchronik, S. CCXXIX; vgl. Posselt, Konzeption, S. 1–34 und 313–325.

17 Matteo Villani, Cronica 4,39 (Porta 1), S. 532; Petrarca, Fam. 19,12, lateinischer Text: Piur, Petrarcas Briefwechsel, S. 51–54, deutsche Übersetzung: Petrarca, Familiaria 2 (Widmer), S. 356–357; Franco Sacchetti, Opere, hg. von A. Borlenghi, 1957, Canzone 63, S. 1000; deutsche Übersetzung bei Lindner, Reichsadler, S. 26.

18 Vgl. Frey, Pater Bohemiae, S. 102–104; Schlosser, Weltgeschichte 6, S. 516–539 und 7, S. 70–73, S. 94–104; Zitate: S. 517, S. 522, S. 526.

19 Burckhardt, Kultur der Renaissance, S. 11; Gregorovius, Rom im Mittelalter 6, S. 372 und S. 378–379; Reumont, Geschichte Rom 2, S. 920 und S. 926; Stein, Briefe 3 (Botzenhart/Hubatsch), S. 408–410, hier S. 409; Ranke, Weltgeschichte 13, S. 58 und S. 66.

20 Vgl. Seibt, Deutschland und die Tschechen, S. 227–407; Prinz, Böhmen und Mähren, S. 334–347 und 379–416; Monnet, Karl IV., S. 278–286; Němec, Bild des Mittelalters, S. 80–103.

21 Vgl. Schauerte, Anmerkungen zu Karls IV. Umgang, S. 211; ferner zu den Details des Festaktes https://archiv.radio.cz/de/rubrik/nachrichten/feiern-zum-700-jaehrigen-jubilaeum (17. 10. 2022).

22 Vgl. François/Schulze, Deutsche Erinnerungsorte 1, S. 11–24; dieselben, Fundament der Nationen, S. 17–32; François/Serrier, Europa 1, Einleitung, S. 9–18; Vlnas/Hojda, Tschechien, S. 502–527, bes. S. 513–517.

23 Genau zitiert heißt die Stelle nach Kierkegaard, Existenz (Richter), S. 148: «Es ist ganz wahr, was die Philosophie sagt, daß das Leben rückwärts verstanden werden müsse. Aber darüber vergißt man den anderen Satz, daß es vorwärts gelebt werden muß.»; Mommsen, Reden und Aufsätze, S. 20; vgl. Herkommer, Kritik und Panegyrik, S. 68–116; Frey; Historiographie, S. 399–404; Frey, Pater Bohemiae, S. 15–160, Zitat «Wahrzeichen»: S. 112; Küpper, Größter Tscheche, S. 267–276; Vlnas/Hojda, Tschechien, S. 502–527, Zitat «Goldenes Zeitalter»: S. 513; François/Schulze, Fundament der Nationen, S. 17–32; Lemberg, Geschichtsbild seit 1945, S. 414–417; Monnet, Karl IV., S. 250–286; Pfitzner, Kaiser Karl IV., Zitat «Zwitter» und «ostische Grundanlagen»: S. 8 und 42; Heydrich-Zitat: Der Neue Tag. Tageszeitung für Böhmen und Mähren vom 20. November 1941, S. 1.

QUELLEN UND LITERATUR

Aachener Stadtrechnungen aus dem XIV. Jahrhundert, hg. von Joseph Laurent, 1866.

Abdullahi, Johannes: Die erste Goldmünze Böhmens. Die Münzpolitik Johanns des Blinden zwischen Kapitalbedarf und repräsentativem Herrschaftsstil, in: Bauch/Burkhardt/Gaudek/Žůrek, Heilige, Helden, Wüteriche, S. 149–173.

Achilles-Syndram, Katrin: «So macht nun Abbilder euerer Beulen und eurer Mäuse». Die Pest als Thema der bildenden Kunst, in: Wilderotter, Hans, Das große Sterben; S. 94–121.

Acta Imperii inedita saeculi XIII et XVI. Urkunden und Briefe zur Geschichte des Kaiserreichs und des Königreichs Sizilien, hg. von Eduard Winkelmann, Bd. 2, in den Jahren 1200 bis 1400, 1885 (ND 1964).

Acta Imperii Selecta. Urkunden deutscher Könige und Kaiser mit einem Anhang von Reichssachen, 2 Bde., gesammelt von Johann Friedrich Böhmer, hg. von Julius Ficker, 1870.

Acta Karoli IV. Imperatoris inedita. Ein Beitrag zu den Urkunden Kaiser Karls IV. aus den italienischen Archiven gesammelt und hg. von Franz Zimmermann, 1891.

Althoff, Gerd/u. a. (Hg.): Krieg im Mittelalter, 2017.

Althoff, Gerd: Die Macht der Rituale. Symbolik und Herrschaft im Mittelalter, 2003.

Althoff, Gerd: Krieg und Politik. Geregelte Gewalt, in: Althoff, Krieg, S. 109–118.

Angenendt, Arnold: Heilige und Reliquien. Die Geschichte ihres Kultes vom frühen Christentum bis zur Gegenwart, 1994.

Angenendt, Arnold: Rex et sacerdos. Zur Genese der Königssalbung, in: Kamp/Wollasch, Tradition als historische Kraft, S. 100–118.

Angermeier, Heinz: Bayern in der Regirungszeit Kaiser Ludwigs IV. (1314–1347), in: Spindler, Handbuch 2, S. 141–181.

Annales Matseenses, hg. von Wilhelm Wattenbach (MGH SS 9), 1851, S. 823–837.

Annales Veterocellenses, hg. von Georg Heinrich Pertz (MGH SS 16), 1859.

Annas, Gabriele: Hoftag – Gemeiner Tag – Reichstag. Studien zur strukturellen Entwicklung deutscher Reichsversammlungen des späten Mittelalters (1349–1471), 2 Bde., 2004.

Anno 1363. Tatort Tirol. Es geschah in Bozen (Runkelsteiner Schriften zur Kulturgeschichte 5), 2013.

Anonimo Romano: Cronica. Edizione critica a cura di Giuseppe Porta, 1979.

Anton, Hans H.: Salbung II. Herrscherlich, in: LMA 7 (1995), Sp. 1289–1292.

Aretin, Karl Otmar Frh. v./Conze, Werner/Fehrenbach, Elisabeth/Hammerstein, Notker/Moraw, Peter: Reich, in: GG 5 (1984), S. 423–508.

Arndt, Jürgen: Zur Entwicklung des kaiserlichen Hofpfalzgrafenamtes von 1355–1806, in: Hofpfalzgrafen-Register, hg. vom Herold, Bd. 1, S. V–XXIV.

Arnold, Klaus: Kind, in: LMA 5 (1991), Sp. 1142–1145.

Arnold, Udo: Preußen, Böhmen und das Reich. Karl IV. und der Deutsche Orden, in: Seibt, Kaiser Karl IV. – Ausstellungskatalog, S. 167–173 und S. 450–452.

Assmann, Jan: Das kulturelle Gedächtnis. Schrift, Erinnerung und politische Identität in frühen Hochkulturen, 1992.

Assmann, Jan: Kult und Kunst. Beethovens Missa solemnis als Gottesdienst, 2020.

Atten, Alain: Die Luxemburger in der Schlacht von Crécy, in: Pauly, Johann der Blinde – Tagungsband, S. 567–596.

Atzbach, Rainer/Lüken, Sven/Ottomeyer, Hans (Hg.): Burg und Herrschaft (Ausstellungskatalog des Deutsches Historisches Museum Berlin), 2010.

Auge, Oliver/Biermann, Felix/Müller, Matthias/Schultze, Dirk (Hg.): Bereit zum Konflikt. Strategien und Medien der Konflikterzeugung und Konfliktbewältigung im europäischen Mittelalter, 2008.

Auge, Oliver/Spieß, Karl-Heinz: Ruprecht (1400–1410), in: Schneidmüller/Weinfurter, Herrscher des Mittelalters, S. 446–461.

Ayton, Andrew/Preston, Philip: The Battle of Crécy 1346, 2005.

Badstübner, Ernst/Knüvener, Peter/Labuda, Adam S./Schumann, Dirk (Hg.): Die Kunst des Mittelalters in der Mark Brandenburg. Tradition – Transformation – Innovation, 2008.

Bansa, Helmut: Heinrich von Wildenstein und seine Leichenpredigten auf Karl IV., in: DA 24 (1968), S. 187–223.

Bansa, Helmut: Zum Problem des Zusammenhangs zwischen Formular und Registereintrag. Beobachtungen aus der Kanzlei Ludwigs des Bayern, in: DA 29 (1973), S. 529–550.

Banti, Ottavio: Un anno di storia lucchese (1369–1370) dalla dominazione pisana alla restaurazione della libertà, in: La «Libertas Lucensis» del 1369, S. 33–53.

Bartlová, Milena: Beschreibung des Wandbilds über der Südpforte des Veitsdoms, in: Fajt/Hörsch, Kaiser Karl IV. 1316–2016 – Ausstellungskatalog 2016, S. 390–392.

Bartlová, Milena: Der Bildersturm der böhmischen Hussiten. Ein neuer Blick auf eine radikale mittelalterliche Geste, in: Wiener Jahrbuch für Kunstgeschichte 59 (2011), S. 27–48.

Bartoš, F. M.: Zlomek účtů mistra kuchyně královské z doby Karla IV., in: Czech medieval sources, unter: https://sources.cms.flu.cas.cz/src/index.php?s=v&cat=36&bookid=1045&page=15.

Bauch, Kurt: Das mittelalterliche Grabbild. Figürliche Grabmäler des 11.–15. Jahrhunderts in Europa, 1976.

Bauch, Martin/Burkhardt, Julia/Gaudek, Tomáš/Žůrek, Václav (Hg.): Heilige, Helden, Wüteriche. Herrschaftsstile der Luxemburger (1308–1437), 2017.

Bauch, Martin/Burkhardt, Julia/Gaudek, Tomáš/Žůrek, Václav: Heilige, Helden, Wüteriche. Eine konzeptionelle Skizze zu ‹Herrschaftsstilen› im langen Jahrhundert der Luxemburger, in: Bauch/Burkhardt/Gaudek/Žůrek, Heilige, Helden, Wüteriche, S. 9–27.

Bauch, Martin/Engel, Annabell: Die 1340er Jahre als Schlüsseljahrzehnt der ‹Great Transition›: Eine klimahistorische Perspektive auf den Vorabend des Schwarzen Todes, in: Berner, Alexander/Leenen, Stefan/Maus, Sandra (Hg.): Pest! Sonderausstellung des LWL-Museums für Archäologie, 2019, S. 76–82.

Bauch, Martin: Am Vorabend des Schwarzen Todes: Die Magdalenenflut 1342 im klimahistorischen Kontext, in: Mitropa. Jahresheft des Leibniz-Instituts für Geschichte und Kultur des östlichen Europa (GWZO) (2018), S. 8–14.

Bauch, Martin: Chronology and Impact of a Global Moment in the Thirteenth Century. The Samalas Eruption Revisited, in: Kiss, Andrea/Pribyl, Kathleen (Hg.): The Dance of Death in Late Medieval and Renaissance Europe. Environmental Stress, Mortality and Social Response, 2019, S. 214–232.

Bauch, Martin: Der fromme Herrscher – Heiligenverehrung und ostentative Religiosität als Mittel zur Machtfestigung und Herrschaftslegitimierung, in: Fajt/Hörsch, Kaiser Karl IV. 1316–2016 – Ausstellungskatalog 2016, S. 79–85.

Bauch, Martin: Der Schwarze Reiter. Die Funeralzeremonie Karls IV. im europäischen Kontext, in: Bauch/Burkhardt/Gaudek/Žůrek, Heilige, Helden, Wüteriche, S. 45–62.

Bauch, Martin: Die Magdalenenflut 1342 – ein unterschätztes Jahrtausendereignis?, in: Mittelalter. Interdisziplinäre Forschung und Rezeptionsgeschichte, 4. Februar 2014, aktualisiert 28. Dezember 2016, unter: https://mittelalter.hypotheses.org/3016 (Zugriff 28. 2. 2020)

Bauch, Martin: Divina favente clemencia. Auserwählung, Frömmigkeit und Heilsvermittlung in der Herrschaftspraxis Kaiser Karls IV., 2014.

Bauch, Martin: Hegemoniales Königtum jenseits von Politik- und Verfassungsgeschichte. Zur sakralen Herrschaftspraxis Karls IV., in: Reinle, Christine (Hg.): Stand und Perspektiven der Sozial- und Verfassungsgeschichte zum römisch-deutschen Reich. Der Forschungseinfluss Peter Moraws auf die deutsche Mediävistik, 2016, S. 97–110.

Bauch, Martin: Jammer und Not. Karl IV. und die natürlichen Rahmenbedingungen des 14. Jahrhunderts, in: Česky časopis historicky 115 (2017), S. 983–1016.

Bauch, Martin: Nicht heilig, aber auserwählt: Spezifik und Dynamik eines sakralen Herrschaftsstils Kaiser Karls IV., in: Herbers, Klaus/Düchting, Larissa (Hg.): Sakralität und Devianz. Konstruktionen, Normen, Praxis, 2015, S. 85–104.

Bauch, Martin: The Dantean Anomaly (1309–1321): Rapid Climate Change in Late

Medieval Europe with a Global Perspective, in: Mittelalter. Interdisziplinäre Forschung und Rezeptionsgeschichte, Bd. 1,1 (2018), S. 92–103.

Bauch, Martin: Überhöhung, Zerrbild und Klischee: Ein Blick auf Johann von Böhmen und Karl IV. mit den Augen italienischer Beobachter des 14. und frühen 15. Jahrhunderts, in: Studia Medievalia Bohemica 10 (2018), S. 163–197.

Bauch, Martin: Wie ein zweiter Konstantin – Karl IV. und der Romzug 1368/69, in: Fajt/Hörsch, Kaiser Karl IV. 1316–2016 – Ausstellungskatalog 2016, S. 203–207.

Bauer, Heinrich: Geschichte der Stadt Pegnitz und des Pegnitzer Bezirkes, [2]1938.

Bauernfeind, Walter: Vom Judenviertel zur neuen Stadtmitte. Topographie Nürnbergs vor und nach dem Judenpogrom unter Karl IV., in: Lehner, Politik. Macht. Kultur, S. 19–45.

Bauerreiss, Romuald: Kirchengeschichte Bayerns, Bd. 4, 1953.

Baumbauer, Benno/Fajt, Jiří.: Nürnberg – Die Metropole wird karolinisch, in: Fajt/Hörsch, Kaiser Karl IV. 1316–2016 – Ausstellungskatalog 2016, S. 111–122.

Baumüller, Barbara: Der Chor des Veitsdomes in Prag. Die Königskirche Kaiser Karls IV. Strukturanalyse mit Untersuchung der baukünstlerischen und historischen Zusammenhänge, 1994.

Becker, Hans-Jürgen: Kaiserkrönung, in: HRG 2 ([2]2012), Sp. 1524–1530.

Bellwald, Liliane: Das Augenleiden Johanns des Blinden aus medizinischer und medizinhistorischer Sicht, in: Pauly, Johann der Blinde – Tagungsband, S. 545–566.

Belting, Hans: Bild und Kult. Eine Geschichte des Bildes vor dem Zeitalter der Kunst, [2]1991.

Belzyt, Leszek: Die Ballungszentren Prag und Krakau im 14. Jahrhundert, in: Zeitschrift für Ostmitteleuropaforschung 49 (2000), S. 475–494.

Benesch von Weitmühl = Cronica ecclesiae Pragensis = Kronika Beneše z Weitmile, hg. von Josef Emler, in: Fontes rerum Bohemicarum 4, 1884, S. 457–548.

Benešovská, Klára/Hlobil, Ivo: Peter Parler et St Vitus's Cathedral 1356–1399, 1999.

Benešovská, Klára: Einige Randbemerkungen zum Anteil von Peter Parler am Prager Veitsdom, in: Strobel/Siefert, Parlerbauten, S. 117–126.

Benešovská, Klára: The Legacy of the Last Phase of the Prague Cathedral Workshop. One More Look at the «Weicher Stil», in: Fajt/Langer, Kunst als Herrschaftsinstrument, S. 157–172.

Benl, Rudolf: Pommern bis zur Teilung von 1368/72, in: Buchholz, Werner (Hg.): Deutsche Geschichte im Osten Europas. Pommern, 1999, S. 22–126.

Ben-Sasson, Haim Hillel (Hg.): Geschichte des jüdischen Volkes. Von den Anfängen bis zur Gegenwart, 1992.

Bergdold, Klaus: Pest, in: Gerabek/Haage/Keil/Wegner, Enzyklopädie Medizingeschichte, S. 1122–1127.

Bergdolt, Klaus: Der Schwarze Tod in Europa. Die Große Pest und das Ende des Mittelalters, München [4]2017.

Bergdolt, Klaus: Die Pest 1348 in Italien. Fünfzig zeitgenössische Quellen, 1989.

Berns, Wolf-Rüdiger: Burgenpolitik und Herrschaft des Erzbischofs Balduin von Trier. (1307–1345), 1980.

Berns, Wolf-Rüdiger: Hilfsverträge des Erzbischofs Balduin von Trier (1307–1354) für Karl IV., in: Patze, Kaiser Karl IV., S. 505–525.

Binder, Matthias/Baumann, Peter/Giersch, Robert (Hg.): Christina Ebner 1277–1356. Beiträge zum 650. Todesjahr der Engelthaler Dominikanerin und Mystikerin (Mitteilungen der Altnürnberger Landschaft, Sonderheft 51), 2007.

Binding, Günther: Gotik, in: LMA 4 (1989), Sp. 1575–1576.

Bláhová, Marie: Die Hofgeschichtsschreibung am böhmischen Herrscherhof im Mittelalter, in: Schieffer, Rudolf/Wenta, Jaroslaw (Hg.): Die Hofgeschichtsschreibung im mittelalterlichen Europa. Projekte und Forschungsprobleme, 2006, S. 51–72.

Bláhová, Marie: Die königlichen Begräbniszeremonien im spätmittelalterlichen Böhmen, in: Kolmer, Tod des Mächtigen, S. 89–111.

Bláhová, Marie: Geschichtsschreibung am Herrscherhof im spätmittelalterlichen Böhmen, in: Dvorácková-Malá, Dana/Solomon, Kristyna/Margue, Michel (Hg.): Über den Hof und am Hofe. Literatur und Geschichtsschreibung im Mittelalter, 2021, S. 207–218.

Bláhová, Marie: Offizielle Geschichtsschreibung in den mittelalterlichen böhmischen Ländern, in: Wenta, Jaroslaw (Hg.): Die Geschichtsschreibung in Mitteleuropa. Projekte und Forschungsprobleme, 1999, S. 21–40.

Bláhová, Marie: Rezidence a propaganda. Pražský hrad za vlády Karla IV. in: Bobková, Lenka/Konvicná, Jana (Hg.): Korunní zeme v dejinách ceského státu. 3. Rezidence a správní sídla v zemích Ceské koruny ve 14.-17. Století, 2007, S. 49–59.

Bláhová, Marie: Zur Fälschung und Fiktion in der offiziellen Historiographie der Zeit Karls IV., in: Fälschungen im Mittelalter 1, S. 377–394.

Bloch, Marc: Die wundertätigen Könige, München 1998.

Bobková, Lenka/Velicka, Tomáš (Hg.) in Zusammenarbeit mit Mlada Holá, Jan Zdichynec: Johann von Görlitz. Der dritte Sohn Karls IV., 2019.

Bobková, Lenka: Die Corona Regni Bohemiae und die Integration Mitteleuropas im politischen Konzept Karls IV., in: Břízová/Kuthan/Peroutková/Scholz, Kaiser Karl IV., S. 90–104.

Bobková, Lenka: Die Länder der Böhmischen Krone zu Zeiten Karls IV., in: Richter/Knüvener/Winkler, Ein Kaiser in Brandenburg, S. 22–27.

Bobková, Lenka: Jan Lucemburský. Otec slavného syna [Johann von Luxemburg – Vater eines berühmten Sohnes], 2018.

Bobková, Lenka: Velké dějiny zemí Koruny české [Große Geschichte der Länder der böhmischen Krone], Band 4a: 1310–1402, 2003.

Bock, Franz: Die Kleinodien des Heiligen Römischen Reiches Deutscher Nation, 1864.

Bockholdt, Rudolf: Ars antiqua, in: LMA 1 (1980), Sp. 1033–1034 und Ars nova, ebenda, Sp. 1047–1048.

Bogade, Marco: Kaiser Karl IV. Ikonographie und Ikonologie, 2005.

Böninger, Lorenz, Die Ritterwürde in Mittelitalien zwischen Mittelalter und Früher Neuzeit. Mit einem Quellenanhang: Päpstliche Ritterernennungen 1417–1464, 1995.

Boockmann, Hartmut: Der Deutsche Orden. Zwölf Kapitel aus seiner Geschichte, ⁴1994.

Boone, Marc: Buchgeld (Giralgeld), in: LMA 2 (1983), Sp. 827–829.

Boor, Helmut de/Newald, Richard (Bearbeiter): Geschichte der deutschen Literatur von den Anfängen bis zur Gegenwart, Bd. 3: Die deutsche Literatur im späten Mittelalter 1250–1370, Teil 2: Reimpaargedichte, Drama, Prosa, hg. von Ingeborg Glier, 1987.

Bordone, Renato: Regnum Italiae, in: LMA 7 (1995), Sp. 596–601.

Borgolte, Michael: Die Goldene Bulle als europäisches Grundgesetz, in: Hohensee/Lawo/Lindner/Menzel/Rader, Goldene Bulle, S. 599–618.

Bork, Ruth: Zur Politik der Zentralgewalt gegenüber den Juden im Kampf Ludwigs des Bayern um das Reichsrecht und Karls IV. um die Durchsetzung seines Königtums bis 1349, in: Engel, Karl IV., S. 30–73.

Bourdieu, Pierre: Das religiöse Feld. Texte zur Ökonomie des Heilsgeschehens, 2000.

Brandes, Detlef/Míšková, Alena: Vom Osteuropa-Lehrstuhl ins Prager Rathaus. Josef Pfitzner 1901–1945, 2013.

Brandl, Heiko: Zur Baugeschichte des Magdeburger Domes im 13. Jahrhundert, in: Schenkluhn/Waschbüsch, Magdeburger Dom, S. 145–162.

Bravermanova, Milena et al. (Hg.): České korunovační klenoty, 1998.

Bredekamp, Horst: Kunst als Medium sozialer Konflikte. Bilderkämpfe von der Spätantike bis zur Hussitenrevolution, 1975.

Bredekamp, Horst: Theorie des Bildakts, 2010.

Brenneke, Adolf: Archivkunde. Ein Beitrag zur Theorie u. Geschichts des europäischen Archivwesens, bearbeitet nach Vorlesungsnachschriften und Nachlaßpapieren und ergänzt von Wolfgang Leesch, 1953.

Bresslau, Harry: Briefe aus der Zeit des zweiten Römerzuges Kaiser Karls IV., in: NA 41 (1919), S. 305–313.

Bresslau, Harry: Handbuch der Urkundenlehre für Deutschland und Italien/Register, 3 Bde., ²1912/1931/1960.

Breuer, Stefan: Der archaische Staat: zur Soziologie charismatischer Herrschaft, 1990.

Brincken, Anna-Dorothee von den: Die universalhistorischen Vorstellungen des Johann von Marignola OFM. Der einzige mittelalterliche Weltchronist mit Fernostkenntnis, in: AfK 49 (1967), S. 297–339.

Brincken, Anna-Dorothee von den: Privilegien Karls IV. für die Stadt Köln, in: BDLG 114 (1978), S. 243–264.

Břízová, Daniela/Kuthan, Jiří/Peroutková, Jana/Scholz, Stefan (Hg.): Kaiser Karl IV. Die Böhmischen Länder und Europa, 2017.

Brockhoff, Evelyn/Matthäus, Michael (Hg.): Die Kaisermacher: Frankfurt am Main und die Goldene Bulle, 1356–1806. Aufsätze, 2006.

Browe, P[eter]: Die Hostienschändungen der Juden im Mittelalter, in: Römische Quartalschrift für christliche Altertumskunde und für Kirchengeschichte 34 (1926), S. 167–197.

Brühl, Carlrichard: Fränkischer Krönungsbrauch und das Problem der «Festkrönungen», in: HZ 194 (1962), S. 265–326.

Brühl, Carlrichard: Kronen- und Krönungsbrauch im frühen und hohen Mittelalter, in: HZ 234 (1982), S. 1–31.

Brunner, Karl/Daim, Falco: Ritter, Knappen, Edelfrauen. Das Rittertum im Mittelalter, Wien 1998.

Buccellati, Graziella (Hg.): La Corona, il Regno e l'Impero: un millennio di storia, 1995.

Buchinger, Kirstin/Gantet, Claire/Vogel, Jakob (Hg.): Europäische Erinnerungsräume, 2009.

Büchsel, Martin/Schmidt, Peter (Hg.): Das Porträt vor der Erfindung des Porträts, 2003.

Bujnoch, Josef: Johann von Neumarkt als Briefschreiber, in: Seibt, Lebensbilder 3, S. 67–76.

Bulst, Neithard: Die Pest, in: Fried/Rader, Welt des Mittelalters, S. 154–166.

Burckhardt, Jacob: Die Kultur der Renaissance in Italien. Ein Versuch (Gesammelte Werke 3) o. J. [1955].

Burdach, Konrad/Piur, Paul (Hg.): Briefwechsel des Cola di Rienzo, 4 Teile (VMZR 2,1–4, Bd. 2,1 enthält die Darlegung von Konrad Burdach, Rienzo und die Geistige Wandlung seiner Zeit), Berlin 1912/1913/1928.

Burdach, Konrad: Vom Mittelalter zur Reformation. Forschungen zur Geschichte der deutschen Bildung, 1893 (nicht zu verwechseln mit der von Burdach herausgegebenen Reihe gleichen Namens).

Burdach, Konrad: Vorspiel. Gesammelte Schriften zur Geschichte des deutschen Geistes, Bd. 1,1: Mittelalter, 1925; Bd. 1,2: Reformation und Renaissance, 1925.

Burdach, Konrad: Zur Geschichte der neuhochdeutschen Schriftsprache, in: Forschungen zur Deutschen Philologie, Festgabe für Rudolf Hildebrand, 1894, S. 291–324, ND: Burdach, Vorspiel 1,2, S. 34–69.

Burgdorf, Wolfgang: Wendepunkt Deutscher Geschichte. Das Reichsende 1806 und seine Wahrnehmung durch Zeitgenossen, in: Schneidmüller/Weinfurter, Heilig–Römisch–Deutsch, S. 17–30.

Burke, Peter: Myth and history, in: Buccellati, Corona, S. 3–8.

Burkhardt, Julia: Das Erbe der Frauen. Elisabeth von Luxemburg und Elisabeth von Habsburg, in: Bauch/Burkhardt/Gaudek/Žůrek, Heilige, Helden, Wüteriche, S. 261–284.

Busch, Harald/Lohse, Bernd (Hg.): Baukunst der Gotik in Europa, ³1958.

Buschmann, Arno: Die Rezeption der Goldenen Bulle in der Reichspublizistik des Alten Reiches, in: Hohensee/Lawo/Lindner/Menzel/Rader, Goldene Bulle, S. 1071–1120.

Bütow, Sascha: Die Hanse im Blick. Verkehrsplanung und Wegelenkung Karls IV. im Umfeld der Erwerbung der Mark Brandenburg im Jahr 1373, in: Richter/Knüvener/Winkler, Ein Kaiser in Brandenburg, S. 61–65.

Buttinger, Sabine/Keupp, Jan: Die Ritter, 2013.

Büttner, Andreas: Der Weg zur Krone. Rituale der Herrschererhebung im spätmittelalterlichen Reich, 2012.

Büttner, Andreas: Dynastische Kontinuität im Wahlreich der Kurfürsten? Kandidatur und Thronfolge im Spätmittelalter, in: Becher, Matthias (Hg.): Die mittelalterliche Thronfolge im europäischen Vergleich, 2017, S. 289–335.

Caferro, William P.: John Hawkwood: An English Mercenary in Fourteenth-Century Italy, 2006.

Cardini, Franco: Ritter, Rittertum, Ritterstand. II. Italien, in: LMA 7 (1995), Sp. 873–874.

Carqué, Bernd: Epistemische Dinge. Zur bildlichen Aneignung mittelalterlicher Artefakte in der Moderne, in: Oexle/Petneki/Zygner, Bilder gedeuteter Geschichte, S. 55–162.

Carqué, Bernd: Sichtbarkeiten des Mittelalters. Die ikonische Repräsentation zwischen Visualisierung und Imagination, in: Carqué, Bernd/Mondini, Daniela/Noell, Matthias (Hg.): Visualisierung und Imagination. Materielle Relikte des Mittelalters in bildlichen Darstellungen der Neuzeit und Moderne, 2006, S. 11–50.

Cassirer, Ernst: Wesen und Wirkung des Symbolbegriffs, [8]1994.

Cavina, Marco: Imperator Romanorum triplici corona coronatur. Studi sull'incoronazione imperiale nella scienza giuridica italiana fra Tre e Cinquecento, 1991.

Chapuis, Julien: Objektbeschreibung Prophetenköpfe vom Schönen Brunnen in Nürnberg, in: Fajt, Karl IV., Kaiser von Gottes Gnaden, S. 391–392.

Cheneval, Francis: Die Rezeption der Monarchia Dantes bis zur Editio Princeps im Jahre 1559. Metamorphosen eines philosophischen Werkes, 1995.

Chérest, Aimé: L'archiprêtre. Episode de la guerre de cent ans au XIVe siècle, bataille de Brignais, 1879.

Chronica S. Petri Erfordensis moderna, in: Monumenta Erphesfurtensia Saec. XII. XIII. XIV, hg. von Oswald Holder-Egger (MGH SS rer. Germ. 42), 1899, S. 117–442.

Chronicon Henrici de Hervordia = Liber de rebus memorabilioribus sive Chronicon Henrici de Hervordia, ed. August Potthast, 1859.

Chronicon Moguntinum, hg. von Karl Hegel (MGH SS rer. Germ. 20), 1885.

Chronicon Parmense ab anno MXXXVIII usque ad annum MCCCXXXVIII, hg. von Giuliano Bonazzi (RISS 9,9), 1902.

Chronik aus Kaiser Sigmund's Zeit bis 1434 mit Fortsetzung bis 1441, hg. von Theodor von Kern, in: Die Chroniken der fränkischen Städte. Nürnberg, Bd. 1, 1862 (ND 1961), S. 313–472.

Chronik der Stadt Augsburg von 1368–1406 mit Fortsetzung bis 1447, hg. von Ferdinand Frensdorff, in: Die Chroniken der schwäbischen Städte. Augsburg, Bd. 1, 1865 (ND 1965), S. 1–125.

Cipolla, Carlo: Karl IV. in Mantua (1354–1355). Neue Documente aus dem Staatsarchive zu Venedig, in: MIÖG 3 (1882), S. 438–445.

Clauss, Martin/Stieldorf, Andrea/Weller, Tobias (Hg.): Der König als Krieger. Zum Verhältnis von Königtum und Krieg im Mittelalter. Beiträge der Tagung des Zentrums für Mittelalterstudien der Otto-Friedrich-Universität Bamberg (13.–15. März 2013), 2015.

Clauss, Martin: Krieg der Könige: Monarchen auf den Kriegszügen des Hundertjährigen Krieges, in: Clauss/Stieldorf/Weller, Der König als Krieger, S. 223–264.

Clauss, Martin: Kriegsniederlagen im Mittelalter. Darstellung – Deutung – Bewältigung (Krieg in der Geschichte 54), 2010.

Clauss, Martin: Militärgeschichte des Mittelalters, 2020.

Clauss, Martin: Mittelalterliche Waffentechnik: Effizienz, Kosten und Prestige, in: Althoff, Krieg, S. 67–82.

Clauss, Martin: Ritter und Raufbolde. Vom Krieg im Mittelalter, 2009.

Clemens, Evemarie: Luxemburg-Böhmen, Wittelsbach-Bayern, Habsburg-Österreich und ihre genealogischen Mythen im Vergleich, 2001.

Cohn, Norman: Das neue irdische Paradies. Revolutionärer Millenarismus und mystischer Anarchismus im mittelalterlichen Europa, 1988.

Colberg, Katharina: Korner, Hermann OP, in: VL 5 (²1985), Sp. 317–320.

Conrad, Dietrich: Kirchenbau im Mittelalter. Bauplanung und Bauausführung, 1990.

Conrad, Klaus: Die Belehnung der Herzöge von Pommern durch Karl IV. im Jahre 1348, in: Patze, Kaiser Karl IV., S. 391–406.

Contamine, Philippe/Ranft, Andreas/Cardini, Franco/Schreiner, Peter: Turnier, A. Allgemein. Westeuropa – B. Mitteleuropa – C. Italien – Byzanz, in: LMA 8 (1997), Sp. 1113–1118.

Contamine, Philippe: Die Schlacht im Abendland am Ende des Mittelalters: Vorstellung, Kampfhandlung, Bericht, Bild und Erinnerung, in: Paravicini/Petrauskas/Vercamer, Tannenberg, S. 69–88.

Corrigan, Gordon: A Great and Glorious Adventure: A Military History of the Hundred Years War, 2013.

Corsi, Domenico (Hg.), Catalogo della Mostra archivistica commemorativa del VI centenario della libertà concessa ai lucchesi da Carlo IV di Boemia (Lucca, 1969). XV Congresso nazionale archivistico, 1969, S. 1–19.

Cortesi, Mariarosa: Zanobi da Strada, in: LMA 9 (1998), Sp. 474.

Cox, E. L.: The Green Count of Savoy. Amadeus VI and transalpine Savoy in the Fourteenth century, 1967.

Cronaca di Pisa di Ranieri Sardo (FSI 99), hg. von Ottavio Banti, 1963.

Crossley, Paul/Opačić, Zoë: Die Krone des böhmischen Königtums, in: Fajt, Karl IV., Kaiser von Gottes Gnaden, S. 196–217.

Csendes, Peter/Kölzer, Theo/Hlaváček, Ivan: Kanzlei, Kanzler. A. I. Allgemeine Fragestellung und Deutsches Reich/A. II. Italien/A. III. Böhmen, in: LMA 5 (1991), Sp. 910–914.

Curry, Anne/Mercer, Malcolm (Hg.) The Battle of Agincourt, 2015.

Dangl, Vreni: Johann von Schönfeld. Ein Passauer Ritter bei der Schlacht von Crécy, in: Passauer Jahrbuch 59 (2017), S. 77–88.

Dante Alighieri, Divina Commedia; deutsche Übersetzungen: Die Göttliche Komödie, übersetzt von Karl Streckfuß, [1926]; Die göttliche Komödie. Erster Teil: Die Hölle, Italienisch und Deutsch, übersetzt von Thomas Vormbaum, 2003.

Dante Alighieri, Monarchia. Studienausgabe Lateinisch-Deutsch, Einleitung, Übersetzung und Kommentar von Ruedi Imbach und Christoph Flüeler, 1989.

Das Decameron des Giovanni Boccaccio, übersetzt von Ruth Macchi, die Verse der ersten drei Tage sind in der Übertragung von August Wilhelm Schlegel verwendet, die der folgenden Tage von Karl Witte, 2 Bde., 1984.

Das Landbuch der Mark Brandenburg von 1375, hg. von Johannes Schultze, 1940; siehe auch die auf dieser Edition beruhende Teilübersetzung: Das Landbuch der Mark Brandenburg von 1375/76, hg. von Partenheimer, Lutz/Stellmacher, André, 2020.

Das Martyrologium des Nürnberger Memorbuches, hg. von Siegmund Salfeld (Quellen zur Geschichte der Juden in Deutschland 3), 1898.

Davidsohn, Robert: Beiträge zur Geschichte des Reiches und Oberitaliens aus den Tiroler Rechnungsbüchern des Münchner Reichsarchivs (1311/12–1341), in: MIÖG 37 (1917), S. 189–233 und 365–410.

De origine principum marchionum Missnensium et Thuringiae lantgraviorum (Meißnische Fürstenchronik), hg. von Julius Otto Opel, in: Mittheilungen der Deutschen Gesellschaft zur Erforschung vaterländischer Sprache und Alterthümer in Leipzig 1,2 (1874), S. 44–105.

Deeg, Dietrich: Die Herrschaft der Herren von Heideck. Eine Studie zu hochadeliger Familien- und Besitzgeschichte, 1968.

Degler-Spengler, Brigitte: Nikolaus von Riesenburg, in: NDB 19 (1999), S. 266–267.

Delbrück, Hans: Geschichte der Kriegskunst im Rahmen der politischen Geschichte, Bd. 3, Das Mittelalter, 1923, (ND 2000).

Delbrück, Hans: Weltgeschichte, Bd. 2: Das Mittelalter, 1925.

Delbrück, Richard: Antike Porphyrwerke (Studien zur spätantiken Kunstgeschichte 6), 1932.

Demandt, Alexander (Hg.): Stätten des Geistes. Große Universitäten Europas von der Antike bis zur Gegenwart, 1999.

Demandt, Alexander: Alexander der Große. Leben und Legende, 2009.

Demandt, Alexander: Die Spätantike. Römische Geschichte von Diocletian bis Justinian 284–565 n. Chr., [2]2007.

Demandt, Alexander: Es hätte auch anders kommen können. Wendepunkte deutscher Geschichte, 2010.

Demandt, Alexander: Ungeschehene Geschichte. Ein Traktat über die Frage: Was wäre geschehen wenn …?, 2011.

Denkmale in Sachsen-Anhalt, erarbeitet im Institut für Denkmalpflege Arbeitsstelle Halle, 1983.

Der Oberrheinische Revolutionär. Das buchli der hundert capiteln mit XXXX statuten, hg. von Klaus H. Lauterbach (MGH Staatsschriften 7), 2009.

Detmar-Chronik von 1101–1395, hg. von Karl Koppmann, in: Die Chroniken der niedersächsischen Städte: Lübeck, Bd. 1, 1884, S. 189–597.

Die Chronik des Burkhard Zink, hg. von Ferdinand Frensdorff, in: Die Chroniken der schwäbischen Städte: Augsburg, Bd. 2, 1866, S. 1–387.

Die Chronik des Hector Mülich, hg. von Friedrich Roth, in: Die Chroniken der schwäbischen Städte: Augsburg, Bd. 3, 1892, S. 1–442.

Die Chronik des Jakob Twinger von Königshofen, hg. von Karl Hegel, Teil 1, in: Die Chroniken der deutschen Städte, Bd. 8: Straßburg, Bd. 1, 1870, S. 153–498 und Teil 2 Bd. 9: Straßburg, Bd. 2, 1871, S. 499–917.

Die Chronik Johanns von Winterthur, hg. von Friedrich Baethgen (MGH SS rer. Germ. NS 3), 1924.

Die Goldene Bulle Kaiser Karls IV. 1356. Lateinischer Text mit Übersetzung, bearbeitet von Konrad Müller, ³1970.

Die Goldene Bulle Kaiser Karls IV. vom Jahre 1356, Text, bearbeitet von Wolfgang D. Fritz (MGH Font. 11), 1972.

Die Goldene Bulle Kaiser Karls IV. von 1356. Faksimile der Ausfertigung für den Kurfürsten von Köln, mit einer Einleitung von Kurt Hans Staub und Jörg-Ulrich Fechner sowie einer Übersetzung von Konrad Müller, 1982.

Die Goldene Bulle. Das Reichsgesetz Kaiser Karls IV. vom Jahre 1356, deutsche Übersetzung von Wolfgang D. Fritz, geschichtliche Würdigung von Eckhard Müller-Mertens, 1978.

Die Kölner Weltchronik 1273/88–1376, hg. von Rolf Sprandel (MGH SS rer. Germ. NS 15), 1991.

Die Magdeburger Schöppenchronik, hg. von Karl Janicke, in: Die Chroniken der niedersächsischen Städte: Magdeburg, Bd. 1, 1869.

Die Urkunden der Karolinger, Bd. 1: Die Urkunden Pippins, Karlmanns und Karls des Großen, bearbeitet von Engelbert Mühlbacher (Diplomata Karolinorum 1), 1906.

Dietrich von Nieheim, Viridarium imperatorum et regum Romanorum, hg. Alphons Lhotsky und Karl Pivec, (MGH Staatsschriften 5,1), 1956.

Dilcher, Gerhard: Der mittelalterliche Kaisergedanke als Rechtslegitimation, in: Willoweit, Begründung des Rechts, S. 153–170.

Dilcher, Gerhard: Reichsitalien (Mittelalter), in: HRG 4 (1990), Sp. 642–648.

Dilg, Peter: Mutterkorn, in: LMA 6 (1993), Sp. 976.

Dini, Bruno: Buchhaltung. A. Westen. II. Italien, in: LMA 2 (1983), Sp. 830–833.

Dinzelbacher, Peter: Der Traum Kaiser Karls IV., in: Paravicini Bagliani, Agostino/Stabile, Giorgio (Hg.): Träume im Mittelalter. Ikonologische Studien, 1989, S. 161–170.

Dinzelbacher, Peter: Ebner(in), 1. Ebner, Christine, in: LMA 3 (1986), Sp. 1527.

Dirkens, Alain: Krönung, Salbung und Königsherrschaft im karolingischen Staat und in den auf ihn folgenden Staaten, in: Krönungen. Könige in Aachen, Bd. 1, S. 131–140.

Doderer, Heimito von: Das letzte Abenteuer, 2013.

Dohrn-van Rossum, Gerhard: Uhr, Uhrmacher, in: LMA 8 (1997), Sp. 1181–1184.

Dolderer, Winfried: 25. Oktober 1415: Verhängnisvoller Pfeilhagel, in: Althoff, Krieg, S. 7–10.

Doležalová, Eva: Die Beziehungen Karls IV. zu den Juden im Reich und in den böhmischen Ländern, in: Břízová/Kuthan/Peroutková/Scholz, Kaiser Karl IV., S. 105–111.

Dolff-Bonekämper, Gabi: Wahr oder falsch? Denkmalpflege als Medium nationaler Identitätskonstruktionen, in: Oexle/Petneki/Zygner, Bilder gedeuteter Geschichte, S. 231–285.

Doren, Alfred: Italienische Wirtschaftsgeschichte, Bd. 1, 1934.

Drake Boehm, Barbara: Die Goldene Stadt: Zentrum des Luxushandwerks, in: Fajt, Karl IV., Kaiser von Gottes Gnaden, S. 236–243.

Drake Boehm, Barbara: Die Universität von der Gründung bis zum Kuttenberger Dekret, in: Fajt, Karl IV., Kaiser von Gottes Gnaden, S. 262–269.

Droste-Hennings, Julia/Droste, Thorsten: Paris. Eine Stadt und ihr Mythos (DuMont), ²2005.

Dunlop, Anne: Italy, Charles IV, and Court Art, in: Fajt/Langer, Kunst als Herrschaftsinstrument, S. 487–494.

Eben, David: Karl IV. und die Musik, in: Fajt/Hörsch, Kaiser Karl IV. 1316–2016 – Ausstellungskatalog 2016, S. 174–182.

Eberhard, Winfried/Lemberg, Hans/Heimann, Heinz-Dieter/Luft, Robert R. (Hg.): Westmitteleuropa, Ostmitteleuropa. Vergleiche und Beziehungen. Festschrift für Ferdinand Seibt zum 65. Geburtstag, 1992.

Eberhard, Winfried: Geschichtliche Einführung. Böhmen und Mähren von den Anfängen bis zum Ende des 18. Jahrhunderts, in: HHS(BM), S. XVIII–CXXXI.

Eberhard, Winfried: Herrschaft und Raum. Zum Itinerar Karls IV., in: Seibt, Kaiser Karl IV. – Ausstellungskatalog, S. 101–108 und S. 443–444.

Eberhard, Winfried: Jen(zen)stein, Johann v., in: NDB 10 (1974), S. 410–411.

Eckert, Willehad Paul: Die Juden im Zeitalter Karls IV., in: Seibt, Kaiser Karl IV. – Ausstellungskatalog, S. 123–130 und S. 445.

Eggert, Wolfgang: … einen Sohn namens Wenceslaus. Beobachtungen zur Selbstbiographie Karls IV., in: Engel, Karl IV., S. 171–178.

Eggert, Wolfgang: Bemerkungen zur Intitulatio in den Urkunden Karls IV., in: Lindner/Müller-Mertens/Rader/Lawo, Kaiser, Reich und Region, S. 295–311.

Ehlers, Joachim/Müller, Heribert/Schneidmüller, Bernd (Hg.): Die französischen Könige des Mittelalters. Von Odo bis Karl VIII. 888–1498, 1996.

Ehlers, Joachim: Die Ritter. Geschichte und Kultur, ²2009.

Ehlers, Joachim: Geschichte Frankreichs im Mittelalter, 1987/2009.

Ehlers, Joachim: Imperium und Nationsbildung im europäischen Vergleich, in: Schneidmüller/Weinfurter, Heilig – Römisch – Deutsch, S. 101–118.

Ehlers, Joachim: Paris. Die Entstehung der europäischen Universität, in: Demandt, Stätten des Geistes, S. 75–90.

Eichmann, Eduard: Die Kaiserkrönung im Abendland. Ein Beitrag zur Geistesgeschichte des Mittelalters mit besonderer Berücksichtigung des kirchlichen Rechts, der Liturgie und der Kirchenpolitik, 2 Bde., 1942.

Eichstaedt, Andreas: Zoll, in HRG 5 (1998), Sp. 1753–1757.

Ekdahl, Sven: Eroberungskriege III: Deutschordenskriege bis zur Schlacht von Tannenberg. Der Schrecken der «Heiden», in: Althoff, Krieg, S. 61–66.

Elbel, Petr/Kaar, Alexandra/Němec, Jiří/Wihoda, Marzin (Hg.): Historiker zwischen den Zeiten. Festschrift für Karel Hruza zum 60. Geburtstag, 2021.

Elbel, Petr: Prag und Ofen als Kaiserresidenzen. Die Verlagerung des Reichsschwerpunkts nach Osten unter den Luxemburgern und deren Folgen für das Reich, in: Penth/Thorau, Rom 1312, S. 259–330.

Elias, Norbert: Über den Prozeß der Zivilisation, 2 Bde., 1976 (EA 1939).

Elm, Kaspar/Sprandel, Rolf/Manselli, Raoul: Beg(h)inen, in: LMA 1 (1980), Sp. 1799–1803.

Elm, Kaspar: Beg(h)arden, in: LMA 1 (1980), Sp. 1798.

Elze, Reinhard (Hg.): Die Ordines für die Weihe und Krönung des Kaisers und der Kaiserin (MGH Font. 9), 1960.

Elze, Reinhard: Die «Eiserne Krone» in Monza, in: Schramm, Herrschaftszeichen und Staatssymbolik, Bd. 2, S. 450–479.

Elze, Reinhard: Könige im spätmittelalterlichen Italien vom Beginn des 14. bis zur Mitte des 15. Jahrhunderts, in: Schneider, Königtum im europäischen Vergleich, S. 123–134.

Elze, Reinhard: Monza und die Eiserne Krone im Mittelalter, in: Buccellati, Corona, S. 45–59.

Engel, Evamaria (Hg.): Karl IV. Politik und Ideologie im 14. Jahrhundert, 1982.

Engel, Evamaria: Brandenburgische Bezüge im Leben und Wirken des Magdeburger Bischofs Dietrich von Portitz, in: Engel, Karl IV., S. 197–213.

Engelbert von Admont, De ortu et fine Romani imperii, hg. von Herbert Schneider (MGH Staatsschriften 1,3), 2016.

Engels, Friedrich: Werke – Artikel – Entwürfe bis August 1844 (Karl Marx/Friedrich Engels Gesamtausgabe I,3), 2 Bde., 1985.

Erben, Wilhelm: Schwertleite und Ritterschlag. Beiträge zu einer Rechtsgeschichte der Waffen, in: Zeitschrift für historische Waffen- und Kostümkunde 8 (1918/20), S. 105–168.

Erbstösser, Martin/Werner, Ernst: Ideologische Probleme des mittelalterlichen Plebejertums. Die freigeistige Häresie und ihre sozialen Wurzeln, 1960.

Erbstösser, Martin: Ketzer im Mittelalter, 1984.

Erbstösser, Martin: Sozialreligiöse Strömungen im späten Mittelalter. Geißler, Freigeister und Waldenser im 14. Jahrhundert, 1970.

Erkens, Franz-Rainer: Militia und Ritterschaft. Reflexionen über den Ursprung des Rittertums, in: HZ 258 (1994), S. 623–659.

Erkens, Franz-Reiner: Kurfürsten und Königswahl. Zu neuen Theorien über den Königswahlparagraphen im Sachsenspiegel und die Entstehung des Kurfürstenkollegiums (MGH Studien und Texte 30), 2002.

Erler, Adalbert/Schmidt-Wiegand, Ruth: Schwertleite, in: HRG 4 (1990), Sp. 1576–1577.

Erler, Adalbert, Ritterschlag, Ritterweihe, in: HRG 4 (1990), Sp. 1082–1085.

Esch, Arnold: Historische Landschaften Italiens. Wanderungen zwischen Venedig und Syrakus, 2018.

Esch, Arnold: Rom. Vom Mittelalter zur Renaissance 1378–1484, 2016.

Escher, Felix: Otto V. der Faule, in: NDB 19 (1999), S. 677–678.

Fahlbusch, Friedrich Bernward/Johanek, Peter (Hg.): Studia Luxemburgensia. Festschrift Heinz Stoob zum 70. Geburtstag, 1989.

Fajt, Jirí (Hg.) in Zusammenarbeit mit Dáňová, Helena: Kaiser Karl IV. 1316–2016. Ausstellungsführer, 2016.

Fajt, Jiří (Hg.): Europa Jagellonica. Kunst und Kultur Mitteleuropas unter der Herrschaft der Jagiellonen 1386–1572 (Ausstellungskatalog), 2013.

Fajt, Jiří (Hg.): Karl IV., Kaiser von Gottes Gnaden. Kunst und Repräsentation des Hauses Luxemburg 1347–1437, Ausstellungskatalog, 2006.

Fajt, Jiří/Drake Boehm, Barbara: Wenzel IV., 1361–1419. Herrscherrepräsentation in den Fussstapfen des Vaters, in: Fajt, Karl IV., Kaiser von Gottes Gnaden, S. 461–481.

Fajt, Jiří/Franzen, Wilfried: Die neue Hofkunst – Von der Nachahmung zum Kaiserstil, in: Fajt/Hörsch, Kaiser Karl IV. 1316–2016 – Ausstellungskatalog 2016, S. 139–148.

Fajt, Jiří/Hörsch, Markus (Hg.), Kaiser Karl IV. 1316–2016. Erste Bayerisch-Tschechische Landesausstellung, Ausstellungskatalog, 2016.

Fajt, Jiří/Hörsch, Markus/Razím, Vladislav (Hg.): Křivoklát – Pürglitz. Jagd, Wald, Herrscherrepräsentation (Studia Jagellonica Lipsiensia 17), 2014.

Fajt, Jiří/Hörsch, Markus: Zwischen Prag und Luxemburg – eine Landbrücke in den Westen, in: Fajt, Karl IV., Kaiser von Gottes Gnaden, S. 356–399.

Fajt, Jiří/Langer, Andrea (Hg.): Kunst als Herrschaftsinstrument. Böhmen und das Heilige Römische Reich unter den Luxemburgern im europäischen Kontext, 2009.

Fajt, Jiří/Lindner, Michael: Dietrich von Portitz – Zisterzienser, kaiserlicher Rat, Magdeburger Erzbischof. Politik und Mäzenatentum zwischen Repräsentation und Askese (ca. 1300–1367), in: Die Altmark von 1300 bis 1600. Eine Kulturregion 2011, S. 156–201.

Fajt, Jiří/Royt, Jan: The pictural decoration of the great tower at Karlštejn Castle. Ecclesia triumphans, in: Fajt, Magister Theodoricus (Ausstellungskatalog), S. 107–205.

Fajt, Jiří/Šícha, Jan (Hg.): Weiser Herrscher in einer Zeit der Katastrophen. Auf den Spuren Kaiser Karls IV. zwischen Prag und Nürnberg, 2016.

Fajt, Jiří/Suckale, Robert: Der Kreis der Räte, in: Fajt, Karl IV., Kaiser von Gottes Gnaden, S. 172–183.

Fajt, Jiří/Suckale, Robert: Die europäischen Dynastien – Nachahmung oder Konkurrenz, in: Fajt, Karl IV., Kaiser von Gottes Gnaden, S. 422–459.

Fajt, Jiří: Brandenburg wird böhmisch. Kunst als Herrschaftsinstrument, in: Badstübner/Knüvener/Labuda/Schumann, Kunst des Mittelalters, S. 202–251.

Fajt, Jiří: Der lange Schatten Kaiser Karls IV. Zur Rezeption der luxemburgischen Herrschaftsrepräsentation in den nordöstlichen Territorien des Heiligen Römischen Reichs, 2015.

Fajt, Jiří: Die Oberpfalz – ein neues Land jenseits des böhmischen Waldes, in: Fajt, Karl IV., Kaiser von Gottes Gnaden, S. 326–339.

Fajt, Jiří: Einführung (zum Abschnitt «Internationalisierung der Kunst unter den Luxemburgern»), in: Fajt/Langer, Kunst als Herrschaftsinstrument, S. 484–486.

Fajt, Jiří: Karl IV. – Herrscher zwischen Prag und Aachen. Der Kult Karls des Großen und die karolinische Kunst, in: Kramp, Krönungen 2, S. 489–500.

Fajt, Jiří: Karl IV., 1316–1378. Von der Nachahmung zu einem neuen kaiserlichen Stil. Entwicklung und Charakter der herrscherlichen Repräsentationen Karls IV. von Luxemburg, in: Fajt, Karl IV., Kaiser von Gottes Gnaden, S. 40–75.

Fajt, Jiří: Karlstein revisited. Überlegungen zu den Patrozinien der Karlsteiner Sakralräume, in: Fajt/Langer, Kunst als Herrschaftsinstrument, S. 250–288.

Fajt, Jiří: Magister Theodoricus – Court artist to Emperor Charles IV, in: Fajt, Magister Theodoricus (Ausstellungskatalog), S. 217–277.

Fajt, Jiří: Magister Theodoricus, court painter to Emperor Charles IV. The pictorial decoration of the shrines at Karlštejn Castle (Ausstellungskatalog), 1998.

Fajt, Jiří: Nürnberg – Magdeburg – Erfurt. Zum Itinerar wandernder Bildhauer im mittleren 14. Jahrhundert, in: Schenkluhn/Waschbüsch, Magdeburger Dom, S. 253–264.

Fajt, Jiří: Nürnberg als Kunstzentrum des Heiligen Römischen Reiches. Höfische und städtische Malerei in der Zeit Karls IV. 1346–1378, 2019.

Fajt, Jiří: Peter Parler und die Bildhauerei des dritten Viertels des 14. Jahrhunderts in Prag, in: Strobel/Siefert, Parlerbauten, S. 207–220.

Fajt, Jiří: Retabelflügel mit drei weiblichen Heiligen und Christi Gebet am Ölberg, in: Fajt, Karl IV., Kaiser von Gottes Gnaden, S. 502–505.

Fajt, Jiří: Was ist karolinisch an der Hofkunst Karls IV.?, in: Hohensee/Lawo/Lindner/Menzel/Rader, Goldene Bulle, S. 349–368.

Fälschungen im Mittelalter. Internationaler Kongreß der Monumenta Germaniae Historica München, 16.-19. September 1986, 5 Bde. (MGH Schriften 33/1–5), 1988.

Favreau-Lilie, Marie-Luise: Die Mächte Italiens und das Reich in der Zeit Karls IV. Historische Realität und Geschichtsbilder um 1500, in: Hohensee/Lawo/Lindner/Menzel/Rader, Goldene Bulle, S. 737–760.

Feine, Hans Erich: Kirchliche Rechtsgeschichte, Bd. 1: Die katholische Kirche, ²1954.

Feldhaus, Franz Maria: Die Maschine im Leben der Völker. Ein Überblick von der Urzeit bis zur Renaissance, 1954.

Feuchtmüller, Rupert: Die «Imitatio» Karls IV. in den Stiftungen der Habsburger, in: Seibt, Kaiser Karl IV. – Ausstellungskatalog, S. 378–386 und S. 464.

Ficker, Julius: Forschungen zur Reichs- und Rechtsgeschichte Italiens, 4 Bde., Innsbruck 1868–1874.

Fillitz, Hermann: Die Reichskleinodien, in: Kramp, Krönungen 1, S. 141–147.

Fillitz, Hermann: Die Reichskleinodien: Ein Versuch zur Erklärung ihrer Entstehung und Entwicklung, in: Schneidmüller/Weinfurter, Heilig – Römisch – Deutsch, S. 133–161.

Flacke Monika (Hg.): Mythen der Nationen: Ein europäisches Panorama, 2001.

Flasch, Kurt: Das philosophische Denken im Mittelalter. Von Augustin zu Machiavelli, ³2013.

Flavius Josephus, Geschichte des Judäischen Krieges, übersetzt von Heinrich Clementz, 1970.

Fleckenstein, Josef (Hg.): Das ritterliche Turnier im Mittelalter. Beiträge zu einer vergleichenden Formen- und Verhaltensgeschichte des Rittertums (VMPIG 80), 1985.

Fleckenstein, Josef: Das Turnier als höfisches Fest im hochmittelalterlichen Deutschland, in: Fleckenstein, Turnier im Mittelalter, S. 229–256.

Fleckenstein, Josef: Ritter, Rittertum, Ritterstand I. Allgemein und Mitteleuropa, in: LMA 7 (1995), Sp. 865–873.

Fleckenstein, Josef: Ritterstand, in: HRG 4 (1990), Sp. 1088–1092.

Fleckenstein, Josef: Rittertum und ritterliche Welt. Unter Mitwirkung von Thomas Zotz, 2002.

Fleischmann, Peter (Hg.): Norenberc – Nürnberg 1050 bis 1806. Eine Ausstellung des Staatsarchivs Nürnberg zur Geschichte der Reichsstadt 2000 (Ausstellungskatalog), 2000.

Fleischmann, Peter: Die Privilegierung Nürnbergs durch Karl IV., in: Lehner, Politik. Macht. Kultur, S. 47–71.

Fleischmann, Peter: Rat und Patriziat in Nürnberg. Die Herrschaft der Ratsgeschlechter vom 13. bis zum 18. Jahrhundert (Nürnberger Forschungen 31), 2008.

Folia diplomatica 1, curavit Sáša Dušková, 1971.

Folz, Robert: Der Brief des italienischen Humanisten Niccoló dei Beccari an Karl IV. Ein Beitrag zur Kaiseridee im 14. Jahrhundert, in: HJb 82 (1962), S. 148–162.

Fontane, Theodor: Wanderungen durch die Mark Brandenburg. Fünf Schlösser. Altes und Neues aus Mark Brandenburg, 1987.

Fößel, Amalie (Hg.): Die Kaiserinnen des Mittelalters, 2011.

Fößel, Amalie: Die Heiratspolitik der Luxemburger, in: Penth/Thorau, Rom 1312, S. 427–444.

Fouquet, Gerhard/Seggern, Harm von/Zeilinger, Gabriel (Hg.): Höfische Feste im Spätmittelalter, 2003.

Franco Sacchetti, Opere, hg. von A. Borlenghi, 1957.

François, Etienne/Schulze, Hagen (Hg.): Deutsche Erinnerungsorte, 3 Bde., 2001, Einleitung, Bd. 1, S. 11–24.

François, Etienne/Schulze, Hagen: Das emotionale Fundament der Nationen, in: Flacke, Mythen, S. 17–32.

François, Étienne/Serrier, Thomas (Hg.): Europa. Die Gegenwart unserer Geschichte, 3 Bde., 2019.

Franz von Prag = Kronika Františka Pražského, hg. von Josef Emler, in: Fontes rerum Bohemicarum 4, 1884, S. 347–456.

Franzen, Wilfried: Karls Erben: Wenzel IV. und Sigismund, in: Fajt/Hörsch, Kaiser Karl IV. 1316–2016 – Ausstellungskatalog 2016, S. 253–258.

Frapiselli, Luciana: La via Francigena nel medioevo da monte Mario a San Pietro, 2003.

Fredéricq, Paul: Corpus documentorum inquisitionis haereticae pravitatis Neerlandicae. Verzameling van stukken betreffende de pauselijke en bisschoppelijke inquisitie in de Nederlanden, 3 Bde., 1889–1906.

Freigang, Christian: Köln und Prag. Der Prager Veitsdom als Nachfolgebau des Kölner Domes, in: Ludger Honnefelder (Hg.): Dombau und Theologie im mittelalterlichen Köln (Festschrift), 1998), S. 49–86.

Freigang, Christian: Matthias von Arras, erster Baumeister der Kathedrale von Prag im Lichte neuer Forschungen, in: Břízová/Kuthan/Peroutková/Scholz, Kaiser Karl IV., S. 161–174.

Freiherr vom Stein: Briefe und amtliche Schriften, bearbeitet von Erich Botzenhart, neu hg. von Walther Hubatsch, Bd. 3, 1961.

Frey, Beat: Karl IV. in der älteren Historiographie, in: Seibt, Kaiser Karl IV. – Ausstellungskatalog, S. 399–404 und S. 464–465.

Frey, Beat: Pater Bohemiae – Vitricus imperii. Böhmens Vater, Stiefvater des Reiches. Kaiser Karl IV. in der Geschichtsschreibung, 1978.

Fried, Johannes/Rader, Olaf B. (Hg.): Die Welt des Mittelalters: Erinnerungsorte eines Jahrtausends, 2011.

Fried, Johannes: Das Mittelalter, Geschichte und Kultur, 2008.

Fried, Johannes: Friedrich Barbarossas Krönung in Arles (1178), in: Historisches Jahrbuch 103 (1983), S. 347–371.

Fried, Johannes: Imperium Romanum – das römische Reich und der mittelalterliche Reichsgedanke, in: Elke Stein-Hölkeskamp/Karl-Joachim Hölkeskamp (Hg.), Erinnerungsorte der Antike. Die römische Welt, 2006, S. 156–184.

Fried, Johannes: Römische Erinnerung. Zu den Anfängen und frühen Wirkungen des christlichen Rommythos, in: Matthias Thumser/Annegret Wenz-Haubfleisch/Peter Wiegand (Hg.), Studien zur Geschichte des Mittelalters. Jürgen Petersohn zum 65. Geburtstag, 2000, S. 1–41.

Fried, Torsten: Finanz- und Münzwesen, in: Fajt/Hörsch, Kaiser Karl IV. 1316–2016 – Ausstellungskatalog 2016, S. 235–238.

Fried, Torsten: Schnöder Mammon oder Repräsentationsobjekt? Kaiserliche und kurfürstliche Münzen zu Zeiten der Goldenen Bulle, in: Hohensee/Lawo/Lindner/Menzel/Rader, Goldene Bulle, S. 465–492.

Fried, Torsten: Schrift und Bild: Münzen als Herrschaftszeichen, in: Rader, Turbata, S. 233–252.

Friedell, Egon: Kulturgeschichte der Neuzeit. Die Krisis der europäischen Seele von der schwarzen Pest bis zum Ersten Weltkrieg, 3 Bde. in einem Bd., [ca. 1950] (EA: Bd. 1, 1927).

Friedensburg, Walter: Das Königlich Preussische Historische Institut in Rom in den dreizehn ersten Jahren seines Bestehens 1888–1901, 1903.

Friedjung, Heinrich: Kaiser Karl IV. und sein Antheil am geistigen Leben seiner Zeit, 1876.

Fritsche Closener Chronik, hg. von Karl Hegel, in: Die Chroniken der deutschen Städte, Bd. 8: Straßburg, Bd. 1, 1870, S. 1–151.

Frugoni, Chiara: Das Mittelalter auf der Nase. Brillen, Bücher, Bankgeschäfte und andere Erfindungen des Mittelalters, 2005.

Fuhrmann, Bernd: Wirtschaftliche Entwicklungen im 14. Jahrhundert, in: Penth/Thorau (Hg.): Rom 1312, S. 187–206.

Fuhrmann, Horst: Überall ist Mittelalter. Von der Gegenwart einer vergangenen Zeit, 1996.

Fürst, Carl G.: Kardinal, in: LMA 5 (1991), Sp. 950–952.

Gajdošová, Jana: Karls Hauptstadt Prag – Großbaustelle und Versuchslabor einer neuen Richtung gotischer Architektur, in: Fajt/Hörsch, Kaiser Karl IV. 1316–2016 – Ausstellungskatalog 2016, S. 95–102.

Garnier, Claudia: Die Ordnung des Reiches. Die Position des Herrschers in der Goldenen Bulle in der Wahrnehmung bis 1400, in: Hohensee/Lawo/Lindner/Menzel/Rader, Goldene Bulle, S. 197–240.

Garnier, Claudia: Rang und Ritual. Das Verhältnis von König und Kurfürsten in der Goldenen Bulle, in: Rückert, Peter/Frauenknecht, Erwin (Hg.): Kaiser Karl IV. (1316–1378) und die Goldene Bulle (Ausstellungskatalog Landesarchiv Baden-Württemberg), 2016, S. 26–36.

Gaster, Claudia: Wohlstandskrankheit Gicht, in: UGB-Forum spezial Ernährungstherapie 2013, S. 24–27.

Gawlik, Alfred: Bulle, in: LMA 2 (1983), Sp. 932–936.

Gawlik, Alfred: Goldbulle, in: LMA 4 (1989), Sp. 1539–1540.

Gerabek, Werner E./Haage, Bernhard D./Keil, Gundolf/Wegner, Wolfgang (Hg.): Enzyklopädie Medizingeschichte, 2005.

Gerlich, Alois: Franken: Staat und Gesellschaft bis 1500, in: Spindler, Handbuch 3, S. 268–348.

Gerwarth, Robert: Reinhard Heydrich, 2011.

Gesta archiepiscoporum Magdeburgensium, hg. von Wilhelm Schum, in: MGH SS 14 (1883), S. 361–486; deutsche Übersetzung: Magdeburger Bischofschronik, übersetzt von Hermann Michaëlis, hg. von Eckhart W. Peters, 2006.

Gesta Trevirorum integra lectionis varietate et animadversionibus illustrata ac indice duplici instructa, hg. von Wyttenbach, Johannes Hugo/Müller, Michael Franz Joseph, 3 Bde., 1836–1839.

Ghignoli, Antonella: Italienische Forschungen und Urkundeneditionen zur Zeit Karls IV., in: Hohensee/Lawo/Lindner/Menzel/Rader, Goldene Bulle, S. 805–834.

Giese, Kaiser Friedrich II. als Jäger, in: Fajt/Hörsch/Razím, Křivoklát – Pürglitz, S. 289–303.

Giovanni de Marignolli = Kronika Jana z Marignoly, hg. von Josef Emler, in: Fontes rerum Bohemicarum 4, 1884, S. 485–604.

Giovanni Villani: Nuova Cronica, edizione critica a cura di Giuseppe Porta, 3 Bde., 1990/1991; zu den Illustrationen: Il Villani illustrato: Firenze e l'Italia medievale nelle 253 immagini del ms. Chigiano L VIII 296 della Biblioteca Vaticana, a cura di Chiara Frugoni, 2005.

Gläser, Florian: Reinhard von Schönau, in: NDB 21 (2003), S. 353–254.

Gloger, Bruno: Kaiser, Gott und Teufel. Friedrich II. von Hohenstaufen in Geschichte und Sage, [8]1982.

Gnädinger, Louise/Meyer-Eller, Sören: Guillaume de Machaut, in: LMA 4 (1989), Sp. 1781–1782.

Goethe, Johann Wolfgang: Werke (Berliner Ausgabe), 22 Bde., 1960–1978 – Aus meinem Leben. Dichtung und Wahrheit, in: Bd. 13 (1960).

Goetz, Dorothea: Die Anfänge der Artillerie, 1985.

Goez, Werner: Grundzüge der Geschichte Italiens in Mittelalter und Renaissance, 1975.

Görich, Knut/Wihoda, Martin (Hg.): Friedrich Barbarossa in den Nationalgeschichten Deutschlands und Ostmitteleuropas (19.–20 Jh.), 2017.

Görich, Knut: Friedrich Barbarossa. Eine Biographie, 2011.

Grabpredigten – Sermones post mortem Karoli IV. imperatoris per Johannem, archiepiscopum Pragensem, et Mag. Adalbertum Ranconis de Ericinio facti, hg. von Josef Emler, in: Fontes rerum Bohemicarum 3, 1882, S. 419–441.

Grandes Chroniques de France: Chronique des règnes de Jean II et de Charles V, hg. von Roland Delachenal, 4 Bde., 1910–1920.

Grasmück, Ernst Ludwig: Dante Alighieri, De monarchia. Zur politischen Idee vom Kaiser als Garanten des Friedens, in: Beestermöller, Gerhard (Hg.): Friedensethik im Spätmittelalter, 1999, S. 64–78.

Grass, Nikolaus: Reichskleinodien – Studien aus rechtshistorischer Sicht, 1965.

Graus, František: Das Scheitern von Königen: Karl VI., Richard II., Wenzel IV., in: Schneider, Königtum im europäischen Vergleich, S. 17–39.

Graus, František: Lebendige Vergangenheit. Überlieferungen im Mittelalter und in den Vorstellungen vom Mittelalter, 1975.

Graus, František: Pest – Geißler – Judenmorde. Das 14. Jahrhundert als Krisenzeit (VMPIG 86), 1987.

Graus, František: Prag als Mitte Böhmens 1346–1421. Zentralität als Problem der mittelalterlichen Stadtgeschichtsforschung, 1979.

Grawert, Rolf: Gesetz, in: GG 2 (1975), S. 863–922.

Gregorovius, Ferdinand: Geschichte der Stadt Rom im Mittelalter vom V. bis zum XVI. Jahrhundert, 8 Bde., ⁶1922.

Griesser, Martina/Just, Thomas/Kininger, Kathrin/Kirchweger, Franz (Hg.): Falsche Tatsachen. Das Privilegium maius und seine Geschichte (Kunsthistorisches Museum Wien, technologische Studien 13), 2018.

Großmann, G. Ulrich/Ottomeyer, Hans (Hg.): Die Burg (Begleitband zu den Ausstellungen «Burg und Herrschaft» und «Mythos Burg» 2010), 2010.

Großmann, G. Ulrich, Die Welt der Burgen. Geschichte, Architektur, Kultur, 2013.

Großmann, G. Ulrich: Burgen und Residenzen Karls IV., in: Fajt/Hörsch, Kaiser Karl IV. 1316–2016 – Ausstellungskatalog 2016, S. 103–109.

Grotefend, Siegfried: Die Erwerbungspolitik Kaiser Karls IV. (Historische Studien 66), 1909.

Gruber, Joachim/Brunhölzl, Franz/Briesemeister, Dietrich: Biographie I–III, in: LMA 2 (1983), Sp. 199–205.

Grundmann, Herbert: Dante und Joachim von Fiore. Zu Paradiso X–XII, in: Ders., Ausgewählte Aufsätze 2 (MGH Schriften 25,2), 1977, S. 166–210.

Grundmann, Herbert: Das Schreiben Kaisers Karls IV. an die heidnischen Litauer-Fürsten 1358, in: Folia diplomatica 1, S. 89–103.

Grundmann, Herbert: Die Grundzüge der mittelalterlichen Geschichtsanschauungen, in: Ders., Ausgewählte Aufsätze 2 (MGH Schriften 25,2), 1977, S. 211–219.

Grundmann, Herbert: Ketzerverhöre des Spätmittelalters als quellenkritisches Problem, in: Ders., Ausgewählte Aufsätze 1 (MGH Schriften 25,1), 1976, S. 364–416.

Grundmann, Herbert: Religiöse Bewegungen im Mittelalter. Untersuchungen über die geschichtlichen Zusammenhänge zwischen der Ketzerei, den Bettelorden und der religiösen Frauenbewegung im 12. und 13. Jahrhundert und über die geschichtlichen Grundlagen der deutschen Mystik, 1935, ND in einem Band zusammen mit dem im AfK 37 (1955) S. 131–182 veröffentlichten Text: Neue Beiträge zur Geschichte der religiösen Bewegungen im Mittelalter, [4]1977.

Grundmann, Herbert: Vom Ursprung der Universität im Mittelalter, in: Ders., Ausgewählte Aufsätze 3 (MGH Schriften 25,3), 1978, S. 292–342.

Grundmann, Herbert: Wahlkönigtum, Territorialpolitik und Ostbewegung im 13. und 14. Jahrhundert (1198–1378), in: Ders. (Hg.): Bruno Gebhardt, Handbuch der Deutschen Geschichte, Bd. 1: Frühzeit und Mittelalter, [8]1954, S. 341–504.

Gruner, Wolf: Die Judenverfolgung im Protektorat Böhmen und Mähren. Lokale Initiativen, zentrale Entscheidungen, jüdische Antworten 1939–1945, 2016.

Guida d'Italia del Touring Club Italiano (TCI): Roma, [9]1999.

Gümbel, Albert: Sebald Weinschröter, ein Nürnberger Hofmaler Kaiser Karls IV., in: Repertorium für Kunstwissenschaft 27 (1904) S. 13–23 und S. 512–514.

Günther von Schwarzburg, ein Singspiel in drei Aufzügen für die kuhrpfälzische Hofsingbühne (Text von Anton Klein), (1787).

Gurlitt, Cornelius: Beschreibende Darstellung der älteren Bau- und Kunstdenkmäler des Königreichs Sachsen 29, Amtshauptmannschaft Zittau (Land), 1906.

Haas, Julia: Die Reichstheorie in Pufendorfs «Severinus de Monzambano». Monstrositätsthese und Reichsdebatte im Spiegel der politisch-juristischen Literatur von 1667 bis heute, 2006.

Haase, Kurt: Die Königskrönungen in Oberitalien und die «eiserne» Krone, 1901.

Haasis, Helmut G.: Tod in Prag. Das Attentat auf Reinhard Heydrich, 2002.

Hack, Achim Thomas (Hg.): Die Ordines für die Weihe und Krönung des Königs und der Königin in Mailand (MGH Font. 17), 2020.

Hack, Achim Thomas: Das Empfangszeremoniell bei mittelalterlichen Papst-Kaiser-Treffen, 1999.

Hack, Achim Thomas: Der Ritterschlag Friedrichs III. auf der Tiberbrücke 1452. Ein Beitrag zum römischen Krönungszeremoniell des späten Mittelalters, in: Nikolaus Staubach (Hg.), Rom und das Reich vor der Reformation, 2004, S. 197–236.

Hagemann, Hans-Rudolf: Erbrecht: in: HRG 1, ([2]2008), Sp. 1370–1383.

Hägermann, Dieter/Hedwig, Andreas: Hufe: in: LMA 5 (1991), Sp 154–156.

Hampe, Karl: Herrschergestalten des deutschen Mittelalters, [5]1945.

Hanisch, Wilhelm: Wenzel der IV., in: Seibt, Lebensbilder 3, S. 251–279.

Harnisch, Harriet M.: Königs- und Reichsnähe thüringischer Grafenfamilien im Zeitalter Karls IV., in: Lindner/Müller-Mertens/Rader/Lawo: Kaiser, Reich und Region, S. 181–212.

Harnsäure und Ernährung. Patientenratgeber (Berlin-Chemie AG), o. J.

Harper, Kyle: Fatum. Das Klima und der Untergang des Römischen Reiches, 2020.

Härtel, Reinhard: Die Italienpolitik König Johanns von Böhmen, in: Pauly, Johann der Blinde – Tagungsband, S. 363–382.

Hartmann Schedel Weltchronik. Kolorierte Gesamtausgabe von 1493 (Nachdruck), Einleitung und Kommentar von Stephan Füssel, 2004.

Hartmann, Martina/Zimmerhackl, Horst (Hg.) unter Mitarbeit von Nierhoff, Anna Claudia: Quellenforschung im 21. Jahrhundert. Vorträge der Veranstaltungen zum 200-jährigen Bestehen der MGH vom 27. bis 29. Juni 2019 (MGH Schriften 75), 2020.

Hartmann, Sieglinde: Die «Autobiographie» Karls IV.: «Politische Rechtfertigungsschrift» oder «Heiligenvita»?, in: Jahrbuch der Oswald von Wolkenstein-Gesellschaft 4 (1986/87), S. 67–79.

Hartung, Fritz: Die Krone als Symbol der monarchischen Herrschaft im ausgehenden Mittelalter, 1941.

Haubrichs, Wolfgang: Die sprachhistorische Bedeutung des Prager Hofs und der Prager Kanzlei für das frühe Neuhochdeutsche, in: Penth/Thorau, Rom 1312, S. 331–348.

Hauck, Albert: Kirchengeschichte Deutschlands, 5 Bde., [9]1958.

Hausberger, Karl: Die Päpste in Avignon von Clemens V. bis Gregor XI., in: Greschat Martin, (Hg.), Das Papsttum 1: Von den Anfängen bis zu den Päpsten in Avignon, 1985, S. 258–274.

Haverkamp, Alfred: «Kammerknechtschaft» und «Bürgerstatus» der Juden diesseits und jenseits der Alpen während des späten Mittelalters, in: Brenner, Michael/Ullmann, Sabine (Hg.): Die Juden in Schwaben, 2013, S. 11–40.

Haverkamp, Alfred: Die Judenverfolgungen zur Zeit des Schwarzen Todes im Gesellschaftsgefüge deutscher Städte, in: Haverkamp, Alfred (Hg.): Zur Geschichte der Juden in Deutschland des späten Mittelalters und der frühen Neuzeit, 1981, S. 27–93.

Haverkamp, Alfred: Jüdische Friedhöfe in Aschkenas, in: Fried/Rader, Welt des Mittelalters, S. 70–84.

Haverkamp, Alfred: Studien zu den Beziehungen zwischen Erzbischof Balduin von Trier und König Karl IV., in: Patze, Kaiser Karl IV., S. 463–503.

Heckmann, Marie-Luise: Stellvertreter, Mit- und Ersatzherrscher. Regenten, Generalstatthalter, Kurfürsten und Reichsvikare in Regnum und Imperium vom 13. bis zum frühen 15. Jahrhundert, 2 Bde., 2002.

Heckmann, Marie-Luise: Vikar, -iat, in LMA 8 (1997), Sp. 1662–1664.

Heckmann, Marie-Luise: Zeitnahe Wahrnehmung und internationale Ausstrahlung. Die Goldene Bulle Karls IV. im ausgehenden Mittelalter mit einem Ausblick auf die Frühe Neuzeit (mit einem Anhang: Nach Überlieferungszusammenhang geordnete Abschriften der Goldenen Bulle), in: Hohensee/Lawo/Lindner/Menzel/Rader, Goldene Bulle, S. 933–1042.

Hegen, Hannes: Der Golem ist wieder los (Mosaik 78), 1963.

Heidegger, Martin: Aus einem Gespräch von der Sprache, in: Ders., Unterwegs zur Sprache (Heidegger Gesamtausgabe 12), 1985, S. 79–146.

Heidemann, Franziska (Hg.): Regesten der Markgrafen von Brandenburg aus dem Hause Luxemburg. Karl IV., Wenzel, Sigismund und Johann sowie deren Hauptmänner (1373–1415), 2016.

Heidemann, Franziska: Die Luxemburger in der Mark. Brandenburg unter Kaiser Karl IV. und Sigismund von Luxemburg (1373–1415), 2014.

Heimann, Heinz-Dieter: Die luxemburgisch-habsburgischen Erbverbrüderungen von 1364 und 1366. Ein inner- und interdynastisches Rechtswerk, in: Müller/Spieß/Tresp, Erbeinungen und Erbverbrüderungen, S. 133–49.

Heimann, Heinz-Dieter: Erwerbung der Mark Brandenburg: «Meisterstück» eines «Brandstifters»?, in: Richter/Knüvener/Winkler, Ein Kaiser in Brandenburg, S. 17–21.

Heimann, Heinz-Dieter: Schinkels Brunnen und das Königsgrab an der Saar. Eine Gedächtnisgeschichte und politische Affäre Preußens, 2022.

Heimpel, Hermann: Königlicher Weihnachtsdienst im späten Mittelalter, in: DA 39 (1983), S. 131–206.

Heine, Heinrich: Werke und Briefe in zehn Bänden, ²1972 – Gedichte 1853 und 1854, in: Bd. 2, S. 193–250; Shakespeares Mädchen und Frauen, in: Bd. 5, S. 461–588; Ludwig Börne. Eine Denkschrift, in: Bd. 6, S. 84–229.

Heinig, Paul-Joachim: «Solide bases imperii et columpne immobiles?» Die geistlichen Kurfürsten und der Reichsepiskopat um die Mitte des 14. Jahrhunderts, in: Hohensee/Lawo/Lindner/Menzel/Rader, Goldene Bulle, S. 65–92.

Heinig, Paul-Joachim: Die Providierung Ludwigs von Wettin, in: Handbuch der Mainzer Kirchengeschichte 1/1, 2000, S. 483–486;

Heinig, Paul-Joachim: Kaiser Friedrich III. (1440–1493). Hof, Regierung und Politik, 3 Bde., 1997.

Heinrich Taube = Die Chronik Heinrichs Taube von Selbach. Mit den von ihm verfaßten Biographien Eichstätter Bischöfe – Chronica Heinrici Surdi de Selbach, hg. von Harry Bresslau (MGH SS rer. Germ. NS 1), 1922; deutsche Übersetzung: Kaiser- und Papstgeschichte von Heinrich dem Tauben (früher Heinrich von Rebdorf), übersetzt von Georg Grandaur (GdV 2,85), 1899.

Heinrich von Herford: Liber de rebus memorabilioribus sive chronicon Henrici de Hervordia, hg. von August Potthast, 1859.

Heinrich, Gerd: Kaiser Karl IV. und die Mark Brandenburg, in: Patze, Kaiser Karl IV., S. 407–432.

Heinricus de Diessenhofen, Fontes rerum Germanicarum 4, hg. von Alfons Huber, 1868.

Helle, Matthias: Hufen, Herren und Besitz. Das märkische Landbuch Karls IV., in: Richter/Knüvener/Winkler, Ein Kaiser in Brandenburg, S. 57–60.

Hellmann, Manfred: Karl IV. und der Deutsche Orden in den Jahren 1346–1360, in: Folia diplomatica 1, S. 105–112.

Hemmerle, Josef: Karl IV. und die Orden, in: Seibt, Kaiser Karl IV. – Ausstellungskatalog, S. 301–305 und S. 460.

Herbers, Klaus/Neuhaus, Helmut: Das Heilige Römische Reich. Schauplätze einer tausendjährigen Geschichte (843–1806), 2005.

Hergemöller, Bernd-Ulrich (Hg.): Maiestas Carolina. Der Kodifikationsentwurf Karls IV. für das Königreich Böhmen von 1355, 1995.

Hergemöller, Bernd-Ulrich: Cogor adversum te. Drei Studien zum literarisch-theologischen Profil Karls IV. und seiner Kanzlei, 1999.

Hergemöller, Bernd-Ulrich: Der Abschluß der «Goldenen Bulle» zu Metz 1356/57, in: Fahlbusch/Johanek, Studia Luxemburgensia, S. 123–232.

Hergemöller, Bernd-Ulrich: Die Entstehung der «Goldenen Bulle» zu Nürnberg und Metz, 1355–1357, in: Brockhoff/Matthäus, Die Kaisermacher, S. 26–39.

Hergemöller, Bernd-Ulrich: Die Goldene Bulle. Karl IV. und die Kunst des Möglichen, in: Seibt, Kaiser Karl IV. – Ausstellungskatalog, S. 143–146 und S. 446–445.

Hergemöller, Bernd-Ulrich: Die Verfasserschaft der «Goldenen Bulle», in Bohemia 22 (1981), S. 253–299.

Hergemöller, Bernd-Ulrich: Fürsten, Herren und Städte zu Nürnberg 1355/56. Die Entstehung der «Goldenen Bulle» Karls IV., 1983.

Herkommer, Hubert: Kritik und Panegyrik. Zum literarischen Bild Karls IV. (1346–1378), in: Rheinische Vierteljahrsblätter 44 (1980), S. 68–116.

Hermann Korner Chronika: Die Chronica novella des Hermann Korner, hg. von Jakob Schwalm, 1895.

Herzogenberg, Johanna von: Die Bildnisse Karls IV., in: Seibt, Kaiser Karl IV. – Ausstellungskatalog, S. 324–326, S. 331–334 und S. 461.

Hesse, Christian: Alte und neue Eliten im römisch-deutschen Reich. Veränderungen in der Zusammensetzung von Führungsgruppen unter den Luxemburgern (1308–1436), in: Penth/Thorau, Rom 1312, S. 373–388.

Hesse, Christian: Synthese und Aufbruch 1346–1410, 2017.

Hilger, Hans Peter: Der Weg nach Aachen, in: Seibt, Kaiser Karl IV. – Ausstellungskatalog, S. 324–326, S. 331–334 und S. 461.

Hillenbrand, Eugen: Die Autobiographie Karls IV. Entstehung und Funktion, in: Patze, Kaiser Karl IV., S. 39–72.

Hilsch, Peter: Die Krönungen Karls IV., in: Seibt, Kaiser Karl IV. – Ausstellungskatalog, S. 108–111 und S. 444–445.

Hilsch, Peter: Johann, in: NDB 10 (1974), S. 488.

Hilsch, Peter: Jost (Jobst, Jodocus, Jodok), in: NDB 10 (1974), S. 627–628.

Hirnsperger, Johann: Suburbikarische Bistümer, in: LThK 9 (2000), Sp. 1080.

Hlaváček, Ivan: Beneš Krabice v. Weitmühl, in: LMA 1 (1980), Sp. 1907.

Hlaváček, Ivan: Das Urkunden- und Kanzleiwesen des böhmischen und römischen Königs Wenzel (IV.) 1376–1419. Ein Beitrag zur spätmittelalterlichen Diplomatik (MGH Schriften 23), 1970.

Hlaváček, Ivan: Landtafel von Böhmen, in: LMA 5 (1991), Sp. 1679–1680.

Hledíková, Zdenka: Einige Betrachtungen zur Praxis der Kirchenpolitik Karls IV. in den böhmischen Ländern und im Reich, in: Břízová/Kuthan/Peroutková/Scholz, Kaiser Karl IV., S. 50–58.

Hödl, Günther: Die Bestätigung und Erweiterung der österreichischen Freiheitsbriefe durch Kaiser Friedrich III., in: Fälschungen im Mittelalter 3, S. 225–246.

Hödl, Günther: Habsburg und Österreich 1273–1493. Gestalten und Gestalt des österreichischen Spätmittelalters, 1988.

Hoensch, Jörg K.: Die Luxemburger – Eine spätmittelalterliche Dynastie gesamteuropäischer Bedeutung 1308–1437, 2000.

Hoensch, Jörg K.: Kaiser Karl IV., in: Koschmal/Nekula/Rogall, Deutsche und Tschechen, S. 41–49.

Hoensch, Jörg K.: Kaiser Sigismund. Herrscher an der Schwelle zur Neuzeit 1368–1437, 1996.

Hoensch, Jörg K.: Přemysl Otakar II. von Böhmen. Der goldene König, 1989.

Hoffmann, Erich: Der Besuch Kaiser Karls IV. in Lübeck im Jahre 1375, in: Paravicini, Nord und Süd, S. 73–95.

Hoffmann-Erbrecht, Lothar: Holzbauer, Ignaz Jakob, in: NDB 9 (1972), S. 571–572.

Hohensee, Ulrike/Lawo, Mathias/Lindner, Michael/Menzel, Michael/Rader, Olaf B. (Hg.): Die Goldene Bulle. Politik – Wahrnehmung – Rezeption, 2 Bde., 2009.

Hohensee, Ulrike: Die Inkorporationsurkunde Karls IV. für die Niederlausitz. Echtheitsfragen, in: Moraw/Holtz/Lindner, Akkulturation und Selbstbehauptung, S. 257–286.

Hohensee, Ulrike: Herrschertreffen und Heiratspolitik. Karl IV., Ungarn und Polen, in: Hohensee/Lawo/Lindner/Menzel/Rader, Goldene Bulle, S. 639–664.

Hohensee, Ulrike: *Solus Woldemarus sine herede mansit superstes:* Brandenburgische Geschichte in der Sicht Pulkawas, in: Rader, Turbata, S. 115–129.

Hohensee, Ulrike: Zur Erwerbung der Lausitz und Brandenburgs durch Kaiser Karl IV., in: Lindner/Müller-Mertens/Rader/Lawo, Kaiser, Reich und Region, S. 213–243.

Holder-Egger, Oswald: Italienische Prophetien des 13. Jahrhunderts, in: NA 30 (1905), S. 321–386 und S. 714–715.

Hölscher, Wolfgang: Kirchenschutz als Herrschaftsinstrument. Personelle und funktionale Aspekte der Bistumspolitik Karls IV., 1985.

Holtz, Eberhard/Huschner, Wolfgang (Hg.): Deutsche Fürsten des Mittelalters. Fünfundzwanzig Lebensbilder, 1995.

Holtz, Eberhard: Die Goldene Bulle Karls IV. im Politikverständnis von Kaiser und Kurfürsten während der Regierungszeit Friedrichs III. (1440–1493), in: Hohensee/Lawo/Lindner/Menzel/Rader, Goldene Bulle, S. 1043–1070.

Holtz, Eberhard: Eberhard II., Graf von Württemberg (1344–1392), in: Holtz/Huschner, Deutsche Fürsten des Mittelalters, S. 346–357.

Holtz, Eberhard: Politische Kräfte und politische Entwicklungen in Mitteldeutschland während des 14./15. Jahrhunderts, in: Moraw/Holtz/Lindner, Akkulturation und Selbstbehauptung, S. 287–309.

Holtz, Eberhard: Überlieferungs- und Verlustquoten spätmittelalterlicher Herrscher-urkunden, in: Rader, Turbata, S. 67–80.

Homolka, Jaromír: Paris – Gmünd – Prag: die königliche Allerheiligenkapelle auf der Prager Burg, in: Strobel/Siefert, Parlerbauten, S. 135–139.

Homolka, Jaromír: Peter Parler, der Bildhauer, in: Legner, Parler und der schöne Stil 3, S. 27–34.

Homolka, Jaromír: Tumben der Přemysliden, in: Legner, Parler und der schöne Stil 2, S. 650–653.

Honselmann, Klemens: Heinrich von Herford, in: NDB 8 (1969), S. 411.

Hörmann-Thurn und Taxis, Julia (Hg.): Margarete, Gräfin von Tirol – Margareta, Contessa del Tirolo (Katalog zur gleichnamigen Ausstellung 2007 im Landes-museum Schloss Tirol), 2007.

Hörmann-Thurn und Taxis, Julia: Du, glückliches Österreich, heirate! Die Ehefrauen der Habsburger von Rudolf I. bis Maximilian I., in: Schubert, Habsburger (Aus-stellungskatalog), S. 114–121.

Hörsch, Markus: Die Jugend Karls IV. – Abstammung – Ausbildung zum Herrscher – erste Bewährungsproben, in: Fajt/Hörsch, Kaiser Karl IV. 1316–2016 – Ausstel-lungskatalog 2016, S. 55–64.

Hörsch, Markus: Die künstlerische Repräsentation der frühen Jahre – Vorbilder und Vielfalt der bildkünstlerischen Stilsprache bis 1350, in: Fajt/Hörsch, Kaiser Karl IV. 1316–2016 – Ausstellungskatalog 2016, S. 133–138.

Hörsch, Markus: Nürnberg und der «Schöne Stil». Überlegungen an Beispielen der Skulptur, insbesondere zu seiner Formierung und Verwendung in den Parler-Hüt-ten, in: Lehner, Politik. Macht. Kultur, S. 165–197.

Hörsch, Markus: Stützen des Kaisers? – Die Reichsstädte und die kaiserliche Reprä-sentation, in: Fajt/Hörsch, Kaiser Karl IV. 1316–2016 – Ausstellungskatalog 2016, S. 195–202.

Housley, Norman J.: The mercenary companies, the papacy, and the crusades, 1356–1378, in: Ders.: Crusading and warfare in Medieval and Renaissance Europe, 2001.

Höver, Werner: Johann von Neumarkt, in: VL² 4 (1983), Sp. 686–695.

Hrdina, Jan/Kühne, Hartmut: Die Luxemburger und die Anfänge der Wallfahrt nach Wilsnack, in: Richter/Knüvener/Winkler (Hg.), Ein Kaiser in Brandenburg, S. 78–83.

Hrdina, Jan unter Mitwirkung von Kühne, Hartmut: Die Luxemburger im Gravitati-onsfeld von Frömmigkeitspraktiken. Reliquien – Wallfahrt – Pilgerzeichen, in: Bauch/Burkhardt/Gaudek/Žůrek, Heilige, Helden, Wüteriche, S. 107–145.

Hruza, Karel: Der deutsche Insignien- und Archivalienraub aus der Prager Universität 1945. Mit einem Briefwechsel zwischen dem Universitätsarchivar Heinz Zatschek und dem Präsidenten der Monumenta Germaniae Historica Theodor Mayer, in: Bohemia 48 (2008), S. 349–411.

Hruza, Karel: Der tschechisch-deutsche Diskurs über die Gründungsurkunde der

Universität Prag vom 7. April 1348 während der Jahre 1882–1989, in: AfD 56 (2010), S. 209–271.

Hruza, Karel: Josef Pfitzner (1901–1945), in: Fahlbusch, Michael/Haar, Ingo/Pinwinkler, Alexander (Hg.): Handbuch der völkischen Wissenschaften. Akteure, Netzwerke, Forschungsprogramme 1: Biographien, ²2017, S. 596–600.

Hruza, Karel: König Sigismund und seine jüdischen Kammerknechte, oder: Wer bezahlte «des Königs neue Kleider»?, in: Hruza, Karel/Kaar, Alexandra (Hg.): Kaiser Sigismund (1368–1437). Zur Herrschaftspraxis eines europäischen Monarchen, 2012, S. 75–136.

Hruza, Karel: König Wenzel (1361–1419), der Ehre beraubt? Eine kommentierte Skizze seines Lebens (MIR Texte 6 (2017)), unter: https://www.oeaw.ac.at/imafo/dieabteilungen/editionsunternehmen-und-quellenforschung-mir/timelab-mir/timelab-mir-text (6. 5. 2021).

Hruza, Karel: Peter von Brünn, in: NDB 20 (2001), S. 221–222.

Hruza, Karel: Prokop, Markgraf von Mähren (1375–1405), in: NDB 20 (2001), S. 740–741.

Hruza, Karel: Wenzel (IV.), König, in: NDB 27 (2020), S. 794–797.

Huber, Kurt A.: Papst Clemens VI., in: Seibt, Lebensbilder 3, S. 99–110.

Hübner, Klara: Am Anfang war Propaganda, in: Elbel/Kaar/Němec/Wihoda, Historiker zwischen den Zeiten, S. 163–180.

Hübner, Klara: Der Ruf des Königs (in Vorbereitung).

Huizinga, J[ohan]: Herbst des Mittelalters. Studien über Lebens- und Geistesformen des 14. und 15. Jahrhunderts in Frankreich und in den Niederlanden, ⁵1939.

Huntington, Samuel P.: Kampf der Kulturen. Die Neugestaltung der Weltpolitik im 21. Jahrhundert, 1996.

Huschner, Wolfgang: Albrecht II., Fürst und Herzog von Mecklenburg (1329–1379), in: Holtz/Huschner, Deutsche Fürsten des Mittelalters, S. 326–345.

Huter, Franz: Tirol im 14. Jahrhundert, in: Patze, Territorialstaat 2, S. 369–387.

Huyskens, Albert: Die Aachener Krone der Goldenen Bulle, das Symbol des alten deutschen Reiches, in: DA 2 (1938), S. 401–497.

Ineichen, Gustav: Französiche Sprache, in: LMA 4 (1989), Sp. 844–847.

Ineichen, Gustav: Italienische Sprache, in: LMA 5 (1991), Sp. 768–771.

Iohannis Porta de Annoniaco Liber de coronatione Karoli IV. Imperatoris, edidit Ricardus Salomon (MGH SS rer. Germ. 35), 1913.

Irsigler, Franz: Reinhard von Schönau und die Finanzierung der Königswahl Karls IV. im Jahre 1346. Ein Beitrag zur Geschichte der Hochfinanzbeziehungen zwischen Rhein und Maas, in: Bestmann, Uwe/Irsigler, Franz (Hg.): Hochfinanz, Wirtschaftsräume, Innovationen. Festschrift für Wolfgang von Stromer, 3 Bde., 1987, Bd. 1, S. 357–382.

Isenmann, Eberhard: Die deutsche Stadt im Mittelalter 1150–1550. Stadtgestalt, Recht, Verfassung, Stadtregiment, Kirche, Gesellschaft, Wirtschaft, 2012.

Isenmann, Eberhard: Die deutsche Stadt im Spätmittelalter 1250–1500. Stadtgestalt, Recht, Stadtregiment, Kirche, Gesellschaft, Wirtschaft, 1988.

Iwanczak, Wojciech: Rituals and Pastimes at the Court of Charles IV, in: Břízová/ Kuthan/Peroutková/Scholz, Kaiser Karl IV., S. 112–121.

Jaeger, Susanne/Knejfl, Jana: Mode, Luxusstoffe und die textile Kunst unter Karl IV., in: Fajt/Hörsch, Kaiser Karl IV. 1316–2016 – Ausstellungskatalog 2016, S. 169–173.

Jähnig, Bernhart: Der Deutsche Orden und Karl IV., in: Patze, Kaiser Karl IV., S. 103– 149.

Jan, Libor/Kacetl, Jiří (Hg.): Pocta králi. K 730. Výročí smrti českého krále, rakouského vévody a moravského markrabéte Přemysla Otakara II., 2010.

Jan, Libor: Přemysl Otakar II.: rytír a válecník, in: Jan/Kacetl, Pocta králi, S. 127–139.

Jan, Libor: Václav II.: král na stríbrném trunu 1283–1305 [Wenzel II. – König auf silbernem Thron], 2015.

Jaritz, Gerhard: Die Bruoch, in: Blaschitz, Gertrud/Hundsbichler, Helmut/Jaritz, Gerhard/Vavra, Elisabeth (Hg.): Symbole des Alltags, Alltag der Symbole. Festschrift für Harry Kühnel zum 65. Geburtstag, 1992, S. 395–416.

Jäschke, Kurt-Ulrich: Frühmittelalterliche Festkrönungen? Überlegungen zur Terminologie und Methode, in: HZ 211 (1970), S. 556–588.

Jean Fouquet. Die Bilder der Grandes Chroniques de France (1987).

Jean Froissart, Chroniques. Textes traduits et présentés par Andrée Duby, 1977 – Chroniques de Jean Froissart, Tome II 1342–1356, Les Bourgeois de Calais, traduites de l'ancien francais par Nathalie Desgrugillers, 2003.

Joachim von Fiore, Concordia Novi ac Veteris Testamenti, hg. von Alexander Patschovsky, (MGH Quellen zur Geistesgeschichte des Mittelalters 28), 4 Bde., 2017.

Joachim von Fiore, Psalterium decem cordarum, hg. von Kurt-Victor Selge (MGH Quellen zur Geistesgeschichte des Mittelalters 20), 2009.

Johanek, Peter: Die «Karolina de ecclesiastica libertate». Zur Wirkungsgeschichte eines spätmittelalterlichen Gesetzes, in: Patze, Kaiser Karl IV., S. 797–831.

Johanek, Peter: Karl IV. und Heinrich von Herford, in: Institution und Charisma. Festschrift für Gert Melville zum 65. Geburtstag, hg. von Franz J. Felten/Anette Kehnel/Stefan Weinfurter, 2009, S. 229–244.

Johanek, Peter: Karolina de ecclesiastica libertate, in: LMA 5 (1991), Sp. 1008.

Johannes von Viktring = Iohannis abbatis Victoriensis Liber certarum historiarum, hg. von Fedor Schneider, 2 Bde., (MGH SS rer. Germ. 36), 1909/1910; deutsche Übersetzung: Das Buch gewisser Geschichten von Abt Johann von Victring, übersetzt von Walter Friedensburg (GdV 2,86), 1888.

Johne, Renate: Böhmische Einflüsse in der Stadt Brandenburg im 14. Jahrhundert, in: Moraw/Holtz/Lindner, Akkulturation und Selbstbehauptung, S. 127–137.

Jones, Robert: Knight: The Warrior and World of Chivalry, 2011.

José, Marie: La Maison de Savoie. Les Origines: Le Comte Vert – Le Comte Rouge, 1956.

Jungen, Oliver: Die Erfindung der Brille. Oder: Verschärfte Konkurrenz in Norditalien, in: Fried/Rader, Welt des Mittelalters, S. 378–395.

Jungmann, Josef Andreas: Missarum Sollemnia. Eine genetische Erklärung der römischen Messe, 2 Bde., ³1952.

Jussen, Bernhard (Hg.): Die Macht des Königs. Herrschaft in Europa vom Frühmittelalter bis in die Neuzeit, 2005.

Just, Thomas/Kininger, Kathrin/Sommerlechner, Andrea/Weigl, Herweg (Hg.): Privilegium maius. Autopsie, Kontext und Karriere der Fälschungen Rudolfs IV. von Österreich, 2018.

Just, Thomas: Das Reich im 14. Jahrhundert: Eine wird gewinnen – drei Familien im Streit um das Königtum, in: Griesser/Just/Kininger/Kirchweger, Falsche Tatsachen, S. 16–23.

Kaczmarek, Romuald: Schlesien – die luxemburgische Erwerbung, in: Fajt, Karl IV., Kaiser von Gottes Gnaden, S. 308–325.

Kadlec, Jaroslav: Johannes Milicius, in: VL² 6 (1987), Sp. 522–527.

Kadlec, Jaroslav: Leben und Schriften des Prager Magisters Adalbert Rankonis de Ericinio. Aus dem Nachlass von Rudolf Kolinka und Jan Vilikovský, 1971.

Kahnt, Helmut/Knorr, Bernd: Alte Maße, Münzen und Gewichte (BI-Lexikon), 1986.

Kaiser, Hans: Collectarius perpetuarum formarum Johannis de Geylnhusen, 1900 (= Edition).

Kaiser, Hans: Der Collectarius perpetuarum formarum des Johann von Gelnhausen, 1898 (= Dissertation).

Kalbfuß, Hermann: Urkunden und Regesten zur Reichsgeschichte Oberitaliens, in: QFIAB 15 (1913), S. 53–118 und S. 223–283.

Kalina, Pavel: Architecture and Memory. St Vitus's Cathedral in Prague and the Problem of the Presence of History, in: Fajt/Langer, Kunst als Herrschaftsinstrument, S. 150–156.

Kalista, Zdeněk: Der Hof Karls IV. und das tschechische Geistesleben, in: Seibt, Kaiser Karl IV. – Ausstellungskatalog, S. 281–285 und S. 459.

Kamp, Norbert/Wollasch, Joachim (Hg.): Tradition als historische Kraft, 1982.

Kämpfe, Walter: Thronfolge, in: Staatslexikon, Bd. 5, ³/⁴1912, Sp. 458–470.

Kania, Katrin: Kleidung im Mittelalter. Materialien, Konstruktion, Nähtechnik – ein Handbuch, 2010.

Kantorowicz, Ernst H.: Die zwei Körper des Königs. Eine Studie zur politischen Theologie des Mittelalters, 1990.

Kaskaldo, Olga: Gold: Geld, Kredit, Ware. Ein neuer Blick auf Finanzgeschichte und Gegenwart, 2018.

Kavka, František: 5. 4. 1355 Korunovace Karla IV. císařem Svaté říše římské, Praha 2002.

Kavka, František: Am Hofe Karls IV., 1989.

Kavka, František: Die Hofgelehrten, in: Seibt, Kaiser Karl IV. – Ausstellungskatalog, S. 249–253 und S. 458–459.

Kavka, František: Karl IV. (1349–1378) und Aachen, in: Kramp, Krönungen 2, S. 477–484.

Kavka, František: Vlada Karla IV. za jeho Cisařstvi (1355–1378), 2 Bde., 1993.

Kavka, František: Zu den Fragen der Volksbewegungen in den Städten des 14. Jahrhunderts in Böhmen und Mähren, in: Werner, Ernst/Steinmetz, Max (Hg.): Städtische Volksbewegungen im 14. Jahrhundert (Deutsche Historiker Gesellschaft 1), 1960, S. 143–146.

Kehr, Paul Fridolin: Italienische Erinnerungen, 1940.

Kehrer, Günter: Charisma, in: HrwG 2, 1990, S. 195–198.

Keil, Gundolf: Gallus von Prag, in: LMA 4 (1989), Sp. 1098–1099.

Keil, Gundolf: Gallus von Prag, in: VL² 2 (1980), Sp. 1065–1069.

Keil, Gundolf: Johann von Gelnhausen, in: VL² 4 (1983), Sp. 623–626.

Kejř, Jiří: Die sogenannte Maiestas Carolina, in: Fahlbusch/Johanek, Studia Luxemburgensia, S. 79–122.

Keller, Hiltgart L.: Reclams Lexikon der Heiligen und biblischen Gestalten. Legende und Darstellung in der bildenden Kunst, ⁹2001.

Kern, Fritz: Karls IV. «Kaiserlager» vor Rom, in: Historische Aufsätze. Festschrift Karl Zeumer, 1910, S. 385–395.

Keupp, Jan/Reither, Hans/Pohlit, Peter/Schober, Katharina/Weinfurter, Stefan (Hg.): «… die keyserlichen zeychen …» Die Reichskleinodien – Herrschaftszeichen des Heiligen Römischen Reiches, 2009.

Keupp, Jan/Schmitz-Esser, Romedio (Hg.): Neue alte Sachlichkeit. Studienbuch Materialität des Mittelalters, 2015.

Keupp, Jan: Die Wahl des Gewandes. Mode, Macht und Möglichkeitssinn in Gesellschaft und Politik des Mittelalters, 2010.

Keupp, Jan: Verselbständigter Sinn: Die Wiener Adlerstola, in: Keupp/Schmitz-Esser, Neue alte Sachlichkeit, S. 47–76.

Keupp, Jan: Von Strukturverweigerern zu Strukturbezwingern. Friedrich Barbarossa, die Fürsten und das Reich in der historiographischen Rezeption des 19. Jahrhunderts, in: Görich/Wihoda, Friedrich Barbarossa, S. 205–228.

Kibelka, Johannes: Heinrich von Mügeln, in: NDB 8 (1969), S. 417–418.

Kierkegard, Sören: Existenz im Glauben. Aus Dokumenten, Briefen und Tagebüchern Sören Kierkegaards, übersetzt, ausgewählt und eingeleitet von Liselotte Richter, 1956.

Kininger, Kathrin: Auf der Suche nach dem Vollkommen in der Vergangenheit – Urkundenfälschungen im Mittelalter, in: Griesser/Just/Kininger/Kirchweger, Falsche Tatsachen, S. 10–15.

Kininger, Kathrin: Das Privilegium maius – Gestalt und Geschichte eines brühmten Urkundenkomplexes, in: Griesser/Just/Kininger/Kirchweger, Falsche Tatsachen, S. 25–33.

Kintzinger, Martin: Das inszenierte Imperium. Kaiser Karl IV. und König Karl V. von Frankreich, in: Hohensee/Lawo/Lindner/Menzel/Rader, Goldene Bulle, S. 299–326.

Kintzinger, Martin: Der weiße Reiter. Formen internationaler Politik im Spätmittelalter, in: FMSt 37 (2003), S. 315–353.

Kintzinger, Martin: Die Luxemburger als Diplomaten – Diplomaten der Luxemburger, in: Penth/Thorau, Rom 1312, S. 389–408.

Kintzinger, Martin: Karl IV. (1346–1378) mit Günther von Schwarzburg (1349), in: Schneidmüller/Weinfurter, Herrscher des Mittelalters, S. 408–432.

Kintzinger, Martin: Sigmund (1410/1411–1437) mit Jobst von Mähren (1410–1411), in: Schneidmüller/Weinfurter, Herrscher des Mittelalters, S. 462–485.

Kintzinger, Martin: Wenzel (1376–1400, 1419), in: Schneidmüller/Weinfurter, Herrscher des Mittelalters, S. 433–445.

Kintzinger, Martin: Zeichen und Imaginationen des Reichs, in: Schneidmüller/Weinfurter, Heilig – Römisch – Deutsch, S. 345–371.

Kirchweger, Franz: Die Reichkleinodien in Nürnberg in der Frühen Neuzeit (1525–1796): Zwischen Glaube und Kritik, Forschung und Verehrung, in: Schilling/Heun/Götzmann, Altes Reich, Essays, S. 187–199.

Kirchweger, Franz: Herzog Rudolf IV. (1339–1365) – Herrschaftsrepräsentation und Kunst im Zeichen der Urkundenfälschung, in: Griesser/Just/Kininger/Kirchweger, Falsche Tatsachen, S. 34–53.

Klaniczay, Gábor: Die Pest und der Wolf, in: François/Serrier, Europa, Bd. 2, S. 106–114.

Klaniczay, Gábor: The Great Royal Trio: Charles IV, Louis I of Anjou and Casimir the Great, in: Břízová/Kuthan/Peroutková/Scholz, Kaiser Karl IV., S. 259–272.

Klapper, Joseph (Hg.): Schriften Johanns von Neumarkt, 4 Bde., (VMZR 6,1–4), 1930–1939 (Bd. 6,1: Buch der Liebkosung, Bd. 6,2: Hieronymus, Bd. 6,3: Stachel der Liebe, Bd. 6,4: Gebete).

Klapper, Joseph: Johann von Neumarkt, Bischof und Hofkanzler. Frührenaissance in Böhmen zur Zeit Kaiser Karls IV., 1964.

Klare, Wilhelm: Die Wahl Wenzels von Luxemburg zum römischen König 1376, 1989.

Klein, Bruno: Karl IV. baut den Veitsdom – der Prozess der Errichtung der Prager Kathedrale im Rahmen großer Kirchenbaustellen der Zeit, in: Břízová/Kuthan/Peroutková/Scholz, Kaiser Karl IV., S. 20–33.

Klöden, Karl Friedrich: Diplomatische Geschichte des für falsch erklärten Markgrafen Waldemar von Brandenburg vom Jahre 1345–1356, 2 Bde., 1845.

Kluge, Bernd: Numismatik des Mittelalters. Handbuch und Thesaurus Nummorum Medii Aevi, 2007.

Knopp, Guido/Brauburger, Stefan/Arens, Peter: Die Deutschen II. Von Karl dem Großen bis Rosa Luxemburg, 2011.

Knüvener, Peter: Böhmisch oder märkisch. Fragen zu Import, Aneignung und Rezeption von Kunstwerken, in: Richter/Knüvener/Winkler, Ein Kaiser in Brandenburg, S. 98–114.

Knüvener, Peter: Die Kunst des Mittelalters in der Mark Brandenburg – Eine Einführung. Fragestellung, Bestand, Forschungsstand, in: Badstübner/Knüvener/Labuda/Schumann (Hg.), Kunst des Mittelalters, S. 42–88.

Knüvener, Peter: Die lange Wirkung der böhmischen Kunst, in: Richter/Knüvener/Winkler, Ein Kaiser in Brandenburg, S. 180–195.

Köbler, Gerhard: Historisches Lexikon der deutschen Länder. Die deutschen Territorien vom Mittelalter bis zur Gegenwart, ⁴1992.

Kobuch, Manfred: Zur Überlieferung der Reichsregister Karls IV. aus den Jahren 1358–1361, in: Folia diplomatica 1, S. 153–170.

Köhler, Gustav: Die Entwicklung des Kriegswesens und der Kriegsführung in der Ritterzeit von Mitte des 11. Jahrhunderts bis zu den Hussitenkriegen, 3 Bde., 1886–1890.

Köhler, Joachim: Die Päpste des Großen Abendländischen Schismas, in: Greschat, Martin, (Hg.), Das Papsttum 2: Vom Großen Abendländischen Schisma bis zur Ggenwart, 1985, S. 7–26.

Kolmer, Lothar (Hg.): Der Tod des Mächtigen. Kult und Kultur des Todes spätmittelalterlicher Herrscher, 1997.

Kolmer, Lothar/Rohr, Christian (Hg.): Mahl und Repräsentation. Der Kult ums Essen, 2000.

König, Werner: dtv-Atlas zur deutschen Sprache, München ⁹1992.

Konrad von Megenberg: Werke, Ökonomik (Buch 2), hg. von Sabine Krüger (MGH Staatsschriften 3), 1977.

Koppmann, Karl (Hg.): Kämmereirechnungen der Stadt Hamburg 1350–1400, 1869.

Kořalka, Jiří: František Palacký (1798–1876). Der Historiker der Tschechen im österreichischen Vielvölkerstaat, 2007.

Kortüm, Hans-Henning (Hg.): Krieg im Mittelalter, 2001.

Kortüm, Hans-Henning: Der Krieg im Mittelalter, 2009.

Kortüm, Hans-Henning: Kriege und Krieger 500–1500, 2010.

Koschmal, Walter/Nekula, Marek/Rogall, Joachim (Hg.): Deutsche und Tschechen. Geschichte – Kultur – Politik, 2001.

Koselleck, Reinhart/Conze, Werner/Boldt, Hans/Haverkate, Görg/Klippel, Diethelm: Staat und Souveränität, in: GG 6 (1990), S. 1–154.

Kramp, Mario (Hg.): Krönungen. Könige in Aachen, Geschichte und Mythos. Katalog der Ausstellung, 2 Bde., 2000.

Krause, Hermann: Gesetzgebung, in: HRG 1 (1971), Sp. 1606–1620.

Krause, Hermann: Recht, in HRG 4 (1990), Sp. 224–232.

Krautheimer, Richard: Rom. Schicksal einer Stadt 312–1308, 1987.

Krenn, Peter: Die Kriegsrüstung im europäischen Mittelalter, in: Kühnel, Bildwörterbuch, S. LXX–LXXXI.

Krieger, Karl-Friedrich: Die Lehnshoheit der deutschen Könige im Spätmittelalter (ca. 1200–1437), 1979.

Krieger, Karl-Friedrich: Fahnlehen, in: LMA 4 (1989), Sp. 230.

Krogmann, Frank: Ophthalmologie, in: Gerabek/Haage/Keil/Wegner, Enzyklopädie Medizingeschichte, S. 1069–1075.

Krogmann, Frank: Staroperation, in: Gerabek/Haage/Keil/Wegner, Enzyklopädie Medizingeschichte, S. 1356–1357.

Kroll, Frank-Lothar: Monarchie und Gottesgnadentum in Preußen 1840–1861, in: Krüger, Peter/Schoeps, Julius H. (Hg.): Der verkannte Monarch. Friedrich Wilhelm IV. in seiner Zeit, 1997, S. 45–70.

Kubínová, Katařina: Imitatio Romae. Karel IV. a Řím, 2006.

Kubínová, Katerina: Karl IV. und die Tradition Konstantins des Großen, in: Fajt/Langer, Kunst als Herrschaftsinstrument, S. 320–327.

Kubová, Miloslava: University založené Karlem IV. Obraz o zakladatelské činnosti universitní císare Karla IV. [Die von Karl IV. gegründeten Universitäten. Das Bild der Universitätsgründungstätigkeit des Kaisers Karl IV.], in: Historia Universitatis Carolinae Pragensis, Bd. 11 (1970), S. 7–31.

Kühn, Margarete: Dietrich von Portitz, in: NDB 3 (1957), S. 678–679.

Kühne, Hartmut: Ostensio Reliquiarum. Untersuchungen über Entstehung, Ausbreitung, Gestalt und Funktion der Heiltumsweisungen im römisch-deutschen Regnum, 2000.

Kühnel, Harry (Hg.): Alltag im Spätmittelalter, mit Beiträgen von Hundsbichler, Helmut/Jaritz, Gerhard/Vavra, Elisabeth, ³1986.

Kühnel, Harry (Hg.): Bildwörterbuch der Kleidung und Rüstung. Vom Alten Orient bis zum ausgehenden Mittelalter, 1992.

Kulischer, Josef: Allgemeine Wirtschaftsgeschichte des Mittelalters und der Neuzeit, 2 Bde., 1954.

Küpper, René: Größter Tscheche aller Zeiten. Deutscher, großer Europäer? – Das Bild Karls IV. in Geschichtsschreibung und Öffentlichkeit, in: Fajt/Hörsch, Kaiser Karl IV. 1316–2016 – Ausstellungskatalog 2016, S. 267–276.

Kurmann-Schwarz, Brigitte: Verhältnis von Glasmalerei und Architektur in der Gotik, in: Puhle, Aufbruch in die Gotik, S. 150–167.

Kuthan, Jiří: Im Zeichen des Reichsadlers und des böhmischen Löwen, in: Břízová/Kuthan/Peroutková/Scholz, Kaiser Karl IV., S. 34–49.

Kuthan, Jiří: Přemysl Ottokar II. König, Bauherr und Mäzen. Höfische Kunst um die Mitte des 13. Jahrhunderts, 1996.

Kytzler, Berhard (Hg.): Rom als Idee, 1993

La «Libertas Lucensis» del 1369. Carlo IV a la fine della dominazione pisana (Accademia Lucchese di Scienze, Lettere e Arti. Studi e testi, 4), 1970.

Lackner, Christian: Rund um den Brünner Erbvertrag vom 10. Februar 1364. Zu

einem bemerkenswerten Urkundenkomplex im böhmischen Kronarchiv, in: Elbel/
Kaar/Nêmec/Wihoda, Historiker zwischen den Zeiten, S. 63–71.

Lalou, Elisabeth: Ordonnance, in: LMA 6 (1993), Sp. 1442–1443.

Lammers, Walther: Reichsvikariat, in: HRG 4 (1990), Sp. 807–810.

Lammers, Walther: Unwahres oder Verfälschtes in der Autobiographie Karls IV.?, in:
Fälschungen im Mittelalter 1, S. 339–376.

Lamprecht, Karl: Deutsche Geschichte, Bd. 4, ⁵1921.

Lamprecht, Karl: Deutsches Wirtschaftsleben im Mittelalter. Untersuchungen über
die Entwicklung der materiellen Kultur des platten Landes auf Grund der Quellen
zunächst des Mosellandes, 3 Bde., 1885–1886.

Landwehr, Götz: Die Verpfändung der deutschen Reichsstädte im Mittelalter, 1967.

Laufs, Adolf: Goldene Bulle, in: HRG 2 (²2012), Sp. 448–457.

Lawo, Mathias: Sprachen der Macht – Sprache als Macht. Urkundensprachen im
Reich des 13. und 14. Jahrhunderts (mit editorischem Anhang), in: Hohen-
see/Lawo/Lindner/Menzel/Rader, Goldene Bulle, S. 517–562.

Le Goff, Jacques: Ludwig der Heilige, 2000.

Le Goff, Jacques: Ritter, Einhorn, Troubadoure. Helden und Wunder des Mittelalters,
2005.

Legner, Anton (Hg.): Die Parler und der schöne Stil 1350–1400. Europäische Kunst
unter den Luxemburgern, 5 Bde., 1978–1980.

Legner, Anton: Karolinische Edelsteinwände, in: Seibt, Kaiser Karl IV. – Ausstellungskatalog, S. 356–362.

Lehmann, Curt: Die Burggrafen von Nürnberg-Zollern in ihrem Verhältnis zu Kaiser
Karl IV., 1913.

Lehmann, Rudolf: Geschichte der Niederlausitz, 1963.

Lehnart, Ulrich: Crécy 1346, in: Ebeling, Dietrich/Henn, Volker/Holbach, Ru-
dolf/Reichert, Winfried/Schmid, Wolfgang (Hg.): Landesgeschichte als multidis-
ziplinäre Wissenschaft, 2001, S. 167–195.

Lehner, Julia (Hg.): Politik. Macht. Kultur. Nürnberg und Lauf unter Kaiser Karl IV.
und seinen Nachfolgern. Aufsatzband zur gleichnamigen Tagung vom 17. bis
19. Juni 2016 (Schriften des Kulturreferats der Stadt Nürnberg 5), 2019.

Lemberg, Hans: Der Kaiser und König im tschechischen Geschichtsbild seit 1945, in:
Seibt, Kaiser Karl IV. – Ausstellungskatalog, S. 414–417 und S. 466.

Leppin, Hartmut: Die Gesetzgebung Iustinians – der Kaiser und sein Recht, in: Stein-
Hölkeskamp, Elke/Hölkeskamp, Karl-Joachim (Hg.): Erinnerungsorte der Antike.
Die römische Welt, 2006, S. 457–466.

Lessiak, Primus: Gicht, in Zeitschrift für deutsches Altertum und deutsche Literatur
53 (1911), S. 101–182.

Lewin, Louis: Die Gifte in der Weltgeschichte. Toxikologische allgemeinverständliche
Untersuchungen der historischen Quellen, 1920 (ND 1984).

Lhotsky, Alphons: Quellenkunde zur mittelalterlichen Geschichte Österreichs (MIÖG Ergänzungsband 19), 1963.

Lieberich, Heinz: Grundruhr, in: LMA 4 (1989), Sp. 1753–1754.

Lieberwirth, Rolf: Majestätsverbrechen, in: HRG 3 (²2016), Sp. 1194–1201.

Lindner, Michael/Müller-Mertens, Eckhard/Rader, Olaf B. (Hg.) unter Mitarbeit von Lawo, Mathias: Kaiser, Reich und Region. Studien und Texte aus der Arbeit an den Constitutiones des 14. Jahrhunderts und zur Geschichte der Monumenta Germaniae Historica, 1997.

Lindner, Michael/Rader, Olaf B.: Die sprachliche Ordnung der Königsherrschaft, in: Circular. Berlin-Brandenburgische Akademie der Wissenschaften 30,8 (2004). S. 13–16.

Lindner, Michael, Die Goldene Bulle Kaiser Karls IV. von 1356, in: Puhle/Hasse, Heiliges Römisches Reich, Essays, S. 311–321.

Lindner, Michael: «Im Dienste seiner Majestät». Konrad, der Maler – ein Straßburger Spion am Hofe Kaiser Karls IV. (in Vorbereitung).

Lindner, Michael: Äbte in Not. Das Stift Fulda und die Markgrafen von Meißen zur Zeit Kaiser Karls IV., in: Coburg 1353. Stadt und Land Coburg im Spätmittelalter, 2003, S. 97–128.

Lindner, Michael: Der Delfin, in: Kassung, Christian/Meersmann, Jasmin/Rader, Olaf B. (Hg.): Zoologicon. Ein kulturhistorisches Wörterbuch der Tiere, 2012, S. 86–89.

Lindner, Michael: Die Luxemburger Johann und Karl erwerben die «Lausitzen» (1319–1370), in: Richter/Knüvener/Winkler, Ein Kaiser in Brandenburg, S. 37–41.

Lindner, Michael: Eine Kiste voller Knochen – Kaiser Karl IV. erwirbt Reliquien in Byzanz. Zugleich ein Beitrag zur Datierung zweier Karlsteiner Reliquienszenen, in: Fajt/Langer, Kunst als Herrschaftsinstrument, S. 289–299.

Lindner, Michael: Es war an der Zeit. Die Goldene Bulle in der politischen Praxis Kaiser Karls IV., in: Hohensee/Lawo/Lindner/Menzel/Rader, Goldene Bulle, S. 93–140.

Lindner, Michael: Kaiser Karl IV. und Mitteldeutschland, in: Lindner/Müller-Mertens/Rader/Lawo: Kaiser, Reich und Region, S. 83–180.

Lindner, Michael: Kanzlersturz. Auf- und Abstieg Johanns von Neumarkt (in Vorbereitung).

Lindner, Michael: Markgraf Ottos letzter Kampf. Brandenburg im Widerstand gegen Kaiser Karl IV. (1368–1373), in: Deiters, Maria/Kemmether, Gotthard (Hg.): Bürger, Pfarrer, Professoren. St. Marien in Frankfurt (Oder) und die Reformation in Brandenburg, 2017, S. 37–42.

Lindner, Michael: Nähe und Distanz. Die Markgrafen von Meißen und Kaiser Karl IV. im dynastischen Wettstreit (mit Textedition), in: Moraw/Holtz/Lindner, Akkulturation und Selbstbehauptung, S. 173–255.

Lindner, Michael: «Theatrum praeeminentiae». Kaiser und Reich zur Zeit der Goldenen Bulle, in: Hohensee/Lawo/Lindner/Menzel/Rader, Goldene Bulle, S. 169–196.

Lindner, Michael: Ulrich der Rote von Kronberg. Ein edelfreier Ritter aus dem Taunus als Finanzier, Rat und Hofgesinde Kaiser Karls IV., in: Elbel/Kaar/Němec/Wihoda, Historiker zwischen den Zeiten, S. 73–82.

Lindner, Michael: Verstecken durch Zeigen: Die mittelalterliche Königsurkunde als Metaphernmaschine, in: Rader, Turbata, S. 191–205.

Lindner, Michael: Weitere Textzeugnisse zur Constitucio Karolina super libertate ecclesiastica, in: DA 51 (1995), S. 515–538.

Lindner, Michael: Wie der Reichsadler seine Federn verlor. Zur Kritik an Kaiser Karl IV., in: Bobkova, Lenka (Hg.), Akten der Tagung «Bekränzt mit Ruhm, Liebe und Verachtung. Johann von Luxemburg und Karl IV. im historischen Gedächtnis» der Karls-Universität Prag vom 21.–23. 9. 2016 in Prag (bislang unpubliziert).

Lindner, Michael: Zwischen Skylla und Charybdis – Leben im Schatten Kaiser Karls IV., in: Fajt/Hörsch, Kaiser Karl IV. 1316–2016 – Ausstellungskatalog 2016, S. 44–54.

Lindner, Theodor: Das Urkundenwesen Karls IV. und seiner Nachfolger (1346–1437), 1882.

Lindner, Theodor: Die Wahl Wenzels von Böhmen zum römischen König, in: Forschungen zur deutschen Geschichte, Bd. 14 (1874), S. 249–301.

Lindner, Theodor: Karl IV. und die Wittelsbacher, in: MIÖG 12 (1891), S. 64–100.

Lingelbach, Gerhard: Agnaten und Kognaten, in: HRG 1, (²2008), Sp. 83–85.

Lipp, Martin: Erbfolgeordnung, in: HRG 1 (²2008), Sp. 1361–1365.

Lippert, Woldemar: Wettiner und Wittelsbacher sowie die Niederlausitz im XIV. Jh., 1894.

Lippert-Grüner, Marcela/Grüner, Stephan: Karl IV, der bekannteste Patient mit einer spinalen Verletzung, in: OUP (Orthopädische und Unfallchirurgische Praxis) 2017, S. 289–292.

Livingston, Michael/DeVries, Kelly R. (Hg.): The Battle of Crécy: A Casebook, 2015.

Lochner, Georg Wolfgang Karl: Geschichte der Reichsstadt Nürnberg zur Zeit Kaiser Karls IV. 1347–1378, 1873.

Lorenc, Vilém: Das Prag Karls IV. Die Prager Neustadt, 1982.

Lotter, Friedrich: Hostienfrevelvorwurf und Blutwunderfälschung bei den Judenverfolgungen von 1298 («Rintfleisch») und 1336–1338 («Armleder»), in: Fälschungen im Mittelalter 5, S. 533–583.

Löwith, Karl: Weltgeschichte und Heilsgeschehen. Zur Kritik der Geschichtsphilosophie, 1983.

Lück, Heiner: Maiestas Carolina, in: HRG 3 (²2016), Sp. 1171–1174.

Lüdicke, Reinhard: Die Sammelprivilegien Kaiser Karls IV. für die Erzbischöfe von Trier, in: NA 33 (1908), S. 345–398.

Ludwig, Uwe: Elisabeth von Pommern, in: Fößel, Kaiserinnen des Mittelalters, S. 285–305.

Ludwig, Uwe: Karl IV. und Venedig. Die Luxemburger, die Markusrepublik und das Reich im 14. Jahrhundert (Habilitation maschinenschriftlich), 1996.

Ludwig, Uwe: Kreuzzug und Reichsvikariat. Zu den Beziehungen zwischen Karl IV. und Venedig (mit editorischem Anhang), in: Hohensee/Lawo/Lindner/Menzel/Rader, Goldene Bulle, S. 761–804.

Lühr, Rosemarie: Deutsche Sprache, in: LMA 3 (1986), Sp. 758–767.

Lüken, Sven: Die Armbrust in Krieg und Frieden, in: Lüken, Sven/Sensfelder, Jens (Hg.): Die Armbrust. Schrecken und Schönheit, 2019, S. 30–41.

Lulvès, Jean: Die Summa Cancellariae des Johann von Neumarkt. Eine Handschriftenuntersuchung über die Formularbücher aus der Kanzlei Kaiser Karls IV., 1891.

Lupold von Bebenburg, Politische Schriften = Politische Schriften des Lupold von Bebenburg (MGH Staatsschriften 4), hg. von Jürgen Miethke und Christoph Flüeler, Hannover 2004. (darin als Teil der Einleitung: Miethke, Jürgen: Kaiser und Papst im 14. Jahrhundert. Die Debatte um die kuriale Approbationstheorie, S. 61–97).

Lütge, Friedrich: Deutsche Sozial- und Wirtschaftsgeschichte, Berlin ²1960.

Lutz, Heinrich: Das Ringen um deutsche Einheit und kirchliche Erneuerung. Von Maximilian I. bis zum Westfälischen Frieden 1490 bis 1648, 1983.

Lützelschwab, Ralf: Flectat cardinales ad velle suum? Clemens VI. und sein Kardinalskolleg. Ein Beitrag zur kurialen Politik in der Mitte des 14. Jahrhunderts (Pariser Historische Studien 80), 2007.

Lützelschwab, Ralf: Prag – das neue Paris? der französische Einfluß auf die Reliquienpolitik Karls IV., in: Doležal, Daniel/Kühne, Hartmut (Hrg.): Wallfahrten in der europäischen Kultur – Pilgrimage in European Culture, Tagungsband, 2006, S. 201–219.

Luzzati, Michele: Villani, in: LMA 8 (1997), Sp. 1678, und Villani, Giovanni, in: ebenda.

MacDonald, Callum: The Killing of SS-Obergruppenführer Reinhard Heydrich 27. May 1942, 1989.

Macek, Josef: Das Turnier im mittelalterlichen Böhmen, in: Fleckenstein, Turnier im Mittelalter, S. 371–389.

Macek, Josef: Die Hofkultur Karls IV., in: Seibt, Kaiser Karl IV. – Ausstellungskatalog, S. 237–241 und S. 457.

Macek, Josef: Giovanni e Carlo di Lussemburgo, Signori di Lucca, in: La «Libertas Lucensis» del 1369, S. 9–21.

Machiavelli, Niccolo: Geschichte von Florenz, 1986.

Machilek, František: Praga caput regni. Zur Entwicklung und Bedeutung Prags im Mittelalter. Stadt und Landschaft im deutschen Osten und in Ostmitteleuropa (Studien zum Deutschtum im Osten 17, 1983) S. 67–125.

Machilek, Franz (Hg.): Die hussitische Revolution. Religiöse, politische und regionale Aspekte, 2012.

Machilek, Franz: Karl IV. und Karl der Große, in: Zeitschrift des Aachener Geschichtsvereins 104/105 (2002/03), S. 113–145.

Machilek, Franz: Nürnberg und die Luxemburger Herrscher Wenzel und Sigismund, in: Lehner, Politik. Macht. Kultur, S. 73–113.

Machilek, Franz: Privatfrömmigkeit und Staatsfrömmigkeit, in: Seibt, Kaiser Karl IV. – Ausstellungskatalog, S. 87–94, 99–101 und S. 441–443.

Maire Vigeur, J.-C.: Cola di Rienzo, in: Dizionario biografico degli Italiani 26 (1982), S. 662–675.

Maleczek, Werner: Privilegium maius und Privilegium minus, in: LMA 7 (1995), Sp. 230–231.

Manselli, Raoul: Cola di Rienzo, in: LMA 3 (1986), Sp. 26–28.

Mantels, Wilhelm: Kaiser Karls IV. Hoflager in Lübeck, in: Derselbe: Beiträge zur lübisch-hansischen Geschichte, 1881, S. 289–324.

Manthe, Ulrich: Corpus Iuris Civilis, in: HRG 1 (^{2}2008), Sp. 901–907.

Marani-Moravová, Běla: Peter von Zittau. Abt, Diplomat und Chronist der Luxemburger, 2019.

Margaroli, Paolo: Lombardei, in: LMA 5 (1991), Sp. 2094–2098.

Margelony, Robert Theo: Lederetui für ein Reliquiar, in: Fajt, Karl IV., Kaiser von Gottes Gnaden, S. 169.

Margue, Michel/Pauly, Michel: Luxemburg, Metz und das Reich. Die Reichsstadt Metz im Gesichtsfeld Karls IV., in: Hohensee/Lawo/Lindner/Menzel/Rader, Goldene Bulle, S. 869–916.

Margue, Michel: Die Erbtochter, der fremde Fürst und die Stände. «Internationale» Heiraten als Mittel der Machtpolitik im Spannungsfeld zwischen Hausmacht und Land, in: Pauly, Die Erbtochter, S. 27–46.

Margue, Michel: Fecit Carolus ducere patrem suum in patriam suam. Die Überlieferung zu Bestattung und Grab Johanns des Blinden in Luxemburg, in: Schwarz, Grabmäler der Luxemburger, S. 79–96.

Marosi, Ernö: Die Inszenierung des Mittelalters in der Kunstgeschichte des 19. Jahrhunderts, in: Oexle/Petneki/Zygner, Bilder gedeuteter Geschichte, S. 31–54.

Martin, Thomas M.: Woldemar d. Falsche, in: LMA 9 (1998), Sp. 301–302.

Märtl, Claudia/Drossbach, Gisela/Kintzinger, Martin (Hg.): Konrad von Megenberg (1309–1374) und sein Werk. Das Wissen der Zeit, 2006.

Marx, Hans Joachim: Händel, Georg Friedrich, in: MGG Online, hg. von Laurenz Lütteken, zuerst veröffentlicht 2002 in MGG^{2}, online veröffentlicht 2016, https://www.mgg-online.com/mgg/stable/11688 (20. 2. 2020).

Marx, Karl/Engels, Friedrich: Werke, Bd. 33, 1966.

Marx, Karl: Das Kapital. Kritik der politischen Ökonomie, Bd. 1: Der Produktionsprozeß des Kapitals, 1971.

Masaryk, T[omáš] G[arrigue]: Die Weltrevolution. Erinnerungen und Betrachtungen 1914–1918, 1925.

Mathias von Neuenburg = Die Chronik des Mathias von Neuenburg I. Fassung B und VC, II. Fassung WAU – Chronica Mathiae de Nuwenburg (Rec. B. et VC – Rec. WAU), hg. von Adolf Hofmeister (MGH SS rer. Germ. NS 4), 1924–1940; deutsche Übersetzung: Die Chronik des Mathias von Neuenburg, übersetzt von Georg Grandaur (GdV 2,84), 1912.

Matteo Villani: Cronica, con la continuazione di Filippo Villani, edizione critica a cura di Giuseppe Porta, 2 Bde., 1995.

Matthäus, Michael: Das Frankfurter Exemplar der Goldenen Bulle, in: Brockhoff/Matthäus, Die Kaisermacher, S. 40–63.

Matthäus, Michael: Die Kaisergoldbulle Karls IV. im Kontext der Entwicklung deutscher Herrschersiegel im Mittelalter, in: Brockhoff/Matthäus, Die Kaisermacher, S. 64–75.

Mauntel, Christoph: Die Erziehung des ritterlichen Adels Prägung auf Kampf, in: Althoff, Krieg, S. 27–36.

Mauntel, Christoph: Gewalt im Hundertjährigen Krieg: Exzess als Gewohnheit, in: Althoff, Krieg, S. 99–108.

Mazzocchi Alemanni, Muzio: Un'amicizia pericolosa: Petrarca e Cola di Rienzo, in: Scalessa, Cola di Rienzo, S. 43–48.

Medioevo europeo. Giovanni e Carlo di Lussemburgo in Toscana 1331–1369, 2003.

Meek, Christine E.: The Commune of Lucca under Pisan Rule, 1342–1369, 1980.

Meier, Frank: Mit Kind und Kegel. Kindheit und Familie im Wandel der Geschichte, 2006.

Meier, Mischa: Geschichte der Völkerwanderung. Europa, Asien und Afrika vom 3. bis zum 8. Jahrhundert, 2019.

Meier, Mischa: Prokop, Agathias, die Pest und das ‹Ende› der antiken Historiographie. Naturkatastrophen und Geschichtsschreibung in der ausgehenden Spätantike, in: HZ 278 (2004), S. 281–310.

Meier, Thomas: Die Archäologie des mittelalterlichen Königsgrabes im christlichen Europa, 2002.

Mengel, David Charles: A Plague on Bohemia? Mapping the Black Death, in: Past and Present 211 (2011), S. 3–34.

Mengel, David Charles: Bones, stones, and brothels. Religion and topography in Prague under Emperor Charles IV (1346–1378), 2003.

Mentzel-Reuters, Arno: Die goldene Krone. Entwicklungslinien mittelalterlicher Herrschaftssymbolik, in: DA 60 (2004), S. 135–182.

Mentzel-Reuters, Arno: «Oufsliessen deiner schrifte tor». Mitteldeutscher Biblizismus und die Wenzelsbibel, in: Heinzle, Joachim/Johnson, Peter/Vollmann-Profe, Gisela (Hg.), Wolfram-Studien XIII. Literatur im Umkreis des Prager Hofs der Luxemburger. Schweinfurter Kolloquium 1992, 1994, S. 174-206.

Menzel, Karl: Archivalische Mittheilungen zur Geschichte der oberrheinischen Gebiete insbesondere von Elsaß, Baden und der bairischen Pfalz, in: ZGOR 23 (1871), S. 438–469.

Menzel, Michael: Aufstieg ohne Dauer. Die Wittelsbacher bis ins luxemburgische Zeitalter, in: Pauly, Michel, Europäische Governance, S. 287–324.

Menzel, Michael: Der Griff nach den Greifen. Brandenburg, Pommern und das Reich im späten Mittelalter, in: BDLG 156 (2020), S. 1–37.

Menzel, Michael: Die Jagd als Naturkunst. Zum Falkenbuch Kaiser Friedrichs II., in: Fansa, Mamoun/Ritzau, Carsten (Hg.): Von der Kunst mit Vögeln zu jagen. Das Falkenbuch Friedrich II. – Kulturgeschichte und Ornithologie, Begleitband zur Sonderausstellung «Kaiser Friedrich II. (1194–1250). Welt und Kultur des Mittelmeerraums», 2008, S. 51–61.

Menzel, Michael: Die Reihe der Constitutiones bei den MGH, in: Hartmann/Zimmerhackl/Nierhoff, Quellenforschung im 21. Jahrhundert, S. 43–52.

Menzel, Michael: Die Zeit der Entwürfe 1273–1347, 2012.

Menzel, Michael: Dreißig bewegte Jahre. Die Luxemburger- und Wittelsbacherzeit in Tirol (1335–1341 und 1342–1364), in: Margue, Michel (Hg.): Gouvernance luxembourgeoise, S. 1–19 (im Druck).

Menzel, Michael: Europas bayerische Jahre. Eine Skizze zum Nordosten und -westen des Reiches im 14. und 15. Jahrhundert, in: Seibert, Ludwig der Bayer, S. 237–262.

Menzel, Michael: Feindliche Übernahme. Die ludovicianischen Züge der Goldenen Bulle, in: Hohensee/Lawo/Lindner/Menzel/Rader, Goldene Bulle, S. 39–64.

Menzel, Michael: König Johann von Böhmen und die Wittelsbacher, in: Pauly, Johann der Blinde – Tagungsband, S. 307–342.

Menzel, Michael: Ludwig der Bayer (1314–1347) und Friedrich der Schöne (1314–1330), in: Schneidmüller/Weinfurter, Herrscher des Mittelalters, S. 393–407.

Menzel, Michael: Ludwig der Bayer. Der letzte Kampf zwischen Kaisertum und Papsttum, in: Schmid/Alois, Weigand, Katharina (Hg.): Die Herrscher Bayerns. 25 historische Portraits von Tassilo III. bis Ludwig III., 2001, S. 106–117.

Merhautová, Anežka: Katedrála sv. Víta v Praze, 1994.

Mersiowsky, Mark: Burg und Herrschaft, in: Großmann/Ottomeyer, Die Burg, S. 126–133.

Mersiowsky, Mark: Ein schrecklicher Verdacht, in: Anno 1363. Tatort Tirol, S. 39–64.

Mertens, Bernd: Gesetzgebung, in HRG 1 (²2012), Sp. 302–315.

Mertz, Dieter Paul: Die Habsburger und die Gicht, in: Zeitschrift für Allgemeinmedizin 68 (1992), S. 959–962.

Mertz, Dieter Paul: Geschichte der Gicht, 1990.

Meyer, Rudolf J.: Königs- und Kaiserbegräbnisse im Spätmittelalter. Von Rudolf von Habsburg bis zu Friedrich III., 2000.

Meyer, Werner: Burg und Herrschaft, in: Großmann/Ottomeyer, Die Burg, S. 16–25.

Meyers großes Konversationslexikon, 20 Bde., ⁶1907–1909.

Meyhöfer, Max: Die kaiserlichen Stiftungsprivilegien für Universitäten, in: AfU 4 (1912), S. 291–418.

Michler, Markwart: Gicht, in: Gerabek/Haage/Keil/Wegner, Enzyklopädie Medizingeschichte, S. 492–493.

Miethke, Jürgen/Bühler, Arnold (Hg.): Kaiser und Papst im Konflikt. Zum Verhältnis von Staat und Kirche im späten Mittelalter, 1988.

Miethke, Jürgen: Die Eheaffäre der Margarete «Maultasch», Gräfin von Tirol (1341/ 1342): ein Beispiel hochadliger Familienpolitik im Spätmittelalter, in: Meyer, Andreas u. a. (Hg.): Päpste, Pilger, Pönitentiarie. Festschrift für Ludwig Schmugge zum 65. Geburtstag, 2004, S. 353–391.

Miethke, Jürgen: Kaiser und Papst im 14. Jahrhundert, in: Lupold von Bebenburg (Miethke/Flüeler), S. 61–97.

Miethke, Jürgen: Konrads von Megenberg Kampf mit dem Drachen. Der *Tractatus contra Occam* im Kontext, in: Märtl/Drossbach/Kintzinger, Konrad von Megenberg, S. 73–97.

Miethke, Jürgen: Lupold von Bebenburg und Karl IV. Ein patriotischer Gelehrter wechselt im Thronstreit mit Ludwig dem Bayern zur Partei Karls IV., in: Bŕízová/ Kuthan/Peroutková/Scholz, Kaiser Karl IV., S. 59–72.

Miethke, Jürgen: Marsilius von Padua, in: Theologische Realenzyklopädie 22, 1992, S. 183–190.

Miethke, Jürgen: Mittelalterliche Politiktheorie. Vier Entwürfe des Hoch- und Spätmittelalters, 2007.

Miethke, Jürgen: Politiktheorie im Mittelalter, 2008.

Militzer, Klaus: Die Geschichte des Deutschen Ordens, 2005.

Minkenberg, Georg: Der Aachener Domschatz und die sogenannten Krönungsgeschenke, in: Kramp, Krönungen 1, S. 59–68.

Miracula sancti Sigismondi martyris, per ipsum in sanctam Pragensem ecclesiam manifeste demonstrata. Appendix ad cod. 1510, Bibl. Nat. Paris., in: Catalogus codicum hagiographicum latinorum antiquiorum saeculo XVI qui asservantur in Bibliotheca Nationali Parisiensi, Tomus III, 1893, S. 462–469.

Mirbt, Carl (Hg.): Quellen zur Geschichte des Papsttums und des römischen Katholizismus, ⁴1924.

Moeglin, Jean-Marie: «Dynastische Ordnung» und Nation im Spätmittelalter, in: Stolz, Michael (Hg.): Randgänge der Mediävistik, Teilband 7, 2018, S. 29–54.

Mohrmann, Wolf-Dieter: Karl IV. und Herzog Albrecht II. von Mecklenburg, in: Patze, Kaiser Karl IV., S. 353–389.

Mommsen, Theodor E[rnst]: Italienische Analekten zur Reichsgeschichte des 14. Jahrhunderts (1310–1378) (MGH Schriften 11), 1952.

Mommsen, Theodor: Reden und Aufsätze, 1905.

Monnet, Pierre: Charles IV de Luxembourg en ses portraits, in: Annas, Gabriele/Nowak Jessika (Hg.): Et l'homme dans tout cela? Von Menschen, Mächten und Motiven. Festschrift für Heribert Müller zum 70. Geburtstag, 2017, S. 351–378.

Monnet, Pierre: Charles IV. Un empereur en Europe, 2020 (deutsche Ausgabe: Karl IV. Der europäische Kaiser, 2021).

Monnet, Pierre: Ende des habsburgischen Aufstiegs? Die Zeit der Luxemburger und Wittelsbacher von Heinrich VII. bis Sigismund, in: Schubert, Habsburger (Ausstellungskatalog), S. 158–165.

Monnet, Pierre: La Bulle d'or de 1356, une «constitution» pour l'Empire?, in: Foronda, François/Genet, Jean-Philippe/Bagge, Sverre Hg.): Des chartes aux constitutions: autour de l'idée constitutionnelle en Europe (XIIe–XVIIe siècle): actes de la conférence organisée en 2014 à Madrid par SAS avec la collaboration de la Casa de Velázquez, 2019, S. 149–188.

Monnet, Pierre: Le roi d'un rêve, le rêve d'un roi. Charles IV à Terenzo en 1333, in: Cassard, Jean-Christophe et al. (Hg.): Le prince, l'argent, les hommes au Moyen Âge. Mélanges offerts à Jean Kerhervé, 2008, S. 181–193.

Monnet, Pierre: Zwischen Autobiographie und Gesetzgebung. Karl IV. und die luxemburgische Großpolitik seiner Zeit 1346–1356, in: Penth/Thorau, Rom 1312, S. 409–426.

Montanari, Massimo: Der Hunger und der Überfluß. Kulturgeschichte der Ernährung in Europa, 1993.

Monumenta Germaniae Historica Constitutiones et acta publica imperatorum et regum (ab Bd. 9 mit dem Untertitel: Dokumente zur Geschichte des deutschen Reiches und seiner Verfassung) Bd. 4: 1298–1313, bearb. von Jakob Schwalm, 1906–1911, Bd. 8: 1345–1348, bearb. von Karl Zeumer und Richard Salomon, 1910–1926; Bde. 9 und 10: 1349–1353, bearb. von Margarete Kühn, 1983/1991; Bd. 11: 1354–1356, bearb. von Wolfgang D. Fritz, 1992; Bd. 12–14, 1357–1359, 1360/1361, 1362–1365, bearbeitet von Ulrike Hohensee, Mathias Lawo, Michael Lindner und Olaf B. Rader, 2013–2021.

Moraw, Mittelalter Böhmen = Moraw, Peter: Das Mittelalter, in: Prinz, Friedrich (Hg.): Deutsche Geschichte im Osten Europas. Böhmen und Mähren, 1995, S. 2–178.

Moraw, Mittelalter Schlesien = Moraw, Peter: Das Mittelalter (bis 1469), in: Conrads, Norbert (Hg.): Deutsche Geschichte im Osten Europas. Schlesien, 1994, S. 37–176.

Moraw, Peter (Hg.) in Verbindung mit Holtz, Eberhard/Lindner, Michael: Akkulturation und Selbstbehauptung. Studien zur Entwicklungsgeschichte der Lande zwischen Elbe/Saale und Oder im späten Mittelalter, 2001.

Moraw, Peter: Das Privilegium maius und die Reichsverfassung, in: Fälschungen im Mittelalter 3, S. 201–224.

Moraw, Peter: Das Reich im mittelalterlichen Europa, in: Schneidmüller/Weinfurter, Heilig – Römisch – Deutsch, S. 440–450.

Moraw, Peter: Die Entfaltung der deutschen Territorien im 14. und 15. Jahrhundert, in: Moraw, Über König und Reich, S. 89–126.

Moraw, Peter: Die Mark Brandenburg im späten Mittelalter: Entwicklungsgeschichtliche Überlegungen im deutschen und europäischen Vergleich, in: Moraw/Holtz/Lindner, Akkulturation und Selbstbehauptung, S. 13–36.

Moraw, Peter: Dietrich von Portitz, in: LMA 3 (1986) Sp. 1029.

Moraw, Peter: Franken als königsnahe Landschaft im späten Mittelalter, in: BDLG 112 (1976), S. 123–138.

Moraw, Peter: Fürstentum, Königtum und «Reichsreform» im deutschen Spätmittelalter, in: BDLG 122 (1986), S. 117–136.

Moraw, Peter: Grundzüge der Kanzleigeschichte Kaiser Karls IV., in: ZHF 12 (1985), S. 11–42.

Moraw, Peter: Hessen und das deutsche Königtum im späten Mittelalter, in: Hessisches Jahrbuch für Landesgeschichte 26 (1976), S. 43–95.

Moraw, Peter: Königliche Herrschaft und Verwaltung im spätmittelalterlichen Reich (ca. 1350–1450), in: Schneider, Königtum im europäischen Vergleich, S. 185–200.

Moraw, Peter: Königtum und Hochfinanz in Deutschland 1350–1450, in: ZGOR 122 (1974), S. 23–34.

Moraw, Peter: Monarchie und Bürgertum, in: Seibt, Kaiser Karl IV. – Ausstellungskatalog, S. 43–63.

Moraw, Peter: Mutmaßung und Streiflicht. Eckhart Müller-Mertens, Kaiser Karl IV. und Peter Parler, in: Rader, Turbata, S. 13–25.

Moraw, Peter: Nord und Süd in der Umgebung des deutschen Königtums im späten Mittelalter, in: Paravicini, Nord und Süd, S. 51–70.

Moraw, Peter: Personenforschung und deutsches Königtum, in: Moraw, Über König und Reich, S. 1–10.

Moraw, Peter: Prag. Die älteste Universität in Mitteleuropa, in: Demandt, Stätten des Geistes, S. 127–146.

Moraw, Peter: Räte und Kanzlei, in: Seibt, Kaiser Karl IV. – Ausstellungskatalog, S. 285–292 und S. 460.

Moraw, Peter: Schwäbisch Gmünd, Kaiser Karl IV. und Peter Parler im deutschen Reich des späten Mittelalters, in: Strobel/Siefert, Parlerbauten, S. 19–23.

Moraw, Peter: Über den Hof Johanns von Luxemburg und Böhmen, in: Pauly, Johann der Blinde – Tagungsband, S. 93–120.

Moraw, Peter: Über König und Reich. Aufsätze zur deutschen Verfassungsgeschichte des späten Mittelalters, hg. von Rainer Christoph Schwinges, 1995.

Moraw, Peter: Vom Raumgefüge einer spätmittelalterlichen Königsherrschaft. Karl IV. im nordalpinen Reich, in: Lindner/Müller-Mertens/Rader/Lawo: Kaiser, Reich und Region, S. 61–81.

Moraw, Peter: Von offener Verfassung zu gestalteter Verdichtung. Das Reich im späten Mittelalter 1250 bis 1490, 1985.

Moraw, Peter: Zur Mittelpunktfunktion Prags im Zeitalter Karls IV., in: Grothusen, Klaus-Detlev/Zernack, Klaus (Hg.): Europa slavica – Europa orientalis. Festschrift für Herbert Ludat zum 70. Geburtstag, 1980, S. 445–489.

Mortimer, John J.: Tactics, strategy, and battlefield formation during the Hundred Years War: The role of the longbow in the «infantry revolution», 2013.

Moschkau, Alfred: Die Burg Carlsfried bei Zittau, in: Neues Lausitzsches Magazin 62 (1886), S. 111–129.

Mosheim, Johann Lorenz von: De Beghardis et Beguinabus commentarius, 1790.

MSD-Manual der Diagnostik und Therapie (The Merck manual of diagnosis and therapy), deutsche Bearbeitung von Karl Wiemann, [4]1988.

Muffat, Karl August: Über die Grösse und Schicksale der Entschädigungen, welche dem Hause Wittelsbach für die Abtretung der Mark Brandenburg von dem Kaiser Karl IV. verschrieben worden sind, in: Abhandlungen der Historischen Classe der Königlich-Bayerischen Akademie der Wissenschaften 10 (1867), S. 699–761.

Müller, A. Frhr. von: Zwischen «Krise» und Krisen: Italiens Gesellschaft um 1400, in: Seibt/Eberhard, Europa 1400, S. 233–246.

Müller, Arnd: Geschichte der Juden in Nürnberg 1146–1945, 1968.

Müller, Heinrich: Historische Waffen, 1957.

Müller, Heribert: Abendländisches Schisma, in: LThK 1 (1993), S. 24–30.

Müller, Heribert: Karl VI. (1380–1422), in: Ehlers/Müller/Schneidmüller (Hg.), Die französischen Könige, S. 303–320.

Müller, Heribert: Um 1473: Warum nicht einmal die Herzöge von Burgund das Königtum erlangen wollten und konnten, in: Jussen, Macht des Königs, S. 255–274 und S. 395–397.

Muller, Jean-Claude: La chevalerie luxembourgeoise et l'horizon du grand large de 1288 à 1346: service dévoué à Henri VI, Henri VII, Jean l'Aveugle et Charles IV au risque de l'anéantissement?, in: Medioevo europeo, S. 83–97.

Müller, Jörg R./Weber, Andreas: Karl IV. und die Juden in: Fajt/Hörsch, Kaiser Karl IV. – Ausstellungskatalog 2016, S. 218–226.

Müller, Jörg R.: Armleder-Pogrome, in: Handbuch des Antisemitismus. Judenfeindschaft in Geschichte und Gegenwart 4, 2011, S. 16–18.

Müller, Jörg R.: König Johann von Böhmen und die Juden in Böhmen, Mähren und Schlesien (1310–1346), in: «Avigdor, Benesch, Gitl». Juden in Böhmen, Mähren und Schlesien im Mittelalter, (2016), S. 55–96.

Müller, Mario/Spieß, Karl-Heinz/Tresp, Uwe (Hg.): Erbeinungen und Erbverbrüderungen in Spätmittelalter und Früher Neuzeit: generationsübergreifende Verträge und Strategien im europäischen Vergleich, 2014.

Müller, Mario: Besiegelte Freundschaft. Die brandenburgischen Erbeinigungen und Erbverbrüderungen im späten Mittelalter, 2010.

Müller, Matthias: Das Schloß als Bild des Fürsten. Herrschaftliche Metaphorik in der Residenzarchitektur des Alten Reichs (1470–1618), 2004.

Müller, Silvinus: Die Königskrönungen in Aachen (936–1531). Ein Überblick, in: Kramp, Krönungen 1, S. 49–58.

Müller-Mertens, Eckhard: Die Unterwerfung Berlins 1346 und die Haltung der märkischen Städte im wittelsbachisch-luxemburgischen Thronstreit, in: ZfG 8 (1960), S. 78–103.

Müller-Mertens, Eckhard: Herausforderung zur Wertung einer geschichtlichen Persönlichkeit, in: Engel, Karl IV., S. 11–29.

Müller-Mertens, Eckhard: Karl IV., in: Engel, Evamaria/Holtz, Eberhard (Hg.): Deutsche Könige und Kaiser des Mittelalters, ²1996, S. 305–322.

Münkler, Herfried: Der Dreißigjährige Krieg. Europäische Katastrophe, deutsches Trauma 1618–1648, 2017.

Münkler, Herfried: Imperien. Die Logik der Weltherrschaft vom Alten Rom bis zu den Vereinigten Staaten, 2005.

Münkler, Herfried: Machiavelli. Die Begründung des politischen Denkens der Neuzeit aus der Krise der Republik Florenz, ²2007.

Münkler, Herfried: Marx, Wagner, Nietzsche. Welt im Umbruch, 2021.

Muratori, Lodovico Antonio: De Corona ferrea qua Romanorum imperatores in Insubribus coronari solent commentarius, 1719 (Separatdruck der zuerst in den Anecdota Bd. 2, Mailand 1698, S. 267–358 publizierten Abhandlung).

Nahmer, Dieter von der: Eiserne Krone, in: LMA 3 (1986), Sp. 1756–1757.

Nechutová, Jana: Lateinische Literatur des Mittelalters in Böhmen, 2007.

Nelli, Sergio: Montecarlo nel '300, in: Medioevo europeo, S. 243–285.

Němec, Jiří: Das Bild des Mittelalters in den tschechischen und deutschen Erinnerungskulturen Böhmens, Mährens und Schlesiens. Eine Stichprobe aus den österreichischen und tschechischen Lehrbüchern für Geschichte, in: Görich/Wihoda, Friedrich Barbarossa, S. 63–104.

Němec, Richard/Knüvener, Peter (Hg.): König und Kaiser Karl IV. und die Oberlausitz. Schöpfer und Herrscher, 2021.

Němec, Richard: Architektur – Herrschaft – Land. Die Residenzen Karls IV. in Prag und den Ländern der Böhmischen Krone, 2015.

Němec, Richard: Die Residenzburg Kaiser Karls IV. in Lauf, in: Lehner, Politik. Macht. Kultur, S. 239–291.

Němec, Richard: Die Residenzen Karls IV. und die Strategie der Sichtbarmachung, in: Herrmann, Christofer (Hg.): Spiegel der Fürstenmacht. Residenzbauten in Ostmitteleuropa im Spätmittelalter – Typen, Strukturen, Ausschmückung, 2019, S. 217–252.

Němec, Richard: Herrscher – Kunst – Metapher. Das ikonografische Programm der Residenzburg Lauf an der Pegnitz als eine Quelle der Herrschaftsstrategie Karls IV., in: Hohensee/Lawo/Lindner/Menzel/Rader, Goldene Bulle, S. 369–402.

Němec, Richard: Norm und Form in der Architekturlandschaft Karls IV. – Burg und Kloster Oybin. Mit Insert von Uwe Mosig (Burg Karlsfried) und Wolfgang Menzel

(Kaiserhaus in Zittau), in: Němec/Knüvener, Karl IV. und die Oberlausitz, S. 33–56.

Němec, Richard: Parler – Ensinger und die Frage der Stil-Diktion. Architekten- und Werkmeisterdynastien an der Schwelle vom späten Mittelalter zur Neuzeit, in: Bauch/Burkhardt/Gaudek/Žůrek, Heilige, Helden, Wüteriche, S. 361–401.

Němec, Richard: Tangermünde. Eine kurfürstliche Residenz in der Mark Brandenburg, in: Richter/Knüvener/Winkler, Ein Kaiser in Brandenburg, S. 52–56.

Neumeister, Peter: Königliche Präsenz im mittelalterlichen Berlin-Kölln, in: Roebert/Ghignoli/Neustadt/Kolditz, Von der Ostsee zum Mittelmeer, S. 235–241.

Niedermeier, Michael: Goethe und die Goldene Bulle, in: Hohensee/Lawo/Lindner/Menzel/Rader, Goldene Bulle, S. 1121–1136.

Niederstätter, Alois: Der – zögerliche – Aufstieg der Habsburger zu europäischen Herrschern, in: Pauly, Europäische Governance, S. 269–286.

Niehr, Klaus: Die perfekte Kathedrale. Imaginationen des monumentalen Mittelalters im französischen 19. Jahrhundert, in: Oexle/Petneki/Zygner, Bilder gedeuteter Geschichte, S. 163–221.

Niehr, Klaus: Zeichen des mittelalterlichen Reichs? Speyer – Königslutter – Prag, in: Schneidmüller, Bernd/Weinfurter, Stefan (Hg.): Heilig – Römisch – Deutsch. Das Reich im mittelalterlichen Europa, 2006, S. 372–398.

Nippel, Wilfried (Hg.): Virtuosen der Macht. Herrschaft und Charisma von Perikles bis Mao, 2000.

Nippel, Wilfried: Charisma und Herrschaft, in: Nippel, Virtuosen der Macht, S. 7–22.

Nirenberg, David: Um 1300: Warum der König die Juden beschützen mußte, und warum er sie verfolgen mußte, in: Jussen, Macht des Königs, S. 225–240 und S. 390–392.

Nora, Pierre: Zwischen Geschichte und Gedächtnis, 1990.

Nutz, Beatrix/Stadler, Harald: Gebrauchsgegenstand und Symbol. Die Unterhose (Bruoch) aus der Gewölbezwickelfüllung von Schloss Lengberg, Osttirol, in: Keupp/Schmitz-Esser, Neue alte Sachlichkeit, S. 221–250.

Odložilík, Otakar: The Terenzo dream of Charles IV. Critical examination of the available sources, in: Gericke, Horst/Lemmer, Manfred/Zöllner, Walter (Hg.): Orbis Mediaevalis. Festgabe für Anton Blaschka zum 75. Geburtstag am 7. Oktober 1967, 1970, S. 163–173.

Oettel, Gunter: Wege und Straßen um Zittau, in: Němec/Knüvener, Karl IV. und die Oberlausitz, S. 69–79.

Oexle, Otto Gerhard/Petneki, Áron/Zygner, Leszek (Hg.): Bilder gedeuteter Geschichte. Das Mittelalter in der Kunst und Architektur der Moderne, 2004.

Oexle, Otto Gerhard: Memoria als Kultur, in: Ders. (Hg.): Memoria als Kultur (VMPIG 121), 1995, S. 9–94.

Ogris, Werner: Testament, in: HRG 5 (1998), Sp. 152–165.

Ohler, Norbert: Krieg und Frieden im Mittelalter, 1997.

Ohler, Norbert: Sterben und Tod im Mittelalter, 1990.

Olenschlager, Johann Daniel von: Neue Erläuterung der Guldenen Bulle Kaysers Carls des IV. aus den älteren Teutschen Geschichten und Gesezen zur Aufklärung des Staatsrechts mittlerer Zeiten als dem Grund der heutigen Reichsverfassung, 1766; ND: Mit einer Einleitung hg. von Arno Buschmann, 2 Bde., 2008.

Opačić, Zoë: Architecture and Religious Experience in 14th-century Prague, in: Fajt/Langer, Kunst als Herrschaftsinstrument, S. 136–149.

Opll, Ferdinand: Friedrich Barbarossa, 1990.

Otavský, Karel: Die Goldschmiedekunst in der Herrschaftspraxis Kaiser Karls IV., in: Fajt/Hörsch, Kaiser Karl IV. 1316–2016 – Ausstellungskatalog 2016, S. 149–162.

Otavský, Karel: Die Sankt Wenzelskrone im Prager Domschatz und die Frage der Kunstauffassung am Hofe Kaiser Karls IV., 1992

Otavský, Karel: Die Wenzelskrone, in: Fajt, Karl IV., Kaiser von Gottes Gnaden, S. 90–95.

Otavský, Karel: Drei wichtige Reliquienschätze im luxemburgischen Prag und die Anfänge der Prager Heiltumsweisungen, in: Fajt/Langer, Kunst als Herrschaftsinstrument, S. 300–308.

Ott, Joachim: Krone und Krönung. Die Verheißung und Verleihung von Kronen in der Kunst von der Spätantike bis um 1200 und die geistige Auslegung der Krone, 1998.

Ott, Norbert H.: Neun Gute Helden, in: LMA 6 (1993), Sp. 1104–1106.

Overmans, Rüdiger: 55 Millionen Opfer des Zweiten Weltkrieges? Zum Stand der Forschung nach mehr als 40 Jahren, in: Militärgeschichtliche Mitteilungen 48,2 (1990), S. 103–121.

Palacky, Franz: Geschichte von Böhmen, Band 2,2: Böhmen unter dem Hause Luxemburg bis zum Tode Kaiser Karls IV. Jahre 1306 bis 1378, ³1874.

Papencordt, Felix: Cola di Rienzo und seine Zeit, 1841.

Paravicini, Werner (Hg.): Nord und Süd in der deutschen Geschichte des Mittelalters, 1990.

Paravicini, Werner/Petrauskas, Rimvydas/Vercamer, Grischa (Hg.): Tannenberg – Grunwald – Zalgiris 1410: Krieg und Frieden im späten Mittelalter, 2012.

Paravicini, Werner: Die Preußenreisen des europäischen Adels, 2 Bde., 1989/1995.

Paravicini, Werner: Die ritterlich-höfische Kultur des Mittelalters, 1999.

Paravicini, Werner: Litauer, vom heidnischen Gegner zum adligen Standesgenossen, in: Paravicini/Petrauskas/Vercamer, Tannenberg, S. 253–284.

Paravicini-Ebel, Anke: Die Vita Karls IV., ein «Ego-Dokument»?, in: DA 63 (2007), S. 101–109.

Parisse, Michel: Le tournoi en France, des origines à la fin du XIIIe siècle, in: Fleckenstein, Turnier im Mittelalter, S. 175–211.

Parmigiani, Carlo: Il serraglio mantovano: storia, difese militari ed idrauliche, 2010.

Parzinger, Hermann: Verdammt und vernichtet. Kulturzerstörungen vom Alten Orient bis zur Gegenwart, 2021.

Pastor, Ludwig Freiherr von: Geschichte der Päpste seit dem Ausgang des Mittelalters, Bd. 1: Geschichte der Päpste im Zeitalter der Renaissance bis zur Wahl Pius' II., Martin V., Eugen IV., Nikolaus V., Kalixtus III., ⁵⁻⁷1925.

Patschovsky, Alexander (Hg.): Quellen zur böhmischen Inquisition im 14. Jahrhundert, 1979.

Patschovsky, Alexander: Die Anfänge einer ständigen Inquisition in Böhmen. Ein Prager Inquisitoren-Handbuch aus der ersten Hälfte des 14. Jahrhunderts, 1975.

Patschovsky, Alexander: Straßburger Beginenverfolgungen im 14. Jahrhundert, in: DA 30 (1974), S. 56–198.

Patze, Hans (Hg.): Der deutsche Territorialstaat im 14. Jahrhundert (VuF 14), 2 Bde., 1970/1971.

Patze, Hans (Hg.): Kaiser Karl IV. 1316–1378. Forschungen über Kaiser und Reich (zugleich BDLG 114), 1978.

Patze, Hans/Paravicini, Werner (Hg.): Fürstliche Residenzen im spätmittelalterlichen Europa (VuF 36), 1991.

Patze, Hans: Karl IV., Kaiser im Spätmittelalter, in: BDLG 116 (1980), S. 57–75.

Pauler, Roland, La Signoria dell'Imperatore. Pisa e l'imperio al tempo di Carlo IV (1354–1369), 1995.

Pauler, Roland: Die Auseinandersetzungen zwischen Kaiser Karl IV. und den Päpsten. Italien als Schachbrett der Diplomatie, 1996.

Pauly, Michel (Hg.): Die Erbtochter, der fremde Fürst und das Land. Die Ehe Johanns des Blinden und Elisabeths von Böhmen in vergleichender europäischer Perspektive, 2013.

Pauly, Michel (Hg.): Europäische Governance im Spätmittelalter, Heinrich VII. von Luxemburg und die großen Dynastien Europas: Actes des 15es Journées Lotharingiennes; 14.–17. Oktober 2008, 2010.

Pauly, Michel (Hg.): Johann der Blinde, Graf von Luxemburg, König von Böhmen 1296–1346. Tagungsband der 9es Journées Lotharingiennes 22.–26. Oktober 1996, 1997.

Pauly, Michel: Biologischer Zufall oder politisches Kalkül? Das Herzogtum Luxemburg und der Nordwesten Europas in der Politik Karls IV., in: Břízová/Kuthan/Peroutková/Scholz, Kaiser Karl IV., S. 273–293.

Peltzer, Jörg: Das Privilegium maius. Oder: Wie Rudolf IV. den habsburgischen Herzögen einen Spitzenrang fälschte, in: Schubert, Habsburger (Ausstellungskatalog), S. 166–167.

Peltzer, Jörg: Der Rang der Pfalzgrafen bei Rhein. Die Gestaltung der politisch-sozialen Ordnung des Reichs im 13. und 14. Jahrhundert, 2013.

Pelzel, Franz Martin: Kaiser Karl der Vierte, König in Böhmen, 2 Bde., 1780/1781 und 1783 als Geschichte Kaiser Karls des Vierten, König in Böhmen.

Penth, Sabine/Thorau, Peter (Hg.): Rom 1312. Die Kaiserkrönung Heinrichs VII. und die Folgen. Die Luxemburger als Herrscherdynastie von gesamteuropäischer Bedeutung, 2016.

Pertz, Georg Heinrich: Reise nach Böhmen, Oesterreich, Salzburg und Mähren im September 1843, in: AGG 9 (1847), S. 463–485.

Peter von Andlau: Kaiser und Reich – Libellus de Cesarea monarchia, lateinisch und deutsch, hg. von Rainer A. Müller, 1998.

Peter von Zittau = Cronica Aule regie. Die Königsaaler Chronik, hg. von Anna Pumprová und Libor Jan (MGH SS 40), 2022, deutsche Übersetzung: Die Königsaaler Chronik, hg. von Stefan Albrecht, aus dem Lateinischen übersetzt von Josef Bujnoch und Stefan Albrecht, 2014; Autograph Peters in der BAV (Pal.lat.959), Hs. digital unter: http://digi.ub.uni-heidelberg.de/diglit/bav_pal_lat_950 (26. 9. 2021).

Petersohn, Jürgen: «Echte» und «falsche» Insignien im deutschen Krönungsbrauch des Mittelalters? Kritik eines Forschungsstereotyps, 1993.

Petersohn, Jürgen: Die Reichsinsignien im Herrscherzeremoniell und Herrschaftsdenken des Mittelalters, in: Die Reichskleinodien. Herrschaftszeichen des Heiligen Römischen Reiches (Schriften zur staufischen Geschichte und Kunst 16), 1997, S. 162–183.

Petersohn, Jürgen: Die Reichsinsignien im Krönungsbrauch und Herrschaftszeremoniell des Mittelalters, in: Kramp, Krönungen 1, S. 151–160.

Petersohn, Jürgen: Über mittelalterliche Insignien und ihre Funktion im mittelalterlichen Reich, in: HZ 266 (1998), S. 47–96.

Petrarca, Francesco: Aufrufe zur Errettung Italiens und des Erdkreises. Ausgewählte Briefe, hg, übersetzt und eingeleitet von Berthe Widmer, 2001; Petrarca, Francesco: Familiaria. Bücher der Vertraulichkeiten, hg. von Berthe Widmer, 2 Bde., Buch 1–12, 2005, Buch 13–24, 2009.

Petrus de Ebulo, Liber ad honorem Augusti sive de rebus Siculis, hg. von Theo Kölzer und Marlis Stähli, 1994.

Petry, Ludwig (Hg.): Rheinland-Pfalz und Saarland (HHSD 5), 1965.

Peyer, Hans Conrad: Die Geschichte Italiens im 14. Jahrhundert, in: Derselbe u. a.: Das Trecento. Italien im 14. Jahrhundert, 1960, S. 7–35.

Pfeiffer, Friedrich: Rheinische Transitzölle im Mittelalter, 1997.

Pfitzner, Josef: Kaiser Karl IV., 1938.

Piccolomini Historia Bohemica = Aeneas Silvius Piccolomini: Historia Bohemica, hg. von Hejnic, Josef/Rothe, Hans, 3 Bde., 2005.

Pichiorri, Flaminia: Die Rekrutierung diplomatischen Personals unter Karl IV. Zeitphasen und Verfahrensweisen, in: Hohensee/Lawo/Lindner/Menzel/Rader, Goldene Bulle, S. 835–868.

Pietrusiński, Jerzy: Herrscherschmuck aus der Schatzkammer der Luxemburger im Goldschatz von Neumarkt in Schlesien, in: King John of Luxembourg (1296–1346) and the art of his era, 1998, S. 189–200.

Pietschmann, Klaus: Nationale Identitätskonstruktion im deutschsprachigen Musiktheater des ausgehenden 18. Jahrhunderts, in: Georg Schmidt (Hg.): Die deutsche Nation im frühneuzeitlichen Europa. Politische Ordnung und kulturelle Identität?, Tagungsbericht München, Historisches Kolleg, März 2008, 2010, S. 293–306.

Pietzner, Fritz: Schwertleite und Ritterschlag, 1934.

Piper, Otto: Burgenkunde. Bauwesen und Geschichte der Burg, ³1912, ND 1994.

Pirchan, Gustav: Italien und Kaiser Karl IV. in der Zeit seiner zweiten Romfahrt, 2 Bde., 1930.

Pirckheimer, Willibald: Apologia – Vertheidigung oder Lob des Podagra, hg. von Moritz Maximilian Mayer, o. J. [ca. 1884].

Pitz, Ernst: Frühkapitalismus, in: LMA 4 (1989), Sp. 998–1001.

Piur, Paul (Hg.): Petrarcas Briefwechsel mit deutschen Zeitgenossen, unter Mitwirkung Konrad Burdachs, mit einem Anhang: Petrarcas sonstige Berichte und Urteile über Deutschland (VMZR 7), 1933.

Piur, Paul: Briefe Johanns von Neumarkt, mit einem Anhang: Ausgewählte Briefe an Johann von Neumarkt, urkundliche und briefliche Zeugnisse zu seinem Leben (VMZR 8), 1937.

Piur, Paul: Cola di Rienzo, 1934.

Planitz, Hans: Die deutsche Stadt im Mittelalter. Von der Römerzeit bis zu den Zunftkämpfen, 1954.

Pleticha, Heinrich: Des Reiches Glanz, Reichskleinodien und Kaiserkrönungen im Spiegel der deutschen Geschichte, 1989;

Posselt, Bernd: Konzeption und Kompilation der Schedelschen Weltchronik (MGH Schriften 71), 2015.

Prietzel, Malte: Der Schlachtentod mittelalterlicher Könige in der Darstellung von Zeitgenossen, in: Clauss/Stieldorf/Weller, Der König als Krieger, S. 117–136.

Prietzel, Malte: Kriegführung im Mittelalter. Handlungen, Erinnerungen, Bedeutungen, 2006.

Prietzel, Malte: Töten, um zu herrschen. Was ist Krieg im Mittelalter?, in: Althoff, Krieg, S. 11–26.

Prietzel, Malte: Veränderungen in der spätmittelalterlichen Kriegführung, in: Paravicini/Petrauskas/Vercamer, Tannenberg, S. 103–122.

Prinz, Friedrich: Böhmen im mittelalterlichen Europa. Frühzeit, Hochmittelalter, Kolonisationsepoche, 1984.

Procházka, Roman von: Genealogisches Handbuch erloschener böhmischer Herrenstandsfamilien, 1973.

Prochno, Joachim: Terra Bohemiae, Regnum Bohemiae, Corona Bohemiae, in: Hellmann, Manfred (Hg.): Corona Regni. Studien über die Krone als Symbol des Staates im späteren Mittelalter, 1961, S. 198–224.

Pschyrembel. Klinisches Wörterbuch, ²⁶⁰2004.

Pufendorf, Samuel von: Die Verfassung des deutschen Reiches, hg. und übersetzt von Horst Denzer (Bibliothek des deutschen Staatsdenkens 4), 1994.

Puhle, Matthias (Hg.): Aufbruch in die Gotik. Der Magdeburger Dom und die späte Stauferzeit; Landesausstellung Sachsen-Anhalt aus Anlass des 800. Domjubiläums, Bd. 1: Essays, 2009.

Puhle, Matthias/Hasse, Claus-Peter (Hg.): Heiliges Römisches Reich Deutscher Nation 962 bis 1806. Von Otto dem Großen bis zum Ausgang des Mittelalters, 2 Bde., Katalog und Essays, 2006.

Puhle, Matthias: Die Hanse, Nordeuropa und das mittelalterliche Reich, in: Schneidmüller/Weinfurter, Heilig – Römisch – Deutsch, S. 308–322.

Pustejovsky, Otfrid: Schlesien und Polen. Ausgleich und Gegengewicht, in: Seibt, Kaiser Karl IV. – Ausstellungskatalog, S. 173–176, S. 181–182 und S. 452–455.

Quicke, Fritz: Un testament inédit de l'empereur Charles IV (18 octobre 1377), in: Revue belge de philologie et d'histoire Bd. 6 (1927), S. 256–277.

Rader, Corinna Alexandra: Von wahren Kunstwelten. Szenographie im DEFA-Märchenfilm, 2021.

Rader, Olaf B. (Hg.) unter Mitarbeit von Mathias Lawo: *Turbata per aequora mundi.* Dankesgabe an Eckhard Müller-Mertens (MGH Studien und Texte 29), 2001.

Rader, Olaf B.: Aufgeräumte Herkunft. Zur Konstruktion dynastischer Ursprünge an königlichen Begräbnisstätten, in: Hohensee/Lawo/Lindner/Menzel/Rader, Goldene Bulle, S. 403–430.

Rader, Olaf B.: Collector coronarum – Karl IV. als Kronensammler, in: Fajt/Hörsch, Kaiser Karl IV. 1316–2016 – Ausstellungskatalog 2016, S. 86–94.

Rader, Olaf B.: Die Burg, in: Fried/Rader, Welt des Mittelalters, S. 113–126.

Rader, Olaf B.: Die Eiserne Krone Karls IV., in: Bobkova, Lenka (Hg.): Akten der Tagung «Bekränzt mit Ruhm, Liebe und Verachtung. Johann von Luxemburg und Karl IV. im historischen Gedächtnis» der Karls-Universität Prag vom 21.-23. 9. 2016 in Prag (bislang unpubliziert).

Rader, Olaf B.: Die Gespenster der alten Kaiser. Falsche Friedriche, Barbablanca und die politische Sehnsucht nach dem Heiligen Reich, in: Gantet, Claire/d'Almeida, Fabrice (Hg.): Gespenster und Politik. 16. bis 21. Jahrhundert, 2007, S. 181–197.

Rader, Olaf B.: Die Kraft des Porphyrs. Das Grabmal Kaiser Friedrichs II. in Palermo als Fokus europäischer Erinnerungen, in: Buchinger, Kirstin/Gantet, Claire/Vogel, Jakob (Hg.): Europäische Erinnerungsräume, 2009, S. 33–46.

Rader, Olaf B.: Erinnern für die Ewigkeit: Die Grablegen der Herrscher des Heiligen Römischen Reiches, in: Puhle/Hasse, Heiliges Römisches Reich, Essays, S. 173–184.

Rader, Olaf B.: Erinnerte Macht. Zu Symbol, Form und Idee spätmittelalterlicher Herrschergräber, in: Fajt/Langer, Kunst als Herrschaftsinstrument, S. 173–183.

Rader, Olaf B.: Friedrich II. Der Sizilianer auf dem Kaiserthron. Eine Biographie, ⁴2012.

Rader, Olaf B.: Grab und Herrschaft. Politischer Totenkult von Alexander dem Großen bis Lenin, 2003.

Rader, Olaf B.: *he hadde de podagere an den voten*. Karl IV. und die Gicht, in: Elbel/ Kaar/Němec/Wihoda, Historiker zwischen den Zeiten, S. 285–294.

Rader, Olaf B.: Hokuspokus. Bluthostien zwischen Wunderglaube und Budenzauber, 2015.

Rader, Olaf B.: Kaiser Karl IV. und der mittlere Elbe-Saale-Raum, in: Sachsen und Anhalt 20 (1997), S. 267–318.

Rader, Olaf B.: Legitimationsgenerator Grab. Zur politischen Instrumentalisierung von Begräbnisanlagen, in: Behrmann, Carolin/Karsten, Arne/Zitzlsperger, Philipp (Hg.): Grab – Kult – Memoria. Studien zur gesellschaftlichen Funktion von Erinnerung, 2007, S. 7–21.

Rader, Olaf B.: Mit Schwert, Stock, Stab und Hand: Die Rittererhebungen Kaiser Karls IV. 1355 in Rom, in: in: Roebert/Ghignoli/Neustadt/Kolditz, Ostsee zum Mittelmeer, S. 243–250.

Rader, Olaf B.: pars pro toto. Bemerkungen zur Kanzlei und Diplomatik der Kaiserurkunden Karls IV. aus den Archiven des Bundeslandes Sachsen-Anhalt, in: Friedrich Beck/Wolfgang Hempel/Eckart Henning (Hg.), Archivistica docet, 1999, S. 491–523.

Rader, Olaf B.: Prismen der Macht. Herrschaftsbrechungen und ihre Neutralisierung am Beispiel von Totensorge und Grabkulten, in: HZ 271 (2000), S. 311–346.

Rader, Olaf B.: Wie Blitz und Donnerschlag. Die Kaiserkrönung Karls IV. nach den Berichten des Johannes Porta de Annoniaco, aus dem Mittellateinischen von Marianna Spano und Ulrike Hohensee, 2016.

Rader, Olaf B.: Zwischen Friedberg und Eco. Die Interpretation von Urkundentexten Karls IV. oder vom Gang durch die Säle der Erkenntnis, in: Lindner/Müller-Mertens/Rader/Lawo, Kaiser, Reich und Region, S. 245–293.

Rader, Olaf: Ars moriendi, in: François/Serrier, Europa, Bd. 2, S. 197–204.

Rädle, Fidel: Karl IV. als lateinischer Autor, in: Seibt, Kaiser Karl IV. – Ausstellungskatalog, S. 253–254, S. 259–260 und S. 459.

Raff, Thomas: Die Sprache der Materialien. Anleitung zu einer Ikonologie der Werkstoffe, 1994.

Raithel-Živsa, Irena: Karl IV. Ein Fremder in der deutschen Literatur, in: Seibt, Kaiser Karl IV. – Ausstellungskatalog, S. 411–414 und S. 464.

Ramba, Jiři: Rytířské a válečné úrazy a jejich stopy na lebkách českých králů, in: Jan/Kacetl, Pocta králi, S. 207–219.

Ranke, Leopold von: Weltgeschichte, Bd. 13: Zeiten des Übergangs zur modernen Welt (XIV. und XV. Jahrhundert) (Historische Meisterwerke 13), o. J. (1928).

Ranke, Leopold von: Zwölf Bücher Preußischer Geschichte, 4 Bde., 1929.

Rathgen, Bernhard: Das Geschütz im Mittelalter. Quellenkritische Untersuchungen, 1928.

Raulff, Ulrich: Der Traum vom ästhetischen Staat und die Diktatur der Dichter, in: Ders. (Hg.): Vom Künstlerstaat. Ästhetische und politische Utopien, 2006, S. 7–17.

Razím, Vladislav/Nachtmannová, Alena: Burg Pürglitz und ihr Jagdforst, in: Fajt/ Hörsch/Razím, Křivoklát – Pürglitz, S. 143–207.

Regesten der Erzbischöfe von Mainz von 1289–1396 1/2: 1328–1353, hg. von Heinrich Otto, 1935.

Regesten der Pfalzgrafen bei Rhein 1: 1214–1400, hg. von Adolf Koch/Jacob Wille, 1894.

Rehberg, Andreas/Modigliani Anna: Cola di Rienzo e il comune di Roma, 2 Bde., 2004.

Rehberg, Andreas: Un tribuno emulo di Cola di Rienzo: Antonio Malavolta, in: Scalessa, Cola di Rienzo, S. 29–42.

Reichert, Winfried: Johann der Blinde als Graf von Luxemburg, in: Pauly, Johann der Blinde – Tagungsband, S. 169–196.

Reincke, Heinrich: Bevölkerungsverluste der Hansestädte durch den Schwarzen Tod 1349/50, in: HGbll 72 (1954), S. 88–90.

Reincke, Heinrich: Kaiser Karl IV. und die deutsche Hanse, 1931.

Reincke, Heinrich: Machtpolitik und Weltwirtschaftspläne Kaiser Karls IV., in: HGbll 49 (1924), S. 78–115.

Reinhard, Wolfgang: Geschichte der Staatsgewalt. Eine vergleichende Verfassungsgeschichte Europas von den Anfängen bis zur Gegenwart, ³2002.

Reinhardt, Volker: Die Macht der Schönheit. Kulturgeschichte Italiens, 2019.

Reinhardt, Volker: Die Macht der Seuche. Wie die Große Pest die Welt veränderte 1347–1353, 2021.

Reinhardt, Volker: Pius II. Piccolomini. Der Papst, mit dem die Renaissance begann, 2013.

Reinhardt, Volker: Pontifex. Die Geschichte der Päpste, 2017.

Reinle, Christine: Herrschaft durch Performanz? Zum Einsatz und zur Beurteilung performativer Akte im Verhältnis zwischen Fürsten und Untertanen im Spätmittelalter, in: HJb 126 (2006), S. 25–36.

Renato Piattoli in memoriam. Bibliografia degli scritti e opera postuma miscellanea diplomatica (IV), 1976.

Restle, Konstantin: Musikinstrumente, in: LMA 6 (1993), Sp. 955–969.

Reumont, Alfred von: Geschichte der Stadt Rom, Bd. 2, 1867.

Rexroth, Frank: Deutsche Universitätsstiftungen von Prag bis Köln. Die Intentionen des Stifters und die Wege und Chancen ihrer Verwirklichung im spätmittelalterlichen deutschen Territorialstaat, 1991.

Rexroth, Frank: Die Universität, in: Fried/Rader, Welt des Mittelalters, S. 460–472.

Rexroth, Frank: Um 1399. Wie man einen König absetzte, in: Jussen, Macht des Königs, S. 241–254 und S. 393–394.

Richter, Jan Friedrich/Knüvener, Peter/Winkler, Kurt (Hg.): Karl IV. Ein Kaiser in Brandenburg, 2016.

Richter, Karl K.: Konrad Waldhauser, in: Seibt, Lebensbilder 3, S. 159–174.

Rieckenberg, Hans Jürgen: Heinrich der Taube von Selbach, in: NDB 8 (1969), S. 425.

Rieckenberg, Hans Jürgen: Johann von Neumarkt, in: NDB 10 (1974), S. 563–564.

Rieckenberg, Hans-Jürgen: Zur Herkunft des Johann von Neumarkt, Kanzler Karls IV., in: DA 31 (1975), S. 555–569.

Ried, Karl: Berthold von Hohenzollern, in: NDB 2 (1955), S. 153.

Riedel, Adolph Friedrich (Hg.): Urkunden-Sammlung zur Geschichte der auswärtigen Verhältnisse der Mark Brandenburg und ihrer Regenten, 2. Hauptteil, Bd. 2 und Bd. 3 (CdB 2,2 und 2,3), 1845/1846.

Riedel, Adolph Friedrich: Beitrag zur Geschichte des falschen Waldemar, in: Märkische Forschungen 3 (1847), S. 121–126.

Riedmann, Josef: Karl IV. und die Bemühungen der Luxemburger um Tirol, in: Patze, Kaiser Karl IV., S. 775–796.

Riedmann, Josef: Mittelalter, in: Fontana, Josef u. a. (Hg.): Geschichte des Landes Tirol, Bd. 1, ²1990, S. 291–667.

Riedmann, Josef: Verona als Residenz der Skaliger, in: Patze, Hans/Paravicini, Werner (Hg.): Fürstliche Residenzen im spätmittelalterlichen Europa (VuF 36), 1991, S. 265–291.

Riezler, Sigmund: Geschichte Baierns, Bd. 2 (bis 1347) und Bd. 3 (von 1347 bis 1508), 1880/1889.

Riis, Thomas: Kalmarer Union, in: LMA 5 (1991), Sp. 875–877.

Ringler, Siegfried: Ebner, Christine, in: VL² 2 (1980), Sp. 297–302.

Rittersberg, Johann Ritter von: Kaiser Karl des IV. und seines Sohnes König Wenzel Reise nach Paris in den Jahren 1377 und 1378, in: Monatsschrift der Gesellschaft des Vaterländischen Museums in Böhmen, Bd. 2; 1828, S. 204–224 und S. 313–339.

Roebert, Sebastian/Ghignoli, Antonella/Neustadt, Cornelia/Kolditz, Sebastian (Hg.): Von der Ostsee zum Mittelmeer. Forschungen zur mittelalterlichen Geschichte für Wolfgang Huschner/Dal Mar Baltico al Mediterraneo. Ricerche di storia medievale per Wolfgang Huschner (Italia Regia 4), 2019.

Roeck, Bernd: Der Morgen der Welt. Geschichte der Renaissance, 2017.

Romiti, Antonio (Hg.): Riformagioni della Repubblica di Lucca (1369–1400), Volume primo (Marzo 1369–Agosto 1370 e aggunte), 1980.

Romiti, Antonio/Tori, Giorgio, I Documenti (1355–1369), in: La «Libertas Lucensis» del 1369, S. 95–157.

Rosario, Iva: Art and Propaganda. Charles IV of Bohemia, 1346–1378, 2000.

Rösch, Gerhard: Die Festlandspolitik Venedigs im 13. und 14. Jahrhundert, in: GWU 40 (1989), S. 321–332.

Royt, Jan: Das Nachleben Karls IV., in: Fajt/Hörsch, Kaiser Karl IV. 1316–2016 – Ausstellungskatalog 2016, S. 259–266.

Royt, Jan: Die Hussiten und ihr Verhältnis zur Kunst, in: Seibt, Hus, S. 313–318.

Royt, Jan: Johann Očko von Vlasim als Auftraggeber von Kunstwerken, in: Břízová/Kuthan/Peroutková/Scholz, Kaiser Karl IV., S. 13–19.

Royt, Jan: Kirchenreform und Hussiten, in: Fajt, Karl IV., Kaiser von Gottes Gnaden, S. 555–569.

Rubin, Miri: Blut: Opfer und Erlösung in der christlichen Ikonographie, in: Bradburne, James M. (Hg.): Blut. Kunst-Macht-Politik-Pathologie (Ausstellungskatalog), 2001, S. 89–101.

Rubin, Miri: Corpus Christi. The Eucharist in Late Medieval Culture, 1991.

Rubin, Miri: Gentile Tales. The Narrative Assault on Late Medieval Jews, 1999.

Rudolph, Nils: Des Paladins Wandlung. Die Entwicklung des «Hofpfalzgrafenamtes» bis zur Zeit Kaiser Karls IV., Masterarbeit Humbold-Universität zu Berlin 2021.

Ruser, Konrad (Hg.): Die Urkunden und Akten der oberdeutschen Städtebünde, Bd. 2, Städte und Landfriedensbündnisse von 1347 bis 1380, 1988.

Rüther, Andreas: Anna von Schweidnitz-Jauer, in: Fößel, Kaiserinnen des Mittelalters, S. 271–284.

Sahmland, Irmtraut: Ergotismus, in: Gerabek/Haage/Keil/Wegner, Enzyklopädie Medizingeschichte, S. 3677–368.

Salomon, Richard: Die Papstbiographien des Johannes Porta de Annoniaco, in: NA 45 (1924), S. 112–119.

Salomon, Richard: Ein Rechnungs- und Reisetagebuch vom Hofe Erzbischof Boemunds II. von Trier 1354–1357, in: NA 33 (1908), S. 399–434.

Salomon, Richard: Eine vergessene Universitätsgründung, in: NA 37 (1912), S. 810–817 und S. 879–880.

Salomon, Richard: Johannes Porta de Annoniaco und sein Buch über die Krönung Kaiser Karls IV., in: NA 38 (1913), S. 227–294.

Sandron, Dany: Der Domchor zu Magdeburg und die französische Architektur der Gotik: Die Auswirkungen der Bauherrnschaft: Erzbischofs Albrecht von Käfernburg, in: Schenkluhn/Waschbüsch, Magdeburger Dom, S. 173–180.

Sanmann-von Bülow, Hedwig, Die Inkorporationen Karls IV., 1942.

Saur, Markus: Königserhebungen im antiken Israel, in: Steinicke/Weinfurter, Investitur- und Krönungsrituale, S. 29–42.

Scalessa, Gabriele (Hg.): Cola di Rienzo. Dalla storia al mito, 2009.

Schädler, Alfred: Peter Parler und die Skulptur des Schönen Stils, in: Legner, Parler und der schöne Stil 3, S. 17–25.

Schäfer, Karl Heinrich: Deutsche Ritter und Edelknechte in Italien während des 14. Jahrhunderts, 4 Bde., 1911–1940.

Schaller, Hans Martin: Johannes von Gelnhausen, in: NDB 10 (1974), S. 552.

Schamschula, Walter: Tschechische Dichtung um Karl IV., in: Seibt, Kaiser Karl IV. – Ausstellungskatalog, S. 407–410 und S. 466.

Schannat, Johann Friedrich: Vindemiae Literariae, hoc est veterum monumentorum ad Germaniam sacram praecipue spectantium collectio secunda, 1724.

Schauerte, Thomas: *… und allez hailtum ward umb den kaiser gesetzt.* Anmerkungen zu Karls IV. Umgang mit Wenzels- und Reichskrone, in: Lehner, Politik. Macht. Kultur, S. 199–215.

Schenk, Gerrit Jasper: Die Zeit Karls IV. zwischen Frost und Blüte – Katastrophen, Krisen und Klimawandel im 14. Jahrhundert, in: Fajt/Hörsch, Kaiser Karl IV. 1316–2016 – Ausstellungskatalog 2016, S. 31–40.

Schenk, Gerrit Jasper: Enter the emperor. Charles IV and Siena between politics, diplomacy, and ritual (1355 and 1368), in: Renaissance studies 20 (2006), S. 161–179.

Schenk, Gerrit Jasper: Verflochtene Herrschaftsstile im langen Jahrhundert der Luxemburger? Beobachtungen zur Untersuchung personaler Herrschaft, in: Bauch/Burkhardt/Gaudek/Žůrek, Heilige, Helden, Wüteriche, S. 419–430.

Schenk, Gerrit Jasper: Zeremoniell und Politik. Herrschereinzüge im spätmittelalterlichen Reich, 2003.

Schenkluhn, Wolfgang/Waschbüsch, Andreas (Hg.): Der Magdeburger Dom im europäischen Kontext, 2012.

Schettler, Gotthard/Greten, Heiner (Hg.): Innere Medizin. Verstehen-Lernen-Anwenden, 2 Bde., ⁹1998.

Schieffer, Rudolf: Christianisierung und Reichsbildungen Europa 800–1200, 2013.

Schieffer, Rudolf: Konzepte des Kaisertums, in: Schneidmüller/Weinfurter, Heilig – Römisch – Deutsch, S. 44–56.

Schildhauer, Johannes: Der schwäbische Städtebund – Ausdruck der Kraftentfaltung des deutschen Bürgertums in der zweiten Hälfte des 14. Jahrhunderts, in: Jahrbuch für Geschichte des Feudalismus 1 (1977), S. 187–210.

Schilling, Heinz/Heun, Werner/Götzmann, Jutta (Hg.): Heiliges Römisches Reich Deutscher Nation 962 bis 1806. Altes Reich und neue Staaten 1495 bis 1806, 2 Bde., Katalog und Essays, 2006.

Schilling, Heinz: Die neue Zeit. Vom Christenheitseuropa zum Europa der Staaten. 1250 bis 1750, 1999.

Schimmelpfennig, Bernd: Das Papsttum von der Antike bis zur Renaissance, 1988.

Schlesinger, L[udwig]: Eine Erbtheilungs- und Erbfolgeordnungsurkunde Kaiser Karls IV., in: Mittheilungen des Vereines für Geschichte der Deutschen in Böhmen Bd. 31 Heft 1 (1892/93) S. 1–13.

Schlinker, Steffen: Die Bedeutung der Erbeinungen und Erbverbrüderungen für die europäische Verfassungsgeschichte, in: Müller/Spieß/Tresp, Erbeinungen und Erbverbrüderungen, S. 13–42.

Schlosser, Friedrich Christoph: Weltgeschichte für das deutsche Volk, 18 Bde., ²1870–1875.

Schlotheuber, Eva/Kistner, Andreas: Kaiser Karl IV. und der päpstliche Legat Aegidius Albornoz, in: DA 69 (2013), S. 531–579.

Schlotheuber, Eva: Das Privilegium maius – eine habsburgische Fälschung im Ringen um Rang und Einfluss, in: Schmid, Peter/Wanderwitz, Heinrich (Hg.): Die Geburt Österreichs. 850 Jahre Privilegium minus, 2007, S. 143–165.

Schlotheuber, Eva: Der Ausbau Prags zur Residenzstadt und die Herrschaftskonzeption Karls IV., in: Jarošsová, Markáta/Kuthan, Jiří/Scholz, Stefan (Hg.): Prag und die großen Kulturzentren von Europa in der Zeit der Luxemburger (1310–1437), 2009, S. 601–621.

Schlotheuber, Eva: Der weise König: Herrschaftskonzeption und Vermittlungsstrategien Kaiser Karls IV., in: Hémecht (2011), S. 265–279.

Schlotheuber, Eva: Die «größtmögliche Veränderung» *(maxima mutacio)* des Königreichs Böhmen. Peter von Zittau und die politische Wende Johanns von Luxemburg, in: Ecclesia docta, hg. von Magdaléna Nespěšná Hamzíková, Jana Peroutková und Stefan Scholtz (FS Jiří Kuthan), 2016, S. 105–129.

Schlotheuber, Eva: Die Autobiographie Karls IV. und die mittelalterlichen Vorstellungen vom Menschen am Scheideweg, in: HZ 281 (2005), S. 561–591.

Schlotheuber, Eva: Die Bedeutung von Sprachen und gelehrter Bildung für die Luxemburgerherrscher, in: Penth/Thorau, Rom 1312, S. 353–372.

Schlotheuber, Eva: Die Kaiserkrönung Karls IV. 1355 in Rom – ein diplomatisches Meisterstück, in: Břízová/Kuthan/Peroutková/Scholz, Kaiser Karl IV., S. 73–89.

Schlotheuber, Eva: Die Rolle des Rechts in der Herrschaftsauffassung Kaiser Karls IV., in: Hohensee/Lawo/Lindner/Menzel/Rader, Goldene Bulle, S. 141–168.

Schlotheuber, Eva: Ein schwieriges Verhältnis – Karl IV. und Venedig, in: Schmitz-Esser, Romedio/Görich, Knut/Johrendt, Jochen (Hg.): Venedig als Bühne. Organisation, Inszenierung und Wahrnehmung europäischer Herrscherbesuche, 2017, S. 149–161.

Schlotheuber, Eva: Karl als Autor – Der «weise Herrscher», in: Fajt/Hörsch, Kaiser Karl IV. 1316–2016 – Ausstellungskatalog 2016, S. 69–78.

Schlotheuber, Eva: Petrarca am Hof Karls IV. und die Rolle der Humanisten, in: Sammelpublikation der Vortragsreihe des SS 2004 an der LMU München, unter: http://www.phil-hum-ren.uni-muenchen.de/SekLit/P2004A/Schlotheuber.htm (20.7.2019).

Schlotheuber, Eva: Sacrum Romanum Imperium – Die Kaiserkrönung Karls IV., die Goldene Bulle und die Einigung mit der Kirche, in: Fajt/Hörsch, Kaiser Karl IV. 1316–2016 – Ausstellungskatalog 2016, S. 183–188.

Schmid, Barbara: Schreiben für Status und Herrschaft: Deutsche Autobiographik in Spätmittelalter und früher Neuzeit, 2006.

Schmid, Wolfgang: Vom Rheinland nach Böhmen: Studien zur Reliquienpolitik Kaiser Karls IV., in: Hohensee/Lawo/Lindner/Menzel/Rader, Goldene Bulle, S. 431–464.

Schmid, Wolfgang: Zur Geschichte und Kunstgeschichte der Luxemburger, in: Schwarz, Grabmäler der Luxemburger, S. 9–26.

Schmidt, Gerhard: Die Bistumspolitik Karls IV. bis zur Kaiserkrönung 1355, in: Engel, Karl IV., S. 74–119.

Schmidt, Gerhard: Internationale Gotik versus Schöner Stil, in: Fajt, Karl IV., Kaiser von Gottes Gnaden, S. 540–547.

Schmidt, Ondřej: Der Tod der Königin Johanna von Bayern (1386). Prolegomena zur Erforschung einer neu entdeckten italienischen Quelle, in: Elbel/Kaar/Němec/ Wihoda, Historiker zwischen den Zeiten, S. 295–314.

Schmidt, Roderich: Begründung und Bestätigung der Universität Prag durch Karl IV. und die kaiserliche Privilegierung von Generalstudien, in: Patze, Kaiser Karl IV., S. 695–719.

Schmidt, Roderich: Brandenburg und Pommern in der Politik Kaiser Karls IV., in: Seibt, Kaiser Karl IV. – Ausstellungskatalog, S. 203–208 und S. 456–457.

Schmieder, Felicitas: Städte und Herrscher: Könige und Fürsten, Hauptstädte und Residenzen im Reich und in Europa im 14. Jahrhundert, in: Pauly, Europäische Governance, S. 99–114.

Schmitz, Rudolf Michael: Kardinal, Kardinalskollegium, in: LThK 5 (1996), Sp. 1230–1231.

Schmitz-Esser, Romedio: Der Leichnam im Mittelalter. Einbalsamierung, Verbrennung und die kulturelle Konstruktion des toten Körpers, 2014.

Schmoeckel, Mathias: Zollregal, in: HRG 5 (1998), Sp. 1759–1769.

Schmugge, Ludwig: Albert von Sternberg, in: Seibt, Lebensbilder 3, S. 43–65.

Schmugge, Ludwig: Der *Tractatus de habilitate temporis ad processum versus Italiam*. Eine Aufforderung an Kaiser Karl IV. zu einem dritten Italienzug (1376/78), in: QFIAB 59 (1979), S. 198–243.

Schmugge, Ludwig: Kurie und Kirche in der Politik Karls IV., in: Seibt, Kaiser Karl IV. – Ausstellungskatalog, S. 73–76, 81–87 und S. 440–441.

Schneider, Reinhard (Hg.): Das spätmittelalterliche Königtum im europäischen Vergleich (VuF 32), 1987.

Schneider, Reinhard: Kaiser und Reich im höfischen Programm, in: Seibt, Kaiser Karl IV. – Ausstellungskatalog, S. 305–308 und S. 460.

Schneider, Reinhard: Karls IV. Auffassung vom Herrscheramt, in: Schieder, Theodor (Hg.): Beiträge zur Geschichte des mittelalterlichen deutschen Königtums, 1973, S. 122–150.

Schneider, Reinhard: Karolus, qui et Wenceslaus, in: Jäschke, Kurt-Ulrich/Wenskus, Reinhard (Hg.): Festschrift für Helmut Beumann zum 65. Geburtstag, 1977, S. 365–387.

Schneidmüller, Bernd/Weinfurter, Stefan (Hg.): Die deutschen Herrscher des Mittelalters. Historische Portraits von Heinrich I. bis Maximilian I., 2003.

Schneidmüller, Bernd/Weinfurter, Stefan (Hg.): Heilig-Römisch-Deutsch: das Reich im mittelalterlichen Europa, 2006.

Schneidmüller, Bernd/Wolter-von dem Knesebeck, Harald: Das Evangeliar Heinrichs des Löwen und Mathildes von England, 2018.

Schneidmüller, Bernd: Die Aufführung des Reichs. Zeremoniell, Ritual und Performanz in der Goldenen Bulle von 1356, in: Brockhoff/Matthäus, Die Kaisermacher, S. 76–93.

Schneidmüller, Bernd: Die Kaiser des Mittelalters. Von Karl dem Großen bis Maximilian I., 2006.

Schneidmüller, Bernd: Grenzerfahrung und monarchische Ordnung. Europa 1200–1500, 2011.

Schneidmüller, Bernd: Inszenierungen und Rituale des spätmittelalterlichen Reichs. Die Goldene Bulle von 1356 in westeuropäischen Vergleichen, in: Hohensee/Lawo/Lindner/Menzel/Rader, Goldene Bulle, S. 261–298.

Schneidmüller, Bernd: Katastrophenerinnerung: Große Pest und Judenpogrome 1348 bis 1352, in: Boer, Pim den/Duchhardt, Heinz/Kreis, Georg/Schmale, Wolfgang (Hg.): Europäische Erinnerungsorte 2: Das Haus Europa, 2012, S. 393–401.

Schneidmüller, Bernd: Monarchische Ordnungen – Die Goldene Bulle von 1356 und die französischen Ordonnanzen von 1374, in: Fried/Rader, Welt des Mittelalters, S. 324–335.

Schneidmüller, Bernd: Speyer als habsburgischer Erinnerungsort. Von Rudolf I. bis Maximilien I., in: Schubert, Habsburger (Ausstellungskatalog), S. 19–25.

Schneidmüller, Bernd: Würde – Form – Anspruch. Ritualisierungen, Konstrukte und Fälschungen im 14. Jahrhundert, in: Just/Kininger/Sommerlechner/Weigl, Privilegium maius, S. 213–243.

Schnelbögl, Fritz (Hg.): Das «Böhmische Salbüchlein» Kaiser Karls IV. über die nördliche Oberpfalz 1366/68, 1973.

Schnith, Karl: England, in: Seibt, Kaiser Karl IV. – Ausstellungskatalog, S. 161–164 und S. 449.

Schock-Werner, Barbara: Die Parler, in: Legner, Parler und der schöne Stil 3, S. 7–12.

Schock-Werner, Barbara: Zur Organisation von Bauhütten im Mittelalter und zum technischen Wandel im Baubetrieb um 1200, in: Puhle, Aufbruch in die Gotik, S. 116–125.

Scholz, Paul: Die Erwerbung der Mark Brandenburg durch Karl IV. (Teildruck der Diss. Breslau 1874, den Zeitraum bis 1369 umfassend).

Schomburg, Walter: Lexikon der deutschen Steuer- und Zollgeschichte. Abgaben, Dienste, Gebühren, Steuern und Zölle von den Anfängen bis 1806, 1992.

Schönach, Archivalische Studie zur Jugendgeschichte Kaiser Karls IV, Teil 1, 1905.

Schramm, Percy Ernst (mit Beiträgen verschiedener Verfasser): Herrschaftszeichen und Staatssymbolik. Beiträge zu ihrer Geschichte vom dritten bis zum sechzehnten Jahrhundert, 3 Bde., (MGH Schriften 13/1–3), 1954–1956.

Schramm, Percy Ernst/Fillitz, Hermann (Hg.) in Zusammenarbeit mit Mütherich, Florentine: Denkmale der deutschen Könige und Kaiser, Bd. 1: Ein Beitrag zur Herrschergeschichte von Karl dem Großen bis Friedrich II. 768–1250, Bd. 2: Ein Beitrag zur Herrschergeschichte von Rudolf I. bis Maximilien I. 1273–1519, 1964/1978.

Schreiner, Klaus: Märtyrer, Schlachtenhelfer, Friedenstifter. Krieg und Frieden im Spiegel mittelalterlicher und frühneuzeitlicher Heiligenverehrung, 2000.

Schubert, Alexander (Hg.): Die Habsburger im Mittelalter. Aufstieg einer Dynastie (Ausstellungskatalog), 2022.

Schubert, Alexander: Echte Macht und falsche Herrschaft. Vom Einfluss falscher Herrscher auf die Reichsgeschichte, in: Puhle/Hasse, Heiliges Römisches Reich, Essays, S. 349–357.

Schubert, Alexander: Zwischen Zunftkampf und Thronstreit: Nürnberg im Aufstand 1348/49, 2008.

Schubert, Ernst: Die deutsche Königswahl zur Zeit Johanns von Böhmen, in: Pauly, Johann der Blinde – Tagungsband, S. 135–168.

Schubert, Ernst: Einführung in die deutsche Geschichte im Spätmittelalter, 1998.

Schubert, Ernst: Essen und Trinken im Mittelalter, 2006.

Schubert, Ernst: König und Reich. Studien zur spätmittelalterlichen deutschen Verfassungsgeschichte, 1979.

Schubert, Ernst: Kurfürsten, in: LMA 5 (1991, Sp. 1581–1583.

Schubert, Ernst: Probleme der Königsherrschaft im spätmittelalterlichen Reich, in: Schneider, Königtum im europäischen Vergleich, S. 135–184.

Schubert, Martin J.: Inszenierung und Repräsentation von Herrschaft. Karl IV. in der Literatur, in: Hohensee/Lawo/Lindner/Menzel/Rader, Goldene Bulle, S. 493–516.

Schubert, Martin: Der «Österreichische Bibelübersetzer» – Deutscher Bibeltext im 14. Jahrhundert, in: Jahresmagazin 2018 der Berlin-Brandenburgischen Akademie der Wissenschaften, hg. vom Präsidium der BBAW, S. 41–46.

Schuhmann, Günther: Friedrich V., Burggraf von Nürnberg, in: NDB 5 (1961), S. 523.

Schuler, Peter-Johannes: Die Reichspfandpolitik, in: Seibt, Kaiser Karl IV. – Ausstellungskatalog, S. 139–142 und S. 445–446.

Schultze, Johannes: Die Mark Brandenburg, Bd. 2, 1961.

Schultze, Johannes: Friedrich I., in: NDB 5 (1961), S. 494.

Schulze, Hans K.: Karl IV. als Landesherr der Mark Brandenburg, in: Jahrbuch für die Geschichte Mittel- und Ostdeutschlands 27 (1978), S. 138–168.

Schulze-Dörrlamm, Mechthild: Das Reichsschwert. Ein Herrschaftszeichen des Saliers Heinrich IV. und des Welfen Otto IV., 1995.

Schurr, Marc Carel: «Moribus ac virtutibus Francorum»: Karl IV. als Mäzen und das Königreich Frankreich, in: Břízová/Kuthan/Peroutková/Scholz, Kaiser Karl IV., S. 175–193.

Schurr, Marc Carel: Die Baukunst Peter Parlers. Der Prager Veitsdom, das Heiligkreuzmünster in Schwäbisch-Gmünd und die Bartholomäuskirche in Kolin im Spannungsfeld von Kunst und Geschichte, 2003.

Schurr, Marc Carel: Saint Guy de Prague: une cathédrale «à la française»? Réflexions sur les sources de son architecture, in: Bulletin monumental 162 (2004), S. 273–287.

Schwarz, Ernst: Johann von Neumarkt, in: Bosl, Karl (Hg.): Lebensbilder zur Geschichte der böhmischen Länder, Bd. 1, 1974, S. 27–47.

Schwarz, Michael Viktor (Hg.): Grabmäler der Luxemburger. Image und Memoria eines Kaiserhauses, 1997.

Schwarz, Michael Viktor: Felix Bohemia Sedes Imperii. Der Prager Veitsdom als Grabkirche Kaiser Karls IV., in: Schwarz, Grabmäler der Luxemburger, S. 123–153.

Schwarz, Michael Viktor: Höfische Skulptur im 14. Jahrhundert. Entwicklungsphasen und Vermittlungswege im Vorfeld des weichen Stils, 1986.

Schwarz, Michael Viktor: Image und Memoria: statt einer Zusammenfassung, in: Schwarz, Grabmäler der Luxemburger, S. 175–182.

Schwedler, Gerald: Der Historiker als Profiler. Überlegungen zur vergleichenden Analyse spätmittelalterlicher Herrscher, in: Bauch/Burkhardt/Gaudek/Žůrek, Heilige, Helden, Wüteriche, S. 29–42.

Schwedler, Gerald: Dienen muß man dürfen oder: Die Zeremonialvorschriften der Goldenen Bulle zum Krönungsmahl des römisch-deutschen Herrschers, in: Weinfurter, Stefan/Ambos, Claus/Hotz, Stephan/Schwedler, Gerald (Hg.): Die Welt der Rituale. Von der Antike bis in die Neuzeit, 2005, S. 156–165.

Schwedler, Gerald: Herrschertreffen des Spätmittelalters. Formen, Rituale, Wirkungen, 2008.

Schwedler, Gerald: Karl IV. als Stratege des Vergessens, in: Břízová/Kuthan/Peroutková/Scholz, Kaiser Karl IV., S. 131–148.

Schwinges, Rainer Christoph: Verfassung und kollektives Verhalten. Zur Mentalität des Erfolges falscher Herrscher im Reich des 13. und 14. Jahrhunderts, in: Graus, František (Hg.): Mentalitäten im Mittelalter. Methodische und inhaltliche Probleme (VuF 35), 1987, S. 177–202.

Scripta decani in Karelstain castro obsesso in Bohemia ab hereticis anno domini 1422, in: Leidinger, Georg (Hg.): Andreas von Regensburg sämmtliche Werke, 1903, S. 309–310.

Seehase, Hagen/Krekeler, Ralf: Der gefiederte Tod. Die Geschichte des englischen Langbogens in den Kriegen des Mittelalters, ³2004.

Seibert, Hubertus (Hg.): Ludwig der Bayer (1314–1347). Reich und Herrschaft im Wandel, 2014.

Seibt, Ferdinand (Hg.): Kaiser Karl IV. Staatsmann und Mäzen, aus Anlaß der Ausstellungen Nürnberg und Köln 1978/79 (Ausstellungskatalog), 1978.

Seibt, Ferdinand (Hg.): Lebensbilder zur Geschichte der böhmischen Länder – Karl IV. und sein Kreis, 1978.

Seibt, Ferdinand/Eberhard, Winfried (Hg.): Europa 1400. Die Krise des Spätmittelalters, 1984.

Seibt, Ferdinand: Deutschland und die Tschechen. Geschichte einer Nachbarschaft in der Mitte Europas, 1993.

Seibt, Ferdinand: Die alten Kaiser: Neue Impulse der Spätmittelalterforschung, in: Bohemia 37 (1996), S. 291–309.

Seibt, Ferdinand: Die Zeit der Luxemburger und der hussitischen Revolution, in:

Bosl, Karl (Hg.): Handbuch der Geschichte der böhmischen Länder, 2 Bde., 1967/1974, Bd. 1, S. 349–568.

Seibt, Ferdinand: Ein Kaiser im Himmel, in: Seibt, Kaiser und Kirche, S. 245–260.

Seibt, Ferdinand: Johann von Böhmen, in: NDB 10 (1974), S. 469–470.

Seibt, Ferdinand: Kaiser und Kirche. Aufsätze aus den Jahren 1978–1997. Festgabe zum 70. Geburtstag, hg. von Hans Lemberg u. a., 1997.

Seibt, Ferdinand: Karl IV. – das Charisma der Auserwählung, in: Nippel, Virtuosen der Macht, S. 89–100.

Seibt, Ferdinand: Karl IV. – Der Kaiser, in: Seibt, Kaiser und Kirche, S. 109–124.

Seibt, Ferdinand: Karl IV. – Der Politiker, in: Seibt, Kaiser und Kirche, S. 125–130.

Seibt, Ferdinand: Karl IV. – Staatsmann und Mäzen. Probleme eines Profils, in: Seibt, Kaiser und Kirche, S. 131–176.

Seibt, Ferdinand: Karl IV. Ein Kaiser in Europa 1346–1378, 1978; als Nachdruck der 5. Auflage von 1985 mit aktualisierter Bibliographie mit dem Titel Karl IV. Ein Kaiser in Europa 1346 bis 1378, 1994.

Seibt, Ferdinand: Karl IV. in seiner Welt, in: Seibt, Kaiser Karl IV. – Ausstellungskatalog, S. 9–14.

Seibt, Ferdinand: Karlstein, in: Seibt, Kaiser und Kirche, S. 177–194.

Seibt, Ferdinand: Revolution in Europa. Ursprung und Wege innerer Gewalt. Strukturen, Elemente, Exempel, 1984.

Seibt, Ferdinand: Sigismund von Luxemburg. Zur Krise der Monarchie um 1400, in: Seibt, Kaiser und Kirche, S. 195–208.

Seibt, Ferdinand: Zu einem neuen Begriff von der «Krise des Spätmittelalters», in: Seibt/Eberhard, Europa 1400, S. 7–23.

Seibt, Gustav: Anonimo romano. Geschichtsschreibung in Rom an der Schwelle zur Renaissance, 1992.

Seibt, Gustav: La rivoluzione di Cola di Rienzo. Un progetto per la salvezza del mondo, in: Scalessa, Cola di Rienzo, S. 15–28.

Seidel, Max/Silva, Romano: The Power of Images, the Images of Power. Lucca as an Imperial City, Political Iconography, 2007.

Sellert, Wolfgang: Erbvertrag, in: HRG 1 (^{2}2008), Sp. 1389–1392.

Selzer, Stephan: Deutsche Söldner im Italien des Trecento, 2001.

Sieveking, Heinrich: Die kapitalistische Entwicklung in den italienischen Städten des Mittelalters, in: Vierteljahrschrift für Sozial- und Wirtschaftsgeschichte 7 (1909), S. 64–93.

Sir John Mandevilles Reisebeschreibung, in deutscher Übersetzung von Michel Velser nach der Stuttgarter Papierhandschrift Cod. HB V 86, hg. von Eric John Morrall (DTM 66), 1974.

Slapnicka, Helmut: Karl IV. als Gesetzgeber in der Legende des 16. und 17. Jahrhunderts, in: Seibt, Kaiser Karl IV. – Ausstellungskatalog, S. 404–407 und S. 465–466.

Šmahel, František: Cesta Karla IV. do Francie, 1377–1378, 2006 (englische Ausgabe:

The Parisian Summit, 1377–78. Emperor Charles IV and King Charles V of France, 2014).

Šmahel, František: Die Hussitische Revolution, 3 Bde. (MGH Schriften 43), 2002.

Šmahel, František: Die letzte Ausstrahlung der kaiserlichen Majestät: Die Reise Karls IV. nach Paris und seine Prager Pompa funebris, in: Fajt/Hörsch, Kaiser Karl IV. 1316–2016 – Ausstellungskatalog 2016, S. 247–252.

Söding, Ulrich: «Das Bild, welches von Prag kam». Zur Verbreitung der Schönen Madonnen und Vesperbilder, in: Břízová/Kuthan/Peroutková/Scholz, Kaiser Karl IV., S. 194–218.

Sombart, Werner: Der moderne Kapitalismus. Historisch-systematische Darstellung des gesamteuropäischen Wirtschaftslebens von seinen Anfängen bis zur Gegenwart, Bd. 2,1, 1928.

Sommer, Petr: Die St. Veits-Kirche und das Frauenstift St. Georg auf der Prager Burg zu Beginn des böhmischen Staates und Christentums, in: Schenkluhn/Waschbüsch, Magdeburger Dom, S. 85–94.

Spěváček, Jiří: Die Anfänge der Kanzlei Karls IV. auf italienischem Boden in den Jahren 1332/33, in: MIÖG 76 (1968), S. 299–327.

Spěváček, Jiří: Frömmigkeit und Kirchentreue als Instrumente der politischen Ideologie Karls IV., in: Engel, Karl IV., S. 158–170.

Spěváček, Jiří: Karel IV. Život a dílo (1316–1378), 1979, (gekürzte deutsche Ausgabe: Sein Leben und seine staatsmännische Leistung, 1979.

Spěváček, Jiří: Václav IV. 1361–1419. K předpokladům husitské revoluce, 1986.

Spiegel, Joachim/Frenz, Thomas: Urkunde, -nwesen A. Westliches Abendland I. Allgemein und Deutsches Reich / II. Papsttum, in: LMA 8 (1997), Sp. 1298–1303.

Spies, Hans-Bernd: Die Falkensteuer der Reichsstadt Lübeck, in: Zeitschrift des Vereins für Lübeckische Geschichte und Altertumskunde 79 (1999), S. 325–336.

Spieß, Karl-Heinz: Rangdenken und Rangstreit im Mittelalter, in: Paravicini, Werner (Hg.): Zeremoniell und Raum, 4. Symposion der Residenzen-Kommission 25. bis 27. September 1994, 1997, S. 39–61.

Spieß, Karl-Heinz: Rangdenken und Rangstreit. Kurfürsten und Fürsten im spätmittelalterlichen Reich, in: Klingner, Jens/Müsegades, Benjamin (Hg.): (Un)Gleiche Kurfürsten? Die Pfalzgrafen bei Rhein und die Herzöge von Sachsen im späten Mittelalter (1356–1547), 2017, S. 109–122.

Spindler, Max (Hg.): Handbuch der bayerischen Geschichte, Bd. 2 und 3, ²1977.

Spindler, Max/Kraus, Andreas: Geschichte Frankens bis zum Ausgang des 18. Jahrhunderts, 1997.

Springmann, Maik-Jens: Die Abbildung einer Schnigge von 1335 aus einem Wismarer Rechnungsbuch: Begrifflichkeit, Bauform und Einsatz, Teil 2: Bemannung, Konstruktionsdetails & topographische Bezüge, in: Wismarer Beiträge 25 (2019), S. 152–171.

Spufford, Peter: Handel, Macht und Reichtum. Kaufleute im Mittelalter, 2004.

Stackmann, Karl: Heinrich von Mügeln, in: VL² 3 (1981), Sp. 815–827.

Steinherz, Samuel: Die Beziehungen Ludwigs I. von Ungarn zu Karl IV., 1. Teil, in: MIÖG 8 (1887), S. 219–257, 2. Teil, in: MIÖG 9 (1888), S. 529–637.

Steinherz, Samuel: Karl IV. und die österreichischen Freiheitsbriefe, in MIÖG 9 (1888), S. 63–81.

Steinicke, Marion/Weinfurter, Stefan (Hg.): Investitur- und Krönungsrituale. Herrschaftseinsetzungen im kulturellen Vergleich, 2005.

Steinmann, Marc: Der Magdeburger Dom und die Westfassaden der Kathedralen in Straßburg und Köln, in: Schenkluhn/Waschbüsch, Magdeburger Dom, S. 229–242.

Stelzer, Winfried: Perdet lilium coronam. Englische Propaganda zur Schlacht bei Crécy (1346) in österreichischen Geschichtskompendien, in: Ehbrecht, Wilfried/Lampen, Angelika/Post, Franz-Joseph/Siekmann, Mechthild (Hg.): Der weite Blick des Historikers. Einsichten in Kultur-, Landes- und Stadtgeschichte. Peter Johanek zum 65. Geburtstag, 2002, S. 603–622.

Stierle, Karlheinz: Dante Alighieri. Dichter im Exil, Dichter der Welt, 2014.

Stierle, Karlheinz: Francesco Petrarca. Ein Intellektueller im Europa des 14. Jahrhunderts, 2003.

Stoob, Heinz: Kaiser Karl IV. und seine Zeit, 1990.

Stotz, Peter: Handbuch der lateinischen Sprache des Mittelalters, Bd. 1–5, 2002–2004.

Strack, Georg: Solo sermone. Überlieferung und Deutung politischer Ansprachen der Päpste im Mittelalter (MGH Schriften 79), 2022.

Straub, Theodor: Bayern im Zeichen der Teilungen und der Teilherzogtümer (1347–1450), in: Spindler, Handbuch 2, S. 182–267.

Strerath-Bolz, Ulrike/Alt, Kurt W.: Gicht, in: RGA 12 (1998), S. 71–76.

Strobel, Richard/Siefert, Annette (Hg.): Parlerbauten – Architektur, Skulptur, Restaurierung, 2004.

Stromer, Wolfgang von: Der kaiserliche Kaufmann – Wirtschaftspolitik unter Karl IV., in: Seibt, Kaiser Karl IV. – Ausstellungskatalog, S. 63–73.

Stromer, Wolfgang von: Die Metropole im Aufstand gegen König Karl IV., in: Mitteilungen des Vereins für Geschichte der Stadt Nürnberg 65 (1978), S. 55–88.

Stromer, Wolfgang von: Oberdeutsche Hochfinanz 1350–1450, 3 Bde., 1970.

Struve, Tilman: Die falschen Friedriche und die Friedenssehnsucht des Volkes im späten Mittelalter, in: Fälschungen im Mittelalter 1, S. 317–337.

Studničková, Milada: Kult des heiligen Sigismund (Sigmund) in Böhmen, in: Doležalová, Eva (Hg.): Die Heiligen und ihr Kult im Mittelalter, 2010, S. 299–339.

Suckale, Robert: Die «Löwenmadonna», ein politischer Bildtyp aus der Frühzeit Kaiser Karls IV.?, in: Suckale, Robert: Das mittelalterliche Bild als Zeitzeuge, 2002, S. 172–184.

Suckale, Robert: Die Gotik als Architektur des Lichts, in: Schneider, Peter Irenäus

(Hg.): Licht-Konzepte in der vormodernen Architektur: internationales Kolloquium in Berlin vom 26. Februar – 1. März 2009, 2011, S. 1–14.

Suckale, Robert: Die Hofkunst im 14. Jahrhundert, in: Puhle/Hasse, Heiliges Römisches Reich, Essays, S. 323–335.

Suckale, Robert: Die Kathedrale, in: Fried/Rader, Welt des Mittelalters, S. 100–112.

Suckale, Robert: Die Porträts Kaiser Karl IV. als Bedeutungsträger, in: Büchsel/Schmidt, Das Porträt, S. 191–204.

Suckale, Robert: Gotik. Die Wiedergeburt der Kunst, in: Walther, Ingo F. (Hg.): Malerei der Welt. Eine Kunstgeschichte von der Gotik bis zur Gegenwart, 1999, S. 7–78.

Suckale, Robert: Peter Parler und das Problem der Stillagen, in: Legner, Parler und der schöne Stil 4, S. 175–183.

Suckale, Robert: Über die Schwierigkeiten, Peter Parler Skulpturen zuzuschreiben, in: Strobel/Siefert, Parlerbauten, S. 197–205.

Suckale, Robert: Zur Ikonografie der deutschen Herrscher des 14. Jahrhunderts. Rudolf I. – Ludwig IV. – Karl IV., in: Hohensee/Lawo/Lindner/Menzel/Rader, Goldene Bulle, S. 327–348.

Sußmann, Michael: Zu den Bauphasen und der Bautechnik des Magdeburger Domes (1207–1520), in: Puhle, Aufbruch in die Gotik, S. 126–141.

Swoboda, Karl M.: Peter Parler. Der Baukünstler und Bildhauer, 1940.

Sydow, Jürgen: Städte im deutschen Südwesten. Ihre Geschichte von der Römerzeit bis zur Gegenwart, 1987.

Tadra, Ferdinand: Kanceláře a písaři v zemích českých za králů z rodu lucemburského Jana, Karla IV. a Václava IV. (1310–1420). Rozpravy české akademie císaře Františka Josefa pro vědy, slovesnost a umění v Praze I,1,2, 1892, S. 28–41.

Tadra, Ferdinand: Summa cancellariae (cancellaria Caroli IV.). Formulář král. kanceláře české XIV. století, 1895.

Tadra, Ferdinand: Zur Lebensgeschichte Johann's von Gelnhausen, Registrators der Kanzlei Kaiser Karl's IV., in: MIÖG 20 (1899), S. 100–105.

Tarr, Edward: Die Trompete. Ihre Geschichte von der Antike bis zur Gegenwart, ³1994.

Tellenbach, Gerd: Kaiser, Rom und Renovatio. Ein Beitrag zu einem großen Thema, in: Kamp/Wollasch, Tradition als historische Kraft, S. 231–253.

Teuscher, Andrea: Saint-Denis als königliche Grablege. Die Neugestaltung in der Zeit Ludwigs IX., in: Beck, Herbert/Hengevoss-Dürkop, Kerstin (Hg.): Studien zur europäischen Skulptur im 12./13. Jahrhundert, 1994, Bd. 1, S. 617–631.

Thamer, Hans Ulrich: Das Heilige Römische Reich als politisches Argument im 19. und 20. Jahrhundert, in: Schilling/Heun/Götzmann, Altes Reich, Essays, S. 383–395.

The story of Prague castle, hg. von der Prague Castle Administration, 2003.

Theiner, Augustin (Hg.): Codex diplomaticus dominii temporalis sancti sedis. Receuil de documents pour servir à l'histoire du gouvernement temporel des états du Saint-Siège extraits des archives du Vatican, Bd. 2: 1335–1389, 1862.

Thomas Ebendorfer Chronica regum Romanorum, hg. von Harald Zimmermann, 2 Bde., (MGH SS rer. germ. NS 18), 2003.

Thomas, Heinz: Das Testament König Johanns von Böhmen und die Erbfolgeordnung Kaiser Karls IV., in: Kasten, Brigitte (Hg.): Herrscher- und Fürstentestamente im westeuropäischen Mittelalter, 2008, S. 373–392.

Thomas, Heinz: Die Ernennung Herzog Wenzels von Luxemburg-Brabant zum Reichsvikar, in: Eberhardt u. a. (Hg.), Westmitteleuropa, FS Ferdinand Seibt, S. 143–152.

Thomas, Heinz: Frankreich, Karl IV. und das Große Schisma, in: Moraw, Peter (Hg.): «Bündnissysteme» und «Außenpolitik» im späteren Mittelalter (ZHF Beiheft 5), 1988 S. 69–104.

Thomas, Heinz: Johann II. 1350–1364, in: Ehlers/Müller/Schneidmüller, Die französischen Könige, S. 267–283.

Thomas, Heinz: Karl V. 1364–1380, in: Ehlers/Müller/Schneidmüller, Die französischen Könige, S. 285–302.

Thomas, Heinz: Ludwig der Bayer. Kaiser und Ketzer, 1993.

Thomas, Heinz: Translatio Imperii, in: LMA 8 (1997), Sp. 944–946.

Thomas, Heinz: Vater und Sohn. König Johann und Karl IV., in: Pauly, Johann der Blinde – Tagungsband, S. 445–482.

Thorau, Peter: Heinrich VII., in: Schneidmüller/Weinfurter, Herrscher des Mittelalters, S. 381–392.

Thorau, Peter: Herrschaftsdurchsetzung als Krieg? Möglichkeiten und Mittel König und Kaiser Heinrichs VII. (Finanzen, Allianzen, Armeen), in: Pauly, Europäische Governance, S. 83–98.

Till, Gérard: König Johanns Reise nach Prag, in: Hémecht 33 (1981), S. 5–20.

Tönsing, Michael: Contra hereticam pravitatem. Zu den Luccheser Ketzererlassen Karls IV., in: Fahlbusch/Johanek, Studia Luxemburgensia, S. 285–311.

Töpfer, Bernhard: Die letzten Kapetinger: Ludwig X. (1314–1316), Philipp V. (1316/17–1322), Karl IV. (1322–1328), in: Ehlers/Müller/Schneidmüller, Die französischen Könige, S. 231–250.

Töpfer, Bernhard: Philipp VI. 1328–1350, in: Ehlers/Müller/Schneidmüller, Die französischen Könige, S. 251–265.

Töpfer, Bernhard: Urzustand und Sündenfall in der mittelalterlichen Gesellschafts- und Staatstheorie, 1999.

Töpfer, Bernhard: Zur Staatsideologie in den Prooemia der Konstitutiones von Melfi und der Majestas Carolina, in: Engel, Karl IV., S. 150–157.

Trautz, Fritz: Die Könige von England und das Reich, 1272–1377. Mit einem Rückblick auf ihr Verhältnis zu den Staufern, 1961.

Trease, Geoffrey: Die Condottieri. Söldnerführer, Glücksritter und Fürsten der Renaissance, 1974.

Tresp, Uwe: Die Schlacht bei Crecy 1346, in: Fajt/Hörsch, Kaiser Karl IV. 1316–2016 – Ausstellungskatalog 2016, S. 65–68.

Tresp, Uwe: Kaiser Karl IV. und die Markgrafschaft Brandenburg. Hintergründe, Mittel und Wege dynastischer Politik der Luxemburger, in: Richter/Knüvener/ Winkler, Ein Kaiser in Brandenburg, S. 30–36.

Tresp, Uwe: Karl IV. und der Adel der Wenzelskrone, in: Doležalová, Eva/Šimůnek, Robert (Hg.): Ecclesia als Kommunikationsraum in Mitteleuropa (13.-16. Jahrhundert), 2011, S. 81–117.

Tresp, Uwe: Karl IV., das Haus Luxemburg und die Erbeinungen der Böhmischen Krone im späten Mittelalter, in: Müller/Spieß/Tresp, Erbeinungen und Erbverbrüderungen, S. 159–172.

Tresp, Uwe: Markgraf Wilhelm I. von Meißen und Böhmen – Die «Belagerung» von Prag (1401), in: Wilhelm der Einäugige, Markgraf von Meissen (1346–1407) – Tagungsband, hg. Staatliche Schlösser, Burgen und Gärten Sachsen in Zusammenarbeit mit dem Verein für sächsische Landesgeschichte e.V., 2009, S. 43–53.

Tresp, Uwe: Pacis amator oder princeps militie? Kaiser Karl IV. als Kriegsherr: Militärische Herrschertugend zwischen Anspruch, Wirklichkeit und symbolischer Darstellung, in: Clauss/Stieldorf/Weller, Der König als Krieger, S. 299–332.

Trusen, Winfried: Inquisitionsprozeß, in: LMA 5 (1991), Sp. 441–442.

Tschirch, Otto: Der falsche Woldemar und die märkischen Städte, in: FBPG 43 (1930) S. 227–244.

Tuchman, Barbara: Der ferne Spiegel: das dramatische 14. Jahrhundert, 1991.

Ubl, Karl: Die Rechte des Kaisers in der Theorie deutscher Gelehrter des 14. Jahrhunderts (Engelbert von Admont, Lupold von Bebenburg, Konrad von Megenberg), in: Märtl/Drossbach/Kintzinger, Konrad von Megenberg, S. 353–387.

Ubl, Karl: Engelbert von Admont. Ein Gelehrter im Spannungsfeld von Aristotelismus und christlicher Überlieferung (MIÖG Ergänzungsband 37), 2000.

Ullmann, Ernst: Kunst unter den Luxemburgern und das Problem der Renaissance nördlich der Alpen, in: Engel, Karl IV., S. 290–313.

Urkundenbuch der Stadt Straßburg, Bd. 5, bearbeitet von Witte, Hans/Wolfram, Georg, 1896.

Utz Tremp, Kathrin: Von der Häresie zur Hexerei. «Wirkliche» und imaginäre Sekten im Spätmittelalter (MGH Schriften 59), 2008.

Vaněček, Václav: Die gesetzgeberische Tätigkeit Karls IV. im böhmischen Staat, in: Engel, Karl IV., S. 121–149.

Veldtrup, Dieter: Ehen aus Staatsräson. Die Familien- und Heiratspolitik Johanns von Böhmen, in: Pauly, Johann der Blinde – Tagungsband, S. 483–543.

Veldtrup, Dieter: Zwischen Eherecht und Familienpolitik. Studien zu den dynastischen Heiratsprojekten Karls IV., 1988.

Verger, Jacques: Universität, in: LMA 8 (1997), Sp. 1249–1255.

Vigener, Fritz: Kaiser Karl IV. und der Mainzer Bistumsstreit (1373–1378), 1908.

Vischer, Wilhelm: Geschichte des schwäbischen Städtebundes der Jahre 1376–1389, in: Forschungen zur deutschen Geschichte 2 (1862), S. 1–201.

Vita Caroli: Vita Caroli quarti – Die Autobiographie Karls IV. Einführung, Übersetzung und Kommentar von Eugen Hillenbrand, 1979; Die Autobiographie Karls IV. – Vita Caroli quarti, Einführung, Übersetzung und Kommentar von Eugen Hillenbrand, hg. von Wolfgang F. Stammler, 2016 (erweiterte Neuausgabe der Ausgabe 1979); Kaiser Karls IV. Jugendleben und St.-Wenzels-Legende, übersetzt (L. Ölsners Übertragung des Jugendlebens bearbeitet) und erläutert von Anton Blaschka, 1956 (ältere deutsche Übersetzung der Vita und der Wenzelslegende); Monnet, Pierre/Jean-Claude Schmitt (Hg.): Vie de Charles IV de Luxembourg, 2010 (lateinischer Text mit französischer Übersetzung); Nagy, Balázs/Schaer, Frank (Hg.): Karoli IV Imperatoris Romanorum vita ab eo ipso conscripta et Hystoria nova de Sancto Wenceslao Martyre – Autobiography of Emperor Charles IV and his Legend of St. Wenceslas, 2001 (lateinischer Text mit englischer Übersetzung).

Vítowský, Jakub: Die Künstlerfamilie «Parler» in neuem Licht, in: Strobel/Siefert, Parlerbauten, S. 149–154.

Vlček, Emanuel/Bartoníček, Jan/ Royt, Jan: Physical and personality traits of Charles IV, Holy Roman Emperor and King of Bohemia, e-book des Karolinum, 2016.

Vlček, Emanuel: Aussehen, gesundheitlicher Zustand und Todesursache Karls IV., in: Hémecht 32 (1980), S. 433–437.

Vlček, Emanuel: Johann von Luxemburg. Körperliche Eigenschaften des 10. Tschechischen Königs im Lichte der anthropologisch-medizinischen Untersuchung, in: Hémecht 33 (1981), S. 21–56.

Vlnas, Vít/Hojda, Zdeněk: Tschechien »Gönnt einem jeden die Wahrheit«, in: Flacke, Mythen, S. 502–527.

Voigt, Jörg: Beginen im Spätmittelalter. Frauenfrömmigkeit in Thüringen und im Reich, 2012.

Voigt, Klaus: Italienische Berichte aus dem spätmittelalterlichen Deutschland von Francesco Petrarca zu Andrea de' Franceschi (1333–1492), 1973.

Volk, Otto: Wirtschaft und Gesellschaft am Mittelrhein vom 12. bis zum 16. Jahrhundert, 1998.

Volkert, Wilhelm: Die Siegel Karls IV., in: Seibt, Kaiser Karl IV. – Ausstellungskatalog, S. 308–312 und S. 461.

Vollrath, Hanna: Magna Carta, in: Fried/Rader, Welt des Mittelalters, S. S. 312–323.

Wadge, Richard: Arrowstorm. The World of the Archer in the Hundred Years War, 2009.

Wagner, Wolfgang Eric: Universitätsstift und Kollegium in Prag, Wien und Heidelberg. Eine vergleichende Untersuchung spätmittelalterlicher Stiftungen im Spannungsfeld von Herrschaft und Genossenschaft, 1999.

Waitz, Wilhelm: Die Deutschland betreffenden Urkunden des Vaticanischen Archivs aus den Jahren 1269–1500, in: AGG 9 (1847) S. 440–463.

Walther, Wilhelm: Die deutsche Bibelübersetzung des Mittelalters, 3 Bde., 1889–1892.

Wattenbach, Wilhelm: Reise nach Österreich in den Jahren 1847, 1848, 1849, in: AGG 10 (1851), S. 426–693.

Weber, Christoph Friedrich: Italiens Städte und die Italienpolitik der europäischen Fürsten, in: Pauly, Europäische Governance, S. 429–444.

Weber, Max: Die drei Typen der legitimen Herrschaft, in: Gesammelte Aufsätze zur Wissenschaftslehre, ⁷1988, S. 475–488;

Weber, Max: Wirtschaft und Gesellschaft, ⁵1985.

Weclawowicz, Tomasz: Charles IV and Casimir the Great – Mutual Inspirations, in: Břízová/Kuthan/Peroutková/Scholz, Kaiser Karl IV., S. 219–229.

Weigel, Helmut: König Wenzels persönliche Politik. Reich und Hausmacht 1384–1389, in: DA 7 (1944), S. 133–199.

Weigel, Helmut: Männer um König Wenzel. Das Problem der Reichspolitik 1379–1384, in: DA 5 (1942), S. 112–177.

Weikinn, Curt: Quellentexte zur Witterungsgeschichte Europas von der Zeitwende bis zum Jahre 1850, Hydrographie, Teil 1, 1958.

Weilandt, Gerhardt: Der Schöne Brunnen auf dem Nürnberger Hauptmarkt. Bildprogramm und Bedeutung, in: Lehner, Politik. Macht. Kultur, S. 115–137.

Weinfurter, Stefan: Vorstellungen und Wirklichkeiten vom Reich des Mittelalters. Gedanken für ein Resümee, in: Schneidmüller/Weinfurter, Heilig – Römisch – Deutsch, S. 451–474.

Weinrich, Lorenz (Hg.): Quellen zur Deutschen Verfassungs-, Wirtschafts- und Sozialgeschichte bis 1250, 1977.

Weiß, Stefan: Das Papsttum, Frankreich und das Reich. Die Goldene Bulle und die Außenpolitik Karls IV., in: Hohensee/Lawo/Lindner/Menzel/Rader, Goldene Bulle, S. 917–932.

Weiß, Stefan: Karl IV. und das Geld – Einige Beobachtungen, in: Penth/Thorau, Rom 1312, S. 207–220.

Weiß, Stefan: Onkel und Neffe. Die Beziehungen zwischen Deutschland und Frankreich unter Kaiser Karl IV. und König Karl V. und der Ausbruch des Großen Abendländischen Schismas. Eine Studie über mittelalterliche Außenpolitik, in: Ders. (Hg.), Regnum et Imperium. Die französisch-deutschen Beziehungen im 14. und 15. Jahrhundert, 2008, S. 101–164.

Weiß, Stefan: Prag-Paris-Rom: Der Ausbruch des Großen Abendländischen Schismas im Kontext der deutsch-französisch-päpstlichen Beziehungen, in: Drossbach, Gisela/Schmidt, Hans-Joachim (Hg.): Zentrum und Netzwerk. Kirchliche Kommunikationen und Raumstrukturen im Mittelalter, 2008, S. 183–246.

Weißer, Christoph: Schlafschwamm, in: Gerabek/Haage/Keil/Wegner, Enzyklopädie Medizingeschichte, S. 1299–1300.

Werner, Ernst/Erbstösser, Martin: Ketzer und Heilige. Das religiöse Leben im Hochmittelalter, 1986.

Wernicke, Horst: Kaiser, Reich und Städtehanse. Die Konsolidierung der Städtehanse in der Zeit Karls IV. – ein Beispiel eigenständiger Entwicklung eines politisch-sozialen Körpers im Reich der Hausmachtkönige, in: Engel, Karl IV., S. 261–289.

Werunsky, Emil: Der erste Römerzug Kaiser Karls IV. (1354–1355), 1878.

Werunsky, Emil: Die italienische Politik Papst Innozenz' VI. und König Karls IV. 1353/54, 1878.

Werunsky, Emil: Die Maiestas Carolina, ZRG GA 9 (1889), S. 64–103.

Werunsky, Emil: Geschichte Kaiser Karls IV. und seiner Zeit, 3 Bde., 1880/1882/1892 (ND New York 1961).

Wetter, Evelin: Die Lausitz und die Mark Brandenburg, in: Fajt, Karl IV., Kaiser von Gottes Gnaden, S. 340–355.

Widder, Ellen: Die Luxemburger und die Städte. Königtum und Kommunen im Spätmittelalter, in: Penth/Thorau, Rom 1312, S. 221–257.

Widder, Ellen: Itinerar und Politik. Studien zur Reiseherrschaft Karls IV. südlich der Alpen, 1993.

Widder, Ellen: Mons imperialis, Baldenau, Karlstein. Bemerkungen zur Namengebung luxemburgischer Gründungen, in: Fahlbusch/Johanek, Studia Luxemburgensia, S. 233–284.

Widder, Ellen: Vergessene Zeiten, in: Anno 1363 Tatort Tirol, S. 15–38.

Wieder, Joachim.: Cola di Rienzo, in: Seibt, Lebensbilder 3, S. 111–144.

Wiesinger, Peter: Das Verhältnis des Prager Kreises um Karl IV. zur neuhochdeutschen Schriftsprache, in: Patze, Kaiser Karl IV., S. 847–863.

Wigger, Friedrich: Urkundliche Mittheilungen über die Beghinen- und Begharden-Häuser zu Rostock, in: Mecklenburgische Jahrbücher 47 (1882), S. 1–26.

Wihoda, Martin: Die MGH und die moderne Geschichtsschreibung in den böhmischen Ländern, in: Hartmann/Zimmerhackl/Nierhoff, Quellenforschung im 21. Jahrhundert, S. 113–128.

Wihoda, Martin: Friedrich Barbarossa und die böhmische Staatlichkeit, in: Görich/Wihoda, Friedrich Barbarossa, S. 285–304.

Wilbertz, Gisela: Elisabeth von Pommern – eine Kaiserin im späten Mittelalter, in: Bohemia 28 (1987), S. 45–68.

Wilderotter, Hans (Hg.) unter Mitarbeit von Dorrmann, Michael: Das große Sterben. Seuchen machen Geschichte, 1995.

Wilderotter, Hans: «Alle dachten, das Ende der Welt sei gekommen». Vierhundert Jahre Pest in Europa, in: Wilderotter, Das große Sterben, S. 12–53.

Wilhelm, Franz: Die Erwerbung Tirols durch Herzog Rudolf IV. von Österreich, in: MIÖG 24 (1903), S. 29–86.

Willoweit, Dietmar: Die Begründung des Rechts als historisches Problem, 2000.

Willoweit, Dietmar: Römisches Recht, Gewohnheitsrecht und Politik im Reich und in den Territorien (12.-15. Jahrhundert). Eine Skizze zur Verortung der Goldenen Bulle, in: Hohensee/Lawo/Lindner/Menzel/Rader, Goldene Bulle, S. 241–260.

Wilmans, R[oger]: Zur Geschichte der römischen Inquisition in Deutschland während des 14. und 15. Jahrhunderts, in: HZ 41 (1879), S. 193–228.

Winckelmann, Otto: Die Beziehungen Kaiser Karls IV. zum Königreich Arelat. Ein Beitrag zur Reichsgeschichte des 14. Jahrhunderts, 1882.

Winter, Ulrich: Willibald Pirckheimer ‹Apologia seu Podagrae laus›. Ein Kommentar, 2002.

Wolf, Armin: Die Goldene Bulle. König Wenzels Handschrift, Kommentar zur Faksimile-Ausgabe des Codex Vindobonensis 338 der österreichischen Nationalbibliothek, 1977.

Wolf, Armin: Goldene Bulle von 1356, in: LMA 4 (1989), Sp. 1542–1543.

Wolf, Gunther G.: Die Wiener Reichskrone, 1995.

Wolf, Kordula: Troja – Metamorphosen eines Mythos. Französische, englische und italienische Überlieferungen des 12. Jahrhunderts im Vergleich, 2008.

Wolfinger, Lukas: Albrecht II. und Rudolf IV. von Österreich. Zur Interpretation des Herrschaftsstils zweier spätmittelalterlicher Habsburger, in: Bauch/Burkhardt/Gaudek/Žůrek, Heilige, Helden, Wüteriche, S. 285–303.

Wolfinger, Lukas: Das Privilegium maius und der habsburgische Herrschaftswechsel von 1358. Neue Beobachtungen zum Kontext und zur Funktion altbekannter Fälschungen, in: Just/Kininger/Sommerlechner/Weigl, Privilegium maius, S. 145–172.

Wolfinger, Lukas: Die Herrschaftsinszenierung Rudolfs IV. von Österreich. Strategien – Publikum – Rezeption, 2012.

Woll, Carsten: Nachfolgeregelungen europäischer Großdynastien, in: Pauly, Europäische Governance, S. 249–268.

Wolter, Gundula: Die Verpackung des männlichen Geschlechts. Eine illustrierte Kulturgeschichte der Hose, 1988.

Worstbrock, Franz Josef: Adalbert Rankonis de Ericinio, in: VL² 1 (1978), S. 35–41.

Wötzel, Christina: Zur Burgen- und Territorialpolitik Karls IV. in Thüringen von 1350 bis 1372, in: Engel, Karl IV., S. 179–196.

Wundram, Manfred: Meister Theoderich von Prag, in: Seibt, Lebensbilder 3, S. 239–249.

Wurm, Hermann Joseph: Cardinal Albornoz, der zweite Begründer des Kirchenstaates, 1892.

Yuval, Israel: Zwei Völker in deinem Leib. Gegenseitige Wahrnehmung von Juden und Christen in Spätantike und Mittelalter, 2007.

Zdichynec, Jan: Das Bild Karls IV. in der barocken Geschichtsschreibung, in: Bobkova, Lenka (Hg.): Akten der Tagung «Bekränzt mit Ruhm, Liebe und Verachtung. Johann von Luxemburg und Karl IV. im historischen Gedächtnis» der Karls-Universität Prag vom 21.-23. 9. 2016 in Prag (bislang unpubliziert).

Zdrenka, Joachim: Zur Ehe Kaiser Karls IV. mit Elisabeth von Pommern (aufgrund archivalischer Quellen), in: Moraw/Holtz/Lindner, Akkulturation und Selbstbehauptung, S. 165–171.

Zeeden, Ernst Walter: Das Zeitalter der Glaubenskämpfe (1555–1648), in: Grundmann, Herbert (Hg.): Bruno Gebhardt, Handbuch der Deutschen Geschichte, Bd. 2: Von der Reformation bis zum Ende des Absolutismus 16. bis 18. Jahrhundert, [8]1954, S. 105–202.

Zelzer, Maria: Geschichte der Stadt Donauwörth von den Anfängen bis 1618, 1958.

Zeumer, Karl: Die Goldene Bulle Kaiser Karls IV., 2 Teile, 1908.

Zimmerhackl, Horst: Auf den Spuren des letzten Schlüsselbergers: Konrad II. von Schlüsselberg als Wegbegleiter Kaiser Ludwigs IV., in: DA 77 (2021), S. 99–145.

Zimmermann, Franz: Die Datierungsformel in den Urkunden Kaiser Karls IV. 1. Teil (Jahresangaben), 1889.

Zinner, Ernst: Die ältesten Räderuhren und modernen Sonnenuhren. Forschungen über den Ursprung der modernen Wissenschaft, 1939.

Zöllner, Erich: Geschichte Österreichs. Von den Anfängen bis zur Gegenwart, [8]1990.

Zotz, Thomas: Der Ritter, in: Fried/Rader, Welt des Mittelalters, S. 421–432.

Žůrek, Václav: Der Weise auf dem Thron. Zu einem wichtigen Aspekt des Herrschaftsstils Karls IV., in: Bauch/Burkhardt/Gaudek/Žůrek, Heilige, Helden, Wüteriche, S. 325–339.

Žůrek, Václav: Die Heiratspolitik Karls IV., in: Fajt/Hörsch, Kaiser Karl IV. 1316–2016 – Ausstellungskatalog 2016, S. 189–194.

Žůrek, Václav: Karl IV. Der weise Herrscher und die Sprachen, in: Břízová/Kuthan/Peroutková/Scholz, Kaiser Karl IV., S. 122–130.

BILD- UND KARTENNACHWEIS

Vorderer Vorsatz: Foto: Olaf B. Rader | *Frontispiz:* © akg-images | *Seite 11:* © bpk/Bayerische Staatsbibliothek/Archiv Heinrich Hoffmann | *Seite 16:* Aus: Fajt, Karl IV. (2006), S. 93 | *Seite 31:* Foto: Olaf B. Rader | *Seite 42:* Foto: Olaf B. Rader | *Seite 57:* Foto: Olaf B. Rader | *Seite 59:* Standbild aus dem PC-Spiel «Kingdome Come: Deliverance» des tschechischen Entwicklers Warhorse Studios von 2018 mit freundlicher Genehmigung der Firma | *Seite 71:* Foto: Thomas Wolf, www.foto-tw.de (CC BY-SA 3.0 DE), https://commons.wikimedia.org/wiki/File:Bonner_Münster.jpg | *Seite 78:* Foto: Olaf B. Rader | *Seite 94:* Foto: Olaf B. Rader | *Seite 117:* Paris, Bibliothèque nationale de France, département des Manuscrits, Français 2643, fol. 165v (Wikimedia Commons) | *Seite 119:* Aus: Vlček, Aussehen Karls IV., Tafelteil | *Seite 143:* Aus: Fajt, Karl IV. (2006), S. 136 | *Seite 157:* Brüssel, Bibliothèque Royale de Belgique, Chronik des Gilles Li Muisis, MS 13076–77, fol. 12v (Wikimedia Commons) | *Seite 167:* Prag, Knihovna Národního muzea, Budyšínský rukopis Kosmovy Kroniky Čechů/Chronica Boemorum, Inventar Nr. VIII F 69, fol. 1r (Wikimedia Commons) | *Seite 178:* Città del Vaticano, Archivio Apostolico Vaticano, Fresko in Saal 1 der Sale Paoline, Foto: Olaf B. Rader | *Seite 182:* Foto: Olaf B. Rader | *Seite 195:* Aus: Schilling u. a., Heiliges Römisches Reich, Essays, S. 186 | *Seite 200:* Paris, Bibliothèque nationale de France, département des Manuscrits, Français 6465, fol. 467v, aus: Fajt, Karl IV. (2016), S. 85 | *Seite 206:* Aus: Hohensee, Goldene Bulle, S. 282 | *Seite 216 oben:* Stuttgart, Hauptstaatsarchiv, H 51 U 589 (Wikimedia Commons) | *Seite 216 unten:* Frankfurt am Main, Institut für Stadtgeschichte, Best. H. 01.01 (Privilegien) Nr. 107, © Uwe Dettmar | *Seite 238:* Prag, Narodní galerie, Inventar-Nr. O 84 (Wikimedia Commons) | *Seite 245:* © akg-images/Bildarchiv Monheim | *Seite 255:* Foto: Olaf B. Rader | *Seite 258:* Aus: Fajt, Karl IV. (2006), S. 63 | *Seite 265:* Prag, Narodní galerie, Archiv, Inventar-Nr. AA 2015, Codex Heidelbergensis, fol. 53 | *Seite 268:* Prag, Narodní galerie, Inventar-Nr. O 477 (Wikimedia Commons) | *Seite 286:* Foto: Olaf B. Rader | *Seite 311:* Foto: Olaf B. Rader | *Seite 332:* Foto: Olaf B. Rader | *Seite 343:* Paris, Bibliothèque nationale de France, département des Manuscrits, Français 6465, fol. 442 (Wikimedia Commons) | *Seite 358:* Prag, Národní galerie, aus: Katalog 2016, S. 607 | *Seite 366:* Foto: Olaf B. Rader | *Seite 372:* Olmütz/Olomouc, Archiv města Olomouce, cod. 1540, fol. 1r, aus: Fajt, Karl IV. (2006), S. 299 | *Seite 385:* © akg-images/Jürgen Raible | *Seite 391:* Foto: Olaf B. Rader

Karte S. 305 und hinterer Vorsatz: © Peter Palm, Berlin

PERSONENREGISTER

Erfasst wurde der Haupttext ohne Anhang und Anmerkungen. Kaiser Karl IV. sowie bib-
lische und mythologische Namen oder Heilige wurden nicht aufgenommen. Französische
Könige sind in französischer Schreibweise, Namen bis 1500 nach Vornamen aufgelistet.

Adalbertus Ranconis de Ericinio (Adalbert Ranko) 359, 360, 362, 363

Adenauer, Konrad 14

Aegidius Albornoz, Kardinal 102, 179, 180

Albrecht (Albert) von Sternberg, Erzbischof von Magdeburg 338

Albrecht I. von Bayern-Straubing, Herzog 90

Albrecht II. von Käfernburg, Erzbischof von Magdeburg 241

Albrecht II. von Mecklenburg, Herzog 85, 298, 312

Albrecht II. von Österreich, Herzog 53, 141, 284, 290, 326

Albrecht II., Graf von Anhalt 87, 88, 91, 92

Albrecht III. von Österreich, Herzog 287, 290, 291, 239

Albrecht V. von Österreich, Herzog 374

Alexander der Große, König 22, 74, 133, 333

Alexis, Willibald 83

Alfons X. von Kastilien und León, König 77

Alfons XI. von Kastilien und León, König 127, 152

Allain de Lille 208

Amadeus VI. von Savoyen, Graf 128, 130, 131, 223

Amadeus VII. von Savoyen, Graf 223

Anna von der Pfalz 77–79, 275, 283, 284, 287

Anna von Luxemburg, Tochter Karls 287

Anna von Schweidnitz-Jauer 134, 178, 183, 266, 274, 281, 283–287, 325, 368

Antonio Doria 111

Arcadius, Kaiser 212

Aristoteles 362

Arnaut de Cervole 136–138, 272

Assmann, Jan 163, 379

August II., der Starke, König 283

Augustinus 34, 320, 329

Augustus, Kaiser 102, 105, 106, 199, 200, 264

Aurelian, Kaiser 93

Aymon von Savoyen, Graf 47

Azzo Visconti, Herr von Mailand 45

Balbín, Bohuslav 383

Balduin von Trier, Erzbischof 29, 53, 60, 66, 68, 69, 73, 75, 141, 161, 252

Balthasar von Meißen, Markgraf 139

Balzac, Honoré de 65

Barbara von Cilli, Königin 374

Barnim III von Pommern-Stettin, Herzog 85

Barnim IV. von Pommern-Wolgast, Herzog 85

Bauch, Martin 19

Baumbacher, Benno 161

Beatrice de Bourbon, Königin 32, 111

Benedictus de Ursinis (Orsini) 184

Benedikt XII. Novelli, Papst 39, 46, 66

Benesch Krabice von Weitmühl 46, 80, 82, 84, 85, 112, 118, 122, 134, 187, 190–193, 197, 205, 237, 239, 243, 245, 249, 254, 255, 284, 296, 298, 311, 331, 332, 341, 383

Bergdolt, Klaus 153

Bernabò Visconti, Herr von Mailand 128, 135, 136, 181, 324

Berthold von Eichstätt, Bischof 276, 321

Blanche de Valois (Blanca) 37, 39, 77, 111, 188, 283, 286

Boccaccio (Giovanni Boccaccio) 153, 155

Bogislaw V. von Pommern-Wolgast, Herzog 85, 281

Bolko II. von Schweidnitz-Jauer, Herzog 284

Bonagiunta Dombellinghi 44

Bonne de Luxembourg (Jutta) 37, 152, 163

Börne, Ludwig 218

Bourdieu, Pierre 215

Burckhardt, Jacob 389

Burdach, Konrad 320

Burkhard Zink 329, 356

Burkhard II. von Magdeburg, Burggraf 129

Caesar (Gaius Julius Caesar) 106, 133, 327, 328

Cansignorio della Scala, Herr von Verona 128–130

Carlo Grimaldi 111

Cassiodor 362

Cassirer, Ernst 215

Charles de Valois 37

Charles IV. le Bel, König 35, 38

Charles V., König 37, 166, 200–203, 207, 217, 218, 347–351, 353

Charles VI. Le Fou, König 351

Christian IV. von Birkenfeld-Zweibrücken, Herzog 307

Christina Ebner von Engelthal 21, 22, 144

Cicero 362

Claudius Claudianus 362

Clemens VI. (Peter von Fécamp), Papst 22, 38, 39, 46, 67, 74, 98, 100, 102, 132, 140, 146, 157, 161, 166, 196, 226, 229, 283

Clemens VII. Graf von Genf, Papst 352, 353

Cola di Rienzo 93–97, 102–106, 123, 172, 181, 252

Cyrillus 320

Dante Alighieri 99, 103, 104, 308, 320

Delbrück, Hans 112, 113, 120

Demandt, Alexander 379

Detmar von Lübeck 84

Dietrich von Nieheim 387

Dietrich von Portitz (Kagelwit) 179, 241, 315–318, 323, 338

Doderer, Heimito von 121

Duby, Georges 241

Duka, Domnik, Erzbischof von Prag 390

Dvořák, Antonín 382

Eberhard II. von Württemberg, Graf 346

Edward Plantagenêt, «The Black Prince» 121, 122

Edward III. von England, König 76, 77, 110–113, 121, 218, 323

Élie de Talleyrand-Périgord, Kardinal 179, 201, 204

Elisabeth von Böhmen, Königin 29, 31–33, 35, 49, 244, 264

Elisabeth von Luxemburg, Tochter Sigismunds 294, 374

Elisabeth von Polen 292, 293

Elisabeth von Pommern 188, 237, 246, 281, 283–285, 287, 293, 310, 368, 383

Elisabeth von Thüringen 257

Elisabeth von Ungarn, Königin 292

Elisabeth II. von England, Königin 115

Elisabeth, Tochter Friedrich V. von Hohenzollern, Königin 288

Elisabeth, Tochter Johanns III. von Hohenzollern 287

Elisabeth, Tochter Karls 287

Enea Silvio Piccolomini (Papst Pius II.) 48, 105, 288

Engelbert von Admont 104

Engels, Friedrich 83

Ernst von Pardubitz, Erzbischof von Prag 87, 100, 132, 234, 239, 254, 290, 363

Eusebius 320

Fajt, Jiři 161, 241, 261, 271

Fencio de Albertinis 224

Ferdinand I. von Habsburg, Kaiser 366

Ferdinand II. von Habsburg, Kaiser 61

Flavius Josephus 133

Fontane, Theodor 260

Francesco I. Gonzaga, Herr von Mantua 129

Franco Sacchetti 329, 388

François, Etienne 386

Freidank (Meister Freidank), Arzt 79

Friedell, Egon 153

Friedrich der Schöne, König 40, 70–72, 196

Friedrich der Weise von Bayern, Herzog 296, 298, 371

Friedrich von Heideck, Graf 306

Friedrich von Leiningen, Graf 137

Friedrich von Saarwerden, Erzbischof von Köln 280

Friedrich Wilhelm I., König in Preußen 340

Friedrich Wilhelm IV., König von Preußen 18, 67

Friedrich I. Barbarossa, Kaiser 14, 15, 88, 327, 386

Friedrich II. von Meißen, Markgraf 77

Friedrich II., Kaiser 14, 15, 24, 43, 76, 88, 105, 161, 186, 193, 203, 225, 234, 280, 283, 308, 325, 327, 342, 387

Friedrich II., König von Preußen 340, 380

Friedrich III. von Habsburg, Kaiser 24, 67, 328

Friedrich III. von Meißen, Markgraf 139, 205

Friedrich V. von der Pfalz, König 61

Friedrich V. von Hohenzollern, Burggraf 288, 289

Friedrich VI. von Hohenzollern, Burggraf, Markgraf 289, 290

Friedrich VI. von Schwaben (ursprünglich Konrad), Herzog 36

Galeazzo II. Visconti, Herr von Mailand 181

Georg von Podiebrad, König 386

Georg II. August, König 133

Gerlach von Mainz, Erzbischof 66, 68, 342

Giovanni de Marignolli 332, 333

Giovanni Villani 41, 44, 57, 73, 76, 111, 165, 283

Giovanni Visconti, Erzbischof von Mailand 180

Gisco, Türhüter 281

Goethe, Johann Wolfgang 63, 199, 219

Gott, Karel 13

Götz Engelbrecht, Hauptmann 272

Gregor der Große, Papst 319

Gregor XI. Beaufort, Papst 163, 328, 352

Gregorovius, Ferdinand 98, 102, 389

Guido von Acqui, Bischof 290

Guigo VIII., Delphin von Vienne 47

Günther XXI., Graf von Schwarzburg, König 77–79, 88, 89, 144, 381, 383
Guta (Jutta) von Habsburg 30, 341
Guy de Boulogne, Kardinal 135, 179, 223
Hácha, Emil 10, 11, 13
Händel, Georg Friedrich 109, 133
Hähnel, Ernst 385
Hartmann Schedel 388
Havel, Václav 14
Hedwig von Ungarn, Tochter Ludwigs I. von Ungarn 373
Heidegger, Martin 251
Heine, Heinrich 121, 218
Heinrich (Batautas), Fürst 309
Heinrich der Löwe, Herzog 320
Heinrich Taube von Selbach 53, 67, 131, 276, 277
Heinrich von Diessenhofen 72, 74, 191, 244, 276
Heinrich von Herford 68
Heinrich von Lammesspringe 314, 315
Heinrich von Luxemburg, Sohn Karls 287, 368
Heinrich von Mügeln 133, 232, 331, 383
Heinrich von Wildenstein, Bischof 360
Heinrich I. von Leipa 34
Heinrich I. von Mecklenburg, der «Pilger» 91
Heinrich II. von Brandenburg, Markgraf 83
Heinrich II. von Rosenberg 129
Heinrich II., Kaiser 244
Heinrich III. von Mainz, Erzbischof 76
Heinrich III. von Rosenberg 374
Heinrich III., Kaiser 329
Heinrich IV., Kaiser 327
Heinrich VI. von Kärnten, Herzog 50, 51, 53
Heinrich VII., Kaiser 30, 32, 35, 43, 54, 60, 66, 68, 70, 100, 104, 173, 174, 179, 183, 189, 264, 280, 287, 325

Heinrich VII., König 327
Heinrich, Sohn Karls 287, 368, 369
Heinz I. zum Jungen, Schultheiß 42
Henri von Nassau, Großherzog von Luxemburg 391
Hermann Korner 316
Hermann von Prizren, Titularbischof 29
Hermann von Salza, Hochmeister 308
Heydrich, Reinhard 9–13, 392
Hieronymus 362
Hitler, Adolf 10, 220
Holzbauer, Ignaz 381
Honorius, Kaiser 212
Horaz 362
Hörsch, Markus 241
Hugo Capet 250
Huizinga, Johan 19
Huntington, Samuel 309
Innozenz VI. Aubert, Papst 102, 136, 174, 178, 196, 276, 309
Isaak Schehslitz 160
Isabella von England, Tochter Edwards III. 77
Isabelle de France, Königin
Jacobo Sbarra 44
Jakob Twinger von Königshofen 70, 130, 137, 158, 387
Jakob III. von Mallorca, König 120, 121
Jan Neplach 332
Janáček, Leoš 382, 391
Jean de Mandeville 333
Jean Fouquet, Buchmaler 343, 350
Jean Froissart 110, 112, 117
Jean Le Bel 120
Jean Porte d'Annonay (Johannes Porta de Annoniaco) 46, 173–177, 179, 184
Jean II. Le Bon, König 37, 203
Jean, Duc de Berry 201
Jeckelin Woges 272

Joachim von Fiore 99, 100

Jobst (Jodokus) von Mähren, Markgraf und König 321, 369, 370, 372–375

Johann Flach von Reischach 135, 136

Johann Heilmann, Ammanmeister von Straßburg 273

Johann Heinrich von Luxemburg, Markgraf 32, 49–54, 238, 290–293, 303, 369

Johann Militsch von Kremsier 318

Johann Očko von Vlašim, Erzbischof von Prag 56, 144, 238, 239, 253, 359

Johann Sobieslav von Mähren, Markgraf 369, 370, 373

Johann von Berg 45

Johann von der Fels 118

Johann von Gelnhausen 321

Johann von Hohenkirchen 45

Johann von Jenstein, Erzbischof von Prag 359–363

Johann von Luxemburg, König 29, 31–36, 38–41, 43, 46–48, 51–53, 55, 59, 60, 62, 64, 66, 70–73, 75, 78, 110–112, 118–122, 124, 126, 127, 139, 140, 142, 146, 163, 165, 183, 238, 247, 264, 265, 287, 342, 363, 378

Johann von Luxemburg, Sohn Karls, Herzog von Görlitz 240, 287, 300, 342, 368–370, 373, 375

Johann von Neumarkt 55, 96, 101, 180, 208, 113, 234, 259, 318–322, 325, 330

Johann von Rietheim 135, 136

Johann von Rodenmacher 118

Johann von Rosenberg 267

Johann von Schönfeld 120

Johann von Viktring 53, 146

Johann I. von Mecklenburg, Herzog 85, 87

Johann I. von Rosenberg 267

Johann II. von Hohenzollern, Burggraf 321

Johann II. von Sachsen-Lauenburg, Herzog 70

Johann III. von Hohenzollern, Burggraf 287, 289

Johann IV. von Prag, Bischof 29

Johanna von Bayern, Gemahlin Wenzels IV. 280

Johanna von England 152

Johanna I. von Neapel, Königin 191

Johanna II. von Navarra, Königin 152

Johannes de Janua 319

Johannes Hartmann 233

Johannes Kungstein 279

Johannes von Troppau, Maler 263

Johannes, Hoftrompeter 163, 164

Johannes, Steinschleifer 263

John Hawkwood (Giovanni Acuto) 115, 129, 135, 136

Joseph II., Kaiser 219, 307, 386

Jost I. (Jodok) von Rosenberg 87, 267

Jung, Carl Gustav 45

Justinian I., Kaiser 152, 212, 222

Jutta von Luxemburg, s. Bonne de Luxembourg

Kantorowicz, Ernst 187

Karl der Große, Kaiser 15, 133, 156, 185, 186, 188, 191–195, 257, 264, 265, 329, 367, 389

Karl Theodor von der Pfalz, Kurfürst 307, 381

Karl von Anjou, Karl I., König von Sizilien 186

Karl von Luxemburg, Sohn Karls 287

Karl II., Kaiser 185

Karl III. von der Pfalz, Kurfürst 307

Karl III., Kaiser 186

Karl V., Kaiser 186, 340

Karl VI., Kaiser 186, 307

Karl VII., Kaiser 186

Kasimir III., der Große, König von Polen 282, 284, 293

Katharina von Luxemburg, Tochter Karls 287, 290, 291, 297

Katharina von Siena 353

Katharina von Ungarn, Tochter Ludwigs I. von Ungarn 347

Katharina, Tochter Friedrichs V. von Hohenzollern 289

Kestutis, Großfürst 309

Kierkegaard, Søren 392

Klein, Anton 381

Klimt, Gustav 266

Koch, Pavel 358

Konrad von Geisenheim 323

Konrad von Heideck 306

Konrad von Megenberg 73, 105

Konrad I. von Brandenburg, Markgraf 90

Konrad IV., König 226

Konrad, Maler 271–273

Konstantin der Große, Kaiser 22, 94, 99, 106, 248, 264, 266, 311, 349, 363

Kulhánek, Oldřich 391

Kuno von Falkenstein, Erzbischof von Trier 279

Ladislaus Postumus, König 294

Lamprecht von Brunn, Bischof von Straßburg 299

Lamprecht, Karl 18

Le Goff, Jacques 250

Leopold III. von Österreich, Herzog 290, 291, 293

Levold von Northof 215

Lindner, Michael 211, 228, 317

Livius 319

Lodovico Contarini 313, 314

Lorenzo Celsi, Doge 313

Louis de Valois, Herzog von Orléans 347

Louis II. de Sancerre, Graf 120, 125

Louis IX. der Heilige von Frankreich, König 250

Louis X. von Frankreich, König 152

Löwith, Karl 99

Lucan 362

Ludovico II. (auch Luigi) Gonzaga, Herr von Mantua 129, 344

Ludwig der «Römer», Markgraf 55, 89, 90, 297

Ludwig der Fromme, Kaiser 264

Ludwig von Meißen, Erzbischof 138, 139

Ludwig I. von Ungarn, König 152, 279, 282, 284, 287, 290–294, 347, 373

Ludwig IV., der «Bayer», Kaiser 15, 40, 53–55, 66, 67, 70–73, 76, 83, 89, 98, 104, 111, 123, 131, 141, 144, 161, 189, 193, 196, 214, 296, 325, 375

Ludwig V. von Bayern, der «Brandenburger», Herzog und Markgraf 53, 55, 66, 76, 83, 85, 86, 89–92, 141, 159, 193, 194, 284, 291

Lupold von Bebenburg 104

Luther, Martin 14, 199, 232

Machiavelli, Niccolò 296

Magnus Eriksson von Schweden, König 89, 90

Margarete «Maultasch» von Tirol, Gräfin und Herzogin 40, 50–55, 290, 291

Margarete von Brabant, Königin 30

Margarete von Luxemburg, Herzogin, Schwester Karls 49

Margarete von Luxemburg, Tochter Karls (1) 51, 275, 286

Margarete von Luxemburg, Tochter Karls (2) 286, 287, 289

Margarete von Österreich, Herzogin 290–292

Maria Theresia, Kaiserin 307

Maria von Luxemburg, Königin 35, 37

Maria von Ungarn, Tochter Ludwigs I. von Ungarn 294, 347, 373, 374

Marquard von Randeck, Bischof und Patriarch 179, 180

Marquart, Türhüter 281

Marsilius von Padua 54, 104

Martin V. Colonna, Papst 353

Martin, Glasmaler 263

Marx, Karl 14, 378

Masaryk, Tomáš Garrigue 14, 386

Matteo Villani 57, 58, 143, 182, 283

Matteo II. Visconti, Herr von Mailand 181

Matthias von Arras 239, 240, 332

Maximilian I. von Habsburg, Kaiser 15, 67, 220, 280, 342, 381, 388

Maximilian II. von Habsburg, Kaiser 366

Meinhard III. von Tirol, Graf und Herzog 55, 290

Menzel, Michael 214

Mercklin der Hübs, Hufschmied 272

Mocker, Josef 254

Mommsen, Theodor 392

Moraw, Peter 234, 275, 307

Mozart, Johann Wolfgang 381

Münkler, Herfried 25

Muratori, Lodovico Antonio 189

Mydlář, Jan, Scharfrichter 61

Nero, Kaiser 327, 328

Niccolò de Cremaschi 341

Nikolaus de Gorra 319

Nikolaus von Aquileia, Patriarch 58

Nikolaus von Brünn 52

Nikolaus von Posen 303

Nikolaus von Riesenburg 321, 322, 323, 325, 328, 351

Nikolaus Wurmser, Hofmaler 143, 144, 263–266, 270, 286

Oswald, Hofmaler 263

Otto der Große, Kaiser 14, 15, 106

Otto von Magdeburg, Erzbischof 83, 84, 86, 87, 91, 93

Otto von Sachsen-Wittenberg 87

Otto III., Kaiser 105

Otto IV., Kaiser 193

Otto V. von Bayern, Herzog und Markgraf von Brandenburg 55, 89, 90, 296–302, 312

Ovid 208, 219

Palacký, František 384–386

Paolo Uccello 135

Paul V. Borghese, Papst 178

Pelzel, Franz Martin 79, 80, 383, 384, 386

Pertz, Georg Heinrich 320

Peter aus Jauer (Petrus Jaurensis) 325

Peter Gelyto, Erzbischof von Magdeburg 337, 338

Peter Parler (Peter von Gmünd) 57, 240, 242, 248, 285, 332

Peter von Andlau 220

Peter von Aspelt, Erzbischof von Mainz 29, 30

Peter von Kolin 164

Peter von Zittau 30, 32, 33, 34, 36, 49, 51, 125, 139, 142, 149, 165

Peter I. von Rosenberg 120

Peter II. von Rosenberg 242, 267

Petrarca (Francesco Petrarca) 51, 95, 96, 106, 123, 147, 162, 171, 181, 182, 287, 313, 319, 328, 388, 390

Petrus de Vinea 226, 308, 309

Petrus Lombardus 319

Pfitzner, Josef 13

Philipp von Schwaben, König 329

Philipp II. von Savoyen-Achaia 130, 131

Philipp II. von Spanien, König 340

Philippe VI. de Valois, König von Frankreich 37, 38, 39, 40, 110–113, 121

Pierre Bertrand de Colombier, Kardinal 174, 178, 179, 183, 184

Pierre d'Orgemont 350, 351

Pierre Roger (Peter von Fécamp) s. Clemens VI.

Pietro Corsini, Bischof von Florenz 290

Pinder, Wilhelm 262

Pippin (der Jüngere, ursprünglich Karlmann), König 36

Pirckheimer, Willibald 345

Plečnik, Josef 367

Přemysl Ottokar I., König 248

Přemysl Ottokar II., König 32, 62, 126, 248, 294, 377

Přemysl Ottokar, Sohn König Johanns 32, 36

Přibík Pulkava von Radenín 179, 332

Prokop von Mähren, Markgraf 369, 370

Ranke, Leopold von 283, 297, 302, 390

Reinhard von Schönau 69

Reumont, Alfred von 389

Richard FitzRalph 360

Richard von Cornwall, König 77

Richard II. von England, König 287

Roeck, Bernd 222

Rohr, Julius Bernhard von 236

Roškot. Kamil 366, 367

Rudolf Rule von Friedberg 213, 324

Rudolf von Habsburg, König 32, 47, 248, 327, 340, 341, 375

Rudolf I., der Ältere, Herzog von Sachsen-Wittenberg 66, 68, 70, 84, 87, 93, 284

Rudolf II., der Jüngere, Herzog von Sachsen-Wittenberg 87, 207, 290, 292

Rudolf II., Kaiser 366

Rudolf II., Pfalzgraf bei Rhein 66, 76–78, 382

Rudolf IV. von Habsburg, Herzog 55, 133, 282, 290–294, 326–328, 396

Ruprecht I., Pfalzgraf bei Rhein 345

Ruprecht III., Pfalzgraf bei Rhein, König 67, 219, 220, 288, 371, 372

Sagramors de Pommiers 313

Sbinco Hase 33

Schilhard von Rechberg 140

Schinkel, Karl Friedrich 242

Schlosser, Friedrich Christoph 389

Schmidt, Friedrich Wilhelm 254

Schneidmüller, Bernd 200

Schönwetter, Johann Baptist 61

Sebald Weinschröter, Hofmaler 263, 269, 270

Sedulius 208

Seibt, Ferdinand 16, 19, 55, 59, 76, 161, 282

Seneca 319, 355, 362

Shakespeare, William 145

Sidonius Apollinaris 362

Siegfried zum Paradies, Schultheiß 202

Sigismund von Burgund, König 236, 237

Sigismund, König und Kaiser 15, 51, 128, 164, 188, 189, 227, 279, 287, 289, 293, 294, 300, 340, 347, 353, 368–370, 372–375

Simon de Langres 179

Simon von Kayl 45

Simon von Spoleto 135

Smetana, Bedřich 382

Stein, Karl vom, Freiherr 390

Stephan II. von Bayern, Herzog 90, 312

Stephan III. von Bayern-Ingolstadt, Herzog 301

Stifter, Adalbert 274

Sueton 56

Svoboda, Karel 383

Terenz 123

Theoderich, (Magister Theoderich), Hofmaler 263, 266, 267

Theodosius II., Kaiser 222

Thimo VIII. von Colditz 277, 318

Thomas Ebendorfer 364

Tommaso da Modena 257

Tresp, Uwe 123

Tuchman, Barbara 15

Ulrich Cista von Liebstein, Burggraf 253

Ulrich Stromer der Jüngere (Hasto
   Stromer) 160

Ulrich von Etzenbach 74

Ulrich I. von Rosenberg 267

Urban V. Grimoard, Papst 128, 135, 190,
   310

Urban VI. Prignano, Papst 352, 353, 377

Valerius Maximus 362

Vegetius 133

Vergil 105, 208, 219, 264

Vlček, Emanuel 119, 341

Wagner, Richard 83, 387

Waldemar IV. Atterdag, König von
   Dänemark 85

Walter Kerlinger 230–233

Walther von der Vogelweide 194

Wartislaw V. von Pommern-Wolgast,
   Herzog 85

Weber, Max 19

Wenzel Hajek von Libotschan 383

Wenzel von Böhmen, Herzog 241

Wenzel von Iglau, Stadtschreiber 372

Wenzel von Luxemburg, Halbbruder
   Karls, Herzog 32, 75, 134, 205, 207,
   223, 224, 278, 304, 353

Wenzel I. von Sachsen-Wittenberg,
   Herzog 278

Wenzel II., König 30, 74, 377

Wenzel III. (in Ungarn Ladislaus),
   König

Wenzel III., König 31

Wenzel IV., König 33, 44, 62, 67, 78,
   103, 138, 188, 219, 220, 221, 235,
   238–240, 274, 276–281, 284, 285,
   287, 288, 290–294, 300, 303, 322,
   325, 328, 342, 345–353, 367–375, 378,
   387, 388

Wenzel, erstgeborener Sohn Karls 33,
   275, 284, 287

Widukind, Herzog 349

Wihoda, Martin 384

Wilhelm Hase von Waldeck 33

Wilhelm von Köln, Erzbischof 342

Wilhelm von Meißen, der «Einäugige»,
   Markgraf 139, 374

Wilhelm von Ockham 54, 73

Wilhelm I. von Bayern-Straubing,
   Herzog 90

Wilhelm V. von Jülich, Herzog 82, 204,
   207

Wilko, Hoftrompeter 163, 164

Willoweit, Dietmar 214

Winrich von Kniprode, Hochmeister
   309

Wladyslaw II. Jagiello, König 373

Woldemar von Brandenburg, Markgraf
   83

Woldemar, angeblicher Markgraf von
   Brandenburg 83–91, 297, 316

Wolfram von Eschenbach 254

Woolf, Virginia 24

Yusuf I., Emir von Granada 127

Zanobi di Strada 147

Zeman, Miloš 391

Das Heilige Römische Reich unter Karl IV.

KGR. DÄNEMARK

Geistliche Gebiete
Reichsstädte
Schlachtort

Nordsee

Lübeck
Hamburg
Lüneb.
Hzm.
Braunschwei
Lüneburg
Tangerm
Magdeb

Lgf
Thürin

Hzm. Brabant
Brügge
Antwerpen
Gent
Bm.
Lüttich
Köln
Brüssel
Lille
Lüttich   Aachen   Bonn
Crécy
Rhens
Cambrai
Frankfurt
Hzm.
Luxem-
burg
Mainz
Amiens
Trier
Reims
Luxemburg   Kurpfalz
Lgft. Hessen

Paris
Metz
Donauw
Straßburg
Ulm
A
Kolmar

Bodensee
Basel
Dijon
Zürich
G
Ti
Freigft.
Burgund
Bern
Tiro
Poitiers

Genfer See
Genf

KGR. FRANKREICH
Herrschaft
Mailand
Lyon
Gft.
Savoyen
Mailand   Veror
Mgft.
Montferrat
Mantua
Delphinat
von Vienne
Turin   Montferrat
Borgoforte
Parma
Reggio

Avignon
Gft.
Provence
Genua
Arles
Lucca   Mon
Marseille
Ligurisches
Meer
Pisa

0   50   100   150 km